SUSAN HOWATCH

Die Sünden der Väter

Buch

Im Jahr 1929 lädt Paul Van Zale, der reiche Bankier und Selfmademan, vier junge Leute zu sich auf seinen Landsitz an der amerikanischen Ostküste ein: seinen Großneffen Cornelius, den Sohn seines jüdischen Konkurrenten, einen reichen jungen Amerikaner und Sam, den Sohn eines Gärtners. Er versucht, die jungen Leute nach seinem Bild zu formen und sie aneinanderzuschweißen. Als Paul Van Zale im Sommer darauf ermordet wird, erbt Cornelius die Bank. Unterstützt von Sam, gelingt es ihm, sich mit allen Mitteln an die Spitze vorzuboxen. Zwanzig Jahre später befindet Cornelius sich auf dem Gipfel der Macht und redet sich ein, wunschlos glücklich zu sein. Doch der Traum hat bereits tiefe Sprünge. Seine Tochter Vicky aus erster Ehe ist gerade mit einem Playboy durchgebrannt, seine zweite Frau Alicia hat sich ihm entfremdet, und sein Neffe Scott lauert schon auf die Beförderung in der Bank. Erst als Vicky und Scott während einer Kreuzfahrt zufällig zueinander finden, scheint auch für die Zukunft der Familie wieder ein Lichtstreifen am Horizont aufzuscheinen …

Autorin

Susan Howatch, geboren in Surrey, England, lebt seit 1964 in Amerika und Irland. Nach Erfolgen als Autorin von Thrillern wandte sie sich dem großen Gesellschaftsroman zu und erlangte mit ihren Bestsellern internationales Renommee.

Von Susan Howatch ist bereits lieferbar:

Der Zauber von Oxmoon (9123)
Die Erben von Penmarric (42578)
Die Herren auf Cashelmara (42275)
Die Reichen sind anders (41355)
Verborgene Träume (43589)

SUSAN
HOWATCH

Die Sünden der Väter

Roman

Aus dem Englischen von
Elke Neidhardt

BLANVALET

Die Originalausgabe erschien
unter dem Titel „Sins of the Fathers“
bei Hamish Hamilton, London

Umwelthinweis:
Alle bedruckten Materialien dieses Taschenbuches
sind chlorfrei und umweltschonend.
Das Papier enthält Recycling-Anteile.

Blanvalet Taschenbücher erscheinen im Goldmann Verlag,
einem Unternehmen der Verlagsgruppe Bertelsmann GmbH.

Taschenbuchausgabe Januar 1999

Umschlaggestaltung: Design Team München
Umschlagillustration: Schlück/Crabb/Arena
Druck: Presse-Druck Augsburg
Bindung: Großbuchbinderei Monheim
Verlagsnummer: 35062
MD · Herstellung: Heidrun Nawrot
Made in Germany
ISBN 3-442-35062-X

3 5 7 9 10 8 6 4 2

INHALT

1. Teil

SAM

1949

ERSTES KAPITEL

I.

Bald nach meiner Rückkehr aus Deutschland, in jenem trüben Frühling von 1949, fragte mich mein Chef, ob ich seine Tochter heiraten wolle. Es war, wie mir sofort klar wurde, ein einmaliges Angebot. Obwohl ich mich der Mitte des Lebens näherte und dabei durchaus weltklug war, hatte doch noch nie der Vater einer „Braut" um mich angehalten, schon gar nicht ohne deren Wissen oder Einverständnis.

„Nun?" sagte Cornelius ermutigend, bevor meine Sprachlosigkeit für uns beide peinlich werden konnte. „Was meinst du?"

Ich wußte genau, was ich sagen wollte. Die Deutschen hatten einen Lieblingssatz dafür. „Ohne mich." Ich hatte sie das während meiner jüngst vergangenen Reise immer wieder sagen hören. „Ohne mich." Und diese abrupten Worte waren für mich bald zum Symbol aller Erschöpfung und Desillusion von Europa nach dem Kriege geworden.

„Ohne mich!" antwortete ich nun automatisch, zu entsetzt, um diplomatisch zu sein, aber zum Glück verstand Cornelius kein Deutsch. Während er verdutzt dreinsah, merkte ich, daß ich mir eben ein paar kostbare Sekunden erkauft hatte und benutzte diese sogleich, um mich zusammenzureißen. Sobald er kalt: „Wie bitte?" gesagt hatte, antwortete ich ohne zu zögern: „Das heißt ‚welch glücklicher Vorschlag'" – und präsentierte ihm mein wärmstes Lächeln. Die dreiundzwanzig Jahre, die ich als Investment-Banker an der Wall Street gearbeitet hatte, haben vielleicht meinen Selbsterhaltungstrieb über Gebühr entwickelt.

Wir saßen in seinem Bankbüro, und hinter den Glastüren fiel die frühe Abendsonne schräg über den Innenhof. Die Bank, ein riesiges Überbleibsel des neunzehnten Jahrhunderts im Renaissancestil, befand sich in der Willow Street Nummer eins, Ecke Wall Street, aber das Büro des Seniorpartners im hinteren Teil des Gebäudes hätte ebensogut hundert Meilen weit entfernt von den geräuschvollen Straßen Manhattans liegen können. Der Magnolienbaum im Hof stand voll in Blüte und erinnerte mich an

Sommer, die unwiderruflich verloren waren: Sommer in Maine auf dem Anwesen, wo mein Vater Obergärtner gewesen war, an Sommer in Deutschland mit den sonnendurchfluteten Tagen vor dem Krieg. Die Schönheit der Magnolienblüte schien plötzlich unerträglich. Ich mußte meine Augen abwenden; doch als ich mich im Zimmer umschaute, sah ich düstere Möbel, die grellen Farben des Gemäldes über dem Kamin und, hinter seinem Schreibtisch, den besorgten kleinen Mann, der den Stuhl des Seniorpartners innehatte.

„Wirst du's machen, Sam?" Fast schien er vor Erleichterung zusammenzubrechen. „Du bringst das in Ordnung?"

Ich dachte an all die Anlässe in der Vergangenheit, bei denen er mir diese Fragen gestellt hatte, und nun sah ich nicht mehr den Magnolienbaum, als ich wieder an ihm vorbei in den Hof blickte, sondern die hohe Mauer, schwarz vom Dreck der Stadt, und die längst vermauerte Tür, die einst in die Willow Alley geführt hatte.

„Aber so warte doch erst mal eine Minute!" protestierte ich lachend. „Hetz mich nicht – dies ist ein großer Augenblick! Es passiert nicht jeden Tag, daß ein eingefleischter Junggeselle im Alter von einundvierzig Jahren einen so unerwarteten Antrag von seinem Chef erhält!"

„Sam, ich weiß – ich weiß einfach, daß dies die einzige Lösung des Problems ist –"

„– und glaube ja nicht, daß ich dein Problem nicht verstehe und nicht mit dir mitfühle. Es muß äußerst qualvoll sein, eine achtzehnjährige Tochter zu haben, die gerade versucht hat, mit einem Strandbubi durchzubrennen. Trotzdem schulde ich dir, als einer deiner ältesten Freunde und ganz sicher als dein loyalster Partner, den Hinweis darauf, daß ich möglicherweise nicht eben der beste Kandidat für die Rolle eines Schwiegersohnes bin. Wobei ich natürlich das große Kompliment durchaus zu würdigen –"

„Ach, zum Teufel!" sagte Cornelius gereizt. „Laß uns doch aufrichtig sein! Was macht ein reicher Mann, wenn er eine hübsche Tochter besitzt? Wenn er auch nur ein Stäubchen von moralischem Verantwortungsbewußtsein hat, dann verheiratet er sie mit jemandem, dem er vertrauen kann, bevor so ein gottverdammter Gigolo ihr Leben ruiniert!"

„Ja, aber –"

„Das Problem ist, daß es sehr wenige Leute gibt, denen ich traue. Um ehrlich zu sein, die einzigen Menschen, denen ich heutzutage hundertprozentig vertraue, sind die drei Freunde, die mich damals schon kannten – ehe Paul mir all sein Geld vererbte. Und da Jake verheiratet und Kevin schwul ist, bleibst nur du übrig. Verdammt noch mal, Sam, ich verstehe gar nicht, weshalb du dich so zierst. Seit Jahren sagst du, daß du heiraten willst, und du weißt ganz genau, daß ich dafür sorgen werde, daß sich diese Ehe in nicht nur einer Hinsicht für dich lohnt. Also was, um Himmels willen, ist dein Problem?"

Darauf hätte ich mehrere Antworten geben können, aber alle Anstalten, aufrichtig zu sein, hätten nur eine Verlängerung der Unterredung bewirkt, und ich erkannte, daß dieses Gespräch sofort beendet werden mußte. Cornelius brauchte Zeit, um sich zu beruhigen. Es war eindeutig, daß Vickys Eskapade mit dem Strandknaben ihn in große Panik versetzt hatte; wenn ich ihm aber Zeit gab, seine Balance wiederzugewinnen, würde er bald selbst erkennen, daß seine wilden ehelichen Blütenträume am besten zu den Akten gelegt würden. Während ich mich räusperte, bereitete ich mich widerwillig darauf vor, der Wahrheit valet zu sagen und mich aus der Klemme zu lügen.

„Es gibt kein Problem", sagte ich besänftigend. „Ich bin nicht der Mann, der seine Chance verpaßt, aber gib mir ein paar Tage, um mich an die Idee zu gewöhnen, ja? Ich bin ein Mensch, kein Roboter, der darauf programmiert ist, auf Knopfdruck jederzeit die korrekte Antwort zu geben."

„Aber Sam, nie würde ich dich als einen Roboter betrachten, das weißt du doch – und ich hoffe, daß du in mir nicht einen verrückten Wissenschaftler siehst, der unbedingt die falschen Knöpfe drücken will!" Er gab mir sein anziehendstes Lächeln, das knabenhafte, das ihn so unschuldig aussehen ließ, und streckte mir seine Hand entgegen, während er sich flink erhob. Seine grauen Augen strahlten vor Zuneigung. „Tausend Dank, Sam", sagte er. „Ich wußte, daß ich mich auf dich verlassen kann."

Bevor ich noch seine Hand ergreifen konnte, klingelte das weiße Telefon auf seinem Schreibtisch, was ein Privatgespräch bedeutete. „Das wird Alicia sein", sagte Cornelius, und seine

Züge spannten sich sofort wieder an. „Sie wollte mir Bescheid geben, sowie Vicky das Tablett mit Essen vor ihrer Tür angerührt hat. Verzeih bitte, Sam –“

Ich entkam.

II.

Es ist nicht einfach, für jemand zu arbeiten, der im gleichen Alter ist wie man selbst. Noch ist es einfach, für seinen besten Freund zu arbeiten, ganz besonders, wenn die Freundschaft sich bereits über vierundzwanzig Jahre erstreckt. Cornelius und ich, beide einundvierzig, hatten uns schon 1925 als siebzehnjährige Jungen kennengelernt. Aber obwohl die gemeinsame Arbeit uns miteinander verband, so wurden wir gerade durch die Bank paradoxerweise auch voneinander getrennt. Sie zwang uns dazu, einen Großteil unseres Lebens miteinander zu teilen, was sich jedoch nicht auf gleicher Ebene vollzog, da Cornelius nun mal der Chef war. Ich respektierte Cornelius, und wir kamen gut miteinander aus, aber manchmal, und das ist schließlich nur menschlich, stieß mir meine untergeordnete Stellung doch bitter auf. Und nie hatte ich sie als so unangenehm empfunden wie an jenem Abend, an dem er mich in die Ehe mit seiner Tochter schubsen wollte.

Cornelius' Onkel, Paul Van Zale, war es, der uns ursprünglich zusammenbrachte. Immens reich, ungeheuer mächtig, mit seiner eigenen Wall-Street-Investment-Bank, seiner hübschen Schaufensterfrau und seiner Prachtvilla an der Fifth Avenue in New York, hatte Paul in meinen Entwicklungsjahren einen tiefen Einfluß auf mich ausgeübt. Ich war der Sohn deutscher Einwanderer; meine Eltern, die als Gärtner und Haushälterin arbeiteten, verwalteten Pauls Sommerhaus in den langen Intervallen zwischen seinen Besuchen dort. Da ich lediglich der Sohn seiner Bediensteten war, hatte ich kaum irgendwelche Beachtung von ihm erwartet, wenn er nach Bar Harbor auf Urlaub kam. Als ich jedoch siebzehn war, lud er mich ein, als Gast in seinem Haus zu wohnen. Er suchte drei Kameraden für seinen Großneffen, den er in diesem Sommer aus Ohio erwartete, und einer davon sollte ich sein. Cornelius war Pauls einziger männlicher Verwandter.

Da er keine eigenen Söhne hatte, fand Paul es an der Zeit, ausfindig zu machen, ob sein Großneffe das Zeug dazu hatte, die Bürde des Van-Zale-Vermögens zu tragen und schließlich sein Nachfolger in der Bank zu werden.

Anfangs wußte ich nichts mit Cornelius anzufangen. Auch mit den anderen beiden Jungen konnte ich mich nicht befreunden. Paul schien ein seltsames Quartett von Protegés zusammengestellt zu haben, und obwohl wir alle gleichaltrig waren, nämlich siebzehn, so schienen wir ansonsten nichts gemeinsam zu haben. Kevin Daly war der Sohn eines reichen irischamerikanischen Politikers und besuchte ein berühmtes Internat an der Ostküste – Welten entfernt von meiner bescheidenen High-School in Bar Harbor; Jake Reischman entsprang der New Yorker deutsch-jüdischen Aristokratie und wohnte in einem Palast an der Fifth Avenue, den ich mir kaum vorstellen konnte, war ich doch im Pförtnerhäuschen am Eingangstor des Van-Zale-Besitzes aufgewachsen. Kevin schien unglaublich extrovertiert und selbstbewußt; Jake schien überwältigend umgänglich und weltgewandt. In ihrer Gegenwart war ich mir meiner sozialen Minderwertigkeit äußerst bewußt, und wäre Cornelius in der Tat nicht noch mehr als ich durch ihre bloße Präsenz eingeschüchtert worden, so hätte ich glatt die grandiose Gelegenheit zum Aufstieg, die Paul mir hier anbot, verbaut und mich in unser Gärtnerhäuschen zurückgezogen.

Aber Paul führte uns bald zusammen. Am Ende des Sommers waren wir alle in unserer Heldenanbetung vereint und stimmten in dem Wunsch überein, im Leben so umwerfend erfolgreich zu sein wie Paul es war. Und als er uns dann 1926 für einen zweiten Sommer als seine Protegés zusammenrief, waren wir alle aufgeregt vor Freude, uns wiederzusehen.

Aber die Wiedervereinigung dauerte nur kurz. Paul wurde kurz danach ermordet. Zu jener Zeit waren Männer in seiner Position eine beliebte Zielscheibe für Mordanschläge von bolschewistischen Fanatikern, so daß Paul stets einen Leibwächter in seinen Diensten hatte. Die Männer aber, die sich zu seinem Tod verschworen hatten, waren erfahren genug, um diese Routinemaßnahme zu überwinden. Die Welt war überrascht durch Pauls Tod, und sie war überrascht durch sein Testament. Er hatte Cornelius als seinen Erben eingesetzt. Dies war die erste öffentliche Verlautbarung, daß Paul seinem Großneffen zutraute, eine solch schwere Verantwortung zu übernehmen, und mit der Zeit wurde allen klar, daß Pauls Zutrauen nicht fehl am Platze gewesen war.

Cornelius war von anfälliger Gesundheit und zerbrechlichem Äußeren. Im Alter von achtzehn Jahren hatte er zudem das Gesicht eines Chorknaben, eine respektvolle Art, mit Menschen zu sprechen, die älter waren als er, und ein Lächeln, das in Frauen den unwiderstehlichen Trieb aufkommen ließ, ihn zu bemuttern. Niemand hätte unschuldiger dreinblicken können, und niemand, wie Paul einst trocken bemerkte, war geschickter, sich nach Vampirart und ohne Umschweife auf die Halsschlagader des anderen zu konzentrieren.

Es dauerte einige Jahre, bis Cornelius sich als Seniorpartner der Bank etabliert hatte; als er aber sein dreißigstes Lebensjahr erreicht hatte, spiegelte sein Leben das von Paul in unverkennbarer Präzision wider. Er hatte seine Wall-Street-Bank, seine Schaufensterfrau, seine Prachtvillen an der Fifth Avenue und in Bar Harbor; er hatte Pauls Reichtum, Erfolg und Ruhm.

Mir selbst ging es auch nicht eben schlecht. Nach Pauls Tod im Jahre 1926 ging ich nach New York, da Cornelius, Realist der er war, genau wußte, daß er bald einen loyalen Alliierten benötigen würde, während ich, Opportunist der ich war, mich fest entschlossen hatte, die Gelegenheit zur Erfüllung meines klassisch amerikanischen Traumes, nämlich Reichtum und Erfolg zu erringen, nicht an mir vorbeiziehen zu lassen. Natürlich wurden wir von keinem der Van-Zale-Partner ernst genommen. Sie glaubten, wir seien nur zwei Schuljungen, die gerade mal „Banker" spielen wollen. Also lachten sie bloß und schrieben uns einfach ab, indem sie als selbstverständlich annahmen, daß unsere Träume zum Scheitern verurteilt wären.

Ich dachte oft an diese Männer bei der Bank, die damals, 1926, über uns gelacht hatten.

Jetzt waren sie alle tot.

Als wir bei der Bank zu arbeiten anfingen, war Steve Sullivan, Pauls Lieblingspartner, der mächtigste Mann im Hause. Er war etwa zwanzig Jahre älter als Cornelius und ich. Riesengroß, gewitzt und feurig wie er war, hatte uns Steve zunächst Angst eingeflößt; jedoch war uns beiden von Anfang an klar, daß wir diesen Mann unbedingt aus der Bank vertreiben mußten, wenn Cornelius je den begehrten Stuhl des Seniorpartners einnehmen wollte.

„Es wird natürlich schwierig sein, ihn zu eliminieren", hatte Cornelius gesagt, während er all sein Organisationstalent auf diesen einen Punkt zu konzentrieren suchte, „aber es besteht kein Grund, weshalb wir damit nicht fertig werden sollten. Wo ein Wille ist, ist auch ein Weg."

Wir wurden damit fertig. Danach starb Steve Sullivan. Indirekt waren wir für seinen Tod mitverantwortlich, obwohl Cornelius das nie zugegeben hätte. Er meinte, es sei kaum unsere Schuld gewesen, daß Steve sein Auto gegen einen Baum steuerte, habe er doch schließlich den Inhalt einer ganzen Flasche Scotch getrunken. Cornelius gab nie zu, daß auch nur irgend etwas seine Schuld sein sollte. Er sagte immer nur: „Man hat mich dazu getrieben. Ich mußte es tun", und dann sprach er über etwas anderes. Er schien ein unerschöpfliches Talent zu haben, die Vergangenheit, an die er sich nicht zu erinnern wünschte, einfach auszuschließen. Um diese Begabung beneidete ich ihn oft. Welch eine Erlösung wäre es gewesen, hätte ich nicht nur meine Schuldgefühle wegen Steve Sullivan einfach abschalten können, sondern auch die, daß ich als Deutschamerikaner im Krieg nicht mitgekämpft hatte.

Ich war gerade erst aus meinem ersten Nachkriegsurlaub in Deutschland zurückgekehrt. Ich hatte ununterbrochen darüber nachgedacht, seit ich nach New York zurückgekehrt war, und ich wußte, daß die Erinnerungen mich weiterhin mit unerträglicher Klarheit verfolgen würden: die zerstörten Städte, die schreckliche Stille des aufgewühlten Landes, die lachenden Alliierten auf den Straßen, und schließlich der G.I. an meiner Seite, der „Lili Marlen" gepfiffen hatte . . .

Als ich an jenem Abend im April 1949 dem Büro des Seniorpartners entkam, fiel mir ein, daß Cornelius' idiotischer Vorschlag, seine Tochter zu heiraten, eigentlich nur als ein Witz eingestuft werden konnte, verglich man ihn mit dem Alptraum meines Deutschlandurlaubs. Mein Verständnis für die Komik der Situation hielt jedoch nicht lange an. Meine Lage war zu verzwickt, und als ich die Treppe von der hinteren Eingangshalle hinauflief, wußte ich, daß ich nicht nur wegen der plötzlichen körperlichen Anstrengung keuchte, sondern auch wegen meiner inneren Anspannung.

Ich betrat mein Büro. Auf meinem Schreibtisch fand ich einen Stoß Briefe, die der Unterschrift harrten, sechs rosa Zettel mit Telefonnachrichten und ein langes Memorandum meines persönlichen Assistenten. Aber ich beachtete nichts von allem, mixte mir statt dessen einen doppelten Martini mit Eis und griff nach dem Telefon.

Es klingelte achtmal, bis Teresa den Hörer abnahm.

„Hi“, sagte ich, „ich bin's. Bist du beschäftigt?“

„Ich koche gerade Jambalaya für Kevin und frage mich, ob er je den Mut haben wird, es zu essen. Wie geht es dir?“

„Tadellos. Kann ich dich heute abend sehen?“

„Nun –“

„Ich habe gelogen. Ich fühl' mich grausig. Wie wär's mit einem schnellen Drink? Ich setze mich in die Küche, während du kochst.“

„Okay, komm her.“

„Du bist das beste Mädchen in ganz New York. Ich mache mich auf die Socken.“

III.

Ich hatte Teresa vor vier Monaten im Hause meines Freundes Kevin Daly kennengelernt. Kevins alljährliche Weihnachtsparty war inzwischen der einzige Anlaß geworden, an dem er, Jake Reischman, Cornelius und ich uns unter ein und demselben Dach versammelten. Wir alle waren nun weit von den beiden Sommern entfernt, als wir noch Pauls Protegés in seinem Haus in Bar Harbor waren.

„Die Brüderschaft von Bar Harbor!“ hatte Kevin überschwänglich ausgerufen, als wir vier nach dem Krieg wieder vereint waren. „Oder sollte es lieber Bar-Harbor-Mafia heißen?“

Es war richtig, daß das Wort „Brüderschaft“ eine zu sentimentale Bezeichnung des Bandes war, das noch immer zwischen uns existierte, und selbst das Wort „Freundschaft“ traf auf unsere Verbindung nicht mehr genau zu. Jake und ich kamen nie zusammen, außer wenn wir Geschäftliches zu besprechen hatten.

Da Jake inzwischen Chef seiner eigenen Investment-Bank geworden war, zog er es vor, sich direkt an Cornelius zu wenden. Cornelius traf Kevin regelmäßig bei Sitzungen des Ausschusses der Van-Zale-Kunststiftung, hatte aber gesellschaftlich kaum mit ihm Umgang, während ich mangels Interesse an Kunst fast jeglichen Kontakt mit Kevin verloren hatte – bis ich dann Teresa kennenlernte. Einem Außenstehenden wäre es wohl so vorgekommen, als ob Cornelius und ich uns am nächsten stünden; ich aber hatte den Verdacht, daß Cornelius sich mehr zu Jake hingezogen fühlte. Sie begegneten sich auf gleicher Ebene. Cornelius war jederzeit bereit zu schwören, insbesondere nach einem Glas Champagner, daß er mich als seinen Bruder ansah, und selbst ohne Champagner war er stets darauf bedacht, seine Macht über mich herunterzuspielen, indem er betonte, wie unentbehrlich ich für ihn sei. Keiner von uns beiden gab sich jedoch über den wahren Sachverhalt irgendwelchen Illusionen hin. Es war die dunkle Seite unserer Beziehung, die wir stillschweigend akzeptierten, nie aber besprechen konnten. Niemand ist je unentbehrlich. Dies war mir genauso klar wie die Tatsache, daß Cornelius immer Chef, und ich – wenn ich gescheit war – immer seine rechte Hand sein würde. Aber ich verschwendete keine Zeit, um darüber nachzugrübeln. Es war ein Faktum, das man klugerweise ohne Aufhebens akzeptierte.

„Ihr Banker!" sagte Kevin, wenn wir gelegentlich genug getrunken hatten, um vor ihm über die weniger bekannten Ereignisse unserer gemeinsamen Vergangenheit zu sprechen. Er machte kein Geheimnis aus seiner Verachtung für die Wall Street, aber er verfolgte unsere Karrieren mit dem wachen Interesse eines Schriftstellers, der ständig auf der Suche nach Material ist. Als Kevin 1929 sein Jurastudium an der Harvard-Universität abgebrochen hatte, um in New York zu leben, wollte er Romanschriftsteller werden, aber mehr als einen Roman hatte er nie verfaßt. Jahrelang hatte er nun Stücke geschrieben; die frühen waren ganz hübsch gewesen, die späteren aber immer verwirrender. Schon vor langem hatte er seine standesgemäße Greenwich-Village-Dachstube verlassen, um in einem standesgemäßen alten Greenwich-Village-Haus westlich von Washington Square zu wohnen.

Kevin liebte sein Haus. Cornelius hatte einmal bemerkt, daß

dieses Haus wohl ein Ersatz für die Familie war, die Kevin nie verziehen hatte, daß er ein Leben führte, welches sie nur mit Mißbilligung betrachten konnte. Und selbst wenn diese Theorie nicht zu beweisen war, konnte man doch nicht abstreiten, daß Kevin viel Geld ausgegeben hatte, um ein Prachtheim für sich zu schaffen. Da er das Haus ungern unbeaufsichtigt ließ, hatte er sogar den obersten Stock in ein Apartment für eine Wirtschafterin umbauen lassen. Diese Damen blieben jeweils etwa sechs Monate. Jung, attraktiv, unweigerlich blond und immer überaus weiblich, waren sie entweder Schriftstellerinnen oder Malerinnen oder Bildhauerinnen. Die Mädchen waren selig, eine freie Wohnung und eine unkomplizierte Beziehung zu einem Arbeitgeber zu haben, der keinerlei Interesse hatte, einen Trampelpfad zu ihrer Schlafzimmertür niederzutreten. Jedoch kam es jedesmal zum unvermeidlichen Krach, wenn Kevin sich weigerte, ihnen Geld zu leihen. Da konnte Kevin ganz hart sein. Es war mir zu Ohren gekommen, daß selbst junge männliche Gäste mit ähnlicher Schärfe des Hauses verwiesen worden waren, allerdings lebte Kevin anscheinend sowieso lieber allein.

Er lebte allein – abgesehen von der amtierenden Wirtschafterin –, als er mich letzte Weihnachten zu seiner Party einlud. Wie sich herausstellte, war ich der einzige seiner drei Bar-Harbor-Freunde, der die Einladung annahm. Jake war in Kalifornien, und Cornelius, dem die vergangene Weihnachtsparty nicht behagt hatte, erfand eine Ausrede, um nicht gehen zu müssen.

„Kann mir nicht vorstellen, weshalb du dich unter einen Haufen von Schwulen mischen willst“, sagte Cornelius, aber ich lachte nur. Die sexuellen Geschmäcker anderer Leute interessieren mich nicht, und außerdem gab Kevin die besten Parties der Stadt.

Als ich in seinem Haus ankam, schrien sich etwa vierzig Personen auf elegante Weise unter den großen Kristallüstern in Kevins altmodischem Wohnzimmer an. Kevin servierte die üblichen Cocktails, um dem amerikanischen Geschmack gerecht zu werden. Ansonsten zeichneten die Daly-Parties sich jedoch dadurch aus, daß die Gäste Gelegenheit hatten, sich mit Champagner zu betrinken.

Dummerweise hatte mich ein dankbarer Klient heute beim Mittagessen mit geradezu ekelerregend viel Champagner traktiert. „Ich nehme einen Scotch mit Eis", sagte ich zu dem gemieteten Butler und beäugte gerade eine Schüssel Kaviar, als jemand hinter mir ausrief: „Sie sind ja wohl belämmert! Welcher Bursche lehnt denn französischen Champagner ab, wenn er gratis ist?"

Ich drehte mich um. Eine mollige junge Frau mit wildem, lockigen Haar, einer großen Nase und einem breiten Mund lächelte mich an. Sie trug ein schlechtsitzendes rotes Kleid und ein goldenes Kreuz an einer Kette um den Hals. Ihre Augen waren sehr schmal, sehr wach und sehr dunkel.

„Sie sind bestimmt nicht einer vom Showbusineß!" fügte sie lachend hinzu. „Die trinken immer Champagner!"

„Im Ernst? Ich dachte, sie badeten darin. Sie sind Schauspielerin, Miß –"

„Kowalewski."

„Wie bitte?"

„Teresa. Ich bin die neue Wirtschafterin."

Ich war äußerst überrascht. Dieses Mädchen hätte sich kaum stärker von den gertenschlanken, wohlerzogenen Blondinen unterscheiden können, die Kevin für gewöhnlich anstellte.

„Was ist mit Ingrid, dem schwedischen Mädchen, passiert?" fragte ich, das erste, was mir in den Kopf kam.

„Ingrid ging nach Hollywood." Inzwischen schaute sie mich genauso überrascht an wie ich sie. „Sie sind nicht einer, der zu Kevins täglichem Umgang gehört, oder? Sind Sie vielleicht sein Rechtsanwalt oder so was?"

„Nicht mal so schlecht geraten. Ich bin ein Banker."

„Ein was? Gott, der Krach ist schrecklich hier! Ich dachte, Sie sagten Banker."

„Stimmt. Und was machen Sie, Teresa?"

„Ich male. Mensch, sind Sie wirklich ein Banker? Sie meinen, Sie stehen den ganzen Tag in so einem Kassenkäfig und teilen Moneten aus?"

Ich war entzückt von ihrer Unwissenheit. Später stellte ich fest, daß sie von der meinen nicht minder entzückt war.

„Sie haben nie von Edvard Munch gehört? Sie haben nie von Paul Klee gehört?"

„Nein", sagte ich, „aber ich bin mehr als willens, zu lernen."

Nachdem wir ein paarmal zusammen zu Abend gegessen hatten, erzählte ich ihr ein wenig über meine Arbeit.

„Wollen Sie damit sagen, daß ich nicht mit einem Zehndollarschein in Ihre Bank kommen und ein Konto eröffnen kann?"

„Unsere Kommerzbank, die P. C. Van Zale und Co., gibt sich nicht mit dieser Art von Kunden ab. Wir bringen Geld für die großen amerikanischen Gesellschaften auf, indem wir Wertpapiere in Umlauf setzen, die die Öffentlichkeit als Investments kaufen kann."

„Ich glaube nicht an Kapitalismus", sagte Teresa fest. „Ich finde all das unmoralisch."

„Moral ist wie ein Nerz", sagte ich. „Es ist prima, wenn man sie sich leisten kann." Und obwohl sie lachte, erwähnte ich meine Arbeit ihr gegenüber nicht mehr.

Sie selbst weigerte sich noch immer, mir über ihre Malerei zu erzählen, und selbst als sie mich schließlich mit in ihr Studio nahm, fand ich all ihre Gemälde der Wand zugekehrt, weil sie meinte, sie seien nicht gut genug, um vorgezeigt zu werden.

Als sie einmal gerade duschte, hätte ich fast das Tuch, das ihr halb vollendetes Werk auf der Staffelei bedeckte, hochgehoben, aber ich fürchtete dann doch, daß sie es hinterher merken könnte, und ich mochte sie zu sehr, um unsere neue Beziehung zu gefährden. Ich mochte ihren Mangel an Prätention und die Art, mit der sie immer sagte, was sie dachte. Obwohl sie gewitzt und auf keinen Fall naiv war, hatte sie etwas Einfaches bewahrt, das mich an Mädchen meiner Jugend in Bar Harbor erinnerte. Ich wollte sie in die eleganten Midtown-Nightclubs ausführen, sie sagte aber, sie zöge die kleinen europäischen Restaurants im Village vor. Ich wollte eine große Gesellschaft geben, damit sie meine Freunde kennenlernen könnte – aber sie sagte, sie habe Abende zu zweit lieber. Ich wollte, daß sie mehr Zeit in meinem Apartment zubrächte, aber sie sagte, die Hausangestellten machten sie nervös. Zunächst hatte ich es eine ganze Zeitlang hinausgeschoben, sie in mein Apartment einzuladen, da ich kaum glauben konnte, daß sie gegenüber Geld wirklich so gleichgültig war. Aber im Februar riskierte ich es schließlich und lud sie ein, ein paar Schallplatten aus meiner Sammlung anzuhören.

Wir lauschten glücklich der Musik, sahen unsere Lieblings-

Fernsehshows an und lasen am nächsten Morgen gemeinsam die „New York Sunday Times".

„Nun stelle man sich vor – sich zu schämen, reich zu sein!" sagte sie freundschaftlich, als wir Sonntag abends wieder zu Bett gingen.

„Ich schäme mich deswegen nicht. Es ist mein Geld, ich habe es verdient, und ich bin stolz darauf, aber ich habe zu viele Frauen gekannt, die schließlich mein Bankkonto attraktiver fanden als mich."

„Sam", erwiderte Teresa, „ganz egal, wie oft wir eine Unterhaltung über ein interessantes Thema führen, immer führt es darauf hinaus, daß wir über Geld reden. Ist dir das auch schon aufgefallen? Ich versteh' es nicht. Ich bin doch nicht einmal an Geld interessiert. Warum reden wir immer wieder darüber?"

Ich lächelte, entschuldigte mich und gestattete mir schließlich zu glauben, daß sie meinte, was sie sagte.

Teresa mochte vielleicht nicht an Geld interessiert sein; aber sie hatte eine feste Vorstellung davon, wie es zu verdienen sei. Obwohl sie meine Einladungen zum Abendessen und gelegentlich ein kleines Geschenk akzeptierte, lehnte sie jegliche finanzielle Unterstützung ab und meinte, sie habe schon immer daran geglaubt, „für sich selbst aufzukommen". Um sich das absolute Minimum zum Leben leisten zu können, hatte sie früher gelegentlich als Kellnerin gearbeitet, nur um dann wieder zu kündigen, sobald sie genug zusammengespart hatte, um sich ein paar Wochen über Wasser zu halten. Sie schien keinerlei Interesse an einem regelmäßigen Beruf oder einem normalen Leben zu haben, war aber trotz ihres mutwilligen Hanges zur Boheme (der mich faszinierte) konventionell genug, um gern zu kochen, ihr Geschick im Nähen zu versuchen und ihre altmodischen Ideen beizubehalten, wenn es darum ging, Geld von wohlmeinenden Männern anzunehmen. Diese seltsame Mischung aus Konservativem und Exzentrischem wurde für mich immer bestrickender; obwohl ich mit ihrer Einstellung gegenüber einem geregelten Beruf nicht konform ging, respektierte ich doch die Hingabe, die sie für ihre Malerei zeigte. Zwar war mir der Platz, den sie in der ständig treibenden Bevölkerung der Stadt einnahm, nicht so ganz genehm, trotzdem bewunderte ich ihre Fähigkeit, sich in New

York allein durchzusetzen und den Regeln zu folgen, die sie sich selbst gesetzt hatte.

Schließlich war der Augenblick gekommen, daß ich der Versuchung nicht mehr widerstehen konnte, sie vor meinen Freunden zu erwähnen.

„Ein neues Mädchen?" sagte Cornelius vage. „Das ist nett. Warum bringst du sie nicht zu uns zum Abendessen mit?"

„Sie ist nicht daran interessiert, in einem Fifth-Avenue-Palast mit einem Haufen von Millionären zu speisen."

„Alle Frauen", sagte Cornelius, „sind daran interessiert, in einem Fifth-Avenue-Palast mit einem Haufen von Millionären zu speisen." Als ich aber nur lachte, schloß er, daß meine Einstellung aus der Tatsache hervorging, daß Teresa einfach nicht präsentabel war, und von da an verlor er jegliches Interesse an ihr.

Cornelius selbst hatte zweimal geheiratet: zuerst eine Dame der Gesellschaft, vierzehn Jahre älter als er, die ihn seines Geldes wegen ehelichte, bevor sie ihm etwas schenkte, was nicht mit Geld zu erwerben ist – nämlich seine Tochter Vicky –, und danach eine Schönheit der Gesellschaft, zwei Jahre jünger als er, die ihn aus Liebe heiratete und ihm zwei Stiefsöhne, die Kinder aus ihrer ersten Ehe, bescherte. Vivienne, die erste Gattin, lebte jetzt in Florida, und ich hatte sie seit mehreren Jahren nicht gesehen. Seine zweite Frau, Alicia, sah ich häufig in ihrer Rolle als Mrs. Cornelius Van Zale, Gattin des bekannten Millionärs und Säule der New Yorker High-Society. Es gab keine Mätressen. Cornelius hielt nichts von einem unkonventionellen Privatleben, und obwohl er nie die Meinung geäußert hatte, daß ich heiraten und zur Ruhe kommen solle, so wußte ich doch, daß er automatisch mit einer Künstlernatur wie Teresa nicht einverstanden wäre.

Zu diesem Zeitpunkt wuchs mein Mißbehagen über Teresas zauberhafte, aber absurde Weigerung, von mir Geld anzunehmen. Es machte mir Spaß, sie zu beschenken; ich hegte keinerlei finstere Motive, und ich lehnte es ab, behandelt zu werden, als ob dem so wäre. Ich fand, daß ihre Einstellung unsere Beziehung erniedrigte, besonders da ich nichts Weiteres im Sinn hatte, als unser Leben eleganter dem gemeinsamen Pfad folgen zu sehen. Ein Zyniker hätte natürlich unschöne Bemerkungen über mein Angebot machen können, Teresa in einem teuren Apartment, nur zwei Straßenecken von meinem Park-Avenue-Heim, einrichten zu wollen. Die Wahrheit aber war, daß ich es satt hatte, des Nachts in Kevins Haus herumzutappen, und ich vermutete, daß Kevin diese andauernde Invasion in sein Privatleben auch leid war.

„Schau mal", sagte ich schließlich zu Teresa während eines erneuten Anlaufs, sie davon zu überzeugen, daß die Situation einer Verbesserung bedürfe. „Wir haben Glück! Ich habe genug Geld, um unser Verhältnis doppelt so erfreulich zu gestalten! Es ist ein Bonus, nicht ein Mühlstein um unseren Hals. Warum leiden, wenn man nicht muß? Es ist einfach nicht logisch. Vollkommen sinnlos! Es ist eine unökonomische Verschwendung unserer kostbaren Freizeit!"

Ich war froh, als dies den erwünschten Erfolg hatte und sie wenigstens zum Lachen brachte, aber ich merkte bald, daß sich die Lage dadurch, daß ich sie ins Lächerliche zog, nicht ändern würde.

„Ich habe nichts dagegen, in einem Midtown-Apartment zu wohnen", sagte sie. „Vielmehr hoffe ich sehr, eines Tages so zu wohnen. Wenn es aber soweit ist, werde ich es sein, die die Miete zahlt."

Ich war so erbittert, daß ich sie hätte ohrfeigen können. Ich verlor sogar soweit die Kontrolle, daß ich sie beschuldigte, nur deshalb mein Angebot nicht anzunehmen, um eine Einladung zu erzwingen, mit mir zusammenzuziehen. Aber ich wußte sofort, wie unsinnig diese Beschuldigung war, noch bevor sie mich verächtlich ansah und mir erklärte, ich und mein Penthouse könnten sie mal; ich wußte längst, daß sie sich in meinem Haus nicht wohl fühlte und ungern dort hinging. Anfangs hatte es mich verletzt, aber dann war ich erleichtert. Trotz meiner gegenwärtigen Frustriertheit war ich weder von törichter Leidenschaft erfüllt noch naiv, und ich wußte sehr gut, daß ein Mann in meiner Position kaum seine Bohemefreundin vor dem Auge der ganzen Welt in seinem Apartment einnisten und dabei weiterhin den vollen Respekt seiner Umwelt behalten konnte. Diese unumgehbare Tatsache bestimmte mich um so mehr, sie so nah wie möglich und in Umständen um mich zu haben, welche meine Welt mit der ihr eigenen nachsichtigen Gleichgültigkeit betrachten konnte.

Erneut überdachte ich meine Lage. Zwar machte ich Fortschritte, mußte mich aber offensichtlich noch mehr anstrengen, wenn ich sie aus diesem Haus in Greenwich Village loseisen wollte. Ich beschloß, daß es nun an der Zeit war für ein verlängertes Wochenende in idyllischer Landschaft. Ich wußte aus Erfahrung, daß verlängerte Wochenenden, zur rechten Zeit während eines Verhältnisses eingeschoben, sich als äußerst erfolgreich erweisen konnten; und, aufgeheitert durch die Aussicht auf Erfolg, begann ich, über ein passendes Ziel nachzudenken. Maine, Cape Cod, North Carolina, Florida . . . Meine Gedanken wanderten rasch die Ostküste hinauf und hinab und reisten sogar nach Bermuda, bis mir die so offensichtliche Lösung einfiel: Europa. Teresa, Tochter polnischer Einwanderer, war noch nie dort gewesen und hatte sich immer danach gesehnt. Zauberhaftes, romantisches, unwiderstehliches Europa . . . zwei Wochen . . . und jeder sagte, daß Paris vom Krieg kaum berührt worden sei.

Nachdem ich ein Abendessen à deux mit Kerzenlicht in ihrem meistgeliebten französischen Restaurant inszeniert hatte, bestellte ich Champagner und schlug vor, daß sie mich auf meinem bevorstehenden Europaurlaub begleite. Ich verriet ihr nicht, daß man für mich in deutschen Hotels Zimmer reserviert hatte. Bestellungen konnten aufgehoben und Reiserouten umorganisiert werden. Außerdem hatte ich mit ihr nie über Deutschland gesprochen, außer daß ich ihr gleich zu Anfang erzählte, daß ich, obschon Deutschamerikaner, keinerlei deutsche Verbindungen habe. Ich belog sie sogar, indem ich vorgab, in den Staaten geboren worden zu sein.

„Paris!" hauchte Teresa, sehr verlockt.

Ich roch einen Sieg. „Wir können überall erster Klasse reisen und uns sagenhaft amüsieren!"

Sie seufzte. „Ich würde wirklich wahnsinnig gern mitkommen –"

„Prima! Dann ist alles geregelt! Ich rufe mein Reisebüro an!"

„– aber ich kann nicht. Es hat keinen Sinn, Sam. Wenn ich mich einmal von dir kaufen lasse, wirst du mich immer wieder kaufen, bis ich plötzlich, ehe ich mich umgedreht habe, in einem Penthouse mit Blick auf den East River wohne, ein Scheckbuch in der Handtasche, einen Nerz um die Schultern und obendrein einen Liebhaber habe, der mich von Kopf bis Fuß besitzt. Versteh mich nicht falsch – ich weiß, du meinst es gut, und ich bin dafür dankbar, aber meine Unabhängigkeit bedeutet mir mehr als ein Dutzend Reisen nach Europa. Und ich werde sie nicht aufgeben, nicht einmal für dich."

„Aber ich würde deine Unabhängigkeit respektieren, Teresa!"

„Ich nicht, wenn ich käuflich wäre."

Wir stritten uns, denn ich war so enttäuscht. Fast machte ich meinen Urlaub rückgängig, weil ich den Gedanken nicht ertragen konnte, zwei Wochen ohne sie auskommen zu sollen, dann aber sagte ich mir, daß ich mich wie ein verliebter Jüngling benähme und Zeit für mich allein brauchte, um abzukühlen. Ich hatte eine lange, ernsthafte Auseinandersetzung mit mir selbst, um herauszufinden, ob ich mich in sie verliebt hatte, aber vom logischen Standpunkt aus konnte ich mir nicht vorstellen, daß das der Fall war. Danach hatte ich eine weitere lange Diskussion mit mir selbst, in der ich zugab, daß ich in eine Situation hineingerutscht war, in der Logik nicht ins Spiel kam. Ich war verrückt nach ihr und wäre noch verrückter, wollte ich das abstreiten.

Daß ich den Mut hatte, dieser verwirrenden Tatsache ins Gesicht zu sehen, stellte eine Art von Triumph dar, aber lange konnte ich mich dieses Triumphes nicht freuen, denn ich mußte feststellen, daß ich mich wiederum in einer Sackgasse befand, ohne eine Ahnung zu haben, was nun zu tun sei. Ich konnte nicht in aller Öffentlichkeit mit ihr zusammenleben. Ich konnte sie ja nicht einmal dazu überreden, mit mir privat zusammenzuziehen. Mein logisches Hirn, das trotz solch unlogischer Umstände noch immer sporadisch funktionierte, sagte mir, daß mir drei weitere Handlungswege offenstünden. Ich konnte sie aufgeben. Ich konnte den unbefriedigenden Status quo beibehalten. Oder ich konnte sie heiraten.

Sie aufzugeben, war undenkbar. Der Status quo trieb mich bereits zum Wahnsinn. Heirat war genauso unmöglich, wie in aller Öffentlichkeit mit ihr zusammenzuleben. Oder etwa nicht? Aber ja doch. Die Ehe würde schiefgehen. Die nackte Wahrheit – der ich irgendwie gerade ins Gesicht sehen mußte, wollte ich bei Verstand bleiben – war eben, daß Teresa nie in meine Welt passen würde. Wenn wir heirateten, würde entweder sie einige Änderungen in ihrem bisherigen Leben machen müssen oder ich an dem meinen, und schließlich konnte ich schlecht um sie anhalten mit Sätzen wie: „Hör mal, ich würde dich gern heiraten, aber du mußt dich noch ganz schön ändern, bevor ich dich zum Altar führe." Ich überlegte, ob ich vielleicht ein paar Änderungen in meinem Leben versuchen sollte, gab aber diesen Gedanken bald auf. Ich mochte meine Welt genauso, wie sie war, und radikale Änderungen kamen nicht in Betracht.

Dann aber ging ich nach Deutschland zurück, und als ich zum ersten Mal nach zehn Jahren mein Heimatland wieder betrat, vergaß ich alles – Teresa, die Van Zales, mein gesamtes amerikanisches Leben – in der Feuerprobe meiner Heimkehr.

Ich hatte angenommen, ich sei gut vorbereitet. Ich hatte endlose Berichte gelesen, hatte mit Menschen gesprochen, die dort gewesen waren. Ich hatte vier Jahre nach Kriegsende verstreichen lassen, um sicherzugehen, daß ich, welch Chaos ich auch immer bei meiner Rückkehr dort antreffen sollte, mich damit abfinden würde. Als ich dann aber wirklich hinkam, stellte sich heraus, daß nicht nur die Realität um so viel schlimmer war, als ich sie mir vorgestellt hatte, sondern daß ich völlig hilflos davorstand. Kein Zeitungsartikel, keine Fotoreportage im „Life", keine Unterhaltung mit Augenzeugen hätten mich je auf diese zerstörten Städte, auf meine niedergetrampelten Illusionen und auf den G.I., der „Lili Marlen" gepfiffen hatte, vorbereiten können.

„Wie war Europa?" fragte Teresa munter, als ich zurückkehrte.

„Prima." Ich konnte nichts über Deutschland sagen, aber ich versuchte, ihr von Paris zu erzählen. Ich schöpfte dabei aus Erinnerungen meines Vorkriegsbesuches dort.

„Wie war Deutschland?" sagte Cornelius später beiläufig.

„So einigermaßen." Aber sobald ich in die Willow und Wall Street zurückkehrte, wußte ich, daß ich nicht weiterhin so tun könnte, als sei nichts geschehen. Wenn ich jemals in Frieden mit mir selbst leben wollte, mußte ich einige tiefgreifende Änderungen in meinem privaten und beruflichen Leben vollziehen.

Ich wollte Paul Hoffman von der Economic Cooperation Administration anrufen, der gerade Investment-Banker für den ökonomischen Wiederaufbau Europas ausbildete. Ich hob sogar den Hörer ab, um mich nach der Nummer der ECA in Washington zu erkundigen, aber ich legte ihn gleich wieder auf, da ich wußte, daß ich erst mit Cornelius sprechen mußte, bevor ich Paul Hoffman anrief. Bei Van Zale zu kündigen, stand für mich nicht zur Debatte. Die Firma war mein Leben, das Symbol meines Erfolges, die Verkörperung des klassisch-amerikanischen Traumes, der mich so lange durchdrungen hatte. Aber ich wollte unbezahlten Urlaub einreichen, und nur ein Mann hatte die Macht, mir zu gewähren, was ich wollte.

Unglücklicherweise war die Aussicht auf das unvermeidliche Gespräch mit Cornelius alles andere als verlockend. Cornelius war für Isolierung, obwohl er theoretisch nach Pearl Harbor mit dieser Doktrin gebrochen hatte, um sich der offiziellen amerikanischen Politik anzugleichen. Er hatte mir nie eine rationale Erklärung für seine Abneigung gegen Europa geben können, abgeneigt aber war er durchaus, und ich wußte, daß er davor zurückscheuen würde, mich freizustellen, um für den Aufbau Europas zu arbeiten. Es machte keinen Unterschied, daß er in der Theorie mit den Ökonomen übereinstimmte, die argumentierten, daß Amerikas eigener Wohlstand letztlich auf die großzügige Anwendung des Marshallplanes angewiesen war; in der Praxis tat es ihm um jeden Dollar leid, der für den Wiederaufbau von Ländern ausgegeben wurde, die Amerika unverzeihlicherweise in einen zweiten Weltkrieg hineingezogen hatten.

Zu diesem unheilbaren Chauvinismus kam hinzu, daß ich mich, wie ich wohl wußte, mit seinem Widerstreben würde auseinandersetzen müssen, auch nur zeitweise auf meine Dienste zu verzichten. Obwohl ich mir nie vorgemacht hatte, ich sei für Cornelius unentbehrlich in der Willow Street 1, so war mir doch durchaus klar, daß keiner der anderen Partner mir in der Rolle der Vertrauensperson und als Mitarbeiter gleichkam. Wie Cornelius oft sagte, gab es wenige Menschen, denen er vollkommen traute. In den gegebenen Umständen war es mein Pech, einer von diesen zu sein.

Ich hatte geglaubt, meine Lage könne kaum unersprießlicher sein, aber ich hatte mich geirrt. Sie nahm eine scharfe Wendung zum Schlimmeren, als Vicky Van Zale mit ihrem Strandbubi durchzubrennen versuchte und Cornelius sich die Schnapsidee mit der Heirat einfallen ließ. Weit davon entfernt, die Handschellen unserer gemeinsamen Vergangenheit, die uns so lange zusammengefesselt hatten, aufschließen zu wollen, war er offensichtlich nun sogar bestrebt, den Schlüssel wegzuwerfen. Und während ich an jenem Abend zu Kevins Haus fuhr, um Teresa zu treffen, fragte ich mich verzweifelt, wie ich mich je diesem goldenen Käfig würde entziehen können, den Cornelius emsig für mich in der Willow und Wall Street auszubauen suchte.

Ich entstieg meinem Mercedes. „Sie brauchen nicht zu warten, Hauptmann", sagte ich. „Ich nehme für den Heimweg ein Taxi."

Als der Wagen abfuhr, schaute ich die baumgesäumte Straße entlang und zum blassen Himmel hinauf. Es war ein wunderschöner Abend, und plötzlich, allen Mißständen zum Trotz, nahm meine Verzweiflung ab, und ich konnte sogar lächeln beim Gedanken an dieses letzte Zusammensein mit Cornelius. Hatte er ernsthaft geglaubt, mich für die Ehe mit seiner verwöhnten kleinen Tochter bestechen oder blenden zu können? Er mußte ja wohl den Verstand verloren haben. Ich würde Teresa heiraten. Deswegen schien die Idee, jemand anderen zu heiraten, so absurd, und nun wußte ich, daß ich sie schon seit einiger Zeit hatte heiraten wollen, nur hatte ich die Wahrheit vor mir selbst unterdrückt. Jetzt konnte ich jedoch offen zugeben, wie sehr ich sie liebte, weil ich mir nicht länger einreden mußte, daß sie niemals in meine wohlhabende New Yorker Welt passen würde. Meine Welt würde sich ändern und ich mich mit ihr. Wenn ich erst einmal meine Dienstbefreiung durch irgendeinen brillanten diplomatischen Streich gesichert hatte – wie ich es anstellen würde, war mir bis jetzt noch unklar –, dann würde ich nach Europa gehen, mich dem Idealismus des Marshallplanes verschreiben und endlich als loyaler Amerikaner für das Deutschland kämpfen, das ich vor dem Krieg so sehr geliebt hatte.

Und später? Später würde der erwartete Nachkriegsaufschwung in vollem Gang sein, und irgendwie würde ich Cornelius beschwatzen, daß es nur in seinem eigensten Interesse sei, eine Van-Zale-Niederlassung in Europa zu eröffnen . . . Mein neues Leben erstreckte sich vor mir, soweit das Auge reichte, und Kevins Haustür öffnete sich weit, um mich willkommen zu heißen, als ich die Stufen hinauflief. Teresa war da, lächelte mich an, und als ich sie sah, war mir, als wollte mein Herz nicht nur vor Glück zerspringen, sondern auch vor Erleichterung darüber, daß ich schließlich erfolgreich alle Konflikte, die mich so lange gepeinigt, gelöst hatte.

Es war eine herrliche, verführerische Illusion. Aber ich werde nie vergessen, wie glücklich ich an jenem Aprilabend im Jahre 1949 war, als Teresa mich anlächelte und ich die Stufen hinauf in ihre Arme lief.

„Hi, Honey!“ sagte sie, als sie mich küßte. „Laß deine neueste Million Kröten vor der Tür, komm rein, und ich werde dir einen Martini mixen, der selbst General Sherman in seinen eigenen Fußtapfen erstarren ließe. O je, du siehst fast so erschöpft aus, wie du am Telefon geklungen hast! Was, zum Teufel, ist passiert?“

ZWEITES KAPITEL

I.

Teresa hatte einen Schmutzfleck auf ihrer ungepuderten Nase und grellroten Lippenstift auf ihrem vollen Mund. Ihr dunkles Haar wallte ungebärdig in alle Richtungen, als wolle es dem Gesetz des freien Falles trotzen. Ihr türkisfarbenes Kleid, zu dem sie einen weißen Gürtel trug, der zu ihren hochhackigen Sandalen paßte, sah aus, als sei es in der Reinigung eingelaufen, denn die Nähte spannten über den Hüften, und die Knöpfe schafften es kaum, über ihrem Busen die Knopflöcher zu erreichen. Wie immer trug sie ihr goldenes Kreuz, aber keinen anderen Schmuck.

„Du siehst wunderbar aus!“ sagte ich, indem ich sie erneut küßte. „Wo hast du denn dieses aufreizende Kleid her?“

„Vom Markt an der Lower East Side. Aber nun weiche meinen Fragen nicht aus. Warum hast du so verzweifelt am Telefon geklungen?“

Ich hatte keine Lust, mich in langen Erklärungen über meine quälende Beziehung zu Cornelius auszulassen. „Nun, da gibt’s diese Gesellschaft namens Hammaco, die Papiere im Wert von neunzig Millionen Dollar in Umlauf setzen –"

„O Gott. Laß mich mal die Drinks mixen. Macht es dir wirklich nichts aus, in der Küche zu hocken? Ich koche gerade den Reis für die Jambalaya."

„Wo ist Kevin?"

„Er ist noch nicht von der Probe zurück." Sie führte mich den Flur entlang zum hinteren Teil des Hauses.

Kevins Küche war das Meisterstück seines perfekten Hauses und repräsentierte all die Qualitäten, die ich an seinem Heim liebte. Der Raum war einfach und geräumig, aber er hatte jene geräumige Einfachheit, die man nur mit Geld erwerben kann. Die Küche, die Kopie eines Raumes, den Kevin in einem Farmhaus in Neu-England bewundert hatte, war groß und luftig. Ein altmodischer Herd, nur zur Dekoration installiert, glänzte schwarz unter einer teilweise freigelegten Backsteinwand. Die Schränke waren aus solidem Ahorn. Ein schwerer, rechteckiger Tisch stand in der Mitte des Raumes, umgeben von vier passenden hölzernen Stühlen. Kräuter wuchsen in Töpfen auf dem Fensterbrett, kupferne Pfannen hingen an den Wänden, und der in warmem Rot gekachelte Fußboden schimmerte im matten Licht. Kevin hielt sich sowohl eine Putzfrau als auch eine Haushälterin, um täglich sein Haus in dem von ihm gewünschten makellosen Zustand zu halten, der prompt durch Teresas Kochversuche total ruiniert wurde.

„Tut mir leid, daß alles so unordentlich ist", sagte Teresa, indem sie ein Stück Tisch frei machte. „Die Haushälterin hat heute frei, und so habe ich mich erboten, das Essen für Kevin zu kochen, weil er mir fünf Dollar für ein Paar Schuhe gegeben hat. Bei den alten sind schließlich die Sohlen abgefallen, und das Männchen um die Ecke meinte, er könne sie nicht mehr reparieren . . . Komisch, ich bin sicher, ich hatte irgendwo ein paar Oliven für deinen Martini. Möchte bloß wissen, was ich damit angestellt habe."

„Kevin hat dir Geld geliehen?"

„Nein, es war ein Geschenk. Er leiht nie etwas."

„Das dachte ich mir. Also wenn du Geld von Kevin annehmen kannst –"

„Kann ich mitnichten. Deswegen koche ich ihm ja dieses

Essen, damit wir quitt sind. Ich nehme an, ich muß mich nach einem weiteren Job umsehen, da meine Ersparnisse mal wieder futsch sind . . . Tut mir leid, Honey, aber ich kann die Oliven nicht finden, vielleicht hat die Katze sie aufgefressen. Zwei Eiswürfel in den Martini?"

„Danke. Teresa, du mußt dich nicht nach einem anderen Job umsehen. Ich hatte gerade die hinreißende Idee –"

Ohne jegliche Vorwarnung griff sie mich plötzlich an. „Ich habe genug von deinen hinreißenden Ideen! Und ich habe genug von deinem ewigen Gerede über Geld! Tut mir leid, aber ich bin heute in einer Dreckslaune, weil meine Arbeit so schlecht vom Fleck geht. Deswegen muß ich wieder hinauf zu meiner Leinwand, sobald ich Kevin sein Essen vorgesetzt habe."

„He, einen Augenblick!" Ich war geistig durch diese völlig unerwartete Attacke aus dem Gleichgewicht gebracht worden und konnte nur protestierend stottern: „Was ich zu sagen habe, ist wichtig!"

Sie knallte das Paket Reis auf den Tisch. „Meine Arbeit auch!" schrie sie mich an. „Du denkst, sie ist nur ein amüsantes Hobby, weil ich damit nichts verdiene – Geld, Geld, Geld, an was anderes denkst du überhaupt nicht, tagein, tagaus! Oder denkst du jemals über etwas anderes nach? Verdammt noch mal, nicht daß ich wüßte! Ich weiß bereits seit einiger Zeit, daß du mich überhaupt nicht verstehst, aber jetzt frage ich mich doch, ob ich eine Ahnung von dir habe – oh, du redest und redest an der Oberfläche herum, aber was ist wirklich hinter all dem erfolgreichen Charme und sexy Savoir-vivre? Ich kann mich nicht entscheiden, ob du ein netter, anständiger Kerl bist oder ein richtiger Hund. Ich nehme an, du mußt ein Hund sein, da du bereit bist, dein Leben an einen korrupten, materialistischen, ekelhaften Beruf wie Banking zu verschwenden, aber –"

„Einen Moment." Ich hatte mich inzwischen zusammengerissen und wußte genau, was ich sagen wollte. Ich erhob meine Stimme nicht, änderte aber meinen Ton, genau wie ich es tat, wenn ein Kunde aufsässig wurde und lässig auf seinen Platz verwiesen werden mußte. „Merke dir eines: Banking ist ein tadelloser Beruf. Wahrscheinlich glaubst du nicht, daß es genausosehr Gottes Geschenk an die Humanität ist wie Bilder malen, aber wenn du ein bißchen mehr über Banking wüßtest und dir ein bißchen weniger emsig irgendeine betrügerische marxistische Kacke einverleibtest, dann würdest du sehen, daß Banker einen notwendigen Dienst für die Wirtschaft leisten und dadurch dem Land als Ganzem nutzen. Also hör auf, mir dieses Märchen aus den dreißiger Jahren vorzuleiern, worin die Banker die Bösewichte sind, okay? Halt an, um mal einen Moment lang nachzudenken. Was passiert gerade jetzt im Jahre 1949? Die Banker sind es, die Europa wieder zusammensetzen werden, nachdem all die Soldaten, Helden und Politiker es in Stücke gesprengt haben. Und das bringt mich zu dem Thema, über das ich mit dir reden wollte. Ich sehe jetzt, wie ich all meine Ausbildung und Erfahrung für die bestmögliche Sache einsetzen kann . . ."

„Ach, laß nur. Dieser ambitionierte Affentanz ist so bedeutungslos, so unnütz –"

„Herrgott noch mal!" Ich war jetzt wirklich ärgerlich. „Versuch doch nicht, mir irgendwelchen zurechtgestutzten philosophischen Käse über den Sinn des Lebens anzudrehen! Wer, zum Teufel, weiß denn, was es bedeutet? Ist es, auf lange Sicht gesehen, nicht genauso bedeutungslos, ein Bild zu malen wie Kröten zu verdienen? Du glaubst wohl, ich sei immer zu sehr mit Geldverdienen beschäftigt gewesen, um mir je die üblichen fundamentalen Fragen zu stellen; aber entgegen deiner Annahme bin ich nicht der Geld machende Roboter, und ich habe mich oft gefragt, besonders in letzter Zeit, was es mit ‚leben' auf sich hat. Gibt es einen Gott? Es scheint unvorstellbar, wenn es ihn aber gibt, dann scheint sein Talent für Management ziemlich armselig zu sein. Gibt es ein Leben nach dem Tod? Wiederum erscheint es unvorstellbar; wenn dem aber so ist und Gott mischt mit, dann ist es mit Sicherheit ein gräßliches Chaos. Ich persönlich interessiere mich nicht für Phantasie, nur für harte Tatsachen, die ich zu einer zusammenhängenden Ordnung organisieren kann. Wir leben in einer kapitalistischen Gesellschaft, und in unserem Leben wird sich das nicht ändern. Geld hilft dieser Gesellschaft weiter. Man braucht Geld zum Leben, man braucht Geld für das, was man wirklich tun will, man braucht Geld, um Gutes zu tun – was mich zum Grund meines Kommens bringt. Gerade jetzt ist in Europa –"

„Europa!" sprühte Teresa. „Ich kümmere mich einen Dreck

um Europa! Das einzige, was mich kümmert, ist, in welche Richtung wir gehen! Ich habe wenigstens versucht, dich zu akzeptieren, wie du nun einmal bist, Banking eingeschlossen. Aber wann hast du dich je dazu aufgeschwungen, mich, so wie ich bin, zu akzeptieren, Sam? Wann wirst du endlich die Versuche einstellen, mich zu kaufen und zu einer Art häuslichen Mätresse machen zu wollen?“

„Zum Teufel“, brüllte ich, indem mir schließlich die Geduld riß. „Ich will dich nicht zu meiner häuslichen Mätresse machen, sondern zu meiner Frau.“

Weit entfernt, am anderen Ende des Flures, klickte die Haustür. „Hallo, Teresa!“ rief Kevin. „Raten Sie mal, wer mich eben mit einem Rolls-Royce in der Größe eines Bierlasters an der Kreuzung Fourty-Second und Broadway aufgelesen hat!“

Wir in der Küche waren bewegungslos und starrten einander an. Teresas Lippen waren leicht geöffnet, und das kleine Goldkreuz war zwischen den Kurven ihrer Brüste verschwunden. Ich wollte mit ihr schlafen, sie liebkosen.

„Ich warte oben auf dich“, sagte ich mit gedämpfter Stimme. „Ich möchte jetzt nicht mit Kevin sprechen.“

„Nein.“

„Teresa –“

„Es tut mir leid, ich weiß, ich bin eklig zu dir, aber ich kann nicht anders . . . Mein Leben ist in einem solchen Durcheinander – wenn ich nur arbeiten könnte –, ich muß heute abend versuchen zu arbeiten, sonst verliere ich noch den Verstand.“

„Aber ich muß mit dir sprechen!“

„Nicht heute abend. Ich kann nicht. Ich muß allein sein. Ich muß arbeiten, wirklich.“

„Aber ich liebe dich – ich helfe dir, alles in Ordnung zu bringen –“

„Du hast noch nicht einmal angefangen, zu verstehen.“

Die Tür der Küche wurde weit aufgestoßen, als Kevin, in bewußter Showbusineßmanier, auftrat.

„Teresa, mein Engel! Was ist dieses außergewöhnlich unheildrohende Aroma, das dem Herde entströmt? Ah – hallo, Sam – nein, geh nicht! Warum seht ihr denn so verwirrt aus, als ob ich euch ‚in flagranti delicto‘ erwischt habe? Ihr wißt, daß meinen weiblichen Angestellten Herrenbesuch gestattet ist!“ Und als ich widerwillig in den nächsten Stuhl sank, rief er lachend aus, als könnte er mit seinem Überschwang die Spannung aus dem Raum verscheuchen: „Gott, ich bin wegen dieser eselsgleichen Schauspieler doch glatt die Wände hochgegangen! Es ist ein Wunder, daß ich nicht an einem Schlaganfall gestorben bin!“

Man sah Kevin seine einundvierzig Jahre nicht an. Gleich mir war er dunkelhaarig und sechs Fuß groß, hatte sich aber, ungleich mir, seine Figur und sein Haar bewahrt! Seine frivole Aura war trügerisch. Genau wie Wall Street war auch der Broadway eine harte Welt, in der nur die Stärksten überlebten. Das Grübchen in seinem Kinn, das von vielen als die Ursache seines Erfolges bei beiden Geschlechtern angesehen wurde, saß in einem harten, unnachgiebigen Kiefer.

„. . . und nun schaut doch nur, wer hier ist!“ sagte er, indem er in Richtung Tür gestikulierte wie ein Zauberer, der gleich sechs weiße Kaninchen aus seinem Hut ziehen würde, und als ich an ihm vorbeisah, erblickte ich Jake Reischman auf der Schwelle.

Makellos gekleidet wie immer, die Welt mit dem ihm eigenen Ausdruck von unendlich weltgewandtem Zynismus betrachtend, hatte Jake an der Türschwelle der Küche haltgemacht und betrachtete nun die für ihn neue Umgebung ähnlich einem erfahrenen Reisenden, der am Tor einer verbotenen Stadt innehält. Küchen waren zweifellos etwas Neues für Jake, da er nur selten Gelegenheit haben konnte, eine solche zu sehen. Ungleich Cornelius, der auf einer Farm in Ohio geboren und in bürgerlichen Verhältnissen aufgewachsen war, hatte Jake sein ganzes Leben in den oberen Regionen der New Yorker deutsch-jüdischen Aristokratie verbracht.

Unsere Blicke trafen sich. Er zögerte nie. Sein Mund verzog sich zu einem formellen Lächeln, obwohl seine Augen ein klares, eisiges Blau beibehielten.

„Guten Tag, Sam.“

„Hallo, Jake.“

Wir schüttelten uns nicht die Hände.

„Jake, du kennst Teresa natürlich –“

„Nein“, sagte Jake, „ich hatte noch nie das Vergnügen.“

„Nicht?“ sagte Kevin erstaunt. „Aber ich erinnere mich doch genau – ah, das war ja Ingrid, natürlich. Also, darf ich vorstellen: dies ist Teresa Kowalewski, Jake. Teresa, dies ist

Jake Reischman, ein weiterer meiner berüchtigten Banking-Freunde."

„Miß Kowalewski", sagte Jake geläufig, abermals sein formelles Lächeln aufsetzend, und hielt ihr seine Hand entgegen. Seine Art, mit der er sofort den polnischen Nachnamen meisterte, war so überwältigend, daß wir ihn einen Augenblick lang alle bewundernd anstarrten.

„Hi", sagte Teresa schließlich schüchtern, indem sie sich hastig die Hand abwischte, bevor sie sie ihm zum Gruß entgegenstreckte.

„Also, was wollen wir trinken?" sagte Kevin gesellig. „Jake, ich habe diesen sagenhaften Fusel aus dem Süden, den ich durch Teresa kennengelernt habe – sie brachte eine Flasche die ganze Strecke von New Orleans nach New York, und jetzt bestelle ich ihn kistenweise direkt aus Kentucky. Hast du je Wild Turkey Bourbon probiert?"

Jake schüttelte sich. „Ich nehme einen Scotch, bitte – Johnny Walker, Black Label, wenn du das hast. Kein Soda oder Wasser. Drei Eisstücke."

Während er redete, kochte der Reis über, und Teresa eilte mit einem überraschten Schrei hinzu, um sich darum zu kümmern. Kevin hatte bereits den Raum auf der Suche nach dem Whisky verlassen, und ich beobachtete, wie Jake lässig einen Zwiebelring entfernte, um sich mir gegenüber setzen zu können. Ich schaute weg; ich überlegte krampfhaft, wie ich wohl aus diesem Raum entkommen könnte, fand aber keinen Vorwand für einen schnellen Abgang, ohne den Anschein zu erwecken, ich wolle Jake vor den Kopf stoßen. Deshalb sagte ich schließlich mit dem linkischen Versuch, freundlich zu erscheinen: „Wie steht es bei dir?"

„Mittelprächtig. Wir wollen hoffen, daß das Herabsetzen der Preise für den Ankauf von Aktien dazu beitragen wird, die Börse wieder in Schwung zu bringen. Mir hing es allmählich zum Halse heraus, Truman dauernd über die Gefahr einer Inflation reden zu hören, während es doch sonnenklar war, daß alle Inflationsgefahr längst vorbei ist . . . Und du, höre ich, bist eben erst von einem Europaurlaub zurückgekehrt?"

„Ja." Ich wollte mehr sagen, fand aber nicht die Worte.

„Wie nett", sagte Jake ungestört. „Übrigens, hast du heute die ‚Times' gelesen? In Norddeutschland sind Gruppen in Reitstiefeln auf der Straße herummarschiert und haben ‚Deutschland, Deutschland über alles' gesungen . . . wie wenig sich manchmal im Leben zu ändern scheint. Aber sicher hast du Deutschland sehr verändert gefunden. Du bist doch dort gewesen, oder?"

„Ja." Ich probierte den Martini, konnte ihn aber nicht trinken. Ich setzte das Glas wieder auf den Tisch, als Kevin in die Stille des Raumes zurückkehrte.

„Wie geht's Neil, Sam?" fragte er fröhlich, womit er Cornelius meinte. „Hat seine Tochter ihm inzwischen erfolgreich einen Nervenzusammenbruch verpaßt?"

Ich brachte es gerade noch fertig, zu sagen: „Sie ist noch dabei."

„Armer Neil. Ich habe das natürlich längst kommen sehen. Wäre ich Vicky und wie Rapunzel in diesem Überbleibsel aus grauer Vorzeit begraben, das Neil ein Zuhause nennt, dann hätte ich ganz sicher mein Haar dem erstbesten jungen Mann heruntergelassen, der vorbeispazierte. Gott weiß, daß niemand Neil und Alicia mehr zugetan ist als ich, aber ich glaube, ehrlich gesagt, daß sie keine Ahnung haben, wie man eine halbwüchsige Tochter großzieht. Wenn ich an meine vier Schwestern denke –"

„Wenn ich an meine zwei Töchter denke", sagte Jake, der drei Kinder hatte, die kurz vor der Pubertät standen, „dann scheint es mir offensichtlich, daß Neil und Alicia immer das Beste aus ihrer schwierigen Aufgabe gemacht haben."

„Nun, wir alle wissen, wie schwierig es ist, Eltern zu sein", sagte Kevin, der Jake inzwischen seinen Scotch gegeben hatte und nun reichlich Gin in mein halbleeres Glas goß. „Shakespeare wußte, was er tat, als er Lears Rolle schrieb . . . Teresa, ist das wirklich Jambalaya? Es sieht aus wie ein unaussprechliches Organ einer Ziege, zweifellos ein volkstümliches Gericht, wahrscheinlich türkisch oder libanesisch –"

„Danke für die Blumen." Teresa kratzte noch immer wütend den verbrannten Reis aus dem Topf. „Möchten Sie einen Salat?"

„Zauberhaft, Liebling. Also, wie ich so richtig sagte – Sam, warum stehst du denn auf? Du kannst unmöglich den Gin stehenlassen, den ich dir gerade großzügigerweise spendiert habe! Weshalb willst du weglaufen?"

Es klingelte an der Haustür.

„Wer könnte das wohl sein", überlegte Kevin, indem er beiläufig einen Schuß Wermut in mein Glas goß. „Vielleicht ist es einer der Schauspieler, der sich für den Vergewaltigungsversuch an meinem Stück entschuldigen will."

„Könnte jemand bitte für mich die Haustür öffnen", bat Teresa, die aufgelöster denn je aussah. Der Reis war beim Überkochen auch am Herd festgeklebt.

Jake schaute sich erstaunt um, als ob er überrascht war, daß es keinen Butler gab – oder doch wenigstens ein uniformiertes Mädchen, das für die Haustür zuständig war.

„Teresa", sagte Kevin, „haben wir keine Oliven für Sams Martini?"

Es klingelte abermals.

„Würde einer von euch gottverdammten Millionären sein Hinterteil lüften und die Tür aufmachen!" kreischte Teresa.

Zum ersten Mal blickte Jake sie nun mit unumwundenem Interesse an; dennoch war ich es, der die Küche verließ, als es zum dritten Mal klingelte.

Verworrene Gedanken verlangsamten meinen Gang den Flur hinunter. Warum hatte ich wegzugehen versucht? Natürlich mußte ich bleiben. Ich konnte kaum mein Gespräch mit Teresa so offen belassen. Wenn es Probleme gab, dann mußten sie durchgesprochen werden. Ihre Arbeit konnte doch sicher warten, bis die Probleme gelöst waren . . . aber was für Probleme waren es? Und hatte Teresa recht, wenn sie sagte, ich hätte noch nicht einmal angefangen, zu verstehen?

Betäubt vor Erschöpfung und akuter Sorge über die Zukunft riß ich die Haustür auf und fand Cornelius auf der Schwelle. Wir starrten einander ungläubig an.

„Was machst du denn hier?" fragte ich dumm.

„Ich habe mir überlegt, daß Kevin vielleicht der einzige Mensch in ganz New York ist, der mich aufheitern kann. Und was machst du hier? Ich dachte, du und Kevin trefft euch fast nie."

„Ich hatte eine Verabredung mit Kevins Wirtschafterin."

Die Küchentür flog auf, als Teresa den Flur hinunterschaute. „Bring ihn rein, Sam, wer immer es ist. Vielleicht ißt er etwas Reis. Ich habe anscheinend genug gemacht, um die alliierten Streitkräfte in Europa ernähren zu können."

Da mir nichts Besseres einfiel, sagte ich: „Teresa, darf ich dir Cornelius Van Zale vorstellen."

„Hallo", sagte Teresa. „Mögen Sie Reis? Kommen Sie rein, trinken Sie einen Wild Turkey Bourbon."

„Einen was?" flüsterte Cornelius, als Teresa sich zurückzog.

„Alkohol aus dem Süden."

„Großer Gott. Ist er sehr stark?"

„Etwa hundertundeinprozentig, glaube ich."

„Genau was ich brauche."

Wir gingen in die Küche. Begeisterte Begrüßung folgte zusammen mit taktvollen Erkundigungen nach Vicky.

„Ich hätte dich gestern angerufen, als du mit ihr zurückkamst", sagte Jake, „aber ich dachte, wenn du darüber mit jemand reden willst, wirst du schon selbst anrufen."

„Danke, Jake, aber mir hatte es die Sprache verschlagen. Ich schaffte es nicht einmal, vor zwölf Uhr Mittag ins Büro zu gehen."

Ich drückte mich an der Wand entlang in Richtung Herd, wo Teresa die Jambalaya rührte, aber bevor ich sie erreichen konnte, erhob Kevin sein Glas und sagte lachend: „Nun, es passiert nicht oft, daß wir alle vier im selben Raum zusammen sind. Laßt uns auf die Bar-Harbor-Brüderschaft trinken – möge sie weiterhin gedeihen, indem sie Mammons Altar anbetet, genau wie unser großer Wohltäter – ah, Mephistopheles! – es gewünscht hätte!"

Ich ergriff widerwillig den Drink, den ich nicht wollte, als Cornelius schneidend entgegnete: „Vergiß Mammons Altar – jeder, der einmal reich war, weiß, daß Geld dir nichts garantiert außer Probleme. Glaubst du etwa, dieses Desaster mit Vicky hätte passieren können, wenn sie nicht die Erbin des Van-Zale-Vermögens wäre?"

„Durchaus", sagte Kevin. „Sie ist sehr hübsch. Übrigens, was wurde aus dem Strandknaben, der das ganze Debakel verursachte?"

„Ich habe ihn natürlich ausbezahlt." Cornelius trank seinen Bourbon fast so schnell wie sein Gastgeber.

„Wieviel?" fragte Jake interessiert.

„Zweitausend."

„Für so einen? Du warst zu großzügig!"

„Sie haben es nicht ganz bis Maryland geschafft, oder?" fragte Kevin, der sich mehr für den erfolglosen Ausreißversuch interessierte als für die finanziellen Folgen.

„Die Polizei hat sie an der Staatsgrenze aufgegriffen." Cornelius leerte sein Glas, das sofort nachgefüllt wurde.

„Die Presseberichte waren grausig", sagte Jake. „Was ist nur mit deinen Assistenten los? Hätten sie sich nicht die Herausgeber kaufen können, damit eine würdevolle Fassung veröffentlicht wurde?"

„Ich habe meine Chefassistenten hinausgeworfen."

„Das will ich auch hoffen! Wenn man Leute anstellt, damit man seine Ruhe hat, will man nicht durch den Krach, den sie bei ihrem Job verursachen, taub werden."

Teresa brauchte sich nun keine Mühe mehr zu machen, nicht in meine Richtung zu blicken. Sie hatte meine Gegenwart völlig vergessen. Ich sah, wie sie mit runden Augen zuhörte, den unzerpflückten Salatkopf in der Hand.

„Was denken Sie über all das, Teresa", fragte Kevin, sie freundlich ins Gespräch ziehend. „Sie sind die einzige von uns, die praktische Erfahrung darin hat, wie es ist, mit achtzehn von zu Hause wegzulaufen."

Teresa sah schüchtern um sich, als ob sie durch die Vorhänge eines erleuchteten Zimmers gelinst und dort eine obszöne, aber stimulierende Szene erspäht habe. Einen Augenblick lang überkam mich ungeheure Wut, so daß ich automatisch einen großen Schluck von meinem Martini nahm.

„Nun", sagte sie ungeschickt, mit einem verlegenen Blick auf Cornelius, „ich würde sagen, daß Vicky Glück hat, einen Vater zu besitzen, der sich so viel aus ihr macht, daß er ihr nachläuft und sie zurückbringt."

Cornelius sah sie entsetzt an, als wäre es ihm nie zuvor in den Sinn gekommen, daß manche Väter die Flucht ihrer Töchter gutheißen könnten. „Aber was wurde denn aus Ihnen, als Sie von zu Hause fortliefen?" verlangte er zu wissen und machte dabei den Eindruck, als fühle er sich zu der Frage verpflichtet, so wenig ihn auch die Antwort interessierte.

„Ich ging in eine große Stadt – New Orleans –, traf einen Mann, der mir gefiel, zog mit ihm zusammen und fing an, zu malen."

„Beim Himmel!“ sagte Cornelius.

„Der Bursche hat mich nicht ausgehalten!“ sagte Teresa hastig. „Ich besorgte mir einen Job als Kellnerin, und wir haben die Haushaltskosten geteilt. Womit ich natürlich nicht suggerieren will, daß Ihre Tochter in meine Fußtapfen treten sollte, aber –“

„– aber ein bißchen Sex hat noch niemandem weh getan“, sagte Kevin sorglos.

„Da bin ich kategorisch und hundertprozentig anderer Meinung!“ sagte Cornelius, der sehr blaß geworden war.

„Zum Teufel, dir hat es doch auch nicht geschadet! Wenn ich an diese wilden Parties denke, die du und Sam damals 1929 gegeben habt – sag mal, Sam, hast du noch diese tolle Platte mit Miff Mole und seinen Molers, auf der sie ‚Alexander's Ragtime Band‘ spielen?“

„Du verstehst den Kern der Sache nicht, Kevin“, sagte Jake. „Ich bin darin ganz Neils Meinung – jeder Mann will, daß seine Tochter, bis sie heiratet, Jungfrau bleibt. Am besten verheiratest du Vicky so bald wie möglich, Neil. Da kannst du doch sicher was arrangieren? Macht ja nichts, wenn's nur ein paar Jahre hält. Selbst eine kurze Ehe gäbe ihr die Erfahrung, mit all den Mitgiftjägern fertig zu werden, die sich nach der Scheidung auf sie stürzen werden.“

Cornelius' Gesichtsausdruck wurde sofort völlig neutral, und er bemühte sich, nicht in meine Richtung zu sehen.

„Auch du verstehst den Kern der Sache nicht, Jake“, sagte Kevin. „Wenn Vicky sowieso keine Jungfrau mehr ist, warum sollte Neil sich noch weiterhin mit dieser antiquierten Lösung einer pragmatischen Ehe abgeben? Warum sie nicht ihren eigenen Weg gehen und damit ihre eigenen Fehler machen lassen, aus denen sie dann lernen kann?“

„Mach dich nicht lächerlich“, sagte Jake. „Wie kann man denn seine Tochter ihren eigenen Weg machen lassen, wenn sie Erbin mehrerer Millionen ist? Das wäre kriminelle Vernachlässigung! Und wer sagt denn, daß Vicky keine Jungfrau mehr ist? Sie glaubte doch, sie würde den Strandbubi nach vierundzwanzig Stunden in Maryland heiraten, oder etwa nicht? Natürlich hat sie sich für die Hochzeitsnacht aufgespart!“

„Na, wenn du das glaubst“, sagte Kevin, „dann wirst du alles glauben.“

„Nun ist aber Schluß!“ brüllte Cornelius so unerwartet, daß wir alle zusammenfuhren. „Das ist meine Tochter, über die ihr da diskutiert, nicht eine Person aus einem von Kevins Stücken! Natürlich ist Vicky noch . . . also da besteht gar kein Zweifel, überhaupt keiner.“ Er stieß sein leeres Glas von sich und stand auf. „Ich muß nach Hause, Kevin. Kann ich dein Telefon benutzen, um Alicia Bescheid zu sagen, daß ich unterwegs bin?“

„Natürlich, nimm den Apparat in meinem Arbeitszimmer.“

„O je, er war echt bestürzt, nicht?“ sagte Teresa leise, nachdem Cornelius hinausgegangen war. „Ich habe fast vergessen, daß er ein berühmter Millionär ist. Er hat sich wie ein ganz gewöhnlicher Bursche aufgeführt.“

Ich wurde sofort wieder ungeheuer wütend. Außerdem konnte ich nicht verstehen, warum Teresa – sonst von Reichtum unbeeindruckt – durch den flüchtigen Einblick in das vermasselte Privatleben eines reichen Mannes so fasziniert sein sollte, und ich fühlte mich für sie gedemütigt, als ich sah, wie belustigt Jake und Kevin über ihre Naivität waren.

„Ich sehe schon, Sie wissen nicht viel über Millionäre, Miß Kowalewski!“ sagte Jake mit einer plötzlichen gesellschaftlichen Avance, die so affektiert war, daß man kaum glauben konnte, wie irgendeine Frau solche Künstlichkeit je hätte reizvoll finden können. „Erlauben Sie mir, Sie einmal zu einem Drink einzuladen und Ihnen entsprechende Aufklärung angedeihen zu lassen.“

„Das kannst du bleibenlassen, Jake“, sagte Kevin. „Sam hat Teresa alles beigebracht, was sie über Millionäre wissen muß. Teresa, wie geht's der libanesischen Ziege in Ihrem Kochtopf? Jake, bleib doch hier und iß Jambalaya mit uns!“

„Leider bin ich heute abend zum Essen eingeladen, deshalb muß ich mich jetzt, wie Neil, auf den Weg machen . . . Auf Wiedersehen, Miß Kowalewski – wir werden einander bestimmt noch einmal begegnen. Guten Abend, Kevin – vielen Dank für den Drink.“ Er wandte sich zu mir, alteingesessenes Geld stand neuerworbenem gegenüber, ein Fifth-Avenue-Aristokrat Auge in Auge mit einem Einwanderer aus der Provinz, ein Deutschamerikaner blickt einen anderen Deutschamerikaner über sechs Millionen jüdische Leichen und Europas sechs Jahre Hölle hinweg an.

„Auf Wiedersehen, Sam“, sagte er auf deutsch.

Ich hatte auf einmal eine unerträgliche Sehnsucht nach etwas Wertvollem, das verlorengegangen war, und sekundenlang sah ich nicht den unerreichbaren Chef des Hauses Reischman, sondern den freundlichen Jungen, der vor langer Zeit in Bar Harbor gerufen hatte: „Komm und wohne bei uns, wir werden dich wieder stolz darauf machen, Deutscher zu sein." Und ich erinnerte mich, wie mir zumute war, als ich ihn daraufhin in dem Fifth-Avenue-Haus seiner Eltern besucht hatte; ich erinnerte mich, wie ich deutschen Wein getrunken hatte, wie seine Schwestern auf dem Flügel deutsche Musik gespielt, wie ich seinem Vater zugehört hatte, der mir auf deutsch über die deutsche Kultur in den goldenen Tagen vor 1914 erzählte.

„Jake", sagte ich.

Er hielt inne und schaute zurück. „Ja?"

„Vielleicht könnten wir irgendwann zusammen lunchen . . . Ich würde gern mit jemandem über meinen Urlaub sprechen, mit jemandem, der das verstünde . . . Du weißt, wie unmöglich Neil ist, was Europa angeht."

„Ich fürchte, Europa liegt momentan außerhalb meiner Interessensphäre", sagte Jake höflich. „Paul Hoffman hat versucht, mich für die ECA anzuwerben, und ich mußte ihm offen sagen, er solle sich woanders umsehen. Im Gegensatz zu Leuten wie du – der es vorzog, nicht gegen Hitler zu kämpfen – war ich vier Jahre lang weg von zu Hause, und jetzt möchte ich nichts weiter, als hier in New York bleiben und jemand anderen den Mist in Europa zusammenfegen lassen. Und jetzt entschuldige mich bitte, denn ich muß wirklich gehen. Kevin, ich sehe dich bei der nächsten Ausschußsitzung der Van-Zale-Stiftung – oder bei der Premiere deines neuen Stückes, was immer früher stattfindet."

„Vorausgesetzt, ich überlebe die Proben! Ich begleite dich zur Tür, Jake."

Sie verließen die Küche. Ich trank meinen Martini in einem Schluck aus und wartete. Lange mußte ich nicht warten.

„Allmächtiger Gott, Sam!" flüsterte Teresa entsetzt. „Hast du mit den Nazis sympathisiert?"

Ich warf mein leeres Glas an die Wand. Natürlich hatte ich zu viel getrunken. Das wurde mir sofort klar, als das Glas zerbrach. Ich riß mich zusammen und sagte schnell: „Tut mir leid, ich bin nicht auf dich wütend, sondern auf Jake. Bei einem Besuch in

Deutschland, damals um 1933, war ich davon beeindruckt, wie Hitler Deutschland wieder auf die Beine stellte. Viele Leute waren damals ähnlich beeindruckt, und obwohl ich nur einmal beiläufig eine Pro-Hitler-Bemerkung fallenließ, nahm Jake mir dies sofort übel und verbreitete die Nachricht, daß ich ein Nazi sei, vom einen Ende der Wall Street bis zum anderen. Ich werde ihm das nie verzeihen. Ich bin ein loyaler Amerikaner. Ich lehne den Standpunkt der Propaganda vollkommen ab, daß jeder nicht jüdische Deutsche automatisch Pro-Nazi war. Ich wurde meiner Augen wegen vom Wehrdienst befreit, nicht weil ich ein faschistischer Fanatiker mit einem Haufen Hakenkreuzen im Schrank war!"

„Schon gut, Sam", sagte Teresa verlegen. „Ist schon in Ordnung. Ich verstehe."

Aber es gelang mir nicht, das Thema fallenzulassen. „Ich weiß, ich war vor 1941 dagegen, daß Amerika sich am Krieg beteiligte", sagte ich, „aber eine Menge guter, loyaler Amerikaner waren doch derselben Meinung – und ich bin Amerikaner. Ich bin kein Deutscher. Ich bin kein Nazi. Nie gewesen. Nie."

Die Tür öffnete sich, und Kevin trat wieder ein. „So, das wäre geschafft", sagte er. „Jake ist in seinem Rolls davongeschnurrt. Neil in seinem Cadillac abgerauscht und hier ist alles wieder normal. Oder etwa nicht? Sam, du siehst so aus, als könntest du noch einen Drink vertragen. Welcher Teufel hat dich nur geritten, das Thema Deutschland vor Jake zu erwähnen? Es ist doch eindeutig klar, daß Jake, seit er 1945 nach Hause zurückkehrte, noch mehr über den gottverdammten Krieg durcheinandergeraten ist als du."

Unsicher stand ich auf. „Ich habe eines deiner Gläser zerbrochen. Du mußt es mich ersetzen lassen. Tut mir wirklich leid wegen der Schweinerei."

„Ach, hör auf, Mist zu reden, und setz dich um Gottes willen wieder hin. Teresa, ich muß zwei Szenen überarbeiten; wenn Sie mir bitte etwas von der alten Ziege auf einem Tablett servieren wollen, ziehe ich mich in mein Arbeitszimmer zurück, und ihr beide könnt euch dann auf dem Küchentisch lieben, oder was immer notwendig ist, um all die schwere teutonische ‚Angst' auszutreiben –"

„Sam wird nicht hierbleiben, Kevin", sagte Teresa. „Ich muß

heute abend einfach arbeiten. Heute ist mir überhaupt nichts geglückt."

„Teresa –", ich konnte kaum sprechen.

„Tut mir leid, Sam – ich habe versucht, zu erklären –"

„Du hast nichts erklärt!"

„Oh, hör auf, mit mir zu streiten, hör auf, mich zu verfolgen, hör endlich auf, hör auf, hör auf –"

„Okay. Okay. Verzeih. Ich ruf' dich an." Ich wußte kaum, was ich sagte. Ich tastete mich in Richtung Tür. „Alsdann, Kevin. Danke für den Drink."

Als ich die halbe Länge des Korridors hinter mir hatte, hörte ich Kevin zu Teresa murmeln: „Laufen Sie ihm nach, Sie Dummkopf! Sehen Sie denn nicht, daß er ganz am Ende ist?"

„Da ist er nicht der einzige", sagte Teresa.

Die Haustür schlug hinter mir zu, und ich stolperte die Treppe zur Straße hinunter. Einen Augenblick lang stand ich still, während ich meine beschlagene Brille putzte, dann ging ich wie blind stadtwärts.

II.

Infolge eines Streiks waren über die Hälfte aller Taxifahrer zu Hause geblieben, und so bestieg ich in der Sixth Avenue einen Bus, der in nördlicher Richtung fuhr. Ich fühlte mich den Torturen im Kampf um die Untergrundbahn nicht gewachsen.

Hinter mir fingen zwei Geschäftsleute an, sich über Deutschland zu unterhalten, und ich überlegte verzweifelt, wie lange ich wohl warten müßte, bevor Deutschland nicht mehr ein Thema von aktuellem Interesse sei. Selbst jetzt, vier Jahre nach dem Krieg, schien das vernichtete Deutschland die Amerikaner genauso zu faszinieren wie das tobende Deutschland zuvor.

„Selbst wenn sie das Verbot, in Deutschland zu investieren, aufhöben, wer wollte dort schon Geld anlegen? Das Land ist noch immer besetzt, es steht nichts hinter der deutschen Währung, und zu viele Fragen sind ungeklärt – die Ruhr, zum Beispiel. Wenn die Ruhrindustrie abgebaut wird . . . ja, ich weiß, daß die ECA gegen die Demontage ist, aber das erzähl erst mal den Franzosen. Sollen die Boches nur weiter auf den Knien rutschen, sagen die, und wer kann ihnen das verdenken?“

Ich konnte dieses Gespräch auch nicht eine Sekunde länger mit anhören, verließ also den Bus und ging zu Fuß weiter. Ich nahm den kürzesten Weg zur Fifth Avenue, überquerte Madison Square in Richtung Park Avenue und rundum spürte ich New York, weit mehr, als ich es eigentlich sah, reich, glitzernd, heil, Welten entfernt von jenen anderen Städten mit ihren schäbigen, zerstörten Straßen. Erinnerungsbilder schwirrten durch mein Gedächtnis, das rauchgefüllte Café in Düsseldorf, wo die grell geschminkten Barmädchen mit den Schwarzhändlern tanzten, während die Kapelle „Bei mir bist du schön“ spielte; die Kaugummi kauenden amerikanischen Soldaten in Münchens zerbombten Straßen; der englische Tourist, der sich mit mir betrunken hatte und sagte: „Ich muß Ihnen noch erzählen, was ich heute besichtigt habe . . .“

Ich merkte plötzlich, daß ich vor dem Haus angekommen war, in dem sich mein Apartment befand. Es war acht Uhr dreißig. Hinter mir brauste der Verkehr noch immer die Park Avenue hinab, und vor mir hielt der Pförtner lächelnd die Tür auf.

„Guten Abend, Mr. Keller . . . Sir, eine Dame wartet in der Halle auf Sie.“

Ich war noch so in meinen Gedanken versunken, daß ich ihn nur blicklos anstarrte, aber bevor er weitersprechen konnte, rief eine Stimme aus der Vergangenheit: „Sam!“, und als ich mich umdrehte, sah ich eine kleine, kurvenreiche, unvergessene Gestalt durch die Halle auf mich zukommen. Kohlschwarzes Haar (früher kastanienbraun) fiel weich um ein perfekt geliftetes Gesicht; strahlende blaue Augen betrachteten mich mit unverhohlenem Interesse, das jedoch einen Hauch von Verzweiflung nicht verbergen konnte.

„Du bist's doch, nicht wahr, Sam?“ fragte sie plötzlich zögernd, und es wurde mir klar, daß ich mich in den achtzehn Jahren, seit sie sich hatte von Cornelius scheiden lassen, wahrscheinlich weit mehr verändert hatte als sie.

„Vivienne!“

„Darling! Du erinnerst dich!“

„Wie könnte ich je vergessen?“

Der Pförtner, der wohlwollend diesem dummen Dialog zugehört hatte, weidete sich nun daran, wie Vivienne in meine Arme glitt.

„Darling, wie absolut himmlisch, dich nach all den Jahren wiederzusehen! Also, Sam, Schätzchen" – nach einem gekonnten Kuß ließ sie mich los – „verzeih, daß ich dir hier aufgelauert habe, aber –"

„Ist es wegen Vicky?"

„Natürlich ist es wegen Vicky! Cornelius, dieses Scheusal, hat angeordnet, daß ich nicht in seine Bude in der Fifth Avenue eingelassen werden darf, aber ich sage dir, Darling, ich sag's dir hier und jetzt, daß ich diese Stadt nicht eher verlasse, bis ich meine Tochter gesehen habe, und wenn sich dieser Hundesohn von einem Exmann einbildet, daß ich einfach zuschaue und nichts tu', während er Vickys ganzes Leben vermasselt –"

Ich sah den gebannten Gesichtsausdruck des Pförtners und versuchte, Vivienne zum Schweigen zu bringen, indem ich sie auf den Lift zusteuerte.

„Vielleicht kommst du besser mit hinauf", sagte ich mit Überwindung und wurde erneut in den Wirbel der Van-Zaleschen Privatprobleme hineingesogen.

III.

Mein Penthouse lag im achtundzwanzigsten Stock. Es war zu groß für mich, aber ich mochte den Ausblick nach Süden auf die verschleierten Wolkenkratzer von Manhattan und vorbei am Chrysler, dem Empire State und dem Metropolitan Life. Das vierzig Fuß lange Wohnzimmer eignete sich vorzüglich für Parties, an meinem Eßtisch konnte man mühelos sechzehn Personen unterbringen, und die Zimmer der Bediensteten waren gemütlich genug, um sicherzustellen, daß ich nie Schwierigkeiten hatte, ein erstklassiges Dienerpaar, sie als Haushälterin und ihn als Chauffeur, zu finden.

Ich hielt mich hauptsächlich in einem Raum auf, meiner „Bude", einem Raum, der von dem Makler als Bibliothek bezeichnet worden war. Es war ein großes, sonniges Zimmer, und ich möblierte es mit meinem Lieblingssessel, einer verstellbaren Leselampe und einer alten Ledercouch, die meine Mutter dem Trödler vermachen wollte, nachdem ich ihr vor einigen Jahren eine neue Sitzgarnitur geschenkt hatte. Außer der in Leder gebundenen Ausgaben des „New Yorker“, einer Sammlung, die zwanzig Jahre umfaßte, befanden sich keine Bücher in diesem Zimmer, aber ich hatte meine Plattensammlung dort, außerdem zwei Plattenspieler, drei Tonbandgeräte, einen Fernsehapparat und ein Radio. Im Schrank, den ich verschlossen hielt, befanden sich meine deutschen Erinnerungsstücke: Aquarelle vom Siebengebirge, gemalt von meiner Cousine Kristina, Fotoalben mit Bildern, die in dem Häuschen in Düsseldorf aufgenommen worden waren, Souvenirs von Reisen nach Berlin und Bayern. An den Wänden hingen gerahmte Fotografien: meine Eltern, der Hund, den ich einst besaß, zwei Aufnahmen der Wall Street um die Jahrhundertwende und das Panorama des Ocean Drive bei Bar Harbor.

Ich liebte meine „Bude“. Ich hielt sie selbst sauber und räumte dort auf, und das Gefühl, daß es wenigstens eine Ecke meiner Wohnung gab, zu denen die Hausangestellten keinen Zutritt hatten, war mir eine Befriedigung. Sonntags, wenn die Haushälterin in der Kirche war, saugte ich den Teppich. Cornelius hatte über meine exzentrische Eigenart gelacht, aber ich mochte Staubsauger gern, ich mochte überhaupt alle Maschinen, und je praktischer sie waren, um so mehr Spaß hatte ich an ihnen. Zu jener Zeit war mein liebstes Hobby, den Fernsehapparat auseinanderzunehmen und dann wieder zusammenzusetzen. Ich mochte die kleinen Drähtchen und das glänzende Metall und die hervorragende Logik und Präzision des ganzen Systems. Wenn ich mit meinen Händen arbeitete und das elektronische Wissen anwandte, das ich mir über die Jahre zu eigen gemacht hatte, konnte ich den Rest der Welt ausschalten und den Druck der Willow und Wall Street vergessen.

Das übrige meines Apartments war von einem modischen Innenarchitekten eingerichtet worden und war genau die Art von Wohnung, die ein Mann in meiner Position haben mußte, um seine Klienten, seine Freunde, seine Feinde und all die anderen Leute zu beeindrucken, die wußten, daß er sein Leben als Einwanderer in einer Arbeiterfamilie begonnen hatte. Ich war nicht snobistisch, sondern dachte praktisch. Da ich andauernd mit einflußreichen Männern zu tun hatte, war es wichtig, daß ich mit einer Häuslichkeit aufwartete, die sie respektieren konnten. Wie wichtig dies war, hatte mir mein Wohltäter, Paul Van Zale, schon vor langer Zeit in Bar Habor beigebracht.

„Darling, welch himmlische Wohnung!“ rief Vivienne, als ich sie ins Wohnzimmer führte. „Und welch hinreißenden Urwald du auf dieser riesigen Terrasse hast wachsen lassen! Oh, ich bin ganz weg von moderner Malerei – ist das über dem Schreibtisch ein Picasso?“

„Nein, es ist von einem Burschen namens Braque. Neil hat es mir zum zwanzigsten Jahrestag unserer Partnerschaft geschenkt. Er sagte, es wäre eine gute Investition.“ Ich dachte an Teresa, wie sie „Jesus – ein Braque!“ gekeucht hatte und auf die Couch gesunken war. Mit einer abrupten Bewegung öffnete ich den Barschrank. „Einen Drink, Vivienne?“

„Darling, ein Martini wäre himmlisch. Wenn ich nur Cornelius' Namen höre, dann möchte ich mich schon vollaufen lassen.“

Während ich ihren Drink mixte, erzählte sie mir, wie sie den ersten Zug von Florida nach New York genommen habe, sobald sie von Vickys Flucht in der Presse gelesen, und wie sie wiederholte, aber erfolglose Versuche gestartet habe, Zutritt zur Van-Zale-Villa zu erlangen, um ihre Tochter zu sehen.

„Ich habe natürlich immer wieder angerufen“, fügte sie hinzu, „aber über die diversen Helfer und Sekretäre bin ich nie hinausgelangt. Dann bist du mir schließlich eingefallen. Du bist der einzige Mann in ganz New York, der Cornelius immer an die Strippe bekommt, und ich wollte wissen –“

„Verzeih, Vivienne, aber würde es wirklich etwas nützen, wenn du mit ihm sprichst? Mir scheint –“

„Sam, ich muß mit ihm sprechen – es ist für Vicky, nicht für mich! Glaubst du etwa, ich würde mich einen Dreck drum scheren, wenn ich ihn nie wieder erreichen könnte? Mein Gott, wenn ich daran denke, wie er mich behandelt hat – oh, ich weiß, daß ich ihn wegen seines Geldes geheiratet habe, aber ich mochte ihn wirklich gern und war ihm eine gute Frau, und da saß ich nun, schwanger mit seinem Kind –“

„Ich erinnere mich, ja.“ Ich hatte versucht, mich auf Sodawasser zu beschränken, aber diese Angelegenheit war einfach zuviel für mich. Ich stand auf und goß mir einen Schluck Scotch ein.

„– und dann kriegte er raus, daß er wegen seines Geldes geheiratet wurde – okay, es war blöd von mir, ihn das herausfinden zu lassen, aber wenn er nicht den Lauscher an der Wand gespielt hätte –“

„Vivienne, glaube mir, ich erinnere mich nur zu gut!“

„Ich wette, das Scheusal hat dir nie erzählt, wie er mich hinterher so einfach abgesäbelt hat! ‚Es ist aus‘, sagt er kühl wie Krebs in Salatsauce. ‚Ich habe weiter nichts zu sagen.‘ Kannst du dir das vorstellen? Auf solche Art die Ehe mit einer zärtlichen, treuen und schwangeren Frau zu beenden! Und dann hat er sogar noch den Nerv, sich zu beklagen, als ich ihn mit der Scheidung anständig ausgenommen und das alleinige Sorgerecht für Vicky gewonnen hatte.“

„Das liegt nun alles in der Vergangenheit, Vivienne. Ich weiß, du hattest zunächst das Sorgerecht für Vicky, aber seit ihrem zehnten Lebensjahr ist Cornelius allein verantwortlich, und er wird eine Einmischung von dir nicht begrüßen, weder jetzt noch sonst jemals.“

„Natürlich wird er sie nicht begrüßen, aber, der Teufel soll ihn holen! Ich kann doch nicht einfach dasitzen und ihn das Leben meines kleinen Mädchens vermasseln lassen! Schau, Sam, ich möchte, daß Vicky eine Zeitlang bei mir wohnt, bis sie über dieses Desaster hinwegkommt. Ich weiß, Cornelius denkt, ich sei ärmer als eine Kirchenmaus, nur weil ich den Mumm hatte, mich wieder zu verheiraten und seinen millionenschweren Alimenten den Rücken zu kehren; aber mein Mann – ich meine meinen letzten Mann – hinterließ mir, als er starb, etwas Geld, und ich habe jetzt das schnuckligste Häuschen in Fort Lauderdale – ach, ich weiß schon, daß es nicht Palm Beach ist, aber es ist nett, Sam, und ich kenne ein paar reizende Leute dort. Sieh mal, ich könnte Vicky ein normales Zuhause geben. Oh, Sam, du weißt doch, was mit diesen reichen Töchtern geschieht – die Mitgiftjäger, die Gigolos, die falschen russischen Prinzen, Alkohol, Drogen, Nervenzusammenbrüche, Selbstmorde –“

„Vivienne, Neil ist genau wie du darauf aus, daß Vicky ein normales, glückliches Leben führt!“

„Cornelius“, sagte Vivienne, „lebt seit dreiundzwanzig Jahren in einem Fifth-Avenue-Palast mit fünfzig Millionen Dollar Nadelgeld, seiner eigenen Wall-Street-Bank und umgeben von der gesamten Aristokratie der Ostküste, die in ihren Cadillacs seine Auffahrt hinaufbraust, um ihm guten Tag zu sagen. Er würde Normalität nicht einmal dann erkennen, wenn er ihr Auge in Auge in strahlender Mittagssonne gegenüberstünde."

„Unsinn! Die Van Zales führen das ruhigste, glücklichste und unprätentiöseste Familienleben von allen Leuten, die ich kenne!"

„Na, wenn das stimmt", schnaubte Vivienne, „warum rennt Vicky dann bei der ersten besten Gelegenheit von zu Hause weg? Ich behaupte nicht, daß du lügst, Darling, aber meiner Meinung nach ist irgendwo in diesem Haushalt der Wurm drin, und ich will mein kleines Mädchen zurückhaben." Zu meinem Erstaunen fing sie an zu weinen, und ihr Busen, der, wie Cornelius einst gestand, ihm mehr feuchte Träume gegeben hatte als jegliche andere Anatomie, der er zuvor begegnet war, hob und senkte sich mit hypnotisierender Präzision. Es war unfaßbar, wie sie sich ihre gute Figur bewahrt hatte, fast genauso unfaßbar wie ihr Erfolg, jünger als ich auszusehen, obgleich sie volle vierzehn Jahre älter war.

„Möchtest du noch einen Drink?" fragte ich und wünschte, ich läge mit Teresa im Bett. Krampfhaft versuchte ich, klar zu denken. Ich hatte das starke Gefühl, daß ich, trotz meines Widerwillens, in die Sache hineingezogen zu werden, die Situation zu meinem Vorteil würde nützen können. Ich war ja bereits involviert; wenn ich erreichen wollte, daß Cornelius mir Urlaub von Van Zale gab, dann mußte ich ihn davon zu überzeugen suchen, seine verrückten Heiratspläne aufzugeben, und um das zu erreichen, mußte ich ihm eine Alternative zur Lösung des Vicky-Problems anbieten. Hinter Viviennes dramatischen Tränen und aufgesetztem Gebaren spürte ich echte Besorgnis um ihre Tochter, und ich fand die Meinung durchaus vertretbar, daß Vicky ein längerer Urlaub in Florida guttäte. Daß Cornelius dieses Argument akzeptierte, war fraglich, aber ich konnte es immerhin versuchen. Was hatte ich schon zu verlieren. Ich stand auf, ging zum Telefon und nahm den Hörer ab.

„Okay, ich rufe ihn an."

„Oh, Sam, Darling –" Vivienne, zitternd vor Dankbarkeit, segelte durch den Raum, um mich auf die Wange zu küssen.

Ein Van-Zale-Helfer hob am anderen Ende ab.

„Keller“, sagte ich. „Ist er da?“

„Darling!“ hauchte Vivienne abermals, indem sie die Hand ausstreckte, um mir den Hörer abzunehmen. Ich wehrte ab:

„Laß mich das lieber machen, Vivienne, wenn es dir nichts ausmacht . . . Neil? Ja, ich bin’s. Kannst du eine aufregende Nachricht ertragen, ohne dich aufzuregen? Ich habe Vivienne bei mir. Sie möchte Vicky für eine Weile nach Fort Lauderdale einladen, damit allerseits eine Atempause eintritt, und ich persönlich halte das für keine schlechte Idee.“

„Hast du den Verstand verloren? Sie haßt die Kuh!“

„Kann sein, aber was kann es schaden, Vivienne wenigstens mit ihr reden und die Einladung vorschlagen zu lassen? Es kann nicht noch schlimmer kommen, als es ohnehin schon ist, und wer weiß, vielleicht ist Vicky dir hinterher sogar dankbar.“

„Gib mir mal Vivienne.“

„Nein. Ihr würdet euch doch nur streiten. Ich bleibe dran, bis du den Anruf auf Vickys Zimmer durchstellst.“

„Oh, Scheiße!“ sagte Cornelius, aber ich hörte, wie er seinen Helfer beauftragte, den Anruf durchzustellen.

Ich wartete. Schließlich klingelte es am anderen Ende wieder, aber niemand hob ab. „Neil?“ fragte ich endlich vorsichtig.

Wie ich richtig vermutet hatte, hörte er mit.

„Ja, ich bin hier“, sagte er mit belegter Stimme. „Nun, du wirst Vivienne eben sagen müssen, daß Vicky nicht abnimmt.“

„Wäre es zuviel verlangt, wenn ich dich bäte, zu ihr hinaufzugehen und ihr zu sagen, daß ihre Mutter am Telefon ist?“

„Ja. Wäre es allerdings. Aber vielleicht sehe ich trotzdem lieber nach, ob alles in Ordnung ist.“ Er legte den Hörer ab, und ich hörte, wie in der Ferne eine Tür geschlossen wurde.

Während ich wartete, berichtete ich Vivienne, was los war.

„Mein Gott, Sam, glaubst du, daß alles in Ordnung ist? Sie hatte doch keine Selbstmordgedanken, oder?“

„Sie ist nur ganz generell auf die Welt böse.“

Wir warteten. Ich versuchte, nicht an Teresa in ihrem billigen, türkisfarbenen Kleid zu denken, auch nicht daran, wie das kleine, goldene Kreuz in die Mulde zwischen ihren Brüsten gerutscht war, aber im nächsten Moment tauchte die Erinnerung an unsere letzte Liebesnacht vor mir auf. Ich hatte eine Spur zuviel getrunken, und die Angelegenheit war nur so einigermaßen erfolgreich gewesen, obwohl Teresa geschworen hatte, alles wäre bestens. Später, wenn ich erst einmal für die ECA in Deutschland arbeiten würde und all meine Probleme gelöst wären, dann würde ich Zigaretten und Alkohol aufgeben und nur ab und zu ein Glas Wein trinken.

Es klickte in der Leitung. Das geläuterte Zukunftsbild zerrann. „Sam?“ keuchte Cornelius. „Sie ist weg!“

„Was!“

„Ich habe meine Burschen die Tür aufbrechen lassen. Das Fenster war offen. Sie hat sich an zusammengeknoteten Laken auf die Terrasse hinabgelassen. Oh, Gott, Sam –“

„Kann ich irgend etwas tun?“

„Ja, halte mir diese Kuh Vivienne vom Leib“, sagte Cornelius mit zitternder Stimme und hängte auf.

Ich stand da und starrte den Hörer an, während Vivienne wissen wollte, was passiert sei. Endlich hatte ich mich genügend erholt, um sagen zu können: „Vicky ist wieder weggerannt.“

Sie blickte mich erst entsetzt und dann ungläubig an. „Du erwartest doch nicht, daß ich das glaube, oder?“ fragte sie wütend. „Dieses Scheusal gaukelt dir nur was vor, damit er mich los wird!“

„Diesmal nicht. Das war echt. Mein Gott, hoffentlich kriege ich niemals eine achtzehnjährige Tochter!“ Ich sank erschöpft auf die Couch.

„Also, was wird er denn jetzt machen, um Himmels willen?“ brüllte Vivienne in rasender Frustriertheit. „Was wird er jetzt tun?“

Ich wußte auf einmal, daß ich Vivienne keine Sekunde länger würde ertragen können. Nachdem ich zweimal kurz geklingelt hatte – ein Zeichen für meinen Chauffeur, den Wagen unten vorzufahren –, sagte ich kurz: „Neil hat eine ganze Armee von Leuten, die für ihn arbeitet, und der Polizeikommissar ist ein persönlicher Freund von ihm. Er wird sie finden. Und jetzt, wenn du mich bitte entschuldigen würdest, Vivienne –“

„Aber ich kann doch jetzt nicht gehen! Ich muß warten, bis er dich mit weiteren Neuigkeiten anruft!“

„Ich werde dich anrufen, sobald ich etwas höre.“

„‚Wenn ich bloß die alte Schachtel loswerde‘, so denkt er! Warum die große Eile, Darling? Erwartest du jemanden?“

„Nein.“

„Wirklich nicht? Übrigens, gehst du noch immer mit diesen aufgeplusterten kleinen Blondinen aus, die in unmöglichen Stadtteilen wie Brooklyn wohnen, oder fühlst du dich heutzutage gesellschaftlich weniger minderwertig und strebst etwas höher?“

„Mein Chauffeur wird dich zu deinem Hotel fahren, Vivienne. Ich begleite dich zur Tür.“

„Ich vermute, deswegen hast du nie geheiratet“, fuhr sie fort. „Du fühlst dich nur bei dieser Art von Mädchen zu Hause, aber diese Art von Mädchen würde sich hier nicht zu Hause fühlen. Oder doch?“ Ihr Blick flackerte zynisch durch den Wohnraum. „Reiche Männer können Mädchen ja so anpassungsfähig machen.“

„Du hast wegen Geld geheiratet“, sagte ich, bevor ich mich bremsen konnte. „Du solltest es ja wissen.“

Sie lachte. „Ja, Darling“, sagte sie, ohne auch nur eine Sekunde zu zögern, „aber ich bin nicht der einzige Mensch in diesem Zimmer, der weiß, wie man sich fühlt, wenn einen einer der reichsten Männer der Stadt mit Haut und Haaren besitzt.“

Eine Stille trat ein. Dann ging ich ohne ein weiteres Wort in den Flur hinaus und öffnete die Tür für sie.

„Du rufst mich doch an, sobald es etwas Neues gibt, nicht wahr?“ fragte sie, nachdem sie mir den Namen ihres Hotels genannt hatte, und diese Frage erinnerte sie daran, daß es wohl in ihrem eigenen Interesse sei, von mir auf freundlichem Fuße zu scheiden. Als ich weiterhin schwieg, brachte sie es sogar fertig, sich ein Lächeln und einen verführerischen Ton abzuringen. „Aber, aber, Sam! Was ist denn aus dem netten ‚All-American Boy‘ geworden, den ich einst kannte? Dem mit dem unschuldigen Lächeln und dem Down-East-Akzent und den niedlichen altmodischen Manieren? Tut mir leid, daß ich so eklig war – ich war nur so enttäuscht, nicht mit Vicky sprechen zu können. Ich bin sicher, daß du dich prächtig in deinem Privatleben ausmachst! All der Erfolg, all das Geld – und so sexy!“ Sie seufzte, nahm meine Hand in die ihre und schaute mich verschleiert an. „Wir sind doch Freunde, Darling, nicht wahr?“ murmelte sie, indem sie meine Hand leicht drückte.

„Aber natürlich, Vivienne!“ antwortete ich, ihre Unehrlichkeit mit gleicher Münze zurückzahlend, und wurde sie endlich los.

Ich ging auf mein Zimmer und setzte mich. Gleich darauf klopfte meine Haushälterin an die Tür, um mir mitzuteilen, daß mein Abendessen auf dem Servierwagen im Eßzimmer auf mich warte, aber ich blieb auf der Couch in meinem Zimmer sitzen. Viviennes Hohn drang mir immer tiefer ins Bewußtsein, und zum ersten Mal in meinem Leben wünschte ich, daß ich Cornelius nie begegnet wäre, wünschte mir, daß Paul Van Zale mich ignoriert hätte, als ich damals in seinem Garten die Hecke beschnitt.

Ich konnte mir das Leben, das ich hätte führen können, so klar vorstellen. Ich würde jetzt in einem eineinhalbstöckigen Haus außerhalb von Bar Harbor wohnen, oder vielleicht in Ellsworth, aber nein, das Meer in Bar Harbor wäre netter für die Kinder – denn natürlich hätte ich Kinder, wahrscheinlich vier oder fünf, und eine hübsche Frau, die eine wunderbare Köchin wäre, und wir würden Barbecues an den Wochenenden haben und mit allen unseren Nachbarn befreundet sein und sonntags in die Kirche gehen. Es hätte keine Reisen nach Deutschland gegeben, weil ich mir das mit einer wachsenden Familie nicht hätte leisten können. Also wäre ich ganz der amerikanische Patriot geblieben, jemand, der sich 1941 freiwillig zur Armee gemeldet hätte, ohne darauf zu warten, eingezogen zu werden. Jemand, der die Deutschamerikaner verachtet hätte, die heimlich nach Zurückstellung vom Wehrdienst fischten. Jemand, dem es nie eingefallen wäre, eine Situation herbeizuführen, in der ein Millionär eine Zurückstellung für seinen besten Freund mit einem einzigen Telefonat – mit einer Person in Washington, die ihm einen Gefallen schuldete – arrangierte . . .

Es klingelte.

Als ich erstaunt meinen Kopf aus der Zimmertür steckte, sah ich meine Haushälterin, die mit unsicherer Miene im Flur herumstand. „Das wird Miß Vicky sein, Mr. Keller“, flüsterte sie besorgt. „Der Pförtner hat eben von der Eingangshalle heraufgefunkt, um zu melden, daß sie unterwegs sei. Er sagte, sie sei einfach an ihm vorbei in den Lift gelaufen, bevor er sie habe anhalten können.“

„Miß Vicky?“

„Ja, Sir, Miß Van Zale.“

Die Türglocke klingelte abermals, diesmal ohne aufzuhören. Rasch verließ ich mein Zimmer und ging an meiner Haushälterin vorbei, um aufzumachen.

„Vicky – Herr im Himmel!“

„Onkel Sam!“ rief Vicky, als sei ich der letzte Mensch auf Erden, und warf sich über die Schwelle in meine Arme.

DRITTES KAPITEL

I.

„Onkel Sam, ich bin hergekommen, weil du der einzige normale Mensch bist, den ich kenne“, sagte Vicky, meine Hand so krampfhaft umfassend, als ob sie ein Haken in einer steilen Felswand wäre. „Genauer gesagt, du bist der einzige Mensch, der mich retten kann. Also tätschle mir nicht einfach den Kopf, um mich dann zu Daddy zurückzuschicken, als ob ich ein verlorener Pudel wäre. Ich glaube, wenn du das tust, springe ich von der Brooklyn-Brücke.“

„Donnerwetter“, sagte ich, „bitte entschuldige mich, während ich meine Rüstung ablege und von meinem glänzenden, weißen Roß steige. Trinke einen Humpen Met oder so was – oder besser noch, wie wär's mit etwas zu essen? Ich habe noch nicht zu Abend gegessen, und wenn ich dich retten soll, muß ich wohlgenährt sein.“

Ich führte Vicky in meine Bude, rollte den Servierwagen herein und bat meine Haushälterin um ein weiteres Gedeck. Ich fand ein Tonband, auf das ich einige Glenn-Miller-Platten überspielt hatte, und fädelte es in mein Gerät. Die Musik, träumerisch und besänftigend, schwebte durch den Raum, als ich meinem Gast die Weinkaraffe anbot. „Möchtest du davon ein wenig versuchen?“

„Ist es wie dieser kalifornische ‚Kool Aid‘, den Daddy zu Hause auftischt?“

„Nein, es ist ein französischer Wein aus Bordeaux.“

„Oh, Onkel Sam, du bist so herrlich europäisch und zivilisiert!“

Sie lächelte mich strahlend an, ein Schulmädchen auf einem unerfreulichen, aber dennoch aufregenden Ausflug, und ich merkte, daß sie trotz ihrer echten inneren Not der Versuchung nicht widerstehen konnte, alles ein wenig zu dramatisieren. Ich erwiderte ihr Lächeln und versuchte, hinter dem Schulmädchen die Frau zu sehen, zu der sie eines Tages heranwachsen würde, aber ich sah nichts als die Teenager-Uniform, bestehend aus Jeans mit weitem Hosenbein, am Saum mehrmals umgeschlagen, Frotteesocken und einem schlaksigen rosa Pullover. Ihr langes, dichtes, lockiges, blondes Haar war aus dem Gesicht gebürstet und im Nacken mit einer rosa Schleife zusammengehalten. Sie hatte das freche Näschen ihrer Mutter und Cornelius' strahlende, schwarzbewimperte, graue Augen; ihrer Mutter ebenmäßig gerundetes Kinn und Cornelius' eigenwilligen Mund, der so trügerisch ruhig ausschauen konnte. Ich fragte mich, wie ich wohl mit ihr umgegangen wäre, wäre sie meine Tochter gewesen, und kam zu dem Resultat, daß ich mit einer solchen Verantwortung jedenfalls nicht besser fertig geworden wäre als Cornelius.

„Möchtest du ein wenig Sauerbraten, Vicky?“ fragte ich, nachdem meine Haushälterin das zweite Gedeck gebracht hatte.

„Äh – ich glaube, ich kann wirklich nicht . . . nun ja, es riecht wirklich ziemlich gut. Ich habe seit Ewigkeiten nichts gegessen.“

Nachdem wir Speise und Trank redlich geteilt hatten, ließen wir uns auf der Ledercouch nieder.

„Nun denn“, sagte ich, „was muß ich tun, um dich zu retten?“

„Du kannst mir helfen, von zu Hause wegzukommen.“

„Noch einmal? So bald?“

„Ich muß einfach weg. Oh, Onkel Sam –“

„Vicky, wenn du alt genug bist, nach Maryland durchzubrennen, dann bist du auch alt genug, mich nicht mehr ‚Onkel‘ zu nennen. Einfach ‚Sam‘ reicht von jetzt an.“

„Aber ich betrachte dich gern als einen Onkel! Ich werde dich immer als einen Onkel ansehen!“

Ich widerstand der Versuchung: „Gottlob!“ zu sagen und fragte statt dessen: „Was ist denn das Problem zu Hause? Ich weiß, daß es Weihnachten einige Aufregung gab, als du aus diesem Kurs für Kunstbetrachtung ausgestiegen bist, aber –“

„Oh, Gott, ja, das war gräßlich! Das blöde ist, daß Daddy mir einfach nicht zuhören will. Ich darf nie tun, was ich will, immer nur, was er will. Nachdem ich letzten Sommer bei Miß Porter Abitur gemacht hatte, wollte ich auf ein Junior-College in Europa gehen, aber Daddy wollte davon nichts hören; er meinte, Europa sei dekadent, und ich könne alles, was ich brauche, hier in Amerika lernen. Also wollte ich sofort aufs College, aber er sagte, nein, ich sei zu jung, um schon von zu Hause wegzugehen, und ich sollte erst ein Jahr warten. Also wollte ich für ein Jahr in Europa Ferien machen, aber er wollte mich nicht allein gehen lassen und bestand darauf, daß ich mit Tante Emily führe, die mich rasend macht, und obendrein noch mit meinen beiden Cousins, die mich noch rasender machen. Danach kam der Kurs für Kunstbetrachtung an die Reihe, dieser Käse. Das wollte ich schon von vornherein gar nicht erst anfangen! Ich sagte ihm immer wieder, daß ich nur eines möchte, nämlich aufs College gehen und mein Staatsexamen in Philosophie machen, aber –"

„Philosophie?"

„Klar, das ist das einzige Fach, an dem ich ernsthaft Interesse habe. Ich meine, man wächst auf und akzeptiert seinen Lebensstil als normal, bis man auf einmal denkt: warum bin ich reich, während der Großteil der Welt arm ist. Und dann denkt man: was für eine Welt ist das denn überhaupt? Und man liest Autoren wie Marx, und das läßt einen nachdenken, und dann stellt man fest, daß politische Philosophie nur ein Aspekt eines riesigen Faches ist . . . Daddy glaubt natürlich, ich sei verrückt. Er glaubt, daß Philosophie nur ein Hobby für jemand sein kann, der gesellschaftlich eine Niete ist. Er möchte, daß ich mein Examen in einem nützlichen Fach ablege, Spanisch zum Beispiel, oder in etwas ‚Femininem' wie englische Literatur."

Ich fand, es sei nun an der Zeit, Cornelius auch einige Anerkennung zuzusprechen. „Aber er ist immerhin dafür, daß du aufs College gehst. Er ist also kein vollkommenes Scheusal."

„Er behauptet, er will, daß ich aufs College gehe, aber . . ." Sie legte ihre Gabel nieder und starrte ihr Weinglas an. Schließlich sagte sie: „Ich glaube, daß er in letzter Zeit seine Meinung geändert hat. Ich glaube, er hält mich nur hin. Das ist einer der Gründe, weshalb ich so verzweifelt bin. Ich vermute . . . Onkel Sam, bitte lach mich nicht aus, ich weiß, daß es verrückt klingt, aber ich vermute, daß er versuchen will, mich in eine Heirat zu drängen."

Ich wurde mir bewußt, daß meine eigene Gabel plötzlich starr über der Salatschüssel hing. Ich riß mich zusammen und stach in eine Gurkenscheibe.

„Natürlich möchte ich heiraten", sagte Vicky hastig. „Ich möchte eine Frau und Mutter sein wie jedes Mädchen, das nicht unnormal ist. Aber vorher möchte ich aufs College gehen."

„Natürlich, das verstehe ich. Was ich jedoch nicht verstehe ist, weshalb du glaubst, dein Vater wolle dich verheiraten."

„Ich habe schon seit einiger Zeit so einen Verdacht gehabt, aber der große Krach wegen Jack hat mich erst richtig überzeugt."

„Jack? Der Jüngling vom Strand?"

„So darfst du ihn nicht bezeichnen. Das klingt, als wäre er ein Gigolo, was er überhaupt nicht ist. Er ist nett."

„Verzeih. Erzähl mir mal genau, was passiert ist, damit ich richtig im Bilde bin. Dein Vater hat mir gesagt, daß du ihn vor zwei Monaten am Karibischen Meer kennengelernt hast."

„Ja, ich habe Daddy und Alicia noch nie auf ihrem alljährigen Urlaub ans Karibische Meer begleitet – ich war zu der Zeit immer in der Schule. Als ich aber aus dem Kurs für Kunstbetrachtung ausstieg, sagte Daddy, ich müsse mitkommen, weil er mich nicht allein in New York zurücklassen wollte, schon gar nicht, wenn ich nichts zu tun habe. Nun, das war okay. Ich kann New York im Februar nicht ausstehen. Da waren wir also in Barbados, und ich traf Jack am Strand. Er war von einem der Hotels als Leibwächter angestellt, was aber nur ein Ferienjob war. Im Herbst wollte er wieder heim nach Kalifornien und zurück ins College. Ich wohnte natürlich auf Daddys Jacht, ging aber täglich an Land, um mit Jack schwimmen zu gehen, oder wir aßen ein Eis, während wir uns über Filme unterhielten. Er war ganz weg von Betty Grable. Einmal hat er mir seine Betty-Grable-Pin-up-Bilder gezeigt. Er sagte, meine Beine erinnerten ihn an sie. Er war so süß."

„Hm – hm."

„Also, es war wirklich prima, nichts Ernsthaftes, nur ab und zu ein Kuß – oh, es war ja so romantisch! –, und dann sagte Daddy, es sei Zeit, daß wir nach Antigua weiterreisen, und damit hatte es sich. Aber ich gab Jack meine Adresse, und er versprach, zu schreiben, und dann plötzlich letzte Woche – bums! Da stand er auf einmal auf der Türschwelle. Ich war so selig. Er sagte, ein Bananenschiff habe ihn bis Miami mitgenommen, und von dort sei er schwarz auf einem Güterzug mitgefahren. Er sagte, er habe pausenlos an mich gedacht, seit ich von Barbados abgereist sei. Na, also, es war so reizend von ihm, mich besuchen zu kommen – was blieb mir übrig, als ihn einzuladen, ein paar Tage bei uns zu verbringen? Aber gleich wird Daddy rasend und sagt nein, nie, unter keinen Umständen, und Jack solle sich zum Teufel scheren. Gott, wie grob er war! Es war mir so peinlich, daß ich fast gestorben bin. Nachdem Jack zum CVJM gegangen war, hatten Daddy und ich diesen Riesenkrach, und da sagte er –" Sie schwieg.

„Er sagte etwas wie: ‚Ich wünschte zu Gott, daß du sicher verheiratet und mir von der Seele wärest.' – Du hättest ihn nicht so ernstnehmen sollen, Vicky! Die Menschen sagen oft dumme Sachen in der Hitze des Gefechtes, und dein Vater ist da keine Ausnahme."

„Es war ganz und gar nicht so. Weißt du, er predigt nun schon seit einiger Zeit die Doktrin, daß die einzig wahre Erfüllung einer Frau in Ehe und Mutterschaft läge. Nun, okay. Sicher hat er recht. Aber er brachte das Thema immer wieder an, wenn es gar nicht paßte, wie jemand, der mit einem riesigen Zaunpfahl winkt, und ich hatte seine ganze Diktatur schon so satt, daß diese Art von ‚Sotto-voce'-Heiratsreklame das Faß einfach zum Überlaufen brachte. Mir war, als müsse ich eine große Geste machen, um ihn zum Schweigen zu bringen – um ihn daran zu erinnern, daß es mein Leben ist und daß es Zeit wird, daß er mit dieser ununterbrochenen Einmischung aufhört. Da entschloß ich mich dann –"

„– deine Unabhängigkeit zu beweisen, indem du mit Jack durchbranntest."

„Armer Jack! Es war mies von mir – ich habe ihn nicht geliebt, und ich hatte wirklich keinerlei Absicht, ihn zu heiraten oder mit ihm . . . zu schlafen . . . du weißt schon." Sie errötete. Ihre Augen füllten sich mit Tränen, die sie durch Blinzeln zurückzuhalten suchte. „Ich weiß, daß ich mich schlecht benommen habe, aber ich war so verzweifelt . . . ich dachte, etwas würde dadurch gelöst werden . . . statt dessen machte es die Sache nur noch schlimmer. Es gab noch eine grausige Szene, als wir in die Fifth Avenue zurückkehrten, und dabei wurde mir dann ganz klar, daß ich – daß ich dort einfach nicht mehr bleiben kann –"

„Hat Neil wieder die alte ‚Frau-und-Mutter'-Leier gespielt?"

„Oh, es war viel schlimmer! Er sagte, wenn ich so wild aufs Heiraten sei, dann könne er mir leicht einen passenden Ehemann finden. Und dann sagte Alicia . . . Alicia sagte . . ." Sie wurde totenblaß. Ich hatte aufgehört, zu essen. Schließlich stieß sie hervor: „Alicia sagte, ob ich denn nicht Sebastian heiraten wollte."

Ich lachte: „Großer Gott, das schlägt dem Faß den Boden aus! Arme Alicia, ich frage mich, wie lange sie diesen Wunschtraum schon gehegt hat!"

„Onkel Sam", sagte Vicky mit zitternder Stimme, und ich hätte mich für meine gefühllose Reaktion ohrfeigen können. „Da gibt's nichts zu lachen. Die Sache ist ernst. Es geht um Leben und Tod."

„Entschuldige, Honey. Ich wollte nicht –"

„Weißt du, wenn Alicia etwas will, dann kriegt Alicia es. Daddy ist so verrückt nach ihr, daß ihm keine Verrenkung zuviel wird, um es ihr rechtzumachen; und deshalb bin ich einfach zu Tode erschrocken, als sie zugab, daß sie es gern sähe, wenn ich Sebastian heiratete. Es ist natürlich sonnenklar, weshalb sie das will. Sie fühlt sich schuldig, weil sie nach ihrer Heirat mit Daddy herausfand, daß sie keine Kinder mehr haben konnte; aber sie hat sich ausgerechnet, daß sie und Daddy wenigstens gemeinsame Enkel haben könnten, wenn die Tochter aus seiner ersten Ehe den Sohn aus ihrer ersten Ehe heiratet." Sie schüttelte sich, aber ohne Affektation. Ihre Gesichtsfarbe hatte nun einen Stich ins Grünliche. Ich fragte mich sogar, ob sie sich gleich übergeben würde. „Ich verabscheue Sebastian", flüsterte sie. „Ich verabscheue ihn einfach."

Ich beschloß, daß es am besten sei, dieses Gespräch auf einer klaren und möglichst nüchternen Ebene weiterzuführen. In einer Atmosphäre, in der gesunder Menschenverstand überwiegt, kann Melodrama selten Blüten treiben. „Was ist denn so schrecklich an Sebastian?" fragte ich. „Ich weiß, er ist schüchtern, aber der Bursche sieht nicht schlecht aus, und er ist gescheit genug, in Harvard gute Leistungen zu zeigen."

Sie war außerstande zu antworten. Ich fing an, mir ernsthaft Sorgen zu machen. „Vicky, weiß dein Vater genau, was du Sebastian gegenüber empfindest?"

„Nein", sagte sie. „Vor vier Jahren gab es eine Szene, aber wir taten alle so, als wären wir drüber weg. Wir haben alle versprochen, nie wieder davon zu sprechen."

Ich wurde immer besorgter. „Das ist alles recht schön und gut, Vicky, aber ich glaube, dein Vater wäre entsetzt, wenn er wüßte, daß dieser Vorfall, was immer es war, dir noch so nachhängt. Über einen Punkt kann ich dich jedoch beruhigen: dein Vater hat keinerlei Absicht, dir zu einer Ehe mit Sebastian zuzureden. Ich kann dir sogar versprechen, daß er in deines Vaters Plänen für deine Zukunft überhaupt nicht vorkommt."

Es schmerzte fast, ihre Erleichterung mitanzusehen. „Bist du sicher?"

„Ganz sicher. Ich könnte gar nicht sicherer sein. Ich kann dir vertrauliche Gespräche nicht widergeben, aber ich gebe dir mein Ehrenwort, daß du die falschen Schlüsse gezogen hast."

„Aber Alicia –" Sie brach erschrocken ab, als es im Flur klingelte. „Wer ist das?"

„Ich weiß nicht. Meine Haushälterin wird nachsehen. Vicky, Alicias Wunschträumchen ist ihr Problem, nicht deines."

Langsam bekamen ihre Wangen wieder etwas Farbe. „Ich würde trotzdem gern für eine Weile von zu Hause weggehen . . . Onkel Sam, könntest du mich nach Europa mitnehmen?"

„Nach Europa? Ich? Welch famose Idee! Ich bezweifle jedoch, daß dein Vater einverstanden wäre, wenn ich noch mehr Urlaub vom Büro nähme, da ich ja gerade erst weg war. Schau, warum gehst du nicht für einige Zeit zu deiner Mutter nach Florida? Deine Mutter ist gerade in New York, ich sprach heute abend mit ihr und war von ihrer Sorge um dein Wohlergehen sehr beeindruckt –"

„Diese alte Schachtel? Um mein Wohlergehen besorgt? Du machst wohl Spaß! Ihre einzige Sorge ist, wie sie ihren jeweiligen Liebhaber festhalten kann! Lieber mache ich Ferien auf der Bowery als in Fort Lauderdale mit meiner Mutter!"

Meine Haushälterin pochte an die Tür und schaute herein.

„Entschuldigen Sie, Mr. Keller, aber Mr. und Mrs. Van Zale sind auf dem Weg nach oben."

„Nein!" kreischte Vicky.

„Gott steh uns bei", sagte ich auf deutsch.

Es klingelte im Flur.

II.

„Ich kann sie nicht sehen!" schluchzte Vicky. „Ich kann nicht!"

Ich nahm sie bei den Schultern und schüttelte sie kurz. „Jetzt beruhige dich auf der Stelle, bitte. So ist's besser. Okay, ich werde mit deinem Vater im Wohnzimmer sprechen, aber ich möchte, daß du hier in diesem Zimmer bleibst. Kann ich dir vertrauen, daß du hierbleibst und nicht wegläufst? Ich würde dich nur äußerst ungern einschließen."

Mit kleiner Stimme sagte sie: „Ich werde bleiben."

„Gut. Und merke dir eines: so unwahrscheinlich es dir auch erscheinen mag, dein Vater möchte nichts weiter, als dich glücklich zu sehen. Und merke dir auch das: niemand kann dich zur Ehe zwingen. Alles, was du tun mußt, ist ‚nein' zu sagen – oder im schlimmsten Fall einfach den Mund zu halten, wenn du vor dem Altar ‚ja' sagen sollst."

„Ja, Onkel Sam", flüsterte sie. Ihre großen, grauen Augen, in denen ungeweinte Tränen glänzten, schauten mich so ergeben an, wie ein tief Gläubiger einen Priester anschauen mag, der Gottes Wort von der Kanzel herab predigt, und für einen kurzen Augenblick dachte ich wieder an all die Kinder, die ich in dem eineinhalbstöckigen Haus am Rande von Bar Habor hätte haben können.

„Gut", sagte ich abrupt und drückte schnell Vickys Hand. „Nun halte dein Versprechen und bleib hier. Und an der Tür horchen ist verboten." Ich drehte die Musik lauter, entwich in den Flur und öffnete die Tür gerade, als Cornelius zum zweiten Male schellte.

Sie standen nebeneinander im Korridor, Cornelius sah blaß und erschöpft aus, Alicia blaß und gelangweilt. Ich kannte Alicia gut genug, um zu erraten, daß der gelangweilte Ausdruck Verstellung war, der andere, störendere Emotionen überspielen sollte, und ich kannte Cornelius gut genug, um zu erkennen, daß seine Erschöpfung nicht gespielt war. Er trug den schwarzen Anzug, den er im Büro angehabt hatte, ein eindeutiger Hinweis auf sein häusliches Chaos, da er sonst immer sofort bequeme Kleidung anlegte, wenn er nach Hause kam. Alicia war makellos in Nerz und Diamanten.

„Sie ist hier, nicht wahr?“ fragte Cornelius. „Einer meiner Sicherheitswächter sah sie aus dem Fenster steigen und folgte ihr hierher, statt sie mit Gewalt zurückzuhalten. Dann gab er mir Nachricht.“

„Kommt herein.“

Ich führte sie ins Wohnzimmer. Sie sahen sich erwartungsvoll um.

„Sie ist in meiner Bude und hört sich Glenn Miller an“, sagte ich. „Neil, Vicky will unbedingt eine Weile von zu Hause weg, und ich bin mehr und mehr davon überzeugt, daß sie recht hat. Ich glaube, das beste, was sie momentan machen kann, ist, einen langen Urlaub anzutreten, so daß sich der Staub der jetzigen Explosion legen kann. Glaubst du, daß deine Schwester helfen könnte? Wenn Emily Vicky nach Velletria einlüde –“

„Ich finde, es wird Zeit, daß Vicky aufhört, wegzulaufen“, sagte Alicia mit ihrer ausdruckslosesten Stimme. Sie zog die Naht ihres Handschuhs gerade und sah mich nicht an. „Außerdem kann sie den Mittelwesten nicht ausstehen, und Emilys Töchter machen sie rasend.“

Ich hatte einen Geistesblitz, als mir Paul Van Zales Witwe einfiel. „Vielleicht könnte sie Sylvia in San Francisco –“, begann ich.

„Sylvia“, sagte Alicia, noch immer ihren Handschuh inspizierend, „ist auf Kreuzfahrt.“

„Sam“, sagte Cornelius zögernd, „hast du Vicky erzählt, daß Vivienne sie gern nach Fort Lauderdale mitnähme?“

„Ja. Sie war desinteressiert.“

„Gott sei Dank. Wir hätten dem nicht zustimmen können, nicht wahr, Alicia?“

„Auf gar keinen Fall“, sagte Alicia.

„Außerdem möchte ich überhaupt nicht, daß Vicky weggeht!“ rief Cornelius, als ich mich anschickte, die Debatte fortzusetzen. „Laß mich mit ihr reden – ich muß sie wissen lassen, daß ich sie nicht habe verletzen wollen, daß alles in Ordnung gehen wird und daß wir sie lieben und wollen, daß sie nach Hause kommt!"

„Ja, aber dadurch wird doch nichts gelöst, siehst du das denn nicht? Damit tust du so, als ob das Problem nicht existierte!"

„Was für ein Problem?"

Die Tür öffnete sich. Vicky schaute herein, ihr Gesicht tränenüberströmt. In der Ferne spielte das Glenn-Miller-Orchester die „Moonlight Serenade".

„Vicky – Honey, wir waren ganz außer uns – wie hast du uns das nur antun können – Vicky, wir lieben dich! Bitte, Schätzchen, bitte verzeih uns und komm heim!"

Alicia entnahm ihrer Handtasche eine Zigarette und zündete sie sich mit einem kleinen goldenen, smaragdbesetzten Feuerzeug an. Nie zuvor hatte ich sie in Cornelius' Gegenwart rauchen sehen. Cornelius war Asthmatiker.

„Oh, Daddy –"

Sie lief in seine Arme, und dort blieb sie. Das Glenn-Miller-Orchester spielte noch immer die „Moonlight Serenade".

„Daddy, verzeih, ich wollte dir nicht weh tun – oh, Daddy, ich liebe dich auch . . ."

Alicia ging zum Spiegel und untersuchte einen ihrer Brillantohrringe. Ihr Blick traf sich mit dem meinen, wurde aber sofort wieder abgewendet. Nachdem sie eine Strähne ihres dunklen Haares geglättet hatte, rückte sie ihren Brillant-Ehering zurecht.

„Schätzchen, wir werden das schon in Ordnung bringen, ich schwöre es dir – sage einfach, was du willst, und ich werde mich sofort drum kümmern –"

„Cornelius."

Er wandte sich seiner Frau zu. „Ja?"

„Nichts . . . Wenn Vicky sich besser fühlt, sollten wir vielleicht nach Hause gehen. Ich glaube, wir haben Sams Gastfreundschaft lange genug beansprucht."

„Daddy", sagte Vicky, ihre Stiefmutter ignorierend, „ich möchte gern für eine Weile nach Europa gehen."

„Alles, was du willst, Schätzchen. Europa? Ich selbst werde dich begleiten, sobald ich das Büro soweit organisiert habe, daß ich es eine Weile verlassen kann."

„Nein, nein, das habe ich überhaupt nicht gemeint! Liebster Daddy, ich weiß doch, daß du Europa nicht ausstehen kannst, und es würde mir nicht im Traum einfallen, dich da wieder hinzuschleifen! Ich möchte gern mit Onkel Sam fahren."

Cornelius und Alicia drehten sich nach mir um. Ich räusperte mich und lachte entschuldigend, aber noch bevor ich mich von diesem Vorschlag distanzieren konnte, sagte Alicia scharf: „Sei nicht lächerlich, Liebes. Sam ist ein vielbeschäftigter Mann. Er hat keine Zeit, dich durch Europa zu begleiten, und selbst wenn er sie hätte, wäre er dafür völlig unpassend. Wenn dein Vater wirklich glaubt, eine weitere Reise nach Europa befürworten zu können, dann werde ich deine Tante Emily bitten, dich mitzunehmen – es wäre wohl überhaupt am besten, wenn Emily sofort nach New York käme und hülfe, die Situation zu bereinigen. Wenn Sam nichts dagegen hat, werde ich sie noch von hier aus in Velletria anrufen. Also geh jetzt bitte mit Daddy, und kein Melodrama mehr heute abend. Cornelius, vielleicht könntest du mit Vicky im Wagen auf mich warten, während ich telefoniere."

„Sicher." Cornelius wandte sich gehorsam seiner Tochter zu und nahm ihre Hand. „Komm, Schätzchen, wir werden das alles in Ordnung bringen, das verspreche ich dir."

Vicky blickte über ihre Schulter zu mir zurück, und als ich ihr ermunternd zulächelte, lächelte sie zurück. „Danke fürs Zuhören, Onkel Sam", sagte sie, ehe sie sich hinausgeleiten ließ. Die letzten Worte, die ich sie sagen hörte, bevor sich die Wohnungstür hinter ihr schloß, waren: „Daddy, bitte laß mich aufs College gehen und mein Examen in Philosophie machen!"

In der Stille, die Cornelius' und Vickys Abschied folgte, sahen Alicia und ich einander erschöpft an.

„Mein Gott, gib mir bitte was zu trinken, Sam", sagte sie. „Ein Sherry tut's, aber es muß ein doppelter sein. Ich fühle mich sanatoriumsreif."

Ich murmelte etwas Mitfühlendes und suchte nach dem Tio Pepe.

„Ich halte es nach wie vor für einen Fehler, wenn sie nach Europa wegrennt, aber was konnte ich anderes tun als zustimmen, wenn Cornelius ihr Sonne, Mond und alle Sterne verspricht? Wie ich schon sagte, bin ich persönlich dagegen, daß sie auch nur irgendwohin wegrennt. Sie muß lernen, auf dem Boden der Tatsachen zu bleiben und aus ihren Fehlern zu lernen, sonst wird sie ewig ein unreifes kleines Mädchen bleiben."

Ich goß den Sherry in ein Glas. „Eis?"

„Bitte. Ich mache diese europäische Mode, alles lauwarm zu trinken, nicht mit. Und wenn wir schon von Europa sprechen – warum möchte sie, um alles in der Welt, dorthin zurück? Und warum, um alles in der Welt, muß sie uns immer und immer und immer wieder diese blöde Idee auftischen, Philosophie studieren zu wollen? Sie weiß, daß Cornelius es für verrückt hält; weshalb kann sie nicht ein Fach wählen, das ihm Freude machen würde? Überhaupt kann ich gar keinen Grund sehen, warum Mädchen aufs College gehen sollten, besonders Mädchen wie Vicky, die offensichtlich vom Schicksal dazu bestimmt sind, Frau und Mutter zu sein. Es scheint mir eine totale Zeitverschwendung zu sein."

„Vielleicht wäre ein europäisches Pensionat passender", sagte ich unbestimmt.

Alicia schauderte, ob im Gedanken an Europa oder an das Pensionat, war nicht festzustellen. „Möglicherweise", sagte sie nur, „aber das könnte bestenfalls nur eine äußerst temporäre Lösung von Vickys Zukunftsplänen sein." Mit dem Sherryglas in der Hand ging sie zum Telefon. „Jetzt rufe ich mal lieber Emily an – bitte verzeih, daß ich dein Telefon benütze, Sam, aber ich muß einfach mit ihr sprechen, ohne daß Cornelius versucht, am anderen Apparat mitzuhören . . . Hallo? Fernamt? Ich hätte gern Velletria, Ohio, ein persönliches Gespräch mit Mrs. Emily Sullivan . . . Danke." Sie gab die Nummer durch und saß dann da, vorsichtig ihren Sherry nippend, wie eine Katze, die Schlagrahm aus einer ihr fremden Schale probiert. Ihre grünen Augen, die schräg über hohen Backenknochen lagen, betonten noch den katzenartigen Eindruck. Obwohl sie neununddreißig Jahre alt war, ließ ihre glatte, blasse, makellose Haut sie jünger erscheinen, und ihre schlanke Figur erinnerte mich an Fotografien im Modeteil der „New York Times".

„Natürlich wäre alles leichter, wenn Cornelius sie nicht so hoffnungslos falsch behandelte", sagte sie, während sie auf den Anruf wartete. „Aber wie du und ich genau wissen, hat er sie verwöhnt, seit sie auf die Welt kam. Ich habe mein Bestes getan, um wenigstens eine Art von Normalität in unser Familienleben einzuführen, aber bevor sie zehn war, habe ich das Sorgerecht nicht zugesprochen bekommen, und diese Mutter von ihr war eine Schande – sie hat Vicky sogar erlaubt, sich als Achtjährige die Lippen zu schminken! Armes, kleines Mädchen. Jedenfalls habe ich versucht, ihr eine gute Mutter zu sein. Gott weiß, ich habe es versucht, Cornelius weiß, ich habe es versucht, ich weiß, ich habe es versucht, aber – hallo? Emily? Hier ist Alicia. Emily, kannst du bitte so bald wie möglich nach New York kommen? Das soll nicht heißen, daß ich die Sache von mir abwälzen will, aber allein werde ich damit einfach nicht mehr fertig, und Cornelius ist wahrlich keine Hilfe . . . Der Himmel segne dich, Emily, vielen, vielen Dank, wann könntest du – du kommst sofort? Emily, ich kann dir gar nicht sagen, wie dankbar ich bin – ich rufe nochmals an, um die Details durchzusprechen. Ich bin im Augenblick bei Sam und . . . nein, sie ist nicht hier, aber wenn ich dich von zu Hause zurückrufe, kannst du selbstverständlich mit ihr sprechen. Gut . . . vielen Dank, Liebes . . . Wiedersehen."

Sie legte auf. „Auch dir vielen Dank, Sam. Ich behellige dich nur ungern mit unseren schmutzigen Auseinandersetzungen und Miseren. Kannst du mir bitte noch ein Glas Sherry geben? Ich muß mich einfach einen Moment setzen, bevor ich ins Auto steige. Ich bin völlig fertig."

Ich nahm ihr Glas und ging zum Barschrank zurück. Obwohl ich mehr als willens war, zu helfen, begann ich mich jetzt ungemütlich zu fühlen. In all den achtzehn Jahren, seit Cornelius mit seiner zweiten Frau verheiratet war, verblieb es zwischen Alicia und mir bei einer lediglich höflichen Bekanntschaft, und ich fürchtete jetzt, daß sie ihre Offenheit mir gegenüber bedauern würde, wenn sie die ihr eigene Reserviertheit wiedergewonnen hatte. Unsere Förmlichkeit bedeutete nicht, daß wir einander nicht mochten; ganz im Gegenteil: ich bewunderte ihr Aussehen und ihr Stilgefühl und respektierte ihre fraglose Treue Cornelius gegenüber, besonders da Treue in den Kreisen, in denen sich die Van Zales bewegten, keineswegs die Regel war. Aber Alicias Zurückhaltung war einschüchternd, und die Kälte ihres strengen, teuren, aristokratischen Aussehens genügte, um jeden Gedanken an eine weniger formelle Freundschaft auszuschließen. Selbst wenn sie keinerlei Verbindung mit Cornelius gehabt hätte, wäre es mir nie eingefallen, mit ihr ins Bett gehen zu wollen.

Ich hatte mir oft das Intimleben der Van Zales vorzustellen versucht, wie man eben solch unsinnige und fruchtlose Spekulationen anstellt, denn so etwas läßt sich letztlich doch nicht erraten, aber ich konnte zu keinem befriedigenden Schluß kommen. Die Tatsache, daß die Ehe nunmehr achtzehn Jahre lang gehalten hatte, ohne auch nur die geringste Andeutung ehelicher Untreue zu zeigen, mußte wohl bedeuten, daß sie irgend etwas richtig machten. Ich fragte mich oft, was es wohl sei, denn ich spürte manchmal, daß die Ehe nicht immer glücklich war, aber Cornelius erwähnte nie irgendwelche Schwierigkeiten, und ich fragte natürlich auch nie. Als wir noch junge Männer waren und unsere ersten Erfahrungen sammelten, hatte er oft seine Erlebnisse mit Frauen mit mir besprochen, genau wie ich meine Freundinnen mit ihm durchdiskutierte. Aber seit seiner zweiten Ehe waren solche Gespräche vorbei, so daß es mir jetzt, Jahre später, nie eingefallen wäre, mit ihm über Teresa zu sprechen, genau wie er mit mir nie über Alicia gesprochen hätte.

„Nun denn, Sam“, sagte Alicia, als ob sie geheimnisvollerweise meine Gedanken gespürt habe, „ich weiß, daß es bei uns über eine höfliche Bekanntschaft nie hinausging, aber ich bin so verzweifelt, daß ich dich bitte, ehrlich zu mir zu sein. Hat Cornelius seine Pläne mit dir besprochen?“

Ich blickte entsprechend verständnislos drein. „Pläne?“

„Für Vicky. Oh, Gott, natürlich muß er sie mit dir besprochen haben – wahrscheinlich hat er dir, seit sie ausriß, ununterbrochen sein Herz ausgeschüttet! Du weißt bestimmt, daß er glaubt, Vickys baldige Heirat sei die einzige Hoffnung, ein Desaster abzuwenden.“

„Hm“, sagte ich. „Nun ...“

„Um die Wahrheit zu sagen“, fuhr Alicia, kaum zuhörend, fort, „ich habe deswegen äußerst gemischte Gefühle. Ich gebe zu, daß eine Ehe die einzige Lösung ist; auf der anderen Seite weiß ich aus eigener Erfahrung, wie es ist, jung zu heiraten und es hinterher zu bereuen. Ich war erst siebzehn, als ich meinen ersten Mann heiratete, aber Vicky ist nicht reifer, als ich damals war. Ich finde, sie sollte warten, bis sie mindestens einundzwanzig ist, bevor sie versucht, mit den Anforderungen und der Verantwortung einer Ehe fertig zu werden. Das Schwierige daran ist, daß Cornelius und ich nicht noch drei weitere solche

Jahre werden ertragen können. Es hat ja kaum richtig angefangen, Sam! Dies war nur eine kleine Geschichte, ein Strandknabe mit dem Hirn einer Laus, und schau uns doch nur an – wir sind in Stücke zerfallen. Was wird passieren, wenn der erste wirklich ausgekochte Playboy auftaucht? Die ganze Sache ist ein einziger Alptraum."

Ich versuchte schnell, zu meiner eigenen Schlußfolgerung zu kommen. Es bestand die Möglichkeit, daß Alicia den Wunsch hatte, daß Vicky Sebastian heiratete, Sebastian war jedoch selbst erst zwanzig und ebenso unreif für eine Ehe wie Vicky. Alicia zog es offensichtlich vor, daß eine reifere einundzwanzigjährige Vicky einen passenden dreiundzwanzigjährigen Sebastian ehelichte, wenn er sein Studium in Harvard abgeschlossen hatte und ihm zu einer Karriere bei der Bank verholfen worden war. Inzwischen hatte Cornelius sich in die Idee verrannt, daß eine dreijährige Wartefrist einer Katastrophe gleichkam, und suggerierte daher, daß ich die Situation retten sollte, indem ich mit einem Ehering in der Hand aufkreuzte. Alicias Dilemma schien klar; hin- und hergerissen zwischen ihrem natürlichen Wunsch, Sebastian vorzuziehen, und ihrer natürlichen Furcht vor weiteren Krisen, was Vicky anbelangte, war sie nun darauf bedacht, meine Meinung über die Situation zu erfahren und hoffte, daß sie dann selbst klarer sehen würde.

Ich fragte mich, welche Richtung ich einschlagen sollte. Logischerweise hätte ich mich mit Alicia zusammentun und die Lösung Sebastian befürworten sollen; jeder, der einen anderen als mich als Ehemann vorschlug, hätte eigentlich darin bestärkt werden sollen. Es war mir jedoch unmöglich, Vickys starke Abneigung gegen Sebastian zu vergessen, und ich war mir sicher, daß sie ihn nie heiraten würde. Oder doch? Junge Mädchen änderten ihre Meinungen durchaus. Und Alicia könnte eine nützliche Alliierte sein . . .

Meine Ehrlichkeit trug den Sieg davon. Ich atmete tief durch. „Nun, Alicia", sagte ich vorsichtig, „ich kann dir nachfühlen, was du in dieser Sache durchmachst. Aber ob Vicky nun jetzt oder später heiratet – die Aufgabe, sich um sie zu kümmern und sie zu versorgen, wird nicht eben ein ehelicher Festschmaus werden und ist, ehrlich gesagt, kein Amt, das ich gern übernehmen will. Dies muß ich nur noch Cornelius klarmachen."

Ihre Augen weiteten sich. Ich hatte das Gefühl, als säße ich in einem Flugzeug, das in ein Luftloch sackt – oder als ob der Schlamm, in dem ich seit dem Gespräch mit Cornelius am Nachmittag herumgetrieben war, mir schließlich über dem Kopf zusammenschlüge.

„Du?“ fragte Alicia ungläubig. „Cornelius will, daß du Vicky heiratest?“

Zu spät erkannte ich, daß es für Alicia keine Frage war, ob Vicky Sebastian heiratete. Sie hatte sich lediglich nicht entscheiden können, ob sie jetzt oder später heiraten sollten. Rasch sagte ich: „Neil wollte nur verschiedene Möglichkeiten erkunden. Natürlich ist uns beiden klar, daß Sebastian viel passender wäre.“

Alicia setzte ihr Sherryglas nieder und begann, sich ihre Handschuhe anzuziehen. Ihr Gesicht war glatt wie Elfenbein. „Cornelius hat Sebastian nie gemocht“, sagte sie. „Ich hätte mir denken sollen, daß er mich auf diese Art zu hintergehen sucht.“

„Alicia –“

Scharf wandte sie sich mir zu. „Du würdest es auch noch tun, nicht wahr?“ sagte sie mit zitternder Stimme. „Du würdest sie heiraten! Cornelius müßte nur ein wenig mit der Peitsche knallen – oder, nein, wenn ich's mir genauer überlege, so hat er das wohl gar nicht nötig. Dir wird ein schönes, junges Mädchen angeboten, außerdem Zutritt zum Van-Zale-Vermögen und die Aussicht, daß deine Kinder all die gesellschaftlichen Vorteile genießen, die du nie hattest! Es bedürfte eines besseren Mannes als dich, Sam Keller, um ein solches Angebot auszuschlagen!“

Ich fühlte die Hitze meines Blutes unter meiner Haut pulsieren, konnte meine Wut aber noch kontrollieren. Ich sagte mit meiner höflichsten Stimme: „Ich liebe eine andere und habe vor, sie bald zu heiraten. Vicky hat für mich keinen Reiz, Alicia. Andere mögen sie als die begehrenswerteste Erbin der ganzen Ostküste betrachten, aber für mich ist sie lediglich ein verwirrtes, kleines Schulmädchen, das mich Onkel Sam nennt.“

„Also wird Cornelius doch mit der Peitsche knallen müssen. Was macht das schon? Das Resultat wird das gleiche sein. Du wirst sie heiraten“, sagte Alicia und ging hinaus, nicht ohne die Tür hinter sich zuzuwerfen.

Einen Augenblick lang stand ich da und lauschte dem entfernten Heulen des Aufzuges, schließlich wischte ich mir aber den

Schweiß von der Stirn, ging in meine Bude zurück und nahm das abgespielte Glenn-Miller-Band aus dem Gerät.

III.

Ich wollte Teresa anrufen, fürchtete aber, sie bei der Arbeit zu stören und sie noch mehr zu verärgern. Ich wollte etwas trinken, um die sexuelle Anspannung, die mich ruhelos machte, zu betäuben, aber ich wußte, daß ich an diesem Abend ohnehin schon zuviel getrunken hatte. Ich wollte aufhören, an das Leben zu denken, das ich geführt haben würde, wenn Paul Van Zale mich nicht bemerkt hätte, aber ich war so deprimiert, daß ich eine ganze Weile nur in mich zusammengesunken auf der Couch sitzen konnte, während ich mich den fruchtlosen Träumen provinzieller Häuslichkeit hingab.

Ich warf mir vor, daß ich das häusliche Leben nur deshalb in rosaroten Farben sah, weil ich Junggeselle war, aber diese äußerst einleuchtende Erklärung machte meine Träume nicht weniger attraktiv. Dann fiel mir ein, daß ich Häuslichkeit vielleicht deshalb in solch rosigem Licht sah, weil ich Deutscher war, und sofort verloren meine Träume allen Zauber. Ich überlegte, wie seltsam es doch war, daß unterschiedliche Nationalitäten sich auch unterschiedliche Themen zum Träumen aussuchten. Die Engländer wurden gefühlvoll wegen Tieren. Die Franzosen waren sentimental über „l'amour". Die Amerikaner verherrlichten Gewalt – früher den Wilden Westen und jetzt den Zweiten Weltkrieg – in einem fortwährenden Strom von Hollywoodfilmen und Broadway-Shows. Ich dachte an Rodgers und Hammerstein mit ihrem unfehlbaren Instinkt, dieses Gefühl im kollektiven Unterbewußtsein der Amerikaner anzurühren, als sie zuerst „Oklahoma" und dann „South Pacific" produzierten, das morgen Premiere haben sollte.

Ich machte mir im Geiste eine Notiz, die Karten herauszusuchen, die ich schon längst im Vorverkauf für den kommenden Samstag erstanden hatte. Ich hatte geplant, Teresa damit zu überraschen. Und das würde ich auch durchführen. Endlich ließ meine Depression nach. Schließlich war allgemein bekannt, daß eine erfolgreiche Liebesbeziehung selten eine einzig aufwärtsstrebende Kurve der Glückseligkeit beschrieb, sondern daß sie Schwankungen ausgesetzt war wie die Börsenkurse. Niemand würde automatisch annehmen, daß die Wirtschaft auf ein Desaster zusteuerte, nur weil der Dow-Jones-Index gelegentlich absank.

Ich plante gerade, wie ich erneut um Teresa anhalten würde – nämlich bei einem intimen Champagner-Souper nach der atemberaubenden Vorstellung von „South Pacific" – als das Telefon klingelte.

Ich griff nach dem Hörer. „Teresa?" sagte ich atemlos.

„Wer? Nein, hier ist Vivienne. Gibt es etwas Neues, Sam?"

Ich war erstaunt, wie vollständig ich sie vergessen hatte. „Vivienne?" sagte ich. „Gerade wollte ich dich anrufen. Ja, Vicky geht's gut – sie ist wieder zu Hause, du brauchst dir also nicht länger Sorgen zu machen."

„Hat irgend jemand Vicky erzählt, daß ich in New York bin?"

„Ich habe es ihr selbst gesagt, aber sie möchte im Augenblick nicht nach Fort Lauderdale kommen – sie hat ihr Herz daran gehängt, mit Emily nach Europa zu fahren. Tut mir leid, Vivienne, ich habe mein Bestes getan, um deine Sache zu vertreten."

„Es gibt nur eine Sache, die du vertrittst, Sam Keller", sagte sie bitter, mir keinen Glauben schenkend, „und du und deine Streitaxt dienen nur einem Herrn!" Und sie knallte den Hörer mit der gleichen Vehemenz auf die Gabel, mit der Alicia die Tür zugeschlagen hatte.

Ich ging zu Bett und träumte von einer Welt, in der ich mein eigener Herr war. Ich ging zu Bett und träumte von einer Welt ohne Cornelius. Ich ging zu Bett, und in meinen Träumen bewegte ich mich rückwärts durch das Spiegelglas dem blauen Himmel und dem noch blaueren Meer von Bar Harbor entgegen. Ich ging zu Bett und träumte . . .

IV.

Ich träumte den Traum, der meinen Schlaf in regelmäßigen Intervallen seit dem Kriegseintritt im Jahre 1917 gestört hatte. Mit der Zeit hatte der Alptraum sich insofern geändert, als er jetzt spätere Erlebnisse mit einbezog, aber er begann immer mit dem gleichen wahren Vorfall aus meiner Kindheit: im Alter von neun Jahren betrat ich mein Klassenzimmer und sah, daß jemand *„Hans-Dieter Keller ist ein schlimmes deutsches Schwein“* an die Tafel geschrieben hatte. Dann hatte eine Bande älterer Jungen mich zusammengeschlagen, und ich war weinend nach Hause gelaufen.

Wenn dieser Punkt meines Traumes erreicht war, verwirrten sich Wahrheit und Phantasie. Die Phantasien waren unterschiedlich, aber das Thema blieb das gleiche; ich bekannte mich zum Nationalsozialismus, um mich an denen, die mich verletzt hatten, zu rächen, und dann lehnte ich ihn ab, weil er soviel von dem zerstört hatte, was mir lieb war. Die Szenen der Ablehnung waren immer von gewalttätigen Bildern begleitet, blutbeschmierte Hakenkreuze, Bagger, die angehäufte Leichen wegschafften, Städte, von Feuerbomben in Brand gesteckt; aber in jener Nacht, während all die bekannten, grausigen Bilder an mir vorbeizogen, führte mich mein Traum einen neuen, schrecklichen Weg entlang. Ohne Vorwarnung ging ich wieder über die verschmutzte Erde in der Nähe einer kleinen Stadt in Deutschland, und als ich wieder all jener gedachte, die gestorben waren, hörte ich den G.I. an meiner Seite „Lili Marlen“ pfeifen.

Ich erwachte keuchend, schaltete alle Lampen an und schwankte zu meiner Bude. Meine Hände brachten es irgendwie fertig, eine Schallplatte aufzulegen. Ich mußte eine Melodie aus der Vergangenheit spielen, um den Alptraum auszulöschen, deshalb wählte ich eine Platte, die all die sorglosen Erinnerungen an den Sommer des Jahres 1929 zurückbrachten, als Cornelius und ich wilde Parties zusammen gefeiert und als wir unseren einundzwanzigsten Geburtstag mit illegalem Champagner begossen hatten.

Miff Mole und seine Molers fingen an, die „Alexander's Ragtime Band“ zu spielen.

Nachdem ich die Platte dreimal gespielt hatte, fühlte ich mich ruhiger, ruhig genug, um die Vergangenheit aufrichtig und ohne Emotion zu beschauen. Deutschfeindliche Gefühle waren um 1917 die Regel, und meine Familie hatte darunter weniger zu leiden gehabt als andere deutschamerikanische Familien, da mein Vater sich nicht einschüchtern ließ. Nach dem Vorfall im

Klassenzimmer hatte er eine große amerikanische Fahne an unserer Eingangstür aufgehängt und dem Schuldirektor verkündet, daß meine verfassungsmäßigen Rechte als amerikanischer Bürger verletzt worden waren und er sofort Schritte zu unternehmen habe, um meine Angreifer zu bestrafen. Der Direktor, ein rechtschaffener Mann, hatte darauf in befriedigender Weise reagiert, und der Rest meiner Schulzeit verlief ohne Zwischenfall. Mein Vater war es, der vorschlug, daß es besser sei, wenn ich einen amerikanischen Namen annähme. „Hank" wäre ihm am liebsten gewesen, weil es „Hans" am ähnlichsten war, ich aber hatte Sam durchgesetzt, nach dem Cowboy-Helden eines beliebten Comic strips.

Die darauf folgenden Jahre brachte ich damit zu, durch und durch amerikanisch zu werden. Mein Vater behauptete, daß sich daraus für mich kein Gewissenskonflikt ergeben könnte, da Deutschland uns nichts, Amerika aber alles gegeben hatte. Der Restbestand seiner Familie war 1918 in einer Kleinstadt bei Berlin ums Leben gekommen, aber er weigerte sich, von diesem Verlust zu sprechen. Meine Mutter verlor zwei Brüder im Krieg, aber eine Schwester in Düsseldorf überlebte und heiratete 1920 zum zweiten Mal. Oft mußte ich heimlich zum Postamt gehen – nicht in Bar Harbor, sondern in Ellsworth –, um Lebensmittelpakete nach Europa zu schicken. Einmal hatte es zehn Minuten gedauert, bis ich meinen Mut zusammengerafft hatte und die Post betreten konnte, so sehr schämte ich mich jeglicher deutscher Verbindung.

Ich wurde ein perfekter Amerikaner. Ich hatte nichts als „sehr gut" im Gymnasium und lud das hübscheste Mädchen zum Abschlußball ein und plante, mir mein Jurastudium durch Gartenarbeit auf den Landsitzen in Bar Harbor zu verdienen. Ich aß Truthahn mit Preiselbeeren am Thanksgiving-Tag, beteiligte mich am Feuerwerk jeden vierten Juli und sang „The Star-Spangled Banner", die amerikanische Nationalhymne, lauter als alle anderen bei jeder patriotischen Festlichkeit. Ich fing sogar an, mit meinen Eltern englisch zu sprechen, was mein Vater jedoch nicht gestattete. Er meinte, es sei von großem Vorteil, zweisprachig aufzuwachsen, und ich dürfe auf keinen Fall mein Deutsch vernachlässigen.

Er mochte seinen Arbeitgeber, Paul Van Zale, nicht, aber da

er ein praktisch denkender Mann war, hatte er keine Schwierigkeiten, die Vorteile zu akzeptieren, die Paul seinen Angestellten bieten konnte. Meine Eltern bezogen ein gutes Gehalt für ihre Dienste als Gärtner, Haushälterin und Verwalter auf dem Van-Zaleschen Sommerbesitz, und als Paul mich zu seinem Protegé erwählte, war mein Vater der erste, der mir die Hand schüttelte.

„Genau darum geht es, wenn man Amerikaner ist, Sam", sagte er zu mir. „Dies ist deine große Chance. Dies ist der amerikanische Traum eines jeden Einwanderers." Und er empfahl mir, niederzuknien und Gott zu danken, daß ich ein Bürger des großartigsten Landes der Welt sei, wo sogar der ärmste Mann reich und erfolgreich werden könnte.

Ich wurde reich. Ich wurde erfolgreich. Ich wohnte in der Park und dinierte in der Fifth Avenue, und täglich hatte ich mit der Aristokratie der Ostküste zu tun, die in jenem Palast an der Willow Street/Ecke Wall Street ihren Sitz hatte. Und dann ging ich eines Tages im Jahre 1933 aus dieser völlig amerikanischen Welt meines völlig amerikanischen Traums hinaus, und als ich sie später wieder betrat, hatte sich alles für mich geändert.

Ich ging nach Deutschland zurück. Zum ersten Mal seit meinem zweiten Lebensjahr sah ich meine Heimat wieder, und ich fand dort einen komischen, kleinen Österreicher mit einem Schnurrbart wie eine Zahnbürste, der sagte, es sei keine Schande, Deutscher zu sein. Ich fand auch, daß Deutschland schön war, schöner als ich es mir je vorgestellt hatte und weitaus schöner, als meine Eltern mir je einzugestehen gewagt hatten in ihrem Bestreben, ihr Heimweh zu bekämpfen und mich zu einem guten Amerikaner zu erziehen. Als ich schließlich meine deutschen Verwandten, die den Krieg überlebt hatten, gefunden hatte, schien Amerika bereits weit, weit entfernt, wie eine verschwommene Aussicht in sich verdichtendem Nebel. Und immer wieder sagte der lustige, kleine Österreicher, daß ich stolz darauf sein sollte, deutsch zu sein, bis ich schließlich – zu guter Letzt – wirklich darauf stolz war.

Die Leute halten mich wahrscheinlich für einen praktischen, realistischen, willensstarken Geschäftsmann; es fällt ihnen wohl nie ein, daß ich trotz meines ausgeprägten Sinns für Realität – oder vielleicht gerade deswegen – meine Träume brauche, meinen amerikanischen Traum, meinen deutschen Traum, selbst meinen sentimentalen Traum vom häuslichen Glück. Die Kriegspropaganda hat den Eindruck genährt, daß alle Deutschen hirnlose Maschinen sind, aber nicht Maschinen bauten diese Märchenschlösser in Bayern, nicht Maschinen schrieben einen Teil der Weltliteratur und nicht Maschinen jubelten den Berliner Philharmonikern immer wieder zu, als sie in den dreißiger Jahren Beethovens Neunte spielten. Ich werde nie der faschistische Roboter sein, zu dem meine Feinde mich gern abstempeln wollen, niemals. Meine Träume sind mir zu wichtig. Selbst jetzt, wo mein deutscher Traum tot war und mein amerikanischer Traum vor meinen Augen wegstarb, brachte ich es noch immer fertig, einen europäischen Traum zu finden, der mir weiterhalf. Noch einmal malte ich mir aus, wie es sein würde, für die ECA zu arbeiten, und mein letzter zusammenhängender Gedanke, bevor ich einschlief, war: Gottlob ist es nicht zu spät, um erneut zu beginnen.

Als die Sonne mich jedoch am nächsten Morgen um sieben Uhr weckte, hatte ich keine andere Wahl, als meinen neuen Traum wieder auf Eis zu legen, bis die Umstände günstiger waren. Ich raffte mich von der Couch in meiner Bude hoch, auf der ich eingeschlafen war. Ich zwang mich, mich dem üblichen Ritual von Duschen, Rasieren, Ankleiden und Frühstücken zu unterwerfen. Und als schließlich keine weitere Verzögerung des Unabwendbaren möglich war, bestellte ich meinen Mercedes und machte mich wieder einmal auf den Weg zur Bank in der Willow und Wall Street.

V.

Sobald ich in meinem Büro angekommen war, läutete ich nach meinem persönlichen Assistenten, begrüßte und entließ meine Sekretärin, versuchte meine erste Tasse Kaffee, hing meinen Hut auf, sah die Post durch, überflog die Schlagzeilen des „Wall Street Journals“ und ging zum Kaminsims, um die Dresdner Porzellanuhr zu stellen, die einst Paul Van Zale gehört hatte. Als ich gerade das Uhrglas öffnete, klopfte es an der Tür.

„Herein!“ rief ich.

Die Tür öffnete sich. Ich sah ihn im Spiegel, groß wie sein

Vater, aber mager und dunkelhaarig, mit hellen Augen in seinem blassen, schmalen Gesicht.

„Ja, komm rein, Scott", sagte ich schroff und blickte wieder auf Pauls Uhr. Sie ging eine Minute nach.

„Möchtest du die genaue Zeit, Sam?" fragte Steve Sullivans Sohn, hilfsbereit wie immer, stets darauf aus, zu gefallen.

„Nein", sagte ich. „Es ist egal." Indem ich das Uhrglas schloß, wandte ich allen Erinnerungen an Paul den Rücken zu. „Was gibt's neues über die Hammaco-Anwerbung?"

„Bridges McCool sind endgültig aus der Anwerbung ausgestiegen, aber der andere Ausschuß ist noch mit uns im Ring – ich habe es eben nachgeprüft, um sicher zu sein. Oh, und hier ist der Börsenbericht, den du haben wolltest."

„Danke. Du siehst ganz schön vergammelt aus! Hast du die Nacht durchgefeiert?"

„Nein, Sam, ich bin aus Versehen heute früh um zwei an meinem Schreibtisch eingeschlafen."

„Nun, laß mich dich nie wieder dabei ertappen, daß du so zur Arbeit kommst! Du wirst auf niemanden einen Eindruck machen, am wenigsten auf mich, wenn du aussiehst, als wärst du eben einer Bowery-Kaschemme entstiegen!"

„Ich habe mir einen Rasierapparat besorgt –"

„Es interessiert mich nicht, auf welche Weise du dein Äußeres zu verbessern planst. Bring es nur in Ordnung, und zwar verdammt schnell."

„Ja, Sam", antwortete Scott gehorsam und durchaus respektvoll wie immer und zog sich zurück.

Sofort bedauerte ich meine Schroffheit. Scott nahm einen speziellen Platz in der Van-Zale-Familie ein; er war der Stiefsohn von Cornelius' Schwester Emily, und Cornelius hatte sich seit 1933 mit ihr die Verantwortung für Scotts Erziehung geteilt. Scotts Mutter war 1929 gestorben, sein jüngerer Bruder Tony war im Krieg gefallen, und sein Vater, einst Partner bei Van Zale, war auch tot. So war es nur natürlich, daß Scott über die Jahre sich mehr und mehr seiner Stiefmutter und ihrer Familie angeschlossen hatte.

Ich dachte an seinen verstorbenen Vater, Steve Sullivan, der damals in den dreißiger Jahren Cornelius die Führung der Bank streitig gemacht hatte. Ich dachte daran, wie Cornelius vor langer

Zeit gesagt hatte: „Es wird natürlich schwierig sein, ihn zu eliminieren . . .“ Und ich dachte an die Rolle, die ich bei dieser Eliminierung gespielt hatte.

Hinterher hatte ich mir eingeredet, daß ich keine andere Wahl gehabt hatte, als den Befehlen zu gehorchen. Aber die Kriegsgerichte hatten diese Art der Verteidigung längst auf ihren entsprechenden Platz verwiesen, so daß ich jetzt zur Erleichterung meines Gewissens nichts weiter tun konnte, als zu versuchen, die ganze Angelegenheit zu vergessen. Dies erwies sich jedoch als unmöglich. Selbst wenn ich eine Begabung dafür gehabt hätte, unangenehme Erinnerungen zu verdrängen, hätte mich Scotts ständiger Anblick bei der Bank doch immer davon abgehalten, diesen idyllischen Gedächtnisschwund aufrechtzuerhalten.

Hätte ich zugegeben, daß mir seine Anwesenheit in der Bank nicht behagte, so hätte ich damit meine Schuld an der Vergangenheit eingestanden; deshalb hatte ich immer versucht, meine Gefühle zu verbergen. Ich strengte mich im Gegenteil sogar an, ihn zu mögen, und bis zu einem gewissen Punkt war mir das auch gelungen, in Wahrheit aber fühlte ich mich in seiner Gegenwart ungemütlich, und dieses Gefühl hielt nicht nur an, sondern hatte sich über die Jahre noch verstärkt. Es war schwer festzustellen, weshalb er mich so beunruhigte. Es wäre zu einfach gewesen, es allein damit zu erklären, daß er mich an einen Teil meiner Vergangenheit erinnerte, den ich lieber vergessen hätte; dies war zweifellos richtig, aber der Mensch neigt dazu, sich widrigen Umständen anzupassen, und ich hatte längst den Punkt erreicht, an dem ich nicht automatisch an Steve Sullivans Tod erinnert wurde, wann immer Scott das Zimmer betrat. Dabei half, daß Scott keine offensichtliche Ähnlichkeit mit seinem Vater hatte. Er war überhaupt makellos. Er rauchte und trank nicht und hatte, soviel man wußte, keine feste Freundin. Er arbeitete bis tief in die Nacht hinein und war oft auch am Wochenende in der Bank. Er kleidete sich konservativ, charmierte die Klienten mit seiner wohlinformierten Unterhaltung und schickte Emily, seiner Stiefmutter, jedes Jahr zum Muttertag Blumen. Das Betragen keines jungen Amerikaners hätte beispielhafter sein können, wie Cornelius mir immer mit quasi väterlichem Stolz mitteilte. Allmählich aber fragte ich mich, ob dies nicht vielleicht der Grund war, weshalb mir in Scotts Gegenwart so ungemütlich zumute war; er war einfach ein wenig zu gut, um wahr sein zu können.

Mit dem neuesten Börsenbericht noch in der Hand, setzte ich mich nieder und drückte auf den Knopf der Sprechanlage. „Mehr Kaffee."

Die Sekretärin meiner Sekretärin trat hastig ein. Ich nahm das rote Telefon ab, das mich direkt mit dem Büro des Seniorpartners in der Etage unter mir verband.

„Mr. Van Zales Leitung", meldete sich einer von Cornelius' Helfern.

„Keller. Ist er da?"

„Nein, Sir, bis jetzt noch nicht."

Ich legte auf. Meine Sekretärin brachte die interne Büropost herein. Das Telefon klingelte.

„Stellen Sie keine Telefonate durch." Ich überflog den neuen Stoß von Papieren, schob sie beiseite und wandte mich Scotts Bericht zu. Das Telefon klingelte abermals und fuhr fort zu klingeln. Ich drückte wieder die Sprechanlage. „Wollen Sie gefälligst das Telefon abnehmen, zum Teufel!" Das Läuten verstummte. Ich vertiefte mich erneut in den Bericht und fand, daß er tadellos geschrieben war. Ich lehnte mich nach vorne, um noch einmal die Sprechanlage einzuschalten.

„Sam?" fragte Scott einen Augenblick später.

„Komm rüber."

Er kam glatt rasiert. Ich hielt den Bericht hoch. „Dies ist sehr gut. Danke. Und nun wollen wir besprechen, wie wir eine Verbindung zum Lager unseres Rivalen herstellen können, um die Größenordnung der Konkurrenz herauszufinden. Wir müssen einfach diese Hammaco-Anwerbung gewinnen, Scott. Wertpapiere im Betrag von neunzig Millionen sind nicht eben ein Pappenstiel. Haben wir eine komplette Liste vom Ausschuß der anderen Seite?"

Er hatte sie bei sich. Ich war beeindruckt, sagte aber nichts, sondern sah nur die Liste mit Namen durch. Und einen Augenblick lang durchlebte ich wieder die längst vergangenen Tage vor dem Börsenkrach, als ich an Scotts Stelle stand und sein Vater auf meinem Stuhl saß. Die Erinnerungen wurden zur Lawine. Die Stille dehnte sich aus. Ich fuhr fort, die Liste in meiner Hand anzustarren.

„Sam?“ fragte Scott schließlich nervös. „Stimmt etwas nicht?“

„Nein. Nein, alles ist prima. Ich versuche nur herauszufinden, wer von all diesen Firmen das schwache Glied in der Kette ist, bei der wir ansetzen können. Mal sehen . . . Bonner, Christopherson – vielleicht könnten wir da etwas zustande bringen. Cornelius hat Bonner neulich aus der Klemme mit der SEC herausgeholfen, um sich bei ihm dafür zu revanchieren, daß er damals '43 Christopherson bei der Pan-Pacific-Harvester-Verschmelzung überrumpelte. Christopherson ist jetzt natürlich tot, und Bonner möchte wieder mit uns geradeziehen, wenn Harvester nächstes Mal Aktien herausbringen. Ruf Bonner an. Er ist ein zäher Kunde, aber setze ihn ruhig unter Druck. Ich glaube, er wird wissen, auf welcher Seite sein Brot gebuttert ist.“

„Bonner selbst hat nichts mit diesem Ausschuß zu tun, Sam. Es ist sein Schwiegersohn Whitmore.“

„Noch besser. Ich kenne Whitmore seit Jahren, und er hat ungefähr soviel Rückgrat wie eine Qualle. Tatsächlich war er es, der Bonner mit der SEC so in die Bredouille gebracht hat. Ruf Whitmore an und sei nicht zimperlich, quetsche ihn aus, bis die Kerne quietschen, um einmal die unsterblichen Worte dieses englischen Scheusals Lloyd George zu benutzen. Ich möchte noch heute eine Verbindung zum feindlichen Lager haben, Scott. Es ist mir gleich, wie du es anstellst, aber bring sie zustande.“

„In Ordnung, Sam. Ist das alles?“

Ich seufzte, ging unruhig zum Fenster und blickte zum Magnolienbaum unten im Hof hinab. „Ich nehme es an . . . Wie sich doch die Zeiten ändern!“ fügte ich impulsiv hinzu. „Als ich ein junges Bürschchen an der Wall Street war, saßen wir alle wie die Götter herum und warteten darauf, bis die Kunden zu uns um Geld angekrochen kamen. Jetzt warten die Klienten in aller Ruhe ab, während wir uns um ihre werte Kundschaft streiten. Konkurrierende Anwerbung! Mein Gott, Paul Van Zale muß sich im Grabe umdrehen!“

Scott lächelte, bemerkte aber nichts dazu, ein respektvoller junger Mann, der die Sentimentalität einer älteren Generation tolerierte.

„Okay“, sagte ich abrupt. „Das wäre alles. Melde dich wieder, wenn du mit Whitmore gesprochen hast.“

„Ja, Sam.“ Er entschwand.

Ich griff wieder nach dem roten Telefon.

„Mr. Van Zales Leitung", dröhnte der Helfer.

„Himmel, ist er noch immer nicht da?" Ich legte auf und bestellte meine Sekretärin. „Ich werde den Vorsitz der Partnersitzung übernehmen müssen. Holen Sie mir die Hauptakte über Hammaco."

Im Konferenzzimmer fand ich ein Dutzend meiner Partner, die sich um den Tisch herumlümmelten und über Golf quatschten. Früher, lange bevor ich der Firma beigetreten war, hatte bei Van Zale das halbe Dutzend Partner in der großen Halle der Bank hinter schweren Mahagonischreibtischen gesessen, während allein der Seniorpartner in einem abgeschlossenen Raum arbeitete, der jetzt Cornelius gehörte; als die Bank sich jedoch 1914 mit einer anderen zusammenschloß, wurde die große Halle der Syndikatsabteilung übergeben, und die Partner hatten ihre eigenen einzelnen Räume im zweiten Stock erhalten. Da die Bank sich inzwischen weiter vergrößert hatte, war der Raum wieder neu arrangiert worden; Cornelius hatte das Büro des Seniorpartners im ersten Stock beibehalten, und die Partner, die schon am längsten in der Firma waren, verblieben in ihren Zimmern im zweiten Stock, die übrigen Partner waren jedoch wieder in die große Halle zurückgekehrt, die, zur Erinnerung an die Syndikatsabteilung, noch immer „Sündenklause" hieß. Die Männer der bisherigen Abteilung waren in die Willow Street 7 gezogen, ins benachbarte Gebäude, das wir während unserer Erweiterung nach dem Krieg hinzugekauft hatten.

Cornelius hatte seine Partner mit der ihm eigenen Schlauheit ausgewählt. Zuerst kamen die Renommierstücke, sechs Männer in den Sechzigern, die nicht nur solide Erfahrung mitbrachten, sondern auch einen soliden, respektablen Eindruck erweckten. Dann kamen sechs Männer in den Fünfzigern, Männer, die etwas weniger orthodox waren, die sich aber alle damit abgefunden hatten, daß sie nie auf dem Stuhl des Seniorpartners sitzen würden. Es verblieben die drei Männer in den Vierzigern, und diese mußten mit unnachsichtigem Mißtrauen beobachtet werden, auf daß sie nicht dem Größenwahn anheimfielen und sich mehr Macht anzueignen versuchten, als man ihnen anzuvertrauen gewillt war.

Cornelius und ich waren, wie immer, die Jüngsten. Der Tag

war noch nicht gekommen, an dem Cornelius sich verpflichtet gefühlt hatte, einen Partner, der jünger war als er selbst, einzustellen. Allerdings waren wir beide nun über vierzig, und wir wußten, daß er der Partnerschaft etwas Jugend würde injizieren müssen, bevor wir alle vergreisten. Cornelius hätte jedoch nur ungern junge Männer mit Ambitionen nur eine Leitersprosse unter sich gehabt. Viele Leute empfanden dies als seltsam und meinten, daß die meisten Männer in seiner Position gern ihre Macht auf jüngere Männer ausübten, aber ich verstand Cornelius' Widerwillen nur zu gut. Cornelius und ich wußten besser als irgend jemand sonst, wie gefährlich junge Männer mit Ambitionen sein konnten.

Als ich das Konferenzzimmer betrat, richteten sich die Partner in ihren Stühlen auf und stellten die Gespräche über Golf ein. Ich lächelte sie warm an. Sie lächelten warm zurück. Herzliche Begrüßungen wurden ausgetauscht, während einer der Van-Zale-Helfer die Kaffeetassen herumreichte, und dann ließen wir uns alle zu unseren traditionellen täglichen Diskussionen nieder.

In Wirklichkeit waren diese Partnersitzungen reine Zeitverschwendung, und ich hätte sie gern auf einmal wöchentlich reduziert. Der Sinn der Sache war, uns gegenseitig über unsere verschiedenen Projekte auf dem laufenden zu halten und über einzuschlagende Richtlinien abzustimmen. Aber die Partner in der Sündenklause wußten immer, was jeder andere dort tat, und die erlesenen Partner des Obergeschosses waren, mit Ausnahme von mir, alle zu alt, um mit Arbeit von irgendwelcher Bedeutung beschäftigt zu sein. Durch mehrere Informanten waren Cornelius und ich auch immer über alles im Bilde, was in der Sündenklause vorging, so daß uns kaum irgend etwas von Wichtigkeit entgangen wäre, wenn die täglichen Sitzungen eingestellt worden wären. Wie alle klugen Diktatoren wollte Cornelius jedoch wenigstens den äußeren Anschein einer Demokratie bewahren. Die täglichen Sitzungen wurden unter dem Vorwand fortgesetzt, daß wir alle dabei entschieden, was für die Firma am besten sei. Gelegentlich stimmten wir sogar über etwas ab; das Wahlergebnis wurde jedoch von Cornelius stillschweigend ignoriert, sollte es nicht mit seinen Wünschen übereinstimmen. Manchmal wurde ein Partner ärgerlich, aber das hielt nie lange an. Cornelius umgab sich nicht gern mit unbefriedigten Menschen, und jedem

Partner, der sich beschwerte, wurde freundlich geraten, sich nach einer anderen Firma umzusehen.

„Schließlich möchte ich unter keinen Umständen", pflegte Cornelius besorgt zu sagen, „daß Sie sich bei uns unglücklich fühlen."

Die Partner, die überlebten, hatten sich das zur Lehre gemacht und bemühten sich, in Cornelius' Gegenwart stets befriedigt zu erscheinen. Cornelius hielt die kontrollierende finanzielle Mehrheit in der Partnerschaft, was ihm die Möglichkeit gab, wen immer er wollte, einzustellen oder hinauszuwerfen. Also war es ratsam, mit ihm auf gutem Fuße zu stehen. Auch war sich jeder Partner darüber im klaren, daß er durchaus ersetzbar war. Van Zale war eine große Investment-Bank mit einer Geschichte, die bis ins neunzehnte Jahrhundert zurückreichte, und Männer, die an der Willow und Wall Street arbeiten wollten, gab es genug.

„Was gibt's Neues über Hammaco, Sam?" fragte ein Partner, einer der fünfundvierzigjährigen Füchse, die man sorgfältig beobachten mußte.

„Nur Gutes", sagte ich. „Die Werbung geht morgen zu Ende. Alles läßt sich gut an."

„Was ist das denn eigentlich, diese Hammaco-Sache?" fragte einer der silberhaarigen Veteranen, der eben vom Urlaub in Florida zurückgewankt war.

„Das sind Aktien im Wert von neunzig Millionen Dollar für die Hammer Machine Corporation, die sich ins Waffengeschäft vergrößern wollen. Da der kalte Krieg immer heißer wird, ist das offensichtlich ein gutes Geschäft, besonders für eine Gesellschaft wie Hammaco. Die Anwerbungsbedingungen waren hart – ich werde Ihnen Kopien über die Verkaufsbedingungen, das vorläufige Programm und den Einkaufsvertrag im Entwurf zugehen lassen. Wir hatten die übliche ausführliche Sitzung im Hammaco-Büro, außerdem eine vorbereitende Sitzung unseres Ausschusses. Die wichtigste kursbestimmende Sitzung ist morgen früh, gefolgt von einer endgültigen Sitzung morgen nachmittag um zwei."

„Wie steht's im Lager des Rivalen?" fragte ein anderer Fuchs. Diese Kerle hatten immer ihre Freude daran, mich in Atem zu halten.

„Ich habe eine Verbindung aufgenommen. Sobald ich weiß, was sie vorhaben, bin ich verdammt sicher, daß wir sie übertrumpfen werden. Ich sehe keine Probleme.“ Ich wandte mich den beiden Partnern von der Sündenklause zu, die die Grundarbeiten der Syndikatsabteilung unter sich hatten. „Nach der Sitzung hätte ich gern ein paar Worte mit Ihnen beiden gesprochen.“

Es klopfte an der Tür, und Scott trat ein. „Sam, ein wichtiger Anruf.“

Ich sah meine Partner an. „Bitte, entschuldigen Sie mich einen Augenblick, meine Herren.“ In der Ecke beim Telefon fragte ich Scott leise: „Ist es Neil?“

„Nein, der Präsident von Hammaco.“

„Himmel!“ Ich nahm den Hörer ab und erfuhr, daß der Präsident mich zum Mittagessen einladen wollte. Ich nahm an. „Sag meine Verabredung zum Mittagessen ab“, bat ich Scott, nachdem ich aufgelegt hatte, „und finde heraus, ob unsere Konkurrenz durch ein Wunder nicht mehr mithalten konnte und die Flinte ins Korn geworfen hat.“

Ich wollte mich eben wieder zum Konferenztisch begeben, als das Telefon abermals klingelte. Ich fuhr zusammen.

„Keller“, sagte ich, den Hörer abnehmend.

„Ich möchte dich sehen“, sagte Cornelius mit eisiger Stimme und schnitt die Verbindung so gewaltsam ab, wie eine Guillotine den Kopf eines Verbrechers abschneidet.

Ich hielt gar nicht erst inne, um zu überlegen, was ich wohl angestellt haben mochte. Es ist manchmal besser, nicht darüber nachzudenken, sonst bildet man sich Katastrophen ein, die gar nicht existieren, und verliert den Mut. Ich zündete eine Zigarette an, bat den ältesten Partner, den Vorsitz der Sitzung zu übernehmen und lief dann, das Schlimmste befürchtend – was immer das auch sein mochte – die Treppe hinunter, um dem Löwen in seiner Höhle gegenüberzutreten.

VIERTES KAPITEL

I.

Cornelius, der so erschöpft aussah, als ob er eben einen Asthmaanfall erlitten habe, saß in sich zusammengesunken auf seinem Drehstuhl hinter dem riesigen Schreibtisch. Fast hätte ich mich ängstlich nach seiner Gesundheit erkundigt, als ich aber die brutale Linie seines Mundes sah, beschloß ich, lieber still zu sein. Jetzt dachte ich doch über den mir unbekannten Fehler nach, der seinen Zorn erweckt hatte.

„Wenn ich dir eine ganz einfache Frage stelle“, sagte Cornelius mit müder, geduldiger Stimme, die er oft, kurz bevor ihm die Beherrschung durchging, benutzte, „ginge es dann zu weit, auf eine ganz einfache Antwort von dir zu hoffen?“

Dies war die Einladung, den Stier bei den Hörnern zu packen. „Was ist passiert?“

„Ich meine, wenn ich dich fragte, ob du vertrauliche Gespräche, die du mit mir in diesem Zimmer führst, in der Regel weitergibst, dann würdest du dich doch nicht in langen, ausweichenden Erklärungen ergehen, die mir nur peinlich sein müßten. Ich würde äußerst ungern durch dich in Verlegenheit gebracht werden, Sam. Es würde mich hart treffen.“

„Laß das, Neil. Du weißt genau, daß ich unsere Gespräche nicht in die Welt hinausposaune.“

Cornelius sprang sofort auf, beugte sich vor, stützte beide Hände auf den Schreibtisch und brüllte mich an: „Und weshalb, zum Teufel, hast du Alicia dann erzählt, daß ich will, daß du Vicky heiratest?“

„Weil sie mir den Eindruck gab, sie wisse bereits darüber Bescheid.“ Meine Abwehrreflexe waren so gut entwickelt, daß mein Herz erst, nachdem ich geantwortet hatte, durch den Schock schmerzhaft zu klopfen begann. Ich ballte die Fäuste hinter meinem Rücken, atmete tief durch, um mich zu beruhigen, und machte dann den klassischen Zug von der Verteidigung zum Gegenangriff. „Und warum, zum Teufel, hast du mir nicht gesagt“, verlangte ich ärgerlich zu wissen, „daß Alicia glaubte, du wärest ihrer Ansicht, nämlich daß Vicky Sebastian heiraten soll? Was glaubst du denn, wie ich mir vorkam, als Alicia und ich unsere gegensätzlichen Absichten entdeckten und ihr plötzlich klar wurde, daß du versucht hast, sie zu hintergehen. Ich hab' es auch nicht gern, von dir in Verlegenheit gebracht zu werden, Neil, und glaube ja nicht, daß nur du durch deine Freunde aus dem Gleichgewicht gebracht werden kannst."

Cornelius fiel in seinen Stuhl zurück. Ich wußte aus langer Erfahrung, daß Cornelius oft versuchte, seine Wut an anderen auszulassen, und diese lange Erfahrung hatte mich gelehrt, seinen Ärger hinzunehmen und zu neutralisieren, indem ich mich nämlich nicht einschüchtern ließ. Ich sah, daß nun, nachdem sein Ärger verraucht war, nur Elend zurückblieb. Er fing an, unregelmäßig zu atmen, und ich wandte mich ab, als er die Tabletten hervorholte, mit denen er sein Asthma bekämpfte. Er haßte es, wenn jemand ihn unwohl sah.

„Glaube mir, Neil – es tut mir leid, wenn es deswegen zwischen dir und Alicia Schwierigkeiten gegeben hat, aber –"

„Ich will meine Ehe nicht mit dir diskutieren, weder jetzt noch zu einer anderen Zeit", sagte er. Als er aber innehielt, um die Tabletten zu schlucken, schien mir, als sehne er sich danach, über seine Ehe sprechen zu können, wurde aber von mir unbegreiflichen, komplizierten Emotionen davon abgehalten. „Und da wir schon von Heirat reden", sagte er noch immer schwer atmend, aber unfähig, einen zweiten Wutanfall zurückzuhalten, „Alicia berichtet mir, daß du – ich zitiere – mir nur noch klarmachen mußt – Ende des Zitats, daß du Vicky nicht heiraten könntest. Das scheint ein interessanter Entschluß zu sein, besonders da du gestern behauptet hast, die Idee in Erwägung ziehen zu wollen. Könntest du dich möglicherweise dazu überwinden, mir das zu erklären? Ich kann es einfach nicht ausstehen, wenn wichtige Entscheidungen mir aus zweiter Hand überbracht werden."

Nun befand ich mich wirklich im Schlamassel. Nachdem ich ein Staubkörnchen vom Sitz des Klientensessels gefegt hatte, ließ ich mich langsam darauf nieder, um ein paar kostbare Sekunden zur Planung meiner Strategie zu gewinnen. Sollte ich lügen, die Sache hinhalten oder die Wahrheit sagen? Ich entschied, daß die Situation so unrettbar verloren war, daß eine glatte Lüge sinnlos wäre, konnte mir aber nicht klarwerden, ob ich die ganze oder nur einen Teil der Wahrheit sagen sollte. Schließlich, außerstande zu entscheiden, wie teilweise der Teil der Wahrheit ausfallen sollte, gab ich die Idee auf, die Sache hinzuhalten, und ergab mich der ungeschminkten Wahrheit.

„Nun, Neil", sagte ich mit einem Lächeln, das ein Freund dem anderen nur für widrige Umstände reservierte, „glaube nicht, daß mich dein Vorschlag nicht gereizt hätte. Und glaube nicht, daß ich normalerweise nicht alles täte, um dir zu helfen – aber ich bin gerade jetzt in keiner normalen Situation. Ich bin in Teresa, Kevins Wirtschafterin, sehr verliebt und habe beschlossen, sie zu heiraten."

Er starrte mich ausdruckslos an. Seine feinen, klassischen Züge hätten aus Marmor sein können. Dann versuchte er zu antworten, aber sein Asthma hatte sich verschlimmert, und seine Worte verloren sich, als er keuchend nach Luft rang.

Um ihn in Ruhe zu lassen, ging ich zur hinter dem Bücherregal verborgenen Bar und füllte ein Glas mit Wasser. Ich wußte, daß ich mich weder besorgt zeigen, noch Hilfe herbeirufen durfte. Als das Glas Wasser vor ihm stand, ging ich ans Fenster und – ihm den Rücken zuwendend, als ob nichts geschehen sei – sagte ich nüchtern: „Ich weiß, daß es dir schwerwerden wird zu verstehen, warum ich solche Gefühle einem unbemittelten polnisch-amerikanischen Mädchen aus einer Bergarbeiterstadt in West Virginia entgegenbringe, aber mein Entschluß steht fest, und ich würde lügen, wenn ich dich im Glauben ließe, daß du oder sonst jemand etwas daran ändern könnte. Ich habe Vicky gern; sie ist sehr hübsch und sehr niedlich, aber sie ist nichts für mich, Neil, und wenn ich sie heiratete, würde ich niemandem einen Gefallen tun, am allerwenigsten Vicky."

Ich schwieg, um zu lauschen. Sein Atem schien eine Spur leichter zu gehen, als ob die Tabletten schon anfgefangen hätten zu wirken, und ich riskierte es, mich umzudrehen. „Würdest du das Gespräch lieber später fortsetzen", fragte ich, ihm eine Chance gebend, mich loszuwerden.

„Ja", flüsterte er. „Später. Lunch?"

„Ich bin dazu mit Fred Buchholz von Hammaco verabredet."

Cornelius' Züge belebten sich sichtbar. Sein Atem ging ruhiger, und als kaum sichtbar etwas Farbe in sein Gesicht zurückkehrte, blickte er mir gerade in die Augen und sagte: „Wenn du Hammaco gewinnst, wollen wir alles andere vergessen. Sogar Vicky."

Es war völlig untypisch für Cornelius, so leicht aufzugeben oder ohne offensichtlichen Grund zurückzutreten. Hammaco war wichtig, aber keinesfalls ausschlaggebend für das Wohlergehen der Firma. Ich beäugte Cornelius skeptisch, und er merkte meinen Verdacht und lächelte. „Du kennst mich zu gut, Sam!" sagte er, indem er endlich allen Ärger beiseite schob. „Ja, Hammaco ist nur Nebensache. Die Wahrheit ist, daß ich meine Ansicht über Vicky geändert habe. Alicia hat mich gestern abend erfolgreich überzeugt, daß es a) ein Fehler für junge Mädchen ist, zu früh zu heiraten und b) daß es ein Fehler wäre, wenn Vicky dich heiratete, egal wie alt sie ist. Also laß uns die Sache vergessen. Es tut mir leid, wenn ich dich in eine unangenehme Lage versetzt habe."

Ich wußte, daß Alicia großen Einfluß auf ihn hatte, aber ich wußte auch, daß Cornelius dazu neigte, hartnäckig an verrückten Ideen festzuhalten, und ich konnte noch immer nicht ganz glauben, daß er den Plan hatte fallenlassen. „Okay", sagte ich. „Schwamm drüber." Und ich ging auf die Tür zu.

„Irgendwann mußt du mir einmal die Sache mit Teresa erklären", sagte Cornelius. „Vielleicht, wenn ihr euch offiziell verlobt. Ich habe immer Spaß an deinen Verlobungen. Ist dir klar, daß du schon mindestens drei Frauen hättest, wenn es dir gelungen wäre, alle deine Verlobten vor den Altar zu schleppen?"

Ich erwiderte sein Lächeln. „Diesmal habe ich nicht die Absicht, das noch einmal passieren zu lassen! Ich werde mich später wieder bei dir melden, Neil, um dir über das Essen mit Hammaco zu berichten."

„Viel Erfolg."

Die Tür schloß sich. Die hintere Halle war dämmrig und kühl. Ich gestattete mir einen Augenblick, meine Erleichterung auszukosten, und kehrte dann, immer noch mit einem flauen Gefühl in der Magengrube, in mein Büro zurück, um mich von dem Gespräch zu erholen. Bevor ich mich jedoch entspannen konnte, klingelte das Telefon. Der Stellvertreter einer unserer führenden Investment-Banken war am Apparat.

„Sam, ich mache mir Sorgen wegen dieser Hammaco-Geschichte. Die Zinkpreise fallen noch immer, und Stahl macht keinerlei Anstalten, sich zu erholen –"

„Das Schatzamt hat mir inoffiziell versichert, daß kein Kurssturz zu erwarten ist trotz all dem Gerede über Deflation."

Nachdem ich ihn beruhigt hatte, beendete ich das Gespräch rasch und rief dann meine Sekretärin.

„Geben Sie mir das Schatzamt."

Mir war nach einem Drink, aber es war erst zehn Uhr. Ich zündete mir statt dessen eine weitere Zigarette an und war fünf Minuten später, als die Auskunft vom Schatzamt sich nicht mehr lediglich als Phantasie, sondern als reale Trumpfkarte in meiner Hand erwies, ausreichend aufgeheitert, um Teresa anzurufen.

„Hi", sagte ich, als sie den Hörer abnahm. „Sag mir gleich, wenn ich ungelegen anrufe. Ich wollte nur wissen, wie es dir geht."

„Ganz gut." Aber sie klang unsicher. „Tut mir leid, daß ich gestern abend so eklig zu dir war, Sam. Ich war halt einfach deprimiert."

„Sicher, ich verstehe schon. Ist in Ordnung." Da es eine medizinische Tatsache ist, daß Frauen launischer sind als Männer, gab ich mir Mühe, nachsichtig zu sein. „Ich würde dich natürlich gern heute abend oder morgen sehen", sagte ich, „aber ich gebe dir wohl lieber etwas mehr Zeit, um mit deinen Arbeitsproblemen zu Rande zu kommen. Ich werde dich aber auf jeden Fall Samstag abend abholen, selbst wenn ich dich mit Gewalt wegschleppen müßte. Ich habe Karten für ‚South Pacific'."

„Oh, prima."

Es entstand eine Pause, während der ich meine fassungslose Enttäuschung zu unterdrücken suchte.

„Entschuldige, Sam, sagtest du ‚South Pacific'? Mensch, das wäre wunderbar! Wie hast du es fertiggebracht, dafür Karten zu bekommen? Welch tolle Überraschung!"

Ich fühlte mich viel besser. „Wir werden einen großen Abend daraus machen", sagte ich, „einen unvergeßlichen Abend." Dann hauchte ich einen Kuß ins Telefon, legte auf, und in glänzender Laune schickte ich mich an, den Kampf um Hammaco wiederaufzunehmen.

II.

„Sam, ich bin ratlos", sagte Scott. „Die Konkurrenz ist definitiv noch im Rennen, also habe ich Whitmore angerufen, der sich aber verleugnen läßt. Es ist wirklich schwierig, jemanden auszuquetschen, bis die Kerne quietschen, wenn er seine Sekretärin dazu abgerichtet hat, ständig zu behaupten, er sei in einer Konferenz."

„Der Hundesohn! Und dazu stelle man sich vor, daß ich dem Kerl zu seiner jetzigen Position verholfen habe, als ich Bonner 1935 ein Stück von dem Eisenbahnkuchen abtrat – er hätte nie die Tochter seines Chefs heiraten können, ohne einen solchen Erfolg hinter sich zu haben! Okay, nimm den anderen Hörer ab und lerne, wie man einen glitschigen Fisch filetiert."

Es folgte eines dieser Gespräche, die mir in all den Jahren als Cornelius' rechte Hand nur zu vertraut geworden waren. Tatsächlich war mir die Technik, mit der man einen Gegner elegant zu einem Bundesgenossen umbog, so geläufig, daß ich sie im Schlaf hätte ausüben können. Ich rief das Büro von Bonner, Christopherson an. Whitmore versuchte erneut, sich hinter seiner Sekretärin zu verstecken. Ich verachte Feigheit bei Geschäftsleuten. Sie sollten wenigstens den Mumm haben, sich durch eigene Frechheit aus der Klemme zu ziehen.

„Sagen Sie Mr. Whitmore", trug ich der Sekretärin auf, „daß ich ihn aus Gefälligkeit anrufe. Ich habe eben private Informationen von der SEC erhalten."

Er kam japsend ans Telefon.

Während ich mich in meinem Drehsessel zurücklehnte, beobachtete ich müßig, wie das Sonnenlicht auf den schweren Mahagonimöbeln spielte und hörte mir selbst zu, wie ich mich in einem plätschernden Strom von Klischees ergoß. Als ich mich am Anfang meiner Banklaufbahn aus reiner Nervosität durch einschmeichelnde Redewendungen beliebt zu machen suchte, hatte ich mit Erstaunen festgestellt, daß meine Gegner fast immer weich wurden, wenn man sie mit honigsüßer Stimme und der Wiederholung von banalen Phrasen hypnotisierte. Diese Lehre hatte ich nie vergessen.

„Ja, hallo, Frank! Lange nicht gesehen! Wie geht's bei dir? Wie geht's deiner Frau . . . und den Kindern . . . oh, das ist einfach wunderbar! Es freut mich wirklich, das zu hören . . . Sag einmal, Frank, ich rufe dich an, weil du einer meiner ältesten und liebsten Freunde bist, und du sollst wissen, daß ich dir gefällig sein kann. Ich vergesse meine Freunde nie, Frank. Wenn es etwas gibt, das ich nicht ausstehen kann, dann ist es ein Mann, der seine Verpflichtungen seinen Freunden gegenüber vergißt . . ."

Eine Weile machte ich so weiter. Die ganze Scheiße auf einen einfachen Nenner gebracht, erinnerte ich ihn daran, daß Bonner, sein Schwiegervater, es gern gesehen hätte, wenn Van Zale seine Firma in den nächsten Pan-Pacific-Harvester-Ausschuß mit einbezogen hätte. Ich erinnerte ihn daran, daß Van Zale immer von Firmen belagert wurde, die zu einem ertragversprechenden Ausschuß gehören wollten, und daß einige Firmen da unvermeidbarerweise enttäuscht werden müßten. Ich erinnerte ihn daran, daß ich mir trotz verbesserter Beziehungen zwischen Van Zale und Bonner, Christopherson Umstände vorstellen könnte, bei denen es mit eben jenen Beziehungen wieder rapide abwärts ginge, mit dem Ergebnis, daß Bonner nicht in den vielversprechenden Ausschuß aufgenommen werden würde.

„. . . und dein wunderbarer Schwiegervater – wie geht es ihm übrigens? Prima! – Ja, dein wunderbarer Chef wäre bestimmt enttäuscht. Und wenn es etwas gibt, was mich traurig macht, Frank, dann ist es die Vorstellung, daß ein netter Kerl wie Mr. Bonner enttäuscht werden könnte . . ."

Und so weiter, und so weiter.

„. . . deshalb dachte ich, daß du und ich uns treffen sollten, nichts Offizielles, nur irgendwo heute abend auf einen ruhigen, kleinen Drink –"

„Sechs Uhr dreißig im University Club?" sagte Whitmore schwach.

„Im Metropolitan Club", antwortete ich, „und pünktlich um sechs." Ich legte auf und fuhr fort, den Streifen Sonnenlicht zu beobachten, der durchs Fenster hereinfiel. Gleich darauf trat Scott wieder ein.

„Herzlichen Glückwunsch, Sam!" rief er begeistert. „Dem hast du's aber gezeigt!"

Ich sah ihn an. Es gab keinen Grund, weshalb ich seine Aufrichtigkeit bezweifeln sollte, trotzdem tat ich es. Der Zweifel hielt nicht länger als eine Sekunde lang an, aber ich erkannte ihn sofort als ein Symptom jener Unbehaglichkeit in seiner Gegenwart, die ich so schwer erklären konnte. Wie üblich folgte ihr ein Schuldgefühl, weil ich Scott mißtraute, und um dieses unerklärliche Mißtrauen wiedergutzumachen, brachte ich eine Minute damit zu, nett zu ihm zu sein, bevor ich ihn an seinen Schreibtisch zurückschickte.

Nachdem er gegangen war, wollte ich gerade meine Sekretärin wieder hereinrufen, als ein Blick auf meinen Kalender mich daran erinnerte, daß es nur noch eine Woche bis Karfreitag war. Um seine episkopalische Erziehung zu unterstreichen, gab Cornelius seinen Angestellten sowohl am Karfreitag als auch am Ostermontag frei, und ich benutzte das lange Wochenende stets dazu, meine Mutter in Maine zu besuchen. Ich beschloß, sie anzurufen, um meinen Besuch zu bestätigen, und als ich den Hörer abnahm, tauchte automatisch ihr Bild vor mir auf, das Bild meiner Mutter in dem gräßlichen Holzhaus, das ich ihr nach dem Tode meines Vaters gekauft hatte. Es war nicht die Art von Haus, die ich für sie ausgesucht hätte, aber meine Mutter wollte es so. Sie wollte kein neues Haus am Rande der Stadt mit Aussicht aufs Meer, sie wollte ein Heim, von wo sie zu den Läden und zur Kirche zu Fuß gehen konnte. Sie wollte kein Auto. Ich machte ihr Geschenke fürs Haus, aber die legte sie hinterher beiseite, weil sie ihr zu gut für den täglichen Gebrauch schienen. Ich hatte es aufgegeben, sie zu mir nach New York einzuladen, weil ich inzwischen eingesehen hatte, daß sie doch nie kommen würde. Die Vorstellung einer Flugreise erschreckte sie, sie mochte Züge nicht leiden, und mein Angebot, sie vom Chauffeur abholen zu lassen, zog sie nie ernsthaft in Erwägung. Darüber hinaus war sie der felsenfesten Überzeugung, daß man sie entweder berauben oder ermorden würde, sollte sie je einen Fuß nach New York setzen. Mein Vater war da weitaus abenteuerlicher und stolz darauf gewesen, mich einmal im Jahr zu besuchen; aber weder ihm noch mir war es je gelungen, meine Mutter aus Maine loszueisen.

Wenn ich dann nach Hause kam, sah ich wenig von meiner Mutter, da sie den ganzen Tag in der Küche zubrachte, um mir meine Leibgerichte zu kochen. Gewöhnlich ging ich auf dem Mount Desert spazieren. Sollte ich jemanden treffen, so lud ich ihn sofort auf ein Bier ein, damit niemand sich bei meiner Mutter beschweren könnte, ich sei nun zu arrogant für meine alten Freunde geworden; ansonsten suchte ich keinen Kontakt. Ich war durchaus willens, einem alten Bekannten zuzuhören, während er sich über seine Frau, über die Hypothekenbelastungen und darüber beklagte, wie schwierig es für ihn sei, mit einem Gehalt von dreitausend im Jahr auszukommen, aber es gab leider wenig, was ich von meinem eigenen Leben hätte berichten können, ohne Ungläubigkeit, Neid und Ablehnung bei meinem Begleiter zu erwecken.

Meine Mutter und ich saßen abends zusammen vor dem Fernsehapparat. Fernsehen war ein Segen, beanspruchte es doch Augen und Ohren. Früher, am Radio, hatten wir uns immer verpflichtet gefühlt, irgendeine Bemerkung zu machen, wenn sich unsere Blicke während einer Sendung trafen, jetzt aber konnten wir die Mattscheibe mit der sicheren Gewißheit anschauen, daß bis zur Beendigung des Programms jeglicher Kommentar überflüssig war. Meine Mutter war stolz auf ihr Fernsehgerät, das ich jedes Jahr auswechselte, und ich war erleichtert, daß ich endlich ein Geschenk gefunden hatte, das sie brauchen konnte und das ihr Freude bereitete.

„Hi“, sagte ich, als sie am anderen Ende abnahm. „Wie geht es dir da unten im Osten?“

„Gut. Das Wetter ist schrecklich, so kalt. Mein Rheumatismus ist wieder schlimm, aber der Arzt sagt nur, nehmen Sie Aspirin – fünf Dollar verlangt er, und alles, was er sagen kann, ist, nehmen Sie Aspirin. Mrs. Hayward ist gestorben, und sie hatten eine nette Beerdigung, Marie Ashe und ihr Mann sind auseinandergegangen – Trunksucht – ich habe ja schon immer gesagt, daß er nichts ist. Der Fernseher funktioniert noch sehr gut. Sonst gibt’s nichts Neues. Kommst du nächste Woche? Was möchtest du essen?“

Wir sprachen übers Essen. Schließlich sagte meine Mutter mit forscher Stimme, hinter der sie ihre freudige Erregung verbarg: „Es wird schön sein, dich zu sehen. Wie ist New York?“

„Ausgezeichnet.“

„Gut.“ Meine Mutter fragte nie nach Freundinnen, suggerierte nie, daß ich heiraten sollte, beschwerte sich nie, daß sie keine Enkel hatte. Vor langer Zeit hatte sie sich einmal nach meinem Privatleben erkundigt, woraufhin mein Vater wütend wurde. „Verfolge den Jungen doch nicht mit diesen verdammten Weiberfragen!“ hatte er sie angebrüllt. „Ist dir denn nicht klar, daß er uns nicht mehr besuchen wird, wenn du ihm so zusetzt?“ Und als ich protestieren wollte, war er mit mir ebenso wütend geworden. „Glaubst du, ich bin blöd? Glaubst du, ich verstünde nichts?“

Die Zerbrechlichkeit unserer Beziehung erschreckte meine Mutter und ließ mich oft über die Beschwernisse der Elternschaft nachdenken. Wie konnten Eltern jahrelang all die Arbeit ertragen, wie sich aufopfern, damit die Kinder es einmal besser haben sollten, um dann am Ende erfahren zu müssen, daß all das recht spärliche Früchte trug: ein kurzer Besuch an einem Feiertag und ein paar gemeinsame Stunden vor dem Fernsehapparat in einem Schweigen, das man nicht zu brechen wußte. Ich wünschte, daß meine Mutter sich über Geschenke freuen würde, die ich ihr gern gemacht hätte, um das Schuldgefühl, das ich mit mir herumtrug, zu lindern. Ich wünschte, es gäbe ein magisches Wort, mit dem ich unsere Befangenheit hätte beheben können. Nach dem Tod meines Vaters hatte ich es immerhin fertiggebracht, sie zu fragen: „Hat es sich gelohnt?“ Aber sie hatte mich nicht verstanden, und als ich zu erklären suchte, sagte sie einfach: „Natürlich. Wenn du glücklich bist.“

„Ich bin froh, daß du glücklich bist, Hans“, sagte meine Mutter am Telefon, während ich zusah, wie die Sonnenstrahlen schräg über den Teppich meines Büros fielen. Der deutsche Name war ihr seit dem Tod meines Vaters immer öfter herausgerutscht. „Ich freue mich, daß alles für dich in New York so gutgeht.“

„Es wird schön sein, wieder einmal nach Hause zu kommen“, sagte ich, und sobald ich diese Worte ausgesprochen hatte, überfiel mich eine große Traurigkeit, denn meine Eltern und ich hatten natürlich seit Jahren gewußt, daß ich nie wieder nach Hause gehen konnte. Ich war ein Opfer dieses klassischen Dilemmas, das wahrscheinlich auch in anderen Ländern existiert, das mir aber immer als typisch amerikanisch erschien: ich hatte mein Zuhause verlassen, um durch den Spiegel ins Schlaraffenland zu gelangen, nur um später festzustellen, daß dieser Weg eine Einbahnstraße war und daß ich nie wieder – wie angestrengt ich es auch versuchte – in das Land zurückkehren konnte, das ich so deutlich hinter der gläsernen Mauer sah. Die Milch im Schlaraffenland mochte sauer werden, und der Honig mochte versiegen, aber das Glas würde nie zerbrechen. Ich war im Exil in einer Welt, die ich selbst für mich ausgewählt hatte, ein lebenslänglich Gefangener, dem niemand Bewährungsfrist geben konnte.

Dies war ein Thema, über das auch Teresa und ich uns einmal unterhalten hatten. „Du mußt deine Vergangenheit amputieren", hatte sie bestimmt gesagt. „Du tappst in die Falle, die für alle Ausländer eine Gefahr bedeutet, indem du dein Zuhause durch eine rosarote Brille betrachtest. Ich bin wenigstens nicht in Versuchung, diesen Fehler zu machen! Ich kann mich an meine Heimatstadt nur zu gut erinnern – an den Kohlenstaub und an die schmutzigen Hütten, an die elenden Straßen, an die barfüßigen Kinder ohne Schuhe, an meinen Vater, der sich betrank, und an meine ewig schwangere Mutter –"

„Aber es war dein Zuhause, nicht wahr?" hatte ich erwidert. „Es ist noch immer ein Teil von dir."

„Diesen Teil habe ich amputiert", beharrte sie. „Er ist nicht mehr da."

Ich wollte ihr damals weitere Fragen stellen, aber sie hatte das Thema gewechselt und es nie wieder erwähnt. Und trotzdem fragte ich mich oft, wie erfolgreich ihre Amputation gewesen sein mochte, besonders da ich sah, wie sie trotz ihrer Bitterkeit an Zeichen ihres früheren Lebens festhielt; an dem kleinen, goldenen Kreuz, das die Kirche repräsentierte, aus der sie inzwischen längst ausgetreten war; die polnische Küche, die sie bevorzugte, wann immer sie sich bereit erklärte, anläßlich einer besonderen Gelegenheit ein Gericht zu produzieren; die frugalen Angewohnheiten, die sie in Jahren der Armut angenommen hatte und, am allerwichtigsten schließlich, die Mischung von Stolz und Würde, die es ihr verbot, sich von Männern aushalten zu lassen und sich nach finanziellen Begünstigungen, denen sie begegnen mochte, zu bücken.

Schließlich wurde mir klar, daß ihre Annahme, die Vergangenheit amputiert zu haben, reine Illusion war. Die Vergangenheit war noch immer ein Teil von ihr, und sie war noch auf der anderen Seite des Spiegels. Sie lebte weit weg von zu Hause, hatte es aber auf mir unerklärliche Weise fertiggebracht, den Kontakt mit ihrem früheren Leben aufrechtzuerhalten. Obwohl sie sich der New Yorker Kulisse angepaßt hatte, blieb sie von seiner Korruption unberührt, und als mir das klar wurde, begriff ich, weshalb es für mich so notwendig war, sie zu gewinnen. Ich war der wachsenden Überzeugung, daß Teresa mich durch den Spiegel zurückführen könnte; ich fühlte mich immer sicherer, daß ich endlich wieder würde nach Hause gehen können, sobald Teresa mein war.

Die Sonne schien noch immer auf den Teppich meines Büros. „Da ist noch etwas", sagte ich plötzlich zu meiner Mutter.

„Ja?"

„Ich habe ein Mädchen kennengelernt und würde es gern nächstes Wochenende mitbringen, damit es dich kennenlernen kann. Sie heißt Teresa. Sie ist fünfundzwanzig. Sie wurde katholisch erzogen, ist aber aus der Kirche ausgetreten. Sie ist erst seit ein paar Monaten in New York. Sie war sieben Jahre lang in New Orleans, aber sie stammt aus West Virginia. Sie kocht gern."

„Oh!" Meine Mutter klang verzweifelt, in ihrer Furcht, etwas Falsches zu sagen. Ihre große Aufregung kämpfte mit der Überzeugung, ruhig bleiben zu müssen, um mich nicht zu verärgern. „Teresa, sagtest du?" murmelte sie vorsichtig. „Ist das italienisch?"

Ich war auf diese Frage vorbereitet und hatte mir vorgenommen, von Anfang an ehrlich zu sein, um meiner Mutter Zeit zu geben, sich mit der Idee zu befreunden. „Nein", sagte ich. „Sie ist polnisch."

Stille am anderen Ende. „Nun", sagte meine Mutter schließlich rasch, in einem verzweifelten Versuch, die Pause zu überbrücken. „Ich bin sicher, daß es eine Menge sehr netter Polen in Amerika gibt. Ja, bringe sie bitte mit her. Ich – ich werde Großputz im Gästezimmer machen – und werde die neuen Laken hervorholen, die du mir geschenkt hast – die, die zu gut zum täglichen Gebrauch sind –"

„Fein, aber mach nur keine Umstände. Teresa ist ein einfaches Mädchen, keine Ostküsten-Prinzessin."

Irgendwie brachte es meine Mutter fertig, mir auf Wiedersehen zu sagen, obwohl sie vor Aufregung fast verging.

Nach Beendigung des Telefongespräches nahm ich meine Arbeit nicht sofort wieder auf, sondern saß eine Zeitlang nachdenklich in meinem Sessel. Ich wußte, daß meine Mutter stets gehofft hatte, ich würde jemand aus der Oberschicht heiraten, aber ich wußte auch, daß sie sich mit Teresa weitaus behaglicher fühlen würde als mit einem hochkarätigen Produkt der protestantischen angelsächsischen Aristokratie. Es war Pech, daß Teresa Polin war, aber wenn meiner Mutter erst einmal Enkel beschert wären, dann würde sie bald ihre Vorurteile vergessen, und obwohl ich vermutete, daß Teresa der Vorstellung von Elternschaft schwankend gegenüberstand, so war ich doch überzeugt, daß sie Kinder haben wollte, sobald sie begriff, daß diese ihre Malerei nicht beeinträchtigen mußten. Ich hatte vor, eine Kinderschwester zu engagieren, so daß Teresa malen konnte, wann immer sie wollte. Ich wußte, wieviel ihr die Malerei bedeutete, außerdem fand ich es gut, wenn Frauen ein Hobby neben ihren häuslichen Verpflichtungen hatten. Cornelius hatte in letzter Zeit des öfteren betont, daß Alicia Schwierigkeiten hätte, sich zu beschäftigen, seit ihre beiden Buben groß geworden waren.

Eine warme Woge überkam mich, als ich an meine Mutter dachte, wie sie glücklich das Gästezimmer vorbereitete . . . Ich war froh, sie glücklich gemacht zu haben. Ich würde sie noch glücklicher machen. Es war ein gutes Gefühl.

Mit einem Seufzer wandte ich meine Gedanken dem Büro zu, und nachdem ich möglichst viele Briefe in der kurzen Zeit, die mir zur Verfügung stand, diktiert hatte, verließ ich das Gebäude, um mich zum Essen mit dem Präsidenten der Hammaco fahren zu lassen.

III.

Ich kehrte befriedigt in die Bank zurück, denn das Mittagessen schien mir ein Erfolg gewesen zu sein. Doch bei meiner Rückkehr wurde diese Befriedigung ins Wanken gebracht, als Scott mir erzählte, daß der Präsident am Tag zuvor mit dem rechnungsführenden Manager des gegnerischen Ausschusses geluncht habe.

„Dieses Ekel!“ sagte ich. „Probiert aus, wessen Nase ihm besser paßt! Wenn er sich nur den aussuchen will, den er lieber mag, warum müssen wir dann überhaupt diesen verdammten Anwerbungstanz mitmachen? Er sollte es entweder auf die aparte Lunch-Tour machen oder nichts mit den Kontrahenten zu tun haben, bis die versiegelten Anwerbungen abgeliefert wurden. Das Schlimme mit der Kundschaft heutzutage ist, daß sie sich für den lieben Gott halten. Ich muß lachen, wenn ich in den Reportagen über den gegenwärtigen Anti-Kredit-Fall lese, wie der Vertreter der Anklage über die allmächtige Verschwörung des Investment-Bankgewerbes herzieht. Ich kämpfe bis aufs Blut mit unseren Rivalen, und die Anklage behauptet, es gäbe keine Konkurrenz beim Investment-Banking. Manchmal bedauere ich es fast, daß das Justiz-Department nicht Van Zale in der Anti-Kredit-Klage genannt hat. Ich hätte dem Richter Medina gern ein paar Sachen erzählt!“

„Davon bin ich überzeugt, Sam“, sagte Scott, wie immer eine respektvolle Antwort bereithaltend.

Abrupt wechselte ich das Thema.

IV.

Ich gab Whitmore die Nummer meines Privatanschlusses und bat ihn, mich sofort nach der letzten, preisbestimmenden Sitzung seines Ausschusses am folgenden Nachmittag anzurufen.

„Sicher, Sam, kein Problem, überhaupt kein Problem . . .“ Whitmore sah bleich aus, fabrizierte aber irgendwie ein zuneigungsvolles Lächeln, und wir schieden mit einem langen Händedruck voneinander.

Als ich zu Hause ankam, rief ich Scott an. Wie üblich machte er Überstunden. „Alles ist bereit für morgen“, sagte ich. „Whitmore wird uns alle Details der letzten Anwerbesitzung unseres Rivalen so süß wie ein Kanarienvogel vorzwitschern. Arbeitest du an dem endgültigen Börsenbericht?“

„Natürlich“, sagte Scott, perfekt wie immer.

Ich legte auf.

V.

Ich hatte die Hammaco-Akten mit nach Hause genommen und arbeitete bis Mitternacht, ging alle Details durch und kalkulierte den günstigsten Preis, den wir offerieren konnten. Dann ging ich zu Bett und schlief ein paar Stunden, bevor ich wieder in die Stadt und zum letzten Kampf aufbrach. Als Scott mich um acht Uhr in meinem Büro traf, gingen wir den letzten Börsenbericht durch und korrigierten meine Preisschätzung.

Die Vormittagssitzung des Preiskomitees war für zehn Uhr und die endgültige Sitzung für zwei Uhr nachmittags festgelegt worden. Ich erwartete Whitmores Nachricht um drei, was hieß, daß ich, wenn nötig, mit dem Komitee die entsprechenden Anpassungen vornehmen konnte, bevor die Anwerbung um vier Uhr eingereicht wurde. Der Zeitplan war knapp, und meine Nerven waren angespannt, als ich den Vorsitz der letzten Sitzung übernahm und über die Börsenlage berichtete, über die jüngsten Vergleichsangebote und über das Ausmaß, zu dem die Börsenmakler Interesse an Hammaco ausgedrückt hatten. Als nächstes mußte über den öffentlichen Ankaufpreis der Papiere und über den Preis, der dem Aussteller gezahlt werden sollte, entschieden werden. Als rechnungsführender Manager unterbreitete ich einen Vorschlag, der sich auf diese Kosten des Geldes bezog, und mein Vorschlag wurde eine Zeitlang von der ganzen Gruppe durchdiskutiert, bevor es uns nach mehreren Abstimmungen gelang, die endgültigen Preise festzulegen. Niemand trat in letzter Minute zurück, also gab es keine Panik, als die Aktien neu verteilt wurden.

„Okay, meine Herren", sagte ich schließlich. „Wenn es Ihnen jetzt nichts ausmacht, ein paar Minuten zu warten, dann werde ich bei meiner Informationsquelle nachforschen und sehen, ob ich Sie über die andere Seite ins Bild setzen kann." Ich wandte mich den beiden Partnern der Sündenklause zu. „Sie können sich inzwischen darum kümmern, daß die Jungen in Nummer sieben den Papierkram fertigmachen. Ich erwarte keine größeren Berichtigungen."

Ich raste zurück in mein Büro. „Ruf Whitmore für mich an", sagte ich zu Scott, sobald sich die Tür hinter mir geschlossen hatte, aber Whitmore war in seinem Büro nicht erreichbar.

Offensichtlich war die Preissitzung der Konkurrenz noch im Gange.

Ich machte mir einen Beefeater-Martini, sehr trocken, mit Eis und zwei Oliven, und setzte mich damit hin, während ich wartete.

Das rote Telefon läutete.

„Gibt's was Neues?" fragte Cornelius.

„Noch nicht."

Das weiße Telefon läutete. Es war meine direkte Verbindung. Ich unterbrach das Gespräch mit Cornelius, legte auf und griff nach dem anderen Hörer.

„Sam?" sagte Whitmore.

„Schieß los."

Er berichtete mir die Neuigkeiten. Auch mit ihm schnitt ich das Gespräch ab und machte mir dann einen weiteren Martini, noch trockener, ohne Zutaten. Dann rief ich Scott an. „Komm rüber." Ich telefonierte mit der Ausschußabteilung in der Willow Street sieben. „Zunächst alles einstellen und abwarten." Ich kippte meinen Martini hastig hinunter und hatte mir gerade eine Zigarette angezündet, als Scott eintrat.

„Sie haben uns unterboten."

„Mein Gott! Aber wie?"

„Die müssen sich den Gürtel wirklich verdammt eng geschnallt haben. Mit einem solchen Zinssatz können sie nie im Leben einen Profit machen."

„Was tun wir jetzt?"

„Zu Neil gehen."

Wir rannten die Treppe hinunter. Cornelius sprach mit zweien seiner Helfer, die er sofort wegschickte, als ich in der Tür auftauchte. Als sich die Tür hinter mir geschlossen hatte, sagte Cornelius scharf: „Nun?"

Ich berichtete ihm die Neuigkeiten. Cornelius nahm sie ruhig hin. „Also, jetzt gibt es zwei Möglichkeiten", sagte er und lehnte sich in seinem Sessel zurück. „Entweder sind unsere erlauchten Rivalen verrückt geworden, oder Whitmore lügt."

„Himmel!" Ich war entsetzt. „Wenn der mich angelogen hat, werde ich –"

„Natürlich", sagte Cornelius besänftigend. „Natürlich werden wir. Bis dahin jedoch –"

„Neil, ich bezweifle, daß sich die Mehrheit unseres Ausschusses bereit erklären wird, diesen Zinssatz zu unterbieten, und wenn wir die Schlappe selbst aufnähmen, würden wir keinen Profit machen."

„Ich glaube, Whitmore hintergeht dich", sagte Cornelius, „aber nicht aus eigenem Antrieb. Dazu hat er nicht den Mumm. Der hat nach dem Gespräch mit dir einen solchen Schreck gekriegt, daß er zu seinem Chef gerannt ist und gebeichtet hat, und jetzt handelt er in Bonners Auftrag. Ich habe seiner Firma neulich aus der Klemme mit der SEC geholfen, weil ich dachte, es könnte nützlich sein, sie auf unserer Seite zu haben, statt daß sie ständig hinter uns herhecheln. Ich weiß, daß Bonner den Freundlichen mimt, weil er sich einen Teil des nächsten PPH-Ausschusses an Land ziehen will, es kann aber auch sein, daß Bonner uns immer noch nicht verziehen hat, daß wir 1943 Christopherson bei der Pan-Pacific-Harvester-Fusion hineingelegt haben; vielleicht kann er trotz der PPH-Aussichten der Chance nicht widerstehen, uns nun seinerseits hineinzulegen."

„Das ist möglich."

Wir dachten beide darüber nach. Ich war mir bewußt, daß Scott ruhig neben der Tür stand.

„Bonner weiß, daß wir uns ins eigene Fleisch schneiden, wenn wir diese Art Anwerbung unterbieten", sagte Cornelius. „Er möchte, daß wir wie Idioten dastehen. Laß uns an unserem Angebot festhalten, und ich wette, daß wir dann immer noch haushoch gewinnen."

„Gut." Ich wandte mich zu Scott. „Gib den Jungens in Nummer sieben das Startsignal, und sage ihnen, sie sollen sofort alle Papiere fertigmachen."

„Ja, Sam", erwiderte Scott.

VI.

Der Anruf des Präsidenten der Hammaco kam drei Minuten nach sechs. Ich trank schwarzen Kaffee und zündete mir eine Zigarette an.

„Sam!"

„Hi, Fred – wie ist die Anwerbung verlaufen?"

„Nun, Sam, es ging wirklich hart auf hart, und es tut mir furchtbar leid, Ihnen sagen zu müssen, daß –“

Mein Gesichtsausdruck mußte sich geändert haben, obwohl ich glaubte, keinen Muskel gerührt zu haben. Ich schaute Scott über den Schreibtisch hinweg an, und als ich beobachtete, wie ihm aufging, was passiert war, dachte ich mit einer Klarheit, die mich selbst schockierte: er ist froh. Diese Gewißheit erweckte heftige Gefühle in mir, die ich weder zu analysieren noch zu kontrollieren versuchte.

Ich sagte nichts. Nachdem ich den Hörer aufgelegt hatte, stand ich auf, ging zum Fenster und starrte schweigend in den Innenhof hinab.

Schließlich hörte ich Scott sagen: „Es tut mir leid, Sam. Ich glaube, ich fühle mich fast genauso mies wie du. Wir haben alle so hart gearbeitet.“

Ich drehte mich langsam um und schaute ihn an. „Vielleicht hatten unsere Rivalen eine Verbindung zu unserem Lager“, sagte meine Stimme, „genauso wie wir eine Verbindung zu dem ihren hatten. Und vielleicht hat Whitmore ein doppeltes Spiel gespielt und Informationen in beide Richtungen weitergegeben.“

Scott verzog keine Miene. „Die Möglichkeit besteht wohl, aber es scheint mir höchst unwahrscheinlich. Würde unsere Konkurrenz diese Art von Taktik benützen? Und wer von unserer Seite würde Whitmore die Information weitergegeben haben?“

Ich wußte sofort, daß er unschuldig war. Ein schuldiger Mann hätte einen viel stichhaltigeren Kommentar abgeliefert, um meinen Verdacht abzulenken. Aber seltsamerweise ließ mich genau jene Gewißheit, daß meine Zweifel an ihm unbegründet waren, nur um so mehr meine Selbstkontrolle verlieren. Bevor ich mich bremsen konnte, fragte ich direkt: „Hast du heute mit Whitmore gesprochen?“

Er verstand sofort. Seine übliche Gesichtsfarbe verschwand und machte tiefer Röte Platz. „Wenn du mit dieser Frage meinst, was ich dahinter vermute, Sam“, sagte er, irgendwie seine Stimme unter Kontrolle behaltend, „dann muß ich dich nicht nur darum bitten, die Frage zurückzunehmen, sondern auch darum, dich zu entschuldigen. Sonst gehe ich zu Cornelius und sage ihm, daß ich nicht mehr mit dir zusammenarbeiten kann.“

Zum ersten Mal im Leben sah ich seinen Vater in ihm. Es war, als sei der Vorhang für eine Vorstellung hochgegangen, die ich vor langer Zeit immer wieder gesehen hatte: Steve unter Druck, Steve, wie er den Spieß umdreht, Steve, wie er sich aus einer Klemme heraushaut, indem er Cornelius und mich mit ein paar prägnanten Sätzen in die nächste Ecke zwingt. Bis zu diesem Augenblick hatte ich vergessen, welche Angst wir vor Steve Sullivan gehabt hatten. Ich hatte die mit Schuldgefühlen vermischte Erleichterung verdrängt, die mich überkam, als ich von seinem Tode erfuhr. Ich hatte mir große Mühe gegeben, all das tunlichst zu vergessen. Aber nun strömten die alten Gefühle wieder zu mir zurück; jetzt erinnerte ich mich nur allzugut.

Ich nahm meine Brille ab und begann sie mit meinem Taschentuch zu putzen. Zu meinem tiefen Schock kam noch hinzu, daß ich auf mich selbst wütend war. Durch die unbedachte Anschuldigung hatte ich seine erfolgreiche Gegenattacke ja selbst provoziert. Ich sah keinen Weg, das Gespräch zu beenden, ohne an Gesicht zu verlieren.

Schließlich brachte ich es fertig, zu sagen: „Entschuldige – ich bin nicht ganz da. Der Verlust der Anwerbung war eine große Enttäuschung für mich." Cornelius würde wütend sein, wenn er hörte, daß ich einen unschuldigen Scott angegriffen hatte. Er würde mich für neurotisch halten. Ich mußte diesen Vorfall sofort wiedergutmachen. „Natürlich nehme ich die Frage zurück", sagte ich rasch, „und natürlich bitte ich dich um Entschuldigung. Ich danke dir für all die harte Arbeit an unserer Sache. Ich weiß deine Loyalität und Hilfe zu schätzen."

Er rührte sich nicht, aber ich spürte, daß er sich entspannte. „Danke, Sam. Schon in Ordnung. Ich kann deine Enttäuschung verstehen."

„Und wenn du mich jetzt bitte entschuldigen würdest –"

„Natürlich."

Er verließ das Zimmer. Ich versuchte, mich wieder zu fangen, aber ich brauchte eine ganze Minute, bis ich mich dazu durchringen konnte, den roten Telefonhörer abzunehmen.

„Ja?" sagte Cornelius.

„Wir haben verloren."

„Komm sofort runter."

Er trank Coca-Cola aus einem feingeschliffenen Glas, ging aber bei meinem Eintreten sofort zur versteckten Bar.

„Möchtest du einen?" fragte er und holte eine Flasche Brandy hervor.

„Das ist eine menschlich großzügige Geste angesichts der Umstände. Aber allein will ich nicht trinken."

Cornelius füllte vorsichtig zwei fingerhutgroße Gläschen mit Brandy.

„Nun?" sagte er, nachdem ich mein Glas mit einem Schluck geleert hatte.

„Es tut mir leid, Neil. Was kann ich sonst sagen? Natürlich übernehme ich jegliche Verantwortung."

„Nein, die Verantwortung liegt bei mir. Ich war es, der sagte, man sollte Whitmore ignorieren. Wir hätten unser Angebot angleichen sollen – zwar nicht in einem solchen Maß, wie Whitmore und Bonner es sich erhofft hatten, aber irgendeine Anpassung hätte doch vorgenommen werden sollen . . . Nun, Schwamm drüber. Momentan geht wirklich alles schief. Erst Vicky und nun Hammaco. Ich frage mich, was das nächste Desaster sein wird. Man sagt ja, ein Unglück kommt selten allein . . . Sam, du siehst furchtbar aus. Du weißt, wie sehr ich dagegen bin, im Büro zu trinken, aber heute mußt du wohl noch einen zweiten Brandy haben."

Cornelius war so nett zu mir, daß ich anfing, nervös zu werden. „Nein, ich möchte nichts mehr trinken", sagte ich. „Bin schon in Ordnung. Neil, um es noch einmal zu wiederholen, ich kann mich gar nicht genug dafür entschuldigen, daß ich nicht mit einem Gewinn aufkreuzen kann –"

„Oh, laß die Entschuldigungen, Sam, und verrate mir, was dich wirklich beschäftigt. Ich mache mir Sorgen. Du trinkst und rauchst zuviel – tu mir übrigens einen Gefallen und mach die verdammte Zigarette aus – und jetzt siehst du aus, als wolltest du gleich zusammenbrechen. Wo liegt dein Problem? Es ist doch nicht bloß Hammaco, oder? Ist es das Mädchen, nach dem du so verrückt bist? Ist sie der Grund von allem?"

„Teufel, nein! Sie ist das einzig strahlende Licht am Horizont!"

„Was ist es dann? Da ist noch etwas, nicht wahr?"

„Nun . . ."

„Komm, Sam, erinnere dich an früher. Wenn einer von uns einen Fehler gemacht hatte oder sonst in Schwierigkeiten war, dann eilte der andere zur Rettung herbei; das war nötig, damit wir beide hier überlebten. Jetzt hast du offensichtlich Probleme. Und wenn du zusammenbrichst, wird es eine große Schweinerei geben. Also spuck's verdammt noch mal aus. Es ist deine moralische Verpflichtung als Van-Zale-Partner."

Ich wußte, daß es sinnlos war, mit Cornelius zu argumentieren, wenn er erst einmal anfing, über moralische Verpflichtungen zu reden. Dies war offensichtlich der Moment, ihm zu sagen, daß ich nach Deutschland gehen und für die ECA arbeiten wollte; aber obwohl Cornelius bei ausnehmend guter Laune zu sein schien, betrachtete ich aus irgendwelchem Grund den Zeitpunkt für verfehlt. Die Hand seiner Tochter auszuschlagen, die Hammaco-Werbung zu verlieren und obendrein dann um verlängerten Urlaub zu bitten, würde sicherlich nur Schwierigkeiten provozieren . . . oder etwa nicht? Doch dann fiel mir ein, daß vielleicht auch das Gegenteil der Fall sein könnte und jetzt die beste Zeit war, mich vorsichtig von den Trümmern des Schlachtfeldes zu entfernen. Ich beschloß, es zu riskieren und mich ihm anzuvertrauen.

„Nun, Neil, in letzter Zeit hat mich alles ein bißchen fertiggemacht. Als ich in Deutschland war –"

„O Gott", sagte Cornelius, ging zum Barschrank zurück, entnahm ihm zwei große Gläser und goß uns beiden doppelte Brandys ein. „Ich wünschte, du würdest die Finger von Europa lassen", sagte er. „Du weißt, wie es dich immer aufregt. Mir ist unbegreiflich, warum du vorigen Monat unbedingt nach Deutschland mußtest. Würde ich dich weniger gut kennen, müßte ich dich für einen Masochisten halten."

Ich spürte einen Augenblick meine absolute Einsamkeit. Es wurde mir dabei klar, wie isoliert ich war, wie unfähig, meine innersten Gefühle mit meiner Umgebung zu teilen. Ich wollte über Deutschland reden, die Erinnerungen meines letzten Besuches abladen – sogar jedes Detail der Strapazen gestehen, die ich als heranwachsender Deutschamerikaner während und nach dem Zweiten Weltkrieg mitgemacht hatte – aber niemand wollte zuhören. Cornelius verzweifelte jedesmal, wenn ich das Wort Deutschland nur erwähnte; Jake hatte mir schon längst den

Rücken zugekehrt; Kevin war ein Fremder. Selbst Teresa, der Mensch, dem ich mich am rückhaltlosesten anvertrauen wollte, hatte sich unerklärlicherweise von mir distanziert und sich hinter ihrer Arbeit verkrochen.

Ich suchte nach Worten, die meine Gefühle ausdrücken konnten, ohne ihn mir noch weiter zu entfremden. „Deutschland bedeutet mir etwas ganz Besonderes, Neil", sagte ich schließlich mit einiger Mühe, „genauso wie Amerika dir etwas Besonderes bedeutet. Erinnerst du dich noch, wie deprimiert du während der Depression warst, als du hören mußtest, daß Menschen in Höhlen im Central Park lebten? Nun, in Deutschland leben manche Menschen in Luftschutzbunkern. Der Hamburger Hafen ist geschlossen, und dreißigtausend Männer sind arbeitslos. Durch das ganze Ruhrgebiet –"

„Ja, ja, ja", sagte Cornelius. „Es ist schrecklich, natürlich ist es schrecklich, aber wir werden all das schon wieder in Ordnung bringen. Die Amerikaner werden Europa wie gewohnt zusammenflicken, und vielleicht haben wir danach ein paar Jahre lang Frieden und Ruhe, bevor der Dritte Weltkrieg ausbricht –"

Ich witterte meine Chance. „Das ist genau das, worauf ich hinauswill, Neil. Die Amerikaner werden Europa wieder aufbauen, und ich möchte dabei helfen. Ich muß einfach dabei sein – es ist meine moralische Verpflichtung, wenn ich einmal deinen Lieblingsausdruck gegen dich verwenden darf –"

„Quatsch", sagte Cornelius, der viel gerissener war, als man bei seiner Vorliebe für biedere Lebensweisheiten vermutet hätte. „Es ist nicht deine moralische Verpflichtung. Es ist dein Schuldgefühl."

„Okay, dann ist es mein Schuldgefühl! Das macht meinen Wunsch, unbezahlten Urlaub von Van Zale zu nehmen, um für die ECA zu arbeiten, nicht weniger realistisch! Siehst du es denn nicht, Neil? Kannst du das wirklich nicht verstehen? Dies ist meine Chance, für eine gerechte und bedeutungsvolle Sache zu arbeiten, und wenn ich sie an mir vorüberziehen lasse –"

„Herrgott, du redest wie ein Achtzehnjähriger mit Idealen!"

„Es wurde mir nie gestattet, mit achtzehn Ideale zu haben", erwiderte ich. „Vielleicht wäre es besser, ich hätte sie damals gehabt. Vielleicht wäre es besser, wenn ich Paul nie begegnet wäre, nie hier gearbeitet hätte, nie in ein Leben gezogen worden wäre, in dem ich hauptsächlich erpresse und betrüge und lüge – nein, unterbrich mich nicht! Du hast mich gefragt, was mit mir los ist – nun laß mich auch zu Ende reden! Diese Hammaco-Geschichte unterstreicht einfach all das, was mit meinem Leben nicht in Ordnung ist, Neil! Whitmore unter Druck setzen, zu versuchen, unsere Rivalen hereinzulegen, um von ihnen hereingelegt zu werden – wozu das alles? Damit Van Zale eine weitere Million einstecken kann! Damit Hammaco ins Waffengeschäft einsteigen und den kalten Krieg intensivieren kann! Begreifst du nicht, wie verkehrt das alles ist? Wie hohl und sinnlos? Stellst du dir niemals diese Art von Fragen? Hast du nie diese Zweifel?"

„Nie", sagte Cornelius. „Ich habe Spaß an meiner Arbeit, freue mich an meiner Position im Leben und bin rundum glücklich, ohne Gewissensbisse, ohne Zweifel und ohne jegliche morbide Selbstbetrachtung."

„Wirklich?" fragte ich und kippte meinen Brandy rasch hinunter. „Dann darf ich dir wohl zwei Fragen stellen. Denkst du nie an Steve Sullivan? Und erinnerst du dich nicht an Dinah Slade?"

VIII.

Ich hatte nicht beabsichtigt, diese Fragen zu stellen. Cornelius und ich erwähnten unseren alten Feind Steve Sullivan nur selten, und der Name Dinah Slade kam nie über unsere Lippen.

Es war nun über zwanzig Jahre her, seit Cornelius und Steve zum ersten Mal aufeinandergeprallt waren. Obwohl wir kaum zwanzig waren, hatten wir seit Pauls Tod durch harte Arbeit bei der Bank einiges Selbstvertrauen gewonnen, und Cornelius begann zu fühlen, daß er die selbstgefällige, gönnerhafte Verachtung seines mächtigsten Partners nicht länger in Kauf nehmen konnte. Als Cornelius vorschlug, wir zwei sollten Steve „überreden" (so drückte er sich aus!) sein New Yorker Büro zu verlassen, um die Londoner Van-Zale-Niederlassung zu leiten, glaubte ich, er sei verrückt geworden.

„Wie könnten wir ihn je dazu bringen?" Ich war ebenso ängstlich wie entsetzt. Die Vorstellung, Steve aus der Willow Street Nummer eins zu verdrängen, ließ vor mir das Bild von

tage steht Cornelius in dem Ruf, ein Despot zu sein, und viele Leute können es kaum glauben, wie großzügig er mir gegenüber in unserer Jugend war. Er teilte bereitwillig sein Heim und seinen Reichtum mit mir und zog nie einen Vorteil aus unserer ungleichen finanziellen und gesellschaftlichen Lage, er stand genauso bereitwillig zu mir wie ich zu ihm, als wir anfangs bei der Bank ums Überleben kämpfen mußten. Er war immer loyal, absolut ehrlich, unermüdlich in seiner Rücksicht und Gutwilligkeit. Er war auch – und viele Leute können das heutzutage kaum glauben – äußerst witzig. Wir haben damals viel zusammen gelacht, besonders im goldenen Sommer des Jahres 1929, nachdem wir Steve Sullivan aus New York abgeschoben hatten. Ich werde nie meinen einundzwanzigsten Geburtstag vergessen, an dem wir eine große Party gaben, illegalen Champagner tranken und mit unseren Mädchen zu der Musik der „Alexander's Ragtime Band“ tanzten.

Wir waren nicht die einzigen, die im Sommer '29 ihren Spaß hatten. Steve Sullivan hatte sich im fernen London mit einer jungen Frau eingelassen, die einmal Pauls Geliebte gewesen war – Dinah Slade. Da wir wußten, daß es nur eine Frage der Zeit war, wann er den Kampf um seine Re-Etablierung in New York aufnehmen würde, betrachteten wir diese neue Verbindung mit großem Mißtrauen.

Dinah war mehr als nur Pauls frühere Geliebte. Sie war außerdem eines seiner berühmten Protegés, und 1922 hatte er ihr zu ihrer eigenen Londoner Kosmetikfirma verholfen. Sie war sieben Jahre älter als wir, offensichtlich tüchtig, offensichtlich ehrgeizig, und obwohl wir sie nie kennengelernt hatten, betrachtete Cornelius sie schon lange als Bedrohung seines inneren Friedens. Sein Antagonismus beruhte wahrscheinlich auf Eifersucht; Dinah hatte Paul sehr nahegestanden, und er hatte große Stücke auf sie gehalten. Sie hatte Paul sogar einen Sohn geboren, Alan, der später im Krieg gefallen war. Cornelius, der unbedingt Pauls Erbe antreten wollte, hatte die Existenz dieses unehelichen Sohnes verständlicherweise beunruhigt, und es war für ihn eine große Erleichterung gewesen, als das Kind in Pauls Testament nicht bedacht wurde.

„Wenn Steve sich mit Dinah Slade herumtreibt“, sagte er damals zu mir, als die Gerüchte über Steves Heldentaten uns aus

London zugetragen wurden, „dann führt er nichts Gutes im Schilde."

„Vielleicht bindet sie ihn wenigstens an London", mutmaßte ich hoffnungsvoll, aber ich irrte mich. Der Wall-Street-Krach brachte Steve nach New York zurück, und als er erst einmal da war, hatte er sich bald wieder in eine uneinnehmbare Position in der Willow und Wall Street hineinmanövriert. Es bedurfte der Einmischung der Regierung, die 1933 alle Investment-Banken überprüfte, um ihn nach Europa zurückzutreiben. So brauchte er vor dem Komitee nicht auszusagen, denn wie so viele andere bedeutende Investment-Banken, hatte auch Van Zale vor dem Krach ziemlich rücksichtslos gewirtschaftet; aber sobald er wieder auf der anderen Seite des Atlantiks war, fingen unsere Schwierigkeiten mit ihm erst richtig an. Er verließ seine Frau und erneuerte seine alte Bindung mit Dinah Slade. Später heiratete er sie und bestätigte damit unseren Verdacht, daß die beiden ein unzerreißbares Bündnis eingegangen waren; bevor sie jedoch einen Versuch starten konnten, Steves Kontrolle über die Bank wiederherzustellen, fiel Cornelius ihnen in die Flanke. Der Seniorpartner in New York wurde dazu „überredet", in den Ruhestand zu treten (wir hatten kurz zuvor eine Einkommenssteuerhinterziehung aufgedeckt), und als Cornelius die Kontrolle des New Yorker Büros übernahm, hatte er damit auch Steve beim Wickel. Steve hatte zwar in der Londoner Niederlassung freie Hand, aber letztlich unterstand London doch New York. Wir mußten nun nichts weiter tun, als Steve in eine Ecke zu verdrängen. Dort konnten wir ihn dann absägen, wenn er ungemütlich werden wollte.

„Jetzt haben wir ihn", stellte ich mit Erleichterung fest, aber ich irrte mich abermals, denn diesmal war es Steve, der uns in die Flanke fiel. Er kündigte bei Van Zale und benutzte Gelder von Dinahs Kosmetikfirma, um seine eigene Londoner Bank zu gründen, und bald verließen uns unsere besten europäischen Kunden und wechselten zu Steve über. Obwohl Steve kein Van-Zale-Partner mehr war, schien der Krieg noch lange nicht beendet zu sein; er hatte im Gegenteil, wie Cornelius schäumend vor Wut bemerkte, eine neue und noch bösartigere Gestalt angenommen.

„Was sollen wir jetzt machen?" fragte ich verzweifelt.

„Nun“, sagte Cornelius, „so kann das natürlich nicht weitergehen. Er ruiniert unser Londoner Geschäft. Das Überleben unseres gesamten europäischen Engagements steht auf dem Spiel.“

„Aber wie können wir ihn aufhalten?“

„Wenn du einen Gegner angreifst“, sagte Cornelius, „konzentriere dich immer auf seinen schwachen Punkt.“

„Seine Liebe zum Alkohol?“

„Was sonst? Wir werden verbreiten, daß er gar nicht bei Van Zale gekündigt hat. Wir werden sagen, daß sich wegen seines Alkoholismus alle Partner zusammengetan haben, um seinen Austritt zu erzwingen.“

„Aber das ist doch Verleumdung!“

„Dann laß ihn klagen! Laß ihn ruhig in den Zeugenstand gehen! Da kann er dann den Geschworenen klarmachen, daß er das Gelübde der Mäßigkeit abgelegt hat!“

Mir war nicht wohl dabei. „Ist es nicht unmoralisch, seine Reputation so anzuknacksen?“

„Was hat denn Moral damit zu tun? Es geht ums Überleben! Wir müssen unsere Interessen in Europa beschützen!“

Da bestand kein Zweifel. Ich unterdrückte meine Bedenken, und die Gerüchte wurden in Umlauf gesetzt.

Bald danach hörten wir, daß Steve in eine Privatklinik eingeliefert worden war, die sich auf die Behandlung von Alkoholikern spezialisiert hatte, und es wurde uns klar, daß er sich ernsthaft bemühte, seine Trunksucht zu bekämpfen.

„Okay“, sagte Cornelius, „jetzt ist es an der Zeit, ihm den Todesstoß zu versetzen. Ich verbreite von einem Ende der Wall Street bis zum anderen, daß Steve mit Delirium tremens ins Krankenhaus eingeliefert wurde, und du gehst nach London und verbreitest die Neuigkeit dort. Oh, und mach ihn fertig, wenn du drüben bist. Und ich meine genau das: mach ihn fertig. Für immer. Ich will, daß man in der ganzen Welt und nicht nur in Bankkreisen weiß, daß er ein Trinker ist, den man abschreiben kann.“

„Aber abgesehen von einer gefälschten Fotografie, die ihn in dieser Anstalt zeigt und die in einer Zeitung abgedruckt werden müßte, sehe ich keinen Weg, wie man –“

„Genau. Tu das.“

„Aber –“

„Sam, ich will, daß der Mann diese Zeitung sieht und daß er begreift, daß es um ihn geschehen ist. Verstanden? Der Kerl hat uns jahrelang verfolgt. Er hat Van Zale ungeahnten Schaden zugefügt, und wenn wir ihn jetzt von dieser Schweinerei wegkriechen lassen, dann fällt er uns bestimmt in den Rücken, sobald er wieder auf den Beinen ist. Wir müssen ihn jetzt fertigmachen, Sam. Wir müssen einfach. Wir haben keine andere Wahl. Es ist seine eigene Schuld – er zwingt uns ja, so zu handeln. Wir sind nur Opfer, die sich verteidigen.“

„Neil, das glaubst du doch nicht wirklich. Das kann doch nicht wahr sein.“

„Doch, durchaus!“ erwiderte Cornelius wild, und dann sagte er mit sehr höflicher Stimme: „Ich hoffe, wir werden uns deshalb nicht zerstreiten, Sam. Und ich nehme an, du willst mir nicht beibringen, was ich zum Wohle meiner Firma unternehmen soll.“

Ich sah ihn an, und er sah mich an. Ich wußte sofort, daß ich einer Realität gegenüberstand, der auszuweichen ich mir nicht leisten konnte, der Tatsache, daß mein bester Freund zuerst und vor allem mein Chef war, der mich hinauswerfen konnte und würde, wenn es ihm paßte. Dies war die düstere, nackte und bittere Realität.

Ich dachte – obwohl ich es natürlich nicht laut aussprach –: du hast dich geändert. So sollten die Dinge zwischen uns nicht stehen. Wir müßten noch immer die gleichen Freunde sein wie damals in Bar Harbor.

Und als ich an Bar Harbor dachte, erinnerte ich mich an einen Ausspruch von Paul. „Wenn ihr im Leben vorankommen wollt“, hatte er zu uns allen gesagt, „verschwendet eure Zeit nicht damit, euch nach Dingen zu sehnen, wie sie eurer Vorstellung nach sein sollten. Konzentriert euch allein darauf, mit den wirklichen Dingen fertig zu werden.“

„Nun?“ fragte Cornelius.

Ich erhob mich und schaute ihm nicht ins Gesicht. „Ich werde sofort meine Sekretärin beauftragen, eine Reise nach England zu buchen.“

Ich kam in London an.

Ich erfüllte meinen Auftrag.

Steve starb.

Er war damals schon seit einiger Zeit trocken gewesen, aber als er die gefälschte Fotografie sah, trank er eine Flasche Scotch und fuhr von Norfolk nach London, um mich zu treffen. Sein Wagen raste irgendwo bei Newmarket gegen einen Baum. Kein anderes Auto war in den Unfall verwickelt gewesen. Er starb später im Krankenhaus.

„Sagen Sie Cornelius, daß ich ihm nie verzeihen werde", schrieb Dinah als Antwort auf mein formelles Kondolenzschreiben, „und niemals werde ich es vergessen."

„Das ist eine offene Kriegserklärung!" sagte Cornelius sofort, als ich ihm die Botschaft übermittelte. „Okay, ich werde die Dame ein für allemal mattsetzen."

Ich hatte Dinah in London kennengelernt, und sie hatte mir gefallen. Mir graute vor der Rolle, die ich bei Steves Tod gespielt hatte, und mit all meinen Schuldgefühlen fühlte ich Ekel in mir aufsteigen. „Ich finde, wir haben genug getan, Neil. Laß sie in Frieden."

„Diesmal brauchst du nur zuzuschauen! Die Rechnung werde ich selbst begleichen!"

„Neil, Dinah hat Steve geliebt. Sie hat genug gelitten –"

„Halt den Mund. Versuche nicht ständig, mir Anordnungen zu geben."

„Ich habe keineswegs die Absicht, dir Anordnungen zu geben! Ich möchte dich nur darauf aufmerksam machen –"

„Auch das kannst du bleibenlassen! Diese Frau hat seit Jahren nur Ärger gestiftet. Sie wollte Paul davon abhalten, mich zum Erben zu machen – natürlich sollte ihr Sohn das Van-Zale-Vermögen bekommen; sie hat die Ehe meiner Schwester mit Steve auseinandergebracht – und du weißt genausogut wie ich, daß Emily nicht mehr dieselbe ist, seit dieser Widerling sie hat sitzenlassen. Dinah hat Steve das Geld gegeben, mit dem er seine eigene Bank gründen konnte, mit dem einen Ziel, Van Zale die Zähne einzuschlagen – natürlich hätte er das alles nie ohne ihre Unterstützung aufziehen können. Und jetzt – jetzt nimmt sie sich obendrein noch heraus, eine neue Runde von Feindseligkeiten einzuläuten! Tut mir leid, Sam, aber meine Geduld ist am Ende. Ich werde dieser Frau eine Lektion erteilen, die sie nie vergessen wird."

Aber es war Dinah, die Cornelius belehrte; und am Ende war er es, der eine Lektion erhielt, die er nie vergessen sollte.

Durch eine üble Kombination von Umständen war er in der Lage, ihr auf juristischem Weg ihr Heim, Mallingham Hall, abstreitig zu machen. Er beschloß nun, sich an ihr zu rächen, indem er sie von ihrem Besitz vertrieb. Er ging 1940 selbst nach England, um ihr diesen Gnadenstoß zu versetzen. Doch sie überlistete ihn, indem sie ihr Haus niederbrannte; lieber zerstörte sie ihren alten Familienbesitz, als ihn in Cornelius' Hände fallen zu lassen, und sie bewies ihm mit diesem Zerstörungsakt, daß es Dinge gibt, die man weder mit Geld erwerben noch mit Gewalt an sich reißen kann und die niemand, nicht einmal Cornelius, verunstalten konnte. Sie gab ihm nicht einmal die Chance, es ihr heimzuzahlen. Am Tag, an dem das Haus zerstört wurde, segelte sie nach Frankreich, um an der historischen Rettung der britischen Armee bei Dünkirchen teilzunehmen, und als sie davon nicht zurückkehrte, war es, als habe sie ihn abermals überlistet. Sie starb einen Heldentod und rückte damit für ihn ein für allemal außer Reichweite; er mußte mit der Erinnerung an ihren eindeutigen Sieg weiterleben.

„Dann hat sie also gewonnen", sagte ich zu ihm, als er schließlich nach New York zurückkehrte. Ich mußte es einfach sagen. Es war ein Fehler, aber ich konnte einfach nicht widerstehen. Ich wußte damals schon, daß ich des öfteren bei Cornelius nur zu gern den Spieß umgekehrt hätte, aber nie den Mut dazu fand.

Er blickte mich nur an. Dann sagte er: „Ich weigere mich, jetzt oder irgendwann mit dir über diese Frau zu sprechen. Ich will ihren Namen nie wieder hören." Und er wandte mir den Rücken zu, bevor ich etwas erwidern konnte.

Und ich hielt den Mund. Tagelang, monatelang, jahrelang blieb das Thema unberührt, bis ich an diesem Tag im April 1949, an dem meine Schuld und mein Ekel vor mir selbst und meine unerträgliche Einsamkeit mich weit über die Grenzen der Vernunft hinaustrieb, mich Cornelius diese zwei Fragen stellen hörte, von denen ich wußte, daß sie tabu waren: „Denkst du nie an Steve Sullivan? Und erinnerst du dich nicht an Dinah Slade?"

VIII.

Cornelius blickte mich äußerst befremdet an. Er trank seinen Brandy in kleinen Schlucken und schaute dann zum Fenster hinaus. „Ich glaube kaum, daß Steve Sullivan und seine letzte Frau etwas mit unserem gegenwärtigen Gespräch zu tun haben."

„Das glaube ich aber doch! Ich finde, daß die Sullivan-Affäre genau wie die verpfuschte Hammaco-Geschichte ganz klar aufzeigt, was für ein Leben wir geführt haben, seit du in den dreißiger Jahren Kontrolle über die Bank gewonnen hast, und ich finde, daß du von Zeit zu Zeit daran erinnert werden solltest, daß wir Steve Sullivan ruiniert und in den Tod getrieben haben."

„Was seinen Tod angeht, so bestreite ich jegliche Verantwortung. Er betrank sich und fuhr seinen Wagen gegen einen Baum, das ist alles."

„Er hätte sich nie so betrunken, wenn du mir nicht aufgetragen hättest –"

„Ich tat, was ich tun mußte. Er ließ mir keine Wahl. Sam, bitte hör auf, dich in völlig fehlgeleiteter Reue zu ertränken! Ich finde diese neurotische Zurschaustellung von Schuldgefühlen ziemlich ermüdend."

„Okay, du kannst vielleicht vorbringen, daß Steve dir keine andere Wahl ließ, als ihn bis zum bitteren Ende zu bekämpfen. Wie steht es aber mit –"

„Ich habe keinerlei Interesse, über Dinah Slade zu sprechen! Es war schließlich nicht meine Schuld, daß sie zu dieser selbstmörderischen Mission absegelte! Ich weise alle Verantwortung an ihrem Tod kategorisch zurück."

„Warum hast du dich dann ihrer drei kleinen Kinder angenommen? Warum hast du sie für die Dauer des Krieges hierher zurückgebracht? Dein Schuldbewußtsein hat dich dazu getrieben, dein schlechtes Gewissen, weil sie einen Heldentod starb, nachdem sie dich kleingekriegt hat. Sie hat es fertiggebracht, dich kläglich und kleinlich aussehen zu lassen!"

„Das ist reine Phantasie, Sam. Du hast offensichtlich zuviel getrunken. Es war keineswegs meine Entscheidung, die Kinder 1940 nach Amerika zu holen. Emily hat darauf bestanden. Es war natürlich typisch Emily, die Kinder ihres Exgatten und der Frau, von der sie verdrängt worden war, versorgen zu wollen."

„Wirklich? Bist du sicher, daß sich Emily nicht deshalb der Kinder angenommen hat, weil sie deine Schwester ist und sich irgendwie mitverantwortlich fühlte für all das Unheil, das du angerichtet hattest?"

„Jetzt scheinst du unter einer Art von Verfolgungswahn zu leiden. Es ist niemand mehr am Leben, der genau weiß, was damals in den dreißiger Jahren vor sich ging, als Steve und ich um die Leitung der Bank kämpften. Auf jeden Fall weiß Emily praktisch nichts darüber."

„Ja, glaubst du denn wirklich, daß sie nicht gescheit genug ist, sich die Tatsachen zusammenzureimen? Und außerdem, Neil: glaubst du wirklich, daß Scott nicht auch auf den Drücker gekommen ist?"

Cornelius schwang in seinem Drehstuhl zu mir herum. „Scott und ich verstehen einander bestens."

„Bist du sicher? Neil, genau das meinte ich, als ich sagte, du solltest dich gelegentlich an Steve Sullivan erinnern; vielleicht solltest du dir nicht immer nur vorlügen, daß du keine Schuld und keine Reue empfindest; und vielleicht, wenn du angestrengt genug darüber nachdenkst, wirst du einsehen, daß nicht ich es bin, der die Verbindung mit der Realität verloren hat. Ich glaube, Scott wird uns noch Ärger bereiten, Neil. Ich weiß, daß er immer die Geschichte auftischt, wie er seinen Vater haßte, seit er Emily verließ, um hinter Dinah Slade herzujagen, und deine Version ist, daß er mehr an Emily hängt als je an seiner eigenen Mutter und daß er dir genauso nahe steht wie ein jüngerer Bruder. Die nackte Tatsache ist aber, daß er weder mit dir noch mit Emily blutsverwandt ist und daß er letztlich der Sohn des Mannes ist, den du ruiniert hast. Versteh mich nicht falsch: ich mag ihn. Aber ich trau ihm nicht. Ich glaube, er ist ein Zeitzünder, der leise tickend vor unseren Augen abläuft. Wenn es soweit ist – biete ihm keine Partnerschaft an. Verhilf ihm zu einer Partnerschaft in einem anderen Haus, wenn du ihn so gern hast, aber was du auch tun magst, entferne ihn aus dieser Bank."

Cornelius hatte ruhig den Hörer des Haustelefons abgenommen und wählte nun Scotts Nummer. Ich sagte nichts mehr. Scott hob am anderen Ende ab.

„Scott", sagte Cornelius höflich, „könntest du bitte sofort herunterkommen? Danke."

Cornelius legte auf. Wir warteten. Keiner von uns sprach, obwohl ich wußte, was kommen würde. Mit dem Versuch, ihn bei der Verwaltung seiner Bank zu beeinflussen, hatte ich einen ungeheuren Fehler begangen, und Cornelius würde eindeutig darauf hinweisen wollen. Bei jeder Herausforderung seiner Autorität fühlte er sich genötigt, eine entsprechende Geste zu machen, die seine Allmacht unübersehbar unterstrich.

Scott schlüpfte leise ins Zimmer und schloß die Tür. „Ja, Sir?"

„Sam und ich sind sehr davon eingenommen, wie tüchtig du an der Hammaco-Sache gearbeitet hast", sagte Cornelius höflich, „und ich glaube, es ist an der Zeit, dir eine Partnerschaft anzubieten."

„Cornelius!" Scott strahlte, und seine schwarzen Augen glänzten.

Ich schaute weg, als sie sich die Hände schüttelten, aber schließlich mußte auch ich ihm in aller Freundschaft die Hand reichen. „Glückwunsch, Scott!" sagte ich. „Nichts könnte mich mehr freuen."

„Danke, Sam!" Sein Händedruck war fest und ruhig.

Cornelius sagte, sie würden die Details später besprechen, und nachdem Scott sich in Hochstimmung zurückgezogen hatte, setzte ich mich wortlos wieder hin. Der restliche Brandy in meinem Glas schmeckte bitter.

„Nun, Sam", sagte Cornelius milde, „es ist offensichtlich, daß du völlig überarbeitet bist und einen kleinen Sonderurlaub brauchst. Ich werde sofort La Guardia Field anrufen und arrangieren, daß dir meine Privatmaschine übers Wochenende zur Verfügung gestellt wird. Wie wäre es, wenn du mit Teresa auf den Bermudas schwimmen gingest?"

Mühsam sagte ich: „Danke, aber wir haben Karten für ‚South Pacific' für morgen abend."

„Wirklich? Wunderbar! Das wird dir helfen, deine Probleme für ein paar Stunden zu vergessen! Und was diese Probleme angeht – ich glaube, wir sprechen im Moment lieber nicht über die Zukunft – in deinem gegenwärtigen Zustand ist es einfach nicht fair."

„Neil –"

„Oh, glaube nicht, daß ich kein Verständnis dafür habe! Ich verstehe durchaus! Du machst eine Selbstvertrauenskrise durch;

zwei kleinen Katzen auftauchen, die einem Löwen seine Mahlzeit vorenthalten wollen, indem sie ihn am Schwanz ziehen.

„Sei nicht so dumm, Sam", antwortete Cornelius, der sich immer wieder über meine Naivität wundern mußte, die selbst nach zweieinhalbjähriger Banktätigkeit mitunter bei mir zum Vorschein kam. „Hast du vergessen, was bei Pauls Tod passierte?"

Um die Bank nach Pauls Ermordung zu beschützen, hatte Steve 1926 den wahren Tatbestand des Verbrechens vor der Polizei geheimgehalten und dann seinen eigenen und schließlich erfolgreichen Racheakt gegen die Mörder in Gang gesetzt. Cornelius schlug jetzt vor, daß wir diese technische Irreleitung der Justiz als ein Mittel benutzen sollten, um Steve aus der Willow und Wall Street zu entfernen.

„Aber das ist Erpressung!" hatte ich angewidert gesagt.

„Nein, nein, nein", sagte Cornelius besänftigend. „Es geht ja nicht um Geld. Ich werde ihn nur auf ein paar Tatsachen hinweisen, ein bißchen logische Überredungskunst anwenden. Was kann daran schon verwerflich sein? Verkäufer tun das dauernd."

Ich war bei Cornelius' Gespräch mit Steve nicht dabei. Ich saß lediglich in meinem Büro und wartete mit trockenem Mund. Ich konnte mir nicht vorstellen, daß Cornelius Steve erfolgreich unter Druck setzen könnte, aber ich bewunderte seinen Mut, es immerhin zu versuchen.

Schließlich kam er in mein Büro. Er sah ein wenig weiß um den Mund aus, sein Lächeln aber war strahlend.

„Du hast es geschafft?" keuchte ich.

„Natürlich." Cornelius versuchte vergeblich, nonchalant zu klingen. Wir lachten, und nachdem ich voll Begeisterung seine Hand geschüttelt hatte, eilten wir nach Hause, um den Erfolg zu begießen. Ich erinnere mich, daß ich – als wir die Treppe von Pauls Fifth-Avenue-Palast hinaufstolperten und in der Eingangshalle „Yippee!" jodelten – Cornelius für den bemerkenswertesten Menschen hielt, den ich je getroffen hatte, und mich äußerst glücklich schätzte, ihn zum Freund zu haben. Ich wußte, daß es in meinem eigensten Interesse war, ihn zu mögen, da mein zukünftiger Erfolg als Banker in seinen Händen lag. Nie hätte ich für einen Mann arbeiten können, den ich verabscheute. Heutzu-

so was plagt normalerweise Männer in den Fünfzigern, nicht Männer in den besten Jahren wie uns, aber du wirst schon drüber wegkommen, Sam. Du brauchst einfach ein wenig Zeit, um dich von deinem Besuch in Deutschland zu erholen. Sobald du dich erholt hast, wirst du die Dinge wieder von einem normalen Standpunkt aus betrachten und einsehen, wie töricht es ist, verlängerten Urlaub nehmen zu wollen, nur um einer unseligen Besessenheit zu frönen, die du deiner deutschamerikanischen Abkunft wegen mit dir herumschleppst."

„Aber –"

„Laß nur, Sam, mach dir keine Sorgen! Und glaube ja nicht, daß ich dir in dieser Krise nicht beistehe. Denkst du etwa, ich ließe dich einfach durch eine Kurzschlußhandlung dein Leben ruinieren, die du nachher bedauern wirst? Du bist schließlich nicht nur mein Partner, nicht wahr? Du bist für mich wie ein Bruder. Also betrachte ich es in den gegebenen Umständen als meine moralische Verpflichtung, mich um dich zu kümmern und dich vor dir selber zu retten –"

„Neil, ich kann im Moment deine moralische Verpflichtungsscheiße nicht ertragen. Hör bloß auf damit."

Cornelius seufzte. „Ich dachte, das sei angebracht, da du mir – wenn ich dich nicht mißverstanden habe – ja gerade eine Vorlesung über meine moralischen Maßstäbe zu halten versuchtest. Sam, ich möchte nicht zu hart mit dir umgehen, während du so deprimiert bist, aber es ist vielleicht besser, wenn ich dich darauf hinweise, daß ich an deinen Predigten nicht überaus interessiert bin. Wenn ich mir eine Predigt anhören will, gehe ich in die Kirche. ‚Gebt dem Kaiser, was des Kaisers ist, und Gott, was Gottes ist', sagt Christus, womit er meinte, daß man Kirchen und Banken getrennt einstufen sollte, und das war ein verdammt schlauer Ratschlag. Ich weiß wohl, daß ich hier kein Heiliger bin, aber außerhalb dieser Mauern habe ich immer nach besten Kräften versucht, ein anständiges Leben zu führen. Und sollte Gott irgendwelche Rechnungen aufstellen, dann kann er mit einem Blick feststellen, daß mein Leben dem doppelten Buchführungssystem gleicht – und wenn er dann Soll und Haben zusammenrechnet, dann wird er merken, daß es schlimmere Burschen als mich gibt . . . Verstehst du, was ich meine?"

„Allerdings. Ich habe es schließlich oft genug gehört."

„Dann tu mir bitte den Gefallen und betrachte die Scott-Angelegenheit im Sinne des eben Besprochenen. Vielleicht besteht die Möglichkeit, mich wegen der Handhabung der Sullivan-Geschichte zu kritisieren, aber wenn ich mir je etwas zuschulden kommen ließ, dann habe ich es an Scott wiedergutgemacht. Ich habe den Jungen seit seinem vierzehnten Lebensjahr großgezogen. Ich habe alles für ihn getan, was in meiner Macht stand, und er ist ein guter Junge, Sam. Kapier das bitte, und krieg in Zukunft seinetwegen keine Angstneurosen mehr. Ich bin stolz darauf, wie Scott sich entwickelt hat; und wenn du auch nur für einen Augenblick geglaubt hast, er sei mir nicht dankbar für die Ordnung, die ich in sein Leben gebracht habe, nachdem Steve seine väterlichen Pflichten in so unverantwortlicher Weise vernachlässigte –“

Die Sprechanlage schnurrte, und als Cornelius auf den Knopf drückte, hörten wir seine Sekretärin sagen: „Mr. Van Zale, Ihre Schwester ist am Apparat, sie möchte mit Mr. Keller sprechen. Ist er noch bei Ihnen?“

Cornelius und ich sahen einander erstaunt an.

„Ja. Einen Moment“, sagte Cornelius abrupt und übergab mir den Telefonhörer.

FÜNFTES KAPITEL

I.

„Ich möchte mit dir über Vicky sprechen“, sagte Emily am folgenden Tag beim Mittagessen. „Cornelius hat mir alles erzählt. Er ist schließlich zusammengebrochen und hat gestanden.“

„Wirklich? Hm . . . entschuldige, Emily, aber könntest du mich vielleicht . . .“

„Aufklären? Ich meine natürlich diese wahnwitzige Idee, daß Vicky dich heiraten soll.“

Fast zwanzig Stunden waren verstrichen, seit ich die vernichtende Nachricht vom Präsidenten der Hammaco erhalten hatte. Emily und ich hatten gerade unser Mittagessen in meinem Apartment beendet. Es war Samstag nachmittag um zwei Uhr.

Ich hatte mich gewundert, daß Emily mich treffen wollte, aber es war klar, daß sie über ihre Nichte sprechen wollte. Emily war, wie Alicia, immer gut mit mir ausgekommen, obwohl unsere Beziehung in all den Jahren unpersönlich geblieben war.

Emily war dreiundvierzig und sah auch so aus. Sie kleidete sich nicht nach der Mode und machte einen uneleganten Eindruck. Sie war mollig geworden und sah irgendwie unscheinbar aus, obwohl sie keineswegs häßlich war. Vor zwanzig Jahren hätte jeder Fremde die Ähnlichkeit zwischen Emily und Cornelius gesehen, jetzt aber war es durchaus möglich, sich darüber zu wundern, daß sie Bruder und Schwester sein sollten. Cornelius hatte sich mühelos sein gutes Aussehen erhalten; Emily hatte das ihre anscheinend ebenso mühelos verloren.

Trotzdem gab es noch Augenblicke, in denen sie mich an ihn erinnerte. Manchmal schien mir, als ob sich ihre Persönlichkeiten um so mehr anglichen, je mehr sich ihr Aussehen voneinander unterschied. Emily beherrschte zahlreiche Bürgerkomitees in Velletria, dem wohlhabenden Vorort von Cincinnati, in dem sie aufgewachsen war. Ihre Tage waren, laut Cornelius, angefüllt mit Wohltätigkeitsverpflichtungen, für die man nicht nur hart arbeiten mußte, sondern für die sie auch die notwendige Zielstrebigkeit und überragende Fähigkeit mitbrachte, jedes Hindernis gnadenlos aus dem Weg zu räumen.

„Sobald mir Cornelius seinen Plan gestanden hatte, eine Heirat zwischen dir und Vicky zu arrangieren“, sagte Emily, während sie mit ihrem Glas Weißwein herumspielte, das während der Mahlzeit fast unberührt geblieben war, „wußte ich, daß ich unbedingt mit dir sprechen mußte.“

„Aber, Emily“, sagte ich, „du brauchst dir keine Sorgen zu machen! Neil hat mir selbst versichert, daß er die Idee aufgegeben hat, und selbst wenn dem nicht so wäre, würde ich nicht mitmachen. Ich liebe ein anderes Mädchen.“

Emily lehnte sich sichtbar erleichtert in ihrem Stuhl zurück. „Danke, Sam. Genau das wollte ich herausfinden. Ich war mir nicht sicher, wieweit ich Cornelius Glauben schenken konnte, als er sagte, er habe die Idee aufgegeben. Denn ich weiß, daß er durchaus imstande ist, Leute mit der fehlgeleiteten Überzeugung, es sei in jedermanns bestem Interesse, vor den Altar zu manipulieren. Ich glaube kaum, daß ich dich an die Rolle erinnern muß, die Cornelius in meiner Eheschließung mit Steve gespielt hat. Was mich aber sosehr an Cornelius neuester Einmischung in eheliche Angelegenheiten entsetzt, war, wie leicht eine solche Heirat hätte zustande kommen können, wenn du nur mitgemacht hättest. Es bedürfte nur eines minimalen Aufwandes deinerseits, und schon wäre Vicky in dich verliebt."

„Nun, ich . . . Emily, übertreibst du nicht ein bißchen? Ich bin natürlich sehr geschmeichelt, aber –"

„Komm, Sam, falsche Bescheidenheit steht dir nicht. Ich glaube nicht, daß Cornelius als Mann die leiseste Ahnung hat, wie attraktiv du für ein junges Mädchen wie Vicky sein kannst, wenn du nur willst. Vicky ist keineswegs dumm, aber sie ist noch sehr jung, und ihre Erziehung ließ viel zu wünschen übrig, um es einmal milde auszudrücken. Sie wäre sehr empfänglich für die Aufmerksamkeiten eines erfahrenen Mannes im Alter ihres Vaters, dessen professioneller Charme seit Jahren beinahe schon legendär ist."

„Aber, Emily, du malst ja ein schreckliches Bild von mir!"

„Das war nicht meine Absicht. Ich habe lediglich versucht, ehrlich zu sein; abgesehen davon bin ich der Meinung, daß du im Grunde ein anständiger Mann bist, der Vicky in keiner Weise verletzen will. Die Lösung für Vickys Problem heißt natürlich Ausbildung. In unserer Familie besteht die Tradition, daß Frauen gebildet sein sollten, und wenn Vicky logisches Denken beigebracht wird, dann wird sie auch mit den Schwierigkeiten ihrer Position als Erbin fertig werden. Sie muß auf ein College. Da wird sie schon geistig reifer werden."

Ich nahm davon Abstand, Emily daran zu erinnern, daß ihr eigenes Studium am Wellesley College sie nicht vor dem Fehler einer Ehe mit Steve Sullivan bewahrt hatte.

„Du teilst also nicht Alicias Meinung", sagte ich vorsichtig, „daß eine Ausbildung für Mädchen, deren Bestimmung im Leben nun einmal ist, Frau und Mutter zu sein, reine Zeitverschwendung bedeutet?"

„Nun, ich bin Alicia sehr zugetan", sagte Emily, nachdem sie ihren Wein mit einiger Mühe ausgetrunken hatte, „aber man kann wirklich keine brauchbare Ansicht zu dem Thema von einer Frau erwarten, deren Hauptbeschäftigung es ist, sich mit Schmalz aus dem Radio einzudecken."

„Ich glaube, Neil hat auch seine Zweifel, ob ein College das richtige für Vicky ist."

„Cornelius", sagte Emily, „sollte einmal seine Vergangenheit unter die Lupe nehmen. Es war ein Jammer, daß er nie aufs College gegangen ist! Hätte er infolge seines Asthmas nicht eine so mangelhafte Erziehung genossen, wäre seine Jugend vielleicht weniger unglückselig verlaufen! Seine katastrophale erste Ehe mit Vivienne, und dann –" Emily schürzte die Lippen, als sie offensichtlich an Cornelius' skandalöse Flucht mit Alicia dachte. „Cornelius war nicht mehr derselbe, nachdem Onkel Paul anfing, ihm soviel Aufmerksamkeit zu schenken", fuhr sie fort. „Meine liebe Mutter hat zu Lebzeiten oft darüber gesprochen. Cornelius änderte sich . . . dabei war er als kleiner Junge so süß!"

Ich zog ein schiefes Gesicht, aber sie sah mich nicht an. „Ausbildung", sagte sie mit Nachdruck, der zweifellos ihren unerwarteten Gefühlsausbruch überspielen sollte, „ist die Lösung. Mit einer College-Erziehung wird Vicky viel besser ausgerüstet sein. Sie wird ein ruhiges Leben führen, heiraten und Kinder haben, worauf schließlich alle Frauen zustreben sollten . . . Nein danke, ich möchte keinen Kaffee mehr, Sam. Ich muß in die Fifth Avenue zurück. Ich habe Vicky versprochen, mit ihr für ihre Europareise einkaufen zu gehen. Die Überfahrt ist für Mittwoch gebucht, also bleibt uns nicht mehr viel Zeit."

„Ich freue mich, daß deine Mädchen morgen kommen. Grüß sie von mir. Lori würde ich bestimmt nicht mehr erkennen! Sie ist doch schon vierzehn, nicht wahr? Oder fünfzehn?"

„Fast sechzehn. Und Rose ist achtzehn."

„Was du nicht sagst! Ach, wie die Zeit vergeht . . ."

Wir verabschiedeten uns mit höflicher Erleichterung. Ich wollte mir gerade die noch halbvolle Weißweinflasche aus dem Speisezimmer holen, als das Telefon klingelte.

„Sam", sagte Teresa, „es tut mir leid, aber ich habe schlechte Nachrichten . . ."

II.

Mir fiel ein, daß Cornelius gesagt hatte: „Ein Unglück kommt selten allein."

„Was ist los, Honey? Was ist passiert?"

„Ich habe irgendeinen Virus und fühle mich völlig zerschlagen. Ich glaube nicht, daß ich es heute abend zu ‚South Pacific' schaffen werde. Es tut mir sehr, sehr leid."

Es entstand eine Pause. Ich konnte nicht sofort meine Enttäuschung verbeißen, schließlich aber sagte ich: „Mir tut es auch leid. Es ist wirklich sehr schade." Ein Bild tauchte vor meinen Augen auf: Teresa auf dem Bett ausgestreckt, die Malerleinwände gegen die Wand hinter der Staffelei gelehnt, die Sonne, die durch das Dachfenster auf Teresas zerzaustes Haar fiel. „Ich hoffe, es geht dir bald wieder besser", sagte ich mit freundlich besorgter Stimme und erinnerte mich plötzlich an Emily, die sich auf meinen „professionellen Charme" bezogen hatte, als ob er ein Paar Handschuhe sei, das man je nach Laune an- oder abstreifte.

„Na, ich habe eben drei Aspirin genommen. Mit einigem Glück kann ich für ein paar Stunden wegtreten und fühle mich dann vielleicht besser, wenn ich aufwache . . . Ich rufe dich morgen an, Honey, okay?"

„Klar." Ich starrte verloren das vierzig Fuß lange Wohnzimmer an, entworfen, dekoriert und möbliert für den Mann, der ich hätte werden sollen.

„Ich muß dich sehen", sagte ich plötzlich. „Ich muß einfach."

„Natürlich. Wir treffen uns, sobald ich wieder auf den Beinen stehen kann, ohne das Gefühl zu haben, daß ich gleich sterben werde. Also, Sam, Honey, ich möchte nicht einfach aufhängen, aber –"

„Ich verstehe. Ruh dich aus, paß auf dich auf, und wir unterhalten uns dann später."

Ich legte auf und saß lange da und starrte einfach das schweigende Telefon an. Nachdem ich den Wein ausgetrunken hatte, warf ich die Karten für „South Pacific" in den Papierkorb, aber als ich meine nächste Zigarette halb geraucht hatte, holte ich sie wieder hervor. Es hatte mich derart viel Mühe gekostet, an die Karten zu kommen, daß ich sie nun nicht einfach wegwerfen mochte, und so begann ich, meine Freunde anzurufen. Aber alle schienen bereits etwas vorzuhaben. Erschöpft von der Anstrengung, höfliche Konversation machen zu müssen, nachdem meine Karten abgelehnt worden waren, beschloß ich, mir statt dessen einen Bekannten einfallen zu lassen, dem es nichts ausmachte, wenn ich ungesellig klang. Sofort mußte ich an Scott denken, und ich glaubte, daß es nach meiner zur Schau gestellten Feindseligkeit politisch klug sein könnte, wenn ich eine freundliche Geste in seine Richtung machte.

„Hallo?“ sagte Scott, als er den Hörer in seinem East-Side Apartment abnahm.

„Hier ist Sam. Könntest du heute abend mit zwei Karten für ‚South Pacific‘ etwas anfangen?“

„Danke, aber Broadway-Musicals sind nicht meine Sache. Ich bin sicher, daß jemand anderer viel mehr Freude an der Show hätte als ich.“

„Fällt dir jemand ein? Ich bin fast soweit, die Karten wegzuwerfen.“

„Mal sehen.“ Scott konzentrierte sich, als habe er es mit einem beruflichen Problem zu tun. „Könnte Cornelius mit Vicky gehen?“ schlug er schließlich vor. „Es würde sie für ein paar Stunden von ihren gemeinsamen Problemen ablenken.“

„Ich weiß zufällig, daß Cornelius und Alicia heute abend zum Essen ausgehen. Du könntest nicht vielleicht nobel sein und Vicky selbst ausführen, Scott?“

„Ich esse mit Emily. Warum lädst du Vicky nicht ein? Oder warst du es, der diese Verabredung absagen mußte?“

„Nein, die andere Partei hat abgesagt.“

„Dann ist das die Lösung deines Problems: lade Vicky ein und tu allen einen Gefallen, einschließlich dir selbst! Du möchtest die Show doch nicht verpassen, oder?“

„Eigentlich nicht“, sagte ich. „Okay, dank dir für den Vorschlag – ich werde es mir überlegen.“

Ich goß mir einen Highball ein und lauschte meinen Glenn-Miller-Tonbändern, während ich mir die Situation durch den Kopf gehen ließ. Ich hatte nichts zu verlieren, wenn ich Scotts Rat befolgte. Da Vicky in ein paar Tagen nach Europa fuhr, konnte niemand irgendwelche Absichten vermuten, wenn ich mit ihr ausging, und im Gegensatz zu verschiedenen anderen Frauen, die ich an Teresas Stelle hätte einladen können, würde Vicky nicht erwarten, daß ich mit ihr ins Bett ging. Es würde ein Abend ohne Probleme sein. Ich glaubte, das gerade noch aushalten zu können.

Ich nahm den Hörer ab und begann die Nummer zu wählen.

III.

„South Pacific".

Rodgers und Hammerstein.

Der Vorhang hob sich für Mary Martin, er hob sich für Ezio Pinza und für die Schauspieler in amerikanischen Uniformen. Und plötzlich war ich nicht mehr im vollen Zuschauerraum am westlichen Ende des Broadway. Ich war dreitausend Meilen weit entfernt in der ruhigen friedlichen Landschaft bei München, und während der fürchterlichen Verschmelzung meiner einander widerstreitenden Nationalitäten pfiff der G.I. an meiner Seite „Lili Marlen".

IV.

Meine deutschen Verwandten waren alle im Krieg umgekommen. 1940 war mein Cousin Erich, Pilot bei der Luftwaffe, im Kampf um England abgeschossen worden. 1942 hörte ich von Freunden in Zürich, daß das Häuschen der Familie in Düsseldorf den Bomben zum Opfer gefallen war und daß meine Tante tot sei. 1943 wurde die Fabrik meines Onkels zerstört. Er wurde ins Krankenhaus gebracht, überlebte aber nicht. Kristina, meine Lieblingscousine, war die einzige, die bei Kriegsende noch am Leben war. Ich erhielt keinerlei Nachricht von ihr, aber nach dem Sieg der Amerikaner über Japan bekam ich einen kurzen Brief, in dem sie schrieb, sie arbeite in einem Krankenhaus in München. Nach dem Tod ihrer Mutter hatte sie eine Versetzung vom Lazarett in Düsseldorf beantragt, und eine ihrer besten Freundinnen war mit ihr nach München gegangen. Diese Freundin war es, die mir drei Monate später schrieb, daß nun auch Kristina tot sei; es war ein Unfall bei irgendeiner Schießerei. Ich schrieb sofort zurück und bat um weitere Einzelheiten, als ich aber keine Antwort erhielt, wußte ich, daß ich eines Tages die Wahrheit selbst herausfinden mußte.

Es dauerte vier Jahre, bis ich den Mut für dieses Unternehmen zusammengerafft hatte. Männer kehrten aus Europa zurück und beschrieben grauenhafte Zustände. 1949 glaubte ich, daß sich die Lage weitgehend normalisiert hätte. Mitte März flog ich nach Europa.

Es bereitete mir keine Schwierigkeiten, das Mädchen, das mir geschrieben hatte, aufzuspüren. Ich hatte sie bereits vor dem Krieg in Düsseldorf kennengelernt, und so konnte ich nun durch ihre Familie Kontakt mit ihr aufnehmen. Seit ihrer Rückkehr nach Düsseldorf hatte sie den Schwesternberuf aufgegeben und arbeitete nun als Bardame in einem der neuen Nachtclubs, wo den Gangstern, die es sich leisten konnten, geräucherter Lachs vom Schwarzmarkt serviert wurde. Sie wollte nicht mit mir reden, aber ich bestand darauf, daß sie mit mir in meinem Hotel einen Drink nahm.

Ich brauchte eine Stunde, bevor sie mir erzählte, was damals passiert war. Es war nach einer Party gewesen. Kristina hatte sich erst spät verabschiedet und war auf dem Heimweg erschossen worden. Sie war in eine Falle geraten, die man einer Schwarzmarktbande gestellt hatte, und die Militärpolizei hatte geschossen, ohne zu merken, daß sie unschuldig war.

„Militärpolizei?" wiederholte ich, um sicherzugehen, daß ich mich nicht verhört hatte.

„Ja. Es waren Soldaten." Und das Mädchen hatte mir gerade in die Augen geblickt und auf englisch gesagt: „Ihre Soldaten. Es waren Amerikaner."

Irgendwie kam ich von Düsseldorf weg. Ich ging nach Bonn und Köln, bevor mir klar wurde, daß ich es im gesamten Rheinland nicht aushalten konnte. Ich reiste in südlicher Richtung, ein anonymer Tourist, der perfekt deutsch sprach; ich blickte von einem Hügel bei Nürnberg auf die grausigen Ruinen der alten Stadt hinab, und ich wanderte durch die zertrümmerten Straßen Münchens, wo Kristina ihre letzten Tage verbracht hatte. Ich sah die amerikanischen Soldaten in den Straßen, aber ich sprach nicht mit ihnen, und sie, in der Annahme, ich sei Deutscher, sprachen nicht mit mir. Ich blieb allein, eingeschlossen in die Isolation meiner Trauer, bis ich eines Tages in meinem Hotel einen Fremden traf, dessen Deutsch ebenso fehlerfrei war wie das meine, und wir begannen, miteinander zu trinken.

Er war Engländer.

Schließlich sagte er: „Sie würden die Londoner City nicht mehr wiedererkennen – und waren Sie vor dem Krieg einmal in Coventry?" Als ich aber sagte, ich könne verstehen, daß er nun die Deutschen hasse, lachte er nur und antwortete: „Nein, die Engländer hassen die Franzosen. Diese Kunst haben wir über die Jahrhunderte zur Perfektion gebracht, aber wir sind noch Neulinge im Haß auf die Deutschen."

Es war schwer zu sagen, ob er das ernst meinte, denn er war ziemlich betrunken, und die Engländer haben einen so seltsamen Humor, außerdem war ich selbst reichlich blau. Deshalb sagte ich nur: „Ich habe inzwischen den Punkt erreicht, an dem ich niemanden mehr hasse. Haß macht alles nur noch schlimmer. Haß verhindert, daß man sich mit all dem Grauen und der Trauer abfindet. Und man muß sich damit abfinden. Irgendwie."

„Ah, das Grauen, das Grauen, das Grauen!" sagte der Engländer schnell, und nun konnte ich den unterspielten schwarzen Humor spüren, dessen er sich bediente, um unsere finstere Unterhaltung ein wenig aufzuhellen. „Lassen Sie mich von dem Grauen erzählen, dem ich bei meinem heutigen Spaziergang begegnete. Dachte, ich geh' mal raus aus München und mach' mir einen ruhigen Tag auf dem Land. Kam zu einem kleinen Ort namens Dachau. Natürlich wird dafür nicht als eine Touristenattraktion Reklame gemacht, aber der G.I. vom Dienst wird Sie herumführen –"

Ich entgegnete: „Reden Sie nicht davon. Ich will es nicht wissen."

Aber sobald ich die Worte ausgesprochen hatte, wußte ich, daß ich jedes Detail erfahren mußte.

Der junge Mann, der ich vor dem Krieg gewesen war, hatte zu deutschen Weisen getanzt, war aber gezwungen worden, vor dem Ende der Musik die Tanzfläche zu verlassen. Der ältere Mann, zu dem ich nun geworden war, hatte die Partitur der Musik zwar studiert und wußte theoretisch, wie die Melodie zu Ende ging, aber die Schlußtakte mußte er sich noch anhören. Es durfte kein Zweifel in ihm zurückbleiben, zu welchen Tönen er getanzt hätte, wäre es ihm vergönnt gewesen, bis zum Ende der Party auf der Tanzfläche zu bleiben.

Ich ging nach Dachau.

Es gibt ein paar Dinge, über die man nicht sprechen kann. Ich bin einmal einem Mann begegnet, der mir sagte, er habe drei Jahre als Kriegsgefangener verbracht. Als ich herausfand, daß er von den Japanern gefangengenommen worden war, nahm unser Gespräch sofort ein Ende, da ich wußte, daß nichts weiter gesagt werden konnte. Wenn jemand mich bei meiner Rückkehr nach Amerika gefragt hätte: „Welcher Ort in Deutschland hat auf dich den tiefsten Eindruck gemacht?" und ich hätte: „Dachau" geantwortet, so hätte dieses Eingeständnis auch jede weitere Konversation unterbunden. Ich hätte nicht darüber sprechen können. Vielleicht hätte ich berichtet, daß es ein milder, frühlingshafter Tag war, an dem ich hinging, und daß es überall sehr ruhig und friedlich war, aber ich hätte nicht von den Fotografien sprechen können, auf denen Bagger die Leichenhaufen wegschaffen; und ich hätte nicht von den Fingernägelspuren sprechen können, die die Decken der Gaskammern durchfurchen; und ich hätte nie darüber sprechen können, wie mir hinterher zumute war, als ich über die verschmutzte Erde zu den Toren zurückging und der G.I. an meiner Seite die letzten verhallenden Takte von „Lili Marlen" pfiff.

V.

Mary Martin sang „I'm gonna wash that man right out of my hair", und das Publikum war hingerissen. Um mich her sah ich die glücklichen, entspannten Gesichter von Menschen, die den Krieg überlebt hatten, um in einem von Zerstörung unberührten Land zu leben. Und obwohl ich einer von ihnen war, fühlte ich mich abgeschnitten, isoliert durch die Schuld des Überlebens. In diesem Augenblick wußte ich, daß ich bei Van Zale kündigen würde, wenn Cornelius sich immer noch weigern würde, mir eine längere Abwesenheit zu gestatten. Niemand, nicht einmal Cornelius, würde mich davon abhalten, meinem Gewissen zu folgen und die Schuld auszulöschen suchen, die ich nicht länger ertragen konnte.

Mary Martin hatte aufgehört, sich das Haar zu waschen, und das Publikum rief nach einer Wiederholung.

Ich dachte abermals an die einmalige Chance, meine Schuld durch Arbeit für die ECA wegzuwaschen. Wenn ich gleichzeitig für Amerika und Deutschland arbeitete, konnte ich an Deutschland die Morde der amerikanischen Soldaten wiedergutmachen und dabei den Amerikanern für meine Weigerung, gegen die Nazis zu kämpfen, Schadenersatz leisten. Es war die einzige Lösung meines Dilemmas, meine einzige Chance, für immer dem schmerzhaften Konflikt meiner Vergangenheit zu entkommen; und plötzlich, als ich in diesem Broadway-Theater saß, erschien mir meine Position klarer als je zuvor; es schien, als wäre ich nur deshalb unter den Überlebenden, um der Nachkriegswelt meinen eigenen, speziellen Dienst erweisen zu können. Auch wenn ich nicht abergläubisch war, so war ich doch der festen Überzeugung, daß ich nicht lange in der hohlen Welt, die ich mir in New York aufgebaut hatte, überleben würde, sollte ich die mir zugedachte Rolle ausschlagen.

Mary Martin sang noch einmal das Lied. Das kleine Mädchen an meiner Seite hörte mit glänzenden Augen zu. Die Show ging weiter . . .

VI.

„War das nicht eine tolle Show, Onkel Sam?“ fragte Vicky begeistert.

Ihr hellblaues Abendkleid hatte einen weiten Rock, war hochgeschlossen und ärmellos, ihr Haar war oben auf dem Kopf zu einem Knoten aufgesteckt, damit sie erwachsener wirkte. Sie trug fast kein Make-up, und ihre helle, zarte Haut hatte den Schimmer eines Pfirsichs, um den sich ein Künstler unter den Gärtnern mit Hingebung bemüht hatte.

„Natürlich sind Musicals ein bißchen gewöhnlich“, fuhr sie unbekümmert fort, „aber ich nehme an, daß selbst ein Komponist wie Wagner mal Spaß an einem Biergartenlied hatte, während er an den verschiedenen Teilen des ‚Ringes‘ saß. Magst du Wagner, Onkel Sam?“

„Wen?“ neckte ich, und wir lachten.

„Ich dachte, das Teutonische an ihm würde dir vielleicht gefallen. Natürlich hatte er eine Menge mit Nietzsche gemein."

Wir waren im Copacabana, und die Band spielte zur Abwechslung der derzeitigen Rumbamanie einen Walzer. Ein Ober schenkte uns Champagner nach.

„Oh, mir geht es soviel besser!" rief Vicky. „Ich wünschte, das Leben wäre immer so – Theater, Copacabana, Walzer und Champagner! Ich kann dir gar nicht genug danken, daß du mit mir ausgegangen bist, Onkel Sam – es ist eine so himmlische Abwechslung von all dem, was in letzter Zeit passiert ist."

Ganz unerwartet fiel mir auf einmal Emily ein, wie sie hastig gesagt hatte: „Cornelius war als kleiner Junge so süß!" Ich lächelte Vicky an. „Ich muß dir dankbar sein, daß du meine Einladung angenommen hast", sagte ich höflich. „Die Karte wäre verschenkt gewesen, wenn du zu Hause geblieben wärest."

Ich begann wieder an Teresa zu denken. War sie wirklich krank, oder war sie dermaßen deprimiert über ihre Arbeit, daß sie keinen Rummel ertragen konnte? Ich beschloß, sie sobald ich zu Hause war, anzurufen.

„Hast du Aufnahmen von dieser Band, Onkel Sam? Erzähl mir von deiner Plattensammlung . . ."

Ich begann über meine Schallplatten zu sprechen; aber während ich von der Musik von Louis Armstrong, Kid Ory und Miff Mole erzählte, konnte ich nur an jene andere Musik denken – an das Rascheln der Kleider beim Ausziehen, an das Quietschen des Bettes, an die Harmonie der Seufzer, an die Polyphonie der Lust. Ich trank meinen Champagner und spulte vor Vicky meine nichtssagende Rolle ab, aber im Geiste war ich die ganze Zeit bei Teresa, meiner schönen Teresa, und vor meinem geistigen Auge sah ich sie nackt zwischen den zerwühlten Laken liegen, sah, wie das kleine goldene Kreuz zwischen die Kurven ihrer Brüste rutschte.

„. . . Onkel Sam?" sagte Vicky.

„Entschuldige, Honey – was hast du gesagt?"

„Könnten wir bitte tanzen?"

„Aber natürlich!" sagte ich, schuldbewußt, daß ich nicht selbst die Initiative ergriffen hatte und begleitete sie sofort auf die Tanzfläche.

Ihre Hand berührte meine Schulter. Ich fühlte ihren Körper

leicht gegen den meinen. Ich war bei Teresa und doch wieder nicht bei Teresa, im Bett und doch nicht im Bett, im Himmel und gleichzeitig auf der Erde.

Ich fühlte den instinktiven Reflex in meinen Lenden und ließ Vicky los. Meine Stimme sagte: „Entschuldige mich eine Sekunde –“, und dann drückte ich mich rasch an den anderen Paaren auf der Tanzfläche vorbei und steuerte blind auf die Herrentoiletten zu.

Später, nachdem ich mir die Hände gewaschen hatte, wischte ich mir sorgfältig mit einem Taschentuch den Schweiß von der Stirn und putzte meine Brille. Meine Sicht klärte sich. Als ich in den Spiegel blickte, merkte ich mit Erleichterung, daß mein Gesicht keine Anspannung verriet, und mit großer Anstrengung brachte ich die Energie auf, zur Tanzfläche zurückzukehren.

Vicky saß steif an unserem Tisch und beobachtete die tanzenden Paare. Die Band spielte einen Foxtrott.

„Hi!“ sagte ich leichthin und lächelte sie an. „Tut mir leid. Ich hab’ etwas zu Mittag gegessen, das –“, ich hielt inne. Ich bemerkte, wie blaß sie war, und nun fiel mir auf, daß sie mich nicht ansehen konnte. Ich hatte mich auf der Tanzfläche offensichtlich nicht schnell genug von ihr zurückgezogen, und ein beschwingter Abend war in einem kurzen Moment auf eine ganz andere Ebene gerutscht.

Ich wußte sofort, daß ich irgendeine Art von Geständnis würde machen müssen, wenn wir uns in Zukunft ohne Verlegenheit begegnen wollten; also setzte ich mich betont lässig nieder und sagte im muntersten Tonfall: „Ach, du mußt solche Erlebnisse mit Männern auf der Tanzfläche weidlich satt haben! Wenn man bedenkt, daß ich die feste Absicht hatte, mich nicht wie ein gewöhnlicher Jüngling im weißen Smoking beim ersten Rendezvous zu benehmen! Sag – ich weiß, es wird dir nicht leichtfallen – aber könntest du das Ganze nicht einfach als Kompliment betrachten? Ich kann dir versichern, daß es mich normalerweise nicht so überwältigt, wenn ich eine Dame zum Tanz auffordere!“

Sie blickte mich mit großen, suchenden, grauen Augen an. Ich wartete gespannt. Offensichtlich fand sie in meinem Gesichtsausdruck, wonach sie suchte, dann sagte sie ohne Verlegenheit: „Okay. Danke für das Kompliment.“

Wir versuchten nicht, noch einmal zu tanzen, sondern tranken

Kaffee, während ich ihr von einer Geschäftsreise nach Los Angeles erzählte, und es bestand keine Peinlichkeit zwischen uns. Erst als wir die Bar verließen, sagte sie scheu: „Es ist gut, daß du nicht wirklich mein Onkel bist, sonst wäre dein Kompliment etwas seltsam gewesen."

„Au Backe", meinte ich und versuchte, einen lässigen Tonfall beizubehalten, aber die Schnoddrigkeit klang unangenehm forciert in meinen Ohren.

Sie sagte nichts mehr. Als mein Chauffeur die Tür des Mercedes öffnete, setzte sie sich nach hinten, und ich setzte mich neben sie, wobei ich sorgfältig vermied, sie zu berühren.

„Es war ein reizender Abend", sagte sie höflich, als wir durch die Tore ihres väterlichen Hauses fuhren. „Nochmals vielen Dank."

„Es war mir ein Vergnügen." Es klang zu glatt. Meine Anspannung untergrub meine Gelassenheit. „Alsdann", sagte ich rasch, als ich ihr aus dem Wagen half und drückte ihr kurz die Hand. „Viel Spaß in Europa und vergiß nicht, mir eine Ansichtskarte zu schicken."

Sie starrte auf ihre Handschuhe.

„Vicky?" sagte ich scharf.

„Ich – ich bin ganz verwirrt – ganz umgekrempelt – ich weiß nicht einmal, ob ich noch nach Europa gehen will –"

Die Haustür öffnete sich, und Alicia, makellos in einem schwarzen Kleid und ohne Schmuck, schwebte die Treppe zur Auffahrt hinab.

„Hallo, Liebes, hast du dich amüsiert? Gut, das freut mich. Es war nett von dir, sie so zu verwöhnen, Sam, vielen Dank. Wir alle stehen für diese Großzügigkeit in deiner Schuld. Möchtest du auf einen Drink hereinkommen? Wir mußten unsere Einladung zum Abendessen absagen – Cornelius wurde zu einer plötzlichen Sitzung von einem der Unterkomitees der Kunststiftung abberufen und ist noch nicht zurück, aber wenn du gern schnell einen Scotch –"

Sie tat ihr Bestes, unsere normalen diplomatischen Beziehungen wiederaufzunehmen, nachdem sie am vergangenen Mittwoch so grob mit mir umgesprungen war, und ich lächelte sie an, um zu zeigen, daß auch ich an einem Waffenstillstand interessiert war.

„Danke, Alicia, aber ich muß nach Hause", sagte ich und versuchte, einiges Bedauern in meine Stimme zu legen; und dann wandte ich mich noch einmal Vicky zu. „Glaube mir", sagte ich, „Europa ist für dich jetzt bestimmt das beste. Wenn du erst einmal dort bist, wirst du alles aus einem anderen Blickwinkel sehen und kannst dir alles viel leichter zusammenreimen, als wenn du in New York geblieben wärst."

„Vi . . . vielleicht."

„Bestimmt. Tschüs, Vicky. Bon voyage."

„Danke." Sie rührte sich nicht, und obwohl ich mich im Weggehen nach ihr umdrehte, konnte ich ihren Gesichtsausdruck nicht sehen, da das Licht aus der Eingangshalle sie von hinten anstrahlte. Erst als sie noch einmal sprach, wußte ich, daß eine neue und unabänderliche Phase in unserer Beziehung angebrochen war.

„Auf Wiedersehen, Sam", sagte sie.

SECHSTES KAPITEL

I.

Sobald ich zu Hause angekommen war, wählte ich die Nummer des Hauses in Greenwich Village.

„Tom?" sagte Kevin, der sich offensichtlich auf das Telefon gestürzt hatte. „Zum Teufel, wo warst du denn?"

„Entschuldige, Kevin, hier ist Sam."

„Wer?" fragte Kevin verständnislos.

„Sam, du dummes Huhn! Sam Keller! Sag, wie geht's Teresa? Fühlt sie sich besser?"

Pause. Dann: „Laß mich erst mal nachdenken", sagte Kevin. „Gott, welch eine Erleichterung, mein Privatleben eine Weile zu vergessen und mich statt dessen auf jemand anderen zu konzentrieren! Teresa? Sie hat sich noch immer mit ihrem Aspirinröhrchen im Dachzimmer eingeschlossen. Sie bat darum, nicht gestört zu werden."

Nun war ich es, der zögerte. „Sie ist doch zu Hause, oder?" fragte ich plötzlich. „Bist du sicher, daß sie da ist?"

„Himmel, ja! Sei nicht lächerlich! Sam –" Er brach ab.

„Ja?"

„Ich tauche gerade am falschen Ende einer gräßlichen Liebesgeschichte auf. Wenn du nichts vorhast – warum gehst du nicht mit mir aus, und wir machen einen drauf?"

Kevin und ich gingen nie zusammen einen trinken. Für einen Augenblick stießen unsere verschiedenen Welten aufeinander. Dann war es still.

„Um Gottes willen, Sam, ich versuche nicht, dich aufzureißen! Welch schmutzige Hintergedanken ihr Heterosexuellen immer gleich habt!"

„Ich habe nicht eine Sekunde lang geglaubt –"

„Ich hole dich in zwanzig Minuten in deiner Wohnung ab", sagte Kevin, „und dann nehmen wir uns irgendwo im Zentrum eine Flasche zur Brust."

Er legte auf. Ich blieb zehn Sekunden lang regungslos sitzen. Dann stolperte ich nach unten in die feuchte, dunkle Aprilnacht und nahm mir ein Taxi zum Village.

II.

Es gab zwei Eingänge zu Kevins Haus, den Haupteingang und die Tür zum Souterrain, die einst der Eingang für die Bediensteten gewesen war. Ich hatte mich oft gefragt, weshalb Kevin nicht dieses Geschoß seinen jeweiligen Wirtschafterinnen zugeeignet hatte, und vermutete schließlich, daß das nördliche Licht der Dachkammer attraktiver für die Künstlerinnen sei als das Dämmerlicht der unteren Räume.

Ich besaß, wie Teresa, den Schlüssel zum Bedienstereneingang. Die Hintertreppe begann im Souterrain und wand sich nach oben zum Dachboden, vorbei an den Türen, die in die Flure der anderen Stockwerke führten.

Ich öffnete die erste dieser Türen und schaute hinein. Das Licht brannte, aber alles war still. „Kevin?" rief ich leise.

Keine Antwort. Ich ging zu seinem Arbeitszimmer im vorderen Teil des Hauses und fand, daß er seine Arbeit nicht nur mitten in einer Szene, sondern mitten im Satz unterbrochen hatte. Ich ging in die Küche. Auf dem Tisch fand ich zwei schmutzige Teller, zwei leere Weingläser und eine halbvolle Flasche kalifornischen Rotweins, und auf dem Herd klebten die Reste eines Filet Gumbo, eine von Teresas kreolischen Leibspeisen, trübselig in einem großen Topf.

Ich überlegte, daß Teresa doch angeblich viel zu krank war, um zu kochen. Ich überlegte, daß Kevin einen Freund erwartet hatte, mit dem er ausgehen wollte. Im nächsten Augenblick befand ich mich wieder auf der Treppe zum Dachgeschoß.

Im zweiten Stock mußte ich innehalten, um zu Atem zu kommen. Im unteren Teil des Treppenhauses brannte das Licht, aber der letzte Treppenabsatz war dunkel, und ich machte keinen Versuch, den Lichtschalter zu finden. Ich lehnte mich an die Wand und lauschte meinem Herzschlag. Dabei fragte ich mich, ob ich nicht dabei war, einen gewaltigen Fehler zu begehen. Doch gleichzeitig wußte ich, daß dieser Fehler unumgänglich war. Ich konnte jetzt nicht einfach weggehen. Weiter, immer weiter . . .

Ich hatte gerade den Fuß auf die erste Stufe des letzten Treppenabsatzes gesetzt, als ich Teresa aufschreien hörte. Der Schrei entsetzte mich. Ich wußte genau, was er bedeutete, und während mir das Blut in den Kopf stieg, tastete ich mich schnell in einem Schleier von Wut und Schmerz die restlichen Stufen hinauf.

In diesen letzten Sekunden sah ich alles vor mir und erinnerte mich bis ins kleinste Detail an die lässig-arrogante Unterhaltung zwischen Jake und Cornelius am letzten Mittwoch, an Teresas Faszination, als sie Einblick in deren reiche, privilegierte Welt gewann, und an Jake, als er Teresa plötzlich Aufmerksamkeit schenkte und sie wie beiläufig um ein Rendezvous bat. Ich fühlte den Drang nach Gewalt in mir aufsteigen. Es würde Jake natürlich ein perverses Vergnügen bereiten, etwas mit meinem Mädchen anzufangen. In seinen Augen war ich noch immer ein Nazi, und die Juden würden den Nazis nie verzeihen, nie, nie, nie –

Ich riß die Tür zum Dachzimmer auf, knipste das Licht an und blieb wie angewurzelt stehen.

Im Bett herrschte nervöse Aufregung, aber ich nahm keine

Notiz davon, denn ich sah nichts als die Gemälde. Die Leinwände waren säuberlich der Wand entlang aufgereiht wie Bilder in einer Straßenausstellung, selbst das Tuch von dem halb beendeten Werk auf der Staffelei war entfernt worden.

Niemand sagte etwas. Das Bett lag im Schatten in der Ecke hinter mir, und da ich wußte, was ich vorfinden würde, fühlte ich keinerlei Neugier, nur das instinktive Verlangen, den Schmerz der unvermeidlichen Konfrontation so lange wie möglich hinauszuschieben. Ich benutzte die Gemälde als Ausrede vor mir selbst und ging wie gebannt darauf zu.

Sauber, in lebhaften Farben und minutiös detailliert zeigten sie das Leben in einer amerikanischen Kleinstadt. Ich sah kleine, weißgetünchte Häuser, eine Reihe von Läden mit der Kneipe an der Ecke, eng zusammengedrängt im Schatten eines riesigen Schlackenhaufens, und in der Ferne waren Berge und eine kleine, weiße, polnische Kirche auf einem Hügel. Jedes Detail dieser Szene war mit exquisiter Sorgfalt wiedergegeben, und die Brust schmerzte mir, als ich die intensive Sehnsucht begriff, die in diesem Einfangen der Vergangenheit lag. Ich begriff, daß Teresa in ihrer Kunst das Unmögliche erreicht hatte: sie konnte sich frei zwischen zwei Welten bewegen. Der Spiegel war für sie kein Hindernis. Indem sie Nahrung aus der lebenspendenden Quelle der Vergangenheit sog, hatte sie die Wurzellosigkeit der Gegenwart besiegt. Das amerikanische Dilemma, das mich bezwang, konnte ihr nichts anhaben.

„Er wird es nie verstehen“, sagte ich zu ihr. „Niemals.“

Keine Antwort. Langsam drehte ich mich nach ihnen um, und was ich nun sah, war ein solcher Schock, daß ich keinerlei Emotion mehr fähig war.

Der Mann mit Teresa war nicht Jake. Es war Cornelius.

III.

Teresa war steif vor Schreck. Sie hielt das Laken krampfhaft gegen ihre Brust, als ob sie vergessen hätte, daß ich an ihre Nacktheit gewöhnt war, und ihre Augen, in denen sich das Entsetzen über meine Gegenwart widerspiegelte, waren weit aufgerissen und dunkel. Sie versuchte zu sprechen, fand aber natürlich keine Worte, die ihre Gefühle hätten ausdrücken können.

Ich schaute sie noch immer an, als er mit einer weichen Bewegung den Laken entstieg und seine Kleider vom Fußboden aufhob. Es war die Freizeitkleidung eines reichen Mannes, weiße Hosen, ein kariertes Sporthemd, Segeltuchschuhe, Cordsamtjacke. Er sah so jung aus, aber jung und zäh, nicht jung und verletzbar. Sein harter Mund war zu einem Strich zusammengekniffen, er hatte seine schönen Augen niedergeschlagen, seine Bewegungen waren rasch und sparsam. Als er angekleidet war, wandte er Teresa den Rücken zu und blickte mich an, aber ich fühlte noch immer nichts, keine Gewalttätigkeit, keinen Schmerz, keine Wut, als hätte der Schock jeden Nerv in mir abgetötet. Ich stand einfach da, wie gelähmt. Er kam auf mich zu und sagte ruhig: „Es war falsch. Verzeih."

„Nimm sie", sagte meine zitternde Stimme. „Du kannst sie haben, du Schwein."

Und bevor noch ein weiteres Wort fallen konnte, verließ ich sie und taumelte aus dem Haus.

IV.

Es regnete. Ich ging zur nächsten Straßenecke und blieb stehen, da ich nicht mehr wußte, wo ich war. Kein Taxi weit und breit. Das Village war eine verschwommene Masse von grellen Lichtern, beleuchteten Fenstern und Menschen, die durch den Regen hasteten. Später schien ich mich in der Achten Straße westlich der Fifth Avenue zu befinden, obwohl ich mich nicht erinnern konnte, von Kevins Haus in östlicher Richtung gegangen zu sein. Eine Prostituierte sprach mich an. Ich konnte nicht verstehen, was sie wollte. Der Klang eines Frank-Sinatra-Schlagers schwebte durch ein offenes Fenster.

Dann fand ich mich in der Subway wieder, die einem anderen Stadtteil zuratterte, am Herald Square aber taumelte ich auf die Straße, weil mir schlecht war. Ich übergab mich in den Rinnstein, stolperte ein Dutzend Schritte weiter und übergab mich abermals. Die Leute starrten mich an, als sei ich ein Bowery-Gammler, aber dann sprach mich eine andere Prostituierte an, und ich mußte die Straße überqueren, um sie loszuwerden. Zitternd stand ich vor Macys Kaufhaus, umgeben von den strahlenden Lichtern der Stadt, und mir war, als wäre ich Teil eines riesigen, trostlosen Gemäldes, das in krassem Gegensatz zu Teresas Werk stand: eine Hölle auf Erden, umgeben von Beton und großen, verschlossenen Türen mit der Aufschrift „Kein Ausgang".

Irgendwie ergatterte ich ein Taxi.

„Park Avenue und . . ." Ich konnte nicht richtig sprechen. Die Übelkeit hatte einen bitteren Geschmack in meinem Mund hinterlassen. Als der Wagen die Vierunddreißigste Straße entlangschoß, blickte ich auf, als suchte ich am feuchten Nachthimmel einen Blick in eine natürliche Welt zu erhaschen, aber ich sah nichts als die aufragende Masse des Empire State Building und dahinter den Schein von künstlichem Licht, der die Dunkelheit der Natur verdrängte.

Vor meiner Wohnung bezahlte ich das Taxi und taumelte in die Eingangshalle.

„Sam – endlich!" Es war Kevin. Ich hatte ihn völlig vergessen. Als ich stehenblieb, nahmen meine Augen automatisch die Details seines Äußeren in mich auf: seine Figur, an der Freizeitkleidung elegant aussah; die kleinen Fältchen um die Augen, die keiner Brille bedurften; das kampflustige Kinn, ohne das er wie ein Filmstar ausgesehen hätte. Erst jetzt, als ich ihn mit der Distanz eines Fremden betrachtete, merkte ich, wie fremd er mir war. Zwar hatten wir damals in Bar Harbor all die üblichen jugendlichen Vertraulichkeiten miteinander ausgetauscht, aber im späteren Leben hatten wir nicht ein einziges tiefgehenderes Gespräch geführt. Er sah mit einem Blick, was passiert war.

„Du Narr", sagte er. „Ich habe versucht, dir das zu ersparen."

„Du hast es zu dick aufgetragen."

In Kevins Gesichtsausdruck ging eine schwer zu definierende Änderung vor, als er die Maske des Überschwangs fallen ließ, und zum ersten Mal in meinem Leben sah ich ihn nicht als den lauten Extrovertierten, der die besten Parties der Stadt gab, sondern als einen rätselhaften Menschen, der Stücke in Blankversen schrieb, die ich nicht verstand.

„Laß mich mit in dein Apartment hinaufkommen", sagte er, „und ich werde dir einen Drink verpassen."

„Ich muß allein sein."

„Nein. Jetzt noch nicht. Lieber nicht."

Ich besaß nicht die Kraft, mit ihm zu debattieren, also fuhren wir schweigend im Lift zu meinem Penthouse hinauf. Dort ließ ich mich in meiner Bude auf die Couch fallen, während er Brandy eingoß, aber erst als er mir gegenüber saß, merkte ich, wie dankbar ich für seine Gesellschaft war. Heftige Emotionen stiegen endlich in mir hoch, und ihre Gewaltsamkeit erschreckte mich. Ich wäre nicht gern allein gewesen.

„Das Telefongespräch habe ich aber ganz schön verbaut", sagte er. „Wahrscheinlich, weil mich alles so mitgenommen hat."

„Sag mir – ich möchte wissen – erzähl mir genau –"

„Er tauchte um acht auf. Teresa war beim Kochen, und als es klingelte, nahm ich an, du seist es. Ich habe nichts dagegen, wenn sie die Küche für wichtige Rendezvous benutzt, vorausgesetzt ich bin nicht zu Hause, und ich hatte heute abend etwas vor – wurde aber sitzengelassen. Deswegen war ich noch da, als er ankam. Er war sehr verlegen, als ich die Tür aufmachte, und versuchte sogar, sich in irgendwelchen Erklärungen zu ergehen. Ich schnitt ihm aber das Wort ab und sagte ihm, ich hätte meine eigenen Probleme. Dann schloß ich mich in mein Arbeitszimmer ein und versuchte, zu schreiben. Natürlich war es sinnlos."

Ich trank meinen Brandy. Kevin goß mir erneut ein.

„Hör zu, Sam", sagte er schließlich, „dies ist ein Desaster von katastrophalen Ausmaßen, soviel ist mir klar, aber wenn die Sache mit Teresa und dir wirklich dafürsteht, dann sieh um Gottes willen zu, ob du die Geschichte nicht wieder einrenken kannst – nein, hör mir erst einmal zu! Das eine Faktum, worauf man sich bei dieser Pleite konzentrieren sollte, ist, daß die Situation nicht nur grauenhaft ist – sie ist unerklärlich."

Ich schaute ihn verblüfft an. „Unerklärlich?"

„Ja – völlig unverständlich! Denk nur mal einen Augenblick lang nach. Wir beide kennen Neil gut genug, um zu wissen, daß er – so unglaublich es auch erscheinen mag – kein alltäglicher Millionär wie Jake ist, der routinemäßig herumvögelt. Cornelius hatte nie mehrere Frauen zur selben Zeit. Ist er deines Wissens Alicia je untreu gewesen?"

„Nein, ich . . . ich habe nie –"

„Okay, also kannst du annehmen, daß dieses Betragen für ihn

außergewöhnlich ist. Aber auch Teresa hat sich außergewöhnlich benommen. Sie ist von ihrer Arbeit so in Anspruch genommen, daß sie einfach nicht die Zeit noch die Neigung hat, pausenlos von einem Bett ins andere zu hüpfen."

Ich versuchte, all das auf einen Nenner zu bringen, aber es war zu schwierig für mich. „Worauf willst du hinaus?"

„Was ich sagen will, ist: ich glaube, daß die Episode heute abend eher als ein einmaliger Unfall zu betrachten ist und nicht als die erste Szene einer großen Leidenschaft."

„Ich glaube, du irrst dich", sagte ich. Meine Lippen waren steif, und es fiel mir noch immer schwer, deutlich zu sprechen. „Ich glaube, sie ist mit Haut und Haaren auf ihn hereingefallen."

„Warum?"

„Sie hat ihm ihre Bilder gezeigt." Ich konnte die Worte kaum hervorstoßen. Meine Hand griff automatisch nach dem Brandyglas.

„Herr im Himmel!" sagte Kevin angeekelt. „Hat sie denn nicht gemerkt, daß Neil der größte Philister der Welt ist? Er kann Kunst nur im Zusammenhang mit einem Scheckbuch und einem Bilanzbogen beurteilen!"

Das Läuten der Klingel im Flur ließ uns beide zusammenfahren. Brandy ergoß sich auf den Tisch, als ich unwillkürlich zusammenzuckte.

„Bleib hier", sagte Kevin. „Ich mache das schon."

Aber ich folgte ihm in den Flur hinaus.

„Ja?" fragte er, nachdem er den Hörer der Sprechanlage abgehoben hatte. Pause. Ich konnte nichts hören und ging auf Kevin zu, als er knapp sagte: „Folge meinem Rat und hau ab. Du hast heute abend genug angerichtet."

Hastig nahm ich Kevin den Hörer ab. „Teresa?" fragte ich.

Unten in der Eingangshalle räusperte sich Cornelius.

„Komm herauf", sagte ich und unterbrach die Verbindung.

Kevin blickte mich skeptisch an. „Glaubst du wirklich, daß du schon soweit wiederhergestellt bist?"

„Ja. Ich möchte ihn umbringen, werde es aber nicht tun. Ich bin jetzt froh, daß ich in der Dachstube zu schockiert war, um ihn dort zusammenzuschlagen. Ich glaube, du hast recht, Kevin. Es muß eine Erklärung geben. Ich kann einfach nicht glauben –" Ich hielt ein, um mir den Schweiß von der Stirn zu wischen, dann fuhr ich fort: „Ich werde nicht mehr für Van Zale arbeiten. Damit ist es vorbei, ebenso wie mit meiner Freundschaft mit Neil. Aber wenn es nur möglich wäre, Teresa nach Deutschland mitzunehmen, vielleicht –"

„Du willst Teresa nach Deutschland mitnehmen?"

„Ja, ich werde für die ECA arbeiten. Sie bilden Investment-Banker aus, um beim Wiederaufbau der deutschen Wirtschaft zu helfen. Ich werde für ein neues Europa arbeiten. Ich werde alles wiedergutmachen."

„Aber Sam . . . Sam, Teresa könnte nicht arbeiten, wenn sie fort von Amerika und völlig isoliert in einem Land leben müßte, dessen Sprache sie nicht spricht!"

„Aber sie wäre ja gar nicht isoliert! Ich würde sie heiraten – natürlich würde ich sie heiraten! Wir hätten ein nettes, neues Haus mit einer ganz modernen Küche, in der sie all ihre kreolischen Rezepte ausprobieren kann, und wir würden drei oder vier Kinder haben und . . . warum siehst du mich denn so komisch an?"

Es klingelte. Ich wandte mich abrupt von Kevin ab und öffnete die Tür.

Cornelius, der verfroren und durchsichtig aussah, ging wortlos an mir vorbei und blieb dann unter der Deckenlampe im Flur stehen. Er hatte die Fäuste tief in seinen Hosentaschen vergraben und sich dermaßen in seine Cordsamtjacke verpackt, als herrsche draußen eine Temperatur von unter Null.

„Sam, kann ich dich bitte allein sprechen?" Er sah Kevin nicht an.

„Nein."

„Aber –"

„Nein, verdammt noch mal! Hör auf herumzustreiten, und geh in meine Bude!"

Er ging hinein.

„Brandy, Neil?" fragte Kevin.

„Nein, danke. Kevin, wie, zum Teufel, bist du in diese Sache hineingerutscht?"

„Die gleiche Frage könnte ich dir stellen! Sam und ich sind uns eben darüber einig geworden, wie unerklärlich es ist, daß du und Teresa miteinander ins Bett gegangen seid. Wie ist es passiert?"

Cornelius drehte sich nach mir um. „Sam, müssen wir wirklich unsere intimsten Nöte vor jemandem auspacken, der an Frauen nicht interessiert ist und der deshalb von allem überhaupt nichts versteht?“

„Ich habe großes Interesse an Frauen“, sagte Kevin, indem er sich erhob, um zu gehen. „Wahrscheinlich mehr als du. Allerdings gebe ich zu, daß ich kein Interesse daran habe, das Mädchen meines besten Freundes zu verführen. Diese Art von Zeitvertreib überlasse ich Männern wie dir.“

„Bleib, wo du bist, Kevin“, sagte ich abrupt. „Er versucht nur dich loszuwerden, weil er die ganze Konversation auf der Basis geplant hat, daß keine dritte Partei anwesend ist.“

Cornelius setzte sich sehr plötzlich auf die äußerste Kante der Couch, und Kevin holte wortlos ein drittes Glas aus dem Wohnzimmer und schenkte Brandy ein. Wir tranken schweigend, und als ich sah, daß Cornelius am schnellsten von allen trank, fühlte ich mich besser. Sobald sich meine Nerven einigermaßen beruhigt hatten, sagte ich: „Okay, ich höre. Rede. Aber sag die Wahrheit, denn wenn du anfängst zu lügen, werde ich –“

„Okay“, sagte Cornelius rasch. „Okay, okay.“

Ich wartete. Kevin wartete. Cornelius schaute immer unglücklicher aus und sagte endlich: „Eigentlich war alles ein Zufall. Ich war deprimiert. Private Probleme. Ich möchte aber betonen, daß ich meine Frau liebe, und wenn ihr glaubt, ich stehe kurz vor der Scheidung, dann verkennt ihr die wahren Tatsachen vollkommen.“

Niemand bestritt das. Wir tranken und warteten.

„Ich mußte mit jemandem sprechen“, fuhr Cornelius fort, „aber ich kannte niemand Passenden. Vielleicht hätte ich zu einem Callgirl gehen sollen, aber ich glaubte nicht, daß ich Sex brauchte, und ich billige so etwas ohnehin nicht. Endlich beschloß ich, dich aufzusuchen, Kevin, weil du die Begabung hast, mich aufzumuntern, wenn ich deprimiert bin –“

„Du mußt dich schon entscheiden“, sagte Kevin. „Erst tust du so, als ob meine sexuellen Vorlieben mich zu einer Art von Schwachsinnigen machen, und im nächsten Moment sagst du, wie sehr es dich nach meiner Person verlangt.“

„Ach, zum Teufel! Schau, es tut mir leid –“

„Schon gut. Mach weiter. Du wolltest mich sprechen – also

kamst du in mein Haus und fragtest nach Teresa. Ich bin gespannt, wie du dich jetzt herausredest."

„Ich habe nur gefragt, wo sie ist, weil ich mit dir allein sprechen wollte! Aber du warst solch mieser Laune, daß du mir gar keine Gelegenheit gabst, auch nur irgend etwas zu erklären!"

„Das ist alles so unwahrscheinlich", sagte Kevin, „daß ich es nur für wahr halten kann. Aber wie erklärst du mir bitte, weshalb – wenn dein Besuch so spontan war – Teresa mindestens zwei Stunden damit zubrachte, für dich ein Abendessen zu kochen?"

„Ich glaube nicht, daß sie speziell für irgend jemand gekocht hat. Sie sagte, Kochen sei Therapie – sie koche gern, wenn es mit ihrer Arbeit nicht gut ginge. Sie sagte, sie sei über alles deprimiert, so deprimiert, daß sie eine wichtige Verabredung mit dir abgesagt habe, Sam –"

„– also setztet ihr beide euch in die Küche", sagte ich und erinnerte mich schmerzhaft an die Überreste des Filet Gumbo und an die Flasche kalifornischen Rotweins, „und habt zu Abend gegessen."

„Wobei ihr noch weit vom Dachboden entfernt wart", bemerkte Kevin zynisch zu Cornelius. „Was passierte dann?"

„Nun, mir war nicht nach Reden zumute, aber ich war für ihre Gastfreundschaft dankbar, weshalb ich mir dann auch die Mühe machte, ein Gespräch in Gang zu bringen. Ich fragte sie, ob sie die Braque-Ausstellung im Museum für Moderne Kunst gesehen habe, und wir unterhielten uns eine Weile über moderne Kunst, und ich erzählte ihr von dem Kandinsky, den ich gerade fürs Büro gekauft habe –"

„Ja, ja, wir verstehen schon. Ihr habt über Kunst gequatscht. Und ich nehme an, sie hat dich dann eingeladen, ihre Bilder anzusehen."

„Falsch", sagte Cornelius. „Das tat sie gerade nicht. Sie versuchte mir irgendwelchen Käse aufzubinden, daß ihre Bilder nicht gut genug wären, um vorgezeigt zu werden. Natürlich war ich fasziniert. Gott, wenn ich an all die Künstler in New York denke, die versuchen, mir ihr Zeug unter die Weste zu jubeln . . . und hier war ein Mädchen, das sich so aufführte, als stürbe es lieber, als mir seine Bilder zu zeigen. ‚Es ist alles Mist!' sagte sie immer wieder. ‚Nur Mist!' – ‚Na und?' fragte ich. ‚Ich bin an eine Menge Mist in der Welt der Kunst gewöhnt. Mist erschreckt mich nicht, überhaupt nicht.‘ Und ich ging die Treppe zum Dachzimmer hinauf. Sie rannte mir nach, und auf dem Weg nach oben sagte sie dauernd, wie schlecht sie doch sei, unbrauchbar, ein fünftklassiger Norman Rockwell. Ich fand es wirklich niedlich, daß sie so schüchtern war . . . Jedenfalls gelangte ich schließlich ins Dachzimmer und schaute mir die Bilder an, und sie waren durchaus nicht schlecht, einige gefielen mir in der Tat ausnehmend gut. Der Stil ist natürlich amerikanisch primitiv, aber in ihrer Ausführung hat sie stark klassische Obertöne. Ich sagte: ‚Ihr Werk erinnert mich an Breughel‘, und sie sagte: ‚Das ist das allerschönste Kompliment, das ich in meinem ganzen Leben erhalten habe‘, und plötzlich . . . also, ich weiß nicht . . . sie sah so süß und ernst aus, und . . . da stand das Bett und . . . dann passierte es.“

Er hielt inne. Als niemand etwas sagte, leerte er sein Glas mit Brandy. „Es ist natürlich unverzeihlich“, sagte er schließlich. „Ich werde nicht nach Ausreden für mich suchen. Ich möchte nur sagen, daß ich sehr deprimiert war – emotionell aus der Balance geworfen von meinen privaten Problemen –“

Wütend sprang ich auf. „Willst du mir etwa sagen, daß das alles ist?“ sagte ich mit vor Wut zitternder Stimme. „Nimmst du wirklich an, daß ich dir dieses Ammenmärchen abkaufe?“

Kevins Augen weiteten sich. Cornelius sah elend aus.

„Ich habe dir gesagt, du sollst mich nicht anlügen!“ schrie ich. „Ich habe dich gewarnt –“

Kevin trat zwischen uns. „Beruhige dich, Sam. Warum bist du so sicher, daß er lügt?“

„Er hat zwei separate Gelegenheiten zu einer Geschichte zusammengebaut!“ Ich stieß Kevin mit dem Ellenbogen beiseite. „Du hast zum ersten Mal mit ihr geschlafen am Abend, an dem ihr euch kennengelernt habt, nicht wahr?“ brüllte ich Cornelius entgegen. „Du hast mit ihr letzten Mittwoch geschlafen! Das war der Abend, an dem du den großen Krach mit Alicia hattest, weil ich ihr verriet, daß du mich mit Vicky verheiraten wolltest. Und es war am nächsten Morgen – am Donnerstag –, daß du in deinem Büro vor Asthma fast ohnmächtig geworden wärest, als ich dir sagte, daß ich Teresa heiraten wollte. Sie hatte dir den Anschein gegeben, daß ihre Affäre mit mir vorüber sei, und so konntest du annehmen, daß es ebenso meine Entscheidung sei wie ihre. Du warst dann entsetzt, als du entdecken mußtest, daß meine Gefühle für sie weitaus stärker waren, als Teresa dich vermuten ließ! Deine Reue hat dir in der Tat dermaßen zugesetzt, daß du dir seither größte Mühe gegeben hast, nett zu mir zu sein: du sagtest mir, ich könnte die Heirat mit Vicky vergessen, ich sollte mir keine Sorgen wegen des Hammaco-Desasters machen, und obendrein botest du mir noch deine Privatmaschine für ein Wochenende auf den Bermudas an –"

„Richtig", sagte Cornelius. „Richtig. Vollkommen richtig. Ja, so war es. Es war alles ihre Schuld, indem sie mir ein falsches Bild des wahren Sachverhaltes malte. Ich hätte dir Teresa niemals mit Absicht weggenommen, Sam, ich schwöre es dir."

„Wenn dem so war, du Hundesohn, warum bist du heute abend wieder zu ihr gegangen, als du überhaupt keinen Zweifel haben konntest, was ich wirklich für sie empfinde?"

„Sie hat mich eingeladen", sagte Cornelius.

Kevin mußte mich davon zurückhalten, Neil zu schlagen. Worte strömten von meinem Mund, aber ich sprach deutsch, und niemand konnte mich verstehen. Ich suchte nach den richtigen Worten, aber mein Vokabular war völlig durcheinandergeraten, so daß ich es schließlich aufgab, auf die Couch niedersank und meinen Kopf in den Händen vergrub.

„Ich wollte es dir nicht sagen", sagte Cornelius, „weil ich wußte, daß es dich verletzen würde. Deswegen habe ich versucht, das Geschehen vom letzten Mittwoch auf heute abend zu übertragen. Am letzten Mittwoch trug sich alles so zu, wie ich es beschrieben habe, außer daß du bereits zu Bett gegangen warst, Kevin, als ich zu deinem Haus zurückkehrte, und Teresa, die die Küche von den Überresten des Jambalayas säuberte, lud mich zu einer Tasse Kaffee statt zu einem Filet Gumbo ein. Wie ich schon sagte, alles war eigentlich ein Zufall, und ich hatte mir fest vorgenommen, daß es nicht noch einmal passieren sollte. Und dann . . . gestern abend spät im Büro – als du schon nach Hause gegangen warst, Sam –" Er unterbrach sich.

„Weiter", sagte Kevin, da ich noch immer nicht sprechen konnte.

„– rief Teresa an und lud mich für heute zum Abendessen ein. Ich sagte: ‚Du bist aber verteufelt kaltblütig', aber sie sah die Sache ganz anders. ‚Kein Mann besitzt mich', sagte sie. ‚Ich mache, was ich will. Sam tut mir leid. Er ist ein netter Kerl. Aber er ist nichts für mich und wird es auch nie sein.' – ,Okay', sagte ich, ,wenn du nichts mehr für ihn empfindest, dann kann man nichts machen, aber dann mußt du Sam auch darüber aufklären, verdammt noch mal, damit er weiß, wie die Dinge stehen.' – ,Sicher', sagte sie, ,aber ich mag Sam und möchte ihn nicht mehr verletzen, als ich unbedingt muß – ich muß den richtigen Moment finden, um es ihm beizubringen.' – ,Dann finde ihn möglichst bald', sagte ich und legte auf. Ich saß eine Weile herum und überlegte mir die Sache. Ich wußte, daß ich einen Fehler machte. Ich wußte, daß es besser wäre, wenn ich meine Finger von ihr ließe. Aber weißt du, ich hatte diese Probleme –" Er unterbrach sich abermals. „Mehr kann ich nicht sagen."

Es war still. Ich war auf einmal sehr, sehr müde, so müde, daß ich nicht einmal meine Wut auf ihn aufrechterhalten konnte. Ich selbst hätte in solcher Lage vielleicht den gleichen Fehler begangen, und ich glaubte ihm, als er sagte, er habe nur deshalb gelogen, um mir weitere Schmerzen zu ersparen. Es wäre so viel leichter für mich gewesen, wenn ich ihn als den üblen Angreifer und Teresa als das unwillige Opfer hätte betrachten können. Der Gedanke, daß sie genau die umgekehrten Rollen gespielt hatten, war unerträglich für mich.

„Ich werde sie nicht wiedersehen", sagte Cornelius endlich. „Ich könnte es nicht. Nicht nach all dem."

Ich wiederholte die Worte, die ich im Dachzimmer gesagt hatte. „Nimm sie. Du kannst sie haben."

Kevin sagte mit Nachdruck: „Ich finde, du solltest mit Teresa sprechen, bevor du die Geschichte endgültig beurteilst."

„Kevin, kannst du nicht begreifen, daß sie mich vollkommen abgesägt hat? Wenn es nicht Neil gewesen wäre, dann hätte sie sich einen anderen gesucht. Teresa war offensichtlich zu neuen Taten bereit. Vielleicht war es mir im Unterbewußtsein schon klargeworden, seit sie Ausreden erfand, um mich nicht sehen zu müssen."

„Ja, aber . . ." Kevin fuhr sich geistesabwesend durchs Haar. „Vieles verstehe ich noch immer nicht", sagte er schließlich. „Wir wissen jetzt, daß Neil gewisse persönliche Probleme hatte, die ihn in einer Art handeln ließen, die für ihn untypisch ist, aber wir wissen noch immer nicht, warum Teresa sich so untypisch benommen hat – warum sie dich auf die allerschlimmste Art hat sausen lassen, indem sie dich mit deinem besten Freund hinterging. Das kann ich einfach nicht verstehen."

Ich war so erschöpft, daß ich kaum die Schultern zucken konnte. „Neil kann mit ihr über Kunst reden. Er sieht besser aus als ich. Es läuft wohl darauf hinaus, daß sie das Auto des letzten Jahres für ein neues, aufregenderes Modell in Zahlung gab."

Es entstand eine kurze Pause, bevor Kevin vorsichtig sagte: „Sam, bist du sicher, daß du Teresa je wirklich gekannt hast? Sie ist nicht einfach ein leichtes Mädchen, das dich bedenkenlos für einen besser aussehenden Mann eintauscht, der sich mit ihr über Kunst unterhalten kann! Sie ist eine komplizierte Frau, die offensichtlich gespürt hat – die Ursache will ich gar nicht erst zu ergründen suchen –, daß Neil ihr besser dabei helfen kann, mit sich selbst zu Rande zu kommen als du." Er setzte sein Glas ab und ging auf die Tür zu. „Geh nach Deutschland, Sam", sagte er gütig, aber er sah mich nicht mehr an, „und dort wirst du eine dieser famosen Frauen finden, die nichts anderes als ‚Kinder, Küche und Kirche' im Sinn haben. Glaube mir, mit jemand wie Teresa würdest du nie glücklich werden. Du kannst Konflikte, die sich aus ihrer Arbeit ergeben, nicht anerkennen, und selbst wenn du es könntest, bezweifle ich, daß du damit fertig würdest . . . Komm, Neil, wir wollen gehen. Ich glaube, es wird Zeit, daß wir Sam eine Chance geben, sich zu erholen."

Cornelius blieb zögernd im Flur stehen. „Sam, wir werden drüber hinwegkommen, nicht wahr? Ich weiß, es ist schrecklich, daß es passiert ist, aber –"

„Ach, zum Teufel, hau ab, und laß mich in Ruhe!"

Er ging, eine kleine, verlorene Gestalt mit verkniffenem Gesichtsausdruck.

Als sie fort waren, blieb ich im Flur stehen, bis ich das Heulen des Lifts hörte, der in die Eingangshalle hinunterfuhr. Als die darauf folgende Stille zu unerträglich wurde, steuerte ich blind auf die Brandyflasche zu, um mich in einen Zustand zu versetzen, in dem Schmerz einem nichts mehr anhaben kann.

V.

Sie kam am nächsten Tag. Sie trug einen aparten schwarzen Mantel, einen Rock, eine Rüschenbluse und einen kleinen, schwarzen Hut mit einer Feder. Ich erkannte sie kaum wieder.

Ich hatte einen Kater und konnte nicht klar denken. Als ich ihre Stimme über die Sprechanlage hörte, war mein erster Gedanke, daß sie mich zurückhaben wollte. Als ich aber ihren formellen Aufzug sah, wußte ich, daß unsere Affäre nicht mehr wiederauferstehen würde.

„Hi", sagte sie linkisch. Ihre Hände drehten am Riemen ihrer Handtasche. „Es war nett von dir, mich heraufkommen zu lassen. Ich verspreche dir, daß es nicht lange dauern wird."

Wortlos hielt ich ihr die Tür auf, und als sie an mir vorbeiging, hatte ich das große Bedürfnis, sie in meine Arme zu nehmen. Bevor ich mich jedoch rühren konnte, sagte sie leise: „Ich bin hergekommen, weil ich dir zwei Dinge schulde: eine Entschuldigung und eine Erklärung."

Ich ließ mein privates Visier herab, um meinen Schmerz für mich behalten zu können, und ich erkannte, daß mein sogenannter „berühmter Charme" nichts weiter als Selbstschutz war, eine Rüstung, die mich vor den Stürmen des Lebens, das ich nun einmal führen mußte, bewahrte. Ich versuchte diese Rüstung abzulegen, aber es erwies sich als unmöglich. Sie war ein Teil von mir.

„Nun, eine Entschuldigung könnte ich schon gebrauchen!" sagte ich und lächelte Teresa wohlgelaunt an. „Danke!"

Teresa sagte höflich: „Ich habe nicht die Absicht, mich dafür zu entschuldigen, daß ich mit Cornelius geschlafen habe."

Keine Rüstung ist undurchdringlich. Ich wandte mich ab und trat den Rückzug an. „Komm ins Wohnzimmer und nimm Platz", sagte ich und brachte es irgendwie fertig, meine Stimme ruhig und höflich klingen zu lassen. „Entschuldige, daß ich so vergammelt aussehe – ich muß anfangen, sonntags früher aufzustehen! Darf ich dir einen Kaffee machen?"

„Nein, danke."

Wir gingen ins Wohnzimmer, und mit ruhiger Hand zündete ich unsere Zigaretten an. Draußen regnete es wieder. Ich sah, wie meine Pflanzen auf der Terrasse vor Nässe glänzten und sich im kalten Wind bogen, der die Park Avenue heraufblies.

„Ich wollte mich dafür entschuldigen, daß ich dir nicht früher reinen Wein eingeschenkt habe", sagte Teresa. „Ich wollte mich dafür entschuldigen, daß ich dich mit Ausreden hingehalten habe, statt dir die Wahrheit zu sagen. Ich war ein solcher Feigling, Sam. Wie gern würde ich mich in dem Glauben wiegen, daß ich nur deswegen nicht ehrlich zu dir war, weil ich dich wirklich gern hatte und weil ich wußte, wieviel dir an unserer Beziehung lag. Natürlich war das einer der Gründe. Der Hauptgrund aber war ein anderer. Ich konnte der Wahrheit über mich selbst nicht ins Auge sehen. Wir leben alle mit unseren kleinen Illusionen, nicht wahr, und es ist manchmal nicht so leicht, diese Schutzmauern niederzureißen und der Welt splitternackt gegenüberzutreten."

„Ich verstehe."

„Wirklich? Ich bin nicht so sicher. Und nun lassen wir die Entschuldigungen hinter uns und kommen zu den Erklärungen. Es wäre leicht, einfach zu sagen: ‚Oh, du hast mich nie verstanden!' aber so einfach ist die Sache nicht. Ich glaube, daß du mich theoretisch sehr gut verstehst – die Probleme eines europäischen Einwanderers, die Arbeiterherkunft, den Ehrgeiz, es in New York zu schaffen, den dauernden Druck, seine Prinzipien verraten zu müssen, um voranzukommen –" Sie atmete tief durch und fuhr dann fort: „All das verstehst du. Aber du bist wie ein Kind, das zu addieren versucht, bevor man ihm die Grundlagen der Mathematik beigebracht hat. Du kennst alle Zahlen, aber du kannst keine Summe daraus bilden."

„Ich glaube, ich komme da nicht ganz mit."

„Ich werde dir ein Beispiel geben. Du weißt theoretisch, wie wichtig meine Arbeit für mich ist. In der Praxis aber behandelst du mich, als ob ich ein normales Leben führen könnte, und du bist außerstande, mich so, wie ich bin, zu akzeptieren. Du hast nicht mir einen Heiratsantrag gemacht; du hast um die Frau angehalten, die deiner Vorstellung entspricht, und du warst völlig überzeugt, daß ich mich dieser Vorstellung irgendwie anpassen würde."

„Das ist nicht wahr! Ich hätte nie versucht, dich zu ändern, Teresa – ich hätte dich nie darum gebeten, deine Malerei aufzugeben! Ich habe immer deine Karriere respektiert!"

„Oh, du sagst das so glatt dahin, Sam, aber, bei Gott, du hast keine Ahnung, was das bedeutet! Du respektierst meine Karriere, o sicher! Aber sie müßte immer den zweiten Platz hinter deiner Karriere einnehmen, und was du wolltest und was du dächtest würde unsere Ehe bestimmen."

„Nun, es muß natürlich in jeder Ehe gewisse Prioritäten geben –"

„Ich kenne nur eine Priorität, Sam. Meine Arbeit. Deshalb habe ich kein Interesse daran, mit jemandem zu leben, Hausfrau zu spielen und die Interessen eines Ehemannes allem anderen voranzustellen, was eine gute Ehefrau schließlich tun sollte. Vielleicht bekommst du eine Ahnung von dem, was ich meine, wenn ich dir erkläre, daß mein Trieb zur Malerei stärker ist als mein Sexualtrieb. Ich mag Sex – es gibt keinen Ersatz dafür, und ich würde es bestimmt vermissen, wenn ich keinen Sex mehr haben könnte. Trotzdem würde ich es irgendwie überleben. Aber ohne meine Arbeit könnte ich nicht leben. Deswegen war mir in letzter Zeit so elend zumute: ich war so konfus durch mein Privatleben, daß ich nicht arbeiten konnte – ich kann nicht schöpferisch sein, wenn ich in einem geistigen Chaos lebe. Jetzt bin ich aber mit mir selbst wieder im reinen und akzeptiere die Person, die ich nun einmal bin. Glaube ja nicht, daß das leicht war. Keineswegs."

„Das verstehe ich nicht. Willst du damit sagen –"

„Ich will damit sagen, daß es leichter ist, sich einzufügen und so zu tun, als sei man genau wie alle anderen, daß man nur darauf wartet, bis der Richtige daherspaziert kommt und die Hochzeitsglocken läuten, worauf dann alles wie durch ein Wunder den zweiten Platz nach dem ehelichen Glück einnimmt – ich will damit sagen, daß es viel leichter ist, so zu tun, als sei man im Grunde genauso süß, selbstlos und häuslich wie die Idealfrau sein sollte. Ich bin aber nicht süß, selbstlos und häuslich, Sam, und ich könnte es auch nie sein. Ich werde mich nicht ändern, und nachdem mir das klargeworden war, wußte ich, daß ich jemanden wie dich einfach nicht brauchen kann. Ich dachte, ich brauchte dich. Ich wollte es unbedingt. Aber ich komme mit einem netten Kerl mit der normalen häuslichen Einstellung nicht zurecht. Ich brauche jemanden, der einsieht, daß er hinter meiner Arbeit zurückstehen wird, jemanden, der schon eine Frau hat, die ihm das Familienleben bereitet, das ich ihm nicht geben kann, jemanden, der gern mit mir schläft, sich aber streng an einen gewissen Stundenplan hält: in anderen Worten jemand, der genauso selbstsüchtig ist wie ich. Ich brauche jemanden wie Cornelius."

Nach einer ganzen Weile stand ich auf und ging ans Fenster. Es regnete noch immer in Strömen, und die Wolken verdeckten die Spitzen der Wolkenkratzer. Ich starrte durch den Dunst in Richtung Wall Street und sagte schließlich: „Ich möchte genau wissen, was passiert ist."

„Ich glaube nicht, daß ich mit dir über Cornelius sprechen möchte."

„Es interessiert mich nicht, wie er sich im Bett benommen hat. Ich möchte nur wissen, wie es soweit gekommen ist." Ich nahm meine Brille ab und begann sie zu putzen. „Es ist möglich, daß es zwischen dir und mir aus ist", sagte ich, „aber ich muß die Geschichte erst zum Abschluß bringen, bevor ich mich nach jemand anderem umsehen kann. Ich kann damit nicht fertig werden, bevor ich nicht die ganze Wahrheit kenne. Ich fange an zu glauben, daß alles unvermeidbar war, aber ich muß mir dessen sicher sein, verstehst du das nicht? Bitte – ich würde dich nicht darum bitten, wenn es nicht wichtig wäre."

„Nun, ich . . . könnte ich einen Drink haben?"

„Natürlich." Ich sah auf die Uhr und war erstaunt, daß es schon zwölf Uhr mittag war. „Was hättest du gerne?"

„Du hast wohl keinen Wild Turkey Bourbon, oder?"

Wir lachten höflich, zwei Fremde, die sich an etwas längst Vergangenes erinnerten.

„Wie wär's mit einem Martini?"

„Okay."

Ich mixte zwei Beefeater-Martinis, sehr trocken, mit viel Eis und drei Oliven pro Glas. Mir war nicht gerade nach einem Drink zumute, aber ich wußte, daß es das beste für meinen Kater war, und ich wollte klar denken können.

„Du erinnerst dich, daß ich mich am letzten Mittwoch abend weigerte, dich mit ins Dachzimmer hinaufkommen zu lassen", sagte Teresa.

„Ich erinnere mich."

„Nun, nachdem du fort warst, ging ich nach oben und versuchte wieder zu arbeiten, aber es war hoffnungslos. Schließlich gab ich es auf und ging wieder in die Küche hinunter, um aufzuräumen, aber als ich mich mit dem Abwaschen herumquälte, fühlte ich mich gräßlicher als je zuvor. Ich setzte mich und dachte: hier bin ich nun, fünfundzwanzig Jahre alt, pleite und weiß nicht, wohin. Ich konnte nicht einmal sagen, daß ich für meine Kunst hungerte, denn in Wahrheit wurde ich momentan von Kevin ausgehalten, weil meine Ersparnisse zu Ende gegangen waren. An jenem Morgen hatte er mir eine Frist von zwei Wochen gesetzt. In der Zeit sollte ich einen Job finden, um für mich selbst aufkommen zu können, was aber nichts an der Tatsache änderte, daß ich im Augenblick von Kevins Geld lebte. Es macht keinen Unterschied, daß er homosexuell ist. Wenn überhaupt, dann machte es die Sache noch schlimmer, da ich Geld von ihm annahm und ihm nichts dafür gab. Und ich dachte: Was bin ich doch für eine Betrügerin! Was für eine Heuchlerin, die sich vor dir mit ihrer Unabhängigkeit dicke tut und die dann von Kevin Geld annimmt, sobald du nicht hinsiehst . . . und ich verabscheute mich.

Dann kam Cornelius. Es war schon ziemlich spät. Als ich ihm sagte, daß Kevin schon zu Bett gegangen sei, sagte er, das mache nichts und könnte er bitte eine Tasse Kaffee in der Küche haben. Es war mir völlig unklar, was er eigentlich wollte. Irgendwie schien etwas mit seinem Gefühlsleben nicht in Ordnung zu sein. Jedenfalls sagte er nichts, sondern saß nur einfach am Küchentisch und trank seinen Kaffee. Es war geradezu unheimlich. Normalerweise wäre mir das peinlich gewesen, aber ich war so verzweifelt, daß ich nur dachte: ach, der kann mich mal, und ich gab mir keinerlei Mühe, mit ihm Konversation zu machen. Dann sagte er plötzlich aus blauem Himmel: ‚Mögen Sie den Braque, den Sam in seinem Wohnzimmer hängen hat?' und ich sagte: ‚Ich hab' schon bessere gesehen.'

Eine Zeitlang redeten wir über Kunst. Ich weiß nicht, warum Kevin die Vorstellung hat, daß Cornelius ein Philister ist, denn obwohl er vielleicht nicht weiß, wie man einen Pinsel hält, hat er doch ein gutes Auge für Kunst – er kann jedenfalls wesentlich verständnisvoller darüber reden als viele Leute, die man so trifft. Schließlich fragte er nach dir, und ich sagte – und zum ersten Mal gab ich es laut zu –, daß es zu nichts führte, und daß ich vorhätte, mit dir zu brechen.

Dann sagte er: ‚Prima! Kann ich Ihre Bilder sehen?‘ und wir lachten beide, weil das natürlich nach der bekannten ‚Briefmarkensammlung‘ klang. Als ich ihm sagte, daß ihm meine Gemälde nicht gefallen würden, erwiderte er: ‚Machen Sie doch erst mal einen Versuch mit mir.‘ Ich kann nicht beschreiben, wie er dabei aussah, aber plötzlich hatte ich die Eingebung, daß er genau richtig für mich sei. Ich sagte ‚Okay‘ und nahm ihn mit nach oben. Ich redete pausenlos, weil ich so nervös war, aber er ließ sich nicht beirren, und dann merkte ich auf einmal, daß das Gefühl gegenseitig war, daß er – aus welchem Grund auch immer – entschieden hatte, daß ich genau richtig für ihn war.

Er war nett bei der Beurteilung meiner Gemälde . . . sehr nett. Ich . . . es ist schwer zu erklären, aber er war ehrlich. Ich hätte es nicht ertragen, wenn er unaufrichtig gewesen wäre.“

Nach einer Pause sagte ich: „So war das also.“

Ungeschickt drückte sie ihre Zigarette aus und erhob sich. „Weiter gibt es nichts zu sagen, und ich muß gehen . . . Verzeih mir, Sam. Ich weiß, ich habe dich schlecht behandelt, und es tut mir leid, daß ich dich verletzt habe. Ich hoffe, daß du ganz schnell eine andere findest.“

Ich stand auf, um sie zur Tür zu begleiten. „Ich möchte dich gern um eine Gefälligkeit zum Abschied bitten“, sagte ich ruhig. „Darf ich eines deiner Bilder kaufen? Ich hätte gern das mit der Straße, das den Schlackenhaufen im Hintergrund hat und die kleine, weiße Kirche auf dem Hügel . . .“

Es herrschte absolute Stille. Als ich mich nach ihr umwandte, sah ich, daß sie bewegungslos dastand, und ich mußte ganz leidenschaftslos denken, wie komisch wir nebeneinander aussehen mußten, sie so ordentlich in ihrem aparten schwarzen Ensemble und ich so ungepflegt in meinem zerknautschten Bademantel.

Plötzlich fing sie an zu weinen. Tränen füllten ihre Augen und rannen ihr über die Wangen, aber sie sagte nichts.

Ich fragte: „Ist es verkauft?“

Sie nickte und wühlte in ihrer Handtasche nach einem Taschentuch.

„Wie viele hat er gekauft?“

„Alle.“

„Wann ist die Ausstellung?“

„Im Herbst . . . in seiner Galerie . . . er stellt eine Sammlung von amerikanischen Primitiven zusammen."

„Aha. Herzlichen Glückwunsch."

„O Sam – Honey –"

„Keine Sorge", sagte ich, „ich werde nicht fragen, ob er dir die Ausstellung bevor oder nachdem er mit dir ins Bett gegangen war versprochen hat. Lebewohl, Teresa. Wir haben es zwar nicht zum gemeinsamen Ehebett gebracht, aber wir sitzen im selben Boot. Wenn die See zu stürmisch wird, ruf mich an. Ich werde alles tun, um dir zu helfen. Glaube mir, jeder, den Cornelius Van Zale sein eigen nennt, braucht alle nur erdenkliche Hilfe."

VI.

Er hatte sie gekauft.

Ich duschte, rasierte mich und kleidete mich dann sorgfältig in meinen besten grauen Anzug, in ein strahlend weißes Hemd und band mir meine liebste, dunkelblaue Krawatte um.

Ich hätte ihm verzeihen können, wenn die Beziehung durch die unerwartete Vereinigung zweier gleichgesinnter Gemüter entstanden wäre, eben durch ihr gemeinsames Interesse an Kunst. Ich hätte ihm verzeihen können, wenn er von einem zwar unwahrscheinlichen, aber nicht unmöglichen Ereignis überwältigt worden wäre, beispielsweise von der berüchtigten „Liebe auf den ersten Blick". Ich hätte ihm sogar verzeihen können, wenn er eine Zauberformel entdeckt hätte, die er noch nirgends sonst für sein Glück im Bett gefunden hatte. Cornelius aber war reich. Er sah gut aus. Er hätte jede Frau, die er wollte, haben können, um seine sexuellen Bedürfnisse zu befriedigen, wenn seine Frau dazu nicht fähig war. Er hätte nicht Teresa zu nehmen brauchen, er hätte nicht ihr Niveau zerstören dürfen, das sie zu einer so außergewöhnlichen Persönlichkeit gemacht hatte, um sie dann in eine linkische, verlegene Person zu verwandeln, die ich kaum wiedererkannte.

In Wahrheit hatte er sie gesehen, sie hatte ihn amüsiert, und er hatte sie sich zugelegt, ähnlich wie er sich den Kandinsky zugelegt hatte, der in seinem Büro über dem Kamin hing. Sein Handeln erinnerte mich an Paul Van Zale, der seine Machtgier damit befriedigte, daß er seine zynischen Ansichten in die unbefleckten, leicht beeindruckbaren Gemüter seiner Protegés eingeimpft hatte, und ich sah nun, welch ein Narr ich gewesen war, als ich Teresa in Pauls besudelte Welt hineingezogen hatte in der Annahme, daß sie sich unter diesem Einfluß nicht ändern würde. Es war eine Ironie des Schicksals, daß ich lange Zeit eine Ehe mit ihr nicht in Erwägung gezogen hatte, in der Meinung, daß Teresa nie in diese Welt passen würde. Nun – dank Cornelius – paßte sie nur allzu gut hinein.

Ich vollendete den Knoten meiner Krawatte. Ich bürstete mir das Haar, scheitelte es sorgfältig, und als ich fertig war, betrachtete ich mich ausgiebig im Spiegel. Ich war perfekt gekleidet, perfekt gepflegt, in perfektem Einklang mit meinem perfekten Penthouse. Ich verließ das Schlafzimmer, um im Wohnzimmer meinen Martini auszutrinken.

Es regnete nicht mehr. Die Wolken hatten die Spitze des Chrysler Buildings freigegeben, und einen Augenblick lang starrte ich durchs Fenster, als ob ich in die Vergangenheit starrte, um einen Blick des jungen Mannes zu erhaschen, der ich einst in Bar Harbor gewesen war. Aber der junge Mann war schon lange verlorengegangen, mein früheres Leben war nur eine undeutliche Erinnerung, und der Weg, der in meine andere Welt zurückführte, war von dem Schmutz völlig blockiert, den ich auf der Suche nach meinem amerikanischen Traum durchwatet hatte. Die Vergangenheit war unerreichbar. Vielleicht wäre es mir mit Teresa gelungen, aber Teresa war weggegangen, sie war vom Schmutz verschluckt worden, und ich wußte mit definitiver Bestimmtheit, daß ich nie wieder nach Hause zurückkehren konnte, gleichgültig wie oft ich in Zukunft nach Bar Harbor fuhr.

Die Vergangenheit war versiegelt wie ein Grab. Es verblieb die Zukunft. Ich hatte einen Gedanken, und dieser Gedanke beherrschte mich vollkommen. Ich sagte laut zum Chrysler Building: „Das wird er noch bereuen.“ Und im stillen sagte ich: „Dafür muß er zahlen.“

Deutschland konnte warten. Ich würde später nach Deutschland gehen, und ich würde die Vergangenheit wiedergutmachen, ich wußte, daß ich dazu verpflichtet war. Aber ich würde mich nicht an die ECA wenden, um meine Träume zu verwirklichen: ich würde mich an Cornelius Van Zale wenden.

Ich dachte daran, wie Cornelius zu jeder passenden Gelegenheit erklärt hatte: „Wenn du einen Feind vor dir hast, konzentriere dich immer auf seinen schwachen Punkt."

Ich dachte an Cornelius. Ich dachte eine ganze Zeit lang daran.

Natürlich würde ich ihr nicht weh tun. Wie könnte ich? Es würde ein Vergnügen sein, jemanden zu versorgen, der so niedlich und hübsch und von so zauberhaftem Wesen war, und ich würde alles tun, daß sie das glücklichste kleine Mädchen von ganz New York werden würde. Sie könnte ein schönes Haus haben, viele Angestellte, eine Kreditkarte bei Tiffany und ein Baby jedes zweite Jahr, und alles würde in Mondenschimmer und rosa Rosen eingetaucht sein. Ich wäre endlich verheiratet, und mit einer jungen Frau wie Vicky der Neid aller meiner Freunde. Ich stellte mir das Gesicht meiner Mutter vor, wenn sie ihr erstes Enkelkind zum ersten Mal sah. Ich stellte mir die Flitterwochen vor, die dank größter Sorgfalt von meiner Seite absolut idyllisch werden würden. Ich stellte mir vor, wie ich alljährlich an unserem Hochzeitstag mit meiner Frau bei Kerzenlicht dinieren würde, wie ich ihr Diamanten schenkte und Pelze und alles, was sie sich überhaupt wünschen könnte . . .

Ich hielt ein, rief mir ins Gedächtnis zurück, daß ich ein nüchtern denkender Mensch sei und betrachtete die Situation von einem objektiveren Standpunkt aus. Trotzdem kam ich zum gleichen Ergebnis. Ich hatte genug Dreck in meinem Privatleben gehabt. Ich hatte genug von Frauen, die mich verließen, die sich verkauften und mit anderen Männern schliefen. Jetzt wollte ich Unschuld, ich wollte Reinheit, ich wollte ein anständiges, normales, glückliches Heim mit einer hübschen, jungen Frau, vier gescheiten, vielversprechenden Kindern und ein schönes Haus in einem Vorort – erst in einem New Yorker Vorort und dann in einem Vorort von Bonn . . .

Cornelius wäre all das natürlich sehr zuwider, aber was konnte er schon tun? Niemand würde mich mehr herumkommandieren können. Ich saß ihm an der Gurgel.

Ich ging zum Telefon, und als der englische Butler in der Van-Zale-Villa den Hörer abnahm, zögerte ich keine Minute.

„Hier ist Mr. Keller, Carraway", sagte ich mit meiner charmantesten Stimme. „Könnte ich bitte Miß Vicky sprechen?"

2. Teil

ALICIA

1949

ERSTES KAPITEL

I.

„Sam hat Vicky geheiratet!“ keuchte Cornelius. Er konnte kaum sprechen. Sein Atem ging unregelmäßig.

Ich gestattete mir drei Sekunden, um diese grauenhafte Nachricht in mich aufzunehmen, bevor ich meine volle Aufmerksamkeit auf seinen Zustand richtete. „Ich werde dir deine Tabletten holen“, sagte ich und schlüpfte aus dem Bett. „Leg dich hin.“

Er stand in der Tür, die unsere Schlafzimmer verband, taumelte aber, nachdem ich gesprochen hatte, gehorsam zu meinem Bett und versank in den Kissen. Er war aschfahl und fühlte sich offensichtlich sehr schlecht.

Ich fand das Röhrchen in seinem Badezimmer, entnahm zwei Tabletten und füllte ein Glas mit Wasser. Ich lebte schon zu lange mit ihm zusammen, um von seinen Asthmaanfällen erschreckt zu werden, trotzdem setzten sie mir zu, da ich wußte, wie sehr er es verabscheute, sich mir in einem so beschämenden Zustand zu zeigen.

Eine halbe Stunde verging. Ich wollte einen Arzt rufen lassen, aber der Vorschlag wurde zurückgewiesen. Cornelius konnte die Schwere eines jeden Anfalls genauestens diagnostizieren, und als ich gerade sein Verbot ignorieren wollte, ging es ihm auf einmal besser. Trotzdem dauerte es noch weitere zwanzig Minuten, bevor er den Versuch machte, etwas zu sagen. Seine ersten Worte waren: „Dies ist der schlimmste Tag meines Lebens.“

„Beunruhige dich jetzt nicht, Cornelius, sonst kommt das Asthma wieder.“

„Sam hat Vicky geheiratet!“ schrie er mich an.

„Ja, Liebster. Ich kann mir nicht vorstellen, weshalb du dich so aufregst. War das denn nicht genau dein Plan?“ Ich beugte mich nieder, um die Bettdecke geradezuziehen.

Cornelius drehte sich um und vergrub stöhnend sein Gesicht in den Kissen. Sein helles Haar hob sich gegen den weißen Überzug ab, und ich nutzte die Gelegenheit und berührte eine Strähne.

Da im Haar keine Nerven sind, fühlte er nichts, trotzdem hielt ich den Atem an aus Furcht, er würde es merken.

Gerade hatte ich widerwillig meine Hand zurückgezogen, als er sich auf den Rücken drehte, und die Plötzlichkeit dieser Bewegung verschob die Bettdecke nach unten. Seine Pyjamajacke war offen, und ich sah, daß er noch immer von unserem Februarurlaub am Karibischen Meer leicht gebräunt war. Unter den krausen, goldenen Haaren, die in einem säuberlichen Oval die Mitte seiner Brust bedeckten, sah ich die feinen Knochen seiner Rippen und die harte, glatte, maskuline Textur seiner Haut.

„Ich hörte das Telefon klingeln“, sagte ich schließlich. „Von wo haben sie angerufen?“

„Annapolis. Sie haben heute nachmittag in Elkton, Maryland, geheiratet, nachdem sie die notwendige Aufenthaltszeit in diesem Staat hinter sich gebracht hatten. Offensichtlich war Vickys Besuch bei einer alten Schulfreundin in Chevy Chase reine Erfindung, und Sam holte sie in Washington vom Zug aus Velletria ab.“

„Ich verstehe nicht“, sagte ich höflich, indem ich den ungeschickten Knoten in seiner Pyjamakordel betrachtete. Ich sah jedoch weg, bevor meine Augen zu den schattenhaften Linien unter dem Stoff weiterwandern konnten. „Warum hatten sie denn das Gefühl, ausreißen zu müssen?“

„Sam wußte, daß ich inzwischen ganz gegen die Idee war, daß er Vicky heiraten sollte.“

„Wirklich? Warum hast du mir das denn nicht gesagt? Das wußte ich gar nicht.“

„Die ganze Angelegenheit hatte solche Probleme zwischen uns ausgelöst, daß ich die Sache nicht noch einmal hervorzerren wollte.“

„Aber weshalb hast du denn deine Ansicht geändert?“

„Ich befand mich in einer unglücklichen Lage. Es war zwar meine Schuld, aber nicht meine Absicht. Und ich traute Sam nicht.“

„Wovon redest du denn, um alles in der Welt?“

„Das Ausschlaggebende ist: Ich traute Sam nicht. Und ich wollte, daß Vicky nur einen Mann heiratet, dem ich hundertprozentig trauen kann.“

„Aber –"

„Laß nur. Ich möchte nicht mehr darüber sprechen."

Als ich den abrupten Ton seiner Stimme hörte, versuchte ich die Richtung unseres Gespräches zu ändern, bevor er es beenden konnte, um in sein Zimmer zurückzukehren. „Nun", sagte ich munter, „mich erstaunt diese Ehe nicht. Schließlich ist Vicky entzückend, und Sam ist kein unattraktiver Mann, obwohl er nur durchschnittlich aussieht. Natürlich wäre es ihm wohl nie eingefallen, sie zu heiraten, wenn du ihm nicht die Idee in den Kopf gesetzt hättest; aber mit solchen Mutmaßungen kommen wir jetzt auch nicht weiter. Nein, was mich erstaunt ist, daß Emily das passieren lassen konnte. Vicky war die letzten zwei Monate mit ihr zusammen – sechs Wochen in Europa und die letzten beiden Wochen in Velletria. Sie muß doch gemerkt haben, daß da etwas vor sich ging! Sam muß doch mit Vicky in Verbindung gestanden haben – Briefe müssen eingetroffen sein, Telefonanrufe –"

„Nicht unbedingt. Er hat wahrscheinlich die ganze Geschichte eingefädelt, als er Ende April überraschenderweise nach Europa zurückreiste. Ich habe ihm die Geschichte nie so ganz abgekauft, daß einer unserer Kunden auf den internationalen Markt expandieren wollte."

„Aber er war nur eine Woche lang in Paris!"

„Alicia, Sam könnte sich eine Gesellschaft vorknöpfen, sie analysieren, sie auseinandernehmen, sie rekonstruieren, sie anpassen, die Aktien an den Verkaufsausschuß verteilen und den Profit auf der Bank einzahlen – und das alles innerhalb von vierundzwanzig Stunden. Erzähl mir nicht, daß er seine eigene Ehe nicht in einer Woche einfädeln könnte!"

Es entstand eine Pause, in der er einen Schluck Wasser zu sich nahm. Er stützte sich auf seinen rechten Ellenbogen und wandte mir den Rücken zu, und ich war mir seiner Haut bewußt, die zwischen der Hose und der Jacke seines Pyjamas entblößt war. Ich streckte meine Hand aus, aber ich berührte ihn nicht.

„Was wirst du tun?" fragte ich mechanisch und zog meine Hand zurück, als er das Glas absetzte.

„Was kann ich machen? Das Arschloch hat mich an der Gurgel." Diese rohe Ausdrucksweise, die ganz im Gegensatz zu der Sprache stand, die er sonst in meiner Gegenwart benutzte, zeigte den Grad seiner Verzweiflung an und brachte ihm auch seine Umgebung zum Bewußtsein. Er knöpfte seine Jacke zu, untersuchte heimlich, ob sein Hosenlatz geschlossen war und warf die Bettdecke beiseite. „Wir wollen versuchen, noch ein bißchen zu schlafen“, sagte er, indem er aufstand und auf die Verbindungstür zuging. „Es ist nach Mitternacht.“

„Aber Cornelius –“, ich hatte gehofft, er würde den Rest der Nacht in meinem Zimmer verbringen, und versuchte nun krampfhaft, ihn zurückzuhalten.

„Am Ende ist es vielleicht doch nicht ein solches Desaster“, sagte ich rasch. „Sam hat Vicky gern, und ich glaube, daß er alles tun wird, um ihr ein guter Ehemann zu sein. Es ist natürlich schade, daß Vicky nicht einen Mann geheiratet hat, der sie wirklich liebt, aber –“

„O Gott, fang nur nicht wieder mit Sebastian an! Diese Manie ist geradezu krankhaft!“

„Nicht so krankhaft wie deine Besessenheit mit deiner Tochter!“ schäumte ich und zuckte dann zusammen, als er die Tür hinter sich zuwarf, ohne mich einer Antwort zu würdigen.

Zitternd sank ich auf die Bettkante nieder. Die Zeit verging, aber ich rührte mich nicht.

Ich hatte mich gerade mit meiner Einsamkeit abgefunden, als er leise wieder eintrat. Er hatte die Kordel seines Pyjamas neu geknotet, aber die Hose hing noch immer unterhalb seiner Taille, weil er so schlank war. Er setzte sich neben mich auf den Bettrand und legte seine Hand auf die meine.

Ich saß da und schaute seine schönen Hände an. Sie hätten die Hände eines Künstlers sein können; und einen Augenblick lang stellte ich mir vor, wie sie ein exquisites Bild malten oder vielleicht ein Chopin-Nocturno spielten. Aber Cornelius spielte kein Instrument und brachte heutzutage nichts als seine Unterschrift zu Papier. Ich hatte in meinem Leben nur zwei Briefe von ihm erhalten; er hatte mir geschrieben, als ich nach der Geburt meines zweiten Kindes aus erster Ehe im Krankenhaus lag. Ich hatte die Briefe aufgehoben und jetzt, achtzehn Jahre nach Andrews Geburt, las ich sie manchmal wieder durch, um die Zeit in mein Gedächtnis zurückzurufen, zu der wir selbst durch das geschriebene Wort uns leicht verständigen konnten.

Nachdem die Stille zwischen uns eine ganze Minute lang

angehalten hatte, sagte ich ruhig: „Es tut mir leid, dich durch meine dumme Bemerkung zurückzuhalten. Du solltest dich wirklich hinlegen und dich entspannen, sonst wird dein Asthma wieder schlimmer."

Ohne zu zögern schlüpfte er in mein Bett, und als ich das Licht ausschaltete und mich neben ihn legte, griff seine Hand sofort nach der meinen. Eine Zeitlang lagen wir so da, vereint und doch getrennt, jeder mit seinen eigenen Gedanken beschäftigt, und als ich glaubte, die Spannung nicht länger ertragen zu können, lockerte sich sein Griff, und er schlief.

Ich wartete, bis ich ganz sicher war, daß er fest schlief. Dann preßte ich seine Hand an meinen Körper und drückte mich an ihn, so nah ich es im Dunkel der Nacht wagte.

II.

Er erwachte bei Tagesanbruch. Ich fühlte seine Hand an meinem Schenkel und war sofort hellwach, panisch vor Angst, er würde merken, daß ich seine Hand dort hingelegt hatte, wo ich mich nach ihm am meisten sehnte. Ich gab vor, noch zu schlafen, und rührte mich nur ein wenig, um seine Hand freizugeben.

Wir lagen still. Ich dachte mit Erleichterung, er sei wieder eingeschlafen, als er leise: „Alicia", sagte, und als ich mich nicht rührte, knipste er das Licht an.

Der Schein der Lampe blendete uns beide. Als ich meine Augen öffnen konnte, sah ich, daß er seine Augen noch mit der Hand beschattete, und ich hatte drei Sekunden, um die Linie seines Armes und seiner Schulter zu betrachten, bevor er seine Hand fallen ließ. Hastig schaute ich weg.

„Alicia –"

„Nein, es ist besser, wenn wir jetzt nicht reden, Cornelius. Wie wirst du den Tag im Büro überstehen, wenn du nur so wenig geschlafen hast? Jetzt ist nicht die Zeit, um zu reden, und außerdem gibt es gar nichts zu besprechen."

„Mein Gott", sagte er, „manchmal glaube ich wirklich, es wäre besser, wenn wir uns scheiden ließen."

Es war nicht mehr möglich, mit einer unbeteiligten, kühlen Stimme zu sprechen und mich halb schlafend zu stellen. Ich setzte mich steil auf, strich das Haar aus meinem Gesicht und schrie: „Sag das nicht! Wie kannst du es wagen, das zu sagen! Du darfst das nie, nie wieder sagen!“

„Aber ich kann es nicht ertragen, dich so unglücklich zu sehen.“ Er war verzweifelt. Seine Augen waren hell vor Schmerz. „Ich liebe dich so sehr, daß ich es nicht ertragen kann. Ich dachte, daß wir nach dem letzten April eine Art von Lösung gefunden hätten, aber –“

„Cornelius“, sagte ich und hatte irgendwie meine frischeste und vernünftigste Stimme wiedergefunden, „ich glaube, es wäre der größte Fehler, wenn wir jetzt, wo wir beide so durchgedreht sind, unseren Entschluß vom letzten April überprüfen wollten. Laß mich nur folgendes sagen: unser Entschluß war unter den gegebenen Umständen der einzig richtige, und ich war äußerst erleichtert, als ich sah, wie gut sich alles anließ. Du hast jetzt eine dich befriedigende Mätresse. Ich bin sehr froh. Nichts könnte mich glücklicher machen. Ich weiß, daß ich es im Moment vorziehe, allein zu bleiben, aber das ist meine eigene Entscheidung, und es liegt keinerlei Grund vor, weshalb du dir um mich Sorgen machen solltest. Du kannst ganz sicher sein, daß ich vollkommen glücklich bin, und obwohl ich natürlich bedaure, daß wir uns nicht mehr ganz so nahestehen wie früher, solltest du doch wissen, daß ich unsere neue Beziehung voll akzeptiere und mit unserer Ehe durchaus zufrieden bin.“

Er lag bewegungslos im Bett. Er starrte auf einen entfernten Punkt über dem Bild an der gegenüberliegenden Wand. „Aber wenn du es akzeptiert hast und ich es akzeptiert habe“, sagte er langsam, „weshalb finden wir dann keine Ruhe?“

„So etwas braucht Zeit. Man kann nicht von einer sexuellen auf eine platonische Beziehung überwechseln, indem man einfach auf einen Knopf drückt. Also, Cornelius, du mußt aufhören, die Situation als seltsam oder ungewöhnlich zu betrachten. Die meisten Ehepaare schlafen sowieso nicht mehr miteinander, nachdem sie achtzehn Jahre lang verheiratet waren. Es ist gar nichts Ungewöhnliches.“

„Ich möchte wissen, was geschehen wäre, wenn –“

„Das ist der gefährlichste Satz aller Sprachen. Ich hasse ihn. Er ist immer die Einleitung zu sinnlosen Reminiszenzen, die man am besten vergißt.“

„Aber ich verstehe nicht, warum wir so leiden müssen –"

„Wir leiden nicht. Wir sind in einer äußerst bevorzugten und glücklichen Lage. Wir haben Geld, wir haben uns unser Aussehen erhalten, und obwohl dein Gesundheitszustand nicht immer gut ist, hat er dich doch nicht davon abgehalten, eine erfolgreiche und befriedigende Karriere zu haben. Wir haben drei wunderbare Kinder, und obwohl ich zugebe, daß deine Tochter mich manchmal zum Wahnsinn treibt, bin ich ihr in meinem Herzen doch genauso zugetan wie du meinen beiden Buben. Natürlich ist es schade, daß wir keine eigenen Kinder haben, aber ich habe mich nun damit abgefunden, und du solltest das auch tun. Du brauchst keine Schuldgefühle zu haben, Cornelius. Ich habe dir das nun schon so oft gesagt, sage es aber trotzdem noch einmal, wenn auch nur die geringste Chance besteht, daß du mir diesmal endlich glaubst. Was passiert ist, ist passiert. Du hast es dir schließlich nicht ausgesucht, 1931 krank zu werden. Es war nicht deine Schuld. Es war wie eine Fügung Gottes."

„Gottes Fügungen kommen und gehen. Sie verfolgen einen nicht ewig weiter –"

„Das ist reines Selbstmitleid, Cornelius. Ich weiß, es ist schwierig für einen Mann, wenn er einsehen muß, daß er keine Kinder zeugen kann, aber stell dir nur einmal vor, wieviel schwerer das Leben für uns wäre, wenn du nicht nur unfruchtbar, sondern auch impotent wärest. Der Held in einer meiner Radioserien bekam neulich Kinderlähmung und ist nun von der Hüfte hinunter gelähmt, mit dem Resultat, daß seine Frau –"

Er stöhnte. „Bitte! Genügt es nicht, daß wir mit dem wirklichen Leben fertig werden müssen? Müssen wir uns auch noch mit den erfundenen Problemen erfundener Menschen auseinandersetzen?"

Ich lachte, und als er sah, daß ich belustigt war, konnte er auch lachen. Die Tränen brannten hinter meinen Augen. Mit einer scharfen Bewegung wandte ich den Kopf ab, und im Spiegel auf der anderen Seite des Zimmers sah ich das Bild eines glücklichen, attraktiven Paares in einer eleganten und prachtvollen Suite.

„Ich liebe dich so sehr", sagte er. „Du bist die wunderbarste Frau der Welt."

„Ich liebe dich auch, Darling."

Der Spiegel schien unsere Worte aufzusaugen, und sie wurden so unwirklich wie unser Bild. Ich dachte an all die Geschichten über wahre Liebe, Eheglück und Happy-Ends, die ich in Zeitschriften las, und plötzlich verschwamm das Spiegelbild, als ob die Wirklichkeit endlich über die verträumten Illusionen meiner Vorstellung triumphiert hätte.

„Alicia . . .“

Ich hätte ihm wehren sollen, aber ich tat es nicht. Ebenso schwach wie närrisch klammerte ich mich an ihn, als er anfing, mich zu küssen, und wir löschten gemeinsam all den Fortschritt aus, den wir so schmerzhaft in unserer friedlichen platonischen Beziehung gemacht hatten. Wir waren wieder dort, wo wir vor der Katastrophe im vergangenen April begonnen hatten, und nichts hatte sich geändert, am allerwenigsten die Trauer und die akute, unerträgliche Frustriertheit.

Als das Versagen nicht länger ignoriert werden konnte, sagte er: „Laß uns das tun, was wir vor der Ehe – als du noch schwanger warst – als wir nicht – als ich nicht –“

Ich war schwach gewesen und zahlte nun für diese Schwachheit, indem ich gezwungen war, seine tiefe Erniedrigung und Scham mitansehen zu müssen. Für sein eigenes Wohl, noch mehr als für das meinige, war ich nun entschlossen, stark zu sein.

„Nein“, sagte ich.

„Aber es würde mir nichts ausmachen, ich schwöre es – ich würde alles tun, um dich glücklich zu machen!“

Ich wußte ganz genau, daß er im geheimen jegliche Abweichung von einem sexuellen Muster, das er als „normal“ ansah, haßte. In den ersten Jahren unserer Ehe, als unsere physische Beziehung hinreißend gewesen war, hatte ich mich darüber gewundert, daß solch bourgeoiser Konservativismus, der auf einer puritanischen Grundeinstellung beruhte, sich als so erregend erweisen konnte. Als ich älter wurde, stellte ich aber fest, daß Cornelius nicht trotz seines Puritanismus eine so erregende Wirkung auf mich hatte, sondern gerade deswegen. Ich erinnerte mich an Geschichten über Männer im Viktorianischen Zeitalter, die beim Anblick eines weiblichen Fußknöchels rein außer sich gerieten, da sie nur an Frauen gewöhnt waren, die von Kopf bis Zehen in schwere Gewänder gekleidet waren. Wenn ich zusehen konnte, wie Cornelius nicht nur sein Hemd, sondern auch seine prüde, mittelwestliche Erziehung ablegte, genügte das selbst nach achtzehnjähriger Ehe noch, um mich in fieberhafte Erregung zu versetzen.

Die Erregung schmerzte. Ich versteckte mich hinter meinem unbeteiligsten Gesichtsausdruck und sagte: „Wenn du wirklich alles tun willst, um mich glücklich zu machen, Cornelius, dann laß uns bitte zu der Vereinbarung vom letzten April zurückkehren. Ich weiß, daß du mich mehr als sonst irgend jemanden liebst, und diese Gewißheit ist mir genug. Du brauchst diese Liebe nicht physisch zu demonstrieren, dazu besteht keinerlei Notwendigkeit oder Verpflichtung."

Er stand sofort auf und ging rasch auf die Tür zu.

„Cornelius –"

„Schon gut", sagte er. „Es war dumm von mir. Es tut mir leid, dich gestört zu haben. Gute Nacht."

Er schloß die Tür, und ich war wieder allein. Ich schaltete sofort das Licht aus, so daß ich den leeren Platz, wo er im Bett neben mir geschlafen hatte, nicht sehen konnte, aber hinter den Fenstern kroch das Morgengrauen herauf, und als ich das verlassene Bett nicht länger ignorieren konnte, verließ mich der Mut, und ich fing an zu weinen.

III.

Manchmal lache ich über die Schmalz-Serien, wenn sie eine große Leidenschaft als etwas Zauberhaftes darstellen, indem sie eine aufregende, aber heitere Welt erfinden, in der die Geigen schluchzen und die Sonne nur golden untergeht. Große Leidenschaften sind aber ganz anders. Sie sind erschreckend und zerstörerisch, sie vernichten Häuser und Menschenleben und machen alles Zivilisierte dem Erdboden gleich, und unter dem strahlenden Verputz einer unbezwinglichen Leidenschaft liegt die dunkle, schmutzige Schicht der Leiden und Verluste anderer Menschen.

Ich heiratete meinen ersten Mann, Ralph Foxworth, als ich siebzehn Jahre alt war, um einem unglücklichen Elternhaus zu entkommen. Mit zwanzig, im fünften Monat schwanger mit meinem zweiten Sohn, begegnete ich Cornelius. Drei Tage später zog ich bei ihm ein, und als Andrew auf die Welt kam, war ich bereits zum zweiten Mal verheiratet.

Ich war noch sehr jung. Ich dachte, wenn Cornelius und ich einander genügend liebten, dann müßten die goldenen Sonnenuntergänge und die schluchzenden Geigen sich einstellen, sobald wir den Schatten meiner Scheidung entkommen waren. Ich dachte, ich könne es ertragen, meine beiden Söhne in der Auseinandersetzung um das Sorgerecht an Ralph zu verlieren, sobald ich weitere Kinder hätte, und ich dachte, daß ich leicht jedem zukünftigen Unglück würde die Stirn bieten können, solange ich nur Cornelius an meiner Seite hatte.

Aber es gab keine goldenen Sonnenuntergänge. Die Geigen spielten eine kurze Zeit lang berauschend und schwiegen dann. Ich betrachte das Leben jetzt ganz anders.

Ich bin kein religiöser Mensch, obwohl ich natürlich zu Ostern und Weihnachten zur Kirche gehe, wenn es ein allgemeines gesellschaftliches Ereignis ist; aber ich bin zu dem Glauben gelangt, daß es gewisse natürliche Gesetze gibt, die das menschliche Leben bestimmen, genauso wie es natürliche Gesetze gibt, die die Welt um uns bestimmen. Als ich klein war, lernte ich, daß das Meer von den Gezeiten beherrscht wird; nach der Flut muß es die Ebbe geben. Als ich älter war, lernte ich, daß auch große Leidenschaften solchen unumstößlichen Gesetzen folgen müssen; wenn man seinen Mann und seine Kinder für das Paradies eintauscht, dann sollte man nicht völlig erstaunt sein, wenn das Paradies besser – oder in meinem Fall wesentlich schlechter – ist, als man es sich vorgestellt hat.

Da die ersten zweieinhalb Jahre unserer Ehe unbeschreiblich glücklich waren, überschattet nur von meiner Trauer über den Verlust meiner Söhne, dauerte es eine Zeitlang, bis mir das klar wurde. Aber am siebenten September 1933 – der Jahrestag dieses Datums vergeht nie, ohne daß ich mich krank fühle vom Gewicht vergangenen Unglücks – informierte man Cornelius, daß er als Folge von Mumps, den er zwei Jahre zuvor durchgemacht hatte, unfruchtbar geworden war. Wir wunderten uns kaum, daß diese Entdeckung unser Intimleben beeinflußte, und wir nahmen an, daß wir nur Zeit brauchten, um uns an die neue Situation zu gewöhnen. Nie hätten wir geglaubt, daß unsere Ehe permanent verkrüppelt sein würde. Ungeschickt machten wir eine Zeitlang so weiter. Schließlich überwand Cornelius seine Schwierigkeiten, aber es dauerte nicht lange, bevor sie unerklärlicherweise wiederkehrten. Er konsultierte verschiedene Ärzte, die ihm alle bestätigten, daß kein Grund vorläge, weshalb er nicht normale sexuelle Beziehungen mit mir haben sollte, aber die einmütige Diagnose half uns nicht, die Schwierigkeiten zu überwinden. Cornelius wurde immer linkischer, ich wurde immer nervöser, und selbst in den seltenen Augenblicken, in denen es dann doch klappte, war es immer nur von so kurzer Dauer und so von Ängstlichkeit beladen, daß es uns nicht mehr als einen flüchtigen Einblick in die Freuden bescherte, die wir in der Vergangenheit genossen hatten.

Es war uns klar, daß die Kinderlosigkeit die Wurzel unseres Problems war. Wir erwogen die Möglichkeiten einer Adoption, ließen die Idee dann aber wieder fallen, als Ralph sich von neuem verheiratete und in der Besuchsregelung mit meinen Jungen großzügig wurde. Kurz darauf gelang es Cornelius, auch Vicky öfter sehen zu dürfen, so daß wir alle drei Kinder zu Weihnachten und Ostern und außerdem noch in den großen Ferien in Bar Harbor bei uns haben konnten. Im Jahre 1938 redete ich mir ernsthaft ins Gewissen, wie undankbar es von mir war, die Jungen noch öfter sehen zu wollen – da kam Ralph bei dem Luftschiffunglück in Lakewood, New Jersey, ums Leben, und Sebastian und Andrew, die nun sieben und neun Jahre alt waren, wohnten von da an für immer bei uns.

Ich kann eine Anzahl von Gründen nennen, weshalb Vicky unsere Ehe aus dem Gleichgewicht brachte, aber ich kann mich nie entscheiden, welcher Grund der ausschlaggebende gewesen ist. Vielleicht wurde der Schaden durch eine Kombination dieser Gründe angerichtet, aber was immer auch die Ursache gewesen sein mochte, unsere Ehe befand sich erneut in Schwierigkeiten.

Das Hauptproblem war vielleicht, daß ich nicht vorausgeahnt hatte, wie schwierig Vicky sein würde. Ich kannte sie von früheren Besuchen bereits gut, aber damals hatte sie stets ihre besten Manieren hervorgekehrt. Als sie erst einmal richtig bei uns wohnte, sah die Sache ganz anders aus. Man kann natürlich nicht erwarten, daß Kinder sich immer nur tadellos benehmen, ebensowenig wie man erwarten kann, daß es leicht ist, Stiefmutter zu sein, aber ich hatte die Zeit, Geduld und die rein intellektuelle Anstrengung unterschätzt, die Zehnjährige an ihre neue Umgebung zu gewöhnen. Vicky war frech, aufsässig und entschlossen, ihre Lage zu dramatisieren, indem sie mir die Rolle der bösen Stiefmutter zuwies. Ich war ebenso entschlossen, ihr all das nachzusehen, da der Streit um das Sorgerecht bitter gewesen war und ihre Mutter, eine unverantwortliche Nymphomanin, offensichtlich keine Ahnung gehabt hatte, wie man ein Kind erzieht. Aber meine Nerven wurden mürbe, und ich stand unter beträchtlichem Druck.

Ich wollte Vicky liebhaben. Ich hatte mich immer nach einer Tochter gesehnt, besonders nach einem kleinen Mädchen, das Cornelius ähnlich sah. Deshalb war es eine große Enttäuschung für mich, daß Vicky so ganz anders war als die Idealtochter, die ich mir so sehr gewünscht hatte. Natürlich suchte ich meine Enttäuschung zu verbergen; aber vielleicht ahnte Cornelius meine Empfindungen und lehnte sich innerlich dagegen auf. Oder vielleicht fühlte er sich schuldig, weil er mich mit der Tochter einer anderen Frau belastete, statt mir eine eigene Tochter zu geben. Oder vielleicht bereitete die angespannte Familienatmosphäre eine gewisse Nervosität in seinem Unterbewußtsein. Wie ich schon sagte, ich kann mehr als einen Grund nennen, weshalb Vicky unsere Ehe aus dem Gleichgewicht brachte, aber was immer auch der Grund gewesen sein mochte, die Störung blieb für immer.

Es war schwer, damit fertig zu werden. Meine Hauptsorge war, vor den Kindern den Anschein zu wahren, als wäre alles in Ordnung, so daß sie von unseren Problemen nicht berührt würden; aber 1945 hätte ein Vorfall unsere Ehe fast beendet. Vicky war vierzehneinhalb, Sebastian sechzehn. Ich kann den Vorfall nicht beschreiben, ich möchte nur sagen, daß ich von Sebastians Unschuld überzeugt war und es noch immer bin. Was sexuelle Dinge anbelangt, war Vicky ziemlich durcheinander, was wir sicher ihrer schändlichen Mutter zu danken haben. Ich hatte auf einfühlsame Weise mit ihr über das Verhalten der Männer in gewissen Umständen zu reden versucht, aber sie war zu hysterisch, um zuzuhören. Cornelius war auf diesem Sektor unbrauchbar; wenn etwas Vicky betraf, konnte er völlig uneinsichtig sein, und er nahm sofort ihre Partei gegen mich, als ich versuchte, Sebastian zu verteidigen. Da ich Cornelius manche Dinge, die er über meinen Sohn gesagt hatte, nicht verzeihen konnte, und er mir manches nicht, was ich über seine Tochter gesagt hatte, war es kaum verwunderlich, daß wir uns einander entfremdeten und ein ganzes Jahr lang keinen Versuch machten, miteinander zu schlafen.

Aber dann kam er zu mir zurück. Er sagte, er sei so verzweifelt gewesen, daß er Jake Reischman gebeten habe, ihm eine seiner Mätressen zu leihen – es war typisch Jake, mehr als eine offerieren zu können –, aber die Sache habe ihn so angeekelt, daß er es nicht wiederholen könne. Er sagte, er liebte mich und wollte mich wiederhaben. Ich ging zu ihm zurück.

Eine kurze Zeit lang waren wir glücklich, aber das Glück hielt nicht an, wahrscheinlich wußten wir beide, daß es nicht anhalten würde. Und dann der Schmerz, ich kann nicht mehr nüchtern, munter und unbeteiligt sein. Es geht über meine Kraft. Ich bin so unglücklich. Ich kann den Schmerz nicht beschreiben, er war immer da und drang immer tiefer in mich ein, und als ich es nicht mehr aushalten konnte, ging ich zum Arzt und bat ihn um Beruhigungstabletten, und als er mich fragte, weshalb ich so elend sei, sagte ich nicht: „Mein Mann kann fast gar nicht mehr mit mir schlafen." Statt dessen sagte ich: „Mein Mann und ich haben keine Kinder."

„Aber Mrs. Van Zale!" meinte er erstaunt. „Sie haben drei Kinder, Ihre beiden Söhne und Ihre Stieftochter!"

„Ich meine die anderen Kinder", sagte ich. „All die Kinder, die wir nicht hatten." Aber ich konnte ihm den Verlust nicht beschreiben. Ich konnte ihm nicht sagen, daß Cornelius und ich uns sieben Kinder gewünscht hatten – ja, sieben – eine Tochter und sechs Söhne („einen mehr als die Rockefellers!" hatten wir oft lachend gesagt) – und daß wir ihre Geburtstage geplant hatten und ihre Namen und ihre Karrieren – „Oh, es war nur ein Spiel", sagte ich zum ersten Psychiater, „damit ich mich besser fühlen sollte, weil ich meine beiden Jungen so sehr vermißte." „Nein, es war kein Spiel", sagte ich zum zweiten Psychiater. „Es war echt, die Kinder waren alle Wirklichkeit, ich wußte, wie sie aussahen, und dann von einem Tag auf den anderen waren sie nicht mehr da, und ich wußte nicht – ich weiß noch immer nicht, wie ich den Verlust ertragen kann, ich vermisse sie nach wie vor so sehr; wann immer ich an sie denke, kann ich ihre Nichtexistenz nicht ertragen . . .“

Der Psychiater war sehr freundlich, aber er begriff nicht, was ich meinte.

„Ich war so gut im Kinderkriegen“, sagte ich, während er mir ein neues Rezept für Beruhigungstabletten ausstellte. „Ich bin keine bemerkenswerte Frau, weder klug noch begabt, aber als ich Sebastian zur Welt brachte, fühlte ich zum ersten Mal in meinem Leben, daß ich jemand war, eine wirkliche Persönlichkeit, Alicia Blaise Foxworth, begabt, brillant, erfolgreich . . . ich hätte mich genauso gefühlt, als Andrew geboren wurde, aber ich wußte, daß ich ihn würde aufgeben müssen, und deshalb versuchte ich mit aller Kraft, während der Geburt keine Gefühle zu investieren. Es gelang mir nicht. Ich weinte und weinte, als ich von Andrew getrennt wurde, aber dann mußte ich mich zusammenreißen, um Cornelius nichts zu verraten. Ich mußte all meine Trauer in mir verschließen und so tun, als mache es mir nichts aus. Manchmal glaube ich, daß ich all die Jahre nichts anderes getan habe, außer Trauer in mich zu verschließen und Theater zu spielen . . . Sehen Sie, Cornelius darf es nie herausfinden, denn es würde ihm so weh tun, und ich liebe Cornelius, ich könnte es nicht ertragen, ihm weh zu tun; lieber sterbe ich, als ihn wissen zu lassen, wie sehr mich unsere Kinderlosigkeit belastet –“

Aber das war eine Lüge. Ich lebte, und ich ließ es ihn wissen. Am sechsten April 1949 geschah das Undenkbare, meine Selbstkontrolle brach, und die labile Beziehung, die wir über so viele Jahre bewahrt hatten, lag irreparabel in Trümmern.

IV.

Die Schwierigkeiten begannen, als Vicky mal wieder ein Melodrama inszenierte und ausgerechnet mit einem Strandbubi ausriß. Die glatte Fassade unseres gestörten Familienlebens erhielt wieder einen tiefen Riß. Cornelius fiel nichts weiter ein, als verzweifelt zu fragen, was er falsch gemacht habe, und als er mich ansah, als sei ich der Grund für Vickys unverantwortlichen Egoismus, hielt ich mich nur mit großer Mühe davon zurück, ihn darauf hinzuweisen, daß er sich die ganze Katastrophe selbst zuzuschreiben habe. Er hatte Vicky von der Wiege an verzogen, um sich für all die Kinder zu entschädigen, die er hatte haben wollen. Ich glaube aber, daß ihm diese eindeutige Wahrheit selbst ziemlich klar war. Die Situation schien auf jeden Fall seine Schuldgefühle mir gegenüber noch schlimmer zu machen, und wir waren bereits dabei, uns erneut zu entfremden, als ich herausfand, daß er Vicky mit Sam Keller verheiraten wollte.

Sam war wie ein Bruder zu Cornelius, so daß ich ihn quasi als meinen Schwager betrachtete. Da er ein Mann war, der einer Frau immer mit Aufmerksamkeit begegnete, fand ich es leicht, mit ihm befreundet zu sein, aber ich wußte genau, daß er seinen Charme nur an mich verschwendete, weil ich Cornelius' Frau war. Wenn Cornelius sich je hätte von mir scheiden lassen, würde Sam mich keines weiteren Blickes mehr gewürdigt haben, denn für Sam existierte nur, was für Cornelius wichtig war. Er war einer jener Männer, die instinktiv die Quellen großen Reichtums und großer Macht umkreisen; selbst weder zu Reichtum noch zu Macht geboren, haben ie doch einen unfehlbaren Instinkt, sich an den richtigen Wohltäter anzuhängen und halten dann durch dick und dünn zu ihm. Sam war zu schlau, um lediglich ein Lakai zu sein, und zu gewitzt, um nicht jeden Vorteil der Freundschaft mit Cornelius wahrzunehmen, aber er war nicht einfach ein Schmarotzer, sondern selbst eine starke und mächtige Persönlichkeit.

Natürlich war er nicht der richtige Mann für Vicky.

Ich wußte, daß er sie nicht lieben konnte, und wußte ebenso, daß er durchaus imstande war, sie zu heiraten, nur um Cornelius einen Gefallen zu tun. Ich bin grundsätzlich dagegen, daß Männer Mädchen heiraten, die sie nicht lieben. Meine erste Ehe hat mich gelehrt, welches Elend ein Mädchen in einer Beziehung ohne Liebe erwartet. Obwohl ich mich im geheimen danach sehnte, daß Vicky von zu Hause wegging, konnte ich einer Ehe mit Sam nicht zustimmen, besonders da es ja jemand weitaus Passenderen gab, der ihr all die Liebe geben konnte, die sie von Sam nie erhalten würde.

Sebastian hatte Vicky immer geliebt. Das war durchaus nicht unnatürlich. Sie waren nicht blutsverwandt, und obwohl meine Heirat mit Cornelius sie zu Stiefgeschwistern gemacht hatte, waren sie nicht von klein an miteinander aufgewachsen. Ich persönlich hätte es weitaus unnatürlicher gefunden, wenn Sam Vicky heiratete, für die er von ihrer Geburt an den Onkel gespielt hatte.

Sebastian war zuverlässig und ruhig. Er hätte den idealen Gegensatz zu Vickys Extravaganzen dargestellt. Er war so gescheit und mehr als ihre aufgesetzten intellektuellen Hirngespinste wert. Es stimmte, daß Vicky gegen ihn opponierte, aber diese Einstellung entsprang der Perversion ihrer Jugend, und ich war sicher, daß sie ihn richtig einschätzen und anerkennen würde, wenn sie erst einmal etwas reifer war.

Wenn ich jedoch ganz ehrlich mit mir selbst bin, dann muß ich zugeben, daß mein Wunsch, sie miteinander verheiratet zu sehen, einen anderen Grund hatte, als daß sie gut zueinander paßten. Unter normalen Umständen hätte ich Vicky vielleicht sogar als Sebastians unwürdig betrachtet und gehofft, daß er sich von der törichten Jugendliebe erholte; aber meine Umstände waren leider weit davon entfernt, normal zu sein.

Ich wollte, daß sie heirateten, weil ich das Gefühl hatte, daß diese Ehe Cornelius' Neurose entfernen und unsere verkrüppelte Ehe heilen würde. Ich glaubte, wenn seine Tochter und mein Sohn uns Enkel schenkten, um all die nie geborenen Kinder zu ersetzen, daß dann unser Verlust ausgelöscht werden könnte in der Freude unseres gemeinsamen Gewinnes. In den vielen Jahren war ich allmählich zu der Überzeugung gelangt, daß eine Ehe zwischen Vicky und Sebastian die einzig mögliche Rettung für unsere schwer erträgliche Ehe sein würde, und im April 1949 war ich durch die Sorge und Anspannung einem Nervenzusammenbruch nahe. Ich fand es schwierig so zu tun, als begehre ich ihn noch, während ich mich in Wahrheit vor den Nächten fürchtete; ich fürchtete mich vor der Agonie, abwarten zu müssen, ob er mich nun berührte oder nicht, ich fürchtete die Wahrscheinlichkeit seiner Impotenz, und ich fürchtete sogar die seltenen Gelegenheiten, bei denen er erfolgreich war, denn es empörte mich, daß er befriedigt sein konnte, während ich keine Erfüllung fand. Ich ärgerte mich auch über den Vorfall mit Jake Reischmans Mätresse, obwohl Cornelius mir geschworen hatte, er habe gar nicht mit ihr schlafen können. Ich fand, daß er kein Recht hatte, zu anderen Frauen zu gehen, wenn ich mich so bemühte, ihm eine gute Gattin zu sein. Ich sah nicht ein, weshalb ich bestraft werden sollte, nur weil ich wußte, daß er sich wegen seiner Sterilität nicht als ganzer Mann fühlte. Mein Ärger wuchs. Ich unterdrückte ihn, wurde ihn aber nicht ganz los, und er verband sich schließlich mit all meiner Furcht und zerstörte das Verlangen nach ihm, das ich immer als selbstverständlich empfunden hatte.

Zu diesem Zeitpunkt, als unsere Ehe den tiefsten Punkt erreicht hatte und ich mich verzweifelter denn je an den Traum einer Heirat zwischen Sebastian und Vicky klammerte, fand ich heraus, daß Cornelius Sam für die Rolle von Vickys Hüter ausgewählt hatte.

„Ich muß mit dir sprechen, bitte", sagte ich höflich zu Cornelius, als wir Vicky an jenem Mittwoch abend Anfang April aus Sams Apartment gerettet hatten. „Es ist wichtig."

„Laß mich nur noch Vicky auf ihr Zimmer begleiten . . ." Wie gewöhnlich überschüttete er sie mit väterlicher Liebe, und wie gewöhnlich nützte das kleine Luder sein weiches Herz weidlich aus. „Warte oben auf mich", schlug er dann noch vor. „Ich möchte den verdammten Büroanzug ausziehen, sobald ich es Vicky in ihrem Zimmer gemütlich gemacht habe."

Ich stritt nicht mit ihm, sondern ging in mein Schlafzimmer und wartete. Es dauerte eine Stunde, bis er in seinem Zimmer war, und weitere fünf Minuten, bis er sich umgezogen hatte, aber ich sagte kein Wort der Kritik. Ich nahm an, daß er mit ihr geplaudert hatte, ohne auf die Zeit zu achten, aber das war nichts Ungewöhnliches. Ich mußte immer zurückstehen, wenn Cornelius sich mit seiner Tochter abgab.

„Ich muß mit dir sprechen", wiederholte ich, als er mein Zimmer betrat. Ich trug inzwischen ein Nachthemd und ein Negligé, obwohl ich mich noch nicht abgeschminkt hatte.

„O Gott!" stöhnte er und hörte mir überhaupt nicht zu. „Arme, kleine Vicky! Was, zum Teufel, soll ich nur machen?"

Mein letztes Gran von Geduld verflog. „Jetzt tu nur nicht so, als hättest du nicht längst alles arrangiert."

Er starrte mich an. „Was willst du damit sagen?"

Das ging zu weit. Ich konnte seine Sorge um das Wohlergehen seiner Tochter ertragen, nicht aber seine vorgetäuschte Ignoranz oder seine Intrigen, die er hinter meinem Rücken ausbrütete. „Ich will damit sagen, daß du mich angelogen hast!" schäumte ich. „Du hast mich immer in dem Glauben gelassen, du teiltest meine Hoffnung auf eine Ehe zwischen Sebastian und Vicky; und jetzt erzählt mir Sam, daß du ein geheimes Abkommen mit ihm getroffen hast! Natürlich sagte er, er müsse dir klarmachen, daß er Vicky nicht heiraten könne, aber du irrst dich vollkommen, wenn du glaubst, daß ich ihm das auch nur einen Moment lang abgenommen habe! Er wird natürlich genau das tun, was du von ihm willst! Aber ich finde, es ist einfach eine Schande. Ich verstehe nicht, wie du das deiner eigenen Tochter antun kannst! Wie kannst du sie mit einem Mann verheiraten, dem nichts an ihr liegt, während es in unserer eigenen Familie einen jungen Mann gibt, der den Boden küßt, den sie –"

„Ach, um Gottes willen!" Er sprang auf. Jeder Muskel seines Körpers schien sich vor Wut anzuspannen. „Komm mir doch nicht mit all dieser romantischen weiblichen Scheiße – als ob Vicky auch nur im Traum daran dächte, Sebastian zu heiraten! Alicia, du bist wegen des Jungen ganz hysterisch geworden. Ich habe vorher nichts gesagt, weil ich dich nicht verletzen wollte, aber ich sehe jetzt, daß es einfach einmal ausgesprochen werden muß. Deine blinde Anbetung von Sebastian ist höchst unfair gegenüber Andrew und sehr schlecht für Sebastian selbst!"

„Du hast Sebastian nie gemocht", sagte ich. „Niemals."

„Das stimmt nicht und beweist nur deine Hysterie. Hör mir gut zu, Alicia. Du mußt in dieser Sache Vernunft annehmen. Es ist ungesund, stellvertretend durch Sebastian und Vicky leben zu wollen, eine Traumwelt zu fabrizieren, in der dein Sohn meine Tochter heiratet, ein halbes Dutzend Kinder zur Welt bringt, bei denen du dann so tust, als wären es die Kinder aus unserer Ehe. Du mußt dich mit der Realität befreunden und einsehen, daß dieser Traum auch nicht die leiseste Chance hat, Wirklichkeit zu werden."

„Aber ich glaube bestimmt . . . eines Tages –"

„Nein. Es tut mir leid. Glaube bitte nicht, daß ich kein Verständnis für die Sache habe, aber wir müssen damit so gut wie möglich allein fertig werden. In vielen Beziehungen ist es für mich leichter als für dich, da ich meine Arbeit habe, aber du hast deine Welt hier in der Fifth Avenue, und du könntest soviel mehr als momentan tun, um ein ausgefülltes und interessantes Leben zu führen. Statt soviel Zeit mit deinen Radioschnulzen zu verschwenden, solltest du mehr ausgehen, deine Freunde besuchen, dich vielleicht irgendeiner Wohltätigkeitsorganisation anschließen. Wenn du deine Zeit erst einmal mit etwas Sinnvollem ausfüllst, dann wäre dein Leben auch sicher nicht mehr so frustrierend. Also bitte, mache den Versuch, aus deinem gewohnten Trott auszubrechen! Ich möchte nicht eines Tages von der Arbeit nach Hause kommen und dich mit einem Nervenzusammenbruch vorfinden."

„Wenn ich einen Zusammenbruch habe", sagte meine wütende Stimme, „dann ist es ausschließlich deine Schuld. An mir liegt es nicht, daß wir keine Kinder hatten."

Alle Lampen im Schlafzimmer brannten. Wir konnten den Ausdruck unserer Gesichter nicht in der Dunkelheit verbergen. Einen Augenblick lang standen wir bewegungslos, wie hypnotisiert von der blendenden Klarheit, und dann machte Cornelius einen kleinen Schritt rückwärts. Sein Gesicht war weiß wie die Wand.

„Warum sollte ich meine Zeit nicht mit rührseligen Geschichten aus dem Radio verbringen?" sagte meine Stimme. „Es ist besser, als herumzusitzen und an all die Kinder zu denken, die du mir nie gegeben hast. Und es ist ganz bestimmt besser, als an einen Ehemann zu denken, der nie gut im Bett ist."

In der darauf folgenden Stille sagte ich mir, daß ich die Worte gedacht, aber nicht laut ausgesprochen habe. Ich konnte die Worte gar nicht ausgesprochen haben, weil ich unfähig war, so gemein zu sein.

Cornelius machte einen weiteren Schritt nach rückwärts. Seine Augen waren hell vor Schmerz, und ich wußte, daß die Worte ausgesprochen worden waren und daß nichts sie würde wegwischen können.

Es gab keine Worte mehr. Ich sah sein liebes, vertrautes Gesicht und merkte, daß es von der Trauer bis zur Unkenntlichkeit verzerrt worden war. Er fuhr fort, rückwärts zu gehen, bis er gegen einen Tisch stieß, dann drehte er sich um, öffnete die Tür und taumelte in den Flur hinaus.

„Cornelius!" Ich fand meine Stimme, aber es war zu spät. Ich lief ihm den langen Flur entlang nach, erreichte über den endlosen roten Teppich das obere Ende der großen Treppe, und die ganze Zeit rief ich seinen Namen. Ich sah ihn die Eingangshalle durchqueren, aber er schaute nicht zurück. Die Treppe schien endlos lang zu sein. Meine Slipper machten ein gräßliches Geräusch auf dem riesigen Marmorfußboden. „Cornelius!" schluchzte ich. „Cornelius!" Ich eilte zur Haustür hinaus, und als ich den Vorderhof halb überquert hatte, erreichte ich ihn und hing mich an seinen Arm.

Er machte sich frei. „Hör auf zu schreien", sagte er scharf. „Hör sofort auf."

„Cornelius –"

„Ich habe dir nichts zu sagen. Laß mich in Frieden."

Er entfernte sich von mir und ging auf das Tor zu, und als ich mich wieder an ihn anzuhängen versuchte, stieß er mich so heftig zurück, daß ich fiel. Die Pflastersteine waren wie Eisklumpen. Drinnen im Haus gingen die Lichter an, als die Bediensteten auf den Lärm reagierten, und voll Scham schlich ich mich die Stufen zur Haustür hinauf. Ich hatte gerade in der Bibliothek Zuflucht gefunden, als die Sicherheitsbeamten in die Eingangshalle strömten.

Ich lauschte, ob Cornelius zurückkehrte, um auf seinen Leibwächter oder auf eines seiner Autos zu warten, aber er kam nicht, und als das Haus schließlich ruhig war, ging ich auf Zehenspitzen nach oben und setzte mich in sein Schlafzimmer.

Im Morgengrauen kam er wieder.

Ich war noch immer auf und wartete auf ihn, ich hatte drei Beruhigungstabletten genommen und war nun ruhig.

Als er das Zimmer betrat, schaute er nicht zu dem Sessel, in dem ich saß, sondern ging ans Fenster, zog die Vorhänge zurück und starrte zum Central Park hinüber. Endlich sagte er, ohne mich anzuschauen: „Ich kann mir einfach nicht vorstellen, weshalb wir so lange völlig sinnlos weitergekämpft haben."

„Cornelius – Darling –"

Abrupt drehte er sich um. „Bitte! Keine deiner Szenen mehr! Davon habe ich genug!"

Mit Mühe bewahrte ich meine Fassung. Offensichtlich konnte ich seinen Schmerz nur lindern, wenn ich vorgab, ruhig zu sein. Gefühlsausbrüche waren mir nicht gestattet. Er konnte nicht mit meiner und mit seiner eigenen Trauer fertig werden.

„Bist du zu jemandem gegangen?" fragte ich mit meiner farblosesten Stimme.

„Ja." Meine neue Haltung schien ihn sicherer zu machen. Er konnte mich noch immer nicht ansehen, aber er setzte sich auf einen Stuhl in der Nähe und fing an, sich die Schuhe auszuziehen.

„Hast du –"

„Klar. Es war prima. Als ob ich nie krank gewesen wäre." Er warf seine Segeltuchschuhe durchs Zimmer und blickte ihnen nach.

„Ein Call-Girl?"

„Gott, nein! Du glaubst zwar, daß ich nicht besonders gut bin, aber ich bin noch nicht so tief gesunken, daß ich dafür bezahlen muß."

„Wer war es dann?"

„Niemand, den du kennst. Sie heißt Teresa Soundso. Sie hat einen grauenhaften polnischen Namen, den ich nicht behalten kann. Sie ist Kevins neueste Wirtschafterin."

„Hat Kevin ein polnisches Mädchen? Ich dachte, sie sei aus Schweden." Die Konversation wurde fast freundlich. Als ich meinen Bemerkungen zuhörte, beobachtete ich, wie er den obersten Knopf seines Hemdes aufknöpfte.

„Ingrid ist nach Hollywood gegangen."

„Oh."

Wir waren still. Er zog sich nicht weiter aus, hob aber seine Krawatte vom Fußboden auf und drehte sie zwischen den Fingern.

„Du wirst natürlich eine Scheidung wollen", sagte er schließlich höflich.

Ich suchte erneut nach Worten, und als ich sprach, klang meine Stimme noch distanzierter. „Wegen des Ehebruches?"

Er starrte mich an. „Wir können den Ehebruch natürlich als den legalen Grund angeben, aber ich dachte eigentlich an . . . nun, ich sehe keinen Grund, weshalb du mit mir unter den gegebenen Umständen weiterhin verheiratet sein möchtest. Jetzt, wo ich genau weiß, wie dir zumute ist, frage ich mich nur, wie du die Ehe all die Jahre ausgehalten hast – oder warum du sie hast ertragen wollen. Ich nehme an, daß ich dir leid tat und du glaubtest, eine Art Verpflichtung zu haben, aber das darf dich jetzt nicht zurückhalten. Im Gegenteil, ich fühle mich verpflichtet, dich unverzüglich gehen zu lassen."

Ich konnte nicht sprechen.

„Außer . . .“ Die Krawatte in seiner Hand war straff gespannt.

Ich nickte, aber er starrte die Krawatte an und sah mich nicht.

„Außer wenn du trotz allem noch glaubst . . .“ Er sah auf und sah den Ausdruck meiner Augen.

Der Stuhl fiel zur Seite, als er aufsprang und durch das Zimmer in meine Arme taumelte.

Eine lange Zeit verging, in der wir uns einfach umfangen hielten, als wir aber ruhiger waren, saßen wir Hand in Hand auf dem Bettrand und führten eine Unterhaltung in dieser seltsamen Art von Kürzelsprache, die sich viele verheiratete Paare über die Jahre zulegen.

„Ich kann noch immer nicht glauben –“

„Sei nicht lächerlich, Cornelius. Wenn man jemanden liebt, dann liebt man ihn, und damit hat sich's.“

„Du sehnst dich im geheimen nicht –“

„Nein. Du?“

„Niemals. Scheidung ist für andere Leute.“

„Ich verabscheue mich selbst, daß ich dich glauben ließ –“

„Nein, es war gut, daß du dich einmal ausgesprochen hast.“

„– all die verletzenden Dinge, die ich gesagt habe –“

„Das hat die Luft gereinigt. Ich sehe jetzt, daß wir den Dingen zu lange ihren Lauf gelassen haben. Alles meine Schuld.“

„Nein –“

„Ich meine, wie ich reagiert habe. Himmel, Alicia, kannst du mir je verzeihen, daß ich –“

„Sie ist unwichtig. Vielleicht wäre es sogar am besten, wenn –“

„Ja, aber nur, wenn du einverstanden bist.“

„Nun, so lange sie passend ist – keine Schwierigkeiten, keine Umstände . . . Ist sie –“

„Nein. Weder schön noch hübsch. Glaube mir, sie ist durchaus geeignet. Ich schäme mich nur, daß ich nicht den Mumm gehabt habe, schon vor Jahren so etwas zu arrangieren und dir damit all das zu ersparen –“

„Nein, früher hätte es mir etwas ausgemacht. Jetzt scheint es in Ordnung zu sein. Ich kann es nicht erklären.“

„Aber wir müssen es besprechen, müssen uns alles zurechtlegen und deinem unnötigen Leiden ein Ende machen. Wir haben beide genug durchgemacht."

Es entstand eine Pause, während wir versuchten, mit unseren Gedanken zurückzukommen und die Kraft zu finden, weiterzumachen. Ich hielt noch immer seine Hand. Hinter dem Fenster wurde der Himmel über dem Park heller.

„Laß uns mit dem Offensichtlichen beginnen", sagte Cornelius endlich. „Erstens: keine Scheidung. Wir lieben einander, und der Gedanke, nicht miteinander verheiratet zu sein, ist unvorstellbar. Zweitens: kein Sex. Es ist eindeutig, daß unsere sexuelle Beziehung kaputt ist, und wenn wir das akzeptieren können, werden wir beide viel glücklicher sein. Drittens: keine Treue. Wir würden kaum der Realität ins Auge sehen, wenn wir unter den gegebenen Umständen voneinander Enthaltsamkeit erwarten, dazu sind wir noch zu jung."

Ich war so damit beschäftigt, mir ihn mit einer anderen Frau vorzustellen, daß mir die weiterreichende Bedeutung dieser Bemerkung entging. „Cornelius, es wäre mir fast lieber, wenn du eine Reihe von Frauen hättest statt einer speziellen Mätresse, die sich in dich verlieben könnte."

„Es besteht nicht die geringste Chance, daß diese Frau sich in mich verliebt. Sie ist eine von diesen egozentrischen Künstlerinnen, die nur ihre Arbeit lieben, und wenn sie je Schwierigkeiten machen sollte, könnte ich sie leicht auszahlen. Deswegen ist sie ja genau richtig, und deswegen hätte ich lieber nur eine Frau. Man behält die Situation besser unter Kontrolle. Außerdem wäre es schmuddelig, eine Reihe von Frauen zu haben, es würde uns beide degradieren. Was dich nun angeht –" Er atmete tief durch, konnte aber nicht fortfahren.

„Oh, mit mir wird alles in Ordnung sein, Cornelius, wenn wir nur wieder zusammen glücklich sein können."

„Damit machst du dir etwas vor und siehst den Tatsachen nicht ins Gesicht. Ich würde natürlich gern glauben, daß du so eine Art Heilige bist, die zu Hause auf mich in friedlicher Enthaltsamkeit wartet, während ich ausgehe und mit meiner Mätresse schlafe, aber, Alicia, ich bin im Leben nicht deshalb so erfolgreich, weil ich mich Wunschvorstellungen hingegeben habe! Natürlich mußt du dir einen Liebhaber nehmen. Es ist die einzig praktische Lösung."

„Aber ich kann mir nicht vorstellen, daß ich je einen anderen als dich will!"

„Und es macht mir keine Freude, mir dich mit einem anderen Mann vorzustellen. Aber darum geht es schließlich nicht. Es geht darum: wenn dieses neue Arrangement funktionieren soll, dann müssen wir beide mit den gleichen Rechten beginnen, sonst fühle ich mich schuldbeladener denn je, und du wirst noch ärgerlicher und frustrierter sein als jetzt. Sei ehrlich, Alicia! Gib es zu! Wir müssen ehrlich miteinander sein!"

„Ja, wir haben zu sehr unter dem Versteckspiel gelitten."

„Genau." Er seufzte vor Erleichterung. „Es wird uns beiden zum Guten gereichen", sagte er dann. „Die Ehe sollte eine dynamische Beziehung sein, die wächst und sich wandelt, um das Wachstum und den Wandel der Partner widerzuspiegeln. Alles wird mit uns in Ordnung kommen – ich fühle mich bereits wesentlich besser. Daß wir uns hingesetzt und unsere Probleme offen durchdiskutiert haben, ist gewiß das klügste, was wir tun konnten."

„Ja, ich finde, wir sind uns jetzt viel näher. Wie in vergangenen Zeiten."

„Wir haben so gute Gespräche geführt, nicht wahr?"

„Und wie friedlich wir schweigen konnten. Erinnerst du dich noch, daß ich dir einmal sagte, wie sehr ich unser Schweigen liebe?"

„Ich erinnere mich, aber ich hatte es vergessen. Unser Schweigen war nun schon seit langer Zeit so angespannt." Er küßte mich auf die Wange. „Aber jetzt wird alles anders sein, nicht wahr?" sagte er und lächelte mich an. „Wir werden wieder glücklich sein . . . Und jetzt glaube ich, sollten wir versuchen, noch ein bißchen zu schlafen, bevor die Sonne noch höher steigt. Du mußt genauso müde sein wie ich." Und er küßte mich noch einmal und sagte, daß er mich liebe.

„Ich liebe dich auch", flüsterte ich und klammerte mich in einem Strom von Glück an ihn, und ich fühlte, als sich sein Körper endlich ohne Rückhalt gegen den meinen preßte, daß mich das lang vergessene Begehren neu durchflutete, und ich wußte, daß unsere Probleme zwar anderer Art waren, aber ungelöst blieben.

ZWEITES KAPITEL

I.

Unsere neue Intimität verflog bald. Eine andere Spannung machte sich breit und nahm den Platz der Spannung ein, die wir neutralisiert hatten, und ich sah mich gezwungen, mich wieder hinter meine kühlste Fassade zurückzuziehen, um das neue Arrangement, das wir unter solchen Schmerzen ausgearbeitet hatten, zu bewahren.

Es schien eine Ironie des Schicksals zu sein, daß sich mein physisches Verlangen nach ihm neu belebte, sobald der Druck, der dieses Begehren betäubt hatte, verschwunden war. Ich war mir fast nichts anderem bewußt als meiner tiefen Sehnsucht, und in dem Versuch, meine Gedanken von Cornelius abzulenken, vertiefte ich mich mehr denn je in meine Radioserien und in die Leserbriefe der Zeitschriften. Ich ertappte mich sogar dabei, wie ich von Sex träumte. Zunächst war ich beunruhigt, da ich glaubte, nur Männer könnten solch lebhafte Phantasien haben, aber schließlich sehnte ich mich nach den Träumen, da sie meine Anspannung erleichterten.

Keiner von uns hatte vorausgesehen, daß Cornelius es für notwendig halten würde, sich völlig von mir zu distanzieren, und ich stellte bald fest, daß ich nicht nur den Sex vermißte, sondern auch die gewohnten liebevollen Gesten, den Druck seiner Hand, den Trost einer kurzen Umarmung und die Berührung seines Mundes auf dem meinen, wenn er innehielt, um mich schnell zu küssen. Theoretisch hätten wir viel entspannter miteinander umgehen sollen, hätten die ausgetauschten Gesten eher häufiger stattfinden sollen. In der Praxis aber fanden wir, daß jeglicher physischer Austausch jetzt nur peinlich war. Ich war mir bewußt, daß ich ihn aufs neue verlor, und in meiner Qual sah ich Cornelius mit einer solchen Klarheit, daß mir Details auffielen, die ich seit Jahren übersehen hatte: der noch immer hörbare Tonfall aus dem Mittelwesten, sein geschmeidiger Gang, sein strahlendes Lächeln, das um so überwältigender war, da sein entspanntes Gesicht sonst keine Bewegung verriet. Ich bemerkte auch sein gemeißeltes Profil, die gerade Nase, das feste Kinn, den männlichen Mund, die elegante Linie seiner Stirn unter seinem hellen, lockigen Haar. Und ich merkte schließlich auch, wie klein er war, kaum größer als ich, aber seine Größe war unwichtig, weil er so wunderschön gebaut war, feingliedrig, aber kräftig, mit makelloser Haut, seine Muskeln sorgfältig durchtrainiert durch regelmäßiges Schwimmen im Pool.

Ich sah ihn immer weniger. Immer häufiger machte er Überstunden im Büro, als ob sein Schuldgefühl trotz unserer Unterredung noch nicht ausgetrieben worden wäre, und ich nahm an, daß er an manchen dieser Abende zu Kevins Haus in Greenwich Village ging. Ich redete mir immer wieder ein, welch ein Glück es doch war, daß er jemand Passenden gefunden hatte, aber was im April als eine ideale Lösung erschien, unterstrich jetzt nur die Intensität meines Elends, wenn immer ich wußte, daß er bei der anderen Frau war.

Ich gab mir große Mühe, meine Situation nüchtern zu durchdenken. Ich konnte mich nicht Cornelius anvertrauen, sonst würde er wieder versuchen, mit mir zu schlafen, was uns in den alten Zyklus von Schuld und Frustriertheit zurückwerfen würde. Außerdem glaubte ich kein Recht zu haben, unser neues Arrangement zu stören, nachdem ich ihn im April auf so gemeine Art zurückgewiesen hatte. Ich entschied, daß es meine Sache war, mich an die Situation zu gewöhnen; aber die Anpassung schien unmöglich, da ich mir trotz allem, was Cornelius zu dem Thema geäußert hatte, nicht vorstellen konnte, wie ich mich mit einem anderen Mann trösten könnte.

Es stimmte, daß ich die Idee theoretisch erwogen hatte. In den schlimmsten Zeiten der Vergangenheit hatte ich mir manchmal gewünscht, daß ich mich hätte an jemanden wenden können, hatte aber die Möglichkeit immer sofort zurückgewiesen. Das geschah nicht nur, weil Cornelius mein ganzes Leben war und ich mir gar nicht vorstellen konnte, ihn für immer zu verlassen oder ihn zeitweise zu versetzen, um ein bißchen Ehebruch zu spielen. Es war auch nicht deswegen, weil andere Männer, die wohl meine Zuneigung zu Cornelius spürten, mir niemals nachstellten. Noch deswegen, weil mein Stolz mir sagte, daß es erniedrigend für eine Frau sei, sich einem Mann, den sie nicht liebte, zu offerieren, nur um ein physisches Bedürfnis zu erleichtern. Nein, es war, weil meine sexuellen Wünsche, intensiv wie sie waren, sich unverrückbar auf Cornelius konzentrierten. Kein anderer Mann reizte mich auch nur im geringsten. Vielmehr konnte ich andere Männer kaum von einem sexuellen Standpunkt aus betrachten, weil mein Verlangen nach Cornelius so stark war.

Das Problem war nun so überwältigend geworden, daß ich mich kaum auf meine täglichen Haushaltspflichten konzentrieren konnte, und als ich an jenem Junimorgen nach Vickys Hochzeitsnacht im Bett lag, hatte ich Schwierigkeiten, den Willen zusammenzuraffen, mit dem vor mir liegenden Tag fertig zu werden.

Schließlich stand ich jedoch auf, als mir einfiel, daß ich Cornelius' Asthmaanfall als Ausrede benutzen konnte, um in sein Schlafzimmer zu gehen und zu fragen, wie er sich fühlte. Aber an der Tür zögerte ich. Vielleicht war er zu verlegen, um mich sehen zu wollen. Voll Scham erinnerte ich mich an meine Schwäche, ihn zu ermuntern, mit mir zu schlafen, statt ihm die Erniedrigung seines unvermeidlichen Versagens zu ersparen; und sobald mir das klar wurde, wußte ich, daß ich versuchen mußte, den Schaden zu reparieren, den mein egoistisches Benehmen angerichtet hatte. Ich wartete, bis ich ruhig war, und öffnete dann die Verbindungstür. Vielleicht würde die Peinlichkeit leichter verschwinden, wenn ich so tat, als hätte die katastrophale Szene nie stattgefunden.

Ich blickte ins Zimmer. Cornelius schlief noch, aber als ich ihn beobachtete – ohne zu wagen, ihm zu nahe zu kommen – bewegte er sich, streckte sich dann und schlug die Augen auf.

„Ich wollte nur wissen, wie du dich fühlst", sagte ich mit einer Stimme, wie sie Krankenschwestern auf der Privatstation benutzen. „Bist du soweit wiederhergestellt, daß du ins Büro gehen kannst?"

Er setzte sich so abrupt auf, als ob ich mit einer Peitsche geknallt hätte. Ich sah, daß es Zeitverschwendung gewesen war, mir wegen seiner Verlegenheit Sorgen zu machen. Sein einziger Gedanke galt seiner Tochter. „Mein Gott – Vicky und Sam! Herrgott . . ." Stöhnend ließ er sich in die Kissen zurückfallen und bedeckte sein Gesicht mit den Händen, als könne er sich vor der Erinnerung verbergen. Dann setzte er sich wieder auf und fuhr sich zerstreut durchs Haar. „Alicia, soil ich sie anrufen? Ich weiß nicht, wo sie in Annapolis abgestiegen sind, aber das könnte ich herausfinden. Ich könnte sie telefonisch noch erreichen, bevor sie auf ihre Flitterwochen gehen!"

„Cornelius –" Bei diesem Thema konnte ich wenigstens verständig sein. „– ich würde sie in Ruhe lassen."

„Wenn Vicky aber nun unglücklich ist? Vielleicht braucht sie meine Hilfe?"

„Nun, ich kann mir nicht vorstellen, daß sie deine Telefonnummer vergessen hat. Wenn sie dich braucht, wird sie dich anrufen, und in der Zwischenzeit ist es sicher ein Fehler, wenn du dir ihretwegen Sorgen machst, während sie höchstwahrscheinlich im siebenten Himmel schwebt. Was nun dein Asthma anbelangt –"

„Vergiß das Asthma. Ich muß einen Pressebericht ausarbeiten." Er war wieder er selbst, rasch handelnd, und hatte all seine anderen Nöte offenbar vollkommen vergessen. Nachdem er nach seinem Kammerdiener geläutet hatte, nahm er den Hörer des weißen Telefons ab. „Taylor, holen Sie Hammond. Ich möchte einen Pressebericht über die Heirat meiner Tochter diktieren – ja, Heirat. H-e-i- – richtig." Er haute den Hörer auf die Gabel und wandte sich dem schwarzen Telefon zu, legte aber, ohne zu wählen, wieder auf. „Gott, ich kann Emily jetzt nicht ertragen. Alicia, könntest du –"

„Ja", sagte ich. „Ich werde es ihr sagen."

„Und rufe Sylvia in San Francisco an. O Gott, arme, kleine Vicky –"

Glücklicherweise trat in diesem Augenblick der Kammerdiener ein. Als ich in mein Zimmer zurückgekehrt war, läutete ich nach Kaffee, bevor ich mich dem Telefon zuwandte.

Ich wollte die Neuigkeit zuerst Paul Van Zales Witwe Sylvia übermitteln, aber da es in San Francisco drei Stunden früher war als in New York, konnte ich sie noch nicht anrufen. Cornelius war seiner Großtante sehr verbunden, obwohl sie sich nur selten sahen, seit sie sich vor dem Krieg in Kalifornien niedergelassen hatte. Sylvia, die keineswegs so alt war, wie der Titel „Großtante" suggerierte, hatte sich nach einem längeren Besuch bei ihren Cousins in San Francisco wiederverheiratet. Ihr zweiter Mann war Anwalt mit einer blendenden Praxis in der Bay-Gegend.

Mein Kaffee kam. Ich konnte den Augenblick nicht länger

hinausschieben, also biß ich die Zähne zusammen und raffte mich auf, meine Schwägerin davon zu informieren, daß sie sich als hoffnungslos schlechter Anstandswauwau erwiesen hatte.

Ich mochte Emily nicht, und Emily mochte mich nicht, aber wir stellten stets eine große Zuneigung füreinander zur Schau, um Cornelius nicht zu verletzen. Emily war von Natur aus prüde und hatte mir nie verziehen, daß ich meinen ersten Mann verlassen hatte, während ich noch mit seinem Kind schwanger war. Da ich den Verdacht hatte, daß sie sich für Sex überhaupt nicht interessierte, verwunderte ich mich nicht, daß sie außerstande zu sein schien, die Macht der Leidenschaft zu begreifen, die mich dazu getrieben hatte, meine Kinder aufzugeben, um bei dem Mann, den ich liebte, bleiben zu können. Emily sprach viel über die Ausübung christlicher Nächstenliebe, aber wie so viele regelmäßige Kirchgänger setzte sie ihre Predigten nicht in die Tat um. Aber auch als Atheistin wäre sie wohl kaum imstande gewesen, mir Verständnis entgegenzubringen, da sie schon längst beschlossen hatte, daß es ihre Aufgabe im Leben war, sich für Kinder aufzuopfern – seien es nun ihre eigenen oder die anderer Leute. Deshalb stellte sie immer das Interesse dieser Kinder vor ihr eigenes Wohlergehen. Ich vermutete, daß ihr Mann in ihrer kurzen Ehe gnadenlos zu einer untergeordneten Rolle in der Familie verdonnert worden war, aber sie hatte sich leider den falschen Mann als Publikum für ihre Heiligkeit ausgesucht. Steve Sullivan hatte wenig für Frauen übrig, deren sexueller Geschmack nicht so frank und frei wie sein eigener war.

„Darling", sagte ich, als Emily den Hörer in Velletria, Ohio, abnahm. „Hier ist Alicia."

„Alicia, Darling, welch freudige Überraschung!" Emily, die immer früh auf war, um das gute Tagewerk möglichst bald beginnen zu können, klang ermüdend frisch und munter. „Wie steht's in New York?"

„Katastrophal. Vicky ist mit Sam durchgebrannt."

Es herrschte eine verstörte Stille. Wenn die Nachricht für mich nicht ebenso unangenehm gewesen wäre wie sie es offensichtlich für sie war, dann hätte ich ein unverzeihliches, aber menschliches Vergnügen an ihrer Verblüfftheit gehabt.

„Das kann nicht wahr sein", sagte Emily endlich fast flüsternd. „Ich kann es nicht glauben. Wann ist es passiert?"

„Die Hochzeit war gestern. Sam rief Cornelius gestern abend von Annapolis an."

„Annapolis?"

„Annapolis, Maryland."

„Ich bin mir wohl bewußt", sagte Emily kalt, „daß Annapolis in Maryland liegt. Ich verstehe nur nicht, wie Vicky dort hingekommen ist."

Ich skizzierte kurz die wenigen Details, die ich über die Flucht wußte.

„Ich kann mir nicht vorstellen, warum dir entgangen ist, was Vicky im Schilde führte, Darling", fügte ich hinzu, denn ich konnte nicht der Versuchung widerstehen, auf ihre Kälte zu reagieren und sie auf ein paar Tatsachen hinzuweisen. „Du warst mit Vicky zusammen, als sie Sam in Paris traf, und junge Mädchen können ihre Schwärmereien nie verbergen – sie müssen jedem, der zuhören will, endlos von dem neuen Mann erzählen."

„Willst du damit sagen, daß Cornelius mich für dieses Debakel verantwortlich macht?" fragte Emily mit eisiger Stimme.

„Nein, natürlich nicht, liebe Emily, aber –"

„Weil es nämlich nicht meine Schuld ist, wenn Vicky einen Mann heiratet, der doppelt so alt ist wie sie, nur um von zu Hause wegzukommen!"

„Emily, du willst doch wohl nicht im Ernst sagen –"

„Ich will überhaupt nichts sagen, außer daß ich jegliche Verantwortung für das Desaster ablehne. Ich muß mich obendrein stärkstens gegen deine Anklage verwahren, daß alles meine Schuld ist, schließlich wollte ich nur helfen, nachdem du selbst zugegeben hast, daß dir Vickys Probleme über den Kopf wüchsen!"

„Ich wollte keineswegs bei dir den Eindruck erwecken –"

„Das wolltest du durchaus. Kann ich bitte Cornelius sprechen?"

„Er setzt einen Pressebericht auf."

„Nun gut. Ich werde später mit ihm sprechen, wenn ich mich beruhigt habe. Inzwischen kannst du ihm von mir ausrichten, daß ich hoffe, daß er jetzt glücklich ist, wo er das Leben seiner Tochter ruiniert hat."

„Emily, Cornelius wollte nicht, daß sie Sam heiratet – er hatte seine Meinung geändert! Die Nachricht war ein furchtbarer Schock für ihn!“

„Welch ein Quatsch. Das glaubst du doch wohl selbst nicht, oder?“

„Emily!“

„Glaubst du etwa, ich kenne meinen eigenen Bruder nicht? Und glaubst du, ich kenne Sam Keller nicht? Mein Gott, ich könnte dir ein paar Dinge aus der Vergangenheit erzählen . . . aber ich werde es nicht tun. Das ist alles jetzt vorbei, und ich darf es nicht wieder vorbringen. Ich werde nur eines sagen, nämlich daß es für mich vollkommen klar ist, daß Cornelius die ganze Angelegenheit von Anfang bis zum Ende geplant hat, mit der üblichen großzügigen Hilfe seines – nein, ich werde Sam nicht die Ehre erweisen, ihn als einen Freund zu bezeichnen. Er hatte schon immer einen schlechten Einfluß auf Cornelius. Wenn es Sam nicht gegeben hätte, mit seiner ewigen Bereitwilligkeit, allen Befehlen pflichtbewußt zu gehorchen, hätte es sich Cornelius nie im Traum einfallen lassen, seine diversen fragwürdigen Pläne durchzuführen. Oh, ich mache mir keine Illusionen über Sam Keller! Ich möchte nicht voreingenommen klingen, aber wenn man alles einmal auf einen Nenner bringt, dann ist er eben ein Deutscher, nicht wahr, und wir wissen ja heutzutage alle, wozu die Deutschen fähig sind!“

„Das ist aber eine unchristliche Einstellung!“ rief ich, nicht etwa, weil ich Sam verteidigen wollte, sondern weil ich dem Zwang nicht widerstehen konnte, ihrer rechthaberischen Entrüstung die Luft abzulassen. „Sollten wir nicht unseren Feinden vergeben? Oder überlassen wir das einfach Gott?“

Emily legte auf. Ich goß mir noch etwas Kaffee ein und dachte darüber nach, wie schlecht ich dieses Gespräch gehandhabt hatte, aber ich war ja auch bis zur Unerträglichkeit provoziert worden. Wenn ich Glück hatte, würde Emily, wenn sie erst einmal einsah, wie unfair sie sich benommen hatte, zurückrufen, um sich zu entschuldigen. Dann konnten wir unsere Beziehung wieder zusammenleimen, ohne daß Cornelius von unserem Streit erfuhr.

Ich überlegte müßig, auf welch dunkle, vergangene Übeltat sie sich wohl bezogen hatte, und nahm dann gähnend an, daß sie wohl ihren verstorbenen Gatten Steve Sullivan meinte, der in den dreißiger Jahren an Alkoholismus starb. Emilys Verherrlichung eines Mannes, der sie wegen einer anderen Frau verlassen hatte, wurde allmählich langweilig, und ihre Andeutung, daß sich Cornelius und Sam nicht immer wie Knabenchoristen benommen hatten, kam mir nicht nur dumm, sondern auch naiv vor. Steve hatte versucht, Cornelius aus der Bank, die von Rechts wegen ihm gehörte, zu verdrängen. Das wußte jeder. Natürlich hatte Cornelius sich verteidigen müssen, und sicher war er dazu getrieben worden, harte Maßnahmen zu ergreifen. Große Unternehmen aber, ähnlich wie der Krieg, funktionieren nicht unter normalen, bürgerlichen Gesetzen, und ich jedenfalls konnte Cornelius keine Schuld zuschreiben, wenn er alles Notwendige unternahm, um sein Überleben bei der Bank sicherzustellen. Außerdem ging mich seine Welt in der Willow und Wall Street nichts an. Wie hätte es anders sein können? Banking war mir gleichgültig. Es war eine Männerwelt, an der ich nicht teilhaben wollte. Das einzig Wichtige für mich war, daß ich einen Mann hatte, der mich liebte und der, gleichgültig was an der Bank vor sich ging, immer ein hingebungsvoller Familienvater gewesen war.

Als meine Gedanken zur Familie zurückkehrten, sah ich, daß es noch immer zu früh war, um Sylvia die Neuigkeit von Vickys Heirat zu übermitteln, und ich beschloß statt dessen, Sebastian in Cambridge, Massachusetts, anzurufen. Sebastian hatte gerade sein zweites Jahr in Harvard beendet, wo er Volkswirtschaft studierte, aber bis jetzt hatte er mich noch nicht wissen lassen, wann er in den Sommerferien nach Hause kommen würde. Ich hatte während der letzten Woche mehrere Male beinahe dem Wunsch nachgegeben, ihn anzurufen, obgleich Sebastian Telefonate nicht liebte, außer ich hatte wichtige Neuigkeiten, und so hatte ich irgendwie den Willen aufgebracht, zu warten, bis ich von ihm hörte.

Als ich den Telefonhörer abnahm, dachte ich, das einzige Positive an Vickys Flucht war, daß sie mir eine ausgezeichnete Ausrede gab, um Sebastian zu fragen, wann er nach Hause käme.

„Darling, ich bin's", sagte ich nervös, als er zum Telefon kam. „Hast du geschlafen?"

„Ja."

„Oh, entschuldige. Ich –"

„Was ist los?"

„Also, es dreht sich um Vicky – schlechte Nachrichten, ich wollte es dir sagen, bevor du es in den Zeitungen liest –, sie ist wieder ausgerissen."

Es war still am anderen Ende.

„Sie hat gestern in Maryland Sam Keller geheiratet. Cornelius und ich waren einfach platt, aber wir können natürlich nichts tun. Wir müssen versuchen, das Beste daraus zu machen."

Die Stille hielt an. Mein Herz schmerzte für ihn. Schließlich sagte ich hastig: „Darling, es tut mir so leid –"

„Es muß dir nicht leid tun. Okay, danke für den Anruf."

Die Leitung war tot.

„Sebastian –" Ich hatte noch immer keine Ahnung, wann er nach Hause kommen würde. Ich überlegte, ob ich ihn noch einmal anrufen sollte, fand dann aber, daß ich ihn in Frieden lassen mußte, um mit dem Schock und der Enttäuschung zurechtzukommen. Ich war so deprimiert. Es war mir offensichtlich beschieden, an diesem Morgen am Telefon zu versagen, also beschloß ich, die schlechte Nachricht könne nur brieflich einigermaßen befriedigend übermittelt werden. Ich klingelte nach meinem Mädchen, zog mein elegantestes schwarzes Kleid an, um die Vorstellung einer weißgewandeten Vicky zu verdrängen, und ging nach unten, um an Andrew zu schreiben.

II.

Ich liebte meinen zweiten Sohn, aber er hatte mich nie gebraucht. Auch das mußte das Ergebnis eines natürlichen Gesetzes sein, das menschliche Beziehungen bestimmt; wenn man ein Baby nach der Geburt aufgibt, um einer großen Leidenschaft zu folgen, dann sollte man sich nachher nicht wundern, wenn sich das Kind auf der Suche nach mütterlicher Liebe automatisch der Kinderschwester zuwendet. Man muß sich damit abfinden, daß es in einem lediglich einen sympathischen Fremden sieht, der es zu oft küssen will.

Obwohl ich traurig war, die besten Jahre von Andrews Kindheit versäumt zu haben, war ich doch nicht bitter, denn es hatte ihm offensichtlich nicht geschadet, in seinem frühen Leben von mir verlassen worden zu sein. Er war nicht nur das Lieblingskind seines Vaters gewesen, seine ausgezeichnete Kinderschwester hatte ihn auch mit soviel Liebe großgezogen, als sei er ihr eigenes Kind. Obwohl er also theoretisch vernachlässigt worden war, hatte er sich in der Praxis doch immer in einer Fülle von Sicherheit und Zuneigung sonnen dürfen. Sebastian war es, der vernachlässigt worden war, denn Sebastian war alt genug gewesen, mich zu vermissen, als ich von zu Hause wegging. Ich dachte manchmal, daß ich ihn nie würde dafür entschädigen können, damals Cornelius an die erste Stelle gesetzt zu haben, gleichgültig mit wieviel Liebe ich Sebastian später überschüttete.

Einmal hatte ich versucht, den Jungen zu erklären, wie mesmerisiert ich gewesen war, als Cornelius in meinem Leben erschien, aber keiner von ihnen war besonders daran interessiert. „Ich wollte euch nicht verlassen", hatte ich gesagt, und die Worte klangen unbeholfen, weil mich das Thema immer noch mitnahm. „Es hat mich fast umgebracht, euch zurückzulassen, aber ich war so hilflos, als ob ich keinen eigenen Willen mehr hatte. Es war, als sei ich hypnotisiert worden. Ich hätte nicht anders handeln können."

„Na und?" sagte Sebastian gleichgültig. „Am Schluß hast du uns ja dann doch bekommen. Was macht das jetzt schon aus? Warum zerrst du die Vergangenheit hervor und regst dich noch einmal auf?"

Und Andrew hatte gesagt: „Mensch, Mom, das ist genau wie im Film!"

Ich fragte mich damals, ob Töchter wohl mehr Verständnis gehabt hätten, aber meine Erfahrungen mit Vicky hatten mich bald dieser Vorstellung entwöhnt. Ich schien immer Schwierigkeiten zu haben, mich meinen Söhnen gegenüber richtig auszudrücken, vielleicht weil die Trennung von ihnen in mir eine unabänderliche Scheu zurückgelassen hatte, oder vielleicht, weil ich mir so verzweifelt wünschte, daß sie mich, trotz allem, was ich getan hatte, liebten. Zerrissen zwischen dem Wunsch, sie mit Zuneigung zu überschütten, und meiner Furcht, daß Cornelius meine Verzärtelung der Jungen als ein Zeichen dafür ansah, daß ich die ungeborenen Kinder zu kompensieren versuchte, schwankte meine Handlungsweise meinen Söhnen gegenüber unsicher zwischen Wärme und Reserviertheit.

„Liebster Andrew", schrieb ich an diesem Morgen, nachdem ich zehn Minuten lang an meiner Feder gekaut hatte. Briefeschreiben fiel mir nie leicht, außer ich schrieb an Sebastian. Um mir die richtigen Worte einfallen zu lassen, stellte ich mir Andrew vor, der sein letztes Semester auf Groton beendete. Was würde ihn gerade beschäftigen? Sport wahrscheinlich. Andrew war so unkompliziert. Ich sah seine grünen Augen vor mir, mit dem Funken, den meine Augen nie besessen hatten, sein dunkles Haar, das ihm in die Stirn fiel, seinen fröhlich lächelnden Mund. Er war der Traum jeder Mutter: ein glücklicher, normaler, ausgeglichener Achtzehnjähriger. Ich war so stolz auf Andrew. Ich konnte mir nicht vorstellen, warum es mir so schwerfiel, die richtigen Worte für ihn zu finden.

„Ich nehme an, es wird Dich erstaunen zu hören, daß Vicky eben geheiratet hat", schrieb ich nach zwei mißlungenen Anfängen. „Sie hat Sam geheiratet. Cornelius und ich waren sehr überrascht, aber wir wünschen ihnen alles Gute. Schenke den Sensationsberichten, die Du vielleicht in den Zeitungen lesen wirst, keinen Glauben, die Journalisten werden die Reportagen sicher irgendwie verkorksen. Wenn Du Vicky brieflich gratulieren willst, würde sie sich bestimmt sehr freuen.

Ich hoffe, es geht Dir gut in der Schule – es ist jetzt nicht mehr lang, bis Du nach Hause kommst! Bestimmt wirst Du traurig sein, die Schule zu verlassen. Du hast dort eine glückliche Zeit verbracht und immer gute Leistungen gezeigt! Ich freue mich darauf, Dich wiederzusehen, Darling, in großer Liebe . . ."

Ich schrieb selten lange Briefe. Ich handelte nach dem Prinzip, daß ein Junge in der Schule lieber regelmäßig kurze Briefe erhalten würde als sporadische Romane, und keiner der Jungen hatte sich je beschwert.

Große Sehnsucht nach Sebastian kam über mich, und sobald ich Andrews Brief zugeklebt hatte, nahm ich einen neuen Briefbogen und schrieb impulsiv: „Darling – es tut mir so leid wegen der dummen Heirat von Vicky – ich weiß, wie weh es Dir tun muß, aber sei nicht böse auf Cornelius, weil er wirklich nichts damit zu tun hat – als er die Neuigkeit erfuhr, war er so entsetzt, daß er einen schweren Asthmaanfall bekam. Ich bin böse auf

Sam, weil er sich so mit einem jungen Mädchen zur Schau stellen will, und ich bin völlig außer mir über Vicky, weil sie so unverantwortlich gehandelt hat. Sie ist natürlich erst achtzehn, das sollte ich ihr vielleicht zugute halten. Also, Darling, ich weiß, Du mußt ja so deprimiert sein, aber bitte, sieh die Sache optimistisch an, wenn Du kannst. Wenigstens kennen wir Sam, und wir können sicher sein, daß er Vicky großzügigst versorgen wird – schlimmer wäre es, sie hätte den Strandbubi geheiratet, dessen Kenntnis vom zivilisierten Leben sich auf eine Hütte in einem kalifornischen Schrebergarten bezog. Da ist auch noch ein anderer Punkt, der für mich offensichtlich, für Dich aber vielleicht nicht so offensichtlich ist: diese Ehe wird nicht halten. Ich gebe ihr höchstens fünf Jahre, und überlege Dir doch: bis dahin bist Du fünfundzwanzig und an der Bank etabliert, und die ganze Situation wird ganz anders aussehen. In großer Liebe, Darling . . .“

Nachdem ich den Brief zweimal durchgelesen hatte, klebte ich ihn sorgfältig zu und stellte mich dann innerlich darauf ein, den notwendigen Brief an Vicky zu schreiben. Nach drei Entwürfen, zwei Tassen Kaffee und vier Zigaretten – ich rauchte sonst selten – produzierte ich einen Brief, der folgendermaßen lautete: „Meine liebste Vicky, ich war natürlich überrascht, von Deiner Heirat zu hören, sende Dir aber trotzdem meine allerbesten Wünsche für die Zukunft. Es hilft, daß wir alle Sam so gut kennen und uns seiner Anziehungskraft, die ihn zum begehrtesten Junggesellen New Yorks gemacht hat, wohl bewußt sind. Ich bin sicher, daß Dich viele Mädchen um Deine neue Rolle beneiden werden.

Dein Vater hat sich inzwischen ganz mit der Neuigkeit angefreundet, und Du kannst sicher sein, daß wir Dir bei Deiner Rückkehr nach New York einen herzlichen Empfang bereiten werden. In der Zwischenzeit laß mich bitte wissen, ob ich Dir mit irgend etwas behilflich sein kann, um den Weg von der einen in die andere Welt zu glätten. Auch ich habe ja jung geheiratet, wie Du weißt, und habe mir damals oft eine ältere Freundin gewünscht, um gelegentlich mit ihr über die mir unbekannteren Aspekte des Ehelebens zu sprechen. Ich weiß, wir hatten in der Vergangenheit unsere Differenzen, aber verstehe bitte, daß ich mir immer große Sorgen um Dein Wohlergehen gemacht habe und daß Du als Deines Vaters einzige Tochter einen ganz speziellen Platz in meinem Herzen einnimmst. In tiefer Zuneigung . . .“

Ich war so erschöpft nach dieser langwierigen Anstrengung, daß ich kaum die Kraft hatte, erneut zur Feder zu greifen, aber ich war entschlossen, mich nicht vor dem letzten Brief zu drücken. Nachdem ich meine Zigarette im Aschenbecher pulverisiert hatte, schrieb ich eisern:

„Lieber Sam, ich will Dir keine guten Ratschläge geben, da Du die ganze Angelegenheit offensichtlich so vollkommen in der Hand hast, möchte Dir jedoch vorschlagen, daß Du mit Vicky hier vorbeikommst, sobald Ihr nach New York zurückgekehrt seid. Der arme Cornelius ist fest entschlossen, die Situation zu akzeptieren, aber er muß mit eigenen Augen sehen, daß seine Tochter wohlauf und glücklich ist. Ich bezweifle, daß Du meine guten Wünsche für die Zukunft brauchst, aber Du kannst sie natürlich gern haben, wenn Du glaubst, daß sie der Familienbeziehung förderlich sind. Mit freundlichen Grüßen, Alicia.“

Ich adressierte meine beiden letzten Briefe an Sams Park-Avenue-Apartment, und eine Woche später, an einem Freitagabend, meldete der Butler, daß Mr. und Mrs. Keller da wären, um uns zu besuchen.

III.

Sam sah schlanker, eleganter und strahlend aus. Er ließ seinen berühmten Charme spielen. Vicky, hinreißend in einem rosa Kleidchen, die blonden Locken mit einer passenden Schleife zurückgebunden, hing an seinem Arm und schaute anbetend zu ihm auf. Ich hatte so etwas Ähnliches wie eheliche Eintracht erwartet, aber diese überwältigende Seligkeit verblüffte mich so, daß ich sprachlos war. Voller Panik wandte ich mich Cornelius zu und sah mit Entsetzen, daß auch ihm die Zunge gelähmt war.

Glücklicherweise produzierte Sam – wie üblich – genau die richtigen Worte, um uns über unsere Verlegenheit hinwegzuhelfen, und nach wenigen Minuten brachte ich es fertig, in aller Aufrichtigkeit zu Vicky zu sagen: „Du siehst wunderbar aus, Liebes. Ich habe dich nie hübscher gesehen.“

„Ist sie nicht wunderschön?“ seufzte Sam.

Ein unangenehmes Gefühl, das ich nicht bezeichnen konnte, verursachte, daß sich meine Hände zu Fäusten ballten. Ich beobachtete, wie er den Arm um sie legte, als sie sich auf der Couch niederließen, sah, wie sie sich sofort an ihn lehnte und in seine Augen lächelte. „Ich kann mir nicht denken, warum Carraway so lange mit dem Champagner braucht“, sagte ich rasch zu Cornelius, indem ich mich erhob. „Soll ich –“

„Ja, läute noch einmal.“ Cornelius hatte sich seltsamerweise ebenfalls erhoben, als könne er nicht länger stillsitzen. Wir blickten einander verständnisinnig an und setzten uns wieder. Entsetzt stellte ich fest, daß ich zu läuten vergessen hatte.

„Gibt es einen Aschenbecher, Alicia?“ fragte Sam gelassen und öffnete sein Zigarettenetui.

Ich machte mir die neue Ausrede zunutze und erhob mich abermals. Als ich Sam den Aschenbecher brachte, blickte ich ihn scharf an, um zu sehen, ob er mir absichtlich die Ausrede in die Hand gespielt hatte, um mir weitere Verlegenheit zu sparen. Ich konnte nichts feststellen. Er lächelte Vicky wieder an und schien den Aschenbecher, den ich vor ihm auf den Tisch gestellt hatte, nicht zu bemerken.

„Also, Honey, mach deine Handtasche auf, damit wir Neil und Alicia all die wunderbaren Fotos von den Bermudas zeigen können.“ Er wandte sich um und gab eine Erklärung in unsere Richtung ab. „Ich habe eine Jacht gemietet, die uns in Annapolis am Morgen nach unserer Hochzeit abholte.“

„Oh, es war so romantisch!“ sagte Vicky träumerisch. „Und als wir nach Bermuda kamen, fanden wir einen Strand, der einfach hinreißend war, und –“

„Du willst doch wohl nicht rauchen, Sam, oder?“ fragte Cornelius und zeigte damit, daß er von der vorangegangenen Konversation keine Notiz genommen hatte. „Mein Asthma war in letzter Zeit sehr schlimm.“

Meine Fingernägel gruben sich tiefer in meine Handfläche. Ich wußte plötzlich, daß ich Vicky und Sam mit der größtmöglichen Wärme gegenübertreten mußte, obwohl ich keine Ahnung hatte, weshalb ich dieses Gefühl hatte. „Oh, sei doch nicht lächerlich, Cornelius!“ rief ich aus. „Natürlich muß Sam eine Zigarette haben! Ich werde die Klimaanlage umstellen, damit der Rauch abgesogen wird. Ja, liebste Vicky, zeig uns die Fotos – ich kann es gar nicht erwarten, sie zu sehen! Habt ihr gutes Wetter gehabt? Bermuda ist so himmlisch – ich erinnere mich, es ist eine deiner Lieblingsgegenden, nicht wahr, Sam?"

Sam begann mit seiner tiefen, gemächlichen Stimme über Bermuda zu sprechen, während Vicky die Fotografien herumreichte. Ich versuchte gerade zum dritten Mal, intelligentes Interesse an der Konversation zu zeigen, als Carraway mit dem Champagner eintrat.

„Also!" sagte ich verkrampft, als wir alle unsere Gläser erhoben. „Auf eine sehr glückliche Ehe!"

„Unsere besten Wünsche euch beiden", fügte Cornelius höflich hinzu, und ich stellte zu meiner Erleichterung fest, daß er sich wieder unter Kontrolle hatte.

„Vielen Dank!" sagte Sam mit seinem wärmsten, gewinnendsten Lächeln. „Das freut uns wirklich, nicht wahr, Honey?"

„Mmmmm . . . oooh, welch herrlicher Champagner!"

Ich merkte, daß wir alle reichlich schnell tranken.

„Und nun trinken wir auf euch beide!" sagte Sam und entfesselte endlich die ganze Macht seines Charmes, um die Szene nach seinem Willen zu lenken. „Vielen Dank für den herzlichen Willkommensgruß und daß ihr so fabelhaft großzügig und verständnisvoll gewesen seid – nein, es ist mir ganz ernst damit. Wirklich! Und jetzt muß ich mich bei euch zwei wunderbaren Leuten entschuldigen, und ich will es gleich hinter mich bringen, daß ich euren Seelenfrieden vorübergehend aus dem Gleichgewicht gebracht habe – nun, das habe ich doch getan, oder? Laßt uns doch ehrlich miteinander sein! Aber wenn man mal an all das Wasser denkt, das vorher unter die Brücke geronnen ist, dann hatte ich keine andere Wahl als Romeo zu spielen und durchzubrennen. Ich wußte, daß ihr euch mir entgegenstellen würdet, wenn ich zu euch gekommen wäre und gesagt hätte: ‚Nun, so komisch es klingt, aber ich möchte wirklich eure einmalige, wunderschöne, bezaubernde Tochter heiraten' – und sei ehrlich, Neil, du zweifelst noch immer an meiner Aufrichtigkeit, nicht wahr? Das brauchst du wirklich nicht. Ich liebe Vicky, und sie liebt mich, und wir werden das glücklichste Paar in ganz New York sein."

Das Seltsamste an allem war, daß ich ihm glaubte.

IV.

Nachdem die Kellers gegangen waren, zog sich Cornelius in die Bibliothek zurück, um zu arbeiten, aber ich sah ihn später von meinem Schlafzimmerfenster aus, wie er mit seinem Leibwächter das Haus verließ. Er trug Freizeitkleidung, ein weißes Tennishemd, Segeltuchschuhe und Blue jeans, und ich wußte, daß er auf dem Weg zu der Frau in Greenwich Village war. Der Cadillac kroch davon; die Tore des Hofes schlossen sich. Ich wandte mich abrupt vom Fenster, verließ mein Zimmer und begann herumzuwandern.

Das Haus war sehr groß, und ich ging weit. Es lag an einer Ecke der Fifth Avenue, gegenüber dem Central Park, obwohl der Haupteingang in die Straße mündete, die stadtwärts führte. Paul Van Zale hatte das Gebäude 1912 nach seiner Heirat für Sylvia gebaut, und als er 1926 starb, war es zusammen mit dem Rest des Van-Zale-Vermögens auf Cornelius gekommen. Ironischerweise weigerte Cornelius sich hartnäckig, es zu verkaufen, obwohl er das Haus im geheimen nicht mochte. Die schwere europäische Architektur stimmte kaum mit seinem modernen Geschmack überein. Für ihn war es ein Symbol seiner Macht, ein passender Gegensatz zu dem großartigen Gebäude im Renaissancestil in der Willow und Wall Street, also wohnten wir weiterhin in der Fifth Avenue, selbst jetzt, da die Kinder erwachsen waren. Mir machte es nichts aus. Ich hatte immer in riesigen, dunklen Häusern voll antiker Möbel gewohnt. Mein Vater, Dean Blaise, ein Zeitgenosse von Paul, war auch ein Investment-Banker mit einem grandiosen Geschmack für Häuser gewesen, und selbst nachdem ich Ralph geheiratet hatte, änderte sich meine Umgebung kaum. Mein Vater hatte uns ein großes Haus voll antiker Möbel in Albany geschenkt, als Ralph mit seiner politischen Karriere begann.

Nachdem ich immer weiter die Korridore der Van-Zale-Villa entlang gewandert war, fand ich mich endlich in dem verlassenen Kinderzimmer wieder. Cornelius' erste Frau Vivienne hatte es entworfen, als sie schwanger war, aber da sie und Cornelius sich vor Vickys Geburt trennten, war das Zimmer unbenutzt geblieben, bis ich zu Cornelius zog. Dann hatte Sebastian das Kinderzimmer ein paar Wochen lang bewohnt, bis der Richter befand, daß ich eine untaugliche Mutter sei und Ralph das Sorgerecht zusprach. Jahre später hatte ich versucht, das Kinderzimmer in ein Spielzimmer umzuwandeln, aber die Kinder hatten einen Raum mit Glastüren, die in den Garten hinausführten, vorgezogen. Das Kinderzimmer war immer eine Fehlplanung gewesen und nun, mangels Benutzung, schäbig und trostlos geworden.

Ich ließ mich auf einem kleinen Stuhl neben dem Schaukelpferd nieder und dachte eine Zeitlang nach. Vielleicht sollte ich das Kinderzimmer neu dekorieren lassen. Vicky würde sicher im nächsten Jahr ein Baby haben.

Ich erhob mich automatisch, genau wie Cornelius und ich uns beim unerträglichen Anblick des anderen Paares erhoben hatten, das so mühelos die Harmonie fand, die für uns außer Reichweite lag. Jetzt wußte ich, was das unangenehme Gefühl gewesen war, das ich mich zu verbergen bemüht hatte. Es war Eifersucht. Ich war eifersüchtig auf eine Frau, deren Mann seine Liebe derart beweisen konnte, daß sie zur strahlendsten Braut geworden war, die ich je gesehen hatte.

Ich verabscheute mich sofort für meine Eifersucht. Nun haßte ich Vicky, weil sie mich veranlaßt hatte, solch zerstörerische, schandhafte Gefühle zu haben. Dann riß ich mich zusammen. In Wirklichkeit haßte ich Vicky nicht, ich verstand sie nur nicht. Ich verstand nicht, weshalb sie mich nie als Mutter akzeptiert hatte, wenn ihre eigene Mutter eine solche Niete gewesen war. Ich verstand nicht, weshalb sie sich zu Hause so unglücklich gefühlt haben sollte, wo ich doch alles versucht hatte, um gütig und geduldig zu sein. Ich verstand nicht, wie sie Sam Keller überhaupt nur hatte ansehen können, wenn Sebastian sie doch so sehr liebte. Ich verstand nichts an ihr. Dies Rätsel hatte mich zutiefst unglücklich gemacht, und ich schien dazu bestimmt zu sein, es nie lösen zu können.

Mit großer Anstrengung beschloß ich, realistisch und vernünftig zu sein. Ich hatte in der Vergangenheit mein Bestes für Vicky getan, und man kann nicht mehr tun als sein Bestes. Was die Zukunft anbelangte, so würden wir jetzt wahrscheinlich viel besser miteinander auskommen, da sie nicht mehr bei uns wohnte. Wenn ich also nur meine dumme, erniedrigende Eifersucht würde unterdrücken können, dürfte es keinen Grund geben, weshalb wir nicht in bestem Einvernehmen miteinander stehen sollten.

Ich wußte, daß ich eifersüchtig war, weil Vicky durch ihr Dasein hervorhob, wie leer mein Leben war. Ich wußte auch, daß die naheliegende Lösung war, Schritte zu unternehmen, um mein Leben weniger leer zu gestalten; aber das war leichter gesagt als getan. Was konnte ich tun, um mein Leben interessanter zu machen? Meine alljährliche Modenschau für karitative Zwecke wurde immer hochgelobt, aber ich mochte im Grunde Wohltätigkeitsarbeit nicht, weil ich zu schüchtern war und mir das notwendige Organisationstalent abging. Meine tüchtige Sekretärin, die zweifellos deswegen bei mir blieb, weil ich so wenig wie möglich in ihre Arbeit eingriff, hatte freies Feld, alle Wohltätigkeitsorganisationen so zu bedenken, wie sie es für richtig hielt. Ich war nicht gescheit; also war es sinnlos, einen Kurs in französischer Konversation zu belegen oder vielleicht Unterricht in Bridge zu nehmen. Ich war nicht musikalisch, und obwohl ich gut zeichnen konnte, sah ich doch nicht, wie ich mein Leben hätte verbessern können, indem ich mehr Zeit über meinen Skizzen zubrachte. Wahrscheinlich hätte ich mehr Kontakt mit Menschen aufnehmen sollen. Doch in meiner Rolle als Cornelius' Frau mußte ich regelmäßig viele Leute sehen und viel Zeit damit zubringen, das gesellschaftliche Leben zu führen, das meiner Position abverlangt wurde. Ich fragte mich flüchtig, wie es wohl wäre, wenn ich die Bekanntschaft von Menschen machte, die in mir nichts weiter als meine eigene Person sahen, nicht nur Cornelius' Frau, aber diese Vorstellung schien so unwahrscheinlich zu sein, daß sie an reine Phantasie grenzte. Ich war Cornelius' Frau. Ich war erfolgreich in dieser Rolle und wollte nichts weiter sein.

Aber Cornelius hatte eine andere, und mein Leben mit ihm war leer. Ich mußte mir irgendwie ein eigenes Leben aufbauen, und das war so schwierig, da ich mein eigenes Leben bisher immer dem anderer Leute angepaßt hatte. Ich war die Tochter meines Vaters gewesen, Ralphs Frau, Sebastians Mutter, Cornelius' Frau . . . und nun mußte ich offensichtlich die Geliebte eines Mannes werden. Es war sinnlos, der Idee weiterhin auszuweichen. Ich war feige gewesen, die Lösung, die Cornelius im letzten April auf so intelligente Weise ausgearbeitet hatte, nicht zu akzeptieren; und es war mir jetzt klar, daß ich in jedermanns Interesse meiner Einsamkeit ein Ende setzen mußte, wollte ich nicht immer neurotischer und verbitterter werden.

Ich sagte mir ruhig, als sei es die natürlichste Sache der Welt: ich werde eine Affäre haben. Und dann krampfhaft: ich muß einfach. Als ich aber an Cornelius dachte, schlank und geschmeidig in seinen Blue Jeans, schluchzte die Stimme in meinem Kopf verzweifelt: ich kann nicht, ich kann nicht, ich kann nicht . . .

V.

„Geht es dir nicht gut?“ fragte Cornelius.

„Aber doch, mir geht's glänzend. Sebastian hat mich heute angerufen. Er kommt morgen nach Hause.“

„Uh-huh. Großartig. Nun, wenn du mich entschuldigen würdest . . .“

Es war eine solche Erleichterung, einen Vorwand zu haben, meinen unlösbaren Problemen zu entkommen. Ich beschloß, erst später wieder daran zu denken – am Ende des Sommers, wenn wir nach dem August in Bar Harbor in die Stadt zurückkehren würden. In der Zwischenzeit war ich glücklich, aufgeregt und beschäftigt. Ich hatte endlich etwas, worauf ich mich freuen konnte.

Mein erster Mann hatte geglaubt, Sebastian sei geistig etwas zurückgeblieben, da er erst spät angefangen hatte zu sprechen und zunächst im Unterricht nicht recht mitkam. Als ich leichteren Zutritt zu meinen Jungen bekam, hatte ich spezielle Bücher gekauft, um Sebastian bei seinen Buchstaben und Zahlen zu helfen, und dabei hatte ich herausgefunden, daß er im Grunde gescheit war. Andere Leute haben es später auch festgestellt, aber ich war die erste. Als Kind hatte er geschielt und vorstehende Zähne gehabt. Cornelius dachte, Sebastian sähe nach nichts aus; er hatte es zwar nie direkt gesagt, aber ich merkte, wie oft er Andrews Aussehen erwähnte, während der Punkt bei Sebastian nie berührt wurde. Aber ich ließ Sebastian beim besten Augenarzt von New York operieren und seine Zähne beim besten Zahnarzt richten, und als Sebastian unter den Hautproblemen der Pubertät litt, sagte ich nicht einfach wie Cornelius:

„Mein Gott, das wird sich schon auswachsen!" sondern suchte mit Sebastian den besten Hautspezialisten auf, und jetzt war er 1,83 groß, mit reiner Haut und faszinierenden dunklen Augen und einem Lächeln, das perfekte, ebenmäßige Zähne zur Schau stellte. Ich freute mich noch immer, wie groß und stark und erwachsen er war. Manchmal, wenn ich ihn nach einer längeren Trennung wiedersah, konnte ich es kaum glauben, daß ich das Wunder fertiggebracht hatte, ihn zur Welt zu bringen; aber da war er, mein Sohn, die lebendige Erinnerung der unvergeßlichen Zeit, in der ich noch geglaubt hatte, ich sei jemand, Alicia Blaise Foxworth, talentiert, erfolgreich, besonders.

An dem Morgen seiner Ankunft ließ ich mein Haar frisch legen und zog mein neues, weißes Leinenkostüm mit der gepunkteten Bluse an. Der Rock, enger und kürzer, als es im letzten Jahr Mode gewesen war, schmeichelte mir, und ich war froh, daß ich mir solche Mühe gegeben hatte, schlank zu bleiben. Die Bluse gefiel mir nicht so sehr, aber man kann nicht erwarten, daß man jedes Detail der neuesten Mode mag. Nachdem ich ein kleines schwarzes Hütchen dazu gewählt hatte, nahm ich meine eleganteste schwarze Handtasche und die passenden Handschuhe und fuhr in Cornelius neuem, primelgelben Cadillac zum Bahnhof.

Der Zug hatte zehn Minuten Verspätung. Ich stand gelassen an der Sperre, und selbst als der Zug einrollte, versuchte ich meine Aufregung zu verbergen, da ich Angst hatte, Sebastian durch unkluge Demonstration meiner Zuneigung in Verlegenheit zu bringen.

Sebastian war nicht demonstrativ.

Als ich ihn auf mich zukommen sah, hob ich die Hand zum Zeichen, daß ich ihn gesehen hatte, lächelte gefaßt und machte einen kleinen, unbedeutenden Schritt vorwärts. Ich hatte das Gefühl, als ob mein Herz vor Glück zerspringen wollte. Er trug einen schäbigen, zerknautschten Sommeranzug, seine liebste Krawatte, die aussah, als müsse sie dringend zur Reinigung, und keinen Hut. Der verbeulte, alte Koffer in seiner Hand mußte schwer sein, aber er trug ihn mit einer Leichtigkeit, mit der eine Frau ihre Handtasche getragen hätte.

„Hallo, Darling", sagte ich gemessen. Ich wußte, daß es besser war, eher zu kühl zu erscheinen. „Wie geht es dir?" Ich mußte mich auf die Zehenspitzen stellen, um ihn zu küssen, weil er so groß war.

„Okay."

Wir gingen in kameradschaftlichem Schweigen zum Wagen.

„Ach, du lieber Himmel", sagte Sebastian, als er den Cadillac sah, „welch eine grauenhafte Farbe."

„Cornelius findet sie großartig. Chacun à son goût!"

„Halte nicht viel von seinem ‚goût'. Warum, zum Teufel, kauft er sich denn keinen anständigen Rolls-Royce?"

„Darling, du weißt doch, daß Cornelius die amerikanische Industrie unterstützen will!"

„Ich dachte, heutzutage würde jeder sein Geld nach Europa pumpen, Gott, welch furchtbare Stadt New York ist – schau dich doch nur um! Sieh es dir an! All der Dreck und die stumpfsinnigen Leute und die engen Straßen! Welch ein Müllhaufen!"

„In Philadelphia wäre es schlimmer", sagte ich und riß damit einen New Yorker Witz.

„Wie bitte?"

Wir lachten, und als wir beide im Wagen saßen, konnte ich der Versuchung nicht widerstehen, ihm einen zweiten Kuß zu geben.

„Es ist so schön, dich wiederzusehen, Darling."

„Uh-huh. Was ist geplant? Das übliche? Besteht keine Hoffnung, daß Cornelius die großen, amerikanischen Familiensaturnalien des vierten Juli absagt und statt dessen früher nach Bar Harbor abdampft?"

„Oh, Darling, du weißt doch, wie Cornelius an seinen amerikanischen Traditionen hängt!"

„Kommen Emily und die Bande?"

„Zum vierten Juli? Ja, natürlich!"

„Und Scott?"

„Ich nehme es an."

„Gott sei Dank. Dann wird es wenigstens einen Menschen geben, mit dem man sich interessant unterhalten kann."

„Darling, so etwas solltest du wirklich nicht sagen!"

„Kommt sonst noch jemand?"

„Nun . . ."

„Sam und Vicky?"

„Ja, oh, Darling –"

„Laß nur, ich möchte nicht über sie sprechen."

Wir schwiegen für den Rest der Fahrt. Ich wollte tröstend seine Hand drücken, wußte aber, daß es ein Fehler gewesen wäre. Bei unserer Ankunft zu Hause zog sich Sebastian sofort auf sein Zimmer zurück, schloß die Tür hinter sich und legte eine Platte von „Tannhäuser" auf. Es war sechs Uhr, bis ich den Mut hatte, ihn zu stören.

„Cornelius ist zurück, Darling", sagte ich, als ich an die Tür klopfte. „Möchtest du nicht herunterkommen und ihn begrüßen?"

Sebastian kam brummig zum Vorschein und trottete ohne Kommentar in das goldene Zimmer hinunter, wo Cornelius die Post durchsah.

„Hallo, Sebastian!"

„Hi."

Sie schüttelten sich die Hände. Sie sahen unpassend nebeneinander aus, Cornelius so blond und feingliedrig, Sebastian so dunkel und breit gebaut. Sebastian war um viele Zentimeter größer.

„Wie geht es dir?"

„Gut."

„Gute Reise gehabt?"

„Ja."

„Harvard?"

„Okay."

„Prima!"

Schweigen. Ich drückte auf die Klingel. „Möchtest du etwas trinken, Sebastian?"

„Bier."

„Gut." Wir warteten. Ich war erleichtert, als mir etwas zu sagen einfiel. „Darling, erzähl Cornelius doch, was du über die wirtschaftliche Lage denkst – was war noch die Bemerkung, die du am Bahnhof über den Marshallplan gemacht hast?"

Der Abend verging ohne zuviel Peinlichkeit, und um halb zehn entschuldigte sich Cornelius und sagte, er wolle früh zu Bett gehen.

„Wie eindrucksvoll du mit all deinem Wissen bist, Darling!" sagte ich zu Sebastian, sobald wir allein waren. „Cornelius war sehr beeindruckt, das war leicht zu merken."

„Vielleicht." Er rutschte ungeduldig auf seinem Sessel hin und her. Ich fragte mich, ob er sich zurückziehen und auf seinem Zimmer wieder „Tannhäuser“ hören wollte.

„Möchtest du zu Bett gehen, Darling?“ fragte ich und wollte ihm damit Gelegenheit geben zu gehen, wenn er es wünschte. Ich wollte mich nicht aufdrängen oder besitzergreifend sein.

„Nein. Bitte hör auf, mich dauernd Darling zu nennen. Da du mir einen so grauenhaften Namen wie Sebastian gegeben hast, solltest du ihn wenigstens auch benutzen.“

„Natürlich! Entschuldige. Es ist komisch, wie sich diese dummen Kosenamen einschleichen und ganz automatisch werden.“ Ich lächelte ihn an und dachte: soviel Liebe und niemand, dem ich sie schenken kann. Ich blickte mich im Zimmer um, als ob ich jemanden finden könnte, der irgendwo im Schatten wartete.

„Geht es dir nicht gut, Mutter?“

„Doch, natürlich. Warum?“

„Du scheinst ziemlich nervös zu sein.“

Also hatte es selbst Sebastian bemerkt. Das schien die Krönung der Erniedrigung.

„Es geht mir gut“, sagte ich ruhig, aber ich sah klarer denn je, daß ich den Problemen, zu denen es noch längst keine Lösung zu geben schien, nicht mehr lange ausweichen konnte.

VI.

„Geht es dir nicht gut, Alicia?“ fragte Kevin Daly.

Wir saßen auf der Terrasse von Cornelius’ Sommerhäuschen in Bar Harbor. Cornelius hatte Pauls Sommerhaus nicht geerbt, hatte aber später einen ähnlichen Besitz eine halbe Meile weit davon entfernt erstanden. Das Haus, im Stil einer Mittelmeervilla gebaut, hatte dreißig Zimmer, alle mit weitem Blick, und zehn Morgen von wohlgepflegten Gärten, die sich hinunter ans Meer erstreckten. Ich verbrachte jeden Sommer dort mit den Kindern, während Cornelius so oft bei uns war, wie es seine Arbeit gestattete, und jeden Sommer kam Emily mit ihren beiden Töchtern von Ohio angereist, um die Ferien mit uns zu verbringen. Da ihre Töchter seit jungen Jahren vaterlos waren, hatten Cornelius die Interessen seiner Nichten immer besonders am Herzen gelegen, und sie waren dazu angehalten, ihn als einen

Ersatz für den Vater zu betrachten, an den sie sich nicht erinnern konnten.

Da Cornelius immer gern mit den Kindern zusammen war, und er natürlich seiner Schwester alle nur mögliche Hilfe anbieten mußte, widersetzte ich mich dieser Planung nicht – obwohl ein ganzer Sommer mit Emily mich häufig total erschöpfte. Aber ich war überrascht, als Cornelius gleichermaßen Interesse an Emilys Stiefkindern zeigte. Emilys abtrünniger Gatte Steve Sullivan hatte in verschiedenen Ehen herumgestümpert, und ihre Töchter waren nur zwei der Kinder, die er gezeugt hatte. Es gab noch zwei Söhne aus einer früheren Ehe; der jüngere, Tony, war im Krieg gefallen, aber der ältere, Scott, stand Cornelius sehr nahe und arbeitete an seiner Bank.

„Warum auch nicht?" sagte Cornelius. „Warum sollte ich gegen ihn voreingenommen sein, nur wegen Steve?"

Ich versuchte nicht, mit ihm darüber zu streiten, war aber von dieser echt christlichen Fähigkeit, zu verzeihen, und von seiner Großzügigkeit tief beeindruckt. Wir alle wußten, daß Cornelius gute Gründe gehabt hatte, Steve zu hassen, und ein kleinlicherer Mann hätte sich bestimmt um keines von Steves Kindern gekümmert, außer denen, die mit ihm direkt durch Emily verwandt waren. Cornelius blieb jedoch weiterhin großzügig, und 1940 übernahm er sogar die Fürsorge für die drei Kinder aus Steves letzter Liaison, die Kinder seiner Ehe mit der englischen Geschäftsfrau Dinah Slade. Natürlich war es Emily, die sie während des Krieges versorgte, aber Cornelius tat immer sein Bestes, um nett zu ihnen zu sein. Ich konnte mir nicht vorstellen, weshalb er sich diese Mühe machte, denn die Kinder waren schwierig und wenig anziehend, und ich hatte den Verdacht, daß selbst Emily, mit ihrem Talent für Märtyrertum, froh war, als die Kinder alt genug waren, um nach Europa zurückzukehren, wo sie ihre Erziehung in englischen Internaten beendeten. In den ersten beiden Jahren nach dem Krieg hatten sie weiterhin ihre Sommerferien bei uns in Bar Harbor verbracht, aber seit die Zwillinge, Eldred und Elfrida, im Januar 1948 ihren achtzehnten Geburtstag gefeiert hatten, waren sie nicht mehr nach Amerika zu Besuch gekommen, und die Schecks, die Cornelius ihnen so großzügig zusandte, wurden zurückgeschickt.

„Ich nehme an, sie glauben, meine Hilfe lange genug in

Anspruch genommen zu haben", sagte Cornelius, aber ich sah, daß er verletzt war.

„Ich finde, es zeigt einen empörenden Mangel an Dankbarkeit", sagte ich zu Emily, aber sie erwiderte nur: „Es ist nicht immer leicht, erwachsen zu werden, besonders wenn man beide Eltern in so jungen Jahren verliert."

Im Gegensatz zu den englischen Sullivans waren die amerikanischen Sullivans alle Cornelius sehr ergeben und zeigten ihm offen ihre Zuneigung und ihre Dankbarkeit. In diesem Augenblick, als ich in Bar Harbor mit Kevin auf der Terrasse saß, spielten sie alle mit Andrew Tennis. Andrew war der Partner von Emilys älterer Tochter Rose, während Scott, der aus New York auf ein langes Wochenende hier war, mit Lori, dem jüngeren Mädchen, spielte. Was den Rest der Familie anbelangte, so war Sebastian wie gewöhnlich allein irgendwohin gegangen, Emily besuchte den Ortsverband des Roten Kreuzes, und Cornelius war gerade zum Telefon gerufen worden, also war ich mit Kevin allein auf der Terrasse. Er wohnte bei Freunden in North-East Harbor und war auf einen Tag zu Besuch herübergekommen.

„Ja, mir geht's gut, Kevin. Alles in Ordnung . . ."

Kevin war im gleichen Alter wie Cornelius und sah gut aus in einer Art, die ich, da ich nie in Irland gewesen war, wahrscheinlich fälschlicherweise als typisch irisch betrachtete. Er hatte dichtes, dunkles Haar, lebhafte Augen und ein breites, einnehmendes Lächeln. Vor zwölf Jahren hatte er aufgehört, gesellschaftliche Ereignisse in Begleitung einer Reihe hübscher Mädchen zu besuchen und hatte verkündet, daß ein junger Schauspieler mit ihm in seinem Greenwich-Village-Haus zusammenlebte. Der Schauspieler hatte sich nicht länger gehalten als die hübschen Mädchen, aber ganz New York wußte nun über Kevin Dalys privaten Geschmack Bescheid, und der arme Cornelius, der Kevin gern hatte, Homosexuelle aber natürlich ablehnte, war durch diesen Vorfall sehr in Verlegenheit gebracht worden.

Gesellschaftlich verkehrten wir wenig mit Kevin, aber ich bewunderte sein geschmackvolles Haus und freute mich immer, wenn wir einmal im Jahr dort zum Abendessen eingeladen waren. Ich mochte auch die Stücke, die er schrieb, obwohl ich mich – wenn ich dann hinterher die Kritiken las – manchmal fragte, ob ich den eigentlichen Sinn seiner Stücke wirklich verstand. Kevin schrieb in Blankversen, aber das störte mich nicht, da die Schauspieler so sprachen, daß sich alles wie eine normale Konversation anhörte. Der Inhalt war meistens ziemlich traurig, aber ich mag Geschichten, die mich gefühlsmäßig bewegen. Die weiblichen Charaktere waren immer sehr überzeugend.

„. . . wenigstens . . . ach nein, Kevin, es geht mir schon gut. Alles in allem."

Ich mochte Kevin am liebsten von den drei Männern, die Paul Van Zale vor langer Zeit als Cornelius' Sommergefährten ausgesucht hatte. Weder Sams Charme noch Jake Reischmans Weltgewandtheit hatte ich je ganz getraut, aber bei Kevins unverblümter Direktheit hatte ich mich immer wohl gefühlt.

„Es ist nur, daß mir der Sommer hier mit den Kindern soviel Spaß gemacht hat", sagte ich und bemühte mich, seine Frage so zu beantworten, daß sein Verdacht, etwas sei nicht in Ordnung, nicht noch verstärkt würde, „und ich graule mich einfach vor der Rückkehr nach New York."

„Aber nein!" sagte Kevin freundlich, indem er sich einen weiteren Bourbon eingoß und mir die Sherryflasche anbot. „Ich habe immer das Gefühl, daß ich wahnsinnig werde, wenn ich zu lange von New York weg bin. Ehrlich gesagt fühle ich mich im Moment so. Ich hoffe zu Gott, daß das Haus nicht niedergebrannt ist. Ich glaube, ich werde Mona anrufen, sobald Neil sein Telefongespräch beendet hat."

„Mona?"

„Meine gegenwärtige Wirtschafterin. Oh, du mußt Mona kennenlernen – sie ist wirklich lustig! Sie hat zwei hoffnungslos unmoralische Goldfische, die – sag mal, Alicia, möchtest du wirklich nicht noch einen Sherry? Nein? Ich kann es dir nicht verübeln, das Zeug sieht scheußlich aus. Hast du je Turkey Bourbon probiert? Es hilft wunderbar bei den ersten Anzeichen von Depressionen."

Irgendwie brachte ich es fertig, zu lachen, aber sobald ich lachte, wollte ich eigentlich weinen, weil er so mitfühlend war. Ich fand es so nett von ihm, daß er sich die Zeit nahm, sich mit einer Person abzugeben, die lediglich die Frau eines alten Freundes war.

Bemüht, mich seinem leichten Tonfall anzupassen, sagte ich:

„Ich bin in der Vorstellung erzogen worden, daß Herren Scotch und Männer aus dem Süden Bourbon trinken, und Damen – wenn sie überhaupt Alkohol zu sich nehmen – trinken Sherry oder, wenn sie ganz mutig sind und in New York leben, Cocktails auf Ginbasis . . ." Aber während ich sprach, fragte ich mich, wie lange Mona schon Kevins Wirtschafterin war. Cornelius mußte der polnischen Frau also eine Wohnung geschenkt haben, sobald ich mich mit dem Arrangement einverstanden erklärt hatte. Die Welt erschien mir plötzlich grau, und das Gelächter vom nahe gelegenen Tennisplatz klang grausam und verächtlich. Ich würde bei meiner Rückkehr nach New York ganz allein sein. Sebastian würde nach Harvard zurückkehren, Andrew würde gehen, um seinen Traum, Pilot zu werden, zu erfüllen, und Cornelius würde die meiste Zeit in der Willow Street verbringen. Ich würde vollkommen allein sein, ohne Aufgabe, ohne Ziel, und niemanden, niemanden, an den ich mich hätte wenden können –

„Oh, Kevin!" rief ich verzweifelt, aber mehr brachte ich nicht hervor.

„Das Leben kann manchmal grauenhaft sein, nicht wahr?" sagte Kevin. „Ist dir auch manchmal so, als wolltest du eine Axt nehmen und alles kurz und klein schlagen? Mir ist oft danach zumute, nur gibt es leider momentan nicht viel, was ich zertrümmern könnte. Mein Privatleben sieht aus wie Hiroshima nach der Bombe."

„Ich . . ." Ich wollte sprechen, aber nichts passierte.

„Natürlich, wenn ich du wäre, würde ich als erstes euer grausiges Haus in der Fifth Avenue kaputtschlagen. Du hast mir immer leid getan, daß du zusammen mit Neil dieses Mausoleum mitgeheiratet hast! Jetzt, da alle Kinder erwachsen sind, könntest du doch Neil dazu bewegen, das Ding zu verkaufen und dir ein eigenes Heim aussuchen? Stell dir doch nur vor, welchen Spaß es machen würde, nach einem schönen Haus zu fahnden und all die unbezahlbaren Antiquitäten loszuwerden und statt dessen genau die Möbel zu kaufen, die dir gefallen! Ich finde, du verdienst eine Belohnung dafür, Alicia, daß du all die Jahre eine so prächtige Mrs. Van Zale gewesen bist – ich finde, es wird Zeit, daß du zur Abwechslung einmal an erster Stelle stehst. Jetzt solltest du dran sein, dich einmal verwirklichen zu können – und wenn ich du sage, dann meine ich damit nicht Mrs. Van Zale, sondern die

Persönlichkeit, die du doch schließlich bist. Alicia – wie war dein Mädchenname?"

„Blaise."

„Alicia Blaise. Du. Es gibt dich doch noch, nicht wahr, lebendig begraben in dieser grauenhaften Gruft in der Fifth Avenue? Gott, wenn ich Dynamit hätte, würde ich das Ding in den Himmel jagen und dich befreien!"

Ich lachte. Meine Augen waren voll Tränen, aber er sah sie nicht, weil ich auf meine Hände schaute. Mehr Gelächter kam vom Tennisplatz unter uns, aber ich hörte es kaum. Selbst als Cornelius auf die Terrasse zurückkehrte und Kevin sich entschuldigte, um zu telefonieren, nahm ich kaum von ihnen Notiz, denn ich hatte eben meine Probleme von einem ganz anderen Winkel betrachtet, und die Vision faszinierte mich.

Ich sah jetzt, daß ich nicht die Mätresse eines Mannes werden mußte, um das Leben für mich und die Menschen um mich erträglicher zu machen. Ich sah, daß ich mich, entgegengesetzt zu meiner bisherigen Annahme, nicht an den letzten Strohhalm würde klammern müssen, der mir abverlangte, meine Selbstachtung aufzugeben. Mrs. Van Zale mußte sich nämlich gar nicht erniedrigen, indem sie eine neue Ära der Selbstverleugnung als Mätresse irgendeines Mannes betrat; statt dessen konnte Alicia Blaise sich behaupten, indem sie sich einen Liebhaber nahm.

Das war etwas ganz anderes.

Wenn ich mir einen Liebhaber nahm, statt eine Mätresse zu werden, würde ich eine aktive und nicht eine passive Rolle spielen. Ich würde selbst den Ton angeben, statt daß er von jemandem angegeben wurde, denn ich konnte den Schritt nicht nur für mich, sondern auch als meine eigene Person tun, und ich würde es ganz allein zuwege bringen müssen, ohne irgendwelche Hilfe. Ich würde mir den Mann selbst aussuchen. Ich würde das erste Treffen mit ihm selbst in die Wege leiten. Vielleicht würde ich ihn sogar verführen, wenn er sich davor scheute, mich zu verführen. Es war ein schreckliches Neuland für mich, aber es war mein Land, das Land meiner eigenen Schöpfung, und es würde mir allein gehören.

Ich dachte voll Panik: ich kann es nicht tun, ich kann nicht allein dastehen, ohne daß mir jemand hilft, dazu habe ich nicht den Mut.

Aber dann dachte ich daran, wie Kevin gesagt hatte: „Bist du jetzt nicht dran, Alicia?“ und ich dachte, ja, warum sollte ich elend sein, wenn alle anderen glücklich und zufrieden sind? Warum nur? Und dieser erste Funke von Wut gab mir den notwendigen Mut.

Ich begann zum ersten Mal, nicht an einen Mann zu denken, der sich dazu herablassen würde, zu seinem eigenen Amüsement an mir Interesse zu haben, sondern an einen Mann, der die ihm von mir zugedachte Rolle in angemessener Weise spielen würde.

DRITTES KAPITEL

I.

Wie jeder weiß, ist es leicht für einen Mann, jemanden zu finden, mit dem er schlafen kann. Er muß nichts weiter tun, als eine der zahlreichen willigen Kandidatinnen ansprechen und sie dann einfach fragen. Aber für eine Frau, besonders für eine Frau, wie ich es war, ist die Sache wesentlich schwieriger.

Die Sitten der New Yorker Gesellschaft waren bekanntlich locker. Der zynische Witz, daß ein Paar bestimmt getrennt schliefe, wenn es miteinander verheiratet sei, beruhte durchaus auf Tatsachen, aber ich war von Natur aus nicht polygam, und meine beiden Ehemänner waren die einzigen Männer in meinem Leben gewesen. Ich hatte mir zwar mein Aussehen erhalten, aber ich wußte sehr genau, daß ich durch meine Reserviertheit, die mich oft kalt und arrogant erscheinen ließ, das andere Geschlecht nur in beschränktem Maße beeindruckte. Ich war nicht, und würde es auch nie sein, eine dieser aufregenden Frauen, die einen Mann umgarnen können, indem sie sich einfach eine Zigarette anzünden.

Während ich ein Bad nahm, bevor ich mich an jenem Abend zum Essen umzog, sah ich deutlich die zwei separaten Probleme, mit denen ich fertig werden mußte. Das erste war, daß sowohl mein Naturell als auch mein Mangel an Erfahrung mich nicht eben gut ausgerüstet hatten, um eine Liaison einzufädeln, und das zweite war die sattsam bekannte Hürde, daß es keinen Mann gab, den ich wollte. Ich beschloß, das letzte Problem zuerst in Angriff zu nehmen, indem ich den gezielten Versuch unternahm, mir jemand Geeigneten vorzustellen. Es müßte wohl jemand sein, der auf der gleichen gesellschaftlichen Stufe stand wie ich; ich würde nicht so indiskret sein, einen Bediensteten, einen Briefträger oder einen Verkäufer vom Kaufhaus Macy zu verführen. Ebenso klar war – da ich jemanden suchte, der ebenso fest in seinem häuslichen Leben verankert war wie ich –, daß er verheiratet sein müßte, aber die einzigen Ehemänner, die ich kannte, waren die Männer meiner Freundinnen, und die wollte ich nicht schäbig behandeln. Ich hatte eigentlich keine Freundinnen, die mir wirklich nahestanden – meine Schüchternheit hatte eine echte Freundschaft immer schwierig gemacht –, aber es gab einige Frauen, die ich gern hatte, und ich war fest entschlossen, daß sie mich ihrerseits weiterhin mögen sollten. Es verblieben die Männer von Frauen, die mir nur weitläufig bekannt waren, und die Idee, mich Fremden zu nähern, war unannehmbar.

Ich ließ mehr heißes Wasser in die Badewanne laufen und lehnte mich verzweifelt zurück, aber allmählich, als ich den Lauf meiner Gedanken wieder aufnahm, fand ich, daß die Situation klarer wurde. Ich fragte mich, weshalb ich eigentlich einen Fremden ausschloß, wo die meisten Frauen doch sicher einen Liebhaber vorgezogen hätten, der keine Verbindung mit ihrem alltäglichen Leben hatte. Ich stellte fest, daß ich bei Fremden nicht nur befürchtete, sie würden über mich klatschen, sondern auch über Cornelius. Jemand, der nie unter der Feder eines Klatschkolumnisten gelitten hat, kann sich nicht vorstellen, was ein Opfer alles auf sich zu nehmen bereit ist, um dieser Aufmerksamkeit zu entgehen. Seit ich Ralph verlassen hatte, um mit Cornelius zu leben, hatte ich großen Wert darauf gelegt, daß unser Privatleben unter allen Umständen privat blieb. Die Klatschkolumnisten behielten uns scharf im Auge, weil wir sehr reich waren, dazu noch einigermaßen jung und die Eltern einer der hübschesten Erbinnen Amerikas. Und obwohl unser ruhiges Familienleben nur ein Minimum an Material für diese Klatschspalten geliefert hatte, war ich der Geier doch immer gewärtig, die sich auf uns stürzen würden, sollten wir je auch nur den geringsten Fehler begehen. Vickys Flucht mit dem Strandbubi war doppelt unangenehm gewesen durch die Tatsache, daß die Neuigkeit in allen Groschenblättern erschienen war.

Da ich also in einer anderen gesellschaftlichen Position war als die meisten anderen Frauen, waren die Wege, die mir offenstanden, ebenfalls anders. Im Grunde hatte ich überhaupt keine Wahl, denn es gab nur einen Weg, den ich mit einiger Sicherheit würde beschreiten können. Ich mußte einen Mann finden, der nicht nur gegenüber seinen Freunden über mich Stillschweigen bewahren würde, sondern der auch der Versuchung widerstehen konnte, in der Herrentoilette des Knickerbocker-Clubs zu sagen: „Mensch, Cornelius Van Zale hat aber auch seine Probleme!" Das Bild meines Liebhabers begann endlich deutlicher zu werden. Er mußte nicht nur ein Freund von Cornelius sein, sondern quasi ein Alliierter, der immer loyal zu ihm hielt. Ich wußte natürlich genau, daß es nur drei Männer in ganz New York gab, denen Cornelius absolut vertraute. Sam war nicht zu haben. Kevin konnte mir nicht helfen.

Es verblieb Jake Reischman.

Hastig stieg ich aus der Badewanne, stieß meinen Körperpuder um, so daß er über den Teppich stäubte, und kuschelte mich tief in die Falten des größten Badehandtuches, das ich finden konnte. Aber später, als ich an meinem Toilettentisch saß und meine Zofe mir das Haar bürstete, war ich imstande, an Jake zu denken. Sein großer Vorteil war, daß ich ihm so absolut vertrauen zu können glaubte, wie es Cornelius tat. Er war ein Mann von Erfahrung; trotzdem war er seit fünfzehn Jahren verheiratet und führte ein äußerst respektables Familienleben. Solch ein Mann würde nicht nur meinen Horror vor Klatsch teilen, sondern auch wissen, wie ein Verhältnis mit einem Maximum an Verstand und Geschmack geführt wurde.

Er war natürlich Jude, aber daran würde ich nicht denken.

Ich überlegte doch. Für einen Augenblick überkam mich meine aristokratische Ostküstenerziehung, aber dann erinnerte ich mich daran, wohin der Antisemitismus Deutschland geführt hatte, und ich schämte mich. Ein Jude war ein Mann, nicht eine fremde Tierart; außerdem war Jake blond wie Cornelius. Wenn ich die abwertenden Vorurteile beiseite ließ, die mir seit meiner Kindheit eingeimpft worden waren, dann hielt ich Jake für einen der wenigen mir bekannten Männer, die ich vielleicht physisch attraktiv finden könnte.

Die nächste Hürde, dachte ich, als ich meine Zofe entließ und in meinem Schmuckkasten nach einer Halskette suchte, war, eine Gelegenheit vorzubereiten, mit ihm allein zu sein. Wann immer ich ihn traf, war er gewöhnlich mit seiner Frau zusammen – einer sehr langweiligen Person, die ich nie gemocht hatte –, und ich hielt es nicht für klug, ihn zu Hause anzurufen oder ihm dorthin zu schreiben. In seiner Bank Kontakt aufzunehmen, war undenkbar. Ich würde den nächsten Schritt sehr sorgfältig vorbereiten müssen. Es durfte mir kein Fehler unterlaufen.

Ich ging zum Abendessen hinunter.

II.

„Und wann ist deine nächste größere Ausstellung im Van-Zale-Museum, lieber Cornelius?" fragte Emily, während sie geziert ein Häppchen ihrer gebratenen Ente zu sich nahm.

„Die Eröffnung ist am Montag nach dem ‚Tag der Arbeit'. Ich habe eine Sammlung von amerikanischen Primitiven zusammengestellt – ein paar bekannte Künstler und ein oder zwei Neuentdeckungen."

„Wie schade, daß ich nicht in New York bleiben kann, um die Ausstellung zu sehen!" sagte Emily. „Aber zu dem Zeitpunkt werde ich gerade Gelder für die Flüchtlinge aus Europa sammeln."

„Ich kann amerikanische Primitive nicht ausstehen!" rief ihre Tochter Lori, ein großes, lautes Mädchen von sechzehn Jahren mit glänzendem, dunklen Haar und strahlenden blauen Augen. „Ich mag riesige, überladene Bilder von Rubens mit Männern drauf, die nichts anhaben!"

„Lori!" sagte ihre Schwester Rose voll Abscheu. „Mußt du unbedingt so vulgär sein?"

„Rubens' Spezialität waren doch wohl nackte Frauen?" meinte Scott amüsiert. „Du verwechselst Rubens mit Michelangelo, Lori!"

„Oh, Michelangelo ist das Hinterletzte! Seine Engel sehen aus wie Hermaphroditen!"

„Das genügt, liebste Lori", sagte Emily scharf.

„Engel sind aber doch Hermaphroditen", sagte Scott zu seiner Halbschwester.

„Es gibt keine Engel", gab der entenkauende Sebastian von sich.

„Unsinn!" sagte Scott. „Sie existieren in der Vorstellung."

„Das macht sie noch lange nicht real!"

„Realität ist nur, was der Verstand empfängt."

„Aber –"

„Oh, ich hasse diese intellektuellen Diskussionen!" sagte Lori. „Gib mir bitte das Salz, Andrew."

„Du bist so intolerant, Lori!" rief Rose.

„Keineswegs! Ich weiß, was mir gefällt, das ist alles, und amerikanische Primitive gefallen mir nicht. Warum interessierst du dich dafür, Onkel Cornelius? Ich dachte, du magst nur diese scheußlichen Klumpen von roter Farbe zwischen einem Gekritzel von schwarzen Strichen von Picasso!"

„Verwechselst du nicht Picasso mit Kandinsky?" fragte Scott.

„Ich dachte, Kandinsky spielt für Rot-Weiß Cincinnati", sagte Andrew. „Und was ist ein amerikanischer Primitiver überhaupt?"

„O Gott", stöhnte Sebastian.

„Andrew macht natürlich nur Spaß!" sagte Emily mit einem kleinen, silbernen Lachen.

„Denkste", kommentierte Sebastian.

„Cornelius", sagte ich, „wann ist die Eröffnung dieser Ausstellung noch mal? Ich kann mich nicht erinnern, das Datum auf meinem Kalender gesehen zu haben."

„Aber es muß draufstehen! Meine Sekretärin hat es deiner Sekretärin gesagt –"

„Ich mag amerikanische Primitive", sagte Rose. „Sie malen in so klaren, unschuldigen Linien."

„Zauberhaft", stimmte ihre Mutter bei, „und ich muß sagen, mir gefallen Bilder, die etwas darstellen."

„Wird es einen großen Empfang für diese Ausstellung geben?" fragte ich Cornelius.

„Ja, natürlich. Die gesamte Kunstwelt von New York wird dort sein."

„Auch der Ausschuß der Van-Zale-Kunststiftung?"

„Sicher."

Also würde Jake auch dort sein. Ich sah den überfüllten Empfang vor mir, den Zigarettenrauch, die Chance, ein paar Worte in einer ruhigen Ecke auszutauschen. Aber wie würde ich ihn von seiner Frau loseisen, die bei allen gesellschaftlichen Ereignissen immer wie eine Klette an ihm hing? Meine Probleme schienen abermals unüberwindbar zu sein.

Als ich meine Umgebung wieder in mich aufnahm, merkte ich, daß die Diener gerade die Teller des Hauptgerichts entfernten, bevor sie die Nachspeise hereinbrachten.

„Wie fandest du die Schachaufgabe der Times am letzten Sonntag?" fragte Scott Cornelius.

„Sie war interessant, nicht wahr?" Cornelius' Züge belebten sich sofort bei der Aussicht auf eine Schachdiskussion, und als er Scott sein so ungewöhnlich strahlendes Lächeln schenkte, wurde mir wieder einmal klar, daß Scott ein bevorzugtes Verhältnis zu Cornelius hatte, das keiner meiner Jungen je erreichen würde. Einen Augenblick lang beobachtete ich Scott genau, aber ich sah nur seine guten Manieren und sein gefälliges Lächeln. Manche Frauen mochten ihn attraktiv finden, aber mich reizte er nicht; irgend etwas in seinem Aussehen stieß mich ab. Es war, als ob sein schwarzes Haar und die schwarzen Augen seine dunkle, undurchsichtige Persönlichkeit widerspiegelten, und ich verstand nicht, warum es Cornelius so leichtfiel, sich wie ein Vater ihm gegenüber zu verhalten. Aber vielleicht war Cornelius' Einstellung eher brüderlicher als väterlicher Natur. Der Altersunterschied betrug nur elf Jahre, und Cornelius hatte mir einmal verraten, wie sehr er sich immer einen Bruder gewünscht hätte. Sie teilten auch verschiedene gemeinsame Interessen: die Bank, Emily und ihre Töchter, Schach . . .

„Ich hasse Schach!" sagte Lori. „Diese vielen, kleinen Figuren auf einem Brett – wozu das alles?"

„Aber Schach ist wie das Leben, Lori", sagte Scott lächelnd. „Wir sind alle lauter kleine Figuren, die versuchen, ihren Weg über das Brett zu finden."

Ich begann erneut an Jake Reischman zu denken . . .

III.

„Ich muß dich darauf vorbereiten“, sagte Cornelius eine Woche vor der Ausstellungseröffnung, „daß diese Frau, mit der ich – daß Teresa Kowalewski einer der Künstler ist, deren Werke ausgestellt werden und daß sie kommt. Natürlich brauchst du sie nicht kennenzulernen. Ich habe sie schon darum gebeten, später zu kommen. Sie wird also am Anfang, wenn wir all die anderen Künstler begrüßen müssen, nicht da sein.“

„Aha.“ Meine Vorstellung der unbekannten Geliebten verdeutlichte sich; sie war eine Frau, die ehrgeizig genug war, sich die Leiter des Erfolgs emporzuschlafen. Ich verurteilte sie nicht, sondern war nur erleichtert, daß Cornelius wahrscheinlich in seiner Annahme recht hatte, sie würde sich nie in ihn verlieben.

„Nun, ich möchte ihr natürlich nicht begegnen“, sagte ich, „wenn ich ihr aber später aus dem Wege gehen will, wie weiß ich, wer sie ist?“

„Sie ist etwa so groß wie ich, und sie hat dunkles, lockiges Haar, das immer unordentlich aussieht. Sie wird ein rotes Abendkleid tragen.“

„Woher willst du das wissen?“

„Weil sie nur ein Abendkleid besitzt.“

„Oh.“

Wir sagten nichts weiter. Er wandte sich der nächsten Seite seiner Zeitung zu, Carraway verkündigte, daß das Abendessen serviert sei, und als wir uns erhoben, um ins Speisezimmer zu gehen, konzentrierte ich mich wieder auf meine komplizierten Pläne, Jake Reischman von seiner Frau loszueisen.

IV.

Ich sah ihn den belebten Raum betreten, ein großer Mann, schwerer, als er früher gewesen war, sein Haar nicht nur heller als das von Cornelius, sondern auch glatter und spärlicher. Seine Augen erinnerten mich an den klaren Himmel an einem Wintermorgen. Ich beobachtete, wie er sich mühelos durch die Menge schob, ein Wort hier, ein Wort dort fallen ließ, jemandem auf die

Schulter klopfte, ein professionelles Lächeln verschenkte, einen Schritt vorwärts tat, einen seitlich, und wieder vorwärts.

Er war allein.

Zunächst konnte ich es nicht glauben, und dann, als ich begriff, daß meine komplizierten Strategien nicht länger notwendig waren, fühlte ich zum ersten Male, daß das Schicksal auf meiner Seite stand und das Glück sich endlich meiner erbarmte.

Er kam auf uns zu. „Guten Abend, Neil . . . Alicia . . .“ Sein professionelles Lächeln berührte kurz seine winterlich-blauen Augen, ein Zeichen, daß er sich unter alten Freunden befand.

„Hallo, Jake – wo ist Amy?“ fragte Cornelius selbstverständlich.

„Sie mußte sich heute einen Weisheitszahn ziehen lassen. Gestern abend bildete sich ein Abszeß, es war höchste Zeit – sie läßt sich entschuldigen und ausrichten, wie enttäuscht sie sei, nicht kommen zu können . . . Ah, Vicky! Mrs. Keller, welch reizender Anblick! Wie bekommt das Eheleben?“

„Oh, Onkel Jake, du alter Schmeichler!“ sagte Vicky und umarmte ihn.

„Den ‚Onkel‘ kannst du fallenlassen und den ‚alten‘ auch. Du vergißt, daß ich genauso jung bin wie dein Mann! Hallo, Sam – wie geht es dir? Kunstausstellungen sind doch bestimmt nicht deine Sache!“

„Vicky versucht, mich zu bilden – ich sage ihr immer wieder, daß es ein hoffnungsloses Unterfangen ist, aber sie ignoriert das einfach!“

Wir lachten alle, und ich überlegte in Panik, daß ich etwas zur Konversation würde beitragen müssen, wollte ich verhindern, daß Jake weiterging. Also sagte ich schnell: „Wie geht es den Kindern, Jake? Hat Elsa sich an ihre neue Schule gewöhnt?“

„Sie mag das Essen, aber mir schwant, daß sie in dieser Schule nicht glücklicher sein wird als in der letzten, wenn sie sich nicht dazu aufrafft, eine Diät zu machen. Sie müßte dreißig Pfund abnehmen und schlank und gepflegt wirken – wie du, meine liebe Alicia“, sagte Jake, glatt wie Eis im Winter, und lächelte mich an, um seine formelle, nichts bedeutende Anerkennung zu unterstreichen.

„Danke!“ sagte ich mit trockenem Mund.

Sam und Vicky hatten sich bereits entfernt, um mit jemand

anderem zu sprechen, und in diesem Moment nahm ein weiterer Millionär Cornelius in Beschlag. Ich hörte sie über Kunststipendien und über eine neue, große Stiftung reden.

„Vielleicht sollte ich mich davonschleichen, bevor sie mich fragen, wie das Kapital angelegt werden soll“, murmelte Jake. „Entschuldige, Alicia.“

Mein Herz hörte fast auf zu schlagen. Mir war, als würde ich gleich ohnmächtig werden.

„Jake.“

Er hielt höflich inne.

„Jake, ich –“

„Mein Gott, ist das ein Krach hier! Neil hat zu viele Leute eingeladen. Laß uns dort nach hinten gehen, meine Liebe – ich kann dich kaum verstehen.“

Wir gingen in eine ruhige Ecke hinter einer Plastik. Meine Hände strichen aufgeregt mein formelles schwarzes Kleid glatt, als ob ich irgendwie die nötige Haltung in dem eleganten Faltenwurf finden könnte; aber als ich zu sprechen versuchte, merkte ich zu meinem Entsetzen, daß ich den einleitenden Satz vergessen hatte, den ich so endlos lange für diese Gelegenheit einstudiert hatte.

„Alicia? Stimmt etwas nicht?“

Ich fand meine Sprache wieder. „Nein, nein, alles ist in Ordnung“, stammelte ich, „alles –“, mir ging auf einmal die Luft aus, und ich mußte warten, bis ich wieder zu Atem kam. Mir war, als mache ich eine brutale Strafübung mit. „– bestens. Ich wollte nur – Jake, kann ich dich irgendwann einmal sehen? Ich möchte etwas mit dir besprechen. Ich weiß, daß du sehr beschäftigt bist, aber –“

„Für meine Freunde habe ich immer Zeit. Wann würdest du dich gern mit mir treffen?“

„Oh, ich – nun, ich . . . vielleicht könntest du an einem Abend nach der Arbeit bei uns auf einen Drink vorbeikommen.“

„Ja, aber natürlich – es wird mir ein Vergnügen sein. Welchen Abend hast du dir gedacht?“

„Ich dachte . . . vielleicht nächste Woche . . . Donnerstag . . . Wenn es dir natürlich nicht paßt –“

„Donnerstag paßt ausgezeichnet. Aber ist Neil dann nicht in Chicago?“

„Ja. Aber es ist etwas sehr Vertrauliches, Jake. Du darfst Cornelius nichts davon erzählen, noch sonst irgend jemandem."

„Meine Lippen werden komplett versiegelt sein, ich verspreche es dir!" Er sah amüsiert und auch ein wenig neugierig aus. „Ich hoffe, es ist nichts Schlimmes?"

„O nein", sagte ich. „Überhaupt nicht. Vielen Dank, Jake."

„Bis Donnerstag", sagte er und hob zum Abschied leicht die Hand, als er in der Menge verschwand. „Ich freue mich drauf."

Ich starrte ihm nach, und der Lärm im Raum schien zuzunehmen, bis mir schwindlig wurde. Ich lehnte mich an die Wand und versuchte, regelmäßig zu atmen, aber ich war in Schweiß gebadet, und es war mir übler denn je. Ich fühlte mich unrein, als ob ich von einer widerlichen Seuche angesteckt worden sei.

Die Versuchung, bei Cornelius Trost zu suchen, war überwältigend, und als das Schwindelgefühl sich gelegt hatte, schob ich mich blindlings durch die Menge zu der Stelle, wo wir auseinandergegangen waren. Der Weg dorthin schien endlos lang zu sein. Mir war, als durchlebte ich den bekannten Alptraum, in dem einem der Mensch, den man erreichen möchte, immer gerade entschwindet.

„Cornelius!"

Ich hatte ihn endlich gefunden. Er drehte sich um, und als ich vor Erleichterung taumelte, hörte die Frau an seiner Seite auf zu reden. Ich starrte sie an. Niemand sprach. Es war, als sei der ganze Raum in Schweigen verfallen, obwohl das Getöse der Gespräche um mich noch immer übelkeitserregend an mein Ohr klang.

„Alicia", sagte Cornelius mit ausdrucksloser Stimme, „dies ist Teresa Kowalewski. Einige ihrer Bilder sind hier ausgestellt. Teresa, das ist meine Frau."

Die Frau trug ein glänzendes, rotes Kleid und rote Schuhe. Die beiden Rottöne paßten nicht zueinander. Sie war größer als Cornelius und sah schwerfällig und linkisch neben ihm aus.

„Hi", sagte sie und sah noch schwerfälliger und noch linkischer aus.

„Guten Abend." Ich wünschte, es wäre mir ein vernichtender Satz eingefallen. In meinen Radioserien machten die edlen Ehefrauen die Mätressen immer so schön fertig.

Für eine Sekunde konnte ich es noch immer nicht glauben, daß dies die Frau war, die mit Cornelius ins Bett ging. Ich wußte, daß es eine polnischamerikanische Frau namens Teresa irgendwo in Manhattan gab, die Bilder malte und nur ein Abendkleid besaß, und ich wußte, daß Cornelius sie aus verschiedenen Gründen regelmäßig besucht hatte; aber die Ungeheuerlichkeit ihrer Rolle in seinem Leben war mir bis dahin nie so ganz aufgegangen. Zweifellos hatte ich es vorgezogen, der Wahrheit nicht ins Auge zu blicken; vielleicht war ich dazu einfach nicht fähig gewesen, weil ich Cornelius so liebte. Jetzt aber sprang mich die Bedeutung dieser ganzen verletzenden, widerlichen Geschichte an, und ich konnte ihr nicht ausweichen. Dieses vulgäre, ungeschlachte, grelle Wesen ging mit meinem Mann ins Bett. Irgendwo in New York gab es ein Bett, in dem sie nackt beeinander lagen und all die Intimitäten austauschten, die mir vorenthalten wurden. Ich wußte, wie er küßte. Ich wußte, wie er mit einer Frau schlief. Sie besaß eine ganze Welt von Wissen, das nur mir hätte gehören sollen, und sie hatte kein Recht, es mit mir zu teilen.

Ich blickte Cornelius an und fühlte mich zum ersten Mal vollkommen betrogen.

„Dies ist der aufregendste Tag meines Lebens!" sagte die Frau hastig. „Ich hab' aber eine solche Angst, daß ich kaum sprechen kann!"

„Oh."

„Teresa hat Angst vor den Kritikern", sagte Cornelius unnötigerweise.

„Oh."

„Oh, da ist Kevin!" rief die Frau. „Entschuldigen Sie, aber ich muß einfach –" Sie enteilte dankbar.

Nach einer Pause sagte Cornelius angestrengt: „Es tut mir sehr leid. Ich kann mir nicht denken, weshalb du zu uns herübergekommen bist. Ich hatte dich doch gewarnt."

„Ja. Es macht nichts." Ich sah mich blind nach jemandem um, mit dem ich hätte reden können. Ein anderer Millionär nahm Cornelius beiseite.

Ich fragte mich, wie Jake im Bett sein würde.

V.

Ich trug mein elegantestes schwarzes Kleid und überlegte, wieviel Make-up ich benutzen sollte. Ich mochte Make-up nicht, aber wenn der vierzigste Geburtstag erst einmal am Horizont auftaucht, dann kann man nicht mehr so tun, als ob das natürliche Aussehen noch am schmeichelhaftesten sei. Schließlich puderte ich mein Gesicht leicht, trug einen dezenten Lippenstift auf und bürstete meine Wimpern sorgfältig mit Mascara. Dann wandte ich mich meinem Schmuckkasten zu. Ich ignorierte die Diamanten, die Cornelius gern an mir sah, überging die Rubine, Saphire und Smaragde, die ich heimlich verabscheute, und wählte eine einfache goldene Nadel.

Um sechs Uhr war ich unten in einem der Empfangsräume – nicht in Cornelius' geliebtem goldenen Zimmer, das klein und gemütlich war, sondern im Rembrandt-Zimmer, wo düstere Rembrandt-Selbstbildnisse herabblickten. Ich trank einen sehr großen Martini und bestellte einen weiteren. Dann überlegte ich voller Aufregung, ob der Versailles-Raum nicht eine weniger deprimierende Atmosphäre verbreitet hätte, aber ich hätte es wohl nicht ausgehalten, mich in all den goldenen Spiegeln reflektiert zu sehen. Außerdem waren die Möbel zu sehr Rokoko. Jake verdiente die ungezwungene Eleganz englischer Möbel, und da er daran gewöhnt war, mit der Reischmanschen Kunstsammlung zu leben, würde er vielleicht die selbstbeschaulichen Rembrandts an den Wänden kaum bemerken.

„Mr. Reischman, Madam", verkündete Carraway großartig in seinem besten englischen Akzent.

Als ich mich erhob, mußte ich feststellen, daß der ungewohnte Martini mich leicht schwindlig gemacht hatte, und ich stützte mich mit meinen Fingerspitzen unauffällig auf den nächsten Tisch, um die Balance zu halten. Unter diesen Umständen schien es nicht nur ein vergeblicher, sondern völlig hoffnungsloser Versuch, mein Gleichgewicht zu halten.

„Alicia!" sagte Jake, als er leise den Raum betrat. „Wie geht es dir? Ich hoffe, ich bin nicht zu spät dran." Für eine Sekunde hielt er meine beiden Hände und ließ sie dann los. Der physische Kontakt, nüchtern und bedeutungslos, war vorüber, bevor ich irgend etwas empfinden konnte, nicht einmal Furcht. Ich bemerkte zum ersten Mal, daß er kantige Hände mit kurzen Fingern wie ein Arbeiter hatte.

„Nein, nein, du bist natürlich nicht spät dran! Setz dich doch. Was möchtest du trinken?“ Ich versuchte, nicht wie eine Schauspielerin zu klingen, die eine unbekannte Rolle vom Blatt liest.

Jake blickte auf mein leeres Martiniglas und sagte dann leichthin, als er sich mir gegenübersetzte: „Ich nehme einen Scotch mit Eis. Johnny Walker Black Label, wenn möglich.“

Wir plauderten über die Eröffnung der Ausstellung, bis Carraway mit unseren Getränken zurückkehrte. Jake war entspannt, gewandt und sicher. Ich war so darauf konzentriert, das Gespräch in Gang zu bringen, daß es mir schwerfiel, Details seines Äußeren zu bemerken, aber ich sah doch, daß sein Anzug perfekt geschnitten war und daß er goldene Manschettenknöpfe trug.

„. . . und wie zauberhaft Vicky aussah!“ sagte Jake. „Die Ehe bekommt ihr offensichtlich gut.“

„Ja, wir sind alle so erleichtert.“

Carraway zog sich zurück. Jake erhob sein Glas mit Scotch. „Auf dich, Alicia!“ sagte er mit gekonnter Höflichkeit, um die ihn jeder Diplomat beneidet hätte. „Vielen Dank für die Einladung. Also, was ist diese vertrauliche Angelegenheit, von der du gesprochen hast? Ich muß zugeben, daß ich meine Neugier kaum beherrschen kann!“

Ich dachte, wenn er auch nur die leiseste Ahnung hätte, was ich vorhabe, dann wäre er weniger nonchalant. „Nun . . .“ Ich trank einen weiteren Schluck von meinem zweiten Martini. „Es ist so . . .“ Ich verstummte.

„Hat es mit Neil zu tun?“ fragte Jake, noch immer höflich, aber befreiend direkt.

„Ja“, sagte ich und nahm abermals einen schnellen Schluck.

Er bot mir sein Zigarettenetui an.

„Nein danke, Jake, ich rauche kaum mehr. Cornelius' Asthma –“

„Ich bin nicht Cornelius, und ich finde, du solltest eine Zigarette rauchen, um dich zu beruhigen.“

Ich nahm die Zigarette. Als er mir Feuer gab, sagte er abrupt: „Sitzt Neil irgendwie in der Klemme?“

„Oh, nein!“ sagte ich rasch. „Alles ist bestens. Es ist nur, daß wir, nun, wir haben beschlossen, ein – bißchen anders zu leben, das ist alles, ich meine, wir sind beide zu dem Entschluß gekommen, und unsere Ehe ist intakt, aber . . . also alles ist jetzt ein bißchen anders als zuvor.“

Nach einer Pause sagte Jake: „Aha“, und zündete sich seine eigene Zigarette an.

„Wahrscheinlich verstehst du überhaupt nichts, weil ich mich so dumm ausdrücke. Cornelius hat eine Mätresse, Jake. Ich meine, es ist nicht so, wie wenn du – es ist nicht nur eine Nacht hier oder dort mit jeder, die gerade zu haben ist. Er geht regelmäßig zu ein und derselben Frau. Ich nehme an, daß du darüber Bescheid weißt.“

„Nein“, sagte er. „Ich wußte es nicht.“

„Oh. Ich habe irgendwie immer gedacht, daß du, Cornelius, Kevin und Sam alle eure gegenseitigen Geheimnisse kennt.“

„Meine Liebe, diese Tage sind längst vorüber – wir sind jetzt über hundert Lichtjahre von den Sommern mit Paul in Bar Harbor entfernt. Wie hast du denn die Sache mit der Mätresse herausgefunden?“

„Oh, Cornelius hat es mir erzählt“, sagte ich, „selbstverständlich.“

Eine weitere Pause trat ein, bevor Jake sagte: „Selbstverständlich.“

„Aus verschiedenen Gründen – damit brauche ich dich nicht zu langweilen – haben Cornelius und ich beschlossen, nicht mehr miteinander zu schlafen. Wir haben die ganze Sache in Ruhe durchgesprochen und haben uns darauf geeinigt, daß er sich eine Mätresse nehmen sollte, während ich mir – mir –“

„Einen Liebhaber zulegen solltest? Neil erstaunt mich. Ich hätte ihm soviel Zivilisiertheit gar nicht zugetraut. Fühlt er sich dir gegenüber aus irgendwelchem Grunde besonders schuldig?“

Ich hörte mich schnell sagen: „Ich möchte mich lieber nicht über seine Motive auslassen, Jake.“

„Und ich will sie auch gar nicht wissen. Nun“, sagte Jake, indem er sich bequem in seinen Sessel zurücklehnte, das Glas in der einen und die Zigarette in der anderen Hand haltend, „suchst du also einen Liebhaber.“

„Ja.“ Unfähig, ihn anzusehen, trank ich meinen Martini aus

und hörte der ruhigen, einsichtigen Frau zu – das konnte doch unmöglich ich selbst sein –, die lässig über die Schwierigkeiten des Ehebruchs sprach. „Das ist natürlich nicht einfach. Ich muß vollkommen diskret sein, und deshalb kann ich mir nur jemanden aussuchen, der Cornelius gegenüber loyal ist. Du hältst es wahrscheinlich für absurd – möglicherweise sogar für verrückt –, daß ich mich nur an jemand wenden kann, der loyal zu Cornelius ist, um etwas zu tun, das nach der größten Unloyalität aussieht, aber –"

„– aber welch loyalere Geste könnte man sich vorstellen? Wenn ein Mann sich um die Frau seines Freundes kümmerte, wozu dieser offensichtlich nicht bereit ist, würde dieser Mann dann nicht jedem den größten Gefallen tun?"

„Genau!" Eine große Bürde schien von mir genommen, als ich voll Erleichterung feststellte, daß sein Verständnis jegliche weitere Erklärung überflüssig machte. „Ja. Also . . . du siehst, in welch peinlicher Lage ich mich befinde. Es gibt so wenig Männer, auf die ich mich absolut verlassen kann, und da Sam mit meiner eigenen Stieftochter verheiratet ist und Kevin kein Interesse hätte –"

„Meine liebe Alicia!" Jake setzte das Glas ab, drückte die Zigarette aus und sprang auf. „Welch ein enormes Kompliment!" Ohne auch nur im geringsten zu zögern, nahm er meine Hand und zog sie an seine Lippen, bevor er sich neben mich auf die Couch setzte. „Ich fühle mich wahnsinnig geschmeichelt. Aber –"

„Du hast kein Interesse." Ich wußte nicht, wie ich mit der Erniedrigung fertig werden sollte. Mein Gesicht war bereits rot vor Scham, so daß ich auf meine Hände starrte, aber als ich mich gerade verzweifelt fragte, wie ich ihm je wieder würde ins Gesicht blicken können, sagte er: „Du unterschätzt dich. Ich kann dir versichern, daß ich nicht all die Jahre auf eine Einladung gewartet hätte, wärest du nicht ausgerechnet die Frau von Cornelius Van Zale."

Seine Hand bewegte sich. Ich konnte mit großer Deutlichkeit die stumpfen, breiten Fingernägel und das feste Fleisch um die Gelenke sehen, und als diese Hand die meine bedeckte, fand ich, daß die dicken, mächtigen Finger einen festen, tröstenden Druck ausübten. Dann bemerkte ich mit der gleichen Deutlichkeit, daß sich der dunkle Stoff seines Anzugs straff über seinen Schenkel spannte, als er sich mir entgegenbeugte, und ich hatte sekundenlang eine lebhafte Vorstellung des festen Fleisches darunter. Mein Blick wanderte weiter seinen Schenkel hinauf und hielt dann inne, obwohl die Vision, die ich nun vor mir sah, nur in meiner Einbildung existierte.

Mir war heiß, aber die Hitze entsprang nicht mehr meiner Verlegenheit. Ich hörte mich mit leiser Stimme sagen: „Ich weiß, daß du Cornelius unter normalen Umständen nie hintergehen würdest, Jake, aber die gegebenen Umstände sind ganz anders. Denn Cornelius hat mir schließlich selbst die Erlaubnis erteilt, ein Verhältnis zu haben, mit wem ich will."

„Alicia", sagte Jake, „darf ich dir einen Rat geben. Neil mag ehrlich davon überzeugt sein, daß er deinen Ehebruch mit Gleichmut hinnehmen könnte. Er mag es aufrichtig glauben. In Wirklichkeit aber gibt es sehr wenig Männer, die die Untreue ihrer Frau tolerieren können, und ich bezweifle, daß Neil zu dieser Minderheit gehört. Es ist alles recht schön und gut, zu sagen, ihr hättet es auf zivilisierte Weise durchgesprochen, die Wahrheit aber ist, daß es keine zivilisierte Art gibt, auf die man Ehebruch besprechen kann. Es ist ein primitives Thema, das primitive Gefühle behandelt, und immer die Menschen geraten in die schlimmsten Schwierigkeiten, die glauben, sie handelten mit dem sogenannten zivilisierten Einvernehmen. Du darfst es ihm niemals erzählen, wenn du ihm untreu bist, und mußt völlig sichergehen, daß er es nie herausfindet."

Mir war plötzlich kalt. „Du glaubst also, es wäre zu gefährlich für dich, wenn du dich mit mir einließest."

„Nein, das habe ich nicht gesagt." Befriedigt, daß ich seine Warnung ernstgenommen hatte, schien Jake sich zu entspannen. Mit seiner freien Hand griff er nach der Zigarette. „Ich glaube, wenn wir vorsichtig wären", sagte er, „bestünde eine neunundneunzigprozentige Chance, daß niemand etwas erfährt. Es steht nur in den Oden der Literatur geschrieben, daß Ehebruch immer katastrophale Konsequenzen haben muß. Trotzdem bestünde immer ein leichtes Risiko, und das kann ich mir, ehrlich gesagt, nicht leisten. Ich habe an der Wall Street geschäftlich viel mit Neil zu tun, und diese Zusammenarbeit ist lebenswichtig für mich. Und außerdem –" Er schwieg.

„Außerdem", sagte ich düster und brachte den Satz für ihn zu Ende, „ganz gleichgültig, was man Gegenteiliges vorzubringen hat, wenn man fortschrittlich denkt, ein Mann geht einfach nicht mit der Frau seines besten Freundes ins Bett."

„Unsinn, das kommt dauernd vor! Außerdem haben Neil und ich keine Freunde im üblichen Sinn des Wortes. Statt dessen haben wir Alliierte, Helfer und Bekannte. Oder mit anderen Worten: Menschen, mit denen wir geschäftlich verhandeln, Menschen, die wir kaufen, und Menschen, die wir zur Kenntnis nehmen, weil es uns in den Kram paßt." Ich muß durch seinen Zynismus schockiert ausgesehen haben, denn er fügte rasch hinzu: „Aber ja, ich habe Neil gern, und ich respektiere ihn – obwohl das im Zusammenhang mit dem, was ich sagen wollte, irrelevant ist. Ich wollte vielmehr Folgendes sagen: es fällt mir schwer, zu glauben, daß ich die beste Lösung für dein Problem bin. Das einzig richtige wäre doch sicher, zu warten, bis Neil sich von seinem momentanen Wahnsinn erholt hat und zu dir zurückkehrt. Was, zum Teufel, will er denn überhaupt mit dieser anderen Frau? Er ist doch nach dir verrückt! Du kannst dir nicht vorstellen, wie du mich eben schockiert hast, als du mir erzähltest, daß er eine reguläre Mätresse hat."

„Er kann nichts machen – es ist nicht seine Schuld –" Jetzt fing ich auch noch an zu weinen.

Jakes Händedruck wurde fester. „Kannst du versuchen, mir das Problem zu erklären?"

„Nein, ich darf nicht . . . nicht fair . . . Cornelius . . . niemand darf es wissen."

„Bist du sicher, daß es nicht besser wäre, wenn du es jemandem sagtest? Und glaubst du nicht rückblickend, daß der Hauptgrund war, weshalb du mich hergebeten hast, daß du ratlos bist und jemanden brauchst, dem du dich anvertrauen kannst?"

„Vielleicht." Ich hatte meine Hand weggezogen und suchte nach einem Taschentuch.

Er drückte seine Zigarette aus. „Ich glaube, du willst überhaupt gar keinen Liebhaber", sagte er, indem er nach seinem Scotch griff. „Ich glaube, du willst jemanden, mit dem du sprechen kannst."

Meine Stimme sagte sofort: „So einfach ist es nicht."

„Nein?"

Ich schüttelte heftig den Kopf und betrachtete das goldbraune Gleißen des Whiskys, als das Glas auf den Tisch zurückgestellt wurde.

„Ich muß gehen, bevor ich etwas sehr Dummes tue“, sagte Jake und erhob sich abrupt.

Ich sagte nichts.

Er rührte sich nicht. Einige Sekunden vergingen. Ich konnte ihn nicht ansehen.

„Es ist nicht, daß ich dir nicht helfen möchte. Ich wünschte, ich könnte dir wenigstens raten.“

„Bitte geh, Jake.“

„Ich möchte aber, daß du weißt –“

„Schon gut. Ich verstehe.“

Es war wieder still, bevor er höflich sagte: „Wir müssen uns natürlich noch einmal treffen, außer du zögest es vor –“

„Ja. Ich möchte, daß wir weiterhin miteinander verkehren, als ob dieses Treffen nie stattgefunden hätte.“

„Wie du willst.“ Er ging auf die Tür zu. „Verzeih mir, aber ich bin sicher, daß dies der klügste Weg für uns beide ist.“

Ich nickte, den Kopf über meine verschränkten Hände gebeugt und wartete auf das Geräusch der sich schließenden Tür. Es schien, daß ich endlos lange darauf warten mußte, aber schließlich hörte ich das sanfte Klicken des Schlosses, das mir anzeigte, daß ich allein war.

„O Gott!“ schluchzte ich verzweifelt, und die Tränen strömten durch meine Finger, als mein ganzer Körper vom Weinen geschüttelt wurde.

Seine Hand berührte meine Schulter.

Ich fuhr zusammen. Der Schock war so groß, daß die zarte Geste für mich zu einem gewalttätigen Akt wurde.

„Ich habe die Tür verschlossen“, sagte er und nahm mich in seine Arme.

VIERTES KAPITEL

I.

Ich konnte nur denken, wie anders als Cornelius er war. Cornelius' Mund war immer so fest, selbst wenn er sanft küßte, aber Jakes Küsse waren irgendwie weicher, weniger leicht zu definieren. Seine Lippen waren schmal, aber wohlgeformt; seine Zunge war hart und trotzdem vorsichtig, als er versuchte, in meinen Mund, den ich nicht öffnen konnte, einzudringen; ich war mir seiner widerstreitenden Gefühle bewußt, die sich hinter der polierten Fassade rührten, Gefühle, die ganz anders waren als Cornelius' gradliniger Ausdruck von physischer Begehrlichkeit, und obwohl ich versuchte, meine Lippen für ihn zu öffnen, trug meine Reserviertheit den Sieg davon, und ich wußte, daß ich mich vor dem Unbekannten fürchtete.

Jake hielt inne.

Ich fühlte, wie sich seine Arme entspannten. Er hatte seine Hände während der Umarmung nicht bewegt, trotzdem war ich mir seiner kräftigen Finger, die unnachgiebig gegen meinen Rücken drückten, äußerst bewußt. Ich war wieder ängstlich, verloren, verwirrt.

Ich sah, wie er kurz zur Tür blickte, als ob er wünschte, daß wir uns nach oben in eine weniger formelle Umgebung zurückziehen könnten, aber das war natürlich unmöglich, da irgendein Bediensteter uns mit Sicherheit gesehen hätte. In dem Versuch, den Raum intimer zu machen, sagte er schließlich leise: „Soll ich die Vorhänge zuziehen?"

Ich nickte, und er schloß die Vorhänge, um das Licht des frühen Abends zu dämpfen, aber obwohl es dunkler im Zimmer wurde, konnte ich ihn noch deutlich sehen. Als er sein Jackett auszog, merkte ich, daß er zwar größer, aber bei weitem nicht so wohlproportioniert war wie Cornelius. Ich dachte an die perfekte Linie von Cornelius' Hals und Schultern, und ich sehnte mich plötzlich nach ihm, nicht nur nach seiner physischen Gegenwart, sondern nach seiner einfachen, direkten, unkomplizierten Einstellung zu einer Leidenschaft, die meinen Panzer der Reserviertheit immer sofort durchdrungen und meine verborgensten Befürchtungen mühelos zerstreut hatte.

Jake nahm seine Krawatte ab und öffnete den obersten Knopf seines Hemdes.

Als er mich wieder in die Arme nahm, fühlte ich die steigende Hitze seines Körpers, und da mir panisch bewußt war, daß ich mich jetzt nicht zurückziehen konnte, ohne ihn für immer vor den Kopf zu stoßen, brachte ich es endlich fertig, meinen Mund dem seinen zu öffnen. Sein Benehmen änderte sich sofort. Die gezielte, sinnliche Zurückhaltung, die seine Küsse so seltsam flexibel und mir so ganz fremd gemacht hatte, verwandelte sich in eine dunklere, aggressivere Sexualität, die im krassen Gegensatz zu der liebenswürdigen Maske stand, die er der Welt präsentierte. Und als ich den ersten Einblick in die Tiefe seiner groben, ärgerlichen, bitteren Persönlichkeit gewann, stellte ich mit Entsetzen fest, daß ich im Begriff war, mich einem Mann zu geben, den ich nie gekannt hatte.

Ich konnte mich nicht länger bewußt anstrengen, angemessen zu reagieren. Als er anfing, mich zu streicheln, und sein Körper sich immer fester an mich drückte, verlor ich die Nerven. Ich wurde völlig steif und versuchte dann, mich freizumachen.

Er ließ mich sofort los und trat zurück. Seine Augen waren von einem heißen, gewalttätigen Blau. Ich hatte wahnsinnige Angst.

„Es tut mir leid – entschuldige – ich kann es nicht verstehen – ich habe mich so nach dir gesehnt –"

„Du hast dich nach ihm gesehnt." Ich sah, wie er rasch alle Spuren der geheimnisvollen, primitiven Persönlichkeit verbarg, die er mir entdeckt hatte. Er zog ein Taschentuch hervor, wischte sich sorgfältig den Schweiß von der Stirn und knöpfte schnell sein Hemd zu. Dann ergriff er das Glas Scotch, leerte es und suchte in den Taschen seines abgelegten Jacketts nach einer Zigarette. Als sie brannte, inhalierte er einmal und legte sie dann in den Aschenbecher, während er seine Krawatte band.

„Jake, ich weiß kaum, was ich sagen soll – ich fühle mich so verlegen und beschämt –"

„Sei nicht absurd. Wenn sich jemand verlegen und beschämt fühlen sollte, dann bin ich es. Ich kann mir nicht denken, weshalb ich so naiv war, mir vorzustellen, daß ein kompliziertes Problem je auf so leichte Art gelöst werden könnte. Hier –" Und er gab mir seine Zigarette, während er sich sein Jackett anzog.

Ich führte die Zigarette an meine Lippen, konnte aber nicht inhalieren. Ich fühlte mich wieder ganz verloren, wußte nicht, was ich tun sollte, aber dann nahm er die Situation in die Hand, zog mich neben sich auf die Couch, wo wir uns die Zigarette teilten und legte seinen Arm um mich, als ich trostsuchend näher rückte. Nach einer Weile hatte ich den Mut zu fragen: „Bist du sehr böse?"

„Nein. Enttäuscht, ja – ich bin auch nur ein Mensch! Aber nicht böse. Wie geht es dir? Schlechter oder besser?"

„Ich bin nicht sicher, ich bin so durcheinander. Ist es möglich, daß ich mich besser fühle, nachdem ich alles so verbaut habe? Wäre dies nicht der Augenblick, in dem ich total auseinanderfallen sollte."

Er lachte. „Ich wollte, es wäre so – nichts wäre mir lieber, als dich wieder zusammenzusetzen! Jetzt mußt du mir aber erzählen, was dein eigentliches Problem ist. Glaubst du nicht, daß ich mir dein Vertrauen verdient habe?"

Ich erzählte ihm alles. Es dauerte eine lange Zeit. Hinterher brachte Carraway uns Sandwiches und Kaffee; mir war nicht nach Essen zumute, aber Jake bestand darauf, also aß ich ein halbes Hühnersandwich. Der Kaffee war stark, und ich begann endlich, mich besser zu fühlen.

„Es ist eine interessante Idee von dir, daß die Situation sich bessern würde, wenn Vicky Sebastian heiratet, aber ich glaube nicht, daß du da recht hast", sagte Jake. „Ich glaube, Neil braucht einen weitaus stärkeren Schubs, um ihn wieder ins Gleis zu bringen."

„Was meinst du damit?"

„Nun, alles hat bei ihm völlig die Proportion verloren, nicht wahr? Seine Prioritäten stimmen nicht mehr. Jeder ausgeglichene Mann würde einsehen, wie verdammt gleichgültig die Sterilität ist, solange er nur dich hat. Gott, wenn ich eine Frau hätte wie dich – aber ich will nicht vom Thema abweichen. Was Neil braucht, ist etwas, das ihn eindeutig daran erinnert, was im Leben wichtig ist und zählt, aber ich muß zugeben, daß ich nicht weiß, was das sein könnte. Ist er beim Psychiater gewesen?"

„Oh, nein!“ sagte ich entsetzt. „Das würde er nie in Erwägung ziehen! Ich selbst bin bei zwei oder drei gewesen, aber –“

„Du! Mein Gott, du bist doch völlig normal!“ Jake stellte seine Kaffeetasse ab, fegte eine Krume von seiner Manschette und erhob sich. „Ich muß gehen, oder es gibt Krach mit Amy, wenn ich nach Hause komme. Hör zu, meine Liebe, wir müssen uns natürlich wiedersehen. Ich arbeite gewöhnlich bis sechs Uhr dreißig oder sieben, aber wenigstens an einem Abend der Woche arrangiere ich es immer, das Büro um fünf zu verlassen. Welcher Tag in der kommenden Woche würde dir passen?“

„Das ist schwierig . . . Weißt du, Cornelius wird bis dahin aus Chicago zurück sein.“

„Oh, ich wollte keineswegs vorschlagen, daß wir uns hier treffen! Ich habe ein Apartment in den East Fifties. Wollen wir uns dort heute in einer Woche treffen?“

„Nun, ich – ja, ich würde gerne – aber –“

„Wir werden uns nur unterhalten. Mehr brauchst du im Moment nicht.“

„Aber wäre das dir gegenüber fair?“

„Warum nicht? Wäre es denn uns beiden gegenüber fairer, wenn ich darauf bestünde, daß du mit mir ins Bett gehst, wenn du im Grunde mit jemand anderem ins Bett willst? Glaubst du, das würde mir mehr Spaß machen als dir?“ Ohne auf eine Antwort zu warten, schrieb er die Adresse der Wohnung auf und gab mir zwei Schlüssel, die er von seinem Schlüsselbund abnahm. „In der Eingangshalle sitzt ein Portier“, sagte er, „wenn er dich anhält, sagst du ihm einfach, du wolltest Mr. Strauss besuchen.“

Ich nahm die Schlüssel und wickelte sie sorgfältig in das Papier mit der Adresse. Als wir zur Tür gingen, wollte ich so viel zu ihm sagen, aber es war zu schwierig, die richtigen Worte zu finden. Es fiel mir sogar schwer, einfach „danke“ und „auf Wiedersehen“ zu sagen.

Ein Diener öffnete in der Eingangshalle die Haustür, während Carraway sich bei der Treppe zu schaffen machte. Jake und ich verabschiedeten uns, zwei Schauspieler, die zum ersten Mal ein Publikum vor sich haben.

„Gute Nacht, Alicia. Vielen Dank für den Kaffee und die Sandwiches.“

„Nichts zu danken, Jake. Gute Nacht“, sagte ich höflich und

blieb in der Tür stehen, bis sein Wagen im Dämmerlicht des Abends verschwunden war.

II.

„Ich möchte Mr. Strauss besuchen“, sagte ich eine Woche später zu dem uniformierten Portier des modernen Wohnblocks in der East Fifty-Fourth Street.

Dies war offensichtlich ein unwichtiges Ereignis im täglichen Leben des Portiers. Mit einem Lächeln wies er auf den Lift und sagte: „Nummer 6D, Ma'am.“

Ich versuchte, so zu tun, als sei ich durchaus daran gewöhnt, Mr. Strauss in seiner Wohnung zu treffen, und betrat den Lift, drückte auf den Knopf und fragte mich, wie viele andere Frauen schon den Schlüssel besessen hatten, den ich jetzt aus meiner Handtasche nahm. Jake schien plötzlich unerreichbar zu sein, weit von mir entfernt durch Jahre außerehelicher Erfahrung. Zweifellos war er lediglich an mir interessiert, weil ich eine größere Herausforderung für ihn darstellte als die Frauen, die er gewöhnlich mühelos verführte, und ich fühlte mich äußerst deprimiert, als ich mit dem Schlüssel die Tür öffnete.

„Jake?“ rief ich nervös.

Keine Antwort.

Ich schloß die Tür hinter mir und ging auf Zehenspitzen den kleinen Flur entlang und betrat dann das geräumige Wohnzimmer. Lange, niedrige, dunkelrot bezogene Sofas leuchteten auf einem riesigen Perserteppich. Die Sofas waren überladen mit dicken Kissen aus einem reichbestickten Material, das sich in den schweren, luxuriösen Vorhängen wiederholte, und die Wände waren mit einer Samttapete in passendem Dunkelrot ausgeschlagen. Die drei Gemälde im Zimmer, auf denen detaillierte Szenen aus Venedig zu sehen waren, konnten echte Canalettos aus der Reischman-Kunstsammlung sein, während die drei niedrigen Messingtische, die einen orientalischen Hauch in die prunkvolle Atmosphäre des Raumes brachten, mich daran erinnerten, daß Jake nicht nur Deutschamerikaner, sondern außerdem noch Jude war.

Ich fühlte mich weiter denn je von ihm entfernt, als ich meinen

Hut und Mantel in den leeren Schrank bei der Eingangstüre hing und dann in meiner Handtasche nach einer Zigarette suchte. Mein Feuerzeug funktionierte nicht. Ich fand eine kleine Küche, aber keine Streichhölzer, also atmete ich tief durch und betrat das Schlafzimmer. Das riesige Himmelbett war mit Metern von tiefroter Seide drapiert, und wieder mußte ich an den Orient denken. Ich ging über einen weiteren kostbaren Perserteppich, ignorierte den wandgroßen Akt eines französischen Impressionisten, das einzige Bild im Zimmer, und öffnete die Schubladen der Nachttischchen an beiden Seiten des Bettes. Ein Nachttisch war leer. Der andere enthielt einen dünnen Band Cartoons aus dem „New Yorker", einen Band unübersetzter Gedichte von Goethe und drei Päckchen mit Kondomen.

„Alicia?" rief Jake, als er die Eingangstür im Flur öffnete.

Schuldbewußt schloß ich die Schublade und eilte ins Wohnzimmer zurück.

„Entschuldige", sagte ich ohne jeden Zusammenhang, „ich habe nur – ja, was hast du denn da?"

Jake trug eine große Papiertüte. Wir küßten uns so beiläufig, als ob wir uns bereits seit zwanzig Jahren jede Woche getroffen hätten, und dann ging er an mir vorbei in die Küche.

„Ich habe die Wohnung einige Zeit nicht mehr benutzt", sagte er. „Also habe ich auf dem Herweg das Lebensnotwendigste besorgt." Er öffnete die Tüte und entnahm ihr eine Flasche Johnny Walker Black Label, ein Glas Oliven, eine Zitrone, vier Bagels, ein halbes Pfund Sahnequark und einige Scheiben Lox. „Gin und Wermut sollten hier sein", sagte er. „Darf ich dir einen Martini machen?"

„Nun, gewöhnlich trinke ich keinen Martini, aber vielleicht –"

„Eine Minute." Er suchte im Küchenschrank herum. „Der letzte Nutznießer dieser Wohnung scheint zwei Flaschen Wermut und anderthalb Flaschen Gin geklaut zu haben. Gott, wie schäbig! Würde es dir etwas ausmachen, Scotch zu trinken?"

„Ich habe noch nie Scotch getrunken. Ich werde mir sehr dekadent vorkommen! Mein Vater hatte recht altmodische Vorstellungen darüber, was Frauen trinken sollten."

„Ich werde den Spirituosenhändler anrufen."

„Nein, nein – laß mich den Scotch versuchen! Aber mach ihn sehr schwach."

„Natürlich." Er goß unsere Getränke ein. „Magst du Bagels?"

„Ich . . ."

„Hast du noch nie eins gegessen?" Er lächelte mich an, seine Augen blickten amüsiert, aber auch vorsichtig auf mich herab, als wäre ich genauso ein Rätsel für ihn, wie er es für mich war.

„Natürlich habe ich schon mal Bagels gegessen!" trumpfte ich auf. „Warum auch nicht? Man muß schließlich nicht Jude sein, um Bagels zu essen!"

Als er lachte, schwand die leichte Spannung zwischen uns sofort. „Gut! Aber vielleicht essen wir erst etwas später. Darf ich dir zunächst einmal Feuer für deine Zigarette geben?"

Wir gingen ins Wohnzimmer und sanken auf eines der roten Sofas nieder. Es war geradezu sündhaft bequem.

„Wie findest du die Wohnung?" fragte Jake, bevor ich wieder nervös werden konnte.

Ich wußte nicht, was ich sagen sollte, weil sich sein Geschmack offensichtlich so sehr von dem meinen unterschied. Ich liebe helle, hübsche Räume in Pastellfarben und elegante Möbel und viel freien Raum. „Sie ist sehr eindrucksvoll", sagte ich vorsichtig.

„Aber nicht im Einklang mit den Anforderungen der Ostküstenaristokratie!" sagte er belustigt. Aber bevor ich noch so verlegen aussehen konnte, wie ich mich fühlte, erhob er sein Glas zu einem Toast. „Auf uns beide", sagte er. „Ich freue mich sehr, dich zu sehen."

Ich fühlte mich noch immer unsicher wegen unserer Verschiedenheit, aber ich brachte es fertig, sein Lächeln zu erwidern, mein Glas zu heben und „danke" zu murmeln. Der Scotch schmeckte komisch, weicher als Martini. Als ich mein Glas auf den Tisch zurückstellte, versuchte ich krampfhaft, mir ein Gesprächsthema einfallen zu lassen, aber er fing sofort zu reden an, als habe er meine Panik gespürt.

„Es ist jetzt nicht mehr in Mode, über die alten Familien zu sprechen", sagte er leichthin, „aber erinnerst du dich noch daran, wie man früher ungehemmt über ‚unsere Leute' und ‚eure Leute' gesprochen hat? Die jüdische und die Yankee-Aristokratie, die Zwillingssäulen der New Yorker Gesellschaft, die parallelen Linien, die sich nie trafen!"

„Ich glaube, wir sollten nicht über –", sagte ich rasch, merkte dann aber, daß ich dem Abgrund zwischen uns keinen Namen geben konnte.

„Natürlich müssen wir!“ sagte Jake. „Wir müssen das Thema so lange durchkauen, bis wir beide davon zu Tode gelangweilt werden, sonst wird es uns nur ein Klotz am Bein sein!“

„Ich –“

„Laß mich damit beginnen, wie sehr ich deinen Mut bewundere.“

„Meinen Mut?“

„Den Mut, die Konventionen hinter dir zu lassen, die wir beide von klein auf haben respektieren müssen.“

„Meinst du –“

„Parallele Linien dürften sich eigentlich nie überschneiden. Du hast sie ergriffen und dir zurechtgebogen. Jemand, der nicht auf eurer oder meiner Seite erzogen wurde, würde vielleicht gar nicht begreifen, wieviel Mut dazu gehört.“

„Nein, es war nicht Mut, es war einfach . . .“ Ich versuchte zu erklären, wie unwichtig mir die Unterschiede in den gegebenen Umständen erschienen waren. „Man kann natürlich nicht so tun, als ob die Unterschiede nicht existierten“, sagte ich schließlich, „aber jetzt scheinen nur die Ähnlichkeiten wichtig zu sein – die Tatsache, daß wir beide aus der gleichen Welt stammen, selbst wenn diese Welt zwei getrennte Hälften hat. Ich glaube, daß wir trotz allem noch immer die gleiche Sprache sprechen.“

„Ah, aber reden ist so schwierig!“ sagte Jake. „Es ist leicht, ewig dieselben Worte zu gebrauchen und nie etwas Neues zu sagen. Deswegen sollten wir jetzt all die Dinge zueinander sagen, die wir in den langen Jahren, seit wir uns kennen, nie auszudrükken gewagt haben. Wie viele Jahre kennen wir uns? Zwanzig? Nun, egal wie lange wir nun schon so tun, als ob wir uns kennen; das spielt jetzt keine Rolle. Es gibt andere Fragen, die ich dir lieber stellen würde. Zum Beispiel wie es war, als Dean Blaises Tochter aufzuwachsen, als kleine weiß-angelsächsisch-protestantische Prinzessin im Herzen des guten, alten New York?“

„Jake!“ Ich mußte über die schreckliche Beschreibung lachen, und auf einmal schien der Abgrund, der uns voneinander trennte, nicht mehr unüberbrückbar zu sein. „Das willst du doch nicht wirklich wissen!“ protestierte ich. „Das kann doch nicht wahr sein!“

„Ah, ihr geheimnistuerischen Angelsachsen!“ rief er und lachte mit, als seine Finger meine Hand fest umschlossen. „Wenn ihr könntet, würdet ihr die ganze Welt im Namen eurer sogenannten guten Erziehung und eures guten Geschmackes unterdrücken! Nun, ich ziehe es vor, die Verrücktheiten der Welt offen in Kauf zu nehmen und sogar darüber zu lachen, wenn es mir paßt. Wenn man sich wirklich einmal die Zeit nähme, darüber nachzudenken, wie blödsinnig das Universum arrangiert ist, würde man sofort wahnsinnig werden. Deswegen ist es ab und zu gut, darüber zu lachen; es ist Therapie, es verdünnt den Schmerz . . . Also bitte – erzähl mir von deinem früheren Leben. Ich habe den komischen Verdacht, daß es trotz der besagten Unterschiede viel mehr dem meinen ähnelt, als deine oder meine Seite zuzugeben bereit ist . . .“

III.

Während mehrerer Begegnungen erzählte ich ihm alles. Wir trafen uns immer am Donnerstag, immer zur gleichen Zeit, nie länger als eine Stunde lang. Ich sagte Cornelius, daß ich dem Vorstand einer neuen Wohltätigkeitsorganisation beigetreten sei, und er sagte, er sei froh, daß ich etwas gefunden habe, das mir die Zeit vertriebe.

Bei all unseren Treffen schlug Jake niemals vor, ins Schlafzimmer zu gehen. Wir küßten uns leichthin, wenn wir uns begrüßten, und küßten uns herzlich, wenn wir uns verabschiedeten, aber ansonsten gab es keine physische Intimität zwischen uns. Trotzdem wurde die Vertrautheit, die zwischen uns bestand, immer wichtiger für mich. Gewöhnlich saß ich da und trank seinen Lieblingsscotch, und während ich redete, beobachtete ich, wie seine Finger das Glas umschlossen, betrachtete sein Profil, wenn er das Glas zu den Lippen führte. Die Linie seines schöngeschwungenen Mundes wurde mir vertraut wie seine hohe Stirn, seine schmale Nase und die feste Linie seines Kiefers, und als die Tage kürzer wurden und ich ihn nur noch bei künstlicher Beleuchtung sah, merkte ich, daß sein glattes, sich lichtendes Haar nicht mehr fahl, sondern golden aussah.

Wann immer wir uns trafen, brachte er etwas anderes zum

Essen mit. Den Bagels mit Lox und Sahnequark folgten Pastrami, die ich nicht essen konnte, und dann Kartoffelpuffer, die ich hervorragend fand. Erst als er sich weigerte, den von mir mitgebrachten Kaviar zu essen, merkte ich, daß er sich hier all die Leckerbissen genehmigte, die er zu Hause nie bekam. Die Küche der Reischman-Villa in der Fifth Avenue war viel zu vornehm, um von der Existenz von Bagels und Pastrami Notiz zu nehmen.

Im Grunde aßen Jake und ich wenig. Ich entwickelte eine Vorliebe für Scotch, obwohl ich natürlich darauf achtete, zu Hause weiterhin Sherry zu trinken, damit Cornelius nichts merkte. Ich rauchte auch mehr als sonst, aber ich hatte deswegen kein schlechtes Gewissen, da Jake Kettenraucher war und sich jede neue Zigarette an der Kippe der vorhergegangenen anzündete. Ich fragte mich manchmal, ob er wohl soviel rauchte, weil es für ihn so anstrengend war, mir zuzuhören, oder ob er seinen sexuellen Appetit dämpfen wollte. Aber ich wußte es nicht und konnte es nicht erraten. Statt dessen redete ich weiter. Ich redete über meine isolierte Kindheit mit einer Stiefmutter, die mich nicht mochte, und einem Vater, der völlig mit seiner Arbeit beschäftigt war; und Jake rauchte und hörte zu, blieb aber ein Rätsel. Ich redete über die Internate, über die schrecklichen Sommerferien, in denen ich mit einer Reihe von Gouvernanten nach Europa verschickt worden war; und Jake nickte und war mitfühlend, aber undurchschaubar. Ich erzählte ihm, wie ich Ralph geheiratet hatte, um meinem Zuhause zu entfliehen; ich versuchte, das Gefühl zu beschreiben, als ich mir so einmalig und ungewöhnlich vorgekommen war, nämlich bei der Geburt meiner beiden Söhne, ich ging die ganze traurige Geschichte meiner ersten Ehe durch samt dem katastrophalen Ende, und Jake hörte zu und ermutigte mich, weiterzusprechen, weshalb, war mir unklar.

Trotzdem redete ich weiter. Ich sprach weiter zu diesem Fremden, dessen Äußeres mir allmählich so vertraut war; und dann, eines Tages, als wir die halbe Zeit unseres sechsten Treffens hinter uns gebracht hatten, vertauschten wir die Rollen, und er begann, zu mir zu sprechen.

IV.

„Ich wußte natürlich immer, daß wir anders waren", sagte Jake. „Ich wußte, daß wir etwas Besonderes waren. Als ich ein kleiner Junge war, dachte ich, wir wären königlicher Abstammung. Mein Vater war wie ein Gott. Jeder verbeugte sich und machte Kratzfüße vor uns. Es gab eine Horde unbedeutenderer Verwandter, die alle meinen kindlichen Glauben bestärkten, daß wir das Zentrum des Universums seien. Du kannst dir kaum vorstellen, wie abgeschirmt ich war, aber vielleicht kannst du dir ausmalen, welch einen Schock ich bekam, als ich schließlich in die Welt hinausging und all den Vorurteilen gegenüberstand. Nichts hatte mich darauf vorbereitet. Mein Vater hatte eine kurze Unterredung mit mir gehabt, als er auf die ketzerische Idee gekommen war, mich nach Groton zu schicken. Aber ich erreichte nicht einmal das Schultor, und hatte so keine Gelegenheit, mit Jungen der anderen Welt zusammenzukommen. Die einflußreichen Leute in Groton wiesen meinen Vater sehr höflich in die Schranken, indem sie ihm erklärten, Groton sei wirklich nicht die richtige Schule für mich; ich würde mich dort nicht wohl fühlen.

Zuerst konnte ich nicht begreifen, daß ich abgelehnt worden war. Dann war ich sehr verletzt, schließlich aber wurde mir klar, daß es am besten war, die Nase hoch zu tragen und einfach ‚na und?' zu sagen. Manchmal glaube ich, daß ich seitdem nur noch arrogant war und ‚na und?' gesagt habe.

Gott, wie habe ich deine ‚Leute' gehaßt!

Dann trat Paul in mein Leben, und alles wurde anders. Du kennst Pauls Vergangenheit – er war ein Ostküstenaristokrat, der seine Ausbildung bei einem jüdischen Bankier erhielt. Er umfaßte beide Welten. Er und mein Vater standen sich so nah wie heutzutage Sam und Neil. Ich habe Paul gekannt, solange ich mich zurückerinnern kann, aber ich hatte ihn nie gut gekannt, denn ich war nur ein Kind, und Kinder tauchten bei den sagenhaften gesellschaftlichen Anlässen nicht auf, wenn die Van Zales bei uns zum Abendessen eingeladen waren. Aber Paul muß mich bemerkt haben, denn er lud mich in jenem Sommer, als ich siebzehn war, nach Bar Harbor ein.

Ich war sehr aufgeregt. Ich bewunderte Paul, aber ich hatte

auch Angst vor ihm. Ich fürchtete mich auch vor den drei nichtjüdischen Jungen, die er in sein Sommerhaus eingeladen hatte, und ich fürchtete mich vor Bar Harbor, der Hochburg der blaublütigsten Ostküstenaristokratie, die meinte, Newport sei wirklich nicht mehr sehr chic, und die glaubte, daß all die jüdischen Ferienorte an der Küste von New Jersey nicht einmal der Erwähnung wert wären. Als ich also am Anfang der Ferien in Bar Harbor ankam, war ich sehr, sehr arrogant und trug die Nase ganz hoch, und die ersten zwei Tage waren die reine Hölle.

Dann zerrte Paul uns aus unseren diversen Schneckenhäusern, und ich stellte erstaunt fest, daß die anderen genauso unsicher waren wie ich. Nach dem Abendessen mußten wir gewöhnlich über ein von ihm gestelltes Thema diskutieren, und das erste Thema war: was bedeutet es, Amerikaner zu sein. Für jeden von uns bedeutete es natürlich etwas anderes. Ich mußte erklären, wie es war, ein jüdischer Junge zu sein, der in der Fifth Avenue wohnte; Kevin mußte erklären, was es bedeutete, von einer irischamerikanischen Familie abzustammen, die in der Politik steht; Sam mußte uns erzählen, was es hieß, ein deutscher Einwanderer zu sein, und Neil hatte uns gesagt, wie es war, in der abgeschlossenen Vorortswelt von Cincinnati aufzuwachsen. Paul zwang uns dazu, einander kennenzulernen, und als die Schranken erst einmal gefallen waren, sahen wir, wie ähnlich wir einander waren, vier intelligente, ehrgeizige Jungen, das ideale Material für Paul, uns zu formen.

Ich hebe das Bar-Harbor-Erlebnis so hervor, weil du begreifen mußt, welch ein Wendepunkt es in meinem Leben war; weil du verstehen wirst, was ich Paul verdanke und weshalb ich mich später so von ihm beeinflussen ließ. Paul gab mir, was die Götter von Groton mir verweigert hatten: er machte mich mit der anderen Welt bekannt, und es war eine Luxuseinführung, denn als Paul Van Zales Protegé öffneten sich mir sogleich alle Türen. Aber Paul tat mehr als das. Er behandelte mich genau wie die anderen, und diese akzeptierten Pauls Einordnung und behandelten mich als ihresgleichen. Es war eine Umgebung ohne Vorurteile, und das gab mir das Selbstvertrauen, das ich so dringend brauchte.

Das war die positive Seite des Bar-Harbor-Erlebnisses. Es gab aber auch eine negative Seite. Man kann darüber streiten, ob ein zynischer Mann von Welt, wie Paul Van Zale es war, das Recht hatte, einen Haufen halbwüchsiger Burschen so nach seinem Willen zu formen, besonders Burschen, die nicht nur unsicher, sondern auch reichlich durcheinander waren. Und ich war damals sehr durcheinander, denn ich hatte gerade festgestellt, daß ich kein Banker werden wollte.

Ich hatte natürlich nicht gewagt, das meinem Vater zu eröffnen. Mein Vater war ein Tyrann, und wir hatten alle Angst vor ihm. Wie dein Vater ging er völlig in seinem Beruf auf, und wir mußten ihn – zu unserer Erleichterung – nicht viel sehen. Es war richtig, daß er meine Schwestern verwöhnte, aber meinen Bruder und mich . . . wußtest du, daß ich einmal einen älteren Bruder hatte? Er konnte meinen Vater nie zufriedenstellen, der arme Teufel, und mein Vater hat ihn verhauen und immer wieder verhauen, bis er eines Tages weglief und nie zurückkehrte. Er kam bei einem Autounfall in Texas im Jahre 1924 ums Leben. Weiß Gott, was er dort gemacht hat, niemand hat sich je getraut, es herauszufinden. Mein Vater verbot, seinen Namen jemals zu nennen; und inzwischen war ich dann natürlich der Sohn und Erbe geworden . . .

Während des zweiten Sommers in Bar Harbor – der Sommer des Jahres 1926, als Paul getötet wurde – brachte ich endlich den Mut auf, Paul um Rat zu fragen. Als ich aber gestand, daß ich es nicht fertigbrachte, meinem Vater zu erklären, ich wolle kein Banker werden, sagte Paul nur: ‚Wenn dir die Vorstellung wirklich zuwider wäre, dann würdest du es ihm sagen.‘

Ich hatte damals meine Zweifel, daß die Sache wirklich so einfach war, aber Paul meinte, ich solle mich gefälligst zusammennehmen. Er sagte: ‚Du bist doch ehrgeizig, oder?‘ und ich antwortete: ‚Ja, das bin ich.‘ Darauf sagte er: ‚Und möchtest du nicht am Abend deines vierzigsten Geburtstages denken, wie erfolgreich du das Vermögen deines Vaters verdoppelt hast?‘ und ich sagte: ‚Ja, schon – aber sollte das Leben einem nicht mehr bringen als nur rein materiellen Erfolg?‘

Er lachte nur. Er klopfte mir auf die Schulter, als sei ich ein armes, unschuldiges Kind, und sagte freundlich: ‚Geh um Himmels willen zur Bank, sonst weinst du den Rest deines Lebens deinen vergeudeten Chancen nach!‘ Und dann fügte er hinzu: ‚Du bist im idealistischen Alter, aber wenn du erst einmal erwachsen bist, dann wirst du einsehen, daß Ideale nur ein Klotz am Bein sind. Die Moralisten mögen die rein weltlichen Erfolge verdammen, in Wahrheit aber ist der Mensch so eitel und so kleinlich, daß der materielle Erfolg ihm schließlich doch nur als der einzig lohnende erscheint. Wenn du im Leben vorankommen willst, Jake, dann darfst du deine Zeit nicht damit verschwenden, dir den Kopf zu zerbrechen, wie die Dinge eigentlich sein sollten. Du mußt dich darauf konzentrieren, dich mit den Tatsachen auseinanderzusetzen.‘

Nun, ich trat ins Bankgeschäft ein, und ich habe das Vermögen meines Vaters verdoppelt, aber am Abend meines vierzigsten Geburtstages hatte ich keineswegs all die glücklichen, selbstzufriedenen Gedanken. Ich führte meine Frau zum Abendessen aus und versuchte, so zu tun, als läge mir an der Unterhaltung, und als ich sie dann anschließend zu Hause abgeladen hatte, ging ich zu der Frau, die ich damals aushielt – nein, nicht hier, es war drüben auf der West Side –, und betrank mich, und als ich am nächsten Morgen mit einem Kater aufwachte, konnte ich nichts anderes denken als: was wäre wohl geschehen, wenn ich den Wünschen meines Vaters nicht nachgegeben hätte. Was wäre wohl geschehen, wenn ich nicht auf Paul Van Zale gehört hätte.

Mein geheimer Wunschtraum hatte nichts damit zu tun, Riesengelder zu machen – noch, um bei der Wahrheit zu bleiben, mit dem Bedürfnis, der Menschheit zu dienen. Es war einfach etwas, was ich gern getan hätte. Ich wollte gern ein Hotel besitzen – oh, ein Grandhotel natürlich! Fünf Sterne in all den besten Reiseführern! Ich wollte ein Hotel in Bayern haben. Ein Segen, daß es nie dazu kam. Gott, der Hitler, dieses Vieh! Ich kann nicht beschreiben, wie mir zumute war, als ich 1945 nach Deutschland zurückkehrte und sah, wohin die Nazis das Land geführt hatten . . .

Ich war einer der Dolmetscher, als sie anfingen, die Kriegsverbrecher auszufragen. Ich hielt es einfach nicht aus. Als ich mich aber um eine Versetzung bemühte, landete ich in München, wo sie sich gerade Dachau vornahmen. Ich habe Dinge gesehen – Dinge, über die man nicht sprechen kann, und trotzdem müssen sie besprochen werden, sonst werden es die Menschen vergessen . . . Schließlich kam ich nach Hause, weg von all den

Trümmern – ja, es waren die Trümmer, die ich nicht ertragen konnte, die Trümmer und die G.I.s, die sich rumfläzten und Kaugummi kauten – es war ein solcher Alptraum, als ob man einer Massenvergewaltigung an Deutschland zusähe und als ob alle, die Nazis, die Alliierten, einfach alle, nichts anderes täten, als zerstören, brutalisieren, morden . . . Und Deutschland war zauberhaft, so wunderschön. Ich werde nie vergessen, wie sehr ich mir vor dem Krieg gewünscht hatte, dort zu leben.

Meine Frau fühlte sich in Deutschland nie heimisch, obwohl ihre Familie genauso deutsch ist wie meine. Sie weigert sich auch, deutsch zu sprechen, und tut so, als habe sie es vergessen. Ich kann nicht verstehen, weshalb ich sie geheiratet habe – nein, das ist nicht wahr, ich weiß weshalb. Ich hatte eine nichtjüdische Freundin – nichts Ernsthaftes, aber ich war fünfundzwanzig, und mein Vater dachte wohl, er hätte lange genug beide Augen zugedrückt. Er sagte, er hielte es für eine gute Idee, wenn ich Amy gelegentlich ausführen würde. Und ich erkannte einen Befehl selbst in seiner Andeutung. Amy war natürlich äußerst passend, ein Mädchen von unseren Leuten, neunzehn Jahre alt, wie meine Schwestern dazu erzogen, eine Lilie auf dem Felde zu sein . . . aber sie war hübscher als meine Schwestern. Anfangs fand ich sie schon niedlich. Gott, es ist ein schrecklicher Fehler, zu heiraten, wenn man nur halb verliebt ist . . .

Ich mag meine Kinder, und ich würde bis zum Tode kämpfen, um sie zu beschützen, aber ich weiß nie, was ich mit ihnen reden soll, wenn wir zusammen sind. Ich sehe sie nicht oft – zuviel bei der Bank zu tun. Ich weiß heute, daß dies genau die Situation ist, die ich vermeiden wollte, als ich achtzehn war: daß sich nämlich der ganze Zyklus wiederholt und ich in den Fußtapfen meines Vaters stehe. Ich wollte nie wie mein Vater werden. Aber nun bin ich doch so geworden, und ich kann nichts machen – außer vielleicht meinem Sohn nicht im Weg zu stehen, wenn er den beruflichen Weg nicht betreten will, den zu planen ich nicht widerstehen kann.

Wenn David aber rebelliert und die Bank nicht übernehmen will, dann wird das das Ende der Firma Reischman bedeuten, wenigstens dessen, was wir darunter verstehen, und das macht mich, trotz allem, traurig. Die Familie Reischman stirbt auch aus. Die Demographen scheinen nicht erklären zu können, weshalb eine Familie blüht oder untergeht, aber irgendeinem biologischen Plan wird das schon folgen. Mein Urgroßvater kam mit seinen drei Brüdern nach Amerika, und sie produzierten dreiundzwanzig Söhne, und trotzdem ist David jetzt, drei Generationen später, einer von nur zwei männlichen Reischmans seiner Generation. Wenn er nicht in die Bank geht, dann mache ich sie zu einer Aktiengesellschaft, um den Namen zu erhalten, und werde Vorstandsvorsitzender, aber das wäre doch ein ziemlich blasses Ende einer reichen und bunten Familiengeschichte. Wir werden bis dahin wahrscheinlich nicht einmal mehr an der Fifth Avenue wohnen – die Grundstücksspekulanten scheinen heutzutage nichts anderes im Sinn zu haben, als alle Privathäuser in die Finger zu kriegen, um sie abzureißen und dann Wohnblocks und Geschäfte bauen zu können. Die alte Ordnung ändert sich, wie Tennyson so richtig sagte, und macht der neuen Platz . . .

Aber es gefällt mir nicht, wie die neue Ordnung aussieht. Sie scheint meine Art nicht nur hinfällig, sondern schlicht bedeutungslos zu machen. Aber was kann ich tun? Wahrscheinlich das, was ich schon immer getan habe: meine Nase hoch halten und so tun, als kümmere ich mich einen feuchten Kehricht drum. Dem ist natürlich nicht so. Es macht mir große Sorgen. Ich wohne im Haus meiner Familie und weiß, daß seine Tage gezählt sind; ich arbeite in der Firma meiner Familie, und weiß, daß sie wahrscheinlich auch ihrem Ende als privates Bankhaus zusteuert; ich lebe mit einer Frau, die ich nicht liebe, und ich tu' es ausschließlich für die Kinder, mit denen ich nicht reden kann und die ich kaum sehe; ich habe eine Geliebte nach der anderen, aber mit Liebe hat das nichts zu tun. Und was bedeutet das alles? Was ist der Grund von allem? Ich nehme an, der Grund ist, daß es keinen Grund gibt. Ich habe vor langer Zeit einmal versucht, mit Neil darüber zu reden, aber er wollte sich nicht ernsthaft darauf einlassen. Vielleicht habe ich ihm Angst gemacht, als ich ein Thema aufbrachte, mit dem er selbst noch nicht fertig wird; aber eines Tages wird er damit fertig werden müssen – eines Tages muß er zu sich selbst sagen: ‚Was, zum Teufel, tu' ich eigentlich und weshalb?' und dann hätte ich gerne gewußt, welche Antwort er ausgraben wird, um sich selbst zu beruhigen.

Trotzdem ist Neil ganz anders als ich. Er hat die wunderbare

Gabe, alles schwarz und weiß zu sehen und fest davon überzeugt zu sein, daß Gott immer auf seiner Seite ist – ein Meisterstück angelsächsischer Selbsttäuschung! Oder glaubt er das etwa wirklich? Kann jemand mit Neils Verstand – und er ist bestimmt kein Narr – so einfältig sein? Manchmal glaube ich, daß die angelsächsische Fassade nur aufgesetzt ist, um sich selbst zu schützen. Manchmal glaube ich, daß er zuviel Angst hat, um sich eine Welt vorzustellen, in der Gott nicht existiert, oder eine Welt, in der Gott, sollte er existieren, ihm feind ist . . . Aber jetzt werde ich zu metaphysisch. Ich muß aufhören. Hast du verstanden, was ich ausdrücken wollte, meine liebe Alicia, oder habe ich nur einfach unverständlich dahergeschnattert?"

Ich goß uns beiden einen weiteren Scotch ein, nahm seine Hand und sagte sanft. „Erzähl mir mehr über dein schönes Hotel."

V.

Es war am Morgen nach diesem Gespräch, daß Vicky mich besuchen kam. Ich hatte bereits die Post durchgesehen und sie an meine Sekretärin zur Beantwortung weitergereicht, hatte zwei Menüs genehmigt, die mir meine Haushälterin für bevorstehende Dinner-Parties unterbreitete, und meinen allwöchentlichen Brief an Sebastian geschrieben. Nachdem ich angeordnet hatte, daß mir Kaffee im oberen Wohnzimmer, wo unser Radio und das Fernsehgerät stand, serviert würde, beendete ich das Blumenarrangement im goldenen Zimmer und wollte mich gerade eine halbe Stunde bei einer Tagesserie entspannen.

Ein Diener ließ Vicky herein, als ich die Eingangshalle durchquerte.

„Alicia!" rief sie. „Bist du beschäftigt? Ich wollte nur schnell vorbeischauen."

Sie sah reizender aus denn je. Ihr Haar war frisch gelegt, und sie trug einen blauen Mantel, den ich noch nicht kannte. Ihre Wangen waren leicht gerötet. Ihre grauen Augen blitzten vor Freude. Ich kam mir plötzlich alt und verbraucht vor.

„Oh, wie nett, dich zu sehen, Liebes!" sagte ich. „Du trinkst doch einen Kaffee mit mir, nicht wahr?" Ich wandte mich an den

Diener. „Ich habe eben einen Kaffee bestellt – sorgen Sie dafür, daß genug für zwei Personen zubereitet wird, und bringen Sie ihn bitte in das goldene Zimmer."

„Ich wollte die Neuigkeit bis heute abend aufheben, wenn Daddy zu Hause ist", sagte Vicky übersprudelnd, „aber ich konnte einfach nicht warten! Also hab' ich Daddy in der Bank angerufen und es ihm erzählt, und er war ganz von den Socken vor Freude, und sagte sofort: ‚Sweetheart, das mußt du unbedingt Alicia erzählen, sie wird sich so freuen!' Also wollte ich dich anrufen, dann aber dachte ich, nein, ich gehe zur Fifth Avenue hinüber und überrasche sie –"

Ich fragte mich, was wohl in meiner Tagesserie passierte. War die Schwester der Heldin nun endlich mit Sicherheit schwanger, und würde sich für das Baby der Heldin schließlich der richtige Vater finden? Ich dachte unbestimmt, daß das wahre Leben doch so viel uninteressanter war. Die Mädchen schienen es immer sofort zu wissen, wenn sie schwanger wurden, und man erkannte den stolzen Vater meist schon von weitem.

„– na, jedenfalls raste ich aus dem Haus und brauste in einem Taxi hierher –"

Als wir das goldene Zimmer betraten, merkte ich, daß die Sèvres-Uhr wieder stehengeblieben war. Ich ärgerte mich, denn ich hatte Carraway speziell beauftragt, den neuen Diener daran zu erinnern, sie täglich aufzuziehen.

„Das klingt alles sehr aufregend, Darling", sagte ich. „Verstehe ich recht –"

„Ja! Ich bekomme ein Baby! Oh, Alicia, ist das nicht die wunderbarste Nachricht, die du dir vorstellen kannst?" sagte meine strahlende Stieftochter und warf sich in meine Arme.

„Das ist reizend, Darling!" Ich blickte auf die unaufgezogene Uhr. Die Zeit verging für Vicky in einem berauschenden, pulsierenden Wirbel, aber für andere stand die Zeit schon lange still, und die Welt war ruhig unter dem Glasgehäuse, das sie vom Staub abschirmte. „Ich freue mich so", sagte ich. „Herzliche Glückwünsche! Wann –"

„Nächsten April!"

„Ideal! Taufen im Frühling sind immer hübsch. Ich muß das Familientaufkleid heraussuchen." Ich hoffte, das Richtige zu sagen, aber ich war mir nicht ganz sicher, denn ich konnte einfach nicht mehr klar denken. „Und wie geht's Sam?“ sagte ich. Er fiel mir gerade noch rechtzeitig ein.

„Er ist selig! Im siebenten Himmel!“

„Ja, natürlich. Wie könnte es auch anders sein.“ Aus den Augenwinkeln sah ich Carraway mit dem Kaffee eintreten. „Carraway“, sagte ich. „Die Sèvres-Uhr ist schon wieder stehengeblieben. Ich bin sehr ungehalten.“

„Sie ist stehengeblieben, Madam? Ich werde mich sofort persönlich darum kümmern. Wenn sie vielleicht einmal überholt oder gereinigt –“

„Man muß sie nur aufziehen, Carraway, das wissen Sie genau. Nein, jetzt nicht. Jetzt habe ich mit Mrs. Keller zu tun. Kommen Sie später wieder.“

„Wie Madam wünschen.“ Carraway zog sich mit arroganter Resignation zurück, als vermisse er die britische Aristokratie, der er in England vor dem Krieg gedient hatte. Ich verabscheute mich selbst, weil ich meinen Ärger so kleinlich zur Schau stellte, aber zum Glück hatte Vicky es kaum bemerkt; wie üblich war sie völlig mit sich selbst beschäftigt.

Ich trank meinen Kaffee, hörte lächelnd ihrem Geplauder zu und versuchte, nicht an die magischen Zeiten zu denken, als ich jemand Besonderer gewesen war, Alicia Blaise Foxworth, talentiert, erfolgreich, einmalig. Aber natürlich dachte ich doch daran.

Der Schmerz war plötzlich so scharf wie ein Messer. Ich haßte mich selbst, weil ich nicht imstande war, das Messer zurückzuhalten, und je mehr ich mich haßte, um so unerträglicher wurde der Schmerz.

„Darling, es ist so schade, daß ich gehen muß“, sagte ich. „Ich würde mich furchtbar gern länger mit dir unterhalten, aber ich habe eine Verabredung zum Mittagessen.“

Vicky sprang bereitwillig auf. „Oh, natürlich! Ich wollte sowieso nur ein paar Minuten bleiben, aber bitte komm heute abend mit Daddy zu uns, damit wir zusammen essen und feiern können!“

„Vielen Dank, Liebes, das wäre reizend. Ungefähr um sieben?“ Ich wußte nicht, was Cornelius und ich heute abend vorhatten, aber darum würde ich mich später kümmern. Das wichtigste war jetzt, Vicky loszuwerden, bevor sie denken konnte, ich sei kalt oder desinteressiert. Ich begleitete sie zur Haustür und umarmte sie so herzlich, wie ich konnte.

„Auf Wiedersehen, Liebes . . . Vielen Dank für deinen Besuch . . . ich freue mich so für dich – so sehr –" Meine Stimme brach. Ich wandte mich ab.

„Aber Alicia . . ." Vicky klang gleichzeitig bewundernd und erstaunt. Ich merkte voll Erleichterung, daß sie meinen Gefühlsausbruch lediglich weiblicher Sentimentalität zuschrieb und daß sie tief gerührt war.

„Bis heut' abend." Ich lief bereits die Treppe hinauf, und obwohl sie mir etwas hinterherrief, schaute ich nicht zurück. Irgendwie brachte ich es fertig, mich in meinem Zimmer einzuschließen, bevor ich in Tränen ausbrach, aber je mehr ich weinte, um so mehr verabscheute ich mich, und je mehr ich mich verabscheute, um so reichlicher flossen die Tränen. Als ich versuchte, meine Selbstkontrolle wiederzugewinnen, war mein einziger Gedanke, daß ich vor Scham bestimmt sterben würde, wenn jemand herausfand, wie grauenhaft eifersüchtig ich war.

Aber niemand würde es herausfinden. Niemand kam mir mehr nahe. Ich war ein Überbleibsel aus einer toten Welt, wie die Sèvres-Uhr, eine Reliquie, die die Leute gelegentlich bewunderten, aber nie berührten, eine Reliquie, abgeschieden von der Welt unter einem Glasgehäuse, das niemand je entfernte.

Ich sah mich nach einem Hammer um, womit ich das Glas hätte zertrümmern können, und erblickte das Telefon neben dem Bett.

Meine Tränen versiegten. Ich holte das Telefonbuch aus der Nachttischschublade und jagte durch die Seiten nach dem Buchstaben R.

Reischman & Co., 15 Willow Street.

Ich wählte die Nummer. Ich war jetzt ruhig. Meine Wangen waren trocken, aber steif, ein Zeichen, daß sich die Tränen auf katastrophale Weise mit meinem Make-up vermischt hatten.

„Reischman und Company. Guten Morgen, womit kann ich dienen?"

„Ich möchte Mr. Reischman sprechen." Ich blickte in den Spiegel, um das Ausmaß des Schadens zu betrachten. All meine Wimperntusche war verschmiert.

„Büro Mr. Reischman – guten Morgen."

„Ist er da, bitte?"

„Ich werde sehen, ob er in einer Konferenz ist. Wer ist bitte am Apparat?"

Ich begann zu zittern. „Mrs. Strauss."

„Einen Moment, Mrs. Strauss." Es knackte in der Leitung, als sie auf den Knopf drückte, und ich zitterte weiter, als ich mich fragte, wie ich nur den Mut aufgebracht hatte, ihn bei der Arbeit zu stören. Ich mußte von Sinnen gewesen sein. Welch ein schrecklicher Fehler. Wenn ich vielleicht aufhinge –

„Mrs. Strauss!" sagte Jake in seiner beiläufigsten, gewandten Stimme. „Welch ein Vergnügen, von Ihnen zu hören. Womit kann ich Ihnen behilflich sein?"

Ich umklammerte den Hörer. Meine Stimme klang unmöglich kühl und distanziert und sagte: „Guten Morgen, Mr. Reischman. Ich hätte gern ein Treffen mit Ihnen verabredet, wenn es möglich ist."

„Aber natürlich! Wann haben Sie Zeit?"

„Ich . . ." Mein Mut verließ mich. Ich schloß die Augen, als könnte ich den Alptraum meiner Verzweiflung so auslöschen.

„Ich habe eine Verabredung zum Mittagessen, die ich absagen kann", sagte Jake sorglos.

„Oh. Nun . . ."

„Zwölf Uhr dreißig im Stadtzentrum?"

„Ja. Danke. Ich werde dort sein." Ich legte auf. Lange Zeit saß ich wie festgenagelt auf der Bettkante, dann ging ich rasch zu meinem Toilettentisch, um mein Make-up aufzufrischen.

VI.

Ich kam zu früh in die Wohnung, denn ich wollte mir schnell einen Scotch genehmigen, um mich zu beruhigen, bevor er eintraf. Ich fürchtete sehr, die Nerven zu verlieren und eine schreckliche Szene zu machen, woraufhin er dann seine Einladung bereuen würde. Ich nahm an, daß er etwas zum Mittagessen mitbringen würde. Ich müßte so tun, als würde ich etwas zu mir nehmen, vielleicht war mir später dann mehr nach Essen zumute; vielleicht würde es mir bessergehen, wenn ich ihn sah.

Ich verließ den Lift im sechsten Stock, rannte den Korridor

hinunter zum Apartment 6D und wühlte aufgeregt in meiner Handtasche nach dem Schlüssel.

„O Gott", sagte ich, als ich ihn nicht finden konnte. „Zum Teufel –"

Die Tür tat sich weit auf.

„In Eile?" fragte Jake und lächelte mich von der Türschwelle an.

„Aber du bist zu früh dran!" sagte ich idiotisch, nach meinem Ausruf des Erstaunens.

„Auch ich war in Eile."

„Du meinst, du hast nicht viel Zeit?"

„Ich meine, daß ich jede Menge Zeit habe", sagte er und nahm mich in die Arme, „und ich habe nicht die Absicht, auch nur eine Sekunde davon zu verschwenden."

Die Tür schloß sich hinter uns. Das Licht in der Wohnung schien anders zu sein, natürlich war ich noch nie um die Mittagszeit hier gewesen. Das luxuriöse Wohnzimmer lag im Schatten, aber die reichen, prächtigen Möbel waren mir nun nicht mehr fremd. Mir war, als befände ich mich in einem Land, das ich nie zuvor besucht hatte, das ich aber durch sorgfältiges Studium von Büchern genau kannte.

Seine Arme hielten mich fest umschlossen. Ich hatte mich nun daran gewöhnt, daß er soviel größer als ich war, und als ich mein Gesicht zu ihm emporhob, schloß ich die Augen nicht aus dem Grund, weil ich keinen Fremden vor mir sehen wollte, sondern damit mein naher Freund nicht sah, daß mit mir etwas nicht stimmte.

„Es ist so schön, dich zu sehen!" flüsterte ich und schwor mir im stillen, auf keinen Fall eine Szene zu machen. „Ich habe mich so danach gesehnt, dich zu sehen –"

„Aber du schaust mich ja gar nicht an!"

Ich öffnete lächelnd die Augen und fühlte, wie die Tränen mir die Wangen herabliefen.

„Alicia –"

„Oh, es ist nichts", sagte ich hastig. „Es geht mir gut. Alles ist wunderbar. Es ist überhaupt nichts passiert."

„Ah, ihr geheimnisvollen Angelsachsen!" sagte er lachend. „Diese Selbstkontrolle! Diese Disziplin! Die unbeugsam bewahrte Haltung!"

Auch ich lachte. Ich weinte noch immer, während ich lachte, aber es machte mir nun nichts mehr aus, denn meine Traurigkeit war nicht mehr wichtig. Wir setzten uns auf die Couch, und meine Tränen versiegten allmählich. Ich hatte keine Zeit mehr zu weinen, denn ich küßte ihn, und als er mich küßte, konnte ich nicht mehr traurig sein. Denn ich war endlich wieder jemand Besonderer, nicht nur eine abgeschobene Frau, die niemandem mehr etwas bedeutete, sondern Alicia Blaise Van Zale, sehr talentiert, erfolgreich, unbeschreiblich einmalig, und einer der dynamischsten Männer in ganz New York hatte sich in mich verliebt und wollte mich haben.

3. Teil

CORNELIUS

1950–1958

ERSTES KAPITEL

I.

Er war sehr klein, mit winzigen Zügen in einem blassen, ovalen Gesicht. Seine Augen waren geschlossen. Er war in eine weiße Krankenhausdecke eingepackt und sah wie eine der Wachspuppen aus, mit denen meine Schwester Emily vor langer Zeit in Velletria gespielt hatte. Es schien unglaublich, daß er ein lebendiges, atmendes Wesen war, jemand, der eines Tages die Börse mit mir besprechen würde, aber für einen Augenblick stellte ich ihn mir als Erwachsenen vor, groß wie Sam, aber ansonsten genau wie ich aussehend, auf meinem Stuhl im Büro sitzend, bei jeder Partnersitzung den Ton angebend, meine Kunststiftung verwaltend, unsinnige Presseberichte diktierend, seinen neuen Cadillac bestellend und eine hübsche Frau unglücklich machend; Paul Cornelius Van Zale III. (denn natürlich würde er später meinen Namen annehmen), Investment-Banker, Philanthrop, Kunstliebhaber, mein Trost und mein Stolz in einer entfernten Zukunft, wenn ich nur mehr ein verschrumpelter alter Mann sein würde, ohne Haare, ohne Zähne und ohne Vitalität, in einem düsteren Palast dahinvegetierend, den ich mir in Arizona erbaut haben würde.

„Wir werden ihn Erich Dieter nennen", sagte Vicky, als sie das unwirkliche Bündel in ihren Armen zurechtrückte. „Oder kurz Eric. Oh, Schwester, würden Sie ihn bitte wegnehmen? Danke. Oh, und bringen Sie noch eine Vase für die neuen Blumen, bitte, wenn Sie Zeit dafür finden." Sie sank in die Kissen zurück und spielte geistesabwesend mit einer der Nelken, die ihren Nachttisch bedeckten. „Also, wie ich schon sagte –"

„Erich Dieter?" sagte ich.

„Warten Sie, Schwester", sagte Alicia scharf. „Vicky, vielleicht möchte dein Vater das Baby einen Augenblick lang halten."

„Himmel, Alicia, Männer haben daran doch kein Interesse! Für die sind Babies nur feuchte, kleine Bündel, die sich im falschen Moment naß machen!"

„*Erich Dieter?*“ sagte ich.

„Vicky, es ist nicht nötig, einen so widerlich modernen Zynismus zur Schau zu stellen, während dies doch schließlich eines der Wunder unserer Welt –“

„Oh, Gott, wann schaltest du endlich die schmalzige Reklame ab?“

„Erich Dieter?“ brüllte ich.

Sie fuhren alle zusammen. Die Schwester ließ fast das Baby fallen.

„Geben Sie ihn mir, Schwester“, sagte Alicia und nahm das Bündel sachkundig aus den Armen der Schwester. „Lassen Sie uns jetzt bitte allein. Mrs. Keller braucht momentan nichts weiter.“

„Laß das!“ schrie Vicky mit einer Stimme, die fast so laut war wie meine. „Ich habe nie gesagt, daß du ihn halten darfst! Ich werde es nicht gestatten, daß ihr beide ihn herumkommandiert – er gehört mir, nicht euch! Ihr könnt nicht einfach mit ihm machen, was ihr wollt.“

Ausgerechnet in diesem Augenblick betrat Sam mit einem Arm voller gelber Rosen das Zimmer.

„O Gott!“ rief Vicky und brach in Tränen aus. „Noch mehr Blumen kann ich einfach nicht ertragen – ich komme mir so vor, als existiere ich selbst schon gar nicht mehr, sondern habe mich in eine Art Maschine verwandelt, die mit Blumensträußen angeheizt werden muß! Nimm die Rosen weg, um Gottes willen, und laßt mich alle in Frieden! Nun geht doch schon!“ Und als wir sie anstarrten, verbarg sie den Kopf in den Kissen und zog die Decke über sich.

„Bitte gehen Sie“, sagte Alicia höflich zu der tief erröteten Schwester.

Ich tätschelte hilflos den Haufen unter der Bettdecke. „Vicky, Honey – verzeih – bitte – wir wollten dich nicht aufregen –“

Ein Schatten fiel über das Bett. „Ich glaube, es wäre besser, wenn ihr gehen würdet“, sagte Sam.

„Aber –“

„Komm, Cornelius“, sagte Alicia mit ihrer Lehrerinnenstimme, die ich so haßte.

Gedämpftes Schluchzen ließ die Bettdecke beben.

„Vicky – Sweetheart –“ Ich versuchte vergeblich, die Bettdecke herunterzuziehen. „Ist ja schon gut – natürlich kannst du ihn Erich Dieter nennen –"

Sam ergriff mein Handgelenk. „Raus, Neil."

„Aber –"

„Sie ist meine Frau, nicht deine. Raus."

„Was redest du denn da für eine gequirlte Scheiße!" Ich war so erregt, daß ich die Kontrolle über mein Vokabular verlor, und Alicias Gesichtsausdruck erinnerte mich daran, daß ich in all den neunzehn Jahren unserer Ehe noch nie eine solche Obszönität in ihrer Gegenwart geäußert hatte.

Die Bettdecke wurde zurückgeschleudert. „Wenn ihr nicht aufhört, euch zu streiten und ordinäre Ausdrücke zu gebrauchen", schluchzte Vicky, „dann stehe ich jetzt auf und laufe davon und bekomme einen Blutsturz und sterbe!"

Die Tür wurde aufgestoßen, und zwei Ärzte und die Oberschwester rauschten ins Zimmer. „Was ist denn hier los? Was bedeutet all der Lärm? Wer regt die Patientin auf?"

„Ich möchte allein sein!" weinte Vicky. „Ich halte es nicht aus, wie sie sich ewig um das Baby streiten!"

Der ältere Arzt blickte uns mit kalten, scheelen Augen an. „Sie werden jetzt bitte alle gehen. Ich muß mit meiner Patientin allein sein."

Wir schlichen uns in den Flur hinaus, Sam hatte noch immer die gelben Rosen in der Hand, und Alicia trug das Baby im Arm.

„Ich hoffe, du bist stolz auf dich", sagte Sam, weiß vor Wut.

„Das war eine abscheuliche Szene, Cornelius", sagte Alicia mit eisiger Stimme.

Ich wandte ihnen den Rücken zu und ging weg.

II.

Nachdem ich den Chauffeur beauftragt hatte, auf Alicia zu warten, entließ ich meinen Leibwächter und ging vom Krankenhaus, das an der Upper East Side gelegen war, quer durch die Stadt. In der Eighty-Sixth Street kam ich auf meinem Weg zu den kühlen, dunklen Bäumen des Parks an den Delikatessenläden des deutschen Viertels vorbei, aber die Bäume schienen überhaupt nicht näher zu kommen, und schließlich verlor ich die

Geduld und sprang auf einen Bus auf. Für einen Augenblick lenkte mich das von meinen Nöten ab. Ich war seit meinem achtzehnten Lebensjahr nicht mehr in einem Bus gefahren, und zunächst machte es mir Spaß, mich neben meinen müden, schäbigen Mitfahrenden an den Haltegurten festzuhalten, aber dann spürte ich, daß ich in dem Bus genauso einsam war wie im Rücksitz des Cadillacs mit Alicia. So war es eine Erleichterung, als ich mich auf der anderen Seite des Parks mit den Ellenbogen aus dem Bus herausgekämpft hatte und wieder auf dem Bürgersteig stand.

Central Park West war ein einziger Stau von Autos zur Hauptverkehrszeit. Ich ging langsam weiter, meine Hände tief in den Taschen vergraben, und versuchte, die verschiedenen Autotypen zu identifizieren, die an mir vorbeikrochen. Ich mochte Autos, obwohl ich selten selbst fuhr; ein Mann in meiner Position klemmte sich einfach nicht selbst hinters Steuer, wenn er auf seine Untergebenen den rechten Eindruck machen will, aber manchmal fuhr ich doch, lediglich in Gesellschaft meines Leibwächters, zu einer der neuen Highways hinaus und gab dann meinem liebsten Cadillac ein bißchen Auslauf. Mir gefiel die Kraft des Gaspedals und der Anzug des Motors und wie willig das Steuerrad dem leichtesten Druck meiner Finger gehorchte; obwohl ich mein Vergnügen natürlich nie zum Ausdruck brachte, nicht einmal meinem Leibwächter gegenüber. Es hätte kindisch aussehen können, und ein Mann in meiner Position muß sehr darauf achten, nicht lächerlich zu erscheinen. Nichts läßt eine mächtige Fassade schneller einstürzen als Spott; diese Tatsache hatte ich schon vor langer Zeit begriffen, als ich andere Leute ihrer Macht entblößte, um in einer feindseligen Welt zu überleben.

Ich erreichte die Dakota-Apartments und nahm den Aufzug zu Teresas Wohnung im sechsten Stock, die nach Osten lag und den Park überblickte.

„Hi!“ sagte sie erstaunt, als ich eintrat. „Welch eine Überraschung! Ich dachte, du seist schwer beschäftigt, das Baby zu halten und Champagner zu trinken!“

„Vergiß es!“ Ich ging ohne Kuß an ihr vorbei und trottete in die Küche. Wie gewöhnlich herrschte Chaos. Teller türmten sich, schmutzige Töpfe bedeckten den Herd, auf dem Tisch häufte sich eine Menge undefinierbarer Eßwaren, die rochen, als gehörten sie in den Abfalleimer. Eine riesige, struppige, braune Katze, die Teresa aus irgendeinem Grunde heiß liebte, saß in einer Ecke und kaute an etwas herum. Der Fußboden war schmutzig.

„Honey, geh ja nicht da rein – es ist ein Saustall. Komm und setz dich ins Wohnzimmer."

„Ich suche etwas zu trinken."

„Warum sagst du das denn nicht gleich? Ich werde dir sofort etwas holen!" Sie trug einen schmutzigen, beigen Kittel über hautengen schwarzen Hosen, und ihre Füße steckten in einem alten Paar Hausschuhen, durch deren Löcher ihre Zehen mit dem abgesprungenen Nagellack schauten. Ihr Haar sah aus, als sei dem Friseur ein gewaltiges Mißgeschick unterlaufen. Während ihre dunklen Augen mich schlau betrachteten, merkte ich, daß ihre vollen, sinnlichen Lippen ungeschminkt waren, ein Zeichen dafür, daß sie mit ihrer Arbeit so gut vorangekommen war, daß sie sich nicht die Zeit genommen hatte, in der Frühe ein Make-up aufzutragen, bevor sie ihr Tagewerk im Studio begann.

„Entschuldige, daß ich wie eine polnische Witzblattfigur aussehe", sagte sie später, als sie mir ein Glas mit Scotch und Wasser brachte. „Ich werde duschen, während du dich entspannst."

Sobald sie im Badezimmer war, ging ich geräuschlos ins Studio, um mir ihre neue Arbeit anzusehen. Das Bild schien eine Art von Begräbnis darzustellen, aber ich war mir nicht ganz sicher. Was es auch sein mochte, es bedurfte noch einer Menge Arbeit. Ich mochte Teresas Wende zum Nachimpressionismus nicht besonders. Er war zu abgeschaut und brachte kein Geld; wenn die Leute schon Geld ausgaben, um diesen Blödsinn zu kaufen, dann wollten sie die echten Meister, nicht eine drittklassige Imitation, und außerdem vergeudete Teresa ihr Talent mit dieser unerklärlichen Wende zum nachimpressionistischen Ambiente. Ihr ursprünglicher, natürlicher Stil, den sie vorübergehend aufgegeben hatte (und weshalb? Schuldgefühle? Lehnte sie es im Unterbewußtsein ab, daß sich ihre Bilder so gut verkauften? Gott allein hatte die Antwort darauf, ich jedenfalls nicht), stand in krassem Gegensatz zu dieser neuen, verschwommenen Effekthascherei, und als ich vom Studio ins Schlafzimmer ging, fragte ich mich deprimiert, ob sie etwa im Begriff war, die

Leinwände wie Seurat mit kleinen Punkten zu bedecken. Ich mußte etwas sagen, wenn sie das tat; ich würde es nicht fertigbringen, den Mund zu halten, aber ich war immer sehr vorsichtig, wenn ich Teresa gegenüber eine Bemerkung über ihre Arbeit machte. Ich bemühte mich, ehrlich zu sein, war aber nie destruktiv. Gemälde sind wie die Kinder eines Künstlers, und man sagt einer Mutter schließlich auch nicht ins Gesicht, wie verdammt schlecht sie ihr Kind großzieht.

Rasch ließ ich jeglichen Gedanken an Kinder fallen und eilte ins Schlafzimmer.

Das Bett war ungemacht, auf dem Toilettentisch häufte sich irgendwelcher Tingeltangel aus billigen Kaufhäusern, Strümpfe waren über den Fußboden verstreut, Kleidung unordentlich über einen Stuhl geworfen. Eine andere Katze schlief auf einem Haufen schmutziger Wäsche. Unter einem Poster von Lenin, der wild dreinblickte, waren die Bücher von linksgerichteten Schriftstellern auf dem Kaminsims aufgestapelt, und ich dachte abermals, wie schon ein- oder zweimal zuvor, daß Teresa ihre Liebäugelei mit dem Kommunismus würde ablegen müssen. Ein Künstler, der nicht amerikanisch ausgerichtet war, hatte heutzutage keine Zukunft, und wenn sie am Leben bleiben und regelmäßig in New York ausstellen wollte, dann mußte der Poster von Lenin verschwinden und zum Beispiel einem Poster von Clark Gable als Rhett Butler Platz zu machen. „Vom Winde verweht" war so amerikanisch wie ein Hot dog.

Ohne ihre Position zu ändern, öffnete die Katze ihre gelben Augen und starrte mich von ihrem Haufen schmutziger Wäsche an. Ich trank meinen Scotch und starrte zurück. Ich gewann. Sie hatte eben ihre Augen wieder geschlossen, als Teresa, in ein grauenhaftes, gestreiftes Handtuch gewickelt, aus dem Badezimmer kam und sich neben mich auf die zerknüllten Laken fallen ließ, wo sie sich dann genüßlich streckte, nachdem sie das Handtuch in die Ecke geworfen hatte.

Ich setzte mein Glas ab, entkleidete mich und nahm sie.

Die Katze beobachtete uns gelegentlich mit ihren ausdruckslosen gelben Augen.

„Noch einen Drink?" fragte Teresa, als es vorüber war.

„Nein danke."

Wir lagen nebeneinander. Ich fühlte mich genauso wie in dem

Bus, umgeben von Schäbigkeit, in nächster Nähe von anderen menschlichen Wesen, aber völlig separat, grenzenlos allein.

„Möchtest du reden?“ fragte sie.

„Nicht besonders.“ Ich erinnerte mich plötzlich, daß meine erste Frau Vivienne sich beschwert hatte, wie beleidigend es sei, wenn ein Mann die einfachsten guten Manieren nach dem Koitus außer acht ließ. Also riß ich mich mit ungeheurer Anstrengung zusammen. Wenn ich Narr genug war, Teresa so zu behandeln, als ob sie zu mieten sei, dann könnte es gut sein, daß ich eines Morgens aufwachte und herausfand, daß sie unseren Mietvertrag zerrissen hatte, um sich an jemand anderen weiterzuverschachern.

„Entschuldige“, sagte ich, küßte sie auf den Mund und legte meine Hand für einen Augenblick auf ihre Brust. „Ich weiß, daß ich mich schlecht benehme, aber es war ein schwerer Tag.“

Sie küßte mich zurück, drückte meine Hand und schlüpfte aus dem Bett. „Wie wär's mit etwas zu essen – ich habe den ganzen Tag noch nichts gegessen und bin halb verhungert. Ich mach' dir etwas Gutes. Was hättest du gern?“

„Einen Hamburger.“

Was ich an Teresa am liebsten hatte, war, daß sie mich nie mit dummen Fragen quälte. Sie fragte mich einfach, was ich wollte, und zögerte dann nicht lange, das Gewünschte zu liefern. Oft brauchte sie nicht einmal zu fragen; sie diagnostizierte meinen Gemütszustand und schrieb ihr eigenes Rezept aus. Ich war sicher, daß sie mich mochte, aber unter ihrem ungepflegten Äußeren blieb ihr Herz, das all diese wohlgeordneten Gemälde hervorbrachte, im wesentlichen unbeteiligt. Trotz all der Dinge, die sie im Bett zu mir sagte, war ich natürlich nie so dumm, zu glauben, daß sie mich liebte.

„Ketchup“, murmelte sie, während sie in den Küchenschränken wühlte.

„Da drüben, auf dem Katzenfutter.“

Künstler sind komische Leute. Kevin ergötzte mich oft mit dieser albernen Bemerkung, die Scott Fitzgerald zugeschrieben wird: „Die Reichen sind sehr anders als du und ich.“ Die Reichen sind nicht anders; sie haben lediglich mehr Geld. Der wirkliche Unterschied in dieser Welt besteht nicht zwischen den Armen und den Reichen, sondern zwischen Menschen, die schöpferisch sind, und solchen, die es nicht sind. Ich bin Cornelius Van Zale, zweiundvierzig Jahre alt, und gleich zahlreichen Arbeitern, die ein klägliches Wochengehalt beziehen, bin ich stolz auf meine Familie, arbeite verdammt hart von Montag bis Freitag, und gelegentlich trinke ich gern ein Glas Bier, spiele Dame und schaue mir ein Baseballmatch an, wenn immer ich kann. Aber obwohl Teresa Kowalewski, sechsundzwanzig Jahre alt, vielleicht gern kocht, einkauft und all die anderen weiblichen Dinge genauso tut wie eine Hausfrau in Westchester – wenn die Leinwand ruft, werden all diese Beschäftigungen vollkommen unwichtig, und wenn sie sie am Malen hindern sollten, folgt mit absoluter Sicherheit eine emotionelle Katastrophe. Ich glaube manchmal, daß künstlerische Begabung mit einer bösartigen Verformung des menschlichen Gehirns verglichen werden kann. Man kann kaum erwarten, daß ein Mensch gleichzeitig die äußere Welt normaler Menschen und die verinnerlichte Welt des Schöpferischen bewohnt, ohne dabei überzuschnappen. Kein Wunder, van Gogh drehte durch, und Munch malte Schreie, und Bosch war auf die Hölle fixiert. Man stelle sich vor, mit solchen Szenen zu leben und dann loszugehen und von irgendeinem Depp, der übers Wetter redet, Brot zu kaufen.

Sam dachte, ich besäße Teresa, aber er irrte sich. Niemand besitzt Teresa, denn niemand, gleichgültig wie reich er auch sei, könnte sie je von ihrer Kunst loskaufen. Ich kenne Künstler. Ich habe sie mit dem gleichen Interesse studiert wie ein Anthropologe, der eine ihm völlig fremde Kultur untersucht. Ich bin vor allem davon fasziniert, wie Künstler etwas aus dem Nichts herstellen können. Es ist Macht, natürlich nicht meine Art von Macht, aber trotzdem Macht, die in gewissen Umständen meine Art Macht sogar bei weitem schlägt, eine geheimnisvolle Kraft, ein rätselhaftes Wunder, der Sieg eines Ringers über die Ewigkeit.

Ich strengte mich erneut an, nett und gesellig zu sein. „Das Baby ist sehr niedlich“, sagte ich und beobachtete, wie das Ketchup auf meinen Hamburger tropfte, „und so klein, man kann kaum glauben, daß es Wirklichkeit ist.“

„Es muß komisch sein, ein Baby zu haben“, sagte Teresa, die sich keinen schöpferischen Antrieb vorstellen konnte, der nichts mit Farbe zu tun hatte, aber immerhin willens war, zuzugeben, daß eine Geburt ein nennenswertes Ereignis sein könnte. „Wie geht es Vicky?"

„Als Sam sie heute morgen besuchte, hat man ihm gesagt, es sei eine leichte Geburt gewesen, aber heute abend war sie ziemlich durchgedreht. Eigentlich war sie überhaupt nicht wie sonst. Vicky ist immer so süß und lustig und entzückend, aber heute abend . . . also, sie war wirklich deprimiert. Sie hat sogar geweint."

„Nachgeburtskater."

„Glaubst du? Das war es also."

„Es hört sich so an. Aber mach dir keine Sorgen, Honey, Nachgeburtskater kommt sehr häufig vor und hält nie lange an. In ein bis zwei Tagen wird sie wieder ganz normal sein, du wirst es schon sehen . . . Kaffee?"

„Ja bitte." Da ich jetzt wußte, daß es eine einfache medizinische Erklärung für Vickys sonderbares Benehmen gab, fühlte ich mich viel besser.

„Sam und Alicia schienen zu glauben, es sei alles meine Schuld, daß sie weinte", sagte ich impulsiv, „aber das stimmte überhaupt nicht. Ich habe mich nur gewundert, daß sie dem Baby einen deutschen Namen gegeben haben."

„Typisch Sam, die deutsche Fahne zu schwingen!" sagte Teresa und bot mir Milch für meinen Kaffee an.

„Nun, sie werden den Namen anglisieren und ihn Eric nennen, aber ich persönlich finde, daß er nach meinem Großonkel genannt werden sollte, der mir all sein Geld vererbte. Schließlich hat Paul Sam ausgesucht, als er nur ein Gärtnerjunge zum Heckenschneiden war. Sam verdankt ihm einfach alles."

„Sam verdankt auch dir eine ganze Menge. Das Baby sollte Paul Cornelius getauft werden."

„Nun, ich weiß, daß die meisten Leute den Namen Cornelius nicht mögen." Ich stocherte in meinem Hamburger herum. „Aber ich persönlich", sagte ich, und beschloß abermals, sie ins Vertrauen zu ziehen, „habe den Namen immer gemocht. Er ist ungewöhnlich. Etwas Besonderes. Deswegen habe ich es auch nie zugelassen, daß außer Sam, Jake und Kevin mich jemand Neil nennt, und sie nennen mich nur so, weil Paul es ihnen eingeredet hat. Er glaubte, Cornelius sei zu schwierig für einen jungen Mann, und ich war damals zu schüchtern, um zuzugeben, daß der Name mir immer Selbstvertrauen geschenkt hatte. Neil ist nur ein gewöhnlicher Name, Cornelius ist ungewöhnlich."

„Vielleicht werden sie das nächste Kind Paul Cornelius nennen. Jedenfalls würde ich mir an deiner Stelle heute abend darüber keine Sorgen machen, Honey, die Wellen werden sich legen. Vergiß nicht, daß es ein großes, gefühlsbetontes Ereignis war."

„Genau. Aber ich wünschte, Sam würde aufhören, so zu tun, als hätte er das Geheimnis ewiger Jugend gefunden. Das wird allmählich irritierend – fast genauso irritierend wie Alicia, die die ganze Zeit von meinem Enkel redet. Mein Gott, ich versteh' nicht, weshalb mich alle so behandeln, als sei ich reif fürs Altersheim, nur weil meine Tochter ein Kind bekommen hat!"

„Iß deinen Hamburger, alter Mann, und dann gehen wir noch mal ins Bett."

Eine Stunde später im Bett, als wir noch einen Kaffee tranken und Teresa an einem Topfkuchen naschte, schaute ich widerwillig auf meine Armbanduhr. „Es wird Zeit, daß ich gehe."

„Wenn du willst, kannst du ruhig länger bleiben. Ich werde heute abend nicht mehr arbeiten."

„Nein, ich muß meinen Frieden mit Alicia machen."

„War sie wirklich so grob zu dir im Krankenhaus? Mein Gott, du mußt ein Heiliger sein, daß du das alles so einfach hinnimmst! Die meisten Männer hätten sich schon längst von ihr scheiden lassen und wären in Sams Fußtapfen getreten – Hochzeitsglokken, eine hübsche, junge Frau, und ein Baby vor dem ersten Hochzeitstag."

Ich stand wortlos auf und begann mich anzuziehen. Das Zimmer schien auf einmal unerträglich bedrückend zu sein.

„Entschuldige, Honey, ich habe gepatzt. Ich ersticke fast vor Anstrengung, Alicia nie zu kritisieren; aber manchmal muß ich mir eben doch Luft machen. Bitte nimm keine Notiz von meiner Stichelei."

„Du bist doch nicht eifersüchtig auf Alicia, oder?"

„Himmel, weshalb sollte ich denn eifersüchtig sein? Sie kann ihr leeres Leben gern behalten!"

„Bist du sicher?"

„Honey, du weißt, daß ich dich liebe und daß ich finde, daß du toll im Bett und attraktiver als ein Filmstar bist, aber kannst du dir im Ernst vorstellen, wie ich mich in deinem Fifth-Avenue-Palast ausmachen würde? Innerhalb von vierundzwanzig Stunden würde ich reif fürs Irrenhaus sein! Aus welchem kühlen Grunde sollte ich wohl Alicias Position einnehmen wollen? Ich möchte keine Kinder, und mit einem Ehering am Finger würde ich auch keine besseren Bilder malen."

Schließlich drehte sich alles doch um die Malerei. Eheringe, Kinder und Villen in der Fifth Avenue waren alle unwirkliche Schatten, die versuchten, sich auf der strahlenden Fläche der Leinwand auszubreiten. Ich kannte Teresa, und Teresa kannte sich selbst. Ich war in keiner Gefahr.

„Gute Nacht, Honey", sagte sie bei der Wohnungstür und küßte mich. „Mach's gut."

„Male gut, Teresa."

Draußen war es dunkel. Ich schlug den Kragen hoch, um den kühlen Frühlingswind abzuhalten, hielt ein Taxi an und wurde durch den Park in die andere Welt in der Fifth Avenue verfrachtet.

III.

Wann immer ich von Teresa nach Hause kam, duschte ich. Dies hatte nichts zu tun mit der mangelnden Hygiene in ihrer Wohnung. Am Anfang unserer Affäre hatte ich geduscht, bevor ich sie verließ, aber sobald ich zu Hause war, konnte ich mich dem Zwang nicht entziehen, noch einmal duschen zu wollen. Ich hatte mir oft über die Bedeutung dieses Sauberkeitsfanatismus den Kopf zerbrochen und war zu dem Schluß gelangt, daß ich einfach das Bedürfnis hatte, mein Leben in zwei sterilisierten Fächern unterzubringen. Die Dusche war eine Art von Läuterungsversuch, ähnlich dem römischen Brauch des „Lustratio", den mein Nachhilfelehrer in Bar Harbor einmal erwähnt hatte; die Römer hatten sich nach der Feier heidnischer Feste immer einem Reinigungsritus unterzogen, bevor sie in ihre zivilisierte Routine zurückkehrten.

Ich eilte gerade die Treppe hinauf, um im Badezimmer zu verschwinden, als Alicia in der Eingangshalle meinen Namen rief. Ich hielt nicht ein, der Sog der Dusche war zu stark, aber ich wandte den Kopf, um sie anzusehen. Sie trug ein graues Kleid mit einer Diamantbrosche an der Schulter, und Diamantohrringe blitzten durch die sanften Wellen ihres dunklen Haares. Sie sah unvergleichlich schön aus. Mein Schritt beschleunigte sich automatisch.

„Cornelius – warte!“

„Gib mir fünf Minuten, ja?“ Ich floh ins Badezimmer, schloß mich ein, zog mich aus und warf meine Kleidung in einem Bündel hinter den Papierkorb. Dann stieg ich voll Erleichterung unter die Dusche.

Nachdem ich langsam bis hundertachtzig gezählt hatte, drehte ich das Wasser ab und frottierte mich weitere sechzig Sekunden lang trocken. Es war angenehm, mich der gewohnten Routine hinzugeben. Ich fühlte mich wesentlich besser, knotete das Handtuch sorgfältig um meine Lenden und vergewisserte mich, daß meine Genitalien verdeckt waren. Dies war ein wichtiger Teil der Routine, da niemand, nicht einmal Teresa, mich je vorne nackt sehen durfte. Es stimmte, daß sie einmal versehentlich diesem Anblick ausgesetzt gewesen war. Es war ein heißer, heller Sommerabend, und wir hatten alle Decken abgeworfen, selbst das Laken, das ich sonst immer sorgfältig bis zum Nabel hinaufzog, aber sie hatte nichts gesagt, also hatte ich so getan, als habe ich nichts bemerkt. Vielleicht war ihr nichts Ungewöhnliches aufgefallen. Die Menschen existieren in allen Größenordnungen, und vielleicht gab es viele Leute mit kleinen Hoden, vielleicht kam das nicht nur bei Menschen vor, die Mumps gehabt hatten, sondern auch bei solchen, die nicht einmal ahnten, was das Wort Orchitis überhaupt bedeutete. Vielleicht sahen meine Hoden auf den ersten Blick sogar normal aus. Mir erschienen sie deformiert, aber da ich genau wußte, wie deformiert sie waren, mußte ich mich nicht wundern, daß sie mir so abscheulich unnormal erschienen. Ich hatte mich oft gefragt, was Teresa von meiner exzentrischen Keuschheit dachte, aber wie ich Teresa kannte, zuckte sie nur einfach die Schultern und hatte es schon lange akzeptiert. Teresa konzentrierte sich auf das Wesentliche. Solange sich der Rest meiner Geschlechtsteile erstklassig benahm und anfühlte, würde sie sich nicht herauszufinden bemühen, weshalb ich in Unterhosen zu Bett ging und sie erst dann auszog, wenn ich zugedeckt war.

Mit dem Handtuch um die Taille schloß ich die Badezimmertür auf und entdeckte entsetzt, daß Alicia im Schlafzimmer auf mich wartete. Meine Hände untersuchten sofort, ob das Handtuch auch sicher verknotet war.

„Entschuldige bitte, daß ich dich störe", sagte sie, und ich merkte auf einmal, wie angespannt sie wirkte, „aber es liegt wirklich etwas Unaufschiebbares vor. Vivienne ist hier. Sie hat offensichtlich das erste Flugzeug von Miami genommen, sobald sie von Sam von der Geburt des Babys erfuhr, und jetzt will sie wissen, weshalb Vicky keine Besucher empfängt. Sie sagt, sie würde nicht eher weggehen, als bis sie mit dir persönlich gesprochen habe."

„Himmel! Wie ist sie überhaupt hereingekommen?"

„Sie kam an, als wir im Krankenhaus waren, und der neue Diener hat sie hereingelassen. Ich habe Carraway zur Rede gestellt, weil er ihn nicht besser angewiesen hatte, aber –"

„Okay, das werden wir gleich haben." Ich drückte auf die Klingel neben meinem Bett und behielt meinen Finger auf dem Knopf, bis mein Kammerdiener angejagt kam, um mir frische Kleidung zu bringen. Dann nahm ich das Haustelefon ab. „Hammond?" sagte ich zu meinem Chefhelfer. „Ich möchte meine Exfrau aus dem Haus haben. Geben Sie ihr Geld, bezahlen Sie ihr eine Mahlzeit, tun Sie, was immer notwendig sein mag, aber werden Sie sie los." Ich legte auf, ergriff den Hörer des anderen Telefons und wählte Sams Nummer. Da es schließlich seine Schuld war, daß Vivienne sich in New York befand, konnte er sie auch wieder nach Florida zurückverfrachten. Die Haushälterin im neuen Haus der Kellers in der East Sixty-Fourth Street sagte mir aber, daß Sam zum Abendessen ausgegangen sei.

„Vivienne scheint zu glauben, du habest die Ärzte bestochen, um sie vom Krankenhaus fernzuhalten", sagte Alicia vorsichtig, nachdem ich, angetan mit meinen Unterhosen, wieder aus dem Badezimmer auftauchte.

„O Gott!" Ich kämpfte mich in ein frisches T-Shirt und ergriff den Pullover, den mein Kammerdiener mir reichte. „Also ich kann nur sagen", sagte ich, als ich eilig in meine Hosen stieg, „wenn diese Frau glaubt, sie könnte so einfach in das Hospital hineinplatzen und mein kleines Mädchen aufregen –"

Ich wurde von lauten Stimmen auf dem Flur unterbrochen und war noch dabei, meinen Hosenlatz zuzuknöpfen, als die Tür aufflog und Vivienne, gefolgt von Hammond und seinen beiden Gehilfen, ins Zimmer stürzte.

„Wie kannst du es wagen, deinen Ganoven zu befehlen, handgreiflich zu werden!" schrie sie. „Ich werde dich verklagen, du Schwein!"

„Verklage mich ruhig. Dich mach' ich fertig." Ich wandte mich meinem Helfer zu. „Hammond, Sie sind entlassen. Verschwinden Sie." Ich hatte es fertiggebracht, in ein Paar Schuhe zu schlüpfen, bevor jemand bemerken konnte, daß ich barfuß war. Ein Mann konnte vielleicht gerade noch ohne Socken seine Macht spürbar machen, ohne Schuhe aber machte er sich nur lächerlich.

„Also, jetzt hör mir mal zu, du Hundesohn –" schrie Vivienne mich an.

„Sei ruhig!" schnaubte ich und ließ meinen neutralen Gesichtsausdruck und meine ruhige Stimme so plötzlich fallen, daß alle im Zimmer zusammenzuckten. „Was fällt dir ein, hier einfach hereinzuknallen, als wärest du noch Herrin dieses Hauses mit dem Recht, zu kommen und zu gehen wie es dir paßt! Und wie kannst du es wagen, meine Frau mit einer so abscheulichen Szene zu belästigen!"

„Ich will meine Tochter sehen! Ich will meinen Enkel sehen! Du hast kein Recht, sie von mir fernzuhalten! Sie gehören genauso zu mir wie zu dir!" Vivienne brach plötzlich auf dem Bett zusammen. Sie trug ein hellblaues Kostüm, sehr hohe Absätze und massenhaft goldenen Schmuck, der bei jeder Bewegung klingelte. Ihre Tränen zeichneten tiefe Spuren in ihr Make-up. Sie sah zerstört, verfallen und widerlich aus.

„Cornelius", sagte Alicia mit ruhiger, kontrollierter Stimme, „ich weiß, daß Vicky heute abend keine Besucher mehr empfangen kann, aber könnte Vivienne nicht wenigstens ihr eigenes Enkelkind ein paar Minuten lang sehen?"

„Ach hör doch um Gottes willen auf, ewig ‚Enkel' zu sagen! Glaubst du, Vivienne möchte daran erinnert werden, daß sie bereits auf die Sechzig zusteuert?"

„Ist er nicht ein Schwein?" sagte Vivienne zu Alicia. „Er ist nicht einmal stolz darauf, Großvater zu sein! Man sollte meinen, er sei ganz verrückt nach seinem Enkel, nicht wahr, besonders da er nie imstande war, einen eigenen Sohn zu produzieren!"

Ich wollte mich übergeben. Ich wandte mich sogar ab, aus Furcht, ich könnte anfangen zu würgen, aber bevor ich noch einen Schritt in Richtung Badezimmer machen konnte, sagte Alicia mit Würde: „Bitte, Vivienne – es ist eine große Enttäuschung für mich, daß ich Cornelius nicht die Kinder schenken konnte, die er zweifellos mit einer anderen Frau gehabt hätte. Es ist dir vielleicht gleichgültig, was du zu ihm sagst, aber von Frau zu Frau muß ich dich bitten, dich nicht in eine Privatangelegenheit einzumischen, die so voll Traurigkeit für mich ist. Was nun das gegenwärtige Problem angeht, so werde ich dich persönlich ins Krankenhaus begleiten und darauf bestehen, daß man dich einläßt – falls Cornelius seine Erlaubnis erteilt. Würdest du es bitte gestatten, Cornelius?"

Ich blickte ihr nicht in die Augen, aus Angst vor dem Mitleid, das ich dort hätte finden können. Ich ging wortlos zu ihr, nahm ihre Hände und küßte sie auf die Wange. Dann streifte ich meine Schuhe ab und zog meine Socken an. Meine Augen brannten. Die Erniedrigung ihrer Lüge machte mich stumm. Es würgte mich erneut, als ich bedachte, wie armselig ich vor ihr dastehen mußte.

„Wunderbar!" sagte Vivienne sarkastisch. „Ich liebe trauliche eheliche Liebesszenen! Nun, da du mir demonstriert hast, daß du noch fähig bist, deine gegenwärtige Frau zu küssen, ginge es da zu weit, zu hoffen, daß du ihrem Angebot, mich ins Krankenhaus zu begleiten, zustimmst?"

„Du hast Alicia bereits genug Umstände bereitet", sagte ich, während ich meine Schuhe wieder anzog. „Ich werde dich hinbringen."

„Vielen Dank, aber ich gehe lieber mit einer mitfühlenden Frau, die versteht, wie miserabel ich behandelt worden bin!"

„Du gehst mit mir, und damit basta", sagte ich und ging ihr voraus in den Flur.

IV.

„Wieviel Zeit wir doch damit verbracht haben, einander anzuschreien", sagte Vivienne, als sie sich im Fond meines neuen blauen Cadillac die Nase puderte. „Rückblickend stelle ich fest, welch eine Energieverschwendung es doch war. Vielleicht darf ich dich über etwas aufklären, Darling. Wenn du alt wirst – wirklich alt, so wie ich –, dann sind auf einmal ganz andere Dinge wichtig. Für mich ist es jetzt am wichtigsten, meine Beziehung zu meiner Tochter neu aufzubauen und meinen Enkel so viel wie möglich zu sehen. War es nicht ein wahnsinniges Glück, daß wir Vicky zustande gebracht haben? Diese Flitterwochen in Palm Beach in Lewis Carsons himmlischem Chateau – Gott, ich kann kaum glauben, daß das wirklich stattgefunden hat, soviel ist inzwischen passiert. Erinnerst du dich noch – du hattest gerade das Rauchen aufgegeben und hast immer Kartoffelchips im Bett gegessen, nachdem wir miteinander geschlafen hatten. Es ist komisch, aber ich kann es kaum glauben, daß du und ich, jetzt zwei Fremde, die nebeneinander in diesem himmlischen Wagen sitzen – Darling, welch herrliche Sitze! –, einst Liebende waren, verwickelt in die stürmischste Affäre der Stadt! Findest du es nicht auch ein klitzekleines bißchen phantastisch?"

„Phantastisch, ja. Aber wir waren damals andere Menschen."

„Wahrscheinlich. Aber in mancher Hinsicht bist du jetzt noch attraktiver als damals, als du nur ein süßer kleiner Junge mit einem Engelsgesicht und fünfzig Millionen Dollars warst! Es ist reizend, daß du Alicia noch immer so gern hast. Vögelst du eine Menge anderer Frauen in deiner Freizeit?"

„Kümmere dich um deine eigenen beschissenen Angelegenheiten." Dieser Tag war offensichtlich dazu bestimmt, daß ich Obszönitäten in Gegenwart des weiblichen Geschlechtes benutzte.

„Ich kann mich noch an die Zeit erinnern, als du noch ein wohlerzogener kleiner Junge warst, der diese Art Ausdrücke nie vor einer Dame benutzt hätte!"

Irgend etwas hielt mich davon zurück, die offensichtliche Antwort zu geben. Wenn wir je den Besuch im Krankenhaus überleben wollten, ohne zuvor ernsthaft aneinanderzugeraten, dann mußte ich all ihre Versuche ignorieren, mich mit ihrem idiotischen Gequassel in Rage zu bringen.

Es war inzwischen fast zehn Uhr, aber ich hatte keine Schwierigkeiten, Zutritt ins Krankenhaus zu erhalten, das wegen all seiner reichen Patienten eher wie ein Luxushotel geführt wurde. Die Oberschwester im vierten Stock bestätigte, daß Vicky nicht gestört werden dürfe, aber eine jüngere Schwester begleitete uns zum Kinderzimmer, wo Eric Keller in Gesellschaft von drei anderen Babys schlief.

„Oh!“ sagte Vivienne begeistert, als das Baby für unsere Besichtigung aus dem Kinderzimmer geholt wurde. „Ist er nicht entzückend! Darf ich ihn halten?“

Sie hielt ihn. Die Schwester lächelte hingebungsvoll. Sams Sohn schlief feierlich weiter, die Augen geschlossen, das kleine, blasse, ovale Gesichtchen unbewegt.

„Ist es nicht aufregend?“ flüsterte Vivienne. „Denk doch nur, Cornelius – unser Enkel! Unser Enkel! Ist es nicht wunderbar?“

Ich konnte an nichts anderes denken, als daß ich mit einer geilen Ziege zusammen war, die ich verabscheute, und daß sie mir einzureden versuchte, Sam Kellers Sohn sei eine Art Wunder. Die Tiefe meines Elends verwirrte mich. Ich versuchte, eine angebrachte Reaktion in mir wachzurufen und starrte auf das Kind in der Hoffnung, das Gefühl teilen zu können, das Viviennes grauenhaft künstliches Gesicht verwandelte, aber ich empfand nichts. Ich war wieder in dem Bus, umgeben von Menschen, und doch schrecklich einsam.

„Ja, er ist prima“, sagte ich. Ich fragte mich vage, ob ich wohl auf Sam eifersüchtig sei, aber ich konnte es mir nicht vorstellen. Das Baby mußte schließlich einen Vater haben, und welchen Vater hätte ich mir mehr wünschen können als meinen besten Freund?

Ob Sam wohl noch mein bester Freund war? Ich war zwar fast hundertprozentig sicher, aber nachdem ich vierundzwanzig Jahre in einer Welt überlebt hatte, in der Menschen, von denen man es am wenigsten erwartet hätte, wahnwitzig genug wurden, zu glauben, sie könnten mich hintergehen, hatte ich mir eine zynische Einstellung zu Freundschaften zugelegt. Meine Sorge um Sams geistiges Wohlergehen war jedoch seit seiner Heirat mit Vicky im vergangenen Juni wesentlich zurückgegangen. Ich bezweifelte nun nicht mehr, daß er sie ehrlich liebte; auf jeden Fall schien er so von seinem Eheglück besessen zu sein, daß ich es für unwahrscheinlich hielt, er könnte Vicky Kummer bereiten, indem er mich in einem unbeobachteten Moment angriff, weil ich ihm Teresa weggeschnappt hatte – vorausgesetzt natürlich, daß er es mir noch immer übelnahm, denn schließlich hatte seine damalige Mätresse ja selbst erklärt, das Verhältnis sei mausetot.

Ich schauderte, als ich an die Umstände dachte, die mit meinem Erwerb von Teresa zusammenhingen. Wie hätte ich ahnen können, daß sie mir Sams Gefühle für sie ganz falsch dargestellt hatte? Und wie hätte ich auch nur im entferntesten erraten können, daß Sam, der sonst immer hinter blonden Mädchen ohne Talent, ohne Hirn und ohne Hoffnung darauf, ihn vor den Altar zu locken, hergejagt war, wie hätte ich erraten können, daß er sich so wahnsinnig in Teresa verliebt hatte, daß er sogar von Heirat sprach? Ich war blind in eine ungeheure Scheiße hineingesegelt, und ich hatte mich glücklich schätzen können, daß ich sicher daraus wieder aufgetaucht war, ohne daß mir jemand die Kehle durchschnitten hatte; gelegentlich aber befühlte ich noch immer meinen Hals und hatte Alpträume von Messerklingen, die in der Dunkelheit blitzten. Vielleicht hätte ich lieber sichergehen und Teresa aufgeben sollen, aber sie war eine so ideale Mätresse für mich, und als Sam aus Stolz darauf bestanden hatte, daß ich sie behielt, war dies fast weniger peinlich gewesen, als wenn ich sie aufzugeben hätte. Sams Liebe zu Vicky hatte beträchtlich dazu beigetragen, mich davon zu überzeugen, daß es ihm jetzt wirklich nichts mehr ausmachte, daß ich ihm seinerzeit seine Freundin abtrünnig gemacht hatte.

Oder machte es ihm doch noch etwas aus? Es gefiel mir nicht, daß er diese deutschen Namen gewählt hatte. Es war wie eine herausfordernde Geste, ein feindlicher Akt, der mich daran erinnern sollte, daß er die Macht hatte, das Kind zu taufen, und nicht ich. Ich mochte überhaupt keine Situation, in der meine Macht gleich Null war, und ich mochte es schon gar nicht, daß Sam mich ausgerechnet bei dieser Gelegenheit daran erinnerte, wie machtlos ich war.

Erich Dieter. Mein Gott.

„Oh, ich bin so glücklich!“ sagte Vivienne und schluchzte

leicht. „Darling, könnten wir nicht irgendwohin gehen und einen Schluck Champagner trinken?“

„Auf keinen Fall.“ Kaum hatte ich die Worte ausgesprochen, wurde mir klar, daß Vivienne durch mein Benehmen ihr gegenüber mein Elend leicht würde erraten können. Wenn ich vermeiden wollte, daß auch nur irgend jemand erriet, wie enttäuscht ich darüber war, daß Erics Vater offensichtlich keine Anstalten machte, das Kind mit mir zu teilen – wenn ich sichergehen wollte, daß niemand bemerkte, wie abrupt meine bemitleidenswerten Vorstellungen der letzten Monate abgetötet worden waren –, dann mußte ich mich anstrengen, und zwar schnell. Der größte Alptraum meines Lebens war, daß jedermann mich im geheimen bedauern würde, weil ich keine eigenen Söhne hatte.

„Es tut mir leid“, sagte ich hastig. „Ja, natürlich werde ich dir Champagner bestellen. Aber würdest du mich bitte entschuldigen, wenn ich nicht mit dir trinke? Ich habe mich heute den ganzen Tag nicht sehr gut gefühlt – es ist dieses neue Medikament, das mir gegen mein Asthma verschrieben wurde. Wo möchtest du gern feiern?“

„Im Plaza. Du hast wohl nicht zufällig eine Suite dort?“

„Nein. Möchtest du eine?“

„Oh, Darling, das wäre einfach himmlisch! Es tut mir leid, daß ich all die grausigen Sachen vorher zu dir gesagt habe – jetzt erinnerst du mich daran, wie zauberhaft du mit einundzwanzig warst –“

„Hast du genug Geld, um dem Pagen ein Trinkgeld zu geben?“

„Darling, ich glaubte schon, du würdest dich nicht danach erkundigen. Könntest du möglicherweise . . .“

Im Cadillac rief ich das Plaza an, um sicher zu sein, daß eine Suite frei war, und dann stellte ich ihr einen Scheck über eintausend Dollar aus.

„Also, Vivienne“, sagte ich, als der Wagen vor dem Hotel vorfuhr, „bestelle, was du willst, aufs Zimmer und mach dir's schön. Bitte entschuldige, wenn ich jetzt nach Hause gehe, aber –“

„Cornelius.“

Sie hatte meinen Arm ergriffen, und ich starrte sie erstaunt an.

Im hellen Licht, das aus dem Hotelfoyer kam, sah ich, daß ihre Augen sehr blau waren, und zum ersten Mal an diesem Abend konnte ich sie mit der Frau in Verbindung bringen, die ich vor langer Zeit geheiratet hatte.

„Ich muß mit dir sprechen", sagte sie leise. „Bitte komm mit."

Nach einer Pause sagte ich: „Okay" mit tonloser Stimme und stieg hinter ihr aus dem Wagen. Wir hatten Viviennes Koffer bereits von dem kleinen, schäbigen Hotel in der Nähe des Grand Central abgeholt, und als der Page sie ins Foyer des Plaza-Hotels trug, gingen wir gemeinsam zur Rezeption. Vivienne trug sich ein. Wir sprachen noch immer nicht miteinander, und die Fahrt im Lift verlief schweigend. In der Suite gab ich dem Pagen geistesabwesend fünf Dollar Trinkgeld und ging dann zum Telefon, um Champagner zu bestellen.

„Ist dir kalifornischer Champagner recht?" fragte ich, während ich die Weinliste überflog.

„Nein Cornelius, keineswegs. Diese Gespräche haben wir schon früher geführt, als wir besprachen, welchen Wein wir bei unseren Dinnerparties servieren sollten – und ich wundere mich sehr, daß du dich nicht daran erinnerst. Ich nehme an, daß Alicia deiner Manie einfach nachgibt, nie etwas zu dir zu nehmen, was außerhalb von Amerika hergestellt wurde. Ich möchte einen Heidsieck bitte, und zwar einen alten, wo du schon einmal großzügig bist."

„Kaviar?"

„Ja, russischen, wenn ich bitten darf."

Ich gab die Bestellung durch, legte auf und drehte mich nach ihr um. Sie beobachtete mich. Ihr Gesicht war blaß, aber ruhig.

„Ja?" sagte ich höflich.

„Cornelius", sagte sie, „wir müssen irgendwie miteinander klarkommen. Ich habe beschlossen, nach New York zu ziehen, um in der Nähe von Vicky und dem Baby zu sein – oh, Manhattan kann ich mir natürlich nicht leisten, aber das ist schließlich nur eine der fünf erstrebenswerten Gegenden, nicht wahr? Ich werde mir eine kleine Wohnung in Queens nehmen. Ich dachte früher, es sei das Ende der Welt, wenn ich je in Queens wohnen müßte, aber jetzt glaube ich, daß es das Ende der Welt wäre, wenn ich fernbliebe."

Nach einer Pause sagte ich vorsichtig: „Ich kann verstehen,

daß Fort Lauderdale nicht das ist, woran du früher gewöhnt warst. Wenn ich dir vielleicht ein Haus in Palm Beach kaufte –"

„Cornelius, es ist sinnlos, mich durch Bestechung in Florida festzuhalten zu suchen. Ich bin fest entschlossen, nach New York zurückzukehren, und wenn ich in derselben Stadt wie du lebe, sollten wir schon wegen Vicky den Versuch machen, Freunde zu sein."

„Ich finde, wir schulden Vicky, tausend Meilen voneinander entfernt zu sein! Sei realistisch, Vivienne! Natürlich wäre es besser, wenn wir gute Freunde wären, die Sonnenstrahlen verbreiten, wenn immer Vicky in der Nähe ist, aber das wird nun einmal nicht passieren. Du verabscheust mich, und ich verabscheue dich, und wenn wir uns treffen, streiten wir uns. So sieht die Sache doch in Wirklichkeit aus, und ich setze mich nur mit Tatsachen auseinander!"

„Okay", sagte sie, „du setzt dich nur mit Tatsachen auseinander. Dann setze dich einmal damit auseinander: warum hat Vicky Sam geheiratet? Ist sie vielleicht nicht nur von mir, sondern auch von dir davongelaufen – hat sie nicht einen weisen, allmächtigen Elternteil gesucht, der dort einsprang, wo wir versagt hatten? Cornelius, solange Vicky ein kleines Mädchen ist, das von uns wegläuft, wird sie nie erwachsen werden, aber wenn wir uns ändern könnten – wenn wir Freunde sein könnten statt unverhohlene Feinde –"

„Erspar mir die Amateurpsychologie! Du hast bei Vicky versagt, nicht ich! Du warst eine untaugliche Mutter – Vicky hat den Richter angefleht, er solle sie bei mir wohnen lassen!"

„Du hast den Richter bestochen!"

„Das habe ich, verdammt noch mal, nicht getan! Mein Gott, Vivienne, wir streiten uns schon wieder. Also hör zu. Wenn du in Queens wohnen willst, dann kann ich nichts tun, um es zu verhindern, aber wundere dich nicht, wenn Vicky nichts mit dir zu tun haben will, wundere dich nicht, wenn Sam dir die kühle Schulter zeigt, und wundere dich nicht, wenn ich alles tun werde, um dir so wenig wie möglich zu begegnen. Die Wahrheit ist doch – wie wir beide wissen –, daß du deiner Tochter völlig fremd bist, und dafür kannst du dir nur selbst die Schuld zuschieben. ‚Wir ernten, was wir säen', wie meine Mutter damals in Velletria zu sagen pflegte –"

„Und wann wirst du ernten, was du gesät hast? Du wolltest mir Vicky nur wegnehmen, weil ich dich hineingelegt hatte, als ich dich wegen deines Geldes heiratete. Mir Vicky vorzuenthalten, war deine Rache!"

„Das ist der reine Blödsinn. Meine einzige Sorge war das Wohlergehen meiner Tochter."

„Wenn du wirklich um das Wohlergehen deiner Tochter besorgt gewesen wärest, dann hättest du nicht das glückliche Heim zerstört, das ich ihr bereitet hatte!"

„Ja, das glückliche Heim, wo du mit einem Mann nach dem anderen geschlafen hast und wo du schließlich mit einem Gangster aus Las Vegas zusammengezogen bist – ein prächtiges Vorbild für ein kleines Mädchen!"

„Aber ich habe Danny Diaconi doch geheiratet! Oh, verschwinde, verdammt noch mal, und laß mich in Frieden! Wir können einfach nicht miteinander reden, es ist hoffnungslos!"

Erleichtert machte ich mich davon. Im Korridor kam ich an einem Kellner vorbei, der ein Tablett mit Champagner und Kaviar trug, aber ich schaute nicht zurück. Mit großer Anstrengung versuchte ich den widerlichen Gedanken auszuschalten, daß meine Exgattin vor meiner Haustür ihre Zelte aufschlagen und damit zweifellos mein ruhiges Familienleben belästigen würde. Ich fuhr im Lift ins Foyer hinunter und ging nach draußen zu meinem Cadillac.

Wieder einmal ging ich nach Hause zu Alicia.

V.

„Ist meine Frau zu Bett gegangen, Carraway?" fragte ich den Butler, als ich nach Hause kam.

„Nein, Sir, sie ist im goldenen Zimmer."

„Bringen Sie mir bitte einen Scotch mit Soda dorthin." Ich sprach mit der höflichen, neutralen Stimme, die ich nur für Carraway reservierte. Ich mochte eigentlich englische Diener nicht, die ein solches Talent hatten, ihrer amerikanischen Herrschaft Minderwertigkeitsgefühle einzuflößen, aber dieser war ein Prachtstück seiner Art, und ich respektiere immer das Beste. Carraway seinerseits respektierte meinen Respekt. Er wußte von früheren Stellen in meinem Land, wie abscheulich es sein konnte, wenn die Herrschaft nur die gröbste Ahnung davon hatte, wie man mit der Dienerschaft umging.

Wir hatten fünf Empfangsräume im ersten Stock, außerdem war dort die Bibliothek, das Speisezimmer und der Ballsaal. In der Regel benutzten wir nur das goldene Zimmer, das klein und intim war. Vivienne hatte seinerzeit die goldene Dekoration ausgesucht, aber Alicia hatte später angeordnet, die goldenen Vorhänge zu entfernen, die goldenen Möbel neu zu überziehen und den goldenen Teppich auf den Dachboden zu verbannen. Die vorherrschende Farbe im Zimmer war nun ein blasses Grün.

Als ich die Tür öffnete, fuhren Alicia und Sam so erschreckt zusammen, als hätte ich sie in einer ehebrecherischen Umarmung überrascht.

„Hi", sagte ich in die verlegene Stille hinein. „Ich habe gerade Vivienne im Plaza abgeladen und ich glaube, ich verdiene einen Drink. Schön, dich zu sehen, Sam. Tut mir leid wegen der Geschichte im Krankenhaus. Hast du Vicky noch einmal gesprochen, nachdem ich weg war?"

„Nein, ich hielt es für besser, gleichfalls zu gehen." Er setzte sich wieder, ein großer Mann in einem teuren Anzug, seine Augen müde hinter der Brille. „Auch mir tut es leid, Neil, wenn ich abrupt war."

„Zum Teufel, du hattest ja recht. Sie ist deine Frau, nicht meine! Wir wollen die ganze Angelegenheit vergessen, nicht wahr?"

„Dafür bin ich auch."

Carraway schwebte mit meinem Scotch und Soda herein. Er sah aus, als sei er mit einem Silberlöffel in der Hand geboren worden.

„Danke, Carraway."

„Danke, Sir." Die Engländer sagen nie „gern geschehen" oder „bitte", nur endlos „danke". Dadurch behalten sie Situationen unter Kontrolle, die sonst in freundliche Gespräche beim Kamin ausarten könnten. Die Engländer sind Meister kleiner Machtkämpfe. Diese Tricks der Redewendungen konnten dazu benutzt werden, in jeder schwierigen Situation die Oberhand zu behalten. Sam und ich waren ebenfalls wohlbewandert in diesem Spiel. Eine der Ironien der seltenen Auseinandersetzungen zwischen uns war, daß wir genau wußten, was der andere tun würde. „Alsdann", sagte ich leutselig, nachdem Carraway gegangen war. „Welch heimtückische Pläne habt ihr denn geschmiedet, als ich euch in flagranti ertappte?"

Ich sah, wie Sam dachte: feindselige Frage, nimmt den Stier bei den Hörnern. Sofort neutralisieren.

Er lachte und streckte seine langen Beine, um den Eindruck zu erwecken, er sei ganz entspannt. „Du hast die Tür so plötzlich aufgerissen, daß du dich nicht wundern darfst, wenn wir beide zusammenfuhren! Es war nichts, Neil – wir haben uns nur noch einmal über die Namen des Babys unterhalten. Ich habe es mir nämlich doch überlegt, ob ich ihn wirklich nach meinem Vetter nennen soll. Natürlich habe ich Erich sehr gern gehabt, aber Vicky hat ihn nie gekannt und der Name bedeutet ihr nichts. Ich glaube, es wäre angemessener, wenn wir das Baby Paul Cornelius nennen würden, nach dir und Paul. Das scheint sowohl für Vicky als auch für mich wesentlich sinnvoller zu sein."

„Nun", sagte ich und dachte: übersüße Bestätigung meiner Person. Mit leicht bitterer Einstellung zerstören. Weiterlächeln. „Das ist ein interessanter Vorschlag! Möchtest du meine ehrliche Meinung hören?"

„Aber natürlich!" sagte Sam und wollte nichts dergleichen.

„Ich halte es für einen Fehler, wegen Paul sentimental zu werden. Er hat Sentimentalität immer verabscheut. Was mich anbelangt, so bin ich sehr für etwas Originelles – ich habe kein Interesse an Echos aus der Vergangenheit. Nein, bleibe ruhig bei Erich Dieter. Ich gebe zu, daß ich im Krankenhaus überrascht war, aber ich hatte den wohl falschen Eindruck, daß Vicky ihn nach dir – Sam – nennen wollte."

Das war ein schwerer Fehler. Ich hatte eine Erklärung abgegeben, die offensichtlich unwahr war. In der Pause, die daraufhin eintrat, beobachtete ich, wie Alicia verlegen auf das Holz im Kamin starrte, und meine Fingernägel vergruben sich in den Handflächen, als ich meine Hände hinter dem Rücken zu Fäusten ballte.

„Nun", sagte Sam und dachte: muß das irgendwie entschärfen, Gott, wie peinlich. „Wenn du sicher bist –"

„Teufel, Sam, es hat wirklich nichts mit mir zu tun! Ich bin nur der Großvater, wie Alicia nicht müde wird, mich zu erinnern!"

Ein weiterer schwerer Fehler. Unter meiner gespielten Nonchalance klang ich sowohl ärgerlich als auch eifersüchtig. Der Schweiß der Erniedrigung lief mir den Rücken herab. Ich mußte von hier wegkommen. „Ich fühle mich wie siebzig, wenn nicht älter!“ sagte ich mit dem Versuch, das Ganze ins Lächerliche zu ziehen. Das Ergebnis war, daß wir alle noch verlegener wurden. „Ich glaube, ich gehe ins Bett und verjünge mich. Aber du brauchst natürlich noch längst nicht zu gehen, Sam. Alicia, laß Carraway Sam noch einen Drink bringen.“

Ich verließ das Zimmer, zog die Tür fest hinter mir zu, machte sechs Schritte den Flur hinunter und schlich mich dann zurück, um zu lauschen. Sam sagte gerade: „Verdammt! Er war deprimiert, nicht wahr? Und ich dachte, ich hätte die Sache ganz geschickt angefaßt.“

„Vielleicht solltest du nun nicht auf Paul Cornelius bestehen, sonst machst du alles nur noch schlimmer . . .“

Ich verzog mich leise.

Oben angekommen, entließ ich meinen Kammerdiener, setzte mich auf mein Bett und verschränkte meine Finger, als ich mir die Angelegenheit durch den Kopf gehen ließ. Ich konnte nicht verstehen, weshalb ich die Szene nicht besser in Angriff genommen hatte. Vielleicht war ich wirklich emotionell gestört. Aber nein, weshalb denn? Ich war doch schon lange mit mir ins reine gekommen. Die Schwierigkeiten waren aufgetaucht, weil sie glaubten, daß ich emotionell gestört sei, und es war ihr Verdacht, nicht die eigentlichen Tatsachen, der mich aufgeregt hatte. Ich haßte es, wenn sie mich für neurotisch hielten, wenn sie glaubten, mich mit Samthandschuhen anfassen zu müssen, während ich doch ganz genau wußte, wie ausgeglichen ich war. Ich wußte seit nunmehr sechzehn Jahren, daß ich keinen Sohn haben würde – seit sechzehn Jahren, sieben Monaten und fünf Tagen, um genau zu sein –, und wenn man sich nicht in sechzehn Jahren, sieben Monaten und fünf Tagen mit einem Mißgeschick im Leben abfinden kann, womit findet man sich dann überhaupt je ab, zum Teufel noch einmal. Natürlich hätte ich gern einen Sohn gehabt, aber man kann nun mal nicht alles im Leben haben, wie meine Mutter damals in Velletria zu uns sagte, und da ich ja sonst so ziemlich alles hatte, wie hätte ich mich beschweren können? Ich beschwerte mich nicht, das war die Antwort, aber

Alicia versuchte immer, die Gefühle ihrer Schmalzgeschichten in meinen Kopf zu stopfen und tat so, als litte ich unter irgendwelchen Mangelerscheinungen. Alicia tat mir natürlich leid, denn es war offensichtlich, daß sie gern mehr Kinder gehabt hätte, aber sie hatte ihre zwei Jungen und ich habe ihr eine Stieftochter gegeben, also hatte auch sie keinen Grund, sich zu beschweren. Ich weigerte mich, mich schuldig zu fühlen, wo wir doch eine große, glückliche Familie waren, der es gut ging. Ich hielt ohnehin nichts von Schuldgefühlen. Das war etwas für Neurotiker, die mit dem Leben nicht fertig wurden. Gott teilte die Karten aus, mit denen man so gut wie möglich spielte, und das war alles.

Sechzehn Jahre, sieben Monate und fünf Tage. Es klang wie eine Gefängnisstrafe. Der siebte September 1933, und der Himmel war ein dampfendes, verschleiertes Blau . . . Das war das Ende von allem gewesen, von meinen Träumen von einer großen Familie, von meiner perfekten physischen Beziehung mit meiner Frau, von meiner Heldenanbetung Pauls, der das Vakuum ausgefüllt hatte, das mein Vater, an den ich mich kaum erinnern konnte, hinterlassen hatte. – Und selbst die Ehe meiner Schwester war zu Ende gegangen, was mich zum offenen Bruch mit meinem Schwager, dem Saukerl Steve Sullivan, brachte.

Ich duschte noch einmal, bevor mir einfiel, daß ich ja erst kurz zuvor geduscht hatte. Ich wurde wohl schon schwachsinnig. Ich versuchte herauszufinden, was diese erneute Dusche zu bedeuten habe. Noch ein Reinigungsakt? Vielleicht versuchte ich, die Erinnerung an die erniedrigende Szene im goldenen Zimmer wegzuwaschen. Ich hatte immer gute, saubere und freudige Gedanken unter der Dusche.

Nachdem ich meinen Schlafanzug angezogen hatte, ging ich zu Bett, und ich hatte eben ein Buch aufgeschlagen, als ich hörte, wie die Tür in Alicias Zimmer geöffnet wurde. Sofort knipste ich das Licht aus und lag bewegungslos in der Dunkelheit.

Wenn sie mich schlafend glaubte, würde sie vielleicht zu mir ins Bett schlüpfen und meine Hand zwischen ihre Schenkel legen. Sie hatte es einmal aus Mitleid mit mir getan, und später, als ich impotent geworden war, hatte sie genug Mitgefühl für mich, um mein Angebot, sie auf unkonventionelle Art zu lieben, abzulehnen. Sie wußte, daß ich so etwas nur ungern praktizierte, und sie hatte es sicher ziemlich kläglich gefunden, daß ich ihr etwas anbot, das ich nicht mochte, nur um ihr einen Gefallen zu tun. Ich schwitzte bei der Erinnerung an diesen Vorfall, aber dann sagte ich mir, daß ich mich nur unnötiger Pein hingab. Unsere sexuelle Beziehung war tot. Es hatte lange gedauert, bis mir klar wurde, welche Höllenqualen sie litt, weil ich immer wieder versuchte, auf selbstsüchtige Weise unser vergangenes Glück wiederzufinden. Als ich aber begriffen hatte, wie sehr sie litt, beendete ich die Beziehung sofort.

Ich hätte alles für Alicia getan, absolut alles. Als ich erfuhr, daß wir keine Kinder haben würden, hatte ich ihr die Scheidung angeboten, damit sie Kinder von einem anderen Mann bekommen könnte. Aber sie war bei mir geblieben – und nicht nur, weil ich reich war; Alicia hatte ihr eigenes Vermögen und ihren eigenen, angestammten Platz in der New Yorker Gesellschaft. Nein, diese einmalige, schöne Frau hatte es in widrigen Umständen vorgezogen, bei mir zu bleiben, weil sie dachte, ich sei der einzige Mann, der sie glücklich machen könnte. Natürlich hatte ich seitdem alles getan, sie ihres Glückes zu versichern. Sie wollte, daß ich ihre Söhne liebte; ich hatte mir alle Mühe gegeben, sie wie meine eigenen Kinder zu behandeln. Sie arbeitete ungern für wohltätige Zwecke; mit großer Sorgfalt hatte ich die jeweiligen Organisationen von ihr ferngehalten. Sie brauchte natürlich das schönste Haus, das ich ihr geben konnte; ich behielt Pauls Haus in der Fifth Avenue bei, das ich nicht ausstehen konnte, nur, um ihr eine Freude zu machen. Sie wollte das Ende unserer sexuellen Beziehung; ich beendete sie. Hätte sie eine Scheidung verlangt, so hätte ich wohl irgendwie auch dazu die Kraft gefunden, obwohl ich mir nicht vorstellen konnte, wie ich ohne sie überleben sollte. Ich hatte ihr sogar vorgeschlagen, sich einen Liebhaber zu nehmen, denn ich hatte eingesehen, daß es besser war, ein gefälliger als ein verlassener Ehemann zu sein. Ich liebte sie. Ich begehrte sie mehr als jede andere Frau auf der Welt, und oft, wenn ich auf so selbstverständliche und leere Weise mit Teresa schlief, schien die Impotenz meiner Frau gegenüber wirklich wie eine Gefängnisstrafe zu sein – sechzehn Jahre, sieben Monate und fünf Tage der Einkerkerung in einem Polizeistaat, in dem es nur Quälerei und keine Gerechtigkeit gab.

Jeden Tag erwachte ich und schrie innerlich: „Ich habe genug gelitten! Laßt mich frei!“ und jeden Tag erinnerten mich meine gesichtslosen Gefängniswärter, daß sie den Schlüssel zu meiner Zelle weggeworfen hatten. Wer immer auch die Karten des Lebens austeilte, hatte mir ein Pik-As zugeworfen, um meinen Royal flush in Karo zu ruinieren, und manchmal dachte ich, daß mir das schaufelförmige Pik-As mein Grab grübe.

Der Lichtschimmer unter der Tür, die unsere Schlafzimmer verband, erlöschte, aber nichts geschah. Ich wartete allein im Dunkeln.

Ich war wieder in dem Bus, aber es war ein leerer Bus ohne Fahrer, und die Einsamkeit war mehr, als ich ertragen konnte.

Ich schlüpfte aus dem Bett, ging zur Tür und lauschte. Nichts. In einer Qual von Unentschiedenheit entfernte ich mich wieder und versuchte, logisch zu denken. Könnte ich eine Ausrede erfinden und einfach an die Tür klopfen? Nein, es fiel mir nichts ein. Konnte ich aufrichtig sein und sie einfach fragen, ob ich mich eine Weile neben sie legen und ihre Hand halten dürfe? Nein, das konnte ich nicht. Ihre sofortige Reaktion würde sein: armer Cornelius, impotent wie immer, ich muß ihn aufheitern, aber ach, wie kläglich er ist. Aber die grauenhafte Ironie war doch, daß ich eben nicht der arme Cornelius war, bei weitem nicht. Ich war der reiche, erfolgreiche, mächtige Cornelius mit einer Mätresse, die ihm am selben Abend gesagt hatte, wie phantastisch er im Bett sei. Wenn ich also versagte, dann versagte ich nur an einer Stelle, und diese Stelle war das Hirn – Alicias Hirn natürlich, nicht das meine. Mit meinem Hirn stimmte alles. Aber Alicia dachte, ich sei ein Versager, also war ich einer. Das war mir schon seit langem klar. All diese dummen Leute, die ein Vermögen an Psychiater verschwendeten, sollten es einmal mit Selbstanalyse probieren. Sie könnten sich einiges Geld sparen. Ich glaube überhaupt nicht an Psychiater. Sie sind etwas für Frauen und Schwule.

Ich ging wieder ins Bett.

Als ich an Schwule dachte, mußte ich an Kevin denken, und als ich an Kevin dachte, fiel mir wieder ein, mit wie wenigen Menschen ich mich heutzutage noch unterhalten konnte. Seit ich Pauls Geld geerbt hatte, wäre es mir nie im Traum eingefallen, irgend jemandem meine geheimen Probleme aufzudecken. Es ist sehr wichtig, daß die Leute glauben, ein mächtiger Mann sei unverletzbar, sonst verlieren sie den Respekt, den seine Macht ihnen abnötigt. Ich würde kaum meine Probleme vor jemandem ausbreiten, dem ich nicht vertraute, aber ich vertraute sehr, sehr wenigen Menschen.

Ich vertraute meiner Schwester, aber über die Jahre hatten wir uns voneinander entfernt, besonders seit sie nach dem Krieg in dieses Kaff Velletria zurückgekehrt war. Ich vertraute Pauls Sylvia, die ich immer sehr bewundert hatte, aber sie wohnte dreitausend Meilen weit weg. Meine Mutter war 1929 gestorben. Mein Stiefvater, den ich nie gemocht hatte, war tot. Mein eigener Vater, ein Ohio-Farmer, dem ich ähnlich sehen soll, starb, als ich vier Jahre alt war. Selbst Paul, der Großonkel, der mich in seinem Testament adoptiert hatte, war schon seit vierundzwanzig Jahren tot – und schien sich zu Lebzeiten nie besonders um mich gekümmert zu haben. Seine damalige Gleichgültigkeit schmerzte mich noch immer; da ich aber der einzige Mensch war, der von dieser Gleichgültigkeit wußte, war es leicht für mich, dieses Wissen zusammen mit all meinen anderen Erinnerungen zu begraben, und ich war fest entschlossen, sie nicht wieder zum Leben zu erwecken. Ich machte sogar einen Kult daraus, die Erinnerung an Paul zu respektieren, auf daß niemand je erraten würde, wie sehr ich ihn wegen seiner lässigen Indifferenz abgelehnt, die, wäre er am Leben geblieben, vielleicht in richtige Antipathie hätte ausarten können.

Dennoch konnte es keinen Zweifel geben, daß Paul mir trotz dieser Antipathie alles gegeben hatte, was ich mir hätte wünschen können; und deshalb hielt ich es für richtig, daß ich seine Erinnerung ehrte. Ich war ganz gewiß froh, ein Van-Zale-Protegé gewesen zu sein. Wäre ich ohne Pauls Hilfe an die Spitze gelangt? Ich war mir dessen fast sicher. Es hätte nur länger gedauert. Pauls Rückenstärkung hatte mir den abgekürzten Weg gezeigt, als ich aufbrach, die Straße zur Macht zu beschreiten, aber inzwischen machte es schon keinen Unterschied mehr, so lange war alles her. Das einzige, was momentan zählte, war, daß Paul nicht mehr lebte und mir bei meinen Problemen nicht länger behilflich sein konnte.

Abgesehen von meiner Familie verblieben nur noch die drei Freunde, die mich gekannt hatten, als ich ein Niemand war: der zu klein geratene, unterschätzte Cornelius Blackett aus Velletria, Ohio. Ich war nicht mehr hundertprozentig sicher, ob ich Sam wirklich traute. Kevin amüsierte mich, aber es wäre mir nie im Traum eingefallen, ein ernsthaftes Gespräch mit einem Homosexuellen zu führen, während Jake . . . Aber ja, ich vertraute Jake. Er lebte meine Art von Leben und hatte die gleichen geschäftlichen Probleme wie ich. Jake war wahrscheinlich der einzig wirkliche Freund, der mir verblieben war, aber die Tatsache blieb bestehen, daß wir auf persönlicher Ebene keine Verbindung miteinander hatten. Wir sprachen über Finanzen, Politik und Kunst, aber nie über unsere Familien, und ich wußte, warum. Ein Mann, der seine Frau liebt und fest an eheliche Treue glaubt, hat wenig zu einem Mann zu sagen, der seit Jahren nicht mit seiner Frau geschlafen hat und der in seiner Freizeit jede Menge Frauen beschläft. Ich hätte Jake nie kritisiert; und jetzt, nachdem ich ein Verhältnis mit Teresa angefangen hatte, war ich kaum in der Lage, ihn zu kritisieren, aber der Unterschied in unserem Privatleben stellte weiterhin eine kaum merkliche, aber stets vorhandene Schranke zwischen uns dar.

Ich schaltete erneut das Licht an, um Alicia wissen zu lassen, daß ich wach war. Dann schaltete ich es wieder aus und wartete. Noch immer nichts. Sie schlief offensichtlich. Welch ein Glück für sie. Ich fragte mich, ob sie meinem Rat gefolgt war und sich einen Liebhaber genommen hatte, aber es schien unwahrscheinlich. Alicia war nicht der Typ, der herumschlief, und nur solche Frauen haben gern ein außereheliches Verhältnis. Frauen haben sowieso keine erotischen Gedanken so wie Männer. Wenn sie einen Mann sehen, dann stellen sie ihn sich nicht nackt vor und überlegen sich nicht, wie groß seine Erektion wohl sei. Vielmehr stellen sie sich vor, wie er ihnen im Smoking zwei Dutzend rote Rosen überreicht, während die Geigen im Hintergrund den Donauwalzer spielen. Frauen sind romantisch. Sie träumen von Liebe, nicht von Sex, und Alicia liebte keinen anderen. Sonst hätte ich es sofort gemerkt.

Sie hatte Sex sowieso satt, das war eindeutig. Ich konnte es ihr kaum vorwerfen, schließlich hatte sie mit mir genug durchgemacht.

Ich stand wieder auf, ging ins Badezimmer, benutzte die Toilette, spülte geräuschvoll und wanderte ziellos ins Schlafzimmer zurück. Vom Fenster blickte ich über den Central Park hinweg und dachte an all die Hunderte von Leuten, die ich in dieser Stadt kannte, die mit meinem geschäftlichen und meinem gesellschaftlichen Leben in Verbindung standen. Es mußte doch jemanden geben, mit dem ich reden konnte! Es mußte ja kein tiefes, bedeutungsvolles Gespräch sein. Eine leichte Unterhaltung würde meine Schlaflosigkeit weniger unerträglich machen.

Ich ging in die Bibliothek hinunter.

Ich hatte fünf Adreßbücher. Das erste enthielt die Namen der Leute, die ich genug mochte, um sie zu kleinen Dinnerparties einzuladen, das zweite enthielt die Bekannten für große Dinnerparties, das dritte Cocktailparties, das vierte die Leute für Bälle und das fünfte die für Ausstellungen. Mein persönlicher Sekretär hatte alphabetische Karten angelegt, die sorgfältig in Ordnung gehalten wurden, und Alicia ging alle sechs Monate die Adreßbücher durch, trug die Namen neuer Bekannter ein und sortierte andere aus, die inzwischen uninteressant geworden waren. Alicia wußte immer, wen ich sehen wollte und wie oft.

Ich hatte die Hälfte des ersten Adreßbuches durchgelesen, als ich merkte, daß es viel zu spät war, um jemanden in New York anzurufen. Ich blätterte weiter, während ich mir überlegte, ob ich Sylvia in San Francisco anrufen sollte; aber ich wußte, daß sie sich bestimmt über das Baby würde unterhalten wollen, und für heute hatte ich genug vom kleinen Eric Keller.

Die ‚S'-Seite öffnete sich in meinen Händen und ich sah den Namen *Sullivan.*

Für den Bruchteil einer Sekunde fühlte ich mich in die Vergangenheit zurückversetzt, in die Vergangenheit mit Steve, von dem ich wußte, daß er mich fertigmachen würde, wenn er es könnte, in die Vergangenheit mit Blut, Mord und Chaos, in die Vergangenheit auf Emilys furchtbarer Hochzeit, zurück, zurück, zurück in die schreckliche Vergangenheit, zurück bei Steve, als er Van Zale verließ, aber weiterhin versuchte, mir die Zähne einzuschlagen, zurück zu den Rankünen und Machenschaften, zurück zu seinem Tod auf der englischen Landstraße, zurück zu der Frau, die bis zum Schluß zu Steve gehalten hatte, die Emilys Ehe zerstört und Paul gegen mich aufgebracht hatte, zurück zu *Dinah Slade,* die mich mit dieser großartig selbstmörderischen Geste übertrumpft hatte, zurück zu all den Toten, all dem

Blut, all der Schuld. Aber nein, meine Hände waren sauber, ich hatte sie gewaschen und gewaschen, und ich wußte jetzt, daß es keine Schuld gab, ich wußte, daß man mich dazu getrieben hatte, das zu tun, was ich getan hatte, ich wußte, daß die Vergangenheit tot war und nicht wieder auferstehen würde, niemals, niemals, *niemals*.

Ich wuchtete den Grabstein meines Willens auf das Grab meiner Erinnerungen und verscheuchte alle Gedanken an die Vergangenheit.

Sullivan Scott. 624 E. 85, NYC.

Ich entspannte mich. Scott war mein Junge, nicht eben mein Sohn, da er nur elf Jahre jünger war als ich, aber vielleicht ein wesentlich jüngerer Bruder. Steve hatte ihn vor sechzehn Jahren fallengelassen – vor sechzehn Jahren, sieben Monaten und fünf Tagen, am gleichen Tag, an dem ich erfuhr, daß ich keine eigenen Söhne haben würde. An dem Tag hatte Steve Emily verlassen, um Dinah Slade nachzujagen. Er hatte zwei Söhne aus einer früheren Ehe, aber er hatte sie einfach wie Abfall weggeworfen, als ob sie keinerlei Bedeutung hätten, genauso wie er die beiden Töchter weggeworfen hatte, die Emily ihm geboren hatte. Der jüngere Sohn Tony war für mich immer ein Problem gewesen, aber nach 1939, als er nach England gegangen war, um dort zu leben, hatte ich ihn nicht mehr gesehen, und 1944 war er im Krieg gefallen. Scott hatte jedoch den Krieg überlebt, und Scott war ganz anders als sein Bruder und sein Vater; tatsächlich dachte ich nicht einmal an Steve und Tony, wenn ich mit Scott zusammen war.

Scott war kein angeberischer Hans-Dampf-in-allen-Gassen, der täglich weiß Gott wieviel Alkohol hinter die Binde goß und jede Frau in Reichweite zu verführen suchte. Scott war gemäßigt. Und Scott war smart. Er wußte über alle möglichen interessanten Dinge Bescheid. Scott war ruhig, aber er hatte gute gesellschaftliche Umgangsformen, was den Kunden gefiel, dabei konnte er ebenso zäh sein, womit er den Respekt der Kunden gewann. Scott war zäh. Das gefiel mir. Männer, die nicht trinken, nicht rauchen und (vielleicht) sexuell nicht besonders aktiv sind, sind gewöhnlich degeneriert und voll geheimer Perversionen, aber Scott war normal – ich war überzeugt, daß er normal war, da ich soviel Zeit mit ihm zugebracht hatte und gemerkt hätte, wenn wirklich etwas mit ihm nicht in Ordnung gewesen wäre. Er war unter meiner Obhut herangewachsen, und ich war stolz, wie er sich entwickelt hatte. Tatsächlich mochte ich ihn viel lieber als meine beiden Stiefsöhne, aber ich hatte immer alles getan, damit Alicia nichts davon merkte.

Scott war eine Nachteule und blieb oft bis zwei Uhr früh auf, um eines seiner intellektuellen Bücher zu lesen. Ich halte normalerweise nichts von Intellektuellen, aber Scott machte sich all sein sinnloses Wissen nicht zum Fetisch, gab nie an und sah nie auf Menschen herab, die weniger gebildet waren als er selbst. Außerdem konnte man stundenlang mit ihm reden, ohne sich bewußt zu werden, daß er ein Intellektueller war, denn er konnte sich mit Realitäten genausogut auseinandersetzen wie mit einer geisteswissenschaftlichen Theorie. Ich respektierte Scotts Verständnis für die Realitäten des Lebens. Der Grund, weshalb Sam eine solche Neurose wegen Scott entwickelt hatte, war, daß Sam nie zu begreifen vermochte, wie realistisch Scott war. Scott haßte seinen Vater und hatte ihn schon vor langer Zeit abgeschrieben. Scott mochte mich. Ich hatte mich um ihn gekümmert, hatte mich um ihn bemüht, hatte alles getan, um ihm eine gute Karriere zu sichern – und das bedeutete Scott etwas. Es bedeutete ihm alles. Wären wir Helden in einem von Kevins Stücken gewesen, dann hätte Scott einen ungeheuren Groll auf mich gehabt, weil ich seinen Vater ruiniert hatte, aber das beweist nur, wie miserabel selbst die beste Literatur sein kann. Scott wartete nicht darauf, seinen Vater zu rächen und mich hereinzulegen. Er hatte mich zu gern, und außerdem begriff er die Realitäten des Lebens zu gut, um aller Hoffnung auf Rache valet zu sagen. Es gibt ein paar Männer, die man einfach nicht hereinlegen kann. Sie sind zu mächtig – und nur so läßt sich meine Art von Macht schließlich analysieren. Ich bin den Leuten gegenüber offen. Ich strahle etwas aus, das ihnen klarmacht, daß sie sich mit mir verständigen und mich mit Respekt behandeln müssen, und Scott hatte diese Ausstrahlung eindeutig und seit langer Zeit verstanden, und ich wußte jetzt, daß ich mich meiner Freundschaft mit ihm ohne neurotische Furcht oder Ängstlichkeit freuen konnte. Im geheimen verließ ich mich sogar sehr auf die Freundschaft mit Scott. Ohne ihn wäre meine Welt wesentlich einsamer gewesen.

Ich nahm den Telefonhörer ab.

„Ja?“ sagte Scott nach dem ersten Klingelzeichen.

„Hi, Scott! Cornelius. Schläfst du?“

„Nein, ich lese ‚Hochwürden Bede‘.“

Genau das mochte ich an Scott. Jeder andere Mensch in New York schlief wahrscheinlich, oder beschlief jemanden, oder betrank sich, oder saß vor dem Fernseher, aber Scott tat etwas wirklich Stimulierendes.

„Hochwürden wer?“ fragte ich und hatte bereits meinen Spaß.

„Bede. Er war ein sehr gebildeter Mönch im achtzehnten Jahrhundert, der im Norden Englands lebte. Ich lese gerade seine Geschichte der angelsächsischen Kirche.“

„Nicht eben Auswahlband für den Lesering.“

„Vielleicht sollte er es sein. Er spricht über Angelegenheiten von universalem, menschlichen Interesse.“

„Und das wäre?“

„Über die Kürze des Lebens und die Ignoranz des Menschen.“

„Mein Gott! Sag mal, Scott, warum kommst du nicht her und erzählst mir mehr davon – ich schicke einen Cadillac.“

„Schone den Chauffeur. Ich nehme ein Taxi.“

Ich seufzte vor Erleichterung. Die Einsamkeit der Nacht löste sich auf, und für eine kurze Zeit würde ich meine Sorgen vergessen können, indem ich mit Scott die geistigen Ergüsse eines armen, alten Mönches besprach. Ich eilte die Treppe hinauf, stürzte mich in ein paar Hosen und einen Pullover, schlüpfte in meine Segeltuchschuhe und kehrte dann in die Bibliothek zurück, um auf ihn zu warten.

VI.

Zehn Minuten später traf er ein, ein großer, schlanker Mann von einunddreißig Jahren mit sehr kurz geschnittenem schwarzen Haar und tiefliegenden schwarzen Augen in einem blassen, willensstarken Gesicht. Er hatte das Gesicht eines Mannes, den man nicht übergehen konnte. Es gefiel mir. Ich unterschätzte es nicht – ich unterschätze nie die Gefahren von rastlosen, ambitionierten Männern, die darauf aus sind, sich eine bequeme Nische aus dem Felsen zu hauen – aber ich hatte fast ein Vierteljahrhundert lang Erfahrung gesammelt, wie man mit diesen Leuten umgeht, und ich wußte, wie man sie unter Kontrolle behielt. Ich habe nichts gegen erfolgreiche Leute, wenn sie aber an Größenwahn leiden, werde ich in die unangenehme Lage versetzt, sie darauf aufmerksam machen zu müssen. Es ist nicht Erfolg, was ich verabscheue. Es ist Versagen.

„Hi, Scott", sagte ich lächelnd und streckte ihm die Hand hin.

„Hi!" Er ergriff meine Hand und lächelte zurück, wobei er sowohl Selbstvertrauen als auch Verstand und Freundlichkeit ausstrahlte. „Bist du denn irre? Aus welchem kühlen Grund zitierst du mich um ein Uhr morgens hierher, um über den Hochwürden Bede zu diskutieren?"

„Zum Teufel, du weißt doch, wie Millionäre nun einmal sind! Für ein bißchen Amüsement tun sie alles, wenigstens behaupten die Skandalzeitungen das immer. Wenn du mir genug über Bede erzählt hast, können wir dann Schach spielen?"

„Das hätte ich mir auch gleich denken können, daß Bede nur der Köder war, um mich herzulocken!"

Ich ging zu dem kleinen Getränkeschränkchen, das ich in der Bibliothek hinter einem Bücherregal verborgen hielt, und öffnete zwei Flaschen Coca-Cola. „Okay", sagte ich, als ich Scott sein Coke reichte und mich dann ihm gegenüber ans Schachbrett setzte, „erklär mir Bedes Ansichten über die Kürze des Lebens und über die Ignoranz des Menschen."

„Nun . . ." Scott offerierte mir einen Kaugummi, und während wir so gemeinsam kauend dasaßen, dachte ich, wie komisch es doch war, daß wir beide, die in einem Land lebten, von dem Bede nie gehört hatte, hunderte Jahre nach seinem Tode seine Ansichten besprechen sollten. Es ging mir erneut auf, daß nur Künstler und Denker unsterblich waren, und ich wurde wieder rastlos bei dem Gedanken an eine Macht, an der ich nicht teilhaben konnte.

„Bede erzählt eine Geschichte", sagte Scott, noch immer kauend, „über die Konversion zum Christentum eines der großen Könige Englands, Edwin von Northumbrien. Edwin beriet sich mit seinen Recken – seinen Helfern –, ob er wohl zum Christentum übertreten sollte. Da saßen sie nun alle im Witenagemot – dem Konferenzzimmer – und versuchten, mit dem Problem zu Rande zu kommen. Es war eine schwere und wichtige Entscheidung, denn wenn Edwin Christ wurde, dann mußten alle auch Christen werden, aber schließlich sagte einer der Burschen: ‚Wir wollen die neue Religion ausprobieren – was haben wir schon zu verlieren? Wir wissen ohnehin verdammt wenig. Das menschliche Leben gleicht dem Flug eines Sperlings, wenn er in der Tiefe des Winters in eine erleuchtete Halle fliegt, einen Augenblick in der Wärme innehält und dann durch die andere Tür wieder in die Nacht hinausfliegt.‘ Oder, um es schlecht auszudrücken: wir wissen nicht, woher wir kommen, wir wissen nicht, wohin wir gehen und unsere Zeit in der beleuchteten Halle des Lebens ist nur ein kurzes Aufflackern im Vergleich mit der unermeßlichen Dunkelheit der Ewigkeit."

Ich versuchte, mich auf das Wesentliche zu konzentrieren. „Ist Edwin Christ geworden?"

„Sicher. Sie fanden alle, daß jede Religion, die größere Aufklärung bot, einen Versuch wert war."

„Und was ist aus Edwin geworden?"

„Er wurde von seinem großen heidnischen Feind Cadwalla vernichtet, und die Engländer kehrten danach zum Heidentum zurück."

„Also war alles Zeitverschwendung."

„Wer weiß. Wir können dessen nicht sicher sein. Offensichtlich gab es Leute, die Christen wurden, eben weil Edwin konvertierte, und die dann auch Christen blieben, trotz Cadwallas Sieg. Vergiß nicht, daß das Christentum schließlich triumphierte."

„Das konnte aber kein großer Trost für Edwin sein, als er vernichtet wurde!"

„Wie kannst du das so sicher sagen? Edwin starb für etwas, woran er geglaubt hatte, für eine Religion, von der er annahm, daß sie schließlich siegen würde."

„Ja, aber das ändert die Tatsache nicht, daß er als ein Versager starb!"

„Wirklich? Kommt das nicht darauf an, wie du Erfolg und Versagen definierst? Kommt es nicht darauf an, was du für wichtig hältst? Und setzt du nicht voraus, daß Tod immer einem Versagen gleichkommt, obwohl das nicht unbedingt so sein muß?"

Ich dachte sofort daran, wie meine Feindin Dinah Slade bei

Dünkirchen für ihr Land gestorben war, nachdem sie ein erfolgreiches, befriedigendes Leben geführt hatte.

„Ich verstehe nicht, weshalb du all diese deprimierenden historischen Bücher liest, Scott. Spielen wir Schach."

Wir begannen zu spielen. Nach einer Weile sagte ich: „Glaubst du das wirklich, Scott – daß das Leben nichts weiter ist als der Flug eines Sperlings durch eine beleuchtete Halle?"

„Glaubst du es nicht auch?"

„Nun . . . Das läßt das Leben ziemlich sinnlos erscheinen, nicht wahr?"

„Das Leben ist sinnlos", sagte Scott. „Deswegen ist es so interessant, die Philosophen zu lesen, die die Welt in eine Art von Ordnung zu formen suchen."

„Wozu? Gott hat die Welt erfunden, und damit hat sich's."

„Aber glaubst du an Gott, Cornelius?"

„Natürlich. Alle einsichtigen Leute tun das doch. Es muß einen Anfangspunkt in der Schöpfung geben, und dieser Punkt ist Gott." Ich schlug lässig einen Bauern. „Du bist am Zug."

„Aber das ist ja gerade das Interessante, Cornelius. Nicht alle einsichtigen Leute glauben an Gott. Die Chinesen hatten zum Beispiel vor dem Buddhismus überhaupt keine Vorstellung von Gott. Mit anderen Worten lebte und starb ein Viertel der Menschheit jahrhundertelang ohne das Bedürfnis zu haben, an ein übernatürliches Wesen zu glauben."

„Nun, die Chinesen sind natürlich seltsam. Das weiß jeder." Ich goß mir noch etwas Coke ein. „Ich persönlich", sagte ich, nachdem er seinen Zug gemacht hatte, „glaube überhaupt nicht, daß das Leben so sinnlos ist, vielmehr scheint mir alles sehr gut arrangiert zu sein. Ich weiß ganz genau, worum es sich in meinem Leben dreht. Mir wurde die Verantwortung für ein großes Vermögen gegeben und ich habe die moralische Verpflichtung, damit so vielen Menschen wie nur möglich zu nützen. Dies versuche ich durch meine Kunststiftung und meine Wohltätigkeitsorganisationen zu erreichen."

„Das ist einleuchtend."

„Ich habe eine wunderbare Familie, ich liebe meine Arbeit und ich führe ein erfolgreiches, erfülltes Leben. Ich habe großes Glück und bin zufrieden."

„Das ist prima", sagte Scott warm, „aber ich persönlich halte es für Zeitverschwendung sich zu fragen, ob man ein gutes Leben geführt hat, denn sehr wenige Menschen können den Tatsachen objektiv genug gegenüberstehen, um zu einem annehmbaren Schluß zu kommen. Ich finde, die große Frage, die der Mensch sich stellen sollte, ist nicht: wie großartig bin ich eigentlich? sondern statt dessen: hat sich alles gelohnt?"

„Okay." Ich fand es an der Zeit, den Spieß herumzudrehen. „Du hast seit Jahren ein asketisches Leben geführt, Scott – hat es sich gelohnt?"

Scott lachte. „Sicher! Ich habe schon vor langer Zeit beschlossen, daß ich an vergänglichen Vergnügungen nicht interessiert bin. Sie sind unwichtig. Ich wollte die bedeutenden Leistungen des menschlichen Geistes studieren, so daß ich, wenn ich mich frage: ‚Hat sich alles gelohnt?' mit einem überzeugten ‚Ja' antworten kann. Die Welt existiert wirklich nur im Intellekt, wenn man also den Intellekt verfeinert, dann verfeinert man die Welt, in der man zu leben gezwungen ist."

„Ich komme da nicht mit. All dieser intellektuelle Mist wird mir zuviel. Du bist am Zug."

Scott entfernte seinen Springer aus der Reichweite meines Läufers. „Okay, reden wir nicht mehr von mir, sondern von dir. Hat sich alles gelohnt, Cornelius?"

„Natürlich! Ich würde alles noch einmal tun. Ich habe immer mein Bestes getan, um ein anständiges, produktives Leben zu führen, und mehr als sein Bestes kann man nicht tun."

„Allerdings nicht! Dein Gott muß mit dir zufrieden sein, Cornelius!"

„Ja . . . nun, ich sehe Gott eigentlich nicht als eine Vaterfigur, die dir dauernd über die Schulter schaut. Ich sehe Gott als eine Kraft – als eine Art von reiner Macht." Ich sah eine brillante Chance für meine Königin, die ich aber erst nach drei Zügen würde nützen können. „Für mich ist Gott irgendwie unpersönlich", sagte ich und überlegte, ob ich seinen Springer schlagen sollte. „So wie Gerechtigkeit."

„Ah, Gerechtigkeit!" sagte Scott. „Ja, Gerechtigkeit ist ein faszinierendes Konzept. Dein Zug."

Meine Finger schlossen sich fest um den Springer. „Meinst du Rache?" fragte ich leichthin, äußerst leichthin, und das Schachbrett existierte auf einmal nicht mehr. „Alttestamentarische

Gerechtigkeit? Auge und Auge, Zahn um Zahn – meinst du so was?"

„Nein, alttestamentarische Gerechtigkeit interessiert mich nicht, und Rache finde ich intellektuell langweilig. Seine Feinde mit einer Fleischaxt zu verfolgen, ist keine Herausforderung. Der Rächende spielt Gott. Ich bin mehr daran interessiert, wenn Gott Gott spielt – oder, um es in untheologischem Jargon auszudrükken, an natürlicher Gerechtigkeit."

„Wie meinst du das? Sprichst du von der sogenannten ‚poetischen Gerechtigkeit' – ‚wir ernten, was wir säen' und all diesem Käse?"

„Cornelius, ich bin genau so unwissend wie König Edwin und seine Recken – es ist sinnlos, bei mir nach Erleuchtung zu suchen! Ich glaube, was ich sagen will, ist einfach daß ich es interessant finde, mehr über die Bedeutung des Lebens herauszufinden – wie ein Ritter auf der großen, allegorischen Suche nach dem Gral. Kennst du die Artussagen, Cornelius?"

„Ja, da gab es doch einen Film mit John Barrymore, oder? Weißt du, du solltest dich verheiraten oder so was, Scott! All dieses Gerede über den Heiligen Gral bringt mich zu der Überzeugung, daß du genauso exzentrisch wirst wie dieser – wie heißt er noch, der Kerl, der danach gesucht hat – Galahad. Mit dem stimmte doch auch etwas nicht, oder?"

„Er lebte zölibat. Im Mittelalter nahm man an, Keuschheit gäbe einem Mann übernatürliche Kräfte."

„Wohl eher einen Nervenzusammenbruch. Du lebst doch nicht etwa zölibat, Scott?"

„Fragst du mich, ob ich noch Jungfrau bin?"

„Nicht direkt. Ich bin sicher, daß du –"

„Sex ausprobiert hast? Aber natürlich. Tut das nicht jeder?"

„Mit Mädchen?" fragte ich in plötzlicher Panik.

„Welch ungewöhnliche Fragen du manchmal stellst, Cornelius! Ja, mit Mädchen. Warum den Schlüssel in eine Mauerritze stecken, wenn er ins Schlüsselloch paßt?"

Ich entspannte mich und unterdrückte einen Seufzer der Erleichterung. Das war endlich die Sprache meines Jungen, die Sprache des normalen, praktischen Scott, der die Realitäten des Lebens fest im Griff hatte. Es machte mich nervös, wenn er zu intellektuell wurde, um noch sinnvoll zu sein.

„Ich mache mir manchmal etwas Sorgen um dich, Scott!" sagte ich lächelnd.

„Ja?"

„Ja." Ich blickte auf das Schachbrett und sah, daß der brillante Zug, den ich für meine Königin geplant hatte, blockiert war. „Aber ich muß mir keine Sorgen um dich machen", sagte ich und schaute ihn scharf an. „Nicht wahr?"

„Nein, Cornelius", sagte er und erwiderte mein Lächeln, „du mußt dir keine Sorgen um mich machen."

Eine lange Pause entstand, während ich das Geheimnis des Schachbrettes zwischen uns studierte, aber schließlich hörte ich mich sagen: „Vielleicht komme ich dir manchmal sentimental vor, Scott, im Grunde bin ich aber ein praktischer Mann. Das verstehst du doch, oder?"

„Aber natürlich!" sagte Scott und sah erstaunt aus, daß ich eine so blödsinnige Frage stellte. „Wie Byron bist du interessiert an ‚Dingen, wie sie wirklich sind, nicht, wie sie sein sollten'."

„Byron hat das gesagt?"

„Im ‚Don Juan', ja."

„Ich hätte nie gedacht, daß ein Dichter so smart sein könnte!" sagte ich und entspannte mich endlich vollkommen. Dann zog ich meinen Läufer über die Diagonale und gewann damit das Spiel.

ZWEITES KAPITEL

I.

Es dauerte eine Weile, bis wir uns nach dem Drama der Ankunft von Eric Keller wieder beruhigt hatten, aber schließlich gelang es uns. Die Hauptperson des Dramas wuchs aus seinen ersten Kleidungsstücken heraus, aß, lächelte und tat, was man von ihm erwartete. Alle Frauen der Familie pilgerten regelmäßig zu seiner Krippe, Sam ruinierte seinen Fotoapparat durch die ungezählten Aufnahmen, und Vicky importierte eine englische Kinderschwester zum Windelnwechseln, kaufte sich dann eine neue Garderobe und begann Kriminalromane zu lesen. Sie behauptete, die Bücher seien von tiefer, sozialer Bedeutung, obwohl das unwahrscheinlich erschien; ich hatte den Verdacht, daß sie das nur vorgab, um auf elegante Weise von ihrer vormaligen Pose einer Intellektuellen abzurücken; aber, wie ich ihr bei mehr als einer Gelegenheit beizubringen versuchte, mich brauchte sie schließlich nicht davon zu überzeugen versuchen, daß die Lektüre von Raymond Chandler mehr Spaß machte als die von Jean-Paul Sartre.

„Frauen sind ohnehin nicht dafür bestimmt, Intellektuelle zu sein", bemerkte ich später zu Teresa. Ich dachte weniger an Vicky als an meine Mutter und meine Schwester, die beide intellektuelle Interessen geerbt hatten. „Man kann ihnen eine erstklassige Erziehung angedeihen lassen, aber in Wirklichkeit wollen sie doch nur Frauen und Mütter werden – mit der Ausnahme von Künstlern natürlich. Künstler sind die Ausnahme, die die Regel bestätigen, aber sie sind nicht normal."

„Herzlichen Dank!"

„Also, was ich meine ist –"

„Hör genau an diesem Punkt auf, Honey", sagte Teresa gutmütig, „bevor ich dir mit der Ketchupflasche eins über das Haupt gebe."

Ich schwieg gehorsam, dachte aber, welch eine Erleichterung es doch war, daß Vicky sich wie Emily entwickelt hatte. Man stelle sich nur vor, Vicky wäre durch einen Fehlschlag der Natur eine Künstlerin wie Teresa geworden! Oder – und das wäre ja wirklich möglich gewesen – sie wäre zu einer Nymphomanin wie Vivienne herangewachsen! Ich schauderte bei dem Gedanken. Trotzdem hatte selbst Vivienne am Ende den Wunsch gehabt, einfach Frau und Mutter zu sein. Dieser Wunsch war natürlich nicht von Dauer gewesen, aber meine Überzeugung war doch wieder einmal bewiesen worden, daß alle Frauen, Künstlerinnen ausgenommen, instinktiv häuslich waren.

Ich hatte eine Eigenschaft mit meiner Schwester Emily gemein: das Talent, Kinder zu erziehen. Ich wußte, daß ich Vicky wahrscheinlich oft zu sehr verwöhnt hatte, aber sie hatte wenigstens immer gewußt, daß ich mir große Sorgen um ihr Wohlergehen machte. Kinder brauchen mehr als nur Liebe; sie müssen immer das Gefühl haben, daß ihre Eltern sich derart um sie kümmern, daß sie auch einmal für sie eingreifen und handeln. Vicky war früher vielleicht oft schwierig gewesen, aber ich sah jetzt – und es wurde mir von jedermann bestätigt –, daß sie sich glänzend entwickelt hatte. Auch mit meinen Stiefsöhnen hatte ich gelegentlich meine Not gehabt, aber auch ihre Entwicklung gereichte mir jetzt zur Ehre. Sebastian hatte auf Harvard summa cum laude abgeschlossen und Andrew war bereits Offizier bei der Luftwaffe. Natürlich hatten wir alle unsere gelegentlichen Differenzen gehabt, aber unser Familienleben, in dem gewisse Spannungen mit langen Perioden glücklicher Ruhe abwechselten, war wahrscheinlich sehr normal, und nachdem ich die Aufgaben eines guten Vaters erfolgreich gemeistert hatte, war ich nun mehr als bereit, auch ein liebevoller, aber unaufdringlicher Großvater zu sein.

Ich war fest entschlossen, mich nicht lächerlich zu machen. Die Szenen nach Erics Geburt hatten mich kuriert, und ich war nun sehr darum bemüht, mich im Kinderzimmer gut zu benehmen. Es stimmte, daß ich zwei- oder dreimal die Woche im Hause Keller vorsprach, und es stimmte, daß ich immer ein kleines Geschenk mitbrachte, aber ich blieb nie länger als zehn Minuten und gab nie mehr als fünf Dollar aus. Jeden zweiten Samstag besuchte Eric uns in der Fifth Avenue, aber ich machte bei diesen Gelegenheiten kein großes Getue, und wenn der Besuch abgesagt werden mußte, sagte ich lediglich: „Nun, das ist schade“, und beließ es dabei. Ich machte ein paar Aufnahmen, aber nicht zu viele; ich spielte mit Eric im Kinderzimmer, aber nicht zu oft; und wenn Alicia entzückt sagte: „Ist er nicht süß?“, sagte ich nur: „Ja, er ist okay.“

An den Samstagen, an denen Eric uns nicht besuchte, wurde er zu Vivienne gebracht, die jetzt nicht in Queens, sondern in einem feudalen Wohnkomplex in Westchester wohnte. Sam hatte Vicky eingeredet, es sei in Erics bestem Interesse, wenn Vivienne in einer vornehmen Umgebung lebe, und Vicky hatte sich deswegen auf keinen Streit mit Sam eingelassen. Das gleiche galt für mich. Ich mischte mich nie ein und beschwerte mich nie, obwohl ich wußte, daß der bloße Anblick ihrer Mutter Vicky immer aufregte. Aber Sam war der Boß. Es war seine Familie, und Vivienne war sein Problem. Ich blieb weiterhin ein beispielhafter Großvater und ging Vivienne tunlichst aus dem Weg.

Im April 1952 feierte Eric seinen zweiten Geburtstag. Er war groß und kräftig für sein Alter. Er hatte blondes, lockiges Haar, das meiner Meinung nach zu lang war, aber ich übte abermals keinerlei Kritik und mischte mich nicht ein. Mit seinen dunklen Augen sah er Sam sehr ähnlich. Er sprach schon in Sätzen. Er war natürlich sehr gescheit. Ich kaufte ihm eine riesige, ausgestopfte Giraffe, einen Panzer mit einer rotierenden Kanone und ein Spielzeug, bestehend aus hölzernen Stiften, die man mit einem Hammer in die Löcher eines Brettes schlagen mußte. Ich wußte, daß ich eigentlich nur ein Geschenk hätte kaufen sollen, aber ein zweiter Geburtstag ist eine wichtige Angelegenheit, und außerdem hatte ich mich bis dahin so beispielhaft benommen, daß ich fand, ich könne mich ruhig einmal gehenlassen.

Vivienne erschien zur Geburtstagsfeier. Sie brachte sechs Geschenke mit, alle völlig unbrauchbar, und machte ein solches Getue um das Kind, daß ich mich hätte übergeben können. Alicia und ich verließen die Party früh.

Der Geburtstag war an einem Sonntag gewesen. Am Montagmorgen um neun Uhr kam Sam in mein Büro und schlug vor, daß wir am Abend zusammen einen Drink nehmen sollten, um das Familienproblem zu besprechen.

„Welches Familienproblem?" fragte ich verständnislos.

Er blickte mich an, als könne er nicht glauben, daß es mir mit der Frage ernst war. Dann sagte er nur: „Ich habe heute nachmittag eine Sitzung in der Stadt. Wir könnten uns um sechs Uhr in der King-Cole-Bar des St.-Regis-Hotels treffen."

Automatisch wahrte ich die freundschaftliche Form: „Komm doch auf einen Drink zu uns nach Hause!"

„Nein, Neil", sagte er. „Ich glaube, es ist am besten, wenn wir uns in einer neutralen Umgebung treffen."

Mir war, als hätte ein Erdbeben mein Büro zertrümmert und als hätte sich der Boden unter meinen Füßen geöffnet. Dies war ein Machtkampf. Sam zog die Daumenschrauben fest.

„Okay, selbstverständlich", sagte ich leichthin und gab vor, mich wieder meiner Arbeit zuzuwenden.

Ich verbrachte den ganzen Tag damit, mir zu überlegen, was wohl auf mich zukommen würde. Dreimal hätte ich um ein Haar Vicky angerufen und dreimal entschied ich mich dagegen. Es war immerhin möglich, daß Vicky nichts von diesem sogenannten

Problem wußte. Wenn sie aber davon wußte, dann könnte mein Kreuzverhör sie aufregen, womit ich Sam eine Trumpfkarte zuspielte.

Ich versuchte, meine Panik zu unterdrücken, aber furchtbare Gedanken krochen bereits aus den dunkelsten Ecken meiner Vorstellung ins Licht des Tages. War dies vielleicht die lang aufgeschobene Revanche dafür, daß ich ihm Teresa weggeschnappt hatte? Nein, das war doch bestimmt unmöglich, da Sam nach wie vor verrückt nach Vicky war und Teresa für ihn längst an Wichtigkeit verloren hatte. Wenn dem aber so war, was, zum Teufel, hatte er im Sinn?

Ich blieb hinter meinem Schreibtisch sitzen und von Zeit zu Zeit, etwa alle zehn Minuten, stöhnte ich. Ich hatte das absurde Verlangen, in Sams Büro hinaufzueilen, ihn beim Ärmel zu nehmen und ihn anzuflehen: „Tu's nicht, Sam! Was immer es auch sein mag, tu's nicht!"

Ich sehnte mich nach der vergangenen Zeit. Ich sehnte mich nach dem Sommer im Jahre 29 zurück, als Sam und ich unsere wilde Zeit hatten, uns an Ginverschnitt betranken und zur Musik der „Alexander's Ragtime Band" tanzten.

Ich riß mich zusammen. Mit Nostalgie würde ich nicht weiterkommen. Mit Sentimentalität würde ich das Spiel verlieren. Ich mußte mich vorsichtig heranschleichen, aller Fallen jederzeit gewärtig sein und mußte dann Sam sofort entwaffnen, sollte er Narr genug sein, mir eins auswischen zu wollen.

Aber Sam war kein Narr. Er würde es gar nicht erst versuchen, mir eins auszuwischen, wenn er nicht sicher wäre, daß er mich beim Kragen hätte . . .

„O Gott!" seufzte ich und ging auf den Getränkeschrank zu, aber ich goß mir dann doch keinen Drink ein. Dies war nicht die richtige Zeit, um nach der Flasche zu greifen. Das würde ich später tun können, wenn Sam seine Karten auf den Tisch gelegt hatte. Diese Karten enthielten wahrscheinlich lediglich eine Mißbilligung meiner vielen Geschenke an Eric. Ich war einfach neurotisch und sah in meinem Wahn meinen besten Freund als einen Meuchelmörder und mich selbst mit einem schlechten Gewissen. Dabei war mein Gewissen rein. Für Teresa war die Affäre mit Sam damals vorbei und abgeschlossen gewesen. Ich hatte wirklich geglaubt, daß auch Sam kein Interesse mehr an ihr hatte. Teresa hatte mich mehr oder weniger eingeladen, mit ihr ins Bett zu gehen. Ich war der Verführte gewesen, nicht der Verführer, das Opfer eines schweren Mißverständnisses.

Und wem glaubst du eigentlich etwas vorzumachen, Cornelius? So hätten die Dinge sein sollen, aber waren sie wirklich so gewesen?

„Ich nehme an, Sie sind in meiner Kunstgalerie gewesen, Teresa."

„Natürlich. Die Ausstellungen dort sind prima."

„Nun, ich bin natürlich sehr vorsichtig, wen ich jeweils ausstelle. Ich muß viel von einem Künstler halten, bevor ich eine Ausstellung seiner . . . oder ihrer . . . Werke in Erwägung ziehe . . ."

Die Wahrheit war, daß ich Macht hatte und sie gebrauchte. Teresa, völlig pleite, emotionell durcheinander und tief besorgt wegen ihrer Arbeit, hatte keinerlei Chance gehabt, sich dieser Macht zu entziehen.

„Es tut mir leid, Cornelius – ich wollte ihm nichts von der Ausstellung sagen, aber er wollte eines meiner Bilder kaufen . . ."

Ich hätte es gern vermieden, daß Sam so früh von der Ausstellung wußte. Ich hatte vorgehabt, eine angemessene Pause verstreichen zu lassen, um die Verbindung zwischen Schlafzimmer und Ausstellungshalle zu verwischen, aber es hatte keine Pause gegeben, statt dessen einen unangenehmen Vorfall nach dem anderen. Sam hatte nur einen Schluß aus der Reihe dieser Vorfälle ziehen können, aber er hatte nichts gesagt, und selbst später auf der Ausstellung hatte er durch nichts angedeutet, daß er meine Handlungsweise ablehnte. Hinterher wünschte ich, daß er es getan hätte. Ich hatte eine wohlgesetzte Rede vorbereitet. „Wegen meiner persönlichen Schwierigkeiten hatte ich ein großes Verlangen nach ihr und ich fühlte, daß dies der einzige Weg war, auf dem ich sie würde erobern können – nämlich durch ihre Kunst . . ." Durch diese Aussage hätte meine Aneignung von Teresa weniger wie eine kommerzielle Transaktion und mehr wie die Handlung eines verwirrten und verzweifelten Mannes ausgesehen; die Rede, die vielleicht für Sam noch immer ekelhaft gewesen wäre, hätte wenigstens den Vorteil gehabt, der Wahrheit zu entsprechen.

Jedenfalls konnte keine Ausrede etwas an der Tatsache ändern, daß ich Teresa damals einen reichlich miesen Vorschlag gemacht hatte und daß dieser Vorschlag nicht abgelehnt worden war. Hätte Teresa wohl ohne dieses unwiderstehliche Angebot mit mir geschlafen? Vielleicht. Aber vielleicht auch nicht. Da sie und ich nun schon seit drei Jahren gute Freunde waren, hatte ich geglaubt, daß der Ursprung unseres Verhältnisses inzwischen unwichtig geworden war, aber vielleicht irrte ich mich. Vielleicht zählte er doch noch. Vielleicht hatte ich Sam durch meine zeitlich so schlecht geplante Aneignung Teresas weitaus mehr gekränkt, als ich je geglaubt hatte.

Um halb sechs verließ ich das Büro mit dem Gefühl, als sei der Tag des Jüngsten Gerichtes angebrochen, kroch in meinen neuen Cadillac, der passenderweise schwarz wie ein Leichenwagen war, und fuhr zum St. Regis.

II.

Die King-Cole-Bar des St.-Regis-Hotels ist ein sehr großer, wohlbeleuchteter Raum, ein ideal neutraler Treffpunkt für zwei Banker, die normalerweise zusammen im Knickerbocker Club trinken. Die langgestreckte Bar schlängelt sich unter den berühmten Wandgemälden des King Cole von Maxwell Parrish an einer Wand entlang und die Tische liegen so weit auseinander, daß Gespräche kaum mitgehört werden können, selbst wenn der Raum ruhig und unbelebt ist. Sam hatte sein Schlachtfeld gut ausgesucht.

Ich hatte mir vorgenommen, zehn Minuten zu spät zu kommen, traf aber zu meinem Ärger immer noch als erster ein, und da ich mir nichts vergeben wollte, indem ich mich hinsetzte und auf ihn wartete, steuerte ich sofort auf die Herrentoilette zu. Der erste Mensch, den ich dort sah, war Sam. Er war dabei, sich die Hände zu waschen, wie ein Chirurg, der sich auf eine große Operation vorbereitet, und schaute bei meinem Eintritt gerade auf seine Uhr.

Wir lachten, als wir einander sahen, und ich dachte: erste Runde unentschieden.

„Was möchtest du trinken?“ fragte er, als wir schließlich an unserem Tisch saßen und der Ober sich in unserer Nähe zu schaffen machte.

Ich hatte bereits beschlossen, daß ich meinen völligen Mangel an Nervosität deutlich zum Ausdruck bringen mußte. „Ich hätte gern einen Tomatensaft“, sagte ich lächelnd und dachte: das wird ihn verwirren.

„Einen Tomatensaft und ein Gimlet“, sagte er zu dem Ober und ich wußte, daß ich die zweite Runde gewonnen hatte. Sam brauchte einen Schuß Gin, um es mit mir aufzunehmen.

Als unsere Getränke dann aber serviert wurden, wünschte ich, ich hätte einen Limonadensaft mit Eis bestellt. Dann hätte ich nämlich unsere Getränke austauschen können, wenn er gerade einmal wegsah. Ich war sicher, daß ich den Gin nötiger hatte als er.

„Also, was ist das Problem, Sam?“ fragte ich, nachdem er mit seinem Bericht über die Sitzung mit dem Präsidenten von Hammaco am Nachmittag zu Ende gekommen war. Hammaco ist eine riesige Aktiengesellschaft, die uns in der Vergangenheit auf Eis gelegt hatte, nur um dann sehr bald ihren großen Fehler einzusehen. Ich nahm einen Schluck des ekelhaft dicklichen Saftes und fragte mich, ob es wohl ein Gemüse gab, das langweiliger war als ausgedrückte Tomaten. „Heraus damit!“ sagte ich ermutigend. „Karten auf den Tisch!“

„Vicky ist mit den Nerven am Ende“, sagte er prompt und zündete sich eine Zigarette an. Er wußte, daß ich es nicht ausstehen konnte, wenn jemand in meiner Nähe rauchte. Die dritte Runde ging an ihn.

„Vicky? Mit den Nerven am Ende?“ Er übertrieb natürlich. „Aber warum denn?“ fragte ich. „Das verstehe ich nicht.“

„Sie sagt, sie hält das Tauziehen nicht länger aus.“

„Tauziehen?“ sagte ich und unterdrückte die in mir aufsteigende Erinnerung an Viviennes extravagante Geschenke und meine Gaben vom Kaufhaus F.A.O. Schwarz.

„Stell dich doch nicht so dumm, Neil“, sagte Sam, nun nicht mehr lächelnd. „Du gewinnst keine Punkte, indem du dich verstellst.“

Auch die vierte Runde ging an ihn. Ich riß mich zusammen. Wenigstens hatte all das nichts mit Teresa zu tun. „Könnte es sein, daß du dich auf Eric beziehst?“ fragte ich fröhlich.

„Allerdings! Du und Alicia auf der einen Seite, Vivienne auf der anderen, und ihr drei kommt nun pausenlos in mein Haus, verwöhnt mein Kind nach Strich und Faden und versucht außerdem Vicky vorzuschreiben, wie sie unseren Sohn aufziehen soll."

„Sam, Alicia und ich haben nie –"

„Es geht nicht darum, ob ihr drei tatsächlich Anordnungen gebt oder nicht. Es geht darum, daß Vicky glaubt, daß ihr sie gebt. Vicky fühlt sich eingeschüchtert und unglücklich. Vergiß nicht, daß sie im Grunde selbst noch ein halbes Kind ist, und sie wird einfach mit all den Erwachsenen, die sich gewaltsam in ihre Angelegenheit einmischen, nicht fertig. Sie kann die – ich zitiere – hilfreichen Ratschläge einfach nicht ertragen."

„Tu nur nicht so, als ginge es dir nicht selbst auch auf die Nerven, Sam! Es handelt sich hier doch nicht lediglich um Vickys Problem, oder?"

Er wand sich. Ich hatte die fünfte Runde gewonnen.

„Okay", sagte er. „Ich gebe es zu. Es paßt mir nicht, daß du versuchst, die Erziehung meines Sohnes zu übernehmen, indem du ihn behandelst, als sei er dein Kind. Es wäre etwas anderes, wenn du ein normaler alter Großpapa in den Sechzigern wärst und ich ein zwanzigjähriger junger Mann. Dann würde ich einfach sagen: ach, der arme alte Greis, man darf ihm das bißchen Lebensfreude nicht wegnehmen. Aber wir sind gleichaltrig – und nicht nur das. Wir haben seit unserer Jugend alles miteinander geteilt, und das hat uns enger aneinandergekettet als jegliche Blutsverwandtschaft. Manchmal kommt es mir so vor, als seist du mein Doppelgänger, es ist geradezu unheimlich, und es gefällt mir nicht. Ich kann es noch hinnehmen, dich täglich in der Bank zu sehen, aber ich möchte dich nicht dauernd in meinem eigenen Haus antreffen müssen. Mit anderen Worten: ich möchte, daß du aus meinem Privatleben verschwindest, Neil. Du bist verdammt zudringlich, und wenn wir beide einmal ganz ehrlich sein wollen, dann läßt sich die Tatsache doch nicht umgehen, daß du mich nicht mehr besitzt, seit ich Vicky geheiratet habe."

Die Nerven in meiner Magengrube schmerzten, als selbst meine unwirklichsten Alpträume zur steinharten Realität wurden. Während ich versuchte, meine innere Ruhe wiederzugewinnen, dachte ich: die sechste Runde geht an ihn. Ich nahm einen weiteren Schluck von meinem Tomatensaft und gab mir Mühe, freundlich dreinzublicken.

„Zum Teufel, Sam!“ sagte ich amüsiert. „Was soll all das düstere deutsche Gerede über Doppelgänger? Wir sollten deswegen doch nicht übertrieben gefühlvoll werden. Das Wichtigste ist doch offensichtlich, daß Vicky glücklich wird, stimmt's? Also, wenn wir sie wahnsinnig machen, dann werden wir eben unsere Besuche eine Zeitlang einschränken.“

Abrupt sagte er: „Das genügt nicht.“

Ich trank meinen Tomatensaft aus und winkte dem Ober. „Nein?“ fragte ich mit einem kleinen Lächeln, womit ich demonstrieren wollte, daß ich noch immer bester Laune war, trotz all seiner Anstrengung, mich zu provozieren.

„Nein, keineswegs. Wir möchten noch ein Kind haben, aber Vicky weigert sich glatt, schwanger zu werden, solange ihr drei sie wie Geier umkreist, die nur darauf warten, alles zu verschlingen, was sie produziert.“

„Ja, bitte, Sir“, sagte der Ober an meiner Seite.

„Bringen Sie mir einen Martini“, sagte ich.

„Das gleiche für mich“, sagte Sam und trank sein Gimlet aus.

Ich wartete eine Sekunde, bis der Ober uns den Rücken zugewandt hatte, und ließ dann meinen freundlichen Gesichtsausdruck fallen, als ich zum Angriff überging. „Jetzt hör einmal zu, Sam –“

„Glaube mir“, unterbrach er, womit er mich überschrie, es dabei aber immer noch fertigbrachte, besänftigend zu klingen, indem er den gutmütigen Gesichtsausdruck aufsetzte, den ich fallengelassen hatte, „ich möchte in dieser Sache durchaus fair sein. Ihr drei seid die Großeltern und ihr habt gewisse Rechte, und ich will kein Unmensch sein. Aber ich muß Vicky an erste Stelle setzen. Damit bist du doch sicher einverstanden, nicht wahr, Neil? Das hast du doch eben selbst gesagt, oder? Wir müssen in erster Linie an Vicky denken.“

Ich wußte, daß ich in eine Sackgasse hineinmanövriert wurde, um dann zusammengeschlagen zu werden. Ich trat eiligst den Rückzug an, nickte zustimmend und sagte in meiner bescheidensten, einsichtigsten Stimme: „Natürlich. Genau. Aber es scheint doch, als sei Vicky ein kleines bißchen neurotisch in dieser

Angelegenheit, wie ein Schulmädchen, weißt du, irgendwie hysterisch. Könntest du nicht ein bißchen strenger mit ihr sein, etwas unbeugsamer? Könntest du nicht sagen –"

„Neil", sagte er, „versuchst du mir etwa beizubringen, wie ich meine Ehe zu führen habe?"

„Zum Teufel, nein!" rief ich. „Natürlich nicht!" Ich sah mich nach meinem Drink um, aber der Barmann schüttelte noch immer den Cocktailshaker. „Eine Minute", sagte ich. „Ich muß auf die Toilette. Entschuldige bitte."

Ich ging abermals in die Herrentoilette, betrachtete mein weißes Gesicht im Spiegel, urinierte, wusch mir die Hände und betrachtete abermals mein weißes Gesicht. Ich konnte keinen klaren Gedanken fassen.

Nachdem ich zu unserem Tisch zurückgekehrt war, trank ich die Hälfte meines Martinis in zwei Schlucken und setzte dann das Glas nieder.

„Schau, Neil", sagte Sam gütig, als ob er im stillen dächte: armer, alter Neil, er hat keine eigenen Söhne, ich darf nicht zu hart mit ihm umgehen, „dies ist kein ungewöhnliches Problem. In amerikanischen Kleinstädten kommt so was dauernd vor. Die Tochter heiratet und wohnt gleich um die Ecke vom Elternhaus. Der Ehemann muß sie schließlich dort rausholen, um ihre Normalität zu bewahren."

Wut stieg in mir auf, aber ich ließ mir nichts anmerken. Wenn ich meinen Ärger zeigte, dann würde er nur noch mehr Mitleid mit mir haben, und ich war fest entschlossen, die Kontrolle über das Gespräch nicht zu verlieren. Jedes Wort zählte nun, und jeder Satz konnte als Waffe dienen.

„Du möchtest New York verlassen", sagte ich.

„Ja."

„Wohin willst du gehen?"

„Das kommt auf dich an, Neil!" Jetzt lächelte Sam wieder und gab dem Seil, das bis dahin straff zwischen uns gespannt war, erneut Spielraum. „Ich möchte selbstverständlich nicht bei Van Zale aussteigen, und ich frage mich deshalb, ob dies nicht der geeignete Moment ist, um eine Niederlassung in Europa zu eröffnen. Die europäische Nachkriegswirtschaft scheint endlich an Kraft zu gewinnen, deshalb –"

„Wo in Europa?"

„Deutschland.“

Ich fühlte die Spitze des Messers zwischen meinen Schulterblättern, aber ich hielt nicht ein, um das Messer zu untersuchen, seine Maße zu nehmen oder seine Tüchtigkeit zu bewundern. Die Priorität war, Verteidigungsmaßnahmen zu ergreifen.

„Das ist eine großartige Idee, Sam!“ sagte ich begeistert und wand das lose Seil zu einem Henkersknoten. „Wieder eine europäische Van-Zale-Filiale zu haben, um aus dem finanziellen Hoch der Nachkriegszeit Profit zu schlagen! Ich finde es allerdings leider sinnlos, eine Filiale zu eröffnen, wenn sie nicht im finanziellen Zentrum Europas liegt, außerdem ist die politische Situation in Deutschland dank der Russen noch immer schwankend. Wir werden die Zweigstelle in London plazieren.“

„Aber meine deutschen Verbindungen – meine Zweisprachigkeit –“

„Bleib beim Englischen, Sam. Ich habe genug von deinen prodeutschen Sympathien.“

„Aber mit England verbindet mich überhaupt nichts!“

„Dann wirst du etwas dafür tun müssen. Oder kündigen.“

Das Seil straffte sich zwischen uns, während ich beobachtete, wie er die ihm offenstehenden Möglichkeiten im stillen abwägte. Er könnte kündigen, ohne befürchten zu müssen, daß ich ihn danach kreuzigen würde, da er wußte, daß ich Vicky nie irgendwelchen Schaden zufügen würde. Aber er hatte eine große Teilhaberschaft bei Van Zale, größer als er sie sonst irgendwo erringen würde, und sollte ich auf einmal tot umfallen, dann würde er die ganze Bank in die Tasche stecken können. Er mochte England nicht, aber er würde es schon überleben. Er würde sich seines Charmes bedienen und darauf bestehen, daß er ein hundertprozentiger Amerikaner sei, und den meisten Briten würde sowieso nicht auffallen, daß Keller ein deutscher Name war. Und selbst wenn sie sich einige Gedanken darüber machen sollten, wie deutsch er eigentlich war, würden sie wahrscheinlich annehmen, daß er mit seiner dunklen Hautfarbe und seinem angenommenen Vornamen nicht nur deutsch, sondern auch jüdisch sei.

Ich belächelte die Ironie. Zehnte Runde an mich.

„Okay!“ sagte er und schaute großzügig drein, um den Eindruck zu erwecken, als hätte er den Sieg in dieser Angelegenheit freiwillig eingeräumt, obwohl wir beide wußten, daß ich ihm die Konzession abgerungen hatte. „Auf nach England!“

Wir lächelten einander an. Ich wollte vor Erleichterung zusammenbrechen. Ich hatte gewonnen. Ich hielt noch immer die Peitsche in der Hand. Er hatte sich nicht getraut, es zum Äußersten kommen zu lassen. Ich hatte meinen Enkel davor bewahrt, als Deutscher erzogen zu werden, und es konnte keinen Zweifel an der Tatsache geben, daß ich nach wie vor der Boß war, trotz seines unvorhergesehenen Angriffs meiner Autorität.

„Wir werden dich für zwei Jahre nach London versetzen“, sagte ich munter, „dann kann ein anderer deinen Posten übernehmen und du kannst mit Vicky zurückkommen.“ Ich hatte jetzt Zeit, das Messer in meinem Rücken zu untersuchen, aber bevor ich ihn entwaffnen konnte, atmete Sam tief durch und stieß mir das Messer bis zum Knauf zwischen die Schultern.

„Ach je, Neil“, sagte er, „ich sehe, daß ich mich nicht klar ausgedrückt habe. Wir werden nicht nach New York zurückkehren.“

Ich sagte nichts. Es war mir nicht möglich, etwas zu sagen. Ich konnte kaum atmen.

„Ich bin bereit, mit dir einen Kompromiß zu schließen, indem ich in London anfange“, sagte Sam gutmütig, „weil ich einsehe, daß es vom geschäftlichen Standpunkt aus am besten ist. Aber sobald die Londoner Filiale reibungslos läuft, werde ich eine Zweigstelle in Deutschland eröffnen. Ich habe mir das schon seit langer Zeit gewünscht – und Vicky wünscht es sich ebenfalls, dessen kannst du dir sicher sein, Neil. Vicky will, was ich will, und sie möchte dort leben, wo ich leben will. Und du möchtest Vicky doch nicht aufregen, nicht wahr, Neil? Du liebst Vicky, und du möchtest sie doch auf keinen Fall unglücklich machen, indem du – wollen wir sagen – weniger flexibel bist, als es dir zusteht.“

Eine weitere schreckliche Pause entstand, in der wir einander anstarrten, und ich sah endlich, wie die Dinge wirklich standen: es waren nicht Vickys Ehemann und ihr Vater, die sich – jeder auf seine Art – auf ihr Wohlergehen konzentrierten, sondern zwei Männer, deren Freundschaft unwiderruflich aus der Balance geworfen worden war, zwei Raubtiere, die einander in einer widerlich brutalen Welt voll Eifersucht und Rachegefühlen umkreisten. Ich sah auch, daß die Wahrheit weder schwarz noch weiß, sondern eine trübe Mischung von beidem war. Sam liebte Vicky. Er wollte nur ihr Bestes. Außerdem und vor allem benutzte er Vicky aber, um zu erreichen, was er wollte, und er wollte nicht nur ein unabhängiges Leben in Deutschland, weit weg von meinem langen Schatten eines Doppelgängers, sondern auch eine Rückzahlung mit Zinsen für die Nacht, in der er mich in Kevins Dachzimmer mit Teresa angetroffen hatte. Er würde mir meine Tochter und meinen Enkel wegnehmen, wie ich ihm Teresa weggenommen hatte, und ich konnte nichts tun, um ihn aufzuhalten. Wenn ich ihm kündigte, dann würde er trotzdem in Europa arbeiten; wenn ich versuchte, ihn in New York festzuhalten, würde er seinerseits kündigen und den Atlantik zwischen uns bringen. Sicher zog er es vor, bei Van Zale zu bleiben; sollte die Sache sich aber zuspitzen, dann würde er seinen Posten aufgeben und mit Leichtigkeit woanders eine Stelle bekommen. Seine Ambitionen und seine Rache bedeuteten ihm mehr als die sentimentalen Bande einer sechsundzwanzigjährigen Partnerschaft.

Ich betrachtete die Scherben unserer Freundschaft und hörte meine gequälte Stimme fragen: „Sam . . . was ist aus den beiden Jungen geworden, die zu der ‚Alexander's Ragtime Band' tanzten?"

Er hatte die Maske seines Charmes abgelegt. Seine Gesichtszüge waren hart, als er brutal sagte: „Die Platte ist abgespielt, und wir spielen jetzt andere Spiele." Er trank seinen Martini aus und erhob sich. „Ich gehe jetzt besser nach Hause, sonst macht Vicky sich Sorgen. Und ich möchte dabei sein, wenn Eric zu Bett gebracht wird."

Er hatte die letzte Runde gewonnen. Ich blieb vor meinem leeren Glas sitzen.

„Tschüs, Neil. Bin froh, daß wir klargekommen sind."

Ich wartete, bis ich sicher war, daß er die Bar verlassen hatte und bestellte dann einen weiteren Martini. Dann versuchte ich einen Weg zu finden, um Alicias Mitleid zu entgehen, mit dem sie mich überschütten würde, sobald sie die entsetzliche Neuigkeit erfuhr.

III.

„Ich bin so erschöpft", sagte Vicky, „und ich glaube, es ist deshalb, weil ich versuche, zu viele Rollen gleichzeitig zu spielen: die perfekte Ehefrau, die perfekte Mutter, die perfekte Tochter, die perfekte Stieftochter. Deshalb muß ich mich in meiner Rollenwahl beschränken und mich auf die konzentrieren, die am wichtigsten sind."

„Und du hast die der perfekten Frau und Mutter gewählt? Nun, das ist prima, Schätzchen, das habe ich mir ohnehin immer für dich gewünscht, aber –"

„Es ist nicht, daß ich dich nicht liebhabe, Daddy. Ich muß nur einfach davon wegkommen, eine Tochter zu sein. Ich bin kein kleines Mädchen mehr, und ich möchte erwachsen werden, aber irgendwie, wenn ich sehe, wie du und Mutter euch wegen Eric streitet, dann werde ich sofort in die Vergangenheit zurückversetzt –"

„Ja." Ich wandte mich ab.

„– und ich möchte mit all dem brechen. Sam versteht das. Ich möchte einfach nur mit Sam zusammensein."

Wir befanden uns im Wohnzimmer des Kellerschen Hauses in der East Sixty-Fourth Street am Morgen nach meinem Gespräch mit Sam. Die meisten Möbel stammten aus Sams Park Avenue Penthaus und sahen so unpersönlich und luxuriös aus wie die Möbel eines teuren Hotels. Der Braque, den ich Sam einst geschenkt hatte, hing über einem kleinen Nußbaumsekretär und paßte schlecht zu dem frühen Picasso, der mein Hochzeitsgeschenk gewesen war. Draußen regnete es. Ich ging ans Fenster und schaute in den Patio hinab, wo Sams Pflanzen, die er von seinem Penthaus mitgebracht hatte, einen unwahrscheinlichen Enthusiasmus für ein Leben in der Stadt zur Schau stellten. Auf einem Tisch beim Fenster lag ein Buch mit dem Titel „Heute Abend", und als ich es öffnete, sah ich, daß es ein deutsches Textbuch war.

„Sei nicht böse, Daddy –"

„Ich bin nicht böse. Ich möchte nur, daß du glücklich bist, das weißt du ja. Ich verstehe nur nicht ganz . . ." Ich schloß das Buch und drehte mich nach ihr um. „Warum Deutschland?" fragte ich. „Warum Europa? Wärst du nicht glücklicher in Amerika?"

„Ich weiß, daß du Europa haßt. Ich erwarte nicht, daß du meinen Entschluß verstehst.“

„Ich hasse Europa nicht. Es sagt mir nur nichts, wie ein Gemälde von Rubens. Vicky, wenn ich annehmen dürfte, daß du in Amerika glücklicher wärest, dann könnte ich Sam eine Filiale in Boston oder Chicago eröffnen lassen –“

„Nein. Ich möchte nach Europa gehen. Ich möchte, was Sam möchte. Ich möchte nur mit Sam zusammensein.“

Sam schien sich in eine Art von Svengali verwandelt zu haben. „Schau, Vicky, du mußt ehrlich mit mir sein. Zwingt Sam dich nach Europa zu gehen, gegen deinen eigenen Wunsch?“

Sie sah mich an, als hätte ich den Verstand verloren. „Aber natürlich nicht! Oh, Daddy, sei doch nicht dumm! Sam würde mich nie zu etwas zwingen! Er ist zauberhaft zu mir!“

„Du bist wirklich glücklich mit ihm?“

„Natürlich! Welch eine Frage! Daddy, bitte hör auf, dir meinetwegen Sorgen zu machen! Sam kümmert sich genausogut um mich, wie du es seinerzeit getan hast!“

„Aha“, sagte ich. Ich dachte darüber nach. Dann sagte ich: „Und du glaubst, daß du dich erwachsener fühlen wirst, wenn du nach Europa gehst?“

„Ich bin ganz sicher.“

„Dann mußt du gehen.“ Ich sah mit großer Klarheit, daß ich Vicky in ihrem Streben nach größerer Reife nicht im Wege stehen durfte. Reife Frauen, im Gegensatz zu jungen Mädchen, die völlig von ihren svengaliartigen Ehemännern abhängig sind, würden eher entscheiden können, wo sie wohnen und welche Art von Leben sie für sich selbst und für ihre Kinder haben wollten.

Ein Hoffnungsschimmer flackerte düster am Horizont. Es bestand eine gewisse Chance, daß die Zeit für mich arbeiten würde. Momentan neigte sich die Waagschale der Macht zu Sams Vorteil, wenn ich aber durchhielt, friedlich war und die Rolle des edlen, resignierten, lang leidenden Bosses spielte, der jegliche Erniedrigung für seine Tochter hinnahm, dann konnte der Tag schließlich kommen, an dem Vicky Europa satt hatte, und dann würde sich die Waagschale wieder zu meinen Gunsten neigen. Meine Hauptaufgabe war jetzt offensichtlich, eine Versöhnung mit Sam zu inszenieren, denn es wäre übel, wenn er in einem Anfall von Gekränktheit kündigte und dann geradewegs nach

Deutschland ginge. Solange ich sein Chef war, behielt ich theoretisch meine Macht, ihn über den Atlantik zurückzuzerren, und eines Tages würde ich vielleicht in der Lage sein, diese Theorie in die Praxis umzusetzen.

Ich haßte Wartespiele. Ich haßte den Gedanken, daß Sam mit mir Schlitten fuhr, während ich lächelte und nichts dagegen tat. Und ich haßte die Aussicht, daß Vicky und Eric nach Europa verschwinden würden. Aber ich würde überleben. Seufzend kratzte ich alle Verschlagenheit, alle Geduld und alle eiserne Entschlossenheit zusammen, die ich mir über die Jahre angeeignet hatte, und sagte mit meiner bescheidensten, mildesten Stimme: „Mach dir keine Sorgen, Schätzchen! Ich verstehe die Situation jetzt viel besser; also geh ruhig mit Sam nach Europa, genau wie du es dir wünschst, und laß deswegen keine Schuldgefühle in dir aufkommen. Ich bin sicher, daß es letzten Endes am besten ist . . .“

IV.

Ich spielte meine Rolle vollendet, bis die Kellers nach Europa abreisten; als die „Queen Mary“ dann aber den Hudson hinunterdampfte, fühlte ich mich deprimierter als je in meinem Leben. Ich wollte allein sein, konnte aber paradoxerweise den Gedanken an Einsamkeit nicht ertragen.

„Würdest du gern zum Essen ausgehen, Cornelius?“ fragte Alicia, womit sie versuchte, nett zu mir zu sein.

„Nein, danke.“ Ich wußte, daß ich ihr leid tat, und ich konnte es nicht ertragen. Ich erfand eine Ausrede und zog mich nach oben zurück, und später schlüpfte ich aus dem Haus, um Teresa zu besuchen, aber ich kam nur bis zur Eingangshalle des Apartmenthauses. Ich war so deprimiert, daß ich keinerlei sexuelles Verlangen hatte, und es schien sinnlos, Teresa zu besuchen, wenn wir dann nicht auch ins Bett gingen. Ich hätte die Situation nicht mit ihr besprechen können; jede Erklärung, die Sams Motive berührten, würde uns unweigerlich auf das eine Thema zurückführen, das wir aus beiderseitiger Verlegenheit nie besprachen: die Nacht in Kevins Haus, mein unwiderstehliches Angebot, der schmutzige Beginn einer Affäre, die wir beide nie hätten eingehen sollen. Außerdem sollte Teresa nicht erfahren, daß Sam mich übertrumpft hatte. Es war wichtig, daß sie annahm, meine Rüstung sei undurchdringlich; ich wollte nicht zeigen, daß auch ich verletzlich sein konnte.

„Ja, Sir?" fragte mein Chauffeur, als ich in wenigen Sekunden zum Wagen zurückkehrte.

Ich dachte schnell nach. Ich mußte mit jemandem sprechen, aber wem würde ich mich anvertrauen können, ohne an Gesicht zu verlieren? Ich war wieder einmal mit dem alten Problem konfrontiert, daß es sowenig Menschen gab, denen ich wirklich trauen konnte. In dieser Angelegenheit konnte ich mich nicht einmal an Scott oder Jake wenden; niemand, der an der Wall Street arbeitete, durfte wissen, daß Sam mich fertiggemacht hatte.

Vielleicht Kevin . . . Kevin würde mich vielleicht aufheitern können, obwohl ich natürlich kein ernsthaftes Gespräch mit einem Homosexuellen führen konnte. Aber er kannte wenigstens die Umstände, die mit meiner Aneignung Teresas zusammenhingen, also würde ich mich nicht in langwierigen Erklärungen über Sams Handlungsweise auslassen müssen.

Der Gedanke gefiel mir ausnehmend.

Ich machte mich auf den Weg nach Greenwich Village.

V.

Kevins Küche war warm und gemütlich und erinnerte mich an die Farm, auf der ich geboren wurde. Ich konnte mich noch daran erinnern, wie ich auf dem Schoß meiner Negeramme beim Herd saß, während Emily mit ihren Puppen spielte und meine Mutter, ihre Handarbeit vergessend, in einem großen Buch blätterte, von dem ich später angenommen hatte, daß es die Bibel sei, noch später dann aber herausfand, daß es ein Roman auf französisch von Balzac war. Ich fühlte mich immer sehr sicher und behütet in der Küche und ich freute mich, als Kevin mich nicht in sein formelles Wohnzimmer zu einem Drink einlud, sondern sich mit mir an den Küchentisch setzte.

„Das ist das größte Kompliment, das ich meinen Gästen mache!" sagte er lachend, als er eine Flasche Wild Turkey

Bourbon aufschraubte. „Drinks in der Küche ist das Kevin-Daly-Äquivalent zu Louis XIV., der Audienzen auf dem Klo gab!"

Kevin war ein großer, schlanker, dunkelhaariger Mann, der so normal aussah wie die Burschen, die im Versandhauskatalog in Jeans abgebildet waren. Wenn er nicht gerade lächelte, sah er sowohl widerspenstig als auch zäh aus, der Typ, der in einer Bar nach ein paar Drinks einen Streit vom Zaun bricht, dabei verabscheute Kevin jede Art von Gewalttätigkeit und hatte als Kriegsdienstverweigerer vier Jahre lang für das Rote Kreuz gearbeitet. Er trank zuviel, aber er war ein Künstler, deswegen sah ich ihm einiges nach. Seine Stücke wurden immer rätselhafter, aber er bestand ja auch darauf, in Blankversen zu schreiben, was ich für eine intellektuelle Affektation hielt. Man geht doch nicht ins Theater, um Poesie zu hören – außer wenn das Stück von Shakespeare ist, und jeder Impresario kann einem sagen, daß Shakespeare sich schlecht verkauft. Die Kritiker hielten jedoch viel von Kevin, und da die Kritiker in New York ein Stück zum Erfolg bringen oder durchfallen lassen können, waren Kevins Stücke in dieser Stadt gewöhnlich ein Erfolg. Zwei seiner frühen Stücke, geschrieben vor seiner unglückseligen Blankversmanie, waren erfolgreich verfilmt worden, und ich hatte jedenfalls immer alles getan, um seine Werke zu unterstützen, selbst jetzt noch, wo sie weniger kommerziell geworden waren.

„. . . sich vorzustellen, daß er dich so übers Ohr haut!" sagte er mitfühlend, aber nicht im mindesten erstaunt. „Kein Wunder, daß du so erschöpft aussiehst. Laß mich dir nachschenken."

„Danke." Ich fühlte mich wohler. Es half sehr, offen mit jemandem sprechen zu können. „Das Schlimmste an der Sache ist nicht, daß ich von Vicky und Eric abgeschnitten sein werde", fügte ich mit einem neu belebten Zutrauen hinzu. „Es werden regelmäßige Besuche stattfinden, und wenn ich schlau bin, glaube ich, sie am Ende zurückzubekommen. Das Schlimmste an der Sache ist, daß ich Sam für immer verloren habe. Für dich ist es wahrscheinlich schwer verständlich, wieviel mir meine drei Bar-Harbor-Freunde bedeuten, aber –"

„Es ist wohl eine Frage der Entspannung."

„Richtig. Sam war der einzige Mensch, mit dem ich mich im Büro entspannen konnte. Ich brauchte nicht die Rolle des großen Geschäftsmannes mit Sam zu spielen, aber das ist jetzt alles vorbei. Es wird in Zukunft einsam sein in der Willow und Wall Street und ich werde mir sehr . . . isoliert vorkommen. Ja, das ist das richtige Wort. Isoliert. Zum Teufel, ich fühle mich bereits isoliert! Ich fühle mich so abgeschnitten von allen Menschen."

„Deine Position bei der Bank macht sicher eine gewisse Verisolierung unvermeidlich. Aber vergiß dein Privatleben nicht. Du hast noch immer deine Frau, mit der du reden kannst. Und deine Mätresse."

Ich dachte daran, wie ich mich an diesem Abend von Alicia zurückgezogen hatte. Ich dachte daran, wie ich außerstande gewesen war, Teresa zu sehen. Die Stille dehnte sich. Ich blickte zu Kevin hinüber, aber er studierte das Bild des wilden Truthahns auf der Bourbonflasche. Der Kloß in meiner Kehle wurde härter, und meine Depression schien plötzlich nicht mehr allgemeiner Natur zu sein, sondern konzentrierte sich auf einen Punkt, eine Verzweiflung, die nach sofortigem verbalen Ausdruck verlangte. „Kevin –"

„Uh – huh?"

Aber ich wußte nicht, was ich sagen sollte.

„Die Sache mit Teresa ist doch in Ordnung, oder?" fragte Kevin leichthin, als die Stille sich wieder ausdehnte. „Oder hast du sie allmählich satt?"

„Teufel, nein! Es ist nur . . . ich weiß nicht. Nichts. Wenigstens . . ."

„Mein Gott, es ist manchmal so schwierig, sich richtig auszudrücken, nicht wahr", sagte Kevin. „Als ob man in einem Graben ist und um Hilfe ruft und dann feststellt, daß man seine Stimme verloren hat. Oder als ob man sich verirrt hätte, und wenn man nach dem Weg fragt, stellt man fest, daß niemand die eigene Sprache versteht. Oder als ob man zum Schutz in eine Rüstung steigt, um dann festzustellen, daß man sie nicht mehr ablegen kann."

„Rüstung?"

„Ja, Gott das passiert doch dauernd! Wir versuchen alle, uns voreinander zu verbergen. Ich glaube, es ist deswegen, weil das Leben so phantastisch kompliziert ist, daß wir alle vor Angst in die Hosen machen und dieses Leben ohne Rüstung nicht ertragen können – oder zumindest nicht ohne eine nette, altmodische Maske. Aber es ist furchtbar, ohne Maske nicht mehr auskommen zu können. Ich habe es durchgemacht. Ich kenne es."

„Was meinst du? Wann hast du je eine Maske aufgesetzt?"

„Als ich vorgab, heterosexuell zu sein natürlich! Wann sonst? Das Schlimmste war, mit niemandem ein ehrliches Gespräch führen zu können. Es ist schon schwierig genug, überhaupt über ein persönliches Problem zu sprechen, aber wenn das Problem sexuellen Ursprungs ist –"

Ich dachte ungläubig: er weiß es. Er versteht alles. Nein, er kann es unmöglich verstehen. Und woher sollte er es wissen? Soll ich mit ihm sprechen? Nein, ich kann nicht. Wie könnte ich mit einem Homosexuellen sprechen. Aber ich spreche ja mit einem Homosexuellen. Nein, keineswegs. Ich schweige. Ich bringe es nicht über mich, auch nur irgend etwas zu sagen, nichts. Ich kann die Maske nicht ablegen, genau wie er es beschrieben hat. Ich komme aus der Rüstung nicht mehr heraus, ich bin ein Opfer meiner Macht.

„Kevin."

„Uh – huh?"

„Mein Privatleben ist völlig durcheinander. Ich liebe Alicia. Sie ist es, die ich wirklich begehre. Ich gehe nur zu Teresa, weil –" Ich verstummte. Mir war, als wäre ich hundert Meter in Höchstgeschwindigkeit gelaufen. Ich war außer Atem.

„In dem Fall", sagte Kevin gemütlich, als sei es die natürlichste Sache der Welt, „gehst du wohl nur zu Teresa, weil du aus irgendeinem Grund Alicia nicht haben kannst."

„Ja. Aber . . ." Ich kam wieder zu Luft, atmete durch, griff nach meinem Glas und schluckte den Rest meines Bourbon. „Aber nichts davon ist Alicias Schuld", sagte ich rasch. „Deswegen ist es ein solcher Alptraum. Nichts davon ist Alicias Schuld. Ich will nicht sagen –" ich führte das Glas wieder an die Lippen, aber es war leer „– ich will damit nicht sagen, daß ich impotent bin. Natürlich bin ich es nicht. Ich kann mein Ding genauso hochkriegen wie jeder andere Bursche. Teresa beweist das. Was ich sagen will, ist –"

„Ich verstehe."

„– was ich sagen will, ist, daß ich ganz in Ordnung bin, ganz in Ordnung. Es ist nur –" Ich fand zu meinem Entsetzen, daß ich nicht weitersprechen konnte. Ich konnte nicht weiterhin lügen und ich konnte nicht die Wahrheit sagen. Ich war mir der Flasche Bourbon bewußt, aber ich wagte nicht, sie zu ergreifen. Meine Hand hätte zittern können und verraten, wie erregt ich war. Kevin würde mich erbärmlich finden. Ein Homosexueller, der Mitleid mit mir hatte! Gott, welch ein Alptraum. Ich mußte mich zusammennehmen, mußte –

„Himmel, ist Sex manchmal nicht zum Kotzen!" rief Kevin plötzlich. „Impotenz, Frigidität, vorzeitige Ejakulation, Ehebruch, Sodomie und Lust – wie, in aller Welt, halten wir es nur aus? Ich glaube, ich werde mein nächstes Stück darüber schreiben, wie wunderbar es ist, ein Eunuch zu sein. Trink noch einen."

Ich nickte.

Frischer Bourbon gleißte in meinem Glas, und es platschte leise, als Kevin einen Eiswürfel hinzufügte.

„Mein Psychiater würde dir natürlich sagen", sagte Kevin, „daß diese Probleme alle blödsinnig oft vorkommen. Nur weil niemand offen darüber spricht, glaubt jeder, er mache ein einmaliges und schreckliches Erlebnis durch."

Ich goß die Hälfte meines Bourbon hinunter. Dann sagte ich vorsichtig: „Hältst du etwas von Psychiatern?"

„Ich glaube schon, daß sie manchen Leuten helfen. Aber wie Gott und der Papst haben sie mir nie viel genützt."

„Du meinst, sie haben dir nicht gesagt, weshalb du homosexuell bist?"

„Oh, und ob sie mir das erklärt haben! Sie haben es mir in qualvollen, endlosen, sich widersprechenden Details erklärt! Und ich kann nur das eine sagen, Neil: nach all den Stunden, die ich damit vergeudet habe, mich Priestern anzuvertrauen, nach all den Unsummen, die ich dafür ausgegeben habe, mich mit Psychiatern zu unterhalten, bin ich nicht überzeugt, daß es einen Grund für meine sexuelle Vorliebe gibt. Und auch das will ich dir sagen: im Gegensatz zu dem, was all die schlauen Leutchen in den Cocktailzirkeln heutzutage denken, glaube ich nicht, daß Freud die Antwort auf alles gefunden hat. Ich habe den Verdacht, daß die Sinne des Menschen wie ein Stadtplan der fünf Stadtteile sind und daß Freud sich zwar durch Manhattan und die Bronx hindurchgearbeitet, Brooklyn, Queens oder Staten Island aber nie erreicht hat."

„Hm", sagte ich. „Nun, ich selbst habe natürlich nie etwas von Psychiatern gehalten –"

„Etwas Gutes kann man aber doch von ihnen lernen, wenn man sie beobachtet, und das ist zuhören. Hörst du zu, Neil?"

„Ob ich zuhöre?"

„Ja, hörst du Alicia zu? Hörst du nicht nur das, was sie sagt, sondern auch all die Dinge, die sie unausgesprochen läßt? Weißt du genau, was in ihr vorgeht?"

„Ich dachte, es wäre im Moment wichtig, was in mir vorgeht!"

„Aber siehst du denn nicht", sagte Kevin, „daß das, was in dir vorgeht, davon abhängt, was in ihr vorgeht? Trink noch einen."

„Nein, danke, lieber nicht. Ich möchte nicht betrunken zu Hause eintreffen." Ich dachte an Alicias erdrückendes Mitleid und an ihre eisern unterdrückte Verachtung und an den Verlust ihres sexuellen Verlangens nach mir. Ich wußte durchaus, was in ihr vorging. Es war kein Geheimnis. Es war nur zu schmerzlich klar. „Nun, wie ich schon sagte, Kevin, ich glaube eigentlich nicht an all diese psychoanalytische Scheiße – es ist wie eine Religion, und wie kann Religion dir je nützen, wenn es dir an Glauben mangelt? Außerdem gibt es keine Wunderheilung für diese Situation, ich muß mich eben damit abfinden, mehr kann ich nicht tun . . . Ich bin machtlos. Ja, so ist es. Deswegen setzt es mir so zu. Es scheint so falsch, daß ich soviel Macht zur Verfügung habe außer auf diesem einen Gebiet in meinem Leben . . . Es ist alles eine Frage der Macht, nicht wahr. Macht bedeutet Verbindung, Gedankenaustausch. Erinnerst du dich daran, wie Paul uns das einmal in Bar Harbor erklärt hat?"

„Ah, Mephistopheles!" sagte Kevin und teilte den kleinen Rest Bourbon zwischen uns. „Wie könnte ich Paul Van Zale und seine gefährliche kryptofaschistische Scheiße je vergessen!"

„Kevin!"

„Komm, Neil! Erzähl mir bloß nicht, daß du noch immer Illusionen über Paul Van Zale hast!"

„Ich habe keine Illusionen, aber ich respektiere ihn trotzdem. Er hat einen Erfolg aus seinem Leben gemacht."

„Ich finde, er hat es verschwendet. Ich glaube, er war ein zutiefst unbefriedigter, vielleicht sogar ein gequälter Mann. Hast du nie darüber nachgedacht, daß es eine verdammt seltsame

Sache war, wie er sich uns vier so einfach aneignete und uns zum Van Zaleschen Lebensstil umerzog? Rückblickend finde ich es nicht nur ungewöhnlich, sondern unheimlich. Ich wundere mich, daß unsere Eltern es erlaubten. Nun, mein Vater war wahrscheinlich froh, mich für den Sommer loszusein, und Sams Eltern waren zweifellos durch die Aussicht auf gesellschaftlichen Aufstieg geblendet und Jakes Vater war genauso schlimm wie Paul, aber ich möchte doch mal wissen, was deine Mutter sich dabei gedacht hat. Ich wette, sie hatte gemischte Gefühle."

„Sie wollte nicht, daß ich ging. Aber Kevin, warum glaubst du denn, daß Pauls Angewohnheit, sich Protegés auszusuchen, bedeuten muß, daß er unbefriedigt und gequält war? Er hat es nur getan, weil er keine eigenen Söhne hatte!"

„Das war seine offizielle Ausrede, aber ich glaube nicht daran, jetzt nicht mehr. Ich glaube, die ganze Angelegenheit war ein Machtexerzitium und auch ein Versuch, sich selbst zu rechtfertigen. Wenn er einen Haufen intelligenter junger Männer zu seiner Denkweise umerziehen konnte, dann war diese Denkweise vielleicht nicht so verdammt miserabel, wie er es im geheimen vermutete."

„Aber –"

„Versteh mich nicht falsch. In vieler Hinsicht mochte ich Paul und ich habe jedenfalls meinen Aufenthalt in Bar Harbor sehr genossen, aber vieles von dem, was er sagte, war nicht nur Unsinn, sondern gefährlicher Unsinn. Zum Beispiel ist ‚Erfolg um jeden Preis' sicher ein attraktiver Slogan. Aber seine Vorstellung von Erfolg? Und um jeden Preis? Ich sage dir, Neil, das ist kein Rezept fürs wirkliche Leben! Das ist ein Rezept, das dir Ketten anlegt, bis du stirbst. Soll ich noch eine Flasche Bourbon aufmachen?"

„Nein. Ach, zum Teufel, warum nicht? Dann sind wir eben betrunken. Kevin, ich weiß, was du mit all dem meinst, was du über Paul sagst, ich bin ja nicht dumm. Aber siehst du, Pauls Philosophie war nie für jemanden wie dich gemeint. Du bist ein Künstler. Du hast deine eigene, spezielle Macht, die dich auf eine andere Ebene stellt und dich unabhängig von der Macht, von der Paul sprach, bleiben läßt. Wenn Paul von Macht und Erfolg redete, dann sprach er damit wirklich Leute wie mich an – und natürlich auch Sam und Jake, aber ganz besonders mich, da er wußte, daß ich nie zufrieden sein würde, bis ich seine Welt zu der meinen gemacht hatte –"

„Und bist du glücklich, Neil?"

„Natürlich! Oh, ich weiß, ich habe ein oder zwei Probleme, aber nur ein Narr würde erwarten, daß das Leben hundertprozentig positiv ist. Ich bin wirklich sehr glücklich. Das Leben ist prima."

„Wunderbar! In dem Fall kannst du dich zurücklehnen und zufrieden dreinschauen, während ich dir erzähle, daß ich momentan in Trübsal versinke und das Leben verdammt beschissen finde."

„Hat es etwas mit deiner –"

„Nein, keine Sorge, es hat nichts mit meinem Sexleben zu tun! Es handelt sich um alles, was damit zusammenhängt, ein – wie du es gefälligerweise ausdrückst – Künstler zu sein. Wenn du eine Minute lang den Mund hältst, dann werde ich zu erklären versuchen, was es bedeutet, ein erfolgreicher, amerikanischer Schriftsteller zu sein, der sich fast die Gurgel durchschneidet, weil er nicht so gut wie Eliot und Fry ist –"

„Ich möchte wetten, du verdienst mehr Geld als die beiden zusammen!"

„Aber siehst du denn nicht, daß das dem Ganzen die Krone an Grauenhaftigkeit aufsetzt? Wenn ich den Mumm hätte, die Art von Stücken zu schreiben, die ich wirklich schreiben möchte, dann würde niemand davon etwas wissen wollen. Aber manchmal glaube ich, daß ich lieber ein erstklassiger Versager als ein zweitklassiger Erfolgsmensch wäre."

„Aber du bist kein zweitklassiger Erfolgsmensch! Du gefällst mir besser als Eliot und Fry. Ich habe ‚Die Cocktail Party' nie verstanden und was ‚Die Dame ist nicht fürs Feuer' angeht –"

„Neil, du bist wunderbar. Du kannst öfter auf einen Drink herkommen."

Irgendwann später hörte ich mich selbst gefühlvoll sagen: „Kevin, es tut mir leid, daß ich ein solches Schwein zu dir war, nachdem du jeden wissen ließest, daß du ein Homosexueller bist. Es tut mir leid, daß ich dich aus dem Adreßbuch Nummer eins herausgenommen und dich in Adreßbuch Nummer fünf verpflanzt habe und daß ich nicht zu deinen Parties gekommen bin. Es tut mir sehr, sehr leid – ja, echt leid –, aber du mußt wissen,

Kevin, daß ich in Wirklichkeit kein Schwein bin, nicht im Inneren."

„Doch, das bist du", sagte Kevin, „aber es macht nichts, denn wenn du mich, so wie ich bin, akzeptieren kannst, dann akzeptiere ich dich, so wie du bist, selbst wenn du ein Schwein bist."

Wir schüttelten uns feierlich die Hände und schworen ewige Freundschaft.

Es ist komisch, wie einfach und selbstverständlich das Leben zu sein scheint, wenn man betrunken ist.

Weniger als sechs Wochen später redeten wir nicht einmal mehr miteinander.

DRITTES KAPITEL

I.

Die Schwierigkeiten begannen, als Kevin eine Vorladung erhielt, vor dem Parlamentsausschuß für nichtamerikanische Aktivitäten zu erscheinen. Wir näherten uns dem Ende des Jahres 1952 und McCarthy hatte im Senat den Höhepunkt seiner Macht erreicht. Später machte ich McCarthy für das ganze Desaster verantwortlich. Ohne seinen fragwürdigen Erfolg, die Kommunisten aus dem Balkenwerk der Regierung herauszutreiben, wäre dieser Parlamentsausschuß das geblieben, was er vor diesen fatalen Jahren in den späten Vierzigern und frühen Fünfzigern gewesen war, nämlich ein Abstellgleis für verbrauchte Politiker mit rassistischen Vorurteilen.

Da McCarthy jedoch im Senat herumtobte, nahm der Ausschuß die Gelegenheit beim Schopf, seine Macht auszudehnen und wandte 1952 seine Aufmerksamkeit der Künstlerwelt zu, die entweder aus Kommunisten oder Radikalen bestand und die ihm Informationen über die versteckten Roten in Amerika übermitteln konnte. Kevin war nie Kommunist gewesen, hatte aber, wie so viele Schriftsteller und Künstler, in der Vergangenheit radikale Ansichten vertreten und sich oft mit Leuten gezeigt, deren politische Überzeugungen als fragwürdig betrachtet werden konnten. Deshalb war es nicht verwunderlich, daß der Ausschuß auf der Suche nach neuen Informationsquellen Kevin aussuchte, um über seine gegenwärtigen und vergangenen Bekannte auszusagen.

Trotzdem war es ein Schock, als Teresa mir eines Abends die Neuigkeit eröffnete, daß Kevin eine Vorladung erhalten hatte. Und es war ein noch größerer Schock, als sie hinzufügte, daß er die Absicht hatte, sich der fünften Verfassungsänderung zu bedienen und sich zu weigern, gegen seine Freunde auszusagen.

Ich fuhr sofort zu Kevin. Ich wies ihn darauf hin, daß jeglicher Versuch, sich dieser Verfassungsänderung zu bedienen, nur das Resultat haben könnte, auf die schwarze Liste verbannt zu werden; niemand würde es wagen, seine Stücke zu produzieren, und seine Karriere wäre ruiniert.

„Du könntest sogar wegen Mißachtung des Gerichtshofes ins Gefängnis wandern“, fügte ich hinzu. „Schau dir doch an, was Dashiell Hammett passiert ist – einem Schriftsteller, der die Aussage verweigert hat! Kevin, deine einzige Hoffnung, dich selbst zu retten, ist, wenn du dem Ausschuß alles sagst, was sie wissen wollen. Das kommt heutzutage dauernd vor, und deine Freunde werden einsehen, daß du keine andere Wahl hattest.“

„Aber Neil“, sagte Kevin, „die ganze Sache dreht sich doch darum, daß ich eben durchaus die Wahl habe. Fällt es dir wirklich so schwer, das zu sehen?“

Wir stritten eine Weile herum, kamen aber nicht weiter. Er behauptete, daß es an der Zeit sei, dem Ausschuß entgegenzutreten, da die Regierung sich sonst möglicherweise entschließen könnte, außer den Kommunisten auch noch Juden und Homosexuelle zu jagen. Ich behauptete, daß Eisenhowers Vereidigung zum Präsidenten bald dem kalten Krieg eine neue Richtung geben würde mit dem Erfolg, daß die Verfolgung der Kommunisten politisch unnötig würde. „Es macht also nicht den kleinsten Unterschied für die Zukunft Amerikas, ob du deine Karriere jetzt für idealistische, liberale Prinzipien aufgibst“, schloß ich. „Es wird ganz irrelevant sein. Wenn du dich selbst zugrunde richtest, dann wirst du dich für eine Sache ruiniert haben, die nur in deinem und den Hirnen deiner intellektuellen Freunde existiert."

Aber er konnte das nicht begreifen. Wir stritten uns weiter, bis er schließlich sagte: „Neil, ich möchte nicht, daß dies in einen ernsthaften Streit ausartet. Geh du deinen Weg und laß mich meinen gehen. Es ist schließlich mein Leben und meine Karriere. Nicht deine."

Ich sagte nichts mehr, war aber natürlich fest entschlossen, den Kampf für ihn nicht aufzugeben, und zwei Tage später erfand ich eine geschäftliche Ausrede, um mich in meinem Privatflugzeug nach Washington fliegen zu lassen.

Zum Glück mußte ich nicht bis ins „Ovale Büro" vordringen – obwohl ich durchaus hingegangen wäre, hätte die Notwendigkeit bestanden. Ich ging lediglich zu meinem Lieblings-Kongreßabgeordneten, der mit dem Ausschuß für nichtamerikanische Aktivitäten zusammenarbeitete, und nachdem ich ihn daran erinnert hatte, wer ihn vor kurzem vor einem aufblühenden Skandal gerettet hatte (warum sind Politiker bei Bestechungsmanövern immer so unvorsichtig?), sagte ich ihm, wie traurig es doch wäre, wenn das Problemchen so bald nach seiner Wiederwahl erneut auftauchen würde. Dann bemerkte ich, wie glücklich ich wäre, wenn der Ausschuß den New Yorker Schriftsteller Kevin Daly völlig vergessen könnte, da er nie eingetragenes Parteimitglied gewesen sei und von dem ich persönlich wußte, daß er ein guter, loyaler Amerikaner war. Ich freue mich sagen zu können, daß der Kongreßabgeordnete sehr verständnisvoll in der ganzen Angelegenheit war, so verständnisvoll, daß er mir nach diversem Händeschütteln zusicherte, daß ich mir weiterhin keine Sorgen zu machen brauchte.

Hochzufrieden mit mir selbst flog ich nach New York zurück und ging direkt zu Teresa, um ihr zu berichten, daß das Problem mit dem Ausschuß unwiderruflich aus der Welt geschaffen worden war.

Freudig rief Teresa Kevin an, aber er hängte einfach auf. Ich fand das etwas komisch, glaubte dann aber, daß ihn die Erleichterung sprachlos gemacht hatte, und als ich später nach Hause in die Fifth Avenue kam und ihn dort vorfand, nahm ich natürlich an, daß er dort war, um seine Begnadigung zu feiern. Seine überschäumende Wut, die, sobald wir in der Bibliothek allein waren, explodierte, kam als ein solcher Schock für mich, daß ich fast die Flasche Wild Turkey Bourbon hätte fallen lassen, die ich speziell für seine Besuche bereithielt.

„Du verdammter Hundesohn! Mußt du dich immer einmischen? Was fällt dir ein, Gott in meinem Leben spielen zu wollen!"

„Kevin! Wovon redest du denn? Du hattest ein Problem und ich habe es in Ordnung gebracht, das ist alles! Weshalb bist du denn so aufgebracht?"

„Ich habe dich nicht darum gebeten, die gute Fee zu spielen!" schrie Kevin. „Ich habe dich nicht darum gebeten, den Zauberstab deines korrupten politischen Einflusses zu schwingen! Ich habe dich darum gebeten, mich in Ruhe zu lassen, damit ich dem Ausschuß tüchtig in die Schnauze hauen kann – ich hatte Rechtsanwälte, die bereit waren, mir zu helfen, ich hatte liberale Rückenstärkung, ich hatte Leute von der Presse auf meiner Seite –"

„Ihr hättet euch alle in die Nesseln gesetzt, außerdem hielt ich es für meine moralische Verpflichtung, dich davon zurückzuhalten, deine Karriere zu ruinieren –"

„Wenn ich meine Karriere ruinieren will, dann ruiniere ich sie! Das geht dich einen feuchten Dreck an!"

„Nun, okay, aber du könntest wenigstens dankbar dafür sein, daß ich –"

„Dankbar! Ich soll dankbar sein, weil es dich aufreizt, deine Macht herumzuschwenken, als ob sie eine Pistole wäre – oder ein anderes phallisches Symbol?"

„Jetzt hör einmal zu, mein Freund", sagte ich und stellte krachend die ungeöffnete Flasche Bourbon ab, „die psychologische Scheiße kannst du dir für eines deiner blöden Stücke aufheben. Mit großer Mühe und hohen Ausgaben und selbst einem gewissen Risiko für mich selbst habe ich dir den größten Gefallen getan, und wenn du glaubst, daß mich das auf irgendeine degenerierte Art sexuell erregt hat, dann hat dein perverticrtes, prokommunistisches Hirn total durchgedreht!"

Kevin drehte sich wortlos um und ging auf die Tür zu.

„Kevin!" Meine Beine setzten sich in Bewegung. Kalter Schweiß rann mir den Rücken hinunter. Irgend etwas passierte mit meiner Atmung, aber ich nahm keine Notiz davon, weil ich so erregt war. „Kevin –“ Ich schaffte es gerade noch, seinen Arm zu ergreifen, bevor er die Tür erreicht hatte, aber er stieß mich fort.

„Hau ab! Jeden anderen Burschen hätte ich bereits zusammengeschlagen!“

„Aber Kevin, ich bin doch dein Freund!“

„Jetzt nicht mehr“, sagte Kevin brutal und knallte die Tür der Bibliothek vor meiner Nase zu.

II.

„. . . und er knallte die Türe vor meiner Nase zu“, sagte ich eine halbe Stunde später zu Jake. Es war drei Straßenecken nördlich meines Hauses in der Bibliothek der Villa Reischman. Schwere, olivgrüne Vorhänge verdeckten riesige, häßliche Fenster. Die düstere Beleuchtung an der Decke hoch über uns illuminierte schwach die deutschen Klassiker und die Meisterwerke der englischen Literatur. Jake und ich saßen einander beim Kamin in Ledersesseln gegenüber. Jake trank Johnny Walker Scotch. Ich war inzwischen beim Brandy.

„Gott, ich bin so wütend!“ sagte ich mit dem Versuch, ärgerlich zu klingen, hörte mich aber nur elend an. „Ich meine, wie kann man nur so undankbar sein! Schließlich wollte ich ihm nur helfen!“

„Komm, Neil“, sagte Jake und gab mir eines seiner dünnen Lächeln, „du bist doch nicht wirklich so naiv.“

„Ich wollte ihm nur helfen!“ wiederholte ich verbissen, aber ich wußte, was er meinte. Meine Depression vergrößerte sich, als ich meine Verlegenheit miteinbezog. „Ach, zum Teufel, vielleicht habe ich es getan, um ihn zu beeindrucken. Es hat mir bestimmt Spaß gemacht, Teresa zu beeindrucken. Vielleicht habe ich es auch getan, um ihm etwas zu beweisen . . . daß ich nicht verletzbar bin . . . nicht jemand, mit dem man Mitleid haben muß – nein, vergiß es, ich nehme es zurück. Aber ich habe es auch getan, um ihm zu helfen, Jake! Ich hatte nicht nur schlechte Motive! Ich habe es gut gemeint, ich schwöre es!“

„Nun, deine Motive sind nun eigentlich unwichtig. Was jetzt zählt, ist, daß du aus deinen Fehlern lernst. Du siehst hoffentlich ein, was deine Fehler waren? Nummer eins: Stelle deine Freunde nie in deine Schuld, indem du deine Macht demonstrierst. Deine Freunde sind nur deshalb deine Freunde, weil sie sich gern selbst etwas vormachen und so tun, als wärst du unter all deinen Millionen genauso normal wie sie, und du nimmst diese Selbsttäuschung ruhig in Kauf, weil du dich in dem Glauben wiegen möchtest, daß du Freunde hast, die dich trotz deines Geldes mögen. Wenn du aber in ihrem Leben herummanipulierst, gleichgültig wie altruistisch deine Motive sein mögen, dann zerstörst du diese gegenseitige Illusion mit dem Resultat, daß keiner von euch mit der Wahrheit leben kann. Und die Wahrheit ist natürlich, daß du nicht normal und gewöhnlich bist; du hast einen Überfluß an dem, was sich die meisten Männer im geheimen wünschen – Macht, und du hast mehr Kontrolle über diese Männer, als sie psychologisch ertragen können."

„Ja, richtig. O Gott, wie konnte ich nur ein solcher –"

„Dein zweiter Fehler", sagte Jake und zündete sich eine neue Zigarette von der erlöschenden Kippe zwischen seinen Fingern an, „war, daß du Kevins eigene Einstellung zu seinem Dilemma nicht erkannt hast. Nur weil du sie nicht verstehen kannst, macht sie das noch lange nicht zu einem intellektuellen Wahnwitz, und trotzdem hast du dich so benommen, als wäre Kevin reif für die Irrenanstalt. Kein Wunder, daß Kevin so wütend wurde. Du hast wirklich seine Einstellung zum Leben beleidigt – oder seine Einstellung zur Realität, wenn du das vorziehst –, indem du ihm deinen Willen aufzwingen wolltest."

„Zum Teufel, das stimmt wohl. Aber ich habe es nicht mit Absicht getan! Ich wollte nur –"

„Ja, wir wissen, was du wolltest. Dein dritter Fehler –"

„Himmel, gibt es noch einen?" Ich war völlig verzweifelt.

„– war, wie Pharisäer aus der Bibel über deine sogenannte moralische Verpflichtung daherzuquatschen. Versuche doch, ein bißchen mehr Klasse zu zeigen, Neil! Mein Gott, fünfundzwanzig Jahre in New York und du benimmst dich noch immer wie ein Farmersjunge aus Ohio."

„Aber ich war aufrichtig, als ich über moralische Verpflichtung sprach!"

„Aufrichtigkeit ist fast immer undiplomatisch und sehr oft katastrophal. Außerdem stelle ich deine Aufrichtigkeit in Frage und du solltest das vielleicht auch tun. Dein Gerede über moralische Verpflichtung war nur eine Ausrede, dich einmischen zu können, und du hast bereits zugegeben, daß deine Motive für deine Hilfeleistung an Kevin nicht so christlich waren, wie du es gerne glauben würdest."

„Ja, aber . . ." Ich seufzte. Ich fühlte mich müde, verwirrt und entmutigt, und als Jake das sah, erhob er sich, klopfte mir auf die Schulter und goß mir einen neuen Brandy ein.

„Laß nur, Neil. Kein Mensch hat durch und durch saubere Motive. Du versuchtest das zu tun, was du aufrichtig für das Richtige hieltest, und ein oder zwei unsaubere Motive ändern nichts an dieser Tatsache. Du hast dich geirrt, das Resultat war ein Desaster, aber ich glaube, daß du im Grunde durchaus gute Absichten hattest."

„Du kannst also mit mir mitfühlen?"

„Natürlich. Ich weiß, wie gern du Kevin hast. Ich weiß, wieviel es bedeutet, einen Freund zu haben, der dich von Anfang an gekannt hat."

Eine große Welle der Erleichterung und Dankbarkeit durchflutete mich. Alles in allem stand mir doch niemand näher als Jake. Er allein verstand die Probleme, die Reichtum und Isolierung mit sich brachten, weil seine Position der meinen so sehr glich.

„Wie kann ich es mit Kevin wieder gutmachen?" fragte ich schließlich besorgt. „Soll ich ihm einen Brief schreiben? Wenn ich anrufe, wird er einfach auflegen." Ich hatte eine Inspiration. „Ich könnte ihm einen Brief mit der Hand schreiben. Das würde ihm beweisen, wie aufrichtig ich es meine. Er weiß, daß meine Korrespondenz immer von meinen Sekretärinnen getippt wird."

„Ich würde ihn völlig in Frieden lassen. Was immer du tun magst, um eine Aussöhnung herbeizuführen, wird ihn nur zu der Annahme verleiten, daß du erneut deine Macht ausübst, weswegen er weiterhin feindlich bleiben wird. Der erste Anstoß muß von ihm kommen."

„Aber das wird vielleicht nie passieren!"

„Schon möglich, aber wenn du große Fehler machst, mußt du damit rechnen, für sie zu bezahlen."

„Für jedes Übel wirst du einstens zahlen?" sagte ich, ein

Hank-Willims-Lied zitierend. „Daran glaubst du doch nicht wirklich, Jake, oder?"

Jake dachte einen Augenblick lang nach. „Nein."

Wir lachten beide, zwei zynische New Yorker, die ungewöhnlich viel gemein hatten.

„Wie geht's Vicky?" fragte Jake, als ich mich erhob, um zu gehen.

„Prima, wenn man nach ihren Briefen urteilen darf. Wie geht es deinen Kindern?"

„Okay." Jake schien nie besonders an seinen Kindern interessiert zu sein, und als sich unser Gespräch unserem häuslichen Leben zuwandte, fühlte ich, wie sich diese seltsame, unsichtbare Mauer zwischen uns auftürmte und unsere nahe Verbindung unterbrochen wurde.

„Wie geht's Amy?" fragte ich mechanisch, um das Ritual der Familienformalitäten zu vervollkommnen.

„Prima . . . wie geht's Alicia?"

„Oh, es geht ihr ausgezeichnet! Ihr Leben ist jetzt viel ausgefüllter als früher mit ihren Wohltätigkeitsorganisationen und dem Kurs für Blumenarrangement, den sie der Junior League erteilt. Ich bin sehr zufrieden. Ich habe mir zur Zeit von Vickys Hochzeit etwas Sorgen um sie gemacht. Es ist schwer für eine Frau, wenn alle Kinder von zu Hause wegziehen."

„Sicher."

Er begleitete mich nach draußen. Wir verließen die Bibliothek und durchschritten ein riesiges, düsteres Atrium, wo unsere Schritte unheimlich von dem Marmor widerhallten, der den ornamentgeschmückten Brunnen umgab. Die vergoldeten Orgelpfeifen verloren sich in den Schatten der domartigen Decke.

„Was hältst du von der neuesten Entwicklung im Anti-Kreditverfahren?" fragte er. „Richter Medina muß inzwischen ganz schön in die Knie gegangen sein."

Ich reagierte automatisch auf sein Bemühen, die Verbindung wiederherzustellen. „Das einzige, was ich bedaure, ist, daß Van Zale nicht in dem Verfahren zusammen mit den anderen siebzehn Investment-Banken angeklagt wurde", sagte ich. „Ich hätte dem Staatsanwalt gern ein paar Sachen erzählt!"

„Denk doch an die Anwaltskosten, die du hättest bezahlen müssen. Und an die Zeitverschwendung."

„Stimmt." Wir hielten an der nachgemachten mittelalterlichen Haustür ein und schüttelten uns die Hände.

„Vielen Dank, Jake. Du bist ein echter Freund. Ich bin wirklich dankbar für deine Hilfe."

„Gute Nacht, Neil. Und vergiß nicht: unterspiele deine Macht vor deinen Freunden, reserviere die Phrase ‚moralische Verpflichtung' für Gespräche mit deinem Pfarrer und versuche, dich nicht dauern so zu benehmen, als ob du den starken Verdacht hegtest, daß Gott ein weißer angelsächsischer Protestant ist."

„Ich hege nicht den Verdacht, ich bin dessen sicher!" antwortete ich und fühlte mich ungleich besser. Ich hörte ihn lachen, als er hinter mir leise die Tür schloß.

III.

Kevin war mir noch immer entfremdet, als Vicky sechs Monate später in London einen zweiten Sohn gebar, der prompt Paul Cornelius getauft wurde. Sam und Vicky riefen mich beide an, um mich zur Taufe nach England einzuladen, und obwohl es nicht so aussehen sollte, als ergriffe ich gierig die Gelegenheit, sie besuchen zu können, versprach ich doch, mit Alicia im August den Atlantik zu überqueren. Ich betonte, daß wir in einem Hotel wohnen würden. Sam hatte ein Haus am Hyde Park gekauft und ich bezweifelte nicht, daß es groß genug war, um uns unterzubringen, aber ich wollte seine Gastfreundschaft auf keinen Fall zu sehr beanspruchen. Ich wollte Vicky nicht aufregen, denn es war klar, daß es zwischen Sam und mir einige Spannungen geben würde.

Vicky schien sich gut in London eingelebt zu haben. Sie hatte sich zunächst in einen Kurs für Deutsch eingetragen, hatte ihn dann aber wieder aufgegeben, als sie schwanger wurde, außerdem war sie zu sehr mit der Einrichtung des neuen Hauses beschäftigt, um ernsthaft an ein Studium denken zu können. Ihre Briefe erzählten von ihren Kämpfen mit den englischen Innenarchitekten, von Erics erstem Tag in einem englischen Kindergarten, von den Schwierigkeiten, die Erwartungen der britischen Angestellten zu erfüllen (ich dachte an Carraway und konnte da mitfühlen), von der erstaunlichen Qualität des englischen Radios und Fernsehens und von der allgegenwärtigen Faszination der Königin, der Krönung und des Wetters. Von Zeit zu Zeit erwähnte sie einen neuen Film oder ein importiertes amerikanisches Musical, das sie und Sam am West End besucht hatten, aber sie waren so damit beschäftigt, Sams neue Kunden einzuladen, daß sie wenig Zeit zum Ausgehen fanden.

Mehrere Male die Woche sprach ich mit Sam am Telefon, um mich zu versichern, daß in London alles zufriedenstellend verlief, und obwohl ich wußte, wie sehr Sam es verabscheute, wenn ich ihm so im Nacken saß, war ich doch fest entschlossen, ihn regelmäßig daran zu erinnern, wer der Boß war. In den gegebenen Umständen schien es mir das mindeste, was ich tun konnte, um das korrekte Gleichgewicht der Macht zwischen uns wiederherzustellen, und für Sam war es nur ein kleiner Preis für sein neues Leben in Europa. Ich achtete jedoch darauf, daß unsere Gespräche stets freundlich verliefen, und ein Lauscher an der Wand hätte nie erraten können, daß sich hinter unseren gutgelaunten Gesprächen auf meiner Seite Bitterkeit und auf seiner Seite – um es einmal milde auszudrücken – ein gewisser Überdruß verbarg.

„Also, wie geht's den Briten, Sam?" fragte ich am ersten Arbeitstag nach der Krönung im Juni. „Ich hoffe, es hat dir Spaß gemacht, auf das Wohl der Königin zu trinken und zuzuhören, wie jedermann erklärte, daß die Gesinnung, die den Mount Everest eroberte, die Gesinnung war, die den Krieg gewann!"

„Nun, ich erkenne Dinge an, die der Anerkennung wert sind", sagte Sam ruhig, „und warum sollte ich nicht auf das Wohl der Königin trinken? Ich mag die königliche Familie. Sie sind ohnehin alle Deutsche."

Das war einer unserer milderen Wortwechsel, indem ich ihn daran erinnerte, daß ein Leben in Europa nicht nur Mondschein und Rosen mit sich brachte, woraufhin er prahlte, wie gut er mit einer im Grunde feindlichen Umgebung fertig wurde. Die größeren Differenzen erwuchsen jedoch aus den Gesprächen, die den Eindruck behandelten, den die neue Van-Zale-Niederlassung meiner Ansicht nach in London machen sollte.

Van Zale hatte über sechzig Jahre lang in London eine Filiale betrieben, bei Ausbruch des Krieges hatte ich jedoch die Zelte dort abgebrochen und unser Kapital aus Europa abgezogen. Das

Bankgeschäft hatte sich in diesen sechzig Jahren sehr gewandelt. Ursprünglich hatten wir uns auf Kreditbriefe und auf das Leihen von Geldern an fremde Regierungen spezialisiert, aber nach dem Ersten Weltkrieg war diese Art von Geschäft eingegangen; und als Steve Sullivan im Jahre 1929 nach London ging, um der dort ansässige Partner zu werden, waren wir daran interessiert, amerikanisches Geld in englische Geschäfte zu stecken – kein leichtes Unterfangen, da die englischen Geschäftsunternehmen die nötigen Finanzierungsmittel oft ohne die Hilfe von Aktien aufbrachten. Steve hatte sich jedoch in den widrigen Umständen gut geschlagen und unser Londoner Haus hatte einen Profit gezeigt, bis der bevorstehende Krieg seinen Schatten auf das europäische Finanzwesen geworfen hatte. Jetzt hatten sich die Zeiten abermals geändert; der Schatten war verschwunden, amerikanische Aktiengesellschaften standen an der Spitze einer wirtschaftlichen Invasion nach Europa, und es war natürlich, daß sie sich an die Investment-Bank mit den besten transatlantischen Verbindungen wandten.

„Es muß klar sein, daß wir ein Vorposten Amerikas sind“, sagte ich fest. „Dies ist schließlich ein wirtschaftlicher Krieg. Ich weiß, daß die Briten den Amerikanern sentimentale Gefühle entgegenbringen, weil wir Hitler für sie geschlagen haben, aber die wirtschaftliche Realität unterscheidet sich sehr von der politischen Phantasie, die die Politiker zu verbreiten suchen, um die Russen davon zu überzeugen, daß der Westen vollkommen einig ist. Die wirtschaftliche Realität ist, daß wir um die finanzielle Kontrolle Englands, des British Empires, Europas und der Welt kämpfen. Vergiß das Gerede der Politiker über Freundschaft. Die Zukunft liegt in der Präsenz der amerikanischen Ketchupflasche auf dem englischen Frühstückstisch. Ich möchte das modernste Büro, das du bekommen kannst, die modernste Ausstattung und, wenn möglich, amerikanische Angestellte. Ich möchte ein Bild des Präsidenten in der Eingangshalle haben und die amerikanische Flagge muß neben der britischen aufgezogen werden –“

„Neil, du träumst. Wach auf. Eine so sentimentale Einstellung haben die Briten uns gegenüber nicht. Sie geben nicht einmal zu, daß wir den Krieg für sie gewonnen haben. Vielmehr haben sie nicht vergessen, daß wir sie den Kampf um England allein haben führen lassen, und wenn es etwas gibt, das sie ablehnen, dann sind es Amerikaner wie du, die glauben, daß Amerika sich gewaltsam in England breitmachen und es von einem Tag zum anderen in einen amerikanischen Satellitenstaat umwandeln kann. Wir müssen ruhig und diskret sein und uns wie Gentlemen benehmen."

„Gibt es ein Gesetz, das bestimmt, daß wir nicht ruhig und diskret sein und uns wie Gentlemen benehmen können – mein Gott, wie klingt das grausig! –, wenn wir moderne Büros mit moderner Ausstattung haben?"

Unser altes Büro in der Milk Street, eine düstere, bedrükkende Reliquie aus der viktorianischen Zeit, war glücklicherweise ausgebombt worden, also stand es außer Frage, dorthin zurückzukehren. Ich war froh. Wir brauchten eine neue Fassade, außerdem hing ich nicht an alten Gebäuden. Schlechtfunktionierende Wasserleitungen können einem ganz schön auf die Nerven gehen.

Sam sagte mir jedoch, daß die richtige Umgebung wichtiger war als moderne Toiletten, und dann wurde ich informiert, daß er eine Etage in einem Gebäude in der Nähe der Lombard Street gemietet hatte.

„Wie alt ist das Gebäude?" fragte ich, denn es schwante mir übles, als ich erfuhr, daß es den Angriff auf London überlebt hatte.

„Neu für englische Begriffe. Es wurde 1910 erbaut."

„1910! Himmel, bist du sicher, daß es nicht zum Abbruch bestimmt ist?"

Sam versuchte mir einzureden, daß wir Glück hätten, überhaupt ein anständiges Büro zu finden, da ein Großteil der Londoner Innenstadt noch in Trümmern läge, aber ich unterbrach ihn.

„Gott, ich frage mich manchmal, weshalb wir überhaupt ein europäisches Büro aufmachen", sagte ich. „Kann es sich wirklich lohnen? Meiner Meinung nach ist Europa ohnehin im Eimer. Dieses Wirtschaftswunder wird nie von Dauer sein."

„Du hast eben nie in Europa gelebt, Neil, du bist weiß Gott wie viele Generationen von deinen Urahnen entfernt, die dort aufwuchsen, und du verstehst Europa einfach nicht. Vergiß deine simple amerikanische Vision von Europa als einem Kontinent, der im Eimer ist. Europa war seit eh und je im Eimer – und das hat überhaupt nichts zu sagen. Die Römer haben es ruiniert, Attila hat es ruiniert, Napoleon und Hitler haben es ruiniert, aber Europa nutzt sich eben einfach nicht ab, ganz gleichgültig, wie oft man es in die Reinigung gibt. Europa überlebt. Investiere in Europa. Und gib mir um Gottes willen grünes Licht, um das zu tun, was meiner Überzeugung nach für Van Zale am besten ist – ich weiß, es fällt dir schwer, aber nun versuche doch einmal, dich nicht einzumischen!"

Wir lachten beide. Ich gab ihm grünes Licht. Wir hingen grollend auf.

„Ich wünschte, du würdest dir die Mühe machen und herkommen", sagte Sam, nachdem sein zweiter Sohn geboren worden war. „Ich glaube, du würdest dir nicht mehr so große Sorgen um das Londoner Büro machen, wenn du selbst sehen könntest, wie gut sich alles entwickelt."

„Es steht jetzt überhaupt nicht zur Debatte, ob ich mir die Mühe mache oder nicht", sagte ich, obwohl es durchaus an dem war. Es ist immer mühevoll, an einen Ort zu gehen, von dem man genau weiß, daß man sich dort nicht zu Hause fühlen wird. „Natürlich werde ich die Reise machen! Glaubst du etwa, ich wollte das jüngste Mitglied der Familie nicht baldigst kennenlernen?"

Sam lachte, aber ich fragte mich, ob er im stillen nicht gehofft hatte, ich werde nie die Willenskraft aufbringen, Amerika zu verlassen. Ich fragte mich auch, trotz der Tatsache, daß er sich zu freuen schien, wieder Vater geworden zu sein, wie ihm wirklich zumute war mit zwei brüllenden Kindern, die ihrer Kinderschwester das Leben zur Hölle machten und ihn Daddy nannten. Ich nahm an, daß ihm die neue Situation Spaß machte, obwohl er, wie Jake, eigentlich nie an Kindern wirkliches Interesse gezeigt hatte. Irgendwie kam mir alles wie eine große Verschwendung vor.

Inzwischen hatte ich beschlossen, daß ich urlaubsreif sei, selbst wenn der Urlaub in Europa verbracht werden mußte. Seit Sam und Vicky abgereist waren, hatte ich mich in Arbeit vergraben, hatte die Tätigkeit der einflußreichen Ölmagnaten im Kongreß verfolgt, hatte einige neue Wertpapiere herausgegeben, um das Highway-System der Nation auszubauen, und zahllosen Sitzungen der Van-Zale-Kunststiftung beigewohnt. Ich hatte Eisenhowers Einzug ins Weißc Haus begrüßt, hatte den Zusammenbruch des Marathon-Gerichtsverfahrens gegen die Investment-Banken bejubelt und hatte in ein Gemälde von Kokoschka investiert, das niemand, nicht einmal Teresa, mochte. Das Ende des Koreakrieges stand bevor, und ich sah einen Rekord in Friedensanleihen voraus; es schien wirklich angebracht, Urlaub zu machen, bevor das Tempo in der Wirtschaft anzog und bevor wir alle die Früchte der neuen Regierung ernten würden. Aber als ich mich schließlich mit der Aussicht auf einen Urlaub in Übersee abgefunden hatte, hätte ich ihn fast verpatzt. Europa war so weit weg. Ich konnte mich nicht entscheiden, wie ich dort hinkommen sollte. Sollte ich Plätze in einem dieser Stratosphärenkreuzer reservieren lassen, die täglich nach London flogen? Ich beschloß, daß ich nicht fliegen wollte, wenn ich den Piloten nicht persönlich kannte.

Alicia meinte, daß eine Seereise sehr reizvoll sein könnte; also wies ich meine Helfer an, Passagen auf einem Transatlantikschiff zu buchen. Dann ließ ich mir die neuesten Reiseführer über England kommen. Ich wußte, daß ich für diese Reise gut vorbereitet sein mußte. Kein Europäer sollte mich für einen unwissenden, barbarischen Amerikaner halten, der unfähig war, einem fremden Land mit Respekt entgegenzutreten. Ich studierte die Bücher gründlich und las oft bis tief in die Nacht hinein.

„Ich freue mich überhaupt nicht auf diese Reise", gestand ich Alicia schließlich. „Ich wünschte, wir gingen wie gewöhnlich nach Bar Harbor."

„Aber Cornelius, denk doch nur, wie herrlich es für dich sein wird, Vicky wiederzusehen!"

„Ja", sagte ich, „aber bisher ist mir noch nie etwas Angenehmes in England widerfahren."

Ich mußte plötzlich an meinen letzten Besuch in Europa im Jahre 1940 denken, als ich von meiner alten Feindin Dinah Slade übertrumpft worden war. „Ich habe das Gefühl", sagte ich, „daß etwas Katastrophales passieren wird, sobald ich englische Erde betrete."

„Unsinn!" sagte Alicia fest und fing an, von der Suite zu reden, die für uns an Bord des Schiffes gebucht worden war. Sie schien sich auf diese Ferien zu freuen, obwohl ich wußte, daß sie Europa ebensowenig mochte wie ich; aber sie war offensichtlich freudig erregt beim Gedanken an die Reise.

„Du wirst also eine Kabine mit deiner Frau teilen!“ sagte Teresa, als ich ihr schließlich einige Einzelheiten der Reise mitteilte. „Großartig! Und ich soll wohl inzwischen stilvoll beiseite treten und jubeln, während du in deine zweiten Flitterwochen segelst!“

„Nichts dergleichen wird passieren!“ protestierte ich, befriedigt von ihrer zur Schau gestellten Eifersucht. „Wir müssen natürlich eine Suite teilen, um den äußeren Schein zu wahren, aber wir werden getrennte Betten haben.“

„Ach wirklich?“ erwiderte Teresa. „Also, dann erhole dich gut, und wenn du nicht hechelnd vor Gier, mit mir ins Bett zu steigen, zurückkommst, dann weiß ich, was die Stunde geschlagen hat!“

„Ich werde es nicht vergessen!“ versprach ich befriedigt und dachte, wie glücklich ich mich doch schätzen konnte, daß wir uns nach über vier Jahren noch so gut verstanden. Manchmal fragte ich mich, ob sie mir wohl untreu sei, wurde dann aber durch ihre chronische Unordnung rückversichert, die es unmöglich gemacht hätte, Seitensprünge auf die Dauer zu verbergen. Jedenfalls benahm sie sich immer so, als ob sie mich mochte. Und ich hatte sie im Laufe der Jahre immer lieber gewonnen.

„Tschüs, Teresa“, sagte ich am Abend vor meiner Abreise. „Bleibe anständig.“

„Du auch, Engelsgesicht. Kein Herumgevögel.“

Wir küßten uns mit der angebrachten Leidenschaft und schieden voneinander.

Ich seufzte. Europa lauerte, kalt und unwirtlich wie ein Eisberg, und während ich versuchte, mir nicht wie ein Opfer an Bord der Titanic vorzukommen, ging ich nach Hause in die Fifth Avenue und nahm mir die letzte Ausgabe der „London Times“ mit ins Bett.

VIERTES KAPITEL

I.

Alicia reiste lediglich mit ihrer Kammerzofe, aber ich nahm zwei Helfer, meinen Kammerdiener und meinen Leibwächter mit. Ich ziehe es vor, wenn alle unangenehmen Aspekte einer Reise von mir ferngehalten werden, und da meine Helfer sich um alle ermüdenden Details kümmerten, mein Kammerdiener meine Kleidung in tadelloser Ordnung hielt und mein Leibwächter jegliche unwillkommene Aufdringlichkeit der Presse, der Bedürftigen oder der schlicht Neugierigen von mir fernhielt, verlief meine Reise nach Europa reibungslos.

Es kam auch keinerlei Peinlichkeit auf. Ich hatte mir im geheimen Sorgen gemacht, ob es Alicia wohl unangenehm war, im selben Zimmer mit mir schlafen zu müssen, um den äußeren Anschein zu wahren, aber die Suite war so groß und die Betten standen so weit auseinander, daß wir uns beide schnell an die Situation gewöhnten. Bald fühlte ich mich sogar glücklich; nach all den Jahren in getrennten Schlafzimmern war es schmerzhaft erregend, wieder in ihrer Nähe zu schlafen. Ich wußte natürlich, daß ich sie nicht durch irgendwelche Gefühllosigkeit aus dem Gleichgewicht bringen durfte, aber ich beobachtete verstohlen, wie sie sich das Haar bürstete oder sich schminkte und ich dachte dabei, wie schön sie doch war. Es war, als ob ich sie nach langer Abwesenheit wiedersähe, und je weiter wir uns von New York entfernten, um so unvorstellbarer erschien es mir, daß ich es so leicht finden sollte, mit einer anderen Frau ins Bett zu gehen. Glücklicherweise legte das Schiff in Southampton an, bevor meine Phantasien einer wunderbaren Wiedervereinigung meinen gesunden Menschenverstand überwältigten, aber ich glaube, Alicia fühlte, wie glücklich ich war, ihr wieder nahe zu sein, denn ihre gewöhnlich kühle Höflichkeit machte einer weniger formellen Wärme Platz.

Ich hatte Vicky gesagt, daß es unnötig wäre, uns abzuholen, da Southampton in einiger Entfernung von London liegt, aber natürlich war sie doch am Hafen, zusammen mit Eric, der

Kinderschwester und dem Baby. Paul Cornelius Keller war dunkel und mißmutig. Voll Erleichterung wandte ich mich Eric zu. Er war jetzt drei Jahre alt und ähnelte Vicky mehr denn je, aber er schien sehr schüchtern geworden zu sein und es war schwierig, ein Wort aus ihm herauszubringen.

„Es ist nur eine Phase, die er durchmacht", erklärte Vicky verlegen.

„Natürlich! Ich verstehe", sagte ich, aber ich hatte ein überwältigendes Willkommen erwartet und konnte wenig tun, um meine Enttäuschung zu unterdrücken. „Wie geht's Sam?"

„Oh, Sam geht's prima! Er läßt ausrichten, wie leid es ihm tut, daß er nicht hier sein kann, aber er hatte eine äußerst wichtige Sitzung –"

„Nun, der Beruf muß natürlich zuerst kommen!" sagte ich, aber es paßte mir nicht, daß Sam der Aufgabe, uns abzuholen, aus dem Weg gegangen war.

Meine Helfer hatten zwei Wagen arrangiert, die uns nach London bringen sollten, aber ich fuhr mit Vicky in dem unvermeidlichen Mercedes Benz der Kellers. Sam benutzte den anderen Wagen, einen Daimler, um die englischen Kunden in der Stadt zu beeindrucken.

Ich betrachtete England vorsichtig durch die dicken Fenster des Mercedes, und als wir Southampton verließen und durch die Landschaft von Hampshire glitten, fühlte ich die wohlbekannte Anspannung in mir aufsteigen und mit meinen Nerven stand es nicht zum Besten. Ich kann es vielleicht am treffendsten beschreiben, wenn ich sage, daß es mir wie eine Art von Nacktheit vorkam – die Nacktheit eines unbewaffneten Soldaten, der sich auf schwere Artillerie zubewegt, die in einem grausigen Schlachtfeld auf ihn wartet. Ich betrachtete die hübschen Felder und die zauberhaften kleinen Dörfer und kam mir nicht nur fremd vor, sondern fühlte mich meiner Identität beraubt, die ich in New York als selbstverständlich ansah. In New York war ich jemand ganz Besonderes: Cornelius Van Zale, der bekannte Banker und Kunstliebhaber. Aber hier war ich ein Niemand, nur ein Besucher in einem Land, das mir so fremd war wie die abgewandte Seite des Mondes.

Ich war auf einmal wieder ein Teenager, überwältigt von Minderwertigkeitskomplexen, voller Angst, ausgelacht und verachtet zu werden. Die Wut kam auch wieder, die Wut, an die ich mich noch so genau von meinen Jugendjahren her erinnere. Die gleiche Stimme in meinem Kopf sagte: niemand lacht mich ungestraft aus. Und als wir durch eine Kleinstadt fuhren, schaute ich die Briten durchs Fenster an und dachte: denen werde ich's zeigen.

„Ist England nicht zauberhaft?" seufzte Vicky. „Ist es nicht gut zu wissen, daß die meisten unserer Vorfahren von hier kamen?"

„Ja", sagte ich, aber ich konnte mir nicht vorstellen, daß sich meine Vorfahren irgendwo anders hätten zu Hause fühlen sollen als in Amerika. Ich konnte mir meine Ahnen nicht einmal vorstellen. Der einzige Vorfahre, der mich je interessiert hatte, war mein Vater, aber der einzige Grund dafür war, daß es mir in der augenblicklichen Gegenwart so mies ging, daß es schien, als habe die Vergangenheit mir etwas zu bieten. Ich irrte mich. Ich fand nichts. Mein Vater mochte beharrlich genug gewesen sein, ein kleines Bauernhaus zu einem wirtschaftlich einträglichen Gutshof auszubauen; er mochte kühn genug gewesen sein, über seinen Stand hinaus zu heiraten, und zäh genug, der Mißbilligung der Van-Zale-Familie zu trotzen; es war durchaus möglich, daß er ein Bursche gewesen war, mit dem ich mich gut verstanden hätte. Aber was nütze mir das. War er doch gestorben, als ich vier Jahre alt war, so daß ich jetzt nicht mit ihm in Verbindung treten konnte. Ich hatte vor dem Krieg die Farm gekauft, die er besessen hatte, in der Hoffnung, daß sie mich seiner Erinnerung näherbringen würde, aber ich hatte mein Geld und meine Zeit verschwendet. Die Vergangenheit ist tot. Sie ist abgeschlossen und untergepflügt und etwas anderes zu glauben, wäre reine Spekulation.

„Gefällt dir England wirklich, Vicky?"

„O ja, Daddy! Alles ist so zivilisiert, und ich liebe all den Prunk und die Tradition und die –"

Irgendwie brachte ich es fertig, den Mund zu halten, aber ich fühlte mich unbeschreiblich deprimiert. Ich hatte gehofft, daß Vicky sich in ihrer neuen Umgebung bereits rastlos fühlen würde, aber offensichtlich hatte ich das viel zu früh erwartet.

Meine Depression vertiefte sich, als wir London erreichten. Etwas Bedrückendes hängt dieser Stadt an, diese grauen Straßen, die sich endlos in jede Richtung ausdehnen, diese riesigen, abweisenden Gebäude, diese fanatisch gepflegten Anlagen, diese feindseligen Bewohner, die in einer ganzen Reihe von unverständlichen Akzenten englisch sprechen. London ist wie ein weitläufiges Labyrinth, das für einen Minotaurier entworfen wurde, dessen Verlangen nach Formalität an Besessenheit grenzt. Ich dachte an New York, an das anheimelnde, zusammengedrängte Manhattan, sprühend von Farbe und Vitalität, voll Wolkenkratzern und Aussichten aufs Wasser, ein Anblick, überwältigend in seiner geometrischen Simplizität, und als wir schließlich das Savoy-Hotel erreichten, hatte ich ein solches Heimweh, daß ich mich kaum dazu zwingen konnte, aus dem Wagen zu steigen.

Ich riß mich zusammen. Jetzt war es wichtig, einen guten Eindruck zu machen, da ich in den Augen der Angestellten des Savoy lediglich ein weiterer amerikanischer Tourist war, der sich entweder in der Öffentlichkeit benehmen konnte oder nicht. Ich war dankbar, daß ich in Begleitung von zwei Rolls-Royce, einem Mercedes, fünf Bediensteten, einer schönen Gattin und einem Haufen Lederkoffern bester Qualität reiste. Die Engländer konnten deutlich sehen, daß ich kein politischer Abenteurer aus Kalifornien, oder, noch schlimmer, kein neureicher Rinderbaron aus Texas mit einem Cowboyhut war. Ich prüfte meinen schwarzen Anzug, zog meine Manschetten gerade, verbarg meine Nervosität hinter meinem undurchdringlichsten Gesichtsausdruck und bereitete mich darauf vor, mein Heimatland mit der größtmöglichen Würde zu repräsentieren.

Meine Helfer hatten gute Vorarbeit geleistet. Ich wurde im Foyer mit der größten Ehrerbietung empfangen und dann nach oben in eine Suite von kolossalen Ausmaßen begleitet. Überall standen Blumen. Eine Flasche Champagner stand in einem silbernen Eiskühler, Begrüßungsgeschenk des Hotels. Der Etagenkellner wurde mir vorgestellt. Er versprach, alles in seinen Kräften Stehende zu tun, um unsere gastronomische Befriedigung sicherzustellen.

„Vielen Dank“, sagte ich und behielt mien ausdruckslosen Gesichtsausdruck bei, so daß jeder denken mußte, daß ich an die Grand-Hotels Europas durchaus gewöhnt sei. Dann gab ich meinem Helfer ein Zeichen, Trinkgelder auszuteilen.

Ich fühlte mich jetzt besser. Das Savoy hatte gesehen, daß ich ein Gast war, der mit Respekt behandelt werden mußte, und ich gab mich der Hoffnung hin, daß meine New Yorker Identität wieder in Reichweite gerückt war. Ich sah das Telefon und nahm den Hörer ab. Auch das half meinem allgemeinen Wohlbefinden, und als ich anfing, die Nummer zu wählen, wußte ich, daß meine Macht nun wieder installiert war, obwohl sie für kurze Zeit, gleich elektrischem Strom, abgedreht worden war.

„Ich lasse euch allein, damit ihr euch ein Weilchen entspannen könnt", sagte Vicky, nachdem ich das Telefongespräch mit Sam beendet hatte, „aber ihr kommt doch bestimmt so bald wie möglich zu uns, nicht wahr? Eric kann es kaum erwarten, euch sein Zimmer zu zeigen!"

Ich erledigte zwei weitere geschäftliche Anrufe, um die Voltspannung meiner Elektrizität aufzuladen, und fühlte mich danach so vollkommen wiederhergestellt, daß ich mich nur ungern vom Telefon abwandte.

„Bringen Sie mir den letzten Brief meiner Schwester", sagte ich spontan zu meinem Helfer.

Der Helfer eilte herzu, den Brief in der Hand.

„Wen rufst du jetzt an, Cornelius?" rief Alicia von einem der Schlafzimmer.

„Ich habe Emily versprochen, ihre englischen Stiefkinder anzurufen. Es ist am besten, wenn ich es gleich hinter mich bringe, so daß ich den Rest der Reise genießen kann." Ich fand die Telefonnummer in Cambridge und wies meinen Helfer an, die Verbindung herzustellen.

Alicia stand in der Tür. „Wir werden sie wohl besuchen müssen, während wir hier sind."

„Nein, dafür sehe ich keinen Alaß. Sie haben schon seit Jahren jegliche Verbindung mit uns aufgegeben. Ich wollte mich nicht bei Emily beschweren, weil sie immer behauptet, sie habe die Kinder so gern, aber ich finde ihre Undankbarkeit schon reichlich unverantwortlich."

„Das hättest du Emily klarmachen sollen. Ihr macht es vielleicht Spaß, die langleidende Märtyrerin zu spielen, die die Kinder ihres Mannes von einer anderen Frau verwöhnt, aber ich sehe nicht ein, weshalb du in ihre Fußtapfen treten solltest."

„Es ist schlimm genug, daß Emily und ich uns wegen ihrer Verherrlichung von Steve angiften. Ich möchte die Sache nicht noch verschlimmern, indem ich mich mit ihr auch noch wegen der Kinder streite."

„Ich habe die Nummer für Sie gewählt, Sir", sagte mein Helfer. Dann: „Hallo? Mr. Cornelius Van Zale möchte Miß Elfrida Sullivan sprechen – ist sie da, bitte? Danke, bitte bleiben Sie am Apparat." Er übergab mir den Hörer.

Ich befleißigte mich einer neutralen Stimme. „Elfrida?"

„Ja." Die Einsilbigkeit war düster und kompromißlos.

„Hi, wie geht es dir", sagte ich, meine Neutralität mit einiger Schwierigkeit beibehaltend. „Ich mache Ferien in London und Emily bat mich, dich anzurufen. Wie geht es Edred und George?"

„Gut."

„Das freut mich. Gibt es etwas Neues, das ich Emily übermitteln könnte?"

„Nein."

Es wurde mir plötzlich klar, daß ich mich auf ein äußerst unangenehmes Gespräch eingelassen hatte.

„Hast du Vicky in letzter Zeit gesehen?" fragte ich. „Sie hat nichts erwähnt, aber ich nehme doch an, daß du mit ihr in Verbindung bist."

„Nein."

„Oh. Irgendein besonderer Grund?"

„Ja."

„Oh? Und der wäre?"

„Du hast meinen Vater umgebracht", sagte Elfrida Sullivan und legte auf.

II.

Natürlich hatte ich nichts dergleichen getan. Steve Sullivans Tod war ein Unfall gewesen. Als ich Sam 1939 den endgültigen Auftrag gab, hatte ich nicht „Bring ihn um" gesagt, sondern lediglich . . . nun, was ich genau gesagt habe, ist wirklich unwichtig. Steve hatte mich jahrelang verfolgt, und ich hatte keine andere Wahl, als sicherzustellen, daß seine Karriere nach Beendigung unseres Kampfes ruiniert sein würde. Es war nicht meine Schuld, daß er nicht mehr mit sich selbst leben konnte, nachdem Sam und ich der Welt bewiesen hatten, daß er ein unverläßlicher Trunkenbold war, der wegen Alkoholismus in eine der bekanntesten Londoner Kliniken eingeliefert worden war.

„Mach ihn fertig“, hatte ich zu Sam gesagt. „Und ich meine genau das: mach ihn fertig.“

Ich erinnere mich an Sams erschütterte Stimme am Telefon, nachdem es passiert war. „Als Steve die Fotografie sah und wußte, daß es mit ihm vorbei war, trank er eine Flasche Scotch und setzte sich dann in sein Auto, um mich zur Rede zu stellen . . .“

Aber niemand war am Leben, der genau wußte, wie sich die Sache mit Steve im Jahre 1939 zugetragen hatte, niemand außer Sam und mir – und offensichtlich Elfrida Sullivan.

Die volle Bedeutung dieser schrecklichen Tatsache wurde mir plötzlich klar. Wie kam es, daß Elfrida davon wußte? Wie lange hatte sie es gewußt? Und wer hätte es ihr sagen können?

„Wie war das Gespräch mit Elfrida?“ hörte ich Alicia aus dem Schlafzimmer rufen.

„Gut.“ Ich war so schockiert, daß ich kaum sprechen konnte. Mit großer Anstrengung setzte ich mich hin und begann, die bekannten Tatsachen durchzugehen.

Es war möglich, daß Dinah nach Steves Tod die unangenehmen Dinge überall herumposaunt hatte, aber alles sprach eigentlich dafür, daß sie nur sehr wenigen Leuten etwas gesagt hatte, sonst hätte ich etwas davon gehört. Aber ich hatte nichts erfahren und hatte daraus geschlossen, daß sie damals die Trauer über ihren Verlust nicht durch Aussagen in der Öffentlichkeit hatte vergrößern wollen. Ihre Trauer war möglicherweise dergestalt gewesen, daß sie Steves Tod nicht einmal mit ihr nahestehenden Menschen besprechen konnte, aber das war reine Spekulation; ich war mir indessen sicher, daß nach Dinahs Tod in Dünkirchen im Jahre 1940 nur zwei Menschen die ganze Geschichte kannten. Der eine war Alan Slade, das Produkt ihrer berühmten Liaison mit Paul Van Zale, damals in den Zwanzigern, und der andere war Tony Sullivan, Scotts jüngerer Bruder und Steves zweiter Sohn.

Ich war damals in England und lernte sie beide in London kennen. Emily hatte telegrafiert, daß sie bereit sei, Steves und

Dinahs drei Kinder zu übernehmen, und da Alan und Tony selbst kaum mehr als Schulbuben waren, für die es schwierig gewesen wäre, ihre kleine Halbschwester und ihre Halbbrüder anständig zu versorgen, war Emilys Angebot offensichtlich für sie am Vorteilhaftesten. Nur Alan zögerte. Er konnte sich nicht für die Idee erwärmen, daß die Kinder mit mir nach Amerika gehen sollten. Jedoch hatte Tony, der wie Scott nach dem Tod seiner Mutter von Emily großgezogen worden war, Alan von Emilys unbestrittenem Talent zur Stiefmutter überzeugt.

Obwohl wir schließlich in diesem Punkte übereinstimmten, war es ein feindseliges Gespräch gewesen, und selbst nachdem wir das Abkommen getroffen hatten, wollte Tony den Kindern noch immer mitteilen, daß ich für den Tod ihres Vaters verantwortlich sei. Eine höchst unangenehme Szene folgte, die nur beendet wurde, als ich Tony darauf hinwies, daß die Kinder kaum bereit sein würden, mit mir nach Amerika zu gehen, wenn sie glaubten, ich sei ein Mörder und daß es deshalb wesentlich besser sei, den Tod ihres Vaters lieber nicht zu berühren. Tony (in vieler Beziehung ein dummer Junge) bestand weiterhin darauf, daß Edred und Elfrida mit ihren zehn Jahren alt genug wären, die Wahrheit zu erfahren, aber Alan (der zweifellos intelligent war) sah die Logik meiner Beweisführung, und schließlich stimmten beide zu, fürs erste nichts zu sagen.

Alan und Tony kamen beide 1944 ums Leben, und soviel ich wußte starben sie, ohne ein Wort gegen mich weder zu Edred noch zu Elfrida, noch zu George gesagt zu haben. Die Kinder, die von Emily mit dem ihr eigenen Geschick großgezogen wurden, kamen mir während ihres Aufenthaltes in Amerika höflich entgegen, und selbst nach ihrer Rückkehr nach England verbrachten sie bereitwillig die ersten zwei Sommerferien in meinem Bar-Harbor-Haus. An ihrem achtzehnten Geburtstag aber, im Januar 1948, schickten sie den Scheck, den ich ihnen zum Geschenk gemacht hatte, zurück, und danach hörte ich nichts mehr von ihnen. Diese Unhöflichkeit hatte mich damals erstaunt, aber ich hatte die Kinder ehrlich gesagt immer schwierig gefunden und außerdem ist achtzehn ein Alter, in dem sich viele Jugendliche exzentrisch benehmen. Der Gedanke, daß sie die Wahrheit über den Tod ihres Vaters herausgefunden hatten, kam mir zwar kurz in den Sinn, aber ich ließ die Vorstellung bald wieder fallen, da ich sicher war, daß niemand ihnen etwas gesagt haben konnte. Es war unmöglich.

Trotzdem war es geschehen.

Ich rief meinen Helfer herbei. „Rufen Sie meine Schwester in Velletria, Ohio, für mich an."

Es dauerte eine Weile, bis Emily telefonisch erreichbar war, aber schließlich wurde mir der Hörer übergeben.

„Cornelius? Darling, weshalb rufst du an? Stimmt etwas nicht?"

„Emily, was hast du den englischen Sullivans nach dem Krieg über meine Streitigkeiten mit Steve erzählt?"

„Deine Streitigkeiten mit – überhaupt nichts! Ich habe ihnen nie etwas gesagt, was nicht allgemein bekannt war – nur, daß ihr beide einige Meinungsverschiedenheiten hattet, die dazu führten, daß Steve bei Van Zale austrat und seine eigene Firma in London eröffnete. Cornelius, was bedeutet all das? Du klingst sehr durcheinander! Was ist passiert?"

„Elfrida hat mich eben beschuldigt, ihren Vater ermordet zu haben."

Am anderen Ende trat eine absolute Stille ein.

„Natürlich ist das reine Verleumdung", sagte ich, „und ich versuche herauszufinden, wer dahintersteckt. Elfrida scheint zur Zeit ihres achtzehnten Geburtstages zu dieser Meinung gelangt zu sein, aber im Januar 1948 war niemand mehr am Leben, der ihr eine so perverse Version der Tatsachen hätte unterbreiten können. Hast du selbst vielleicht irgendwelche unglückseligen Schlüsse gezogen? Hast du, ohne es mir mitzuteilen, den Zwillingen zu ihrem achtzehnten Geburtstag geschrieben –"

„Ich habe nichts dergleichen getan!"

Bevor sich meine Verwirrung vertiefte, erlebte ich einen Augenblick tiefster Erleichterung.

„Ich werde an Elfrida schreiben", sagte Emily bestimmt. „Ich bin über diese Angelegenheit sehr unglücklich. Haß ist so selbstzerstörerisch. Sie muß sehr unglücklich sein."

Dies war typisch Emily. Wie gewöhnlich hatte sie den Kern der Sache völlig verfehlt und sah nur die moralische Seite. Ich kümmerte mich nicht um die Konsequenzen eines Hasses. Es war mir sogar völlig gleichgültig, von Steve Sullivans drei jüngsten Kindern gehaßt zu werden. Was mich besorgte, war, daß Steve auch Scotts Vater gewesen war. Wenn jemand Elfrida eine neue Sicht der Vergangenheit eingeredet hatte – was würde sie davon abhalten, diese ihrem Bruder zu übermitteln? Und was würde Scott davon abhalten, ihr zu glauben und sich gegen mich zu wenden? Natürlich hatte ich Scott in der Vergangenheit mit meinen Ansichten erzogen, angenommen aber, er fände heraus . . . Ich schnitt jeglichen Gedanken an das, was Scott nicht herausfinden durfte, ab und wischte mir den Schweiß von der Stirn. „Emily, du verstehst nicht. Hör zu, Emily –"

„Ich verspreche dir, mein Bestes zu tun, Elfrida dazu zu bewegen, daß sie dir vergibt. Du magst in der Vergangenheit gefehlt haben, aber du hast dir Mühe gegeben, es wieder gutzumachen, und außerdem sollten wir unsere Mitmenschen nicht richten. Das muß man Gott überlassen."

Ich war so entsetzt, daß ich nicht einmal auflegen und mich von dem theologischen Blödsinn schützen konnte. „Was, zum Teufel, meinst du denn?"

Emily fing unbeirrt an, aus der Bibel zu zitieren. „Richtet nicht, auf daß ihr nicht gerichtet werdet –"

„Nein, nein, nicht das! Was meintest du, als du sagtest, ich habe in der Vergangenheit gefehlt? Um Gottes willen, hat jemand auch dich gegen mich eingenommen? Ich habe nicht gefehlt, Emily! Steve und ich haben uns schwer bekämpft, das gebe ich zu, aber er hat den Anstoß dazu gegeben! Meine Handlung war reine Selbstverteidigung!"

Die Überseeleitung summte.

„Emily!"

„Ja, Lieber."

„Also, was geht hier vor? Wer hat mit dir geredet? Wer hat mich verleumdet? Wer –"

„Wenn du so unschuldig bist – weshalb gerätst du denn dann in eine solche Panik?"

„Ich bin in keinerlei Panik! Ich bin nur . . . nun, um es ehrlich zu sagen, ich mache mir Sorgen wegen Scott. Ich möchte nicht, daß er durch Elfridas hysterische Beschuldigungen beunruhigt wird. Du weißt, wie gern ich ihn habe und wie gern er mich hat. Diese Geschichte könnte für uns beide sehr peinlich sein."

„Oh, um Scott mußt du dir keine Sorgen machen", sagte Emily und als ob sie spürte, daß diese Aussage einer Erklärung bedurfte, fügte sie nach einer kleinen Pause hinzu: „In deiner Beziehung mit Scott zeigst du dich von deiner besten Seite, Cornelius. Ich bin stolz darauf, wie du dich seiner angenommen hast, als er ein so schwieriger vierzehnjähriger Junge war. Du hast ihn mit dem größten Erfolg großgezogen, darauf kannst auch du stolz sein."

Scham ergriff mich so unerwartet und so gewaltsam, daß ich sprachlos war. Ich dachte: so hätten die Dinge sein sollen. Aber waren sie wirklich so? Und dann dachte ich mit schrecklicher, unerträglicher Klarheit: welch ein Chaos ich aus meinem persönlichen Leben gemacht habe, Herrgott, ich bin so unglücklich gewesen, Herrgott, ich bin so unglücklich –

Ich verdrängte diesen Gedanken, ließ die Jalousien vor meiner unerträglichen Gewissensnot herab, schaltete die Scheinwerfer meiner selbstbeschützenden Reflexe ein und bereitete mich darauf vor, mich wieder in der mit Stahl ausgeschlagenen Zelle einzunisten, die ich mir so sorgfältig in all den Jahren errichtet hatte.

„Ja, ich bin stolz darauf, wie ich Scott großgezogen habe", sagte ich. „Ich bin, ehrlich gesagt, auf meine gesamte Vergangenheit stolz. Ich habe nichts getan, dessen ich mich schämen müßte. Gott teilt die Karten des Lebens aus und man spielt sie, so gut man kann, das ist alles. Es ist nicht meine Schuld, wenn ich manchmal miese Karten hatte."

„Ja, Lieber", sagte Emily. Sie räusperte sich. „Grüße Sam und Vicky, ja? Und natürlich auch die kleinen Buben! Sag Vicky, daß ich es gar nicht erwarten kann, ein paar Bilder von Paul zu sehen! Ich hoffe, die Enttäuschung war nicht zu groß, daß es kein Mädchen war."

Ich machte mir nicht die Mühe, zu antworten. Wer könnte enttäuscht sein, zwei Söhne zu haben? Ich verabschiedete mich und legte auf, bevor mir klar wurde, daß ich noch immer keine Ahnung hatte, wer zu Elfrida über die Vergangenheit gesprochen haben konnte.

Ich konnte nicht aufhören, darüber nachzudenken. Ich durchdachte immer wieder jede Möglichkeit dieses Geheimnisses, bis meine Gedanken sich schließlich unvermeidlich auf Tony Sullivan konzentrierten; ich erinnerte mich daran, wie fest er darauf bestanden hatte, daß die Kinder die Wahrheit erfahren sollten.

Ich hatte Tonys Erziehung 1933 übernommen, zur gleichen Zeit, als ich auch Scotts Erziehung übernahm; aber Tony und ich hatten uns nie verstanden, und er war schließlich nach England abgesegelt, um mit der letzten Familie seines Vaters zu leben; Steve war damals schon tot, aber Dinah hatte Tony zusammen mit Alan und den drei kleineren Kindern auf Mallingham in Norfolk, wo ihre Familie seit Jahrhunderten gelebt hatte, ein neues Zuhause bereitet. Scott, der unbeirrt zu mir hielt, hatte sich mit Tony damals zerstritten, und nachdem Tony nach England ging, blieben die Brüder einander weiterhin entfremdet. Sie sahen sich nie wieder. Für mich war das natürlich eine große Erleichterung gewesen. Ich wußte, welche Art Geschichten Tony über mich erfahren haben mußte, sobald er sein neues Leben in Mallingham begann.

Ich fuhr fort, an Tony zu denken. Ich hatte keinerlei Emotionen. Die waren alle längst versiegt. Damals, 1931, hatte ich mich bei Tony mit Mumps angesteckt, mit dieser dummen Kinderkrankheit, die mein ganzes Leben beeinträchtigen sollte, und als ich erfahren hatte, daß ich unfruchtbar geworden war, konnte ich ihn nie wieder ansehen, ohne dessen eingedenk zu sein, nie wieder . . . Ich machte ihn nicht direkt verantwortlich – schließlich war es nicht seine Schuld –, aber ich mußte jedesmal daran denken. Er erinnerte mich daran. Außerdem sah er wie Steve aus. Auch das brachte Erinnerungen zurück. Er erinnerte mich an zu verdammt viel. Ich hatte das seltsame Gefühl, daß er dazu bestimmt war, dauernd schicksalhaft in mein Leben einzugreifen. Es ist eine selsame Tatsache, daß sich der Weg gewisser Menschen periodisch mit dem unseren kreuzt, manchmal mit vorteilhaftem Ergebnis, manchmal mit katastrophalem Nachspiel, und Tony Sullivan war für mich immer der Katalysator für irgendeine Katastrophe.

Als ich in dieser Nacht voll Sorge wach lag, dachte ich: irgendwie steckt Tony dahinter. Aber wie? Er ist 1944 gestorben. Oder nicht? Vielleicht hat er überlebt . . . Kriegsgefangener . . . Gedächtnisschwund . . . hat sich gerade erst wieder erholt . . . ist nach Mallingham zurückgekehrt . . .

Der Schlaf setzte diesen neurotischen Phantasien ein Ende, aber beim Erwachen am nächsten Morgen fing alles wieder von vorne an. Den ganzen Tag lang redete ich mir immer wieder ein:

die Vergangenheit ist tot. Die Vergangenheit kann mich nicht mehr berühren. Dann aber kam der große Knall.

Elfrida erschien persönlich im Savoy und verlangte, mich zu sprechen.

III.

Ich zog mich gerade zum Essen um. Sam und Vicky wollten mit uns an diesem Abend eine Show besuchen.

„Da ist eine Miß Sullivan im Foyer, Sir", sagte mein Helfer. „Sie möchte wissen, ob sie heraufkommen kann."

Ich öffnete den Mund um „nein" zu sagen, statt dessen stieß ich „Lassen Sie mich mit ihr sprechen" hervor. Ich mußte das Geheimnis ergründen, bevor ich England verließ. Es war alles recht schön und gut, wenn ich mir einredete, daß niemand etwas beweisen konnte und daß Scott immer eher mir als Elfrida glauben würde, aber im Grunde lief es doch darauf hinaus, daß ich nicht wollte, daß Scott sich unnötig aufregte. Ich nahm den Telefonhörer, den mein Helfer mir reichte, und sprach freundlich in die Muschel: „Ah, du bist's wieder! Ich hoffe, du spielst nicht immer noch Staatsanwalt! Wessen klagst du mich heute an?"

„Ich möchte über Mallingham sprechen", sagte Elfrida.

Dinah Slades vormaliges Haus war 1922 in Pauls Hände gelangt und war dann nach seinem Tod vier Jahre später an mich mitvererbt worden. Das Haus war eine ausgebrannte Ruine, aber der Grund und Boden gehörte mir noch immer. Ich hatte einen vagen Plan, das Grundstück der Gesellschaft für Denkmalschutz zu übergeben, da sie an der Gegend interessiert war, aber ich hatte mich bisher nie dazu aufraffen können, meinen Anwälten die notwendigen Anweisungen zu geben. Ich versuchte immer, nicht an Mallingham zu denken, da es mich unweigerlich an Steve und Dinah und eine ganze Reihe von Ereignissen erinnerte, die ich lieber vergessen hätte. Und ich wollte auch jetzt nicht daran erinnert werden.

„Schau, Elfrida, ich bin ein äußerst beschäftigter Mann und ich habe nicht die Zeit, mit dir die Vergangenheit durchzurechnen."

„Ich möchte über die Zukunft sprechen."

Ich nahm an, daß sie ihr altes Zuhause wiederhaben wollte. Zu meiner Erleichterung sah ich plötzlich, wie ich sie möglicherweise würde beruhigen und die Gefahr, die sie repräsentierte, würde abwenden können. „Okay, komm rauf", sagte ich und unterbrach abrupt die Verbindung.

IV.

Sie war ein großes Mädchen, schwerknochig und maskulin, ihr lockiges Haar sehr kurz geschnitten. Sie trug kein Make-up und ihre Kleidung war unvorteilhaft. Ihre Augen waren von einem strahlenden Hellblau.

Ich hatte zwei Tabletten gegen mein Asthma genommen und atmete ruhig. Ich hatte jeden aus der Suite entlassen, außer Alicia und ihre Zofe; ich konnte sie im Schlafzimmer miteinander reden hören, als ich in den Flur ging, um die Tür zu öffnen.

Elfrida war zwanzig Jahre alt. Sie hatte ihr Staatsexamen in Englisch an der Universität von Cambridge abgelegt und hatte nach einem weiteren Studienjahr ihr Lehrerdiplom erhalten, bevor sie sich um eine Stellung an einer Privatschule in der Nähe von Cambridge beworben hatte. Ihr Zwillingsbruder Edred unterrichtete Musik an derselben Schule, versuchte aber, laut Emily, eine Stellung in einem Orchester zu bekommen. Der jüngere Bruder, George, hatte sein letztes Jahr im Internat beendet und sollte im Frühling an einer der neueren englischen Universitäten sein Studium beginnen. Emily hatte mir erzählt, welches Studium er ergreifen wollte, aber ich hatte es vergessen. Ich wünschte, ich hätte all die englischen Sullivans vergessen können, zusammen mit ganz Europa und allem und jedem, was östlich vom Staate Maine lag.

Ich öffnete die Tür und lud Elfrida ein, hereinzukommen.

„Nun denn", sagte ich, während ich ihr ins Wohnzimmer voranging, sie dort aber nicht zum Sitzen aufforderte. „Ich muß gleich weg, aber ich kann wohl ein oder zwei Minuten für dich erübrigen. Du hättest dich vorher anmelden sollen. Also, worum dreht es sich? Möchtest du die Mallingham-Ländereien zurückhaben? Ich habe vorgehabt, sie der Gesellschaft für Denkmalschutz zu übergeben, aber wenn du willst, werde ich sie dir schenken. Ich hätte es schon früher angeboten, aber nachdem du und Edred euch absichtlich von mir losgesagt hattet –"

„Danke", sagte Elfrida höflich, „ich nehme das Angebot an. Und während du schon dabei bist, kannst du mir auch gleich einen Scheck über eine Million Dollar ausstellen."

Das erschütterte mich nun doch. Das war nicht einfach eine Geldforderung; an solche Forderungen von Bedürftigen war ich gewöhnt. Es war auch nicht einfach die horrende Summe, um die es sich hier handelte; ich war mir durchaus im klaren, daß arme Leute oft völlig unrealistisch in ihren Anforderungen sind. Was mich schockierte, war die angedeutete Erpressung, der Hinweis, daß ich ihr eine riesige Summe Geld schulde, um sie für einen großen Verlust zu kompensieren. Was mich schockierte, war die begrabene Vergangenheit, die aus ihrem versiegelten Sarg hervorbarst und bizarrerweise sich zu wiederholen drohte. Ihre Mutter, Dinah Slade, hatte einst zehntausend Pfund von meinem Großonkel, Paul Van Zale, verlangt.

„Eine Million Dollar?" sagte ich. Ich wußte, ich hätte lachen und ausrufen sollen: „Das kannst du doch nicht ernst meinen!" aber ich konnte nichts weiter sagen als: „Wovon, zum Teufel, redest du denn?"

„Ich möchte eine Schule aufmachen", sagte Elfrida, noch immer ein Bild ernsten Selbstvertrauens. „Ich habe beschlossen, Mallingham Hail wieder aufzubauen, es so gut wie möglich zu restaurieren und ein Mädcheninternat daraus zu machen. Ich werde es nach meiner Mutter nennen. Sie war sehr an der Erziehung von Frauen interessiert."

„Aha." Ich hatte mich wieder im Griff. „Äußerst erstrebenswert!" Es klang zu seidenweich, zu unaufrichtig. Ich suchte nach einem besseren Tonfall, nach einem ausgeglicheneren Tonfall, nach einem Tonfall der Menschenliebe, die gern wohltätige Pläne unterstützt. „Nun", sagte ich milde, „ich bin, wie du weißt, ein wohltätiger Mann, der seit Jahren einen gewissen Teil seines Vermögens für erzieherische Zwecke beiseite gelegt hat. Ich sehe keinen Grund, weshalb ich dir nicht helfen sollte, aber wir müssen dieses Projekt natürlich auf intelligente Weise angehen. Ich kann mich nicht einfach hinsetzen und dir einen Scheck über eine völlig exzessive Summe ausschreiben."

„Du schuldest mir jeden Cent davon!"

„Das glaube ich nicht", sagte ich, noch immer sehr milde. „Ich habe mein Bestes für dich getan, als du zur Waisin wurdest, und bin trotz deiner Bemühungen, mich jetzt zu beleidigen, noch immer bereit, mein Bestes für dich zu tun, indem ich dich mit den Londoner Van-Zale-Rechtsanwälten und mit meinem Erziehungsfonds in New York in Verbindung setzen werde."

Eine Pause trat ein. Ich kalkulierte schnell. Natürlich würde ich alles von der Steuer abziehen können. Meine Steuerberater würden hocherfreut sein und ich nicht minder. Der Nettoverlust für mich wäre minimal, und ich würde die Genugtuung haben, die gefährlichste der englischen Sullivan durch christliche Wohltätigkeit zum Schweigen gebracht zu haben. Selbst Emily würde meine Handlung gutheißen.

Elfrida schaute mich mißtrauisch an. Trotz ihrer Unerfahrenheit in weltlichen Angelegenheiten war dieses Mädchen offensichtlich kein Narr. „Ich möchte all das schriftlich haben", sagte sie.

„Natürlich – unter der Bedingung, daß du aufhörst, Krethi und Plethi zu erzählen, ich hätte deinen Vater umgebracht. Sollte ich je erfahren, daß du dich erneut so unverantwortlich benimmst, dann werde ich meine finanzielle Unterstützung sofort einstellen."

Sie warf mir einen Blick zu, der mich an ihren Vater erinnerte. Er war eine Mischung von Amüsiertheit und Spott, ebenso wie Ironie und Verachtung. „Gib mir das Geld", sagte sie, „und erspare mir die Zurschaustellung deiner Schuldgefühle."

Ich lachte. Ich produzierte mein strahlendstes Lächeln. „Aber natürlich kannst du das Geld haben! Ich gebe es dir gern! Ich wollte nur sichergehen, daß wir einander verstehen. Ich bin wirklich nicht ein solches Ungeheuer, wie du glaubst! Und da wir schon einmal beim Thema sind . . . wer hat dir eigentlich einzureden versucht, daß ich für den Tod deines Vaters verantwortlich bin?"

Elfrida warf den Kopf in den Nacken. Ich konnte mir ihren Gesichtsausdruck nicht erklären. Sie sah zutiefst verwirrt aus. „Tu doch nicht so, als ob du es nicht wüßtest!" sagte sie automatisch.

Ich sah deutlich ein Desaster voraus. Mein Gesicht behielt

seinen passiven Ausdruck bei, aber meine Hände verkrampften sich hinter meinem Rücken. „Natürlich weiß ich es nicht! Wenn ich es wüßte, würde ich das Schwein wegen Verleumdung vor Gericht stellen!“

„Einen toten Mann kannst du nicht verklagen.“

Ich starrte sie an. Sie starrte zurück, noch immer skeptisch ob meiner Unwissenheit, aber schließlich riß sie ihre Handtasche auf und zog einen zerfledderten Briefumschlag hervor.

„Ich habe den Brief mitgebracht“, sagte sie, „aber ich nahm kaum an, daß ich dich an seine Existenz würde erinnern müssen.“

Ich wußte, daß ich mich am Rande eines grauenhaften Abgrundes befand und ich wußte ebenso, daß ich nichts tun konnte, um mich vor dem Absturz zu bewahren. Ich fuhr fort, sie anzustarren. Dann stellte ich fest, daß ich den Brief anstarrte. Der Schmerz der Anspannung stach in meinen Lungen.

„Du kannst mir doch nicht erzählen, daß dir bis jetzt noch niemand Tonys Brief gezeigt hat!“ stieß Elfrida ungläubig hervor. „Du kannst mir nicht erzählen, daß niemand dich bisher damit konfrontiert und eine Erklärung verlangt hat!“

„Tony“, sagte ich. „Ja. Ich wußte, daß er es war. Es mußte Tony sein, immer Tony . . . Tony hat einen Brief geschrieben?“

„Er hat ihn 1944 geschrieben, kurz bevor er in die Normandie abreiste. Alan war gefallen, und Tony wollte ganz sichergehen, daß Edred, George und ich nicht in Unwissenheit über den Tod unserer Eltern belassen würden, sollte auch ihm etwas zustoßen.“

„1944. Er schrieb den Brief 1944.“

„Ja. Er hat ihn getippt und zwei Kopien gemacht.“

„Kopien? Sagtest du Kopien?“

„Ja, er hat alle drei Briefe in separate Briefumschläge gesteckt und sie dann bei dem Anwalt meiner Mutter in Norwich hinterlegt mit der Anweisung, daß das Original dort verbleiben sollte, bis Edred und ich achtzehn Jahre alt wären. Hast du dich nie gefragt, weshalb du nach dem Januar 1948 nie wieder etwas von uns gehört hast? Damals erhielten wir Tonys Brief.“

„Und die beiden Kopien –“

„– wurden gleich nach Tonys Tod 1944 nach Amerika geschickt. Eine ging an Emily. Tony fühlte sich schuldig, daß er von ihr weggegangen war, um auf Mallingham zu leben, und er fand, er schulde ihr eine Erklärung, weshalb er sich so völlig von dir abgewandt hatte. Und die zweite Kopie ging natürlich an –"

„Scott", sagte ich.

„An wen sonst?" fragte Elfrida.

V.

Ich atmete sehr vorsichtig, aus – ein, aus – ein, aus – ein. Ich mußte mich auf meine Atmung konzentrieren. Ich konnte mir keine Asthmaszene leisten. Aus – ein, aus – ein.

„Tony wollte, daß auch Scott über alles Bescheid wisse", sagte Elfrida. „Es bedrückte ihn, daß sie einander entfremdet worden waren, und er hoffte, daß Scott schließlich die ganze Wahrheit glauben würde, wenn er die Geschichte aus einem posthumen Brief erführe. Natürlich hatte Tony geplant, Scott nach dem Krieg aufzusuchen, um ihn schließlich doch noch überzeugen zu können, aber er ging kein Risiko ein. Dieser Brief war seine Versicherung, daß die Wahrheit überleben würde."

Ich konnte nicht an Scott denken. Ich wollte schon, aber ich wußte, daß es mich zu sehr aufregen würde. Ich wollte Elfrida bitten, nicht weiterzusprechen, traute mich aber nicht, auch nur irgend etwas zu sagen. Ich mußte warten. Ich durfte nichts tun, um den Rhythmus meiner Atmung zu stören. Sollte ich es wagen, die Hand auszustrecken oder würde sich selbst diese kleine physische Anstrengung als fatal erweisen? Ein – aus, ein – aus. Nein, ich mußte es riskieren. Ich mußte alles wissen.

Ich streckte meine Hand aus. Sie gab mir den Brief. Einen Augenblick stand ich da und hörte meiner mühsamen Atmung zu, dann setzte ich mich, öffnete den Briefumschlag und begab mich auf die Rutschbahn, die in die Vergangenheit führte.

VI.

Ich las den Brief. Es war so schwierig, danach etwas zu sagen. Ich wußte im Inneren genau, wie mir zumute war, aber es war so schwierig, die richtigen Worte zu finden, um mich auszudrücken.

Da ich kein Intellektueller bin, sind mir die Tricks nicht geläufig, mit metaphysischen Abstraktionen umzugehen, als wären sie greifbare Tatsachen. Die Sprache der Philosophie ist mir fremd, und obwohl ich wie jeder Mann, der eine religiöse Erziehung genossen hat, fließend über Moral sprechen kann, fiel mir jetzt auf, daß auch diese Sprache mir fremd war, daß meine Geläufigkeit nach Papageienart gelernt und nutzlos in einer derartigen Auseinandersetzung war. Außerdem hatte ich intellektuellen Auseinandersetzungen immer mißtraut. Sie verschleierten lediglich die Realitäten. Es war praktischer, eine Situation in krassem Schwarzweiß zu sehen, ohne weitere Farben, die die Angelegenheit nur verwirrten. Auf diese Art traf man bessere Entscheidungen. Und wenn man im Leben vorankommen und erfolgreich sein wollte, dann mußte man gute Entscheidungen treffen.

Aber nun benutzte jemand anderer meine Technik gegen mich. Tony Sullivan sah die Vergangenheit in Schwarzweiß, aber sein Weiß war mein Schwarz und sein Schwarz war mein Weiß, also war seine Ansicht über die Vergangenheit genau konträr der meinen. Ich wollte das dem Mädchen mir gegenüber erklären, aber ich wußte, daß das nicht ausreichen würde; ich mußte ihr verständlich machen, daß Tonys Landschaftsbild, bar jeder Farbe, selbst Grau oder Beige fehlten, daß dieses Landschaftsbild ebenso ungültig war wie mein eigener, stilisierter Eindruck der Vergangenheit, der mich so lange zufriedengestellt hatte. Aber die Wahrheit war ein so abstraktes Thema, und ich war unfähig auszudrücken, was ich übermitteln wollte.

Ich dachte plötzlich an Kevins Bemerkung, als wir darüber sprachen, weshalb sich die Menschen hinter Masken verbargen: „Ich glaube, es ist deswegen, weil das Leben so phantastisch kompliziert ist . . .“

„Das Leben ist so kompliziert“, sagte ich schließlich, „so verwirrend. Jeder sieht die Wahrheit anders. Die Wahrheit hat unterschiedliche Bedeutung für die unterschiedlichen Menschen. Augenzeugen können die gleichen Vorgänge unterschiedlich wiedergeben. Ich respektiere Tonys Ansicht, da sie offensichtlich aufrichtig ist, aber was er in diesem Brief schreibt, ist einfach nicht die ganze Geschichte.“

„Oh?“ sagte das Mädchen bitter. „Bestreitest du etwa, daß du so von der Macht besessen warst, daß du alles in deinen Kräften

Stehende tatest, um die Karriere meines Vaters zu zerstören und das Leben meiner Mutter zu ruinieren?"

Ich hütete mich, eine brutale Antwort zurückzuschleudern. Statt dessen dachte ich nach und kämpfte wieder um die richtigen Worte, um Worte, die der Wahrheit am nächsten kämen. „Ich glaube nicht", sagte ich schließlich langsam, „daß ich mehr von der Macht besessen war als dein Vater. Vielleicht komme ich der Wahrheit am nächsten, wenn ich sage, daß Macht für mich wichtiger und notwendiger war als für ihn. Er war ein großer, zäher Bursche mit einer anziehenden Persönlichkeit, und er brauchte im Grunde gar keine Macht, es machte ihm nur Spaß, sie zu haben. Siehst du, er hatte andere Wege, um die Leute auf sich aufmerksam zu machen. Für ihn war Macht nicht die einzige Art, sich auszudrücken."

„Sich auszudrücken?" Sie schaute mich an, als ob ich verrückt geworden sei. Vielleicht war es so. Abermals wünschte ich, all diese abstrakten Ideen besser formulieren zu können. Ich wünschte, ich könnte auf ein paar harte Tatsachen zurückzugreifen, aber es gab nur die Wahrheit, schlüpfrig und schattenhaft, und ich wußte, daß ich mich diesmal stellen mußte, statt mich hinter ein Schild aus bequemen Klischees zurückzuziehen. Ich dachte an diese Klischees – „Ich tat, was ich tun mußte", „Man hat mehr gegen mich gesündigt, als ich selbst gesündigt habe", „Ich halte es für meine moralische Verpflichtung . . ." –, die bekannten Phrasen, normalerweise so tröstend, hallten leer in meinem Kopf wider, und ich war plötzlich sehr, sehr müde. Ich hatte ein solches Verlangen, mich in meine bekannte schwarzweiße Welt zurückzuziehen, aber da war der Brief, meine schwarzweiße Welt war auf den Kopf gestellt, die Anklagen füllten eine Zeile nach der anderen . . .

„Cornelius hat Dad gezwungen, Van Zale zu verlassen, aber das war noch nicht genug . . . hat ihn gejagt . . . hat versucht, sein neues Geschäft zu ruinieren . . . Gerüchte über Dads Trunksucht wurden auf beiden Seiten des Atlantiks verbreitet . . . Sam Keller fälschte eine Fotografie . . . Dad wußte, daß er am Ende war . . . er fuhr sein Auto . . . eine leere Straße . . . selbst dann hat Cornelius Dinah noch nicht in Frieden gelassen . . . hat sie verfolgt . . . aber sie hielt ihn zum Narren . . . sie hat gewonnen –"

Sie hat gewonnen.

„Geh jetzt, bitte", sagte ich zu Elfrida.

„Aber hast du denn nichts weiter zu sagen?" fragte sie mit zitternder Stimme. „Nichts?"

„Was könnte ich sonst noch sagen? Ich könnte fünf Stunden damit zubringen, dir meine Lebensgeschichte zu erzählen und meine Handlungsweise zu erklären versuchen, aber was würde ich damit schon erreichen? Du hast kein Interesse an mir, noch an dem, was wirklich damals in den dreißiger Jahren vorgefallen ist. Du bist hauptsächlich an dir selbst interessiert. Du versuchst, den Schmerz über den Tod deiner Eltern zu betäuben, indem du jemanden dafür verantwortlich machst, und mir ist diese Rolle natürlich auf den Leib geschnitten. Okay, nur zu. Halte mich für verantwortlich. Ich gebe nicht vor, ein Heiliger zu sein. Ich gebe nicht vor, nicht Dinge getan zu haben, die ich hinterher bereute oder keine Fehler gemacht zu haben. Aber macht mich das zu einem Ungeheuer? Mitnichten, verdammt noch mal. Es macht mich zu einem menschlichen Wesen, und wenn du ein bißchen älter und um einen Großteil weiser geworden bist, dann wirst du vielleicht eines Tages den Schimmer einer Ahnung haben, welche Hölle dein Vater mir immer wieder durch seine Sticheleien und seinen Spott und – aber nein, ich werde nichts weiter sagen. Bis hierher und nicht weiter. Nichts von dem, was ich jetzt sage, kann etwas an der Vergangenheit ändern, weshalb sollte man also weiter darüber diskutieren? Die Vergangenheit ist vorbei und erledigt."

„Aber wir alle müssen damit leben", sagte Elfrida. „Die Vergangenheit ist niemals vorüber. Die Vergangenheit ist gegenwärtig."

„Diese Aussage ist unrealistisch", sagte ich zu laut. Ich glaube, ich war sehr aufgewühlt. Meine Brust schmerzte. Ich wußte, daß ich dem Zusammenbruch nahe war. „Diese Behauptung ist eine intellektuelle Einbildung. Diese Behauptung", sagte ich, „ diese Behauptung . . . ist nicht . . . akzeptabel für mich, weder jetzt . . . noch in der Zukunft."

Ich verließ sie. Ich hatte keine Wahl. Irgendwie gelangte ich in das nächstliegende Badezimmer, wo ich mich auf den Rand der Badewanne setzte. Ich rang nach Luft, keuchend und schwitzend, aber ich blieb ruhig und konzentrierte mich völlig darauf, den erstickenden Druck in meiner Brust zu lösen. Nach einer Weile glaubte ich, mich auf dem Wege der Besserung zu befinden. Meine Atmung wurde regelmäßiger und der Schmerz ließ nach. Schließlich konnte ich mich sogar bewegen. Ich zog mich an der Handtuchstange hoch, blieb einen Augenblick stehen, um mich zu versichern, daß ich keinen Rückfall erleiden würde, und ging dann sehr langsam ins Wohnzimmer zurück.

Elfrida war gegangen. Alicia, elegant für den Abend gekleidet, saß vor dem Fernsehapparat und wartete auf mich.

„Cornelius, bist du krank?“ fragte sie, sobald sie mir ins Gesicht blickte.

„Mein Asthma. Glaube nicht, daß ich es heute abend schaffen werde. Sag Sam und Vicky, daß es mir sehr leid tut.“

„Ist es wegen Elfrida? Ich hörte, wie ihr einander angeschrien habt und fragte mich –“

„Ich möchte nicht darüber sprechen.“

Sie stand schweigend da, ihre behandschuhten Hände umfaßten ihr schmuckbesetztes Abendtäschchen, und ich sehnte mich so sehr nach ihr, obwohl ich wußte, daß sie für mich außer Reichweite war.

„Kevin hatte recht“, sagte ich mehr zu mir selbst als zu ihr. „Zu versuchen, die Menschen zu erreichen . . . so schwierig . . . aber niemand will allein sein. Allein sein ist wie tot sein. Alicia –“

„Ja?“ Sie war jetzt blaß vor Sorge, beunruhigt durch mein offensichtliches Unwohlsein. Ich sah, wie sie den mit Schmuck besetzten Riemen ihrer Handtasche in den Fingern drehte.

„Erinnerst du dich, letzte Woche . . . in der Zeitung . . . der Artikel über den Tod des letzten Stuyvesant?“

Sie war offensichtlich verwirrt, gab sich aber Mühe, auf mich einzugehen. „Ja – der arme alte Mann! Er war der Letzte einer so berühmten, alten New Yorker Familie und hatte seit Jahren völlig zurückgezogen gelebt. Es war alles ziemlich traurig, nicht wahr?“

„Er ist allein gestorben“, sagte ich. „Einer der reichsten Männer in New York . . . ganz allein in seinem Palast in der Fifth Avenue . . . und er ist allein gestorben.“

„Cornelius, setz dich hin. Ich werde sofort einen Arzt rufen. Hast du deine Arznei, oder ist sie im Badezimmer?“

„Er war vollkommen isoliert", sagte ich. „Er hatte keinerlei Verbindung zu irgend jemandem . . . keinerlei Verbindung . . . Verstehst du, alles ist eine Frage der Kommunikation. Ich muß Macht haben, ich muß Umgang haben, wie kann ich ohne Macht kommunizieren? Niemand würde von mir Notiz nehmen . . . Steve Sullivan . . . hat nie von mir Notiz genommen . . . aber ich habe ihn dazu gezwungen. Ich habe mich durchgesetzt. Der einzige Weg . . . für jemanden wie mich . . . aber warum funktioniert es denn nicht besser? Weshalb bin ich so isoliert? Alicia, hörst du mich? Hörst du, was ich sage?"

„Ja, Lieber, aber sprich jetzt nicht weiter. Es ist so schlecht für dich, wenn deine Atmung so angestrengt ist . . . Hallo? Ich möchte sofort einen Arzt kommen lassen. Es ist dringend."

„Alicia, du hörst nicht zu. Alicia, du mußt mir zuhören. Alicia –" Meine Atmung setzte aus. Das eiserne Band schloß sich um meine Brust, und das letzte, was ich sah, bevor ich das Bewußtsein verlor, war, wie Alicia mir entgegeneilte und sich unheimlicherweise gleichzeitig von mir entfernte.

VII.

Als ich mich später erholte, war mir die Erinnerung an diese Szene peinlich, aber glücklicherweise mußte die Angelegenheit Alicia genauso peinlich gewesen sein, denn sie erwähnte nie wieder etwas davon. Über den Letzten der Stuyvesants daherzuquatschen, mich ewig über Kommunikation auszulassen – ich schauderte bei der Erinnerung an mein verrücktes Betragen und beschloß, daß ich durch den Schock vorübergehend den Verstand verloren haben mußte. Ich stand noch immer unter dem Eindruck von Elfridas Eröffnungen, war aber fest entschlossen, nicht darüber nachzudenken, während ich so krank war. Das Wichtigste war offensichtlich, mich zu einem stabilen Gesundheitszustand zurückzukämpfen.

Ich mußte ins Krankenhaus eingewiesen werden. Seit meiner Kindheit war ich nicht wegen meines Asthmas im Krankenhaus gewesen und ich hatte vergessen, wie sehr ich Kliniken verabscheute.

„Hol mich hier raus!" sagte ich zu Alicia, sobald ich es wagte, kostbaren Atem an ein Gespräch zu verschwenden. „Laß mich dieses Land verlassen! Mach, daß ich von hier wegkomme!"

Wir reisten Anfang September ab, verkürzten unseren Urlaub, und sobald Europa am Horizont verschwand, fühlte ich mich besser. Jetzt lag ich nicht mehr nachts wach voll Sorge um meinen nächsten Atemzug. Statt dessen konnte ich es mir nun gestatten, über das schreckliche Gespräch mit Elfrida zu brüten. Und jetzt hatte ich schließlich keine andere Wahl, als mich mit dem Rätsel, das Scott hieß, auseinanderzusetzen.

Ich konnte mir nicht vorstellen, weshalb Scott mich nie mit Tonys Brief konfrontiert hatte. In Emilys Fall sah die Sache anders aus. Ich wußte genau, weshalb Emily mir den Brief nie gezeigt hatte. Sie hatte sich zu sehr geschämt. Sie hatte, was sie predigte, so gut sie konnte, in die Praxis umgesetzt und mir verziehen, aber ich sah nun, weshalb sie von mir weg nach Velletria gezogen war, und ich verstand, weshalb wir uns immer so wenig zu sagen hatten, wenn wir zusammentrafen.

Emilys Verhalten konnte ich mir leicht erklären.

Scott aber blieb ein Rätsel.

Ich dachte an Scott mit seinem eingestandenen Interesse an Gerechtigkeit, ein Ritter der Neuzeit auf der Suche nach einem geheimnisvollen Heiligen Gral, den er nie präzise definiert hatte, und je mehr ich an ihn dachte, um so klarer sah ich ihn vor mir: der gescheite, zähe, tüchtige Scott, immer so interessiert, der freundliche, gesellige, respektvolle Scott, immer ein solcher Trost für mich – immer da, wenn ich ihn brauchte – das perfekte Mittel gegen Isoliertheit . . .

Ich dachte: ich werde mich natürlich seiner entledigen müssen. Nach all dem Vorgefallenen wäre ich wahnsinnig, würde ich es nicht tun.

VIII.

„Hi, Cornelius!" rief Scott eine Woche später. „Wie geht es dir?"

Ich bemerkte sofort, wie fit und entspannt er aussah. Er trug einen hellen Sommeranzug, der herrschenden Septemberhitze angemessen, und die Farbe unterstrich seine Bräune. Seine schwarzen Augen blitzten.

„Es geht mir ausgezeichnet", sagte ich. „Wie war dein Urlaub?"

„Wunderbar!" Scott war immer sehr verschwiegen über seine Ferien, und ich hegte den Verdacht, daß er sie damit verbrachte, so ausgiebig wie möglich den Wonnen des Fleisches zu frönen. „Ich habe ein Schiff nach Alaska genommen. Mensch, du solltest einmal die Innere Passage sehen!"

„Hm."

„Und wie waren deine Ferien, Cornelius? Ich hörte, daß du sie hast abkürzen müssen."

„Die englische Luft ist meinem Asthma nicht bekommen."

„Welch ein Jammer! Das tut mir leid."

„Ja, es war schade . . . Übrigens, ich habe deine Halbschwester in London getroffen. Hast du in letzter Zeit von ihr gehört?"

„Nein, wir schreiben uns nur zu Weihnachten. Wie geht es ihr? Du siehst so ernst aus! Ich will nicht hoffen, daß etwas nicht in Ordnung ist."

„Ganz im Gegenteil. Elfrida und ich planen ein neues Projekt. Sie möchte eine Schule auf Mallingham aufmachen, zum Andenken an ihre Mutter. Ich stifte das Grundstück und werde sie durch den Van-Zale-Erziehungsfonds finanziell unterstützen."

„Welch eine großartige Idee! Wie nett, daß ihr beide euch auf der Ebene getroffen habt!"

„Ja . . . Aber Elfrida scheint der Ansicht zu sein, daß sie mir eine Art von Wiedergutmachung abgenötigt habe."

„Wirklich?" Dies schien Scott aufrichtig zu amüsieren. Er lachte sogar. „Wie naiv!"

„Was meinst du damit?"

„Nun, es wird dich keinen Cent kosten, nicht wahr? Du kannst alles von der Steuer abziehen."

Ich erhob mich wortlos und ging in die andere Hälfte des Raumes. Es war in meinem Büro. Draußen brannte die Sonne auf den Innenhof, aber die Klimaanlage machte das Zimmer kühl wie eine Eisbox. Ich ging zum Kamin, um die Digitaluhr zu untersuchen, bevor ich zum Kamin bei meinem Schreibtisch zurückging, um den Kandinsky anzustarren. Scott schien unerschüttert zu sein, obwohl es inzwischen ziemlich offensichtlich war, daß etwas mit mir nicht stimmte. Dieses Gespräch, voll angespanntem Schweigen und unausgedrückten Kommentaren, war weit entfernt von unseren gewohnten, entspannten Unterhaltungen.

Ich drehte mich um und blickte ihn an. Er hob fragend die Brauen und lächelte mir zu. „Was ist los?“ fragte er mit der natürlichsten Stimme, die man sich hätte vorstellen können. Er mußte eiserne Nerven haben.

Ich sagte abrupt: „Elfrida hat mir Tonys Brief gezeigt.“

„Oh, ja?“ sagte Scott freundlich. „Ich habe mich immer gefragt, wann das alte Skelett aus dem Schrank krabbeln würde. Ich habe Emily damals vorgeschlagen, dir den Brief zu zeigen, aber sie wollte nichts davon hören, und aus Respekt für sie habe ich dann nichts weiter unternommen. Sie schien zu glauben, es würde dich aufregen. Weshalb, kann ich mir nicht vorstellen. Es war dir ja sicher durchaus klar, daß Tony dich nicht ausstehen konnte, und ich bezweifelte nicht, daß dich seine Version der Vergangenheit weder erstaunen noch stören würde. Ich hoffe, daß ich mich nicht geirrt habe.“

Ich antwortete nicht sofort. Ich war zu überwältigt vor Bewunderung für die Art, auf die er das Gespräch führte. Aber vielleicht hatte er seine Antwort seit Jahren vorbereitet gehabt. Die Chance, daß ich den Brief irgendwann zu Gesicht bekommen würde, hatte immer bestanden.

Ich glaubte, daß ich es noch nicht wagen dürfe, mich erleichtert zu fühlen. Noch nicht. Nicht, bis ich hundertprozentig sicher sein konnte, daß Erleichterung gerechtfertigt sei.

Eine Pause trat ein. Dann sagte ich: „Wie legst du den Brief aus?“

„Er ist für mich ohne besondere Bedeutung“, sagte Scott, als besprächen wir einen etwas minderwertigen Artikel in der New Yorker Times. „Gleich Elfridas Versuch, eine Wiedergutmachung zu erpressen, kam der Brief mir naiv vor.“

„Oh?“

„Aber natürlich! Komm, Cornelius, ich bin kein Baby und ich weiß, wie der Hase läuft. Du und mein Vater haben einen Machtkampf ausgetragen. So was kommt im Geschäftsleben sehr häufig vor. Du hast gewonnen. Ich bin mir eigentlich sicher, daß mein Vater den gleichen Fehler beging, den schon so viele Leute in der Vergangenheit gemacht haben: er unterschätzte dich. Das ist hart. Pech, Dad, aber du hättest wirklich schlauer sein sollen.

Was also tut mein Vater als nächstes, um sein Vermögen wiederherzustellen? Er geht nach England. Dann hat er eine wunderbare Gelegenheit, ein großes Comeback zu haben, aber macht er das Beste daraus? Nein, das tut er keineswegs. Er wirft all seine Chancen weg, weil er nicht ohne die Pulle auskommen kann. Er stirbt. Auch das ist hart, aber Alkoholiker sterben immer, gewöhnlich eher früher als später. Du verbleibst, gesund und munter und in vollem Kommando in der Willow Street eins. Erwarte ich, daß du ein Heiliger bist? Keineswegs. Heilige sitzen nicht im Stuhl des Seniorpartners in der Willow Street Nummer eins. Du bist ein mächtiger, gefährlicher und skrupelloser Despot; und jeder, der hier arbeitet und das nicht weiß, muß eine Art von geistigem Defekt haben. Ich habe keinen geistigen Defekt. Ich – soll ich weitermachen? Ich möchte dich nicht langweilen, indem ich all das ganz unnötigerweise ausspreche, aber in den gegebenen Umständen –"

„Sprich weiter." Ich konnte nicht länger stehen. Ich war zu schwach vor Erleichterung. Ich setzte mich ziemlich überraschend auf den Stuhl des Seniorpartners. „Du sagtest, du habest keinen geistigen Defekt –"

„Ich habe keinen geistigen Defekt. Wie du weißt, bin ich ehrgeizig, und du weißt auch, daß ich im Bankgeschäft an die Spitze gelangen möchte und zur Erreichung dieses Ziels keine Chance ungenutzt lassen werde. All das muß dir inzwischen sonnenklar geworden sein, weshalb sollte ich es also ableugnen? Und weshalb solltest du dir die Mühe machen, nervös zu werden, wenn du schon von jeher totale Kontrolle über meine Karriere bei Van Zale hattest und sie auch weiterhin immer haben wirst?"

„Ja, weshalb auch?" Ich wußte kaum, was ich sagte. Die Erleichterung war so ungeheuer, daß ich mich sogar voll Entsetzen fragte, ob ich gleich in Tränen ausbrechen würde.

„Ich frage dich also", fuhr Scott fort, „was es mit diesem gottverdammten Brief eigentlich auf sich haben soll? Vielleicht hat es Tony Spaß gemacht, dich als eine Art von Drakula in modernem Kostüm darzustellen, aber es ist mir, ehrlich gesagt, scheißegal. Ich habe genausowenig Interesse daran, wie du sein könntest – ein moderner Drakula –, wie daran, wie du sein solltest – ein goldhaariger Engel mit einem Heiligenschein und Flügeln. Mich interessiert nur, wie du wirklich bist. Und weißt du, weshalb mich nur interessiert, wie du wirklich bist, Cornelius?“

„Sag es mir.“ Ich wurde jede Sekunde stärker. Ich brachte es sogar fertig, ihn anzulächeln.

„Ich interessiere mich dafür, wie du wirklich bist, weil du mein Chef bist und die Schlüssel meiner Zukunft in der Hand hältst – und glaube mir, Cornelius, ich bin nur an der Zukunft interessiert. Warum sollte ich mich wegen Dingen, die in der Vergangenheit entweder passiert oder nicht passiert sind, ans Kreuz nageln? Was könnte mir das schon nützen? Du hast mir beigebracht, pragmatisch zu überleben, Cornelius! Schau mich an und gratuliere dir dazu, wie ich mich entwickelt habe!“

Ich konnte mich vor Lachen nicht mehr halten. Auch er lachte, und ich fühlte mich auf einmal wieder so glücklich, als ob ich einen verlorengegangenen Sack Gold nach langer, quälender Suche wiedergefunden hatte. Meine Einsamkeit und mein Elend löste sich abrupt in nichts auf. Ich wünschte nur, daß wir zu Hause wären, wo wir eine Partie Schach hätten spielen und uns, wie gewöhnlich, über die Ewigkeit hätten unterhalten können.

„Ich habe dich also nach meinem Bilde geformt, Scott?“ sagte ich humorvoll. „Mächtig, gefährlich und ohne Skrupel – waren das nicht die Worte, die du gebrauchtest?“

„Genau!“

„Das macht mir Angst! Ich bin nicht sicher, ob mir das gefällt!“

„Aber natürlich gefällt es dir! Du würdest es gar nicht anders haben wollen!“

Wir lachten erneut, und all meine Befürchtungen erschienen so irrational, so irrelevant in Anbetracht der Zuneigung, die zwischen uns bestand. Ich mußte in England doch noch weitaus mehr durcheinander gewesen sein, als ich zunächst angenommen hatte. Ich war offensichtlich nicht ganz bei Sinnen gewesen. Dies war nach wie vor mein Junge, der nichts mit Steve zu tun hatte, und die Vergangenheit war vollständig versiegelt, wie es sich gehörte.

„Ich sollte mich natürlich deiner entledigen!“ sagte ich und dachte, wie lächerlich diese Idee doch klang, sobald sie laut ausgesprochen wurde.

„Nun, das wäre recht ärgerlich“, sagte Scott offen, „und ich schäme mich nicht, zuzugeben, daß mich das sehr verletzen würde, aber ich habe, wie ich schon sagte, großes Talent zum Überleben und ich würde wohl ohne große Schwierigkeiten woanders einen Spitzenjob bekommen.“

„Zum Teufel, ich werde doch meinen besten Mann nicht gehenlassen!“

„Gottlob. Einen Augenblick lang hast du mir Angst gemacht. Ich dachte schon, du wolltest mich in Stücke schneiden, um mich den Tauben im Hof vorzuwerfen.“

„Das würde ich nie tun. Dazu sind mir die Tauben zu lieb. Sag, Scott, apropos Vögel – wie hieß der Bursche, der über die Spatzen in der erleuchteten Halle geschrieben hat?“

„Bede.“

„Komm heute abend in die Fifth Avenue und erzähle mir mehr von ihm. Ich besorge Coke und staube dein Lieblingsschachspiel ab.“

Scott sagte, er freue sich darauf.

Als ich später allein war, saß ich eine Zeitlang hinter meinem Schreibtisch, kritzelte auf dem Löschpapier herum und überblickte die Situation mit einem kühlen, rationellen Auge. Mein letzter Gedanke, bevor ich den Knopf drückte, um meine Sekretärin hereinzurufen, war: ja, ich vertraue ihm. Aber ich sollte es nicht tun.

FÜNFTES KAPITEL

I.

Ich sah Emily bis zum folgenden Frühling nicht wieder. Gewöhnlich verbrachte sie Thanksgiving mit uns, aber in diesem Jahr wurde sie durch eine leichte Erkrankung in Velletria festgehalten, und obwohl ich sie erneut für Weihnachten einlud, erklärte sie, daß sie verpflichtet sei, eine große Party im dortigen Waisenhaus zu organisieren. Ihre älteste Tochter Rose hatte ihr Abschlußexamen auf Wellesley hinter sich gebracht und half

Emily bei ihren guten Werken, während sie sich überlegte, was sie mit sich anfangen sollte. Lori, die offen zugab, daß gute Werke „sie zu Tode langweilten“, hatte nach dem Foxcroft College ein Schweizer Pensionat besucht und verschwendete nun ihre Zeit damit, im naheliegenden Cincinnati einen Kochkurs für Fortgeschrittene mitzumachen. Sie wollte zu Hause ausziehen, aber Emily weigerte sich, meiner Meinung nach zu Recht, ihre Erlaubnis zu erteilen, solange Lori noch nicht volljährig war. Junge Mädchen müssen behütet werden, besonders junge Mädchen wie Lori, die enge Pullover trug und ein Bild von Marlon Brando in ihrem Schlafzimmer aufgehängt hatte.

„Ich finde Lori einfach prima!“ sagte Andrew eines Tages zu uns. „Junge, die hat auf dem Schweizer Pensionat vielleicht einen Schliff bekommen! Als ich sie zum ersten Mal nach ihrer Rückkehr aus der Schweiz in Velletria wiedersah, konnte ich kaum glauben, daß sie dieselbe Person war wie dieses kleine Scheusal, das in Bar Harbor meinen Tennisschläger kaputtgemacht hat. Sie saß auf der Couch, die Beine übereinandergeschlagen – wie Rita Hayworth –, das Haar fiel ihr über ein Auge – wie Lauren Bacall – und sie rauchte mit halbgeschlossenen Augen eine Zigarette – wie Marilyn Monroe –, und als ich sie wie ein Hinterwäldler anstarrte, sagte sie: ‚Hi, Süßer, deine Uniform ist lässig.‘ Ich bin einfach umgefallen! Es war wunderbar! Irgendwie ist Tante Emilys Wohnzimmer für ein solches Sexsymbol völlig unpassend!“

„Emily wird mit dem Mädchen Schwierigkeiten haben“, prophezeite ich Alicia, aber ich irrte mich. Emily mußte mit keinerlei Schwierigkeiten fertig werden, denn Lori beschloß nicht nur, zu heiraten, sondern beschloß, jemanden zu heiraten, den wir unmöglich ablehnen konnten. Sie wählte Andrew. Ich bezweifle, daß Andrew in der Angelegenheit viel zu melden hatte. Im Sommer 1953, als ich in Europa war, wurde er zu einer Luftwaffeneinheit bei Cincinnati versetzt und verbrachte seinen Urlaub oft mit Emily und den Mädchen. Zu Weihnachten waren er und Lori verlobt, und sie planten, im Frühling zu heiraten.

„Denk doch nur, Cornelius!“ sagte Alicia mit strahlenden Augen, obwohl sie sich nie viel aus Lori gemacht hatte. „Mein Sohn wird deine Nichte heiraten!“

„Hm“, sagte ich, aber ich fühlte mich mit Lori nicht blutsverwandt. Ihre laute Vitalität erinnerte mich allzuoft an ihren Vater Steve Sullivan. „Ich hoffe, sie benimmt sich anständig, während Andrew mit seinen Flugzeugen in den Wolken ist. Man sagt, daß es bei der Luftwaffe ziemlich wild zugehen kann."

Alicia sagte nichts mehr zu dem Thema, aber ich spürte, daß sie enttäuscht war, und es wurde mir klar, daß sie sich von dieser Ehe einen Ersatz für ihren Traum von einer Verbindung zwischen Vicky und Sebastian erhofft hatte.

Mir war Andrew viel lieber als Sebastian, obwohl wir außer dem Interesse für Baseball nichts gemeinsam hatten. Er war gradlinig und gutmütig, ein unkomplizierter, durch und durch amerikanischer Junge. Eine entfernte äußerliche Ähnlichkeit mit seiner Mutter erleichterte es mir weiterhin, ihm zugetan zu sein, und obwohl seine extrovertierte Natur sich völlig von Alicias Wesensart unterschied, so fiel es mir nicht schwer, mich stets daran zu erinnern, daß dies der Sohn der wichtigsten Frau in meinem Leben war, ein Junge, der die beste väterliche Fürsorge verdiente, deren ich fähig war. Er konnte sich zwar intellektuell nicht mit Sebastian messen, aber er war intelligent und, noch wichtiger, konnte sich anpassen. Ich war sicher, daß er in der von ihm gewählten Karriere erfolgreich sein würde, und obwohl ich mich nicht für Flugzeuge interessierte, unterstützte ich ihn nach Kräften. Da ich wußte, daß er sich niemals für das Bankgeschäft eignen würde, war es mir eine große Erleichterung, daß er sich einen so respektablen, patriotischen Beruf ausgesucht hatte, und nachdem er den Koreakrieg ehrenvoll überstanden hatte, bemühte er sich nun um eine Versetzung nach Deutschland, da Lori einen Aufenthalt im fernen Europa so „unheimlich chic" fand.

„Dieses Mädchen wird Andrew herumkommandieren, bis er nicht mehr weiß, ob er Männlein oder Weiblein ist", sagte ich zu Alicia kurz vor der Hochzeit.

„Andrew sagt, er habe es gern, wenn man für ihn entscheidet."

Ich erwiderte nichts, glaubte aber fest daran, daß ein Mann Herr im eigenen Heim sein sollte. Ich lehnte dominante Frauen mit eigenen Ansichten völlig ab. Wenn Gott gewollt hätte, daß Frauen sich so betragen, dann hätte er nur ein Geschlecht erschaffen, nämlich Männer, und hätte dafür gesorgt, daß die

Reproduktion durch eine Art von wissenschaftlicher Zweiteilung stattfände, wie bei den Amöben.

Ich vergaß jedoch meine Mißbilligung Loris, sobald Vicky zu Besuch kam, um der Hochzeit beizuwohnen. Sam traf später ein und verbrachte nur ein paar Tage in Amerika, bevor er nach London zurückflog, um seinen geschäftlichen Verpflichtungen nachzukommen, aber Vicky und die Jungen verbrachten den ganzen Mai mit uns. Zu meiner Verzweiflung merkte ich, daß sie noch immer in Europa verliebt war. Ich hörte zu meinem Entsetzen, daß sie jetzt ernsthaft Deutsch lernte. Und ich fand zu meiner Wut, daß Sam mich erneut bedrängte, eine Niederlassung in Deutschland zu eröffnen.

„Zwei Jahre in London", sagte ich zu ihm. „Das war die Vereinbarung."

„Ja, und nächstes Jahr schreiben wir 1955, und das Londoner Büro wird zwei Jahre alt sein. Wenn wir jetzt nicht anfangen, Pläne für die deutsche Filiale zu machen, dann wird es 1956, bevor ich in Deutschland bin."

Womit Vicky noch ein Jahr hätte, um zu Verstand zu kommen und sich vor Heimweh nach Amerika zu verzehren.

„Du hast so lange gewartet, um nach Deutschland zu kommen", sagte ich zu Sam. „Was macht ein Jahr mehr schon aus?"

„Also hör mal, Neil –"

„Ich weigere mich, diese Angelegenheit zu übereilen. Prinzipiell erkläre ich mich mit dem deutschen Büro einverstanden, aber ich möchte die Ausdehnung nach Europa erst dann in Angriff nehmen, wenn wir dazu bereit sind. Darf ich nicht bedachtsam und vorsichtig sein, wenn es sich um dein geliebtes Deutschland handelt?"

Er sah mich nur an. Wenn Blicke töten könnten, dann wäre mein Herz sofort zum Stillstand gekommen, aber so fuhr ich einfach fort, ihn mitfühlend anzulächeln und streckte ihm sogar meine Hand entgegen. Ich sah, daß er in Versuchung war, auf der Stelle zu kündigen, aber er tat natürlich nichts dergleichen. Es stand dafür, ein weiteres Jahr unter dem lukrativen Van-Zale-Schirm zu verbringen, mit einer glücklichen, unbesorgten Vicky an seiner Seite. Sam spielte um einen hohen Einsatz, den er nicht einfach verlieren wollte, außer wenn ich mich rundheraus weigerte, ihn nach Deutschland zu schicken.

Irgendwie brachte er es über sich, mir die Hand zu schütteln, und wir schieden als Freunde in einer feindseligen Atmosphäre.

Nach diesem recht erschöpfenden Gespräch war es fast eine Erleichterung, New York wegen der Hochzeit in Velletria, dem Vorort Cincinnatis, zu verlassen, wo ich mich vom fünften bis zum achtzehnten Lebensjahr zu Tode gelangweilt hatte. Ich bin von Natur aus für ein Leben in einem wohlhabenden Vorort im Mittelwesten ungeeignet, den zahlreiche anständige, empfehlenswerte Bürger zauberhaft finden. Nicht einmal Gott hatte den Kindern Israels einen größeren Dienst erwiesen, als er sie aus Ägypten rettete, als Paul Van Zale mir erwies, als er mich aus Velletria rettete, indem er mich nach New York einlud.

Die Hochzeit fand in der episkopalischen Kirche statt, wo ich in meiner Kindheit zahllose langweilige Predigten über mich hatte ergehen lassen müssen, und den Empfang hielt Emily im Country Club ab. Es war eine gelungene Hochzeit, obwohl Lori ein hautenges Kleid trug, das mich an eine Seejungfrau erinnerte. Ich fragte mich, ob sie wohl noch Jungfrau sei, hielt es aber für höchst unwahrscheinlich. Emily weinte während des ganzen Gottesdienstes, wahrscheinlich vor Erleichterung. Nachdem ich die Braut zum Altar geleitet hatte, blickte ich vage zu den Kirchenfenstern auf und fragte mich, was meine Mutter wohl von all dem gehalten hätte. Meine Mutter war eine energische Frau gewesen, die ihren zweiten Mann, und wohl auch ihren ersten, mit bewundernswerter häuslicher Tüchtigkeit regiert hatte. Ich hatte mich häufig dagegen wehren müssen, daß sie auch mich völlig unterdrückte, aber da meine Willensstärke der ihren überlegen gewesen war, hatte ich schließlich gewonnen. Ich hatte meine Mutter trotzdem gerngehabt, und ihr Tod hatte mir ehrlich zugesetzt. Obwohl sie herrisch und voreingenommen war, hatte sie mich doch geliebt und ihr Bestes für mich getan, und mehr kann man von einer Mutter schließlich nicht verlangen. Die Erinnerung an meine Mutter machte mich so sentimental, daß ich an diesem Abend freudig die Gelegenheit ergriff, bis spät in die Nacht mit Emily zusammenzusitzen und über die gemeinsam geteilte Vergangenheit zu reden.

Und später rief ich mir einmal wieder ins Gedächtnis zurück, daß man keinen größeren Fehler begehen kann, als sentimentalen Impulsen unüberlegt nachzugeben.

„Oh, es war eine so hinreißende Hochzeit!“ sagte Emily, sich die Augen erneut mit dem Taschentuch betupfend.

„Lori sah sehr hübsch aus“, sagte ich großmütig, als ich meinen Arm um sie legte und sie kurz an mich drückte. Ich befand mich wirklich in einer gefährlich-sentimentalen Stimmung.

„Der liebe Steve wäre so stolz gewesen!“ flüsterte Emily.

„Er wäre wohl im Rollstuhl angefahren. Wie alt würde er jetzt denn sein? Siebzig?“

„Siebenundsechzig“, sagte Emily kalt. „Wie kleinlich du manchmal bist, Cornelius, wie vollkommen dir geistige Großzügigkeit abgehen kann. Ich hätte gedacht, daß du es heute abend ausnahmsweise einmal übers Herz gebracht haben könntest, für Steve eine gewisse Teilnahme zu empfinden.“

„Aber ich habe ja gar nichts gegen ihn gesagt! Ich habe mich nur über sein Alter geäußert!“

„Du hast eine fortgeschrittene Senilität angedeutet. Cornelius, seit Jahren habe ich deine höhnischen Bemerkungen hingenommen, deine schneidenden Kommentare, deine –“

„Nun hör schon auf! Du kannst kaum von mir erwarten, daß ich deinem Beispiel folge und Steves Andenken in den Himmel hebe.“

„Ich habe Steves Andenken nicht in den Himmel gehoben. Ich hätte ihn nie heiraten sollen und er hat mich sehr unglücklich gemacht, aber ich habe wenigstens meine beiden wunderbaren Töchter – und ich habe den christlichen Anstand, mich außer an seine schlechten Seiten auch an seine guten zu erinnern und ihm all sein Versagen zu verzeihen! Ich habe es jedoch schon seit langer Zeit aufgegeben, auch nur einen Schein von Christlichkeit in dir zu finden. Paul hat all das ausgelöscht, als er dich mit seinem Reichtum ruinierte. Manchmal bin ich fast froh, daß Mama all das nicht mehr miterlebt hat. Ich halte es für eine Gnade, daß ihr, ungleich mir, das Wissen um deine späteren Aktivitäten erspart worden ist.“

„O Gott, Emily, welch einen Krampf du da wieder erzählst! Nur weil Tony Sullivan einen melodramatischen Brief schreibt –“

„Wer hat dir von Tonys Brief erzählt?“

„Elfrida zeigte ihn mir, als ich im letzten August in London war. Ich war erschreckt und zugleich entsetzt. Warum hast du ihn mir nie gezeigt? Warum hast du im geheimen all die Jahre darüber gebrütet? Glaubst du nicht, daß du eine moralische Verpflichtung hattest, dir meine Version der Geschichte anzuhören, bevor du schweigend über mich zu Gericht saßest und beschlossest, daß ich genauso schlecht sei, wie Tony behauptete? Du wußtest doch, daß Tony mich haßte. Weshalb du automatisch das Wort eines voreingenommenen, hitzköpfigen jungen Mannes akzeptiert hast, ohne dich dazu herbeizulassen, dir die Erklärung deines Bruders anzuhören, ist mir ein Rätsel, und ich kann nur sagen, daß es mich sehr verletzt. Ich habe das Thema nicht anschneiden wollen, aber da du nun einmal davon angefangen hast –"

„Du warst es, der Tonys Namen erwähnt hat – zweifellos aus schlechtem Gewissen. Ich fand es immer eine Schande, wie du den Jungen behandelt hast. Du hast fast nie mit ihm geredet – immer war es Scott dies, Scott das, Scott, Scott, Scott! Ich nehme an, daß der Grund dafür Tonys Ähnlichkeit mit Steve war, während Scott Carolines Äußeres geerbt hat – Scott war der einzige, den du anschauen konntest, ohne Reue zu spüren!"

„Das ist nicht wahr. Hör zu –"

„Nein, du wirst mir jetzt zuhören! Es ist wahr, daß ich jahrelang den Mund gehalten habe, und ja, vielleicht war das wirklich ein Fehler – vielleicht hätte ich schon längst etwas sagen und dich vor dir selbst retten sollen!"

„Oh, mein Gott!"

„Gib die Bank auf, Cornelius. Sie ist die Wurzel all deiner gegenwärtigen Probleme und vergangenen Desaster. Gib die Bank auf und widme dich deiner Kunststiftung und deinem Erziehungsfonds. Das wäre lohnend und bedeutungsvoll."

„Banking ist lohnend und bedeutungsvoll! Und warum, im Namen Gottes, glaubst du eigentlich, daß die Kunststiftung und der Erziehungsfonds einem religiösen Orden gleichzusetzen sind, in dem ich mich zurückziehen kann, um ein reines, unbeflecktes Geschäftsleben zu führen? Herrgott, du solltest zu einigen unserer Vorstandssitzungen kommen und sehen, wie sich all die Millionäre um die Posten raufen – das würde dich verdammt schnell desillusionieren!"

„Ich sehe, daß du es absichtlich vorziehst, mich mißzuverstehen. Laß es mich noch einmal versuchen. Cornelius, du ist jetzt nicht mehr jung –"

„Vielen Dank, aber ich glaube doch, daß ich durchaus in den besten Jahren bin!"

„– du solltest dein Leben zu überblicken suchen und Bilanz ziehen. Nimmst du dir je dafür Zeit, Cornelius? Oder hast du durch deinen Reichtum dermaßen die Verbindung mit der Wirklichkeit verloren, daß du deine Prioritäten nicht mehr richtig einstufen kannst?"

„Du scheinst ja doch diejenige zu sein, die hier die Verbindung mit der Wirklichkeit verloren hat! Das Schlimme mit dir ist, Emily, daß du ein so abgeschirmtes Leben in diesem gottverlassenen Kaff führst, daß du keine Ahnung hast, was in der Welt vor sich geht. Warum heiratest du nicht wieder oder legst dir einen Liebhaber zu, oder nimmst zwanzig Pfund ab, oder färbst das Grau aus deinen Haaren, oder gehst auf eine Kreuzfahrt, oder tust zur Abwechslung irgend etwas Interessantes? All die endlosen guten Werke und ein einsames Bett des Nachts genügen doch, um jede einigermaßen normale Frau zum Wahnsinn zu treiben!"

„Ich habe natürlich immer gewußt", sagte Emily, indem sie sich erhob, um das Gespräch zu beenden, „daß du völlig sexbesessen bist."

„Und ich habe immer gewußt", brüllte ich, indem ich mich ebenfalls erhob, „daß du deine sexuellen Regungen durch deinen religiösen Blödsinn sublimierst!"

Wie häufig bei heftigen Auseinandersetzungen gab das absurde Element, vermischt mit dem Aufblitzen von Wut, der Explosion einen besonders bösartigen Anstrich. Ich glaube, daß es uns beiden klar war, und für einen langen Moment standen wir stockstill, als ob wir uns nicht entscheiden könnten, ob wir uns lachend umarmen oder als Feinde voneinander scheiden sollten. Aber es gab keine Versöhnung. Emily sagte nur kalt: „Die arme Mama muß sich im Grabe umdrehen, wenn sie hört, wie wir uns so schandbar streiten. Ich bitte um Verzeihung, daß ich versucht habe, so offen mit dir zu sprechen, und ich hoffe, du wirst mir verzeihen, wenn ich erkläre, daß ich lediglich aus Liebe und Sorge so gehandelt habe. Was immer du tun magst, du bist mein Bruder, und ich werde nie ein Wort gegen dich zu irgend jemandem sagen, aber glaube nicht, daß meine Loyalität mit einer Zustimmung deiner Ansichten und deiner Lebensführung gleichzusetzen ist. Und nun werden wir diese Szene beenden, wenn es dir nichts ausmacht, und sie nie wieder erwähnen."

Sie rauschte aus dem Zimmer. Ich lachte und versuchte mir einzureden, nicht das kürzere Ende gezogen zu haben, aber ich wußte, daß ich mich selbst betrog. Später ging ich zu Bett und lag lange im Dunkeln wach, aber bevor ich einschlief, hatte ich beschlossen, was ich am nächsten Morgen tun würde, und als es soweit war, sagte ich bescheiden zu Emily: „Du, es tut mir wirklich leid wegen gestern abend. Du weißt, wie gern ich dich habe und wieviel du mir bedeutest. Ich möchte all die dummen Sachen zurücknehmen, die ich gesagt habe."

„Das Thema ist abgeschlossen", sagte Emily und beendete damit das Gespräch mit einer Bestimmtheit, die mich zutiefst bestürzte. „Du kannst dich natürlich entschuldigen, wenn du willst, aber ich habe nichts weiter zu sagen."

Ich sah den eisigen Blick ihrer grauen Augen und wußte, daß ich sie verloren hatte. Aber vielleicht hatte ich sie in Wahrheit schon seit langem verloren, damals, als ich sie ermutigt hatte, Steve Sullivan zu heiraten, mit dem Hintergedanken, eine Zeitlang eine sichere Position in der Bank innezuhaben.

„Emily –"

„Ja, Lieber?"

„Nichts – es ist nicht wichtig", sagte ich, krank im Herzen, und wandte mich abrupt ab.

II.

Zehn Monate nach Andrews und Loris Hochzeit gebar Vicky eine Tochter, aber diesmal konnte mich nicht einmal das Verlangen, meine Familie zu sehen, auf ein Schiff nach Europa locken. Das Baby wurde Samantha getauft. Ich äußerte mich nicht zu diesem abscheulichen Namen, sondern sandte lediglich das obligate Taufgeschenk von Tiffany. Trotzdem reizte mich der Gedanke an eine kleine Enkelin, die ganz wie Vicky sein würde, und ich hatte gerade an die Kellers geschrieben und vorgeschlagen, daß sie uns im August in Bar Harbor besuchten, als meine

Aufmerksamkeit durch eine Krise, die Sebastian betraf, abgelenkt wurde.

Es war nicht, daß ich Sebastian nicht mochte, aber er war wirklich sehr, sehr schwierig. Meine Aufgabe als Stiefvater wäre leichter gewesen, hätte er wenigstens ein paar von Alicias Eigenschaften geerbt, statt dessen fiel es mir immer schwer zu glauben, daß sie einen solchen Sohn produziert haben konnte. Da er aber nun einmal ihr Sohn war, hatte ich die besten Absichten, eine gute Beziehung mit ihm aufzubauen, und das hätte logischerweise auch leicht erreichbar sein sollen; Sebastian hatte eine ausgezeichnete akademische Bildung, hatte nie in seinem frühen Entschluß, Banker zu werden, geschwankt, und hatte hart bei Van Zale gearbeitet, nachdem er seinen Militärdienst beendet hatte (ich machte im geheimen meinen Einfluß geltend, um ihn von Korea fernzuhalten).

Während seiner Kindheit hatte er kaum väterlicher Strenge bedurft. Andrew war dauernd in irgendwelchen Nöten gewesen, aber Sebastian, ein Eigenbrötler, mußte nur selten ermahnt werden. Es stimmte, daß mir oft danach war, ihn zu schlagen, der Grund dafür war aber bloß, daß er mich einfach wahnsinnig machte, nicht, daß er sich ungezogen aufführte.

Sebastians Fehler war, daß er überhaupt keinen Charme hatte. Dabei war er äußerlich der ideale Stiefsohn. Zurückgezogen und übellaunig saß er wie ein großer Klotz am Eßtisch und verbreitete die verpestete Atmosphäre eines abgeschlagenen Kopfes bei einem mystischen Bankett. Ich wollte ihn mögen, aber meine Anstrengungen schienen nie zum Ziel zu führen. Seine so völlig unattraktive Persönlichkeit bereitete mir auch Sorgen, wenn ich an seine Zukunft bei der Bank dachte. Es gehört mehr dazu, ein Banker zu sein, als Aktien in Umlauf zu setzen. Ein Banker muß seine Kunden zum Mittagessen ausführen und sich geschickt nach ihren Familien und nach ihrer Kreditwürdigkeit erkundigen, und ich hatte allmählich meine Zweifel, daß Sebastian je zu mehr als zu einer formellen Begrüßung, einem affenartigen Gegrunze oder endlosen, peinlichen Pausen fähig wäre.

Er war ein ständiger Anlaß zur Sorge für mich. Die Situation wurde dadurch verkompliziert, daß Alicia ihren Sohn anbetete, und ich lebte in der Furcht, daß ich auch Alicia verlieren würde, sollte ich ihn mir irgendwie unwiderruflich entfremden. Die schwierigsten Tage unserer Ehe waren nicht der Anfang meiner Affäre mit Teresa gewesen; nie waren wir einer Scheidung näher als 1945, als wir uns wegen Sebastian zerstritten.

Wenn ich die ganze fatale Geschichte auf den einfachsten Nenner bringen möchte, dann kann ich nur sagen, daß er sich während eines Sommers in Bar Harbor vor Vicky auf unanständige Weise entblößt hatte. Mit übermenschlicher Anstrengung habe ich meine Wut damals genug unter Kontrolle gebracht, um ihn ohne Tätlichkeiten zu seinen Foxworth-Verwandten zu schicken, aber Alicia und ich hatten uns fast unheilbar zerstritten, und monatelang danach graute mir jeden Abend vor dem Nachhausekommen, aus Furcht, sie könnte mich verlassen haben. Aber sie war geblieben, und durch übermenschliche Anstrengung hatte ich allmählich gelernt, den Vorfall mit etwas mehr Abstand zu betrachten. Viele Jungen in dem Alter werden mit der erwachenden Sexualität schwer fertig, und Vicky war ein ausnehmend attraktives junges Mädchen. Die beiden waren nicht blutsverwandt. Vor der Pubertät hatten sie nicht einmal unter demselben Dach gewohnt, und die Schwierigkeiten des Erwachsenwerdens mußten die Peinlichkeit einer Situation noch vergrößern, die bereits durch die Streitigkeiten der Eltern um das Sorgerecht angespannt war. Um diesen Umständen gerecht zu werden, hatte ich beschlossen, Mitleid mit Sebastian zu haben. Außerdem mußte ich ja einfach Mitleid mit ihm haben, da es in meinem eigenen Interesse war, und ich war, wie ich wohl wußte, in widrigen Umständen meines eigenen Interesses stets eingedenk; ich war im Grunde und vor allem ein pragmatischer Mann.

Nach seiner Entlassung vom Militär wohnte Sebastian eine Zeitlang zu Hause, übersiedelte aber kurz nach der Hochzeit in Velletria in eine dunkle Wohnung in Murray Hill. Als er uns widerstrebend einlud, ihn zu besuchen, fanden wir dort schwarzen Teppich auf dem Fußboden, schwarzüberzogene Stühle und einen schwarzen Kaffeetisch vor einer schwarzen Ledercouch vor. Zwei Drucke von Hieronymus Bosch schmückten zusammen mit einem grausigen Dali (gemalt bevor er weicher wurde und Madonnen malte) die Wände des Flurs und des Wohnzimmers. Der Himmel wußte, was im Schlafzimmer hing.

Eine Weile brütete ich ängstlich darüber nach, ob dieser Geschmack eine Art sexueller Perversion verriet, aber obwohl ich über Freud in der Encyclopaedia Britannica nachlas, schienen mir dessen Ansichten ein solcher Blödsinn zu sein, daß ich mir nicht die Mühe machte, alles durchzulesen. Kein Wunder, daß Kevin damals, als er sich auf der Suche nach psychologischen Äquivalenten des Stadtplans der fünf Distrikte befand, den Eindruck hatte, daß Freud niemals bis Staten Island, Brooklyn oder Queens vorgedrungen war. Ich persönlich fand Kevin sogar großzügig, daß er Freud einräumte, es nach Manhattan und der Bronx geschafft zu haben. Mein Wissen von Freuds Theorien hatte sich bisher auf aufgeschnappte Brocken beschränkt, die stets dazu angetan waren, eine langweilige Cocktailparty wieder in Schwung zu bringen; aber ich begriff jetzt, wie klug ich gewesen war, mich nicht tiefer damit befaßt zu haben. All das Gerede über das Ego, die Libido und phallische Symbole war genug, um jedem normalen Mann Mißtrauen über seine eigenen Gefühle und Fähigkeiten zu übermitteln.

„Warum gefällt dir Schwarz denn so sehr?“ fragte ich Sebastian neugierig, nachdem ich bei Freud keine Antwort gefunden hatte, aber Sebastian antwortete lediglich mit einem Pokergesicht: „Weil es dunkel ist.“

Ich gab auf, überzeugt davon, alles getan zu haben, was ein Vater hätte tun können, um einen wohlgelungenen Sohn aufzuziehen, und daß es kaum meine Schuld sein konnte, wenn Sebastian so seltsam war. Da ich selbst nicht einmal die einfachsten und grundsätzlichsten väterlichen Ratschläge von meinem Stiefvater erhalten hatte, hatte ich sichergestellt, daß meine Stiefsöhne rechtzeitig wußten, was oben und unten bei einem Kondom ist und daß sie nicht dachten, Syphilis sei ein Sieg der Alliierten im Zweiten Weltkrieg.

Die Krise um Sebastian explodierte im Frühling des Jahres 1955. Das Wetter war schön, der Börsenmarkt stand prächtig, und ich hatte gerade einen neuen, milchweißen Cadillac mit hellblau überzogenen Sitzen gekauft. Ich war in der Tat so guter Laune, daß ich nach Arbeitsschluß eine Flasche Champagner für Teresa kaufte. Als ich aber in dem Apartmenthaus ankam, fand ich sie in einer miesen Stimmung vor. Ihre Malerei war auf einem Tiefpunkt. Ich hatte sie erfolgreich vom Nach-Impressionismus abgebracht, aber nun hatte sie sich von der gegenwärtigen Mode der amerikanischen Abstrakten verführen lassen, und der schreckliche Einfluß Jackson Pollocks starrte mir von jeder ihrer Leinwände entgegen. Ich hatte ihr höflich beizubringen versucht, daß sie zu ihrem vormaligen, reinen Stil zurückkehren sollte. Aber sie antwortete, daß sie mehr vom Leben erwartete als die Reputation, die zweite Grandma Moses zu sein, und warum, zum Teufel, kümmere ich mich nicht um meinen eigenen Kram. Unsere sexuelle Beziehung war auf unangenehme Weise mechanisch geworden. Einmal hatte ich sie sogar gefragt, ob sie unsere Affäre beenden wolle, aber sie hatte sehr höflich „Nein danke" gesagt und mir bei meinem nächsten Besuch ein ausgezeichnetes Steak mit Sauce Bearnaise gemacht. Später hatte sie mich gefragt, ob ich vielleicht die Affäre beenden wolle und ich hatte ebenso höflich „Nein danke" geantwortet und ihr dann ein Goldarmband von Cartier geschenkt. Ich hatte gehofft, daß wir uns danach entspannter begegnen würden, aber als ich an diesem Abend bei ihr eintraf, unterrichtete mich Teresa davon, daß ihre Tage gerade angefangen hatten und deshalb von Sex keine Rede sein könne und daß das neue Bild ein Desaster sei. Sie hatte recht. Es war ein Desaster, und nachdem ich das unenthusiastische Angebot, mir einen Hamburger zu braten, abgelehnt hatte, ließ ich den Champagner im Kühlschrank zurück und machte mich in meinem Cadillac auf den Weg nach Hause.

Den ersten Menschen, den ich sah, als ich die Eingangshalle betrat, war Jake Reischman.

„Neil!" rief er sofort. „Gottlob, daß du hier bist! Ich wollte dich eben von Teresa holen. Legt sie immer um diese Zeit den Hörer neben die Gabel?"

Diese Bezugnahme auf Teresa erstaunte mich nicht; er traf sie jedesmal, wenn ich ihr Werk ausstellte, und wußte nun schon seit Jahren, daß ich für sie eine Wohnung unterhielt. Seine Gegenwart verwirrte mich jedoch.

„Was machst du denn hier?" fragte ich dümmlich.

„Alicia hat mich voll Panik angerufen. Zunächst versuchte sie, dich zu erreichen, aber du hattest bereits das Büro verlassen, und als du nicht nach Hause kamst, wandte sie sich an mich als jemanden von der alten Bar-Harbor-Bruderschaft, als jemanden, dem sie in einer Krise vertrauen konnte – ah, hier ist sie! Ja, mach dir keine Sorgen, Alicia, er ist hier." Er nahm mich beim Arm und schob mich in die Bibliothek. „Setz dich, und ich werde dir einen Drink machen. Alicia, möchtest du, daß ich Neil erzähle, was die Polizei gesagt hat? Du solltest dich hinlegen."

Alicia sah totenblaß aus. „Ich kann nicht, Jake", sagte sie, „aber bleibe bitte hier und erkläre Cornelius alles." Sie setzte sich steif auf einen harten Stuhl neben der Tür.

Jake war bereits zum Barschrank gegangen. „Scotch, Neil?"

„Okay. Aber was, zum Teufel –"

„Laß mich nur erst die Drinks zubereiten. Ich kann dir versprechen, daß wir sie brauchen werden."

„Okay, aber . . . einen Moment, Jake, Alicia mag Scotch nicht."

„Oh, ich mag Scotch jetzt ganz gern, Cornelius", sagte Alicia mechanisch.

Jake sagte sofort: „Du hast Scotch getrunken, als ich hier eintraf. Deswegen nahm ich an –"

„Oh, ja, natürlich. Ja, ich hätte gern noch einen Scotch. Danke, Jake."

„Um Himmels willen, warum, zum Teufel, verschwenden wir denn soviel Zeit damit, Alicias Trinkgewohnheiten zu besprechen!" Ich war fast soweit, mir vor Verzweiflung die Haare auszureißen. „Jake, was ist passiert? Warum war die Polizei hier? Ist jemand eingebrochen?"

„Nein, Neil, es handelt sich um Sebastian. Er ist in Schwierigkeiten. Die Polizei behauptet, er habe eine Frau an der Upper West Side zusammengeschlagen."

Ich goß meinen Scotch hinunter, ergriff das Telefon und handelte unverzüglich. „Middleton, geben Sie mir das Polizeipräsidium." Dann wählte ich eine andere Nummer. „Schuyler, bestellen Sie sofort meine Rechtsanwälte hierher." Ich legte das Haustelefon auf und rief dann Sebastian an.

„Hallo?" sagte Sebastian lakonisch.

„Sebastian, was, zum Teufel, ist passiert? Sind die Bullen da?"

„Ja. Sie haben irgendeinen verrückten Fehler gemacht. Ich habe meinen Rechtsanwalt angerufen."

„Sag kein Wort ohne ihn. Ich komme sofort in deine Wohnung."

Ich legte auf. Das Telefon klingelte unter meinen Fingern. „Ja?"

„Ich habe den Polizeipräsidenten am Apparat für Sie, Sir."

„Stellen Sie durch. Hallo? Ja, hier ist Cornelius Van Zale. Weshalb, zum Teufel, verfolgen Sie meinen Stiefsohn? . . . Was? Sie wissen nichts davon? Darf ich dann vielleicht vorschlagen, daß Sie sich sofort informieren? Mein Stiefsohn heißt Sebastian Foxworth, und einige Ihrer Leute setzen ihn zur Zeit in seiner Wohnung in der East Thirty-Sixth Street Nummer 140 unter Druck, ich wiederhole, in der East Thirty-Sixth Street Nummer 140. Knöpfen Sie sich den zuständigen Polizeihauptmann des Distriktes vor und sagen Sie ihm, daß ich automatisch in allen Fällen von unrechtmäßiger Verhaftung eine gerichtliche Klage einleite." Ich legte auf. Sofort läutete das Telefon wieder. Mein persönlicher Rechtsanwalt war am Apparat.

„Wo brennt's, Cornelius?"

„Was kostet es, eine Anklage wegen tätlicher Beleidigung zu unterdrücken?"

Alicia schwankte, als wolle sie gleich ohnmächtig werden. Jake ging automatisch auf sie zu, stand aber dann wie eine Schaufensterpuppe herum, als ob er sich nicht entscheiden könne, was er tun sollte.

„Ach, um Gottes willen, Jake!" schnappte ich, meinen Rechtsanwalt unterbrechend, der sich in einem unbeschreiblich blödsinnigen Wortschwall über Bestechung ausließ. „Hilf Alicia auf die Couch, und läute nach ihrer Zofe!"

Jake versuchte gehorsam, sich nützlich zu machen. Ich unterbrach das Gespräch mit meinem Anwalt und bestellte einen Wagen vor die Tür.

„Ich werde sofort hinüberfahren", sagte ich zu Alicia und küßte sie. „Mach dir keine Sorgen, ich werde das alles in Ordnung bringen, gar kein Problem. Jake, ich werde dich anrufen. Vielen Dank für deine Hilfe."

Und ich eilte zu Sebastians Wohnung, um mein Versprechen wahrzumachen.

Es war eine äußerst peinliche Situation, da die verletzte Frau, eine Prostituierte von der West Side, Sebastians Brieftasche in ihrem Besitz hatte, die seinen Führerschein enthielt, der noch auf seine alte Adresse in der Fifth Avenue ausgestellt war, aber die Frau wurde alsbald einsichtiger, als sie die Farbe meiner Geldscheine sah, und es bedurfte wenig Überredungskunst, um die Polizei davon zu überzeugen, daß sie von ihrem Zuhälter verprügelt worden war, nachdem er sie mit Sebastian angetroffen hatte. Niemand möchte seine Zeit mit einem unwichtigen Fall von Beleidigung vergeuden, wenn Fälle von Mord, Vergewaltigung und Brandstiftung der Lösung harren.

Als ich schließlich mit Sebastian allein war, sagte ich: „Wir wollen jetzt versuchen, heute nacht wenigstens noch zu etwas Schlaf zu kommen, aber ich möchte dich morgen früh um neun Uhr in meinem Büro sehen, und wenn du eine Sekunde zu spät kommst, wird dir gekündigt."

„Okay", sagte Sebastian.

Ich schaute ihn an. Ich sagte kein Wort, aber nach fünf Sekunden hörte er auf, sich gegen die Wand zu lümmeln, und nach zehn Sekunden errötete er und murmelte: „Ja, Sir."

Ich drehte mich auf dem Absatz um und verließ ihn.

III.

Er klopfte um neun Uhr an die Tür, ich erhob mich von meinem Schreibtisch und ging mit ihm in den anderen Teil der ineinandergehenden Zimmer, in denen ich arbeitete. Zu Pauls Zeiten war der Raum, der auf den hinteren Innenhof hinausführte, als Bibliothek eingerichtet gewesen, während der andere Raum jenseits der Bogentür als ein eleganter Salon benutzt wurde, wo sich jeden Nachmittag einige auserwählte Leute zum Tee versammelten. Ich hatte mich von der Tradition des neunzehnten Jahrhunderts losgesagt. Die vormalige Bibliothek diente jetzt als ein reines Arbeitszimmer, während der andere Raum, wie ich einmal einen Juniorpartner hatte flüstern hören, zur Schreckenskammer geworden war. Hier sprach ich Kündigungen aus, maßregelte meine Angestellten oder führte Gespräche mit Kunden, die annahmen, die Aufgabe ihres langleidenden Investment-Bankers bestünde nur darin, ihnen die Hand zu halten, während sich ihre Wege automatisch mit Gold pflasterten.

„Setz dich, Sebastian", sagte ich zu meinen Stiefsohn, der bereits von ungesunder Blässe war.

Er setzte sich linkisch auf die Couch, während ich vor dem Kamin stehenblieb und mich mit einer Hand an dem düsteren Marmorsims festhielt.

„Nun?“ sagte ich abrupt.

Er räusperte sich. Das Geräusch hallte an der aschweißen Decke und den ungeschmückten Wänden wider. Der Teppich des Zimmers war stahlgrau. Hinter meiner Schulter flimmerten die roten Zahlen der Digitaluhr, das Lebensblut der Zeit, das in die Unendlichkeit entströmt.

„Nun, Sebastian?“ sagte ich abermals, während er um Fassung rang.

„Vielen Dank, daß du die Schweinerei in Ordnung gebracht hast, Sir. Es tut mir leid, daß du hineingezogen wurdest. Ich bitte wegen all der Unannehmlichkeiten um Verzeihung.“

Für Sebastian war dies eine lange Rede, aber ich äußerte mich nicht dazu. Das Schweigen zog sich in die Länge. Ich bewegte keinen Muskel, aber er fing an, auf der Couch hin- und herzurutschen.

„Ich warte noch immer, Sebastian.“

„Entschuldige, Sir, ich verstehe nicht –“

„Ich warte auf eine Erklärung.“

„Oh.“ Er bewegte sich abermals mit dem Versuch, eine bequemere Stellung zu finden, aber ich wußte wohl, daß die moderne Couch, die nur eine Teakholzstange als Rückenlehne hatte, hoffnungslos ungemütlich war.

„Ich möchte wissen“, sagte ich ausdruckslos, „weshalb ein intelligenter junger Mann, aufgewachsen in einem glücklichen Heim mit allen Vorteilen, die Reichtum mit sich bringen kann, sich auf so schmutzige und unbegreifliche Art benimmt.“

Er sagte nichts. Ich fühlte, wie die Wut in mir hochkam. Mit einer plötzlichen Bewegung, die ihn zusammenzucken ließ, verließ ich den Kamin und stellte mich ans Fenster. „Ist es dir nie eingefallen“, sagte ich, „mit einem netten Mädchen auszugehen, sie zum Abendessen oder zu einem Film einzuladen?“

„Nein, Sir.“

„Warum nicht?“

„Ich esse lieber allein und ziehe es vor, ohne Begleitung ins Kino zu gehen.“

„Warum?“

„Ich rede nicht gern mit dummen Leuten.“

„Warum gehst du dann nicht mit einem intelligenten Mädchen aus?“

„Intelligente Mädchen haben kein Interesse an mir."

„Warum nicht?"

„Weil ich im Grunde nicht an ihrem Hirn interessiert bin und sie intelligent genug sind, das als eine Beleidigung zu empfinden."

Ende des Gespräches. Sebastian saß auf der Kante der Couch und starrte düster auf den Teppich. Ich merkte mit müder Verzweiflung, daß, statt sich in fruchtlose Ausreden zu flüchten, Sebastian sich in ein rebellisches Schweigen zurückgezogen hatte.

Ich ging zum Kamin zurück und stieß mit dem Fuß leicht gegen den Feuerschirm.

„Sebastian", sagte ich, mit dem Rücken zu ihm, ihn aber im Spiegel beobachtend, „du mußt mir bitte helfen, der Sache auf den Grund zu kommen. Begreifst du nicht, daß sich diese Geschichte wiederholen wird, wenn wir das Problem nicht lösen? Also gib mir jetzt einmal die Fakten. Du brauchst keine Angst zu haben, mich zu schockieren, denn ich kann dir versichern, daß mich nichts erschüttert. Laß uns mit der offensichtlichen Frage beginnen: warum hast du diese Frau geschlagen?"

Sebastian blickte auf. Seine dunklen Augen waren hart vor Feindseligkeit. „Warum versuchst du nicht einmal, den Marquis de Sade zu lesen", sagte er.

Er hatte mich schockiert. Ich hielt mich am Kaminsims fest und sagte mir, daß dies Alicias Sohn war, daß ich ihn seit seinem neunten Lebensjahr großgezogen hatte und daß er – es mußte einfach so sein – in seinem Herzen ein guter, anständiger Junge war.

„Meinst du", sagte ich langsam, „daß es dich sexuell befriedigte, die Frau zu schlagen?"

„Genau."

Meine Sinne, nach fünfundzwanzigjährigem Überleben in schwierigen Umständen wohlgeschärft, Lügen herauszuhören, spürten sofort eine falsche Note in seiner Stimme.

„Das ist eine Pose, Sebastian", sagte ich kalt. „Bitte verschwende meine Zeit nicht damit. Es kann meine Verachtung für dein Betragen nur vertiefen."

Er errötete und weigerte sich, mich anzusehen.

Da ich mit Strenge offensichtlich nicht weiterkam, versuchte ich es auf andere Art, setzte mich neben ihn auf die Couch und legte ihm meinem Arm um die Schultern.

„Schau“, sagte ich, „sag mir die Wahrheit. Ich bin dein Vater und möchte dir helfen.“

„Du bist nicht mein Vater.“ Er erhob sich und entfernte sich von mir.

Meine Hände ballten sich zu Fäusten. Ich sprang auf, bevor ich jedoch etwas sagen konnte, murmelte er: „Sie sagte etwas Dummes, und ich wurde ärgerlich. Ich hasse dumme Leute.“ Er begann, im Zimmer herumzuwandern, hielt mitunter ein, um den Teppich aufzurauhen, indem er seinen Absatz hineinbohrte. „Sie sagte, ich habe ihr weh getan“, sagte er undeutlich. „Sie tat so, als hätte ich es mit Absicht getan. Es machte mich böse, weil es so blöd war. Was hätte ich tun sollen – zusammenschrumpfen? Und sie sagte es in einem so dummen Moment, als es mir gerade . . . Und dann versuchte sie, mich herauszuziehen, und ich wurde eben wütend und habe sie, verdammt noch mal, von mir gestoßen, und sie fiel rückwärts aus dem Bett und hat ihren Kopf am Nachttisch gestoßen und bekam Nasenbluten und fing an zu schreien, und es war alles so blöd, ich habe mich eine Million Meilen weit weggewünscht. Ich bin so schnell wie möglich weggegangen, habe aber in der Aufregung meine Brieftasche liegenlassen, und sobald sie meine Fifth-Avenue-Adresse sah, konnte sie der Versuchung natürlich nicht widerstehen, aus der Sache Profit zu schlagen . . . Es tut mir leid, Cornelius, aber du siehst ja jetzt, wie es passiert ist, es war einfach ein dummer Unfall und es wird nicht noch einmal vorkommen. Du brauchst dir keine Sorgen um mich zu machen, wirklich nicht.“

„Ich mache mir aber große Sorgen um dich, Sebastian“, sagte ich, bevor ich mich bremsen konnte. Ich vergaß meine müde Verzweiflung, vergaß die eisige Atmosphäre des Raumes und die klinische Choreographie der Macht. Ich war mit einem unglücklichen, jungen Mann zusammen, für den ich verantwortlich war, und um seiner Mutter willen mußte ich ihm helfen, so gut ich konnte. Da ich wußte, daß er vor jeglicher zur Schau gestellten Zuneigung zurückscheuen würde, sagte ich vorsichtig mit meiner einsichtigsten Stimme: „Ich glaube, du solltest versuchen, eine Art von . . . gesellschaftlich akzeptabler Beziehung mit einem

Wesen des anderen Geschlechtes zu bilden. Ich kann nicht glauben, daß du einen . . .", erneut suchte ich nach den richtigen Worten, „. . . dauerhaften Vorteil aus diesen sehr vorübergehenden Episoden gewinnst. Ich finde, du solltest dir ein intelligentes Mädchen suchen, das dich physisch anzieht und dann – nach einer Probezeit – um sie anhalten. Du bist sechsundzwanzig Jahre alt, und ich finde, du solltest in Erwägung ziehen, deine sehr natürlichen physischen Bedürfnisse in eine Struktur einzuordnen, die sowohl von der Konvention als auch von der modernen Soziologie als ein passender sexueller Rahmen betrachtet wird."

„Deine physischen Bedürfnisse ordnen sich nicht eben in diesen Rahmen ein, nicht wahr?" sprudelte Sebastian hervor. „Und wer bist denn du, um mich zu kritisieren, weil ich zu Huren gehe?"

Ich ging geradewegs auf ihn zu und schlug ihn ins Gesicht.

Wir zitterten beide. Ich haßte ihn dafür, daß er mich soweit gebracht hatte, meine Selbstkontrolle zu verlieren, während ich nichts weiter gewollt hatte, als gütig zu ihm zu sein. Er haßte mich aus diversen Gründen, die ich nicht analysieren wollte, wahrscheinlich aber in der Tatsache wurzelten, daß er meinetwegen in seinen jungen Jahren die Mutter hatte entbehren müssen. Jetzt gab ihm meine offensichtliche Zurückweisung ihrer Person einen weiteren Grund.

„Entschuldige, Cornelius, aber –"

„Sei ruhig!" schäumte ich. „Und laß dir folgendes sagen: ich gehe nicht zu Huren. Ich habe seit sechs Jahren ein und dieselbe Mätresse, um deiner Mutter einen Teil unserer Ehe zu ersparen, der ihr jetzt zuwider ist. Also hör mir jetzt zu und beehre mich mit deiner ungeteilten Aufmerksamkeit. Wenn du in dieser Bank vorankommen willst, dann wirst du ein paar Änderungen an deinem Privatleben vornehmen. Ich suche mir meine Partner nicht unter schlecht angepaßten Neurotikern aus, die unfähig sind, ein normales Leben zu führen. Wenn du momentan zu einer Heirat noch nicht bereit bist, dann kannst du es natürlich auf später verschieben – ich zwinge dich keineswegs dazu, um das nächste Mädchen, das dir über den Weg läuft, anzuhalten. Aber du wirst, verdammt noch mal, bis Ende des Jahres eine feste Freundin gefunden haben, sonst kannst du dir woanders einen Job suchen. Okay? Verstanden? Habe ich mich deutlich genug ausgedrückt?“

Er sah erschrocken aus. Er hatte natürlich keine Ahnung, daß alles Bluff war. Nie hätte ich Alicia mit der Nachricht gegenübertreten können, daß ich ihren Sohn hinausgeschmissen hatte, aber Sebastian verstand meine Beziehung mit seiner Mutter nicht, und er war in einem Haus aufgewachsen, in dem mein Wort Gesetz war.

„Ja, Sir“, flüsterte er.

„Gut. Dann kannst du jetzt verschwinden und zu deiner Arbeit zurückkehren.“

Er stolperte davon, und ich sank erschöpft in den nächsten Sessel.

Es dauerte eine Weile, bis ich mich von der Szene mit Sebastian erholt hatte. Als ich mir dann die ganze Sache noch einmal überdachte, fand ich, daß ich ihm einen guten Ratschlag gegeben hatte. Es würde ihm gewiß nicht schaden, eine ständige Freundin zu haben, und obwohl ich annahm, daß er weiterhin Huren bevorzugen würde, war ich pragmatisch genug, um mir klarzumachen, daß ich diese Angewohnheit kaum würde ändern können. Manche Männer ziehen aus rätselhaften Gründen diese Art von Frauen vor, was vielleicht zu dem Stadtplan gehörte, dessen Teil Freud nicht ergründet hatte – möglicherweise Queens oder auch Staten Island. Ich war noch nie in Staten Island gewesen und dachte oft vage, daß dort alles möglich sei.

Es war jedoch von großer Bedeutung, daß ich Sebastian klargemacht hatte, wie wichtig es war, der Welt eine normale häusliche Fassade zu präsentieren, und ich nahm an, daß er letzten Endes, wenn er so um die Vierzig war, sich zugunsten seiner Karriere eine passende Frau zur Gattin nehmen würde. In der Zwischenzeit würde ich mir weiterhin um ihn Sorgen machen müssen, aber das war nichts Neues; ich war an diese besondere Last gewöhnt und hatte schon lange gelernt, mit ihr zu leben.

Mit einem resignierten Seufzer schob ich meine Nöte beiseite, rief Jake an und dankte ihm, daß er sich während des Traumas am vorhergegangenen Abend so freundschaftlich um Alicia gekümmert hatte.

IV.

Sebastian ließ die Bombe zwei Monate später, im Juni, explodieren. Er traf an einem Sonntag um die Mittagszeit ein, als er wußte, daß Alicia und ich miteinander speisen würden, und informierte uns leichthin, ohne jegliche Warnung, selbst ohne eine taktvolle Einleitung, daß er heiraten würde.

„Heiraten!“ Alicia und ich waren starr. Wir aßen draußen auf der Terrasse, ein großer, geblümter Sonnenschirm beschattete den schmiedeeisernen Tisch. Vor uns erstreckte sich der Garten friedlich bis zu den entfernt liegenden Tennisplätzen. Ein Rasensprenger wässerte die Anlagen, die Vögel sangen auf der Balustrade, und nur das Summen des Straßenverkehrs hinter der hohen Backsteinmauer erinnerte uns daran, daß wir uns im Herzen der Stadt befanden.

„Ja. Heiraten.“ Sebastian schaute in den Krug auf dem Servierwagen. „Was ist das? Tom Collins?“

„Aber Sebastian –“ Alicia erhob sich, nur um wieder auf ihren Stuhl zurückzusinken.

„Ist das ein Krug mit Tom Collins?“ fragte Sebastian erneut.

„Nein, mit Limonade.“ Ich machte den Versuch, mich schleunigst zu erholen. „Ist es uns vielleicht gestattet, den Namen deiner Verlobten zu erfahren?“

„Elsa.“ Er wandte sich dem nächsten, eifrig lauschenden Lakaien zu. „Bringen Sie mir einen Tom Collins, ja?“

„Elsa?“ wiederholten Alicia und ich mit Stimmen, die laut genug waren, um in der Reischman-Villa, drei Häuserblocks weiter, gehört werden zu können.

„Ja. Jakes Tochter. Die Dicke.“ Er nahm sich einen Teller und bediente sich mit Rührei.

Ich winkte den Dienern, die sich daraufhin zögernd nach drinnen verzogen. Alicia starrte mich hilfesuchend an. Ihre Augen waren von einem glanzlosen, schockierten Grün.

Ich war so wütend, daß ich kaum sprechen konnte. Um mich zu beruhigen, goß ich frischen Kaffee in meine Tasse und griff nach einem weichen Brötchen. „Ich wußte nicht, daß Jakes Tochter deine Freundin ist“, sagte ich mit der freundlichsten Stimme, deren ich fähig war. „Wie lange bist du denn schon mit ihr zusammen?“

„Zwei Monate. Ich habe sie jeden Freitag abend in ein Autokino in New Jersey ausgeführt.“

Wenn er uns erzählt hätte, er habe mit ihr die andere Seite des Mondes besucht, dann wären wir nicht mehr erstaunt gewesen. Wir starrten ihn völlig verblüfft an.

„Ich mag New Jersey“, sagte Sebastian, während er einen Stuhl näherrückte und sich dann darauf fallen ließ. „Ich mag all die Hamburgerkneipen und die Reklameschilder und die Läden, die aussehen, als wären sie aus Plastik gemacht, und ich mag das Stück der Schnellstraße, wo man an all den Ölraffinerien vorbeikommt. Es ist surreal. Ebenso wie die Raststätten“, fügte er im nachhinein hinzu. „Es gefällt mir, wie man fährt und fährt und die Restaurants immer das identische Essen anbieten. Es ist wie in einem Science-Fiction-Film.“

„Aha“, sagte ich. „Du hast dich also mit Elsa nur einmal in der Woche getroffen.“

„Teufel, nein, ich habe sie viel öfter gesehen! Wir trafen uns gewöhnlich in der Mittagspause und sind dann zusammen mit der Staten-Island-Fähre gefahren.“

„Staten Island?“ brüllte ich.

Sebastian blickte von seinem Rührei auf. „Was hast du gegen Staten Island?“ fragte er erstaunt. „Ich habe es gern, wenn die Fähre ablegt und wenn sich Manhattan dann so vor einem auftürmt wie die Zähne eines Dinosauriers. Es ist eine gute Art, ein paar Cents auszugeben.“

„Uh-huh“, sagte ich. Es wurde mir plötzlich klar, daß ich sprachlos war. „Uh-huh.“

„Darling“, sagte Alicia, sehr weiß im Gesicht, aber sie hatte offensichtlich ihre tadellose Selbstkontrolle wiedergewonnen, „wissen die Reischmans denn, daß du dich mit Elsa triffst?“

„Natürlich nicht! Warum sollte man sich unnötige Schwierigkeiten bereiten? Elsa hat ihnen erzählt, sie verbrächte die Freitagnacht bei Ruth in Englewood.“

Ruth war die frischverheiratete ältere Tochter der Reischmans.

„Verbrächte . . . Freitagnacht –“

„Sebastian, willst du damit vielleicht sagen –“

„Schon in Ordnung“, sagte Sebastian gemütlich. „Ruth hat geschworen, daß sie Elsa ein Alibi geben würde – sie hat sogar gesagt, sie wünschte, daß es seinerzeit jemanden gegeben hätte, um ihr ein Alibi zu geben, als sie nach Wegen gesucht hatte, um den Keuschheitsgürtel zu sprengen . . . Sagt mal, wo bleibt denn Carraway mit meinem Tom Collins?“ Er schaute sich entrüstet um, bevor er seine Eier erneut in Angriff nahm.

„Cornelius –“, sagte Alicia schwach.

Ich nahm die Situation in die Hand. „Du willst also sagen“, sprach ich klar und langsam, um ganz sicherzugehen, daß ich deutlich verstanden wurde, „daß jeden Freitagabend in den letzten zwei Monaten –“

„Nur im letzten Monat“, sagte Sebastian. „Während des ersten Monats waren wir befreundet, danach aber, ja, dann haben wir ein Zimmer in einem Motel an der Schnellstraße genommen.“ Er legte seine Gabel nieder und blickte mir gerade in die Augen. „Ich habe genau das getan, was du mir geraten hast“, sagte er. „Ich habe deinen Befehl bis ins Detail befolgt. Ich habe mir ein intelligentes Mädchen gesucht, das mich physisch reizte, bin ein paarmal mit ihr ausgegangen und habe dann – nach einer angemessenen Probezeit – um sie angehalten. Genau das hast du mir doch geraten, nicht wahr?“

Carraway trat aus dem Haus. Sein silbernes Tablett glitzerte in der Sonne. „Ihr Tom Collins, Mr. Foxworth.“

„Prima. Und bringen Sie uns außerdem noch eine Flasche Champagner, ja? Ich habe mich gerade verlobt.“

„Meinen Glückwunsch, Mr. Foxworth!“

„Danke.“ Er trank die Hälfte seines Tom Collins und fuhr dann fort, seine Eier zu vertilgen. „Sagt einmal, wird es nicht allmählich Zeit, daß ihr Carraways Beispiel folgt, anstatt mich über meine Ausgehgewohnheiten ins Kreuzverhör zu nehmen?“

„Cornelius“, flüsterte Alicia, „hast du ihm wirklich gesagt, er solle –“

„Nie. Niemals habe ich ihm gesagt, daß er –“

„Doch, das hast du allerdings!“ sagte Sebastian heftig.

Ich sprang auf, aber Alicia ergriff meinen Arm und sagte rasch, bevor ich zu Wort kommen konnte: „Das genügt, Sebastian. Was fällt dir ein, so zu deinem Stiefvater zu sprechen – und hör auf zu essen, setz dich gerade hin und sieh mich an, wenn ich mit dir rede!“

Sebastians Hand krampfte sich um seine Gabel, er warf den

Kopf in den Nacken und starrte einen Punkt hinter Alicias linker Schulter an. „Entschuldige, Mutter, aber –"

„Und unterbrich nicht andauernd!" Nie zuvor hatte ich Alicia so ärgerlich mit ihm gesehen. „Wie kannst du es wagen, dich so zu benehmen – als ob wir nicht bereits genug von deinen schmutzigen Eskapaden gehabt hätten! In meinem ganzen Leben habe ich mich nie so deinetwegen geschämt! Du hast die Tochter eines der ältesten Freunde von Cornelius genauso behandelt, als sei sie irgendeine billige Prostituierte!"

„Aber er –"

„Und wage ja nicht zu behaupten, daß Cornelius dir dazu geraten habe!"

„Entschuldige, liebe Mutter, aber er hat mir gesagt, ich solle mit dem Mädchen, das ich einmal heiraten wolle, vorher ins Bett gehen, und ich halte das, ehrlich gesagt, für einen guten Rat. Es würde mir nicht im Traum einfallen, ein Mädchen zu heiraten, mit dem ich nie geschlafen habe. Es tut mir leid, wenn dich das schockiert, aber –"

„Du kannst doch unmöglich Elsa heiraten wollen!"

„Doch, durchaus!" sagte Sebastian mit verkniffenem Mund.

Ich hatte endlich eine Chance, auch ein Wort zu sagen. „Alicia, ich fürchte, Sebastian versucht, sich an mir für das sehr unerfreuliche Gespräch zu revanchieren, das wir nach dem Vorfall mit der Polizei miteinander führten."

„Du irrst dich vollkommen", sagte Sebastian. „Ich fand deinen Rat recht gut. Ich war gerade dabei zu überlegen, wie dumm ich wäre, wollte ich diesem Rat nicht folgen, als ich Elsa eines Tages vorm ‚Korvette' traf. Nun, ich sagte Hallo, und sie sagte Hallo, und dann dachte ich plötzlich: vielleicht ist sie die Richtige, also gingen wir in ein Café und tranken zwei Milchshakes. Sie war schüchtern, deswegen haben wir nicht viel geredet. Ich fragte sie, ob sie einen Freund habe, und sie sagte nein, die meisten Männer hielten sie wohl für zu dick. Ich fand sie süß. Ich mag dicke Mädchen. Jedenfalls, als wir so allmählich ins Gespräch kamen, fand ich sie irgendwie interessant. Sie studiert an der Kunsthochschule, und als sie mir später ein paar ihrer Entwürfe zeigte, fand ich sie prima – surreal. Sie schenkte mir einen für meine Wohnung. Dann sprachen wir über Dalis Bilder und gingen ins Museum für moderne Kunst. Warum hast du nie ein Werk von

Dali gekauft, Cornelius? Ich wünschte, ich könnte wie Dali malen oder Entwürfe zeichnen wie Elsa. Jedenfalls sagte ich bei unserem nächsten Rendezvous: ‚Jetzt werde ich dir etwas zeigen, das wirklich surrealistisch ist‘, also fuhren wir die Route 22 hinunter und sahen uns einen echt verrückten Film über einen Werwolf an. Es hat Spaß gemacht. Dann, zwei Wochen später – nachdem wir zum ersten Mal in dem Motel übernachtet hatten –"

„Cornelius", sagte Alicia, „wir müssen uns das wohl nicht länger anhören, nicht wahr?"

„– fanden wir einen Coca-Cola-Automaten, der genau wie ein surrealer Roboter aussah, und, Junge, haben wir gelacht! Jedenfalls haben wir uns dann ein Coke gekauft und sind ins Bett gegangen, und es war sehr nett, und hinterher haben wir den Fernseher angedreht und uns eine Episode von ‚I love Lucy‘ angeschaut – und, Junge, haben wir wieder gelacht! Es war eine der komischsten ‚I love Lucys‘ die ich je gesehen habe – vielleicht kennt ihr sie. Es ist die, wo Ricky zu Lucy sagt –"

Die Terrassentür öffnete sich, und Carraway, flankiert von zwei Lakaien, trat großartig mit dem Champagner auf.

„– und dann sagt Lucy zu Ricky –"

Ich saß wie festgenagelt auf meinem Stuhl und sah zu, wie Carraway die Flasche öffnete. Ich hatte jegliche Kontrolle über die Szene verloren.

„– und dann werden Fred und Ethel in die Sache verwickelt –"

Endlich entfernten sich die Angestellten.

„Also, auf Elsa und mich!" sagte Sebastian, der sich schließlich von dem Champagner hatte ablenken lassen, und führte sein Glas an die Lippen.

Weder Alicia noch ich unternahmen den Versuch, mitzutrinken.

„Sebastian", sagte Alicia und erstaunte mich erneut, indem sie als erste das Gespräch wieder aufnahm, „es tut mir leid – ich verstehe, daß du dich mit Elsa gut amüsiert hast, aber ich kann mich unmöglich einverstanden erklären, daß du ein unscheinbares, dickes, jüdisches Mädchen ohne Grazie oder Charme heiratest, während dir doch die ganze Welt offensteht."

„Und, mein Gott, Sebastian!" fügte ich schaudernd hinzu, als ich mich beeilte, Alicia zu unterstützen. „Wenn Jake je erfährt, daß du mit seiner Tochter geschlafen hast, dann wird er nicht nur dich in Stücke zerreißen, sondern mich ebenfalls!"

„Nein, das wird er nicht tun!" sagte Sebastian, und seine dunklen Augen wurden plötzlich hart und bitter. „Weshalb sollte ich nicht mit seiner Tochter schlafen, wenn er mit deiner Frau herumzieht?"

Nichts geschah. Es war ruhig. Dann hüpfte ein Vogel die Balustrade entlang, trillerte süß und flog in die Büsche. Schweiß fing an, mir langsam den Rücken hinunterzulaufen.

Alicias Gesicht war wie gemeißeltes Elfenbein, glatt, undurchschaubar, exquisit. „Du wirst bitte sofort den Tisch verlassen, Sebastian", sagte sie mit gleichbleibend ruhiger Stimme. „Es ist mir nicht ganz klar, weshalb du mich verletzen wolltest, indem du eine so bösartige Lüge erfindest, wenn du jedoch ruhiger geworden bist, kannst du vielleicht die Gründe für meine Mißbilligung deiner Pläne erwägen, und du wirst es dann hoffentlich für angemessen halten, dich zu entschuldigen. Geh jetzt bitte."

Sebastian leerte sein Glas, ergriff die Champagnerflasche und trollte sich damit in Richtung Sommerhäuschen.

„Alicia", sagte meine Stimme, „hast du –"

„Sei doch nicht lächerlich, Cornelius", sagte sie. „Kannst du dir etwa vorstellen, daß ich je eine Affäre mit einem Juden haben würde?"

Ich konnte es nicht. Ich wischte mir den Schweiß von der Stirn.

„Aber was, zum Teufel, hat diese Idee in Sebastians Kopf gesetzt?" fragte ich verwirrt.

„Weiß der Himmel! Nein, warte – es muß damals gewesen sein . . . oh, aber wie unsinnig! Jake ist einmal hierher gekommen, als Sebastian noch zu Hause wohnte, Cornelius – kurz nachdem er vom Militärdienst zurückgekehrt war. Du warst verreist – nach Boston, glaube ich. Ich kann mich nicht mehr erinnern. Jedenfalls hatte Jake geglaubt, du würdest erst am nächsten Morgen abreisen und kam am Abend kurz vorbei, um dich wegen einer Angelegenheit, die mit der Kunststiftung zusammenhing, zu sprechen – erinnerst du dich nicht? Ich habe es dir hinterher erzählt."

„Ja, ich glaube, ich erinnere mich daran. Aber warum sollte Sebastian –"

„Natürlich lud ich Jake zu einem Drink ein, und Sebastian entdeckte uns im goldenen Zimmer, während Jake mir eine lange Geschichte über eine seiner Töchter erzählte. Wenn Sebastian annahm, es sei ein heimliches Rendezvous gewesen, dann muß er damals nicht recht bei Verstand gewesen sein; ich bin aber sicher, daß er diese blödsinnige Bemerkung nur gemacht hat, weil er außer sich vor Wut ist, daß ich nicht will, daß er dieses riesige, wabblige Mädchen heiratet, das unscheinbar wie ein Kürbis aussieht und aus dem man nie ein Wort herausbringen kann. O Gott, Cornelius, was sollen wir bloß tun?"

Carraway, der an diesem Sonntag wahrlich Überstunden machte, öffnete abermals die Terrassentür.

„Ich bitte um Verzeihung, Sir, aber Mr. und Mrs. Jacob Reischman –"

Die Reischmans rauschten an ihm vorbei, übergingen ihn mit der Tüchtigkeit alteingesessenen Geldes, das daran gewöhnt ist, Angestellte wie Möbelstücke zu behandeln.

„Guten Tag, Neil", sagte Jake, blaß vor Wut. „Guten Tag, Alicia. Entschuldigt bitte, daß wir euer Mittagessen unterbrechen."

Wir erhoben uns beide gleichzeitig.

„Guten Tag, Jake. Guten Tag, Amy", sagte ich.

„Guten Tag, Amy und Jake", sagte Alicia.

„Guten Tag, Cornelius und Alicia", sagte Amy.

„Bitte, nehmt Platz", sagte ich höflich. „Darf ich euch etwas zu trinken anbieten?"

„Nein danke. Wir werden uns jedoch setzen. Setz dich, Amy."

Amy, eine schwere, unpassend gekleidete Frau mit ergrauendem Haar, das sich in einer viel zu starken Dauerwelle krauste, setzte sich gehorsam auf den Stuhl, den Sebastian verlassen hatte, während ich einen vierten Stuhl für Jake heranzog. Als ich mich setzte, brachte ich es fertig, unter dem Tisch leicht auf Alicias Fuß zu treten und auf meine Brust zu weisen, zum Zeichen, daß sie das Gespräch mir überlassen sollte. Trotz des offensichtlichen Zornes der Reischmans hegte ich den geheimen Verdacht, daß sie weniger wußten als wir; Elsa würde sich doch sicher eher den Hals durchschnitten haben, als ihren Eltern zu gestehen, daß sie ihre Jungfräulichkeit in einem New-Jersey-Motel vor einer Galavorstellung von „I love Lucy“ verloren hatte.

„Ich nehme an, daß ihr informiert worden seid, so wie wir eben informiert wurden“, sagte Jake, „daß euer Sohn sich heimlich mit meiner Tochter getroffen und sich mit ihr, man kann es nicht anders ausdrücken, herumgetrieben hat?“

„Du meinst, er ist mit ihr ausgegangen“, sagte ich.

„Er hat uns nie um Erlaubnis gebeten!“

„Jake, wir befinden uns im Jahre 1955. In welchem Jahrhundert lebst du?“

„Euer Sohn hat unsere Tochter dazu überredet, mit ihrer Schwester ein sagenhaftes Alibi auszukochen, so daß wir nicht herausfänden, daß er sie in eine Anzahl von Drive-ins in New Jersey mitnahm!“

„Jake, ich bin nicht für deine Töchter verantwortlich. Du bist es. Und was hast du gegen Drive-in-Filme?“

„Solch eine Vulgarität!“ flüsterte Amy schaudernd. „So unmoralisch!“

„Bitte sei ruhig, Amy. Ich bin überzeugt, wir wissen alle, was in den Drive-in-Kinos vor sich geht. Weshalb Sebastian meine Tochter nicht auf respektable Weise ausführen konnte, ist mir unklar. Ist meine Tochter nicht gut genug, um anständig unterhalten zu werden? Die ganze Situation sähe anders aus, wenn er sie öffentlich in die Carnegie Hall oder zur Met begleitet hätte, aber sich heimlich mit ihr zu einem New-Jersey-Autokino wegzuschleichen, ist meiner Meinung nach nichts weniger als eine Beleidigung meiner Tochter, ihrer Familie, ihrer Erziehung –“

„Ach, laß nur, Jake!“ sagte ich gutgelaunt. „Versuche dich daran zu erinnern, wie es ist, wenn man jung ist! Ich weiß, daß es uns verrückt vorkommt, nach New Jersey in ein Drive-in zu gehen, aber unterscheidet es sich wirklich so sehr von 1928, als du und ich und unsere Lieblingsmädchen heimlich Mae West in ‚Pleasure Man‘ angegafft haben, bevor die Polizei das Theater zumachte?“

„Wirklich, Jacob?“ fragte Amy voll Interesse.

„Bitte sei ruhig, Amy. Jetzt hör mir einmal zu, Neil. Tu nicht so, als verstündest du nicht, wovon ich rede. Ich habe eine achtzehnjährige Tochter, und sie wird noch Jungfrau sein, wenn sie heiratet, und ich lasse sie nicht mit einem Mann zu den New-Jersey-Drive-ins rennen, der, das wirst du zugeben, alles andere als unerfahren ist."

„Ich weiß nicht, weshalb du mir all das sagst", erwiderte ich. „Sebastian ist über einundzwanzig und sein eigener Herr. Weshalb redest du nicht mit ihm?"

„Du weißt genau, warum. Weil wir vier uns gegen die verrückte Idee vereinigen müssen, daß Sebastian und Elsa nach zweimonatiger Freundschaft, deren Höhepunkte Besuche von Drive-in-Filmen war, heiraten."

Es entstand eine Pause, während wir vier vor Erleichterung in unseren Stühlen zusammensackten. Wir würden weiterhin Freunde bleiben, aller Schwierigkeiten zum Trotz.

„Ich bin natürlich", fuhr Jake fort, „vollkommen dagegen – und du bist zweifellos gleicher Meinung –, daß man gegen seine eigene Religion und Kultur heiratet. Eine Ehe ist selbst mit den besten Voraussetzungen schwierig genug. Eine Ehe mit einem solchen Handikap einzugehen, kann nur eine reine Narretei sein. Ich spreche natürlich ohne kulturelle oder religiöse Vorurteile. Ich halte mich lediglich an Tatsachen."

Ich hörte dieser erwarteten Tirade nur mit halbem Ohr zu, denn ich erinnerte mich im stillen daran, wie glücklich ich als junger Mann mit Alicia gewesen war. Ich erinnerte mich an eine Gelegenheit vor langer Zeit, als sie und ich uns in einem Hotel in Kalifornien wegen einer Tüte Erdnüsse fast totgelacht hatten; damals gab es kein Fernsehen, aber wir waren auf einem dekadenten runden Bett gelegen, ich mit meinem Kreuzworträtsel, sie mit ihren Illustrierten, und das Leben war schön und warm und glücklich gewesen. Nostalgie überkam mich. Ich dachte daran, wie Sebastian und Elsa unschuldig zusammen vor dem Fernsehapparat saßen, und zum ersten Mal in meinem Leben verstand ich meinen Stiefsohn vollkommen. Es war mir vielleicht schwergefallen, ihn zu verstehen; ich hatte vielleicht einen Fehler gemacht; aber nun war ich endlich in der Lage, meine Versäumnisse wiedergutzumachen.

Ich sagte: „Jake, mach mal einen Augenblick lang Pause und hör dir selber zu. Ich werde dich nicht wegen rassistischer Vorurteile anklagen, aber überlege dir einmal, was du eben gesagt hast, und sieh zu, ob du es nicht besser ausdrücken kannst.

Es gefällt mir nicht, daß du gegen meinen Sohn voreingenommen bist."

„Ich bin nicht gegen deinen Sohn voreingenommen!"

„Oh! Bist du sicher? Schau, Jake, die Zeiten sind vorüber, als die Zwillingsaristokratien in New York wie Öl und Wasser nebeneinander saßen und sich nie vermengten. Weshalb solltest du keinen Nichtjuden in deiner Familie und ich keinen Juden in meiner Familie haben? Wir sind doch New Yorker, nicht wahr? Wir leben in der internationalsten Stadt der Welt, die vielleicht am ehesten ein Äquivalent des alten Roms ist, wo sich alle Rassen trafen und miteinander vermischten. Erinnere dich, was wir vor langer Zeit in Bar Harbor in den gräßlichen Lateinstunden gelernt haben! Es hat sowohl eine etruskische als auch eine lateinische Aristokratie im alten Rom gegeben, aber sind sie für immer getrennt geblieben? Mitnichten! Sie sind zu einer einzigen römischen Elite verschmolzen!"

„Ich bin erstaunt ob deines guten Gedächtnisses. Selbst wenn wir jedoch all die kulturellen und religiösen Einwände gegen diese Heirat beiseiteschieben, verbleibt doch noch die Tatsache, daß Elsa und Sebastian überhaupt nicht zueinander passen –"

„Findest du?" fragte ich.

„Cornelius!" Alicia konnte sich nicht länger beherrschen. „Du bist doch bestimmt nicht für diese – das kann doch nicht wahr sein!"

„Schau", sagte ich zu ihr und zu Jake und selbst zu der unterwürfigen Amy, die mich mit runden Augen betrachtete. „Laß uns einmal all den Mythos und die Vorurteile und die lächerlichen, mittelalterlichen Ansichten außer Acht lassen und die Lage, wie sie wirklich ist, untersuchen. Es ist nicht leicht, sich bei Sebastian auszukennen, und er hatte seine Schwierigkeiten in der Vergangenheit, aber er ist ein guter Junge, der im Leben vorankommt und dem eine Zukunft offensteht. Er hat sich bis jetzt nie ernsthaft für ein nettes Mädchen interessiert, weil er immer zu schüchtern war, aber nun hat er den Sprung ins Wasser gewagt, und ihr könnt sicher sein, daß er Elsa weitaus höher schätzen wird als die jungen Männer, die ihre Zeit damit verbringen, jedes Jahr bei den New Yorker Debütantinnenbällen aufzukreuzen. Er möchte ein ruhigeres Leben führen und ein guter Ehemann sein – und er hat sich deine Tochter zur Frau gewählt, Jake, die auch schüchtern ist und nie zuvor einen Freund hatte und die – darf ich ehrlich sein? – wohl nie den Miß-Amerika-Titel erringen wird. Gib es doch zu, Jake! Sebastian ist ein guter Fang für Elsa. Amy, du wirst es zugeben, selbst wenn Jake sich weigert!"

„Einen Augenblick, bitte, Amy!" sagte Jake automatisch, als Amy den Mund öffnete. Er zog ein Taschentuch hervor und betupfte sich die Stirn. „Neil, ich kann nicht glauben, daß es dir ernst ist."

„Es ist ihm nicht ernst, Jake", sagte Alicia.

„Aber durchaus! Darling", ich wählte speziell einen Kosenamen, den ich seit Jahren nicht benutzt hatte, um ihr klarzumachen, daß ich aufrichtig war, „es ist mir eben aufgegangen, daß es gut für Sebastian sein könnte. Erinnerst du dich an Kalifornien im Dezember 1930 und wie glücklich wir waren?"

„Sebastian sieht recht gut aus, Jacob", sagte Amy. „Ist auch gescheit. Wird er eines Tages der Chef von Van Zale sein, Cornelius?"

„Amy, wer kann sagen, was die Zukunft bringt?"

„Sebastian wird die Bank nicht bekommen, Amy", sagte Jake. „Neil wird einen der kleinen Kellers übernehmen und ihn darauf drillen, Paul Cornelius Van Zale der dritte zu werden. Blut ist immer dicker als Tinte."

„Entschuldige", sagte Alicia zu Amy, „aber ich finde nicht, daß sie heiraten sollten. Es hat nichts mit Vorurteilen zu tun. Ich glaube einfach nicht, daß Sebastian sie liebt. Ich bin sicher, daß er sie sehr gern hat, aber –"

„Ich bin ganz deiner Meinung", sagte Jake. „Elsa liebt Sebastian auch nicht. Es ist nichts weiter als die Verliebtheit eines jungen Mädchens."

„Die Kinder würden natürlich jüdisch erzogen werden", sagte Amy zu mir.

„Amy, ich bin sicher, daß Sebastian und Elsa zu einem akzeptablen Arrangement kommen werden!" Ich wandte mich ihrem Gatten zu. „Komm, Jake!" sagte ich freundlich. „Sieh den Tatsachen ins Gesicht! Wenn du weiterhin den Kopf in den Sand steckst, dann ist es durchaus möglich, daß Sebastian und Elsa von den New-Jersey-Drive-ins zu einem New-Jersey-Motel überwechseln!"

„Mein Gott." Ihn schauderte, er fand ein sauberes Glas auf dem Servierwagen und goß sich eine Limonade ein. „Ist das ein Tom Collins?"

„Nein. Carraway!" rief ich.

Er war in Sekundenschnelle auf der Terrasse. Selbstverständlich hatten er und die beiden Lakaien am nächstgelegenen Fenster gelauscht. Ich kam mir vor wie Aladin, der seine magische Lampe reibt.

„Bitte bringen Sie noch eine Flasche Champagner."

„Ich bin gegen diese Ehe", sagte Jake, „ich bin dagegen."

„Du kannst ein Mädchen nicht vom Heiraten abhalten, wenn sie es sich in den Kopf gesetzt hat, Jake", sagte ich milde. „Ich habe selbst meine schmerzlichen Erfahrungen gemacht, und wenn du weiterhin so tust, als sei es 1855 statt 1955, dann könntest du auch eine Tochter haben, die in irgendeiner Stadthalle in Maryland heiratet."

„Oh, Jacob", sagte Amy, „wir müssen Elsa eine wunderbare Hochzeit geben! Es würde mich umbringen, wenn sie keine richtige Braut wäre!"

„Amy, verstehst du denn nicht? Sie liebt ihn nicht!"

„Ja, aber Jacob, sie wird vielleicht nie wieder eine Chance bekommen, jemanden zu heiraten, der nicht hinter ihrem Geld her ist – und du ruinierst vielleicht das ganze Leben deiner Tochter! Und Sebastian ist ein so gutaussehender Junge, so groß und männlich. Für Elsa ist es, als ob ein Traum Wirklichkeit geworden wäre. Du weißt ja nicht, wie elend deine Tochter gewesen ist, jede Nacht hat sie geweint, weil sie so dick und häßlich ist und keinen Freund hatte –"

„Hör auf!" brüllte Jake.

„Aber Jacob, du möchtest doch, daß deine Tochter glücklich ist, nicht wahr?"

Jake starrte den Krug mit Limonade an, als wolle er ihn durchs Fenster werfen. „Ich glaube nicht, daß Sebastian sie glücklich machen würde!"

„Ich glaube, die Ehe würde eine Katastrophe sein", sagte Alicia, „das schlimme ist aber, Jake, daß niemand auf uns hören wird. Es ist außerdem sehr schwierig, Cornelius' realistische Einstellung zu der Situation nicht zu teilen. Sebastian ist fest entschlossen, sie zu heiraten, das ließ sich leicht feststellen, und

Elsa ist wahrscheinlich durchaus in der Lage, in Vickys Fußtapfen den Weg nach Maryland anzutreten. In den alten Zeiten hätten wir vielleicht irgendwelche Pläne schmieden können, um sie voneinander fernzuhalten, aber heutzutage tun die Kinder, was sie wollen, und die Eltern können sich zum Teufel scheren."

Jake biß die Zähne zusammen. Wir warteten alle. Schließlich sagte er: „Ein Jahr Verlobungszeit."

„Oh, Jacob!" sagte Amy. „Mädchen können heutzutage nicht ein Jahr lang warten und junge Männer auch nicht!"

„Nun, vielleicht hat vorehelicher Sex etwas für sich", begann ich milde.

„Absolut nicht!" sagte Jake heftig. „Nicht, wenn es sich um meine Tochter handelt! Nun gut, neun Monate."

„Eine Frühlingshochzeit!" rief Amy erfreut, und ich sah Carraway majestätisch mit dem Champagner auf uns zurauschen, damit das Abkommen besiegelt werden konnte.

V.

Als ich an diesem Abend allein in der Bibliothek an einem Kostenvoranschlag für mein neues Kunstmagazin arbeitete, klopfte Sebastian an die Tür und schaute ins Zimmer. Ich hatte ihn nicht mehr gesehen, seit er von der Terrasse mit der Flasche Champagner davongestakst war, obwohl Alicia ihn in seiner Wohnung angerufen und ihn gebeten hatte, zurückzukommen, nachdem die Reischmans sich verabschiedet hatten.

„Hallo", sagte ich lahm. „Komm rein."

Er schlenderte durchs Zimmer, ließ sich auf der anderen Seite meines Schreibtisches in einen Stuhl fallen und betrachtete mich düster. Sein Ausdruck, halb mürrisch, halb rebellisch, zeigte, daß seine Stimmung nach der Euphorie um die Mittagszeit wieder die für ihn typische war. „Danke", sagte er verbissen.

„Was? O ja, schon gut, Sebastian. Ich glaube wirklich, daß diese Ehe für dich das richtige ist."

Die gewohnte, unbequeme Pause entstand. Ich strengte mich verzweifelt an, Konversation zu machen und sagte leichthin: „Ich wußte gar nicht, daß du ein ‚I love Lucy'-Fan bist!" und sofort überkamen mich Schuldgefühle. Mir war, als hätte ich es wissen sollen.

„Ja, Lucy ist prima."

Abermals war es still. Er rutschte auf seinem Stuhl hin und her. „Cornelius."

„Ja?" fragte ich, bemüht, geduldig zu bleiben.

„Es tut mir leid." Er schluckte. „Wirklich leid."

„Uh . . ." Ich überlegte, weshalb er sich entschuldigte. „Macht nichts, Sebastian", sagte ich hastig. „Mach dir keine Sorgen."

„Ich weiß, daß Mutter so was nie tun würde."

Für eine Sekunde war ich wieder auf der Terrasse mit dem süß zwitschernden Vogel auf der Balustrade. Ich saß bewegungslos in meinem Sessel.

„Ich war einfach so wütend auf sie", sagte Sebastian, „weil sie Elsa ein unscheinbares, dickes, jüdisches Mädchen ohne Grazie oder Charme genannt hat. Das war gemein."

„Es war etwas taktlos", sagte ich vorsichtig, „aber vergiß nicht, daß deine Mutter einen großen Schock erlitt. Sebastian . . . nur aus Interesse . . . was hat dich dazu veranlaßt, diese ungewöhnliche Bemerkung über deine Mutter und Jake zu machen?"

„Es war nichts. Ich habe sie lediglich eines Abends zusammen angetroffen, als du nicht hier warst. Sie hatten einen Drink miteinander, das war alles."

„Ja, deine Mutter erwähnte es. Sie hat es mir sogar damals erzählt. Aber was fandest du an diesem Vorfall so ungewöhnlich, daß du ihn nicht nur im Gedächtnis behalten, sondern ihn dann Monate später so verdreht wieder aufgetischt hast?"

„Ich weiß nicht", sagte Sebastian. Er zog die Augenbrauen zusammen und schaute so nachdenklich drein wie die Plastikäffchen, die einen Totenkopf anschauen, die man in billigen Geschenkläden kaufen kann. Und als ich gerade überzeugt war, daß es sinnlos sei, eine logische Erklärung für ein so unlogisches Betragen zu erhalten, sagte er plötzlich: „Ich glaube, es war deswegen, weil Mutter Scotch trank."

SECHSTES KAPITEL

I.

Es war still im Zimmer, aber in meinem Kopf gellte meine Stimme, die gerufen hatte: „Um Gottes willen, warum verschwenden wir Zeit damit, Alicias Trinkgewohnheiten zu besprechen?“

Mein Gedächtnis forschte weiter. Automatisch, unaufhaltsam. Der kleine, triviale Vorfall rollte mühelos vor meinem inneren Auge ab.

„Alicia trinkt keinen Scotch, Jake.“

„Oh, ich mag Scotch jetzt ganz gern, Cornelius.“

„Du hast Scotch getrunken, als ich hier eintraf. Ich nahm an –“

„Oh, ja natürlich, Jake . . .“

Ich sah sie als Schauspieler, Alicia verpaßte ein Stichwort, Jake soufflierte ihr, Alicia überspielte den Fehler so schnell, daß ich als Publikum, gefangen von dem Drama, das sich hinter der Bühne abspielte, dem verborgenen Drama keine Beachtung schenkte, das kurz vor meinen Augen aufblitzte.

Ich starrte Sebastian an. Er sprach wieder. Ich versuchte, mich auf das, was er sagte, zu konzentrieren, während ein Teil meines Gehirns ununterbrochen funkte: nicht wahr, kann nicht wahr sein, übereile keine Schlußfolgerungen, bin neurotisch, glaub ich nicht, kann ich nicht glauben, werde ich nicht glauben, krankhafte Phantasie, ich werde wahnsinnig.

„Ja“, sagte Sebastian nachdenklich, „das war's wohl. Du weißt, Mutter hat altmodische Vorstellungen über das, was eine Frau trinken sollte. Du weißt, sie trinkt nie etwas anderes als Sherry – außer in einer Krise wie damals in Bar Harbor, als Andrew sich das Bein gebrochen hatte und du ihr einen Martini mixtest. Nun, als ich an diesem Abend ins goldene Zimmer hineinschaute und Mutter mich einlud, mit ihr und Jake einen Drink zu nehmen, merkte ich sofort, daß er Scotch trank. Ich bemerkte es, weil eine Flasche besonders guter Scotch auf dem Tisch neben dem Eiskübel stand, Grant oder so was, nein,

Johnny Walker Black Label, nicht das plebejische Zeug, das du magst, und ich war in Versuchung, davon zu probieren. Dann sah ich zu meinem Erstaunen, daß weit und breit kein Sherryglas zu sehen war und Mutter dasselbe trank wie Jake. Nun, ich nehme an, es gibt keinen Grund, weshalb Mutter in ihrem Alter nicht auf Scotch überwechseln sollte, aber die Szene ist mir wahrscheinlich deswegen im Gedächtnis geblieben, weil ich dachte: Himmel, das ist ziemlich gewagt für Mutter, mit jemandem Scotch zu picheln, der nicht ihr Ehemann ist! Blöd, nicht? Denn wenn es etwas gibt, das wir alle genau wissen, dann ist es, daß Mutter so was nie tun würde."

„Ja. Genau."

„Gott, ich habe nie gewußt, wie antisemitisch sie ist!" Er erhob sich schwerfällig von seinem Stuhl und schlurfte zur Tür. „Ich geh jetzt mal lieber. Tschüs, Cornelius. Vielen Dank noch mal."

„Gute Nacht, Sebastian."

Er ging. Ich blieb hinter meinem Schreibtisch sitzen. Dann überlegte ich, daß es wahrscheinlich eine sehr einfache Erklärung gäbe, und daß, wenn ich Alicia darum bitten würde, sie mir alles auseinandersetzen würde, woraufhin ich mich dann wieder wohlfühlen könnte. Ich versuchte, die Frage zu formulieren. „Entschuldige, Alicia, aber wie kommt es, daß du seit Monaten heimlich Scotch trinkst und daß Jake von dieser Angewohnheit informiert ist, während ich nichts davon weiß?"

Absurd. Außerdem dumm. Sobald ich Alicia eröffnete, daß ich etwas wußte, würde sie sofort mit mir und unserer gerade so friedlichen Beziehung Mitleid haben, und die ganze Sache würde sofort so peinlich werden, so gräßlich, daß ich mit dieser Überlegung nicht fortfahren konnte. Was immer auch geschah, weder sie noch Jake durften merken, daß ich etwas wußte.

Und was wußte ich denn überhaupt? Nichts von Bedeutung. 1949, vor sechs Jahren, hatte ich meiner Frau gesagt, sie solle sich einen Liebhaber nehmen, und das hatte sie irgendwann während dieser sechs Jahre getan. Das war sehr gescheit von ihr und ganz im Einklang mit unserem Abkommen, auf das wir uns geeinigt hatten. Sie hatte sogar in ganz New York den Mann gewählt, dessen Verschwiegenheit man vollkommen trauen konnte und der seinen Sieg nicht dazu benutzen würde, mich hinter meinem Rücken auszulachen. Ich bewunderte ihre Klugheit. Ich seufzte vor Erleichterung bei dem Gedanken an Jakes perfekte Diskretion. Ich sagte mir, welch ein praktischer Mann ich doch sei, der mühelos pragmatische Lösungen für des Lebens peinlichere Probleme guthieß. Wir waren alle drei so zivilisiert und weltklug. Alles würde tadellos sein.

Eine Fotografie von Alicia stand auf meinem Schreibtisch, und ich merkte nach einer Weile, daß ich sie ansah. Ich sah ihr glattes, glänzendes, dunkles Haar und ihre grau-grünen Augen, die schräg über ihren Backenknochen lagen, und plötzlich erinnerte ich mich mit brennender Deutlichkeit an ihre makellose Haut, an ihre kleinen, runden, festen Brüste, an ihr –

Ich wollte ihn umbringen.

Ich stolperte zum Barschrank, schwappte etwas in ein Glas, ich weiß nicht, was es war, es schmeckte nach nichts, all meine Sinne waren betäubt, ich war blind, taub und gefühllos vor Schmerz. Ich versuchte, wie gewöhnlich die Jalousien vor dem unerträglich wachen Bewußtsein herabzulassen, aber sie blieben stecken, ich konnte gar nichts tun, ich konnte den Schmerz nicht ausschließen. Er strömte durch mein zerstörtes Bewußtsein, durch meinen zitternden Körper, und ich konnte nur immer denken: ich kann den Schmerz nicht ertragen, ich kann damit nicht leben, ich habe nicht die Macht, damit zu leben . . . Und das Wort Macht schnitt durch mein zerrissenes Bewußtsein, bis ich das Gefühl hatte, zu verbluten.

Es klopfte an der Tür.

Ich stand beim Barschrank mit einem leeren Glas in der Hand. Eine Flasche Canadian Rye war offen. Ich ergriff sie und goß mir noch etwas nach.

„Ja?“ sagte ich.

Die Tür öffnete sich. „Cornelius –“

Ich konnte sie nicht ansehen. Ich erhob mein Glas und trank. Meine Hände zitterten noch immer.

„– entschuldige, aber ich wollte nur sicher sein, daß Sebastian sich bei dir entschuldigt hat, bevor er ging.“

„Das hat er getan. Ja.“ Ich wandte ihr weiterhin den Rücken zu, als ich zu meinem Schreibtisch zurückkehrte. Mein Kostenvoranschlag lag da, wie eine archäologische Reliquie aus einer verlorenen Welt.

„Gut. Oh, Cornelius, ich bin wegen dieser Heirat so deprimiert! Ich weiß, ich muß mich zusammennehmen und eine einigermaßen nette Schwiegermutter sein, aber es ist so schwer, nett zu sein, wenn ich einfach nicht verstehen kann, was Sebastian an dem Mädchen findet."

„Ja."

„Nun, kannst du verstehen, was er in ihr sieht?"

„Nein."

Pause. „Cornelius, stimmt etwas nicht?"

„Nein. Wie lange trinkst du schon Scotch?"

„Was?"

„Ich sagte, wie lange trinkst du schon Scotch?"

„Oh . . ."

Ich stellte fest, daß ich sie ansah, obwohl ich mich nicht daran erinnern konnte, mich umgedreht zu haben. Aber sie schaute mich nicht mehr an. Ihre Augen sahen abwesend und nach innen gerichtet aus, als ob sie in die entfernte Vergangenheit zurückblickte.

„Einige Zeit", sagte sie schließlich. „Ich habe dir nichts davon gesagt, weil ich glaubte, es würde dich ärgern. Ich weiß, daß du meine altmodischen Vorstellungen bezüglich Alkohol immer mochtest."

Sie sah mich nicht länger als zwei Sekunden lang an, aber mit dem einen, kurzen Blick wurde die Wahrheit zwischen uns aufgedeckt. Wenn zwei Menschen eine lange Zeit miteinander gelebt und einander über alles geliebt haben, dann gibt es gewisse Umstände, in denen eine Vertuschung nicht möglich ist.

„Nun, trink nur weiterhin Scotch", sagte ich. „Welches Recht habe ich, es dir zu verbieten?"

Sie dachte einen Moment lang nach. Dann sagte sie. „Ich habe kein Verlangen mehr danach", und verließ schnell das Zimmer.

II.

Ich verbrachte die ganze Nacht damit, mir zu überlegen, wie ich das Gespräch mit ihr wieder anknüpfen könnte, aber ich fand natürlich keine Lösung. Es war einfach unmöglich, das Thema zu besprechen. Sie war höflich zu mir, blieb aber distanziert. Einmal rief ich ihr fast zu: „Wir müssen darüber sprechen!“ aber ich tat es dann doch nicht. Ich fürchtete mich zu sehr vor dem, was ich mir vielleicht anhören müßte, und allmählich wurde mir klar, daß auch sie sich davor fürchtete, wohin ein solches Gespräch führen könnte. Also gingen wir beide auf unseren getrennten Pfaden weiter, zwei Menschen voll Angst, den dünnen Faden, der sie noch verband, zu zerreißen, beide voll leerer Höflichkeit, jegliche Gefühle unterdrückend, und der Druck in mir begann zu steigen, bis ich nicht mehr sehen konnte, wie sich eine gewalttätige, verheerende Explosion würde vermeiden lassen.

III.

„. . . es wird also eine sehr große Sache sein“, sagte Jake und nippte an seinem Wein. „Zugegeben, nicht so groß wie das General-Motors-Gelage im vergangenen Januar, aber trotzdem noch recht eindrucksvoll. Es wird einen Ausschuß von zweihundertfünfzig Investment-Banken von Küste zu Küste geben. Die große Frage – wie gewöhnlich – ist, in welchem Ausmaße die wichtigen Aktionäre von ihren Optionen Gebrauch machen.“

„Stimmt.“

Wir aßen im L'Aiglon zu Mittag, zwei Tage, nachdem Sebastian seine Verlobung kundgetan hatte. Jake zog es vor, in der Innenstadt zu speisen, obwohl er wußte, daß ich mit einer ruhigen Ecke im Speisezimmer der Partner durchaus zufrieden gewesen wäre; seit zwanzig Jahren behauptete er nun schon, daß es unmöglich sei, südlich von der Canal Street eine annehmbare europäische Küche zu finden. An diesem Tag hatte er sich Escargots, Filet de Sole Almondine und eine Flasche französischen Chablis bestellt. Ich hatte in einer halben Grapefruit herumgestochert und starrte nun auf einen einfachen, gekochten Barsch. Der Ober füllte mein leeres Weinglas nach. Ich hatte bereits zwei Martinis getrunken, bevor ich am Morgen mein Büro verließ.

„Der größte Aktionär heutzutage bei Hammaco“, sagte Jake, „ist Pan-Pacific Harvester. Wußtest du das? Ich fand die Information interessant. Sie besitzen anscheinend zehn Millionen Aktien und müßten, angenommen sie machen von ihren Optionen Gebrauch, etwa vierzig Millionen Dollar ausgeben – was natürlich selbst für sie eine Menge Geld ist."

„Eine Menge, ja."

Da ich nicht imstande war, ihn anzusehen, blickte ich mich geruhsam im Restaurant um. Ich betrachtete die eleganten Gäste, die untadeligen Ober und den eleganten Raum. Jake hatte über Geschäftliches geredet, seit ich ihn bei Reischman in meinem neuen, pfefferminzgrünen Cadillac abgeholt hatte; wir wechselten uns dabei ab, die Fahrgelegenheit in die Stadt bereitzustellen.

„Im Moment erweitern wir unsere Liste von Händler-Kunden, die in die Bresche springen würden, sollte Pan-Pacific Harvester nicht mithalten. Es ist natürlich eine riesige Ausgabe, aber ich halte sie nicht für unrealistisch. Es ist sehr natürlich, daß Hammaco den Versuch unternimmt, einhundertundfünfundzwanzig Millionen aufzubringen, um die zusätzlichen Bedürfnisse der Fabrik zu decken . . . Neil, hörst du eigentlich zu?"

„Ja. Hundertfünfundzwanzig Millionen. Zusätzlich."

Ich brachte es fertig, ihn anzusehen. Er trug einen ungemusterten grauen Anzug und strahlte, wie üblich, ein unterspieltes aber breites Selbstvertrauen aus. Es war schwer zu glauben, daß sein Urgroßvater in Amerika als Hausierer angefangen hatte. Obgleich er nicht das stereotype, überzeichnete jüdische Aussehen hatte, das von ignoranten Nichtjuden oft als die Regel angesehen wird, waren seine Züge für mich doch eindeutig jüdisch. Er besaß diese feingezeichnete, erstaunliche Eleganz, die einer Mischung von hoher Intelligenz und wohlkontrollierter Sinnlichkeit entspringt, eine Kombination, die man manchmal in den alten Porträts von Westjuden sieht, obwohl, soweit ich wußte, kein sephardisches Blut in der Reischman-Familie war. Ich hatte es immer fraglos akzeptiert, daß Frauen ihn attraktiv fanden; und er pflegte diesen Eindruck sicherlich.

„. . . Rosenthal von PPH sagte, er mache sich Sorgen über den Börsenmarkt, aber seine Besorgnis ist mir ein Rätsel, da Stahl ja offensichtlich einen neuen Produktionshöhepunkt erreichen wird . . ."

Ich konnte meinen Fisch nicht essen. Ich winkte dem Ober, mir Wein nachzuschenken.

„. . . und dann fing er an, über die Wirkung der Verbraucherkredite auf die Wirtschaft zu reden und . . . Neil, ist etwas mit deinem Fisch nicht in Ordnung?“

„Nein, durchaus nicht. Ich finde es nur langweilig, immer über Geschäfte zu reden, das ist alles. Warum müssen wir andauernd über Geschäfte reden? Warum können wir nicht zur Abwechslung einmal ein persönliches Gespräch führen? Ich möchte über persönliche Dinge reden. Ich glaube, es wird Zeit, daß wir über persönliche Dinge redeten.“

Jakes Gabel zögerte einen Augenblick lang über seinem Teller.

„Was meinst du? Ist da eine private Angelegenheit, die du besprechen möchtest?“

„Ja. Wie lange vögelst du schon meine Frau?“

Die Gespräche um uns her dröhnten weiter. Ein Ober in der Nähe hatte mit dem Ritual der Zubereitung einer Crêpe Suzette begonnen, und ich sah aus den Augenwinkeln die Flammen in der Pfanne aufflackern. Meine Finger umschlossen das Medikament in meiner Tasche, aber meine Atmung ging gleichmäßig, ein – aus, ein – aus, und mein Herz schlug mühelos in meinem Brustkorb.

Jake legte seine Gabel nieder.

„Da liegt offensichtlich ein Mißverständnis vor“, sagte er, ein Aristokrat, der gezwungen war, sich mit einem Gammler abzugeben, der keine Ahnung hat, wie man sich in einer zivilisierten Umgebung benimmt. „Ich bewundere deine Frau sehr, aber sie war immer ausschließlich dir zugetan.“

„Wer hat ihr beigebracht, Johnny Walker Black Label zu trinken?“

Jake nahm einen Schluck Wein, nur einen kleinen Schluck, nicht, weil er trinken wollte, sondern weil er diese Geste momentan für notwendig hielt, um zu demonstrieren, wie vollkommen er solcherart Plumpheiten ablehnte. Sein Gesicht war sehr weiß.

„Oh, das“, sagte er. „Das war vor langer Zeit, eine Art von privatem Spaß zwischen uns. Ich hätte es fast vergessen.“

„Du verd –“

„Es ist wohl besser, wenn wir gehen“, sagte Jake und winkte dem Maître.

„Ich weiß, was vorgeht! Wozu den Schein aufrechterhalten?

Du hältst mich wohl für blöd? Wie lange glaubst du denn, mich mit Lügen abzuschmalzen?"

„Die Rechnung, bitte", sagte Jake.

„Entschuldigen Sie, Sir, war das Essen nicht zufriedenstellend?"

„Die Rechnung."

„Ja, Sir, selbstverständlich." Er eilte von dannen.

„Ich nehme an, sie hat dir alles über unsere Probleme erzählt", sagte meine Stimme. „Ich nehme an, sie hat dir alles erzählt. Ich nehme an, es gibt nichts, das du nicht weißt."

„Ich weiß überhaupt nichts", sagte Jake. „Nichts, nichts und weniger als nichts."

„Ihre Rechnung, Mr. Reischman." Der Maître flatterte besorgt in unserer Nähe herum, noch immer betrübt ob unserer halbbeendeten Mahlzeit.

Jake unterschrieb. Das konnte er noch, aber er wurde mit dem Ausrechnen des Trinkgeldes nicht fertig. Zweimal strich er die Zahl aus, und er war noch immer am Schreiben, als ich mich erhob und hinausging. Mein Cadillac wartete, aber ich nahm keine Notiz davon. Ich wartete einfach auf dem Bürgersteig, und als Jake aus dem Restaurant kam, stieß ich hervor: „Laß sie in Frieden. Wenn du sie noch einmal anrührst, werde ich –"

Ohne Vorwarnung gingen ihm die Nerven durch.

„Hau ab!" sagte er mit leiser Stimme, die vor Wut zitterte. „Ich habe genug von deiner Scheiße! Du hast die wunderbarste Frau in der ganzen verdammten Welt, und was tust du? Du sagst ihr, sie solle sich einen Liebhaber nehmen! Und wenn sie sich einen Liebhaber nimmt – um dein Gewissen zu beruhigen – kannst du es ertragen? Nein, du kannst es nicht! Du bist nicht nur nicht Manns genug, mit deiner Frau zu schlafen – du bist nicht Manns genug, die Konsequenzen hinzunehmen!"

Einen langen Augenblick lang standen wir da, der Großenkel eines deutschen Hausierers Auge in Auge mit dem Großenkel eines armen Dreckfarmers von Ohio, und dann strömten drei Generationen von Erziehung, Kultur und Verfeinerung geradewegs aus unserem Blut und in den Rinnstein.

Ich ging auf ihn los. Ich stieß meine Faust so hart in sein Gesicht, daß die Haut über meinen Knöcheln riß, als er aber zurückzuschlagen versuchte, trat mein Leibwächter zwischen uns und hielt ihn zurück. Ich holte zu einem weiteren Schlag aus. Mir war, als bewege ich mich in einem heißen Dunst. Tränen standen in meinen Augen. Meine Atmung war ein schluchzendes Keuchen.

„Immer mit der Ruhe, Sir“, sagte mein Chauffeur und ergriff mich beim Handgelenk. „Immer mit der Ruhe.“

Statt dessen versuchte ich, nun ihn anzugreifen. Als mein Leibwächter mich vorsichtig zurückhielt, griff ich auch ihn an. Ich wollte die ganze Welt bekämpfen.

„Auseinander, Jungs! Was, zum Teufel, geht denn hier vor?“

Es war ein Bulle. Eine Menschenmenge hatte sich angesammelt, und über uns war der Himmel von einem dampfenden, verschleierten Blau, wie an dem Tag, damals 1933, als meine Träume von einer großen Familie zu einem abrupten, schmerzhaften Ende gekommen waren.

Eine andere Welt war nun zugrunde gegangen. Es war das Ende einer Ära, die im neunzehnten Jahrhundert begonnen hatte, als Paul Van Zale sich um eine Position in der Firma Reischman bewarb; und als ich Jake betrachtete, der sich das Blut vom Mund wischte, sah ich gleichzeitig die letzte Verbindung mit meiner kostbaren Bar-Harbor-Vergangenheit durchschnitten.

Blut war an meinen Händen, Blut an meiner Kleidung, Blut auf dem Bürgersteig. Ich starrte es verblüfft an. Soviel Blut. Erstaunt schaute ich abermals auf meine Hände. Wo war all das Blut hergekommen? Wie war es geschehen? Wie hatte ich in eine so zerstörte Arena gelangen können? Mir war, als ersticke ich an dem Blut. Ich wollte mich erbrechen, aber obwohl ich würgte, geschah nichts.

„Kommen Sie, Sir“, sagte mein Leibwächter und half mir in den Cadillac, als sei ich ein Schwerbeschädigter. Mein Chauffeur saß bereits wieder hinter dem Steuer.

„He, Sie!“ rief der Polizist. „Einen Augenblick!“

Mein Leibwächter zog einen Fünfzigdollarschein hervor, den er immer für Notfälle bei sich hatte, und das letzte, was ich sah, als der Wagen davonfuhr, war das hocherfreute Gesicht des Polizisten, als er den Schein sorgfältig in seiner Uniform verstaute.

IV.

Ich ging nach Hause und schloß mich für eine lange Zeit in meinem Schlafzimmer ein. Als ich wieder zum Vorschein kam, war es dunkel, und ich übersah zunächst den Zettel, der unter meiner Tür steckte. Als ich über das Papier stolperte, ging ich damit in mein Zimmer zurück, um zu lesen, was daraufstand.

Alicia hatte geschrieben: „Vielleicht wäre es das beste, wenn ich ein paar Tage bei Andrew und Lori verbrächte. Was hältst du davon? Sag mir, was ich deiner Meinung nach tun soll."

Ich lief die Treppe hinab. Sie war nicht da. Voll Panik rannte ich wieder nach oben und fand sie im Fernsehzimmer. Das Fernsehgerät war abgeschaltet. Sie hatte eine Illustrierte in der Hand, aber sie war ungeöffnet. Ein leeres Glas stand auf dem Tisch, aber ich sah keine Flasche.

„Geh nicht weg", sagte ich. „Bitte."

„Ich dachte, es wäre vielleicht einfacher – nur für ein paar Tage –"

„Nein. Bitte nicht."

„Gut."

„Möchtest du gehen?"

„Nein."

„Möchtest du eine –" Aber wie gewöhnlich blieb das Wort ‚Scheidung' mir in der Kehle stecken.

„Natürlich nicht."

„Oh. Ich dachte . . . vielleicht . . . da er dich offensichtlich sehr schätzt –"

„Oh, das ist alles vorbei", sagte Alicia. Sie öffnete ihre Illustrierte und fing an, darin zu blättern.

„Seit wann?"

„Sonntag abend. Als mir aufging, daß du etwas wußtest. Da rief ich ihn an und machte Schluß. Selbstverständlich. Natürlich."

„Aber . . ." Ich rang nach Worten. Sie blätterte weiter in ihrer Illustrierten. „Was hat er gesagt?" fragte ich schließlich.

„Er hat mir nicht geglaubt. Er dachte, ich bildete es mir nur ein, daß du etwas wüßtest. Dann rief er mich heute nachmittag an, um mir zu sagen, daß er sich geirrt habe. Er wollte mich treffen, aber ich weigerte mich. Ich hielt es für sinnlos. Dann hatte ich den Einfall, daß ich vielleicht weggehen sollte – von ihm, nicht von dir. Ich wollte eine Geste machen, die er verstünde. Aber es macht nichts. Ich glaube, er versteht jetzt, was ich empfinde."

Sie hörte auf zu sprechen, aber ich lauschte weiter, als ob ich die Erklärung erhaschen könnte, die sie ausgelassen hatte. Dann sagte ich: „Nun, ich nehme an, du wirst einen anderen finden."

„Nach all dem? Bist du verrückt? Glaubst du etwa, ich wolle die vergangenen achtundvierzig Stunden noch einmal mitmachen müssen?"

„Es tut mir leid." Ich sah zu meinem Elend, daß ich sie durch mein egoistisches, dummes Benehmen all ihrer heimlichen Gelegenheiten zum Glücklichsein beraubt und sie erneut in eine leere Ehe eingeschlossen hatte. Ich fühlte mich betäubt vor Scham, als mir klarwurde, daß sie mich ebenso verabscheuen mußte wie Jake.

„Wir lassen uns scheiden", sagte ich hastig. „Es ist die einzige Lösung. Zuviel Chaos – und Schmerz – nicht fair, von dir zu erwarten, das noch länger auszuhalten –"

„O nein!" sagte sie überaus heftig. „Keine Scheidung! Nicht nach all dem, was ich durchgemacht habe! Wenn ich dich jetzt verliere, dann heißt das, daß ich alles wegen nichts durchgemacht habe; es tut mir leid, aber ich kann es nicht akzeptieren. Wenn du trotzdem versuchst, dich von mir scheiden zu lassen, werde ich –"

„Ich möchte keine Scheidung."

„Warum fängst du dann von dem Thema an?" Sie warf die Illustrierte beiseite und erhob sich. „Ich glaube, ich werde nun doch zu Andrew und Lori fahren", sagte sie. „Ich gehe für eine Woche, und wenn ich zurückkomme, möchte ich nie wieder von all dem sprechen, verstehst du? Wir tun einfach, als sei nichts geschehen. Es ist besser so. Die Leute quatschen immer, wie schrecklich Heuchelei ist, aber sie verstehen überhaupt nichts. Heuchelei bewahrt einen davor, den Verstand zu verlieren. Sie ist das Schild, hinter dem man sich verbirgt, wenn man der Wahrheit nicht ins Auge sehen kann. Wie viele Menschen haben wirklich den Mut, vollkommen mit der Wahrheit zu leben? Ich nicht, soviel steht fest. Und du auch nicht. Es ist leichter, mit den Dingen zu leben, wie sie hätten sein sollen, als sich aufzuopfern, indem man so lebt, wie die Dinge wirklich sind. Gute Nacht, Cornelius. Ich muß jetzt zu Bett gehen. Ich bin sehr müde. Entschuldige mich . . ."

V.

Ich ging in die Bibliothek und saß eine lange Zeit allein da. Ich überlegte, ob ich Scott anrufen sollte, aber ich hatte kein Verlangen, Schach zu spielen, und ich konnte Scott kaum von meinem Privatleben erzählen. Scott und ich unterhielten uns entweder über Geschäftliches oder über die Ewigkeit, und zwischendrin existierte nichts. Ich erinnerte mich an Bedes erleuchtete Halle und dachte: sie ist nicht so gut beleuchtet, wie Bede annahm; die Schatten werden dunkler und dunkler, wenn man sich der entfernten Seite zubewegt.

Der letzte der Stuyvesants fiel mir ein, wie er allein nach jahrelanger Isoliertheit in seiner Fifth-Avenue-Villa gestorben war. Aber das würde mir nicht passieren. Es würde immer einen Menschen geben, an den ich mich wenden konnte, gleichgültig was passierte. Es würde immer einen Menschen in der Welt geben, der die Einsamkeit von mir fernhielte.

Ich schrieb *Vicky* auf meinen Notizblock und malte einen Kreis um die Buchstaben.

Ich wußte, daß ich sie zurückhaben mußte. Ich wußte nicht, was der Preis dafür sein würde, und es war mir auch gleichgültig. Ich wollte Vicky wieder bei mir zu Hause in Amerika haben, und niemand, nicht einmal Sam Keller, würde mir im Wege stehen.

VI.

Die Kellers konnten uns in diesem August nicht in Bar Harbor besuchen, da Sam dabei war, ein großes Geschäft abzuschließen, und Vicky für die Organisation der wichtigen Dinner-Parties brauchte, aber ich schlug vor, daß sie im November zum Familien-Thanksgiving nach New York zurückkehren sollten.

Vickys Antwortschreiben veränderte buchstäblich mein Leben. Sie schrieb, wie wunderbar es doch sein würde, wenn sie nicht mehr Fortnum und Mason nach importierten Preiselbeeren durchkämmen müßte, und daß sie es nicht erwarten könne, endlich einmal wieder echten amerikanischen Kürbiskuchen zu essen. Endlich hatte sie nun doch Heimweh. Die Flut war dabei, zurückzukommen.

Als ich das nächste Mal mit Sam am Telefon sprach, fing er wieder an, über Deutschland zu reden, aber ich fuhr ihm über den Mund.

„Ich kann im Moment darüber nicht nachdenken. Ich habe genug Probleme. Ich versuche immer noch, unsere Beziehung zum Hause Reischman zu erhalten – ich habe dir doch von dem grauenhaften Krach erzählt, den ich mit Jake als Resultat von all dem antisemitischen Gerede hatte, das anläßlich der Verlobung von Sebastian und Elsa hier verzapft wurde."

„Himmel, ist denn da noch immer kein Gras drüber gewachsen?"

„Wir brauchen kein Gras, wir brauchen Zement. Es ist ein großer Riß. Ich werde dich vielleicht sogar nach New York zurückrufen müssen, Sam."

„Aber –"

„Okay, bleib in England, aber vergiß Deutschland vorläufig. Ich möchte nichts davon hören."

Eine wütende Stille trat ein. Dann fing er an, mich an mein Versprechen zu erinnern, ihn 1956 eine deutsche Zweigstelle eröffnen zu lassen, aber ich unterbrach ihn.

„Vicky klingt wirklich freudig erregt bei der Aussicht, zum Thanksgiving nach Hause zu kommen!" sagte ich lässig. „Bilde ich es mir nur ein, oder hat sie in letzter Zeit Heimweh bekommen?"

Da war eine Pause, bevor Sam abrupt sagte: „Sie hat nur Heimweh, wenn sie deprimiert ist, und sie ist nur deprimiert nach Schwangerschaften. Der Arzt sagt, es sei nicht ungewöhnlich."

„Uh-huh."

Abermals eine Pause. Ich wartete darauf, daß er wieder von Deutschland anfinge, aber nichts geschah, und mir wurde mit ungeheurer Befriedigung klar, daß mein Verdacht korrekt gewesen war. Die Waagschale der Macht hatte sich endlich wieder zu meinen Gunsten geneigt. Ich hatte ihn genau da, wo ich ihn haben wollte.

Bevor ich jedoch etwas unternehmen konnte, um sein europäisches Idyll zu beenden, rief mich Vicky aus London an, was sie jetzt mit einiger Regelmäßigkeit tat.

„Noch mehr aufregende Neuigkeiten, Daddy – ich werde im Sommer noch ein Baby bekommen! Ich hoffe, es ist wieder ein Mädchen, um Samantha Gesellschaft zu leisten!"

„Das ist eine wunderbare Nachricht!" sagte ich munter, aber ich sah zu meiner Enttäuschung, daß ich den Endkampf mit Sam auf die Zeit nach der Geburt des Babys würde verschieben müssen. Ich wollte Vicky in ihrem Zustand nicht aufregen, besonders da sie so bald nach Samanthas Geburt wieder schwanger geworden war. Ich erinnerte mich an Sams Erzählungen und machte mir Sorgen um Vicky. „Wie fühlst du dich, Schätzchen?" fragte ich impulsiv. „Ist alles in Ordnung?"

„Natürlich! Wie könnte auch nur irgend etwas nicht in Ordnung sein, wo ich doch so gut dran bin und alles habe, was sich ein Mädchen überhaupt nur wünschen könnte? Manchmal liege ich sogar nachts wach und denke immer wieder darüber nach, wie gut es mir doch geht!"

Ich beschloß, daß es ihr noch besser gehen würde, wenn ich sie für immer nach New York zurückbringen könnte, aber ich sagte nichts weiter, um sie nicht mit der Sorge um den bevorstehenden Machtkampf mit ihrem Mann zu beunruhigen. Frauen sollten ohnehin nicht mit den Geschäften ihrer Männer belastet werden. Frauen sollten sich lediglich um die Organisation ihres Heimes und ihrer Kinder kümmern, und ich betrachtete es als meine moralische Verpflichtung – eine wirkliche moralische Verpflichtung – Vicky von der schmutzigen Welt der Machtkämpfe zu beschützen, auf daß sie weiterhin die perfekte Frau und Mutter sein konnte. Allmählich gelangte ich zu der Überzeugung, daß der einzige, echte Triumph in meinem Leben war, wie gut Vicky sich entwickelt hatte.

Ich dachte seufzend an Sam, aber er tat mir nicht besonders leid. Er hätte die Realität eines Lebens in Deutschland wahrscheinlich gehaßt. Ich wußte, daß er sich als einen Deutschen betrachtete, der sich danach sehnt, in seine Heimat zurückzukehren, aber ich war bereit, jede Wette einzugehen, daß die Deutschen nicht zögern würden, ihn als einen zugereisten Amerikaner zu behandeln – was er ja schließlich auch gewesen wäre; die Deutschen sind keine Narren – und dann wäre eine Desillusionierung eingetreten, so sicher, wie die Nacht dem Tage folgt. Indem ich Sam nach New York zurückberief, würde ich ihm in der Tat eine Menge Trauer ersparen – so sagte ich mir wenigstens, aber ich war mir natürlich durchaus im klaren, daß Sam meine Entscheidung wohl kaum in diesem Licht sehen würde. Ich mußte sehr vorsichtig auftreten. Die Waagschale der Macht mochte sich leicht zu meinem Vorteil neigen, aber Sam war ein gefährlicher Gegner und durchaus imstande, die Waagschale wieder in seine Richtung zurückzuschwingen, sollte ich in den Verhandlungen einen falschen Schritt tun. Ich würde mein gesamtes diplomatisches Geschick und all meine geschäftliche Macht benötigen, wollte ich ihn erfolgreich zurück über den Atlantik schleusen; es würde in der Tat die stürmischste aller stürmischen Überfahrten werden.

SIEBENTES KAPITEL

I.

Im folgenden Mai gebar Vicky eine zweite Tochter, die Kristin getauft wurde (wieder eine Veramerikanisierung eines deutschen Namens), und nachdem glückliche transatlantische Telefongespräche ausgetauscht worden waren, schrieb Sam mir ein langes Memorandum aus dem Van-Zale-Büro in London. Er sagte darin, er habe seine Deutschland-Pläne lange genug verschoben, und er schlüge einen dreiwöchigen Testbesuch in Bonn für den Juni vor, danach eine Konferenz in New York im September und die Eröffnung einer deutschen Niederlassung im Januar 1957.

Er hatte sich also zum Angriff entschieden, wohl in der Hoffnung, daß ich noch immer nicht willens sei, eine Konfrontation zu erzwingen. Ich lächelte traurig und schüttelte den Kopf. Es war mir inzwischen eindeutig klargeworden, daß Vicky von Europa genug hatte, und obwohl sie es nie eigentlich ausdrückte, fühlte ich, daß sie sich danach sehnte, nach Hause zu kommen.

Ich schrieb Sam eine äußerst höfliche Antwort. Voll Reue gestand ich, daß ich beschlossen hatte, kein deutsches Büro zu eröffnen, da ich glaubte, eine weitere Filiale würde Van Zale zu sehr ausdehnen, um von mir in der von aller Welt gewohnten Weise geführt werden zu können. Mit schamlosem Enthusiasmus lobte ich ihn für seine Erfolge in London. Dann behauptete ich, daß ich einen Personalaustausch in der Willow Street eins vorhabe und ihn zu Hause benötigte.

Sein Antworttelegramm lautete: *Ankomme Idlewild 14.30 Mittwoch zwecks Zukunftsdiskussion Stop Sam.*

Mittwoch war der folgende Tag. Ich schickte einen Cadillac, um ihn abzuholen, versicherte mich aber, daß ein Modell vom letzten Jahr fuhr.

Er rief mich vom Pierre an. „Vielen Dank für die Einmietung in diese wunderbare Suite!“ sagte er, und kaschierte damit geschickt, daß ich ihn nicht in die Fifth Avenue eingeladen hatte und neutralisierte so die Kühle meines Empfangs. „Ich werde nur etwas Schlaf nachholen und dann können wir uns vielleicht heute abend zum Essen treffen.“

Das konnte ich wirklich nicht durchgehen lassen. Wenn ich ihn den Stundenplan unserer Konfrontation auch nur eine Sekunde länger diktieren ließe, würde ich mich in eine schwache Position versetzen.

„Ich werde dich in einer halben Stunde hier empfangen“, sagte ich und schnitt ihn ab.

Er war pünktlich. Offenbar lohnte es sich nicht für ihn, mich durch Zuspätkommen weiterhin zu verärgern.

Als er in mein Büro geleitet wurde, maß ich ihn mit den Blicken, mit denen ein Boxer seinen Gegner im Ring abschätzen mochte und bemerkte Details, die ich bei vergangenen hastigen geschäftlichen Sitzungen und bei belebten Familientreffen übersehen hatte. Sein dunkles Haar war nun ganz grau, und die Falten in seinem Gesicht waren tiefer. Zweifellos war auch ich gealtert, aber blonden Menschen sieht man die Jahre irgendwie nicht so an; mein Haar war von einem stumpferen Gelb, aber die silbernen Strähnen waren von weitem kaum bemerkbar, und obwohl mein Gesicht faltig war, hatte ich keine Säcke unter den Augen und kein wabbliges Fleisch um den Kiefer. Regelmäßige Leibesübungen und Nichtrauchen hatte mich in guter Kondition erhalten trotz meiner Atmungsprobleme, und ich hatte auch das Trinken eingeschränkt, das nach der Entdeckung von Alicias Affäre überhand genommen hatte. Sam sah schlecht aus, und sobald wir uns nach dem üblichen Begrüßungsritual gesetzt hatten, mußte er eine Zigarette anzünden, um seine Nerven zu beruhigen.

Ich wußte natürlich ungefähr, was passieren würde; das Manuskript hatte ich längst entworfen. Sam war schlau genug gewesen, sich in eine Position hineinzumanövrieren, von wo aus er mir wahrheitsgemäß sagen konnte, daß es solide und ansprechende Gründe für eine weitere Ausdehnung in Europa gab. Er hätte versuchen können, mich unter Druck zu setzen, ohne sich die Mühe zu machen, mich erst von seinen Plänen zu überzeugen, aber er kannte mich gut genug, um zu wissen, daß er bei mir nichts erreichte, wenn er mir eins über den Kopf haute, sondern daß er mich sanft und vorsichtig locken mußte, bis ich keinen treffenden Grund mehr hatte, seine Forderungen abzulehnen. Vicky zuliebe mußte er offensichtlich wenigstens so tun, als fasse er mich mit Glacéhandschuhen an, und mußte vermeiden, mich unnötig zu verärgern.

Einer kann ein Pferd ans Wasser führen; zwanzig können es nicht zum Trinken zwingen. Nachdem er mich an den Rand des Wassers gelockt und mir demonstriert hatte, welch ein fabelhaftes Getränk er mir da anbot, hätte Sam mit Recht die Geduld verlieren dürfen, wenn ich mich störrisch weigerte, ein einsichtiges Pferd zu sein und meinen Durst zu löschen; ich konnte mir seine Kündigungsdrohung nur zu leicht vorstellen. Was ich mir nur schwer vorstellen konnte, war, daß er tatsächlich seine Kündigung einreichen würde. Die schwache Flanke seiner Position war, daß er seinen Job bestimmt nur äußerst ungern aufgäbe; er würde Vicky nicht aufregen wollen, indem er mich für immer entfremdete, und er würde die Zukunft seiner Söhne nicht verschlechtern wollen, indem er sie vom Van-Zale-Vermögen abschnitt. Wenn Sam mit einer Kündigung drohte und ich auf seinen Bluff nicht hereinfiel, würde er meiner Meinung nach sofort in Schwierigkeiten geraten.

Ich lächelte, um zu demonstrieren, wie zuversichtlich mir zumute war, aber er sah mich nicht an. Er fummelte noch immer mit seiner unangenehmen Zigarette herum.

„Bist du einverstanden, wenn wir in diesem Gespräch beim Geschäftlichen bleiben?“ sagte er und schüttelte sein Streichholz, bis es erlosch. „Wenn wir persönlich werden, werden wir immer zu empfindlich.“

Jedes geschäftliche Gespräch konnte nur zu einem Resultat führen: er würde mit demütigender Leichtigkeit demonstrieren können, wie dumm, irrational und kurzsichtig ich war, wenn ich einer Erweiterung nach Deutschland nicht zustimmte. Er würde all die letzten Fakten und Zahlen herunterrasseln können, und innerhalb von fünf Minuten würde ich wie ein kompletter Narr ausschauen.

„Oh, zum Teufel, Sam!“ sagte ich mit gutmütiger Stimme. „Kannst du nicht einmal eine Pause einschalten? Leg eine andere Platte auf! Ich möchte mir deine Gründe für die Eröffnung eines deutschen Büros nicht anhören – ich kenne sie alle so genau, daß ich sie wahrscheinlich im Schlaf aufsagen könnte. Die Briten sind am Ende, sagst du, sie können nicht arbeiten, sie sitzen ’rum und trinken Tee, sie leben in einem Narrenparadies, seit Macmillan ihnen einredete, sie hätten es nie so gut gehabt. Inzwischen arbeiten die Deutschen aber wie die Kümmeltürken, kriechen aus dem Rinnstein und ziehen sich an den Schlaufen ihrer Reitstiefel empor. Die Mark ist ständig am Steigen. Das Pfund wird bald keinen roten Heller mehr wert sein. Wenn ich jetzt eine Niederlassung in Deutschland eröffne, werde ich so viel Geld machen, daß ich ganz England aufkaufen und es in ein Coney Island East für Touristen verwandeln kann – O Gott, Sam, ich könnte das ewig weiter aufsagen, aber könnten wir nicht die Scheiße überspringen und uns auf das konzentrieren, was uns wirklich Sorgen macht? Und was uns wirklich Sorgen macht, hat natürlich nichts mit dem Geschäft zu tun.“

„Ich weigere mich, mit dir wegen Vicky zu streiten.“

„Es sieht so aus, als ob du es mußt. Laß uns über die Dinge reden, wie sie wirklich sind. Ich habe dich nicht in erster Linie nach Europa geschickt, um Geld für Van Zale zu machen. Ich habe dich hingeschickt, weil Vicky Probleme hatte und von Amerika wegkommen mußte.“

„Das stimmt. Aber –“

„Und nun“, sagte ich, während ich mich in meinem Drehstuhl zurücklehnte und mich leicht hin- und herschaukelte, „nun hat

Vicky ihre Probleme überwunden. Jetzt möchte Vicky wieder nach Hause kommen. Und warum auch nicht? Sie hat vier Jahre in Europa verbracht, und es war ein wunderbares Erlebnis für sie, aber jetzt möchte sie wieder überall die amerikanische Fahne flattern sehen statt der englischen – sie möchte echte Thanksgiving-Dinner und Walter Cronkite im Fernsehen und eine Kreditkarte bei Saks und einen amerikanischen Akzent für ihre Kinder. Und ich will dir etwas sagen, Sam. Ich finde, sie hat recht. Ich habe keine Geduld mit Auswanderern, die glauben, es lohne sich nicht, in Amerika zu leben."

Es war still.

Dann nahm Sam seine Brille ab und putzte sie. „Ich habe gehofft, daß es nicht soweit kommen würde, Cornelius", sagte er, und der Klang des Namens, den er nie gebrauchte, war mir ein Zeichen, daß er den Fehdehandschuh aufhob, den ich ihm vor die Füße geworfen hatte. „Das ist ein trauriges Ende einer dreißigjährigen Freundschaft."

„Was soll das heißen?" fragte ich und wußte, daß er dabei war, die große Illusion seiner Kündigung zu inszenieren.

„Was, zum Teufel, glaubst du denn, daß das heißt?" sagte er mit mir fechtend, aber ich wußte, daß dies kein Fechtkampf war. Dies war ein Pokerspiel, und wir verdreifachten unseren Einsatz bei jeder Wette. „Neil, ich frage mich, ob du wirklich weißt, was du tust. Um es einmal ganz klar auszudrücken: du versuchst, meine Ehe zu zerstören. Ich möchte in Europa bleiben, und ich kann mit Recht von meiner Frau erwarten, daß sie mich in allen Entscheidungen, die meine Karriere angehen, unterstützt, und nun versuchst du dich gewaltsam einzumischen, Vickys vorübergehendes Heimweh auszunützen und behauptest, wir würden alle glücklich bis an unser seliges Ende leben, solange Vicky nur zu Daddy nach Hause kommt! Nun, es tut mir leid, aber ich werde mir eine solche Einmischung in mein Privatleben nicht gefallen lassen. Wenn du dich nicht wie ein geistig normaler, rational denkender Geschäftsmann benehmen kannst und dem deutschen Büro zustimmst, dann kündige ich. Mein geschäftlicher Ruf in Europa ist ausgezeichnet, und es wird andere geben, die mich unterstützen werden, wenn du nicht mitmachen willst."

„Und was wirst du Vicky erzählen?" fragte ich lässig, mich noch immer in meinem Stuhl schaukelnd.

Er sah mich nur an. Dann sagte er: „Das hat nichts mit dir zu tun. Das ist meine Angelegenheit."

Diese Weigerung, den Tatsachen ins Auge zu sehen, ärgerte mich. Ich hörte auf, in meinem Stuhl zu schaukeln. „Du willst, mit anderen Worten, meine Tochter weiterhin unglücklich machen!"

Er sprang auf. „Hör zu, mein Freund –"

„Setz dich hin, Sam, um Gottes willen, wir wollen uns deswegen doch nicht so erhitzen –"

„Sei still. Ich glaube, es wird Zeit, daß du aufwachst und die kalten, harten Tatsachen des Lebens akzeptierst. Vicky ist meine Frau. Sie liebt mich, und sie ist keineswegs im Begriff, mich zu verlassen und zu dir nach Hause zu rennen. Ich bin der Chef in meinem eigenen Haus, und wenn ich sage, daß wir in Deutschland leben werden, dann werden wir in Deutschland leben. Und wenn du dich von mir lossagst, dann sagst du dich auch von ihr los."

Natürlich war das alles Bluff, aber es war erstaunlich, wie überzeugend er klang. Ich atmete regelmäßig, aber meine Hände waren feucht, und mein Mund war trocken. Ich hatte ein großes Verlangen, das Gespräch zu beenden, damit ich mich in Frieden an meinem Sieg würde freuen können. Ich lebte nicht gern mit der Illusion, daß ich jede Minute besiegt werden könnte.

„Ach, versuche doch nicht, mich hereinzulegen, Sam!" sagte ich irritiert. „Du wirst Van Zale keineswegs verlassen! Du mußt an deine Söhne denken! Nimm einmal an, ich enterbte sie?"

„Ich fange an zu glauben, daß das das beste wäre, was ihnen passieren könnte."

Ich durchlebte einen Augenblick kompletter Panik. Dies war kein Bluff. Er würde wirklich kündigen. Er hatte eben meine Trumpfkarten zerrissen. Er würde Vicky mit nach Deutschland nehmen. Ich würde sie nicht zurückbekommen. Ich würde verlieren. Ich würde schließlich doch einsam sein –

„Eine Minute", sagte ich. „Wir können uns doch sicher einigen. Ich finde nicht, daß wir deswegen so scharf werden müssen. Um Gottes willen! Wir können uns die Sache doch sicher miteinander überlegen. Uh . . . Ich sehe jetzt, daß ich alles ganz falsch angefaßt habe. Siehst du, die Wahrheit ist, Sam, daß ich dich wirklich hier in New York brauche. Das habe ich ja auch in meinem Brief geschrieben, nicht wahr? Ja, also, ich beschloß, bei unserem Treffen nicht länger auf dieser Tatsache herumzureiten, weil ich nicht annahm, daß du Deutschland aufgeben würdest, nur weil ich dich in New York brauche. Deshalb habe ich mich in diesen Streit über Vicky und die Jungens hineinziehen lassen, und das war ein Fehler. Ich sehe das jetzt ein, und du hattest recht, wütend auf mich zu werden. Es tut mir sehr leid. Selbstverständlich ist sie deine Frau, und ich habe kein Recht, mich in deine Ehe einzumischen. Und ich würde natürlich nie die Jungen einfach enterben. Du weißt, wieviel sie mir bedeuten. Es tut mir leid, daß ich dich so bedroht habe, es war dumm von mir, aber die Wahrheit ist, Sam –" ich machte eine Pause, um Luft zu schöpfen und auf eine Inspiration zu warten, „– die Wahrheit ist, daß ich wegen dieser Reischman-Geschichte in einer solchen Klemme sitze – die Folgen, die Peinlichkeit, die Unmöglichkeit, mit Jake eine vernünftige Verhandlung über Angelegenheiten zu führen, an denen wir von Alters her ein gemeinsames Interesse hatten . . . ich kann nicht mehr selbst mit ihm verhandeln. All die anderen Partner sind unbrauchbar, sie kommen nicht gegen ihn an, ich schicke sie aufs Schlachtfeld hinaus, und sie kommen wie ein Paket Hackfleisch zurück . . . ich weiß, du und Jake seid nicht mehr befreundet, aber du kannst dich wenigstens gegen ihn behaupten, er respektiert wenigstens deine Fähigkeiten, du wirst wenigstens von einer Reischman-Sitzung nicht in Stücken zurückkommen . . ."

Ich fuhr eine Weile auf diese Art fort, Tatsachen und Erfindung so geschickt wie möglich vermischend, um ihn davon zu überzeugen, daß er für mich jetzt unentbehrlich sei, und ich wartete die ganze Zeit darauf, von ihm unterbrochen zu werden. Aber er unterbrach mich nicht. Er saß einfach da und ließ mich reden. Schließlich zündete er sogar eine Zigarette an, als ob er in keiner Eile sei zu gehen. Zunächst war mir zu übel vor Erleichterung über den unerwarteten Rückzug seiner schweren Artillerie, dann aber wurde ich verwirrt und schließlich fasziniert. Ich redete immer weiter, und Sam hörte zu und nickte, bis mir die Wahrheit schließlich so plötzlich ins Gesicht sprang, daß ich fast ohnmächtig wurde. Das ist keine Übertreibung. Ich wurde kurzatmig, und mein Zwerchfell fühlte sich an, als sei es mit Handschellen an meine Rippen gefesselt worden.

Wortlos holte Sam mir ein Glas Wasser und wartete beim Fenster, bis der Asthmaanfall sich gelegt hatte.

„Du siehst es doch ein, nicht wahr“, flüsterte ich, sobald ich meiner Sprache wieder mächtig war. „Du verstehst, weshalb ich so darauf dränge, daß du zurückkommst.“

„Ja“, sagte Sam. Er setzte sich wieder. Pause. Dann sagte er langsam: „Ich sage nicht, daß ich mir nicht eine Situation vorstellen könnte, die New York für mich attraktiver machte als Deutschland. Aber dafür braucht man einigen Einfallsreichtum. Vielleicht kannst du meinem Einfallsreichtum ein bißchen weiterhelfen.“

„Oh, sicher“, sagte ich. „Ich bin sehr einfallsreich. Laß mich sehen. Nun, es gäbe natürlich mehr Geld, aber das brauche ich ja gar nicht erst erwähnen, nicht wahr? Ich würde nicht die Opferung deiner deutschen Träume von dir erwarten, ohne dich dafür finanziell reichlich zu kompensieren –“

„Ko-Seniorpartner.“

„Wie bitte?“

„Ich komme nach New York zurück, wenn du mich zum Ko-Seniorpartner ernennst.“

„Oh . . . nun . . . uh . . . ja, warum nicht? Ich meine, ich glaube nicht, daß ich alles halbe-halbe teilen könnte, aber den Titel kannst du gewiß –“

„Das genügt für den Anfang. Ich bin sicher, daß du später eine Menge Gelegenheiten finden wirst, dich großzügig zu erweisen.“

„Oh, ja“, sagte ich, „ich bin sicher, daß sie sich bald ergeben werden.“

Wir schauten einander an. Eine lange, lange Stille trat ein. Ich fragte mich, weshalb er mich genau zu dem Zeitpunkt hatte gewinnen lassen, als mir die Niederlage ins Gesicht zu starren schien, aber ich hütete mich, das herauszufinden. Ich hatte gewonnen. Nur das zählte. Ich hatte gewonnen, und Vicky würde nach Hause kommen.

„Bist du sicher, daß du mich noch haben willst?“ sagte Sam.

„Hundertprozentig sicher, ja.“

Eine weiter Pause. Dann sagte Sam mit leiser Stimme: „Neil, ich weiß nicht, welche Art von Problem du hast, aber glaube mir, diese Lösung wird dir nicht weiterhelfen.“

„Nun, warum machen wir nicht wenigstens den Versuch, das herauszufinden?“ sagte ich, mich endlich lächelnd entspannend, aber noch während ich sprach, fragte ich mich, ob sich mein Triumph wohl in einen Pyrrhus-Sieg verwandeln würde.

II.

Es dauerte weitere sechs Monate, bevor ich Vicky wiedersah. Sams Nachfolger mußte ausgewählt, nach London geschickt und allen Kunden vorgestellt werden; Sam mußte begonnene geschäftliche Angelegenheiten zu Ende bringen, und Vicky mußte erneut mit den Schwierigkeiten eines Umzuges nach Übersee fertig werden. Nachdem das Haus verkauft, die Angestellten ausgezahlt und die Möbel für die Seereise verpackt worden waren, wunderte ich mich nicht, als sie schrieb, sie sehne sich nach den fünf Tagen Frieden auf See.

Sie kam mit Sam, den vier Kindern und den beiden Kinderschwestern eine Woche vor Weihnachten in New York an, und ich war natürlich in der vordersten Reihe der wartenden Menge am Pier, als sich die Passagiere der Queen Elizabeth durch die Zollhalle schoben. Sams persönlicher Assistent kümmerte sich um die Berge von Gepäck, also gab es keinen Verzug. Ich sah Vicky sofort, und sobald sie mich sah, lief sie schnell auf die Barriere zu.

Sie sah bezaubernder denn je aus. Sie trug einen Persianermantel mit einem passenden Hut, und von weitem erinnerte sie mich unerwarteterweise an Vivienne, deren Figur sie geerbt hatte. Nachdem sie ihr Westchester-Apartment vor zwei Jahren verlassen hatte, hatte Vivienne ein Haus an der englischen Südküste gemietet, und Sam hatte ihr großzügigerweise erlaubt, ihre Enkelkinder in London einmal im Monat zu besuchen. Ich hatte keine Ahnung, ob sie nun auch nach New York zurückkehren würde, aber ich hoffte, ihre finanziellen Umstände würden sie davon überzeugen, daß ihr ein Leben in Europa mehr zu bieten hatte als eine verarmte Existenz in New York. Ich hatte fest vor, Sam zu sagen, daß er meiner Meinung nach genug für sie getan hatte und daß keine Notwendigkeit mehr bestünde, ihre mütterlichen Instinkte zu unterstützen.

„Daddy!“ rief mein Mädchen freudig und eilte an der Barriere vorbei in meine Arme.

Ich dachte daran, wie Scott gefragt hatte: „Hat sich alles gelohnt?“ und eine Stimme in meinem Kopf antwortete ja, ja und abermals ja. Ich war nicht mehr allein. Alles andere war unwichtig.

Als ich Vicky schließlich Alicia überlassen hatte, war Sam der erste Mensch, den ich sah.

„Hi“, sagte er.

„Hi“, flüsterte ich, mich noch immer von meinen Emotionen erholend.

Die kleinen Jungen drängten sich scheu hinter ihm, und die beiden Schwestern hielten die kleinen Mädchen. Alle Kinder waren in dem Jahr, seit ich sie gesehen hatte, sehr gewachsen, und Kristin, jetzt sieben Monate alt, war schon ein großes Baby. Ich bemerkte, daß sie wie die anderen, Sams braune Augen geerbt hatte.

„Kommt, Kinder!“ sagte Sam und schubste Eric leicht. „Wacht auf!“

Eric war sechs, noch immer blond wie Vicky, ihr aber irgendwie nicht mehr so ähnlich wie früher. Auf das Stichwort seines Vaters hin trat er vor und streckte mir höflich seine Hand entgegen. „Hallo, Großvater“, sagte er mit seinem steifen, britischen Akzent.

„Na also“, sagte Sam, der die Szene offensichtlich mehrere Male geprobt hatte. „Komm, Paul, sag auch etwas!“

Paul, der von klein auf Sam ähnlich gesehen hatte, war nun ein rundlicher Dreijähriger und offensichtlich außerstande zu reden.

Ein lebhaftes kleines Ding tanzte auf mich zu. „Hallo!“ sagte es und hüpfte auf und ab wie ein junger Hund, der gestreichelt werden will.

Ich hob Samantha hoch und umarmte sie. Sie trug ein rosa Kleidchen und eine rosa Schleife in ihrem lockigen, blonden Haar, und ich wurde sofort an Vicky erinnert. „Hi – wer bist du denn?“ sagte ich und tat so, als wüßte ich es nicht. Dabei dachte ich, wie seltsam es doch war, daß alle vier Kinder Sams Augen geerbt hatten.

„Samantha ist ja süß“, sagte ich zu Vicky, als wir in meinen neuen braunen Cadillac durch die Stadt fuhren, und ich versuchte, nicht zu denken: aber Samantha kann die Bank nicht übernehmen.

Ich versuchte, mit meinen männlichen Enkelkindern zu reden, gab es aber bald auf. Wenn sie ein Beispiel für die britische Erziehung waren, dann wunderte es mich nicht, daß England dem Untergang zusteuerte.

„Mach dir bitte nichts draus, daß die Buben so schüchtern sind, Daddy“, sagte Vicky verlegen, als wir nach dem Mittagessen alle im Rembrandtzimmer saßen. „Es ist nur, weil alles so neu und fremd für sie ist.“

Es tat mir leid, meine Gefühle nicht besser verborgen zu haben. „Honey, natürlich macht es mir nichts aus, daß sie schüchtern sind! Ich war auch schüchtern, als ich klein war!“

„Sie sind wirklich sehr süß“, sagte Vicky und fing plötzlich ohne jeden Grund zu weinen an.

Ich war erschreckt. „Schätzchen, sie sind wunderbar! Du glaubst doch nicht etwa –“

„Ich habe mir solche Mühe gegeben dir das zu geben, was du haben wolltest“, unterbrach sie und die Tränen strömten ihr übers Gesicht. „Ich habe mir solche Mühe gegeben, dir die Tochter zu sein, die du dir wünschtest – ich habe mir solche Mühe gegeben, dich dafür zu entschädigen, daß ich kein Junge bin –“

„Vicky!“ Ich war wie gelähmt. Am anderen Ende des Zimmers verließ Sam Alicia und kam auf uns zu. „Vicky, ich liebe dich so wie du bist – ich habe mir nie gewünscht, daß du anders bist! Vicky, du bist mir viel lieber als alle Söhne in der Welt!“

„Okay, Neil“, sagte Sam ruhig. „Ich mach's schon. Komm, Honey. Du bist sehr müde. Ich bringe dich nach oben, damit du dich ausruhen kannst.“

Noch immer weinend gestattete sie ihm, sie hinauszugeleiten. Die Schwestern brachten die Kinder ins Kinderzimmer, aber ich bemerkte es kaum. Ich blieb einfach in meinem Sessel sitzen, bis Alicia zu mir kam.

„Was ist passiert, Cornelius?“ fragte sie verwirrt.

„Ich verstehe es nicht“, sagte meine Stimme. „Sie kann doch nicht wirklich glauben –“ Ich brach ab und wiederholte dann: „Ich verstehe es nicht.“

„Ich würde mir keine Sorgen machen. Sie ist wahrscheinlich

einfach überdreht. Die letzten sechs Monate müssen sehr anstrengend für sie gewesen sein."

„Aber was hat sie denn nur gemeint? Sie sagte . . . Alicia, habe ich in all den Jahren unserer Ehe einmal zu dir gesagt, daß ich wünschte, Vicky wäre ein Junge?"

„Nein. Aber ich nehme an, du hast es gelegentlich gedacht."

„Niemals!" Ich war sehr erregt. „Ich habe sie immer so, wie sie war, geliebt!"

„Aber wer war sie, Cornelius? Wir alle wissen, daß du sie immer liebgehabt hast, aber wen hast du wirklich liebgehabt? War es Vicky? Oder war es eine Idealfigur, die nur in deiner Vorstellung existiert? Und wenn es wirklich Vicky ist, die du liebst, wer ist dann Vicky, Cornelius? Ich bin nicht sicher, ob ich das beantworten kann. Nach all den Jahren kann ich dir wohl schließlich gestehen, daß Vicky für mich ein Rätsel ist. Ich habe sie nie verstanden, und ich bezweifle jetzt, daß ich sie je verstehen werde."

Wir schwiegen, aber schließlich sagte sie nicht ungütig, sondern mitfühlend: „Nun, Cornelius? Sei ehrlich! Wie gut kennst du deine eigene Tochter wirklich?"

„Du redest Unsinn", sagte ich grob und wandte mich ab.

III.

„Daddy", sagte Vicky, als wir am nächsten Morgen nach dem Frühstück durch den Garten spazierten. „Ich möchte mich für die gräßliche Szene gestern entschuldigen. Ich glaube, daß ich durch all die Turbulenz des Umzuges einfach durchgedreht habe! Könnten wir bitte so tun, als wäre alles nie passiert?"

Ich dachte an Alicia, die vor achtzehn Monaten gesagt hatte: „Wir werden so tun, als wäre dies nie passiert . . . Wie viele Menschen haben wirklich den Mut, ganz mit der Wahrheit zu leben? Ich nicht, soviel steht fest. Und du auch nicht."

Automatisch hörte ich meine Stimme sagen: „Vicky, du mußt aufrichtig mit mir sein. Du bist der wichtigste Mensch in meinem Leben, und wenn etwas nicht stimmt, dann möchte ich es wissen, damit ich helfen kann, es in Ordnung zu bringen. Bist du nicht glücklich mit Sam?"

„Aber natürlich bin ich glücklich! Darling Sam – er ist ein absoluter Engel – wirklich Daddy, ich könnte überhaupt keinen geduldigeren, gütigeren und verständnisvolleren Mann haben. Ich habe ein solches Glück, weißt du – habe immer ein solches Glück."

„Bist du unglücklich über Sams Entschluß, ein Haus in Westchester zu kaufen? Ist das das Problem? Besorgt es dich, in einem Vorort zu wohnen?"

„Nein, nein, ich bin sicher, daß es für die Kinder das beste sein wird – ich bin sicher, Sam hat recht. Sam hat immer recht. Er ist so wunderbar, trifft all die großen Entscheidungen und erspart mir damit so viele Sorgen und Aufregungen. Ich wüßte nicht, wie ich ohne ihn zurechtkommen sollte."

„Ist das deine ehrliche Meinung?"

Sie sah mich mit ihren klaren, offenen grauen Augen an. „Natürlich ist es meine Überzeugung!" insistierte sie ungeduldig, und dann küßte sie mich, schob ihre Hand in meine und rief lachend: „Bitte hör auf, solch dumme Fragen zu stellen, Daddy . . ."

IV.

Wir hatten noch weitere vierzehn Monate, bevor die Katastrophe hereinbrach, aber die vierzehn Monate verstrichen mit zunehmender Geschwindigkeit. Zunächst war Vicky mit der Haussuche beschäftigt, und als Sam sich später mit ihrer Wahl einverstanden erklärt hatte, oblag ihr die Aufgabe, die notwendigen Änderungen vornehmen zu lassen, bevor die Möbel aufgestellt werden konnten. Ich sah sie weniger als die Enkel, die während der Zeit der häuslichen Unruhen in meinem Haus in der Fifth Avenue blieben. Sam hatte Alicia gebeten, Vicky zu helfen, und wenn Alicia nicht mit meiner Familie beschäftigt war, dann wurde sie von ihrer eigenen Familie in Anspruch genommen. Sebastian, der Elsa im vergangenen Frühling geheiratet hatte, war schnell Vater geworden, und Andrew und Lori pflanzten sich mit monotoner Regelmäßigkeit fort. Alicia mochte nicht länger einen Liebhaber haben, aber sie konnte sich kaum beschweren, daß ihre Zeit nicht ausgefüllt sei.

Auch Sam und ich waren beschäftigt: miteinander. Ich hatte kaum erwartet, er würde wieder in seine untergeordnete Position als meine rechte Hand hineinschlüpfen, nachdem er die Ko-Seniorpartnerschaft von mir verlangt hatte, aber ich war schokkiert, als er nicht nur einen Geschmack für Autokratie entwikkelte, sondern eine wilde Entschlossenheit, mich zu verfolgen, bis der Titel „Ko-Seniorpartner“ akkurat in den Artikeln der Partnerschaft niedergelegt war. Vor seiner Rückkehr aus Europa war ich der unbestrittene Chef meiner eigenen Firma gewesen, aber nachdem Sam anfing, seinen Einfluß geltend zu machen, fand ich, daß ich eine Konzession nach der anderen machen mußte, bis ich das Gefühl hatte, mein Königreich zu teilen, um den Feind abzuhalten.

Entsetzt beobachtete ich, wie er genauso viele Helfer für sich einstellte, wie ich hatte. Dann verlangte er ein gleichwertiges Büro; er scheute sich nicht einmal, vorzuschlagen, ich solle mein Büro mit ihm teilen und ihm die bessere Hälfte mit Zugang zum Innenhof überlassen. Zugegebenermaßen war diese Forderung vor dem Krieg von einem Ko-Seniorpartner schon einmal gestellt worden, aber niemals, wenn der regierende Seniorpartner seit zwanzig Jahren allgewaltig gewesen war. Ich wies den Vorschlag zurück und biß in den sauren Apfel, ihm woanders ein gleichwertiges Büro einzurichten. Ich biß abermals in den sauren Apfel und genehmigte die große Ausgabe für die modernste Büroausstattung inklusive allem möglichen elektronischen Spielzeug.

Der Apfel wurde saurer und saurer. Mein Anteil am Profit der Partnerschaft war enorm beschnitten worden, um Sams erpresserische finanzielle Forderungen zu bestreiten, ohne die anderen Partner in Mitleidenschaft zu ziehen, aber wie alle Erpresser war auch Sam nie zufrieden; bald drängte er erneut, noch mehr Geld zu bekommen, was seinen Anteil dem meinen gleichgesetzt hätte.

Inzwischen hatte er angefangen, einen Teil der Prestigereisen zu verlangen, die ich nach Washington unternahm, um den Sekretär des Schatzamtes und (gelegentlich) den Präsidenten zu sehen. Er verhandelte mit Morgan über eine große Ausgabe, ohne mich hinzuzuziehen. Er bestand auf zwei Geschäftsreisen im Jahr nach Europa, um das Büro in London zu überprüfen. Er versuchte Scott anzuweisen, wie er mit Hammaco zu verhandeln habe. Es ging sogar das Gerücht um, er habe versucht, bei Jake den Diktator zu spielen, und war erst dann zurückgetreten, als Jake mit ihm durch einen Reischmanpartner verhandelte, der Dachau überlebt hatte. Ich mußte Jake einfach bewundern. Er war offensichtlich der einzige Mann in ganz New York, der noch Kontrolle über meinen Monsterpartner hatte.

Ich war inzwischen in einem permanenten Zustand von Wut, Sorge und nervöser Erschöpfung, aber die bittere Wahrheit war ja – und das hatte ich immer gewußt –, daß ich Sam zufriedenstellen mußte, wollte ich Vicky in New York behalten. Er hatte sich einmal von Europa zurückdrängen lassen – die Gründe waren mir noch immer ein Rätsel; ich nahm an, er hatte der Gelegenheit nicht widerstehen können, Ko-Seniorpartner von Van Zale zu werden; aber Sam war von Natur aus kein Märtyrer, und ich wußte, daß er kündigen und mit Vicky wieder nach Europa zurückkehren würde, wenn ich ihn nicht königlich behandelte. Und Vicky würde natürlich mitgehen. Sie liebte ihren Mann und die Kinder, sie war die perfekte Frau und Mutter, und sie würde keine andere Wahl haben.

1957 war ein schreckliches Jahr.

Es sah aus, als würde 1958 sogar noch schlimmer werden, und als Sam mich im Februar fragte, ob er mich nach der Arbeit im St. Regis treffen könne, hatte ich sofort den Verdacht, daß ich unmittelbar vor einer neuen Katastrophe stand.

Mein Gesicht blieb ausdruckslos, aber vielleicht wurde ich blaß, denn Sam sagte trocken: „Du brauchst dich nicht aufzuregen – ich plane keinen erneuten Staatsstreich. Ich habe, weiß Gott, die Bank viel zu satt, um darüber reden zu wollen."

Nichts hätte mich mehr alarmieren können. Wenn Sam sein Interesse an der Bank verlor, dann war das wie Gott, dem es mitten in der Schöpfung langweilig wurde; so etwas kam einfach nicht vor.

Ich hatte an diesem Nachmittag eine Sitzung im Stadtzentrum mit dem Präsidenten unserer Kommerzbank, dem Van Zale Manhattan Trust, aber um fünf Uhr dreißig war ich im St. Regis. Sam wartete bereits in einer ruhigen Ecke der King-Cole-Bar auf mich. Vor ihm stand ein halbbeendeter Martini.

„Trinke einen Martini mit mir", sagte er.

„Werde ich ihn brauchen?"

„Ja."

Der Ober brachte meinen Martini.

„Was ist das Problem?" sagte ich und getraute mich kaum zu fragen.

„Ich weiß einfach nicht, wie ich es dir sagen soll."

Ich nahm einen Schluck von meinem Martini und versuchte zu atmen, als ob alles in Ordnung sei. „Hat es mit dem Büro zu tun?"

„Nein."

Für einen übelkeitserregenden Augenblick erinnerte ich mich an einen früheren Van-Zale-Partner, der so in Schwierigkeiten geraten war, daß er zum Mord getrieben wurde. „Himmel, Sam, ist es Geld?"

„Nein, Neil, Geld ist es nicht."

„Deine Gesundheit?" rätselte ich wild. Vorstellungen von Lungenkrebs rasten durch meinen Kopf. Er rauchte viel zuviel.

„Auch nicht meine Gesundheit", sagte er. „Vickys. Sie wird noch ein Kind bekommen, Neil, und ich weiß einfach nicht, was ich tun soll. Mir ist, als würde ich gleich wahnsinnig werden."

Ich war wie gelähmt. „Ist sie in Gefahr?"

„Nein, es ist unsere Ehe, die in Gefahr ist. Neil, kann ich wirklich mit dir darüber reden, oder soll ich es lieber lassen? Können wir je die Tage zurückholen, in denen wir Freunde waren, einander ins Vertrauen zogen – die Tage, bevor ich dich mit Teresa antraf? Ich weiß, ich habe dir im vergangenen Jahr die Hölle bereitet, aber ich war so verdammt wütend, als ich sah, wie bereit du warst, deine Macht auf meine Kosten zu mißbrauchen, daß ich der Versuchung nicht widerstehen konnte, dir etwas von deiner eigenen Medizin zu kosten zu geben –"

„Ich weiß. Das verstehe ich. Ja, natürlich können wir wieder miteinander reden. Ganz bestimmt." Ich war so durcheinander, daß ich kaum wußte, was ich sagte. Es wurde mir gerade klar, daß er im Begriff war, völlig auseinanderzufallen und daß er mich ausgesucht hatte, ihn zusammenzuhalten. Ich versuchte, Kontrolle über das Gespräch zu bekommen. „Also beruhige dich, Sam, und fange am Anfang an. Weshalb ist die Schwangerschaft ein Desaster?"

„Jede Schwangerschaft ist ein Desaster. Szenen, Tränen, abgeschlossene Schlafzimmertüren, was immer du willst. Nach der Geburt des Babys werden wir dann gerade wieder einigermaßen normal, wenn – Bum! Eine weitere Schwangerschaft! Versteh mich nicht falsch. Dies ist keine lange Tirade darüber, daß ich nicht genug Sex bekomme. Mit dem Problem kann ich fertig werden – ich bin damit fertig geworden. Ich bin damit vielleicht nicht immer auf die schlaueste Art fertig geworden, aber ich habe wenigstens Vicky nie betrübt. Leider ist Vicky trotzdem völlig fertig."

„Sie muß offensichtlich einen Psychiater aufsuchen."

„Gott, wir waten schon seit Jahren knietief in Psychiatern! Sie war bei allen erstklassigen Psychiatern Londons!"

„Meinst du . . ." Ich konnte kaum sprechen. „All diese Jahre . . . Wie lange ist sie denn schon in diesem Zustand?"

„Seit wir nach England zogen, und es ist einfach immer schlimmer geworden. Warum, glaubst du, habe ich mich von dir wieder hierher verfrachten lassen? Weil ich mir schwerste Sorgen um Vicky mache. Ich dachte, sie würde sich bessern, wenn sie wieder nach Hause käme, und eine Zeitlang sah es auch so aus; aber jetzt ist alles schlimmer denn je. Meine größte Angst ist, daß sie mich eines Tages verlassen könnte."

„Was!" Ich erhob mich halb und sank dann auf meinen Stuhl zurück. Mein Atem ging stoßweise. Ich wühlte in meiner Tasche nach meiner Medizin.

„Glaub mir, Neil: wenn ich sage, daß die Ehe in Gefahr ist, dann meine ich damit nicht, daß ich in Versuchung bin, sie zu verlassen. Glaubst du, ich würde mit dir darüber reden, wenn dem so wäre? Ich bin hier, weil ich verrückt nach ihr bin und weil ich mit jemandem reden muß, und ich denke mir, daß du nicht zu hart mit mir umspringen wirst, wenn du erst einmal weißt, wie sehr ich sie liebe. Ich gebe zu, daß ich sie vor unserer Heirat nicht geliebt habe, aber dann . . . sie war einfach so bezaubernd und so süß und so jung und . . . ich . . ."

Er würde zusammenbrechen. Die Szene war ein Alptraum. Ich fand ein Taschentuch und legte eine Hand auf seinen Arm, um ihn zu trösten. „Nimm's nicht so schwer, Sam." Meine wirkungslosen Worte tropften sinnlos in die riesige See seiner Trauer. Ich bezweifle, daß er mich überhaupt hörte. Ich wußte, daß ich fest und unsentimental sein mußte, um das Gespräch wieder in eine gerade Richtung zu steuern, deshalb war es von größter Wichtigkeit, nicht an Vicky als der Quelle seines Unglücks zu denken. Ich versuchte, sie mir als irgendeine Frau vorzustellen, die ich gesellschaftlich kannte, als die Frau eines Partners, niemand Besonderer.

„Laß uns auf das gegenwärtige Problem zurückkommen, Sam. Das neue Baby, das unterwegs ist – ich vermute, es war ein Unfall?"

„Gott, alle unsere Kinder seit Paul waren Unfälle. Davor habe ich Gummis benutzt, weil ich sie nicht für alt genug hielt, um mit Geburtenkontrolle fertig zu werden, aber nachdem Paul geboren war, sagte sie, sie wolle eine Spirale, also sagte ich, gut, wenn du willst, kannst du es ja mal versuchen. Nun, es schien nicht so ganz zu klappen und wir wurden ein bißchen leichtsinnig und . . . dann kam Samantha. Hinterher sagte ich, Himmel, fang bloß nicht wieder mit der Spirale an, wir werden es wieder mit Gummis versuchen, und sie sagte okay, aber dann glaubte sie, sie könne nicht schwanger werden, während sie ein Baby nährte – sie hatte zuvor nie selbst genährt, aber sie hatte irgend etwas über Mütter in Indien gelesen, die die Pausen im Kinderkriegen auf diese Weise bestimmen, also versuchte sie, das Kind selbst zu nähren, aber auch das klappte nicht so recht . . . und sie wurde trotzdem mit Kristin schwanger. Junge, hatte ich eine schwere Zeit. Dann hörte sie von einer experimentellen Pille, die sie hätte einnehmen können, aber die Ärzte wollten sie nicht verschreiben, sagten, sie verursache Krebs, also riskierte ich nichts mehr und habe sofort beim ersten Mal, als wir nach Kristins Geburt wieder zusammen waren, Gummi benutzt."

Ich wollte fragen, weshalb sie offensichtlich so dagegen war, daß er Gummis benutzte, aber ich konnte nicht. Weil ich wußte, daß ‚sie' Vicky war. Eine solche Frage konnte ich nicht stellen. Ich wollte nicht einmal darüber nachdenken.

„Nun", sagte Sam, „das war okay. Es ging ganz gut, bis . . . Teufel, du weißt, wie es ist, wenn man neunundvierzig – oder vielleicht weißt du es nicht. Ich weiß nichts über dein gegenwärtiges Sexleben. Aber ich arbeitete zu hart in dem Versuch, all die neue Macht, die ich dir im Büro abgerungen hatte, richtig einzusetzen, und ich fing an zu trinken, um weitermachen zu können, und obwohl ich nach wie vor Sex wollte, fand ich, daß ich es nicht mehr so recht schaffte. Und eines Abends wollte ich es wirklich sehr, aber mit dem Gummi an ging es irgendwie nicht –“

Ich dachte: nur irgendeine Frau, nur eine Bekannte, niemand, den ich gut kenne.

„– also hab' ich den Gummi abgenommen, und dann habe ich alles verdorben – bin nicht rechtzeitig raus. O Gott, es war Pech, alles so falsch zu machen – nein, es war mehr als Pech, es war die Hölle, es war das größte Desaster, das man sich denken kann, wie eine furchtbare Strafe –“

Ich sagte mit meiner klinischsten Stimme: „Sam, es ist absurd, so zu leiden. Es ist schlecht für deinen und auch für Vickys Gesundheitszustand. Die Schwangerschaft sollte unterbrochen werden.“

„Richtig. Genau, was ich sage. Ich habe mich, weiß Gott, immer gegen Abtreibungen ausgesprochen, aber –“

„Wann wird Vicky in die Klinik gehen!“

„Sie wird nicht gehen.“

„Nicht?“ Ich glaubte, mich verhört zu haben.

„Nein. Alles war arrangiert, als ich sie aber ins Krankenhaus brachte, konnte sie es nicht über sich bringen. Ich fuhr sie nach Hause, und sie weinte ununterbrochen.“

„Wann war das?“

„Gestern. Neil, ich habe eine panische Angst davor, daß sie mich verläßt. Ich glaube, sie haßt mich. Ich glaube, sie haßt die Kinder. Und ich weiß nicht, warum, Neil. Wenn ich es wüßte, dann könnte ich etwas tun, könnte es irgendwie in Ordnung bringen. Und was die Situation noch verschlimmert ist, daß ich glaube, Vicky weiß es auch nicht. Es ist verrückt. Ich glaube, wir sind beide vollkommen verrückt geworden.“

„Nun, es ist offensichtlich“, sagte ich, „daß Vicky eine Art von Zusammenbruch erlitten hat. Sie muß in eine Klinik eingewiesen werden, und wenn du dem Zusammenbruch nicht selbst so nahe stündest, dann wäre es auch für dich eindeutig. Ich werde mit meinem Arzt sprechen und etwas im besten Sanatorium arrangieren.“

„Sie will in kein Sanatorium gehen, und ich könnte sie unmöglich einfach einweisen lassen. Sie hat vielleicht einen Zusammenbruch, aber es ist nicht diese Art von Zusammenbruch – sie hat keine Visionen, hat nicht das Gefühl, als ob sie von kleinen, grünen Männchen verfolgt würde. Sie kommt noch einigermaßen zurecht. Sie steckt vor den Kindern eine Fassade auf – und vor dir natürlich. Neil, was immer auch geschieht, du darfst Vicky nicht sagen, daß du etwas von all dem weißt. Es würde sie umbringen. Es ist sehr, sehr wichtig für sie, daß sie glaubt, alles sei gut und glücklich, und die Ehe sei eins a."

Mir war, als hätte ich mich in einem dunklen Tal verlaufen, aber über mir am Hügel konnte ich die Lichter eines wunderschönen Hauses sehen und hinter den beleuchteten Fenstern sah ich all die Menschen, die so weit außerhalb meiner Reichweite waren. Ich sah Emily und Alicia und Sebastian – sogar Andrew – und Kevin und Jake und Vicky war nun auch dort, ihr Gesicht gegen die Scheiben gepreßt, in der stummen Bitte um Hilfe. Aber ich war von ihr abgeschnitten. Ich konnte aus dem Tal nicht herausfinden, und obwohl ich frenetisch nach der Straße suchte, die mich zu dem Haus führen würde, verirrte ich mich immer wieder in der Dunkelheit.

„Himmel, wie spät es schon ist!" sagte Sam beunruhigt. „Ich muß sofort gehen, falls Vicky mich braucht." Er drückte seine Zigarette aus, leerte seinen Martini und fügte dann mit einem tapferen Versuch zum Optimismus hinzu: „Nun, ich nehme an, wir werden irgendwie überleben – ich liebe sie, und das ist schließlich das Wichtigste, nicht wahr? Wir werden mit dem Problem am Ende zu Rande kommen."

„Sicher. Sam, wenn ich vielleicht sonst noch irgend etwas tun kann –"

„Nein, im Moment nicht, ich fühle mich jetzt besser, nachdem ich mit dir gesprochen habe. Ich möchte dir fürs Zuhören danken, Neil. Es muß die Hölle für dich gewesen sein, und es tut mir leid."

„Ich bin froh, daß wir miteinander gesprochen haben."

Draußen auf der Fifty-Fifth Street war es kalt, und ein bitterer Wind blies vom Osten aus dem eisigen amerikanischen Hinterland, als wir neben unseren Wagen anhielten, um uns die Hände zu schütteln.

Er sagte plötzlich: „Es ist jetzt okay, nicht wahr?"

„Ja, Sam", sagte ich. „Es ist okay."

„Wir werden wieder ‚Alexander's Ragtime Band' spielen?"

„Ja. Und reden. Wie zu alten Zeiten."

„Prima. Ich habe dich vermißt, Neil. Es hat lange gedauert . . . Übrigens, bist du noch mit Teresa zusammen?“

„Ich bin auf dem Weg zu ihr . . .“

„Komisch, wie unwichtig das alles jetzt erscheint . . . Nun, grüße sie von mir, ja? Ich habe Teresa immer so gerngehabt.“

Er stieg in seinen Mercedes, aber als der Wagen vom Rinnstein abfuhr, schaute er zurück und winkte. Auch ich hob die Hand. Dann kroch ich so langsam und schmerzerfüllt in meinen Cadillac, als sei jeder Knochen in meinem Körper gebrochen.

V.

Teresa und ich glichen inzwischen einer gewissen Art von Ehepaar; wir gifteten einander mitunter an, schliefen aus Routine miteinander, verbrachten die Zeit außerhalb des Schlafzimmers damit, vor dem Fernseher zu sitzen und freuten uns im geheimen unserer alltäglichen Häuslichkeit. Unsere Beziehung mochte zur Gewohnheit geworden sein, aber es war eine Gewohnheit, die schwer zu brechen war, wie Rauchen.

Teresa hatte sich seit unserem ersten Treffen verändert. Nachdem sie schließlich zu ihrem früheren, natürlichen Arbeitsstil zurückgekehrt war, malte sie jetzt weniger, aber besser, und da ihr schöpferisches Leben nun kontrollierter war, hatte sich auch die Organisation ihrer Umgebung gebessert. Sie hielt die Wohnung sauber, trug elegante Kleidung, wenn sie nicht arbeitete, und gab sich ernsthaft Mühe, ihr Gewicht unter Kontrolle zu behalten. Die linksgerichteten Bücher in ihrer Wohnung hatten längst anderer Literatur Platz gemacht; zunächst waren es romantische Romänchen gewesen, dann populäre Bücher über Psychologie und Diät, und während sie ihr Bohemeleben ablegte, um sich den Freuden der Mittelklasse in die Arme zu werfen, begann ich den Verdacht zu hegen, daß sie unsere Beziehung eher als eine informelle Ehe, denn als eine Liebesaffäre betrachtete. Ich bot ihr eine Kreditkarte für Saks an, und sie sagte, sie zöge Bloomingdale vor. Ich bat sie, sich ein Geschenk bei Tiffany auszusuchen, und sie lachte mich nicht verächtlich aus, sondern brachte eine halbe Stunde damit zu, eine grauenhafte Goldnadel zu wählen. Einmal im Jahr, an ihrem Geburtstag, führte ich sie zum Abendessen aus. Am Anfang unserer Beziehung pflegte sie mich in ein billiges, europäisches Restaurant im Village mitzuschleifen, aber nun besuchten wir die eleganten Restaurants der Innenstadt.

Gelegentlich diskutierten wir über Kunst, aber meistens war eine intelligente Konversation zu anstrengend. Wir gähnten über Trivialitäten, plauderten flüchtig über oberflächliche Themen und sahen uns zusammen „Dragnet" an – oder vielleicht eine Wiederholung von „I love Lucy", was für mich jetzt beim Gedanken an Sebastians Eskapaden bei der New-Jersey-Schnellstraße unwiderruflich vergiftet worden war.

Als ich an diesem Abend in der Wohnung eintraf, trug Teresa ein elegantes rotes Wollkleid, das ihre Brüste vorteilhaft zur Schau stellte, ein schwarzes Chiffontuch und die Goldnadel von Tiffany.

„Warum, zum Teufel, hast du denn nicht angerufen und mich wissen lassen, daß du dich verspäten wirst?" sagte sie gekränkt, als ich zur Tür herein kam. „Ich habe das Huhn Kiew bereits über eine halbe Stunde im Ofen warm halten müssen."

„Laß gut sein, Teresa, ich habe einen grausigen Tag hinter mir." Ich küßte sie flüchtig auf die Wange, ging müde ins Wohnzimmer und sank auf eine häßliche orangene Couch, die sie vor langer Zeit gekauft hatte, um etwas Passendes neben dem häßlichen orangenen Sessel zu haben. Ohne eine weitere Frage bereitete sie mir einen Drink, schaltete den Fernsehapparat ein und sagte, sie würde das Essen bringen.

„Teresa, verzeih, aber ich glaube nicht, daß ich auch nur einen Bissen hinunterbrächte. Ich habe einen schlimmen Schock wegen Vicky erlitten und ich sorge mich ihretwegen zu Tode. Ich möchte nicht ins Detail gehen und ich muß dich bitten, es für dich zu behalten, aber es hat sich herausgestellt, daß sie sehr unglücklich ist."

Teresa sagte ausdruckslos: „Armes Kind", und drehte den Fernseher ab.

„Ich verstehe es nicht, Teresa. Ich möchte es gern in Ordnung bringen, aber ich weiß nicht, wie."

„Stelle jemandem einen Scheck aus. Komm, trinke, dann wirst du dich besser fühlen."

„Teresa, bitte versuche nicht, alles ins Lächerliche zu ziehen. Dieses Problem läßt sich nicht dadurch lösen, daß ich jemandem einen Scheck ausstelle.“

„Willkommen also zum Club von neunundneunzig-Komma-neun Prozent der Welt, der seine Probleme nicht durch das Ausschreiben von Schecks lösen kann! Okay, versteh mich nicht falsch – glaube mir, es tut mir leid, wenn dein armes Kind unglücklich ist, wenn ich aber ehrlich sein soll, dann kann ich nur sagen, daß es keine große Überraschung ist. Es wiederholt sich alles, nicht wahr? Du hast mir nie viel über deine Vergangenheit erzählt, als du und Sam zwei junge Hunde wart, die die Wall Street dahin brachten, sich vor Angst vor deinen fünfzig Millionen in die Hosen zu scheißen, aber ich bin in all den Jahren mit Kevin in Verbindung geblieben und er hat mir ein oder zwei Dinge über eure schmutzige Vergangenheit erzählt. Du gabst die Befehle und Sam führte sie aus, stimmt das nicht? Und in dieser Sache war es nicht anders. Du gabst den Befehl, Vicky müsse glücklich sein, und Sam hat sich überschlagen, um ein folgsames Bürschchen zu sein, nur war es unglücklicherweise der falsche Befehl, und Sam hat miserable Arbeit geleistet.“

Ich versuchte, mich auf das, was sie sagte, zu konzentrieren. „Teresa, du könntest ebenso gut chinesisch reden. Was meinst du denn?“

„Vicky hätte Sam nie heiraten sollen. Zum Teufel, Sam war vier Monate lang mein Liebhaber – ich sollte es schließlich wissen! Wenn Vicky erwachsen gewesen wäre, so wie ich es war, hätte sie vielleicht überlebt, aber sie war nicht erwachsen, nicht wahr? Sie war lediglich ein Kind, das von ihren Eltern davonrannte und durch eine Reihe von Unglücksfällen (waren es wirklich Unglücksfälle?) ins Bett eines Mannes fiel, der hinter all dem glatten Gerede sehr unsicher mit dem anderen Geschlecht ist –“

„Unsicher? Sam? Aber er hat früher massenhaft Frauen gehabt!“

„Ja, und die besten sind ihm davongelaufen, nicht wahr? Jede unabhängige Frau würde Sam Keller davonlaufen – er hat eine sehr unbeugsame Vorstellung über das, was eine Frau sein sollte: süß, hingebungsvoll und seiner Autorität unterworfen. Aber laß uns doch einmal ehrlich sein, nicht alle Frauen können heutzutage diese Art von Blödsinn des neunzehnten Jahrhunderts hinnehmen; manche Frauen wollen ihr Leben nicht damit verbringen, das Ego eines Mannes in Watte zu packen, manche Frauen finden heraus, daß sie ihre Zeit mit etwas Interessanterem ausfüllen können!"

„Teresa, wovon redest du denn, zum Teufel?"

„Ich rede über die wirkliche Welt, Cornelius, die du täglich in deiner isolierten Glasblase von einem Cadillac durchfährst, die du von dir fernhältst, indem du Schecks schreibst. Ich rede nicht von deinen männlichen Blütenträumen, wie Frauen sein sollten – ich rede davon, wie Frauen wirklich sind! Glaube mir, ich habe Sam gern, und wenn er eine weinende, laufende, schlafende, essende, lebendige Puppe zur Frau haben will, dann wünsche ich ihm viel Glück – die Geschmäcker sind verschieden, und ich bin die erste, die zugibt, daß wir alle ein Recht dazu haben. Aber er hätte sich eine Frau aussuchen sollen, die so ist, eine Frau, die so sein will, nicht ein verwirrtes kleines Mädchen, das nicht weiß, wer es ist oder was es will!"

Ich starrte sie an. Dann sagte ich rasch: „Okay, vielleicht hätte Vicky ihn nicht heiraten sollen, aber sie brauchte damals einen Ehemann. Offensichtlich war es am besten für sie, jung zu heiraten – ich habe immer nur das Beste für sie gewollt –"

„Du hast keine Ahnung, was das Beste für irgendeine Frau ist – du weißt nur, was das Beste für die Bank in einem Multimillionengeschäft ist! Und weshalb sollte es für sie am besten gewesen sein, jung zu heiraten? Nein, komm mir nicht mit der Scheiße von der Erbin, die von all den üblen Gigolos bewahrt werden mußte! Du konntest es einfach nicht erwarten, bis sie verheiratet war, weil du das psychologische Bedürfnis hast, sie als die perfekte Frau und Mutter zu sehen – du wolltest unbedingt diese Phantasien weben, die für dich offensichtlich so notwendig waren!"

„Welch ein Quatsch!" platzte ich heraus. „Welch kompletter Scheißdreck!"

„Wirklich? Ich lebe jetzt seit neun Jahren mit dir, und ich fange an zu glauben, daß ich dich besser kenne, als du dich selbst kennst, Honey. Das Problem mit dir ist, daß du darauf fixiert bist – ich zitiere –, ein Erfolg im Leben zu sein. Warum jagst du die ganze gottverdammte Zeit hinter Geld und Macht her? Weil damals, als dir jemand die Tatsachen des Lebens beibrachte – Onkel Paul? –, du lernen mußtest, daß sich fünfzig Prozent der Bevölkerung dieser Welt – Männer – nur um eine Gleichung kümmern müßten, wollten sie glücklich und männlich sein, und die hieß: Geld plus Macht gleich Erfolg. Und die andere Hälfte der Bevölkerung dieser Welt? Welche Zauberformel mußte sie erlernen, um sich des Glücks und der Weiblichkeit zu versichern? O ja! Ehe plus Mutterschaft gleich perfekte Erfüllung für alle weiblichen Wesen! Ehe plus Mutterschaft gleich Erfolg! Egal, wer dir das beibrachte – deine Mutter, deine Schwester? –, darauf kommt es nicht an. Du hättest es dir überall aneignen können. Es ist eines der populärsten Märchen unserer Zeit geworden."

Ich brachte es gerade noch fertig, meine Wut zu kontrollieren. Mit einer Stimme, die ruhig und logisch klang, sagte ich: „Ich wollte, daß Vicky glücklich wird. Ich dachte, sie würde als Frau und Mutter glücklich sein. Wenn ich deswegen dachte, daß ein solches Glück Erfolg mit sich brächte – könntest du mir gütigst erklären, weshalb ich mir diese Art von Erfolg nicht für meine Tochter wünschen sollte?"

„Weshalb? Das will ich dir sagen! Weil du dir diesen Erfolg nicht für sie wünschst, sondern für dich selber! Du wolltest – und willst es noch immer – eine sogenannte erfolgreiche Tochter, damit die ganze Welt bewundernd ausrufen kann: Himmel, welch ein erfolgreicher Vater ist er doch, daß er eine so erfolgreiche Tochter hat! Sam ist nicht der einzige Bursche, der nicht so viel Selbstvertrauen hat, wie er vorgibt, Cornelius, und er ist nicht der einzige Bursche, den ich je getroffen habe, der Frauen dazu benutzt, seinem eigenen Ego auf die Beine zu helfen!"

„Zum Teufel!" brüllte ich, brachte meine Rage dann aber erneut unter Kontrolle. „Schau, ich habe jetzt ziemlich genug von dieser pseudoeierköpfigen Scheiße, die du mir hier vorsetzt! Wo hast du denn all das her? Aus den einschlägigen Psychologiebüchern, die du dir in den Läden für Schundliteratur gekauft hast? Laß uns zu den Tatsachen zurückkommen. Ich interessiere mich nur für Tatsachen. Tatsache Nummer eins: Vicky wollte ehrlich Frau und Mutter werden. Tatsache Nummer zwei: im Grunde wollen alle Frauen heiraten und Kinder kriegen –"

„Nein, Honey, das wollen sie nicht. Tut mir leid, aber sie wollen es wirklich nicht. Meine fünfzig Prozent der menschlichen Rasse sind kein identischer Haufen von Plastikpuppen. Wir sind menschliche Wesen, und wir sind alle verschieden und – so unwahrscheinlich dir das auch vorkommen mag – wir wollen nicht alle dasselbe. Die Wahrheit ist nämlich, wenn du es genau wissen willst, daß wir genauso unterschiedlich sind wie die andere Hälfte der menschlichen Rasse, die Hälfte, der du mit so arrogantem Stolz angehörst!"

Ich hatte mich jetzt besser im Griff, war aber noch immer angespannt vor Wut. „Ich leugne die Verschiedenheit und Vielfältigkeit der menschlichen Rasse nicht ab! Ich spreche von den Urinstinkten der Paarung und Reproduktion, die allen zu eigen sind! Natürlich gibt es verschiedene Typen von Frauen – weiß Gott, niemand könnte dir weniger ähnlich sein als Vicky –"

„Wie kannst du das behaupten? Du weißt so gar nichts über mich! Wahrscheinlich weißt du auch nicht über deine Tochter Bescheid! Du bist ganz abgeschnitten und zugenäht!"

„Mein Gott, wie kann ich denn seit neun Jahren mit dir schlafen und nichts über dich wissen? Du bist –"

„Ich bin Teresa Kowalewski und ich brauche eine Leinwand, Platz zum Malen und keine Geldsorgen, und – o ja, regelmäßig vögeln, das würde ich wohl auch entbehren, wenn ich es nicht hätte, obwohl es manchmal kaum der Mühe wert zu sein scheint. Da ich jedoch dein Talent kenne, alle Frauen im gleichen Licht zu betrachten, glaubst du wahrscheinlich, wir wären genau wie ein verheiratetes Paar – oh, ich bin ein bißchen exzentrisch, sicher, aber im Grunde lebe ich nur für deine Besuche, wenn ich Hausfrau spielen, dir ein schönes Essen kochen und so tun darf, als sei ich nichts weiter als ein glückliches Frauchen der Mittelklasse. Nun, ich habe ungeheure Neuigkeiten für dich, Honey. Ich habe ein ganzes, großes, bedeutungsvolles Leben, das völlig unabhängig von dir existiert, und obwohl ich es zufrieden bin, daß du ab und zu hier vorbeikommst, so bist du für mich im Grunde doch nichts weiter als ein Scheckbuch und ein steifer Schwanz. Das ist die wirkliche Welt, Cornelius. So sind die Dinge in Wirklichkeit. Dringe ich zu dir durch oder rede ich noch immer chinesisch?"

Die Hausglocke läutete.

Wir fuhren fort, einander anzustarren. Die Hausglocke läutete abermals.

„Scheiße“, sagte Teresa. „Ich schau' wohl lieber nach, wer das ist.“

Sie ging in den Flur hinaus.

Ich blieb auf der Couch sitzen und schaute auf mein unberührtes Glas Scotch, wurde mir aber vage irgendwelcher Stimmen bewußt.

„Es tut mir leid. Ich muß ihn sehen.“

„He, einen Augenblick! Was, zum Teufel –“

„Entschuldigen Sie bitte.“

Meine zwei separaten Welten rieben sich wie verrückt gegeneinander. Der Park existierte nicht mehr. Die Fifth Avenue strömte als ein breiter, lärmender Freeway am Central Park West entlang, und ich kam nicht vom Betonstreifen in der Mitte weg.

Ich hatte mich erhoben, als Alicia in der Tür erschien, und während ich sie verständnislos anstarrte, drängte Teresa sich an ihr vorbei ins Zimmer.

„Was, zum Teufel, geht hier vor? Hört zu, wenn ihr beide einen großen Krach miteinander haben wollt, könntet ihr ihn wohl woanders als in meiner Wohnung austragen?“

Alicias Blick traf sich mit dem meinen. Mein Herz fing langsam zu schlagen an, wie das Meer, das in der Ferne rauscht.

„Cornelius, wenn Alicia vorhat, hier eine beschissene Szene zu machen, könntest du sie um Himmels willen sofort von hier entfernen?“

Alicias Gesicht war ruhig, aber von Leid überschattet. Mein Herz begann, etwas lauter zu klopfen, wie Brandung, die sich nun bestimmter an einer verlassenen Küste überschlug.

„Gott im Himmel, was ist denn los? Warum, zum Teufel, sagt denn niemand etwas? Was ist denn los, um Gottes willen?“

Wir hatten immer noch die Hälfte von Bedes erleuchteter Halle vor uns, aber jemand war frühzeitig in die Dunkelheit hinausgeschlüpft.

„Es handelt sich um Sam, Cornelius“, sagte Alicia.

Das Meer rauschte mir entgegen, und alles verlor sich im Getöse der Strömung.

„Was ist mit Sam?“ sagte Teresa mißtrauisch. „Was hat er getan?“

Ich antwortete nicht, denn ich war wieder in einer anderen Ära, und als die Jahre vor meinen Augen radschlugen, sah ich den großen, bürgerlichen Jungen in Bar Harbor mir die Hand entgegenstrecken und hörte ihn sagen: „Hi – freut mich, Sie kennenzulernen!" Das Kaleidoskop der Zeit drehte sich weiter. Ich war in der Willow und Wall Street, nachdem Pauls Mörder einander erschossen hatten, und Sam zitterte mit mir, als wir Steve Sullivan auf die Beine halfen. Ich war in der Fifth Avenue in der tollen Zeit des goldenen Sommers von 1929, als es so aussah, als wolle die gute Zeit nie aufhören. Ich tanzte mit längst vergessenen Mädchen, ich war betrunken von Badewannengin, ich amüsierte mich glänzend mit dem besten Freund, den ich je haben würde, und weit entfernt konnte ich Miff Mole und seine Moler die „Alexander's Ragtime Band" spielen hören.

„Er erlitt einen Herzinfarkt auf dem Weg nach Hause", sagte Alicia. „Der Chauffeur ist sofort zum nächsten Krankenhaus gefahren, aber es war zu spät. Er war fast sofort tot."

Ich dachte wieder daran, wie Scott gesagt hatte: „Hat sich alles gelohnt?" Und als ich nun auf meine Kämpfe mit Sam zurückblickte, sah ich sofort, daß sie bedeutungslos waren. Alles war bedeutungslos, all unsere Rachepläne und unsere Gegenattakken, all unsere leeren Machtbesessenheiten – selbst die Macht als solche war schließlich bedeutungslos, denn wenn wir das Ende der beleuchteten Halle erreichten, dann konnte uns keine Macht der Welt vor der Dunkelheit bewahren.

Meine ganze Welt wurde aus den Angeln gehoben und zerbrach dann, als sei sie in einem riesigen Schmelztiegel zerstampft worden. Wenn alle Macht bedeutungslos war, dann war es nicht mehr wichtig, ob ich die Macht hatte, Kinder zu erzeugen oder nicht. Am Ende machte es keinen Unterschied, ob ich eine Tochter hatte oder zehn Söhne. Am Ende, unfruchtbar oder fruchtbar, mußten wir alle sterben.

Die einzige unabänderliche Tatsache des Lebens war der Tod, und als ich mir zum ersten Mal gestattete, meinem Tod gerade ins Auge zu blicken, stellte ich fest, daß ich einen Weg würde finden müssen, um mit der unerträglichen Relevanz dieses Todes leben zu können. Ich mußte ein Gegengift finden, um die Schrecken des Nicht-Seins zu negieren, und das Gegenteil vom Nicht-Sein war bestimmt das Sein – ich mußte sein, ich mußte leben, aber nicht auf die alte, unfruchtbare Weise, indem ich mit den Menschen durch meine Macht kommunizierte. Die Macht hatte mich lediglich von den Menschen abgeschnitten, aber nun mußte ich sie erreichen, ich mußte aus dem mit Stahl ausgelegten Raum ausbrechen, in den meine Macht mich eingeschlossen hatte, ich mußte mit anderen kommunizieren, wollte ich die Isoliertheit des lebendigen Todes vermeiden.

Ich blickte Alicia an und sah, daß ihre Maske eines Schauspielers zerbrochen worden war. Ich sah durch ihre untadelige Selbstkontrolle hindurch, sah all ihre Verteidigungsmaßnahmen, all das Leid und all die Trauer, die uns so lange getrennt hatte. Ich blickte sie an und sah, daß sie um mich Leid trug, daß das Mitleid, das ich immer so heftig abgelehnt hatte, überhaupt kein Mitleid war, sondern etwas viel Feineres, ein Mitfühlen, das jegliche Verachtung ausschloß, und eine Selbstlosigkeit, die jedes Opfer ertragen hätte. Ich blickte sie an, und die ganze Vergangenheit verwandelte sich.

Jake war nicht länger wichtig, genau wie Teresa nicht länger wichtig war. Ich brauchte keine Erklärung mehr, weshalb sie ihn zurückgewiesen hatte, sobald ich etwas von der Affäre erfuhr; ich wußte, daß sie mich zu sehr liebte, um mir die Rolle eines nachlässigen Ehemannes aufzuzwingen. Sie liebte mich zu sehr und konnte mich nicht erneut verletzen, indem sie sich einem anderen Manne zuwandte. Sie hatte mich immer geliebt, genau wie ich sie immer geliebt hatte, und durch ein Wunder, das fast zu groß war, um es zu begreifen, sah ich, während ich sie anblickte, daß sie mich noch immer liebte.

Teresa flüsterte: „Aber das ist eine furchtbare Nachricht . . . furchtbar . . . er war so jung – war er schon fünfzig? Ich kann es gar nicht glauben . . . Sam . . .“

Ich hörte sie, aber ich sah sie nicht. Meine Augen sahen nur Alicia. Ich begann, über den weichen Teppich zu gehen.

Teresa sagte: „Honey, es tut mir so leid – es muß furchtbar für dich sein. Aber du bist seit Jahren Sam nicht mehr nahegestanden, nicht wahr? Ihr wart nicht mehr wirklich befreundet.“

Alicia sagte mit ihrer klarsten Stimme: „Miß Kowalewski, können Sie nicht sehen, was das für Cornelius bedeutet? Es ist, als habe er einen Arm verloren. Können Sie nicht sehen, wie vollkommen allein er ist?“

Aber ich war schließlich doch nicht allein. Ich ging weiter, setzte einen Fuß vor den anderen, erst an der häßlichen orangenen Couch, dann an dem häßlichen orangenen Sessel vorbei, und während ich ging, dachte ich: ich muß hinkommen. Ich muß es schaffen.

Aber am Schluß mußte ich nicht die ganze Strecke zurücklegen. Alicia kam mir entgegen. Sie tat einen Schritt vorwärts, streckte die Arme aus, und als ich sie im nächsten Augenblick erreichte, war unser Alptraum endlich ausgeträumt.

Ihre Tränen näßten meine Wangen. Ich schloß die Augen und hielt sie in der Dunkelheit, und als sich die Wüste unserer Not in Nichts auflöste, sagte ich nur: „Bring mich heim."

4. Teil

SEBASTIAN

1958–1960

12. Februar 1958. Sam Keller stirbt, ich aber bin neu geboren. Denn jetzt habe ich eine neue Chance, das zu erreichen, was ich will, und dieses Mal werde ich es schaffen.

Ich treffe Cornelius, der aussieht wie ein tuberkulöses Gespenst.

Ich weiß nicht, was ich sagen soll. Schließlich brummele ich: „Es tut mir leid!“ Er betrachtete mich wie eine besondere Art von Affen, befindet sich aber in einem solchen Schock, daß er mein Beileid einfach hinnimmt.

Er wird nie erfahren, wie wenig ich Sam gemocht habe.

17. Februar. Sam Kellers Begräbnis. Bunte Farben glühen gegen den winterlichen Hintergrund des fürchterlichen Friedhofs von Westchester. Cornelius hat für seinen Quasibruder im Familiengrab der Van Zales Platz geschaffen. Sams Mutter war im vergangenen Jahr gestorben, und er hatte keine anderen Blutsverwandten mehr.

Die Sonne scheint. Scharen von Trauernden drängen sich um das Grab. Sam hatte sich in der Willow und Wall Street im letzten Jahr seines Lebens ziemlich viele Feinde gemacht, als er überall herumtobte und versuchte, ein noch größeres Ekel zu sein als Cornelius. Aber das ist jetzt alles vergessen, und die Leute können sich nur noch daran erinnern, wie beliebt er einmal war. Jeder redet von dem berühmten Keller-Charme. Die Orgie an Blumen blüht obszön gegen die gefrorene Erde. Die widerwärtige Zeremonie schreitet Zentimeter für Zentimeter voran. Schrecklich. Warum können wir unsere Toten nicht auf elegantere Weise loswerden? Im alten Rom konnten sie das besser: ein großer Scheiterhaufen und eine ausgeschmückte würdevolle Rede. Sogar die Kelten benahmen sich natürlicher mit ihren Totenklagen und ihren Leichenfeiern. Früher verbrannten einige der germanischen Stämme ihre Toten mit Stilgefühl, aber sobald die Angeln und Sachsen sich für immer zusammentaten, entwickelten sie diese widerwärtige Tradition, für ihre Toten kleine Löcher in die Erde zu kratzen, um dann die Erde heimlich wieder über die Leichen zu scharren, so wie Katzen ihren Dreck begraben. Ekelhaft. Ich frage mich, was die Reischmans von all diesen zugeknöpften Angelsachsen halten, die sich so sehr bemühen, ein unbeteiligtes Schweigen an den Tag zu legen. Ich bin noch nie bei einem jüdischen Begräbnis gewesen. Ein Genuß für die Zukunft. Ach Gott.

Ich sehe Mutter mit ihrem Gesicht wie ein Marmorbild. Warum weint sie nicht? Warum weint überhaupt niemand? Es ist so unnatürlich. Wir sollten schreien und kreischen und unsere Haare ausreißen in der Wut gegen den Schrecken des Todes. Das wäre ein interessanter Anblick. Dali könnte ihn gut malen: eine Menge gequälter Gesichter, die Kränze ausspeien, gemalt gegen den Hintergrund einer Wüste, um die Sterilität unterdrückter Emotionen zu zeigen. Vielleicht hätte Bosch es noch besser gekonnt: eine Leinwand übersät mit kleinen leidenden Kreaturen und dem Schrecken lauernd im Hintergrund.

Ich sehe Andrew in Uniform und die bezaubernd ausschauende Lori neben ihm. Weil das älteste Kind erst drei Jahre alt ist, haben sie alle Kinder in Manhattan gelassen; ich glaube aber, daß Kinder ruhig zu Beerdigungen kommen sollten, gleich wie alt sie sind. Sie könnten die Erwachsenen lehren, sich natürlicher zu benehmen. Ich muß mit Andrew reden, aber es ist schwierig. Was geht in seinem Kopf vor sich? Ist es denkbar, daß er so glücklich ist, wie er aussieht? Wahrscheinlich ja. Er mag intelligent genug sein, zu lernen, wie man ein Flugzeug fliegt, ohne damit abzustürzen, aber selbst dem blödesten Tier kann man kluge Tricks beibringen. In irgendeiner Weise ist Andrew sehr blöd. Natürlich sind blöde Leute die glücklichsten. Es fehlt ihnen der Verstand, zu begreifen, wie schrecklich das Leben wirklich ist. Lori mag ich. Ich frage mich, wie sie im Bett ist. Naja. Ich sehe Tante Emily, die wie eine Jungfrau aussieht; und Rose, die zweifellos eine ist und es immer bleiben wird, steht neben ihr. Rose gleicht Tante Emily. Geschlechtslos, nicht dumm, aber wie jemand mit einer eingeschränkten Sicht, ein erstklassiges Pferd mit Scheuklappen. Vermutlich mag ich Tante Emily und auch Rose, aber ich kann zu den beiden keine Verbindung herstellen. Nichts zu sagen. Ich sehe die Van-Zale-Partner, stocksteif, alle dümmer als ich – außer Scott. Scott mag ich. Scott fällt mir besonders auf mit seinem schwarzen Haar, seinen schwarzen Augen und seinem weißen, gespannten Gesicht. Wyclif hat ungefähr wie Scott ausgesehen. All die mittelalterlichen Häretiker haben wahrscheinlich wie Scott ausgesehen, als sie zum Scheiterhaufen gingen, um für etwas zu sterben, was ausschließlich auf der Ebene des Gehirns existiert. Scott hat etwas Merkwürdiges an sich. Gespenstisch. Aber er spielt ausgezeichnet Squash und ist tüchtig in seinem Beruf. Neulich ist er mit dieser Coastal-Aluminium-Ausgabe fertig geworden wie ein erstklassiger Koch, der eine Seezunge zerlegt.

Ich sehe die Bar-Harbor-Brüderschaft, graue mittelalterliche Männer in Schwarz, ihre Gesichter von Kummer gezeichnet. Cornelius und Jake stehen etwas fern voneinander, aber Kevin steht dicht bei Cornelius. Als sie sich vor dem Gottesdienst trafen, schüttelten sie sich die Hände und unterhielten sich für eine Weile. Ich mag Kevin Daly, aber ich kenne ihn nicht sehr gut. Wahrscheinlich werde ich ihn auch nie gut kennen. Ich wünschte mir sehr, ich wäre wie Kevin Daly, geistsprühend, nie in Verlegenheit, etwas zu sagen, immer voller Charme, aber nicht die Sorte von Charme wie Sam Kellers gefeierte Geziertheit, die mir immer künstlich vorkam. Sams Charme war wie Wasser, das aus einem Hahn schießt, aber Kevins Charme läßt sich eher mit Wasser vergleichen, das aus einer Quelle springt. Ja, ich bewundere Kevin Daly, und ich mag seine Stücke. Er ist besser als Tennesse Williams, obgleich ich dessen Stücke wegen ihres Südstaatensex und ihrer neurotischen Spannung mag. Kevin schreibt auch über Sex und Neurosen, interessiert sich aber nicht sosehr für sexuelle Praktiken. Ihn interessiert Sex mehr als eine Form der Kommunikation, deren Bandbreite von begnadeter Perfektion bis zum höllischen Versagen reichen kann. Obwohl ich nicht glaube, daß es einen lebenden amerikanischen Dramatiker gibt, der den „Tod eines Handlungsreisenden" überbieten könnte, glaube ich manchmal, daß Kevin so gut ist wie Miller. Kevin ist schon ein begabter Bursche. Ich frage mich, wie das ist, wenn man es mit Jungens treibt. Vielleicht hätte ich es probieren sollen, aber dann würde ich all die Dinge vermissen, die die Frauen zu bieten haben. Schon merkwürdig, das mit Kevins sexuellem Geschmack. Er sieht so eindeutig aus wie jene Schicht der männlichen amerikanischen Bevölkerung, die Kinsey generöser- oder dummerweise als normal beschrieben hat.

Kevin ist der einzige von der Bar-Harbor-Brüderschaft, den ich ansehen kann, ohne den Wunsch zu haben, etwas kaputt zu schlagen. Jake, der alte Heuchler, sieht krank aus, obwohl er

Sam als ein Mitglied der Herrenrasse haßte. Aber es muß schon ein schwerer Schock sein, wenn einer deiner Zeitgenossen tot umfällt, selbst wenn dieser Zeitgenosse ein Exnazi war, bei dessen Anblick einem immer schlecht wurde. Mein Gott, wie die Juden im Krieg gelitten haben.

Ich sehe Cornelius, der wie eine Leiche dreinschaut. Eines Tages wird er eine Leiche sein, und wo werde ich dann sein? Mit einigem Glück im gemachten Bett, dem gemachten Bett des Seniorpartners in der Willow und Wall Street. Ich mag Cornelius nicht, und er mag mich nicht, aber ich habe Respekt vor ihm. Ich glaube, er respektiert mich auch ein wenig. Er wird mich noch mehr respektieren. Ich glaube, Cornelius weiß, daß er mich mehr respektieren wird. Eines muß man über Cornelius sagen: Obwohl er in manchen Dingen außerordentlich dumm ist, in dem Moment, wo er die Schwelle seiner Bank überschreitet, ist er alles andere als ein Narr. Was das Überleben in der Wall Street angeht, ist er einer der gerissensten Burschen, die ich kenne. Es kostet einige Anstrengung, jemanden zu bewundern, der selten mal ein Buch aufmacht und für den Kunst in erster Linie eine Investition ist, aber man muß den Versuch trotzdem unternehmen, denn es zahlt sich nicht aus, Cornelius zu unterschätzen. Wir wissen das alle in der Bank, weil die Arbeitslosenquote bei denen, die es vergessen, immer hundert Prozent beträgt.

Ich sehe noch mehr Banker. Ich sehe Makler, Rechtsanwälte und Politiker. Ich sehe endlose Reihen nichtssagender Gesichter. Alle Welt ist zu diesem traurigen Friedhof gekommen, um diese von den ekelerregenden Blumen vergiftete Luft zu atmen, jeder außer der allerwichtigsten Person, dem Mädchen, das mir eines Tages angehören wird, der Heldin, die ich retten werde. Vicky liegt im Krankenhaus mit nervöser Erschöpfung. Drei Ärzte hatten geschworen, sie sei nicht fähig, am Begräbnis ihres Mannes teilzunehmen.

Ich liebe Vicky. Es gibt einen Vers bei John Donne: „Halt um Gottes willen den Mund und laß mich lieben." Wenn Vicky nur aufhören wollte zu reden und meinem Schweigen lauschen würde, wieviel würde sie lernen. Mir fehlen die Worte, um all das zu sagen, was ich möchte, aber wenn man mich ließe, könnte ich so leicht zeigen, wie sehr ich sie liebe. Was für ein blödes System Sprache ist. Wie merkwürdig, daß wir alle kommunizieren sollen, indem wir unsere Münder öffnen, unsere Zungen flattern lassen und kleine Töne von uns geben. Es sollte eine exaktere Art der Kommunikation geben. Wir sollten alle Lichter auf unseren Stirnen haben oder Hände mit fünfzig Fingern, die alle irgendeine unmißverständliche Geheimschrift ausdrücken. Wenn es einen Gott gibt, was ich sehr bezweifle, dann hat er an der Kommunikationsfront verteufelt schlimm versagt.

„O Sebastian", seufzt mein Weib Elsa, als wir gehen. „War es nicht ein wunderbares Begräbnis?"

Ich mag Elsa. Sie ist dumm, aber ich mag sie trotzdem. Am Anfang dachte ich, sie sei schlau, weil ihre Entwürfe so gut sind, aber die Entwürfe täuschen. Ich las einmal von einem geistig Behinderten, der seinen eigenen Namen nicht schreiben konnte, wohl aber Logarithmen im Kopf ausrechnen konnte. So ist es mit Elsa. Sie macht diese äußerst originellen Entwürfe mit menschlichen Augen auf reich gemusterten Hintergründen, aber darüber hinaus ist nichts da. Ich habe sie oft mit nach New Jersey genommen, weil ich die Gegend für eine so amüsant gespenstische Wiedergabe unserer fürchterlichen Kultur hielt, aber Elsa mochte das im geheimen, wenn sie auch mit mir lachte. Ich kam dahinter, als ich sie fragte, wohin sie unsere Hochzeitsreise machen wollte. „Las Vegas", sagte sie, und sie meinte es ernst. Ich bot ihr dann Südamerika an, denn Europa hatte ich vorübergehend völlig satt nach meiner unfreiwilligen Sklaverei als Besatzungsoffizier in Deutschland. Ich bot ihr Rio de Janeiro an, all die Inkaruinen Perus, sogar die schicken Küstenorte Chiles, aber sie sagte nein, Las Vegas, und könnten wir bitteschön in einem Motel wohnen. Das taten wir, und ich muß zugeben, das New Jersey daneben zahm aussah. Mein Gott, was haben wir für eine Kultur. Natürlich wird dies eines Tages alles verschwunden sein. Ich gebe der Sache fünfzig Jahre. Von all den bedeutenden Reichen, die die Welt gekannt hat, wird unseres die kürzeste Lebensdauer haben. Zweihundert Jahre Jagd nach dem allmächtigen Dollar, und was produzieren wir? Die A-Bombe und „I love Lucy".

Aber Las Vegas hat mir nicht viel ausgemacht, weil Elsa so nett war, dumm, aber nett, und ich kümmerte mich gern um sie. Ich hatte bis dahin noch niemand, um den ich mich kümmern konnte, weil Cornelius das in unserer Familie immer übernahm. Es gefiel mir auch, immer dann mit einer Frau ins Bett gehen zu können, wann ich wollte. Elsa sagte nie nein; mir gefiel es so sehr, daß es ihr nie etwas auszumachen schien, so daß wir sehr wenig von Las Vegas sahen außer unserem Motelzimmer. Aber dafür sind Hochzeitsreisen schließlich da.

Als wir in unserem neuen Apartment auf der East-Side eingerichtet waren, fragte ich, wie es mit einem Baby wäre, und sie sagte, es sei in Ordnung. Kein Problem. Ich machte sie schwanger und freute mich, als das Baby ein Junge war. Über ein Mädchen hätte ich mich auch gefreut, aber ich glaube es ist besser, den Jungen zuerst zu haben, damit er sich später um seine Schwestern kümmern kann. Es stellte sich allerdings heraus, daß diesem Jungen bestimmt war, keine Schwestern zu haben, weil nicht lange nach der Geburt etwas mit Elsas Eierstöcken passierte und der Doktor sagte, es tue ihm leid, keine Kinder mehr. Das war schade. Ich mochte das Baby. Es war rot mit schwarzen Haaren und hielt die meiste Zeit über die Augen geschlossen. Es interessierte mich. Wahrscheinlich liebte ich es, obwohl das Gefühl, das ich empfand, sich nicht als Liebe im üblichen Sinne bezeichnen ließ. Wenn aber zum Beispiel jemand versucht hätte, das Kind zu stehlen, wäre ich ohne nachzudenken hinter dem Dieb her gewesen, hätte ihn in Stücke geschlagen und ihm das Baby abgenommen. Elsa jammerte darüber, daß das Stillen schmerzhaft sei und daß ihre Hämorrhoiden sie fast umbrächten, aber das Baby lag gemütlich in seinem Korb, sagte nichts Böses, ein winziges Individuum mit seinem eigenen Kopf. Gerissenes, kluges Baby. Dumme und blöde Elsa. Arme Elsa. Ich mochte sie in vieler Hinsicht.

Ein Problem war, daß mir ihre Kultur fremd blieb. Ich versuchte sehr, mich damit auseinanderzusetzen, fand aber nichts, das mich emotional in diese orientalischen Ansichten eingebunden hätte. Die ganze Zeit über war mir bewußt, daß ich immer ein Außenseiter bleiben würde, der nicht Jude war und der den unerhörten Mut besessen hatte, in das große Haus Reischman einzuheiraten. Es war mir auch bewußt, wie anders die Juden waren, weder unterlegen noch überlegen, sondern einfach anders, anders, anders. Sie sahen die Welt von einem anderen Blickwinkel, sahen Geschichte von einem anderen

Standpunkt und hatten andere Abwehrmechanismen, die sie einsetzten, um mit ihrem unendlichen kollektiven Bewußtsein des Leidens und des Schmerzes zurechtzukommen.

Es ist heutzutage natürlich irreführend, irgendwelche Verallgemeinerungen über rassische, kulturelle oder religiöse Gruppen zu machen. In früheren Tagen, als die Gruppen klar definiert waren, konnte man das noch entschuldigen. Kelten waren Rotschöpfe, die Schnurrbärte trugen, Angelsachsen waren groß und blond usw. Die Homogenität, die in jeder Gruppe bestand, machte es einem Außenseiter möglich, gewisse intelligente Verallgemeinerungen zu treffen, von denen er annehmen konnte, daß sie in etwa stimmten. (Dennoch wundert man sich über einige der vorurteilsbehafteten Feststellungen von Historikern wie Cäsar und Tacitus.) Aber heute haben wir uns alle so vermischt, daß jede Verallgemeinerung mit Sicherheit Unsinn und jede Form des Vorurteils, sowohl vom anthropologischen als auch vom moralischen Standpunkt aus, unhaltbar ist. Trotzdem hielt dies die Reischmans nicht davon ab, mich zu behandeln, als sei ich das Mitglied einer niedrigeren Spezie, und mich hielt es nicht davon ab, mich voller Verzweiflung selbst zu fragen, ob sie nicht recht haben könnten.

Meine Schwiegermutter stellte kein Problem dar (ich glaube, sie fand mich sexuell attraktiv), aber mein Schwiegervater war fürchterlich. Am Anfang hatte ich geglaubt, er würde sich Mühe geben, nett zu mir zu sein, weil Cornelius einer seiner ältesten Freunde ist, aber ganz offensichtlich war er um die Zeit herum, als Elsa und ich uns verlobten, irgendwie besonders aggressiv. Er benahm sich wie ein Mann, der mich nicht vor Augen haben konnte, weil ich ihn an irgendeine tiefe persönliche Wunde erinnerte. Mutters heftiger Antisemitismus muß ihm schließlich zu Ohren gekommen sein, und wenn ich an manche der Bemerkungen denke, die sie bei meiner Verlobung machte, dann wunderte mich überhaupt nichts mehr.

Mit wenigen Ausnahmen war der Rest der Reischmans ähnlich hart. Elsa hatte einen jüngeren Bruder, einen guten Jungen, der die heimatliche Szene für genauso langweilig hielt wie ich, aber die verheiratete Schwester in New Jersey war ebenso fad wie ihre Mutter, und die Verwandten der Reischmans waren entsetzlich. Ich bin kein Antisemit. Einige meiner Foxworth-Verwandten sind auch entsetzlich, aber mit denen komme ich zurecht, weil ich weiß, daß ich wenigstens genausogut bin wie sie.

Ich beschloß, zu lernen, mit den Reischmans zurechtzukommen, und wandte mich automatisch meiner eigenen Kultur zu. Wenn die Juden das Opferlamm glorifizieren und die Iren wegen Brian Boru halb ohnmächtig werden konnten, nur um Unterstützung in feindlicher Umgebung zu haben, dann sollte es mir wohl möglich sein, ein geeignetes angelsächsisches Gespenst auszugraben. Erst da stellte ich fest, daß ich praktisch nichts über meine Vorfahren wußte. Die Angelsachsen haben die westliche Zivilisation durchgewalkt und sind als Sieger aus diesem Prozeß hervorgegangen. Deshalb haben sie kein besonderes Interesse an ihren Ursprüngen. Warum soll man seine Zeit vergeuden, indem man sich über Stammesmythen streitet, wenn man die Zeit besser dazu benutzen kann, die Position an der Spitze zu genießen. Vollgestopft mit Privilegien, Snobismus und Macht, ist die exquisite Gegenwart soviel unterhaltsamer als die gewalttätige, wilde und eindeutig dunkle Vergangenheit. O ja, ich wußte genau, was es bedeutet, ein Teil der privilegierten Minderheit zu sein. Jedenfalls schafften es die Reischmans, gegen alle Wahrscheinlichkeit mir beizubringen, was es bedeutet, Teil einer verfolgten Rasse zu sein, und innerhalb von sechs Monaten meiner Ehe hatten sie mich auf einen permanenten Zustand der Erniedrigung, Todesangst und Wut reduziert.

Kein Wunder, daß ich das Gefühl hatte, etwas Drastisches unternehmen zu müssen. Ich wollte sie mit ihren eigenen Waffen schlagen. Scott empfahl mir eine Reihe von Büchern, und ich begab mich auf eine Entdeckungstour, immer noch voll Wut, daß mich jemand wie ein Bürger zweiter Klasse behandeln konnte. Doch an diesem Punkt angelangt, vergaß ich meine Wut sehr schnell. Im Gegenteil, ich war meinen Schwiegereltern gegenüber noch dankbar dafür, daß sie mich in ein Studium der alten Rassen dieser Welt hineingestoßen und mein Interesse an Geschichte wieder einmal entfacht hatten.

Es tat mir leid, zu entdecken, daß die Angelsachsen nicht ganz die Superbösewichte gewesen waren, wie ihre Feinde gemeinhin glauben machen wollten, aber nachdem ich mich von der Enttäuschung erholt hatte, daß sie nicht nur einfach ein Haufen von verlausten Flegeln waren, die jedes römische Dorf in Brand setzten, freute ich mich, sie kennenzulernen. Ich war besonders begeistert von der Geschichte König Alfreds, des größten aller Sachsen. Er war der jüngste von vier Söhnen, und als Kind tat er nichts anderes, als zum falschen Zeitpunkt zu scheißen. Deshalb dachten die Leute wahrscheinlich, er sei blöde; aber Alfred, der unterschätzte Alfred, kämpfte tapfer weiter gegen die eindringenden Dänen, bis er nicht nur als König von Wessex, seinem eigenen Land, herauskam, sondern als König von England, als der König des ganzen gottverdammten Haufens. Er bewunderte Kultur, brachte sich selbst mit 38 Jahren das Lesen bei und entwickelte einen intellektuellen Geschmack, der die meisten Amerikaner beschämen würde. Jawohl, ich mochte Alfred. Ich mochte ihn sehr gerne, und in meiner Rolle als ein verfolgter Angelsachse klammerte ich mich an die Erinnerung seines Ruhms.

Als mein Sohn geboren wurde, informierten mich die Reischmans – ohne auch nur einmal zu sagen „mit deinem Einverständnis" oder „wenn es dir nichts ausmacht" –, daß das Baby den Namen Jacob Isaac tragen solle.

„Kommt nicht in Frage", sagte ich. Ich klang wahrscheinlich wie ein Nazi, aber ich war keiner. Ich hatte ein jüdisches Mädchen geheiratet, freiwillig, und war zufrieden damit. Sicher mache ich mir nicht viel aus den Namen Jacob und Isaac, aber den Namen Jake mag ich sehr gerne trotz all der Versuche meines Schwiegervaters, aus diesem Namen ein schmutziges Wort zu machen. Jedenfalls wird kein Mensch auf Erden, ob jüdisch oder nichtjüdisch, die Fahne des Vorurteils vor meinen Augen aufpflanzen, indem er mir diktiert, wie ich meinen Sohn nennen soll.

„Sein Name wird Alfred sein", sagte ich standhaft bei der unvermeidlichen Auseinandersetzung mit Jake Reischman.

„Alfred?" fragte der stolze Großvater ganz ungläubig. „A–L–F–R–E–D? Aber was für ein Name ist das denn?"

„Sächsisch", sagte ich. „Dies ist eine Sache des kulturellen, religiösen und rassischen Stolzes."

Ich dachte, der Schlag würde ihn treffen. Jake ist ein bleicher Mann mit Augen von der Farbe blauen Eises, aber jetzt wurde er dunkelrot. Schließlich brachte er heraus: „Ist das eine Art von Witz?"

„Nein. Ich stamme von einer großen Rasse ab, und ich möchte, daß mein Sohn auf sie stolz ist. Alfred triumphierte über die heidnischen Dänen, um England das Christentum zu erhalten. Er war ein phantastischer Kerl."

Jake war zornig genug, einen schweren Fehler zu machen, und sagte: „Meine Leute hatten schon eine Kultur, als Alfreds Vorfahren noch ungebildete Wilde waren, die über den Rhein hinweg Cäsar Beleidigungen zuriefen!"

„Deine Leute", sagte ich, „waren nomadisierende Parasiten. Meine haben die Welt gebaut."

„O du –"

„Genau!" sagte ich aufgebracht. „Jetzt weißt du, was ich fühle, wenn du mich wie Dreck behandelst! Ich bin wütend und möchte alle Arten von dummen Obszönitäten von mir geben, wie diese Bemerkung, von der wir beide wissen, daß sie eine ganz widerliche Scheiße ist. Ich hätte das auch nie gesagt, wenn du dich nicht über den Namen Alfred mokiert hättest. Jetzt hör mir aber mal zu. Ich bin durchaus bereit, deine Kultur zu respektieren, spiele aber nicht mit, wenn dieser Respekt eine einseitige Angelegenheit ist. Du schuldest mir auch einigen Respekt, und das fängst du am besten so an, daß du die Tatsache respektierst, daß ich der Vater dieses Babys bin. Ich werde ihn sowohl Jacob als auch Alfred nennen, aber nur unter der Bedingung, daß du mich mit der Achtung behandelst, die ich verdiene!"

Es herrschte Schweigen, bevor Jake sagte: „Und seine Religion?"

„Christlich. Das Recht der Wahl ist meines, nicht deines."

„Elsa –"

„Elsa", sagte ich, „wird genau das tun, was ich sage." Ich wartete, um dies erst einmal eindringen zu lassen, bevor ich hinzufügte: „Wenn alles gutgeht und ich schließlich das Gefühl habe, in diesem Haus willkommen zu sein, werde ich zusehen, daß er eine angemessene Unterweisung in der jüdischen Kultur erhält. Wenn nicht, dann kannst du das vergessen. Dann wirst du einen völlig nichtjüdischen Enkel haben, den du nicht sehr oft sehen wirst."

Es entstand ein weiteres Schweigen, aber schließlich sagte Jake freundlich: „Ich verstehe. Ja. Ah, ich erinnere mich gerade, daß einer der Seligmans Alfred hieß, und schließlich gab es da

Alfred Heidelbach von Heidelbach, Ickelheimer . . . Ein guter deutscher Name! Worüber zanken wir uns überhaupt? Welch ein Sturm im Wasserglas!“

Jake war ein schlauer alter Hund, und er wußte genau, wie weit er hier mit mir gehen konnte. Er hatte mich wahrscheinlich viel genauer erkannt als Cornelius, obwohl Cornelius auf seine eigene langsame Weise allmählich auch zu begreifen begann. Nach diesem Zwischenfall kamen Jake und ich viel besser miteinander aus, weil er mich dafür respektierte, ihm Widerstand geleistet zu haben. Man muß diesen Leuten gegenüber Widerstand leisten, und wenn ich sage „diesen Leuten“. dann meine ich nicht die Juden. Ich meine Leute wie die Bar-Harbor-Brüderschaft, Leute, die Paul Van Zale für den Erfolg in dieser Welt ausgesucht hatte. Man muß zu diesen Leuten in ihrer eigenen Sprache reden, aber ich kann diese Sprache nur sprechen, wenn ich es will und wenn all die richtigen Wörter in meinem Kopf vorhanden sind.

Es wird oft behauptet, Paul Van Zale wählte die unwahrscheinlichsten Protegés, vor allem Leute, die andere übersehen haben.

Ich glaube, er hätte sich jemanden genommen wie Alfred von Wessex.

Ich glaube, er hätte auch mich ausgesucht.

26. Februar. Ich besuche Vicky. Sie war zwei Wochen im Krankenhaus und soll morgen entlassen werden. Aus diesem Grund entschied ich mich für den Besuch heute abend. Bisher bin ich nicht hingegangen. Ich hatte sie nicht zusammen mit einer Menge anderer Besucher sehen wollen, stelle mir aber vor, daß niemand da sein wird, kurz vor ihrer Entlassung. Die werden alle warten, bis sie nach Hause kommt.

Vicky hat ein Einzelzimmer im Sanatorium, voll bunter Blumen, als hätten die Leute sich entschieden, sie für den ekelerregenden Aufwand zu entschädigen, den sie beim Begräbnis verpaßt hat. Ich habe Blumen gerne, aber sie sollten in Gärten wachsen, in die sie gehören. Wenn schon nicht in Gärten, dann sollten sie wenigstens im Freien stehen, wie der Magnolienbaum im hinteren Garten in der Willow Street Nr. 1. Diese Magnolie blüht im Frühjahr wunderschön.

Wie Vicky.

Vicky trägt ein weißes Nachthemd, verziert mit weißen Spitzen, und ein weißes Band hält ihr Haar aus der Stirn. Sie ist sehr überrascht, mich zu sehen, und kein bißchen erfreut, obwohl sie so tut. „Sebastian! Wie schön, daß du kommst, aber das wäre wirklich nicht nötig gewesen."

„Richtig." Ich ziehe mir einen Stuhl heran und setze mich neben das Bett. Ich frage nicht, wie es ihr geht. Es ist eine blödsinnige Frage. Offenbar geht es ihr miserabel. Ich sage nicht, daß es mir leid tut wegen Sam. Wahrscheinlich ist sie inzwischen so weit, daß sie einen Schreikrampf kriegt, wenn noch eine einzige Person diese Worte zu ihr sagt. Und im übrigen habe ich ihr einen Brief geschrieben an dem Tag, als er starb. „Liebe Vicky: es tut mir sehr leid. Sam wird von vielen Leuten vermißt werden. Beste Grüße, Sebastian."

Ich schenke ihr ein kleines Buch mit Gedichten von John Donne. Keine Blumen, Schokolade oder Zeitschriften. Ich würde Vicky nie bringen, was jeder sonst mitbringt, weil ich im Gegensatz zu allen anderen Leuten sehr viel Zeit darauf verwandt habe, das richtige Geschenk auszusuchen, und darauf geachtet habe, daß es nicht ohne Bedeutung ist.

„Kennst du Donne?" frage ich sie.

„Ich habe natürlich von ihm gehört", sagt sie beiläufig. „Ja, ich glaube, daß ich vor ewigen Zeiten ein paar seiner Gedichte gelesen habe."

„Man sollte in der Schule mehr Donne lesen, statt sich pausenlos mit Shakespeare zu beschäftigen. Ich habe mal einen getroffen, der zwei Jahre in der Schule nichts anderes zu tun hatte, als Hamlet zu studieren. So was sollte per Gesetz verboten werden. Zwei Jahre lang den Hamlet zu zerfieseln, würde selbst Shakespeare dazu bringen, sein Stück zu hassen. Statt dessen hätte die Klasse wenigstens einen Teil dieser zwei Jahre Donne lesen können. Wenn man heutzutage Dichter sagt, dann denkt man an irgendeinen verschlampten Beatnik, der in Kalifornien herumhängt, aber in jenen Tagen bedeutete das Wort Dichter wirklich etwas. Man sagte Literatur, und was man damit meinte, war Poesie, und Poesie war Kommunikation. Donne kommunizierte. Als Autor ist er stark und kräftig, mit einer unwahrscheinlichen Beherrschung der Syntax und einem Geist, der über die

Unangemessenheit der Sprache gesiegt hat. Die Sprache ist des Teufels, und die meisten Leute sind unfähig, ihre Gefühle in Sprache auszudrücken, aber Donne machte die Sprache zum Spiegel seines Geistes. Bei Donne ist die Sprache nicht unzulänglich. Die Sprache lebt."

Sie sieht mich an mit großen grauen Augen. Ich habe Vicky noch nie mit einem so erstaunten Ausdruck gesehen. Sie hält mich für einen Gorilla, der unfähig ist, mehr als ein paar Sätze miteinander zu verbinden. Sie glaubt, daß ich wirklich Filme mit Werwölfen in Autokinos mag.

„Oh", sagt sie schließlich. „Das klingt großartig. Vielen Dank. Ich werde das Buch lesen."

Ich sehe die Zeitschrift auf dem Tisch. Da liegt auch ein Buch, ein Spionageroman, ein modernes Märchen für Leute, die aus der Hölle der Modernität entfliehen wollen.

„Kevin Dalys neues Stück kommt im nächsten Monat am Broadway heraus", sage ich. „Du magst doch Kevins Stücke, nicht wahr?"

„Ja, die meisten."

„Willst du das neue Stück sehen? Wir könnten zusammen gehen, wenn du willst."

Sie sieht wachsam aus. „Mit Elsa?"

„Nein, Elsa versteht Kevins Stücke nicht. Sie glaubt, sie handelten einfach nur von verheirateten Leuten, die nett zueinander sind, wenn sie in Wirklichkeit miteinander Krach haben sollten."

„Sieht es aber nicht komisch aus, wenn du ohne Elsa mit mir ausgehen würdest?"

„Nein. Warum sollte ich nicht meine Stiefschwester einen Abend ausführen, nachdem sie so viel durchgemacht hat und wenn sie gern in ein Stück gehen will, das Elsa überhaupt nicht gefällt. Warum sollte dann Elsa nicht zu Hause bleiben?"

Ich sehe sie heftig schlucken angesichts dieser Erinnerung an ihre Trauer. Ich verdränge sofort das Bild, wie sie mit Sam ins Bett geht – für mich eine leichte Übung in Willenskraft, nachdem ich neun Jahre Praxis hatte, diese Kunst zu vervollkommnen. Ich sehe sie noch immer an und frage mich, was für eine Art von Scherbenhaufen er aus ihrem Leben gemacht hat. Wenn ich Vickys Schädel öffnen könnte und einen Blick hineinwerfen, ich vermute, ich würde an ein Wollknäuel erinnert werden, das stundenlang von zwei Katzen herumgeschubst wurde. Bevor der Wollball wieder gebraucht werden kann, muß das ganze komplizierte Knäuel entwirrt und von irgend jemand wieder aufgewickelt werden, von jemanden, der die Geduld für diese Arbeit aufbringt; aber Sam Keller war kein geduldiger Mann. Er hatte einfach nicht die Zeit dazu. Er war zu beschäftigt, sich und anderen Leuten etwas zu beweisen. Er versuchte zu beweisen, daß er schlauer war als Cornelius (er war es nicht) und daß er genauso zäh war wie irgendein anderer blaublütiger Ostküstenaristokrat (war er nicht) und genauso Anti-Hitler wie Churchill, F. D. R., Onkel Joe Stalin (mich hat er damit nicht hereingelegt), und in Wirklichkeit war er einfach nur ein hart arbeitender Idiot ohne jede Vorstellungskraft, keine intellektuellen Interessen, keine Unabhängigkeit (Cornelius hatte ihn schon vor Jahren ausgekauft) und ohne Lust, das Wollknäuel zu entwirren. Er gab immer damit an, wie gut er Fernsehapparate reparieren könne („man braucht eine Maschine, um eine Maschine zu machen", witzelte mal jemand im Büro in den Tagen, bevor ethnische Witze mir widerwärtig wurden), aber ich nehme an, wenn es dazu kam, das Innenleben seiner eigenen Frau zu reparieren, dann hätte er nicht die geringste Vorstellung davon gehabt, wo er hätte beginnen sollen.

„Nun", sagt Vicky zweifelnd, „es ist natürlich nett von dir, daß du mich ins Theater mitnehmen willst, Sebastian, aber –!"

Die Tür geht auf. Cornelius marschiert herein. Ich hätte mir denken können, daß er nicht einen Abend darauf verzichten würde, Vicky zu behandeln, als sei sie Elektra. Diese Griechen wußten genau, was in ihren Familien vor sich ging. Ich bewundere die Griechen. Schade, daß sie so zivilisiert wurden, daß ihr Reich auseinanderfiel, aber das scheint die Bestimmung des Menschen zu sein, gleichgültig ob er Teil einer hochentwickelten klassischen Zivilisation ist oder einer modernen Wegwerfkultur: arbeite hart, werde reich, schwelge im Luxus und geh kaputt. Cornelius, dieser Erzvertreter unserer materialistischen Gesellschaft, sieht wirklich so aus, als sei er dabei, auseinanderzubrechen, obwohl wir alle wissen, daß man ihm in der Willow Street Nr. 1 nicht einmal mit einem Diamantenschneider eine Delle beibringen könnte. Aber er ist wahrscheinlich der Letzte seines

Geschlechts, der der Dekadenz entgeht. Vickys Söhne werden als Schüler von Jack Kerouac aufwachsen, oder was auch immer das Time-Magazin die Beatgeneration der späten 60er Jahre nennen wird. Ihr Name wird sich ändern, aber die Szene nicht: eine Menge Drogen und Trägheit, und jeder stirbt überall vor Langeweile.

„Hallo", sagt Cornelius zu mir, nachdem er Vicky abgeschleckt hat.

„Hallo."

Er wartet darauf, daß ich gehe. Ich bleibe. Wir denken alle automatisch an diesen dummen Zwischenfall vor Jahren in Bar Harbor, als er jene fürchterliche Szene machte. Ich saß am Pool in der Sonne und las Eliots „The Wasteland". Ich erinnere mich daran, weil ich viel zu jung und unwissend war, um all die Anspielungen zu verstehen. Ich sah gerade von dem Buch auf, als Vicky vom Haus herunter zum Schwimmen kam. Ich selbst ging damals tagsüber überhaupt nicht mehr ins Wasser, weil ich es nicht mochte, daß die Leute bemerkten, wie behaart ich war. Es macht mir nichts aus, behaart zu sein, aber ich kann es nicht ausstehen, wenn die Leute mich anstarren. Was ich an Elsa besonders mag, ist, daß sie überhaupt nichts gegen meine Behaarung hat. Sie findet sie sexy. Das habe ich sonst noch von niemandem gehört, und es hat sich auch noch niemand so verhalten, daß ich es auch nur halbwegs hätte für wahr halten können.

Vicky trägt einen matrosenblauen Badeanzug, ein Einteiler, der ihr zu klein ist und aus dem sie überall herausdrängt. Sie ist wunderschön, 14 Jahre alt wie Julia, und ich kann mir genau vorstellen, wie dieser arme Hund von Romeo sich gefühlt haben muß.

Sie setzt sich hin mit dem Rücken zu mir, so als ob ich nicht existiere, läßt ihre Beine im Wasser baumeln und starrt auf das Meer hinaus. Ich habe eine Erektion, und da das ziemlich unbequem ist, knöpfe ich meine Hosen auf und rücke mich zurecht, und der Schaukelstuhl quietscht, und Vicky schaut über die Schulter, um zu sehen, was das Ganze soll.

Weltuntergang. Tränen und Szenen. Mutter sieht mich an, als ob männliche Genitalien das geschmackloseste wären, das jemals erfunden worden ist, aber sie versucht, mich in Schutz zu nehmen. Keine Chance. Cornelius dreht durch, behandelt mich wie einen Lustmörder, und ich muß den Rest des Sommers mit irgendwelchen Foxworth-Vettern verbringen, die ich nicht ausstehen kann. Schließlich beruhigt sich Cornelius, sieht ein, daß er sich wie eine freudsche Fallstudie verhalten hat und läßt uns alle schwören, die Sache zu vergessen. Das tun wir natürlich nie.

Vicky hat Probleme mit dem Sex, das ist sicher, aber ich bin daran nicht schuld. Jedes normale Mädchen, das ihren Stiefbruder in einem Moment der Verwirrung in seinem Hosenlatz spielend antrifft, hätte einfach nur gesagt: „Was, zum Teufel, machst du da?“ Wenn sie besonders scheu wäre, hätte sie ihre Augen weggedreht und so getan, als bemerke sie nichts; aber hysterisch zu werden und weinend zum Vater zu laufen, ist nicht normal, und wenn ich jetzt an den Zwischenfall zurückdenke, frage ich mich erneut, wie sie wirklich mit Sam Keller zurechtkam. Alle Welt beteuert immer wieder, was für eine phantastische Ehe sie geführt haben und daß sie eine regelrechte Reklame für den Segen des Ehelebens waren, aber ich frage mich, ob das wirklich so war. Ich frage mich das sogar sehr.

„Ja, vielen Dank, daß du vorbeigekommen bist, Sebastian“, sagt Vicky, mich damit verabschiedend; sie tut das, nicht weil sie mich los sein will, sondern weil sie begreift, daß Daddy mit ihr allein sein will. Denn Vicky versucht immer, Daddy seinen Willen zu erfüllen. „Und vielen Dank für das Buch. Das war sehr nett von dir.“

Ich bin versucht, ihr einen Kuß zu geben, einfach nur, um Cornelius Angst einzujagen, aber ich tue es nicht. Ich berühre ihre linke Hand, die auf der Decke liegt, und sage: „Bis bald.“

Es hat keinen Sinn, sie zu fragen, was sie tun wird, wenn sie aus dem Krankenhaus entlassen wird. Ich weiß, was passieren wird. Cornelius wird das Kellersche Haus in Westchester verkaufen, alle vier Kinder und die Krankenschwestern in die Fifth Avenue bringen und Vicky in den Familienklan zurückführen. Cornelius übernimmt wie üblich das Kommando und macht seine Tochter weiterhin kaputt.

Aber ich liebe Vicky, und ich werde sie retten. Cornelius glaubt, daß er dies Problem gelöst hat, weil ich sicher verheiratet worden bin, aber da irrt er sich. Cornelius ist ein gerissener Kerl;

aber wenn es um Vicky geht, brummt sein Kopf so sehr im griechischen Drama, daß er nicht mehr gerade denken kann.

Aber ich denke gerade. Du lebst in einem Narrenparadies, Cornelius. Deine Schwierigkeiten fangen gerade erst an.

6. März. Cornelius sagt: „Scott ißt heute mit Jake zu Mittag, um die Probleme mit Pan-Pacific Harvester auszuräumen."

Irgend etwas ist zwischen Jake und Cornelius geschehen, aber niemand weiß, worum es sich handelt. Aus einer Reihe von pragmatischen, finanziellen Gründen treiben die Reischmans und Van Zales noch Geschäfte miteinander, aber jedem ist klar, daß die alte informelle Partnerschaft aus Mangel an gefühlsmäßiger Zuneigung im Sterben liegt. Jake und Cornelius verhandeln nicht mehr persönlich miteinander, und wenn sie sich durch irgendeinen unglücklichen Zufall bei einer gesellschaftlichen Veranstaltung treffen, sind sie ganz besonders ruhig und höflich, wie zwei alte chinesische Mandarine. Es gibt viele Gerüchte über den Grund des Zerwürfnisses, aber bis jetzt ist noch niemandem etwas Besseres eingefallen als meine Theorie, nach der meine Verlobung mit Elsa am Anfang aller Schwierigkeiten stand. Das antisemitische Geschwätz, das damals zu hören war, war wirklich ein starkes Stück. Und wie ich die Reischmans kenne, könnte ich darauf wetten, daß zur gleichen Zeit auch eine Menge von unverzeihlichem Geschwätz über die nichtjüdischen Leute zu hören war.

„Jake selbst ißt mit Scott zu Mittag?" frage ich Cornelius. Bei Jake, dessen Ruf als ein schwieriger Mensch sich in der Wall Street täglich mehr verdichtet, kann man sich darauf verlassen, daß keiner von den Stellvertretern Cornelius' ihm gefällt, und nach einer Reihe von Treffen ernennt er immer seine eigenen Stellvertreter, die sich mit ihm auseinanderzusetzen haben. Neulich hörte ich, daß er sich geweigert habe, mit Scott zu verhandeln (der nach Sams Tod zum Verbindungsmann mit den Reischmans ernannt worden war) mit der Begründung, Scott sei zu jung. Man könnte nun annehmen, Scott sei ein lächerlicher Teenager, aber Scott ist fast neununddreißig und sehr, sehr erfahren. „Ich dachte, Jake habe Phil ausgewählt, mit Scott zu verhandeln!" sage ich überrascht.

„Jake hat Phil gefeuert."

„Schlimm für Phil“, sage ich lakonisch und stelle mir dabei vor, wie sein Kopf in den Korb rollt. „Was hat er denn getan?“

Cornelius zuckt die Schultern. Rausschmisse sind für ihn nur dann interessant, wenn er selbst das Urteil unterschreibt.

Aber er und Jake sind eine aussterbende Rasse. Die größeren privaten Investment-Banken gehören allmählich der Vergangenheit an, weil es heutzutage aus Steuergründen vorteilhafter ist, eine Aktiengesellschaft zu gründen. Und wenn auch der Präsident der neuen Gesellschaft sich genauso diktatorisch verhält wie in seiner früheren Position als Seniorpartner, so wird er vom Aufsichtsrat doch besser kontrolliert. Die Einstellung der Leute hat sich auch geändert. Der Krieg und der sich wandelnde Arbeitsmarkt bringen die Leute schon dazu, sich genau zu überlegen, ob sie ihre Karriere in die Hände eines Autokraten geben, und der Aufsichtsrat einer Gesellschaft bietet dem Nachkriegsbanker nicht nur einen höheren Grad von Sicherheit, sondern auch ein größeres Stück an dem zu verteilenden Kuchen.

„Die Sache ist so“, sagt Cornelius, „daß Jake es offenbar mit Scott noch einmal probieren wollte. Und nicht nur das, er hat Scott zum Essen eingeladen und schlägt auch vor, daß du mitkommst. Er weiß, daß du Scott geholfen hast, über diese Schweinerei mit PPH hinwegzukommen.“

„Gut“, sage ich immer noch lakonisch, aber schon aufgeregt, weil Jake normalerweise nie mit jemanden zum Mittagessen geht, der nicht ein gleichberechtigter Partner ist. Diese Einladung bedeutet für mich einen großen Schritt nach vorne, und Cornelius begreift sofort. Er weiß, daß Jake sich nie die Mühe mit mir gemacht hätte, auch wenn ich sein Schwiegersohn bin, wenn er nicht glaubte, daß ich wirklich der Mühe wert wäre.

Ich entschließe mich, vorsichtig ein paar Fakten einzuschleusen, die Cornelius übersehen haben mochte.

„Jake weiß, daß ich im nächsten Jahr dreißig werde“, sage ich. „Er weiß, daß ich kein kleines Kind mehr bin.“

„Ja, ja.“

„Jake hat mir gesagt, daß er zu seinem dreißigsten Geburtstag als Partner bei Reischmans aufgenommen wurde.“

„Ich erinnere mich gut daran!“ Cornelius tut so, als schwelge er in Erinnerungen, aber in Wirklichkeit denkt er scharf nach.

„Da fällt mir ein, Sebastian – ich wollte das eigentlich später mit dir besprechen, aber da wir gerade dabei sind . . .“

Man bietet mir die Partnerschaft an. Ich nehme an.

„Sehr gut!“ sagt Scott, der zehn Jahre älter ist als ich und schon seit einiger Zeit beteiligt ist.

Er scheint sich ehrlich zu freuen, aber hinter was bist du her, Scott? Du bist ziemlich der gerissenste Kerl in der Bank außer mir und Cornelius, und Cornelius mag dich sehr gerne, viel lieber als mich. Ich mag dich auch, aber da ist etwas sehr Komisches an dir, Scott Sullivan. Das liegt nicht nur daran, daß du nicht trinkst, nicht rauchst und allein in einer Mönchsklause lebst, die noch keiner gesehen hat, und es liegt auch nicht daran, daß du so von mittelalterlicher Literatur besessen bist, daß du die Nase rümpfst, wenn ich versuche, dich mit einem Meisterwerk des 20. Jahrhunderts wie die „Four Quartets“ bekannt zu machen. Deine Askese stört mich nicht, weil du nie so eitel bist, deine fragwürdigen Tugenden herauszuhängen, und dein intellektueller Geschmack stört mich sicherlich nicht, wenngleich er ziemlich exzentrisch sein mag – denn all diese Dinge ermöglichen es mir, mit dir zu reden. Tatsächlich ist es für mich ein Genuß, mit jemandem zu sprechen, der nicht so entnervend dumm ist, aber sosehr ich dich auch mag, es wird mir doch immer klarer, daß irgend etwas an dir nicht ganz stimmt. Du sitzt zum Beispiel herum und redest Scheiße über die Keuschheit, die übermenschliche Kräfte verleihen soll; aber du erklärst nie die Gründe für diese ungesunde Faszination der Abstinenz, erklärst auch nie, warum diese übermenschliche Kraft für dich so notwendig ist. Ich glaube nicht, daß du keusch bist. Ich glaube, daß du oft in deinen Ferien in Mexiko, Kalifornien oder Alaska ganz beträchtlichen Dampf abläßt. Glaube ich das nur, weil ich selbst das Zölibat unbegreiflich empfinde? Vielleicht, aber ich glaube doch nicht. Ich sehe eine Flamme in dir brennen, wenn du von deinen Urlauben zurückkommst, und ich kann mir nicht vorstellen, daß das nur daher stammt, daß du in der Sonne gelegen hast.

Was bedeutet das alles? Ich weiß es nicht, aber ich beobachte dich, Scott Sullivan, und ich werde es herausfinden.

Ostern 1958. Irgend etwas geht zwischen Mutter und Cornelius vor. Sie berühren sich andauernd und lächeln sich an. Wenn die

Frau jemand anderer als Mutter wäre, könnte ich mir vorstellen, daß Cornelius eine ziemlich aufregende Erfahrung macht. Können zwei Leute, die auf die Fünfzig zugehen, noch so etwas erleben, wie ein aufregendes Sexleben – oder ein Sexleben überhaupt? Es kommt mir unwahrscheinlich vor, aber was soll ich davon halten? Da lächelt er sie schon wieder an, als sei sie die aufregendste Frau, seit Mae West Cary Grant schöne Augen machte, obwohl meine Mutter weiß Gott die letzte Person ist, die mich an Mae West erinnert. Mutter schaut so drein, als sei die Erfindung der männlichen Genitalien letztendlich doch eine gute Sache gewesen. Wie unmöglich es ist, sich seine eigenen Eltern im Zusammenhang mit Sex vorzustellen. Kein Zweifel, daß Mutter frigide ist, aber jetzt bin ich schon wieder bei Freud, spiele den Ödipus für Mutter Jokaste – oder sollte es besser Orest und Mutter Klytämnestra sein? Aber schließlich wußte Ödipus nicht, daß Jokaste seine Mutter war. Ich muß mir unbedingt eine Übersetzung des Äschylus besorgen und die „Orestie“ nachlesen, dazu dann auch noch die Theben-Stücke des Sophokles. Ich könnte da etwas lernen.

Vicky steht ein bißchen abseits wegen dieser blöden Liebesaffäre, die sich zwischen unseren Eltern abspielt. Sie ist still, genießt wahrscheinlich die Chance, sich zu erholen. Ich betrachte mir ihre Kinder, während die Osterfeierlichkeiten sich um uns herum abspielen. Da ist ein sehr nettes kleines Mädchen namens Samantha, die von jedermann schamlos verwöhnt wird. Das andere Mädchen, Kirstin, ist unscheinbar wie Sam, aber fröhlich. Die beiden Jungens, die bei ihrer Rückkehr in die Staaten zu schüchtern waren, auch nur ein Wort zu sprechen, sind jetzt laut und benehmen sich schlecht, aber Cornelius scheint der Meinung zu sein, sie sollten sich ruhig in den Ecken herumbalgen, kostbares Porzellan zerbrechen und bei Tisch mit den Fingern essen. „Jungens sind Jungens!“ sagt Cornelius fröhlich. Das hat er nie gesagt, als Andrew und ich einen seiner Kandinskys während eines Ringkampfes von der Wand rissen. Ich frage mich, ob er mit diesen Enkeln weich wird im Hirn. Nein, man muß Cornelius schon zugute halten, daß es undenkbar für ihn wäre, sich zum Beispiel in Bankgeschäften wirklich blöde zu benehmen. Wenn aus den Jungens nichts wird, dann schreibt er sie ab.

Wie sind die Jungens wirklich? Man weiß es noch nicht. Sollten klug sein, wenn Vererbung überhaupt etwas bedeutet. Eric könnte es schaffen; mit seinen blonden Locken erinnert er entfernt an Vicky. Aber Paul könnte der Klügere sein. Muß man abwarten.

Mutter sagt, daß Vicky wieder ein Kind bekommt. Scheiße. Das bedeutet, daß Vicky bis zum Ende des Sommers mit der Schwangerschaft beschäftigt sein wird. Aber vielleicht ist das auch ganz in Ordnung so. Es bedeutet, daß man es für harmlos halten wird, wenn ich mit ihr ausgehe. Niemand läuft herum und verführt schwangere Frauen, außer natürlich Cornelius, als er dem Vater Mutter wegnahm; aber wir wußten auf der anderen Seite natürlich, daß Cornelius zu allem fähig ist.

Normalerweise ist Ostern nicht so eine große Familienangelegenheit wie Thanksgiving, aber dieses Jahr hat Andrew aus irgendeinem Grund Extraurlaub bekommen, so daß er und Lori mit den Kindern an die Ostküste gekommen sind. Die Kinder sind alle glücklich und normal, genau wie Andrew, und Lori ist auch sehr normal, diskutiert mit ihrer Mutter die Mode und erzählt ihr von den Kursen, die sie in französischer Küche nimmt. Können Leute überhaupt so normal sein? Es sieht so aus.

„Wie geht es dir", sage ich zu Andrew, nachdem sich jeder mit dem gegrillten Truthahn am Ostersonntag vollgestopft hat.

„Ausgezeichnet. Da gibt es dieses phantastische neue Flugzeug . . ."

Mein Gott, Andrew ist immer langweilig. Er hält mich wahrscheinlich auch für langweilig.

„Und wie geht es dir, alter Knabe?" sagt er fröhlich und klopft mir auf die Schulter. „Hängst du immer noch herum und zählst Pfennige und Groschen?"

Andrew ist doch in dieser berühmten Bankerfamilie aufgewachsen, aber ich glaube immer noch, daß er Van Zale für eine normale Bank hält. Eine Kommerzbank gibt es unter dem Namen Van Zale auch, den sogenannten Manhattan Trust, und die beiden Banken arbeiten Hand in Hand. Aber ich bin ein Investment-Banker, der im Interesse der großen Unternehmen das Kapital in langfristige Investitionen lenkt, und weiß Gott kein Kassierer, der Schecks für unbedeutende Klienten einlöst, die von einem Wochenlohn leben.

„Mir geht es gut", sage ich zu Andrew. Was kann man sonst sagen zu jemandem, der so dumm ist. Wie kommuniziert man mit solcher Geistlosigkeit?

Er fängt an, über irgendwelche Kusinen aus der Foxworth-Familie zu reden. All die Foxworths lieben Andrew. Ich vermute, daß Andrew dem Vater nachschlägt und daß er deshalb so gut mit Vaters Familie zurechtkommt. Vater muß auch ein Idiot gewesen sein, als er das Bankgeschäft für die Politik aufgab: als er die faszinierende Welt der Wirtschaft für die Plastikwelt der Stimmenfängerei aufgab, als er einem Einfluß nachjagte, der weitgehend illusorisch ist. Ich muß zugeben, daß Macht mich fesselt, aber nicht die Macht eines Politikers. Diese Macht ist lächerlich im Vergleich zu derjenigen, die von den Spitzen der Finanzwelt ausgeübt wird. Sie bestimmen die Wirtschaft dieses Landes.

Andererseits bin ich im Geschäft nicht nur wegen der Macht, wie Cornelius, und schon gar nicht wegen des Geldes und des sozialen Status, wie Sam Keller. Mein Großvater mütterlicherseits hinterließ mir ein Haus und Geld, und ich wurde in das geboren, was man früher einmal als die Yankee-Aristokratie bezeichnete. Ich bin im Bankgeschäft, weil es mir Spaß macht. Ich gehe gern mit Zahlen um. Mich reizt die Aufgabe, einen komplizierten Abschluß zu erreichen. Und darin bin ich gut. Vielleicht habe ich nicht Sam Kellers synthetischen Charme oder Cornelius' brutale Ader, aber vermutlich habe ich etwas, was beide nie besessen haben, nämlich ein von Grund auf wirtschaftlich orientiertes Hirn.

Wenn ich sage, daß ich Geld mag, dann erweckt dies einen falschen Eindruck. Man denkt an einen Geizhals, der Münzen unter dem Bett hortet, oder an irgendeinen materialistischen Helden unserer modernen Kultur, der hinter dem gottallmächtigen Dollar hinterherhetzt. Ich aber mag die abstrakte Qualität des Geldes und seine mathematischen Dimensionen, ich mag die faszinierenden Variationen ökonomischer Theorien, und nicht zuletzt schätze ich die Herausforderungen, denen sich nur wenige Leute in unserer reichen Plastikgesellschaft stellen wollen: endlosen Konfrontationen zwischen Geld und Moral, Schlachten, die nur zu geeignet sein können, die eigenen philosophischen Spekulationen über die letzten Werte zu verstärken. Was mich interessiert, ist der Zweck und sogar auch die Realität des ungeheuren Reichtums wie er heutzutage existiert in dieser schwarzen, chaotischen Untergangswelt unseres entsetzlichen 20. Jahrhunderts.

Ich bin kein Philosoph. Aber Philosophie interessiert mich. (Nur Leute wie Cornelius nennen Philosophie ein Gesellschaftsspiel für Intellektuelle.) Ich bin kein entmenschlichter Affe. Ich habe die Nase voll davon, zuzusehen, wie Milliarden von Dollars ausgegeben werden, um Menschen sterben zu lassen. Ich habe auch keine Lust, zuzusehen, wie die priviligierten Bürger der reichsten Länder der Welt in geistlosem Luxus baden, während Millionen in einer Hölle der Armut leben. Das würde ich natürlich nicht so laut sagen. Die Leute würden mich einen „Idealisten" nennen, mich als „unzuverlässig" klassifizieren und sicherstellen, daß meine Karriere „tragisch" endete (großzügige Abfindung nach unvermeidlichem Nervenzusammenbruch); aber manchmal träume ich davon, der Präsident einer Bank zu sein, die nicht nur versucht, Reichtum in arme Länder zu pumpen, sondern auch zu den Leuten unterhalb der Armutsgrenze hier in Amerika, meinem Amerika, das Amerika, das ich die ganze Zeit über liebe, während ich es hasse, das Amerika, an dem mir genügend liegt, um es zu kritisieren, das Amerika nicht der A-Bombe und von „I love Lucy", sondern das Amerika des Marshallplans.

„Mein Gott, was bist du heute so still!" sagt mein lärmender Bruder und schlägt mir jovial auf die Schulter, als wäre er ein Kandidat im Wahlkampf und ich ein widerstrebender Wähler. Das erinnert mich wieder an meinen Vater. Ich nehme an, daß mein Vater mich gerne mochte, aber er inszenierte den ganzen Terror wegen des Sorgerechts hauptsächlich deshalb, weil er es Mutter heimzahlen wollte, daß sie mit Cornelius durchgebrannt war, und es ärgerte ihn auch, daß er sie im Grunde sosehr vermißte. Mutter liebte mich, wenn sonst keiner dazu bereit war, das muß ich schon von ihr sagen. Ganz tief drinnen liebe ich Mutter auch, aber sie treibt mich zum Wahnsinn. Mütter sollten sich davor hüten, eine Art von Besessenheit für ihre Kinder zu entwickeln; aber meiner armen Mutter kann ich nicht übelnehmen, daß sie mich simplermaßen dazu benutzte, irgendein emotionelles Defizit in ihrem Leben zu decken. Eine Heirat mit

Cornelius bedeutet nicht, daß man immer auf Rosen gebettet ist. Mutter glaubt, daß sie mich versteht, aber das ist keineswegs so, und ich selber verstehe sie auch nicht, wenn ich auch oft spüre, daß sie unglücklich ist und daß sie mich automatisch wütend auf Cornelius macht. Mutter und ich sind uns nicht sehr ähnlich, obgleich sie einmal sagte, daß ich auf die Seite ihrer Familie hinauskäme. Sie behauptet, daß ich sie an ihren Vater Dean Blaise erinnere, der früher Chef der Bankfirma Blaise, Baily, Ludlow und Adams war. Er starb, als ich sechs Jahre alt war, aber ich kann mich sehr gut an ihn erinnern. Er pflegte die bei ihm zum Essen eingeladenen Gäste ziemlich grimmig zu betrachten, und wenn jemand unvernünftig genug war, irgendeine dumme Bemerkung zu machen, pflegte er zu knurren: „Ein gottverfluchter blöder Unsinn!" Er war eine große Nummer an der Wall Street. Man pflegte von ihm zu sagen, daß er einer der wenigen Leute war, der Paul Van Zale das richtige Wechselgeld herausgeben konnte. Ein zäher Kerl. Schlau. Ich hoffe, daß ich ihm ähnlich bin.

„Na, wann kriegst du und Elsa denn das zweite?" sagt Andrew fröhlich.

„Kümmere dich um deine eigenen Sachen."

„Okay, okay, okay! Mein Gott, du bist so empfindlich wie ein alter Grisly! Es interessierte mich einfach nur, das ist alles. Sag mal, ist es nicht phantastisch, Vater zu sein? Ich finde es himmlisch! Ich spiele gern Räuber und Gendarm und bringe auch gern Chucks elektrische Eisenbahn in Ordnung."

Scott kam mir zu Hilfe. Als Tante Emilys Sohn ist er ein Teil der Familie, und er kommt mindestens zu einer der Hauptmahlzeiten während dieser Familientreffen.

Er spricht mit Andrew. Er fragt Andrew, wie er sich so fühlt, wenn er in der Höhe von 2000 Fuß fliegt.

„Großartig!" sagt Andrew glücklich. „Ich sehe auf die Erde hinunter und sage mir: Mein Gott. Irgendwo da drunten spielt Chuck mit seiner elektrischen Eisenbahn und Lori kocht irgendein wunderbares französisches Essen und die Schwester wechselt die Windeln des Babys . . ."

Scott schafft das irgendwie, die Konversation in Gang zu halten. Ich weiß nicht, wie er das fertigbringt. Mein Gott, Scott ist ein schlauer Kerl.

„Du solltest heiraten, Scott!“ sagt Andrew enthusiastisch. „Es ist einfach wunderbar!“

Mutter, die sich von hinten an ihn heranschleicht, steht auf den Zehenspitzen, um ihm einen Kuß zu geben. „Es ist wunderbar, daß du so glücklich bist, Darling!“

Da stehen sie, denken darüber nach, wie wunderbar die Ehe ist, während ich mich wieder frage, was, in des Teufels Namen, zwischen ihr und Cornelius passiert ist, um diesen zweiten Ehefrühling auszulösen. Ich wünsche mir, daß Mutter sich das Haar nicht färbte.

Elsa kommt mit dem Baby dazu. Der arme Scott müßte sich vor all dem ehelichen Glück halb vernichtet fühlen.

„Hallo“, sage ich zu Elsa und lächle ihr zuversichtlich zu. Ein Ostern im Haus der Van Zales gibt Elsa das Gefühl, ein Außenseiter zu sein. Deshalb lasse ich auch nicht erkennen, daß es mich irritiert, wenn sie mir immer folgt, so als hätte sie Angst davor, mich aus den Augen zu verlieren. „Hallo, Alfred!“ sage ich und gebe ihm meinen Finger zum Halten. Alfred ist sieben Monate alt und gibt immer Signale von sich, die so aussehen, als versuche er, genau das zu erreichen, was er will. Alfred versucht zu kommunizieren und hat entdeckt, wie dumm die meisten Erwachsenen sind. Es muß die Hölle bedeuten, ein Baby zu sein. Jeder stellt sich vor, daß es so herrlich sein müßte, nichts zu tun außer essen, schlafen und spielen, aber mir kommt es wie ein Trauma vor, wenn man so viele Probleme hat, sich verständlich zu machen.

Alfred zappelt an Elsas Armen. Er schiebt meine Finger weg.

„Laß ihn runter, Elsa. Er möchte frei sein.“

Alfred strengt sich an, auf dem Fußboden wegzukriechen.

„Sieh mal, wie schlau er ist“, sagt Andrew wohlgelaunt.

Schlau! Alfred ist raffinierter als alle Kinder Andrews zusammengenommen.

Vicky sitzt auf der Couch am anderen Ende des langen Zimmers, weit weg von all den Kindern, die herumrennen und versuchen, sich gegenseitig umzubringen. Ich schlendere in dem Moment zu ihr hinüber, als Mutter dem Kindermädchen aufträgt, jedermann unter zehn ins Kinderzimmer zu transportieren.

„Geht dir die große Familienfeier auf die Nerven?“ sage ich.

Vicky hebt den Blick. Plötzlich lächelt sie. Meine Eingeweide werden schwach, ungefähr so, als würde ich auf irgendeine Sage über König Alfreds unzuverlässige Därme reagieren. „Natürlich nicht!“ sagt sie. „Es ist wunderschön, die Familie zusammenzuhaben.“

Sie meint genau das Gegenteil. Es ist ermüdend, langweilig und hat überhaupt nichts zu tun mit der wahren Bedeutung des Osterfestes. Sie weiß das genausogut wie ich, aber sie sieht sich gefangen in dem klassischen gesellschaftlichen Dilemma, eine Sache zu behaupten, von der sie persönlich etwas ganz anderes denkt. Ich versuche, durch ihre psychologischen Probleme zu dringen, indem ich sage: „Ich habe Karten für Kevins neues Stück. Es wird dir guttun, hier herauszukommen und dein Gehirn abzutauen, das du für so lange Zeit auf Eis liegen hattest.“

Sie lächelt unsicher. „Vielleicht würde es das. Vielen Dank. Daddy sagte erst kürzlich, daß es mir guttun würde, mal herauszukommen. Er hat mich sogar eingeladen, zusammen mit ihm und Alicia im ‚Colony‘ zu essen, aber ich hatte keine Lust dazu. Ich hatte das Gefühl, daß es, na ja, sagen wir, aufdringlich sein würde.“

„Du hast es also gemerkt, nicht wahr?“

„Natürlich! Es ist so offensichtlich. Aber warum kommt es mir auch gleichzeitig so bizarr vor?“

„Ich lese mal gerade wieder Sophokles und Äschylus, um das herauszufinden. Iß doch mit mir nach dem Theater, und ich werde dir sagen, warum wir den Anblick nicht aushalten können, wenn unsere Eltern sich so benehmen, als sei der Sex gerade erst erfunden worden.“

Sie lacht. Im Innern fühle ich mich schwächer als je zuvor.

„Okay“, sagt sie. „Ich freue mich darauf.“

Das Stück interessiert mich. Es handelt von einem irisch-amerikanischen Politiker um die Jahrhundertwende, und ich vermute, daß Kevins Vater Modell gestanden hat, der in jenen Tagen in Massachusetts eine Menge politischen Einfluß hatte.

Im Vollgefühl seiner Macht muß der Boß entdecken, daß die Straße der Macht die Straße zur Isolation ist, und schließlich zum geistigen Tod, einem Tod im Leben, die tiefste menschliche Hölle. Dieser Kerl kann nur dadurch kommunizieren, daß er seine Macht ausübt, aber paradoxerweise schließt die Ausübung der Macht wahre Kommunikation aus. Er verliert seine Freunde, seine Frau und schließlich die Wahl. Die letzte Szene zeigt ihn mit seiner Geliebten und schließt nicht mit Worten, sondern mit Schweigen.

„Warum sagt er nicht etwas?" meint irgendein Idiot in der Reihe hinter uns.

Ich habe das schreckliche Gefühl, daß das Stück durchfallen wird. Ein großer Teil des Broadway-Publikums interessiert sich nur für Musicals und Komödien, und außerdem lassen sich viele nicht gern an die eigenen emotionalen Fehlverhalten erinnern, die Kevin mit solcher Ehrlichkeit darstellt. Wenn auch die Kritiker Kevin weiterhin schätzen, so wird doch irgendein Intendant, der das Geld in der Hand hat, ihm eines Tages sagen, er solle aufhören, Blankverse zu schreiben und statt dessen lieber ein Happy-End anfügen, um die Idioten bei Laune zu halten.

Ich wünschte, ich könnte Kevin sagen, was für ein phantastisches Instrument seine Verse sind. Ich wünschte, ich könnte ihm nicht nur sagen, er solle sich gegen den Intendanten wehren, sondern auch gegen jene Kritiker, die behaupten, daß der Konversationsstil des zwanzigsten Jahrhunderts mit Sätzen wie „Haben Sie Feuer für meine Zigarette?" den Blankvers unweigerlich obsolet machen. Kevin ist nicht Eliot, und er ist nicht Fry, aber er ist einer der wenigen Dramatiker englischer Sprache, die es wagen, nach literarischer Eleganz zu streben, indem sie sich der Disziplin des Verses unterwerfen. Man sollte ihn noch und noch ermutigen. Alle, die sich für das Drama des zwanzigsten Jahrhunderts interessieren, sollten ihm Beifall zollen.

Durch einen jener seltsamen Zufälle, die einen fast an idiotische Worte wie „Bestimmung" und „Schicksal" glauben lassen, laufen wir Kevin außerhalb des Theaters über den Weg. Er hat einen hübschen jungen Schauspieler bei sich, und sie sind auf dem Weg zu „Sardi". Da ich weiß, daß ich nur wenige Sekunden habe, um mich auszudrücken, ringe ich nach den Worten, um ihm für all die Stunden zu danken, die er über diesem Stück zugebracht haben muß. Einfach nur „Danke" zu sagen, wäre geistlos. Zu sagen „Ihr Stück hat mir sehr gut gefallen" würde so klingen, als gefiele es mir überhaupt nicht und als wollte ich nur höflich sein. Ich will loben, aber ich kann nicht einfach irgend etwas Sinnloses sagen wie „es war wunderbar". Ich muß etwas sagen, was sonst niemand sagen würde. Ich muß aus meinem Vokabular etwas Blühendes heraussuchen. Es spielt keine Rolle, wenn ich übertreibe. Wenn ich nur den richtigen Ton treffe, dann wird er sofort begreifen, was ich sagen möchte.

„Es war ein Triumph über die Sprache", sage ich. „Sie erinnern mich an John Donne."

„Mein Gott!" staunt Kevin. „Warum, zum Teufel, sind Sie nicht der Theaterkritiker der New York Times!"

Der Schauspieler lacht, aber Kevin, sprühend wie immer, ruft nur aus: „Kümmern Sie sich nicht um ihn! Er denkt wahrscheinlich, John Donne sei einer der Unterzeichner der Unabhängigkeitserklärung gewesen. Warum nehmen wir nicht einen Drink zusammen – Vicky, überrede Sebastian!"

„Vielleicht ein anderes Mal", sage ich und lächle ihm zu, „denn wir sind gerade auf dem Weg zum Essen. Aber vielen Dank, Kevin."

„Dann kommen Sie doch mal ins Village und besuchen mich", sagt Kevin über die Schulter gewandt, und der Schauspieler sieht verärgert drein, versteht aber nichts. Der Schauspieler ist wie Elsa. Er wird nie begreifen, wie aufregend es Kevin findet, mit einem Dichter verglichen zu werden, der seit 350 Jahren tot ist.

Wir haben miteinander kommuniziert.

„Kevin ist so attraktiv!" sagt Vicky. „Was für eine Verschwendung!"

„Es ist die Liebe selbst, die zählt", sage ich. „Es spielt keine Rolle, wie du liebst, oder wen du liebst, solange du zur Liebe überhaupt fähig bist; denn wenn du zur Liebe nicht mehr fähig bist, dann stirbst du. Das ist ein Thema von Ingmar Bergman. Hast du irgendwelche Bergmanfilme gesehen?"

„Nein. Sam mochte nur Western und Kriminalfilme."

Wir gehen ins „Chanteclair" auf der East Forty-Ninth Street und essen Zwiebelsuppe, Ris de veau und trinken eine Flasche weißen Burgunder.

„Wie schön, französischen Wein zu trinken", sagt Vicky und erinnert sich an die vielen Jahre mit saurem Rheinwein bei Sam und kalifornischem Fusel bei Cornelius.

Wir sprechen über unsere Eltern.

„Was glaubst du, ist passiert?"

„Wir werden es nie erfahren.“

„Ist das nicht komisch?“

„Vielleicht ist es nicht so komisch“, sage ich. „Wir wissen so wenig von dem, was in den Leben anderer Leute vor sich geht.“

„Stimmt.“ Sie scheint plötzlich nervös.

„Jedermann steckt eine solche Fassade auf.“

„Ja“, sagt sie mit Augen, die dunkel von Erinnerung sind. „Das stimmt.“

Ich bringe die Unterhaltung schnell auf das Stück zurück und merke bald, daß sie jede Zeile verstanden hat. Es ist herrlich, mit einer Frau sprechen zu können, deren Unterhaltung nicht beschränkt ist auf Haus und Kinder und den letzten Nerz, den sie bei Bergdorf Goodman gekauft hat.

Ich bringe sie nach Hause. Ich berühre sie nicht.

„Was meinst du, Vicky, wollen wir das mal wieder tun? Es hat Spaß gemacht.“

„Nun, ich . . . Sebastian, dieser Abend war wundervoll, solch eine Abwechslung, aber –“

„Es ist doch in Ordnung, oder?“ sage ich leichthin. „Ich bin doch nur der sicher verheiratete Stiefbruder. Du bist die schwangere Witwe. Wenn Cornelius das interpretiert wie diese gottverdammte, blödsinnige Szene in Bar Harbor, dann gehört er eingesperrt.“

„Oh . . .“ Sie ist verlegen. „Gut . . .“

„Ich bin sicher, daß du dich den Teufel drum scherst, was vor all den Jahren passiert ist“, sage ich schnell. „Du hast neun Jahre lang mit einem Mann gelebt, und du weißt, wie schnell Männer durch den Anblick hübscher Mädchen in Badeanzügen erregt werden. Und du weißt auch wie ich selber, daß nicht du es warst, die mich erregt hat, ich meine nicht du, Vicky. Es war einfach nur der Anblick eines halbnackten weiblichen Körpers. Es war sicherlich keine große Affäre, keine größere als der Anblick einer fetten Dame, der vor einer Bäckerei das Wasser im Mund zusammenläuft.“

Ihr ernster, angespannter Ausdruck schwindet plötzlich. Sie lacht. „Du meinst, ich war nicht wichtiger als ein gezuckerter Krapfen?“

„Nein, du warst immer wichtig für mich, Vicky. Es war der Zwischenfall selber, der so atemberaubend trivial war.“

Sie denkt sorgfältig darüber nach. Wahrscheinlich hat sie sich, seit sie vierzehn war, nicht gestattet, der Erinnerung in ihrer Gänze ins Gesicht zu sehen. Ich warte. Ich hetze sie nicht. Dies ist sehr wichtig.

„Ja, ich nehme an, daß du recht hast", sagt sie schließlich so nebenbei. Sie schafft es nicht ganz, mich anzuschauen, aber ihre Stimme ist ruhig. „Was für ein Aufruhr um nichts, nicht wahr?"

Dies sind mutige Worte, eine ausgezeichnete Grabrede über einem Leichnam, den wir jetzt beerdigen und mit Blumen erdrücken können. Ich berühre sie immer noch nicht, wenn ich es auch sehr möchte. Ich möchte, daß sie weiß, wieviel mir an ihr liegt. Sie soll aber nicht wissen, daß in diesem Moment mein einziger Wunsch darin besteht, sie zu entkleiden, zu küssen und sie die ganze Nacht zu lieben.

Vicky braucht Zeit, und ich werde sie ihr lassen. Sie muß wissen, daß ich alle Geduld der Welt habe.

„Gut, Vicky", sage ich beiläufig, als ich mich am Haus ihres Vaters verabschiede. „Bis bald. Ich rufe dich an." Aber hinter diesen beiläufigen Worten bin ich sehr erregt. Die Fundamente meiner Träume sind gerade in einen Sockel von Granit gehämmert worden, und jetzt endlich kann ich beginnen, mir vorzustellen, wie das Haus aussehen soll, das ich schon so lange bauen will.

Zu Hause sitzt Elsa steil im Bett und sieht aus wie der Zorn Gottes. Ihres Gottes, der ständig so gemein ist, der Gott, der zehn Plagen schickte, um den Ägyptern das Leben zur Hölle zu machen. Je älter ich werde, um so mehr Mitleid habe ich für Pharao.

„Wo warst du denn?" sagt sie und starrt mich an mit den blassen Augen ihres Vaters. „Was ist passiert?"

„Wo soll ich gewesen sein? Im Bett, um eine schwangere Frau zu vögeln?"

„Du denkst nur an Sex", sagt sie und wischt eine Träne weg.

„Du willst ja, daß ich nur an Sex denke", sage ich und bumse sie kräftig, bis ihr die Luft für weitere Beschwerden fehlt.

„Oh, Sebastian!" sagt sie später, an mich geschmiegt, „es tut mir leid, daß ich so böse auf dich war."

Ich mag Elsa. Sie ist warm und weich und gemütlich. Ich mag

sie am liebsten, wenn ich im Bett mit ihr bin, und sie mich wahrscheinlich auch. Ich spreche nicht eigentlich von Sex oder von Liebe, sondern von dem guten, angenehmen Gefühl, das man hat, wenn man jemandem nahe ist, der ein Freund ist.

Elsa schläft ein, mit ihrem großen Körper noch gegen den meinen gedrückt und erinnert mich daran, wie weich und warm und feminin sie ist. Ich liege wach in der Dunkelheit. Ich sehe keinen Konflikt in der Zukunft. Ich bin nicht an einer Heirat mit Vicky interessiert. Heirat ist nur das, was man in der Gesellschaft zeigt. Es hat eine Weile gedauert, bis ich das begriffen hatte, aber Cornelius machte es mir am Ende klar.

„Ich suche mir meine Partner nicht unter unausgeglichenen Neurotikern aus, die nicht fähig sind, ein normales Leben zu führen", sagte er. Ich verstand. Um im Leben voranzukommen, mußte man jeden davon überzeugen, daß man normal und ausgeglichen sei. Das ist natürlich praktisch niemand, schon gar nicht an der Wall Street, aber darum geht es auch nicht. Es geht darum, so zu tun, als sei jeder außerhalb einer Irrenanstalt eine Art von Roboter, dem man *normal* auf die Stirn gestempelt hat. Wenn man heiratet, signalisiert man: *Normal! Normal!* und keiner macht sich mehr Sorgen um einen. Man läßt sich nieder, besorgt seiner Frau ein hübsches Haus, gründet eine Familie und bestellt zu jedem Hochzeitstag Champagner und Blumen. *Normal, normal!* piepen die kleinen Signale und zeigen der Welt an, daß man ein ordentlicher Kerl ist.

Ich rücke näher an Elsa heran in der Dunkelheit und denke darüber nach, wie nett sie ist. Elsa und ich werden immer verheiratet bleiben, kein Ärger, keine Schwierigkeiten. Es darf da auch keinen Ärger geben, denn in diesem Falle würden die Reischmans Alfred kriegen. Niemand nimmt mir Alfred weg. Aber Vicky wird auch ein Teil meines Lebens sein. Vicky hat die Heirat erlebt und die Nase davon gestrichen voll. Ich kenne Vicky, und ich verstehe sie besser als sonst irgendeiner.

Wir werden das haben, was man in den alten Tagen eine Liaison nannte. Das ist ein gutes Wort. Beschwört Bilder herauf von klugen Frauen, auf Sofas zurückgelehnt, wie Madame Recamier. Paul van Zale hatte etwa 30 Jahre lang eine Liaison mit einer Frau namens Elisabeth Clayton, die nun tot ist. Seine Frau wußte davon, auch ihr Mann, aber jeder akzeptierte das

Arrangement und lebte damit. Es war nicht normal, aber jeder gab sich so viel Mühe, die jeweiligen Ehen intakt erscheinen zu lassen, daß die Abweichung übersehen wurde.

Meine Ehe wird immer sehr vorzeigbar sein. Elsa wird von der Liaison am Anfang nicht viel halten. Es wird Tränen und Szenen geben, aber sie wird nie die Tatsache wegwischen können, daß sie ein fettes, farbloses Mädchen ist, das keinen anderen Mann anziehen wird; für eine Weile wird sie wütend sein, dann wird sie sich beruhigen, wenn sie begreift, daß ich bei ihr bleiben und der Welt gegenüber eine akzeptable Fassung zeigen will. Wir werden weiter die Signale *normal, normal* von uns geben, und keiner wird Elsa mit schiefen Augen anschaun.

Vicky wird weiter bei Daddy leben, damit Daddy seinen Ehrgeiz erfüllen kann, für die Kinder zu sorgen, ich aber werde irgendwo ein Apartment mieten, vielleicht am Sutton Place, und dort wird sie mich treffen, wann immer wir alleine sein wollen. Wir werden das Apartment selber herrichten. Wir werden ein Bett mit schwarzem Satinlaken in einem Zimmer mit einem weißen, kuscheligen Teppich haben. Ich mag schwarz-weiß zusammen. Erotisch. Ich will versuchen, ein paar Beardsley-Zeichnungen zu finden, schwarz und weiß. Nein, nicht Beardsley. Zu dekadent. Etwas mit einer guten, klaren Linie, etwas Reines. Vielleicht ein japanischer Holzschnitt. Oder die Zeichnung einer nackten Frau von Picasso.

Vicky kann das Wohnzimmer einrichten, aber die Bücher suchen wir zusammen aus. All die üblichen Leute, zuzüglich Beowulf im Original. Es macht nichts, daß keiner von uns Altenglisch lesen kann und daß der Beowulf sowieso eines der schwierigsten Gedichte ist, die je geschaffen wurden. Wir werden es aus dem gleichen Grunde auf unser Regal stellen, aus dem die Römer Büsten ihrer Vorfahren im Atrium aufstellten. Um Beowulf Gesellschaft zu leisten, müssen wir auch Bede dazustellen. Ich habe immer noch die Übersetzung, die Scott mir empfahl, als ich mir vorkam wie das Mitglied einer verfolgten Rasse. Ich frage mich, ob Vicky die berühmte Stelle über den Spatz in der beleuchteten Halle kennt.

Indem ich über Bede spreche, fällt mir Scott ein.

Scott stellt natürlich die große Anomalie dar. Er ist die Ausnahme, die die Regel bestätigt, daß Leute heiraten müssen, um zu beweisen, wie normal sie sind. Er kann es sich leisten, die Regel zu brechen, weil er es irgendwie schafft, den Eindruck zu erwecken, er sei so normal wie der berühmte amerikanische Apfelkuchen; aber er ist nicht normal, er weiß es nur nicht. Je öfter ich an Scott denke, um so brillanter kommt er mir vor. Er ist tatsächlich so brillant, daß mir die Kopfhaut prickelt. Er ist alles, was Cornelius haßt. Erstens unverheiratet, zweitens ein Intellektueller, drittens zölibat (meistens), und viertens Steve Sullivans Sohn. Und doch hält Cornelius Scott für den Bart des Propheten. Das gefällt mir überhaupt nicht. Es ist unheimlich. Ist es auch gefährlich für mich? Ich sehe das eigentlich nicht. Cornelius wird niemals dem Sohn seines alten Feindes Steve Sullivan einen kontrollierenden Einfluß in der Bank geben, und von daher gesehen sollte meine Zukunft so sicher sein wie ein Diamant in einem Safe, umgeben von Wächtern; aber dennoch gefällt mir die Rolle nicht, die Scott in der Bank spielt. Vielleicht sollte Cornelius das wissen, aber es ist wohl besser, den Mund zu halten. Wenn ich jetzt versuche, den Bart des Propheten zu stutzen, könnte jemand mir die Flügel beschneiden. Was wird Cornelius von meiner Liaison mit Vicky denken? Es wird ihm nicht gefallen; Mutter dagegen schon. Mutter wird es gefallen, und Cornelius wird Mutter nicht in die Quere kommen wollen, besonders jetzt, da sie selbst wieder so viel Spaß im Schlafzimmer haben.

Mein Gott, das ist ganz schön verdreht.

Elsa stöhnt weich im Schlaf, und ich lege meinen Arm beruhigend um sie. Ich mag dich, Elsa, ich bin glücklich, daß du da bist. Vielen Dank dafür, daß du jeden glauben machst, ich sei so ein netter, normaler, vernünftiger Kerl . . .

Samstag, 7. Juni 1958. Scott und ich spielen im Club Squash, und ich gewinne. Wir duschen, ich nehme ein paar Biere zu mir, während er Cola trinkt.

„. . . die Frage ist also“, sagt Scott, „ob eine Verbindung besteht zwischen der englischen Legende von Childe Roland und dem Neffen Karls des Großen, dem Helden der berühmten Chanson de Geste?“

„Wie sollte da keine Verbindung bestehen? Lies doch mal Brownings Gedicht!“

Scott wischt Robert Browning beiseite, der seine Geburt im Mittelalter um gute 300 Jahre verpaßt hatte. „Nach Dorothy Sayers gibt es da keine Verbindung. Sie sagt . . .“ Sayers als Verfasserin von Kriminalromanen im 20. Jahrhundert kann, wie Browning, Scotts Aufmerksamkeit nicht fesseln, aber als eine bedeutende Mediävistin hat sie sich seinen Respekt verdient. Ich höre höflich zu und stelle fest, daß Sullivan und ich genug unserer Freizeit damit verbracht haben, uns über das Mittelalter zu streiten. Ich glaube, es ist Zeit, daß wir aus unserem Elfenbeinturm mittelalterlicher Wissenschaft herauskommen und die dunkleren Stellen des Dschungels des 20. Jahrhunderts erforschen, in dem wir unser tägliches Leben verbringen. „Da wir von Roland sprechen, dem Dunklen Turm und anderen mittelalterlichen Gebäuden“, sage ich nebenbei, „wie lebt es sich dieser Tage so in Mallingham?“

Mallingham ist das mittelalterliche Dorf in Norfolk, in dem Scotts Vater Steve begraben ist und in dem Cornelius' Erzfeindin Dinah Slade einmal die Hausherrin war. Ich weiß sehr wenig über Dinah Slade, außer, daß sie Steves Ehe mit Tante Emily ruinierte, eine Menge Geld hortete, Cornelius das Leben außerordentlich unbequem machte und schließlich den Heldentod in Dünkirchen starb.

„Oh, in Mallingham ist alles in Ordnung“, sagt Scott fröhlich, wie ein normaler, netter Kerl, der von seiner Familie spricht. „Elfrida ist mit der Schule völlig in Anspruch genommen, sie hat mehr denn je zu tun, seit Edred weggegangen ist. Aber es war wohl schon gut, daß Edred sich entschlossen hat, den Job im Orchester anzunehmen. Elfrida hielt nicht viel von der Art, wie er Musik unterrichtete, und es gab andauernd Krach.“

Edred und Elfrida sind Scotts Halbbruder und Halbschwester, die Kinder, die Steve und Dinah hatten, bevor sie sich zur Heirat entschlossen. Nur das jüngste Kind, George, hatte das Glück, nach der Hochzeit geboren zu werden.

„Es ist nett von Cornelius, Elfrida so zu unterstützen, nicht wahr?“ sage ich unschuldig.

Scotts Lächeln wird breiter. „Reine christliche Nächstenliebe!“ sagt er und bringt mich damit zum Lachen.

Ich warte ein wenig und überlege.

Wir wissen alle in der Willow Street eins, daß Cornelius und

Steve sich in den dreißiger Jahren auf den Tod bekämpft haben, genauso wie wir wissen, daß es wahrscheinlich eine besonders dreckige Auseinandersetzung war mit einer ganzen Menge von Schlägen unter der Gürtellinie, aber niemand kennt die Einzelheiten des großen Kraches, und wenn jemand sie kennt, spricht er nicht darüber. Ich habe es nie geschafft, die ganze Geschichte zu erfahren, ich glaube aber auch nicht, daß sie mich sonderlich schockieren würde. Wenn es um Cornelius geht, dann glaube ich immer an das allerschlimmste, weil das Schlimmste gewöhnlich stimmt.

Aber was denkt Scott? Mit seiner Intelligenz und mit dem, was er von Cornelius weiß, kann er unmöglich auf die offizielle Version der Vergangenheit hereinfallen, wie Cornelius sie ausgibt. Er kann unmöglich glauben, daß Steve sich wie ein Elefant im Porzellanladen benahm und daß Cornelius, der arme, schwache und unschuldige kleine Cornelius aus Gründen der Selbstverteidigung zurückschlagen mußte. Ich verstehe, daß Scott seinem Vater entfremdet war (Seeräuber wie Steve Sullivan leben allzuoft in einer Gangart, die ihre Kinder irgendwo auf der Strecke bleiben läßt), aber wie tief ging diese Entfremdung nun wirklich? Ich kann mich nicht an Steve Sullivan erinnern, der Amerika im Jahr 1933 für immer verließ, aber ich kann mich daran erinnern, wie Scotts Bruder Tony mir einmal von dem Baumhaus erzählte, das sein Vater ihm am Strand ihres Hauses in Long Island in den zwanziger Jahren baute.

Ich erinnere mich, wie ich voller Neid zu Tony sagte: „Wie wunderbar, einen Vater zu haben, der soviel Zeit für dich hat!"

Und ich erinnere mich daran, wie Tony mit jener naiven Ehrlichkeit, die Verstellung für ihn immer so schwierig machte, sagte: „Er war der beste Vater in der ganzen Welt."

Dieses Bekenntnis war bemerkenswert, und es war um so bemerkenswerter, wenn man es verglich mit den regelmäßigen Feststellungen von Cornelius, daß Steve zum Vater total ungeeignet war, daß er seine väterlichen Pflichten saumäßig vernachlässigt habe. (Cornelius hatte eine viktorianische Vorliebe für das Wort „Pflicht" und ging damit um, als sei es ein Talisman, der in jedem Fall moralisch überzeugend wirkt.)

Aber hatte Scott jemals die gleiche durchgängige Loyalität zu seinem Vater gehabt wie Tony? Er und Tony waren sowohl vom

Temperament wie von der Intelligenz her völlig verschieden, und sie hatten sich vor Tonys Tod seit mehreren Jahren voneinander entfremdet. Tony war offen und transparent gewesen. Scott war verschlossen und undurchsichtig. Waren diese beiden Köpfe durch eine gemeinsame Sicht der Vergangenheit verbunden oder nicht? Es ist unmöglich zu sagen, unmöglich auch nur zu vermuten.

Wenn ich Scott ansehe, fühle ich den intensiven Wunsch, diesen rätselhaften, verschlossenen Kopf aufzuschließen.

Plötzlich sage ich: „Glaubst du, daß Cornelius Elfrida aus Schuldgefühlen heraus unterstützt hat, Scott? Glaubst du, er wollte wiedergutmachen, daß er deinen Vater in den dreißiger Jahren um seine Existenz gebracht hat?"

„Das bezweifle ich", sagt Scott ziemlich unbeeindruckt und ohne jede Anstrengung. „Ich kann mir vorstellen, wie er aus Zweckmäßigkeit heraus handelt (‚Möchte dieses Mädchen loswerden und gebe ihr das, was sie will!'). Ich kann mir auch vorstellen, wie er aus Vernunftgründen handelt (‚Wenn ich nett zu ihr bin, macht sie mir weniger Schwierigkeiten!'), und ich kann mir vorstellen, wie er aus seiner berühmten christlichen Nächstenliebe heraus handelt (‚Wenn ich ihr helfe, dann habe ich selber hinterher ein gutes Gefühl!'). Aber ich kann mir nicht vorstellen, wie er zu sich selber sagt: ‚Mein Gott, laß mich für meine Sünden büßen, indem ich diesem Mädchen eine Schule vermache!'"

Ich lache laut heraus und bin sehr beeindruckt. Diese klare, unsentimentale Analyse der Motive von Cornelius klingt so wahr und die gutgelaunte Zuneigung in Scotts Stimme klingt so offenbar echt, daß ich mir langsam einbilde, immer schon an Paranoia gelitten zu haben, wenn ich mir da Verrat einbilde, wo kein Verrat existiert. Ich mache mir klar, daß es durchaus denkbar ist, daß Scott seinen Vater total abgelehnt hat, daß es absolut möglich ist, daß er Cornelius mag, obwohl er sich keinen Illusionen hingibt, was ihn angeht. Es verwirrte mich in meiner Jugend immer sehr, daß es gelegentlich Zeiten gibt, in denen ich Cornelius mag, manchmal, Gott helfe mir, ihn sogar bewundere, obgleich ich ihn verabscheue. Ich mochte ihn, als er mir diese gewagte Rede über Kondome hielt, als ich aus Groton wegging, und ich mochte ihn, als er meine Heirat nicht nur unterstützte, sondern mir geradewegs bis zum Altar den Rücken stärkte. Und ich bewundere, wie er mit seinem Asthma zurechtkommt, wie er die ganze Zeit dagegen ankämpft, sich nie beschwert, nie in Selbstmitleid verfällt. Ich würde ihn gerne hundertprozentig hassen, kann es aber nicht; und wenn ich schon mal gelegentlich Zuneigung für Cornelius fühle, warum sollte Scott dieses nicht auch tun? Scott ist in Ordnung. Muß er einfach sein! Er ist ein ganz normaler Kerl mit einigen exzentrischen Gewohnheiten, schließlich ist er auch nicht so finster und undurchschaubar, wie man manchmal denkt.

Oder doch? Warum werde ich das Gefühl nicht los, daß Scott eine mittelalterliche Allegorie spielt, in der er in der Rolle der Vergeltung dem Bösen nachsetzt, um den heiligen Gral der Gerechtigkeit zu erlangen? Ich muß wirklich langsam paranoid werden. Diese ganze mittelalterliche Scheiße, die Scott mir andauernd vorsetzt, muß mich langsam erwischt haben. Ich muß mich zusammenreißen, bevor ich der Zwangsvorstellung nachgebe, die Canterbury Tales auf einem Stickrahmen festzuhalten.

„Was für ein Mensch war dein Vater, Scott?“ sage ich plötzlich, und überrasche mich damit selber. „Jeder redet von ihm, als wäre er einer der üblichen exzentrischen und saufenden Iren gewesen, aber es muß schon sehr viel mehr an ihm gewesen sein als das.“

„Er war kein Ire. Er betrachtete die Welt durch angelsächsische Augen und war überzeugt, daß er nur zufällig einen irischen Namen hatte.“

Hier bewegen wir uns auf bekanntem Boden. Scott und ich hatten eine Reihe von Diskussionen über die alten Völker dieser Erde, als ich Elsa heiratete und mir vorkam wie ein Teil einer verfolgten Rasse.

„Aber hatte denn dein Vater überhaupt keine keltischen Merkmale?“ frage ich und präpariere mich auf einen weiteren Einfall in das alte, ethnische Territorium.

„Mein Gott, nein“, sagt Scott und entspannt sich auch. „Er kannte nur eine Welt und eine Zeit und eine Wirklichkeit – was die Angelsachsen ‚logisch‘ nennen und ‚common sense‘ und ‚pragmatisch‘, die Ansicht, die die westliche Welt heute beherrscht!“

„Meine Sicht“, sage ich lächelnd.

„Deine Sicht, ja. Aber nicht meine."

Da ist es. Es ist unglaublich, aber da ist es. Er hat einen Fehler gemacht. Die Jalousien waren für einen Moment verrutscht, und ich habe einen kurzen Einblick in diesen abgeschlossenen, düsteren Menschen.

„Aber nun hör mal!" ruft er amüsiert aus. „Wie verrückt das klingt! Laß mich das zurücknehmen. Wir beide wissen ganz genau, daß ich genausowenig ein Kelte bin wie du ein Angelsachse – wir sind einfach nur zwei Amerikaner, die im großen Schmelztiegel New York leben, und irgend etwas anderes zu behaupten wäre reine Phantasie!"

„Reine Phantasie", sage ich besänftigend. „Sicher."

Und während er immer noch krampfhaft versucht, die Jalousien wieder zurechtzurücken, sagt Scott: „Im übrigen, hast du mir nicht neulich erzählt, wie blödsinnig es ist, heutzutage noch Unterschiede in den Rassen zu machen, da wir doch alle so völlig vermischt sind?"

„Das habe ich gesagt, ja. Ich glaube auch immer noch, daß es wahr ist", sage ich, um ihn zu beruhigen, aber ein Teil meines Verstandes erinnert sich schon wieder an Jung, der behauptet, daß wir nicht von heute sind noch von gestern, sondern daß wir von unvorstellbarem Alter sind.

So identifizierst du dich also mit den Kelten, nicht wahr, Scott Sullivan? Das ist sehr interessant. Vielen Dank für den Schlüssel zu deiner Persönlichkeit. Du kannst dich darauf verlassen, daß ich ihn nutzen werde.

Mir fällt alles über die Kelten ein. Ich begegnete ihnen immer wieder, als ich über die Angelsachsen forschte. Von ihren Feinden wurden die Kelten nie verstanden. Solche logischen, praktischen, erdgebundenen Völker wie die Römer und die Angelsachsen müssen von einer Rasse, deren Sicht des Lebens der ihren so ungleich war, sehr verunsichert worden sein. Die Kelten waren mystisch und fremdartig. Das Übernatürliche mischte sich frei mit der Wirklichkeit in einer unheimlichen Verschiebung von Zeit und Raum. Da sie an ein anderes Leben glaubten, bedeutete der Tod für sie keinen Schrecken. Ihre Gesellschaft war eher vom Tod durchdrungen; denn oberhalb aller Kennzeichen der Kelten, die ihre strukturierten, disziplinierten Feinde so barbarisch fanden, thronte die mächtige

Tradition der Blutrache, die bedeutete, daß die Kelten sich ständig gegenseitig umbrachten, genau wie alle Feinde, die ihnen im Wege standen.

Wenn man ein Kelte war und jemand tötete einem den Vater, dann durfte man nicht ruhen, bis man wiederum ihn getötet hatte. Die ganze Ehre stand auf dem Spiel. „Vergeben und verzeihen" hätte in heidnisch-keltischen Ohren geklungen wie eine lächerliche christliche Torheit, nicht nur, weil Vergebung undenkbar, sondern weil Vergessen unmöglich war. Die Kelten vergaßen nie ihre Vergangenheit. Sie war immer Teil der lebendigen Gegenwart, von den Kelten mühelos am Leben gehalten durch ihre Weigerung, die Zeit so zu betrachten wie ihre Feinde. Die Vergangenheit, die Gegenwart und die Zukunft existierten nebeneinander in ihrer Spiegelwelt, in der der Tod, als einzige Wirklichkeit, wie ein Mythos erschien, der es ihnen erlaubte, ohne Bedauern ihr Leben in der Verfolgung einer gerechten Rache zu vergeuden.

„Denkst du immer noch an diese ausgestorbenen Kelten und Angelsachsen?" sagt Scott lachend.

„Ausgestorben! Was ist mit den Irischamerikanern und den W.A.S.P.s.! Sag mal, hast du bei einer deiner Reisen nach Washington je Jack Kennedy getroffen?"

Wir unterhalten uns über die Kennedys, die genauso standesbewußt und patriarchalisch sind wie die besten keltischen Familien, darauf aus, ihre Rache zu nehmen an all den weißen angelsächsischen, protestantischen Aristokraten, die sie früher wie Dreck behandelt hatten; aber die ganze Zeit über denke ich, wie Scott seine angeborene Erinnerung an die Blutrache mit dem intellektuellen Putz der mittelalterlichen Legende krönt.

Denn Scotts heiliger Gral bedeutet Rache. Ich bin mir dessen jetzt sicher, genauso wie ich mir sicher bin, daß Scott seinem Vater die vor langer Zeit begangenen Untaten verziehen hat. Aber über mehr bin ich mir nicht sicher. Obwohl ich ungeheure Fortschritte gemacht habe, stehe ich immer noch vor einer Wand, weil ich beim besten Willen nicht herausfinden kann, was Scott plant. Was kann er tun? Kann er verrückt genug sein zu glauben, er könne die Bank an sich reißen, wo wir doch alle wissen, daß Cornelius den Hauch eines Verrats schon auf fünfzig Schritte spürt, daß er seinen Gegner ohne jedes Zögern vernichten würde? Das ergibt keinen Sinn. Aber wenn Scott nicht irgendeinen spektakulären Verrat plant, was plant er dann?

Ich weiß es nicht. Aber eines ist sicher. Ich muß es herausfinden. Wenn wir alle um hohe Einsätze spielen und Scott ein Pik-As im Ärmel hält, dann muß ich zu meinem eigenen Schutz herausfinden, was für Karten er hat. Scott könnte nicht nur eine Gefahr für Cornelius sein, sondern auch für mich.

Zum ersten Mal in meinem Leben sehe ich Scott nicht als einen Freund, sondern als einen Rivalen.

4. Juli 1958. Schon wieder so ein verfluchtes Familientreffen, aber diesmal nicht so groß. Andrew und Lori toben sich auf ihrer Luftwaffenbasis aus, und Rose, die in einem Mädcheninternat in der Nähe von Velletria Englisch unterrichtet, ist in Europa, um sich mit Elfrida über Bildungstheorien zu streiten. Tante Emily wäre beinahe zu Andrew und Lori gefahren, kommt aber dann statt dessen in die Fifth Avenue. Ich glaube, daß Mutter ihr signalisiert hat, daß sie sich um Vicky sorgt, und Tante Emily liebt es, verzweifelten Leuten zu helfen.

Vicky ist in Ordnung, nur gelangweilt von ihrer Schwangerschaft und davon, behandelt zu werden wie eine unersetzliche Vase aus der T'ang-Dynastie. Natürlich wird sie nervös, da sie nichts zu tun hat. Ich würde, weiß Gott, auch die Wand hochgehen, wenn ich dort leben müßte mit den vier Kindern, die alles ruinieren, was nicht niet- und nagelfest ist, und mit Cornelius und Mutter, die noch immer ihre heiße Liebesaffäre ausleben, wenn sie sich unbeobachtet fühlen. Ich bringe Vicky eine neue Übersetzung der Briefe des Cicero mit. Sie lassen Cicero so lebendig erscheinen, daß man erwartet, ihn fidel und munter im Knickerbocker-Club herumlaufen zu sehen. Es ist unmöglich, nicht zu glauben, daß er irgendwo eine Pressekonferenz abhält und sich über eine neue Kette von moralisch unerträglichen Wall-Street-Tricks aufregt. Ich mag die Stelle, in der er sagt, er fürchtet Cäsar, wie er die glänzende Oberfläche des Meeres fürchtet. Ja, Cäsar war tief. Cäsar hielt die Karten stets dicht an den Körper.

Wie Scott.

Meine Lieblingsbeschäftigung ist es im Augenblick, mich in Scotts Rolle zu versetzen und mir zu überlegen, was ich tun würde, wenn ich meinen Vater rächen wollte. Das naheliegendste Ziel würde sein, die Kontrolle über die Bank zu erhalten und den Namen der Bank vielleicht von Van Zale zu Sullivan zu ändern, um einen Schlußstrich unter Cornelius' Herrschaft zu ziehen und Steve ein Denkmal zu setzen. Das würde Steve sauber rächen und seine verheerende Vergangenheit neu schreiben. Oder, wie T. S. Eliot gesagt haben könnte, es stellt sicher, daß das, was hätte sein können, nun eine Realität annimmt, die gleich dem ist, was wirklich existiert. Unter diesen Voraussetzungen wüßte ich nicht, wie ich mich darin irren sollte, daß Scott an die Stelle von Cornelius treten will. Die Theorie ist unwiderstehlich. Das einzige Problem ist, daß sie nicht standhält.

Scott kann die Bank nicht bekommen. Er könnte sie irgendwie an sich reißen, wenn sie eine Aktiengesellschaft wäre, die von einer Oligarchie geleitet wird, aber das ist sie nicht. Es ist eine Diktatur des Cornelius, und Scott kann ihm unmöglich die Mehrheit abnehmen.

Damit sind wir wieder am Ausgangspunkt, mit dem Wissen, daß, wenn man schon Cornelius nicht zwingen kann, die Bank aufzugeben, er sie dann freiwillig aufgeben müßte. Aber wenn eines gewiß ist auf dieser Welt, dann die Tatsache, daß er sein Lebenswerk niemals dem Sohn Steve Sullivans überlassen wird.

Ich lehne mich mit einem Seufzer der Erleichterung zurück; aber merkwürdigerweise fühle ich mich überhaupt nicht erleichtert. Und nach einer Weile fühle ich mich noch nervöser als je zuvor. Ist Cornelius psychologisch dazu in der Lage, Steves Sohn die Bank auf einem Tablett zu überreichen? Gewiß nicht! Wie ist das mit den Enkeln? Aber die sind noch sehr jung, und vielleicht wird nichts aus ihnen. Dennoch, Cornelius wird sicher versuchen, so lange zu leben, bis Eric achtzehn ist . . . Aber wird er es schaffen? Vielleicht läßt ihn seine Gesundheit letztlich im Stich. Wenn wir schon bei dem Thema des Überlebens sind, warum diese unglaublich sentimentale Rede, die er neulich an seinem fünfzigsten Geburtstag hielt, und in der er sagte, es gäbe wichtigere Dinge im Leben, als Macht auszuüben und Geld zu verdienen? Er sagte sogar, er denke daran, sich früh zurückzuziehen, um mit Mutter in Arizona zu leben! Die ganze Rede war so lächerlich, daß ich sie nicht ernstgenommen habe, aber das hätte ich vielleicht doch tun sollen. Vielleicht war es ein Fehler, einfach nur dazusitzen und meine Heiterkeit angesichts des Gedankens zu bekämpfen, wie Cornelius als Heiliger in die Wüste wandert, um die Übel des Materialismus zu überdenken.

Ich denke ernst darüber nach. Wenn sich Cornelius früh zur Ruhe setzt – oder tot umfällt – solange die Enkel noch nicht volljährig sind, dann sollte die Bank entweder an mich fallen, seinen frommen, pflichtbewußten, langleidenden, verdammt effizienten Stiefsohn mit dem wahren Finanzhirn (die nächstliegende Wahl), oder an Scott, den einzigen anderen Typ in der Bank, der so gut ist wie ich. Aber sie wird nicht an Scott fallen, weil er der Sohn seines Vaters ist. Und denke ich denn wirklich, daß Cornelius alle diese unseligen Bemerkungen über einen neuen Anfang wirklich ernstgemeint hat? Nein, das tue ich nicht. Er war wahrscheinlich noch etwas aus der Bahn geworfen von Sams Tod und hatte sich gerade neu in Mutter verliebt und war so zeitweilig nicht verantwortlich für sein Handeln, als er die Rede hielt. Die Leute mögen sich entwickeln im Laufe der Jahre, aber sie ändern sich nicht grundsätzlich. Die Bekehrung zu einem sogenannten „neuen Leben" von einem Tag zum anderen muß man mit extremer Skepsis betrachten. Vielleicht glaubt Cornelius sogar, er würde glücklich, wenn er seine mächtige Position aufgibt und in der Faulheit eines Lebens in Arizona versinkt, aber da macht er sich selbst etwas vor. Gerade dieser Leopard wird seine Zeichnung nie ändern.

Dennoch muß Scott darauf hoffen, daß Cornelius bald aufhört. Denn er weiß, daß er keine Hoffnung auf die Bank hat, sobald die Enkel erwachsen sind.

Vielleicht hat Scott Cornelius bearbeitet, ihn davon überzeugt, vorzeitig in den Ruhestand zu treten. Es ist schwer, sich vorzustellen, daß Cornelius jemals ungebührlich beeinflußt worden ist, aber wenn er unter einer mittelalterlichen Gehirnerweichung leidet, dann ist alles denkbar. Gott allein weiß, was bei diesen spätabendlichen Schachspielen passiert. Scott sagt, sie unterhalten sich über die Ewigkeit. Mein Gott, jeder Mensch, der Cornelius an der Ewigkeit interessieren kann, verdient fast die Bank. Ich muß genauer herausfinden, was gespielt wird. Ich werde mich weiter mit Scott in der Hoffnung unterhalten, daß er sich wieder verspricht und in einem unbedachten Moment einen weiteren intellektuellen Hinweis fallen läßt.

„Redet ihr immer noch über die Ewigkeit bei euren nächtlichen Schachsitzungen?“ sage ich zu Scott gegen Ende Juli. Wir sind gerade mit einem Tennisspiel auf dem Platz bei Cornelius' Sommerhaus in Maine fertig und trinken im Schatten der Veranda Coca-Cola. Als ich die Frage gestellt habe, weiß ich, daß es ein Fehler war, viel zu direkt, viel zu offensichtlich. Scott wird den Andeutungen mit der Grandezza eines erfahrenen Matadors ausweichen.

„Oh, wir sind über die theologischen Spekulationen hinausgekommen“, sagt Scott und öffnet eine andere Cola-Flasche. „Wir beschäftigen uns nun mit Philosophie.“

„Philosophie? Cornelius? Mein Gott, Scott, was für ein Wunder. Ich weiß nicht, wie du das schaffst!“

„Es ist kein Wunder. Warum sollte Cornelius jetzt, wo er auf das Alter zugeht, nicht einmal mit ernsthaftem Denken beginnen? Wäre es nicht viel weniger störend, wenn er einmal, statt einen Satz mit: ‚Ich betrachte es als meine moralische Verpflichtung . . .‘, zu beginnen, sagen würde: ‚Ich glaube, es würde mehr in Übereinstimmung mit Platos Theorie des absoluten Guten sein, wenn ich dieses, jenes oder etwas anderes täte . . .‘?“

„Oh, mein Gott! Du verkaufst ihm Plato, Scott? Und was hält Cornelius von Plato?“

„Er gefiel ihm am Anfang sehr gut. Aber dann fand er heraus, daß Plato homosexuell war und verlor das Interesse.“

Wir lachen von Herzen miteinander. Wie vorausgesehen hat der Matador sein Tuch mit einer nachlässigen Geste geschwungen und ist dem schnellen Angriff des Stiers leicht ausgewichen. Ich warte ein wenig, bevor ich den zweiten Angriff starte.

„Ich glaube allerdings“, sagt Scott, „daß Cornelius mehr auf der Linie von Descartes liegt. Ich habe das Gefühl, daß er alles bezweifelt, mit neuen Theorien experimentiert und alle seine alten Werte überprüft. Sein fünfzigster Geburtstag hat offenbar einen tiefen Eindruck auf ihn gemacht.“

„Wahrscheinlich Sams Tod.“

„Vielleicht. Die beiden Dinge zusammengenommen haben ihn sicher erschüttert.“

„Wie lange wird das vorhalten?“

Scott betrachtet traumverloren den Himmel. „Wer weiß? Es kann sein, daß sein Horizont sich auf die Dauer geweitet hat. Ich habe immer geglaubt, daß du Cornelius unterschätzt, Sebastian – nein, nicht in der Bank. In seinem Privatleben. Wenn du sein despotisches Gehabe wegläßt und Posieren als zäher Bursche, dann kann er sehr sensibel sein. Und er ist sehr einsam."

„Scott, du machst wohl Spaß! Er ist ein machtbesessener Egomane!"

„In der Bank ja. Aber vor einem Schachbrett um ein Uhr morgens ist er ein ganz anderer Mensch."

„Du mußt es ja wissen. Wenn ich regelmäßig Cornelius um ein Uhr morgens vor einem Schachbrett gegenübersitzen müßte, dann wäre ich in kürzester Zeit verrückt. Was wird nun also passieren, Scott?" (Ich kann einfach nicht vermeiden, direkte Fragen zu stellen, aber diese hier ist im Kontext unserer Unterhaltung eigentlich selbstverständlich.) „Wird Cornelius sich wirklich in den nächsten fünf Jahren zurückziehen und für immer nach Arizona gehen?"

„Ich glaube, nach einer Woche Arizona wäre er zu Tränen gelangweilt. Was sein Ausscheiden angeht, nun, wer weiß! Ich nicht. Ich höre mir einfach an, wie er darüber spekuliert."

Ich bin verblüfft von diesem offenbaren Mangel an Interesse, was Cornelius' Pläne angeht. Denn wenn Scott es jemals zu etwas bringen will, dann muß Cornelius bald aufhören.

„Ich dachte, du hast ihm Vorlesungen über Plato gehalten!"

„Nur, wenn man mich fragt!" Er lächelt faul, so kühl, so überlegen, so zuversichtlich. Es ist so, als wisse er, über alle Zweifel erhaben, daß er schließlich die Bank bekommen wird. Es ist so, als fühle er sich sicher, was auch immer geschieht. Ich bin ohne Bedeutung, die Enkel auch, der Rest der Partner ist bedeutungslos, weil Scott und Cornelius um die Bank schachspielen und Scott sich genau ausgerechnet hat, wie er Cornelius mattsetzen kann.

Dieses Mal hat der Matador nicht nur sein Tuch geschwenkt, sondern auch Staub in meine Augen gewirbelt. Ich kann überhaupt nichts sehen. Ich bin verblüfft und verwirrt.

„Na ja", sage ich, indem ich aufgebe und den Rückzug aus dem Ring vorbereite, „in fünfzig Jahren sind wir alle sowieso tot, was soll's also. Das erinnert mich an die Zeile von ‚East Coker' in den ‚Four Quartets', mein Gott, ich wünschte, ich könnte dich zu T. S. Eliot bekehren, Scott –"

„Ich habe mich kürzlich bekehrt. Ich kann mir jetzt gar nicht mehr vorstellen, warum ich ihn immer so unlesbar fand. Welche Zeile ‚East Coker?'"

„Die über den Tod. ‚O Dunkel, Dunkel, Dunkel. Sie alle gehen ins Dunkel, die leeren Räume zwischen den Sternen, die Leere ins Leere, die Kapitäne –'"

„– Bankkaufleute!" sagt er zugleich mit mir, und wir beide brechen lachend ab. Eliot war auch einmal ein Banker.

„Tja, so ist das Leben!" kommentiere ich phlegmatisch. „Selbst Cornelius muß eines Tages ins Dunkle gehen."

„Ja, ich glaube, er hat schließlich herausbekommen, wie er am besten mit seinem harten Gott aus dem Mittelwesten zurechtkommt, wenn er das Ende des Lebens erreicht haben wird."

Das ist es. Ich weiß, daß es das ist. Ich weiß nicht genau, was „es" ist, aber das werde ich später klarkriegen. Jetzt rede weiter, verhalte dich natürlich, und laß ihn nicht erkennen, daß du es weißt.

„Oh, er wird den lieben Gott schon aufs Kreuz legen, kein Problem", sage ich leichtfertig, „und dann wird er direkt auf dem Weg der Freude aufsteigen zu der großen Bank, die im Himmel wartet."

Scott brüllt vor Lachen und gießt Coca-Cola über sein Tennishemd. „Nun schau, was du gemacht hast, Sebastian!"

„Ich?"

„Ja, du! Niemand außer dir kann mich so zum Lachen bringen!"

Eine schöne Unterhaltung zwischen zwei alten Freunden. Eine komplizierte Unterhaltung zwischen zwei neuen Rivalen, die als sehr ernsthafte Feinde enden könnten. Ich warte, bis er geht, sein Hemd zu wechseln, dann bleibe ich auf der Veranda sitzen und denke und denke und denke.

Ich stelle mir vor, daß Cornelius nunmehr angefangen hat, über seinen eigenen Tod nachzudenken, schließlich Schuldgefühle hinsichtlich seiner Vergangenheit entwickelt. Kann jemand, der so amoralisch ist wie Cornelius, überhaupt Schuld empfinden? Ja. Es spielt keine Rolle, ob er amoralisch oder unmoralisch ist. Die schlichte Tatsache ist, daß er dank seiner strengen religiösen Erziehung nun von Schuldgefühlen geschüttelt wird. Sehr häufig sind es gerade die Leute, die so tun, als kennten sie nicht einmal das Wort „Schuld", die ganz besonders unter Schuldgefühlen leiden. Ihre Schuld ist so enorm, daß sie nicht einmal deren Existenz zugeben können.

Ich gehe jede Wette ein, daß Cornelius versucht ist, Scott die Bank zu geben, um seine Schuldgefühle wegen Steve zu besänftigen. Er könnte das als den einzigen Weg sehen, seinen Gott aus dem Mittelwesten zu befriedigen, den einzigen Weg, wie er dem Dunkel am Ende des Weges begegnen kann.

Scott hat selbstverständlich seit Jahren daran gearbeitet, diese Geistesverfassung zu erzeugen. Er war engagiert, diszipliniert, fanatisch. Er ist auf Gerechtigkeit aus – „natürliche Gerechtigkeit", wie er es nennen würde, dabei eine Kraft unterstellend, die von Gott unter Umständen kontrolliert werden kann oder aber auch nicht. Aber wird es ihm gelingen, diese seine Gerechtigkeit zu erhalten? Ich frage mich. Verschiedene Dinge könnten passieren, die seine Pläne durchkreuzen. Zum Beispiel könnte Cornelius seine Schuld unter Kontrolle bekommen und sein Interesse an Scott verlieren. Cornelius könnte auch nur einfach der Versuchung widerstehen, sich zurückzuziehen und sehr lange leben, länger als Scott, der nur elf Jahre jünger ist als er.

Was wird Scott tun, wenn die natürliche Gerechtigkeit sich nicht so verhält, wie sie es seiner Meinung nach tun soll? Und außerdem, was ist in dieser Situation natürliche Gerechtigkeit? Bedeutet es nur, daß Scott mir die Bank vor der Nase wegschnappt? Sicherlich nicht.

Natürliche Gerechtigkeit kann sehr wohl existieren. Gott kann auch sehr wohl existieren. Ich weiß es nicht. Ich bin intellektuell nicht so arrogant, zu denken, ich wisse alle Antworten. Aber eines weiß ich. Wenn es einen Gott gibt, dann glaube ich fest, daß er denen hilft, die sich selbst helfen.

Und ich bin entschlossen, mir selbst zu helfen. Und auch Scott wird an sich denken, wenn die Sache rauher wird. Unheimlich ist nur, daß er auch gewinnen könnte. Vor langer, langer Zeit hat Scott Cornelius in einen emotionalen Schraubstock geklemmt, das ist offenkundig, und eines Tages, wenn Cornelius alt ist und müde und verletzbar, dann wird Scott die Schrauben anziehen.

Am nächsten Tag spielen Scott und ich wieder Tennis, und er gewinnt. Das scheint ein schlechtes Vorzeichen zu sein, und als wir später im Schatten der Veranda Cola trinken, bin ich stiller als gewöhnlich.

Was mache ich mit Scott? Wenn ich Cornelius beweisen kann, wie gefährlich Scott ist, dann wäre ich meinen Rivalen augenblicklich los, aber ich weiß nicht, wie ich jemals konkrete Beweise dafür erhalten kann, was in Scotts Kopf vor sich geht. Außerdem kann ich mir nicht denken, daß Cornelius mit seinem enormen Überlebenstalent keine Ahnung von den langfristigen Absichten Scotts hat. Hat Cornelius nicht gespürt, daß er wie ein Meerschweinchen im Laboratorium ist, das von einem besessenen Wissenschaftler beobachtet wird? Scott muß ihn irgendwie neutralisiert haben, aber wie er das geschafft hat, weiß ich nicht. Es ist nicht die Art von Cornelius, vor jemandem die Augen zu schließen, der ihm gefährlich werden könnte. Sobald jemand auch nur potentiell gefährlich wird, fliegt er. Warum hat Cornelius Scott nicht hinausgeworfen? Warum stellt er sich in dieser Richtung blind?

Ich versuche herauszufinden, was in Cornelius vor sich geht. Vielleicht ist es nicht eine Frage der Blindheit, sondern eine Frage der verzerrten Sicht eines Autokraten. Cornelius ist für so lange Zeit allmächtig gewesen, daß er sich vielleicht eine Situation gar nicht vorstellen kann, in der Scott ihm ernstliche Schwierigkeiten macht.

Ich kann das schon.

Man stelle sich vor, daß Scott des Wartens überdrüssig wird und beschließt, der natürlichen Gerechtigkeit ein wenig nachzuhelfen. Man stelle sich vor, Cornelius wird krank, wirklich krank, so krank, daß er den größten Teil seiner Macht delegieren muß, daß er nur noch da unterschreibt, wo Scott es ihm sagt. Man stelle sich vor, Scott trifft ein heimliches Abkommen mit den anderen Partnern, die alle daran interessiert sind, Cornelius' Autokratie anzukratzen, man stelle sich vor, er zwingt Cornelius auf diese Weise, die Bank in eine Gesellschaft umzuwandeln. Scott würde der Präsident der neuen Körperschaft, ganz selbstverständlich, und der von Krankheit geschwächte Cornelius würde die Treppe hinaufgeschossen als Aufsichtsratsvorsitzender. Das könnte nicht passieren, wenn Cornelius – wie ich ursprünglich angenommen habe – Scott gegenüber Vorurteile hätte, weil er der Sohn von Steve ist. Aber es könnte passieren, wenn – wie ich es jetzt sehe – Cornelius im Dunkel der Vergangenheit Steve aus den Augen verloren und es fertiggebracht hat, aus einem mir unverständlichen Grund sich selbst davon zu überzeugen, daß Scott ihm nie gefährlich werden kann.

Ich wäge meine Möglichkeiten ab. Ich kann den Mund halten. Oder ich könnte Cornelius in den fürchterlichsten Einzelheiten ausmalen, was passiert, wenn Scott sich entschließt, der natürlichen Gerechtigkeit ein wenig nachzuhelfen.

Würde Cornelius auf mich hören? Nein, das würde er nicht. Wenn er davon überzeugt ist, daß Scott nur ein kriecherischer Hofnarr und nicht der feindliche Joker ist, dann wird er über meine Beschreibung des Weltunterganges nur lachen.

Nein – bei weiterem Nachdenken; er wird nicht lachen. Er wird wütend werden. Er wird denken, dieser saure, alte Sebastian, er ist neidisch auf Scott und erfindet diese ungeheuerlichen, paranoiden und unbewiesenen Theorien. Sebastian, mein Kreuz, meine Last, mein ständiger Ärger. Zum Teufel mit Sebastian, wird Cornelius zu sich selbst sagen, und sich enger als je an Scott anschließen.

Ich muß mich abwartend verhalten. Es gibt keine Alternative, nur wachsam bleiben und zuhören und hoffen, daß ich irgendwo mit der Zeit den Beweis finde, den ich brauche.

„Mein Gott, ist das heiß, nicht wahr?“ sagt Scott.

„Ja.“

„Aber die Seeluft ist angenehm.“

„Uh-huh.“

Nichts passiert, nur ein Wechsel von Worten, und das ist schlimm. Und ich muß die Kommunikation erhalten, damit er nicht nervös wird.

Scott beschleicht Cornelius. Und ich beschleiche Scott.

Gespenstisch.

11. August 1958. Vicky hat das Kind bekommen. Wieder ein Junge, der mir später einmal das Leben in der Bank schwermachen kann. Ich lächle höflich und sage: „Das ist aber schön.“

Vicky will sich nicht fest für einen Namen entscheiden und spricht von dem Baby immer nur von dem Postumus. Außer mir weiß niemand warum. Als wir vor zwei Wochen in Bar Harbor über Ciceros Briefe sprachen, sagte ich zu Vicky, wie vernünftig die Römer bei der Namensgebung ihrer Kinder gewesen seien. Es gab nur etwa ein Dutzend Namen zur Auswahl, wenn das Kind ein Junge war, und bei einem Mädchen brauchte man sich überhaupt nicht zu entscheiden. Es wurde automatisch nach der weiblichen Form des väterlichen Namens genannt, es sei denn, man wollte es von den Schwestern dadurch unterscheiden, daß man ein Etikett wie „Tertia" verpaßte. Ein männlicher Säugling, der erst nach dem Tod seines Vaters geboren wurde, erhielt häufig einfach nur den Namen seines Vaters mit der zusätzlichen Beschreibung „Postumus". Moderne Eltern, die tagelang über Namenslisten stöhnen, könnten schon neidisch auf die Römer werden wegen ihres immensen Mangels an kreativer Vorstellungskraft.

„Der kleine Postumus-Keller", sagt Vicky klaräugig und denkt nicht an Sam, denkt an überhaupt nichts außer an die Qual, die Geburt dieses Babys zu überleben und endgültig aus dem langen Schatten ihrer Ehe herauszutreten. „Armer kleiner Postumus."

Fünf Tage nach der Geburt ruft sie mich in der Bank an. „Sebastian, kannst du heute abend während der Besuchszeit herkommen, und wenn ich anfange zu schreien, würdest du dann bitte jeden rausschmeißen?"

„Aber gerne."

Man kann in diesem Krankenhaus eigentlich zu jeder Zeit Besuche machen, aber Vicky hat ihren Arzt gebeten, die Besuchszeiten für sie zu beschränken. Besucher sind anstrengend, besonders wenn es sich bei diesen Besuchern um Mutter und Cornelius handelt, die sich immer noch wie ein Paar in den Flitterwochen benehmen.

Vicky hält mit ein paar alten Freunden Hof, als ich hinkomme. Deshalb hänge ich am Fenster herum und sehe dem Eistreiben auf dem East River zu. Dann erscheinen Cornelius und Mutter mit den Kindern plus Hauptkinderschwester, worauf die Freunde einen taktvollen Rückzug inszenieren.

Eric und Paul versuchen wie gewöhnlich, einander umzubringen, und werfen dabei eine Schale mit Obst um.

„Bringen Sie sie hinaus, bitte", sagt Mutter knapp zu der Schwester.

„Vicky, ich hatte ihnen eingeschärft, daß sie sich benehmen müßten, wenn sie mitkommen wollen."

„Ja, Alicia", sagt Vicky automatisch.

Klein-Samantha hüpft auf und nieder und piepst: „Mommy, kann ich Postumus sehen?"

Jeder lacht, weil sie so putzig ist.

„Das Baby heißt nicht wirklich Postumus, Darling!" sagt Vicky. Sie mag Samantha besonders.

„Nun, wie wird er denn heißen, Liebling?" sagt Cornelius. „Du weißt, daß mein Vater einen guten, amerikanischen Namen hatte. Ich meine nicht meinen Stiefvater Wade Blackett, der mich großgezogen hat, sondern meinen wirklichen Vater, der starb, als ich vier war. Warum nennst du den Jungen nicht –"

„Nein", sagt Vicky mit Nachdruck, „du wirst den Namen nicht aussuchen. Ich habe jahrelang still zugesehen, während du und Sam entschieden, wie meine Kinder genannt werden, aber ich mache da nicht mehr länger mit. Dieses ist mein Baby, niemand wird ihm einen Namen geben außer mir. Postumus wird Benjamin genannt werden."

„Benjamin?" klingt der entsetzte Chor der Großeltern.

„Aber das ist doch jüdisch?" sagt Mutter, wie vorauszusehen war.

„Es wäre mir auch egal, wenn es chinesisch ist!" antwortet Vicky. „Es wäre mir auch egal, wenn der Name vom Mars stammt! Es ist der Name, der mir am besten gefällt. Sebastian versteht das, nicht wahr, Sebastian? Du würdest dir doch auch von Jake und Amy nicht vorschreiben lassen, wie du Alfred nennen sollst."

„Richtig", sage ich. „Du nennst Postumus Benjamin. Eine gute Wahl."

Cornelius und Mutter drehen sich zu mir um. Man sieht, wie sie erkennen, daß irgendeine Art von Wechsel in der Familienstruktur stattgefunden hat. Dies ist das erstemal, daß Vicky und ich uns gemeinsam gegen sie gestellt haben.

„Nun, Sebastian", sagt Mutter pikiert, „ich begreife nicht, was du damit zu tun hast."

„Es geht dich und Cornelius auch nichts an, Mutter. Dies ist Vickys Entscheidung, und keiner hat das Recht, sie ihr wegzunehmen." Mutter und Cornelius sehen verblüfft aus. Ich halte Wache an Vickys Bett wie ein Pfeiler von Stonehenge. Vicky klingelt.

„Oh, Schwester, würden Sie bitte das Baby hereinbringen?" sagt sie, noch ein wenig atemlos nach ihrem triumphalen Sieg.

Es ist der erste unabhängige Schritt, den Vicky je als Erwachsene getan hat. Es ist ein großer Schritt nach vorne, und mit ihm wird sie endlich zur Entdeckung ihrer selbst aufbrechen.

Aus einem Impuls heraus küsse ich sie auf die Wange, um ihr zu zeigen, daß ich ganz hinter ihr stehe.

Sie sieht ein wenig entsetzt aus, lächelt aber, und als ich zu unseren Eltern hinüberschaue, stehen sie mit großen, überraschten Augen da.

Vicky und Sebastian. Sebastian und Vicky. Sollten sie – sollten sie vielleicht –

Ich kann es Mutter fast ansehen, wie die Gedanken in ihrem Kopf rasen, ungefähr wie eine Hundemeute hinter einem elektrischen Hasen.

Cornelius ist erstarrt vor Faszination.

„Hier ist Postumus, Mrs. Keller", sagt die Schwester, als sie das Bündel bringt.

Es ist erstaunlich, wie diese alte römische Hundemarke sich einbürgert. Wir könnten es plötzlich sehr schwierig finden, ihn Benjamin zu nennen.

28. August. Vickys Mutter kommt unerwartet aus England, wo sie nun lebt, und möchte ihren neuen Enkel sehen. Vicky ruft mich hysterisch an und sagt, sie könne sie nicht empfangen. Sam habe sie gezwungen, zu ihrer Mutter freundlich zu sein, aber sie könne sich nicht länger verstellen, ihre Mutter mache sie krank, ihre Mutter sei eine Hexe, eine Hure und das personifizierte Böse.

„Okay", sage ich lakonisch und habe die Vorstellung von einer zeitgenössischen Version von Grendels Mutter im „Beowulf". „Ich kümmere mich um sie."

Vickys Mutter heißt Vivienne Diaconi, und sie ist in einem Hotel abgestiegen, das so aussieht, als gehöre es in die Bowery. Es ist sechs Uhr, und ich habe mich mit Vivienne in der Empfangshalle verabredet.

Ich schaue mich nach Grendels Mutter um und erblicke eine propere, kleine alte Dame, gefärbt, manikürt und herausgeputzt. Ich stelle auch fest, daß sie eine kleine, flüsternde Stimme hat und einen aufregenden Gang, den auch Beowulf nicht hätte übersehen können.

„Hallo“, sage ich. „Ich bin Sebastian Foxworth.“

„Hallo, hallo!“ Sie schaut mich von oben bis unten an, als wäre ich das attraktivste Wesen, das sie in einem Monat voller Sonntage gesehen hat, und ich fange an, mich zu fragen, wer hier spinnt: ich, Vicky, Vivienne oder Cornelius. Die einzige Straftat, die diese kleine alte Dame begehen könnte, ist die Verführung Minderjähriger.

„Wollen wir irgendwo etwas trinken?“ biete ich ihr höflich an.

„Darling, das wäre eine nette Idee! Ich würde unheimlich gerne Champagner im Plaza trinken.“

Warum nicht. Ich mag kleine, alte Damen, die wissen, was sie wollen. Wir nehmen ein Taxi zum Plaza, setzen uns in den Palmengarten, und ich bestelle eine Flasche Champagner. Derweil redet sie unablässig davon, wie bösartig Cornelius ist, Vicky so zu verunsichern, daß sie sich beim Anblick ihrer eigenen Mutter aufregen muß.

„Ja“, sage ich in einer Pause, in der sie ihren Champagner trinkt. „Na ja. Nun, das gehört der Vergangenheit an. Was ist mit der Zukunft? Sie sind nicht nach New York gekommen, nur um sich bei mir über Cornelius zu beschweren. Ich kann die Schwester bitten, alle Kinder, einschließlich Benjamin, zu Ihnen zu bringen, denke aber doch, es wäre einfacher, wenn Sie nicht in diesem Hotel wohnen würden.“

Sie hält das für kein Problem. Das Plaza paßt ihr sehr gut, vielen Dank, und könnte ihre Suite bitte schön auf den Park hinausgehen.

„Selbstverständlich“, sage ich. „Ich werde das organisieren, bevor ich gehe.“

Sie sagt, ich sei nett. Ich schaue sie ernst an, aber es hat keinen Sinn, weil ich mein Gesicht nicht in der Kontrolle habe, und als ich lache, lacht auch sie.

Ich habe Freundschaft mit Grendels Mutter geschlossen.

„Ich nehme an, daß Sie für immer nach New York zurückkommen wollen, um in der Nähe Ihrer Enkel zu sein“, sage ich, während wir den Champagner trinken; aber unter der Maske des Make-up verhärtet sich das kleine Gesicht. „Ich möchte meine Tochter nicht weiter aufregen“, sagt sie. „Ich bin von Florida nach New York gezogen und von New York nach England, um in ihrer Nähe zu sein, aber es hat nie funktioniert. Ich kann ihr nicht weiter nachfahren und sie aufregen. Ich kann jetzt nur warten in der Hoffnung, daß sie sich eines Tages ändern wird. Ich habe das ganz starke Gefühl, daß, wenn sie nur von dem Einfluß Cornelius' wegkommen würde –"

„Können Sie mir sagen, was eigentlich mit Vicky los ist, ohne das Wort ‚Cornelius' zu erwähnen?" unterbreche ich sie.

Aber das kann sie nicht. Cornelius ist ein Teil ihres eigenen Mythos. Sie braucht einen Sündenbock für die Tatsache, daß sie nach einem Leben in Glanz jetzt nur eine kleine, alte Dame ist, die dem Alter alleine gegenübersteht. Es ist leichter, ihm die Schuld zuzuschieben als sich selber.

Sie sagt, Cornelius habe absichtlich alles in seiner Macht Stehende getan, um Vicky gegen sie einzunehmen. Sie sagt, sie und Vicky seien früher hervorragend miteinander ausgekommen. Sie gibt zu, daß sie in eine blöde Situation mit Danny Diaconi hineingerutscht sei, aber schließlich habe sie alles durch die Heirat wiedergutgemacht. Außerdem, Danny sei sehr lieb gewesen. Sehr häuslich. Sie, Vicky und Danny seien alle sehr glücklich gewesen, bevor Cornelius ihr friedliches Heim zerstört habe.

Ich frage mich, wie ich sie von diesem Cornelius-der-Erzschuft-Gerede wegbringen kann, aber da sie nicht dumm ist, hat sie schon gemerkt, wie gelangweilt ich von ihrer einseitigen Sicht der Vergangenheit bin und sagt deshalb: „Um zur Gegenwart zurückzukommen –"

„Oh, ja."

„Sie sprechen von Vicky in so einer besonderen Art. Würden Sie vielleicht, könnten Sie –"

„Ja, ich liebe sie."

„Darling, wie wunderbar!"

Ich biete ihr eine Zigarette an, und sie lehnt sich stilvoll nach vorne. Vor über dreißig Jahren muß sie eine regelrechte Sensation gewesen sein. Kein Wunder, daß Cornelius derart von ihr angetan war, erst sehr viel später zu merken, daß er nur wegen seines Geldes geheiratet worden war.

„Und liebt Vicky Sie", fragt sie begierig.

„Ich bemühe mich darum."

Vivienne klappert mit den Wimpern und sagt, eines Tages hätte sie mich sehr gerne zum Schwiegersohn.

Ich sage ihr nicht, daß Vicky und ich nie heiraten werden und versuche nicht, ihr meine Vorstellung einer Liaison zu erklären. Statt dessen bringe ich sie in der teuersten Suite unter, bestelle sechs Flaschen Champagner, um sie bei Laune zu halten, und teile ihr mit, daß ich froh sei, sie nun in der richtigen Umgebung zu wissen, weil ihre Erscheinung nur in einer Plaza-Suite mit Champagner-Flaschen angemessen zur Geltung komme. Ihre Augen werden feucht. Sie sagt, sie schätzt starke, ruhige Männer mit Herzen aus Gold.

Ich fahre mit dem Lift hinunter zum Empfang und sage dem Kassierer, er solle die Rechnung an Cornelius schicken.

Vivienne bleibt zwei Wochen und sieht die Enkel täglich. Sie bittet mich, ihr hundert Dollar zu leihen, um Ausgaben wie Trinkgelder zu decken, und ich gebe ihr zweihundert und sage, Rückzahlung sei nicht nötig. Dann buche ich ihr eine 1.-Klasse-Kabine auf der „Queen Mary" und sorge dafür, daß Champagner bereitsteht, sobald sie an Bord kommt. Vicky hat zweimal die Kraft aufgebracht, ihrer Mutter zu begegnen und macht jetzt eine noch größere Kraftanstrengung, indem sie mit den Kindern zum Hafen fährt.

Später reden wir über Vivienne. Wir sagen nicht viel, weil Vicky über ihre Mutter nicht vernünftig reden kann. Sie sollte aber versuchen, mit irgend jemandem über sie zu sprechen. Wenn die Beziehung zwischen einem Elternteil und einem Kind völlig schiefläuft, dann sollte das Problem ab und zu einmal angesprochen werden, statt es unter den Teppich des Unterbewußten zu kehren, wo es gemütlich vor sich hinschwärt. Ich fühle mich an unsere katastrophale Romeo-und-Julia-Szene in Bar Harbor erinnert. Das schlimmste, was wir überhaupt tun konnten, war, Cornelius zu versprechen, daß wir auf den Zwischenfall nie wieder zu sprechen kommen würden.

Inzwischen bin ich natürlich völlig verwirrt über diese nicht existierende Beziehung zwischen Vicky und ihrer Mutter. Offenbar liegt Vivienne an ihrer Tochter. Ebenso offenbar ist sie früher eine Femme fatale gewesen, aber das bedeutet ja noch nicht automatisch, daß sie unfähig war, eine gute Mutter zu sein.

Ich begreife, daß es wahrscheinlich töricht von ihr war, sich mit einem Mitglied der Diaconi-Familie einzulassen, die im Westen massenweise Gangster produzieren; aber schließlich hat sie die Diaconis nicht im Zusammenhang mit Verbrechen kennengelernt. Sie traf Danny durch ihren Vetter Greg Da Costa, der für Dannys Vater in einem legalen Hotelgeschäft in California arbeitete. Warum also redet Vicky von ihrer Mutter als einer Königin des Verbrechens, von einer Verdorbenen, die man sich weit vom Leibe halten muß? Das ergibt alles keinen Sinn.

„Deine Mutter meint es gut", sage ich vage, benutze eine leere Phrase, um die Spannung zu mildern, die in diesem Thema liegt.

„Vielleicht. Aber es lehnt sich immer noch alles in mir gegen sie auf."

„Warum? Es ist doch nicht viel los mit ihr, nur eine kleine, alte Dame mit einer Menge Schwung. Ich finde sie ganz in Ordnung!"

Vicky schüttelt sich, sagt aber nichts.

„Was ist wirklich passiert, Vicky, damals, als dein Vater das Sorgerecht für dich bekam? Hat Danny sich irgendwie an dich herangemacht und deine Mutter dich dann aus lauter Wut zu Cornelius geschickt?"

„Sebastian!" Sie ist echt angewidert von meiner Phantasie. Offenbar bin ich hier weit vom Ziel entfernt. „Natürlich nicht! Wie kannst du nur so etwas sagen! Mein Gott, ich war erst zehn Jahre alt!"

„Manche Männer mögen kleine Mädchen. Lies Nabokov."

„Nun, Danny war kein Humbert. Und ich war keine Lolita."

„Dann verstehe ich überhaupt nichts mehr", sage ich offen. „In diesem Puzzlespiel fehlt irgendwo ein Stück. Mochtest du Danny?"

„Am Anfang ja, später dann nicht mehr, als er Krach mit Daddy bekam. Er war süß. Er war viele Jahre jünger als Mutter und sah ein wenig wie Elvis Presley aus. Irgendwie mag ich Elvis", fügt sie hinzu, „obwohl ich nicht weiß warum."

Ich weiß es. Elvis bedeutet keine Gefahr. Er ist auf die Filmleinwand beschränkt, und Vicky kann sich an seiner Sexualität erfreuen, ohne sich durch sie bedroht zu fühlen. Ich bin jetzt hundertprozentig überzeugt, daß ihre Ehe mit Sam in einer sexuellen Katastrophe endete. Ich wünsche mir so sehr, die Tür von Vickys Psyche aufschließen und alle diese verwirrten

Gefühle herauslassen zu können. Wie hat er ihr die Angst vor dem Sex beigebracht? Nein, kleinen Moment mal, vielleicht ziehe ich hier voreilige Schlüsse. Ich habe inzwischen begriffen, daß der Gedanke an Sex ihr widerwärtig ist; aber Sex nicht mögen und Angst davor haben ist nicht unbedingt das gleiche. Das Verrückte daran ist, daß, obgleich sie Sex widerlich findet, sie doch noch genügend Interesse daran hat, um eine heimliche Zuneigung für Elvis zu empfinden. Sie ist also kein hoffnungsloser Fall. Wenn sie wirklich meinte, Sex sei ein Hobby des Teufels, dann würde sie darauf bestehen, Elvis wegen seines Sexappeal auf dem Capitol zu kreuzigen.

Wenn ich jemals mit Vicky weiterkommen will, dann muß ich dieses Knäuel entwirren. Denken, denken, denken.

Offenbar stand Vicky anfangs bei dem Gedanken an Sex Todesängste aus. Unsere Romeo-und-Julia-Szene in Bar Harbor bewies das, und im Lichte meiner neueren Erkenntnisse glaube ich jetzt, daß sie während ihrer ganzen Jugend befürchtete, so wie ihre Mutter zu werden. Das würde erklären, warum sie früh heiratete, warum sie jungfräulich in die Ehe ging, warum es nie den geringsten Zweifel daran gab, daß sie Sam hundertprozentig treu war. Mädchen, die aussehen wie Vicky, haben massenhaft Gelegenheiten, aber Vicky schien zuviel Angst zu haben, auch nur eine zu nutzen. Als sie mich in Bar Harbor mit heruntergelassenen Hosen vorfand, wurde sie nicht etwa hysterisch durch den Anblick meines unattraktiven jugendlichen Körpers, sondern im Gegenteil deshalb, weil sie die Erfahrung aufregend fand und fürchtete, eine jüngere Version ihrer Mutter, der Menschenfresserin, zu werden.

Ja, dies ist eine anziehende Theorie zur Erklärung der frühen Vicky, aber sie erklärt nicht die heutige Vicky, die nun weit weg ist von Bar Harbor, Jungfräulichkeit und mädchenhafter Angst vor dem Sex. Ich nehme an, sie hat die Furcht vor ihrer Sexualität überwunden, indem sie ihre sexuellen Wünsche in der Ehe kanalisiert hat. Zu dem Zeitpunkt war für Vicky die Ehe die einzige Antwort. Im Gedanken an ihre Mutter mußte sie sich gedacht haben: außerehelicher Sex ist schrecklich und bedeutet ewige Verdammnis, aber Sex in der Ehe ist in Ordnung, Sex in der Ehe bedeutet, daß ich mir keine Gedanken zu machen brauche und genießen kann. Cornelius hat ihr das wohl irgendwann einmal klargemacht. Ich kann ihn richtig hören. Ich bin sicher, daß Vicky in jenem Haus an der Fifth Avenue nicht die einzige war, die Angst davor hatte, so wie ihre Mutter zu werden.

Wir haben immer noch nicht herausgebracht, warum sie ihre Mutter als eine Menschenfresserin betrachten will, aber vergessen wir das für den Augenblick. Lassen wir auch Vivienne im Augenblick zur Seite und denken an Cornelius. Es ist natürlich klar, daß Vicky vaterfixiert ist, aber das sind die meisten Mädchen in der einen oder anderen Weise, und es braucht auch nicht unbedingt eine Katastrophe zu bedeuten. Jedenfalls half ihr die Heirat mit einer Vaterfigur sicher, mit den bösen Auswirkungen dieser besonderen Situationen zurechtzukommen, weil sie so die Möglichkeit hatte, alle theoretischen Ödipusphantasien auszuleben und zu neutralisieren. Mein Gott, Ödipus hat eine schlechte Presse gehabt! Freud ist hier wirklich mit dem Beil am Werk gewesen. Armer Ödipus. Wie, zum Teufel, hätte er denn auch wissen sollen, daß Jokaste seine Mutter war, wo er sie doch seit dem Säuglingsalter nicht gesehen hat? Was für ein Pech manche Leute haben . . .

„Sebastian", sagt Vicky, „dein Schweigen entnervt mich. Woran denkst du jetzt? Nein, sag es nicht, laß mich raten. Du denkst, ich bin verrückt."

„Stimmt. Ich finde dich entzückend verrückt. Ich mag normale Leute nicht. Normale Leute sind für gewöhnlich langweilig und dumm. Wenn es mehr abnormale Leute wie uns gäbe, dann wäre die Welt ein weitaus angenehmerer Aufenthalt."

Sie lacht. „Aber ich bin nicht abnormal, Sebastian!"

O doch, bist du, Vicky, aber du darfst es nicht zugeben. Du bist im besten Sinne abnormal, du bist originell, du bist anders, du bist nicht dumm, langweilig, keine Dutzendware. Deshalb mag ich dich so sehr. Deshalb liebe ich dich, und deshalb werde ich mein Bestes versuchen, dich aus diesem Gefängnis der Normalität zu befreien, in dem du ungerechterweise so lang eingesperrt warst.

Wo war ich, bevor ich mich so über Ödipus aufgeregt habe? Ich scheine zu dem schrecklichen Schluß gekommen zu sein, daß Vickys Heirat mit Sam wahrscheinlich ihr Gutes hatte. Sie ermöglichte es ihr, mit ihrer Sexualität zu Rande zu kommen und ihren Vaterkomplex abzubauen. Nun wäre ja eigentlich alles gut gewesen. Das war es natürlich nicht. Obwohl ich glaube, das erste Jahr war okay. Jeder mußte damals sehen, daß sie im siebten Himmel schwebte, also muß Sex am Anfang auch Spaß gemacht haben. Aber was passierte dann? Was ging so vollständig schief?

„Du hörst gar nicht zu, Sebastian!" sagt Vicky. „Ich sagte, ich bin nicht abnormal!"

„In Ordnung. Vielleicht ist abnormal das falsche Wort. Wie wäre es mit unkonventionell?"

„Was kann konventioneller sein als eine Ehefrau und Mutter? Und im übrigen möchte ich gar nicht unkonventionell sein. Wir müssen uns alle anpassen, nicht wahr, wenn wir uns in die Gesellschaft einfügen und im Leben vorankommen wollen? Und ich möchte im Leben gut dastehen. Ich möchte ein Erfolg sein und nicht ein peinlicher Versager."

„Die erfolgreichste Sache, die man im Leben tun kann", sage ich, „ist herauszufinden, wer man ist und dementsprechend zu leben. Es ist ein großer Fehler, zu versuchen, jemand zu sein, der man nicht ist. Das ist das Äquivalent zum Mord – man mordet sein eigenes Ich. Es ist nicht der Weg zur Seligkeit, sondern der Weg zur Depression und zur Verzweiflung."

Ihre Augen werden groß. Ich bin zu ihr durchgedrungen. Schließlich stößt sie hervor: „Was ist, wenn man sein eigenes Ich nicht mag? Was ist, wenn es gesellschaftlich nicht akzeptabel ist?"

„Sicher, wenn du pausenlos das Gesetz brichst, dann schafft das natürlich Probleme, aber wenn du ein gesetzestreuer Bürger bist mit einem gewissen Intelligenzniveau und einem akzeptablen menschlichen Verständnis, warum solltest du dich dann nicht selber mögen? Wenn andere Leute dich kritisieren und dir suggerieren, daß du nichts taugst, warum solltest du dann automatisch annehmen, daß sie recht haben? Was gibt ihnen überhaupt das Recht, Verhaltensweisen festzulegen? Was gibt ihnen das Recht, über dich zu urteilen? Und wie kommen die mir im übrigen überhaupt vor?"

Sie denkt nach. Wir schweigen für einige Zeit, aber schließlich sagt sie: „Ich bin nicht einmal sicher, daß ich mich selbst kenne. Manchmal glaube ich, daß ich nicht weiß, wer ich wirklich bin. Aber ich weiß, wie ich sein sollte, und das, Sebastian, ist der einfachere Weg. Er ist sicher und klar abgesteckt, und ich weiß, daß die Leute, die mich lieben, dann mit mir einverstanden sein werden, wenn ich ihren Erwartungen entsprechend lebe."

„Nein, Vicky", sage ich sanft. „Das ist nicht der einfache Weg. Das ist der Weg, der dich beinahe das Leben gekostet hat. Um eine der Lieblingsmaximen deines Vaters heranzuziehen, sage ich, daß ich nicht daran interessiert bin, wie du sein solltest. Ich bin daran interessiert, wie du wirklich bist."

7. September 1958. Alfred ist ein Jahr alt. Er krabbelt ziemlich schnell, mit seinem Kopf gesenkt wie ein kleiner Stier, aber laufen kann er noch nicht. Er weiß, wer ich bin. Er lächelt, wenn er mich sieht, und da ich mich nicht allzuviel um ihn kümmere, versteht wahrscheinlich auch niemand, warum er sich so freut. Aber Alfred weiß, daß ich verstehe.

Alfred und ich kommunizieren miteinander.

Alfred ist dunkelhaarig und breit gebaut wie ich. Er bewundert die Kerze auf seinem Geburtstagskuchen, seine Augen sind verhangen mit den Träumen zukünftiger Triumphe. Elsa knutscht ihn ab, die Reischman-Verwandten blöken zum Erbrechen, Mutter schaut aus, als wolle sie vor Stolz platzen.

Laßt ihn allein, ihr Blödmänner. Seht ihr nicht, daß er ein wenig träumen möchte?

Vicky ist mit all den Kindern bei der Geburtstagsparty. Eric und Paul versuchen, wie gewöhnlich, sich umzubringen. Schade, daß sie es nie schaffen. Der kleine Postumus schläft. Neugeborene Babys sind so vernünftig.

„Sebastian."

Es ist Vicky, die verzweifelt aussieht. Kristin hat sich auf dem Teppich übergeben, Samantha hat einen Wutanfall, und die Jungens führen in der nächsten Toilette einen fürchterlichen Lärm auf. Kein Zeichen von der Kinderschwester. Sie ist entweder ohnmächtig geworden oder spazierengegangen, und wer wollte sie dafür tadeln?

„Sebastian, damit werde ich nicht mehr fertig!" Keine Tränen, nur eine gespannte Fröhlichkeit, die Ruhe vor dem Sturm.

„Geh zur Toilette hinter dem Schlafzimmer und schließ dich ein." Ich hole Mutter aus der Menge der Alfred-Verehrer heraus. „Mutter, hast du Kinder immer noch gern?"

„Darling, was für eine merkwürdige Frage! Selbstverständlich habe ich sie gerne!“

„Dann nimm dich der Enkelinnen deines Mannes an.“

Das reicht erst einmal für Kristin und Samantha. Nach einem tiefen Atemzug stelle ich fest, wo die Jungens sind, packe sie am Genick, mache ihnen klar, daß ich ihnen die Haut abziehen werde, wenn sie sich nicht benehmen. Es gefällt Kindern gelegentlich, wenn man sie anbrüllt. Es ist gut für sie. Sie starren mich mit offenen Mündern an, und es wird mir klar, daß sie so noch nie angeredet worden sind.

Vicky wird ihre Schwierigkeiten mit diesen Jungens haben. Cornelius wird sich wahrscheinlich anstrengen, eine Rolle als Surrogatvater zu spielen, wenn sie jenseits der Pubertät sind; aber im Augenblick ist er als freundlicher Großvater völlig nutzlos.

Ich klopfe an die Toilettentür. „Vicky! Alles in Ordnung!“

„Mein Gott!“ Sie stolpert heraus, keine Hysterie, sondern echtes Gelächter. Berühre sie leicht am Arm und ziehe sie tiefer in das Schlafzimmer hinein.

„Setz dich einen Augenblick hin und ruh dich aus.“

„Und dieses ist erst der erste Geburtstag von Alfred!“ Sie sinkt auf den Bettrand. „Wie sollen wir die späteren überleben? Ist Elsa böse wegen all des angerichteten Schadens?“

„Elsa ist mir egal.“ Ich setze mich neben sie auf den Bettrand. Sie rückt sofort ab.

„Es ist in Ordnung“, sage ich, bevor ich mich daran hindern kann. „Ich werde warten.“

„Sebastian, ich möchte nicht, daß es so wird.“

„Okay.“

„Ich kann mir einfach nicht vorstellen, jemals wieder mit jemanden ins Bett zu gehen.“

„Sicher.“

Sie sitzt da in einem lila Kleid, ihre schönen Brüste voll und blühend. Ich frage mich, ob sie Postumus stillt.

„War es wirklich schlimm mit Sam?“ sage ich. Ich weiß, daß ich das nicht fragen sollte, aber ich kann mir einfach nicht helfen. Wenn ich auch die Geduld eines Heiligen haben möchte, so bin ich doch nur ein menschliches Wesen, das sehr weit von der Heiligsprechung entfernt ist.

„Am Ende war es schrecklich", sagt sie und kämpft mit den Tränen.

„Am Anfang war es in Ordnung?" sage ich und nehme wie üblich keine Notiz von ihren Tränen. Sie kennt genug Leute, die sich umbringen, wenn sie weint.

„Ja, es war schön. Ich liebte Sam. Er war so zart, so freundlich, so voll Verständnis . . ."

Ich beiße die Zähne zusammen und bringe es irgendwie fertig, nicht mit ihnen zu knirschen. Inzwischen ist sie Herr ihrer Tränen geworden, aber ich gebe ihr doch als Zeichen einer freundlichen Geste mein Taschentuch.

„Deswegen war ja alles so schrecklich", sagt sie und starrt auf ihr Taschentuch. „Ich liebte ihn, aber schließlich konnte ich es nicht mehr aushalten, ihn in meiner Nähe zu haben. Ich fühle mich so schuldig, wenn ich nur daran denke! Warum konnte ich ihn nicht mehr ganz normal lieben? Was ist da schiefgegangen?"

Es wird mir einiges klar, aber nicht in der Form der mystischen Intuition. Da handelt es sich schon eher um eine vernünftige Logik. Ich versuche, ihr Bild des netten, freundlichen und verständnisvollen Sam übereinzubringen mit der harten, egoistischen Maschine, an die ich mich erinnere, habe aber dabei Schwierigkeiten. Menschliche Wesen sind oft sehr komplex, aber Jekyll-and-Hyde-Typen, die mit zwei vollkommen verschiedenen Persönlichkeiten in völliger Trennung leben, sind Gott sei Dank sehr selten. Es ist gut möglich, daß Sam seine freundliche, nette und verständnisvolle Seite völlig verdeckt gehalten haben kann, sobald er die Schwelle der Willow Street eins überschritt; aber kann ich mir denn wirklich einbilden, daß er diese harte selbstorientierte Maschine, die er war, in dem Moment vergaß, wenn er über die Schwelle seines eigenen Hauses trat?

Nein.

„Wie hast du es nur fertiggebracht, jemanden zu lieben, der dich so behandelt hat?" frage ich. Ich begreife immer mehr. Ich kann jetzt das ganze Panorama ihrer Ehe auf einen Blick erfassen. Ich fühle mich schwach, wobei ich mir nicht sicher bin, ob das vom Schrecken, von der Erleichterung oder von der reinen geistigen Anstrengung kommt. „Denk doch mal, Vicky – denk doch mal an all diese Jahre des Exils, die du nur deshalb ausgehalten hast, damit er seinen Ambitionen nachgehen konnte, denk doch mal an all die Philosophiekurse, zu denen du nie gegangen bist, weil du dich um ihn kümmern mußtest, denk an all die Schwangerschaften, die du nur ausgehalten hast, um sein Ich –"

Aber das hat alles keinen Wert. Ich rede zu schnell und gehe zu weit, sie kann mir auch nicht folgen. Sie muß an diese mythische Figur, den heiligen Sam, glauben, weil sie ein so großes Schuldbewußtsein hinsichtlich der Modellfrau hat und weil sie sich selbst bestrafen will. Sobald ich das Wort „Schwangerschaften" benutze, sagt sie: „Ich liebe meine Kinder, Sebastian." Sie kann sich wenigstens damit trösten, daß sie eine vorbildliche Mutter ist.

„Ja, ich weiß, daß du sie liebst, Vicky", antworte ich und denke dabei: Du liebst sie so wie ich meine Mutter liebe: echte Zuneigung eingebettet in einer ständigen, nagenden Verzweiflung, ungefähr wie Zahnschmerzen. Ich möchte sie fragen, wie viele dieser Kinder sie wirklich gewollt hat und inwiefern sie mit ihnen glücklich ausgefüllt ist, aber das kann ich nicht. Ich bin sowieso schon zu weit gegangen; es wäre gefährlich, alle Illusionen auf einmal einzureißen. Sie braucht diese Illusionen im Augenblick. Sie stellen die Krücke dar, auf denen sie auf dem Weg zur Regeneration kriecht, und man nimmt einem verletzten Menschen seine Krücke nicht weg. Man hilft ihm im Gegenteil, damit er seine Krücke selber wegwerfen kann.

Ich habe überhaupt keine Illusionen, was die Mutterschaft angeht. Vielleicht liegt das daran, daß ich ein Mann bin, und also das Thema diskutieren kann, ohne emotional zu werden. Andererseits werden gerade über diesem Thema Männer oft emotioneller als Frauen (da haben wir wieder den armen Ödipus). Vielleicht liegt es daran, daß meine Mutter nicht da war, als ich ein Kind war, daß ich aufwuchs, ohne sie überhaupt zu vermissen, oder daß ich einfach nur um sie herumlief, ohne mitzukriegen, wie verdammt glücklich ich dran war, der Sohn einer Frau zu sein, die in Wirklichkeit eine Mutter sein wollte. Von diesen Frauen gibt es eine ganze Menge, und die sollte man ermutigen, so viele Kinder zu haben, wie sie überhaupt nur wollen. Was man nicht unterstützen sollte, ist Mutterschaft nur zum Wohl der Mutterschaft selber.

Man muß kein Sozialarbeiter mit persönlicher Erfahrung von

zu kurz gekommenen Kindern sein, um zu begreifen, daß es immer Frauen geben wird, die niemals Mütter sein sollten. Dabei rede ich nicht nur über verarmte, alkoholische Kindermißhandler am unteren Ende der sozialen Leiter. Als ich heranwuchs, sah ich nur zu klar, daß die meisten der reichen Freunde meiner Mutter ihren Nachwuchs als etwas behandelten, das man ausstellen muß, ungefähr wie einen Nerz, den man dann zum Aufbewahren wieder in die Kinderstube zurückschicken kann. Ich mochte meine eigene Mutter damals sehr. Ich war kein Idiot und ich wußte, wann es mir gutging.

Ich konnte es nicht ausstehen, als Mutter damals Andrew und mir erklärte, warum sie uns wegen Cornelius verlassen wollte. Sie war so erregt, und es war alles so unnötig. Daß sie zeitweise aus dem Gleis geworfen war, bedeutete noch nicht, daß sie aufgehört hatte, uns zu lieben. Jedermann konnte sehen, daß sie ihre Kinder immer gern hatte. Es war so offensichtlich. Arme Mutter.

Ich sollte ihr eines Tages wirklich einmal sagen, wie sehr ich es schätze, daß sie immer solch eine besorgte, liebende Mutter war, aber ich werde es nie tun, weil (a) Mutter dann weinen würde, (b) ich dann widerwärtig gefühlsselig klingen würde und (c) ich als Ergebnis von (b) mir zum Kotzen vorkommen würde. Wie verflucht schwierig doch die Mutter-Sohn-Beziehung ist. Andererseits ist es aber so, daß jede Eltern-Kind-Beziehung mit Problemen beladen ist und daß niemand, *niemand,* Kinder haben sollte, bevor er nicht ganz genau weiß, was das bedeutet, und ehrlichen Herzens die Verantwortung auf sich nehmen kann.

„Ich weiß nicht, was ich ohne die Kinder anfangen sollte", sagt Vicky, wobei sie sich schwer auf ihre psychologischen Krücken lehnt, aber im nächsten Augenblick den unerwarteten schüchternen Versuch macht, ohne Krücken aufrecht zu stehen. „Aber es ist schrecklich, daß ich auch nicht weiß, was ich mit ihnen anfangen soll. Ich weiß einfach nicht, wie ich allein zurechtkommen soll, und deshalb schiebe ich alle größeren Entscheidungen, die Zukunft betreffend, auf."

„Sehr vernünftig. Du brauchst deine Zeit."

„Ich brauche sicher irgend etwas. Ich komme mir so unzulänglich vor. Daddy sagt immer fröhlich: ‚Mach dir nichts draus,

Schätzchen, du hast wenigstens keine Geldsorgen.' Aber das erleichtert die Dinge nicht. Das macht sie nur anders."

„Geld löst eine Menge Probleme und schafft eine ganze Menge neuer."

„Ja. Ich weiß natürlich, daß ich sehr gut daran bin, keine Geldsorgen zu haben. Ich weiß, daß es mir gutgeht, weil ich eine Hilfe für die Kinder anstellen kann. Aber je mehr Angestellte ich habe, desto schwieriger scheint das Leben zu werden. Ich gebe das nicht gerne zu, weil es so schrecklich klingt, es ist aber dennoch wahr: ich weiß einfach nicht, wie man einen Haushalt führt. Sam hat immer alles organisiert, weißt du. Er und seine Sekretärin und seine Mitarbeiter waren immer da, die Rechnungen zu zahlen, Leute einzustellen und rauszuschmeißen, sie trafen all die großen Entscheidungen. Daddy sagt, ich könne auch Sekretäre haben, so viele ich will, aber er sieht gar nicht, worauf es ankommt. Ich hasse alle die Leute, die mir vor den Füßen herumlaufen, weil sie mich für schwach und dumm halten, ich hasse es, mir nicht einmal die Nase putzen zu können, ohne daß jemand zusieht."

„Es muß schrecklich sein. Ich habe mich oft gefragt, wie um Gottes willen Ludwig XIV. in Versailles überlebte."

„Ich möchte mein Leben einfacher machen, nicht komplizierter, aber wie kann ich es mit fünf Kindern einfacher machen? Anfangs hielt ich es für das einfachste, bei Daddy zu wohnen, weil ich damit die ganze schreckliche Einrichterei eines neuen Haushalts vermeiden konnte, aber jetzt bin ich mir nicht mehr so sicher, daß das richtig war. Ich halte das Leben in der Fifth Avenue einfach nicht mehr aus. Ich weiß nicht, warum. Es ist nicht deine Mutter. Alicia und ich kommen im Augenblick überraschend gut miteinander aus. Ich glaube, Daddy ist das Problem, aber frag mich nicht, warum. Ich kriege Platzangst in seiner Nähe, so als wäre ich fest in einer Zwangsjacke eingebunden. Verstehst du, was ich meine?"

„Mein Gott, Vicky, das ist die Geschichte meines Lebens! Schau her, ich will dir sagen, was ich für richtig halte. Bleib noch eine Weile in der Fifth Avenue. Du darfst dir nicht zuviel auf einmal zumuten, oder du drehst durch. Aber bleib nicht ständig in der Fifth Avenue. Miete dir ein kleines Apartment – vielleicht in der Nähe vom Sutton Place –, irgendwo, mit einem Ausblick auf den Fluß. Du brauchst einen Ort, an dem du du sein kannst und nicht nur Sams Witwe oder Cornelius' Tochter, oder die Mutter der Kinder. Du brauchst Zeit zum Denken. Denken ist sehr wichtig. Jeder, der einen Kopf besitzt, muß gelegentlich allein sein, um zu denken. Dann, wenn du dich kräftiger fühlst, kannst du dieses Mammutunternehmen schaffen, einen unabhängigen Haushalt für dich und die Kinder einzurichten."

„Oh, wie klar du alles siehst, Sebastian! Was für eine gute Idee! Daddy werde ich das besser nicht sagen. Es würde ihn verletzen. Er möchte mich in der Fifth Avenue behalten, bis ich wieder heirate. Manchmal glaube ich, er redet von all diesen Sekretären und Angestellten, die ich in einem eigenen Haus brauche, nur deshalb, um mich so zu verunsichern, daß ich bei ihm bleibe."

„Vicky, du mußt unbedingt – und ich meine *unbedingt* – ein Apartment haben, in dem du eine Art von Eigenleben führen kannst. Wenn du willst, suche ich eins für dich. Wenn ich dann den Vertrag unterschrieben habe, kannst du mir helfen, das Apartment einzurichten."

Ihre Augen leuchten auf. „Das würde mir gefallen", sagt sie gedankenvoll. „Das Haus in London wollte ich selbst einrichten, aber Sam meinte, wir müßten den besten Innenarchitekten haben . . ." Ihre Stimme verklingt. Dann sagt sie plötzlich: „In Europa war ich zuletzt sehr unglücklich. Du hast recht, wenn du sagst, daß ich mich im Exil befand. London hat am Anfang Spaß gemacht, aber ich hatte Angst davor, nach Deutschland zu gehen. Ich habe Schwierigkeiten mit Sprachen. Ich wollte Sam nicht belasten, ihn nicht enttäuschen –"

„Hat Sam dich nie gefragt", sagt meine Stimme, „ob du nach Hause wolltest? Wenn du pflichtschuldig sagtest: ‚Sam, ich will, was immer du willst', hat er sich da je mit dir zusammengesetzt und gesagt: ‚Sag mal, was möchtest denn du? Wo möchtest du leben?' "

„Ja, das hat er getan", sagt sie, „ganz am Schluß. Nach Kristins Geburt nahm ich eine Überdosis Schlaftabletten. Ich hatte nicht vor, mich umzubringen. Ich wollte nur . . . na ja, aber es war schon eine schlimme Sache. Der arme Sam – er war außer sich. Ich fühlte mich so schuldig und schämte mich sosehr."

Ich fühle mich auch schuldig und beschämt – allerdings für

den egoistischen Schuft Sam Keller, der seine Frau an den Rand des Selbstmords treibt und sie mit einer Schuld belädt, die sie beinah erdrückt.

„Zum Teufel mit ihm!" brumme ich unklugerweise. Es geht nie gut, wenn man den Rivalen einer Frau gegenüber kritisiert, die sich moralisch verpflichtet fühlt, ihn zu verteidigen.

„Aber er liebte mich", sagt sie ernst. „Wirklich. Er liebte mich sehr und er war so nett, so freundlich, so –"

Ich bin wieder kurz davor, mit den Zähnen zu knirschen, aber irgendwie schaffe ich es, mich zu beherrschen. „Na ja. Nun . . . aber das ist ja nun alles vorbei, nicht wahr, Vicky?" Und ich bringe es fertig, ruhig zu sagen: „Das ist alles vorbei, und auf dich wartet ein ganz neues Leben."

„Welch himmlisches Apartment", ruft Vicky aus. „Wie wunderbar, einen Ort zu haben, an dem ich ganz ich selber sein kann, ohne daß mir andauernd jemand über die Schulter sieht! Sieh dir doch nur diese süße kleine Küche an! Sebastian, ich werde kochen lernen. Kommst du zu meiner ersten Dinnerparty?"

„Was wird es geben? Weichgekochte Eier?"

Ich habe mir bei der Suche nach dem Apartment Zeit gelassen, weil ich sicher sein wollte, das Richtige zu finden. Es liegt nördlich von Sutton Place und sowohl das Wohnzimmer als auch das Schlafzimmer gehen auf den Fluß. Das Haus ist nach dem Krieg gebaut, gut erhalten, fehlerlos. Ich öffne alle Schränke, keine einzige Schabe in Sicht. Die Installationen sind neu. Die Fußböden Parkett. Die Heizung funktioniert. Eine Klimaanlage gibt es auch.

„Sebastian, ich wage nicht zu denken, was passieren würde, wenn Daddy je davon erfährt. Sobald er sein Gefühl des Verletztseins verarbeitet hätte, würde er Innendekorateure anstellen, würde mir Bilder aus seiner Sammlung geben und mich um den Verstand bringen. Ich bin ganz außer mir, daß wir uns selbst einrichten . . . Wann gehen wir Möbel kaufen? Nächstes Wochenende?"

„Gern. Du suchst aus, ich bezahle, und du kannst mir das Geld zurückgeben."

„Wird es teuer werden?"

„Ja. Du mußt den Wert des Geldes kennenlernen, Vicky."

„Ich möchte gerne lernen, Sebastian“, sagt sie. „Ich wollte schon immer lernen.“

Vicky ist ein Fall von arretierter Entwicklung. Obwohl sie fast 28 Jahre alt ist, kommt sie einem oft nicht älter als 18 vor, nachdem Sam sie neun Jahre lang von allem außer dem Kinderkriegen abgeschirmt hat, die einzige Sache, vor der man sie hätte abschirmen sollen.

„Mach dir keine Sorgen“, sage ich beruhigend.“ Ich werde dir alles beibringen.“

„O Sebastian, das macht solchen Spaß! Wie toll das Wohnzimmer aussieht – wie ein wirkliches Zuhause, nicht wie ein Museum! Ich finde es nett von dir, daß du all diese Bücher gekauft hast. Das Zimmer sieht mit ihnen so bewohnt aus!“

„Sei nicht blöd, ich habe sie gekauft, um sie zu lesen! Sag mal, ich weiß, daß es dein Apartment ist, aber könnte ich ab und zu mal vorbeikommen, um hier zu lesen?“

„Natürlich! Jederzeit. Jetzt aber, Sebastian, wie wollen wir das Schlafzimmer einrichten?“

„Ich will dir was sagen: Du überläßt das alles mir und erlebst eine große Überraschung.“

„Mein Gott, wie aufregend! Ich werde die Tür nicht aufmachen, und das Zimmer wird wie die Büchse der Pandora sein!“

„Tu mir einen Gefallen, Vicky, und komm drei Tage lang nicht her, bis ich alles fertig habe. Okay?“ Ich besitze schon alles zur Lieferung fertig, aber das weiß sie nicht.

„Okay, Sebastian. Tausend Dank . . .“

Elsa geht zu einer Damenparty im Apartment einer ihrer Freundinnen. Ich führe Vicky zum Dinner im „Colony“ aus. Wir bestellen Austern Rockefeller, Hummer und Champagner.

„Zur Feier des neuen Apartments!“ sage ich und hebe mein Glas.

„Ich kann es kaum erwarten, das Schlafzimmer zu sehen, Sebastian.“

Wir lachen ungezwungen. Zum Nachtisch bestellen wir Erdbeermousse, schwarzen Kaffee und Courvoisier.

„Oh, Sebastian, ich habe einen Schwips. Ich bin nicht daran gewöhnt, soviel zu trinken.“

„Heißt das, daß Postumus morgen früh betrunken sein wird?“

„Ich stille Postumus nicht. Oh, hör auf, Postumus Postumus zu nennen.“

Wir lachen wieder. Ich frage mich, warum sie Postumus nicht stillt. Stillen ist interessant. Wenn man überlegt, wie weit weg wir von natürlichen Abläufen in dieser Plastikgesellschaft sind, dann ist es ein Wunder, daß eine Funktion wie das Stillen überlebt. Das macht einem Hoffnung für die Zukunft. Vielleicht überlebt der natürliche Mensch die Plastikgesellschaft doch noch, statt zu einem programmierten Roboter zu degenerieren.

Wir kehren zu unserem Apartment zurück, und das Wohnzimmer ist herrlich, das Beste von W. & J. Sloan, abgesetzt mit tiefen blauen Teppichen, eine Menge Glas und ein Aquarell, das Vicky in Greenwich Village für fünf Dollar gekauft hat, nur weil es ihr gefiel. Es stellt schneebedeckte Berge über Wasser dar, eine Szenerie, die mich an Tahoe in Nevada erinnert, aber der Künstler hat auf die Rückseite geschrieben. „Die Südinsel von der Küste in der Nähe Wellington aus gesehen“, und wir nehmen an, daß es sich um Neuseeland handelt, ein weit entferntes wunderschönes Land, irgend etwas für die Zukunft, so ähnlich wie der Himmel.

Ich habe noch Sekt im Kühlschrank, also sause ich in die Küche, um die Flasche aufzumachen.

„Sebastian, nein! Ich kann keinen einzigen Tropfen mehr trinken!“

„Nur ein Glas!“

Wir gehen mit unseren Gläsern an die Schlafzimmertür.

„Also“, kündige ich an. „Stoßt in die Trompeten! Presto!“

Ich öffne die Tür und mache das Licht an. Ein schwarzweißes Muster tanzt vor meinen Augen. Chiaroscuro. Erotik. Mein Inneres ist dem Schmelzen nah. Ich trinke meinen Sekt sehr schnell.

„Mein Gott!“ sagt Vicky voller Scheu. Sie geht auf Zehenspitzen unsicher auf die Picassozeichnung an der Wand zu. „Sebastian, ist das ein Original?“

„Natürlich nicht. Ich finde es abscheulich, Tausende Dollars für zu teure Originale auszugeben. Das ist ein erstklassiger Druck und kostet 20 Dollar, was meiner Meinung nach die

Zeichnung genau wert ist. Aber sie ist hübsch, nicht wahr? Ich mag die lange Linie ihres Halses und des Rückens."

„Es ist herrlich. Der ganze Raum ist prachtvoll." Vicky läßt sich schwach auf dem Bett nieder, gießt den Sekt auf den Boden, da sie nicht auf ihr Glas achtet. „O nein! Der weiße Teppich! Schnell, wo ist ein Handtuch?"

Ich hole zwei Tücher, für jeden von uns eins, und dann reiben wir wie die Wahnsinnigen auf allen vieren an dem Fleck.

„Ich glaube, es ist alles in Ordnung", sagt Vicky schließlich ernst.

„Es ist alles in Ordnung", sage ich und schaue sie direkt an.

Sie hört den Ton in meiner Stimme und zieht sich gegen das Bett hinter sich zurück.

Wir sind still. Schließlich sagt sie: „Was für ein Narr ich doch gewesen bin."

„Nein, Vicky. Du hast es die ganze Zeit gewollt, hast dir nur vorgemacht, daß du es nicht willst, weil der Gedanke daran dich böse macht, und du willst mit mir nicht böse sein. Sieh mal, Vicky, ich werde dich nicht behandeln, wie du in der Vergangenheit behandelt wurdest. Ich liebe dich und ich achte dich, und alles wird ganz anders sein."

Ohne zu zögern sagt sie: „Ich weiß nicht, wovon du redest. Ich bin nicht böse. Niemand wird mich böse machen und niemand hat mich schlecht behandelt."

Ich stehe auf, hole die Sektflasche aus der Küche, fülle unsere Gläser, kippe soviel Sekt hinunter, wie ich ohne Atem zu holen kann. Dann sage ich mit einer leisen akademischen Stimme, die einem Collegeprofessor angestanden hätte, der zu einem intelligenten, aber obstinaten Studenten durchzudringen versucht: „Gut. Du bist nicht böse. Du magst einfach Sex nicht mehr. Na und? Eine Menge Leute mögen Sex nicht. Es ist eine ganze Industrie für Leute entstanden, die Sex nicht mögen. Dieses ist ein großes wunderbares Land und du mußt nicht Sex mögen wie du deine Mutter, die Flagge und Apfelkuchen mögen mußt. Aber warum gibst du dem Sex nicht einmal eine Chance? Schließlich hast du diese erstklassige Ausstattung umsonst bekommen und es ist einfach eine Schande, sie nicht gelegentlich auch zu benutzen. Hast du je die Stücke von Middleton gelesen?"

Ich habe sie aus dem Gleichgewicht gebracht. „Wer?"

„Middleton. Er war ein Zeitgenosse von John Webster und Cyril Tourneur. Er schrieb in etwa über unsere Situation, wenn er sie auch mit viel Melodrama des siebzehnten Jahrhunderts angereichert hat. Der Schuft verfolgt die Heldin. Die Heldin weist ihn zurück. Der Schuft kriegt sie irgendwie herum und dann – Überraschung! Die Heldin merkt, daß es ihr schließlich doch Spaß macht." Ich berühre sie leicht mit meinem Zeigefinger, und sie schreckt nicht zurück. „Ich werde dir nicht weh tun, Vicky", sage ich drängend und bewege mich allmählich ein wenig näher. Sie weicht noch immer nicht zurück. Meine Hand gleitet zu ihrem Schenkel. Meine Eingeweide müssen aussehen wie ein volles Haus in der Schlangengrube. Ich möchte meine Kleider ausziehen. „Ist alles in Ordnung", sage ich mit leiser Stimme. „Ich bin nicht wie Sam. Alle Männer sind verschieden. Niemand liebt in genau derselben Weise. Wie bei Handschriften." Ich bin noch näher gekommen. Meine Hand ist auf ihrer Hüfte, dann auf ihrer linken Brust. Ich küsse ihren Nacken. Mein Blut fühlt sich wie geschmolzen an, wie ein neues flüssiges Metall, das in einer surrealistischen Phantasie kocht. „Ich möchte mit dir schlafen, Vicky", sage ich. „Nicht mit irgendeinem weiblichen Körper mit den richtigen statistischen Daten, sondern mit dir, dem Menschen, der mit mir Kevins Stücke sieht und weiß, was sie bedeuten, dem Menschen, der weiß, daß Cicero sowohl ein Philosoph als auch ein Redner war, dem Menschen, dessen Lieblingsfarbe blau ist und der Austern mag und den Widerschein heller Lichter auf nassen Bürgersteigen und den Brunnen vor dem Plaza und Frank Sinatras Gesang und Gervase de Peper auf der Klarinette. Du, du, du."

Sie läßt sich küssen. Sie sagt nichts. Ich muß aus jeder Pore schwitzen. Ich möchte mich nicht bei brennenden Lampen ausziehen, weil das die Erinnerung an unsere Romeo-und-Julia-Szene in Bar Harbor zurückbringen könnte. Statt dessen knöpfe ich ihr Kleid auf. Sie läßt mich. Meine Finger arbeiten nicht richtig, der Kontakt zum Hirn fehlt. Ich kann ihren Büstenhalter nicht aufkriegen. Oh, verdammt. Ich darf nicht so ungeschickt sein. Bitte, bitte, lieber Gott, mach mich weich und ruhig und sicher wie Frank Sinatras Stimme, eine andere Form flüssigen Metalls, das leicht aus dem Plattenspieler fließt.

Ich werde alle Kleider los. Sie bewegt sich nicht, spricht nicht. Ich küsse sie überall hin, in der Hoffnung, daß sie antworten würde, aber das tut sie nicht, und plötzlich merke ich, daß ich nicht mehr länger warten kann. Ich ziehe die Bettdecke weg und lege sie vorsichtig auf das schwarze Satinlaken. Jesus Christus. Ich versuche die Lampe auszumachen, stoße sie aber um, und sie geht von selbst aus. Das war ungeschickt. Ich muß mich beruhigen. Kann ich aber nicht. Jetzt ist alles geschmolzen, nicht nur ich, sondern alles, als sei ich in der Mitte der weißen, glühenden Lava, die aus dem Vesuv bricht und Pompeji im Jahre 79 überschwemmt. Im Dunkeln streife ich meine Kleider ab und merke, daß das Satinlaken eisig ist. Es sollte einen zischenden Laut geben, weißglühende Lava strömt in Eiswasser, aber nein, da ist nur Vicky, fest, rund, schön, vollkommen . . .

Irgendwo muß es einen Gott geben, muß es geben, weil ich mich wie im Himmel fühle. Ich bin im Himmel und lebe noch. Der äußerste Triumph.

Sie schreit.

Ich sage ihr, daß alles in Ordnung ist. Ich weiß nicht, was ich sage. Ich weiß überhaupt nichts, nur, daß ich nicht aufhören kann. Sie zerkratzt meinen Rücken, versucht, mich wegzustoßen.

Vielleicht hat sie Angst, schwanger zu werden, aber keine Sorge, Vicky, ich bin kein grüner Junge und weiß, was ich tue, selbst wenn ich fast außer Kontrolle bin, fast, fast – Mein Gott, das war aber kurz davor. Aber ich habe es geschafft. Ich bin rechtzeitig rausgekommen.

Nächstes Mal werde ich ein Präservativ tragen, aber diesmal, das war etwas Besonderes. Dieses Mal durfte es einfach nur du und ich sein mit nichts dazwischen.

O Gott. O Gott. O Gott, ich bin ja so glücklich.

Ich liege schnell atmend auf dem Satinlaken, aber Vicky reißt sich blitzschnell von mir los, läuft ins Badezimmer und schließt sich ein.

Ich höre sie weinen. Ich stehe sofort auf und klopfe an die Badezimmertür. Meine Beine sind schwach.

„Vicky, ist alles in Ordnung?“ Blöde Frage. Offenbar nicht. Ich rüttele an der Klinke. „Vicky, laß mich rein, bitte.“

Ich höre die Dusche rauschen. Sie wäscht alles weg, meine

Küsse, meinen Samen, das ganze Drum und Dran. Frage: Macht sie das immer, oder habe ich sie abgestoßen?

Weiß nicht. Muß das Beste hoffen. Ich mache das Licht im Schlafzimmer an und klettere in meine Kleider. Ich möchte nicht, daß sie noch angewiderter ist, wenn sie mich unbekleidet sieht. Dann gieße ich mir noch ein Glas Sekt ein und trinke es sofort aus.

Ich warte.

Nach langer Zeit kommt sie in ein rotes Handtuch gewickelt heraus. Ich möchte etwas sagen, aber die richtigen Worte fallen mir nicht ein.

Mein Schweigen macht sie nervös, obwohl sie nicht nervös zu sein brauchte. Sie wendet ihre geschwollenen Augen ab und sagt: „Es ist okay. Das erste Mal nach einer Geburt ist immer furchtbar. Aber es macht nichts."

Ich möchte sie in meine Arme nehmen und sie halten, weiß aber, daß sie mich wegstoßen würde. Ich bin nur ein schwitzendes haariges Tier, das ihr eben weh getan hat. Mein Gott, durch was für eine Hölle gehen Frauen manchmal, durch was für eine Hölle gehen Männer dann auch.

„Ich liebe dich", sage ich schließlich.

„Ja", sagt sie müde, aber sie versteht mich nicht.

Ich bin nicht zu ihr durchgedrungen.

Ich muß etwas finden, das die Schmerzen stillt. Wenn sie weiß, daß ich mir Sorge um ihre Schmerzen mache, dann werde ich zu ihr durchdringen.

„Ich kaufe eine Salbe", sage ich.

Sie antwortet nicht. Sie denkt an etwas anderes, oder vielleicht ist sie in einer Art von Schock. Sie sammelt ihre Kleider auf und geht zum Anziehen ins Badezimmer zurück. Ich höre, wie sie abschließt.

Ich trinke noch etwas Sekt. Jetzt hasse ich Sekt. Er kommt mir vor wie eine blöde Limonade, ein pervertiertes 7-up. Die Flasche ist leer, und ich werfe sie in den Mülleimer.

Als sie aus dem Badezimmer herauskommt, sieht sie frisch und ordentlich aus, aber ihre Augen sind noch immer geschwollen.

„Ich möchte jetzt nach Hause gehen", sagt sie.

„Okay."

Ich bringe sie nach Hause.

„Gute Nacht“, sagt sie, als das Taxi hält.

„Gute Nacht.“

Wir berühren uns nicht, küssen uns nicht. Ich bin alleine, sie ist alleine, aber beide befinden wir uns in der Hölle.

Ich gehe nach Hause zu Elsa und schlafe ein, mit all dem Alkohol im Blut, gerade als sie tobend wissen will, wo um Himmels willen ich gewesen bin.

15. Januar 1959. Ich schreibe Vicky einen Brief, weil ich nicht mit ihr reden kann. „Liebe Vicky, ich liebe Dich sehr. Ich möchte alles richtig machen. Laß es mich bitte versuchen. *Sebastian.* P. S. Ich möchte den neuesten Ingmar-Bergman-Film ‚Das siebte Siegel‘ zum dritten Mal sehen. Hast Du Lust, mitzukommen? Wir müssen hinterher nicht ins Bett gehen. Ich möchte einfach mit Dir zusammen sein.“

Sie ruft mich im Büro an. „Vielen Dank für den Brief.“

„Okay. Wie steht es mit dem Kino?“

„In Ordnung. Wenn du möchtest.“

„Ja, ja. Vicky –“

„Ja?“

„– was für einen Film möchtest du sehen?“

Es entsteht eine Pause. Dann sagt sie: „Elvis Presley in ‚Jailhouse Rock‘.“

„In Ordnung. Gehen wir hin.“

Es ist kein neuer Film, aber als er kurz vor seinem Tode herauskam, sagte Sam, er sei Mist und weigerte sich, mit Vicky hinzugehen. Ich glaube auch, daß der Film Mist ist, aber das ist egal. Wenn er Vicky glücklich macht, dann ist das für mich gut genug. So machen wir uns also auf den Weg zu dem Film, der in einem unbeschreiblichen Loch auf der Avenue B läuft.

Ich habe recht. Sam hatte recht. Es ist Mist. Wir befinden uns wieder in der Plastikkultur, reduziert auf den niedrigsten gemeinsamen Nenner, aber das ist in Ordnung, es ist zum Lachen, und wir lachen beide. Die einzige Verteidigung gegen eine Plastikkultur ist, sich an ihrer Abscheulichkeit zu erfreuen, sonst bringt sie einen völlig um den Verstand. Vicky weiß das auch, und plötzlich sind wir wieder beieinander, halten uns die Seiten vor Lachen, wie Presley in einer phantastischen Dekoration herumschleicht und von der Party im Gefängnis singt. „Jailhouse Rock“ ist in Schwarzweiß. Chiaroscuro. Aufregend.

Als ich Vickys Hand halte, zieht sie sie nicht weg, und später ist sie einverstanden, daß wir zum Hamburger-Essen in ein Restaurant in Greenwich Village gehen.

„Wollen wir nicht zu unserem Apartment gehen?“ wage ich schließlich zu fragen. „Oder möchtest du nicht?“

„Okay.“

Wir gehen zum Apartment, und ich erlebe eine wunderbare Überraschung, denn sie hat alles geputzt, und auf dem Tisch steht ein Geschenk für mich.

Ich bin so überwältigt, daß ich nicht sprechen kann. Ich wickele das Paket umständlich aus und finde eine Ausgabe mit zwei Stücken von Middleton, „The Changeling“ und „Women Beware Women“.

Ich küsse und küsse sie. Schließlich gehen wir zu Bett. Ich bin dieses Mal besser kontrolliert und halte an dieser Kontrolle fest, weil ich genau weiß, wieviel Glück ich habe, diesen zweiten Versuch überhaupt machen zu dürfen. Ich stoße nicht zu hart und habe auch ein Paket Trojana und genügend Salbe, um einen ganzen Tanzboden zu bestreichen.

Sie schreit nicht.

Ich möchte gerne mit ihr unter die Dusche gehen, möchte aber nicht, daß sie mich im Licht sieht. Vielleicht später, wenn ich sicherer bin. Wir ziehen uns an, und ich trinke einen Scotch, während sie Cola nimmt. Wir sitzen auf der Couch im Wohnzimmer und schauen den Lichtern vor dem Fenster zu. Ich fühle mich viel besser. Wage es noch nicht, glücklich zu sein, stelle mir aber vor, daß dies bald der Fall sein wird.

„Wie geht es Postumus?“ frage ich nach einem langen Schweigen, aber Vicky scheint nun mein Schweigen zu akzeptieren, so daß ich mir darüber keine Sorgen mehr zu machen brauche.

„Postumus ist süß. Er lächelt jetzt wunderschön.“

„Ich mag Postumus“, sage ich. „Manchmal habe ich das Gefühl, als sei er mein.“

Vicky denkt darüber nach. „Weil du mich bei dem Namen Benjamin unterstützt hast?“

„Ja, ja. Und weil du mich um Hilfe gebeten hast, als er

geboren wurde. Weil ich dich während der ganzen Schwangerschaft und danach liebte. Weil Sam nicht da war, der mich daran erinnern konnte, daß Postumus eben mir doch nicht gehört."

Sie fragt, ob Elsa weitere Kinder will.

„Sie kann keine mehr haben. Schade. Aber immerhin haben wir Alfred."

„Sebastian, wie ist denn nun eigentlich die Sache mit Elsa?"

Ich erkläre mein Konzept der Liaison. „Du bist nicht an einer Ehe interessiert, nicht wahr, Vicky?" füge ich hinzu, nur um sicherzugehen.

„Nein", sagt sie automatisch, fügt dann aber sehr schnell hinzu: „Ich meine, nicht im Augenblick. Natürlich sollte ich eines Tages der Kinder wegen wieder heiraten."

„Und wegen dir, Vicky?"

„Oh, das auch, natürlich! Es gibt keine andere akzeptable Alternative."

„Da gibt es immer die Alternative, die wir jetzt haben."

„Ja, aber die Ehe ist –!"

„Ehe ist nur ein Kodewort für den Versuch einer Gesellschaft, aus dem Chaos zwischen den Geschlechtern eine Ordnung zu schaffen. Es ist wie bei den Philosophen, wenn sie von dem Absoluten und dem Einen reden in ihrem Versuch, Ordnung in ein chaotisches Universum zu bringen. Aber man kann philosophieren, ohne sich auf das Absolute zu beziehen, und man kann jemanden lieben, ohne von Ehe zu sprechen."

„Du redest, als gäbe es nicht so etwas wie Moral. Diese Liaison mag uns ja ganz gut passen, aber was ist mit der armen Elsa? Wie kannst du dein Verhalten zu mir moralisch rechtfertigen, wenn du sie dabei unglücklich machst?"

„Sie wird nicht unglücklich sein! Es braucht nicht viel, Elsa glücklich zu machen; nur ein nettes Heim, die richtigen Kreditkarten und Alfred und ab und zu noch ein bißchen Bett. Eh, das macht dir doch nichts aus, wenn ich ab und zu mal mit Elsa schlafe, um sie glücklich zu machen, Vicky?"

„Doch, es macht mir etwas aus. Sogar sehr viel."

Mir fällt die Kinnlade runter. Ich schließe schnell den Mund, bin aber sprachlos.

„Ich halte es für falsch, zwei Frauen zur gleichen Zeit zu

haben“, sagt Vicky mit Nachdruck. „Die Moslems schaffen das ja, aber schau dir ihre Frauen an! Anonyme verschleierte Bündel. Aber Frauen sind nicht einfach anonyme Objekte, Sebastian! Sie sind verletzliche Menschen.“

„Mein Gott, Vicky, das brauchst du mir nicht zu sagen! Andere Männer mögen Frauen für eine Herde Vieh halten, aber ich könnte nie so stumpfsinnig sein!“

„Warum kannst du dann nicht einsehen, daß Elsa ein Individuum ist und nicht ein als Ehefrau etikettierter Brocken. Sie hat Gefühle, genauso wie jeder andere auch.“

„Und ich respektiere sie!“ protestiere ich. Vicky nimmt ihren Mantel, und ich folge ihr schnell zur Tür. „Ich kümmere mich weiter um sie!“

„Du wirst sie demütigen!“ Vicky ist jetzt sehr böse. Wir verlassen das Apartment, und ich folge ihr, wie sie den Flur entlang zum Aufzug rauscht.

„Sie mal, Vicky –“

„Okay, nur los! Demütige sie! Deine Ehe geht mich nichts an!“

„Sag mal, du klingst ja, als wärst du eifersüchtig!“ sage ich, obwohl ich weiß, daß sie es nicht ist. Ich versuche nur den Ärger in der Unterhaltung mit einem Spritzer von Humor zu neutralisieren.

Sie schaut mich verachtungsvoll an. „Gute Nacht, Sebastian. Ich gehe alleine nach Hause, vielen Dank.“

Ich setze sie in ein Taxi und schaue zu, wie es abfährt.

Meine Güte. Oh, verdammt noch mal. Oh, Scheiße.

15. März 1959. Alfred schaut mich mit blassen, erfreuten Augen an und sagt befriedigt: „Daddy.“

Schlauer, kleiner Kerl. Er weiß, wer ihn versteht. Ich hebe ihn hoch, und er knufft mich um die Ohren. Sei nicht so sentimental, du großer Schuft, denkt er, sei nicht blöde. Als wenn ich von diesem Mist nicht schon gerade genug hätte.

Ich setze ihn wieder in seinen Laufstall. Ich schaue ihm beim Spiel zu. Er hat ein kleines Xylophon, auf dem er herumhaut, ich beobachte sein von Konzentration angespanntes Gesicht, als er herauszufinden sucht, auf welches Plättchen er schlagen soll.

Ein Schatten fällt über das sonnendurchflutete Kinderzimmer. Elsa.

„Alfred, mein Liebster, mein Engel –“ Sie hebt ihn hoch, trennt ihn von seinem Xylophon und bombardiert ihn mit Kindersprache. Alfred schreit vor Wut.

„Laß ihn runter, Elsa, um Gottes willen!“

Sie funkelt mich mit den eisblauen Augen ihres Vaters an. „Ich will mit dir sprechen.“

Alfred wird wieder in seinen Laufstall gesetzt, aber er ist jetzt sauer. Er schreit immer noch voller Wut. Die Kinderschwester trabt herein und hebt ihn wieder hoch. Neuerliches Geschrei. Armer Alfred. Nur ein Mensch versteht ihn.

Elsa und ich gehen in unser Schlafzimmer, und Elsa knallt die Tür zu.

„Du schläfst mit ihr, nicht wahr?“ sagt sie. O Gott, da haben wir es, aber früher oder später mußte das ja kommen. Es kann genausogut jetzt sein, und dann habe ich es hinter mir.

„Wie kommst du denn darauf?“ sage ich, um Zeit zu gewinnen, mein Gleichgewicht wiederzufinden.

„Weil du jetzt nur einmal die Woche mit mir schläfst. Und was ist mit den anderen sechs Tagen?“

Vicky und ich haben in den beiden letzten Monaten nur fünfmal miteinander geschlafen, weil wir jedesmal hinterher eine Zankerei haben, die es ihr ermöglicht, mich für ein paar Tage auf Distanz zu halten. Aber ich bin geduldig und bereit zu warten, bis Vicky sicherer wird und öfter mit mir schlafen kann. Sie hat nichts dagegen. Wenn dem so wäre, würde ich mich ihr nicht aufdrängen, aber sie kann die Vorstellung nicht akzeptieren, daß Sex Spaß machen könnte. Im Augenblick ist es nur etwas, das sie tut, um höflich und freundlich zu sein, ungefähr so, wie wenn man roten Sekt trinkt, den ein sehr guter alter Freund für einen besorgt hat, der es eigentlich besser wissen sollte. Aber ich sehe ein, daß ein Einstellungswechsel Zeit braucht, und in der Zwischenzeit ist selbst das gelegentliche Zusammensein das Paradies, verglichen mit all den Jahren, in denen ich überhaupt nicht mit ihr schlafen konnte. Ich habe es versucht, aber ich kann mein Interesse an Elsa einfach nicht aufrechterhalten. Diese Liaison scheint, unvollkommen wie sie noch ist, meine Ehe doch in einem Maß zu beeinflussen, das ich nie vorausgesehen habe.

„Du Schwein!“ sagt Elsa wütend.

Ich reiße mich zusammen. „Okay“, sage ich. „Ich schlafe mit ihr, aber es besteht kein Grund, sich aufzuregen. Ich habe nicht die Absicht, dich zu verlassen! Ich werde bei dir bleiben und ein guter Ehemann sein. Die Wahrheit ist aber, daß es verdammt wenig gute Ehemänner gibt, die ihren Frauen treu sind. Frag deinen Vater, wenn du mir nicht glaubst. Dein Vater hat sich immer als guter Ehemann um seine Familie gekümmert, aber es ist allgemein bekannt, daß er eine Menge anderer Frauen hatte.“

„Mein Vater“, sagt Elsa, „ist ein gottverdammter Heuchler.“ Sie setzt sich plötzlich auf den Schemel vor dem Schminktisch und betrachtet sich im Spiegel. Sie erscheint kühl, ruhig und gesammelt. Keine Tränen, keine hysterischen Anfälle, keine Panik.

Das ist komisch. Irgend etwas stimmt nicht. Diese Szene läuft überhaupt nicht nach Plan.

„Meine Mutter hat sich im Laufe der Jahre viel zuviel von meinem Vater gefallen lassen“, sagt Elsa und betrachtet immer noch ihr alltägliches Gesicht im Spiegel. „Arme Mama, sie hatte keine Wahl. Sie war ein Opfer ihrer Klasse, ihrer Kultur und ihrer Zeit. Aber ich bin nicht wie meine Mutter, und ich lebe nicht in ihrer Zeit. Ich lasse mich nicht so behandeln, wie mein Vater sie behandelte. Du hältst mich nur für einen Sack, der 165 Pfund wiegt und kein eigenes Hirn besitzt, aber da irrst du dich, Sebastian, da irrst du dich sogar sehr.“

Mir wird es heiß unterm Kragen. Ich muß mir mit den Fingern darunterfahren, um ihn vom Hals zu lösen. Ich fühle mich sehr, sehr mulmig. Kann das Elsa sein, die da redet? Ist es denkbar, daß dies die kleine, arme, dumme Elsa ist, die sich im Bett an mich kuschelt und sagt, wie wunderbar ich bin? Irgend etwas ist irgendwann schiefgelaufen. Ich habe irgend etwas ganz Vitales verpaßt. Ich habe mich verkalkuliert.

„Paß mal auf, Freundchen“, sagt Elsa plötzlich so hart wie in einem James-Cagney-Film, mit dem ganzen Granit der Reischmans. „Laß mich dies mal ganz klarmachen. Ehe ist Ehe. Du hast mir vor Zeugen die Treue versprochen, und ich halte dich bei diesem Versprechen. Wenn du nicht bereit warst, es zu halten, warum hast du mich dann geheiratet. Ich bin deine Frau, und ich teile dich mit niemandem, schon gar nicht mit Vicky. Du mußt dich entscheiden, Sebastian. Entweder du kommst nach Hause und bleibst zu Hause und schläfst die ganze Nacht an meiner Seite und benimmst dich wie ein wirklicher Ehemann, oder ich gehe zu meinem Anwalt und bringe dich mit einer Scheidungsklage um deinen letzten Pfennig."

Ich versuche aufzuwachen, aber dies ist kein schrecklicher Alptraum, dies ist die Wirklichkeit, und ich schwitze genau in der Mitte dieser Wirklichkeit. Ich will sehen, ob sie blufft. „Du wirst dich nicht scheiden lassen. Du weißt verdammt genau, daß du nie einen anderen Mann bekommen wirst!"

Sie betrachtet mich kalt. „Wetten?"

Ich bin stumm – stumm in der Bedeutung von dumm und in der Bedeutung von sprachlos. „Aber du kannst doch nicht – würdest es nicht wagen, dich scheiden zu lassen!" stottere ich.

„Probier's doch", sagt Elsa, und ihre blauen Augen überziehen den Spiegel fast mit Eis.

Ich drehe mich auf dem Absatz um und gehe hinaus. Oder, um genauer zu sein, ich stolpere hinaus. Ich mache meinen Weg ins Wohnzimmer, gieße mir einen dreifachen Scotch ein und trinke ihn.

Auf dem Tisch am Fenster steht ein Bild von Alfred, dem schlauen, kleinen Alfred im Alter von sechs Monaten, aufrecht sitzend und blöde dreinschauend, weil irgendein blöder Erwachsener seine Privatsphäre dadurch gestört hat, daß er Dadada machte, um ihm ein Lächeln für die Kamera zu entlocken.

Als der Scotch alle ist, gehe ich ins Schlafzimmer zurück, aber Elsa ist nicht da. Ich gehe ins Kinderzimmer und finde sie dort, wie sie Alfred in einen neuen Anzug für seinen Sonntagnachmittagsbesuch bei ihrer Mutter stopft. Die Kinderschwester ist unterwegs und holt seinen Mantel und seine Schuhe.

Wir sprechen nicht, sehen uns nur an.

„Daddy!" sagt Alfred erfreut und zeigt mit seinem kleinen Finger auf mich.

Ich möchte etwas kaputt machen. Das ganze Geschirr in der Küche zertrümmern und Elsa verprügeln. Ich tue es aber nicht. Noch schlimmer, ich werde es nie tun. Ich habe nur einmal die Nerven bei einer Frau verloren und ihr einen solchen Schubs gegeben, daß sie gegen die Kante eines Schrankes fiel und ohnmächtig wurde. Hinterher habe ich mir geschworen, nie wieder gewalttätig zu werden. Gewalttätigkeit ist falsch. Gewalttätigkeit ist krank. Gewalttätigkeit, nicht Sex, ist das wahrhaft Obszöne in unserer Kultur.

Indem ich alle gewalttätigen Gedanken aus meinem Kopf verdränge, hebe ich Alfred auf und sage ohne jeden Ausdruck zu Elsa: „Besuchen wir doch deine Mutter alle zusammen."

Ich rufe Vicky an. „Vicky, ich muß dich sehen." Ich nenne Vicky niemals „Darling" oder „Sweetheart" oder „Honey". Solche Koseworte hat sie genug von Leuten gehört, die sie nie verstanden haben.

Wir treffen uns im Apartment.

„Ich sitze in einer großen Scheiße", sage ich und berichte ihr von Elsa. Ich trinke Scotch, als ob die Schnapsfabriken ihre Produktion eingestellt hätten. „Wir können uns nicht weiter hier treffen im Fall, daß sie mich überwachen läßt", füge ich hinzu. „Wir werden uns in der Fifth Avenue treffen müssen. Die Detektive können mir zum Haus deines Vaters folgen, bis sie sich Löcher in die Schuhe gelaufen haben, aber sie können nie beweisen, daß ich nicht einfach nur meine Mutter besucht habe."

„Meine Güte, ich kann mir nichts Ernüchternderes denken, als in diesem alten Mausoleum herumzukriechen und Daddy und Alicia aus dem Weg zu gehen! Ich frage mich, was in aller Welt sie denken werden."

„Sie werden es mögen. Es verschafft ihnen eine Ersatzerregung."

„Mein lieber Sebastian, sie brauchen keine Ersatzerregung! Sie sind selbst ganz schön erregt!"

„Mein Gott, geht das immer noch so weiter?"

Wir diskutieren unsere Situation und machen einige Pläne.

„Das schlimmste Ergebnis dieser Krise", sagt Vicky schließlich mit einem Seufzer, „ist, daß wir uns nicht mehr trauen werden, ins Kino oder ins Theater zu gehen. Das sind finstere Aussichten, nicht wahr?"

Ich rutsche rüber zu ihr. „Vicky, ich würde Elsa morgen verlassen –"

„Ich weiß. Alfred. Ich verstehe."

Ich möchte mit ihr schlafen, aber sie sagt nein, es ist die falsche Zeit im Monat. Bei Elsa kümmere ich mich selten darum, aber ich respektiere Vickys Wunsch, allein gelassen zu werden, so küsse ich sie und gehe. Aber ich bin beunruhigt, sehr beunruhigt, und auf dem Heimweg kann ich nur daran denken, daß ich auf dem Grund dieser Scheiße noch nicht angekommen bin, noch ganz und gar nicht angekommen bin.

Wir treffen uns nun einmal in der Woche nach Dienstschluß in dem unbenutzten Westflügel des Van-Zale-Hauses, und es läuft nicht so schlecht, wie wir gefürchtet hatten. Wir übernehmen eins der entlegenen Schlafzimmer, und Vicky schafft einen Plattenspieler herbei samt ihrer Kollektion von Sinatra-Platten, während ich meine Meisterstücke von Mozart mitbringe, einschließlich Gervase de Peyer, der mein liebstes Klarinettenkonzert hinreißend spielt. Ich versuche, Vicky mit Wagners Musik bekannt zu machen, aber sie kann sie nicht ausstehen. Schade. Ich halte mich statt dessen an die sicheren Sachen von Beethoven und schiebe gelegentlich ein wenig Brahms ein, aber mit Bruckner ziehe ich eine weitere Niete, während Mahler sie dazu veranlaßt, sofort eine Presley-Classic zu kaufen, die mir beibringt, daß ich nichts als ein Hound-Dog sei.

Es ist merkwürdig, unter Cornelius' Dach miteinander ins Bett zu gehen. Das gibt uns das Gefühl, als begingen wir einen Inzest; aber wir verschönern das Bett mit unserem schwarzen Satinlaken, und dann macht es uns wieder Spaß. Mindestens mir, und ich kann mir auch nicht vorstellen, daß es für Vicky langweilig ist, denn sehr bald läßt sie mich zweimal in der Woche mit ihr schlafen. Dieses ermutigt mich sehr, aber ich möchte doch gerne wissen, wie sie mehr Genuß empfinden könnte. Es ist schwer, über Sextechniken zu reden, ohne entweder wie ein Idiot zu klingen oder wie eine Elaine-May/Mike-Nicholl-Satire, aber schließlich sage ich doch beiläufig: „Sag mir bitte, wenn ich etwas Besonderes tun kann, damit die Sache für dich läuft."

Sie sieht mich mißtrauisch an. „Was meinst du damit?"

„Nun . . ." Ich weiß, daß ich mich auf dünnem Eis bewege, und ich kann sehen, daß es mein Gewicht nicht trägt. Ich versuche den Rückzug. „Ich will damit nicht sagen, daß die menschliche Existenz unvollkommen ist ohne einen gelegentlichen Orgasmus, aber –"

„Sag dieses Wort nie!" schreit sie mich an. „Sage es nie nie nie wieder!“ Dann springt sie voller Wut aus dem Bett und schließt sich nebenan im Badezimmer ein, um unter der Dusche abzukühlen.

Ich ziehe mich an, mache uns beiden große Drinks, und als sie wieder erscheint, tue ich mein Bestes, um dieses Geheimnis zu lüften. Offenbar ist Sam auf das Problem gestoßen, aber wie Sam so war, sagte er ihr einfach, daß alle Frauen ab und zu einen Orgasmus haben, und wenn Vicky keinen habe, dann müsse es irgendein schräges Problem bei ihr geben, und sie solle einen Psychiater aufsuchen.

„Und was hat der Psychiater gesagt?“ frage ich höflich.

„Er hat überhaupt nicht viel gesagt. Ich konnte mich nie wirklich mit einem der Psychiater unterhalten, bei denen ich war. Ich dachte einmal, mit einer Frau könnte ich leichter sprechen, aber Sam meinte, die besten Psychiater seien alle Männer.“

„Ja“, sage ich, greife die Whiskyflasche am Hals und gieße mir einen Doppelten ein. „Das kann ich mir vorstellen. Und was hat er gesagt, als all diese Wunderpsychiater dich nicht heilen konnten?“

„Oh, er hat ja geglaubt, sie hätten mich geheilt. Ich tat jedenfalls zum Schluß so. Das schien die einfachste Lösung. Ich wollte nicht, daß Sam sich weiter Sorgen machte und sich unglücklich fühlte, weil ich nicht normal bin.“

„Ich verstehe. Ja. So hast du also die ganze Schuld auf dich geladen, all die Probleme und all das Unglück an seiner Stelle. Das ist großartig! Der glückliche, alte Sam! Ich trinke auf sein Wohl!“ Ich hebe mein Glas und trinke.

Sie starrt mich an. „Was willst du damit sagen?“

„Ich versuche zu sagen, daß zum Lieben zwei gehören, Vicky, und wenn du es nie geschafft hast, dann war vielleicht, nur vielleicht, dein Mann teilweise verantwortlich dafür. Und selbst wenn er es nicht war, selbst wenn er im Bett ganz phantastisch war, du aber immer noch nicht mitkamst, dann hätte er sich mehr anstrengen müssen, die Dinge in Ordnung zu bringen, als dich zu einer Reihe von Psychiatern abzuschieben, mit denen du nicht reden konntest!“

„Aber Sam war so wundervoll, so süß, so freundlich –“

Ich habe die Nase voll. Ich kann nicht einfach mit zusammengebissenen Zähnen länger zuschauen. Ich knalle mein Glas hin und wende mich ihr voll zu. „Vicky, Sam mag all diese Dinge irgendwann einmal gewesen sein; wenn er es aber zugelassen hat, daß du die volle Schuld an all euren Eheproblemen getragen hast, dann ist er kein so großer Held, wie du denkst. Er mag deswegen noch lange kein Schuft sein, aber, glaube mir, er ist kein Held."

„Aber –"

Ich nehme sie bei den Schultern und schüttele sie, damit sie merkt, wie wichtig es ist, Sam ohne den Heiligenschein zu sehen, den ihre Schuld an seine Erinnerung genagelt hat. „Sprich Sam nicht heilig", sage ich mit Nachdruck. „Das wäre ein sehr großer Fehler. Sam war kein Heiliger, Vicky, er war menschlich und hatte seine Fehler, genau wie wir alle, aber er hat sie so wirkungsvoll verborgen mit diesem notorischen Keller-Charme, daß du sie wahrscheinlich gar nicht gesehen hast. Du hast ein Recht darauf, wegen einiger Dinge sehr ungehalten mit Sam zu sein, genauso wie du ein Recht darauf hast, ihn für andere Dinge zu lieben. Gut, sei böse! Werde wild! Nur sage nicht einfach: ‚Oh, es war alles mein Fehler, ich war eine Frau, die versagt hat!' Wende den Ärger nicht gegen dich selbst! Versuch statt dessen zu sagen: ‚Dieser Hund von Sam Keller – er wandte sich von mir ab, als ich ihn brauchte – er war ein Mann, der vor seiner Frau versagt hat!' Das mag noch nicht die genaue Wahrheit sein, aber ich verwette meinen letzten Dollar, daß es der Wahrheit viel näher kommt als dieser Mythos von Versagen und Fehlern, die du so lange auf deinem Rücken mit dir herumgeschleppt hast!"

Sie starrt mich so lange an, bis ich mir wie ein Spiegel vorkomme, einer von den Spiegeln, die man in Horrorfilmen sieht, die einen Totenkopf statt des menschlichen Wesens vor dem Glas spiegeln. Ich gieße ihr etwas Scotch nach und drücke ihr das Glas in die Hand.

„Es tut mir leid", murmele ich.

„Nein", sagt sie. „Sag nicht, daß es dir leid tut und –"

„Und sag auch nicht ‚Orgasmus'? Gut, Vicky, was immer du willst. Im Gegensatz zu Sam rege ich mich nicht darüber auf, daß du im Bett nicht herumtobst wie ein Meßdiener, der die Riten des Dionysos ausführt. Es ist mir ganz egal, was du machst, solange ich dich nicht unglücklich mache. Mache ich dich unglücklich?"

Sie küßt mich. „Nein, du machst mich sehr, sehr glücklich. Du machst mich glauben –“ Sie hält inne.

„An dich selbst? Gebe ich dir Glauben an diese vernachlässigte, lang verlorene Person, die unter der neurotischen Mißgeburt existiert, die keine Vorzeigefrau sein wollte und keine Modellmutter und die all die Dinge nicht tun wollte, die alle Frauen ohne Ausnahme befriedigend und lohnend finden sollen?

Lasse ich dich weniger Schuld empfinden und habe dich endlich davon überzeugt, daß jede wesentliche Beziehung zwischen einem Mann und einer Frau eine Sache des Gebens und Nehmens sein muß und nicht alles Nehmen auf einer Seite und alles unterwürfige, selbstvernichtende, seelenzerstörende Geben auf der anderen?“

Sie antwortete nicht. Tränen laufen ihr über das Gesicht. Schließlich sagt sie: „Das war alles so verkehrt, nicht wahr? So hätte es nicht sein sollen. Es war wie bei diesen Kriegsgefangenen in Korea. Die, die einer Gehirnwäsche unterzogen wurden.“

Ich lege meine Arme um sie und halte sie dicht an mich. Es entsteht ein weiteres, langes Schweigen, aber als sie sagt: „Ich glaube, ich fange an, mich zu ärgern“, da weiß ich, daß sie ihre Krücken endgültig zur Seite gelegt hat, und daß sie ihren langen Marsch angetreten hat zurück von der Hölle in Richtung auf ein neues, noch nicht begonnenes Leben.

Ich bin im F.A.O.Schwarz und kaufe ein Geschenk für Postumus. Letztes Jahr bekam Alfred eine Kette aus bunten Perlen, auf denen er kauen konnte, ohne sich zu vergiften. Ich denke mir, daß Postumus dieses Geschenk ebenso freuen wird wie Alfred.

Nach dem Verlassen des Geschäftes nehme ich mir ein Taxi nach Uptown, als mir einfällt, daß mir die Präservative ausgegangen sind. Verdammt. Wo ist die nächste Drogerie? Ich lehne mich vorwärts zu dem Fahrer.

„Fahren Sie rüber auf die Madison.“

Der Fahrer denkt, ich spinne, aber wir fahren rüber auf die Madison, und alles, was ich sehen kann, ist eine Reihe von kleinen Läden mit nur einem Kleid im Fester und keinem Preisschild in Sicht.

„Fahren Sie rüber zur Lexington.“

„Was suchst du denn, Kumpel?"

„Drogerie."

„Warum sagen Sie das denn nicht gleich?" Der Fahrer schwirrt drei Blocks auf der Madison in Richtung Uptown und hält vor einer Drogerie an der Ecke. Ich bitte ihn zu warten und renne rein. Keine Trojanas. Ich kaufe eine andere Marke und rase zurück zu dem Taxi, das nun zur Fifth Avenue hinüberfährt. Das ist vergeudete Zeit, denn ich muß um acht Uhr zu Hause sein, sonst wird Elsa mir nicht glauben, daß ich Überstunden gemacht habe.

Mutter trifft mich im Flur. Verdammt.

„Oh, Lieber, ich dachte, es wäre Cornelius! Komm herein und nimm einen Drink mit uns. Er müßte jede Minute hier sein."

„Ich habe ein Geschenk für Benjamin mitgebracht. Vielleicht –"

„Hallo, Sebastian!" ruft Vicky von der Treppe herunter und überlegt, wie sie mich retten kann. „Ein Geschenk für Benjamin, sagst du? Was für eine nette Überraschung – komm rauf ins Kinderzimmer!"

Cornelius kommt herein. „Sebastian! Komm und trink etwas!"

Gewöhnlich richte ich es bewußt so ein, vor diesen Einladungen zum Drink zu erscheinen, aber die Kombination von F.A.O. Schwarz und die Jagd nach den Präservativen hat den Fahrplan durcheinandergebracht.

„Komm und erzähl uns die neuesten Nachrichten von Alfred!" sagt Mutter. Sie möchte mich wirklich sehen, und ich fühle mich schuldig, weil ich soviel Zeit damit zugebracht habe, in den Westflügel zu schleichen, um mich mit Vicky zu treffen.

Wir gehen alle in das goldene Zimmer. Cornelius und Mutter sitzen auf der Couch und halten Händchen. Vicky und ich sitzen uns gegenüber und versuchen züchtig auszuschauen. Die Luft schwirrt von sexueller Spannung. Selbst den Griechen wäre es schwergefallen, das auszuhalten.

Als wir endlich entfliehen können, vergessen wir Postumus und rasen zu unserem entfernten Schlafzimmer.

„Ich muß in zehn Minuten gehen!" murmele ich.

„Lohnt es sich da, ins Bett zu gehen? Warum nehmen wir nicht einfach noch einen anderen Drink und schwätzen?"

„Ich würde die ganze Nacht wach liegen und an dich denken."

Wir stürzen ins Bett, und für ein paar köstliche Minuten ist alles in Ordnung, aber dann passiert einer von diesen seltenen Unfällen, von der Art, die eigentlich immer anderen Leuten passieren, gewöhnlich jungen Burschen, die sich ihre Präservative aus den Automaten in öffentlichen Toiletten holen. Diese Packung Präservative hätte nie die Fabrik verlassen dürfen. Die Qualitätskontrolle hat einen Fehler gemacht.

Außer einem stillen Gebet sage ich nichts. Vicky sagt auch nichts, und als ich das Unglücksding die Toilette hinunterspüle, schlüpft sie an mir vorbei zur Dusche.

Ausnahmsweise haben wir dieses Mal Glück gehabt, denn dieser Unfall hat keine Konsequenzen. Zehn Tage später sagt Vicky wieder, es sei die falsche Zeit des Monats. Mein Gesicht muß Erleichterung verraten haben, denn sie fügt hinzu: „Sieh mal, Sebastian warum kümmere ich mich nicht mal um die Verhütung? Ich habe früher einmal für kurze Zeit eine Spirale getragen, und ich habe nichts dagegen, es noch einmal zu probieren."

„Bist du dir sicher?"

„Ganz sicher."

Sie versucht es noch einmal mit dem Ding, und für mich ist das eine große Verbesserung. Ich frage sie dreimal, ob sie mit der Veränderung zufrieden ist, und sie sagt, sie reißt sich nicht gerade darum, fühlt sich aber sicherer als mit den Präservativen.

Ich stelle fest, daß sie der Verhütung nicht traut, wenn ihr Partner dafür verantwortlich ist, und bei näherem Nachdenken überrascht mich das auch überhaupt nicht. Das sähe Sam Keller sehr ähnlich, Verhütung so zu betreiben wie ein selbstmörderischer Spieler russisches Roulett betreibt. Sie sagt mir sogar, ich müsse sie das Ding jedes Mal benutzen lassen, und als ich ihr versichere, daß russisches Roulett nie zu meinen besonderen Vergnügungen gehört habe, treten ihr die Tränen in die Augen. Schreckliche Vorstellungen aus der Vergangenheit öffnen sich. Ich nehme sie in meine Arme und drücke sie fest an mich, um diese Bilder zu vertreiben.

Ich bin nicht Sam Keller, und ich werde nie nie nie seine Nachfolge antreten.

12. Juni 1959. Im Kinderzimmer kaut Postumus auf seinen Perlen und lächelt nachdenklich seinen netten Onkel Sebastian an.

Seine beiden Brüder sind schlau genug, sich außer Sichtweite zu halten, wenn ich da bin, aber die kleine Samantha flirtet mit mir, und Kristin lächelt mich mit Sam Keilers Lächeln an.

Zu Hause befleißigt sich Elsa einer höflichen, neutralen Art mir gegenüber, hat ihr Haar zu einem helleren Blond getönt und ein Buch über Diät gekauft. Alfred rennt herum, zieht sein Xylophon hinter sich her und versucht, den Flur mit Elsas Nagellack neu zu streichen, aber ich gebe ihm fest eins auf den Hintern. Geheul und Geschrei. Elsa nennt mich einen Unmenschen. Aber Alfred schaut mit eindringlichen blassen Augen zu mir auf und respektiert mich. Alfred wird das nicht wieder tun.

Alles scheint zufriedenstellend vor sich hinzulaufen, aber mit den vergehenden Sommertagen erscheint eine kleine Wolke am Himmel, und während die Tage vergehen, wächst diese Wolke immer mehr.

Vicky und ich warten auf die falsche Zeit des Monats, aber es scheint nie die falsche zu sein, und langsam dämmert es uns, daß wir umsonst warten.

Es ist wieder einmal Unglückszeit.

Sie ist schwanger.

„Wie, zum Teufel, ist das passiert?“

„Der Doktor sagt, ich hätte mir die Spirale neu einsetzen lassen müssen.“

„Aber . . .“ Es ist schwer, Worte zu finden, um entsetzte Ungläubigkeit auszudrücken. „Hast du denn keine neue bekommen?“ sage ich schließlich konsterniert.

„Ja, habe ich. Ich habe mir die alte angeschaut, aber der Gummiteil kam mir so komisch vor, weswegen ich in einer dieser großen Discountdrogerien in Midtown einen neuen gekauft habe. Ich wollte den Arzt nicht fragen, da er doch weiß, daß ich im Augenblick nicht verheiratet bin. Er hätte mir die Leviten gelesen.“

„Er hätte was?“

„Oh, die Ärzte lesen den Frauen immer die Leviten – du hast keine Ahnung, wie das ist. Als ich daran dachte, Postumus abzutreiben, haben sie pausenlos auf mich eingeredet. Es war einfach zuviel – danach haßte ich alle Ärzte, besonders Gynäkologen.“

„Okay. Sei mal still. Ich verstehe. Ärzte sind fundamentalistische Prediger, geübt in den Fragetechniken des KGB, die den Frauen um die Park Avenue herum auflauern. Es gibt aber Kliniken, in denen jeder der Meinung ist, es handle sich um die normalste Sache der Welt, einer Frau unter dreißig mit fünf Kindern eine Spirale einzusetzen! Warum bist du nicht –"

„Das verstehst du nicht. Du siehst gar nicht, worum es geht. Ich hielt es nicht für nötig, die ganze Geschichte noch einmal zu machen. Ich kannte die Größe und dachte, man bleibt das ganze Leben lang immer bei derselben Größe – genauso wie mit Schuhgrößen. Schließlich läßt man sich ja auch nicht einmal im Jahr die Füße messen, um zu sehen, ob sie größer oder schmäler geworden sind –"

„Aber irgend jemand muß dir das doch gesagt haben!"

„Nein. Niemand. Weißt du, ich habe so eine Spirale nur kurze Zeit während meiner Ehe benutzt, weniger als ein Jahr. Als der Doktor sie anpaßte, sagte er zu mir, ich sollte sie einmal im Jahr überprüfen lassen, aber er sagte mir nicht, warum, und so nahm ich einfach an, er wollte nur sichergehen, daß sie nicht kaputt war. Aber dann wurde ich schwanger, und später bestand Sam darauf, sich wieder selbst um die Verhütung zu kümmern –"

„– mit all dem Nachdruck eines Mannes, der sich darauf vorbereitet, in einer Fruchtbarkeitsanzeige zu erscheinen. Okay, nun laß uns mal nachdenken. Wir haben schon genug Probleme; wir wollen sie nicht noch verschlimmern, indem wir die schreckliche Vergangenheit zum Leben erwecken. Konzentrieren wir uns nur auf die Gegenwart." Ich gebe ihr mein Taschentuch für ihre Tränen, und im Geiste trete ich aus Sam Kellers Schuhen, die anscheinend um meine Füße geschlüpft sind. Ich tue das, indem ich mir ganz fest sage, daß ich kein unschuldiger Zuschauer bin; ich kann mich nicht einfach hinstellen und verkünden, daß ich hieran nicht beteiligt bin. Ich weiß nur allzugut, daß Vicky bei Sam eine sehr beschützte Existenz geführt hat, abgeschirmt von den Tatsachen des Lebens, und man kann nicht die alleinige Verantwortung in Sachen Verhütung einer so fundamental unschuldigen Person anvertrauen, bevor man das ganze Problem nicht ausführlich diskutiert hat, um sicherzustellen, daß nicht etwa potentiell tödliche Bereiche der Ignoranz existieren. Wenn Vicky einen Fehler gemacht hat, dann habe auch ich einen großen Fehler gemacht, und es ist jetzt an mir, mit ihr zusammen der Tragödie so gut wie möglich zu begegnen.

Ich mache uns beiden große Drinks, lege meinen Arm um sie und sage: „Vicky, ich werde dir in dieser Sache nichts vorschreiben. Du hast neun Jahre lang mit Vorschriften von Sam gelebt, und ich werde mich nicht wie Sam benehmen. Dies ist unser gemeinsamer Fehler, und ich trage die volle Verantwortung, aber letzten Endes handelt es sich doch um deinen Körper. Du hast die Last, dieses Kind neun Monate lang zu tragen. Du hast die Qual der Geburt. Du mußt entscheiden, was getan werden soll; aber bevor du dich entscheidest, möchte ich folgendes sagen: Was immer deine Entscheidung sein wird, ich werde hinter dir stehen. Die Entscheidung muß deine sein, aber die Konsequenzen wirst du nicht alleine tragen müssen. Wenigstens dies kann ich dir versprechen."

Sie küßt mich auf den Mund. „Ich liebe dich", sagt sie.

Ich halte sie fest und küsse sie wieder. Sonst zählt nichts, nichts in der Welt. Ich möchte sprechen, kann aber nicht. Als ich sie wieder küsse, wühle ich in meinem Vokabular, bis ich schließlich sagen kann: „Weißt du, was du tun möchtest, Vicky? Hast du irgendeine Vorstellung?"

„Ich möchte dich heiraten", sagt sie.

Willow und Wall Street. Ich gehe zu Cornelius. Cornelius sitzt hinter einem großen Tisch in einem sterilen Raum, der wunderschön sein könnte, es aber nicht ist, weil er all die falschen Sachen hineingepackt hat. Man stelle sich einen Kandinsky über einem Adam-Kamin vor. Typisch.

„Sir". Im Büro nenne ich ihn gewöhnlich „Sir" in einem Versuch, auch nur den Schatten des Nepotismus zu vermeiden. „Ich bin gekommen, dich um einen dreimonatigen Urlaub zu bitten. Es tut mir leid, wenn das Umstände macht."

Cornelius, der Schwierigkeiten ahnt, sieht wachsam aus. „Wozu brauchst du den Urlaub?"

„Ich möchte nach Reno fahren, Sir, um Bürger von Nevada zu werden. Ich habe mich entschlossen, mich scheiden zu lassen."

„Setz dich hin, Sebastian." Er ist eiskalt. Scheidung ist nicht normal. Es gibt sie natürlich, sie ist aber kein normales Benehmen. Diese Sache muß vorsichtig angepackt werden, damit die

Leute sich nicht die falschen Vorstellungen machen. Dieses Sorgenkind Sebastian, denkt er, ist doch immer ein Dorn in meinem Fleisch. „Sebastian, ich gebe mir selbst schuld, nicht schon länger einmal ein offenes Gespräch mit dir geführt zu haben. Natürlich ist mir nicht entgangen, was vor sich geht, aber ich habe mich nicht eingemischt, zum Teil, weil du sehr zurückhaltend vorgegangen bist und zum Teil . . ."

Hier bleibt er stecken.

Dies ist schwierig für Cornelius. Er weiß, daß Mutter es aufregend findet, daß Vicky und ich schließlich zusammen sind, und er möchte Mutter glücklich sehen. Andererseits haßt er die Vorstellung, daß Vicky mit irgend jemand anderem als ihrem gesetzlich angetrauten Ehemann lebt, und selbst ein gesetzlich angetrauter Ehemann ist für Cornelius nicht so ohne weiteres vorstellbar. Oberhalb dieses emotionalen Teichs liegt für Cornelius jedoch die eiserne Kontrolle seines Pragmatismus, und wie gewöhnlich bei Cornelius triumphiert dieser Pragmatismus.

„Mißverstehe mich nicht", sagt er vorsichtig. „Ich lehne Unmoral ab; aber wie kann ich Vicky ein wenig Glück mit jemandem, der sie liebt, versagen? Das wäre falsch . . . und unnötig starr. Ich will dich nicht kritisieren, Sebastian, aber ich meine, du solltest deinen jetzigen Erfolg bei Vicky nicht in einer schnellen Entscheidung enden lassen. Wäre es nicht besser, den Status quo für eine Weile zu erhalten?"

Ich entscheide, daß er mir genug gepredigt hat, ohne die volle Kenntnis der Fakten, also schieße ich die Wahrheit auf ihn ab.

„Vicky bekommt ein Baby", sage ich gespannt. „Wir werden in Reno heiraten, sobald ich geschieden bin."

Cornelius sieht ungläubig drein. Er kann sich nicht vorstellen, daß ich dumm genug bin, Vicky außerhalb der Ehe zu schwängern. Dann sieht er wütend aus. Ich bin der Schuft, der seinem Mädchen einen dicken Bauch gemacht hat. Aber schließlich tritt ein Ausdruck ungewollter Faszination in seine Augen. Gegen alle Wahrscheinlichkeiten werden Mutters kitschige Träume wahr. Er und Mutter werden schließlich doch einen gemeinsamen Enkel haben. Eric, Paul und Benjamin kann man vergessen. Sie sind nur Sams Söhne. Vicky und Sebastian werden den Sohn haben, den er und Mutter nie hatten, und von jetzt bis in alle Ewigkeit werden alle im häuslichen Glück waten.

Cornelius vibriert plötzlich vor Erregung. „Aha", sagt er, und versucht ruhig zu bleiben. „Ja, ja, selbstverständlich mußt du heiraten!" Er sucht nach seiner gewöhnlichen, praktischen Perspektive. „Was wissen die Reischmans darüber?"

Er ist nervös wegen Jake. Das könnte der letzte Nagel in dem Sarg der informellen Partnerschaft zwischen den Häusern Reischman und Van Zale sein.

„Elsa hat mir schon mit der Scheidung gedroht", sage ich, „aber da die Zeit für Vicky entscheidend ist, möchte ich nicht hierbleiben, bis Elsa die verworrenen, unangenehmen Scheidungsgesetze des Staates New York aktiviert. Außerdem glaube ich, daß Elsa froh sein wird, wenn ich nach Reno gehe und dort die ganze Geschichte so schnell wie möglich abwickle. Elsa hat sich in der ganzen Sache ziemlich hart gezeigt, und das ist einer der Gründe, warum ich glaube, daß Jake über die Neuigkeiten nicht allzu aufgebracht sein wird. Es wäre etwas anderes, wenn Elsa so am Ende wäre wie Vicky, als Sam starb, aber das ist sie nicht. Sie ist in guter Verfassung, schreibt die Ehe bereits ab als ein Stück Erfahrung und sieht sich nach etwas Neuem um. Sie wird genauso froh sein wie Jake, mich loszuwerden."

Cornelius ist von dieser beruhigenden Analyse sehr beeindruckt. Er plant schon Instruktionen für Scott, wie man Jake mit Samthandschuhen anzufassen hat. „Nun, das klingt nicht so übel", sagt er entspannt. „Gut. Ich glaube, es ist am besten so. Wann fährst du?"

„Morgen mittag, wenn du mir Urlaub gibst."

Cornelius stimmt zu. Jetzt ist er außer sich vor Aufregung, und sobald ich den Raum verlassen habe, greift er zum Telefon, um Mutter anzurufen.

29. September 1959. Ich tue so, als ginge ich ins Büro, schleiche mich aber zurück, um meine Koffer zu packen. Elsa geht jeden Dienstagmorgen zum Friseur und trifft sich hinterher mit einer Freundin zum Essen.

Als meine Koffer gepackt sind, gehe ich ins Kinderzimmer.

Alfred versucht herauszufinden, wie man Würfel von verschiedener Größe in die richtigen Löcher einer knallroten Schachtel setzt. Die Kinderschwester ist nebenan in seinem Schlafzimmer und räumt Kleider auf.

Ich schaue Alfred eine Weile zu.

Es gibt einen Vers bei John Donne, der anfängt: „Willst du mir vergeben?" Ich versuche, mich an den Rest des Gedichtes zu erinnern, kann es aber nicht. Willst du mir vergeben, Alfred? Nein, wahrscheinlich nicht. „Verdammter Schuft!" wirst du sagen, wenn du groß genug bist. Du wirst dich von mir abwenden, und ich werde dir nicht erklären können, daß ich mich nicht von dir abwenden kann. Es wird zwar so aussehen, aber ich werde in beide Richtungen schauen, denn ich werde dich in meiner Erinnerung immer im Auge behalten, dir zusehen, wie du diese kleinen Würfel aufhebst und sie in die richtigen Löcher dieser knallig gemalten Schachtel tust.

„Kluges Kind", sage ich laut.

Alfred schaut auf. „Daddy!" sagt er und schleudert einen Würfel gegen mich. Ich hebe ihn auf und zeige ihm, in welches Loch er gehört.

Er läßt den Würfel fallen und strahlt mich an.

Alfred und ich haben zum letzten Mal kommuniziert.

Ich möchte ihn mit nach Reno nehmen, ich möchte ihn mit zu Mutter nehmen, aber was soll das? Die Reischmans werden ihn kriegen. Elsa ist eine unschuldige, sitzengelassene Frau, und sie wird das Sorgerecht bekommen. Ich werde auch nicht um Alfred kämpfen. Ich werde ihn gehen lassen – nicht nur, weil ich weiß, daß ich in einer rechtlichen Auseinandersetzung keine Chance habe. Ich lasse ihn gehen, weil ich mich daran erinnere, wie es ist, ein Kind zu sein, das zwischen zwei Eltern steht, die um das Sorgerecht kämpfen. Mein Sohn wird diese Art der Erinnerung nicht haben, nicht, wenn ich es vermeiden kann.

Im Laufe der Zeit werde ich sicher Zugang zu ihm bekommen. Elsa wird vierzig Pfund verlieren, und wenn sie wieder heiratet, dann wird sie großzügig sein, genau wie mein Vater nach seiner Wiederheirat allmählich seine Bitterkeit verlor.

Ich werde Alfred später wiedersehen. Es ist zwar das Ende einer Sache, doch es ist nicht das Ende der Welt.

Ich fühle mich aber trotzdem so. Ich fühle mich wie am Ende der Welt. Schlimmer noch.

Ich hebe Alfred hoch und drücke ihn an mich. Dann setze ich ihn wieder hin, renne aus dem Kinderzimmer, greife mir das Bild des sechs Monate alten Alfred im Wohnzimmer, stecke es in einen meiner Koffer und stolpere nach draußen. Ich versuche ein gelbes Auto zu stoppen, aber es ist kein Taxi. Kann nicht so richtig sehen.

Blöde. Ich hasse blöde Sachen. Tränen sind blöde, nur für Frauen erlaubt und für jede andere Rasse auf der Welt außer den Angelsachsen.

Vielleicht bin ich schließlich doch kein Angelsachse.

Wir fahren nach Reno und bewegen uns sechs Wochen in Plastikkultur. Nachdem ich Bürger geworden bin, beantrage ich die Scheidung und besteche jeden, die Abwicklung so schnell wie möglich in die Wege zu leiten. Elsa unterschreibt die notwendigen Papiere, und am Tag nach der Scheidung heiraten Vicky und ich in einem Heiratsinstitut voller Plastikblumen.

Diesen Nachmittag fahren wir nach Los Angeles, und morgen fliegen wir für eine Woche nach Hawaii.

Ich freue mich auf die Flitterwochen, aber Sex tut Vicky jetzt weh. So gehe ich also auf lange Spaziergänge allein an wunderschönen Stränden, sehr romantisch, ich höre dem Meer zu und versuche, nicht allzuviel an Alfred zu denken. Vicky und ich reden ein wenig miteinander, aber sie bleibt gespannt. Am Ende stellen wir fest, daß es die falsche Zeit für Flitterwochen ist und fliegen nach New York zurück. Vicky kann es kaum erwarten, in die Fifth Avenue zu kommen und die Kinder zu sehen.

Ich betrachte die freudige Wiedervereinigung und denke an Alfred. Dann sage ich hallo zu Postumus, der jetzt etwas mehr als ein Jahr alt ist, mit dickem, rotbraunen Haar, blauen Augen und einem frechen Gesichtsausdruck. Er lächelt mich spitzbübisch an, und ich lächle zurück, wobei ich mir einrede, er sei mein, was er aber nicht ist. Er ist Sam Kellers Sohn, und der Bruder dieser beiden kleinen Biester Eric und Paul. Der Gedanke, der Stiefvater von Eric und Paul zu sein, ist kein bißchen aufregend. Bald werden wir uns nach einem Stadthaus umsehen, das groß genug ist, die Familie und all die Bediensteten aufzunehmen, die wir brauchen werden, um den Haushalt in Gang zu halten. Persönlich wünschte ich mir, wir könnten die vier ältesten Kinder bei Mutter und Cornelius lassen und einfach nur Postumus mitnehmen. Ich kann mir vorstellen, daß Vicky das auch lieber wäre, aber sie wird es niemals tun, und das nicht nur, weil sie diese Kinder liebt. Sie wird sie schon deshalb nie verlassen, weil sie weiß, daß sie die daraus entstehende Schuld nie in den Griff bekommen würde.

Vicky und ich sind nicht dafür geschaffen, eine Menge Kinder zu haben. Manche Paare sind es, manche nicht. Elsa und ich wären mit sechs Kindern zurechtgekommen und hätten Spaß daran gehabt. Elsa tut immer nur so wichtig mit Alfred, weil sie weiß, daß sie keine weiteren Kinder haben kann, und wenn sie eine große Familie hätte, dann würde sie sich sehr schnell dazu aufraffen, die Rolle der Allfamilienmutter bis zur Perfektion zu spielen.

Dessen ist Vicky nicht fähig. Ihre Kinder sind ihr ein Geheimnis. Sie überschüttet sie mit Zuneigung, was gut ist, aber darüber hinaus scheint sie keine Vorstellung davon zu haben, wie eine Mutter sein sollte. Wenn es unangenehme Szenen gibt, zieht sie sich hinter die Kinderschwester zurück. Sie kann nicht nur die Querelen, die zu jeder großen Familie gehören, nicht aushalten, sie kann vor allen Dingen nicht einsehen, daß man ab und zu auch einmal aus Liebe zu den Kindern Grenzen ziehen muß, damit sie lernen, im Leben nicht jeden unterzubuttern, nur weil sie ihren Kopf durchsetzen wollen. Vielleicht entspringt ihr verzweifeltes Bemühen, Liebe mit reichlichen Küssen und falsch verstandener Nachgiebigkeit zu demonstrieren, dem unbewußten Wissen, daß sie in Wirklichkeit ihre Kinder nicht so liebt, wie sie sollte. Sie tut alles, dies vor den Kindern, vor der Welt und vor sich selber zu verbergen. Sie zermartert sich das Hirn, so zu sein, wie sie sich eine gute Mutter vorstellt, mit dem Ergebnis, daß die kleinen Biester, total verdorben, ständig auf ihr herumtrampeln. Dies wiederum zerstört ihr Selbstvertrauen, und je weniger Selbstvertrauen sie hat, um so mehr sehnt sie sich nach der Liebe ihrer Kinder und um so mehr verwöhnt sie sie in dem mißverstandenen Glauben, daß gerade dieses sie zu liebenden Söhnen und Töchtern macht.

Es gibt da nur einen Hoffnungsstrahl, den ich am Horizont erkenne, aber er ist kaum der Rede wert, und obendrein könnte es sich nur um ein Wunder handeln, das von meiner intensiven Sehnsucht, die Zukunft mit Optimismus zu betrachten, geschaffen wurde. Es ist möglich, ganz entfernt möglich, daß Vicky, im Gegensatz zu den meisten Eltern, mit diesen Kindern besser zurechtkommen wird, wenn sie Teenager sind. Ich glaube, sie hat die potentielle Fähigkeit, mit ziemlich klarem Blick auf ihre eigene Jugend zurückzuschauen und einige ehrliche, vernünftige Schlüsse zu ziehen. Jetzt hat sie jedenfalls fünf Kinder unter zehn und ist nutzlos.

Mit einem verständnisvollen und sie unterstützenden Mann könnte Vicky vielleicht mit einem Kind zurechtkommen. Zwei würden eine Belastung der Ehe bedeuten, aber mit einigem Glück und dem gleichen verständnisvollen, sie unterstützenden Mann würde sie es vielleicht doch schaffen. Aber fünf Kinder sind ein Unglück, und sechs sind eine offene Einladung zur Tragödie. Wie wir das überleben wollen, weiß ich nicht, wir können es nur versuchen.

Vicky und ich kämen wahrscheinlich gut mit Postumus und dem neuen Baby zurecht. Ohne Zweifel kämen wir mit dem neuen Baby alleine zurecht. Aber die Wahrheit ist, daß wir ein kinderloses Paar sein sollten. Ich habe das immer gefühlt, und deswegen war die Liaison eine solch gute Idee. Mutter und Cornelius mögen bei dem Gedanken an das neue Baby feuchte Augen kriegen, aber Vicky und ich haben im Grunde Angst.

Das sind Tabugedanken. Kein Kind zu wollen, ist abnormal. Das Eingeständnis, daß manche Paare ohne Kinder besser dran sind, beleidigt die Gesellschaft. Deshalb behalten Vicky und ich unsere Gedanken für uns selber und tun so, als seien wir froh; ein verheiratetes Paar, das signalisiert: *normal, normal!*

„Du bist sicher, daß du keine Abtreibung willst?“ sage ich mehr als einmal zu Vicky.

„Das könnte ich nicht. Ich glaube, Frauen sollten zwar das Recht haben zu wählen, ob sie einen Abort wollen oder nicht, aber ich glaube nicht, daß ich das je könnte, es sei denn, die Schwangerschaft ist das Resultat einer Vergewaltigung, oder die Ärzte schwören, daß das Kind als Ungeheuer auf die Welt kommen würde. Es ist die Schuld. Sie macht mir Angst. Ich hätte zuviel Angst, verrückt zu werden.“

Sie hat recht. Ich habe zwar Vicky geholfen, einen Teil ihrer Schuld loszuwerden, aber sie ist so lange von Schuld überladen gewesen, daß sie nicht in der Lage ist, mehr auf sich zu nehmen. Manche Frauen sehen natürlich überhaupt nicht, warum sie sich mit einer Abtreibung schuldig machen; aber wenn man zu

Schuldgefühlen neigt, oder wenn man einmal bis zur Möglichkeit des Selbstmordes getrieben wurde, weil man sich so unmöglich und beschämt vorkam, dann lädt man sich das Problem einer Abtreibung nicht auf. Es ist ein Akt der Vernunft, und wenn Vicky das begreift, dann begreife ich das sicher auch.

„Du möchtest, daß ich abtreibe, nicht wahr, Sebastian?"

„Nein, ich möchte das, was für dich am besten ist, und soweit ich es beurteilen kann, hast du die einzig richtige Entscheidung getroffen. Aber ich wollte einfach sicher sein, daß du deine Meinung nicht ändern willst, solange noch Zeit dafür ist."

„Ich könnte nicht . . . könnte nicht . . ."

„Dann tue es nicht. Du hast recht. Ich bin froh darüber. Wir werden es schaffen."

„Ich werde ihn lieben, wenn er kommt", sagt Vicky, indem sie auf ein Klischee zurückfällt, um unsere Verzweiflung etwas von uns abzuhalten.

„Ich auch."

Es ist wahr. Wir werden ihn lieben. Aber das ändert nichts daran, daß seine Empfängnis ein großer Fehler war, die notwendig weitreichende und unter Umständen verheerende Konsequenzen haben wird.

Wir beschließen, keinen eigenen Hausstand zu etablieren, bevor das Baby da ist. So bleiben wir also in der Fifth Avenue, und immer dann, wenn wir das Leben im Haus der Van Zales nicht mehr aushalten können, fliehen wir in die gesegnete Einsamkeit unseres Apartments.

Es ist schön, wieder dort zu sein. Vicky gefällt es, aber sehr schnell fühlt sie sich wieder schlecht, weil sie weiß, daß ich gerne mit ihr schlafen möchte, fühlt sich schlecht, weil sie das nicht kann, bewegt sich gefühlsmäßig von der Schuld zur Scham.

„Nun sieh mal", sage ich, „es ist doch in Ordnung. Ich komme schon zurecht. Ich werde daran nicht sterben. Ich mußte in der Schule zölibat leben, und ich werde für die nächste Zeit auch enthaltsam leben, das ist alles. Da darf man doch nicht soviel daraus machen. Fühl dich doch bitte nicht unter Druck gesetzt."

Sie schaut mich mit ihren grauen Augen an, die voller Probleme sind, und sagt: „Wirst du mir untreu sein?"

„Kein Interesse. Andere Frauen existieren nicht."

„Aber wie wirst du das machen?"

Sie ist manchmal so unschuldig, daß sie mich an das Unglück mit der Verhütung erinnert. Ich erkläre ihr, was ich hinter einer verschlossenen Toilettentür tue.

„Sam hat wahrscheinlich dasselbe getan und es dir nicht erzählt“, sage ich achselzuckend, nur um ihr zu zeigen, wie unwesentlich das Thema ist, aber selbst während ich ihr Selbstvertrauen einzuflößen versuche, denke ich, daß es typisch für Sam Keller, den Schlaumeier, den Mann von Welt wäre, sich einzureden, daß ihm ihre Aversion eine legitime Ausrede gäbe, Vicky zu hintergehen.

Ich fühle, wie Sams Schuhe wieder an meine Füße rutschen, und dieses Mal drücken sie etwas, aber mit einiger Anstrengung kann ich sie noch immer abstreifen. Ich werde nicht in Sam Kellers Schuhe treten, weil ich Vicky liebe und sie retten werde, gleichgültig, was geschieht; ich werde ihr das Leben wiederschenken, das Sam so weitgehend zerstört hat.

Ich rufe Elsa an. Es ist unsinnig, aber ich tue es trotzdem. Ich muß wissen, wie es Alfred geht. Mutter sagt, es geht ihm gut, aber sie hat ihn nicht gesehen seit der Zeit, als Vicky und ich nach Reno fuhren, weil Amy Reischman Elsa und Alfred auf eine Reise nach Europa eingeladen hat. Von dieser Reise sind sie gerade erst zurückgekommen.

„Hallo“, sage ich. „Häng nicht auf. Wie geht es ihm?“

„Gut.“ Sie hängt auf.

Ich werde böse. Ärger ist gesund. Ich rufe zurück.

„Ich will ihn sehen.“

„Was! Wozu das denn!“ ist ihre erste Reaktion, aber dann gibt sie nach, und ich treffe Alfred. Er erinnert sich. Sein kleines Gesicht leuchtet. Er läuft rüber und schwatzt mit mir. Er spricht immer noch nicht ganz klar, aber ich kann verstehen, was er sagt. Ich bleibe zehn Minuten und sehe ihm beim Spielen zu. Elsa treffe ich nicht. Die Kinderschwester begegnet mir beim Kommen, und die Kinderschwester begleitet mich beim Gehen hinaus.

Nachdem ich Alfred gesehen habe, fühle ich mich viel besser.

Weihnachten kommt und geht. Das neue Jahrzehnt zieht herauf. Vicky und ich versuchen uns nicht mehr beim Sex, aber eine gute

Sache hat unsere Ehe, nämlich daß wir nun häufig ausgehen können, ohne uns um Elsas Detektive zu kümmern. Wir gehen ins Theater, in Galerien, zu Konzerten, sogar zu Presleys neuestem Film „King Creole", der immer wieder gespielt wird, um all die Elvis-Fans bei der Stange zu halten, die nur auf das nächste Filmabenteuer ihres Helden warten, der in die Armee eingezogen worden ist. Wir lachen viel zusammen, unterhalten uns, haben Spaß dabei. Das gleicht fast die hoffnungslose sexuelle Situation aus, die sich aber vielleicht wieder richten läßt, wenn das Baby geboren ist. Ich habe einfach nur das Sexleben eines Schuljungen zu ertragen bis März, nein, April oder bis zum frühen Mai. Das Baby ist im März fällig, aber Vicky wird einige Zeit brauchen, sich von der Geburt zu erholen.

Mein Gott, das sieht nach einer ziemlich langen Wartezeit aus.

21. März 1960. Vicky bringt unseren Sohn zur Welt. Ich bin glücklich, aber Cornelius und Mutter sind glücklicher. Ich hoffe, daß sie Vicky nicht zu sehr aufregen, die blaß und müde ausschaut.

„Es geht mir gut", sagt sie, als ich sie besuche, aber das scheint mir nicht so. Irgend etwas geht in ihrem Kopf vor, sie denkt und denkt und denkt. Sie ist Tausende von Kilometern entfernt.

Ich habe ihr das Denken beigebracht. Ich habe ihr die Welt von einem ganz anderen Fenster aus gezeigt. Ich habe sie ermutigt zu glauben, daß sie ein Individuum mit einem eigenen Kopf ist. Sollte die letzte Ironie sein –

Aber nein, das darf ich nicht glauben. Werde ich auch nicht. Komm zurück, Vicky, bitte komm zurück. Ich liebe dich, und ich glaube wirklich daran, daß wir zusammengehören.

Vielleicht hat Sam Keller diese Worte auch einmal benutzt. Ich bin wieder in seinen Schuhen, aber dieses Mal hängen sie fest an mir, und ich kann sie nicht loswerden. Habe ich wirklich nicht mehr fertiggebracht als Sam Keller? Vielleicht nicht.

Das kann aber doch nicht wahr sein! Wegen meiner Liebe sehe ich Vicky mit solcher Klarheit, daß ich nicht nur ihr Leiden identifizieren kann, sondern auch ohne Zögern dessen Ursache. Ich verstehe sie. Ich weiß ganz genau, was sie durchgemacht hat, und ich habe ihr geholfen zu überleben. Was mehr könnte ich noch tun?

Aber irgend etwas stimmt nicht. Am Ende bin doch ich es, nicht Elsa, der dem „idiot savant“ ähnelt, der seinen eigenen Namen nicht schreiben, aber Logarithmen im Kopf ausrechnen kann. Vielleicht verstehe ich viel von Vicky, aber verstehe sehr wenig von Frauen im allgemeinen. Die Art, in der ich Elsa unterschätzt habe, ist ein Beweis dafür. Bei gewissen besonders günstigen Umständen zeige ich durchaus ein Talent als Amateuranalytiker, aber was geht denn eigentlich wirklich vor in meinem Kopf, hinter diesem Drang meiner Liebe, meiner Sympathie und meiner Sorge?

Vielleicht will ich Vicky nicht so sehr zu ihrem eigenen als zu meinem Wohl heilen. Vielleicht versuche ich, genau wie Sam, sie in das zu formen, was ich in ihr sehe, einen Geistesgefährten, einen aufregenden Partner im Bett, eine Mätresse, die mir hilft, das Leben bis zum letzten auszukosten. Aber was möchte Vicky? Ich denke, daß sie die Rolle geliebt hätte, die ich ihr zuschreiben wollte. Ich glaube, daß die Liaison sehr gut hätte funktionieren können. Aber darum geht es nicht. Es geht darum, daß Vicky immer noch nicht ihr eigenes Leben lebt und zweitens darum, daß die Liaison selber nicht mehr existiert. Vicky ist nicht mehr meine Mätresse. Sie ist meine Frau, und ich halte sie nicht für geeigneter, eine Ehefrau zu sein, als Sam Keller dafür geeignet war, ein Ehemann zu sein.

Bilde ich mir wirklich ein, daß Vicky jetzt mehr Spaß daran haben wird, einen großen Haushalt zu führen und mit einer Schar von Kindern umzugehen, als zu der Zeit, als sie mit Sam verheiratet war? Nein, das tue ich nicht. Oder bilde ich mir ein, daß sie nach Erfüllung all dieser häuslichen Pflichten mehr Energie für mich übrig haben wird, als sie für Sam hatte? Nein, das bilde ich mir nicht ein. Und mich kann man für den Augenblick auch mal vergessen. Die Wahrheit ist nämlich, daß Vicky keine Energie erübrigen wird, irgendeine Art von Eigenleben zu leben. Die einzige Bestimmung, die ich ihr die ganze Zeit über gepredigt habe. Sie wird einfach nur wieder durchhängen in der Art von Leben, an der sie im Grunde ihres Herzens überhaupt nicht interessiert ist, und sie wird nie die Gelegenheit haben herauszufinden, was für ein Leben ihr besser passen würde. Mit anderen Worten, trotz allem, was ich getan habe: sie wird wieder bei Null anfangen.

Wenn wir nur die Liaison aufrechterhalten hätten! Ich sehe jetzt so klar wie nie zuvor, daß unser Schicksal eigentlich das von Liebenden gewesen wäre, nicht das eines verheirateten Paares, wie unsere Plastikgesellschaft es definiert. Und doch sitzen wir hier, ein verheiratetes Paar, mit einem Baby plus fünf anderen Kindern. Es ist für uns alles falsch gelaufen, und wir beide wissen es insgeheim.

Mir geht es so mies, daß ich die Situation nicht weiter analysieren kann, nicht bestimmen kann, wie man darauf reagieren soll, wenn man darauf überhaupt reagieren kann, was ich bezweifle. Ich weiß nur, daß die Scheiße immer größer wird, genau wie der Schmerz, und unsere Beziehung fällt auseinander. Ich glaube nicht, daß der Schmerz noch schlimmer werden kann, aber genau das tut er.

Das Baby wird krank. Wir haben beschlossen, es Edward John zu nennen. Er wiegt acht Pfund, ist rosa und weiß, ohne Haare. Ich mag ihn sehr, sehr gern, und wenn er krank wird, dann bin ich sehr, sehr durcheinander. Er liegt in einem Brutkasten und kämpft um Luft.

Die Ärzte sagen, es sei Bindegewebskrebs.

Babys können nicht leben, wenn sie Bindegewebskrebs haben.

Edward John stirbt nach sechs Tagen in dieser Welt.

Ich trinke zuviel. Ich habe Mutter gefragt, ob sie die Kinder für eine Weile nehmen könne. Sie und Cornelius reißen sich irgendwie genügend zusammen, um alle, sich selber eingeschlossen, nach Arizona zu verfrachten. Cornelius hat da kürzlich ein Haus für den Winter gekauft, nicht nur, weil die Luft dort gut ist für sein Asthma, sondern auch, weil er immer noch mit dem Gedanken herumspielt, sich vorzeitig unter die Kakteen zurückzuziehen.

Ich sitze alleine in der Fifth Avenue und trinke. Dann muß ich eine Sozialarbeiterin im Krankenhaus aufsuchen und mit ihrer Hilfe ein sehr, sehr kleines Begräbnis für diesen sehr, sehr kleinen Sarg organisieren. Ich bin der einzige Trauernde, und die Zeremonie ist in wenigen Minuten vorbei. Dann trinke ich noch etwas mehr und fahre ins Krankenhaus, Vicky zu besuchen.

Schwierig zu reden, aber ich muß es probieren.

„Es ist furchtbar, nicht wahr?“ sage ich. „Was tun wir jetzt am besten? Wir können irgendwohin fahren, oder wir können in dem Apartment bleiben, wenn du nicht reisen magst."

Sie starrt auf die Bettdecke. Schließlich bringt sie es fertig zu sagen: „Ich möchte alleine sein, Sebastian."

Davor hatte ich Angst.

„Um zu denken?"

„Ja, um zu denken."

„Okay." Sam Kellers Schuhe sind an meine Füße genagelt, und sie sind ungeheuer eng. Ich habe Schmerzen am ganzen Körper. Ich weiß nicht, wie ich mit diesem Schmerz leben soll.

Ich bringe sie in das Apartment.

„Ruf mich an, wenn du mich sehen möchtest", sage ich und küsse sie kurz auf die Wange.

Sie nickt. Ich gehe weg.

Irre in das Haus der Van Zales zurück und frage mich, wie lange ich werde warten müssen.

Sie ruft mich an. Sie ist zwei Wochen alleine gewesen. Cornelius ruft dauernd wie wahnsinnig aus Arizona an, um zu sagen, daß sie durch den Verlust ihres Kindes halb verrückt geworden sei und sich umbringen könnte. Da es mir unmöglich ist, eine vernünftige Konversation mit ihm zu unterhalten, bitte ich Mutter, ihm zu erklären, daß Vicky allein sein möchte, und daß niemand, und schon gar nicht Cornelius, irgendein Recht hat, sich einzumischen. Zu ihrer Ehre sei gesagt, daß Mutter zu verstehen scheint und mir verspricht, daß sie Cornelius davon abhalten wird, an Vickys Seite zu eilen.

Ich bin gerade dabei, die Bank zu verlassen, als Vicky anruft.

„Sebastian, kannst du mich im Plaza treffen?"

Als ich ankomme, wartet sie in der Halle. Sie trägt einen langweiligen Mantel und hat sich die Haare nicht aufgedreht, also keine Locken, nur Wellen. So sieht sie jünger aus, und ganz unerwartet erinnere ich mich daran, wie sie ausschaute, lange bevor sie unbewußt Julia für mich in dieser fürchterlichen Szene in Bar Harbor spielte.

Wir trinken etwas in der Oak-Bar.

„Wie geht es dir?" sage ich zu ihr.

„Besser. Alles wird langsam klarer."

Wir sitzen in einer Ecke, und ich trinke meinen Whisky viel zu schnell, während sie ihrerseits nur in ihrem Getränk herumrührt. Ihre Stimme ist ruhig, und ihre Augen sind trocken, aber sie rührt und rührt. Sie kann mich nicht ansehen.

„Es war schrecklich mit dem Baby, nicht wahr?“ sagt sie schließlich. „Es schien so sinnlos, ein Baby nur für sechs Tage in die Welt zu setzen. Sinnlosigkeit bringt mich auf. Ich hatte das Gefühl, daß da ein Sinn sein müsse. Ich konnte es einfach nicht glauben, daß wir dies alles umsonst durchgemacht haben.“

„Ja, umsonst. Kein Gott. Ganz klar. Es macht mich wahnsinnig.“

Ich trinke meinen Scotch fast aus und winke nach einem zweiten. „Aber es ist jetzt nicht so wichtig – nichts ist so wichtig, als daß wir wieder zusammenkommen.“ Ich will das eigentlich nicht sagen, aber es rutscht so heraus, jetzt bin ich derjenige, der in sein Glas starrt und niemandem in die Augen sehen kann.

Ich höre ihre Stimme. „Du bist in vielem ein netter Kerl, und ich werde nie vergessen, was ich dir verdanke. Du hast mir in verzweifelten Situationen sehr beigestanden, aber –“

„Sag es nicht. Bitte nicht. Bitte.“

„Ich muß aber“, sagt sie. „Ich muß mich den Dingen stellen, so wie sie wirklich sind. Es ist eine Frage des Überlebens.“

Ich sehe sie an, und zum ersten Mal in meinem Leben erkenne ich Cornelius hinter ihren Augen. Sie hat mich vorher nie an ihn erinnert. Es gibt da eine physische Ähnlichkeit, aber nichts in ihrem Charakter oder ihrer Persönlichkeit hat mich je an ihn denken lassen. Eine Sekunde lang sehe ich die neue Vicky – nein, nicht die neue Vicky, sondern die wirkliche Vicky, die Person, die niemand, nicht einmal ich selber, je kennenlernen wollte.

„Ich könnte mich nicht weiterhin belügen“, sagt sie. „Ich könnte sagen, daß John Edward gelebt hat und gestorben ist, um uns im heiligen Sakrament der Ehe zusammenzubringen, so daß wir glücklich bis in alle Ewigkeit zusammenleben könnten. Ich habe das eine Weile lang geglaubt, weil sonst sein Leben und sein Tod so sinnlos erschienen wären, aber dann habe ich allmählich begriffen, daß es darum ging, mich nicht zu ermuntern, die gleichen alten Lügen weiterzuleben. Der Sinn seines Lebens und seines Todes war, mich mit der Wahrheit zu konfrontieren, und die Wahrheit ist natürlich –“

„Ich weiß, wir hätten Edward John nie haben dürfen, aber –“

„Nein, wahrscheinlich nicht, aber das ist nicht die Hauptsache. Die Hauptsache ist, daß ich dich nie hätte heiraten sollen. Es stimmt, daß ich mit dir eine viel erfolgreichere Beziehung hatte als je mit Sam, aber das hat uns nicht daran gehindert, genau in derselben Scheiße zu enden, stimmt's? Du bist so nett und so freundlich und so verständnisvoll, daß ich dich mit mir schlafen ließ. Und das nicht, weil ich es wollte, sondern weil ich das Gefühl hatte, ich sollte es. Kannst du nicht begreifen, wie sich hier ein bekanntes Konzept wiederholt? Und laß uns ehrlich sein. Unser Sexleben war eine Katastrophe, nicht wahr? Du hast sehr viel mehr Spaß mit Elsa gehabt, als du ihn je mit mir empfunden hast.“

„Nein, Vicky. Die wunderbarsten Momente meines Lebens waren bei dir.“ Mein zweiter Whisky kommt. Ich nehme einen großen Schluck, bringe ihn aber kaum hinunter. „Vicky, ich glaube, wir kriegen das hin. Ich bin sicher, daß wir unsere Probleme lösen können. Es spricht soviel für uns.“

„Ja“, sagt sie, „das stimmt, aber der Sex stimmt einfach nicht. Dafür gibt es zwei Gründe, nicht nur einen. Wenn es nur einer wäre, dann würden wir es vielleicht schaffen, aber –“

„Ich weiß nicht, was du meinst“, sage ich, weiß es aber.

„Nun, der einfachste Grund ist ein physischer – wir scheinen einfach nicht zusammenzupassen. Das mußt du doch merken, das kannst du doch nicht übersehen haben. Wir sind physisch zu verschieden.“

„Nur in deiner Vorstellung, Vicky.“

„Aber –“

„Was du sagst, ist anatomisch unmöglich. Das ist wieder eine dieser alten Mythen, die jeder glaubt, die aber keine Rechtfertigung in medizinischen Tatsachen haben.“

Sie zuckt die Achseln. „Wenn du so reden willst, dann kann ich dich nicht daran hindern.“

Ich nehme einen weiteren Schluck Scotch. Sie hat ihren Drink noch nicht angerührt. Das erinnert mich an Cornelius, wie er mit einem Sherryglas von der Größe eines Fingerhuts spielt, während er eine Besprechung führt, die all seine Konzentration erfordert. „Wenn du so reden willst, so kann ich dich nicht daran hindern.“ Ich spüre den Pragmatismus, der hinter diesen Worten sitzt und erhasche dabei wieder einen kurzen Einblick in diese Fremde, die mir so furchtbar vertraut ist, diese Fremde mit sehr festen eigenen Vorstellungen.

„Vicky –"

„Na also, du bist anderer Meinung. Dann laß mich den anderen Grund nennen, warum der Sex nicht funktioniert. Nämlich deshalb, weil meine Motive, mit dir ins Bett zu gehen, überhaupt nicht stimmen. Sie waren auch bei Sam nicht die richtigen. Was ich euch beiden mitteilen wollte, war: ‚Hilf mir, kümmere dich um mich, ich komme mit dem Leben nicht zurecht.' Das habe ich dir gesagt, als ich schwanger wurde und in Panik geriet, aber die Worte, die tatsächlich herauskamen, waren: ‚Ich möchte dich heiraten.' Sebastian, ich muß lernen, auf eigenen Füßen zu stehen. Wenn ich weiter Männer aussuche, die sich um mich kümmern, dann werde ich in derselben Scheiße enden, denn was ich in Wirklichkeit tue, ist nichts anderes, als meinen Körper gegen väterliche Fürsorge zu verkaufen. Ich prostituiere mich die ganze Zeit über – kein Wunder, daß ich so oft eine Abneigung gegen Sex empfinde! Es ist ein Wunder, daß ich mich überhaupt dazu bringen kann, mit irgend jemandem ins Bett zu gehen. Deshalb muß ich diesen Kreislauf unterbrechen, Sebastian. Ich muß da herauskommen und mich selbst befreien."

Ich antworte nicht, kann nicht antworten. Sie hat wahrscheinlich recht, ich weiß, daß sie recht hat, aber wo bleibe ich dann? Wie soll ich in einer Welt überleben, in der Vicky nie mehr mit mir schlafen will?

„Ich habe dir nicht immer weh getan, nicht wahr, Vicky?"

„Gewöhnlich schon."

„Kein Vergnügen? Überhaupt keins?"

„Keins."

Wie brutal die Wahrheit sein kann. Da ist es kein Wunder, daß wir soviel Zeit aufwenden, uns gegenseitig zu belügen und zu betrügen. Es ist gefährlich, mit dem blanken Auge direkt in die Sonne zu schauen. Die Sonne kann einen blenden. Man kann fürs Leben verkrüppelt werden.

„Sebastian –"

„Nein, sag nichts mehr. Es hat keinen Sinn."

Was ist da noch zu sagen? Ich liebe sie. Ich werde sie immer lieben, und vielleicht wird sie eines Tages zu mir zurückkommen.

Was aber in der Zwischenzeit zählt ist, daß ich ihr nicht mehr helfen kann und daß, wenn ich sie liebe, ich sie gehenlassen werde.

Ich nehme einen Fünfdollarschein aus meiner Tasche und lasse ihn auf dem Tisch für den Kellner.

Plötzlich fängt sie an zu weinen, und dann ist sie wieder die alte Vicky, verloren, verwirrt und unglücklich, bittet das nächste schutzgebende männliche Wesen um die Fürsorge, die sie seit Jahren gebraucht hat. Diese Gewohnheit verdankt sie Cornelius, und ich weiß jetzt, daß ich alles tun muß, um diese Gewohnheit zu durchbrechen.

„Vergib mir, Sebastian. Ich will dich nicht so verletzen. Ich liebe dich so sehr. Oh, Sebastian, ich habe das nicht gewollt, laß uns zu dem Apartment gehen, laß es uns noch einmal versuchen –"

„In dem Fall hätte Edward John für nichts und wieder nichts gelebt und wäre für nichts gestorben." Jetzt bin ich daran, mit der brutalen Wahrheit herauszurücken. „Sicher liebst du mich, Vicky, aber so wie eine Schwester ihren Bruder liebt. Laß es uns dabei bewenden, ja?" Ich stehe auf. Ich berühre sie nicht. Ich küsse sie nicht zum Abschied. Aber ich sage ruhig mit fester Stimme: „Viel Glück, Vicky. Alles Glück in dieser Welt. Und vergiß nicht, wo immer du bist und was immer dir geschieht, ich bin immer bei dir."

Sie kann nicht sprechen, bedeckt einfach nur mit den Händen das Gesicht.

Ich gehe.

Ich bin blind vor Schmerzen. Ich gehe, aber ich weiß nicht, wohin ich gehe. Einmal gehe ich in eine Bar, aber ich kann nicht trinken. Ich möchte mit irgend jemandem reden, aber ich habe keine Worte.

Sollte ich zu Elsa zurückgehen? Nein, sie würde mich nie zurückhaben wollen. Ich würde meinen Stolz überwinden, um wieder bei Alfred sein zu können, aber Elsa ist eine Reischman, und sie wird mir nie verzeihen, daß ich sie verlassen habe.

Ich frage mich, wie ich es in Zukunft mit Frauen halten soll. Ich nehme an, daß ich es allmählich wieder mit irgend jemandem schaffen werde, obgleich dies im Augenblick unvorstellbar erscheint. Ich verspüre keine Lust. Von der Gürtellinie abwärts bin ich tot.

Ich laufe und laufe und weiß, daß es spät ist, weil ich immer weniger Leute auf den Straßen sehe. Ich muß nach Hause gehen, aber wo ist zu Hause? Da gibt es Elsas Wohnung und Vickys Wohnung und Mutters Wohnung, aber dieses alles kommt mir im Augenblick nicht wie zu Hause vor. Ich muß mir eine eigene Wohnung besorgen. Ein Studio-Apartment. Ich möchte in einem Zimmer wohnen, wie ein Mönch. Ich frage mich, wer im Augenblick in Kevin Dalys Dachkammer wohnt.

Ich möchte gern mit Kevin Daly sprechen. Ich möchte mit jemandem sprechen, der versteht, daß zwei Menschen sich lieben können und doch von wahrer Kommunikation abgeschnitten sind. Ich möchte mit jemandem sprechen, der weiß, daß die Liebe nicht notwendigerweise alles überwindet.

Aber Kevin ist so berühmt, so populär, so beschäftigt. Ich störe ihn besser nicht.

Wo, in des Teufels Namen, bin ich? Ich schaue mich um. Anscheinend bin ich auf der Eigth Street westlich der Fifth Avenue. Nicht weit von Kevin.

Ich finde eine Telefonzelle und lasse mir die Nummer vom Amt geben. Kevin ist unter dem Pseudonym Q. X. O'Daly eingetragen. Es fällt mir ein, daß Vicky und ich darüber einmal sehr gelacht haben.

Das Telefon klingelt.

„Hallo?“ sagt Kevin.

„Hallo“, sage ich. Es fällt mir schwer, zu sprechen, aber ich bringe es fertig, meinen Namen zu sagen.

„Ah!“ sagt Kevin sprühend wie immer. „Der Mann, der mich mit John Donne verglichen hat! Wann kommen Sie denn mal vorbei, mich zu besuchen?“

Ich möchte gern höflich und diplomatisch sein, aber ich schaffe es nicht. Ich sage einfach nur: „Jetzt?“

„Okay. Sie kennen die Adresse, oder?“

„Ja.“ Ich sage auf Wiedersehen. Dann hänge ich auf und werfe einen Blick auf meine Uhr. Es ist halb eins in der früh.

Kevin trägt einen einfachen blauen Schlafanzug mit einem weißen Bademantel darüber. Er öffnet die Tür und sagt, er koche Kaffee. Ob es mir etwas ausmache, in der Küche zu sitzen?

Ich versuche eine Entschuldigung, die wischt er aber weg und schafft es irgendwie, mir ein Gefühl der Häuslichkeit zu geben. Seine Küche ist warm und schlicht. Ich sage ihm das, und das gefällt ihm.

Wir setzen uns mit unserem Kaffee hin. Ich weiß nicht, was ich sagen soll – ich weiß nicht einmal, ob ich überhaupt etwas sagen will, aber ich empfinde es als angenehm, in einem beleuchteten Zimmer mit jemandem Netten zu sitzen. Es ist besser, als alleine in der Dunkelheit zu sein.

„Nun, wie geht es Ihnen, Kevin?" frage ich. Ich habe das Gefühl, daß ich etwas sagen muß, da er so nett zu mir ist.

„Schrecklich", sagt Kevin. „Mein Privatleben sieht aus wie Hiroshima nach der Bombe. Wie geht es Ihnen?"

Er schwindelt wahrscheinlich, aber das macht nichts, weil er etwas mitteilen will, das nichts zu tun hat mit der Oberflächenbedeutung seiner extravaganten Mitteilung. Er hat gesehen, daß ich fertig bin. Er weiß auch, wie schrecklich das Leben sein kann. Er sagt, daß er gerne zuhört, wenn ich reden will.

Ich rede ein wenig, aber nicht viel, weil ich Angst davor habe, mich nicht wie ein richtiger Angelsachse zu benehmen.

„Mein Gott, der Kaffee ist fürchterlich!" sagt Kevin. „Nehmen Sie einen Drink."

„Gern."

„Irgend etwas Besonderes?"

„Nein."

Kevin bringt eine Flasche mit dem Bild eines Vogels drauf, und bald wird das Reden ein wenig leichter. Ich kann ihm nicht alles erzählen, das macht aber auch nichts, weil Kevin meine unzusammenhängenden Sätze versteht wie sonst niemand.

Wir trinken noch etwas.

„Ich frage mich, was aus ihr werden wird", sage ich schließlich. „Wird sie es je schaffen, auf eigenen Füßen zu stehen? Und wenn ja, wird ihr ihr neues Leben besser gefallen als das alte, das sie ablehnt? Was bedeutet Unabhängigkeit für eine Frau? Ist das nicht ein Widerspruch in sich selber? Wie kann eine Frau das Konzept der Unabhängigkeit vereinbaren mit der biologischen Tatsache, daß in den meisten geschlechtlichen Beziehungen beide Parteien sich am wohlsten fühlen, wenn der Mann der dominierende Partner ist?"

„Aha, aber ist das biologisch?" sagt Kevin schnell. „Oder handelt es sich hier nicht um eine gesellschaftliche Vorbestimmung? Es fällt mir ein, daß ich dieses Problem einmal mit meiner Schwester Anne diskutiert habe, und sie sagte – hat man Ihnen schon einmal von meiner Schwester Anne erzählt?"

„Ich glaube nicht."

„Dieser Tage rede ich nicht mehr viel über sie. Nun ja, Anne nannte dieses das klassische weibliche Dilemma und das Jahre, nachdem ihr Mann gestorben war – oder war es, nachdem sie ihn verlassen hatte? Die beiden Ereignisse traten fast gleichzeitig ein, wir saßen genau hier an diesem Tisch und besprachen die Sache zusammen. Ich nahm die optimistische Haltung ein: Ich dachte, wenn eine Frau nur den Mut hat, sie selber zu sein, dann hätte sie eine viel bessere Chance, einen Mann zu finden, der den Mut hat, sie als eine unabhängige Person zu akzeptieren, selbst dann, wenn sie das Konzept der idealen Frau in unserer Gesellschaft nicht erfüllt. Aber meine Schwester Anne meinte, ich täusche mich hier. Sie meinte, dies sei reiner, romantischer Idealismus."

„Ihre Schwester Anne klingt wie eine deprimierte Zynikerin."

„Meine Schwester Anne ist schön, intelligent, witzig und talentiert. Aber sie sagte, daß jede Frau, die unabhängig sein will in dieser männerorientierten Gesellschaft, in der wir heute leben, sich automatisch von Männern abschneidet, weil unsere Gesellschaft es zuwege bringt, daß Männer nur mit den Plastikphantasien von Frauen zurechtkommen können. Sie sagte, daß unsere Gesellschaft diese armen Kerle nur dazu erzieht, Krieg zu führen und hinter dem allmächtigen Dollar herzujagen, und daß sie dann überhaupt keine Energien übrig hätten, um sich mit Frauen auseinanderzusetzen, die etwas klüger sind als aufgezogene Puppen. Anne sagte, daß diese Gesellschaft sich nicht ändern könne, so lange sich nicht die Einstellung von Männern Frauen gegenüber ändern würde, aber sie sah eigentlich keine Hoffnung, weil die Welt mit Krieg und Materialismus beschäftigt sei. Sie bat mich, für eine bessere Welt zu beten."

„Haben Sie das getan?"

„Nein, das habe ich lieber ihr überlassen. Sie ist jetzt eine

Nonne, wenngleich ich wirklich nicht entscheiden will, ob sie eine Nonne geworden ist, um für eine bessere Welt zu beten oder deshalb, weil sie dachte, kein Mann sei gut genug für sie. An Weihnachten fahre ich immer hinauf nach Massachusetts, um sie zu besuchen, und jedesmal betrinke ich mich vor lauter Wut. Anne sagt, ich sei eifersüchtig auf Gott. Vielleicht hat sie recht. Du lieber Gott! Trinken Sie noch was."

„Gern. Kevin, diese Schwester –"

„Ja, ja, das ist auch so eine dieser üblichen Bis-daß-der-Tod-uns-scheidet-Zwillingsbeziehungen, nichts Ungewöhnliches, nichts Sensationelles, aber ich habe mich so gefreut, als ihre Ehe in die Brüche ging – das war nach dem Krieg, und ich kaufte dies Haus, sie wollte mit mir zusammenleben, ich hatte den Dachboden völlig hergerichtet. Sie malte damals, mein Gott, ich mochte ihre Gemälde, ich wollte, daß Neil eins kauft, aber Sie kennen ja Neil, er hielt es wahrscheinlich nicht für eine gute Kapitalsanlage."

„Ja, das sieht ihm ähnlich."

„Dann ging Anne ins Kloster, und ich saß da mit dem völlig umgebauten Dachboden und kein Künstler mehr da, dieses Studio zu nutzen. Zu der Zeit fing ich an, Haushälterinnen einzustellen. Ich brauchte keine Haushälterin, natürlich nicht, aber niemand fiel an meinem Verhalten auch nur das geringste auf. Das zeigt einem wieder einmal, daß man nur mit genügend Selbstvertrauen handeln muß, damit die Leute keine Fragen stellen. Unglaublich. Hat es denn niemand als merkwürdig empfunden, daß ich eine Haushälterin eingestellt habe? Offenbar nicht. Ich weiß auch nicht, warum ich Ihnen dies alles erzähle. Normalerweise rede ich nicht über meine exzentrischen Verhaltensweisen."

„Ich halte das nicht für exzentrisch. Haben Sie jemals jemanden gefunden, der so war wie Anne?"

„Nein, natürlich nicht. Und wenn, dann hätte ich sie auch nur wie eine Schwester behandeln können. Mein Gott, ist das Leben nicht die Hölle! Etwas mehr Eis?"

„Danke. Sagen Sie, Kevin, da wir schon von Ihren Haushälterinnen sprechen; benutzt im Augenblick jemand Ihre Dachwohnung?"

„Nein, ich hatte gerade eine ganz fürchterliche Krise. Meine letzte Haushälterin hat sich in mich verliebt. Ich kann Ihnen nicht sagen, was das für ein Problem war. Ja, zu der Zeit lebte gerade jemand bei mir – es ist eine sehr ungewöhnliche Abweichung von meiner Routine, weil ich es nicht ausstehen kann, wenn jemand um mich ist, während ich zu schreiben versuche –, und in einem unbedachten Moment bin ich mit beiden ins Bett gegangen – nicht gleichzeitig natürlich, ich bin viel zu alt für Orgien –, aber dann haben sich diese beiden, zum Teufel noch mal, zusammengetan und ihre Erfahrungen ausgetauscht, und die Hölle brach los. Die blöde Sache daran war, daß Betty – meine Haushälterin – diejenige war, mit der ich gern zusammen war, während mein anderer Hausgast . . . nun, Sie können sich den Rest vorstellen. Der Kern der ganzen Sache ist der, daß ich unfähig bin, eine enge persönliche Beziehung zu unterhalten, sei es mit Männern oder mit Frauen. Das ist ein Defekt in meinem Kommunikationssystem. Ich kommuniziere, indem ich schreibe, nicht indem ich liebe. Mein sogenanntes Talent ist nichts anderes als eine profitable Art, mit einem riesigen Problem zurechtzukommen."

„Mein Gott, Kevin, wenn jeder problematische Mensch Ihre Art von Stücken produzieren könnte, dann würde ich auf meinen Knien darum beten, daß es mehr solche Leute in der Welt geben möge!"

„Was für eine schamlose Schmeichelei! Sie gefällt mir. Trinken Sie noch was."

Ich lache, und er lacht mit mir. Ist es möglich, daß ich lache? Ja, ich lache. Ich darf nicht an Vicky denken, oder ich fange wieder an zu leiden. Mein Gott.

„Jetzt sagen Sie mir mal, warum Sie wissen wollten, ob die Dachwohnung frei ist", sagt Kevin und füllt die Gläser erneut.

„Ich habe mich gefragt, ob ich sie für eine Weile mieten könnte. Ich weiß nicht, wo ich hin soll. Ich verspreche, daß ich mich ganz zurückziehe und Ihnen nicht auf die Nerven falle."

„Das ist schon in Ordnung, ich werde Sie hinauswerfen, wenn Sie mir auf die Nerven gehen. Aber selbstverständlich können Sie die Dachwohnung haben. Bleiben Sie, so lange wie Sie wollen. Ich glaube, daß ich das Ende dieser ganzen Kette von Haushälterinnen geschafft habe."

„Wie teuer wird die Miete sein?"

„Seien Sie nicht idiotisch. Kaufen Sie mir gelegentlich eine Flasche Bourbon, um die zu ersetzen, die Ihr Stiefvater trinkt."

„Wie oft kommt Cornelius hierher?"

„Ungefähr einmal im Monat. Nach Sams Tod waren Neil und ich der Meinung, daß es ganz gut sei, gelegentlich mit einem alten Freund zu sprechen, den man über dreißig Jahre lang kennt. Wissen Sie, man wird schrecklich sentimental, wenn man einmal über fünfzig ist."

„Mein Gott, ich möchte wissen, was Cornelius denkt, wenn er erfährt, daß ich hier eingezogen bin!"

„Das Schlimmste natürlich", sagt Kevin mit seinem Pokergesicht.

Wir lachen wieder, und wieder bin ich erstaunt, daß Lachen überhaupt möglich ist. Ich bin Kevin sehr dankbar, aber ich weiß nicht, wie ich ihm das zeigen soll, außer daß ich ihn nicht so lange aufhalte. Ich stehe auf, um zu gehen.

„Wo wollen Sie denn jetzt hin?" sagt Kevin überrascht. „Ich dachte, Sie wüßten nicht, wo Sie hin sollen."

„Nun, da ist die Fifth Avenue –"

„Unsinn. Sie würden sich vor lauter Verzweiflung selbst die Kehle durchschneiden, bevor Sie halbwegs in der Wohnung wären. Die Dachwohnung ist im Augenblick in totaler Unordnung, aber ich habe zwei Gästezimmer. Nehmen Sie doch eins."

Ich tue es. Ich sitze da alleine und denke mir, daß Kommunikation wie Liebe ist. Es kommt nicht darauf an wo, wie, oder mit wem man sie praktiziert, wenn man es nur tut, denn tut man es nicht, dann stirbt man.

Ich werde leben.

Ich liege auf dem Bett und denke: Ich werde nicht schlafen können. Aber ich kann es.

5. Teil

SCOTT

1960–1963

ERSTES KAPITEL

I.

Das Telefon klingelte.

„Scott? Cornelius. Die letzte Entwicklung dieser fürchterlichen Geschichte ist, daß Sebastian im Londoner Büro arbeiten will – er glaubt, es sei besser, wenn er für eine Weile verschwindet, und ich selber glaube das auch, ich bin sehr dafür.

Ich möchte nicht, daß er hier herumhängt und Vicky stört, aber andererseits wird Alicia natürlich wahnsinnig bei dem Gedanken, daß Sebastian so weit weg wohnt, und sie sagt ziemlich bittere Dinge über Vicky, die ich einfach nicht akzeptieren kann . . .

Das Leben hier zu Hause ist im Augenblick sehr schwierig, das kann ich dir nur sagen, und ich bekomme langsam das Gefühl, daß ich auch durchdrehe. Es wäre alles soviel einfacher, wenn Alicia und ich wüßten, warum diese Ehe kaputtgegangen ist, aber niemand erklärt etwas, niemand sagt uns was, und wir müssen einfach herumraten, als wären wir in irgendeinem gottverdammten Fernsehquiz . . .

Glaubst du, daß es etwas mit Sex zu tun hat? Ich meine, wenn zwei Leute wirklich gut miteinander auskommen und doch das Gefühl haben, sie sollten getrennt voneinander leben, heißt das nicht, daß es da irgendein größeres sexuelles Problem gibt? Mein Gott, dieser Esel Sebastian! Erst läßt er Elsa sitzen, jetzt läßt er Vicky sitzen. Der Mensch ist offenbar sexuell instabil. Ich habe nie mit dir darüber gesprochen, Scott, aber da waren ein paar Zwischenfälle vor vielen Jahren, einer in Bar Harbor und einer hier in New York – was hast du gesagt? Ja, ja, ich weiß, daß Vicky ihn sitzengelassen hat, ich weiß, daß es so aussieht, als sei Sebastian nicht schuld, aber was hätte mein kleines Mädchen denn tun sollen, nachdem sie einen Perversen geheiratet hat? Was hast du gesagt? Oh, hör auf damit, um Gottes willen! Was weißt du denn überhaupt von der Ehe? Du bist doch nur ein Junggeselle von einundvierzig Jahren, der sich nie auf etwas einläßt! Zum Teufel mit dir!“ schrie Cornelius, der sich richtig in Wut geredet hatte, und warf den Hörer auf die Gabel.

II.

Fünf Minuten später klingelte das Telefon erneut.

„Hallo, Scott, ich bin’s wieder. Hör mal, es tut mir leid, daß ich eben so mit dir herumgemeckert habe – der Grund ist, daß es mir zu mies geht, um noch gerade denken zu können. Vicky ist in ihr Apartment am Sutton Place gegangen, Alicia spricht nicht mit mir, und Kevin kann ich auch nicht mehr vertragen, weil der auf Sebastians Seite ist und so blödsinnige Dinge von sich gibt wie: ‚Neil, halt’s Maul, um Gottes willen, kümmere dich um deine eigenen Sachen.‘ Aber es ist doch meine Sache! Schließlich ist mein Enkel gestorben, nicht wahr, und es handelt sich um meine Tochter, deren Herz gebrochen ist, und um meine Frau, die . . . nun ja, reden wir nicht von Alicia. Ich habe versucht, Kevin das alles zu sagen, aber er hat aufgehängt, und danach fühlte ich mich so niedergeschlagen und so erregt, daß ich automatisch deine Nummer gewählt habe . . . Was war das? Schach? Nun, ich möchte dich nicht darum bitten, Scott, weil ich weiß, wie spät es ist, aber . . . möchtest du? Das ist sehr nett von dir, Scott – vielen, vielen Dank. Gott, manchmal frage ich mich, wie ich je ohne dich auskäme . . .“

III.

„Das muß ungefähr das letzte Privathaus sein, das auf der Fifth Avenue übriggeblieben ist“, sagte der Taxifahrer fünf Minuten später. „Meine Güte, die Abgaben müssen enorm sein! Wie schafft der alte Kerl das nur, hier zu leben? Wenn ich er wäre, würde ich verkaufen und nach Miami Beach ziehen, irgendwohin, und den ganzen Tag in der Sonne sitzen . . .“

Der Fahrer schwätzte weiter, ohne zu denken, ohne zu fühlen, nicht gewahr, daß er nur ein mikroskopisch kleiner Fleck ist, gefangen in der Zwangsjacke der Zeit. Scott lebte auch in der Zeit, aber ich war jenseits der Zeit. Scott sah das schäbige Innere des Taxis und hörte den spanischen Akzent des Fahrers, aber ich sah die großen Tore des Van-Zale-Anwesens und dachte wie so oft bevor: „Childe Roland kam zum Dunklen Turm."

Scott war es, der das Haus betrat, als die Tür geöffnet wurde, aber ich war wie immer gleich neben ihm. In meiner undurchdringlichen Unsichtbarkeit sah ich die Welt mit Abstand.

„Scott! Ich bin so froh, daß du kommst . . ." Mit drei Pullovern bekleidet war Cornelius über ein elektrisches Feuer in der hinteren Bibliothek gebeugt und las „Die Unersättlichen" von Harold Robbins. Die Temperatur im Zimmer betrug wahrscheinlich mehr als 30 Grad. „Was möchtest du trinken, Scott? Cola? 7-Up? Limonade?"

Cornelius erinnerte mich wieder an Masaccios Porträt des heiligen Johannes in seinem Gemälde „Der Tribut". Bei Masaccio ist der heilige Johannes schön. Er hat lockiges, goldenes Haar, graue Augen und feingeschnittene Züge. Aber trotz dieses umwerfenden Aussehens bleibt das Gesicht hart, die Augenlider finster und halb geschlossen. Masaccio hat den Humanismus der Renaissance getroffen, hat aber seine idealistische Vision erbarmungslos mit dem wilden Despotismus der Medicis eingefärbt.

„Es ist kalt, nicht wahr? Da möchte ich am liebsten in Arizona sein, aber nur Gott allein weiß, wann ich Arizona wiedersehen werde. Alicia hat mir jetzt einfach mitgeteilt, daß sie es nicht ausstehen kann und sie nicht die Absicht hat, mehr als zwei Wochen im Jahr dort zu verbringen. Es sieht also so aus, als würde nichts aus meinem Plan, mich vorzeitig aus dem Geschäft zurückzuziehen und dort auf der Ranch zu leben . . .

Aber das macht nichts. Ich war mir sowieso schon halb darüber klargeworden, daß Gott nicht möchte, daß ich in Tucson, Arizona, lebe, genausowenig wie in Velletria. Um die Wahrheit zu gestehen, ich wüßte gar nicht, was ich da unten machen sollte, um mich zu beschäftigen. Wahrscheinlich würde ich ein Kunstmuseum gründen, aber ich kann mir nicht vorstellen, daß das soviel Spaß machen würde wie hier in New York. Tatsache ist, daß ich da unten überhaupt nichts entdecken kann, das soviel Spaß macht, wie in New York zu leben, und außerdem . . . was würde ich ohne die Bank anfangen? Jetzt endlich glaube ich, daß ich überhaupt nicht für einen frühen Ruhestand geschaffen bin . . .

Schon richtig, nach Sams Tod wollte ich die Dinge so arrangieren, daß ich alles aufgeben und ein ruhiges, friedliches häusliches Leben irgendwo mit meiner Frau führen könnte, weit weg von New York, aber da muß ich unter irgendeinem Schock gestanden haben, jedenfalls glaube ich nicht, daß ich sehr klar gedacht habe. Wenn mein Asthma mich in den Ruhestand zwingt, okay, dann ja. Aber bis das geschieht . . .

Ich weiß natürlich, daß Geld und Macht im Grunde völlig gleichgültig sind, aber das Bankgeschäft ist nun einmal mein Leben; schließlich muß, zum Teufel, ja irgend jemand die Banken dieses Landes betreiben, und wenn Gott mich nicht zum Banker haben wollte, warum hat er mich dann so geschaffen wie ich bin? Wenn Gott uns besondere Talente gibt, müssen wir sie dann nicht zum besten nutzen? Anscheinend habe ich eine Art von moralischer Verpflichtung, weiterzuarbeiten."

„Cornelius, du setzt mich immer wieder in Erstaunen, wenn du dich mit metaphysischen Problemen beschäftigst! Nun aber zu unserem Schachspiel."

Eine halbe Stunde verging. Zwei Flaschen Coca-Cola wurden geleert, und der weiche Schein der Lampe fiel auf Elfenbeinfiguren, die sich über das Brett aufeinander zubewegten.

„Bist du böse auf mich, Scott?"

„Warum sollte ich böse mit dir sein, Cornelius?"

„Weil ich mich noch nicht aus dem Geschäft zurückziehe."

„Nein. Es ist klar, daß du das tun willst, was am besten für dich und am besten für die Bank ist. Etwas anderes könnte ich kaum von dir erwarten."

„Nun, ich möchte dennoch fair sein. Ich möchte dennoch . . . Scott, ich werde mich in dieser Sache gerecht verhalten, und großzügig. Ich möchte jeden glücklich machen."

„Das scheint mir ein lobenswertes Ziel zu sein!"

„Nein, im Ernst, Scott! Ich meine das wirklich. Schau mal, ich sehe das so: Ich bin zweiundfünfzig, und wenn meine Gesundheit sich nicht sehr verschlechtert, werde ich arbeiten, bis ich sechzig bin. Dann reduziere ich meine Belastung, ziehe mich vom Bankgeschäft zurück und mache nur mit Kunststiftung und in Wohltätigkeitssachen weiter – den ‚guten' Dingen, wenn du mich verstehst –"

„Na ja."

„– und die Bank übergebe ich dir. Wenn ich sechzig bin, bist du erst neunundvierzig. Die einzige Bedingung, die ich stellen würde, ist die, daß du später die Bank an meine Enkel übergibst, aber das ist ja wohl in Ordnung, nicht wahr? Du hast keine eigenen Söhne, und du kannst meine Enkelkinder zu deinen Erben machen, genau so, wie ich dich als meinen Erben einsetze. Ich sehe dich als eine Art von erhabenem Statthalter während eines Van Zale Interregnums . . . das ist die richtige Lösung, nicht wahr? Bist du einverstanden?"

„Ich bin einverstanden. Du bist am Zug, Cornelius."

Das Pferd sprang vorwärts und zur Seite. Ein Bauer bewegte sich zum Schutz der Königin nach vorn.

„Kern der ganzen Sache ist", sagte Cornelius, „daß es einfach nicht möglich war, sofort nach Sams Tod aufzuhören, obwohl ich das wollte. Das hast du doch mitbekommen? Mußte den besten Mann finden, der sich für meine Enkel um die Bank kümmert, aber als Sam starb, entstand ein Machtvakuum – er war der beste Mann. Und selbst als du während der folgenden Manöver unter den Partnern als Spitze zu erkennen warst, waren meine Hände immer noch gebunden, weil ich auf keinen Fall Sebastian übergehen konnte, ohne mein neues Glück mit Alicia kaputtzumachen. Es wäre ja kein Problem gewesen, wenn er ein Narr wäre, aber das ist er ja, wie wir beide wissen, natürlich nicht. Er ist sehr kompetent und fähig. Bis jetzt habe ich einfach keine Entschuldigung gehabt, ihn zu übergehen, aber jetzt . . .", Cornelius machte einen bedeutungslosen Zug mit seinem Turm, „. . . jetzt wird es leichter sein."

„Ich verstehe."

„Ich werde Sebastian in Europa festhalten, ihm ein großes Spesenkonto und eine Menge Freiheit zugestehen, und Alicia wird nicht einmal merken, daß er verschaukelt wurde. Am Ende kann ich ihr sogar die Illusion geben, daß er befördert worden ist, aber das wird alles Zeit brauchen, Scott, und deshalb brauche ich unbedingt diese weiteren Jahre. Ich muß Zeit haben, Sebastian sicher zu verarzten, bevor ich dir die Verantwortung übergeben kann. Du wirst Geduld haben, nicht wahr? Es liegt sowohl in deinem wie in meinem Interesse."

„Natürlich."

„Du hast dich Sebastian gegenüber klug verhalten, Scott. Ich habe bemerkt, wieviel Mühe du dir immer gibst, gut mit ihm auszukommen. Du bist am Zug."

„Es mag dich überraschen, Cornelius, aber ich habe Sebastian wirklich sehr gern."

Cornelius lachte gutmütig angesichts dieser phantastischen Vorstellung und sagte liebevoll: „Mein Gott, Scott, du bist ein raffinierter Kerl!" Ich merkte, wie seine Finger sich in Richtung Handteller krümmten, während er heimlich darauf wartete, daß ich den Fehler machen würde, der ihm die Überlegenheit im Spiel sichern würde.

Die Zeit verging. Der Morgen brach über dem Central Park herein, und die schweren Vorhänge des Himmels wechselten von Schwarz zu Marineblau, zu Azur und schließlich zu einem sehr blassen Blau. Cornelius' zarte Haut war leicht gerötet vor Erregung. Das Licht glänzte auf dem Silber in seinem Haar und reflektierte in seinen Augen.

„Schachmatt! Jetzt habe ich dich, Scott!"

„Scheiße!"

Gelächter. Der König kippte auf das Brett.

„Der Augenblick der Wahrheit!" sagte Cornelius vergnügt.

„Ja. ‚Childe Roland kam zum Dunklen Turm.' "

„Ich habe diese Geschichte nie verstanden", sagte Cornelius, und machte zwei letzte Flaschen Coca-Cola auf. „Erzähl sie mir noch einmal. Dieser Ritter Roland war auf einer Suche, sagst du, obwohl der Leser des Gedichtes nie erfährt, was die Suche ist. Ist das nicht irgendwie ärgerlich, daß man nie genau erfährt, was er sucht? Dann kommt er zu dem Dunklen Turm und man denkt: das ist es nun! Er sieht, wie seine früheren Gefährten ihn von den Bergen her beobachten, aber sie sind alle tot. Das ist irgendwie morbid, wenn du mich fragst. Dann setzt er sein Horn an die Lippen und bläst, und das ist alles. Warum schließt Browning das Gedicht an dieser Stelle? Ich verstehe das überhaupt nicht."

„Roland ist seinem Schicksal begegnet, als er das Horn an die Lippen hebt."

„Aber was war sein Schicksal?"

„Leben oder Tod. Vielleicht Tod. Als Galahad das Ende seiner Suche erreichte, starb er. Nach T. H. White stirbt man, wenn man seine Vollkommenheit erreicht, weil danach nichts mehr übrigbleibt, das man noch erreichen könnte."

„Huh! Noch mehr metaphysischer Unfug. Du bist vom Tod besessen, Scott – das ist dein Problem!“

„Ist das nicht jeder, bewußt oder unbewußt? Wie Spencer sagte: ‚Alle Dinge vergehen und nähern sich ihrem Ende.‘ “

„Und das ist verdammt deprimierend! Ich mag es nicht, wenn du so redest – es klingt so, als hätte jemand deine Stimme geliehen . . . mein Gott, nun hör mich nur an! Was für eine verrückte Sache! Du mußt mich mit dieser morbiden Ader angesteckt haben! Okay, Scott, wir brauchen jetzt beide ein bißchen Schlaf. Aber vielen Dank fürs Kommen, ich bin sehr dankbar dafür. Bis bald.“

„Bis bald, Cornelius“, sprach ich hinter Scotts Augen hervor, und als ich ging, dachte ich an die Zukunft – wenn ich Cornelius wieder aufsuchen würde: ich, der Präsident des neugeschaffenen Sullivan-Reiches, er, der pensionierte Seniorpartner im Rollstuhl, seine Enkel hinausgeschmissen und zerstreut unter den Arbeitslosen der Wall Street. „Guten Morgen, Scott“, wird er zu mir sagen, aber in Gedanken würde er mich beim Namen meines Vaters nennen, denn ich würde der Geist meines Vaters sein, erwartend, ihn aus der hellen Halle des Lebens zu geleiten, und in seiner dunklen Zukunft würde er die Vergangenheit sehen, so wie ich sie neu geschrieben habe, die Niederlage meines Vaters transformiert in einen mächtigen Sieg, und seine eigenen Triumphe ausgelöscht durch die Flammen ewigen Feuers.

IV.

Sonnenlicht floß durch das Krankenhausfenster auf das Bett, in dem Emily lag und sich von einer Gallenoperation erholte. Emilys Haar war jetzt ganz grau, ihr Gesicht voller Falten und knochig durch den Gewichtsverlust.

„Liebster Scott, wie nett von dir, daß du übers Wochenende die weite Strecke nach Velletria gekommen bist – ich bin dir ja so dankbar! Es tut mir leid, daß ich am Telefon, bevor ich ins Krankenhaus ging, so deprimiert geklungen habe. Es war komisch, aber ich hatte eine heftige Vorahnung, daß ich hier sterben würde, aber das war natürlich dumm von mir, nur weil ich es hasse, im Krankenhaus zu liegen . . . Nun, ich brauche nicht mehr über den Tod nachzudenken. Was gibt es denn Neues? Darf ich fragen, wie die Dinge in New York laufen?"

„Besser. Sebastian ist in Europa, und Alicia scheint nun doch zu akzeptieren, daß sie nichts tun kann, um seine Ehe zu reparieren. Vicky meint, sie müsse jetzt ihr eigenes Heim haben und schaut sich deshalb nach einem Apartment um, das groß genug ist, um all die Kinder und die Angestellten aufzunehmen."

„Ich wünschte, ich könnte etwas tun, um dem Mädchen zu helfen, aber sie scheint im Moment außerhalb meiner Reichweite zu liegen, genau wie Cornelius. Andererseits darf es mich nicht deprimieren, an Cornelius zu denken. Ich habe alles für ihn getan, und mehr kann ich nicht tun. Ich wünschte aber, ich könnte mehr für Vicky tun . . . und für dich auch, Scott. Ich habe oft das Gefühl, daß ich dir gegenüber in der Vergangenheit versagt habe."

„Mir gegenüber versagt? Du? In meinem ganzen Leben habe ich keinen solchen Unsinn gehört!"

„Wenn ich nur älter gewesen wäre, als ich Steve geheiratet habe, so alt, daß du mich als Mutter hättest akzeptieren können! Du hast mich aber nie als Mutter gesehen, nicht wahr? Ich war immer die Prinzessin aus dem Märchen, nur ein paar Jahre älter als du, und als Steve ging, wurde ich über Nacht zur sitzengelassenen Heldin. Ich hätte damals etwas sagen sollen, ich hätte mit dir reden sollen, ich hätte mich mit dir zusammensetzen und wenigstens ein ehrliches Gespräch haben sollen –"

„Emily, bitte! Hör auf, dich selbst zu kreuzigen!"

„– aber ich habe nichts gesagt. Ich habe das alles Cornelius überlassen. Ich war schwach und feig und so mit mir beschäftigt, mit meinem eigenen Unglück und habe es Cornelius überlassen, mit dir das Loch in seinem eigenen Leben zu füllen –"

„Nun, warum soll man davon sprechen, als handle es sich hier um eine große Tragödie? Es ist alles sehr gut ausgegangen!"

„Es ist noch nicht zu Ende. Es geht immer noch weiter, er zwingt dich, dieses abnormale Leben zu leben. Oh, glaub nur nicht, daß ich nicht sehe, was vor sich geht! Sobald ich den Brief von Tony gelesen hatte –"

„Oh, vergiß den Brief, um Himmels willen!"

„Aber da habe ich ja begriffen, welche Gefühle du Cornelius gegenüber haben mußt!"

„Das bezweifle ich sehr. Emily, meine Gefühle, was Cornelius angeht, sind wirklich unwichtig."

„Du mußt ihm vergeben, unbedingt! Sonst machst du nie deinen Frieden mit dir selber, wirst nie fähig sein, ein normales Leben zu leben –"

„Emily, ich sage das nicht gerne, aber hier verstehst du nun wirklich überhaupt nichts."

Schweigen. Sie zuckte schwach mit den Achseln und wandte ihr Gesicht der Wand zu. „Wenn du mir gegenüber nicht ehrlich sein kannst, dann hat es wohl keinen Sinn, mit dir zu reden."

„Es ist die Wahrheit. Haß gegen deinen Bruder ist keine bestimmende Kraft in meinem Leben. Die Situation ist sehr viel komplexer, als du dir vorstellst."

„Das verstehe ich nicht."

Wieder Schweigen.

„Kannst du das erklären?"

Das Schweigen hielt an.

„Oh, Scott!" sagte sie verzweifelt. „Ich wünschte so sehr, daß du mit mir reden könntest! Kannst du denn mit niemandem reden? Es ist für mich eine fürchterliche Vorstellung, daß du so einsam bist!"

„Aber ich genieße meine Einsamkeit!"

„Das ist keine Einsamkeit", sagte sie. „Das ist Isolation. Das ist ein lebendiger Tod."

„Nun, das ist deine Meinung, Emily, und du hast sicher ein Recht darauf, aber deine Meinung deckt sich nicht mit der meinen. Jetzt bitte – warum reden wir nicht über etwas Lustiges . . .

V.

Emily starb eine Woche später an Lungenembolie, und es gab ein großes Familienbegräbnis in Velletria. Cornelius weinte. Jetzt gab es niemand mehr, der Teil seiner lebendigen Vergangenheit war, und so kam es ihm vor, als würde mit Emily zugleich ein Teil von ihm selber begraben an diesem Tag in der Vorstadt im Mittelwesten, die er immer so gehaßt hatte.

„Asche zu Asche", sagte der Geistliche. „Staub zu Staub."

Erinnerungen kamen hoch, Erinnerungen an eine blonde, vielgeliebte Emily, die vor langer Zeit ein desolates Haus belebte, glückliche Erinnerungen, lang vergangene Erinnerungen, aber nicht vergessen, als der Tod noch so weit entfernt war wie der Schnee von einem Mittsommertag und als aller Schmerz von Frieden ausgelöscht wurde.

Der kalte Wind blies wieder. Scotts Augen sahen den Sonnenschein jenes kühlen Tages im Frühjahr, aber in meinen Augen war es dunkel, und eine große Uhr schlug Mittag. In Scotts Welt zelebrierte der Geistliche den christlichen Gottesdienst; obwohl ich die Worte hörte, bedeuteten sie für mich überhaupt nichts, denn ich befand mich jenseits dieser Worte in der Zeit weit, weit zurück, in der entferntesten Ecke jenes Duplikats meines Vaters, das ich bin, und in meiner Erinnerung an vergessene Sommer, in denen ich einen ganz anderen Moralkodex besaß. Blut schreit nach Blut, Gewalt nach Gewalt. Das Christentum ist nur ein Firnis, die Zivilisation ist nur hauchdünn, und unter all dem liegt die zeitlose chaotische Ekstase der Dunkelheit.

Scott stand am Rande des Grabes, schwarz gekleidet, den Kopf gebeugt, eins mit den anderen Trauernden, aber ich war jetzt außerhalb von Scott, ich entfloh meinem Kummer, ich schwamm weg von ihm in jene andere Welt, in die Welt meiner Einsamkeit, in die Welt meiner Träume.

VI.

Früher träumte ich, ich sei der Ritter in Bergmans Film „Das siebte Siegel“. Der Ritter spielte Schach mit der Kapuzenfigur des Todes an einer wunderschönen, einsamen Küste, und bevor der Tod seinen unvermeidlichen Sieg erringen konnte, bat ihn der Ritter um eine weitere Spanne seines Lebens.

Ich hatte auch öfter das Gefühl, als bäte ich den Tod um mehr Zeit. Ich hatte große Angst, zu sterben, bevor ich meinen Ehrgeiz würde realisieren können – oder bevor „meine Suche beendet“ wäre, wie ich in meinen Träumen zu sagen pflegte, nachdem ich Bergmans Ritter losgeworden und die legendäre Figur Rolands geworden war, des Helden, den ich Cornelius zu erklären versucht hatte. Manchmal, selbst im Wachen, fühlte ich mich, als vollzöge ich einen Mythos nach, den Mythos des mittelalterlichen Ritters, der sein Leben der Suche und der Erfüllung eines großen, geistigen Zieles widmet, und obwohl ich meine mythische Vision und das Bewußtsein meiner eigenen Wirklichkeit in zwei separaten geistigen Fächern aufbewahrte, so war es mir doch klar, daß sie sich in meinen Träumen trafen, und ich fürchtete, daß sie sich eines Tages auch in meinen wachen Stunden treffen und eins werden würden. Ein Teil meiner Faszination durch Brownings Roland konnte meiner wachsenden Überzeugung zugeschrieben werden, daß ich eines Tages meiner eigenen Version von Rolands Dunklem Turm gegenüberstehen würde, und daß ich, wie Roland, das Horn an die Lippen führen würde, daß ich gezwungen sein würde, eine große Geste zu machen, die mir erlaubte, meinem Schicksal zu begegnen und meine Suche zu vollenden.

Aber dies waren meine Phantastereien; und die Welt meiner Einsamkeit, die Welt meiner Träume war weit entfernt von der Welt des Scott Sullivan, des prosaischen, peinlich genauen Bankers, der sich unfehlbar an die Geburtstage seiner Schwestern erinnerte, der geduldig Cornelius zuhörte, wenn er sich über Vickys zunehmend kariertes Privatleben Sorgen machte, der pflichtbewußt alle Familienversammlungen besuchte, die an den nationalen Feiertagen stattfanden.

„Hallo, Scott, hier ist Alicia. Kommst du wie üblich dieses Jahr zum Thanksgiving?"

„. . . kommst doch sicher zur Weihnachtsfeier . . ."

„. . . Ostern . . ."

„. . . zum vierten Juli . . ."

Die Feiertage verstrichen. Die Jahre trabten vorbei. Die Krise von 1960, als Vicky Sebastian verließ, gehörte mehr und mehr der Vergangenheit an. 1961 schleppte sich dahin. Dann 1962. Und im Jahre 1963 –

„Hallo, Vicky! Wie geht es dir?"

„Hallo, Scott, wie geht es selbst?"

Leere Worte, von zwei Fremden gewechselt, die seit Jahrzehnten entfernt miteinander bekannt sind. Betrachtete ich Vicky mit Scotts Augen, dann sah ich nur Cornelius Van Zales Tochter, eine ruhelose, unzufriedene Frau, die sich brutal von dem Mann, der sie liebte, hatte scheiden lassen, und die nun ihr Leben in den chicen Nachtlokalen von Manhattan vergeudete. Cornelius hatte es aufgegeben, alle Zeitungen, die eine Klatschspalte führten, zu lesen und hatte sich zu meiner Erleichterung kürzlich dazu entschlossen, nicht mehr mit mir über seine Tochter zu reden.

„Wie geht es Daddy?" fragte sie. „Ich habe ihn seit einiger Zeit nicht gesehen."

„Es geht ihm gut."

Nach mehreren Monaten des Aufruhrs war Cornelius in eine Wohnung im zwanzigsten Stock eines neuen Apartmentgebäudes an der Fifth Avenue gezogen. Zum Teil hatte er es aus Pikiertheit getan, weil Vicky es abgelehnt hatte, mit ihm im Haus der Van Zales zu wohnen, teilweise auch aus der pragmatischen Erkenntnis heraus, daß es aus ökonomischen Gründen nicht mehr sinnvoll war, das Haus an der Fifth Avenue zu unterhalten. Ich hatte zudem den Verdacht, daß Alicia eine Veränderung gewünscht hatte und daß Cornelius diesem Wunsch unverzüglich nachgekommen war, um die Schwierigkeiten nach Sebastians Abreise nach Europa auszulöschen. Das Van-Zale-Haus, das jetzt, abgesehen von den Wächtern, unbewohnt war, wurde von der Van-Zale-Kunststiftung verwaltet und sollte in Kürze der Öffentlichkeit zugänglich gemacht werden. Man munkelte, daß Mrs. John F. Kennedy die Eröffnung leiten würde.

„Ich glaube, Cornelius und Alicia haben es genossen, die neue Wohnung einzurichten", sagte ich zu Vicky.

„Ja, aber sie werden mit Sicherheit alles verderben – Daddys Geschmack ist so gräßlich. Hast du dieses grauenhafte neue Schachspiel gesehen, in dem jeder Bauer ein Astronaut ist? Er hat es extra in Auftrag gegeben zum Andenken an die Rede des Präsidenten, in dem er sagte, man müsse einen Mann auf den Mond bringen."

„Ich habe das Spiel nicht nur gesehen – ich habe sogar schon damit gespielt! Nun – wenn du mich entschuldigen würdest, Vicky . . ."

Die Party dröhnte weiter, langweilig für einen Nichttrinker, eine Vergeudung von Zeit, Kraft und Geld, aber noch lange, nachdem ich mich verabschiedet hatte, dachte ich an Vicky, wie sie inmitten einer Gruppe von Männern lachend dastand, während der Gastgeber einen weiteren Martini in ihre ausgestreckte Hand drückte.

ZWEITES KAPITEL

I.

„Es amüsiert mich, daß Kevin immer nach Washington fährt, um den Kennedys in ihrer Spätversion des Camelot eine Reverenz zu erweisen“, sagte Jake Reischman und schloß damit die Einleitung ab, die immer unseren geschäftlichen Verhandlungen vorangeht. „Es amüsiert mich die Vorstellung, daß die Kennedys sich wie Fürsten benehmen. Ich weiß noch, wie in meinen jungen Tagen Joe Kennedy das schnellste Geld an der Wall Street verdiente – nein, ich habe eine halbe Flasche Wein bestellt, keine ganze, und bringen Sie diesem Herrn hier noch ein Ginger Ale. Was ist nur neuerdings mit diesem Restaurant los? Können Sie keine Bestellung ordentlich ausführen? Und diese Muscheln sind zäh – nehmen Sie sie mit.“

Es gehörte zu Jakes Gepflogenheiten, Dienstessen in chicen Restaurants in der Innenstadt zu veranstalten, in denen er mehr Platz hatte für seine Tyranneien als in einem der Clubs, die unter seiner Mitgliedschaft litten. Ein fetter, kahlwerdender, mittelalterlicher Mann, der mühelos eine Aura von eisiger Unzufriedenheit um sich verbreitete.

„Ich habe nichts dagegen, wenn die Kennedys Washington mit ein wenig Kultur infizieren wollten, Jake. Wenn die Kelten an die Macht kommen, dann haben sie immer etwas mit Kultur im Sinn. Aus diesem Grunde haben die Schriftsteller und die Künstler immer ein hohes Ansehen in keltischen Gesellschaften gehabt.“

„Du meinst also, ich soll so gütig sein und sagen, was für eine willkommene Abwechslung die Kennedys sind im Vergleich zu all den angelsächsischen Philistern, die bisher das Weiße Haus innehatten. Na gut, ich werde so gütig sein. Aber meiner Meinung nach steht hinter diesem ganzen sorgfältig vermarkteten keltischen Eindruck nichts anderes als die typischen amerikanischen Vorlieben für Reichtum und Macht. Und da wir gerade vom allmächtigen Dollar reden –“

Ich bereitete mich nun auf den geschäftlichen Teil vor.

„– muß ich dir sagen, Scott, daß ich mir wieder einmal ernsthafte Gedanken über die zukünftige Beziehung zwischen unseren beiden Häusern mache. Wie du dir vorstellen kannst, rede ich von den Aktivitäten eures Londoner Büros."

Jake trug einen Anzug, der genauso grau war wie der Himmel hinter den hohen Fenstern des Restaurants, und seine Augen sahen ebenfalls grau aus, wenn dies auch eine Täuschung des Lichtes war. Seine Augen hatten normalerweise die blasse Farbe von nassen, bläulichen Steinen. Seine kurzen, häßlichen Finger waren damit beschäftigt, ein Stück Brot zu ruinieren; seine Stimme, butterweich und trotzdem schneidend, brachte es fertig, sogar ein Kompliment wie eine Drohung klingen zu lassen.

„Es ist jetzt drei Jahre her, seit Neil Sebastian nach London verfrachtet hat, und was ist passiert? Sebastian boxt sich an die Spitze hoch – von Neil inszeniert, daran habe ich keinen Zweifel, wahrscheinlich, um Alicia bei Laune zu halten –; und dann bringt Sebastian es fertig, meinem neuen Londoner Büro soviel Nackenschläge wie nur möglich zu versetzen! Du kannst deinem Chef sagen, daß ich die Nase davon voll habe, daß Sebastian Foxworth meine Kunden klaut. Ich bin sehr ärgerlich."

„Ich gebe zu, daß es da einen unglücklichen Vorfall gegeben hat –"

„Erzähl mir doch nicht solche Scheiße! Es gibt eine ganze Reihe von Katastrophen. Sag Neil, daß ich Sebastian nach New York zurückgeholt haben möchte, damit er ständig unter Aufsicht ist. Ich weiß, es ist sinnlos, zu erwarten, daß Neil ihn rausschmeißt. Mein Gott, wer hätte gedacht, daß Neil je ein Ehemann werden würde, der dermaßen unter dem Pantoffel steht."

Der Chefkellner erschien mit einer halben Flasche Wein und einem Glas Ginger Ale, ein Kellner hinter ihm mit einem Teller frischer Muscheln. Jake unterbrach seine Tirade lang genug, um die Muscheln zu versuchen, konnte aber nichts an ihnen aussetzen. Der Chefkellner schloß erleichtert die Augen und zog sich zurück.

„Ich gebe zu, daß Cornelius immer bemüht ist, es Alicia recht zu machen, Jake, aber ich würde ihn kaum als einen –"

„Oh, hör auf, es ist mir scheißegal, ich bin nicht an ihrer Ehe interessiert, zum Teufel damit. Wir reden über diesen idiotischen

Sebastian. Die Wahrheit ist nämlich, daß Neil Sebastian in London haben will, weil er ihn nicht ausstehen kann. Aber er traut sich wegen Alicia nicht, ihn hinauszuschmeißen –“

„Jake, du bist es, nicht ich, der dauernd über die Van-Zale-Ehe redet!“

„– und du hast auch nichts dagegen, daß Sebastian in London ist, weil seine Abwesenheit es dir ermöglicht, deine Machtposition als Neils rechte Hand aufzubauen. Du nährst die große Illusion, daß Neil dir die Bank auf einem Tablett servieren wird, wenn du dich nur richtig verhältst; aber mach dir nichts vor, Scott. Er plant keineswegs, dir die Bank zu geben. Der einzige Grund, weshalb er dich so lange in der Firma behalten hat, ist, um dich als Gegengewicht zu Sebastians unvermeidbar zunehmender Macht zu benutzen – solange er euch gegeneinander ausspielen kann, wird er in Frieden möglichst lange weitermachen, um dann die Bank direkt an seine männlichen Enkelkinder weiterzureichen. Diese Enkel werden die Bank schließlich bekommen, das kannst du mir glauben. Blut ist immer dicker als Wasser, und das Blut, das in deinen Adern läuft, Scott, ist für eine Transfusion die völlig falsche Sorte.“

Das Ginger Ale war von blassem Gold, und das hohe Glas reflektierte das wechselnde Licht des Springbrunnens, der in der Mitte des Raumes sprudelte. Silbermesser strahlten auf dem klinischen Weiß des Tischtuches.

„Worauf willst du hinaus, Jake? Wenn ich dich richtig verstehe, bist du der Meinung, daß ich meine Zeit verschwende, wenn ich Sebastian weiterhin in London festhalte, denn selbst wenn ich der beste Mann für Cornelius' Nachfolge bin, wird deiner Meinung nach Cornelius irgendwie blöd genug sein, für diesen Job nicht den besten Mann zu nehmen.“

„Was ich dir sagen will ist, daß du dich am besten von Cornelius und Sebastian trennst und dich mit mir zusammentust.“

„Es tut mir leid, ich muß dich falsch verstanden haben. Hast du gesagt –“

„Ja, das habe ich. Du hast natürlich gehört, daß ich die Bank in eine Gesellschaft umwandeln will? Nun, ich habe beschlossen, daß mein letzter despotischer Akt der sein wird, all meine inkompetenten Partner aufs Kreuz zu legen, die meine Stelle einnehmen wollen, wenn ich zum Aufsichtsratvorsitzenden befördert werde. Ich werde einen Präsidenten von außerhalb ernennen, und dabei werde ich den besten Mann nehmen, den ich kriegen kann, ob jüdisch oder nicht jüdisch. Mit anderen Worten, ich will jemanden, der all die Tugenden deines Vaters und keine seiner Laster hat. Nenn mir deinen Preis. Du hast den Job."

„Nun, ich . . . ich fühle mich natürlich geschmeichelt –"

„Du kannst sogar deinen Namen auf dem Firmenschild haben. Reischman und Sullivan. Wie gefällt dir das? Macht das den spektakulären Fehlschlag deines Vaters in den dreißiger Jahren wieder gut? Oh, glaub nur nicht, daß ich dich nicht durchschaut habe! Ich habe dich lange Zeit sehr genau beobachtet, und ich bin hundertprozentig sicher, daß ich gerade dich als meinen Nachfolger haben will."

„Um deine Partner aufs Kreuz zu legen? Oder um Cornelius aufs Kreuz zu legen? Was willst du eigentlich wirklich, Jake? Und da wir schon darüber reden, was ist eigentlich damals 1955 zwischen dir und Cornelius passiert? Hatte es etwas mit Alicia zu tun?"

Jake hob eine zynische Augenbraue, schaute mich an, als habe er tiefes Mitleid mit jedem, der sich solchen Phantasien hingibt, und sagte kurz: „Wenn Neil jemals so dumm war, dir zu sagen, was passierte, dann werde ich sicher nicht so blöde sein, unnötige Erklärungen abzugeben, die dich nichts angehen. Kommen wir zum Thema unseres Gesprächs zurück. Nun? Was sagst du? Wirst du das Angebot in Erwägung ziehen?"

„Natürlich. Es ist ein sehr großzügiges Angebot, und ich bin mit Sicherheit interessiert. Wenn ich mir Bedenkzeit ausbitten darf –"

„Gut, wir werden wieder miteinander zu Mittag essen, wenn du von deinem Urlaub zurückkommst. Oh, und mache Neil bitte inzwischen klar, daß irgend etwas passieren muß, um Sebastians Aktivitäten in London zu beschneiden. Ich mag mich irren, aber ich denke doch, daß Neil immer noch soviel an den Beziehungen zwischen unseren beiden Häusern liegt, um meine erschöpfte Geduld mit dem Respekt zu behandeln, den sie zweifellos verdient . . ."

II.

„Jake reagiert ziemlich sauer, Cornelius, über die Art, wie Sebastian in London agiert."

„Ehrlich gestanden, bin ich nicht überrascht. Was, zum Teufel, glaubst du, hat Sebastian vor, Scott?"

„Nun, vielleicht ist es kein persönlicher Rachefeldzug gegen das Haus der Reischmans, aber langsam fängt es doch an, den Eindruck zu machen."

„Das ist unangenehm für mich. Wegen dieser Geschichte will ich keine Konfrontation mit Jake."

„Möchtest du, daß ich nach London fahre und die Sache untersuche? Ich kann meinen Urlaub absagen."

„Nein, nein. Du arbeitest hart und verdienst eine Pause. Aber ich werde Sebastian herordern, und wenn du ins Büro zurückkommst, dann werden wir herausbekommen, warum er die Reischmans so reizt . . . Okay, nun wollen wir mal sehen. Gibt es noch irgendwelche Dinge, bevor du in Urlaub gehst?"

„Nun, das Thema Reischman wäre erledigt. Aber ich möchte noch kurz mit dir über einen möglichen Klienten sprechen, einen jungen Mann namens Donald Shine . . ."

III.

„Hallo, Scott! Schön, Sie zu sehen! Sie schauen großartig aus! Wie geht es Ihnen?"

Donald Shine war zweiundzwanzig und besaß einen Schopf frischgewaschenen dunklen Haares, große unschuldige Augen und einen zweifelhaften Geschmack in Sachen Kleidung. Er sprach mit volltönender Stimme und einem Brooklyn-Akzent.

„Hallo, Don! Nehmen Sie Platz!"

Donald Shine setzte sich lächelnd, verbreitete immer noch übertriebenes Wohlwollen, war noch immer überzeugt davon, daß er vor seinem dreißigsten Lebensjahr ein Multimillionär sein würde.

„Ich habe mit Mr. Van Zale gesprochen, und er ist bereit, Sie zu empfangen, ich muß Sie jedoch vorwarnen, daß er einer von der alten Schule ist und der modernen Technologie nicht so ganz traut. Seine Haltung zu Ihrem Vorschlag, Computer zu verleihen, wird entweder sein: ‚Dafür gibt es keinen Markt‘, oder: ‚Überlassen wir das doch alles IBM‘. Reden Sie nur kurz und zur Sache, und regen Sie sich auf keinen Fall zu sehr auf, und machen Sie keinen allzu enthusiastischen Spektakel. Mr. Van Zale will nur die Tatsachen, keine Verkaufstricks oder eine Einmannshow."

„Ich verstehe. Ich werde mich wie ein steifer W.A.S.P. benehmen, nicht wie eine jiddische Mama. Okay, kein Problem."

„Vielleicht wäre Ihnen ein weniger konservatives Haus angenehmer –"

„Schauen Sie, Scott, wie ich Ihnen schon sagte, habe ich unbedingt vor, Mr. Van Zale zu sehen. Da er es schon im Alter von zweiundzwanzig Jahren geschafft hatte, wird er mich nicht deshalb fallenlassen, nur weil ich gerade aus dem College komme. Außerdem will ich keine Zeit vergeuden. Wenn ich mit Investment-Bankern Geschäfte mache, dann nur mit den besten. Vergessen Sie die zweitrangigen Geldleute! Vergessen Sie alles Zweitrangige! Die Zeit vergeht, mein Gott, und ich will diese Sache in Gang bringen, bevor meine Haare weiß werden, ich will nicht jahrelang auf den Erfolg warten, ich will ihn jetzt!"

„Ja, ja. Ich verstehe die Eile, aber opfern Sie doch noch so viel Zeit, daß ich Ihnen einen Rat hinsichtlich Ihres Aussehens geben kann. Bevor Sie Mr. Van Zale aufsuchen, lassen Sie sich die Haare schneiden und kaufen Sie sich einen dunklen Anzug – oh, und auch eine Krawatte, wenn Sie keine haben – verstecken Sie diese Sandalen im Schrank und tragen Sie einfache schwarze Socken mit konventionellen schwarzen Schuhen. Und gehen Sie sicher, daß Ihr Hemd weiß ist – verstanden? *W-E-I-S-S*. Wenn Sie sich mit dem Establishment der Ostküste zusammentun wollen, dann müssen Sie so aussehen, als hätten Sie nie von der Zeile gehört: ‚Die alte Ordnung wechselt und macht der neuen Platz.‘ "

„Nun, das ist kein Problem. Für mich gibt es überhaupt keine Probleme. Wer hat das gesagt? Ed Murrow? Also, Scott, das war für mich ein glücklicher Tag, als ich an Ihrer Sekretärin vorbei meinen Weg in Ihr Büro fand! Ich wünschte, ich könnte mit Ihnen Geschäfte machen, statt den Circus mit so einem alten

Konservativen wie Van Zale zu inszenieren! Warum geben Sie mir nicht die paar Millionen, die ich brauche, um meinen Plan zu starten?"

„So groß die Versuchung auch ist, Don, ich werde ihr widerstehen müssen. Ich möchte nicht, daß Mr. Van Zale später zu mir sagt: ‚Wer, zum Teufel, ist dieses Wunderkind Donald Shine, und warum hatte ich nie die Gelegenheit, ihn kennenzulernen?' Ich gehe lieber auf Nummer sicher und präsentiere Sie gleich. Ich brauche Ihnen kaum zu sagen, wie sehr Sie sich von unseren gewöhnlichen Klienten unterscheiden."

„Mensch, dies ist das Alter der Jugend! Heutzutage finanzieren Investment-Banker Leute wie mich im Schallplattengeschäft, im Kleidergeschäft, in der Werbung, in –"

„Zweitklassige Bankhäuser gehen natürlich zweifelhafte Risiken ein. Erstklassige Häuser wie Van Zale haben gewöhnlich zuviel zu tun. Drei Uhr, morgen, Don, und denken Sie an das weiße Hemd."

IV.

„Bist du wahnsinnig geworden?" sagte Cornelius wütend. „Oder glaubst du, daß ich wahnsinnig geworden bin? Glaubst du im Ernst, ich würde einen langhaarigen Burschen wie den da als Klienten nehmen, einen Kerl, der zur Verhandlung in einem Anzug erscheint, der aussieht, als hätte er ihn auf dem Straßenmarkt auf der Lower East Side geklaut, der eine Menge Unsinn daherredet über einen Markt für Computer-Leasing, wo doch jeder weiß, daß die Computertechnologie sich so schnell entwikkelt, daß man nur auf der Höhe der Zeit bleiben kann, wenn man das letzte Modell von IBM hat? Ich gebe zu, der Junge mag vielleicht einen guten Verkäufer abgeben – für Gebrauchtwagen in einem fünftklassigen Laden in Brooklyn –, aber mir zuzumuten, ich sollte seine Phantastereien finanzieren –"

„Einen Augenblick, Cornelius. Dieser Junge ist ungeschliffen, zugegeben. Er kommt aus einem Milieu, das du dir kaum vorstellen kannst, und seine Kleider muß man gesehen haben. Aber er ist helle, Cornelius. Sicher hat er nur ein kleines College besucht, aber er hat eine Collegeausbildung, und er hat das beste daraus gemacht. Er kennt Computer in- und auswendig – er weiß genausoviel wie irgend jemand bei IBM –, und ich glaube, er ist zum richtigen Zeitpunkt auf die richtige Idee gekommen. Laß uns das Risiko eingehen und ihn unterstützen."

„Diese Art von Klienten brauchen wir nicht, Scott. Ich weiß, daß wir heute alle um Klienten zu kämpfen haben, aber es gibt doch noch einige, um die zu kämpfen es sich nicht lohnt."

„Du machst einen Fehler. Wo liegt das Problem? Ist es seine Jugend? Du bist auch nicht immer fünfundfünfzig gewesen, vergiß das nicht! Außerdem, die Zeiten ändern sich –"

„Ja, und nicht zum besten! Es tut mir leid, Scott, aber ich finanziere keinen Burschen, der aussieht wie ein nichtsnutziger Beatnik und der wie ein jüdischer Witz spricht, und dies ist mein letztes Wort . . ."

V.

„Jake, wärst du an einem ungewöhnlichen Klienten interessiert, der meiner Meinung nach ein großes Potential hat, den Cornelius aber gerade als Klienten abgelehnt hat?"

„Könnte sein. Erzähl mir von ihm."

„Er ist ein zweiundzwanzig Jahre alter, im College ausgebildeter Computerexperte, und sein Name ist Donald Shine . . ."

VI.

„. . . also, was hältst du von ihm, Jake?"

„Donald Shine? Ich hielt ihn für einen widerlichen jungen Mann. Natürlich habe ich ihn genommen." Jake seufzte und schaute aus dem Fenster seines Büros. „Er wird Geld machen. Was immer er tut, er wird Geld machen. Man wird genau auf ihn aufpassen müssen, aber das trifft auch auf einige meiner alten, eher konventionellen Klienten zu."

„Es war klug von dir, keine Vorurteile gegen ihn zu haben."

„Ich hatte sehr viele Vorurteile gegen ihn", sagte Jake mit einem ironischen Echo von Cornelius. „Wie könnte ich keine Vorurteile haben gegen einen langhaarigen Jungen, der aussieht wie ein Botenjunge von der Seventh Avenue und der wie ein schlechter satirischer Witz klingt? Aber schließlich muß man auch Zugeständnisse machen können. Wir können nicht alle mit einem silbernen Löffel im Mund geboren werden . . . Warum grinst du?“

„Ich habe gerade daran gedacht, daß Marx schließlich doch recht hatte. Es ist nicht die Rasse, die die Menschen plötzlich trennt, und die Religion ist es auch nicht. Es ist die Klasse.“

VII.

„Hallo, Scott, ich rufe nur an, um mich für all Ihre Hilfe zu bedanken. Ich halte Jake Reischman für einen tollen Typ. Ich hatte Konnex mit ihm, wissen Sie, wir sind toll miteinander ausgekommen. Sagen Sie, kann ich Sie irgendwann nächste Woche zum Zeichen meines Dankes zum Lunch einladen?“

„Vielen Dank, Don, aber ich gehe gerade in Urlaub. Können wir das später nachholen?“

„Klar! Wo fahren Sie hin? Europa?“

„In die Karibik.“

„Ich bin neidisch! Nun, viel Spaß mit all den schmalzigen Palmen, und wir treffen uns dann später. Oh, und Scott – grüßen Sie den alten Schurken Van Zale, und sagen Sie ihm, daß ich eines Tages den Boden mit ihm putzen werde“, sagte Donald Shine und lachte überhaupt nicht gutmütig, als er aufhängte.

VIII.

Konversationen.

Wörter, durch Scotts Mund gesprochen. Szenen, durch Scotts Augen gesehen. Aber Scott existiert außer in der Vorstellung anderer Leute nicht, denn Scott ist nur ein Schatten, der durch die Kraft des Willens projiziert wird, des Willens, der mir gehört, dem Individuum hinter dem Schatten – und das Individuum, wie der mittelalterliche Philosoph Wilhelm von Ockham schon vor langer Zeit schrieb, ist die einzige Realität.

Scott erzählte jedem, er ginge in Urlaub, aber das war eine

Lüge. Scott verließ New York überhaupt nicht. Es war immer ich, der die Stadt verließ, genauso wie ich es war, der sich in seinem Apartment entspannte, jeden Tag, wenn Scott von der Arbeit nach Hause kam.

Scott kam an jenem Novembertag 1963 nach Hause, und wie gewöhnlich hörte er auf zu existieren, als die Vordertür sich schloß, und ich wieder war es, der ins Schlafzimmer ging und sich im Spiegel betrachtete. Dann zog ich Scotts Kleider aus, den dunklen Anzug, das weiße Hemd und die gedeckte Krawatte, Embleme eines Lebens, das ich haßte, duschte, um den Schleim seines Lebens von meinem Körper zu waschen, und als ich wieder sauber war, zog ich meine Kleider an, die weißen Jeans, den Gürtel mit der Silberschnalle und das strahlend blaue Hemd, das ich nicht zuknöpfte; in der Küche aber machte ich mir nicht den Drink, den ich immer dann probieren wollte, wenn ich ich selber war, sondern Scotts Drink, von dem ich wußte, daß er mir nichts anhaben würde, das große, dunkle Coca-Cola mit einem Spritzer Zitronensaft gegen die Süßlichkeit. Die Flüssigkeit schäumte geräuschvoll über das Eis.

Mit dem Drink in der Hand setzte ich mich in den Schaukelstuhl, schwang meine Füße auf die Ottomane und atmete erleichtert auf. Der Bergsteiger, der wieder zum Lager zurückgefunden hat nach einem weiteren anstrengenden Aufstieg in den Berg. Zwei Wochen der Ruhe und der Erholung erstreckten sich verlockend vor meinem inneren Auge.

Ich blickte in meinem Apartment herum. Ich wohnte gegenüber dem Carl-Schurz-Park auf der Upper East Side, arbeitete aber so lange in der Bank, daß ich den East River selten bei Tageslicht sah. Aber an Wochenenden pflegte ich zuzusehen, wie die Sonne auf dem Wasser glänzte und nahm derweil mein Frühstück in Form schwarzen Kaffees zu mir. Der Fluß war dreckig, aber in der Morgensonne sah er herrlich aus. Er erinnerte mich an die ideale Seelandschaft, in der ich in Frieden leben wollte, sobald meine Suche vollendet war. Ich hatte diese perfekte Seelandschaft nie gefunden, wenn ich die Szenerie auch noch so klar vor meinem inneren Auge sah, die wunderbare, einsame Küste, die an eine dunkle und glasige See grenzt. Der Sand war sauber und weiß und rein, und ich glaube, es gab Berge im Hintergrund, obwohl es schwierig war, da sicher zu sein.

Ich empfing in meinem Apartment nie Besucher, da ich jeden Augenblick meiner Muße brauchte, um mich von der Anstrengung, Scott zu sein, zu erholen, und deswegen hatte ich mir auch nie die Mühe gemacht, mehr als die notwendigsten Möbel anzuschaffen. Der Schaukelstuhl und die Ottomane standen alleine auf dem Teppich. Die Wände waren voller Bücher, und in einer Ecke gab es breitere Regale für mein Stereogerät und meine Plattensammlung. Fernsehen gab es nicht. Da ich meine Tage meistens mit trivialen und bedeutungslosen Dingen verbringen mußte, wollte ich diese Umgebung in meinen Mußestunden nicht noch einmal reproduzieren. Statt fernzusehen las ich eine Menge, aber nicht, wie jeder glaubte, eine ununterbrochene Kost mittelalterlicher Literatur, sondern eine Auswahl von Romanen, Geschichte, etwas Psychologie, Anthropologie und Philosophie. An Wochenenden spielte ich Squash und machte lange Spaziergänge, aber manchmal, wenn die Spanne zwischen zwei Urlauben unerhört lang erschien, nahm ich ein Flugzeug irgendwohin – zu den Bermudas oder nach Kanada oder auch nur eine andere große amerikanische Stadt – und verbrachte das Wochenende auf der Suche nach einer alternativen körperlichen Aktivität.

Als ich nach dem Krieg den Alkohol aufgegeben hatte, wurde mir bald klar, daß ich einen anderen Fluchtweg brauchte, wenn der Streß das Leben unerträglich machte; und wenn ich auch alle Fluchtwege als potentielle Bedrohung meiner Selbstdisziplin ansah, so hatte ich mir doch eine Reihe von Regeln erarbeitet, die das Risiko gering hielten. Es war immer mein Ziel, eine Beziehung zu beenden, bevor sie sich in eine unglückliche Obsession entwickelte. Deshalb dauerten meine Affären nicht lang und fanden nur weit von zu Hause entfernt statt.

Dieses Rezept zur Befriedigung mag manchen Leuten eigentlich unbefriedigend erscheinen, aber die Wahrheit war, daß ich mir nie viel aus Sex gemacht habe. Wenn ich nur sexuelle Anspannung loswerden wollte, dann zog ich es vor, mich selbst zu erleichtern, denn sobald keine andere Person beteiligt war, brauchte ich keine Angst zu haben, auch nur für ein paar Minuten die Kontrolle zu verlieren, aber wenn ich meine Trips in diese weiter weg liegenden Städte unternahm, dann suchte ich mehr als physische Erleichterung. Ich genoß die Jagd und den

Kontakt, wie kurz auch immer, mit einem anderen menschlichen Wesen. Es war die geistige, nicht die physische Entspannung, die mir soviel bedeutete, die Chance, der Bürde meiner Isolation zeitweilig zu entfliehen.

Selbst vor meiner Nachkriegsentscheidung, die mein Leben verändert hatte, schaffte ich es nie, eine Affäre über die ersten wenigen Begegnungen hinaus zu erhalten. Die Vorstellung, mich zu verlieben, war mir schrecklich. Ich war 1933 vierzehn Jahre alt, als mein Vater Emily sitzenließ, um seiner Leidenschaft für Dinah Slade zu frönen, und ich sah nur zu klar, daß solche Leidenschaften nichts anderes verursachen als Leiden und Unglück für die unschuldig zurückgebliebenen Menschen. Nach der Katastrophe, die das Verlassen meines Vaters bedeutete, traute ich keiner Frau außer meiner geliebten Emily, und viele Jahre belog ich Cornelius mit schöner Regelmäßigkeit, wenn er diskrete väterliche Fragen nach meinem Privatleben stellte. In der Navy fürchtete ich, von den anderen zu sehr abzustechen, so daß man mich für homosexuell halten würde, also betrank ich mich eines Abends während eines Landganges und schaffte es schließlich, mit dem normalen Muster maskulinen Verhaltens konform zu gehen. Nach dieser Geschichte machte ich mir jedenfalls nie wieder Gedanken darüber, ob ich homosexuell sei, wenngleich es Cornelius Sorgen machte, daß ich kein Interesse an der Ehe zeigte. Er glaubt nämlich fest, daß jeder normale Mann wenigstens dreimal in der Woche Geschlechtsverkehr haben sollte, um den Kinsey-Report zu bestätigen.

Der Gedanke an die Ehe hatte mir immer ferngelegen, aber nach dem Krieg, als ich beschloß, was ich mit meinem Leben anfangen würde, lag die Idee nicht nur fern, sondern war total undenkbar. Ich war sosehr gegen eine langfristige Beziehung, sei es in- oder außerhalb der Ehe, daß es mich kaum überraschte, daß Frauen diese Abneigung spürten und sich entsprechend verhielten. Mit meinen Ambitionen, die keiner kannte, und mit dem Schleier, der über meine unglückliche Vergangenheit gezogen war, stellte ich etwas dar, das sie unverständlich und schließlich, wenn meine Reserve nicht zu durchdringen war, abstoßend fanden. Ich wußte sehr wohl, daß eine Frau sehr bald einen Vorwand finden würde, um mich zu verlassen, sollte ich je den Fehler machen, eine Beziehung ausdehnen zu wollen.

Doch die große Ironie meiner Situation war, daß es mir nie an Partnerinnen mangelte, obwohl ich sowenig zu bieten hatte. Früher war ich erstaunt, daß Frauen so dahinter her sein könnten, mit mir zu schlafen, denn ich sah weder so gut aus, noch war ich so stattlich wie mein Bruder Tony, aber schließlich hatte ich mich daran gewöhnt, daß man den weiblichen Geschmack nicht berechnen kann und daß ich aus diesem unerwarteten Vorteil das Beste machen sollte. Wenn ich nun also periodisch meine Fluchtwege bereiste, dann versuchte ich immer, so viele Frauen wie nur möglich zu haben, aber dies wiederum führte noch zu einer weiteren Ironie in meinem ungewöhnlichen Privatleben: ich konnte mein Glück nie voll auskosten. Ich hatte viel zuviel Angst, die Kontrolle zu verlieren.

In der Navy war alles in Ordnung gewesen. Als ich meine Angst, irgendwie in irgend etwas verwickelt zu werden, mit Alkohol betäubt hatte, war es überhaupt kein Problem für mich, eine sexuelle Show hinzulegen, die sogar der große Kinsey als normal bezeichnet hätte; aber nach dem Krieg, nachdem ich den Alkohol aufgegeben hatte und mich immer mehr auf die Notwendigkeit zur Selbstdisziplin besann, da hatten die Dinge sich verändert. Seit Jahren hatte ich nun unter einer chronischen Unfähigkeit gelitten, mich sexuell normal zu verhalten, obwohl glücklicherweise – und dies war wirklich die krönende Ironie meines ironischen Privatlebens – die meisten Frauen niemals begriffen, wo da meine Grenzen lagen, und mit tiefer Dankbarkeit annahmen, daß ich den Beischlaf zu ihrem Wohl verlängern wollte.

Manchmal deprimierte mich das, aber nicht sehr oft. Es gibt schlimmere sexuelle Probleme. Warum sich beschweren, wenn die meisten Frauen denken, daß man ein besonders rücksichtsvoller Beischläfer ist. Ich war vernünftig genug, den humorvollen Aspekt der Situation zu schätzen, und jedesmal, wenn ich versucht war, es tragisch zu nehmen, dann pflegte ich mir eins zu lächeln, die Achseln zu zucken und so zu tun, als sei das Versagen eigentlich unwichtig. So lange ich es schaffte, den Anschein zu erwecken, daß ich Erfolg bei Frauen hätte, welche Rolle spielte da die Wirklichkeit?

Aber die Wirklichkeit wachte allein in einem Hotelzimmer in einer Stadt weit von zu Hause entfernt auf. Die Wirklichkeit berührte Leute, die noch keinen Kontakt miteinander hatten. Die Wirklichkeit war eine Jagd, die nie aufhörte, und ein Sehnen, das niemanden befriedigte, und eine Freiheit von der Furcht, die immer jenseits meiner Möglichkeiten war. Die Wirklichkeit war Isolation, ein lebloses Leben, oder, wie Emily es vor ihrem Sterben ausgedrückt hatte, ein lebendiger Tod.

Ich saß in der Dunkelheit und dachte lange an Emily, aber dann stand ich auf und ging zurück in die Küche, um mir eine neue Flasche Coca-Cola aufzumachen. An diesem Abend war ich entschlossen, nicht deprimiert zu sein. Später, nach meinem Urlaub, konnte ich mir schon einige Minuten larmoyanter Düsternis erlauben, aber nicht vor den Ferien, wenn ich die Möglichkeit hatte, einen zweiwöchigen Fluchtweg aus Scotts Leben aus der Willow und Wall Street anzutreten.

Als ich an die Bank dachte, fiel mir Cornelius ein, und ich schaute mir das Bild an der Wand an. Ich hatte nur ein Bild in dem Apartment, über dem Spülbecken in der Küche, denn im Schlafzimmer oder Wohnzimmer wäre es ein Fremdkörper gewesen. Es war ein Ausschnitt aus „Der Tribut", eine Vergrößerung von Masaccios finsterem Porträt des heiligen Johannes. Ich überlegte mir, ob Cornelius sich selbst in diesem Bild erkannt hätte, aber ich glaube nicht. Wir sehen uns nie so, wie die anderen uns sehen.

Ich machte die Lampen im Wohnzimmer an und nahm „J.F.K. – The Man and the Myth" in die Hand. Victor Laskys kritische Würdigung Kennedys irritierte mich, und deshalb legte ich das Buch sehr bald wieder zur Seite. Es war dieser Tage Mode, die Kennedys zu kritisieren, aber ich war fest entschlossen, daß ich damit nichts zu tun haben wollte. Jack Kennedy und ich waren ungefähr im gleichen Alter, und manchmal dachte ich mir, daß sein Mut, seine Ausstrahlung und seine hervorragende Erfüllung der Träume seines Vaters auch mir den Willen vermitteln könnten, mit meiner Suche weiterzumachen. Er war das lebende Beispiel dafür, daß alle Opfer ihre Sache wert waren. Er bewies, daß, wenn man genügend Ehrgeiz hatte, man immer weiter marschieren kann bis zum Ende der eigenen Träume.

Ich legte eine Platte auf, sanften Jazz von Dave Brubeck, und dachte über meine eigenen Träume nach.

Ich war mit meinem beruflichen Fortschritt zufrieden. Meine

Position war exzellent. Natürlich bestand da überhaupt keine Möglichkeit, daß ich Jakes Angebot akzeptieren würde, aber es wäre schon klug, ihm dadurch zu schmeicheln, daß man ziemlich lange wartete, bis man es ablehnte. Später würde ich Cornelius davon erzählen, und wir würden gemeinsam lachen. Es würde Cornelius glücklich machen, und sein Vertrauen in mich würde neue Höhen erreichen. Jake hatte die Situation völlig falsch verstanden, aber das dürfte kaum verwundern, da er nur ein Außenseiter war, der aus großer Entfernung eine komplizierte Situation zu entschlüsseln suchte.

Wenn ich nicht entweder verrückt wurde oder einen unglaublichen Fehler beging, dann würde ich die Bank bekommen. Cornelius' Schuld, die ich so lange so sorgfältig ausgenutzt hatte, würde ihm keine Ruhe geben, bis er mir mehr Macht zugestanden hatte, als er es sich leisten konnte, und sobald das einmal geschehen war, konnte ich meine Suche in doppelt schneller Zeit vollenden. 1968, das Jahr, in dem er sich zu meinen Gunsten zurückziehen wollte, lag noch fünf Jahre vor uns, aber ich fragte mich häufig, ob er so lange leben würde. Er war jetzt fünfundfünfzig, und sein Asthma wurde immer beschwerlicher. Er hatte meinen Vater schon um drei Jahre überlebt.

Ich dachte eine Weile an meinen Vater. Bewußt dachte ich nicht oft an ihn, aber er war immer bei mir, ein Schatten über meinem Geist, ein Gewicht auf der Seele, eine ins Gehirn gebrannte Erinnerung. Ich hatte alles Wesentliche an ihm so in meine Persönlichkeit aufgenommen, daß ich gewöhnlich er war, wenngleich ich bei Gelegenheiten leidenschaftslos danebenstehen und ihn als eine separate Einheit betrachten konnte. Ich hätte gern klarer verstanden, was er an Dinah Slade gefunden hatte. Ich konnte nun akzeptieren, daß er außer sich gewesen war, als Ergebnis einer sexuellen Besessenheit; aber die Irrationalität seines Handelns beunruhigte mich noch immer. „Dinah war die Liebe seines Lebens", hatte mein Bruder Tony in seinem berühmten Brief geschrieben, der Cornelius so sehr erschreckt hat. Ich aber hatte diese Worte gelesen und war verblüffter als je zuvor. Dinah Slade? Ich erinnere mich an eine große, unscheinbare Frau mit einem irritierend englischen Akzent. Ich hatte meinem Vater vergeben, aber noch jetzt war ich weit davon entfernt, ihn zu verstehen.

Ich dachte wieder nach über das erstaunliche Phänomen der sexuellen Anziehung, und im nächsten Moment fiel mir Sebastian ein, der seine Karriere ruinierte durch seine irrationale Obsession für Vicky. Vicky? Ich konnte mir nicht vorstellen, was er an ihr fand. Gut, sie war schön, aber ihr Geist war so beschränkt wie der ihres Vaters, und ihre frivole Persönlichkeit hätte viel zu flach sein sollen, um einen Mann von Sebastians Kaliber anzuziehen. Seine Liebe zu ihr war genauso unglaublich wie die meines Vaters zu Dinah und ließ mich wieder fragen, wie eine geistig normale Person glauben konnte, daß Liebe ein romantischer Traum sei. Sich verlieben war kein romantischer Traum. Sich zu verlieben war ein Alptraum.

Ich seufzte, als ich an Sebastian dachte. Er fehlte mir. Ich dachte: wenn Sebastian hier wäre, könnten wir uns über das griechische Konzept des „Eros" unterhalten und es vergleichen mit der mittelalterlichen Konvention der ritterlichen Liebe. Sebastian würde sagen, daß Ritterlichkeit nur ein Mythos sei, und dann würden wir darüber diskutieren, ob der Mythos der Wirklichkeit überlegen ist. Ich würde für den Mythos argumentieren, die Legenden von Finn McCool und Cuchullainn zitieren, da aber Sebastian glaubte, keltische Legenden seien unverständlich, würde er all seine angelsächsischen Helden aufmarschieren lassen, um zu beweisen, daß die Wirklichkeit immer überlegen sei. Er würde ausrufen: „Ich bin jederzeit für Alfred oder Edwin, oder Oswald, der sein großes Kreuz in die Schlacht trug – das waren wirkliche Leute!" Dann würden wir gemeinsam lachen und die Freunde sein, die wir sein sollten, statt Rivalen, die sich durch ihren eigenen Ehrgeiz immer weiter voneinander entfernen.

Ich stand unruhig auf, ging zum Fenster hinüber und stellte die Jalousien so, daß ich über den dunklen Park auf die Lichter von Queens sehen konnte. Der Gedanke an meinen Ehrgeiz hatte mich wieder an Cornelius erinnert. Was empfand ich Cornelius gegenüber jetzt? Eine ungeduldige Abneigung? Nein, nicht einmal das. Vor langer Zeit hatte ich ihn gehaßt, aber dieser weißglühende Haß hatte alle Emotionen aufgezehrt und nur die verkohlten Narben der Indifferenz zurückgelassen. Dafür hatte Scott gesorgt. Scott wußte, daß ein Mensch Fehler macht, wenn er unter dem Einfluß von Haß steht, genauso wie er Fehler macht, wenn er unter dem Einfluß der Liebe steht. Scott hatte es mir klargemacht, daß es in meinem Leben keinen Raum gab für gewalttätige Extreme der Gefühle, und im übrigen hatte Scott Cornelius gern und fand ihn amüsant. Cornelius war sehr gut zu Scott gewesen, eine Tatsache, die mir nichts bedeutete, aber selbstverständlich konnte es nicht überraschen, daß Scott Dankbarkeit empfand.

Jetzt war Cornelius für mich nur noch ein Objekt: eine kleine Elfenbeinfigur, die sich vor mir auf dem Schachbrett zurückzog, und eines Tages, bald, würde ich über das Schachbrett reichen, ihn aufheben und in den Mülleimer schmeißen können, zusammen mit seinen Enkeln. Würde ich dann irgendwelche Emotionen verspüren? Ja, ich würde wahrscheinlich eine außerordentliche Erleichterung darüber empfinden, daß das lange Spiel endlich geendet hatte, und dann – dann würde es mir endlich gelingen, meine Furcht vor dem Tode loszuwerden, dann würde ich in der Lage sein, ein normales Leben zu führen –

Das Telefon klingelte.

„Hallo, Scott. Cornelius – nein, beruhige dich! Ich habe nicht vor, dich zu einem Schachspiel hier herüberzuholen. Ich weiß, daß du dich auf deinen Urlaub vorbereitest. Ich wollte dir nur viel Spaß wünschen, und, schick mir eine Ansichtskarte, wenn du dazukommst, und . . . wo fährst du eigentlich hin? Du sagst nie etwas über deine Ziele."

„Kalifornien." Ich belog Cornelius oft hinsichtlich meiner Ziele, weil ich nicht wollte, daß er mich bei irgendeiner unvorhergesehenen Krise ins Büro zurückschleppte.

„Das klingt gut! Und der November ist eine gute Zeit, der Sonne ein wenig nachzureisen."

„Stimmt."

„Okay. Nun . . . das ist alles, glaube ich. Mach's gut."

Scott sagte auf Wiedersehen und verschwand. Ich hing auf und fragte mich mit einer distanzierten intellektuellen Neugierde, ob es abnormal sei, gar nichts zu empfinden. Dann entschied ich, ob abnormal oder nicht, daß dies sicherer war. Es bewies lediglich, daß ich mein Leben total unter Kontrolle hatte.

Ich ging ins Bett und träumte, ich hätte eine halbe Flasche Scotch getrunken und schlüge einen blutüberströmten, gesichtslosen Kopf gegen eine Wand.

IX.

Ich lebte. Ich hatte das schwere Gewicht der Person Scotts von mir geworfen, und mein Geist flog so hoch wie die PAA 707, die mich in New York in die Lüfte hob und immer höher stieg in das Sonnenlicht meiner Befreiung. Die Bank war jetzt weit weg, so weit weg wie das Mönchsleben, das ich zur Erholung von der Arbeit in meiner Freizeit führen mußte, und so weit weg wie das Mittelalter, in dem sich Mythos und Wirklichkeit so zwanglos in jener kriegzerrissenen, kranken, todgeweihten Landschaft vermischt hatten. Ich war in der Gegenwart des zwanzigsten Jahrhunderts, umgeben von der Technologie des zwanzigstens Jahrhunderts. Ich war ein Amerikaner des zwanzigsten Jahrhunderts mit dem „Time Magazine" in der Hand und einer hübschen, jungen Stewardeß zu meinen Diensten.

„Möchten Sie jetzt etwas trinken, Sir?"

Ich lächelte sie an, und als sie einen köstlichen Schatten von Rosa im Gesicht zeigte, wollte ich plötzlich alle Vergnügen dieser Welt. Ich wollte perlenden Champagner aus einer Goldhalsflasche, ich wollte Kaviar, ich wollte ein französisches Bett mit einem Spiegel darüber an der Decke, ich wollte sechs Frauen, eine nach der anderen, ich wollte vierundzwanzig Stunden lang jede Minute tausend Dollar ausgeben, ich wollte jede einzelne der sieben Todsünden, geschenkverpackt mit einer rosa Schleife.

Ich lachte über mich selber, und die hübsche Stewardeß lachte mit mir, ohne zu verstehen, aber instinktiv auf meine Stimmung eingehend.

„Wie wäre es jetzt mit dem Sekt?" sagt sie, und erinnerte sich daran, daß ich vorher Sekt abgelehnt hatte.

„Bringen Sie mir lieber ein Ginger Ale. Sagen Sie, wie lange bleiben Sie in Puerto Rico?"

Es war sechs Uhr abends, als ich im Sheraton-Hotel in San Juan eine Suite mit Blick auf das Meer bezog. Der Eingang, das Schlafzimmer und das Bad waren größer als mein Apartment in New York. Nach einer Dusche trocknete ich mich vor den Fenstern ab, die zum Meer hinausführten, und dachte daran, wie sehr der asketische, intellektuelle Scott die chicen amerikanischen Hotels in Übersee gehaßt haben würde, aber mich unterhielten ihre Opulenz des zwanzigsten Jahrhunderts und die laute Vulgarität der Gäste, die das Leben so grob, wie sie nur konnten, zelebrierten. Ich ging hinunter an die Bar.

Eine Brünette ungewissen Alters, aber mit gewissen offensichtlichen Vorzügen, langweilte sich bei Daiquiris vor dem Heimflug nach New Orleans. Ich bot an, sie einzuladen, was akzeptiert wurde. Zwei Stunden später, nachdem ich sie in ihr Taxi gesetzt hatte, reichte mir gerade noch die Zeit, in meinem Zimmer das Bett zu richten, bevor die hübsche Stewardeß mich von der Halle aus übers Haustelefon anrief.

Die Stewardeß mußte um neun Uhr am nächsten Morgen weg, aber um neun Uhr dreißig sonnte ich mich schon am Pool. Ich trug meine engsten, weißesten Badehosen, hätte es aber gar nicht nötig gehabt, mich so auffällig zur Schau zu stellen. Ich brauchte nur auf meinem Stuhl in der Sonne zu liegen und die Originalität all der Frauen zu bewundern, die eine Unterhaltung anfangen wollten.

Ich verbrachte den Tag ungefähr so wie die Nacht, und die folgende Nacht verbrachte ich so wie den vorigen Tag. Dann buchte ich vom Sheraton ins Hilton, womit ich einen Wechsel des Swimming-pools und des Liegestuhls vollzog.

Zu diesem Zeitpunkt hatte ich mich davon überzeugt, daß ich mich in der Mitte eines höchst vergnüglichen Urlaubs befand. Bis dahin hatten alle Frauen mir Komplimente gemacht, und wenn immer es nötig gewesen war, über meine Unvollkommenheiten hinwegzugehen, hatte ich meine perfekte Entschuldigung mit einer Geläufigkeit abgeliefert, um die mich jeder Betrüger beneidet hätte.

„Ich bin darauf bedacht, meine Energien zu bewahren . . . ich möchte nicht völlig ausgepumpt sein, bevor ich halbwegs mit meinem Urlaub zu Ende bin.“

Über diese absurden Worte hätte ich selbst gelacht, wenn die Situation weniger beklemmend gewesen wäre, und als jede Frau diese Absurdität fraglos akzeptierte, lachte ich oft wirklich, besonders wenn darauf Bemerkungen folgten über meine Technik und meine Ausdauer und über meine Rücksicht auf den Partner. Eine Frau fragte mich sogar, ob ich ihr irgendwelche Tips für ihren Liebhaber zu Hause geben könne. Als ich da jedoch lachte, meinte die Frau nur, ich sei bescheiden. Auf diese Weise kam ich mit meiner Täuschung immer wieder durch, ging aus jeder Begegnung nicht schlimmer hervor als mit einem wohltrainierten Körper und mit einer vagen Ungläubigkeit, daß so viele Frauen sich so leicht täuschen ließen.

Dann eines Nachmittags befand ich mich im Bett mit einer keusch aussehenden Lehrerin – ich fühlte mich immer mehr zu den Keuschaussehenden hingezogen –, und innerhalb weniger Minuten wußte ich nicht nur, daß ihre Keuschheit genauso eine Illusion war wie meine Kompetenz, sondern auch, daß sie schlau genug war, lauthals über den Mist zu lachen, den ich ihr erzählen würde, wenn die Zeit für irgendwelche Erklärungen kam.

Das war keine mir unbekannte Situation, aber es war eine Situation, die mich immer zutiefst erschreckte. Kein Betrüger kommt je unmaskiert davon. Diese Klemme hätte ohne Zweifel viele Männer zur Impotenz reduziert, aber auf mich hatte sie genau den gegenteiligen Effekt. Sobald ich merkte, daß ich kurz vor der Entdeckung stand, machte meine extreme Spannung nicht nur einen Orgasmus unmöglich, sondern ich hatte auch Angst, zurückzuziehen, aus Furcht, der Mangel an Befriedigung würde zu offensichtlich.

„Was ist mit dir los?" fragte die Frau, als sie vollbefriedigt war und offenbar genug hatte.

„Nichts ist los. Ich . . ." Ich wußte nicht, was tun. Mit einer weniger erfahrenen Frau hätte ich eine Täuschung probiert. Das funktionierte meistens, wenn die Frauen hinterher wahrscheinlich auch über den Mangel an physischen Beweisen spekuliert haben. Dann überlegte ich mir, ob ich einen hilfreichen Anfall von Ischias bekommen sollte, oder vielleicht Schwierigkeiten mit der Bandscheibe, die in unangebrachtem Moment verrutscht. Ich lag da, aufgestützt auf den Ellbogen, schwitzte wie wild, atmete schnell und sah sicher so vollkommen lächerlich aus, wie ich mir vorkam. Und dann, bevor ich mich entschließen konnte, wie ich mich selber aus der Schlinge ziehen könnte, nahm die Frau die Situation in die Hand.

„Geben wir es für heute auf, was meinst du?" sagte sie und drückte mit zwei kompetenten Händen fest gegen meine Brust. „Ich habe früher schon Burschen wie dich gekannt. Du bist nicht an deinem Partner interessiert – du hast keine Zeit dazu. Du bist zu sehr mit deinem Ego beschäftigt und fragst dich, warum die ganze phantastische Ausstattung nicht richtig arbeitet."

Ich schaffte es irgendwie, mein Glied herauszuziehen und mich zuzudecken, aber ich zitterte und fand es schwer, auch nur die geringste Bewegung zu machen. Ich befand mich auch in beträchtlichen physischen Schwierigkeiten. Ohne sie anzusehen, schaffte ich zu sagen: „Mit der Ausrüstung bin ich zufrieden. Wenn du es nicht bist, such dir was anderes", und dann stolperte ich ins Bad, um mich dort zu erleichtern. Es dauerte mehrere Minuten, bis ich den Nerv hatte, zurück ins Schlafzimmer zu gehen, aber als ich endlich die Tür öffnete, sah ich, daß das Bett leer war, und ich wußte, ich war wieder allein, in einem weiteren Hotelzimmer weit von zu Hause weg, unerträglich allein, unerträglich gedemütigt, eines unerträglichen Versagens unerträglich bewußt.

Ich wollte mich ausruhen, konnte aber nicht. Ich zog mich an und ging direkt in die nächste Bar und las mir eine andere Frau auf. Dann spielte ich wieder die ganze Vorstellung ab, nur daß diesesmal die Frau glücklich und ohne Verdacht wegging. Aber ich war immer noch allein, immer noch ein Versager. Ich sagte laut zu mir selber: „Es macht nichts. Es macht wirklich nichts." Aber ich wußte, daß es etwas machte. Jetzt wollte ich mich betrinken, wußte aber, daß das der Fluchtweg war, den ich nie beschreiten durfte, also ging ich statt dessen ins Kasino und warf tausend Dollar auf den Tisch. Ich brauchte die ganze Nacht, um das Geld zu verlieren, was mir aber nichts machte, weil ich nicht in das leere Zimmer zurückkehren wollte.

Ich war froh, daß ich das Hotel am nächsten Morgen verlassen mußte, um mein Kreuzschiff am Dock zu treffen. Wie ich aus vergangenen Erfahrungen wußte, war es fast unmöglich, sich auf einem Kreuzschiff einsam zu fühlen. Das war einer der Gründe, warum ich meinen Urlaub so oft auf See verbrachte. Der andere Grund war natürlich der, daß eine Kreuzfahrt unbegrenzte Möglichkeiten für zufällige sexuelle Verbindungen bietet.

Ich verdrängte die Erinnerung an die schreckliche Begegnung mit der Lehrerin, bezahlte das Hotel, nahm ein Taxi zum Hafen und bestieg ein schneeweißes europäisches Schiff, mit dem Ziel, meine gute Laune wiederzufinden und den Urlaub zu retten.

Meine Kabine auf dem A-Deck erschien mir als geeignet für nächtliche Abenteuer. Die Stewardeß fand ich unattraktiv, davon ungestört packte ich aber meinen Koffer aus und kletterte auf das Promenadendeck, um mich mit den Örtlichkeiten vertraut zu machen. Die Bars, in denen ich große Mengen von Ginger Ale konsumieren würde, waren luxuriös ausgestattet, der Tanzsaal groß, aber in keiner Weise ungemütlich, das unvermeidliche Kasino gut eingerichtet und diskret. Die Passagiere würden wie immer eine unbekannte Größe sein, aber da die Kreuzfahrt nicht lange dauerte, war es wahrscheinlich, daß ein hoher Prozentsatz von ihnen jung sein würde. Ich vermied immer die längeren Fahrten, die von fröhlichen Senioren bestimmt wurden.

Ich hatte gerade mit Genugtuung festgestellt, daß ich zehn unterhaltsame Tage und zehn ähnlich lohnende Nächte an Bord dieses Schiffes verbringen würde, als ein Haufen wohlmanikürter Collegemädchen sich bei mir nach dem Weg zur hinteren Bar erkundigte, was mich eine Pause kostete, um meine Haltung wiederzugewinnen. Vor mir konnte ich den Hauptsaal sehen, und nachdem ich die Mädchen die nächste Treppe hochgeschickt hatte, bewegte ich mich auf das Büro des Zahlmeisters in der Absicht zu, einen Reisescheck einzulösen.

Die Halle war überfüllt, da immer noch Passagiere an Bord gingen, und als ich zur Seite trat, um einem Matrosen mit einem Kofferkarren auszuweichen, rempelte ich eine Frau an, die mit dem Rücken zu mir vor einer Anschlagtafel stand. Ihr riesiger Strohhut verrutschte bei der Kollision, und als der Riemen ihrer Handtasche von der Schulter glitt, drehte sie sich ungehalten zu mir um.

„Entschuldigen Sie!" sagte ich. „Ich –"

Die Worte erstarben.

Scott versuchte vor mich zu treten, aber Scott war in New York, und man konnte ihn nicht herbeibeschwören. Ich stand da, meiner schützenden Person beraubt und fühlte mich so hilflos, als stecke ich nackt in einem Ameisenhaufen.

„Scott!" Die vertraute Stimme war entsetzt. Wie das Fingerschnippen eines Hypnotiseurs, so brachte mich der Klang seines Namens ins Leben zurück. Es war sinnlos, auch nur so zu tun, als sei ich Scott. Scott würde nie ein Kreuzschiff betreten, würde nie helle, enge Freizeitkleidung oder ein Silbermedaillon tragen, würde sich nie Angesicht zu Angesicht mit der falschen Frau am falschen Ort zur falschen Zeit wiederfinden.

„Scott? Scott, du bist es doch, nicht wahr? Oder ist es dein Double?“

„Natürlich bin ich's!“ sagte ich lachend, aber als sie sprach, bemerkte ich mit Erstaunen, daß sie genauso desorientiert war wie ich. Denn sie hatte Vicky in New York zurückgelassen, genauso wie ich Scott hinter mir gelassen hatte und, wie ich, war sie auf dieses Schiff in ihrer anderen Identität gekommen, um die Keuschheit des zwanzigsten Jahrhunderts zu praktizieren: Vergnügen ohne Engagement, totale Abstinenz von jedweder Verpflichtung.

„Mein Gott, was für eine Überraschung, Vicky!“ hörte ich mich glatt sagen. „Willkommen zu den guten Tagen!“

DRITTES KAPITEL

I.

Sie trug ein tiefausgeschnittenes Sommerkleid von mattem Orange und eine dünne goldene Kette um den Hals. Ihr kurzes helles Haar war unter dem riesigen Hut kaum zu sehen. Sie hatte schon eine zarte Tönung. Ihre großen grauen Augen blieben erschreckt.

„Aber was um Himmels willen machst du denn hier, Scott?“

„Rate mal!“

Ich hatte sie noch nie so verblüfft gesehen.

„Beruhige dich, Vicky, was macht das schon aus! Wir schließen einen Pakt. Du gehst deine Wege und ich gehe meine, und keiner von uns sagt hinterher auch nur ein Wort, weder zu Cornelius oder zu sonst irgend jemanden in New York. Okay?“

„Okay . . . Du meinst am Ende bist du doch nicht ein Eunuch?“

Ich lachte nur.

Sie wurde rot. „Es tut mir leid, ich weiß, daß ich mich blöde benehme, aber es war einfach so ein Schock, dich so plötzlich zu sehen –“

„Dann lasse ich dich jetzt allein, damit du dich erholen kannst. Tschüs, Vicky – viel Spaß."

Ich bewegte mich weiter durch die Menge, aber als ich das Büro des Zahlmeisters erreicht hatte und mich umsah, bemerkte ich, daß sie stehengeblieben war, ein verwunderter Ausdruck immer noch in ihren Augen, aber ein schwaches Lächeln kräuselte die Ecken ihres Mundes.

II.

Das Schiff startete nach St. Thomas, und bald hatten die Passagiere das höfliche Gehabe der Konventionen des zwanzigsten Jahrhunderts abgelegt und rauhbeinige Kameraderie angenommen, die Chaucers Pilger auf ihrer unsterblichen Reise nach Canterbury an den Tag gelegt hatten. Indem ich alle Erinnerung an Scott in seiner New Yorker Rolle des Clerk of Oxenford verdrängte, nahm ich die Rolle des Ritters an und begann die Welt mit einem eigenen Kodex der Ritterlichkeit zu sehen. Ich sah ein junges Mädchen, das mir gefiel, lehnte es aber als zu verletzlich ab. Ich traf jemand älteren, lehnte sie aber als zu neurotisch ab. Ich wollte ihnen nicht wehtun. Jedoch innerhalb weniger Stunden hatte ich eine Witwe in meinem Alter aus Atlanta getroffen, und nachdem ich feststellen konnte, daß ihre Haltung zu Ferien mit der meinen übereinstimmte, waren wir sehr bald damit beschäftigt, unsere gemeinsame Theorie zu beweisen, daß Kreuzfahrten viel mehr zu bieten haben als Ferien an Land.

Ich tat mein bestes, Vicky aus dem Wege zu gehen, aber auf einem Schiff ist es schwer, wenn nicht unmöglich, eine strahlend junge geschiedene Frau zu übersehen, die mehr als ein normales Maß an Aufmerksamkeit erregt. Eindrucksvoll in ihren weißen Uniformen, flatterten die Offiziere um sie herum, sobald die Sonne im Meer versank. Das Personal bestand aus präsentablen jungen Männern, die angeheuert waren, sich um die Passagiere zu kümmern. Sie ließen ihre aufmerksamen Mauerblümchen unbarmherzig sitzen, um mit ihr zu tanzen. Am Anfang sah es so aus, als ziehe Vicky die Angestellten vor, weil die meisten von ihnen kein Interesse daran hatten, sie mit sexuellen Aufmerksamkeiten zu überschütten, aber dann betrachtete sie die Offiziere und wählte den Ersten Ingenieur. Der Kapitän, ein undurchdringlicher Mann, der mit großer Diskretion agierte, hatte wahrscheinlich signalisiert, daß er warten könne.

Ich genoß meine Witwe aus Atlanta, aber dabei konnte ich es natürlich nicht belassen. Die Pleite in San Juan hatte nur meine Furcht verstärkt, daß meine Unfähigkeit entdeckt würde, es sei denn, ich würde die Partner regelmäßig wechseln. Aber ich zog mich da mit echtem Bedauern heraus, versuchte eine schnelle Sache mit einer anderen Witwe, bevor ich die flüchtige Bekanntschaft einer Stewardeß vom B-Deck machte, die sich als frigide erwies. Ich fing gerade an, wieder depressiv zu werden, als ich bei der Anfahrt auf Martinique eine interessant aussehende Frau erspähte, die ihre Kabine mit einem Individuum teilte, das bald jedem als die blaugefärbte Schachtel bekannt sein sollte. Die interessante Frau, die einfach aussah, aber eine exzellente Figur hatte, stellte sich als die arme Verwandte dieser formidablen Matrone aus Miami heraus. Man hatte ihr eine freie Kreuzfahrt unter der Bedingung angeboten, daß sie vom Morgen bis zum Abend für ihre Wohltäterin sorgte.

Ich umzirkelte das Paar vorsichtig. Erst meinte ich, daß eine unverheiratete, offenbar keusche Frau in ihren Mitdreißigern zu viel erwarten würde, wenn ich ihr meine Aufmerksamkeit schenkte, aber dann änderte ich meine Meinung. Die Misere eines Lebens als Lakai der blauen Schachtel könnte kaum die Frau ermutigen, in diese Kreuzfahrt zu hohe Erwartungen zu setzen, und jede Begegnung, wie flüchtig auch immer, würde wahrscheinlich dankbar akzeptiert. Ich beschloß schnell, daß sie diese Reise nicht vergessen würde.

„Hallo, Judy!" sagte ich eines Nachmittags, als wir uns zufällig vor der Bibliothek trafen. „Haben Sie Zeit für ein Shuffle-Board?"

Es war kaum eine gute Eröffnung, aber auf Kreuzfahrten genügt selbst die unoriginellste Idee. Judy gefiel es offenbar, daß man sie wahrnahm, lehnte aber die Einladung ab. Sie hatte gerade ein Buch aus der Bibliothek entliehen und war auf dem Rückweg zu der Tyrannin und der nachmittäglichen Lesestunde.

„Wie wäre es mit einem Drink heute abend?" insistierte ich und beschrieb damit meine Absicht klar und deutlich.

„Meine Güte, ich würde gerne, aber . . .“ Judy war begeistert von dem Angebot, aber voller Angst vor der blauen Schachtel.

„Ich kann warten“, sagte ich, „bis Mrs. Miami-Beach in ihren Lockenwicklern im Bett verstaut ist.“

„Oh! Nun . . .“

„Denken Sie darüber nach“, sagte ich freundlich und ging an ihr vorbei in die Bibliothek. „Ich werde in der Bar sein.“

Judy stammelte ihren Dank und stürzte voller Verwirrung zu ihrer Gefängniswärterin. Ich kam mir vor wie der heilige Nikolaus, nachdem er einen vorzeitigen Besuch bei einem Kind gemacht hat, und ging in die Bibliothek, um einen Blick auf die Regale zu werfen.

Gleich hinter der Tür, ihre Füße unter sich auf die Couch gezogen, saß Vicky.

„Hallo!“ sagte ich. „Liest du irgend etwas Geistloses?“

„Herrlich banal!“ Sie zeigte mir den Titel des Liebesromans, und wir lachten miteinander.

Ich war mit dieser anderen Vicky nun entspannter, weil ich mir angewöhnt hatte, sie als eine ganz andere Person zu betrachten als die Vicky, die Scott in New York kannte. Jene Vicky war engstirnig und ungebildet und irritierte Scott mit ihren durchschaubaren intellektuellen Posen. Diese Vicky war klug genug, zu wissen, daß Posen eine Zeitvergeudung sind. Die New Yorker Vicky, von Kindern, Dienern und einem liebenden Mann oder Vater umgeben, war zerstreut und launisch, völlig eingefangen in der Unzufriedenheit einer reichen, verwöhnten Frau. Diese Vicky war genauso direkt und entspannt wie ihr Vater, wenn Scott ihn nachts zu einem Spiel Schach traf.

Ich sah mir den Liebesroman an, und mir fiel ein, daß Cornelius „Die Unersättlichen“ gelesen hatte. Es war komisch, daß Vicky mich an Cornelius erinnerte, nicht an Emily, aber ich hatte es schon lange gewußt, daß Vicky radikal anders war als ihre Tante, genauso wie ich vor langem die große Ironie erkannt hatte, die zweifellos in Cornelius' Beziehung zu seiner Tochter lag: er hatte eine Tochter haben wollen, die das Spiegelbild seiner Schwester war, die für ihn all die traditionellen Tugenden der Frau verkörperte. Statt dessen hatte er eine Tochter produziert, die ihm viel zu ähnlich war, als daß er es gewagt hätte, sie so zu akzeptieren, wie sie wirklich war.

Wenn Cornelius seine Tochter hätte sehen können, wie sie war, dann hätte er kaum Zeit darauf verschwendet, sich Gedanken darüber zu machen, ob sie trank, ob sie Drogen nahm, oder ob sie sich in ein frühes Grab schlief. Diese Frau war zum Überleben geboren. Sie hatte jenes zerbrechliche, delikate Aussehen, das Cornelius zur Vollkommenheit kultiviert hatte, um seine Feinde zu täuschen, aber mich täuschte es keine Sekunde. Aus meiner Distanz heraus sah ich deutlich, daß dies eine Frau war, die ein kaputtes Zuhause ertragen hatte, zwei unglückliche Ehen, fünf Kinder, den Reichtum der Van Zales, sogar die Bemühungen Cornelius', sie nach Emilys Vorbild zu schmieden; und doch war sie aus all dem mit genügend Kraft hervorgegangen, um sich ein neues, eigenes Leben zu schaffen. Ich fühlte mich an Cornelius erinnert, der eine abgeschiedene Kindheit ertragen hatte, eine schlechte Gesundheit, eine dominierende Mutter, Jahre von verdummender Mittelklasselangeweile in Velletria – und der es trotzdem fertiggebracht hatte, nicht nur zu entfliehen, sondern die Van-Zale-Bank an sich zu reißen und den widerwilligen Respekt aller Leute zu gewinnen, die ihn vorher als unbedeutend abgeschrieben hatten.

Wie bewundernswert ihre Überlebenskraft auch ist, Menschen mit solcher Ausdauer sollten immer mit Vorsicht behandelt werden. Sie sind hartnäckig, verfolgen ihre Ziele, bis sie sie erreichen, und solcher Eigenwille kann gefährlich sein. Da ich schon vor langer Zeit Vicky mit ihrem Vater als Stehaufmännchen diagnostiziert hatte, hatte ich mich zugleich auch entschlossen, sie ständig in gewissem Abstand von mir zu halten.

„Sind Kreuzfahrten nicht eine außergewöhnliche Sache?" sagte sie amüsiert. „Ich habe mich noch nie in einer solch unwirklichen Welt bewegt!"

„Ich sehe überhaupt nichts Unwirkliches daran, wenn jeder durch die Gegend läuft und sich seinen Urinstinkten überläßt. Man könnte sogar argumentieren, daß dieses eine wirklichere Welt ist als die Welt, die wir in New York kennen!"

„Eine schöne Wirklichkeit! Sag mal, Scott, ich hoffe sehr, daß Judy sich heute abend drücken kann. Wenn ich an ihrer Stelle wäre, hätte ich die alte Ziege am ersten Tag nach der Abreise von San Juan umgebracht!"

„Das glaube ich dir!" Ich wanderte wieder weg und dachte mit halbem Interesse über den Unterschied zwischen Judys und Vickys Urlaub nach. Vicky hatte nach Martinique den Ersten Ingenieur aufgegeben und zu jedermanns Erstaunen noch vor Barbados den Ersten Offizier annektiert. Der Kapitän wartete immer noch diskret in den Kulissen. Ich nahm an, er würde aktiv werden, wenn wir auf dem letzten Abschnitt der Reise von Curaçao nach Puerto Rico zurückfuhren.

Ich ging in meine Kabine zurück zu einem kurzen Schlaf, um aufzuholen, was mir entgangen war, und kroch dann vom Bett herunter, um mich für das Abendessen umzuziehen. Zwei Umschläge waren unter der Tür durchgeschoben worden, während ich schlief. Der eine enthielt die Einladung zu einer Party, aber der andere war eine Nachricht folgenden Inhalts: „Hallo! Ich würde Sie gerne heute abend sehen, aber bitte nicht in der Bar, damit Mrs. B. nichts davon erfährt. Könnten wir uns in Ihrer Kabine treffen? Mrs. B. wird so um 23.30 Uhr schlafen, so daß ich mich um Mitternacht davonschleichen kann. Wenn Ihnen das recht ist, tragen Sie bitte zum Dinner eine weiße Nelke in Ihrem Knopfloch. *Judy*.

P. S.: Könnte die Kabine bitte völlig dunkel sein, weil ich solche Sachen normalerweise nicht mache, und ich bin sehr scheu."

Ich pfiff anerkennend durch die Zähne. Es stimmte schon, daß die blaugefärbte Schachtel selbst die anständigste Frau zur heimlichen Verabredung mit einem Fremden treiben konnte, und es stimmte auch, daß an Bord eines Schiffes alles passieren konnte, aber ich war doch beeindruckt von dem Mut dieser Gegeneinladung.

Eine weiße Nelke zum Dinner, darauf ein mitternächtliches Rendezvous – ohne langweilige Präliminarien – unter der Bettdecke! Ich war nicht nur außerordentlich amüsiert von dieser merkwürdigen Kombination des Romantischen und des Unzüchtigen, sondern meine Geschmacksnerven, die sich zu dem Zeitpunkt langsam etwas abgenutzt hatten, zeigten Zeichen von Erregung. Auf jeden Fall vergaß ich meine Depressionen, und nachdem ich eine sehr große weiße Nelke im Blumenladen gekauft hatte, stürzte ich mit unvorhergesehener Begierde zum Dinner. Wenn ich getrunken hätte, hätte ich für den ganzen Tisch Sekt bestellt.

Ich lächelte Judy über den Speisesaal hinweg zu, und Judy lächelte zurück.

Nachdem ich den Abend im Kasino, ohne zuviel Geld zu verlieren, vertrödelt hatte, zog ich mich in meine Kabine zurück. Um Mitternacht lag ich im Bett mit gelöschten Lichtern. Zu sagen, daß ich aufgeregt war, wäre die Untertreibung des Jahres gewesen.

Die Tür ging auf.

Ich konnte es nicht sehen, denn meine Kabine hatte die Form eines L, und die Tür öffnete sich in einen kleinen Korridor, der das Badezimmer mit dem rechteckigen Schlafzimmer verband. Da das Bett an der entlegenen Wand stand, konnte ich im Korridor nur den Anfang einer Reihe von Schränken sehen, die an einer Wand entlangliefen, und als die Tür der Kabine vorsichtig aufging, sah ich nicht die Tür, sondern einen Lichtstrahl, der von dem Hauptkorridor draußen hereinsickerte.

Die Tür schloß sich. Das Licht erstarb. Es entstand ein Schweigen, als wir beide den Atem anhielten.

„Hallo!" rief ich schließlich leise. „Kannst du überhaupt etwas sehen. Sicher möchtest du etwas Licht haben?"

„Nein, es ist in Ordnung", wisperte sie. „Kein Licht. Bitte. Ich wüßte nicht, wo ich hinschauen sollte."

„Beruhige dich! Ich bewundere deinen Mut, daß du für etwas Spaß abhaust. Du bist wunderbar!"

Dies gab ihr anscheinend die Ermunterung, die sie brauchte, denn sie tastete sich ihren Weg zum Bett, und ich hörte das Rascheln, als sie sich auszog. Funken von dem aufgeladenen Nylon blitzten im Dunkeln, aber abgesehen von einem anonymen, sich bewegenden Schatten konnte ich nichts sehen.

Sie schlüpfte unter die Decke und in meine Arme.

Da die Umstände einzigartig waren, selbst in meiner breiten Erfahrung in Kreuzfahrten, und da ich ganz aufrichtig meinte, sie verdiene die beste Belohnung für ihre Originalität, entschloß ich mich, alles zu tun, um die Sache für sie denkwürdig zu machen. Deshalb nahm ich mir Zeit mit jeder Zärtlichkeit, und als meine Hände über ihren Körper gingen, stellte ich zu meiner Überraschung fest, daß ihre Figur sogar noch besser war, als ich angenommen hatte.

Ihre Reaktionen waren stumm, aber lebhaft. Wir beschäftigten uns miteinander mit steigendem Eifer, und als ich dann glaubte, ich hätte meine äußere Erforschung abgeschlossen, ließ ich meinen dringenderen Absichten freien Lauf und ging hinein.

Es war ein höchst bemerkenswerter Besuch.

Das erotischste an der ganzen Sache war, daß sie absolut still war. Ich hatte noch nie zuvor mit einer so stillen Frau geschlafen, aber ich wußte von den Bewegungen ihres Körpers und der Beschaffenheit ihres verborgenen Fleisches, daß die Erfahrung für sie genauso außergewöhnlich war wie für mich.

Sie atmete schnell, aber noch nicht einmal ein Flüstern kam über ihre Lippen, und plötzlich nahm die Anonymität ihres Schweigens alle Spannung von mir. Ich hatte das Gefühl, daß ich nicht eine besondere Frau liebte, sondern eine ganze Welt, die mir verboten war zu betreten, und doch hatte sie mich verzaubert und immer weitergelockt, bis das Wort „verboten" bedeutungslos wurde, und bis nur noch das magnetische Licht jener anderen Welt zählte, der Welt, die in einer Dimension existiert, in der der Tod keine Rolle spielt. Die Ablenkungen der Sprache ausgeschlossen und alle Spur meiner zerrissenen Persönlichkeit geglättet, war ich nun frei, sowohl mit dem Geist als auch mit dem Körper meine Flucht vor dem Schatten des Todes, den ich so sehr fürchtete, zu feiern. Ich war frei, über meine Furcht hinauszugehen, die darin bestand, daß ein falscher Schritt mich ins Grab bringen könnte, ohne daß der Ehrgeiz meines Lebens erfüllt sei. Ich war frei, freier zu sein, frei, ich selbst zu sein, und frei, frei schließlich von meiner Furcht, die Kontrolle zu verlieren . . .

III.

„Mein Gott!" schrie die Frau unter mir, mich in die andere Welt zurückversetzend, und der unwillkürliche Stoß ihres Körpers drängte uns beide kräftig gegen die Wand neben dem Bett.

Der Schock schoß wie Hochspannung durch mich hindurch. Ich kannte diese Stimme, und sie gehörte nicht zu Judy.

Ich drückte auf den Lichtknopf.

Sie schrie.

Eine Sekunde lang mußten wir beide unsere Augen gegen das

Licht abschirmen, aber als wir unsere Hände fallen ließen, starrten wir uns gegenseitig an, jeder von uns unfähig, wegzusehen. Ihre Pupillen waren total undurchsichtig. Die Iris war ein versteinertes Grau.

Keiner von uns sprach.

Eine Sekunde später bewegte ich mich. Ich hatte den Haufen von Decken zur Seite getreten und war auf meinen Füßen. Der Boden fühlte sich kalt an. Mir war so schwindlig, daß ich die Hand ausstrecken mußte, um mich an der Wand zu stützen. Schließlich erreichte ich die Sicherheit des Badezimmers und warf den Riegel vor, nachdem ich die Tür zugeknallt hatte.

IV.

Vicky klopfte zaghaft gegen das Holz. „Scott?"

Ich antwortete nicht. Ich versuchte, das kalte Wasser anzudrehen, aber meine Finger hatten keine Kraft. Ich versuchte es wieder, nahm beide Hände zur Hilfe, und im nächsten Augenblick brannte das kalte Wasser meine Hände wie Trockeneis. Ich wusch mir das Gesicht und zwang mich, in den Spiegel zu sehen. Aber das Bild dort war genau das, das ich sehen wollte, und ich wußte, daß ich sicher war. Ich hatte Angst davor gehabt, Scott zu sehen. Das wäre sehr ernst gewesen, aber Scott war offensichtlich immer noch in New York mit der New Yorker Vicky, und ich war immer noch ich selbst, der gerade wieder einmal eine Einmalaffäre mit irgendeiner Zufallsbekannten hinter sich gebracht hatte. Es war eine Situation, mit der man zurechtkommen konnte. Das schaffte ich mit einer Hand auf den Rücken gebunden. Das war etwas, das ich kontrollieren konnte.

Ich schnappte mir ein Handtuch, band es mir um die Hüften und schloß die Tür auf.

Sie war da. Sie hatte eines meiner Hemden übergezogen, um ihre Nacktheit zu verbergen. Ihr helles Haar war zerwühlt. Sie sah vor lauter Angst krank aus.

„Oh, Scott –"

„Möchtest du das Bad benutzen? Mach nur. Tut mir leid, daß es so lang gedauert hat." Ich trat an ihr vorbei, und als die Tür sich leise schloß, machte ich das Bett, als könnte ich irgendwie ungeschehen machen, was hier geschehen war. Ich zog gerade die Bettdecke glatt, als ich mich hinsetzen mußte. Ich fühlte mich erschöpft und wurde mir plötzlich der beschmutzten Laken bewußt, des Geruchs von Sex, des Überdrusses in den Lenden, der Gefahr, des Schreckens, der Angst . . . Der Schock durchdrang mich, und ich war gelähmt. Ich empfand keine Freude, keinen Triumph, keine Erregung. Nun, da ich wußte, wer sie war, würde sich dieser Erfolg nie wiederholen. Und nun, da ich wußte, wer sie war, war der Erfolg kein Erfolg mehr, sondern ein unglaublicher Fehler der Selbstbeherrschung. Der Schock vertiefte sich. Ich gab den Versuch auf, das Bett zu machen und sah mich nach meinen Kleidern um. Ich konnte nicht mehr klar denken. Ich wußte kaum, was ich tat.

Die Badezimmertür öffnete sich.

„Scott – nein, bitte! Laß mich reden! Ich muß dir sagen, wie leid es mir tut – ich muß dich wenigstens um Verzeihung bitten! Es war ein billiger, kranker, dekadenter Trick und, mein Gott, ich werde nie, nie, nie wieder auf eine Kreuzfahrt gehen –“

Sie hielt inne. Ich wußte wie ein erstklassiger Schauspieler, der mit einem weltberühmten Monolog von Shakespeare zurechtkommen muß, instinktiv, daß es der richtige Moment war, in dem meine Jahre des Trainings, der Erfahrung und der Klasse sich erweisen mußten. Ich suchte nach meiner Identität – aber welcher Identität? Nicht Scott. Er wäre nie in ein solches Schlamassel hineingeraten. Das ließ mich übrig, den Krüppel, der seinen Bettgenossinnen vormachte, daß er nicht verkrüppelt sei, und ich sah sofort mit intensivster Selbstverachtung – trotz des gerade erbrachten Beweises, nicht verkrüppelt sein zu müssen –, daß ich dennoch dazu verurteilt war, weiterhin als Krüppel zu leben. Der einzige Weg, mich aus einer Gefahr herauszuhalten, war, weiterhin den Betrüger zu spielen. Ich mußte weiterhin ein Lügner, ein Verlierer und ein Betrüger sein.

„Beruhige dich, Vicky!“ lachte meine Stimme. „Erspare mir den großen Seelenkrampf! Was ist denn schon passiert? Es hat Spaß gemacht! Den Trick hättest du dir an Land sicher nicht einfallen lassen, aber was soll's? Der halbe Spaß an einer Kreuzfahrt besteht darin, daß man all die Dinge tut, die man sich sonst nirgendwo traut! Laß uns doch ehrlich miteinander sein – es war ein brillantes Manöver, vorzüglich ausgeführt, und wir haben uns beide köstlich dabei amüsiert. Warum feiern wir also nicht? Ich führe dich jetzt in die hintere Bar zu einem Drink aus, so daß wir auf unsere gegenseitige Gesundheit anstoßen können, bevor sich unsere Wege trennen!"

Nach einer Pause sagte sie ohne Emotion: „Warum nicht. Okay. Warum eigentlich nicht", und schenkte mir ein einigermaßen glaubwürdiges Lächeln.

So weit, so gut, aber ich schwitzte vor Anspannung. Es war noch nie so schwierig gewesen, die Rolle des Playboys zu spielen – und es war noch nie so unangenehm gewesen. Die Anstrengung, in dieser Rolle weiterzusprechen, war so groß, daß ich die Worte kaum hervorbrachte, aber schließlich sagte ich doch glatt genug: „Willst du mit mir duschen, bevor wir uns anziehen?"

„Na klar!" sagte sie gezwungen burschikos mit dem Versuch, spontan und gewandt aufzutreten.

Wir standen da und sahen uns an. Sie trug immer noch mein Hemd. Ich war irgendwann in meine Shorts gestiegen, jetzt aber, wiederum auf der Suche nach dem Playboyimage, ließ ich sie nachlässig fallen und wanderte in Richtung Badezimmer. Sie bewegte sich nicht. Ich ging bis zu ihr hin, aber sie stand mir immer noch im Weg, und da erst merkte ich, daß sie genauso desorientiert war wie ich – und genauso gefangen in einer Rolle, die sie nicht spielen wollte.

Ich ließ alle Verstellungen fallen. Es war keine bewußte Entscheidung, sondern nur der überwältigende Drang, ich selber zu sein. Als ich sie ansah, wußte ich, daß ich nicht einfach meinen Paß zu einer Welt zerreißen konnte, die verändert worden war.

Wir schafften es nicht bis zur Dusche. Wir schafften es auch nicht bis zur Bar zu unserer lächerlichen Feier. Wir schafften es nicht einmal bis zum Bett. Ich trat in dem Moment nach vorne, als sie die Arme ausstreckte, und während das Licht sanft hinter uns schien, riß ich sie hart an mich und nahm sie gegen die Wand.

V.

In der Morgendämmerung fingen wir an zu reden.

„Hast du eine Geliebte in New York?"

„Nein, dort bin ich ganz anders!"

„Ich auch. Ich kann nicht so leben, wie ich wirklich leben möchte."

„Wer kann das? Die Freiheit ist eine große Illusion. Wir tun, was wir tun müssen, und daraus gibt es keinen Ausweg."

„Und was genau ist es, was du tun mußt, Scott?"

„Ich dachte, das wäre doch klar. Ich stehe unter dem Zwang, das Versagen meines Vaters gutzumachen und an die Spitze meiner Karriereleiter aufzusteigen. Jeder Analytiker würde mein Verhalten zweifellos als nur zu voraussagbar einschätzen."

Es entstand ein Schweigen. Dann sagte sie: „Ist es wirklich so einfach?"

„Warum sagst du das?"

„Weil das Leben so selten einfach ist. Was denkst du in Wirklichkeit von meinem Vater?"

„Vicky, es besteht für dich kein Grund zu glauben, wie Sebastian sicherlich oft annahm, daß ich insgeheim in irgendein gigantisches Rachedrama verstrickt bin. Die Wahrheit ist sehr viel komplizierter."

„Aber was ist die Wahrheit?"

Ich war still. Aber dann sagte ich: „Ich wünschte, ich könnte es dir sagen. Ich würde es dir sagen, wenn ich glaubte, daß du es je verstehen könntest. Vielleicht eines Tages . . ."

VI.

Später, als die Sonne durch das Bullauge strömte und das Meer ein reines, transparentes Blau war, sagte sie: „Und du hast wirklich keine Zeit oder keine Energie für ein persönliches Leben in New York?"

„Ist das so schwer zu verstehen?"

„Nein, nur zu leicht. Mir geht es ganz ähnlich. Das Familienleben, das ich führen muß, läßt mir weder Zeit noch Energie für ein wirkliches, eigenes Leben. Aber ich werde nicht vom Ehrgeiz getrieben wie du. Ich werde von der Schuld getrieben."

Ich stand auf und ging hinüber zum Bullauge. Es war plötzlich unmöglich zu sprechen.

„Ich glaube nicht, daß wir das tun, was wir tun müssen", sagte sie, „ich glaube, daß wir das tun, was die Schuld uns eingibt."

Ich konnte immer noch nicht sprechen.

„Manchmal kann man die Schuld nicht einfach so wegschieben“, sagte sie, und versuchte ihre Beweggründe zu erklären. „Man möchte schon, kann aber nicht. Sie hängt an einem, und wenn man versucht, sie aus sich herauszureißen, dann blutet man zu Tode und unschuldige Leute leiden. So tut man immer weiter das, was einem die Schuld diktiert, und der einzige Ausweg ist, eine Art von Doppelleben zu erfinden – die eigene Persönlichkeit in zwei Teile zu teilen. Das ist natürlich auch eine schreckliche Last, aber es ist eine geringere Last, als das tägliche Leben mit einer Schuld zu leben, die man nicht ertragen kann.“

Sprache lag immer noch jenseits meiner Möglichkeit. Hinter meinen Augen war es heiß, die Sicht verzerrt.

„Es tut mir leid“, sagte sie. „Du glaubst sicher, daß ich Scheiße rede. Vergiß es.“

„Vicky –“

„Es macht nichts, komm zurück ins Bett.“

VII.

Später stand sie an dem Bullauge, und ich bemerkte, daß die Haut unterhalb ihrer zarten Tönung so matt wie Elfenbein war.

„Wir nähern uns Curaçao“, sagte sie. „Jetzt muß ich es wohl durchstehen, im vollen Tageslicht im Abendkleid in meine Kabine zurückzukommen . . . Woran denkst du?“

„Ich denke, daß du aussiehst wie Maeve und Grainne hätten aussehen sollen, es aber wahrscheinlich nie geschafft haben.“

„Wer, in Gottes Namen, sind die denn? Nein, sag mir das nicht, ich habe keine Lust, mich bilden zu lassen. Hör mal, warum gehen wir nicht zusammen an Land, sobald das Schiff anlegt? Ich soll zwar mit dem Captain zu Mittag essen, aber da kann ich mich herauswinden.“

„Nein, ich . . . werde nicht an Land gehen.“

Ihre Augen weiteten sich vor Enttäuschung. „Warum nicht?“

„Ich bin müde. Ich bin nicht Superman. Ich brauche etwas Ruhe. Und Curaçao ist nichts Besonderes, nur eine Insel, die von den Holländern in einem unbedachten Augenblick zurückgelassen wurde.“

„Oh, aber . . . nun, okay, wenn du so denkst. Vielleicht ruhe ich mich auch aus, und dann heute abend –“ Sie machte eine Pause.

„Heute abend“, sagte ich. „Ja. Ich rufe dich an.“

Sie lächelte. Ich sah ihr beim Anziehen zu. Als sie fertig war, berührte sie mich nicht, sondern warf mir nur von der Türschwelle her einen Handkuß zu.

„Bis später!“ Ihre Augen glühten. Sie wirkte strahlend. Ich wollte an ihr vorbei, die Türe schließen, den Schlüssel aus dem Fenster schmeißen, aber ich tat es nicht. Ich war durch den Konflikt in mir paralysiert, hin- und hergerissen zwischen dem Traum, ein normales Leben zu leben, und der Wirklichkeit, die in dem Zwang bestand, meine Suche zu vollenden. Sobald ich aber allein war, begriff ich, daß ich keine Wahl hatte außer der, mich zusammenzureißen und die Wirklichkeit zu akzeptieren. Der Traum war vorbei. Ich wollte überleben, und ich hatte mich selber zu schützen. Ich mußte ohne Zögern nach Hause fliehen, zu Scott.

Als wir in Curaçao anlegten, hatte ich schon meine Arrangements mit dem Zahlmeister getroffen, und sobald die Gangway heruntergelassen war, verließ ich das Schiff und machte mich auf meinen Heimweg nach New York.

VIII.

In dem ersten Brief, den ich ihr hinterlassen wollte, schrieb ich: „Meine liebste Vicky: Zuerst möchte ich Dir dafür danken, daß Du mich mit solch bemerkenswerter Originalität verführt hast, wie hättest Du damit Chaucer entzückt! Ich stelle ihn mir vor, wie er ‚The Wyf of New York's Tale‘ schreibt, wie er ‚The Miller's Tale‘ bemerkenswert verbessert, eine Geschichte, in der alle Arten von Kopulation unter dem Deckmantel der Dunkelheit stattfinden. Wenn Du Dir vorstellen kannst, daß Chaucer eine Geschichte schreibt unter dem Titel ‚The Investment Banker's Tale‘, vielleicht hätte er mich auch ‚The Rich Lombard‘ genannt, denn Du glaubst hoffentlich, daß er mich genau so wohlwollend beschrieben hätte wie er mit Sicherheit Dich beschrieben haben würde.

Genug vom Mittelalter.

Da wir unglücklicherweise in der Gegenwart leben müssen, sehe ich nicht, wie wir unsere späte Version der ‚Canterbury Tales' ausleben können. Nachdem ich auf vielen Kreuzfahrten gewesen bin, weiß ich sehr genau, daß die Realität, die an Bord eines Schiffes existiert, niemals die Realität der Rückkehr an die Küste überlebt. Da also nun in diesem Sinne unsere neue Beziehung, erfreulich wie sie sein mag, keine Zukunft hat, sehe ich keinen Grund, sie bis zum Ende der Kreuzfahrt zu verlängern. Es ist besser, eine einzige Erinnerung an eine perfekte Nacht zu haben, als eine emotionell schmerzhafte Reminiszenz, die wir beide bestimmt vermeiden möchten.

Ich wünsche Dir eine sichere Reise nach Hause und alles Beste in der Zukunft, *Scott.*"

Erst als ich seinen Namen schrieb, merkte ich, daß ich versucht hatte, in seinem Namen zu schreiben. Ich las den Brief noch einmal, und sofort fiel mir nicht nur dessen Kälte, Prüderie und stilisierte intellektuelle Distanz auf, obwohl das alles enthalten war, sondern die Falschheit, die den Brief von Anfang bis Ende durchdrang. Was ich geschrieben hatte, hatte überhaupt nichts zu tun mit dem, was wirklich in mir vorging.

Ich faltete den Brief zusammen, war mir aber klar, daß ich ihn nicht absenden konnte. Ich zerriß ihn. Inzwischen war das Schiff kurz vor dem Anlegen, und die Zeit wurde mir knapp. Ich wußte aber, daß ich das Schiff nicht ohne eine Nachricht für sie verlassen konnte. Da eine Erklärung unmöglich war und eine Entschuldigung aus mir nicht nur einen Feigling, sondern einen Idioten gemacht hätte, schrieb ich schließlich: „Vicky: ich muß diese Begegnung einfach abbrechen. Ich will nicht, aber ich muß. Wenn wir weitermachen, sehe ich nichts als unlösbare Probleme vor uns. Das einzig Vernünftige kann also nur sein, sich nicht zu tief einzulassen. Glaub' mir aber bitte, wenn ich sage, daß ich immer an Dich so denken werde, wie Du in der vergangenen Nacht warst, als Du den Mythos der Liebe zum Leben brachtest, ganz egal wie kurz; für einen Augenblick wurde er Wirklichkeit."

Ich wollte nicht mit dem Namen Scotts unterschreiben, so hörte ich also auf. Ich versiegelte den Umschlag und ließ ihn beim Zahlmeister. Ich versuchte, mir nicht vorzustellen, wie sie reagieren würde, wenn sie den Brief öffnete und herausfand, daß ich die Tür zugeworfen hatte, die sie so magisch zwischen uns beiden geöffnet hatte.

IX.

Am Flughafen mußte ich vier Stunden auf den einzigen direkten Flug nach New York warten. Gleich nachdem ich meine Koffer abgeliefert hatte, kaufte ich mir einige Zeitschriften. Als ich versuchte, sie zu lesen, konnte ich mich nicht konzentrieren. Schließlich legte ich sie zur Seite und saß nur da, dachte über Vicky nach. Ich sagte mir selber, der Zwischenfall sei nicht mehr gewesen, als eine chemische Reaktion zwischen zwei Menschen, die sich unter bizarren Umständen in einem unwiderstehlichen, attraktiven Licht begegnet waren, blieb aber unüberzeugt davon, daß unser Treffen so leicht abzutun sei. Ich verstand nicht, warum meine Entdeckung ihrer Identität die Chemie nicht zerstört hatte. Wieso hatte ich weiterhin mit ihr erfolgreich schlafen können, obwohl ich wußte, wer sie war? Ich versuchte panisch, eine rationale Erklärung meines Verhaltens zu finden. Langsam fühlte ich mich so, als stünde meine ganze geistige Gesundheit auf dem Spiel.

Ihre Worte kamen mir als Echo zurück.

„Hast du eine Geliebte in New York?“

„Nein, dort bin ich ganz anders.“

Sie hatte mich nicht einmal gefragt, was ich meinte. Sie hatte gewußt, daß ich nicht Scott war. Sie hatte mich als mich selber erkannt und, was noch wichtiger war, sie hatte mich so akzeptiert, wie ich war. Ich wußte auch Bescheid und akzeptierte sie als die, die sie war. Nicht die Tochter von Cornelius Van Zale oder Sebastians Exfrau oder die entnervte Mutter all dieser lärmenden ungezogenen Kinder. Dies war eine Mitüberlebende, die mit ihrem Doppelleben spielte. Dies war eine Gleichgesinnte, gequält vom Streß der Selbstdisziplin, von Motiven getrieben, die keiner verstand. Dies war die Gefährtin, die ich immer gesucht hatte, um meiner Isolation ein Ende zu setzen. Dies war die Frau, von der ich schon lange wußte, daß ich sie nie finden würde.

Ich empfand nicht einmal Bedauern darüber, daß sie jemand war, der Scotts Welt so gut kannte. Dies vergrößerte nur das Verständnis zwischen uns, weil es gar nicht nötig war, ihr Scott zu erklären. Sie wußte genau, wer Scott war, so daß wir unmittelbar jenseits aller langweiligen Fragen waren, die andere Frauen immer fragen mußten: wo lebst du, was machst du, warst du schon einmal verheiratet . . . Ich dachte an all diese trüben Fragen und freute mich an ihrem Fehlen. Dann dachte ich daran, wie ich irgendwann in der Nacht zu ihr sagte: „Aber Tony sah doch viel besser aus – wie konntest du mich nur für attraktiver als ihn halten?" Und sie hatte faul gesagt: „Ja, er war nett, aber er war irgendwie langweilig, ich glaube, etwa wie Andrew." Und in all meiner Freude hatte ich plötzlich daran gedacht, wie schön es war, daß sie Andrew kannte, und Tony, und daß für mich überhaupt keine Notwendigkeit bestand, irgendwelche langweiligen Erklärungen abzugeben. Auf diese Weise konnte Vicky meine Zurückhaltung allein dadurch reduzieren, daß sie so viel von meinem eigenen Hintergrund teilte; je mehr ich an diesen Hintergrund dachte, um so deutlicher sah ich einen weiteren Vorteil bei Vicky. Sie hatte kein Interesse daran, wieviel Geld ich verdiente und was für eine Art von Leben ich mir leisten konnte. Da sie selbst reich war, konnte sie mich so klar sehen, denn mein eigener Reichtum stand ihr nicht im Wege. Diese Tatsache alleine war genug, sie von den meisten der Frauen zu unterscheiden, die ich im Verlauf meiner Reisen kennengelernt hatte.

Ich stellte fest, daß ich sie sehr gern wiedersehen wollte.

In Sekundenschnelle stand ich auf meinen Füßen. Ich war hellwach, doch ganz augenscheinlich lebte ich noch in einem Traum. Ganz augenscheinlich war ich in einer Phantasie befangen, die keine Beziehung zu der Wirklichkeit meines New Yorker Lebens hatte, aber ich stellte mit Bestürzung fest, daß es nun mein New Yorker Leben war, das eine Phantasie war, während Vicky die einzige Realität in einer konfusen, aus der Ordnung geratenen Welt war. Ich setzte mich wieder hin, zwang mich zur Ruhe.

Ich war natürlich sehr durcheinander. Deshalb hatte ich auch so viele Schwierigkeiten, zwischen Phantasie und Wirklichkeit zu unterscheiden. Und deshalb zwang mich mein Instinkt zur

Selbsterhaltung zurück nach New York, wo Scott seine Kontrolle über mein Leben wieder herstellen konnte.

Oder war Scott eine Phantasie?

Nein, Scott mochte wohl ein Mythos sein, aber er war immer noch ein Teil meiner Realität, denn im Gegensatz zur Phantasie sind Mythen nur eine andere Dimension der Wahrheit. Aus eben diesem Grunde können Mythen genauso bedeutend sein wie die Wirklichkeit, und gerade aus diesem Grunde stehen sie in den eher erfolgreichen Existenzen nicht in Konflikt mit der Wirklichkeit, sondern ergänzen sie, so daß sowohl Mythos als auch Realität im Verlaufe der Zeit Seite an Seite strömen.

Ich blickte hinunter auf die Zeitschrift und sah das Bild von Jack Kennedy. Er war nach Florida geflogen, um dort zu versichern, daß er nicht gegen Business sei und jetzt war er auf dem Weg nach Texas mit einer ähnlichen Botschaft. Das war die Wirklichkeit, aber der Mythos war auch da, strömte durch sein Leben, die Legende von J. F. K., dem Mann, der dem Ehrgeiz seines Vaters immer gefolgt war bis zum Ende seiner Träume. Eines Tages würden auch mein Mythos und meine Wirklichkeit für immer verschmelzen und ich könnte anfangen, so zu leben, wie ich wirklich leben wollte, aber zuerst hatte ich mein Schachspiel mit dem Tod abzuschließen. Ich mußte ihn überlisten und überleben.

Heute abend würde ich in New York sein. Morgen würde Präsident Kennedy in Dallas, Texas, sein. Das war Wirklichkeit. Aber am Ende der Straße des Ehrgeizes war Licht und Leben. Und als ich hinunterschaute auf das lächelnde Gesicht Jack Kennedys, da dachte ich, daß der Tod noch nie so weit war.

„Eastern Airlines ruft den Flug nach New York auf . . ."

Ich zwang mich, das Flugzeug zu besteigen.

„Darf ich Ihnen einen Drink anbieten, Sir?" sagte die hübsche Stewardeß.

Ich wollte antworten, hatte aber zu viel Angst, den falschen Drink zu bestellen. Ich fühlte mich sehr nervös. Der Mann neben mir hatte einen Scotch bestellt.

„Vielleicht einen Kaffee?"

Während ich nickte, merkte ich, daß ich in einer noch viel schlimmeren Verfassung war, als ich mir vorgestellt hatte, und daß ich wirklich möglichst schnell nach New York mußte. Scott würde die Zwangsjacke bereithalten, ich würde dankbar hineinschlüpfen und dann wären alle meine gefährlichen Zwangsvorstellungen zu Ende und die Rückkehr zur geistigen Gesundheit erreicht. Das Flugzeug flog unaufhaltsam Richtung New York.

X.

Sobald ich in New York angekommen war, schaute ich mich nach ihm um. Ich ging in die Herrentoilette, sah in den Spiegel, während ich mir die Hände wusch, aber ich sah nur mein eigenes Gesicht, schattig vor Müdigkeit, meine eigenen Augen, die mir nur meine eigene Verwirrung zeigten. Später, als der Taxifahrer auf meine Anweisungen wartete, hoffte ich, Scotts zuversichtliche Stimme zu hören, mit der bekannten Adresse, aber ich hörte nur meine eigene Stimme, die sagte: „Manhattan. Eighty-Fifth und York", als wäre ich ein Fremder und mein einziger Freund in der Stadt hätte mich am Flugzeug verpaßt.

Ich sah die Skyline von Manhattan, merkwürdig verzerrt durch das neue PAA-Gebäude. Die Veränderung der bekannten Szene verschob die vertikale Struktur der Zeit und bog sie in eine Kurve in meinem eigenen Hirn. Ich begriff die Wolkenkratzer als riesige Monster, ebenso finster wie jeder megalithische Steinkreis am Rande Europas, und ich war dabei, mich in ein düsteres, heiliges Gewölbe zu begeben, in dem täglich menschliche Leben geopfert wurden, um die unersättlichen Götter zu befrieden. Für einen Moment schien es mir, als glitzerten diese Zeichen vor Blut, das war aber natürlich eine Illusion, der Widerschein der untergehenden Sonne auf den Fenstern.

„Heimat, süße Heimat!" rief der Fahrer lustig, als das Auto über die Brücke der Fifty-Ninth Street sauste.

Aber dieses war keine Heimat für mich. Für mich gab es keine Heimat mehr zwischen diesen blutbespritzten Monstern, diesem Ort, an dem, im Gefängnis von Scotts Persönlichkeit, täglich das Leben aus mir herauslief.

„Okay, Kumpel?" fragte der Fahrer, als er vor Scotts Apartment-Gebäude hielt.

Ich war so durcheinander, daß ich ihm keine Antwort geben konnte. Ich drückte ihm eine Zwanzigdollarnote in die Hand und lief, ohne auf das Wechselgeld zu warten, in das Gebäude, nahm den Fahrstuhl zum zwölften Stock. Jetzt war ich in Panik, und als der Fahrstuhl hielt, rannte ich den ganzen Weg den Korridor hinunter bis zu der Tür meines Apartments. Der Schlüssel rutschte ab, als ich ihn in das Loch stecken wollte. Er fiel hin, ich hob ihn auf, versuchte es noch einmal. Die Tür ging auf. Ich riß die Tür auf und stürzte über die Schwelle.

Es roch muffig in dem Apartment, als sei jemand gestorben. Ich schloß die Tür. Das Echo des Geräusches schien endlos durch die düsteren, begräbnisgleichen Räume zu hallen, aber ich hielt mich nicht einmal damit auf, darauf zu hören. Ich war auf dem Weg ins Badezimmer, um mich im Spiegel anzusehen.

Er war nicht da. In die Küche stolpernd machte ich ihm seinen Lieblingsdrink, ein großes Cola mit Eis und einem Spritzer Zitronensaft, aber ich war es, der diesen Drink zu mir nahm, und ich war es, der das leere Glas in die Küche stellte. Im Schlafzimmer zog ich seine Kleider an, den dunklen Anzug, das weiße Hemd und eine dezente Krawatte. Ich nahm sogar eins seiner Lieblingsbücher vom Regal im Wohnzimmer, aber ich war es, der sich in den Lehnstuhl setzte, und ich war es, der wartete und weiter wartete auf den Mann, der niemals kam.

Dann schlich sich die Wahrheit in mein Hirn, wie ich töricht mit „Piers Plowman" in der Hand dasaß. Scott war nicht hier, und er würde auch nicht zurückkommen.

Scott war tot. Ich war auf mich allein gestellt.

VIERTES KAPITEL

I.

Ich war wieder im Badezimmer, aber dieses Mal war der Spiegel leer. Der Schock, überhaupt kein Spiegelbild zu sehen, nicht einmal mein eigenes, war so schlimm, daß ich nach Atem rang, aber dann begriff ich, daß die Halluzination nicht durch eine geistige Verwirrung, sondern durch physische Erschöpfung ausgelöst war, diese im wesentlichen gesunde Diagnose führte zu der notwendigen chemischen Reaktion in meinem Hirn, was wiederum dazu führte, daß ich schließlich doch mein eigenes Spiegelbild erkannte. Ich sah nicht nur krank aus, sondern wie jemand, der vor lauter Furcht halb den Verstand verloren hat. Ich lachte, um mir selbst Mut zu machen, und sagte zu meinem Spiegelbild: „Was du brauchst, ist ein Drink."

Das erschreckte mich noch mehr, und ich schloß mich in meinem Schlafzimmer ein, in dem es kein Telefonbuch gab, aus dem ich die Nummer des nächsten Schnapsladens hätte erfahren können. Ich nahm einen Zettel und einen Bleistift und legte beides neben das Telefonbuch. Ich wollte mich soweit wie möglich benehmen, wie Scott sich benommen hatte, und machte eine Liste von Dingen, die zu erledigen waren, um mir damit wenigstens einen Anschein von Normalität zu geben.

Ich schrieb: „1. Auspacken. 2. Lebensmittel einkaufen. 3. Wäsche sortieren. 4. Essen." Dann zerriß ich die Liste, schrieb SCHLAFEN in riesigen Buchstaben auf die nächste Seite und band die Krawatte ab.

Meine Erschöpfung war so groß, daß ich in tiefste Schwärze versank, sobald mein Kopf das Kissen berührte. Einen Moment dachte ich: Ich werde irgendwie auch ohne ihn überleben; und im nächsten Moment gingen vor meinen Augen die Lichter an und aus, während ich vom Dach des PAA-Gebäudes in einen Fluß voller Blut fiel, der zahllose Stockwerke unter mir dahinfloß.

II.

Als ich aufwachte, fühlte ich mich besser. Ich hatte vierzehn Stunden lang durchgeschlafen, was mir nur klarmachte, wie erschöpft ich gewesen sein mußte, denn normalerweise brauchte ich sehr selten mehr als sechs Stunden Schlaf am Tag. Im Badezimmer inspizierte ich mich sorgfältig im Spiegel und konnte mich mit ruhiger Hand rasieren. Dann zog ich Jeans an und ein T-Shirt und trabte hungrig in die Küche, nur um festzustellen, daß es da nichts zu essen gab. Deshalb rief ich das nächste Delikatessengeschäft an und gab eine Bestellung auf. Eine halbe Stunde später, als ich mir Eier, Schinken, Toast und

Kaffee zubereitet hatte, fühlte ich mich nicht nur besser in Form, sondern auch viel optimistischer. Scott mochte ja tot sein, aber war das wirklich solch ein Verlust? Ich war schon dabei, mir zu überlegen, wie ich mich auf die neue Situation einstellen sollte, ohne meine ehrgeizigen Ziele aufs Spiel zu setzen.

Scott hätte mir gesagt, daß ich Vicky vergessen soll, aber Scott war ein solch langweiliger, bigotter Intellektueller, der nie ein Risiko eingegangen wäre, das sein Leben wirklich lebenswert gemacht hätte.

Zum Teufel mit Scott! Natürlich konnte ich auf meinen beruflichen Ehrgeiz nicht verzichten. Das war jenseits aller Diskussion, aber Vicky würde ich auch nicht aufgeben. Das war ebenfalls jenseits aller Diskussion.

Natürlich würde Cornelius auch wieder anfangen, über mich nachzugrübeln, aber solange ich meine Absichten klarstellte, sah ich keinen Grund, warum er annehmen sollte, daß ich seine Tochter heiraten und ihn um seine Familie bringen könnte. Ich wollte Vicky überhaupt nicht heiraten und ihn schon gar nicht um all diese schrecklichen Enkel bringen.

Ich glaubte nicht an die Ehe. Die besten Ehen haben nie gehalten, der Rest schleppte sich unattraktiv auf die Friedhofstore zu. Ehe verursacht Leiden und Kummer. Daran erinnerte ich mich nur zu gut.

Ich glaubte auch nicht an das Zusammenleben. Ich brauchte einen gewissen Grad von Einsamkeit, um mich von dem Streß des Wall-Street-Lebens zu erholen, und genau dieses machte mich völlig ungeeignet für irgendeine Art von häuslichem Leben, sei es innerhalb oder außerhalb der Ehe.

Ich konnte es mir nicht leisten, in mein Privatleben noch mehr Spannung hineinzubringen, indem ich versuchte, in einer Weise zu leben, die mir fremd war. Ich lebte sowieso schon unter einem Druck, der mir oft stärker erschien, als ich ertragen konnte.

Auf der anderen Seite wollte ich natürlich Vicky regelmäßig sehen, und außerdem wollte ich auch gerne mit ihr schlafen, und glücklicherweise sah ich überhaupt keinen Grund, warum ich nicht das bekommen sollte, was ich wollte. Ich nahm an, daß Vicky nur zu gerne bereit wäre, zu akzeptieren, was ich ihr bieten konnte, da sie hinsichtlich ihres Doppellebens genausowenig wie ich weiteren Streß wollte. Außerdem war ich mir ziemlich sicher, daß sie zu diesem Zeitpunkt auch nicht in aller Öffentlichkeit mit mir zusammenleben wollte.

Ich dachte an Cornelius. Was hätte er dagegen haben sollen, daß Vicky und ich uns auf eine diskrete Affäre einließen, die nichts zu tun hatte mit ihrem Leben oder ihren Kindern oder mit meiner Arbeit in der Bank? Es war ganz klar, daß Vicky mit irgend jemandem schlafen würde, und nach den Gigolos und den Leuten aus dem Jet-set der vergangenen drei Jahre würde Cornelius sich wahrscheinlich sehr erleichtert fühlen, daß ich mich entschlossen hatte, Vicky für eine Weile glücklich zu machen. Cornelius konnte sicher sein, daß ich nichts Blödsinniges unternehmen würde, und ich hatte nicht die Absicht, ihn zu enttäuschen.

Dann schloß ich Cornelius ganz abrupt aus meinen Überlegungen aus, zog einen Pullover und meine Lederjacke an und verließ das Apartment, um mir eine Zeitung zu holen. Ich kaufte die Zeitung aber nicht sofort, denn ich dachte, daß mir ein kurzer Spaziergang guttun würde. So schlenderte ich quer durch die Stadt entlang der Eighty-Sixth Street. Als ich die Ampel an der Lexington Avenue erreichte, redete mich ein Fremder mit ganz blassem Gesicht und offensichtlich in einem Zustand des Schocks mit den Worten an: „Haben Sie schon die Nachrichten gehört?"

„Welche Nachrichten?"

„Man hat ihn erschossen."

„Wen hat man erschossen?"

„Kennedy."

„Wer?"

„Den Präsidenten. John F. Kennedy ist in Dallas, Texas, erschossen worden."

„Das glaube ich nicht."

„Er liegt im Sterben."

Ein Auto hielt neben uns an der Ampel, und der Fahrer lehnte sich aus dem Fenster. „Ist es wirklich wahr?"

Die Leute stiegen aus ihren Autos. Ich sah mich auf dem Bürgersteig um und bemerkte, daß die Menschen nicht mehr weitergingen.

„Ist er tot? Stimmt es? Stirbt er? Ist es wahr? Ist es wahr, ist es wahr . . ."

Die schrecklichen Fragen wiederholten sich wie eine Bach'sche Fuge, und ganz weit weg in meiner Erinnerung fiel mir Emily ein, die ein Stück aus der Matthäuspassion auf ihrem Plattenspieler zu Ostern spielte, erinnerte mich an die Stelle, an der die zwölf Apostel von Jesus Christus hören, daß einer von ihnen Ihn verraten wird und erinnerte mich daran, wie in einer wunderschönen, überirdischen Kontrapunktur gesungen wurde: „Bin ich es? Bin ich es? Bin ich es?"

Schreckliche Fragen. Schreckliche Antworten. Eine schreckliche, wahnsinnige Wahrheit.

Ich war in einer Bar und sagte: „Kennedy ist erschossen worden", aber sie wußten es schon. Das Fernsehen zeigte die entsetzliche Wahrheit in schwarz und weiß, und irgend jemand sprach gebrochen in ein Mikrophon, und der Barkeeper sah mich nur einfach an und sagte: „Er ist tot."

„Gib dem Mann was zu trinken, Paddy", sagte der Ire neben mir, und ich begriff, daß dieses eine irische Bar war. Aufgemalte Kleeblätter dekorierten die Spiegel, und Plakate von Irland hingen an der Wand. Als ich die Bilder von den Klippen von Moher und dem Ring von Kerry und von den zwölf Bergen von Connemara sah, tauchte vor meinem inneren Auge die schöne Landschaft der Legenden auf, in denen der Mythos von Jack Kennedy im Blut ertrank und in der Dunkelheit verschwand.

Ein Glas irischer Whisky stand vor mir auf der Theke, aber es würgte mir im Hals. Ich wandte mich um, rannte nach draußen und erbrach mich in den Rinnstein.

„Haben Sie gehört . . . es stimmt . . . er ist tot . . . tot . . . tot . . ."

Ich ging. Ich ging und ging und ging. Ich blieb nicht stehen, um nicht in eine andere Bar zu geraten, aber ich ging an einem Schnapsladen nach dem anderen vorbei, und ich sah all die Flaschen, Reihe über Reihe, eine Auslage nach der anderen, ich sah – ich sah Beefeater-Gin und Cinzano und Tanqueray und J & B und Hennessy-Cognac und Grand Marnier und Ronrico-Rum und Drambuie und Remy Martin und Cutty Sark und Harveys Bristol Cream und Lancers Vin Rosé und Kahlua und Pernod und John Jameson und Dubonnet und Vodka – und Crème de Menthe hat noch nie so grün ausgesehen und Chartreuse nie so gelb, und Johnny Walkers Labels noch nie so rot, so schwarz, und die ganze Zeit ging ich weiter und weiter und immer weiter.

Langsam merkte ich, daß die Stimmen um mich herum sich änderten. Ich hörte die Leute sagen: „Wo war die Leibwache?“ und: „Was für ein Verrückter kann so etwas überhaupt tun?“ und: „Diese Scheißtexaner, die sind ja überhaupt nur wilde Tiere“, und schließlich, in der vollen Erkenntnis des Schreckens: „Da ist er nun durch die ganze Welt gereist, nur um in seinem eigenen Land umgebracht zu werden – umgebracht zu werden, hier, von einem von uns . . .“ Und da sah ich schließlich den dunklen Teil des Mythos, den jedermann übersehen hatte. Arthur hatte nach Camelot nicht immer glücklich wie im Märchen weitergelebt. Er wurde von einem seiner eigenen Leute umgebracht, und alles das, was Camelot repräsentierte, war mit ihm in der Dunkelheit verschwunden.

Ich war auf der Fifth Avenue, und in dem Fenster von Bests stand eine amerikanische Fahne mit einem Trauerflor. Bei Saks stand eine Fotografie von Kennedy, von Urnen voll roter Rosen flankiert. Und während ich ging, schwärmten die Büroangestellten aus ihren Gebäuden heraus, redeten alle in unterdrückten, gebrochenen Stimmen, und während ihr Geflüster die Luft erfüllte, begann die große Glocke von St. Patricks zu läuten, zu läuten für Amerika; die großen Türen der Kirche öffneten sich weit, als die Menge die Treppe hinauf in das Kirchenschiff strömte.

„Wie konnte uns dieses passieren? Was haben wir denn getan?“ hörte ich die Leute sagen. Ich ging mit ihnen die Stufen zur Kathedrale hinauf, als sei ich auch ein Mensch, der glaubt, daß es da irgendeine Antwort gibt zu unbeantwortbaren Fragen. Ich stand eine lange Zeit im Schatten dieser großen Kirche, die einst von den Iren gebaut wurde, um ihren Träumen eine Wirklichkeit aus Stein und Glas zu geben, und ich wartete und wartete, ohne zu wissen, worauf ich eigentlich wartete, bis es auf einmal einen Höhepunkt gab in diesem spontanen Gottesdienst, ein magisches Schweigen, das aufgehoben wurde durch den riesigen, dramatischen Ton von Tausenden von Stimmen, die sich in einer Einheit zusammenfanden. Der Bischof hatte die Gemeinde aufgerufen, die Nationalhymne zu singen.

Später lief ich wieder herum, ging nach Westen quer durch die

Stadt, die Dunkelheit brach herein, und auf dem Times Square weinten die Menschen, und die berühmte Astor-Bar war still und leer.

„Ja, Sir?“ sagte der Barkeeper.

„Geben Sie mir ein Coca-Cola.“

„Ein Coca-Cola?“

Ich drehte mich um und ging hinaus, aber als ich hinauskam, blieb ich wie erstarrt stehen. Die Lichter auf dem Times Square gingen aus. Ich sah wie gelähmt zu, und in meinem Kopf gingen die berühmten Worte von Sir Edward Grey herum: „Die Lichter gehen aus über Europa; zu unseren Lebzeiten werden sie nicht wieder angezündet werden.“ Mit meinem inneren Auge sah ich, wie Amerika eine ganz große Wende nahm, einen Augenblick voller Kummer einhielt, weil eine unkomplizierte, unschuldige Vergangenheit nun vorbei war und sich auf eine unbekannte, unendlich komplexere Welt, die vor uns lag, zubewegte.

Das letzte Licht ging aus. Ich machte mich auf den Heimweg, aber mit mir ging der Tod, mein gewohnter Gefährte, und in meinem Inneren sagte ich zu ihm immer wieder: noch nicht. Ich brauche mehr Zeit.

Aber die Zeit war für John Kennedy in Dallas abgelaufen. Und die Zeit hatte auch bewiesen, daß am Ende der Straße des Ehrgeizes nichts anderes liegt als die Kugel und das Grab.

Sonst nichts.

Nichts, nichts, nichts . . .

III.

Am nächsten Tag kaufte ich mir einen Fernsehapparat und saß den ganzen Tag davor. Alle geplanten Programme waren abgesagt worden, und Kennedys Tod wurde durch die ununterbrochenen Reportagen nicht zu einem entfernten Weltgeschehen, sondern zu einem ganz persönlichen Trauerfall. Gelegentlich stand ich auf, entschlossen, nicht weiter zuzusehen, konnte mich aber nicht dazu bringen, den Apparat abzustellen. Ich fühlte mich hin- und hergerissen zwischen dem Wunsch, nichts mehr hören zu wollen und dem unkontrollierbaren Hunger, auch noch die letzte Information mitzubekommen. Ich trank ständig –

Coca-Cola, Wurzelbier, Ginger Ale, selbst Traubensoda. Ich verbrachte viel Zeit damit, jeden Drink zuzubereiten und ihn mit Zitronenscheiben oder Maraschinokirschen zu verzieren, und ich vermied es, zu schnell zu trinken, indem ich nie mehr als drei Schlucke hintereinander nahm. Über lange Zeitspannen hinweg vergaß ich zu essen, aber manchmal machte ich mir eine Scheibe Toast. Später ging ich dann aus, aber der Times Square lag noch immer im Dunkeln, und die Stadt glich einem Leichenhaus.

Der Tag verging, der neue Tag begann, und der Vorhang hob sich vor noch mehr Gewalttätigkeit. Ruby ermordete Oswald. Ich sah den Mord live im Fernsehen, aber die Vorgänge auf dem Bildschirm schienen der Fantasie eines völlig kranken Geistes entsprungen zu sein, daß ich mich fragte, ob ich mir die ganze Geschichte nicht nur eingebildet hatte. Es war eine Erleichterung, auf die Straße zu gehen und festzustellen, daß die Leute über den neuen Mord sprachen. Inmitten all dieser Schrecknisse war es doch noch beruhigend zu wissen, daß ich keine Halluzinationen hatte, daß dies das Amerika des 24. November 1963 war, daß der Präsident ermordet worden war und daß nun jemand den Mörder umgebracht hatte.

Ich lief durch den Central Park hinter Leuten her, die ihre Radios angestellt hatten, und dann, weil ich nicht länger wegbleiben konnte, ging ich nach Hause, wieder mal zum Fernsehen.

Der Tag verging. Der Montag dämmerte. New York war wie eine große, leere Kirche, und wie eine Kirche war es still und düster. Jeder sah fern; jeder war bei einem Begräbnis.

Ich saß ebenfalls vor dem Fernsehapparat, konnte dann aber mein Apartment nicht länger ertragen und ging aus. Aber auch dort konnte ich dem Fernsehen nicht entgehen. Tausende von Leuten standen still vor einem riesigen Bildschirm im Grand Central Terminal, und obwohl ich wieder versuchte zuzusehen, fand ich es unmöglich. Ich konnte die Ansicht dieses reiterlosen Pferdes nicht ertragen, verließ deshalb den Bahnhof und ging auf die Forty-Second Street zu.

Um Mittag stoppte die Polizei allen Verkehr auf dem Times Square, und als alle Leute auf den Bürgersteigen ihre Köpfe senkten, hörten wir die Militärmusik vom Astor-Gebäude her spielen.

Die Sonne strahlte in einem wolkenlosen Himmel. Es war ein

wunderschöner Tag. Ich stand in der Sonne und wünschte mir, daß der Tod nur eine Pause zwischen dieser Welt und jener anderen Welt sein möge, in der jeder ewig jung und schön bleibt und in der die Sonne immer scheint, aber das zwanzigste Jahrhundert muß in den Plan meiner Gene irgendwie eine Mutation eingearbeitet haben, denn ich konnte nicht an ein Leben nach dem Tod glauben. Ich glaubte schon an jene andere Welt, ich glaubte aber auch, daß sie nur in der Vorstellung existiert.

Ich ging nach Hause und trank mich durch sechs Colas durch, mixte sie immer mit anderen Dingen und benutzte obendrein auch ganz verschiedene, originelle Gläser. Der Fernsehapparat dröhnte vor sich hin, aber schließlich brachte ich es doch fertig, ihn abzudrehen. Kennedy war tot, Oswald war tot, Scott war auch tot, aber ich konnte dem Tod nicht länger ins Auge sehen. Der Tod war noch da, sah mich über das Schachbrett an, aber jetzt konnte ich ihm schlicht den Rücken zudrehen, wenigstens zeitweise, und an das Leben denken, denn heute war der Tag, an dem Vicky aus der Karibik zurückkommen wollte. Ich sah auf meine Uhr und machte eine Flasche 7-up auf, wählte dann die Nummer des Flughafens, um nachzufragen, wann die Maschinen aus Puerto Rico landen.

IV.

„Mrs. Foxworth, bitte", sagte ich zum Portier.

Es war Montagabend halb acht, und ich hatte mir ausgerechnet, daß Vicky jetzt etwa drei Stunden lang zu Hause sein müsse, lange genug, um über die Familie hinweggekommen zu sein und darauf zu warten, daß man sie zu einem ruhigen Dinner ausführt. Ich hatte halb daran gedacht, daß sie mich anrufen würde, aber da war ich enttäuscht worden. Das Telefon klingelte nur einmal. Es war Cornelius, der wußte, daß ich am späten Sonntagabend von meinem Urlaub zurückkommen wollte, und am Montag früh mit mir über die Ermordung Kennedys schwätzen wollte. Normalerweise hätte ich ihn an diesem Tag in der Bank gesehen, aber wegen Kennedys Beerdigung waren alle Büros im ganzen Land geschlossen.

„Und Ihr Name, Sir?“ sagte der Portier in der Eingangshalle des Gebäudes, in dem Vicky ihre beiden Apartments hatte.

„Sullivan.“

Der Türhüter drehte sich zu der Wechselsprechanlage um, und wurde von der Haushälterin informiert, daß Mrs. Foxworth sich gerade in ihr kleineres Apartment auf der dritten Etage begeben habe. Der Portier probierte es noch einmal, und diesmal schaffte er es, Vicky zu erreichen. Als er aber meinen Namen ankündigte, wurde die Verbindung so plötzlich unterbrochen, daß er es selber kaum glauben konnte.

„Ich glaube, Mrs. Foxworth empfängt heute abend keine Besucher mehr, Mr. Sullivan –“

Ich gab ihm eine Zwanzigdollarnote, um ihn zu beruhigen, und ging auf den Lift zu.

Ich war noch nie in Vickys privatem Apartment gewesen, und soweit ich wußte, hatte selbst Cornelius es noch nicht geschafft, über diese Schwelle zu treten. Es war allgemein bekannt, daß Vicky in dieses Apartment, außer ihren Liebhabern, niemand einlud.

Ich klingelte. Ich mußte eine Weile warten, aber dann gab es einen leisen, kratzenden Ton, als sie den Deckel von dem Guckloch wegschob.

„Es tut mir leid“, rief sie durch die Tür, „freien, unverbindlichen Sex gibt's hier heute abend nicht, aber im Apartment 50 wohnt ein hochkarätiges Callgirl. Warum gehst du da nicht einmal rüber und schaust, ob nicht jemand abgesagt hat?“

„Ich bin an Callgirls nicht interessiert“, sagte ich in einer ganz neutralen Stimme, aus der ich alle Spuren meiner gedankenlosen Arroganz sorgfältig entfernt hatte. „Mein Name ist Peter Abälard, und ich suche Heloïse.“

Als ich im Aufzug hochfuhr, hatte ich mich die ganze Zeit darüber geärgert, daß ich so blöd sein konnte, zu glauben, sie würde mich mit offenen Armen empfangen, nachdem ich sie in Curaçao hatte sitzenlassen. Dann hatte ich eine volle Minute im Flur der dritten Etage gewartet und mir überlegt, wie ich mich ihr am besten nähern sollte. Da ich wußte, daß sie sich für an Philosophie interessiert hielt, hatte ich gedacht, daß ich mit dem Bezug auf Abälard vielleicht Erfolg haben könnte. Da sich das Schweigen nun aber derartig hinzog, fragte ich mich allmählich, ob dieses angebliche Interesse an Philosophie nicht doch nur eine Art von leerer Pose gewesen war.

„Vicky", begann ich vorsichtig, aber sie unterbrach mich.

„Ja", sagte sie kühl. „Nun, es tut mir leid, aber Sex im Vorübergehen ist nicht einmal für dich hier zu haben, Peter Abälard. Wenn du indessen irgend etwas Vernünftiges von dir geben willst, zum Beispiel über den Konflikt zwischen den Augustinern und den Aristotelikern, dann kannst du natürlich hereinkommen."

Die Tür öffnete sich einen Spalt. Wir sahen einander an. Der Druck in meinem Körper verdichtete sich zu einem starken, anschwellenden Schmerz.

„Danke", sagte ich, als sie die Tür weiter aufmachte. „Ich scheine unter einem unkontrollierbaren Zwang zu leiden, meine Fähigkeiten in Dialektik unter Beweis zu stellen."

Ich trat über die Schwelle, und wir standen uns in der kleinen Eingangshalle im Abstand von einem Meter gegenüber. Sie trug einen weißen Pullover, einen schwarzen Rock und hochhackige schwarze Schuhe. Die karibische Sonne hatte ihr Haar gebleicht und ihre Nase mit Sommersprossen unter der blassen, goldenen Tönung übersät. Sie trug kein Make-up.

„War das nicht ein furchtbarer Tag", sagte sie ganz abrupt, als fühle sie, daß Sprache die Spannung unseres Schweigens auflösen könne. „Daß die Sonne da so scheint! Ich konnte es einfach nicht mehr ertragen, wie Washington so wunderschön aussah, wie eine Traumstadt mit seinen klassischen Gebäuden, so unmöglich weiß – ein Hintergrund, der die Prozession um so makabrer erscheinen ließ – oh, es war unerträglich, ich konnte das einfach nicht mehr aushalten, dieses unruhige, reiterlose Pferd, das so auf dem Boden herumscharrte . . . mein Gott, welch ein Alptraum! Wie hältst du es überhaupt noch aus, nüchtern zu bleiben? Willst du nicht was trinken?"

Ich hätte sie gern in meine Arme genommen, aber ich wußte, sie redete nur, um mich von sich wegzuhalten, und bevor ich überhaupt den Mund aufmachen konnte, um ihr zu antworten, hatte sie sich schon abgewandt.

„Du kommst besser ins Wohnzimmer", sagte sie nervös und ging durch die offene Tür.

Ich folgte ihr. „Du hast also das Begräbnis gesehen?" sagte ich und zwang mich dazu, nur über die Ereignisse des Tages zu reden. „Du mußt früher nach Hause gekommen sein, als ich dachte."

„Ich bin am Samstag nach Hause geflogen, sobald das Schiff in San Juan angelegt hat. Glaubst du denn, ich hätte da weiter herumhängen können, mich gut unterhalten können, nachdem das am letzten Freitag in Dallas passiert ist?"

„Ich –"

„Oh, laß uns darüber nicht mehr reden! Ich habe die Nase voll davon, immer nur von Mord und Gewalttätigkeit zu hören, das macht mich ganz krank – ich hatte so ein sonderbares Gefühl, als ich Jackie sah mit dem Blut auf ihren Kleidern – ich hatte das Gefühl, als würde das alles mir passieren, nicht ihr, und ich hatte so eine wahnsinnige Angst . . . Das möchte ich jetzt alles hinter mir lassen. Von dieser grauenhaften Realität möchte ich jetzt nichts mehr hören. Ich möchte jetzt über etwas völlig anderes reden, über irgend etwas Intellektuelles wie mittelalterliche Philosophie, und deshalb habe ich dich gebeten, diese Schwelle hier zu überschreiten. Mach also mal weiter, Abälard. Rede mit mir."

„Okay", sagte ich. „Reden wir über William von Ockham."

Sie warf mir einen verächtlichen Blick zu. „Ich glaube nicht, daß du das könntest, Abälard. Du bist gestorben, lange bevor er geboren wurde."

Ich hörte auf zu reden. Sie lachte. „Was glaubst du wohl, was ich hier tue?" sagte sie. „Orgien veranstalten? Frag jede Mutter mit fünf Kindern, und sie wird dir bestätigen, daß sie am Ende eines normalen Tages nur noch Ruhe will und nochmals Ruhe und keinen Sex. Ich komme hierher, um allein zu sein. Ich komme hierher, um mich zu erholen von der Art von Leben, das ich nicht führen kann. Und ich lese. Ich lese eine ganze Menge, meistens Mist, aber manchmal, wenn ich mich besonders klug und ehrgeizig fühle – was nicht so oft passiert –, dann lese ich über die Leute, von denen du glaubst, daß ich nie von ihnen gehört habe, nämlich Leute wie Peter Abälard und William von Ockham und –"

„John Scotus Erigena?"

„Ah, dieser Ire! Okay, ich rede mit dir über John Scotus. Er war natürlich Neoplatoniker –"

„– geformt von seiner Kenntnis der griechischen Sprache." Zum ersten Mal konnte ich mich soweit entspannen, um überhaupt zu begreifen, wo ich war. Ich sah, daß Vicky, genau wie Cornelius, all die Antiquitäten, von denen sie so lange in ihrem Leben umgeben gewesen war, abgeschafft hatte und daß sie nun das Apartment in einem ultramodernen Stil eingerichtet hatte. Lange, breite, mit weißem Plastik überzogene Couchen erinnerten mich an die Abflughallen in Flughäfen. Zwei rosa Fische schwammen in einem Aquarium neben dem Fenster, und drei moderne Gemälde, alle geometrisch-abstrakt, schmückten die weißen Wände. Über dem Aquarium hatte irgend jemand ein primitives Gemälde einer fetten Frau mit gelbem Haar aufgehängt, und als ich näher trat, sah ich, daß der Künstler mit schwarzem Malstift *„Meine Mammi* von *Samantha Keller,* acht Jahre alt" draufgeschrieben hatte.

„John Scotus Erigena", hörte ich mich selbst beiläufig sagen, als Vicky sich nach einer Zigarette aus dem Kasten auf dem gläsernen Kaffeetisch bückte, „glaubte, daß der Mensch in seinem gefallenen Zustand die Kraft der direkten Einsicht in die Wahrheit verloren habe und daß der Mensch die Wahrheit nur durch die Erfahrung seiner Sinne wahrnehmen könne – und das bringt mich genau zu dem, was ich dir sagen wollte –"

„Mein Gott, du bist ein durchtriebener Bursche!"

„Nämlich Folgendes: durch meine sinnliche Erfahrung mit dir habe ich die Wahrheit entdeckt, die ich völlig verkehrterweise in dem Brief, den ich dir hinterließ, verneinte –"

„Hast du Feuer?"

„Natürlich nicht, ich bin Nichtraucher."

Sie klappte den Zigarettenkasten zu und verließ das Zimmer. Als sie mit der brennenden Zigarette zwischen den Fingern zurückkam, versuchte ich meine Rede wiederaufzunehmen, sie unterbrach mich aber.

„Schau mal, Scott, ich habe genügend eigene Probleme, ohne daß ich mich noch mit deinen Schwierigkeiten belasten müßte. Wenn du es vorziehst, davonzulaufen, um jede Art von emotioneller Bindung zu vermeiden, dann mach nur so weiter und viel Glück dabei. Das ist dein Problem, und ich bin nicht verrückt genug, zu glauben, daß ich es je lösen könnte. Aber versuch bitte nicht, weiter in meinem Leben herumzupfuschen. Ich will mich mit niemandem einlassen, der sich nicht auch involvieren will. Ich könnte mir keine größere Vergeudung meiner Zeit und meiner Energie vorstellen."

„Ich dachte . . . auf dem Schiff . . . du wärest nicht an dauernden Bindungen interessiert –"

„Das war eine Welt", sagte Vicky, „aber dies hier ist eine andere. Ich könnte hier nicht so leben, wie ich auf dem Schiff gelebt habe. Es ist zu selbstzerstörerisch. Ich habe es ausprobiert, und jetzt weiß ich es. In New York will ich Bindung, ich will jemanden, der mich stützt, ich will jemanden, der mehr ist als ein guter Beischlaf. Dem entsprichst du nicht. Tut mir leid. Es war wunderbar, aber es ist vorbei. Es muß so sein. Du hast es alles in jenem Brief geschrieben, und jetzt gibt es nichts weiter zu sagen."

„Aber du mißverstehst mich! Die Lage ist viel komplizierter, als sie zuerst auf dem Schiff aussah! Ich versichere dir, ich bin nicht nur hierhergekommen, um mit dir ins Bett zu gehen –"

Sie lachte mir ins Gesicht. „Ach, wirklich?"

Das Telefon klingelte.

„Laß es klingeln!" sagte ich, verärgert durch die Störung.

Sie nahm sofort den Hörer auf. „Hallo?"

Es gab eine Pause, und als ich sie beobachtete, sah ich, wie ein weicherer Ausdruck in ihre Augen trat und wie die harte Linie um ihren Mund sich entspannte. Sie drehte sich um, damit ich sie nicht sehen konnte.

„Oh, hallo. Ja, Alicia hat mir gesagt, daß du heute kommen würdest. Du erholst dich von dem Flug? Das verstehe ich. Ich hatte letzten Samstag einen teuflischen Flug von Puerto Rico zurück . . . Oh, einfach nur ein Urlaub. Eine Menge Luftfeuchtigkeit und fürchterliche Leute – ich will in meinem ganzen Leben keine Palme mehr sehen . . . Was sagst du? Ein Geschenk für Postumus? Oh, er wird sich freuen! Morgen kannst du nicht kommen . . . oh, jederzeit. Postumus steht um halb sechs auf, um sechs an seinen besseren Tagen, und um viertel vor neun geht er zum Kindergarten. Dann kommt er um halb zwölf nach Hause, ärgert die Kinderschwester bis um vier und sitzt danach vor dem Fernseher, bis er gewaltsam weggeschleppt wird . . . Ja, denen geht es allen gut, vielen Dank. Eric geht nächstes Jahr nach Choate – ist es nicht unwahrscheinlich, wie die Zeit vergeht? Nun, hör zu, Liebster, ich – Abendessen morgen? Ich weiß nicht . . . wäre das eine gute Idee? Wir würden wahrscheinlich überemotionell werden, und dann . . . okay, komm mit dem Geschenk für Postumus bei mir vorbei, und dann sehen wir, was wir machen . . . Ja, es war fürchterlich mit dem Präsidenten. Schau mal, ich muß jetzt weg – irgend etwas kocht auf dem Herd über . . . okay. Wiedersehen." Sie legte auf und schaute das Telefon an.

„Sebastian?" sagte ich schließlich. „Was macht der denn in New York?"

Sie sah mich überrascht an. „Ich dachte, du wüßtest es. Alicia sagte, es sei eine Geschäftsreise."

Ich erinnerte mich schwach, daß Cornelius angekündigt hatte, er wolle Sebastian zurückrufen, um mit ihm die Reischman-Schwierigkeiten in London zu besprechen. „Ach ja, jetzt fällt es mir wieder ein. Ich hatte es völlig vergessen."

Sie ging zum Schrank hinüber und begann sich einen Drink zu machen. „Würdest du jetzt bitte gehen?" sagte sie über die Schulter. „Ich habe die Nase voll davon, daß du hier herumstreichst wie eine Figur aus einem Tennessee-Williams-Stück. Warum, zum Teufel, mußt du so sexy aussehen? Ich dachte, du wärest immer der sexlose zölibate Scott, sobald du den Fuß in die Stadt setzt?"

„Scott ist gestorben."

Sie vergoß etwas von dem Martini. Sie wandte sich mir zu, und wir starrten uns an, sie fragte mich aber nie, was ich meinte.

Ich ging zu dem Aquarium, in dem die rosa Fische sich in einem obskuren Werbungsritual jagten; als ich mich aber umdrehte, sagte sie nur: „Diese Aussage hat keine Beziehung zur Wirklichkeit. Das sind nur Worte."

„Aber was ist Wirklichkeit?" sagte ich, ohne eine Sekunde zu zögern. „Wir scheinen uns im Kreis gedreht zu haben und sind wieder bei William von Ockham. Er glaubte, das Individuum sei die einzige Wirklichkeit. Er glaubte, daß alles andere nur im Intellekt existiere. Er glaubte", ich befand mich genau neben ihr vor dem Barschrank, „er glaubte an die Macht des Willens."

„Die Macht des Willens", sagte sie. „Ja."

Ihre klaren Augen glänzten in einer gewaltigen Gefühlserregung, die nicht zu kontrollieren war, und plötzlich bemerkte ich, daß diese Emotion die meine war, in ihre Gedanken projiziert und auf mich zurückgeworfen durch den Spiegel des Geistes. Der Eindruck eines elektrischen Stromes zwischen uns beiden war so stark, daß ich sogar zögerte, sie zu berühren, aus Angst, sie könnte eine explosive Kraft jenseits meiner Kontrolle freisetzen.

„Zum Teufel mit dir!“ rief sie plötzlich. „Du läßt mich auf diese Weise sitzen und erwartest dann von mir –“

„Wir machen alle Fehler.“

„Da kannst du Gift drauf nehmen – und ich bin gerade dabei, den größten Fehler meines Lebens zu machen, du – du – du –“

Die Worte fehlten ihr. Sie zitterte vor Wut.

„– Schuft!“ schrie sie schließlich durch ihre Tränen, als ich sie in meine Arme nahm, und dann im nächsten Moment zog sie mein Gesicht herunter zu dem ihrigen und küßte mich leidenschaftlich auf den Mund.

FÜNFTES KAPITEL

I.

„Mami!“ rief eine klare, wilde Stimme von weit her, und ich hörte den kurzen, scharfen Lärm eines elektrischen Bohrers.

Zuerst glaubte ich, die Unterbrechung käme von meinem Bruder Tony. Ich konnte ihn deutlich sehen, sechs Jahre alt, mit dem lockigen Haar und den blauen Augen meines Vaters, und ich wußte, daß er wieder seinen üblichen Unfug trieb, meine Spielsachen auslieh, sie kaputtmachte, mir andauernd im Wege stand. Es war eine schwere Bürde für einen zivilisierten Neunjährigen, solch einen ungezähmten jüngeren Bruder zu haben.

„Mami!“ kam die Stimme wieder, und ich wußte, daß etwas nicht stimmte, weil Mutter immer darauf bestanden hatte, daß wir sie „Mutter“ nennen sollten, sobald wir alt genug waren, das Wort richtig auszusprechen. Der elektrische Bohrer brummte wieder, und plötzlich merkte ich, daß es kein Bohrer war, sondern eine Türklingel. Ich war plötzlich hellwach, saß steil

aufrecht im Bett in Vickys Apartment, während Vicky selber sich aufgeregt in ihr Kleid zwängte.

„Was, zum Teufel –"

„Alles in Ordnung. Es ist nur Benjamin, der auf dem Weg zum Kindergarten vorbeikommt."

Sie lief hinaus, knallte die Schlafzimmertür so ungeschickt zu, daß sie vom Rahmen zurückflog. Ich sprang automatisch aus dem Bett, um sicherzustellen, daß der Einblick in das Schlafzimmer vom Flur aus nicht möglich war. Aber bevor ich die Tür hatte vollständig schließen können, war Benjamin bereits in den Flur galoppiert und piepste:

„Hallo, Mami! Überraschung! Hier ist Onkel Sebastian!"

Ich erstarrte. Wenige Schritte von mir stand Vicky sprachlos. Schließlich sagte Sebastian in seiner typisch einsilbigen Manier: „Hallo. Es sieht so aus, als hätte ich Mist gebaut. Blöd von mir. Ich komme zurück, wenn du angezogen bist. Wiedersehen."

„Nein – warte, Sebastian! Es tut mir leid, ich war nur so überrascht – ich habe dich nicht erwartet –"

„Ich bin seit fünf Uhr wach. Zeitverschiebung. Dann fiel mir ein, daß Postumus so früh aufsteht, und ich dachte, ich statte dir einen frühen Besuch ab."

„Natürlich. Ja. Nun –"

„Hey, Mami!" schrillte Benjamin und unterbrach damit diese unglückliche Unterhaltung. „Schau dir das phantastische Geschenk an, das Onkel Sebastian mir mitgebracht hat! Es ist ein Panzer, der mit richtigen Kugeln schießt!"

„Oh, Sebastian, bist du wirklich für Kriegsspielzeug für Kinder?" Sie beging den Fehler, die Unterhaltung fortzusetzen, ohne den Versuch zu machen, ihn über die Schwelle zu bitten. Sebastian würde vermuten, daß sie nicht alleine in ihrem Apartment war – wenn er das nicht bereits getan hatte. Ich wunderte mich, daß sie sich nicht ungezwungener benahm und ihn ins Wohnzimmer führte, aber die Antwort kam mir sofort, als ich mich geräuschlos von der Tür zurückzog und mich nach etwas umsah, das ich anziehen könnte. Meine Kleider waren nicht da. Sie waren auf dem Fußboden des Wohnzimmers verstreut, wo Vicky und ich uns zuerst auf der Couch unter den unfreundlichen Blicken der rosa Fische geliebt hatten.

„Der Krieg ist eine Tatsache des Lebens, oder nicht?" sagte

Sebastian. „Willst du, daß Postumus heranwächst, ohne zu wissen, was in der Welt wirklich vor sich geht?“

„Nenn mich nicht Postumus, Onkel Sebastian! Mami, darf ich den Panzer in den Kindergarten mitnehmen?“

„Sebastian, dieses Ding schießt doch nicht wirklich Kugeln, oder?“

„Natürlich nicht! Was für eine Frage!“

„Mami, kann ich –“

„Nun, ich weiß nicht, ob –“

„Oh, Mami!“

„Okay, ja, nimm ihn mit in den Kindergarten. Sebastian, ich rufe dich später an, wenn ich richtig aufgewacht bin. Im Augenblick –“

„Hey, Mami, darf ich die Fische füttern?“

„Du kommst zu spät in den Kindergarten!“

„Oh, bitte!“

„Aber sie brauchen doch jetzt nicht gefüttert zu werden!“

„Oh, Mami!“

„Hör mal“, sagte Sebastian, „du machst eine Menge Krach für ein Kind von deiner Größe. Schalt mal runter.“

„Onkel Sebastian, komm mit und sieh dir die Fische an! Sie heißen Don und Phil nach den Everly-Brüdern!“

„Ben, warte – Ben, ich habe hier ein paar ganz herrliche Plätzchen in der Küche –“

„Sag mal, was sind denn das für Kleider auf dem Fußboden dort?“

„Ben, wirst du gefälligst tun, was ich dir sage und sofort dort herauskommen! Oh, da ruft die Schwester! So, hier ist ein Schokoladenplätzchen, Darling!“

„Kann ich zwei haben?“

„Nun –“

„Oh, Mami!“

„Oh, meinetwegen. Alles für ein ruhiges Leben. Jetzt geh aber, mein Schatz –“

„Vicky, bekommt dieses Kind immer, was es will?“

„Oh, sei ruhig, Sebastian! Es ist mir zuviel, wenn ihr beide auf mir herumreitet. Jetzt *raus,* Benjamin, bevor ich wirklich böse werde! Oh, und vergiß nicht, dich bei Onkel Sebastian für –“

Die Tür knallte, als Benjamin seinen triumphalen Abgang mit Panzer und zwei Plätzchen machte.

Schweigen. Unfähig, mich zurückzuhalten, ging ich zur Tür zurück und schaute durch den Spalt zwischen den Angeln.

Sebastian stand auf der Schwelle des Wohnzimmers, und während ich zuschaute, hob er etwas von dem Tisch auf, der gerade hinter der Tür stand.

„Das ist hübsch", sagte er höflich zu Vicky. „Wo hast du das her?"

Es war mein Silbermedaillon aus Irland.

„Mexico", sagte Vicky nach einer Pause.

„Ja? Es sieht keltisch aus." Er legte es auf den Tisch zurück, warf einen wie zufälligen Blick auf das verwüstete Wohnzimmer und wandte sich dann ab, als sei das, was er sah, ohne Bedeutung für ihn.

„Sebastian –"

„Okay, ich gehe – du brauchst mich nicht hinauszuwerfen. Es tut mir leid, dir Ungelegenheiten gemacht zu haben, weil ich zur falschen Zeit gekommen bin."

„Sebastian, ich möchte nur sagen –"

„Gib dir keine Mühe. Es geht mich nichts an, mit wessen Kleidern du dein Wohnzimmer dekorierst. Ich halte nicht viel von seinem Geschmack, nebenbei gesagt. Jeans und ein schwarzes Lederjackett, du meine Güte! Es sieht so aus, als hättest du schließlich doch Elvis Presley dazugebracht, direkt von der Leinwand zu steigen! Nein, sag bitte nichts. Vergiß es. Abendessen heute abend in Ordnung? Nein, ich verspreche, ich werde nicht emotionell werden – dazu wird gar keine Zeit sein, weil ich soviel zu erzählen habe. Heute gibt es einen großen Auftritt in der Bank, und ich denke schon, daß es mir gelingen wird, Cornelius dazuzukriegen, mich aus Europa abzuberufen. Er will natürlich nicht, aber ich habe absichtlich London zu einem heißen Pflaster gemacht. Und da er mich nicht feuern kann, weil Mutter sonst beleidigt ist und ihre Schlafzimmertür verschließt –"

„Sebastian, es tut mir leid, aber das ist mir im Augenblick alles zuviel. Würde es dir etwas ausmachen –"

„Okay, ich bin schon unterwegs. Bis bald. Tut mir leid."

Die Vordertür schloß abrupt. Schritte verklangen. Ich saß auf dem Bett und wartete still darauf, daß sie ins Zimmer zurückkommen würde.

Sie kam. Meine Kleider und mein Silbermedaillon wurden vor meine Füße geworfen. Ich sah auf, aber sie hatte sich schon abgewandt.

„Vicky, es tut mir leid. Ich begreife, daß du verstört bist. Aber er muß doch sicher gewußt haben, daß du seit der Scheidung nicht wie eine Nonne gelebt hast!“

„Feststellungen nach dem gesunden Menschenverstand zu treffen ist eine Sache. Den schmutzigen Beweis dieser Feststellung vorzufinden, ist eine andere. Würdest du nun bitte gehen?“

Ich sagte mit einer Stimme, die ich möglichst neutral halten wollte: „Das klingt, als liebtest du ihn immer noch.“

Sie wirbelte herum und sah mich an. „Ja“, sagte sie, „ich liebe ihn. Ich werde Sebastian immer lieben. Er hob mich auf, als ich ganz unten war und rettete mein Leben – tatsächlich. Ich übertreibe nicht. Früher habe ich nur existiert. Ich war niemand, nur ein Anhängsel an verschiedene Leute, die aus mir immer das machten, was sie wollten. Würdest du jetzt bitte gehen und mich alleine lassen? Du hast dein Willkommen schon um ungefähr sechs Stunden überzogen.“

„Was soll das heißen?“ sagte ich bestürzt.

„Ich habe dich nicht eingeladen, über Nacht zu bleiben, oder?“

„Nun, ich habe natürlich angenommen –“

„Ja“, sagte sie, „das sieht dir ähnlich. Das ist das Problem mit Männern, die bei Frauen erfolgreich sind – sie können sich nicht vorstellen, daß es Zeiten gibt, zu denen man ihnen widerstehen kann!“

„Nun warte aber mal –“

„Nein, das werde ich nicht! Ich komme mir gemein und schäbig vor, und ich bin durcheinander, und ich will alleine sein! Bist du denn, in Dreiteufelsnamen, völlig gefühllos?“ schrie Vicky, diesmal in großer Wut, und schlug mir die Badezimmertür vor der Nase zu. Eine Sekunde später übertönte das Geräusch der Dusche alle weiteren Versuche einer Unterhaltung.

Ich stand völlig nackt da und war einem Wirbel von Emotionen ausgesetzt, keine von ihnen glücklich. Ich war ärgerlich, verletzt, irritiert und eifersüchtig. Ich fühlte mich auch in einer rätselhaften Weise schuldig, wenn ich mir auch sagte, daß dies unnötig sei, da Vicky nicht mehr mit Sebastian verheiratet war. Ich kämpfte mich in meine Unterhosen, zog mein T-Shirt an und fand Vickys Benehmen unvernünftig; aber das machte mich noch böser, noch verletzter, noch irritierter und noch eifersüchtiger. Dieser Anfall heftiger Emotionen verwirrte mich. Ich war daran nicht gewöhnt und fand es schwer, damit fertig zu werden.

Ich dachte gerade daran, wie entsetzt Scott von meinen ungeordneten Gefühlen gewesen wäre, als mein Blick auf den Wecker auf dem Nachttisch fiel; und im nächsten Augenblick waren alle meine introspektiven Gedanken von Panik vertrieben. Es war neun Uhr. Ich hätte bereits im Büro sein müssen. Scott wäre dort gewesen, weil Scott nie zu spät zur Arbeit kam, und wenn ich jetzt zu spät kam, wäre das ein katastrophaler Start für meine neue Karriere als Schauspieler gewesen, der Scotts Rolle spielt.

Ich zog mir den Rest meiner Kleider mit blitzartiger Geschwindigkeit an und lief zurück zur Badezimmertür.

„Darling, ich entschuldige mich für alles!" rief ich. „Es tut mir wirklich leid, ich schwöre es dir! Ich rufe dich später an, okay?"

Ich bekam keine Antwort, aber mir war, als verstärke sich das Geräusch der Dusche, um den Klang meiner Stimme zu übertönen.

Ich lief zur Tür, und dann fiel mir ein, was Sebastian über seine Rückkehr aus Europa gesagt hatte. Das war eine wertvolle Information, und wenn ich sie richtig benutzte, würde mir das einen Vorteil einbringen. Ich stürzte ins Schlafzimmer zurück, griff mir das Telefon und wählte die Nummer der Van Zales. Cornelius war natürlich nicht da. Er war schon ins Büro gefahren. Ich strich mir zerstreut mit den Fingern über die Haare und fragte mich, ob ich wohl meinen Verstand verlieren würde. Dies war jetzt nicht die Zeit, herumzusausen und alles mögliche in Unordnung zu bringen. Ich mußte mich beruhigen und Scott sein, aber ich war nicht Scott, nicht mehr, und obgleich ich versuchte, ruhig zu bleiben, war ich unkonzentrierter als je zuvor.

Ich rannte aus dem Apartment, litt Höllenqualen am Lift, als er nicht prompt kam, und wollte gerade die fünf Stufen hinunterlaufen, als das rote Licht über den Türen anging und signalisierte, daß der Lift endlich auf meinem Stockwerk angekommen war. Ich stürzte hinein. Nach einer Ewigkeit kam er unten an. Jetzt strömte mir der Schweiß der Ungeduld über den Rücken hinab, und sobald die Türen sich öffneten, sprintete ich durch die Eingangshalle.

Im nächsten Augenblick erstarrte jeder Muskel in meinem Körper. Ich blieb stehen. Der Schock sank wie Blei auf den Grund meines Magens. Sebastian stand am Pult des Portiers.

Ich wollte mich zurückziehen, aber es war zu spät. Er hatte die Aufzüge beobachtet und auf einen Mann gewartet, der diese ausgefallenen Kleider trug, die Scott nie getragen hätte und der all die Fehler machte, die Scott nie gemacht hätte. Er sah mich sofort.

Wir standen beide völlig perplex da. Andere Leute aus dem Aufzug gingen an mir vorbei, sagten guten Morgen zu dem Portier und gingen hinaus in die Seventy-Ninth Street. Und jedesmal, wenn die Türen sich öffneten, schien das reflektierte Sonnenlicht auf das Silbermedaillon, das Sebastian so sorgfältig betrachtet hatte. Ein Irrtum war unmöglich. In drei Sekunden sah ich, wie er mich musterte und verurteilte, und in drei Sekunden war unsere lange Freundschaft vorbei.

Da es nichts zu sagen gab, sprach keiner von uns beiden. Er muß genauso schockiert gewesen sein wie ich, aber er war es schließlich, der mir den Rücken zuwandte und hinausging. Ich kam gerade noch rechtzeitig auf dem Bürgersteig an, um ihn zu dem nächsten Taxifahrer sagen zu hören: „Willow und Wall Street."

Ich hatte nur einen einzigen Gedanken. Ich mußte zuerst bei Cornelius sein. Einen langen Augenblick starrte ich auf den langsam fließenden Stoßverkehr, dann rannte ich bis an die Ecke des Blocks und sauste die Treppen hinunter zur Untergrundbahn.

II.

Als ich halbwegs die Treppen hinunter war, wurde mir klar, daß ich wieder einmal verrücktspielte. Ich konnte im Büro kaum unrasiert und mit diesen Jeans und der schwarzen Lederjacke erscheinen. Ich schoß die Treppen wieder hoch auf die Straße und nahm mir ein Taxi für die sechs Blocks zu meinem Apartment. Als ich auf der Kante des Sitzes saß, dachte ich nicht an Cornelius, sondern an Sam Keller, der mich vor vielen Jahren angeschnauzt hatte, weil ich in ungepflegtem Zustand in seinem Büro erschien, nachdem ich in der vergangenen Nacht an meinem Schreibtisch eingeschlafen war.

Die Erinnerung an Sam Keller, den Mann, der meinem Vater den Rest gegeben hatte, brachte mich immer dazu, die Fäuste zu ballen; aber diesmal waren sie schon geballt. Ich kam mir vor wie ein Passagier in einem Flugzeug, das kurz vorm Absturz ist.

„Fahren Sie schneller, geht das nicht?“ sagte ich zu dem Fahrer.

„Was soll das – wollen Sie sich umbringen?“

Ich warf eine Fünfdollarnote neben ihn auf den Sitz.

„Los, schneller.“

Die anderen hupten, als wir bei Rot über die Ampeln fuhren; ein Fahrer lehnte sich aus dem Auto und schrie Obszönitäten, als unser Taxi davonschoß.

In meinem Apartment brannte mir unter der Dusche die Haut, und das Handtuch fühlte sich rauh in meinem Gesicht an. Ich rasierte mich, griff mir frische Unterwäsche und langte nach dem Telefon.

„Ist er schon da?“ fragte ich Cornelius’ Sekretärin, das Telefon zwischen Ohr und Schulter geklemmt, während ich mir meine Unterhose anzog.

„Noch nicht. Der Verkehr ist heute morgen sehr dicht. Haben Sie eine Nachricht, Mr. Sullivan?“

„Nein. Ja. Einen Moment, lassen Sie mich überlegen.“ In Wahrheit war mir die Situation so weit aus der Kontrolle geraten, daß Panik mich in eine Reihe von unbedachten Handlungen trieb, eine so unglückselig wie die andere. Es war Zeit, daß ich aufhörte, mir den Kopf über Dinge zu zerbrechen, die ich nicht ändern konnte. Es gab keine Möglichkeit, vor Sebastian im Büro zu sein, genausowenig, wie ich Sebastian daran hindern konnte, mich bei Cornelius anzuschwärzen. Aber vielleicht war meine Lage nicht ganz hoffnungslos. Cornelius mochte Sebastian nicht, er konnte Kritik an mir, seinem bevorzugten Partner, nicht leiden, und er mochte es auch nicht, daran erinnert zu werden, daß seine Tochter weder verheiratet noch enthaltsam war. Wenn ich mich richtig zusammennahm und aufhörte, wie ein schuldbeladener Playboy durch die Gegend zu sausen, wenn ich einen starken Gegenangriff startete, dann konnte ich vielleicht das Äußerste verhüten und mich aus den ganzen Schwierigkeiten herausreden.

Mein Silbermedaillon, Symbol einer silberzüngigen Rasse, lag auf dem Nachttisch neben dem Telefon. Ich sagte zu der Sekretärin in meiner sanftesten und charmantesten Stimme: „Würden Sie bitte Mr. Van Zale sagen, daß ich unerwarteterweise verspätet bin, daß ich aber so bald wie möglich da sein werde. Haben Sie vielen Dank! Und vielleicht könnten Sie ihn bitten, die Besprechung wegen des Londoner Büros auf zehn Uhr dreißig zu vertagen. Vielen Dank."

Ich hängte auf, warf einen Blick auf meine Uhr und beschloß, die so erkämpfte Zeit auf das beste zu nutzen. Nachdem ich angezogen war, trödelte ich mit einer Tasse schwarzen Kaffees herum, aber als schließlich der Augenblick nicht länger hinauszuzögern war, machte ich mich auf, wobei ich mir so nackt vorkam wie ein alter Kelte, der mit Kampfgeschrei in die Schlacht zog. Dann begab ich mich still, gut angezogen, bestens kontrolliert in die Wall Street, um für mein berufliches Leben zu kämpfen.

III.

Die Sonne schien, als ich bei Morgan vorbei bis an die Ecke der Willow und Wall Street ging. Der Portier an der Bank begrüßte mich mit einem Lächeln, und ich zwang mich, gemächlich durch die große Halle zu schreiten und dabei ein paar Worte mit meinen Partnern zu wechseln, die dort arbeiteten. In der hinteren Lobby ging ich schnell an den geschlossenen Türen von Cornelius' Büro vorbei und rannte die Hintertreppe hinauf. Bevor ich mein Zimmer betrat, bemühte ich mich, ruhig zu atmen. Das war meine Generalprobe. Ich mußte üben, so entspannt und ruhig wie jeder andere sorgenfreie Junggeselle zu erscheinen, der gerade von einem erfolgreichen Urlaub in der Karibik zurückgekehrt ist.

Ich riß die Tür auf. Meine Sekretärin und mein persönlicher

Assistent standen an meinem Schreibtisch wie Verurteilte, die ein Erschießungskommando erwartet, und mir fiel verspätet ein, daß Scott nie von seinem Urlaub erzählte, sondern sich sofort daran machte, die Arbeit von fünfundzwanzig Stunden in einen Vierundzwanzigstundentag zu packen.

„Hallo!“ sagte ich und dachte, was für eine Hölle es gewesen sein mußte, für Scott zu arbeiten. „Was gibt's Neues?“

Sie starrten mich an und glaubten wohl, daß meine fröhlichen Fragen nur einer momentanen Verwirrung zuzuschreiben seien.

„Scott, Mr. Van Zale möchte Sie sofort sprechen –“

„– und bei Hammaco gibt es eine Krise –“

„– und der Computer ist zusammengebrochen –“

„– und dann liegen da dringende Nachrichten vor von –“

Ich dachte: was für ein langweiliges Leben hat Scott bloß geführt, wenn er sich täglich mit diesem ganzen Mist beschäftigen mußte. „Stop!“ protestierte ich. „Nur die Ruhe! Das kann alles warten! Wie ist es euch beiden denn gegangen?“

Sie glotzten mich mit offenem Mund an.

„Nun“, sagte meine Sekretärin schließlich, „wir stehen immer noch unter dem Eindruck von dem Attentat auf Kennedy. Scott, würden Sie nicht besser Mr. Van Zale anrufen? Er hat gesagt: ‚sofort‘.“

Das Telefon klingelte.

„Ich bin noch nicht da“, sagte ich und zog meine Jacke aus.

Meine Sekretärin wimmelte den Anrufer ab.

„Wer war das?“ fragte ich und warf einen vagen Blick auf meine aufgestaute Korrespondenz.

„Donald Shine.“

„Donald wer?“

Dieses Mal schauten meine Sekretärin und mein persönlicher Assistent mich an, als sei ich reif für die Anstalt.

„Donald Shine! Sie werden uns doch nicht sagen wollen, Sie hätten den jungen Burschen von Brooklyn vergessen, der ein Computer-Leasing-Geschäft anfangen will! Er wollte wissen, wann er mit Ihnen zu Mittag essen kann.“

„Oh, Donald Shine! Natürlich, rufen Sie ihn zurück, und machen Sie irgend etwas aus. Wo ist die schöne Blonde aus dem Schreibpool mit meinem Kaffee?“

Sie schnappten hörbar nach Luft. Meine Sekretärin ließ sogar ihren Block fallen. Ich lachte immer noch über sie, als das rote Telefon klingelte und mich zusammenzucken ließ. Ich achtete darauf, daß es dreimal klingelte, setzte mich dann auf die Ecke meines Schreibtisches, nahm den Hörer ab und sagte fröhlich: „Sullivan!"

Pause. Dann fiel mir ein, daß Scott immer „Ja?" oder „Hallo!" sagte, wenn er das rote Telefon beantwortete.

„Cornelius!" sagte ich schnell.

„Scott?" Er klang komisch. Seine Betonung machte aus meinem Namen eine Frage.

„Wer sonst?"

Es gab eine weitere Pause.

Dann sagte er in seiner höflichsten Stimme: „Könnte ich dich bitte sofort sehen?"

„Natürlich, ich bin sofort da." Ich legte den Hörer auf und erhob mich. „Okay, ihr beiden, wir sehen uns später. Laßt den Ofen nicht ausgehen."

Sie glotzten mich sprachlos an, als ich das Zimmer verließ.

Erst als ich die hintere Lobby erreichte, versagten meine Nerven, und ich mußte eine Pause machen. Ich war entsetzt darüber, daß ich Angst hatte – und nicht nur vor der bevorstehenden Auseinandersetzung, von der ich immer noch sicher glaubte, daß ich sie gewinnen würde. Ich hatte Angst vor Cornelius. Ich war nicht mehr der leidenschaftslose, stahlnervige Scott, der ihn ohne Gefühle betrachten konnte. Ich konnte nur daran denken, daß nun, nach dem Tode Scotts, ich es war, der diesem Mann zu begegnen hatte, der mein Leben auf eine Art und Weise beeinflußt hatte, von der Scott nie sprach. Ich schon. Ich hätte kotzen können. Ich hatte nicht nur Angst, sondern es war mir physisch schlecht vor Entsetzen und Abscheu.

Ich öffnete die Tür. Er war da. Ich betrat das Zimmer. Ich fühlte, daß ich eigentlich zittern, wenn nicht sogar schlottern müßte, aber ich bewegte mich so ruhig, als hätte ich nicht die geringste Sorge in der Welt. Cornelius bewegte sich ebenso ruhig, stand auf, ging um seinen Schreibtisch herum, mir entgegen. Hinter ihm schien die Sonne blaß in die kümmerlichen Zweige des Magnolienbaumes, und über dem Kamin sahen die roten und schwarzen Farben des Kandinsky-Meisterwerks wie ein verstümmelter Leichnam aus, gemalt von einem Irren. Die

Falttür, die das Doppelzimmer teilte, war geschlossen, was den Raum noch unendlich finsterer und beengter erscheinen ließ.

Ich blieb stehen, aber Cornelius ging weiter. Er kam mit ausgestreckter Hand zu mir und schenkte mir sein wärmstes Lächeln.

„Hallo!“ sagte er. „Willkommen zu Hause! Es ist schön, dich wiederzusehen!“

Ich schüttelte ihm wortlos die Hand. Ich fühlte mich so verwirrt wie in meinen jungen Jahren, als er so freundlich zu mir war und mich gleichzeitig gegen meinen Vater einnahm. Ich hatte vergessen, wie das war, wenn man sich so unerträglich verwirrt fühlt. Scott hatte mich mit jener Mauer von emotioneller Distanz vor Cornelius geschützt; jetzt aber war die Mauer zusammengefallen, und all die alten Wunden brachen in mir auf. Ich wußte nicht, ob es möglich war, mit solchem Schmerz zu leben und dennoch bei Bewußtsein zu bleiben. Ich hatte Verlangen nach Cognac, einer Menge Cognac, pur in einem riesigen Glas.

„Geht es dir gut?“ fragte Cornelius.

Ich dachte daran, wie mein Vater betrunken starb. Der Wunsch nach Brandy verging. Auch meine Furcht. Als ich diesen Mann vor mir sah, fühlte ich nichts als die dunkelste, primitivste Wut.

Ich unterdrückte sie, kämpfte mit ihr und bekam sie irgendwie unter Kontrolle. Dies war wahrscheinlich die äußerste Willensanstrengung, die ich je vollbracht habe. Dann sagte ich mit einer freundlichen Stimme: „Mir geht es wunderbar, Cornelius, aber ich muß zugeben, es war ein teuflischer Morgen. Ich will dich nicht langweilen mit all den Problemen und Konfusionen meines Privatlebens. Ich weiß, daß du immer was dagegen hattest, wenn deine Mitarbeiter ihr Privatleben ins Büro tragen.“

„Das stimmt. Ich habe etwas dagegen“, sagte er, signalisierte mir seine Anerkennung durch ein Lächeln, wandte sich dann der Tür zu, die die beiden Räume trennte. „Ich habe übrigens die Besprechung über das Londoner Büro vertagt“, sagte er über die Schulter. „Unter den gegebenen Umständen hielt ich ein Vorgespräch für nützlich.“

„Ein Vorgespräch?“ sagte ich überrascht. „Okay, warum nicht. Wie du willst.“

Er hatte die Tür geöffnet und bedeutete mir, ihm in die andere Hälfte des Zimmers voranzugehen. Ich ging an ihm vorbei und blieb stehen. Die allbekannte Digitaluhr stand immer noch auf dem Kaminsims. Die gleichermaßen allbekannte skandinavische Couch stand immer noch vor dem Kamin wie ein leerer Kasten im Leichenschauhaus. Und Sebastian stand beim Fenster.

VI.

„Sebastian hat mit mir gesprochen“, sagte Cornelius und brach das Schweigen, während er mit seinem Finger prüfte, ob Staub auf dem Sims lag und uns beide in dem Spiegel über dem Kamin beobachtete. „Sebastian hat eine Reihe von dramatischen und interessanten Theorien erörtert. Ich glaube, du solltest diese Theorien kennenlernen, Scott. Denn, ob du es glaubst oder nicht, sie handeln alle von dir.“

„Großartig!“ sagte ich sofort. „Nun, ich habe auch einige Theorien und, glaub es oder nicht, sie handeln alle von Sebastian. Warum tauschen wir unsere Informationen nicht aus?“

„Warum nicht?“ stimmte Cornelius freundlich zu. „Bevor wir aber beginnen, laßt mich eines klarmachen: Vickys Name darf in dieser Unterhaltung nicht erwähnt werden. Ihr Privatleben ist ihre eigene Sache, und ich habe mir schon vor langem geschworen, mich nie wieder einzumischen. Wenn also einer von euch vorhat, Vicky in euren Spielen miteinander als Schachfigur zu benutzen, dann könnt ihr das gleich vergessen. Ich bin nicht daran interessiert, wer zufällig gerade ihr Liebhaber ist. Das spielt für mich keine Rolle.“

„Moment mal“, sagte Sebastian.

Ich zuckte zusammen, aber er schaute mich nicht an. Er schaute seinen Stiefvater an, und Cornelius setzte sein geduldigstes, leidendstes Gesicht auf. „Ist das hier Theater?“ sagte Sebastian. „Ich kann kaum glauben, daß du so dumm bist. Dieser Kerl betrügt dich pausenlos, Cornelius! Und wenn er es schließlich fertiggebracht hat, dich ganz von der Landkarte verschwinden zu lassen, dann wird es nicht dein Bild sein, das an der Wand dieses Büros hängt, nachdem er den Namen der Bank in Sullivan umgetauft hat – es wird das Bild seines Vaters sein!“

Cornelius seufzte, lehnte sich müde gegen den Kamin und wandte sich mir resigniert zu. „Okay, Scott, jetzt bist du dran. Willst du dazu etwas sagen? Nur zu. Du machst das so gut. Ich habe immer die Art bewundert, in der du die perfekte Antwort auf all diese komischen Anschuldigungen hast, die von Zeit zu Zeit auftauchen."

„Und ich habe immer die Art bewundert, in der du die Wahrheit erkannt hast, Cornelius! Sebastian, wenn du glaubst, ich wäre von Rachegefühlen motiviert, dann verstehst du überhaupt nichts –"

„Es ist völlig egal, was dich motiviert!" schrie Sebastian. „Du bist so durcheinander, ein scheinheiliger Schleicher und einfach so verrückt, daß deine Motivation keine Rolle spielt. Wichtig ist nur, daß du diese Bank haben willst, und wenn sie einmal dir gehört, dann wirst du alle Spuren von Cornelius so gründlich tilgen, wie er alle Spuren von deinem Vater getilgt hat! Es ist alles so gottverdammt klar –"

„Sicher ist es klar, besonders für einen Mann, der vor lauter Eifersucht nicht mehr bei Verstand ist!"

„Also, du –"

Ich wandte mich zu Cornelius, der uns beobachtete, als sei er ein zeitgenössischer Zeus auf dem Olymp, ein allmächtiger Gott, der ein interessiertes Auge auf das Gerangel zwischen zwei minderen Gottheiten wirft. „Es gibt keine Belohnung dafür, zu erklären, was Sebastian motiviert, Cornelius – seine Motive sind glasklar! Er weiß, daß du ihn nicht aus Europa abberufen wirst. Deshalb hat er sich selbst in eine Position manövriert, in der du keine Chance hast, ihn nicht zurückzubringen. Und sobald er wieder da ist, wird er den Einfluß seiner Mutter auf dich benutzen, um in Willow und Wall Street das zu bekommen, was er will. Und wenn er es einmal hat, Cornelius, glaubst du denn wirklich, daß er später auch nur einmal einen Finger rührt, um deinen Enkeln zu helfen, die er immer verabscheut hat? Und glaubst du denn wirklich, er wird der Bank den Namen Van Zale erhalten in Erinnerung an einen Menschen, den er heimlich immer verachtet hat? Er ist derjenige, auf den du aufpassen mußt, Cornelius! Er ist darauf aus, Schwierigkeiten zu machen! Mein Benehmen in New York war immer vorbildhaft; aber kannst du das auch von seinem Benehmen in London sagen?"

„Okay, okay, okay“, meinte Cornelius. „Sehr hübsch gesagt, sehr eindrucksvoll; ich verstehe, was du meinst. Jetzt wollen wir uns erst einmal beruhigen, Jungs, und dies alles vernünftig besprechen. Ich habe keine Lust zuzusehen, wie ihr euch gegenseitig fertigmacht. Sebastian, was soll dieser ganze Unsinn, daß du glaubst, du müßtest deinen Rückruf aus Europa inszenieren? Du wirst dich hoffentlich erinnern, daß du dich 1960 selbst entschieden hast, nach London zu gehen, und deine Mutter war gar nicht begeistert von deiner Entscheidung. Wenn du nach New York zurückwolltest, hättest du mich nur zu fragen brauchen.“

„Du gottverfluchter Heuchler!“ tobte Sebastian mit solcher Gewalt, daß Cornelius zurückwich. „Eine Zeitlang mag es meine Entscheidung gewesen sein, nach London zu gehen, aber du warst entzückt . . . Du konntest kaum warten, mich loszuwerden! Du wolltest mich nicht nur loswerden, weil du dachtest – da hast du wieder mal nichts begriffen, wie üblich, wenn es um Vicky geht –, ich würde das Leben deiner Tochter durcheinanderbringen! Du wolltest mich aus dem Wege haben, weil meine Abwesenheit bedeutete, daß du Mutters ungeteilte Aufmerksamkeit hattest – mein Gott, sich vorzustellen, daß du einfach zusiehst und diesen Lausekerl mich der Eifersucht bezichtigen läßt! Du bist eifersüchtig gewesen auf den Platz, den ich in Mutters Leben habe, solange ich mich erinnern kann.“

Cornelius ging auf die Falttür zu. „Das Gespräch ist beendet. Ich kann meine Zeit nicht damit verschwenden, mir solche irrationalen Hysterien anzuhören.“

„Dies ist keine irrationale Hysterie, Cornelius – dies heißt: das Kind beim Namen nennen! Okay, nun leg mal die Karten auf den Tisch. Bring mich von London hierher zurück! Wenn ich nur zu fragen brauche, dann frage ich also. Aber eines will ich dir sagen: Wenn ich zurückkomme, dann muß er gehen. Du magst nichts dagegen haben, einfach zuzuschauen, wie er die Bank kaputtmacht und deine Tochter vögelt, aber –“

Cornelius sagte einfach: „Du bist entlassen“, marschierte in die größere Hälfte seines Büros, öffnete die Tür und ging, ohne einen Blick zurückzuwerfen, in den Innenhof hinaus.

Schweigen. Sebastian und ich waren wie vor den Kopf geschlagen. Jenseits der Tür zum Innenhof hatte Cornelius die

Samentüte gefunden, die er dort für die Vögel liegen hatte, und fütterte ein paar Tauben.

Schließlich machte Sebastian eine Bewegung, stieß ungeschickt gegen den Schreibtisch und riß eine der Flügeltüren weit auf.

„Du bist wahnsinnig. Das kannst du nicht machen. Das kannst du einfach nicht machen."

„Ich bin der Seniorpartner dieser Bank mit der absoluten Macht, Leute einzustellen und zu entlassen, wie es mir gefällt. Und kein Mann, nicht einmal der Lieblingssohn meiner Frau, wird mir sagen, wie ich mein Geschäft zu führen habe." Cornelius legte die Tüte mit Vogelsamen in die verzierte Urne zurück, staubte sich die Hände ab und trat in den Raum zurück.

Sebastian folgte ihm. Ich hatte mich immer noch nicht bewegt.

„Verschwinde, okay", sagte Cornelius, während er sich an seinen Schreibtisch setzte und gelegentlich mit einem Stoß Papier raschelte. „Ich glaube nicht, daß du zu der Unterhaltung noch etwas Nützliches hinzufügen kannst."

„Aber Scott, was ist mit Scott?"

„Scott geht dich nichts an. Jetzt nicht mehr."

„Aber –"

Cornelius stand so plötzlich auf, daß Sebastian zurückwich. Mit beiden Händen auf den Schreibtisch gestützt, nach vorne gelehnt, sagte er in seiner klarsten Stimme: „Diese Unterhaltung, wie deine Karriere bei Van Zale, ist nun absolut zu Ende. Verstanden? Es ist vorbei. Schluß. Ich habe sonst nichts weiter zu sagen."

Sebastian wurde sehr weiß. Ohne ein Wort stolperte er zur Tür, aber bevor er den Raum verließ, sah er zurück. „Ich hoffe, er bringt dich ins Grab, du Schwein!" sagte er mit zitternder Stimme. „Wenn du aber noch lebst, wenn er mit dir fertig ist, dann komm nicht zu mir gekrochen, um mich zu bitten, dein Lebenswerk wieder zusammenzusetzen – es sei denn, du bietest mir die Stelle als Seniorpartner an und gleichzeitig deinen Rückzug von der Macht!"

Die Tür knallte zu. Cornelius setzte sich, lockerte seine Krawatte und nahm eine Tablette aus einer kleinen, goldenen Schachtel. Ich wartete. Schließlich sah er mich an. Es war ein distanzierter, kalter, leerer Blick.

„Und jetzt", sagte er, „kommen wir zu dir. Kannst du mir einen vernünftigen Grund nennen, warum ich dich nicht jetzt auch gleichzeitig mit Sebastian hinauswerfen sollte, was du so offenbar und so reichlich verdient hättest?"

V.

„Da hast du zu lange gewartet", sagte ich. „Du schmeißt mich raus, und ich gehe die Straße nach oben zu den Reischmans und nehme alle deine Spitzenkunden mit mir. Jake hat mir schon die Präsidentschaft der neuen Reischman-Gesellschaft angeboten. Ich habe es jetzt in meiner Macht, Hackfleisch aus dir zu machen, und das vergißt du besser nicht."

Eine Sekunde nachdem ich gesprochen hatte, wurde mir klar, daß ich einen horrenden Fehler begangen hatte. Scott hatte seinen ganzen Erfolg darauf aufgebaut, Cornelius davon zu überzeugen, daß, obwohl er die Bank eines Tages haben wollte, er im Prinzip nicht feindlich eingestellt war. Er hatte es immer klargemacht, daß, solange Cornelius großzügig genug war, ihm das zu geben, was er wollte, er im Gegenzug großzügig genug sein würde, den Namen der Bank nicht zu ändern und den Enkeln zu helfen. Dies war die Geschichte, die Cornelius so gerne glauben wollte, und dies war die Geschichte, die Scott selber propagiert hat. Doch mit einer kurzen, brutalen Bemerkung, die direkt aus dem Herzen kam, hatte ich die verführerische Illusion zerstört, die Scott über Jahre hinweg aufgebaut hatte. Cornelius zuckte zusammen, und in der Art, wie er mich anstarrte, erschüttert, wußte ich, daß er mich als den Sohn meines Vater erkannt hatte. Für einen schrecklichen Augenblick sah er tief in eine unerträgliche Vergangenheit.

„Ah, zum Teufel damit!" sagte ich, plötzlich wissend, daß mein ganzes Überleben in Frage stand. Ich kratzte jede Unze Nerv zusammen, die ich noch hatte. „Warum reden wir so miteinander? Warum benehmen wir uns, als wären wir Feinde? Ich glaube, daß der Schock dieser fürchterlichen Szene gerade eben uns beide um den Verstand gebracht hat!"

Ich machte eine Pause, hörte aber nur Schweigen. Cornelius schien ein wenig kleiner zu werden, ein wenig älter. Er spielte mit seiner Krawatte herum und nahm eine weitere Tablette. Er sah mich nicht länger an.

„Hör mal“, sagte ich und brachte eine gleichmäßige, halbwegs vernünftige Stimmlage zustande, „es tut mir wirklich leid. Ich weiß, daß Sebastian selbst seinen Kopf in die Schlinge gesteckt hat und dir keine Wahl ließ, außer ihn rauszuwerfen. Ich gebe aber zu, daß ich die Schuld daran habe, Sebastian überhaupt so aufgeregt zu haben. Ich habe mich auf ein Gebiet gewagt, das er ganz offensichtlich immer noch als das seine betrachtet, aber, Cornelius, glaube mir, ich wollte bestimmt nicht, daß ausgerechnet Sebastian etwas über die letzten Entwicklungen in meinem Privatleben wußte! Es war alles nur ein schrecklicher Zufall!“

„Ich dachte, du hättest überhaupt kein Privatleben.“

„Nun, kein . . . das stimmt, aber –“

„War dies die Ausnahme, die die Regel bestätigt? Okay, vergiß es. Es macht nichts. Ich bin nicht an deinem Privatleben interessiert.“

„Vielleicht sollte ich diese Gelegenheit nutzen, dir zu verdeutlichen –“

„Gib dir keine Mühe.“

„– daß ich nicht darauf aus bin, Vicky zu heiraten –“

„Vicky heiraten? Du? Dir eine Geschiedene mit fünf Kindern auf den Hals laden? Bring mich nicht zum Lachen!“

„Nun, ich sehe, daß du dir jetzt vielleicht Gedanken um Vicky machst, aber –“

„Nein, ich mache mir keine Gedanken wegen Vicky“, sagte Cornelius unerwartet. „Vicky ist nicht so blöde, wie die Leute glauben. Ich mache mir Sorgen um dich.“

„Ich versichere dir, es besteht kein Grund –“

„Red mir nicht länger von diesem Mist daher.“

„Gottverdammt noch mal, ich bin nicht daran interessiert, zu den Reischmans zu gehen! Ich hab’ das nur gesagt, weil du so feindselig wurdest.“

„Aber Jake hat dir diesen Job angeboten.“

„Ja, aber –“

„Und du könntest mir das Leben zur Hölle machen, wenn ich dich jetzt entließe.“

„Allmächtiger, Cornelius, beruhige dich doch, bitte! Ich will dir das Leben nicht zur Hölle machen! Ich bin nicht Drakula, ich bin nicht Frankenstein, ich bin nicht Jack der –"

„Ich weiß, wer du bist", sagte Cornelius.

„In dem Fall hör bitte auf, dich zu benehmen, als wäre ich eine Art von Meuchelmörder! Nun bitte – laß uns doch versuchen, dies in Ordnung zu bringen, damit wir beide aufhören können, uns so aufzuregen. Die Situation ist einfach die: ich will aus Gründen in der Firma bleiben, die wir beide in- und auswendig kennen. Ich habe hier immer gute Arbeit geleistet und werde auch weiterhin gute Arbeit leisten, wenn ich bleibe – es gibt keinen Grund, warum du meine volle Loyalität bezweifeln solltest, nur weil Jake mir einen Job anbietet, oder weil ich blöderweise die Nerven verloren habe und Sebastian eine neurotische Szene hinlegt. Hör mal, laß mich eine Geste des guten Einvernehmens machen, um dir zu zeigen, wie sehr mir daran liegt, den Status quo zu erhalten und vor allem die gute Beziehung, die wir immer miteinander hatten. Laß mich meinen Beitrag nach dieser fürchterlichen Szene mit Sebastian leisten. Was soll ich tun? Sag es mir. Gib mir einfach den Befehl, und ich werde ihn nach meinem besten Vermögen ausführen."

„Großartig", sagte Cornelius. „Vielen Dank. Du kannst nach Europa gehen und den Verhau übernehmen, den Sebastian hinterlassen hat."

„Gut. Wann soll ich gehen?"

„So schnell wie du, verdammt noch mal, kannst!"

„Okay. Und wenn ich zurückkomme –"

„Du wirst nicht zurückkommen."

Ich kam mir vor, als hätte mich jemand unter die Gürtellinie geschlagen. „Du meinst –"

„Ich meine, daß dieses kein kurzer Zweiwochenaufenthalt in London werden wird. Wir machen daraus eine Versetzung für vier Jahre – sagen wir bis zum 1. Januar 1968. 1968 wird ein wichtiges Jahr werden, weil ich dann sechzig bin, und dann will ich die Zukunft in Ordnung bringen, indem ich ein paar weitreichende Entscheidungen treffe. Du gehst nach London, und wenn dir an deiner Zukunft liegt, dann benutzt du diese vier Jahre dazu, mich davon zu überzeugen, daß du überhaupt noch eine hast. Das ist alles, was ich zu sagen habe."

Ich zögerte. Was hätte Scott jetzt getan? Ich wußte es nicht, und das machte auch nichts. Ich wußte, was ich zu tun hatte. Da gab es keine Wahl. Ich wurde auf eine hölzerne Kiste hingedrängt, und je näher ich ihr kam, um so klarer konnte ich sehen, daß es ein Sarg war.

„Cornelius", sagte ich.

Er sah mich mit diesen leeren, grauen Augen an.

„Ich gehe sehr gerne nach London", sagte ich. „Ich bleibe auch gerne vier Jahre dort und leiste erstklassige Arbeit. Aber ich fürchte, es muß eine schriftliche Garantie in den Regeln der Partnerschaft geben, nach der ich zum 1. Januar 1968 hier nach Willow und Wall Street zurückgerufen werde. Ich lasse mich nicht so verschaukeln, wie du meinen Vater verschaukelt hast."

Cornelius' helle, zarte Haut hatte nun einen fast transparenten Glanz. Und er sagte nichts.

„Ich würde eher zurücktreten", sagte ich, „als ohne diese Garantie nach Europa zu gehen."

Ein weiteres Schweigen. Auf der anderen Seite des Zimmers blinkte die Digitaluhr rot. Aus den Augenwinkeln konnte ich das schnelle Licht sehen.

„Ich werde dir keine anderen Garantien hinsichtlich der Zukunft abverlangen", sagte ich, „weil ich sicher glaube, dich überzeugen zu können, daß ich immer noch der beste Partner bin, den du hast. Aber diese eine Garantie muß ich haben. Ich muß mich gegen diese anscheinende – und ich hoffe vorrübergehende – Feindseligkeit von deiner Seite schützen. Ich möchte nicht, daß du in einem Anfall von Ungewißheit mich in meiner Abwesenheit rauswirfst – oder vielleicht in einem Anfall von Paranoia mich nach Anfang 1968 noch in Europa läßt. Ist das zuviel verlangt? Ich glaube nicht. Wenn du an meiner Stelle wärest, würdest du dann nicht ähnlich denken?"

„Wenn ich an deiner Stelle wäre", sagte Cornelius, „würde ich auf gar keinen Fall zurücktreten. Wenn ich je eine leere Drohung gehört habe, dann war dies eine."

„Dann zwing mich, die Karten auf den Tisch zu legen, und versuche, mich ohne diese Garantie nach Europa zu schicken. Natürlich würde ich lieber hier bei Van Zales bleiben, aber mach bitte nicht den Fehler, Jakes Angebot zu unterschätzen. Jake hat sich sehr viel Mühe gegeben, den Vorschlag attraktiv zu gestalten. Er hat sogar angeboten, den Namen der Firma zu ändern, um den meinen einzuschließen. Großzügig von ihm, nicht wahr? Und die finanzielle Seite wäre natürlich sehr verlockend."

Nichts. Mehr rosa Flackern von rechts. Flache, kurze Atemzüge von Cornelius. Schweiß den Rücken herunter.

„Hm", sagte Cornelius schließlich, „nun, okay . . . warum haben wir uns in diese Atmosphäre hier hineingeredet? Was du sagst, klingt einleuchtend, obgleich, wie du weißt, ich es hasse, wenn jemand versucht, mich herumzukommandieren, und wenn jemand unnötige Kraftakte vollbringt. Wir werden aber darüber hinwegsehen, da du dir jetzt offenbar Mühe gibst, respektvoll und zuvorkommend zu sein. Ich mag das, das ist die Art von Benehmen, die man unterstützen sollte. Warum haben wir also nicht eine Diskussion wie sie unter Geschäftsleuten üblich ist, statt einen gefühlsbeladenen Austausch von melodramatischen Meinungen? Ich mag geschäftsmäßige Besprechungen. Sie sind vernünftig, beruhigend und rational. Sie helfen den Teilnehmern, einen Sinn für Proportionen zu bewahren, und das brauchen wir jetzt, nicht wahr, Scott? Einen Sinn für Proportionen. Eine Auseinandersetzung mit der Gegenwart, nicht der Vergangenheit oder der Zukunft. Im Augenblick brauchen wir uns nur mit der Gegenwart zu beschäftigen."

„Genau."

„Gut. Ich werde also folgendes tun: Ich lasse die Anwälte rüberkommen und revidiere den Partnerschaftsvertrag, schließe damit Sebastian aus der Firma aus und gebe dir deine Garantie, daß du nicht später als zum 1. Januar 1968 zurückberufen wirst. Ich werde auch garantieren, daß ich dich während dieser Zeit nicht ohne die Zustimmung jedes einzelnen Partners entlassen kann."

„Ohne –"

„Sei vernünftig, Scott! Hier mußt du eine Konzession machen! Stelle dir vor, du benimmst dich in Europa daneben? Ich muß irgendeine Art von Sicherheit haben!"

„Okay. Es müssen aber alle Partner sein."

„Sagte ich nicht gerade jeder einzelne?"

„Ich möchte diese Klausel so formuliert haben, daß ich nicht entlassen werden kann, sogar nicht mit der Zustimmung aller Partner, es sei denn, ich hätte mich eines Benehmens schuldig gemacht, das das Wohlergehen der Firma gefährdet."

„Okay. Das schützt dich gegen die Möglichkeit, daß alle Partner einfach nur Stimmvieh sein könnten, wenn ich in der Nähe bin. Keine Entlassung ohne angemessenen Grund . . . Ist das alles? Haben wir es jetzt hinter uns? Oder änderst du deine Meinung noch einmal und verlangst weitere Garantien?"

„Nein, nicht jetzt, nachdem meine Sicherheit bis 1968 garantiert ist. Natürlich möchte ich gerne mehr Sicherheiten, aber du brauchst dir darüber keine Gedanken zu machen. Ich werde nicht mehr von dir verlangen."

„Zum Beispiel?"

„Ich möchte ganz gerne eine Garantie für den Fall, daß du vor 1968 aus der Firma eine Gesellschaft machst, daß ich dann der Präsident der neuen Gesellschaft werde. Ich hätte auch nichts gegen eine Garantie, daß ich im Falle deines Todes, während ich in Europa bin, dann deinen Anteil an der Partnerschaft erhalte – natürlich mit der Maßgabe, daß ich später einmal die Kontrolle über die Bank an deine Enkel abtrete. Mit anderen Worten, Cornelius, ich hätte nichts gegen eine Garantie, die besagt, daß ich das bekommen werde, was du mir die ganze Zeit über versprochen hast. Ich hätte nichts dagegen, sicher zu sein, daß Sebastian dir nicht eine solche Angst eingejagt hat, daß du versucht sein könntest, mich im letzten Augenblick aufs Kreuz zu legen."

Cornelius lächelte ein ganz akzeptables Lächeln, weder strahlend noch freundlich, aber angenehm und amüsiert. „Das muß schon ein anderer sein als Sebastian, der mich so erschrecken könnte!"

„Das hoffe ich."

„Du kannst mir immer noch vertrauen, Scott – wenn du mich überzeugen kannst, daß ich dir noch trauen kann."

„Warte nur ab, was ich in London tue!"

„Ich werde es abwarten." Er lächelte mich wieder an. Ich fragte mich, was er wirklich dachte. Ich meinte, ich hätte ihn, aber ich war nicht sicher. Ich wußte, daß er mir wieder trauen wollte. Wenn ich nur die richtige Blende finden könnte, die er sich selber über die Augen ziehen würde, aber soviel ich auch darüber nachdachte, es fiel mir nichts ein.

„Weißt du, was mir wirklich Angst macht, Scott?"

Erst glaubte ich, dies sei eine rhetorische Frage, aber dann merkte ich, daß er eine Antwort erwartete. „Ich . . . werde nicht einmal versuchen, das zu vermuten“, sagte ich beunruhigt, aber ich wußte es. ich hatte es erraten. Ich wußte genau, was nun kommen würde.

„Dann werde ich es dir sagen“, sagte Cornelius. „Was mir wirklich Angst macht, Scott, ist die Vorstellung, daß du den Geist deines Vaters spielst. Nur habe ich keine Angst für mich selber, verstehst du? Ich habe Angst um dich. Dein Vater traf eine Reihe sehr schlechter Entscheidungen, Scott. Ich möchte nicht, daß du versuchst, ähnliches zu tun.“

Es entstand eine Pause. Dann sagte ich: „Es ist nicht sehr wahrscheinlich, daß das passiert, nicht wahr? Schließlich bin ich nicht von meinem Vater erzogen worden. Ich bin von dir und Sam erzogen worden.“

Wir sahen uns an, und dann lachte Cornelius plötzlich. „Soll mich das erleichtern?“ sagte er, lachte wieder, und der verschrobene Humor, der eines der attraktivsten Elemente in seiner Persönlichkeit war, sprühte vor mir auf und entlud mühelos die Spannung zwischen uns. „Nun, warum nicht?“ Er lächelte, zuckte die Achseln, machte eine kleine Geste mit seiner Hand. „Worüber, zum Teufel, reden wir eigentlich hier miteinander? Nichts hat sich geändert, nicht wahr, außer daß wir beide Sebastian losgeworden sind, und das ist etwas, was wir beide seit Jahren gewollt haben. Ich gebe zu, daß ich am Anfang sehr aufgeregt war, weil es mit Sicherheit Schwierigkeiten mit Alicia bedeutet, aber das ist wahrscheinlich die Sache wert. Vielleicht war die ganze Szene heute morgen in Wirklichkeit ein Glück.“

„Das hoffe ich. Bestimmt.“

„Und ich gebe zu, daß ich ein wenig beunruhigt war zu hören, daß du dich für Vicky interessierst, aber wahrscheinlich war ich einfach nur wieder besorgt, wie gewöhnlich. Schließlich kann Vicky jetzt auf sich selber aufpassen, und es wird nichts Katastrophenähnliches passieren. Warum auch? Ich glaube unbedingt, daß ihr beide eine Affäre diskret behandeln könnt, ohne irgendwie zu entgleisen.“

„Das ist richtig. Und ich kann dir versprechen, Cornelius, daß ich dich nicht enttäuschen werde.“

„Und mir tut es leid wegen London, Scott. Aber aus einem praktischen Gesichtspunkt heraus halte ich es doch für das Beste.

Gott weiß, in was für einem Zustand das Büro im Augenblick ist. Ich brauche unbedingt einen Mann von deinem Kaliber, um die Dinge wieder in Ordnung zu bringen."

„Nun, du weißt, daß du dich auf mich verlassen kannst."

„Das weiß ich, ja. Du wirst dies nicht als einen Abstieg in irgendeiner Weise betrachten, nicht wahr? Ich werde eine Erhöhung des Spesenfonds genehmigen, um sicherzustellen, daß es dir wirklich gutgeht, und während wir den Partnerschaftsvertrag revidieren, werde ich deinen Anteil am Profit erhöhen, um einen Ausgleich dafür zu schaffen, daß du Amerika verlassen mußt."

„Das ist sehr großzügig. Vielen Dank."

„Nun, ich möchte großzügig sein, Scott. Ich wollte schon immer großzügig sein . . . Du bist nicht wirklich besorgt wegen dieser anderen Garantien, nicht wahr – was passiert, wenn ich vor 1968 sterbe, und all die anderen Dinge?"

Das war der Test. Wenn ich ihm zeigte, daß ich ihm nicht traute, dann würde er mit Sicherheit auch mir nicht trauen. Ich mußte ihm das Mißtrauen nehmen. Ich griff nach der Blende, um sie ihm über die Augen zu binden.

„Nein, Cornelius, ich mache mir keine Sorgen. Ich sprach nur über diese Extragarantie, weil ich mich verletzt fühlte, so nach London geschickt zu werden, aber nachdem du London so attraktiv gemacht hast . . ." Wenn er starb, würde ich den Aufsichtsrat sowieso irgendwie hinkriegen. Keiner der anderen Partner hatte den Einfluß, mich aufzuhalten. Und selbst, wenn er den Versuch machte, die Firma vor 1968 in eine Gesellschaft umzuwandeln, dann konnte er das kaum hinter meinem Rücken tun, und sobald ich davon hören würde, würde ich sofort meine Interessen zu schützen wissen. Außerdem würde er das vor 1968 nicht machen. Er würde, so lange er konnte, an seiner eigenen Machtposition festhalten. „. . . und außerdem, Cornelius", fügte ich hinzu, „du hast noch nicht gesagt, wann ich fahren soll."

„Wie wäre es mit nächster Woche von heute aus gesehen?"

„Eine Woche! So bald?"

„Nun, da gibt es doch kein Problem, nicht wahr? Du bist doch ein Junggeselle ohne Bindungen und mit einem winzigen Apartment. Es ist mir klar, daß du im Augenblick ein . . . romantisches Engagement hast, aber das ist doch nichts Ernstes, oder?

Das ist nur eine vorübergehende Zerstreuung – auf beiden Seiten! Oh, glaub nur nicht, daß ich das nicht verstehe! Ich bin nicht so altmodisch, wie hier jeder zu glauben scheint! Ich meine . . . nun, so ist es doch, nicht wahr, Scott? Ich irre mich nicht.“

„Nein, du irrst dich nicht. So ist es.“

So sollte es sein. Eine Woche. Nur eine Woche. Ach, du lieber Gott –

„Besorgt dich was, Scott?“

„Nur meine Arbeit. Da ist noch viel zu tun, bevor ich fahre.“

„Iß heute mit mir zu Mittag und wir reden darüber, wie wir das am besten machen.“

„Okay. Vielen Dank.“

„Scott?“

„Ja?“

„Ich weiß, es geht mich nichts an . . . und natürlich brauchst du mir auch nichts zu erzählen . . . aber . . . nun, warum, in Dreiteufelsnamen, hast du dich plötzlich dazu entschieden, Vicky zu verführen?“

„Aber ich habe sie doch nicht verführt“, sagte ich. „Sie hat mich verführt.“

Er glotzte mich an. Er verstand überhaupt nichts mehr. Ich hatte das letzte Wort in der Unterhaltung gehabt, aber er hatte die Dinge so arrangiert, daß er zuletzt lachte. Ich entschuldigte mich bei ihm, fand irgendwie den Weg zurück zu meinem Büro und klappte dort erschöpft auf dem nächsten Stuhl zusammen.

SECHSTES KAPITEL

I.

Als ich an diesem Abend endlich in mein Apartment kam, klingelte das Telefon. Ich war so müde, daß ich kaum hingehen konnte. Ich rieb mir den Nacken, da die Muskeln schmerzten, ließ mich in den Lehnstuhl fallen und hob den Hörer ab.

„Ja."

„Scott?"

Es war Vicky. Ich erinnerte mich dunkel daran, daß ich ihr versprochen hatte, sie anzurufen. Ich versuchte, sie mir vorzustellen, aber sie schien zu weit von mir entfernt zu sein, um sie klar sehen zu können. Ich schloß meine Augen, um mich auf sie zu konzentrieren.

„Bist du böse auf mich, weil ich heute morgen so sauer war?" sagte sie nervös.

„Nein."

„Oh. Ich dachte, du hättest vielleicht deswegen nicht angerufen."

„Um ganz ehrlich zu sein, ich habe nicht einmal daran gedacht. Ich hatte einen bösen Tag im Büro."

„Oh, ich verstehe. Und ich hatte einen bösen Tag zu Hause – könnten wir uns heute abend nicht gemeinsam erholen?"

Meine verzerrte Erinnerung schärfte sich abrupt bei dem Gedanken an die Nächte, die wir gemeinsam verbracht hatten.

„Gern", sagte ich. „Ich möchte nichts lieber als abschalten, ins Bett gehen und mit dir zu schlafen. Aber erst muß ich eine Weile allein sein. Zieh dir dein bestes Negligé an, klapp das Bett herunter – ich versuche, so um zehn bei dir zu sein."

Sie hängte mit einem Knall auf, der mich aus meinem erschöpften Zustand herauskatapultierte und mich vor lauter Verzweiflung zum Fluchen brachte. Ich hatte ganz offen eine Haltung zur Schau gestellt, die Frauen immer als beleidigend empfinden.

Einen Augenblick lang wünschte ich, wir wären wieder auf dem Schiff, wo die Notwendigkeit des Sexes natürlich behandelt wurde und nicht als irgendeine obskure Praxis, die ein Maximum an Camouflage voraussetzte.

Ich rief sie zurück. Sie ließ das Telefon achtzehnmal klingeln, bevor sie den Hörer aufnahm.

„Ja?" sagte sie kalt und wiederholte damit meine Eingangsantwort in der vorherigen Unterhaltung.

„Schau, es tut mir leid, wenn ich den Eindruck erweckt habe, als hielte ich dich nur für eine Schlafzimmerannehmlichkeit, so etwa wie ein vollautomatisches elektrisches Heizkissen. Warum essen wir nicht irgendwo ruhig zusammen zu Abend? Ich kann dich in einer Stunde abholen. Das heißt . . . hast du dich nicht zum Essen mit Sebastian verabredet?"

„Er hat abgesagt."

„Weißt du, warum?"

„Ich nehme an, er hielt es plötzlich nicht mehr für so eine gute Idee. Ich war nicht da, als er anrief, und meine Haushälterin nahm den Anruf entgegen."

„Nun ja." Dies war bestimmt nicht der Moment zu erklären, was Sebastian widerfahren war. „Nun, in dem Fall –"

„Scott, ich würde sehr gerne mit dir essen gehen, aber da gibt es ein Problem. Ich habe Karten für das neue Stück von Kevin Daly – ich habe sie heute als Überraschung für Sebastian gekauft, aber da ich ihn nicht sehen werde . . ."

Sie machte eine Pause, und als ich nichts sagte, fügte sie überstürzt hinzu: „Was ist los? Bist du nicht in der Stimmung fürs Theater?"

Ich wollte ihr sagen, daß ich mich nur für eine bestimmte Sache in Stimmung befand, aber alles, was ich sagte, war ein vorsichtiges: „Ich mag Kevin Dalys Stücke nicht."

„Wirklich nicht?" Sie klang erstaunt.

Es entstand ein unangenehmes Schweigen. Ich begriff, daß ich wieder einen Fehler gemacht hatte, und wieder war ich außer mir über mich selbst. Mit großer Anstrengung versuchte ich erneut, es ihr recht zu machen.

„Aber vielleicht gefällt mir dieses, sein letztes Stück", sagte ich schnell. „Es ist eine Komödie, nicht wahr? Großartig! Ich bin in der Stimmung für etwas, das keine geistige Anstrengung erfordert. Ich hole dich in deinem Apartment ab, so bald wie möglich – sagen wir mal in zwanzig Minuten. Wir müssen ja nicht mehr vom ersten Akt verpassen, als unbedingt nötig."

Sie wartete in der Eingangshalle des Apartmenthauses, als ich eine halbe Stunde später ankam. Sie trug einen weißen Nerzmantel, ein zu tief ausgeschnittenes hellblaues Kleid, extrem hochhackige Schuhe und eine sorglos zusammengestellte Menge von Diamanten.

„Ich dachte schon, du würdest mich versetzen!" sagte sie leichthin. Sie hielt ihre Handtasche so fest, daß die Haut um die scharlachroten Fingernägel herum weiß war. „Ich war grade dabei, böse zu werden."

„Es tut mir leid, es war schwer, ein Taxi zu bekommen."

Ich gab ihr einen Kuß, und da ich wußte, daß ich ihr ein Kompliment über ihr Aussehen machen mußte, warf ich noch einmal einen Blick auf den Pelz und auf die Juwelen, die ich nicht ausstehen konnte.

„Du siehst sehr nach Hollywood aus heute abend!" sagte ich mit einem Lächeln.

„Ich habe heute abend all die falschen Sachen an, nicht wahr?"

„Nun, du hast eine sehr schöne Halslinie", sagte ich, sie immer noch anlächelnd, „und was sonst ist wichtig?"

Sie wurde unerwartet rot und zog den Kragen ihres Nerzes zusammen, um die Brüste zu verdecken. „Gehen wir."

„Hör mal, es tut mir leid – ich wollte nicht –"

„Nein, das ist in Ordnung!" Sie lächelte auch, in einem verzweifelten Versuch, die Fremdheit zwischen uns zu zerstreuen. Während ich erfolglos nach Worten suchte, die uns beide entspannen würden, dachte ich daran, wie irre es war, daß wir uns selbst dazu zwangen, ein Programm für den Abend abzuwickeln, das so wenig zu tun hatte mit der Intimität, die wir beide wollten. Ich war allerdings entschlossen, sie mir nicht zu entfremden, indem ich ein Spiel ablehnte, von dem sie offenbar glaubte, daß es gespielt werden müsse. Es war besser, ein Stück von Daly und ein spätes Essen in irgendeinem zu teuren Restaurant abzusitzen, als das Risiko einzugehen, am Ende des Abends allein im Bett zu liegen.

Das Problem mit den Werken Kevin Dalys war, daß er nichts zu sagen hatte. Er verbarg das Vakuum für gewöhnlich hinter den Versen seiner Stücke, indem er in einem antiquierten Versmaß schrieb, das diejenigen Intellektuellen ansprach, die glauben, daß ein in Versen geschriebenes Stück von vornherein des kritischen Beifalls sicher sein müsse; aber dieses letzte Stück war in Prosa. Soweit ich beurteilen konnte, hatte es überhaupt keinen Sinn und ich konnte sehr gut verstehen, warum es bei den Intellektuellen durchgefallen war, da sie endlich erkannt hatten, wie sehr sie betrogen worden waren. Ich achtete wenig auf die Geschichte, in der es um einen reichen, erfolgreichen Geschäftsmann ging, der sich zutiefst in seine Sekretärin verliebte und seinen Ruhm und seinen Reichtum aufgab, um bis zum Ende seiner Tage in verarmter Obskurität zu leben, aber das Publikum um mich hörte aufmerksam zu und lachte eine ganze Menge. Es fiel mir ein, daß diese Art von Komödie wahrscheinlich die Grenze von Kevins Talent darstellte. Er hatte einen gewissen leichten Witz und eine Hand für spritzige Dialoge, wenngleich er unfähig war, eine kreative Tiefe auf die Bühne zu bringen.

Ich unterdrückte ein Gähnen, preßte meinen Oberschenkel fest gegen den Vickys und ließ schließlich meine Gedanken in die Zukunft schweifen. Ich hatte Cornelius wieder eingewickelt, auch wenn wir uns gegenseitig fürchterliche Angst eingejagt hatten, bevor ich es schaffte, das Papier um ihn zu schlingen. Die Wahrheit war, solange ich gehorsam nach London ging, mich untadelig benahm und nichts anderes an den Tag legte als fehlerfreie Loyalität während der nächsten vier Jahre, dann stand ich nicht in der Gefahr, daß man mir die Kehle durchschneiden würde. Alles, was Cornelius brauchte, war Rückversicherung. Er wollte gar nichts Böses von mir glauben, genausowenig wie er mich entlassen wollte. Ich war für ihn viel zu wertvoll, sowohl vom beruflichen wie vom persönlichen Standpunkt aus gesehen.

Ich betrachtete Vicky heimlich in dem verdunkelten Theater und fragte mich, ob Cornelius froh darüber war, das Verhältnis zerstören zu können. Mit großer Sicherheit war die Antwort ja. Wenn er mir vertraute, dann hätte er wahrscheinlich jede Beziehung, die ich mit seiner Tochter hatte, akzeptiert. Nun aber, da sein Vertrauen zeitweilig unterminiert war, war er mit Sicherheit der Meinung, es sei das Beste, wenn man Vicky und mich trennte.

Gott sei Dank, jedenfalls für Vicky und mich selber, hatte Cornelius jedoch die Entfernung über den Atlantik in diesem neuen Zeitalter der Düsenflugzeuge falsch eingeschätzt. Wenn er sich auch selbst etwas darauf zugute hielte, nicht „altmodisch" zu sein, so war er doch offenbar nicht ganz über die Bräuche des zeitgenössischen Lebens informiert, wenn er glaubte, meine Affäre mit Vicky dadurch zu beenden, daß er mich nach London schickte. Was bedeuten dieser Tage ein paar tausend Meilen zwischen zwei Liebhabern, die Geld wie Heu hatten? Ich würde regelmäßig dienstlich nach New York zurückkommen, und es gab keinen Grund, warum sie nicht ebenso regelmäßig nach London fliegen sollte. Und dann würden ihre Besuche allmählich länger und länger werden . . . Cornelius und Alicia würden dasein, um sich um die Kinder zu kümmern . . . Trotz meiner anfänglichen Angst, daß wir in Schwierigkeiten geraten würden, glaubte ich jetzt, daß, ganz im Gegenteil, die Zukunft sehr vielversprechend aussah.

Ich nahm Vickys Hand in meine, und im Schutz der Dunkelheit ließ ich sie leicht über meinen Körper streichen. Ein exquisites Vergnügen. Als Sekunden später, am Ende des ersten Aktes, die Lichter angingen, hatte ich das Gefühl, ich sei an einem entscheidenden Punkt des Beischlafs gestört worden.

„Möchtest du gehen?“ sagte Vicky leise.

„Ja, warum gehen wir nicht?“ sagte ich, bevor ich mich daran hindern konnte, aber glücklicherweise hatte sie den Grund meiner Unruhe falsch verstanden.

„Mir gefällt das Stück auch nicht besonders“, sagte sie, als wir den Gang hinauf in die Halle gingen. „Ich glaube, Komödien sind nicht gerade Kevins Metier.“

„Wenigstens war das Stück nicht pretentiös. Alle anderen Stücke tun so, als seien sie ungeheuer tief, aber in Wahrheit ist ihr Inhalt so blank wie der Vers.“

Sie blieb stehen und starrte mich an. „Aber du hast ja gar nicht verstanden, worum es geht!“ sagte sie. „Ich weiß, daß seine Charaktere häufig so aussehen, als hätten sie sich gar nichts zu sagen, aber Kevin schreibt ja gerade über die Leere der Nichtkommunikation!“

„So behaupten die Kritiker, ja. Aber ich selbst konnte es nicht erkennen.“ Wir waren draußen auf der Straße. Die Luft war kalt, und zu unserer Linken tauchte die unfruchtbare Neonwüste des Broadway die flitterhafte Landschaft in ein hartes Licht. Ich fühlte mich selbst in eine Wüste sinken, in das wüste Land, durch das Brownings Held Roland viele Jahre auf seiner endlosen Suche gezogen war, und plötzlich war diese Isolation mehr, als ich ertragen konnte. Ich nahm ihre Hand wieder und hielt sie fest in der meinen. „Laß uns zu dir nach Hause gehen.“

„Bekomme ich denn gar nichts zu essen?“

„Sicher doch! Es tut mir leid. Ich vergesse das Essen häufig.“

Ich schaute auf ihren Nerz und auf ihre Diamanten und fragte mich, wohin ich sie denn ausführen könnte. Am liebsten wäre ich bei Nedick vorbeigegangen, nur auf eine Wurst und auf einen Orangensaft.

Auf mein Zeichen hin hielt ein Taxi. „The Four Seasons, bitte", sagte ich und öffnete die Tür für Vicky.

„Herrlich!" rief Vicky. „Ich bin ganz verrückt nach den Four Seasons! Was für eine wunderbare Idee!"

Endlich schien ich einmal etwas richtig gemacht zu haben.

Als wir im Restaurant angekommen waren, nahm Vicky einen großen Martini, der sie genügend entspannte, um erst einmal Austern zu essen und dann Dover Seezunge. Sie trank auch eine halbe Flasche Sekt. Ich trank etwas Sodawasser mit Zitrone, aß eine einfache Grapefruit und ein Filet Mignon mit grünem Salat. Ich fand es schwierig, zu essen.

Ich fragte mich gerade, wie wir gehen könnten, ohne noch allzuviel Zeit mit dem Dessert zuzubringen, als ich merkte, wie jemand auf unseren Tisch zukam, und im nächsten Augenblick gab Vicky einen Ausruf des Entzückens von sich.

„Kevin, was für eine wunderbare Überraschung!"

„Vicky, Darling, wie unglaublich gut du aussiehst!" Er schaute in meine Richtung und nickte kurz.

Ich nickte zurück. Kevin und ich hatten einander nie viel zu sagen gehabt. Er hatte längst gespürt, daß ich von seinem Werk nicht beeindruckt war, und natürlich war seine Eitelkeit verletzt. Manchmal machte er sogar unfreundliche Bemerkungen über mich Cornelius gegenüber. Ich wußte das, weil Cornelius sie mir immer wiederholte, in dem richtigen Glauben, daß dieses kindische Zurschaustellen des Pikiertseins mich eher amüsieren als verletzen würde. Auf eine Art tat er mir leid. Es war bestimmt nicht besonders lustig, ein alternder Homosexueller zu sein, und genauso sah er aus und genauso benahm er sich jetzt.

„Wie geht es dir, Kevin?" sagte Vicky voller Zuneigung. „Was gibt's Neues?"

„Darling, ich bin so froh, daß du mich gerade dies fragst. Ich bin so unglaublich glücklich, daß die Leute mich nur einmal ansehen und sich dann voller Abscheu abwenden. Das Leben beginnt mit fünfundfünfzig, meine Liebe, und laß dir von niemandem erzählen, daß du mit einundzwanzig schon fertig bist oder wie alt du gerade auch immer sein magst! Komm einen Augenblick rüber an meinen Tisch und laß mich dir Charles vorstellen. Er ist ein englischer Freund und gerade für zwei Wochen geschäftlich hier in New York. Durch einen ganz ungewöhnlichen Zufall traf ich ihn über Sebastian. als ich im vergangenen Sommer in London war, und – mein Gott, da fällt mir ein, ich war ja ganz perplex über die Neuigkeit von Sebastian. Ich glaube, Neil muß endgültig den Verstand verloren haben."

Ich war sofort auf den Beinen. „Vicky, wir sollten jetzt wirklich gehen. Entschuldige uns bitte, Kevin."

„Aber Scott – warte eine Minute!" Vicky war durcheinander. Sie wandte sich an Kevin. „Was soll das alles? Was ist passiert?"

Kevin schaute überrascht drein. „Hat Scott dir nichts erzählt? Ich dachte, da er doch einer der Hauptakteure in dem Drama heute morgen in der Bank war –"

„Was für ein Drama?"

Ich trat vor. „Ich wollte es dir später erzählen", sagte ich zu Vicky. Ich versuchte, meinen Ärger zu verbergen, aber das war schwierig. „Ich wollte uns nicht den Abend verderben."

„Mir was erzählen? Was bedeutet dies? Um Gottes willen, was ist passiert?" Vicky war nun sowohl beunruhigt als auch verärgert.

Ich wandte mich böse an Kevin. „Erzählen Sie es ihr. Man sieht ja, daß Sie es kaum abwarten können. Ich weiß nicht, warum Typen wie Sie so viel an Geschwätz liegt."

„Typen wie ich?" sagte Kevin. „Sie meinen Typen, denen wirklich an Leuten liegt, im Gegensatz zu den Typen wie Sie, die alle in einer Welt leben, aus der die anderen Leute absichtlich ausgeschlossen sind?"

Ich verlor die Ruhe. Ich hatte einen grauenhaften Tag gehabt, meine Geduld hatte ihre Grenzen erreicht, schon als ich auf den Augenblick wartete, wann Vicky und ich endlich allein sein könnten; und an diesem Punkt war die bösartige Einmischung von Kevin mehr, als ich ertragen konnte.

„Nein", sagte ich, „ich meine Typen wie Sie, die nicht richtig vögeln können und die sich an Geschichten über Typen, die es wirklich können, aufgeilen."

„Scott!" sagte Vicky.

„Mein Gott, wie lustig!" sagte Kevin. „Wie kann ich einer solchen Herausforderung widerstehen? Ich kaufe Ihnen ein Sodawasser oder so etwas, Scott – Sodawasser in den Four Seasons! Wie chic man nur werden kann! – Und dann müssen

Sie mir erklären, wie Sie das Wort ‚richtig' im Zusammenhang mit dem Wort ‚vögeln' definieren."

„Ein anderes Mal." Ich hatte schon einen Zorn auf mich selber, weil ich ihm in die Hände gespielt hatte. Ich warf ein paar Scheine auf den Tisch und ging auf Vicky zu. „Komm, Honey", sagte ich und legte meine Hand auf ihren Arm. „Ich bringe dich nach Hause."

Vicky schüttelte meine Hand ab. „Ich will wissen, was mit Sebastian passiert ist."

Ich nahm mich zusammen und sagte neutral: „Er ist heute bei Van Zale entlassen worden. Es war sein eigener Fehler. Er versuchte deinem Vater zu sagen, wie er das Geschäft führen solle."

„Oh, Entschuldigung", sagte Kevin glatt wie Öl, „aber sollte Vicky nicht doch die ganze Wahrheit wissen statt Ihre stark gefärbte Version der Tatsachen?"

Ich wirbelte zu ihn herum. „Halten Sie sich da heraus! Was in Dreiteufelsnamen wissen Sie in diesem besonderen Fall von der tatsächlichen Wahrheit?"

„So ungefähr alles, was da zu wissen ist, würde ich sagen. Sebastian und Neil besuchten mich heute kurz nacheinander und tranken meinen gesamten Wild Turkey Bourbon."

„Dann sind Sie wahrscheinlich viel zu betrunken, um meine Seite der Geschichte zu hören."

„Ich bin nie zu betrunken, um zuzuhören, nehme aber an, daß Sie immer zu zugeknöpft sind, um überhaupt zu reden. Ein Jammer. In gewisser Weise tun Sie mir leid. Vicky, Darling, ist dir völlig klar, was für Probleme du dir mit diesem Kerl aufgeladen hast?"

„Also, Sie gottverdammter –"

„Scott, bitte! Kevin –"

„Der Kerl bringt Unglück, Darling. Er ist viel zu durcheinander, um sich normal einem anderen gegenüber verhalten zu können. Der hat nur ein Verhältnis zu seinem Ehrgeiz. Wenn er nicht so gefährlich wäre, wäre er lächerlich."

„Du Saukerl, du Schweinehund, du mieser, beschissener Homo–"

„Vergessen wir doch lieber den Sex, oder? Das ist so stinklangweilig irrelevant –"

„– was gibt Ihnen das Recht, über mich zu urteilen? Wie kommen Sie auf die Idee, Sie hätten eine Gottesgabe, Leute zu analysieren und unqualifizierte pseudopsychologische Diagnosen zu stellen, wenn Sie nicht einmal all die Tatsachen kennen? Sie wissen nichts über mich, und nichts, nichts, *nichts* über meine Lage! Scheren Sie sich davon und lassen Sie uns in Ruhe, oder ich schlage Ihnen die Zähne ein und mache aus Ihrem Gesicht Hackfleisch!"

Ich hatte mit ruhiger Stimme gesprochen, aber allmählich klang ich lauter und lauter, und als ich aufhörte, wußte ich auch, warum. Unser Krach hatte die Aufmerksamkeit auf unsere Ecke gelenkt, und jeder hatte sich umgedreht und starrte uns an. Der Oberkellner, der Schwierigkeiten voraussah, beobachtete uns mit Schrecken.

Es trat Stille ein. Ich nahm flüchtig Vickys graue Augen als dunkel in ihrem weißen gespannten Gesicht wahr, aber ich war mir nur Kevins voll bewußt. Ich sah jetzt, daß er weit davon entfernt war, nüchtern zu sein, aber er vertrug Alkohol so gut, daß keine augenfälligen Zeichen der Trunkenheit zu erkennen waren. Er stand bewegungslos. Seine Füße schwankten nicht. Seine Sprache war klar und deutlich. Keine verwaschenen Konsonanten. Nur sein Betragen verriet ihn. Seine charakteristische weltmännische Spontaneität war zerfallen und gab die steinharte, zänkische Grundlage seiner Persönlichkeit frei, und für einen kurzen Moment zeigte sich diese Demaskierung in seinem Gesicht. Das Grübchen in seinem Kinn schien sehr tief, seine langbewimperten, flüssig-braunen Augen sehr hell, sein viereckiges Kinn sehr hart. Er sah so aus, als wolle er mir einen Kinnhaken verpassen, ich wußte aber, daß er das nie tun würde. Diese Sorte von Typ tut so etwas nie.

„Aber wie gewalttätig!" sagte Kevin schließlich mit einer angenehmen Stimme und zog sich wieder hinter den Vorhang zurück. „Ich hasse Gewalttätigkeit. Aber vielleicht gibt Ihnen gewalttätiges Verhalten das Gefühl von Männlichkeit. Gute Nacht, Vicky. Ich ziehe mich zurück, bevor Scott aus dieser Szene eine Kneipenschlägerei macht. Es tut mir leid, wenn wir dich aufgeregt haben."

Er ging weg. Ich setzte mich abrupt hin.

„Vielleicht einen Nachtisch, Sir?" murmelte der Oberkellner, der darauf bedacht war, Normalität wieder herzustellen. „Kaffee mit Cognac?“

Cognac. Courvoisier, Rémy Martin, Hennessy. Dunklen braunen Cognac, warmen braunen Cognac, reichen bitteren Cognac, ich konnte ihn riechen, ihn auf meiner Zunge schmecken, und plötzlich war ich wieder in jenem Mittelmeerhafen und das graue Kriegsschiff wartete in der Bucht auf meine Rückkehr vom Landgang. Ich sah die zerbrochenen Flaschen und das zerstörte Mobiliar; ich hörte den Schiffskapitän sagen: „Kerle wie du bedeuten immer Schwierigkeiten“; ich fühlte den Schmerz, als der Schiffsarzt den Schnitt auf meinem Kopf verband; am allerschlimmsten war, daß ich mich an die Scham erinnerte, mit der ich am nächsten Morgen aufgewacht war und wie ich mir selbst mitteilte, ich sei zum Leben nicht geeignet.

„Keinen Cognac“, sagte ich zwanzig Jahre später in diesem chicen New Yorker Restaurant. „Nichts.“

„Kein Bier“, hatte ich zu dem Inhaber der Kneipe in Mallingham gesagt, nachdem ich das Grab meines Vaters im Jahre 1946 besucht hatte. „Nur Ginger Ale.“

Vicky stand auf. „Ich möchte jetzt bitte gehen“, sagte sie in den Four Seasons des Jahres 1963.

„Laß dir nur so viel Zeit, wie du willst“, sagt der Tod zu Bergmans Ritter in meiner Phantasiewelt. „Wenn du aber einen falschen Schritt tust, werde ich da sein und auf dich warten.“

Das Bild des Todes war mir so lebendig, daß ich mich nach ihm umblickte, aber ich sah lediglich die erleuchtete Silhouette des PAA-Gebäudes, als wir in die Park Avenue hinaustraten; und im nächsten Moment hielt ich ein Taxi an, öffnete die Tür und zögerte wegen der Adresse.

„Kommst du mit zu mir?“ hörte ich mich zu Vicky sagen.

„Zu dir!“ sagte sie reserviert. „Meine Güte, ich dachte, dorthin würde nie jemand eingeladen!“

„Ich möchte, daß du meine Wohnung siehst.“

Ihre Augen füllten sich mit Tränen, sie sagte aber nur: „Danke. Ich möchte gern“, und als ich wieder nach ihrer Hand griff, zog sie sie nicht weg.

Das Taxi setzte sich in Bewegung. Für eine Weile waren wir still, aber schließlich sagte ich: „Es tut mir leid. Entschuldige. Ich weiß nicht, was geschehen ist. Es war so ein furchtbarer Tag.“

„Und mehr willst du nicht sagen?"

„Ich –"

„Hatte Kevin recht? Wirst du immer zu zugeknöpft sein, um zu sprechen?"

„Nun, ich . . . Vicky, du darfst nicht auf ihn hören –"

„Nein, du bist derjenige, auf den ich hören will. Ich höre gerade jetzt. Aber ich höre nichts."

„Ich . . . Schau mal . . ."

„Ja?"

„Ich möchte reden", sagte ich. „Ich möchte schon. Deshalb habe ich dich ja zu mir nach Hause eingeladen. Ich . . . wollte dort nicht mehr allein sein . . . abgeschnitten –"

„Ja, das verstehe ich. Es ist in Ordnung. Ich verstehe. Warten wir, bis wir dort sind."

Ich küßte sie, und dann, in einem Moment der Panik, der um so schlimmer war, weil so unerwartet, fragte ich mich, ob ich wieder verkrüppelt sein würde, sobald wir ins Bett gingen. Kevin schien Vicky von mir getrennt zu haben mit dem Ergebnis, daß sie sich nun von mir zu entfernen schien. Ich war verzweifelt und wußte, daß ich alles tun würde, sie zurückzuholen. Der Gedanke, in mein früheres isoliertes Halbleben zurückgezwungen zu werden, war weit mehr, als ich ertragen konnte.

Die Natur des Schweigens in dem Taxi änderte sich plötzlich, und ich begriff mit einem Schock, daß der Fahrer den Motor ausgeschaltet hatte. Seine nächsten Worte bestätigten, daß wir schon einige Zeit vor meinem Apartmentgebäude standen.

„Wollen Sie hier aussteigen?" fragte er. „Oder soll ich ein paar Kissen und Decken besorgen, damit Sie es bequemer haben?" Ich bezahlte und führte Vicky ohne Worte zu meiner Wohnung hinauf.

II.

Am Ende war es Vicky, nicht ich, die das Abgetriebenwerden aufhielt und uns wieder zusammenbrachte. Ich hätte es nicht geschafft. Eine Zeitlang glaubte ich, sie könne es auch nicht, als ich aber sah, wie entschlossen sie war, da wurde ich es auch, und meine Entschlossenheit gab mir die Kraft, ihr zu helfen.

Sobald wir die Wohnung betraten, begann sie zu reden.

„Kevin hatte unrecht, nicht wahr", sagte sie. „Er hatte unrecht zu meinen, daß die bestimmende Kraft in deinem Leben Ehrgeiz sei – als wenn dir nur am Geld und an Macht und an Erfolg gelegen wäre. Daran liegt dir doch in Wirklichkeit nicht viel, nicht wahr?"

„Nein."

„Und Sebastian hatte auch unrecht, nicht wahr, als er sagte, die treibende Kraft in deinem Leben sei das Bedürfnis nach Rache. Du bist kein Held in einem Stück von Middleton oder Tourneur."

„Stimmt."

Wir standen am Fenster des Wohnzimmers, und vor uns erstreckten sich die Lichter von Queens. Ich hielt ihre Hand sehr fest und wünschte mir, ich könnte mehr sprechen, aber mein Hals schmerzte zu sehr und mein Kopf brummte.

„Niemand hat je etwas verstanden, nicht wahr?"

Ich schüttelte den Kopf.

„Es ist Schuld, oder?"

Die Lichter von Queens begannen zu verschwinden.

„Du bist wie ich", sagte Vicky. „Ich habe die Ähnlichkeit schließlich erkannt. Die treibende Kraft in deinem Leben ist Schuld. Du fühlst dich schrecklich, überwältigend schuldig. Aber warum? Was hast du getan? Kannst du darüber sprechen?"

Ich nickte. Sie wartete. Aber ich war wie benommen.

„Irgend etwas, was in den dreißiger Jahren passiert ist?"

Ich nickte wieder.

„Zwischen dir und meinem Vater?"

Ich schüttelte den Kopf. Dann sagte ich: „Mein Vater." Eine Sekunde später war ich mir nicht sicher, ob ich die Worte laut ausgesprochen hatte, deshalb sagte ich sie noch einmal. „Mein Vater", sagte ich. „Meiner."

„Irgend etwas ist zwischen dir und deinem Vater geschehen? Ich verstehe. Was war es?"

„Ich –"

„Ja?"

„Ich war ein Mitschuldiger –"

„Ein Mitschuldiger?"

„– vor der Tat –"

„Vor der Tat? Was für eine Tat?“

„– seines Mordes“, sagte ich. „Natürlich. Was sonst?“ Ich sank auf der Ottomane zusammen und begrub mein Gesicht in den Händen.

III.

„Aber dein Vater wurde nicht ermordet“, sagte Vicky.

„Doch. Er wurde zum Alkohol getrieben und bis zum Tode gehetzt. Und ich stand dabei und ließ es geschehen. Ich hatte mich von meinem Vater abgewandt. Ich hielt nur zu seinem Mörder.“

„Aber dein Vater hat dich doch verlassen!“

„Nein, er wollte immer, daß Tony und ich bei ihm leben sollten. Er hat Emily sitzenlassen, aber nicht uns.“

„Ja, aber –“

„Ich war verstört, weil ich Emily so liebte. Ich war erst vierzehn und verstand überhaupt nichts. Dann kam Cornelius und übernahm mich. Ich hätte das nicht zulassen dürfen, tat es aber. Ich wandte mich ab von meinem Vater und entschloß mich, nichts mehr mit ihm zu tun haben zu wollen.“

Sie war entsetzt. „Willst du damit sagen, daß mein Vater –“

„Dein Vater steht hier eigentlich nicht zur Debatte. Laß dich nicht ablenken. Es geht hier um eine Angelegenheit zwischen mir und meinem Vater. Dein Vater ist nur eine Figur auf dem Schachbrett, die ich so manipulieren muß, daß ich meinen Vater erreiche und Dinge wieder gutmache. Ich habe Dinge gutzumachen, siehst du. Das ist meine einzige Rechtfertigung zum Leben. Anders könnte ich gar nicht leben, ich habe eine so schreckliche Sache begangen, die Partei seines Mörders ergriffen, seine Schuld stillschweigend geduldet . . . wie können Leute so schreckliche Sachen tun und weiterleben? Mein Vater starb, mein Bruder starb, meine Mutter starb – aber ich lebte. Das ist nicht gerecht, und deshalb muß ich mich rechtfertigen. Ich kann nicht sterben, bevor ich mein Überleben nicht gerechtfertigt habe. Wenn ich mein unverdientes Leben so nutzen kann, um eine unverdiente Vergangenheit neu zu schreiben . . . Du verstehst doch, oder? Verstehst du?“

„Du hast deinen Vater nicht so schlecht behandeln können! Du warst so jung, du warst so unfertig, das hat sich in deiner Vorstellung alles so gesteigert –“

„Mein Vater liebte mich. Ich haßte ihn und hoffte, er würde sterben. Als er es tat, war ich froh. Ich habe tatsächlich zu Cornelius gesagt: ‚Gott sei Dank ist er nicht mehr da, um uns noch weiter zu ärgern.‘ Kannst du dir das vorstellen? Ich habe tatsächlich gesagt –“

„Das ist alles Daddys Fehler, das weiß ich genau. Es ist völlig verkehrt, daß du dich selbst so beschuldigst –“

„Ich hätte mich nicht von Cornelius beeinflussen lassen sollen. Tony war nicht beeinflußt. Er durchschaute ihn immer ganz genau.“

„Tonys Stellung war wahrscheinlich anders als deine. Er war jünger, in einem weniger verletzlichen Alter. Und Daddy mochte Tony nie, nicht wahr? Tony war wahrscheinlich nicht dem gleichen Einfluß ausgesetzt. Du solltest dein Verhalten nicht mit dem von Tony vergleichen.“

„Ich wandte mich sogar von Tony ab, und später hatte ich nie die Chance, die Sache wieder gutzumachen. Ich hatte auch nie die Gelegenheit, die Dinge mit meinem Vater wieder in Ordnung zu bringen. Sie starben, und ich blieb übrig ohne eine Möglichkeit, meine Schuld loszuwerden – nur auf eine Weise, und die mußte ich nutzen . . . mein Gott kannst du nicht begreifen, was für eine Art von Vergangenheit ich ertragen habe, nachdem ich Tonys letzten Brief an mich gelesen hatte und genau begriff, was ich angerichtet hatte? Damit konnte ich natürlich nicht leben, mit dieser Vergangenheit. Ich verstand sofort, daß ich sie neu schreiben mußte, durch Cornelius und durch die Bank. Es gab keine andere Wahl. Es gab für mich nur dies eine zu tun. Ich habe daran gedacht, mich umzubringen, aber –“

„Scott!“

„Nun, natürlich dachte ich daran! Selbstverständlich! Und wenn es mir nicht gelingt, die Vergangenheit neu zu schreiben, dann werde ich wieder daran denken, weil ich dann nämlich nicht mehr leben möchte.“

„Du darfst so nicht reden! Das ist verderbt! Es ist falsch!“

„Warum? Der Tod und ich sind alte Bekannte – ich denke oft an ihn, ich lebe die ganze Zeit über mit ihm. Manchmal merke ich, wie er mich beobachtet, wenn ich in den Spiegel sehe, und dann gehe ich ins Badezimmer, nehme das Rasiermesser heraus, und manchmal lasse ich das Wasser in die Wanne laufen . . . Die Römer begingen auf diese Weise Selbstmord – ein heißes Bad, die durchtrennten Adern, und dann kommt der Tod ohne Schmerz, sehr friedvoll, du gehst langsam ins Unbewußte über, aber dann habe ich immer gedacht: nein, ich kann noch nicht sterben, ich kann nicht sterben, bis ich meine Suche vollendet und dort gewonnen habe, wo mein Vater verloren hat –"

„Scott – Scott, hör zu – Scott, bitte –"

„Ah, Vicky, Vicky, du hast meinen Vater nicht gekannt, aber er war ein solch wunderbarer Kerl, so voller Leben – ja, daran erinnere ich mich am besten, ich erinnere mich, wie voll Leben er war, und deshalb muß ich weitermachen, Vicky, deshalb lebe ich, so wie ich lebe, deshalb liegt mir an nichts anderem, als am Neuschreiben der Vergangenheit, ihn von den Toten zurückzuholen und ihn wieder zum Leben zu erwecken . . ."

IV.

Ich war im Dunkeln in der Küche. Mein Körper wurde von stillem Schluchzen geschüttelt und meine Augen brannten vor Schmerz. Ich war so wenig daran gewöhnt zu weinen, daß ich nicht wußte, wie ich mit einer solchen Demütigung fertig werden sollte. Ich konnte dem nur einfach nachgeben und auf das Ende warten.

„Scott." Sie war im erleuchteten Wohnzimmer jenseits der Türe. Ihre Stimme war sanft.

Ich versuchte zu sagen: „Ich bin okay", aber ich konnte es nicht.

„Möchtest du allein sein?" sagte sie. „Soll ich weggehen?" Ich war so sicher, daß ich „nein" sagen konnte. Es war so ein einfaches Wort, eines der ersten Wörter, die ein Kind lernt, aber ich konnte es nicht aussprechen.

„Du mußt nicht gleich antworten", sagte sie. „Laß dir Zeit."

Sie ging ins hintere Wohnzimmer, und ich kämpfte weiter mit meiner Erniedrigung. Ich versuchte, mich daran zu erinnern, wann ich zum letzten Mal geweint hatte. Es mußte nach dem Tod meiner Mutter gewesen sein, als ich zehn war, aber damals war Emily dagewesen und hatte erwartet, daß Kinder, die ihre Mutter verloren haben, weinen. So hatte ich also geweint. In Wirklichkeit hatte ich wenig von meiner Mutter gehabt. Tony und ich wurden durch eine Reihe von Kinderschwestern aufgezogen, und der einzig dauernde Bezugspunkt in meiner Kindheit war nicht meine Mutter gewesen, da sie ständig mit ihren gesellschaftlichen Dingen zu tun hatte, sondern mein Vater. Mein Vater hatte die ganze Woche über hart in der City gearbeitet, aber jedes Wochenende war er nach Hause gekommen, nach Long Island, um mit uns zu spielen und um Ausflüge mit uns zu machen.

Ich öffnete die Tür des Kühlschranks und betrachtete all die Flaschen darin.

„Mein Gott, ich könnte einen Drink gebrauchen", sagte ich, und überraschte mich selbst damit, wie normal ich klang. Vielleicht lag der Weg zur Besserung darin, daß man trivale Bemerkungen machte.

„Warum trinkst du dann nichts?" rief Vicky. „Du bist doch kein Alkoholiker?"

„Nein, das war ich nie. Aber Alkohol ist mir nicht bekommen", sagte ich und öffnete mit ungeschickten Fingern eine Flasche Cola. „Es ging mir besser, als ich ihn aufgegeben hatte."

„Ich bewundere deine Willenskraft. Ich weiß, daß ich im Augenblick zuviel trinke."

„Ich bezweifle sehr, ob du weißt, was diese Worte bedeuten können."

„Nun, natürlich lasse ich mich nicht andauernd vollaufen! Aber ich trinke immer zwei Martini pro Tag, und meiner Meinung nach ist das wenigstens einer zu viel . . . macht es dir etwas aus, wenn ich Kaffee trinke? Ich mache ihn auch selbst."

„Nein, ich werde ihn machen." Ich schaltete das Licht an und füllte den Kessel. Das Gas flackerte auf dem Herd. Ich stellte den Kessel hin und beobachtete die beständige Flamme.

„Ich wollte schon vor Jahren überhaupt nichts mehr trinken", sagte Vicky und beobachtete die Flamme gemeinsam mit mir. „Aber irgendwie habe ich es nie schaffen können, ohne wenigstens einen Martini den Tag zu überstehen."

„Zuzüglich des gelegentlichen Playboys?"

„Oh, die! Die spielten nie eine Rolle. Ich wollte mir nur immer selbst beweisen, daß ich nicht frigide bin.“

„Frigide?“ Zum ersten Mal konnte ich sie direkt anschauen. Ich betete darum, daß meine Augen nach den Tränen nicht gerötet seien. „Du? Das kann ich nicht glauben!“

Sie lachte. „Wenn ich dir die Wahrheit über mein angeblich glänzendes Privatleben erzählte, dann würde dir der Kamm wahrscheinlich so sehr schwellen, daß du nicht mehr durch die Tür kämst!“

Ich versuchte, mir darauf einen Vers zu machen. Ich fühlte mich zwar besser, war aber immer noch durcheinander. Ich mußte mich sehr anstrengen, um mich zu konzentrieren. „Und wenn ich dir die Wahrheit erzählte, über mein angebliches Privatleben“, sagte ich, „ dann wäre dir der Kamm augenblicklich genauso geschwollen, wie mir der meine.“

Das hörte sich hübsch an. Ich hatte plötzlich eine Vorstellung von uns beiden, wie wir zwanglos kluge, spitze Bemerkungen austauschten, während wir in der Küche standen.

„Du sagst das so, als litten wir beide unter dem gleichen Problem“, sagte Vicky überrascht. „Aber Männer haben diese Art von Problemen nicht . . . oder doch?“

„Männer haben alle Arten von Problemen, glaub mir nur.“

„Du meinst, du konntest ihn nicht hochkriegen?“

„Nein, das war einfach.“

„Ich verstehe. In dem Fall meinst du wahrscheinlich, du konntest nicht –“

„Ja. Natürlich war das alles sehr unwichtig.“

„Natürlich. Glaubst du aber nicht, daß es eben sehr oft die Trivialitäten im Leben sind, die dann am meisten Unglück verursachen, wenn ihr kombinierter Effekt zu einer allzu großen Last wird?“

„Mein Gott, das kannst du noch mal sagen.“ Das Wasser begann zu kochen. Ich suchte nach ihrer Hand und fand sie.

„Ich stelle mir so oft vor, daß Sex wie Geld ist“, sagte Vicky. „Wenn man es hat, dann denkt man nie daran, und wenn man es nicht hat, dann denkt man nur noch daran.“

Ich drückte ihre Hand fest und hielt mein Auge auf dem Kessel. „Wie könnte jemand wie du etwas darüber wissen, wie es ist, wenn man kein Geld hat!“

„Was für eine beleidigende Bemerkung! Glaubst du, ich habe überhaupt keine Intelligenz und keine Vorstellungskraft? Glaubst du, ich hätte mich nie gefragt, was es bedeutet, in Armut zu leben, nur von Reis, mit zehn Kindern unter zehn und ohne Geburtenkontrolle?"

„Übrigens –"

„Ja, ich habe mich schon gefragt, wann du fragen würdest. Ich nehme eine kleine rosa Pille. Keine Umstände, keine Probleme, keine Fehler. Sebastian würde das zweifellos das äußerste Produkt unserer Plastikgesellschaft nennen."

„Und wie nennst du es?"

„Befreiung."

Wir tranken den Kaffee im Wohnzimmer. Sie hatte die Ottomane gewählt, und ich saß ihr gegenüber auf dem Lehnstuhl, aber nach einer Weile schien dies nicht zu stimmen, deshalb setzten wir uns nebeneinander auf den Fußboden mit unseren Rücken zur Wand und hielten uns wieder bei den Händen.

„Was habe ich im Bett getan, das sonst keiner getan hat?" sagte ich schließlich neugierig.

„Ich glaube nicht, daß du irgend etwas Besonders getan hast. O Gott – tut mir leid! Das ist nicht sehr nett, nicht wahr! Natürlich warst du großartig. Das ist gar keine Frage, aber was ich wirklich meinte, war –"

„Es war die Anonymität, nicht wahr? Das Geheimnis war, daß ich dachte, du seiest jemand anderes. Ich machte dich frei, du selbst zu sein."

„Ja. Das genau ist es. Und später –"

„Du hast eine neue Identität gefunden und hast dich nicht mehr wie eine Gefangene gefühlt."

„– später", stellte Vicky fest, „wurde mir klar, daß du der aufregendste Mann bist, den ich je getroffen habe."

„Ich bin geschmeichelt! Hab aber bitte nicht das Gefühl, daß du mich mit Komplimenten anästhesieren mußt."

„Das tue ich nicht. Aber da wir beide so offen miteinander sind –"

„Meine Güte, ja. Es ist eine größere Erleichterung, als du dir vorstellen kannst."

„Du wirst es kaum glauben, was ich mir vorstellen kann. Ich

weiß genau, was es bedeutet, in eine Zwangsjacke eingesperrt zu sein, mit abgeknebeltem Mund und mit den Händen hinter dem Rücken zusammengebunden."

Ich küßte sie.

„Möchtest du jetzt ins Bett gehen?" sagte Vicky später.

„Ja, sehr. Aber ich bin noch so geschockt, daß ich wahrscheinlich zu nicht viel tauge."

„Nun, wir müssen ja nichts tun, nicht wahr? Wir sind keine Darsteller im Zirkus. Niemand sieht zu, wen sollten wir also beeindrucken wollen?"

„Mein Gott, was für eine phantastische Frau du bist!" sagte ich und führte sie ins Schlafzimmer.

„Ich weiß gar nicht, was dir Sorgen gemacht hat", sagte sie später, als ich ihr eine Zigarette ansteckte.

„Ich auch nicht." Ich ging in die Küche und holte zwei neue Flaschen Cola.

„Scott."

„Ja?"

„Wenn diese Frage dich aufregt, dann beantworte sie nicht, aber hat mein Vater sich regelrecht bemüht, dich gegen deinen Vater einzunehmen? Ich meine, es waren nicht nur ein paar unvorsichtige Bemerkungen hier und da? Es war eine ganz klare, absichtliche Gehirnwäsche?"

„Ja."

„Wie schrecklich. Wie böse. Sagst du die Wahrheit, wenn du meinst, er sei für dich heute unwichtig? Sicher mußt du ihn verachten und verabscheuen!"

„Man kann nicht täglich mit heftigen Emotionen leben, Vicky. Um zu überleben, muß man sich von ihnen distanzieren. Außerdem ist es unwahrscheinlich, daß Cornelius sich absichtlich so schlecht benommen hat. Wie ich ihn kenne, ist es sehr viel wahrscheinlicher, daß er sich selbst davon überzeugt hat, daß er aus den reinsten Motiven heraus handelte."

„Aber das macht ihn doch um so abscheulicher! Wie hast du nur in seiner Bank Tag für Tag arbeiten und zulassen können, daß er dich wie einen Ersatzsohn behandelte?"

„Aber das habe ich nicht", sagte ich. „Ich blieb einfach zu Hause. Es war ja Scott, der in die Bank ging und mit Cornelius zu tun hatte."

Sie schaltete das Licht an. Wir lagen sehr eng nebeneinander auf meinem schmalen Einzelbett, und ich hatte den Schauer gefühlt, der ihren ganzen Körper in meinen Armen steif machte. „Es tut mir leid", sagte ich. „Großer Fehler. Jetzt glaubst du, daß ich verrückt bin."

„Nein. Ich bin einfach nur erschrocken bei dem Gedanken an die Spannung, unter der du hast leben müssen."

„Aber kannst du das nicht sehen? Scott war meine Lösung für all diese Spannung – Scott war meine Art, mich selbst von all diesen heftigen Emotionen zu distanzieren, die ich nicht auf einer Tag-zu-Tag-Basis ausleben konnte."

„Aber hast du mir nicht gestern gesagt", sagte sie, „daß Scott gestorben sei?"

„Ja, er mußte sterben. In Scotts Leben hätte es für dich keinen Raum gegeben. Ich mußte zwischen euch beiden wählen und habe mich für dich entschieden."

„Ich verstehe. Ja. Und darf ich fragen, wie du ohne ihn auskommen willst?"

„Ich werde zurechtkommen. Wenigstens habe ich dich. Ich werde es schaffen."

„Großartig. Und was passiert mit meinem Vater? Hat er die Nachricht von Scotts Tod schon erhalten?"

„Du lachst mich aus!"

„Ich schwöre dir, das tue ich nicht. Hier gibt es nichts zum Lachen, oder?"

Ich fühlte mich beruhigt. „Ja, dein Vater weiß es."

„Ein unangenehmer Schock für ihn?"

„Ja. Er war gerade Sebastian losgeworden und befand sich nun eingeschlossen mit einem Tiger in einem rapide kleiner werdenden Käfig."

„Erzähl mir, was passiert ist. Alles. Ich muß es wissen."

Ich redete eine Weile, während Vicky eine neue Zigarette rauchte. Alles, was sie am Ende sagte, war: „Armer Sebastian."

„Mach dir keine Sorgen. Er findet leicht einen anderen Job."

„Ihm lag nur an Van Zale."

„Ich weiß das zu schätzen. Er tut mir auch leid, aber er hat das selbst herausgefordert. Er hat sich sehr dumm benommen."

„Und was passiert jetzt?"

„Wir erholen uns von der Explosion und benehmen uns wieder

normal. Ich glaube, daß ich diesen Sturm schon durchstehen werde, wenn ich jetzt sehr vorsichtig bin."

„Gut. Ich möchte, daß du die Bank bekommst. Ich bin sicher, daß dies die einzig gerechte Lösung ist, nach der Art, wie Daddy sich in der Vergangenheit benommen hat, und ich bin immer für Gerechtigkeit . . . Was wirst du tun, wenn du schließlich die Führung übernimmst? Wirst du den Namen Sullivan neben den der Van Zales setzen? Das wäre auch Gerechtigkeit, nicht wahr?"

„Nun . . ."

„Ich wüßte nicht, warum Daddy etwas dagegen haben sollte. Die Bank wird schließlich doch zur Familie Van Zale zurückgehen, da du keine eigenen Söhne hast, warum sollte er also dir gegenüber nicht großzügig sein?"

„Hm."

„Lustigerweise möchte Eric unbedingt ein Banker werden. Ich kann mir nicht vorstellen, warum, aber es freut mich wegen Daddy. Armer Daddy. Trotz allem tut er mir leid. Ist das auch Schuld, frage ich mich? Vielleicht. Ich habe immer das Gefühl, daß sein Leben ganz anders verlaufen wäre, wenn er einen Sohn statt einer Tochter gehabt hätte."

„Das bezweifle ich sehr. Cornelius hat die Idee, einen Sohn zu haben, verherrlicht. Wir verherrlichen immer das, was wir nicht haben. Ein wirklicher Sohn wäre mit großer Sicherheit eine Enttäuschung für ihn gewesen."

„Vielleicht . . . ich wünschte, ich könnte dich davon überzeugen, zu glauben, daß du für Steve keine Enttäuschung warst. Aber er hätte dir doch sicher alle Fehler, die du begangen hast, vergeben, wenn er der wunderbare Vater war, als den du ihn beschreibst?"

„Das macht die Last meiner Schuld nur noch unerträglicher. Wenn er mir trotz allem vergeben hätte – kannst du nicht sehen, wie mich das nur noch beschämter gemacht hätte?"

„Aber du mußt versuchen, dies von einem anderen Standpunkt aus zu sehen. Sonst wirst du nie Frieden finden. Du wirst in diesem schrecklichem Zyklus gefangenbleiben –"

„Sobald ich die Bank habe, werde ich den Frieden haben."

„Das frage ich mich. Das frage ich mich sogar sehr."

Ich setzte mich im Bett auf. „Was meinst du damit?"

„Nun, ich habe den unangenehmen Verdacht, daß du nie das Gefühl haben wirst, deinem Vater gegenüber genügend gutgemacht zu haben. Ich vermute, daß diese Suche, wie du es nennst, kein wirkliches Ende hat."

„Nein, nein, da hast du unrecht! Sobald ich einmal die Vergangenheit neu geschrieben habe –"

„O Scott, das sind so leere Worte – diese Phrase hat keine wirkliche Bedeutung! Du kannst die Vergangenheit nicht neu schreiben. Die Vergangenheit ist vorbei, die Vergangenheit ist erledigt, und von einer neugewonnenen Vergangenheit zu reden ist, meiner Meinung nach, einfach ein klassischer Fin-de-siècle-Romantizismus mit keinen echten Wurzeln in der Wirklichkeit!"

„Du begreifst die Zeit nicht, wie ich sie begreife", sagte ich. „Meine Zeit ist anders als die deine."

„Aber das ist absoluter –" Sie hielt sich zurück. Dann rief sie leidenschaftlich aus: „Scott, kannst du deine Lage nicht begreifen, wie sie wirklich ist? Du verschwendest dein ganzes Leben, indem du etwas tust, was du gar nicht tun willst, auf der Suche nach einer Erlösung von einem Schmerz, der hauptsächlich nur eingebildete Illusion ist! Du hast dich selbst auf ein alptraumähnliches Rad geflochten, aber da mußt du nicht bleiben – du mußt dich nicht immer drehen und drehen – das ist auch alles Illusion! Wenn du dir nur selbst verzeihen könntest, dann könntest du von dem Rad loskommen, du könntest dich von all diesen Illusionen befreien, du könntest endlich die Art von Leben leben, die du wirklich möchtest –"

„Dann möchte ich nicht leben. Es tut mir leid, daß du die Dinge so siehst. Es tut mir leid, daß du nicht verstehst." Ich fing an aufzustehen, aber sie griff nach mir und zog mich zurück.

„Verzeih!" sagte sie schnell. „Sei nicht böse. Ich liebe dich. Trenn dich nicht von mir. Ich versuche sehr, zu verstehen, ich möchte so gerne verstehen. Glaub mir bitte."

„Shhh." Ich drückte ihre Zigarette aus und fing an, sie zu küssen. „Reden wir nicht weiter. Wir haben beide mehr als genug geredet, und wir haben so wenig Zeit."

Ich hatte die Worte gesagt, bevor ich sie selbst verstand. Ich sah, wie ihre Augen größer wurden, hörte ihr scharfes Einatmen, und ich verfluchte mich selbst, daß ich nun die große Szene ausgelöst hatte, die ich eigentlich noch nicht haben wollte.

„Was meinst du damit?“ sagte sie. „Warum haben wir sowenig Zeit?“

Und dann erzählte ich ihr, mit großem Zögern, daß ihr Vater mich nach London versetzt hatte.

V.

„Steig von diesem Rad herunter“, sagte Vicky. „Hör einfach auf. Jetzt ist die Zeit gekommen, dich aus diesem ganzen Mist herauszuziehen und ein neues Leben anzufangen. Du willst doch nicht nach London, oder?“

„Ich nehme an, daß du an uns beide denkst. Nun, ich gebe zu, es wäre unbequem, aber –“

„Unbequem? Hast du ‚unbequem‘ gesagt?“

„Aber wir werden uns doch sehen! Ich komme regelmäßig geschäftlich nach New York, und du kannst selbstverständlich nach London kommen, so oft wie du kannst –“

„Eine interkontinentale Liebesaffäre – ja, ich verstehe“, sagte Vicky. „Wie wunderhübsch. Wie chic. Was könnte ich mir mehr wünschen?“ Sie fing an zu weinen.

„Vicky –“

„Oh, halt den Mund! Du lebst einfach nicht in der wirklichen Welt!“ Sie krabbelte aus dem Bett und suchte ihre Kleider zusammen.

Ich suchte auch – nach Verständnis für das, was in ihr vorging. Zu spät fiel mir ein, daß sie davon gesprochen hatte, jemanden zu brauchen, der mehr als ein ungebundener Liebhaber war, und ich begriff, daß ich ihr den Rückhalt geben mußte, der ihr fehlte. Eine interkontinentale Liebesaffäre anzubieten, war nicht genug. Ich mußte sie davon überzeugen, daß ich mehr als eine gelegentliche Beziehung wollte. Ich mußte ihr etwas anbieten, das ihr ein größeres Gefühl von Sicherheit gab.

„Komm mit mir nach London“, sagte ich abrupt. „Wir werden miteinander leben. Ich möchte genausowenig wie du, daß wir getrennt sind.“

Sie hörte auf zu weinen und sah mich an. „Aber was wird mit den Kindern?“

„Nun . . .“ Ich stellte plötzlich fest, daß ich überhaupt nicht wußte, was ich sagen sollte. „Nun, ich weiß, du liebst deine Kinder, Vicky, aber ich habe gedacht . . . wenn es eine andere Art zu leben für dich gäbe . . . ich bin sicher, daß Cornelius dir gerne helfen wird –"

„Daß wir uns da nicht falsch verstehen", sagte Vicky. „Ich verlasse meine Kinder nicht. Wo ich hingehe, da gehen sie auch hin."

„Aber auf dem Schiff glaubte ich dich so zu verstehen, daß du dein Leben hier haßt und daß du nur aus Schuldgefühlen heraus bei deinen Kindern bleibst!"

„Das stimmt. Ich fühle mich schuldig. Ich habe diese Kinder in die Welt gesetzt, als ich sie nicht wollte, und was könnte verkehrter sein als das? Das wenigste, was ich tun kann, um etwas gutzumachen ist, bei ihnen zu bleiben und zu versuchen, wie unangemessen auch immer, ihnen zu zeigen, daß mir an ihnen liegt."

„Aber wenn dir nichts an ihnen liegt, ist das dann nicht die reine Heuchelei?"

„Mein Gott, man merkt gleich, daß du ein kinderloser Junggeselle bist! Mir liegt an meinen Kindern. Ich liebe sie sehr. Ich liebe sie, während ich sie gleichzeitig dafür hasse, daß sie mein Leben durcheinanderbringen und mich Tag für Tag emotionell überbeanspruchen. Aber wenn du das Leben nicht aufgeben kannst, das du wegen deiner Schuld glaubst führen zu müssen, warum erwartest du von mir, daß ich es tue?"

Ich stieg aus dem Bett, ging ins Badezimmer und verbrachte dort drei Minuten mit intensivem Nachdenken. Dann spülte ich die Toilette, um mich für meine Abwesenheit mit einer Entschuldigung auszustatten und kehrte ins Schlafzimmer zurück. Sie trug immer noch nur ihre Unterwäsche, hatte sich aber eine weitere Zigarette angesteckt und stand nervös am Fenster.

Ich zog meinen Bademantel an und knotete die Kordel. „Trinken wir noch etwas Kaffee."

Wir saßen in der Küche und tranken, ohne zu reden. Schließlich sagte ich: „Es muß einen Weg geben, wie wir dies arrangieren können. Ich respektiere deine Gefühle, aber bitte versuch auch meine Schwierigkeiten zu verstehen. Ich bin nicht an Kinder gewöhnt, nicht einmal daran, mit jemandem zusammenzuleben. Ich muß das wirklich Schritt für Schritt machen."

„Aber wir haben keine Zeit!“

„Ja, aber wenn wir uns weiter sehen können . . . ich verstehe, daß du dein Leben hier nicht einfach aufgeben kannst, um mit mir ganz in London zu leben, aber –“

„Das Problem ist“, unterbrach sie mich, „daß eine interkontinentale Liebesaffäre mit all den Jetsetbeigaben dir genau passen würde. Du bist daran gewöhnt, lange Perioden des Zölibats zu haben, unterbrochen durch besonders intensive Aktivitäten, und wenn ich mich auf dieses Muster mit dir einließe, warum solltest du jemals etwas anderes akzeptieren?“

„Wenn ich nach New York zurückkehre –“

„Aber das ist erst in vier Jahren! Es tut mir leid, du kannst vielleicht dieses Leben vier Jahre lang führen, aber ich könnte das nicht. Ich würde verrückt. Ich könnte die ganze Belastung und die Spannung nicht aushalten, und diese schrecklichen Trennungen und die Frustration, daß du nie da bist, wenn ich dich am meisten brauche – mein Gott, kannst du nicht sehen, wie hoffnungslos das alles wäre? Außerdem ist mein Privatleben bereits anstrengend genug, und ich kann einfach nicht noch mehr auf mich nehmen.“

Es entstand ein Schweigen. Wir tranken unseren Kaffee aus. Sie drückte ihre Zigarette aus.

„Nun“, sagte sie, „so viel zu einer unlösbaren Zukunft. Und wir haben heute abend schon, weiß Gott, mehr als genug von einer unerträglichen Vergangenheit. Es bleibt die Gegenwart. Es ist nicht viel, aber es scheint alles zu sein, was wir haben.“

„Das kann ich nicht akzeptieren.“

„O Scott, ich auch nicht . . .“

Sie lag in meinen Armen. Mein Mantel öffnete sich. Sie schob ihre Kleider zur Seite. Innerhalb von zehn Sekunden waren wir zusammen im Bett, und dann hörte die Zeit endlich auf zu zählen, als die Nacht strahlend vor unseren Augen explodierte.

VI.

Sie rief mich um neun Uhr am nächsten Abend an, als ich gerade das letzte Memorandum in die Maschine diktierte. Mein Kopf schmerzte, und das Licht von der Schreibtischlampe tat meinen Augen weh. Das Klingeln des Telefons über den direkten Anschluß war so laut, daß ich mich krümmte.

„Hallo“, sagte sie. „Wie geht's dir?“

„Schlecht. Tut mir leid, daß ich nicht angerufen habe.“

„Willst du zu mir kommen, wenn du fertig bist?“

„Das weißt du doch. Aber ich bin sehr müde. Ich werde ein schlechter Gesellschafter sein.“

„Hast du heute etwas gegessen?“

„Nein. Doch, warte mal, ich habe hier im Büro einen halben Hotdog gegessen, aber ich kam nicht dazu, ihn ganz aufzuessen. Ich habe noch so viel zu erledigen, bevor ich abreise.“

„Verschwinde aus dem schrecklichen Büro und komm sofort hierher.“

Ich ging.

Als ich in ihrem Apartment ankam, trug sie einen weißen gesteppten Morgenmantel und kein Make-up, und ihr helles Haar war weich und sanft unter meinen Fingern.

„Ich habe etwas gegrilltes Huhn und Pommes frites von dem Stand um die Ecke“, sagte sie, „und eine Sechserpackung Cola. Ich dachte, wir brauchten ein Kontrastprogramm zu den Four Seasons.“

Wir aßen das ganze Huhn und alle Pommes frites und tranken das gesamte Cola.

„Fühlst du dich jetzt besser?“

„Wie ein neuer Mensch.“

Wir gingen ins Bett.

„Hast du noch was zu trinken?“ sagte ich später.

„Ich habe etwas Chininwasser, das Zeug, das die Engländer Tonic nennen und mit Gin trinken. Wenn du nach London mußt, dann gewöhnst du dich besser gleich daran.“

Ohne ein Wort verließ ich das Bett und ging in die Küche. Das Tonic stand auf dem unteren Regel in der Kühlschranktür.

„Ich gebe dir eine Scheibe Zitrone dazu“, sagte sie.

Ich sagte immer noch nichts.

„Es tut mir leid“, sagte sie. „Ich hätte das Wort ‚London‘ nicht erwähnen sollen, aber ich konnte nicht anders. Ich habe den ganzen Tag über die Zukunft nachgedacht.“

Ich nahm einen Schluck Tonic und fand es trinkbar. Ich nahm einen weiteren Schluck.

„Glaubst du nicht, daß Daddy seine Entscheidung noch ändern könnte."

„Nein."

„Aber er wird dich sosehr vermissen! Wer wird abends mit ihm Schach spielen?"

Ich sagte nichts.

„Er hat im Augenblick ein schweres Leben", sagte sie. „Alicia spricht nicht mit ihm wegen Sebastian. Der arme Daddy ist vollkommen unglücklich."

„Das ist schlimm."

Ich goß mir noch ein wenig Tonic ein und nahm noch einen Eiswürfel.

„Glaubst du, daß er dich vielleicht nach ein paar Monaten zurückruft?"

„Auf keinen Fall."

„Nehmen wir an . . . nehmen wir an –"

„Ja?"

„Nehmen wir an, du weigerst dich schlicht, zu gehen. Würde er dich rausschmeißen? Das könnte er nicht, oder? Du hast mir doch erzählt, wieviel Angst er davor hat, daß du Präsident bei Reischmans wirst."

„Nein, er würde mich jetzt nicht entlassen. Das würde er später tun, sobald er eine Chance dafür sieht."

„Aber bis dahin könnte er dir verziehen haben!"

„Nein. Niemals. Kein Mann, nicht einmal ich, tritt Cornelius so entgegen und wird dafür nicht bestraft."

„Aber angenommen . . . angenommen . . . Scott, angenommen wir würden heiraten . . ."

Ich wandte mich ab und betrachtete die beiden rosa Fische, die verträumt in ihrem Aquarium schwammen.

„Siehst du das denn nicht?" sagte Vicky mit zitternder Stimme. „Wenn du mich heiratest, dann bleibst du ganz sicher in der Firma und bekommst, was du willst. Wie könnte Daddy dich übergehen, wenn du sein Schwiegersohn wärest?"

Ich trank das Tonicwater und fuhr fort, die Fische zu beobachten.

„Ich weiß, daß du Kinder nicht magst, aber –"

„Es ist nicht so, daß ich sie nicht mag", sagte ich, und mußte die Erinnerung an Rose und Lori unterdrücken, die in der

Vergangenheit viel zuviel von Emilys Zeit in Anspruch genommen hatten.

„– Eric und Paul werden bald den Hauptteil des Jahres im Internat sein, und die Mädchen machen so wenig Schwierigkeiten – Mädchen sind viel leichter zu haben als Jungens –, und da bleibt nur Benjamin übrig, aber Benjamin ist wirklich sehr süß, und ich komme mit ihm zurecht – ich würde dafür sorgen, daß er dich in keiner Weise belästigt –"

Sie hielt inne. Dann lachte sie verlegen und sagte: „Normalerweise mache ich Männern keine solchen Anträge, glaub mir das, aber dies ist für unsere Probleme die einzige Lösung, die mir einfällt."

Ich wußte, daß ich meine nächsten Worte mit großer Sorgfalt wählen mußte. „Es ist eine sehr anziehende Lösung", sagte ich warm und gab ihr einen Kuß. „Und in der Theorie ist es eine großartige Idee."

„In der Theorie? Nicht in der Praxis? Du glaubst, es würde nicht funktionieren?"

„Nein. Der Zeitpunkt ist völlig verkehrt." Ich zog es vor, sie jetzt nicht wieder zu küssen, nahm aber ihre Hände in meine und hielt sie fest. „Vicky, hör mal zu. Die Tatsache ist, daß wenn ich dich jetzt heirate und dadurch aus der Versetzung nach London herauskomme, dann wird Cornelius sehr sauer sein. Er wird nicht glauben, daß ich dich aus Liebe heirate. Er wird sofort davon überzeugt sein, daß ich dich nur heirate, um meine Zukunft zu sichern, und wer könnte ihn unter diesen Umständen tadeln, daß er zu diesem Schluß kommt?"

„Oh, zum Teufel mit Daddy! Ich werde mich schon um ihn kümmern!"

„Ich habe da meine Zweifel. Du hast gewiß einen großen Einfluß auf ihn, aber nicht, wenn es um die Bank geht."

„Ich verstehe. Du hast also nicht den Mut, mich zu heiraten, weil du Angst davor hast, Daddy zu verärgern!" Sie riß ihre Hände weg und stand auf.

„Ganz so einfach ist das nicht. Nimm mal an, wir würden jetzt heiraten und die Ehe liefe nicht gut. Es ist möglich. Es spricht sehr viel für uns, aber die Ehe ist nie ein Kinderspiel, und wir könnten in Schwierigkeiten geraten. Und wo würde ich dann stehen? Ich gebe zu, daß ich Cornelius dort hätte, wo ich ihn haben will, wenn ich sein Schwiegersohn wäre, aber wo würde ich stehen, wenn ich sein Exschwiegersohn wäre, besonders wenn wir zu dem magischen Datum des 1. Januar 1968 kommen? Ich wäre gestrandet und stünde in der Kälte."

„Ich begreife jetzt, was Kevin gemeint hat. Ich glaube, er hatte doch recht. Du hast keinen wirklichen Bezug zu Menschen. Du hast nur einen Bezug zu deinem Ehrgeiz."

„Jetzt wart aber einmal einen Augenblick – hör mich zu Ende an! Ich sage nicht, daß wir nie heiraten sollten! Ich möchte dich sehr gerne heiraten. Ich sage nur, daß es ein Fehler wäre, sich jetzt in die Ehe zu stürzen. Ich glaube, wir sollten unsere Beziehungen erst einmal über einen längeren Zeitraum hinweg gründlich ausprobieren, damit wir all die Schwierigkeiten, die mit Sicherheit kommen, wegräumen können. Ich glaube auch, wir sollten heiraten, wenn ich 1968 nach New York zurückkomme."

„Wunderbar", sagte sie. „Das wäre natürlich der perfekte Augenblick, um deine Zukunft ein für allemal zu festigen, ohne Probleme mit Daddy zu haben. Er kann kaum etwas gegen die Legalisierung einer Affäre haben, die schon vier Jahre lang besteht."

„Aber Vicky, ich glaube einfach in aller Aufrichtigkeit –"

„Du fühlst überhaupt nichts. Dir liegt überhaupt nichts an mir. Dir liegt nur an dieser verdammten Bank. Was hier gerade läuft, kann man in vier Worten zusammenfassen: Du liebst mich nicht."

„Aber ich liebe dich doch!" rief ich. „Ich bin verrückt nach dir! Du liebst mich nicht! Wenn du mich liebtest, würdest du mich nicht allein nach London gehen lassen! Du würdest mit mir kommen! Wenn eine Frau wirklich liebt, dann ist ihr alles egal, sie will nur mit ihrem Geliebten beisammen sein – dann liegt ihr nicht einmal etwas an ihren Kindern! Denk doch mal daran, was passiert ist, als Alicia Cornelius traf!"

„Daran brauche ich gar nicht zu denken", sagte sie. „Ich habe damit jahrelang leben müssen. Ich war eines der Opfer."

„Ja, aber –"

„Okay, vielleicht liebe ich dich nicht! Vielleicht hast du recht! Vielleicht mag ich dich einfach nur im Bett! Die Tatsache ist, daß ich so verwirrt und durcheinander bin und mich verletzt und zurückgewiesesen fühle, und daß ich schlicht und einfach unglücklich bin, daß ich überhaupt nichts mehr weiß. Würde es dir etwas ausmachen, jetzt zu gehen? Ich will nicht mehr mit dir schlafen. Ich könnte es nicht ausstehen."

„Vicky –", ich war verzweifelt. „Schau mal, wir kriegen das irgendwie hin, ich bin da ganz sicher –"

„Oh, sieh den Tatsachen ins Auge, Scott, um Himmels willen! Dies ist kein Märchen! Es war eine wunderbare Beziehung, aber jetzt ist sie vorbei. Sie muß vorbei sein. Sie kann sich nicht entwickeln."

„Aber Honey – mein Schatz –"

Sie schaute mich mit wilden grauen Augen an. Tränen strömten ihr über das Gesicht, aber sie bemerkte es nicht. „Ich wünschte, ich wäre bei Sebastian!" sagte sie brutal. „Er liebte mich wirklich! Und er nannte mich nie mit diesen blöden, leeren, bedeutungslosen Namen!"

Die Eifersucht traf mich mit solcher Gewalt, daß mir schwindelte. Ich stolperte einen Schritt zurück, stieß gegen den Kaffeetisch. Das Tonicwasser schwappte wild im Glas.

„Okay, geh zurück zu ihm", sagte ich. „Warum tust du es nicht?"

Ich fand den Weg ins Badezimmer und zog meine Kleider an. „Wenn er all deine Probleme löst", schrie ich, „geh doch zurück! Schön. Großartig. Viel Glück."

Ich hörte unterdrücktes Schluchzen. Ich band meine Krawatte, strich das Haar mit zitternder Hand zurück und fand mich noch einmal im Wohnzimmer. Sie war auf der Couch zusammengesunken und bedeckte ihr Gesicht mit den Händen.

„Was ist denn dein Problem?" sagte ich. „Vielleicht ist Sebastian nicht so raffiniert im Bett, aber was sollte dich das jetzt kümmern? Wann immer du mal tüchtig vögeln willst, komm einfach nach London, und vielleicht, wenn ich nicht zu beschäftigt bin, widme ich dir ein paar Stunden meiner Zeit. Mehr wolltest du von mir ja sowieso nicht, nicht wahr? Du hast mich einfach benutzt, um dir selbst etwas zu beweisen, und jetzt, nachdem du den Beweis hast, brauchst du mich nicht mehr!"

Sie erhob ihr verflecktes, tränenüberströmtes Gesicht. Mir kam die übelkeitserregende Erinnerung an Emily, die um meinen Vater trauerte.

„Vicky, es tut mir leid – vergib mir –, ich habe das nicht gemeint –“

„Halt 's Maul!“ schrie sie. „Raus! Du hast mein Leben ausreichend genug versaut – laß mich in Ruhe! Mein Gott, sich vorzustellen, daß du den Mut hast, mich zu beschuldigen, dich zu benutzen! Du hast mich die ganze Zeit über benutzt! Du kannst Frauen gar nicht anders behandeln! Du bist krank! Es spielt gar keine Rolle, wie gut du im Bett bist – du wirst bei Frauen immer ein Versager sein, weil du ein Leben lang ein emotioneller Krüppel bleiben wirst!“

Ich nahm das Glas Tonicwasser und schmiß es gegen die Wand. Vicky schrie. Glasstücke platzten über den Teppich. Ich wandte mich um. Ich stand vor dem Barschrank. Ich nahm die Ginflasche und warf sie dem Glas nach. Es krachte, ein Schrei, dann der ekelerregende Geruch des Alkohols.

„Nein!“ rief Vicky. „Nein! Ich rufe die Polizei! Nein –“

Ich sah auf meine Hände. Sie hielten eine Flasche Scotch. Ich stellte sie langsam in den Schrank zurück und rieb mir mit dem Handrücken über die Augen. „Es tut mir leid“, sagte ich. „Ich weiß nicht, was passiert ist. Ich habe das im nüchternen Zustand noch nie gemacht.“

Sie zog sich von mir zurück. Ich konnte sehen, daß sie Angst hatte.

„Bitte geh jetzt“, sagte sie mit einer hohen Stimme.

„Es tut mir sehr leid. Verzeih mir –“

„Geh!“

„– ich ruf' dich an.“

Sie antwortete nicht, und ich drehte mich nicht mehr um. Ich fand meinen Weg zur Eingangstür, verließ das Apartment und schaffte es irgendwie aus den erleuchteten Korridoren in die Dunkelheit, die auf mich wartete.

SIEBENTES KAPITEL

I.

„Geht es dir gut?“ sagte Cornelius.

„Recht gut.“

„Bleibt es dabei, daß du am Donnerstag fliegst?“

„Meine Sekretärin hat den Flug reserviert.“

„Gut . . . keine Schwierigkeiten?“

„Keine.“

Ich rief sie an, sobald ich wieder in meinem Büro war. Eigentlich hatte ich bis zum Abend warten wollen, aber jetzt wußte ich, daß warten unmöglich war. Ich mußte sofort mit ihr sprechen.

In ihrem Apartment antwortete niemand, so rief ich die zweite Nummer an und sprach mit der Haushälterin.

„Mrs. Foxworth ist für ein paar Tage verreist, Sir. Sie ist vor einer halben Stunde abgefahren.“

„Wohin ist sie gefahren?“

„Ich weiß es nicht, aber sie hat ihrem Vater eine Adresse für den Notfall hinterlassen. Ich bin sicher, wenn Sie Mr. Van Zale fragen –“

Ich hing ein. Kein Wunder, daß Cornelius sich so zärtlich nach meiner Gesundheit erkundigt hatte. Ich rief in seinen Häusern in Arizona und in Bar Harbor an, aber dort wurde sie nicht erwartet. Später am Tag rief ich dort noch einmal an, aber sie war nicht da.

Irgendwie schaffte ich es, durch den Rest des Tages zu kommen, und als ich am Abend spät nach Hause kam, fand ich einen Brief vor, der per Expreß geschickt worden war. Sie hatte geschrieben: „Ich möchte dich nicht noch einmal sehen, bevor Du fliegst, und ich möchte nicht, daß Du mich von London aus anrufst. Ich zweifele nicht, daß wir uns irgendwann wieder begegnen, aber ich brauche Zeit, um über all dies hinwegzukommen. Ich hoffe ehrlich, daß Du in London glücklich sein wirst und daß Du im Leben das findest, was Du suchst. Ich habe die Tatsache akzeptiert, daß ich das nicht bin.“

Um mich abzulenken, machte ich den Fernseher an, aber ich konnte mich nicht zerstreuen. Ich drehte den Apparat wieder ab und las den Brief noch einmal. Ich hatte Angst, ich würde den Spirituosenladen anrufen und eine Bestellung aufgeben. Deshalb machte ich mir schnell ein großes Cola mit Zitrone, trank es aber zu meinem Entsetzen in Sekundenschnelle aus. Das war schlecht. Ich versuchte immer, langsam zu trinken. Ich beschloß, etwas Tonicwater zu besorgen. Das würde ich nicht so schnell trinken. Führte der Supermarkt Tonicwater? Ich wußte es nicht mehr. Ich entschied mich, im nächsten Spirituosenladen nachzufragen.

Ich ging zu dem Laden, aber dann fiel mir ein, daß es leichter sein würde – nicht klüger, nicht weiser, sondern nur einfacher –, wenn ich statt dessen zum Supermarkt ginge. Ich ging also hinein und kaufte mir eine Sechserpackung 7-Up.

Wieder zu Hause, machte ich mir einen falschen Tom Collins und trank ihn sehr langsam, während ich Schreibpapier suchte und mich in die Küche setzte.

Ich schrieb: „Liebe Vicky", aber das schien mir so kalt, daß ich das Blatt zerriß und es neu versuchte. Es kamen keine Worte. Ich dachte daran, wie Vicky gesagt hatte: „Steig von diesem Rad herunter!", und plötzlich dachte ich daran, wie wunderbar es sein würde, frei zu sein. Was würde ich mit mir anfangen? Ich würde gerne weit weg mit Vicky irgendwo auf einem Boot leben. Ich mochte das Meer und war ein guter Segler. Mein Vater hatte eine Jacht gehabt und jedes Wochenende im Sommer hatte er mich zum Segeln nach Long Island mitgenommen.

Ich stand abrupt auf. Mein Glas war leer. Während ich mir einen weiteren falschen Tom Collins machte, benutzte ich den Schreibblock, um eine Liste von Dingen aufzuschreiben, die vor meiner Abreise nach Europa noch in Ordnung zu bringen waren. Dann rief ich den Hausverwalter an, um die Untervermietung meines Apartments zu arrangieren. Ich blätterte das Branchenverzeichnis durch, um eine Firma zu finden, die meine mageren Besitztümer auf Lager nehmen würde. Dann machte ich eine Liste der Bücher und Platten, die ich eingepackt und mit Luftfracht nach London geschickt haben wollte. Das brauchte einige Zeit. Ich machte mir einen Hamburger, konnte ihn aber nicht essen. Das kostete eine weitere Viertelstunde, aber die Nacht streckte sich immer noch endlos vor mir aus. Ich schob mein Glas zu Seite und versuchte noch einmal, Vicky zu schreiben.

Dieses Mal war ich erfolgreich. Ich schrieb: „Vicky, ich liebe Dich sehr. Ich glaube, Du hast zu schnell darauf bestanden, daß wir fertig miteinander sind, und ich weiß, daß ich unrecht hatte, keinen Kompromiß schließen zu wollen. Kannst Du mich wenigstens nicht noch einmal sehen, bevor ich fliege, damit wir uns irgend etwas einfallen lassen können? Du hast sicher recht gehabt, das Thema Ehe anzuschneiden, und es tut mir leid, daß ich in der Unterhaltung so versagt habe. Bitte – gib mir noch eine Chance, die Dinge wieder zu richten. Es ist hier sehr einsam ohne Dich. Mit all meiner Liebe, *Scott.*"

II.

Nachdem ich den Brief geschrieben hatte, kam mir die Zukunft sehr viel optimistischer vor. Ich hoffte, wenn mir die Versöhnung gelingen würde, daß sie auf Ferien nach London kommen würde und daß danach weitere Besuche sicher seien. Natürlich würde ich ihr einen Verlobungsring schenken, um ihr klarzumachen, daß ich gegen die Idee der Ehe nichts hatte. Sobald sie wußte, daß ich mich voll darauf eingelassen hatte, würde sie es leichter finden, sich mit einer langen Verlobungszeit abzufinden. Ich gab durchaus zu, daß das nicht unbedingt eine ideale Situation war, aber andererseits war so etwas weder unüblich noch allzu schwierig. In der Navy hatte ich öfters Männer getroffen, die jahrelang verlobt waren und ihre Verlobten nur in unregelmäßigen Zeiträumen sahen, und niemand hatte daran etwas Merkwürdiges gefunden.

„Würdest du diesen Brief an Vicky weiterleiten lassen?" sagte ich später zu Cornelius. „Es ist sehr wichtig, und ich weiß, daß du ihre Adresse hast."

Es war Thanksgiving. Die Bank war offiziell geschlossen, und ich war auf dem Wege in die Stadt, um mit meiner Arbeit fertig zu werden. Von dem Familienessen hatte ich mich bereits entschuldigt. Als ich zu den Van Zales kam, hatte Cornelius gerade sein Frühstück hinter sich, war aber noch im Eßzimmer mit einer letzten Tasse Kaffee beschäftigt.

Er gab mir einen bösen Blick. „Sie wollte von niemandem gestört werden. Sie war sehr aufgeregt."

„Das weiß ich. Das Ziel dieses Briefes ist, sie zu beruhigen. Möchtest du den Brief lesen? Bitte. Ich werde den Umschlag öffnen."

„Du meine Güte, nein, natürlich will ich eure private Korrespondenz nicht lesen! Was zwischen dir und Vicky passiert, hat mit mir nichts zu tun!"

„Dann wirst du den Brief abschicken."

„Okay." Er betrachtete den Umschlag kalt.

Ich setzte mich zu ihm an den Frühstückstisch. „Diese ganze Aufregung tut mir leid, Cornelius."

„Das sollte es auch. Du hast mein ganzes Thanksgiving versaut. Ich hatte damit gerechnet, daß Vicky hier sein würde. Alicia ist bei Andrew und Lori, und ich weiß nicht, wann sie zurückkommt."

„Ich bin sicher, daß sie nicht sehr lange fort sein wird."

„Nein, wahrscheinlich nicht, aber trotzdem . . . Du hast einfach keine Ahnung, was hier los gewesen ist. Ich hatte noch einen Krach mit Sebastian."

„Noch einen Krach? Um Gottes willen, worüber?"

„Nun, ich . . . Du weißt, daß ich wichtige Entscheidungen nie widerrufe, aber –"

„Hast du ihm angeboten, ihn wieder anzustellen?" Ich versuchte, mein Entsetzen nicht zu zeigen.

„Ja, nun, siehst du, Alicia war sehr böse, und . . . nun, vielleicht war ich doch ein bißchen zu hastig, und . . . oh, zum Teufel, was soll's! Sebastian hat den Vorschlag sowieso abgelehnt, so daß sich überhaupt nichts ändert."

„Sebastian hat dein Angebot, ihn wieder in die Firma zu nehmen, abgelehnt?" Ich konnte nicht vermeiden, ungläublich auszusehen.

„So ist es. ‚Ich habe jedes Wort gemeint, das ich gesagt habe, als du mich entlassen hast', sagte er. ‚Ich komme nicht zurück, es sei denn, du trittst zurück und machst mich zum Seniorpartner.' Da wurde ich so böse, daß ich ihm drohte, dafür zu sorgen, daß er an der Wall Street keinen anderen Job finden würde, und weißt du, was er sagte? ‚Spar dir die Mühe!' sagte er. ‚Ich verlasse das Bankgeschäft. Ich habe die Nase voll. Tu, was du willst, mir ist das völlig egal. Ich gehe nach Europa. Das ist der einzig zivilisierte Ort, an dem man leben kann. Ich habe die Nase voll von den Wilden, den Philistern und der Plastikgesellschaft.‘ “

„Er ist verrückt!“ Ich dachte daran, wie sehr Sebastian New York liebte. „Das kann er nicht meinen!“

„Genau das habe ich ihm gesagt. ‚Das kannst du nicht tun!‘ sagte ich zu ihm. ‚Und was ist mit deiner Mutter? Du kannst nicht einfach abhauen und Tausende von Meilen entfernt von ihr leben! Was soll sie anfangen?‘ – ‚Das ist dein Problem‘, sagte er, ‚und ich hoffe, du hast Spaß bei seiner Lösung.‘ Und raus geht er. Mein Gott! Ich sage dir, dies waren schreckliche achtundvierzig Stunden!“

„Es tut mir leid – sehr leid. Ich weiß, daß alles so aussieht, als sei es meine Schuld –“

„Das stimmt. Aber vielleicht werden wir etwas mehr Frieden haben, sobald du dich nach Europa eingeschifft hast. Gott sei Dank bist du bald weg“, sagte Cornelius, steckte Vickys Brief in die Tasche und verließ ohne ein weiteres Wort den Raum.

III.

Am Freitag wurden meine Habseligkeiten abgeholt, um aufs Lager gebracht zu werden, und ich machte mein Apartment frei und bezog ein Zimmer im Carlyle-Hotel für den Rest an Zeit, der mir noch in New York blieb. Da ich aber am Wochenende arbeitete, sah ich von dem Hotel sehr wenig, und als ich meine Geschäfte am Montagabend erledigt hatte, war ich so erschöpft, daß ich mich wirklich fragte, wie ich die Kraft aufbringen sollte, noch in meine Suite zu kommen. Ich war gerade dabei, mein Büro zum letzten Mal zu verlassen, als das rote Telefon auf meinem Schreibtisch klingelte.

Cornelius hatte offenbar auch Überstunden gemacht, vielleicht nur, um den Moment hinauszuzögern, wenn er in seine verlassene Wohnung gehen mußte. Alicia war immer noch in Kalifornien, und Vicky hatte auf meinen Brief nicht reagiert. Ich war jetzt fast sicher, daß sie ihn nie bekommen hatte.

„Ja?“ sprach ich kurz angebunden in das rote Telefon.

„Wirst du noch lange dasein?"
„Ich gehe gerade."
„Okay, ich setze dich in der Stadt ab."
Im Cadillac saßen wir eine Weile schweigend nebeneinander, aber dann, irgendwo im Norden von der Canal Street, sagte er zu mir: „Hast du etwas von Vicky gehört?"
„Nein."
„Oh. Ich habe den Brief weitergeschickt. Ich nehme an, daß du jetzt meinst, das hätte ich nicht getan."
„Stimmt."
„Da irrst du dich."
„Okay, ich irre mich."
Wir fuhren ein weiteres Stück aus der Stadt.
„Es tut mir leid, daß ich neulich so sauer auf dich war", sagte Cornelius. „Thanksgiving hat mir schließlich doch noch Spaß gemacht. Diese Kinder machen mir unheimlich viel Freude. Ich bin schon verdammt gut dran, fünf Enkel zu haben."
Der Cadillac hielt an irgendeiner Ampel. Ich schaute aus dem Fenster auf die unbebaute Fläche hinaus. Es kam es mir so vor, als hätte ich sie noch nie so häßlich gesehen.
„Sie sind natürlich noch sehr jung", sagte Cornelius. „Sie sind großartig, aber ich kann nicht mit ihnen reden, weißt du, nicht wirklich . . . ich weiß nicht, wie ich mich ausdrücken soll. Ich habe versucht, Eric und Paul das Schachspielen beizubringen, aber sie scheinen es nicht lernen zu wollen. Übrigens . . . Scott . . . wie wäre es mit einem kurzen Spiel heute abend? Nur so – ein letztes Spiel, bevor du gehst –"
Ich konnte mir nur eine Antwort vorstellen, die keine Feindseligkeit in sich tragen würde: „Okay."
„Nun, wir wollen nicht spielen, wenn du zu müde bist", sagte er besorgt. „Aber iß doch mit mir zu Abend und wir trinken ein paar Colas miteinander."
„In Ordnung." Ich riß mich mit einiger Mühe zusammen.
In der Wohnung öffnete Cornelius unsere Colas, während wir darauf warteten, daß die Steaks fertig wurden.
„Was hältst du von dieser Südostasiengeschichte?" fragte er. „Ich frage mich wirklich, ob Johnson recht hat, wenn er die Politik von Kennedy dort fortsetzt. Auf der anderen Seite ist der Krieg natürlich gut für das Geschäft. Denk mal an Korea."

„Stimmt.“

„Hoffentlich wird Andrew nicht dorthin geschickt. Ich habe mein Bestes getan, ihn da herauszuhalten, aber jetzt will er selber gehen. Das würde für Alicia das Faß zum Überlaufen bringen, kann man sich ja vorstellen. Mein Gott, das war wirklich ein schreckliches Jahr. Übrigens, was hältst du denn von den letzten Entwicklungen, was die Ermordung des Präsidenten angeht? Das ist natürlich alles eine kommunistische Verschwörung. Ich habe schon 1949 zu Sam gesagt . . .“

Ich schaltete geistig ab. Während Cornelius weiterredete, sah ich mir die häßlichen Möbel in dem Zimmer an, die abstrakten Gemälde, die alle irgendwie auf Gewalt hinwiesen, die Regale voll ungelesener Bücher, die unfruchtbaren Zeichen eines unfruchtbaren Lebens.

Wir aßen unsere Steaks ohne zu reden. Völlig unerwartet bestellte Cornelius eine halbe Flasche Rotwein und trank sie bis zum letzten Tropfen. Schließlich sagte er: „Ich sehe, daß du sehr müde bist. Es tut mir leid, ich war wahrscheinlich sehr egoistisch, als ich dich noch hierher zum Abendessen gezwungen habe. Die Wahrheit ist aber, daß es mir keine Freude macht, dich am morgigen Tag zu verlieren. Ich werde dich sehr vermissen.“

„Das war deine Wahl, Cornelius. Nicht die meine.“

„Wahl? Was für eine Wahl? Nein, so darfst du mir nicht antworten. Scott, wir scheiden doch als Freunde, oder?“

„Selbstverständlich.“

„Das ist gut. Du sollst wissen, daß ich dir wahrhaft dankbar dafür bin, daß du immer in die Bresche springst, wie jetzt in London – und glaub mir, daß ich nicht vergessen habe, wie man sich in den gegebenen Umständen bei jemandem bedankt.“

Nach einer kurzen Pause sagte ich: „Ich danke dir. Du wirst von meiner Arbeit in London nicht enttäuscht werden.“

„Ich vertraue dir vollkommen. Gut. Ich bin froh, daß wir uns wieder verstehen.“

Nach dem Dinner begleitete er mich zum Ausgang.

„Nun, das ist es wohl“, sagte er. „Hier verabschieden wir uns nun.“ Er streckte mir scheu seine Hand entgegen.

Ich schaute auf die Hand. Dann nahm ich sie, schüttelte sie und ließ sie fallen. „Alles Gute.“

Er sah mich an. Seine Augen waren voll Tränen. Es schien

mir, daß der Wein ihn ungewöhnlich weich gestimmt hatte, und diese zur Schaustellung von Gefühlen war mir äußerst unangenehm.

„Du wirst immer mein Junge sein, Scott", sagte er, „egal, was passiert. Vergiß das nicht."

Ich dachte daran, wie er meinen Vater umgebracht hatte, und wollte ihm in die Fresse kotzen, ich wollte ihn zu Brei schlagen, ich wollte ihn am Genick greifen und ihn ganz langsam erwürgen, nur damit er wissen sollte, wie schrecklich es ist, wenn man Zentimeter um Zentimeter stirbt. Ich bewegte mich aber nicht. Ich dachte nur so ganz entfernt: Ich werde ihn schließlich beseitigen. Und laut sagte ich: „Ich werde es nicht vergessen."

Dann ging ich und lief zurück zum Carlyle.

IV.

Es war immer noch kein Brief von Vicky da. Als ich ihre Haushälterin anrief, gab es auch keine Nachricht für mich. Ich wußte nun, daß Vicky mit mir brechen wollte, und ich fragte mich, ob ich meine Abreise verschieben könnte, ob ich sie nach ihrer Rückkehr in die Stadt mit mir konfrontieren und ob ich versuchen sollte, ihre Ansicht zu ändern. Dann wurde mir klar, daß es gefährlich wäre, meinen Abflug zu verschieben. Wenn ich das einmal tun würde, dann könnte sich das leicht wiederholen. Meine Nerven könnten dann nicht mehr mitspielen. Mir war sowieso schon so, als seien meine Nerven derart strapaziert, daß ich aus dieser ganzen Geschichte nicht mehr lebendig hervorgehen könnte.

Die Nacht zog sich hin. Ich fühlte den Tod sehr nahe. Ich dachte ständig an Vicky und fragte mich, wie ich weiterleben sollte, wenn sie auf der Beendigung unserer Beziehung bestand.

Die Möglichkeit des Überlebens war plötzlich nur noch ein brüchiger Faden, der jeden Moment reißen konnte. Als ich beobachtete, wie die Morgendämmerung schließlich jenseits des East River hereinbrach, sah ich auch, wie der Tod über das Schachbrett am Meer auf mich zuschritt.

V.

So verschmolz schließlich meine Vorstellung mit der Wirklichkeit und ich fand mich letztlich in der Situation, in der ich selbst den Mythos spielte, der mich so lange Zeit fasziniert hatte. Als ich in die BOAC-Halle des Abfluggebäudes im John F. Kennedy International Airport ging, da betrat ich die desolate Landschaft von Rolands Suche, und als ich die kranke Wüste von Beton und Glas sah, da erkannte ich sie als das wüste Land, das den Dunklen Turm umgab und schützte.

Sofort sah ich das Flugzeug vor mir, das mich nach England bringen würde. Ich sah es genau so klar, wie Roland seinen Dunklen Turm gesehen hatte, und plötzlich wußte ich, daß jetzt die Zeit gekommen war, daß dies der Ort war und daß ich mich jetzt entscheiden mußte, ob ich meinem Ehrgeiz folgen oder ihn aufgeben sollte, daß dies der Ort war, an dem Roland sich entscheiden mußte, ob er das Zauberhorn an die Lippen heben wollte oder nicht.

Jemand rief meinen Namen. Ich blickte mich um und sah, daß sie da war, weiß gekleidet, im Kontrast zu den schwarzen Kapuzenfiguren meiner Fantasie, eng in ihren Nerz gewickelt, als wolle sie die Kühle des Todes von sich abwenden. Und als sie auf mich zulief, sich durch die Menge bewegte, streckte sie die Arme aus und rief: „Scott! Geh nicht weg!"

Dann sprach eine Stimme entfernt und weit über uns: „British Overseas Airways Flug Nummer 510 nach London . . ."

„Vicky", flüsterte ich. „Vicky."

Sie lag in meinen Armen. Einen Augenblick lang spielte sonst nichts eine Rolle, und ich wußte ganz genau, was ich zu tun hatte.

„O Scott, bitte – du darfst nicht gehen, du darfst einfach nicht! Siehst du denn nicht, was vor sich geht? Kannst du denn nicht verstehen?"

„. . . und alle Passagiere werden gebeten . . ."

„Ich würde ja alles aufgeben, ich würde mit dir nach London gehen, aber es hätte ja keinen Sinn, weil das Hauptproblem, nämlich daß du darunter leidest, ja immer noch nicht gelöst wäre. Solange dieses Problem noch existiert, wird es für mich in deinem Leben nie genügend Platz geben –"

„Vergib dir selber, vergib deinem Vater, hör doch auf, bleib hier, überlebe – ich werde dir helfen, das schwöre ich dir, bleib bei mir, und ich weiß, daß wir es miteinander schaffen werden, ich weiß, daß wir es können, ich weiß es –"

Ich wußte es auch. Der gesunde, rationelle Teil meines Hirns wußte es. Der Teil, der Vicky liebte, wußte es. Ich schaute auf den Paß in meiner Hand, ich sah auf die Bordkarte, nahm die Bordkarte in die Hand, um sie in zwei Stücke zu zerreißen, aber dann trat die Vergangenheit dazwischen, die mich paralysierte, und meine Finger bewegten sich nicht mehr.

„Ich kann nicht bleiben", flüsterte ich. „Ich möchte, aber ich kann es nicht. Ich kann nicht, kann nicht, kann nicht."

Sie wich vor mir zurück. „Dann kann ich auch nichts mehr tun. Ich kann dir nicht helfen. Ich komme nicht zu dir durch. Und ich kann dich nie wiedersehen." Sonst sagten wir nichts.

Sie sah mich benommen an, zu verschreckt, um tiefe Gefühle zu zeigen, zu erschöpft, um vernünftige Argumente vorzubringen. Schließlich ließ sie mich stehen und taumelte zum Ausgang.

„Dies ist der letzte Aufruf für British-Overseas-Airways-Flug Nummer 510 nach London . . ."

Ich ging durch die große Halle, ging bis zum letzten Ende dieser Wüste aus Beton und Glas, ging mit Roland und genau wie Roland bis zum letzten Ende dieses Mythos, den ich zu meinem eigenen gemacht hatte, ging also bis zum Dunklen Turm und betrat ihn.

„Erster Klasse, Sir? Hierher, bitte. Der Fenstersitz . . . Darf ich Ihnen den Mantel abnehmen?"

Ich setzte mich und wartete.

„Möchten Sie einen Drink, Sir, vor dem Start?" sagte eine hübsche Stewardeß neben mir.

Ich sah sie an und sehnte mich nach dem Tod. Der Schmerz, zu leben, war mehr, als ich ertragen konnte.

„Ja", sagte ich, „ich möchte einen Drink. Geben Sie mir einen doppelten Martini auf Eis."

6. Teil

VICKY

1963–1967

ERSTES KAPITEL

I.

„Guten Morgen“, sagte die körperlose Stimme. „Dies ist der Privatanschluß von Mr. Van Zale. Was kann ich für Sie tun?“

„Hier spricht Mrs. Foxworth“, sagte ich. „Geben Sie ihn mir.“

Es entstand eine Pause. Selbst von frivolen Gesellschaftslöwinnen konnte man erwarten, daß sie eine bedeutende Chefsekretärin mit Respekt anzusprechen hatten.

„Es tut mir sehr leid, Mrs. Foxworth, aber Mr. Van Zale ist in einer Besprechung –“

„Holen Sie ihn bitte heraus.“

„Aber –“

„Holen Sie ihn raus!“

Ihr blieb die Luft weg. Dann wurde der Durchstellknopf gedrückt, und die Leitung war tot. Ich steckte mir eine neue Zigarette an und suchte Geld zusammen für den Fall, daß die Vermittlung mehr verlangte, aber das Schweigen wurde nicht unterbrochen, bis die Leitung wieder funktionierte und mein Vater atemlos sagte: „Vicky? Mein Schatz, was ist passiert? Von wo aus rufst du an? Bist du noch in Boston im Ritz-Carlton?“

„Ich bin am Kennedy Airport.“

„Aber was ist denn los? Geht es um Scott? Ist sein Flugzeug abgestürzt? Ist er –“

„Scott ist auf dem Weg nach London“, sagte ich, „und ich glaube, jetzt ist es an der Zeit, daß du die Sauerei wieder in Ordnung bringst, die du aus seinem und aus meinem Leben gemacht hast. Setz dich mal ganz schnell hierher in Bewegung, bitte. Ich warte auf dich in der Ankunftshalle für Auslandsflüge.“

„Aber, mein Schatz – Honey –, ich verstehe ganz gewiß, daß du sehr aufgeregt bist und natürlich komme ich so schnell wie ich kann zu dir, aber ich bin gerade mitten in einer sehr wichtigen Besprechung, und –“

„Scheiß auf die Besprechung! Wir reden hier über mein Leben! Entweder kommst du sofort hierher, oder ich nehme das nächste Flugzeug nach London . . .“

II.

Eine Dreiviertelstunde später hielt der Cadillac meines Vaters am Rinnstein. Mein Vater, flankiert von zwei Assistenten und einem Leibwächter, entstieg mit der Hilfe seines Chauffeurs dem Auto. Ich wartete, den Nerz wie ein totes Gewicht über meinem Arm. Nach dem Anruf hatte ich etwas Kaffee zu mir genommen und neues Make-up aufgelegt, um nicht erkennen zu lassen, wie sehr ich geweint hatte.

Der oberste Assistent schoß zu mir herüber. „Vielleicht in der V.I.P. Lounge, Mrs. Foxworth –“

„Völlig unnötig. Wir setzen uns in die Bar.“

„Sein Asthma –“

„Oh, hören Sie doch auf mit diesem ganzen Mist wegen seines Asthmas! Komm jetzt, Vater, ich stifte dir einen Cognac, dann wird es dir bald bessergehen.“

Mein Vater sah mich nur mit seinen wütenden Augen an, und dann sagte er etwas zu mir in seinem schönsten asthmatischen Geräusper. Ich unterbrach ihn aber.

„Warten Sie auf uns im Auto, Sie beide“, sagte ich zu seinen Assistenten, und zu dem Leibwächter gewandt, fügte ich hinzu: „Sie können mitkommen, aber Sie müssen auf der anderen Seite des Raumes sitzen.“

Die drei Männer sahen mich an, als seien mir Hörner und ein Schwanz gewachsen. Dann schauten sie meinen Vater an. Er nickte gequält. Sein Gesicht war grau geworden und sein Atem war unangenehm hörbar.

„Nun komm mit, Vater“, sagte ich und nahm ihn beim Arm. „Hier lang.“

Wir schafften es zur Bar, ich setzte ihn in eine Ecke und bestellte dann einen Martini und einen doppelten Cognac. Der Leibwächter zog sich mit einem Glas Bier an einen weit entfernten Tisch zurück. Wir waren allein.

„Ich sollte das nicht trinken“, flüsterte mein Vater. Er trank es aber. Er nahm einen kleinen Schluck, dann einen größeren, schließlich fing er an, sich nervös zu bewegen, staubte seine Manschetten ab, räusperte sich und spielte mit einem Flecken auf dem Tisch herum. Als er sich schließlich eine angemessene Rede zurechtgelegt hatte, sagte er, ohne mich anzusehen, ziemlich schwach: „Es tut mir leid, daß du wegen Scott so durcheinander bist. Natürlich verstehe ich überhaupt nicht, daß du mich so hysterisch alarmierst, mich aus einer wichtigen Konferenz herausholst und hierher zum Flughafen zitierst, aber ich verstehe doch, daß Frauen sich manchmal neurotisch verhalten, wenn sie in der Liebe betrogen worden sind, und insofern will ich dich entschuldigen. Jetzt ist aber wichtig, daß du dich beruhigst, daß du dich vernünftig benimmst und daß du die Angelegenheit in den richtigen Proportionen siehst. Ich nehme an, du glaubst, daß ich Scott nach London geschickt habe, um eure Affäre zu beenden. Nun, das stimmt nicht. Für mich haben da nur geschäftliche Überlegungen eine Rolle gespielt. Ich mische mich jetzt nicht mehr in dein Privatleben. Ich akzeptiere voll und ganz, daß du eine erwachsene Frau bist und daß du ein Recht hast, so zu leben, wie es dir gefällt."

Er hielt inne und sah mich direkt an. Seine Augen waren klar und ehrlich, sein Ausdruck aufrichtig. Ernst durchdrang jede Silbe, die er sprach. Mir wurde schlecht.

Ich sagte: „Bist du jetzt fertig?"

„Aber Schätzchen –"

„Nenn du mich nur nicht ‚Schätzchen'!" schrie ich. „Was du in Wirklichkeit sagst, ist, daß du dir wie Pontius Pilatus deine Hände in Unschuld wäschst, nachdem du Scotts Leben so vermasselt hast, daß er unfähig ist, sich vernünftig zu benehmen. Und dann sagst du fromm: ‚Ich bin unschuldig! All dieses hat mit mir nichts zu tun!'"

„Ich weiß überhaupt nicht, wovon du sprichst."

„Begreifst du denn nicht, daß wir alle mit den Konsequenzen deines Tuns leben müssen?"

„Aber ich habe nichts Böses getan! Ich wollte immer nur das Beste für dich und Scott –"

„Warum hast du dann Scott dazu gebracht, seinen Vater so zu hassen, seinen Vater, der ihn geliebt hat?"

„Oh, aber –"

„Willst du das leugnen?"

„Du verstehst das nicht! Sieh mal, so war das ja alles überhaupt nicht –"

„So war es, Vater. So hätte es nicht sein sollen, aber so war es wirklich."

„Ich hatte ein Recht dazu. Steve hat Scott überhaupt nicht verdient. Der hatte all seine Rechte verwirkt."

„Das glaube ich nicht. Das wolltest du damals glauben, aber –"

„Steve war alles völlig egal. Warum auch nicht? Er zeugte pausenlos überall Kinder – für ihn spielte es doch keine Rolle, ob er einen Sohn mehr oder weniger hatte! Jedenfalls brauchte Scott jemanden, der sich um ihn kümmerte. Ich hielt das einfach nur für Gerechtigkeit. Es war so, als hätte Gott gewollt –"

„Du und dein Gott!" rief ich. „Sprich mir nicht von deiner Sicht Gottes und von deiner Moral! Du hast dich sehr selbstsüchtig und böse benommen, und es ist höchste Zeit, daß dir das jemand sagt! Begreifst du denn nicht, was du getan hast? Du hast Scott so verkrüppelt, daß er nicht mehr fähig ist, ein normales Leben zu führen! Du hast ihn amputiert!"

„Reiner weibischer Unfug. Nun reiß dich mal bitte zusammen und hör auf, dich hysterisch zu benehmen. Scott ist ein brillanter und erfolgreicher Mann."

„Erfolg? Das nennst du Erfolg?"

„Aber sicher!"

„Nun, und um was für einen Preis?"

„Nun schau mal her, Vicky –"

„Du hast ihn ruiniert, Vater. Das ist offenbar eine Wahrheit, die du nicht wahrhaben willst, aber das ändert nichts daran, daß sie trotzdem wahr ist. Du hast ihn ruiniert."

„Wie hätte ich ihn ruinieren können?" schrie mein Vater. „Ich wollte doch nur –"

„Nun komm nicht wieder mit der Scheiße, daß du nur das Beste für ihn gewollt hast. Alles, was du je wolltest, war das Beste für dich selber. Aber jetzt sag mir nur: wenn du damals in den dreißiger Jahren sosehr einen Sohn gewollt hast, warum, in Dreiteufels Namen, bist du nicht hingegangen und hast selber einen gemacht? Warum bist du jahrelang mit diesem kalten Wesen von einer Frau verheiratet geblieben, mit der du immer unglücklich gewesen bist?"

Mein Vater zuckte zusammen. Er machte nicht den Versuch, irgend etwas zu erklären, aber das Unglück strahlte förmlich von ihm aus, schuf ein Klima der Scham und der Verzweiflung, vor dem ich erschreckt zurückwich.

„O Vicky“, sagte er. „Wenn du nur wüßtest. Wenn du nur wüßtest.“

Aber ich wußte. Ich sah das alles, jede Einzelheit, die er im Verlauf seiner Ehe erlebt hatte. Ich wußte es nur zu gut. Ich war ja selber dabeigewesen.

Meine ganze Wut schwand, und zurück blieb nur die Liebe.

III.

„Du verstehst es nicht“, sagte er. „Ich fühlte mich so schuldig, so nutzlos, solch ein Versager. Ich war der Versager in einer wunderbaren Ehe. Ich mußte zusehen, wie alles kaputtging, und wußte, daß das alles mein Fehler war. Du kannst dir nicht vorstellen, wie das war. Du kannst das nicht verstehen.“

„Ich kann das nicht verstehen? Daddy, hast du keine Vorstellung davon, überhaupt keine Vorstellung, was in meinen beiden Ehen passiert ist?“

Wir sahen uns an. Wir sahen uns sehr lange an. Dann sagte er und fiel fast dabei in sich zusammen: „Dann verstehst du ja . . . wie die Dinge wirklich standen.“

„Je mehr du dich selber als einen Versager empfunden hast, um so wichtiger hätte es doch sein sollen, daß es da Leute gibt in deinem Leben – besonders Kinder –, die dich weiterhin lieben und glauben, daß du ein Vorbild bist.“

„Ja.“

„Deswegen bist du auch vor nichts zurückgeschreckt, um Scott von Steve wegzukriegen.“

„Ja.“

„Du wußtest, daß das nicht richtig war, aber du konntest nichts dagegen tun.“

„Ja.“

„Du hast dir das so vorgestellt, daß du der bestmögliche Vater für Scott sein wolltest und daß dann alles in Ordnung kommen würde, und daß keiner dabei Schaden nehmen würde.“

„Ja. Genauso war es. So hätte es auch sein sollen. Ich habe Himmel und Hölle in Bewegung gesetzt, um es so zu richten. Ich weiß nicht – ich verstehe nicht –, was passiert ist . . . ich habe mich so bemüht.“

Ich trank meinen Martini aus und stand auf.

„Wo gehst du hin?“ fragte mein Vater in Panik.

„Uns noch eine Runde Drinks holen.“

Als ich zurückkam, saß er sehr still da, eine schmale, zarte Figur, gebeugt in seinem schwarzen Rock, kein Ungeheuer mehr, sondern nur die Art von Versager, die er selber immer so offen verachtet hatte, pathetisch und bemitleidenswert, erbärmlich und verirrt. Ich urteilte nicht und verurteilte nicht. Mir waren meine eigenen Fehler zu bewußt. Selbst mit Scott hatte ich es schließlich nicht geschafft. Ich hatte es nicht geschafft, ihn zu halten, ich hatte es nicht geschafft, ihn zu heilen, hatte es vielleicht auch nicht geschafft, ihn genügend zu lieben . . . Tränen quälten meine Augen wieder, aber dann fiel mir ein, wie Sebastian gesagt hatte: „Sei böse! Werde wütend!“ und dann sagte ich mir wild: Nein. Ich hatte Scott nicht im Stich gelassen. Er hatte mich im Stich gelassen.

Ich schaute meinen Vater an und fragte mich, wieviel er wußte. „Wie gut verstehst du Scott, Daddy?“ sagte ich abrupt.

Das müde Gesicht meines Vaters schien vor meinen Augen noch weiter zu altern. „Zu gut“, sagte er.

„Bist du da sicher?“ Ich nahm einen Schluck von meinem neuen Martini. „Was ich nicht verstehen kann, ist, warum du dich von ihm so lange hast manipulieren lassen.“

„Er hat mich nicht manipuliert.“

„Aber –“

„Du verstehst das alles ganz falsch, Vicky, genau wie alle anderen Leute. Scott hat mich nicht manipuliert. Ich habe ihn manipuliert. Ich habe jeden getäuscht, sogar Scott selber, die ganze Zeit über.“

IV.

Ich war erschüttert. Ich starrte ihn an. „Worüber, in Dreiteufels Namen, redest du?

„Kannst du denn immer noch nicht die Dinge so sehen, wie sie wirklich sind?“

„Ich glaube, wir reden aneinander vorbei – oder vielleicht gibt es da irgendein fundamentales Mißverständnis –“

„Das bezweifle ich, aber laß uns doch einmal die ganze Sache neu überlegen, und zwar vom Standpunkt Scotts aus, nur damit wir sicher sind, daß keiner von uns irgend etwas nicht mitbekommen hat. Scott hat doch gedacht – und das stimmt ja wohl –, wenn er in die Bank ginge, wenn er wie ein Sklave arbeitete und sich unentbehrlich machte, daß er es dann schaffen würde, mich dazuzukriegen, ihm schließlich die Bank zu vererben. Er hatte diese außergewöhnliche Vorstellung, die er mir ja auch bei vielen nächtlichen Schachspielen indirekt verkündete, daß ich mich am Ende gezwungen sehen würde, ihm aus Schuldgefühlen heraus die Bank zu überlassen. Nach seiner Meinung würde ich eine große Geste der Wiedergutmachung tun, mich zurückziehen . . . Warum siehst du mich so an? Gibst du mir nicht recht?“

Ich konnte nur sagen: „Du wußtest es also. Du hast alles gewußt.“

„Natürlich! Scott hat in seiner eigenen indirekten, mystischen Art keinen Zweifel daran gelassen. Es ist komisch, was für einen Mist diese Intellektuellen zusammenschwärmen, wenn sie sich darauf versteifen. Sie haben diese besondere Schwäche für übertriebene Theorien, die nur in ihrer eigenen Vorstellung existieren, und Scott liebt all diese Dinge natürlich – Mythen, Allegorien, mittelalterlichen Scheißdreck, allgemeinen Hokuspokus . . . ich selber habe nie begriffen, was daran so interessant ist, aber warum hätte ich ihn daran hindern sollen, wenn er sich dieses mittelalterliche Blendwerk über die Augen ziehen wollte?“

Mir wurde schlecht. Ich sagte nur: „Sprich weiter.“

„Ich will damit nicht sagen, daß ich hinsichtlich der Vergangenheit keine Schuld empfinde“, sagte mein Vater. „Das wäre gelogen. Steve und ich kämpften wirklich unterhalb der Gürtellinie miteinander, und ich habe diesen Kampf nicht dadurch gewonnen, daß ich mich besonders ritterlich aufführte. Aber zwei Dinge sollten doch genannt werden, bevor irgend jemand mich einen Schweinehund nennt – oder bevor ich selber anfange, mir selbst ein Kreuz aus schlechtem Gewissen zu errichten. Nummer eins: Wenn ich nicht Steve die Kehle durchgeschnitten hätte, dann hätte er mit Sicherheit meine durchgeschnitten. Und Nummer zwei: Da Paul mich ganz klar als seinen Nachfolger in der Bank auserwählt hatte, hatte ich ein größeres Recht auf eben diese Bank als Steve Sullivan. In dem ganzen Getöse scheinen diese beiden Tatsachen manchmal vergessen zu werden. Ich weiß nicht, warum. Sie sind sehr wichtig. Obwohl ich manchmal wegen bestimmter Dinge in der Vergangenheit schon Schuldgefühle habe, kann ich in diesem Fall mein Verhalten überhaupt nicht bedauern. Ich könnte auch nie derart von Schuld geplagt sein, daß ich einen Nervenzusammenbruch bekommen und mein ganzes Lebenswerk einfach so von mir werfen würde, nur um mein Gewissen zu beruhigen . . . verstehst du noch, wovon ich rede? Und kannst du jetzt mal die ganze Sache nicht nur von Scotts Standpunkt aus sehen, sondern von meinem?"

Ich konnte nicht sprechen, nickte aber.

„Gut", sagte mein Vater, „weil wir nämlich jetzt zum Kern der ganzen Sache kommen. Nämlich: ich würde die Bank niemals an jemanden übergeben, von dem ich grundsätzlich nichts halte, aber wenn man alles berücksichtigt, dann ist es nicht so, daß ich von Scott grundsätzlich nichts halte. Mit anderen Worten, diese ganze unwirkliche, verwirrte intellektuelle Motivation, die Scott immer in mir nähren wollte, die brauchte ich überhaupt nicht."

„Du meinst, du wolltest – du hast schon immer gewollt –"

„Ja", sagte mein Vater. „Immer. Ich wollte schon immer, daß Scott die Bank bekommen sollte."

Ich starrte ihn an. Mein Mund war ganz trocken. „Daddy, das darf er nie, nie wissen. Er darf nie erfahren, daß er all diese Jahre darauf verwendet hat, dem Feind seines Vaters genau das zu geben, was dieser Feind am liebsten haben wollte. Wenn er wüßte, daß seine Suche nichts anderes war, als eine große Illusion, das würde ihn zerstören."

„Glaubst du? Ich bin nicht so sicher. Scott ist sehr zäh. Ich habe immer bewundert, wie zäh er ist . . . du verstehst aber nun, oder? Meine Motivation war nicht die einer Schuld. Schuld hat da überhaupt keine Rolle gespielt. Ich wollte, daß Scott die Bank bekommt, weil –"

„Weil er der jüngere Bruder war, den du nie hattest, und weil er der Sohn war, den du immer gewollt hast, und du hast gemeint, daß er dir ganz gehört. Aus deiner Sicht war seine Zugehörigkeit zu Steve nur ein biologischer Unfall."

„Das stimmt", sagte mein Vater. „Ich wollte, daß Scott die

Bank bekommt, weil ich ihn liebe. Das klingt schon komisch, wenn man es so geradeheraus sagt. Ich habe es noch nie so klar ausgesprochen – ich wollte es mir selbst gegenüber nicht einmal zugeben, weil ich Angst davor hatte, daß es einmal klarwerden könnte, wie ich wirklich empfinde."

„Damit willst du sagen, daß du die Wahrheit nicht wahrhaben wolltest."

„Nun, ja, wenn ich je das erreichen wollte, wonach ich strebte, dann nur, indem ich die Wahrheit nicht allzu deutlich werden ließ! Du mußt doch begreifen, in welch schwieriger Situation ich war. Zuallererst mußte ich an Alicia denken, die selbstverständlich erwartete, daß ich Sebastian zu meinem Erben machen würde. Ich konnte ja nun schlecht sagen, daß ich Sebastian übergehen wollte und daß mir an ihren beiden Söhnen im Grunde nicht besonders viel lag . . . Genaugenommen war Alicia allerdings nur ein sekundärer Grund. Das Hauptproblem, das habe ich von Anfang an so gesehen, war Scott selbst."

„Ich nehme an", sagte ich langsam, „du hattest einfach Angst davor, daß er dich sitzenlassen und irgendwo verschwinden würde, sobald er wußte, daß sein eigener Ehrgeiz nur darin bestand, dir das zu geben, was du selbst wolltest."

„Nein, da gehst du zu schnell zu weit. Du übersiehst die wichtige Tatsache, daß ich jahrelang einfach nicht begriffen habe, daß Scott mir nicht freundlich gesinnt war. Vor dem Krieg hatten wir uns sehr gut verstanden, und als er nach dem Krieg nach Hause kam, gab er keinen Hinweis darauf, daß seine Einstellung mir gegenüber sich geändert haben könnte. Nein, so habe ich das Problem damals nicht gesehen, daß er sich von mir entfernen und irgendwohin verschwinden könnte, sobald er die Wahrheit herausfand. Ich glaubte nur, daß, sobald er selbst meinte, er könnte die Bank vergleichsweise leicht bekommen, er das Interesse am Bankgeschäft verlieren könnte und sich einen anderen Beruf suchen würde, nur um zu beweisen, daß er ein klügerer, schlauerer und besserer Mann war, als sein Vater es jemals gewesen ist."

„Ich glaube, ich verstehe. Du sagst, daß Scott eine Auseinandersetzung brauchte. Er mußte sich selber bestrafen, indem er eine fast übermenschliche Aufgabe auf sich nahm –"

„Nun, ich bin kein Experte in Psychologie und ich habe ihn

auch nicht einer Analyse unterzogen, aber mein Instinkt sagte mir, daß er daran glauben wollte – glauben mußte –, daß wir uns in einer großen mythologischen Schlacht befinden und daß ich mit ihm kämpfen müßte, um meine eigenen Ziele zu erreichen. Ich mußte Scott durch diese selbsterfundenen, selbstvorgestellten Ringe springen lassen – und warum auch nicht. Das kam mir damals auch nicht besonders finster vor. Es stimmte auch völlig mit meiner Theorie überein, daß er wegen seines Vaters ziemlich durcheinander war und daß dies ihm eine Möglichkeit gab, wieder mit sich selbst ins reine zu kommen. Ich möchte noch einmal sagen, daß er nie irgendwelche Zeichen der Feindseligkeit von sich gegeben hat, nie. Er war, und das mußt du sehen, einfach genauso tüchtig darin, mich zu täuschen, wie ich tüchtig darin war, ihn zu täuschen."

„Wann hast du angefangen, ihn zu durchschauen?"

„1955. Bis dahin lief alles wunderbar, obgleich ich im Rückblick schon sagen muß, daß es mich überrascht, wie gekonnt ich die Illusion erzeugt habe, daß ich mir Scott auf gar keinen Fall als meinen Nachfolger vorstellen konnte. Zwei Hinweise machten es eigentlich sehr klar, wie die Dinge in Wirklichkeit lagen. Der erste war, daß ich Scott ins Geschäft nahm. Leute wie Emily glaubten, das sei reine christliche Nächstenliebe, was natürlich Blödsinn war – ich hätte ihn nie angestellt, wenn ich ihn nicht hätte haben wollen. Und der zweite Hinweis war, daß ich ihn nie hinausgeworfen habe. Sam wollte ihn entlassen. Eine ganze Reihe von Leuten wollten zu dieser oder jener Zeit Scott aus dem Wege schaffen, aber ich hielt ihn fest und half ihm die ganze Zeit hindurch – bis ich zum Schluß begriff, daß ich mir mein eigenes Grab geschaufelt hatte."

Mein Vater sprach nicht weiter. Er atmete jetzt leichter, und sein Gesicht, wenngleich noch blaß und gespannt, war nicht mehr so grau. Er trank noch etwas mehr Cognac, und um uns herum hörte ich die Geräusche des Flughafens, das Hasten der Leute, wie sie kamen und gingen, das Gemurmel der Unterhaltung und den Lärm der Ansagen über das Lautsprechersystem.

Ich sagte: „Was ist 1955 passiert?"

„Ich entdeckte, daß Tony Sullivan nach seinem Tode einen Brief hinterlassen hatte." Mein Vater dachte einen Augenblick nach, bevor er vorsichtig hinzufügte: „Er gab Steves Version der

Vergangenheit wieder. Natürlich hatte ich Scott mit meiner Sicht erzogen.“

„Aber warum soll denn Scott deine Ansicht abgelehnt und die Steves akzeptiert haben?“

„Tonys Brief war sehr überzeugend.“ Mein Vater machte eine Pause, als wolle er diese Feststellung überdenken, aber schließlich bestätigte er sie, indem er wiederholte: „Sehr überzeugend. Er war einseitig und natürlich nicht genau, aber –“

„War er das? Aber Tony war immer so ehrlich! Ich hätte gedacht, er sei der letzte Mensch, der eine Art von Lügengespinst erfindet!“

„Das ist wahr, und genau aus diesem Grunde muß dieser Brief Scott sehr beeinflußt haben. Es gibt auf der anderen Seite verschiedene Arten, wie man die Wahrheit ansieht, und wie ich schon gesagt habe, hatte ich zwar einen ziemlichen Krach mit Steve, aber bereut habe ich nichts, weil ich noch immer meine, daß mein Verhalten richtig war.“

„Scott glaubt, daß du Steve umgebracht hast.“

Mein Vater wurde weiß. „Das hat er dir gesagt? Aber –“

„Mach dir keine Sorgen, ich habe das nicht sehr ernst genommen. Scott hat eine Neurose, was seinen Vater angeht, und er hat ganz offensichtlich die Vergangenheit nicht mehr im Griff.“

Ich seufzte und gab mir Mühe, die Unterhaltung wieder auf Themen der Gegenwart zu bringen. Steves Tod mochte schon eine Tragödie gewesen sein, aber warum sollte ich mich nun mit diesen ganzen finsteren Details beschäftigen? Ich war an Scott interessiert, nicht an seinem Vater. „Wann hat Scott Tonys Brief gelesen?“ fragte ich.

„Nachdem Tony 1944 umkam. Aber unglücklicherweise wußte ich bis 1955 nicht, daß der Brief überhaupt existiert. Sobald ich den Brief aber gelesen hatte, wußte ich, daß Scott mir gegenüber feindlich eingestellt sein mußte – ich mußte ihn also entlassen.“

„Aber warum hast du es dann nicht getan? Was ist denn da passiert?“

„Nun, sieh mal, Vicky“, sagte mein Vater, der plötzlich sehr alt und sehr müde aussah, „ich bin in Wirklichkeit nicht so hart, wie ich mir selber immer vormache. Ich bin tatsächlich so schwach, daß ich der Wahrheit überhaupt nicht ins Gesicht sehen kann. Scott war nicht der einzige hier, der eine bestimmte Handlungsweise als für ihn psychologisch notwendig ansah."

„Mit anderen Worten, du konntest dir gar nicht vorstellen, ihn zu entlassen."

„Oh, ich konnte schon! Ich werfe immer Partner raus, sobald ich ihnen nicht mehr hundertprozentig vertrauen kann – das ist eine Reflexhandlung, das ist viel schneller und sauberer, als sie weiterzubeschäftigen und doch immer damit zu rechnen, daß sie wieder versuchen, einem in den Rücken zu fallen . . . Nein, ich hätte mir schon vorstellen können, Scott rauszuwerfen, aber ich machte mir klar, daß es nicht nötig war. Ich glaubte, daß ich ihn im Griff hätte. Es war wahrscheinlich die verkehrteste Entscheidung, die ich je getroffen habe."

„Aber ich verstehe immer noch nicht, warum –"

„Ich ging damals durch eine schwierige Phase in meinem Privatleben, und ich konnte mir einfach nicht vorstellen, daß Scott nicht mehr da wäre. Jedenfalls glaubte ich immer noch, daß er mich mochte. Ich mußte das glauben, verstehst du? Das war mein Mythos. Ich brauchte ihn. Er schützte mich vor einer Wirklichkeit, die ich nicht ertragen hätte."

„Aber du wußtest, daß er dich nicht mochte!"

„Ich wußte, daß er die Bank nicht nur haben wollte, um selbst ins Lot zu kommen, sondern um seinen Vater zu rächen. Ich wußte, daß er hinter der Gerechtigkeit her war, aber ich dachte mir: Na gut, er will also ein wenig Gerechtigkeit, und warum auch nicht? Und ich dachte mir, daß ich eine Lösung finden könnte, die jeden zufriedenstellen würde. Ich hatte die Vorstellung, daß er ein Statthalter sein könnte für die Bank in der Zeit zwischen meiner Pensionierung und der Zeit, in der meine Enkel alt genug sein würden, die Dinge zu übernehmen . . . Ich hatte immer noch nicht begriffen, daß er so negativ eingestellt war. Vielleicht ein bißchen antagonistisch . . . hart . . . schwierig . . . aber nicht aktiv feindlich. Bis zum Schluß habe ich geglaubt, daß er mich in seiner eigenen Weise irgendwie mochte –"

„Und dann kam das Ende."

„Ja", sagte mein Vater. „Dann kam das Ende."

„Es war vor einer Woche, nicht wahr? Als er nach seinem Urlaub in der Karibik ins Büro kam."

„Ja. Er zerpflückte meinen Mythos und warf ihn mir mitten ins

Gesicht. Es war so, als sei der Scott, den ich seit Jahren gekannt hatte, gestorben und irgendein gewalttätiger und gefährlicher Mensch an seine Stelle getreten. Es war die Gewalttätigkeit, die mich am meisten schockiert hat. Er hielt sie natürlich unter Kontrolle, aber sie war da, klar erkennbar, so klar wie die Tatsache, daß er mich haßte. Ich kann dir nicht beschreiben, wie ich mir da vorkam. Ich wußte einfach nicht, wie ich bis zum Ende des Gesprächs durchhalten sollte. Ich wußte nicht, wie ich das bis zum Schluß überleben konnte."

„Du hast aber überlebt, nicht wahr? Du hast dich zusammengerissen, Scott eingewickelt und mit Luftfracht nach Europa geschickt!"

„Was hätte ich denn sonst tun sollen? Ich konnte ihn nicht entlassen, denn sonst hätte er die Reischmans als Axt benutzt, die mich absägt. Ich konnte ihn auch nicht in New York behalten – dann hätte ich keinen Augenblick Ruhe mehr gehabt. Ich konnte mich nur eine Zeitlang von ihm trennen, um meine Verteidigungslinien wieder neu zu organisieren."

„Daddy –"

„Ja?"

„Daddy, du wirst ihn doch nicht entlassen, sobald du dir das leisten kannst? Ich meine, trotz all der Dinge, die geschehen sind, du würdest doch nicht, könntest doch nicht –"

„Ich kann ihn nicht vor 1968 rauswerfen. Das ist eine Vertragsssache."

„Aber auch nach 1968 – Daddy, wenn dir an Scott überhaupt etwas liegt –"

„Natürlich liegt mir etwas an ihm. Er wird, ganz egal was passiert, immer mein Junge sein. Das habe ich ihm gesagt, bevor er ging." Mein Vater sah mich mit einem erschöpften Ausdruck an. „Ich glaube nicht, daß du begriffen hast, was Scotts Feindschaft mir gegenüber wirklich bedeutet."

„Doch, das habe ich! Er mag dir gegenüber feindlich eingestellt sein, aber im Grunde liegt ihm nichts an dir. Sein Hauptziel ist, die Bank zu bekommen, nur um ‚seinen Vater wieder zum Leben zu erwecken', so drückt er sich aus, und solange du ihn da gewähren läßt, hast du nichts von ihm zu befürchten. Ganz im Gegenteil, du wirst noch feststellen, daß er dazu in der Lage sein wird, dir zu vergeben und sich versöhnen zu lassen."

Nach einer Weile sagte mein Vater: „Es tut mir leid, Vicky, aber das ist reine weibliche Romantik."

„Nein, das ist es nicht! Wie kannst du so etwas sagen! Was für eine beleidigende Bemerkung!"

„Kannst du dir überhaupt nicht vorstellen, daß er vielleicht darauf aus ist, mich zu ruinieren, den Namen der Bank in Sullivan umzuändern und dafür zu sorgen, daß meine Enkel niemals die Schwelle von Willow und Wall Street überschreiten können?"

„Was für eine idiotische Vermutung! Und was für eine typisch männliche Vorstellung, eine reine Idee der Macht und der Aggression!"

„Okay, okay", sagte mein Vater schnell, „darüber wollen wir uns doch nicht erregen. Wir haben uns beide so gut gehalten. Nun, mein Schatz, mach dir über nichts weiter Gedanken – ich weiß, daß du Scott gern hast und daß dies dich sehr beunruhigt, aber nun entspann dich, ich werde die Dinge schon in Ordnung bringen, verlaß dich darauf. Scott und ich müssen uns beide nur etwas abkühlen, das ist alles, aber so langsam werden wir schon einen neuen Modus vivendi finden, und alles wird in Ordnung kommen . . . wenn er vernünftig ist. Meine einzige Angst ist, daß er dich benutzen will, um mich aufs Kreuz zu legen –"

„Das kannst du doch nicht im Ernst denken? Wieder so eine Vorstellung!"

„Ich gebe zu, daß er das bisher noch nicht probiert hat, und ich darf dir sagen, daß dies für mich eine große Erleichterung ist. Natürlich, sobald ich davon hörte, daß er sich mit dir eingelassen hatte, kam ich auch nicht an dem Gedanken vorbei –"

„Vater", sagte ich, „kapier das nur mal ganz klar und richtig: Als Scott zum ersten Mal mit mir geschlafen hat, wußte er nicht einmal, wer ich war."

Mein Vater stutzte nur. „Was, in Dreiteufels Namen, meinst du denn damit?"

„Genau das, was ich gesagt habe. Meine Güte, hast du immer noch nicht begriffen, daß ich nicht die Märchenprinzessin deiner Träume bin?" sagte ich, inzwischen wieder ganz schön wütend, und danach hatten wir unsere erste aufrichtige Unterhaltung über meine fürchterlich mißratene Vergangenheit.

„Armer Sam“, sagte ich. Ich war jetzt ruhiger, meine Stimme war distanzierter und weniger direkt. „Diese Ehe war für ihn verheerend – genau wie für mich. Er war schon sehr unglücklich, und ich habe ihn nur noch unglücklicher gemacht. Was hat er nur für ein vergeudetes Leben geführt, er sehnte sich nach all diesen Träumen, die nie wahr wurden, aber ich nehme an, daß er mit Teresa auch nicht glücklicher geworden wäre . . . Daddy, was ist eigentlich am Ende aus Teresa geworden? Ich wollte schon immer mal fragen, habe mich aber nie getraut. Ich mochte sie, als ich sie damals in der Ausstellung traf.“

Mein Vater sah mich erstaunt an, sagte aber nur: „Sie hat sich mit irgendeinem reichen Mexikaner zusammengetan und ist nach Acapulco gezogen. Jetzt malt sie Bilder im Stil von Diego Rivera. Sie sind fürchterlich. Ich würde sie nie ausstellen.“ Er sah düster hinaus auf den Regen, der auf die Straße fiel.

Wir fuhren jetzt in seinem Cadillac, dem neuen orangenen, sein Leibwächter saß vorne neben dem Chauffeur, und die beiden Assistenten folgten uns in einem Taxi. Mein Vater hielt meine Hand, und ich war zu euphorisch, mir darüber Gedanken zu machen. Ich hatte den ganzen Tag nichts gegessen außer den Oliven in meinen Martinis.

„Ich habe dir sehr viel mehr erzählt, als gut ist“, sagte mein Vater. „Je mehr ich darüber rede, um so klarer wird es mir, daß ich eine unverzeihliche Rolle gespielt habe, als ich deine erste Ehe gefördert habe. Ich hätte den Mund halten sollen.“

„Daddy, das ist völlig falsch. Weißt du nicht, daß ich nach vierzehn Jahren das Recht habe zu wissen, warum Sam mich geheiratet hat?“

„Ja, aber du wirst darüber recht böse sein!“

„Ganz im Gegenteil, das in mir nun vorherrschende Gefühl ist das einer unendlichen Erleichterung. Ich verstehe nun schließlich alles. Und ich brauche mich jetzt nicht mehr aufzuregen.“

„Ich glaube, ich verstehe das nicht, du meinst –“

„Ich meine, da ich nun weiß, daß ganz offensichtlich diese Ehe von Anfang an zum Scheitern verurteilt war, finde ich es jetzt einfach einfacher, mit ihrem Ende zurechtzukommen. Ich brauche mich jetzt mit dieser Erinnerung nicht mehr herumquälen und mir sagen: ‚Vielleicht, wenn ich dieses getan hätte‘, oder, ‚wenn ich vielleicht jenes gemacht hätte‘ . . . Ich kann jetzt einfach sagen: ‚Die Sache wäre sowieso schiefgegangen, ganz egal, was ich getan hätte‘, und damit hat sich's.“

„Keine Schuldgefühle mehr?“

„Nein. Trauer ja, aber keine Schuld. Ich kann jetzt an Sam und vor allem an die guten Zeiten denken. Jahrelang habe ich versucht, überhaupt nicht an ihn zu denken, weil ich einfach Angst davor hatte.“

Wir schwiegen, während das Auto weiter durch den Regen fuhr, aber schließlich sagte mein Vater: „Vicky, ich wünschte mir, daß wir nun über dich und Scott genauso vernünftig und leidenschaftslos reden könnten, wie wir gerade eben über dich und Sam gesprochen haben. Sag mir bitte, was hast du denn eigentlich gemeint, als du sagtest –“

„Ich glaube nicht, daß du das wirklich wissen willst, Daddy“, sagte ich und zog meine Hand abrupt von ihm zurück. „Wirklich nicht. Es ist mir klar, daß wir gerade einige Zeit darauf verwendet haben, zu besprechen, daß ich als eine Wiedergeburt von Tante Emily ein totaler Versager bin, nichtsdestotrotz –“

„Ich bin jetzt sehr froh darüber“, sagte mein Vater, „daß du nicht eine Neuauflage von Emily bist!“

„Aber ich dachte, genau das hättest du immer gewollt!“

„Ja, aber das war ein großer Fehler, genauso ein Fehler, wie ich manchmal wollte, daß du ein Junge wärest. Ich kann mir gar nicht vorstellen, wie ich so dumm sein konnte. Wenn du ein Junge gewesen wärest, stell dir nur mal vor, was das heute bedeuten würde! Du würdest mich herumkommandieren, würdest versuchen, mich früh in Pension zu schicken und mir insgesamt die Hölle heiß machen. Ich wäre ein weißhaariger Mensch, der nur darauf wartet, in sein frühes Grab zu sinken! Mein Gott, mir wird ganz schwach bei dem Gedanken! Was für ein Schwein ich da gehabt habe! Wie ungeheuer gut ich davon gekommen bin!“

Das Auto näherte sich dem Tunnel.

„Soll ich das so verstehen“, sagte ich vorsichtig, „daß du mich einfach so magst, wie ich bin?“

„Ja, aber die große Frage ist jetzt, ob du das gleiche von mir sagen kannst? Der Himmel weiß, was du nach diesen offenen

Gesprächen von mir hältst. Ich kann nicht erwarten, daß deine Einstellung mir gegenüber immer noch dieselbe ist."

„Vielleicht nicht, aber wäre das denn so schlimm? Unsere frühere Beziehung kommt mir nicht gerade als ein großer Verlust vor, da sie ja doch nur auf Illusionen und Platitüden aufgebaut war."

„Aber du hast mich doch wenigstens geliebt!" sagte mein Vater, der jetzt rührselig sein wollte. Wenn seine Verzweiflung nicht so offenkundig echt gewesen wäre, hätte ich der Versuchung erliegen können, diese Sentimentalität mit ein paar bissigen Bemerkungen abzutun; statt dessen aber sagte ich geduldig: „Ich liebte den Mann, für den ich dich hielt, genau wie du das Mädchen liebtest, das ich sein sollte. Wir haben beide Menschen geliebt, die nicht existierten, und was ist daran so großartig? Ich ziehe eine echte Beziehung zu einem wirklichen Menschen vor, keine Phantasiebindung an ein Erzeugnis meiner eigenen Imagination."

„Aber wie kannst du mich je so akzeptieren, wie ich bin?" sagte mein armer Vater, schaffte es, dabei irgendwie pathetisch und verzweifelt zu klingen, sehr alt, aber doch sonderbarerweise kindlich, müde, aber naiv.

„Daddy", sagte ich, „wenn du den Mut hast, mich so zu akzeptieren, wie ich bin, warum sollte ich es nicht schaffen, dich so zu akzeptieren, wie du bist?"

Das Auto tauchte in den Tunnel, und die Art der Geräusche im Wagen veränderte sich. Wir schauten uns in dem schwachen, künstlichen Licht müde an.

„Was empfindest du wirklich, Vicky?"

„Ich weiß es nicht. Ich habe dich heute morgen einfach gehaßt, als ich herausgefunden hatte, wie zerstört Scott ist."

„Ja."

„Aber um ganz ehrlich zu sein, bin ich jetzt zu verwirrt, mir einen einfachen, simplen Haß zu leisten. All diese ehrlichen Unterhaltungen hätten eigentlich helfen sollen, nicht wahr, aber ich komme mir jetzt noch mehr durcheinander vor als vorher. Was machen wir jetzt?"

„Nun", sagte mein Vater scheu, wie ein schweigsamer Philosophiestudent, der eine neue revolutionäre Theorie vorträgt, „vielleicht können wir Freunde sein."

„Das müßte doch unmöglich sein. Wieso nähre ich aber den schrecklichen Verdacht, daß du recht haben könntest?“

„Weil nichts unmöglich ist, wenn man es wirklich will“, sagte mein Vater.

Das Auto schoß aus dem Tunnel heraus in die nassen, glänzenden Straßen von Manhattan.

„Ich weiß nicht, ob ich dein Freund sein kann“, sagte ich und nahm seine Hand wieder in meine. „Ich weiß nicht, ob Eltern und Kinder jemals im üblichen Sinne Freunde sein können. Da liegt fast immer zuviel Haß und zuviel Liebe dazwischen. Aber vielleicht gelingt uns eine Form der Koexistenz besser.“

„Wie wunderbar pragmatisch!“ sagte mein Vater voller Bewunderung. „Ich glaube, wir werden eine sehr erfolgreiche Koexistenz führen . . .“

VI.

Er weigerte sich, in die Wall Street zurückzukehren.

„Ich möchte dich nicht von deiner Arbeit abhalten“, sagte ich.

„Vergiß die Arbeit. Du gehst vor.“

„Aber ich bin ja wieder durchaus in Ordnung.“

„Keineswegs. Du fängst gerade wieder an zu weinen.“

Wir fuhren in seine Wohnung und setzten uns in die Bibliothek, diesem herrlichen, luftigen Raum, voller Glas und den Raumfahrtmöbeln, die an die Szenerie eines Science-fiction-Films erinnerten. Der Central Park schwebte in einem nebligen Schleier unter uns. Es regnete immer noch.

Mein Vater machte mir einen Martini, der nach vier Teilen Wermut und einem Teil Gin schmeckte, und servierte ihn in einem Likörglas. Ich war so erschöpft, daß ich nicht einmal die Kraft aufbrachte, mich zu beschweren. Ich nahm das Glas nur dankbar entgegen, als er sich neben mich auf die Couch setzte.

„Ich würde mich immer noch gerne davon überzeugen lassen, daß Scott eure Beziehung nicht eingefädelt hat“, sagte er. „Ich weiß, daß es mich nichts angeht. Ich sollte mich da nicht einmischen. Aber ich mache mir einfach nur Sorgen um dich; darüber möchte ich mich beruhigen. Ich wünschte, ich könnte dir klarmachen, daß ich nur sehr schwer zu schockieren bin.“

„Dies würde dich aber schockieren. Es hat sogar mich schokkiert, nachdem ich es getan hatte. Deshalb will ich dir nichts darüber erzählen. Ich habe keine Angst davor, deine nichtexistierenden Gefühle zu beleidigen. Ich möchte mich nur einfach nicht noch einmal schämen, ganz abgesehen davon, daß ich mich nicht wirklich schäme. Ich bin froh darüber, daß die Dinge so passiert sind, wie sie passiert sind, ich bin auch froh, daß ich die Initiative selbst ergriffen habe."

„Vicky, du bringst mich mit all diesen Andeutungen und Hinweisen um den Verstand! Entweder, du erzählst es mir, oder du erzählst mir nichts, verdammt noch mal!"

„Okay, ich werde es dir erzählen. Ich bin so erschöpft, daß es mir egal ist. Ich werde dir alles erzählen, und wenn es dir nicht gefällt, dann vergiß bitte nicht, daß du es so haben wolltest."

Ich fing an mit der Saga meiner karibischen Kreuzfahrt. Von meinem Vater kamen regelmäßig voraussehbare Zwischenrufe wie: „Mein Gott!" und „Herr im Himmel!" oder „Kann doch nicht sein!".

„Nun?" fragte ich müde, als ich schließlich aufblickte und seinen Gesichtsausdruck sah. „Wirst du mich nun enterben?"

„Habe ich entsetzt ausgesehen?", sagte mein Vater. „Ich dachte nur an all diese vergeudeten Ferien auf meiner Privatjacht. Ich hätte auf einem Kreuzschiff von hübschen Frauen verführt werden können!"

Ich lachte, fing dann wieder an zu weinen, dann entschloß ich mich wieder zum Lachen. „Daddy, das ist wahrscheinlich das netteste, was du je zu mir gesagt hast."

„Nun, nun, Schätzchen –"

„Nun mach es nicht kaputt! Mein Gott, wie ich diese Kreuzfahrt gehaßt habe. Es war wirklich nicht lustig, Daddy. Auf dem Schiff herrschte eine abscheuliche Atmosphäre, da alle herumliefen und sich wie die Tiere mit jedem paarten."

„Widerwärtig", sagte mein Vater.

Ich sah ihn zweifelnd an, aber er machte sein Pokergesicht.

„War es!" sagte ich trotzig.

„Widerspreche ich dir?"

„Heuchler!"

Mein Vater tätschelte mir beruhigend die Hand. „Okay, du hast mich davon überzeugt, daß die Affäre nicht von Scott ausging. Aber wie schnell hat er angefangen, diese neue Beziehung auszunutzen?“

„Das hat er eben nicht getan. Am Anfang hielt er sie für ein Unglück. Schließlich wurde sie einfach zu einem Hindernis für seinen Ehrgeiz, und ich mußte irgendwie aus seinem Leben verschwinden.“

„Wenn er das glaubte, warum hat er denn darauf bestanden, die Sache nach Abschluß der Kreuzfahrt fortzusetzen?“

„Er begriff, daß ich unter Millionen Frauen die eine für ihn war, genau wie er unter Millionen von Männern der einzig Richtige für mich war.“

„Vicky, du solltest dir einmal selbst zuhören! Erspar mir das. Das ist genau das, was Alicia immer in ihren Fortsetzungsromanen liest!“

„Ich kann daran nichts ändern. Ich gebe nur die Tatsachen wieder. Du hast mich etwas gefragt, und ich habe dir eine ehrliche Antwort gegeben. Wenn dir das zu romantisch ist, dann ist das dein Problem, nicht meines.“

„Ich meine nur –“

„Genau betrachtet, hat das alles sehr wenig mit Romantik zu tun und mehr mit den Fakten des Lebens.“

„Meinst du Sex? Willst du mir erzählen, daß Scott dir was über irgendein Problem vorgequatscht und dann gesagt hat, daß nur du es lösen kannst?“

„Ich habe es gelöst.“

„Nun, ich . . . willst du sagen, daß er impotent war?“

„O Daddy, du hast überhaupt nichts begriffen!“

„Vielleicht eine Mißbildung der Geschlechtsteile –“

„Natürlich nicht! Er hatte genau dieselbe Größe wie Sebastian, was höchst erstaunlich war, denn ich glaubte immer –“

„Moment mal“, sagte mein Vater. „Ich glaube nicht, daß Väter und Töchter über diese Dinge miteinander reden sollten. Ist die Unterhaltung nicht ein wenig vom Thema abgekommen?“

„Ich versuchte nur, zu erklären –“

„Okay, das hast du. Nun erzähl mir genau, was Scott über mich gesagt hat.“

Ich faßte Scotts lange Beichte nach dem Krach mit Kevin in den Four Seasons zusammen. „Deshalb weiß ich mit Sicherheit, daß er dir gegenüber nicht so feindlich eingestellt ist, wie du denkst", sagte ich trotzig. „Er hat nie etwas davon gesagt, daß er den Namen Van Zale auslöschen und Eric aus der Bank heraushalten will."

„Vicky, das ist eine sehr naive Bemerkung für eine Frau von deiner Intelligenz."

„Und dies ist eine sehr zynische Bemerkung, sogar für einen Mann, der auf seinen Zynismus stolz ist! Wach auf, Daddy – sei vernünftig! Steig aus diesen zynischen Wolken herab! Ich wünschte, ich könnte dich davon überzeugen, daß Scott mich nie verletzen würde, indem er meiner Familie Schaden zufügt. Wenn wir nur heiraten könnten –"

„Heiraten! Wer hat hier von Heirat geredet?"

„Ich. Ich möchte ihn heiraten. Was mich angeht, so ist er der einzige Mann in der Welt."

„Das meinst du doch nicht ernst", sagte mein Vater. Er war sehr weiß geworden. „Das kannst du nicht im Ernst meinen. Ich hatte den Eindruck, daß dies nur eine belanglose Affäre sei."

„Eine belanglose Affäre? Nun, das konntest du nach meinem Bericht über den verrückten Anfang vielleicht glauben, ich habe dir aber gesagt, Daddy, daß Scott für mich der eine Mann unter Millionen ist!"

„Ja, aber das war nur Sex. Um Gottes willen, Vicky, was fällt dir ein? Ich kann mir nicht vorstellen, daß du ihn liebst! Das kann nicht sein!"

„Daddy, ich bin hoffnungslos, schrecklich und total in ihn verliebt! Glaubst du, sonst würde ich ihn heiraten wollen?"

„Aber . . ." Für einen Augenblick war mein Vater völlig fassungslos. Dann stotterte er: „Aber Scott liegt nichts an der Ehe! Du wirst dort nie das finden, was du suchst!"

„So?" sagte ich. „Aber hast du mir nicht gerade gesagt, daß alles möglich ist, wenn man es nur stark genug will?" Die Tränen liefen mir wieder über das Gesicht, und ich ließ sie laufen. „Daddy, ich kann mir nicht helfen, ich bin verrückt nach ihm, ich weiß, daß es vielleicht nicht gutgeht, aber das kann ich nicht akzeptieren. Ich weiß, wie sehr verwundet er ist, glaube aber, daß ich ihm helfen kann. Ich kann seine Verletzungen heilen. Wenn ich wüßte, daß es etwas nützt, würde ich ihm nachlaufen, ich würde mit ihm in London leben, ich würde sogar die Kinder verlassen –"

„Diese Unterhaltung muß ich träumen", sagte mein Vater. „Das kann nicht wahr sein. Das ist ein Alptraum. In einer Sekunde werde ich aufwachen – oder vielleicht wachst du auf und versicherst mir, daß du nicht völlig wahnsinnig geworden bist. Hast du wirklich gesagt, daß du sogar die Kinder verlassen würdest?"

„Ja, aber wenn Scott weiß, daß ich vielleicht doch ohne die Kinder zu ihm komme, dann wird er mich nie heiraten. Deswegen habe ich nicht nachgegeben, als er mich davon überzeugen wollte, mit ihm nach London zu gehen. Ich glaubte auch, wenn ich nicht nachgeben würde, müsse er mir entgegenkommen, aber – das tat er nicht. Mein Gott, kein Stück. Er entlarvte meinen Bluff und ging – ich war so sicher, er würde nicht einfach weggehen – so sicher, daß er sich schließlich für mich entscheiden würde. Er tat es aber nicht – er konnte nicht . . . verkrüppelt . . . schaffte es nicht . . . nicht sein Fehler . . ." Ich brach völlig zusammen und konnte nicht mehr weitersprechen.

Mein Vater gab mir sein Taschentuch, klopfte mir auf die Schulter und saß neben mir wie eine Statue, bis ich mich wieder gefaßt hatte.

„Es tut mir leid", flüsterte ich schließlich. „Ich muß mich zusammenreißen."

„Stimmt", sagte mein Vater, und bei dem brutalen Ton seiner Stimme zuckte ich zusammen. „Du mußt. Sieh den Tatsachen ins Auge. Er hat dich sitzenlassen. Du hast auf einen Verlierer gesetzt. Dieser Mensch wird nie jemanden heiraten. Was ihn angeht, so warst du einfach nur gut fürs Bett."

„Nein!" schrie ich. „So ist das nicht, bestimmt nicht!"

„Doch, Vicky, so ist es; wenn ich es dir auch nicht beweisen kann. Ich kann nur sagen: Okay, mach nur weiter, geh nach London, lebe mit ihm zusammen und sieh, daß du ihn aus deinem Blut kriegst. Ich kümmere mich um die Kinder. Es wird sowieso nicht lange dauern – die ganze Sache wäre in sechs Monaten erledigt. Wir könnten den Kindern gegenüber irgendeine Geschichte erfinden, damit sie es nie erfahren, und dann kannst du ohne Schwierigkeiten zurückkommen, wenn alles vorbei ist, und dein normales Leben wieder aufnehmen."

Es gab ein langes Schweigen. Dann trocknete ich meine Tränen, trank den Martini aus uns sagte: „Nein. Das ist ein gutes

Rezept, um mit einer unbequemen Liebesgeschichte zu Rande zu kommen, aber dieses hier ist nicht nur eine unbequeme Liebesgeschichte. Ich möchte ihn heiraten, und ich muß die Sache richtig anpacken. Ich werde ihm nicht nach London nachlaufen, und ich werde ihm auch nicht in die Arme taumeln, wenn er auf seiner ersten Geschäftsreise hierherkommt. Er muß begreifen, daß er unsere Beziehung nicht einfach in eine interkontinentale Liebesgeschichte ummünzen kann, und außerdem . . ." Ich stellte mein leeres Glas abrupt hin. „Außerdem könnte ich die Kinder wirklich nicht verlassen. Ich könnte das nicht ertragen. Ich würde mich selber zu sehr verabscheuen."

Mein Vater war sehr still. Die Zeit verstrich.

„Ich liebe ihn, Daddy, wirklich –"

„Oh, vergiß ihn doch, Vicky – laß ihn laufen, um Himmels willen! Mein Gott, es wäre mir sogar lieber, wenn du Sebastian wieder heiraten würdest! Ich nehme an, das wird nicht passieren, aber . . ."

„Keine Chance. Ich könnte nie mehr mit einem anderen Mann als Scott ins Bett gehen. Er ist der einzige, den ich haben werde. Es tut mir leid, Daddy. Die Dinge sollten vielleicht nicht so laufen, aber sie sind nun einmal so."

ZWEITES KAPITEL

I.

„Liebe Vicky: Ich hoffe, Du hast nichts dagegen, daß ich Dir schreibe. Wenn doch, dann sag es mir und ich werde es nicht tun. Wie geht es Dir? Da Du dort bist und er hier, geht es Dir vielleicht nicht so gut. Ich würde nichts über ihn sagen, aber es tut mir leid, wenn Du nicht glücklich bist.

Ich habe mich entschlossen, nun doch nicht in London zu wohnen, da fast alle Leute, die ich hier kenne, im Bankgeschäft sind, und aus dieser Szene möchte ich mich zurückziehen. Ich habe mich entschieden, in Cambridge zu wohnen. Vor ein paar

Jahren kam ich als Tourist hierher und stolperte in der King's College Chapel über Elfrida Sullivan. Sie zeigte mir Cambridge. Sie war im College in Cambridge und kennt sich gut aus. Das ist ein sehr, sehr schöner Ort. Er gefällt mir. Er ist weit, weit entfernt von der Plastikgesellschaft. Gott sei Dank hat mir mein Großvater etwas Geld vererbt, so daß ich meine Zeit nicht mit irgend etwas Blödem, zum Beispiel Arbeit in einer Bank, vergeuden muß, um meinen Lebensunterhalt zu verdienen.

Ich habe vor, ein Buch zu schreiben. Eigentlich will ich gar kein Buch schreiben, aber die damit verbundene Forschungsarbeit wird mir Spaß machen. Vielleicht brauche ich auch gar kein Buch zu schreiben – ich werde einfach nur forschen. Elfrida Sullivan meint, die Welt lechze nach einer schlüssigen Wirtschaftsgeschichte Englands zur Zeit der Römer und ich solle sie schreiben. Ich mag Elfrida Sullivan ganz gern. Sie ist sehr klug. Aber ich glaube, sie ist lesbisch.

Dein Freund, *S. Foxworth.*"

II.

„Darling, Vicky", sagte meine Cousine Lori, „du siehst ganz schrecklich aus. Ist irgendwas los?"

Ich sah sie an und dachte an Scott. Es gab keine ausgeprägte physische Ähnlichkeit zwischen den beiden, aber jetzt konnte ich klar sehen, daß sie denselben Vater hatten. Von Tante Emily schien sie nichts zu haben. Lori war klug, sexy, ungeheuer zäh unter ihrer perfekten kalifornischen Sonnenbräune. Sie hatte ohne Mühe ihr Leben wohlorganisiert. Ihre Kinder waren intelligent, attraktiv, sauber und höflich; ihr Mann, der jetzt in Vietnam war, hatte immer im ehelichen Sonnenschein baden können; die Posten im Elternbeirat, in den wichtigsten Wohltätigkeitsorganisationen und den vorgeschriebenen Frauenvereinigungen wurden mit unvergleichlicher Hingabe wahrgenommen. Lori war ein großer Erfolg im Leben und wußte das auch. Ihre Haltung mir gegenüber reichte von Kritik bis zur Beschützerpose. Ich konnte sie nicht ausstehen.

„Mir geht es gut, Lori", sagte ich. „Sehr gut."

„Du solltest keine Martinis trinken, Vicky", sagte Loris

Schwester Rose, die von Tag zu Tag immer mehr Tante Emily glich. Rose war eine äußerst erfolgreiche Lehrerin an einem äußerst erfolgreichen Internat im Mittelwesten. Es schien, daß alle Schüler Stipendien für die besten Colleges erhielten. Sie betrachtete mich jetzt, als wäre ich ein Objekt, das alle ihre verfügbare christliche Nächstenliebe brauchte. Ich hätte sie ohrfeigen können.

„Halt die Klappe", sagte ich. „Ich trinke, was ich will. Warum trinkst du nicht ab und zu auch mal Martinis? Sie könnten eine positive Wirkung auf dich haben."

„Ah, nun hör aber auf, Darling!" sagte Lori und bemühte ihren wuchtigen Sullivan-Charme. „Kein Krach zu Weihnachten! Ich mag Martinis nicht – sie schmecken so fürchterlich. Crème de Menthe ist ganz in Ordnung, ich bin ganz verrückt nach diesem Pfefferminzgeschmack; aber ich kann überhaupt nicht verstehen, warum manche Leute jeden Tag trinken – das Leben ist so wunderbar, so herrlich, warum soll man es in diesen vagen Nebel tauchen? Das werde ich nie verstehen. Ich nehme aber an, wenn jemand unglücklich ist oder so etwas . . . Vicky, entschuldige, wenn ich zu persönlich werde, aber meinst du nicht auch, daß es dir helfen würde, wenn du etwas Konstruktives unternähmest, nicht unbedingt Wohltätigkeitsdinge, weil, seien wir doch ehrlich, eine Menge dieser Wohltätigkeitssachen einfach Scheiße sind – oh! Entschuldige, Rose! Aber es gibt so viele interessante Dinge, die du in New York City machen kannst. Wenn du vielleicht einen Kurs in Blumenstecken –"

„Lori, wenn ich deinen Rat brauche, was ich mit meinem Leben anfangen soll, dann werde ich dich darum bitten. Bis dahin laß mich gütigst in Frieden."

„Nun, ich wollte ja nur helfen!"

„Wir machen uns so viele Sorgen um –"

„Haltet die Klappe!" schrie ich die beiden an und schoß aus dem Zimmer.

III.

„Was ist mit Vicky los, Cornelius? Sie kommt mir sehr deprimiert vor, noch mehr als üblich. Solltest du nicht mit ihr sprechen? Es ist schade, daß sie sich nicht mehr zusammennehmen kann, wenn die Kinder anwesend sind."

„Alicia, das ist genau die Art von Kritik, die Vicky im Augenblick gar nicht brauchen kann."

„Nun, es tut mir leid, ich halte es jedenfalls für eine Schande, daß sie erst das Leben meines Sohnes kaputtmacht, nun auch noch ihr eigenes kaputtmachen und jeden um sie herum unglücklich machen darf –"

„Sie hat Sebastians Leben nicht kaputtgemacht! Sebastian hat sich aus eigenen Stücken vom Bankgeschäft zurückgezogen, obwohl ich ihm angeboten habe, ihn wieder einzustellen, und er hat sich auch aus eigenem freien Willen entschlossen, in England zu leben. Und Vicky macht nicht jeden in ihrer Nähe unglücklich! Sie macht mich nicht unglücklich! Laß sie in Ruhe!"

„Shhh, hier kommt sie . . . Hallo, Liebes, wie geht's?"

„Hallo, Alicia. Ganz gut. Hallo, Daddy."

„Hallo."

Es gab eine Pause, und dann sagte ich höflich: „Vielen Dank, daß ihr euch heute um die Kinder gekümmert habt. Ich hoffe, daß die Kinderschwester sie gut versorgt hat und daß sie nicht zuviel Ärger verursacht haben."

„Nein, Liebes, natürlich nicht."

Eine weitere Pause.

„Vicky", sagte mein Vater sehr impulsiv, „komm doch heute abend zum Essen vorbei. Ich könnte dir Schach spielen beibringen."

„O Daddy, ich bin so müde, so erschöpft, so . . . hast du Schach gesagt? Aber du hast mir doch immer gesagt, Schach sei ein Männerspiel!"

„Hab' ich das je gesagt?" sagte mein Vater. „Je älter ich werde, um so mehr bin ich immer wieder von den dummen Sachen überrascht, die ich früher gesagt habe, als ich noch jünger war. Schach ist ein wunderschönes Spiel und lenkt den Geist von fast allem ab. Jeder sollte es spielen."

„Aber ich bin so dumm. Ich werde es nie begreifen."

„Das glaubt dir doch keiner. Du bist keine dumme Gans! Sei nicht so schwächlich – und sei nicht so egoistisch! Keiner meiner jetzigen Assistenten spielt vernünftig Schach, und ich habe im Augenblick niemanden, mit dem ich spielen kann. Wenn du auch nur ein bißchen töchterliches Gefühl für deinen armen alten Vater hättest –"

„Daddy, du bist ungeheuerlich, schlimmer als Benjamin. Er setzt auch immer seinen Kopf durch. Also, ich werde es versuchen. Wenn du sagst, es sei meine moralische Pflicht, dann will ich mich nicht mit dir streiten, aber du wirst schon merken, daß der Versuch, mir das Spielen beizubringen, eine totale Zeitverschwendung ist."

IV.

„Mami", sagte Eric, „kannst du Paul sagen, er soll diesen fürchterlichen Plattenspieler leiser stellen? Ich halte es nicht länger aus!"

„Aber er spielt doch die Beatles!" sagte Samantha mit glänzenden Augen. „Und die sind toll!"

„Ist mir egal, selbst wenn er den Halleluja-Chor spielt, vom Lieben Gott höchstpersönlich gesungen. Wenn er das Ding nicht leiser macht, dann schwör' ich dir, hole ich ein Hackmesser und –"

„Mein Gott, wird das ein herrlicher Tag sein, wenn du nach Choate abziehst!" schrie Paul auf dem Flur. „Ich kann es nicht erwarten, dich loszuwerden!"

„Oh, zankt euch nicht, zankt euch nicht!" weinte die kleine Kristin.

„Ich halte es nicht aus, wenn sich jeder streitet!"

„Mami", sagte Benjamin. „Meine weißen Mäuse sind verschwunden."

„Mami, ich möchte nicht, daß jeder sich streitet –"

„Paul, spiel das, wo Ringo singt – das, wo er sagt: ‚Give me *money!* That's what I want!'"

„Wenn du noch ein Stück von dieser beschissenen Platte spielst, dann –"

„Das ist nicht Ringo! Das ist John Lennon mit seinem Solo zu ‚Money'!"

„Mrs. Foxworth, Mrs. Foxworth, die ganze Küche ist voller weißer Mäuse!"

„Mami, kann ich ein Plätzchen haben?"

„Mrs. Foxworth –“

„Mein Gott, wie ich es hasse, in einem City-Apartment mit einer Horde von Idioten eingesperrt zu sein. Mami, warum können wir nicht wieder nach Westchester ziehen, wie damals, als Daddy noch lebte? Ich will einen Garten, ich brauche Platz zum Atmen, ich brauche einen Platz, wo ich diesem fürchterlichen Plattenspieler entgehen kann –“

„Mami, die Köchin hat meine Lieblingsmaus umgebracht!“

„Mrs. Foxworth, ich kündige, ich halte das einfach nicht mehr aus –“

„O Mami, das arme Mäuschen –“

„Mami –“

„Mami, du hörst ja gar nicht zu!“

„Mami, Mami, *Mami* . . .“

V.

„Das grundsätzliche Problem, das Kierkegaard in seinen Schriften angesprochen hat, war im wesentlichen dieses: ‚Worin besteht der Sinn des menschlichen Lebens? Welchen Sinn kann er aus seiner menschlichen Existenz gewinnen? Was ist der Sinn menschlichen Handelns?‘ In seinen literarischen Werken versuchte Kierkegaard ein Bild des menschlichen Lebens zu schaffen, das voller Angst ist, voll von Absurdem, voll von Qualvollem und Sinnlosem . . .“

Ich schloß das Buch. Es war Mitternacht, ich befand mich in dem kleinen Apartment, das ich für meinen eigenen Gebrauch unterhielt, die Klause, die ich immer dann aufsuchte, wenn ich den Lärm von Stimmen nicht länger ertragen konnte, der kostbare Zufluchtsort, an dem ich Scott geliebt hatte.

Ich wollte an ihn denken, wußte aber, daß ich das besser nicht tun sollte. Ich hätte gern einen Drink gehabt, aber auch das sollte ich besser nicht. Ich hatte angefangen, mir über mein Trinken Gedanken zu machen, nicht etwa, weil ich glaubte, auf dem Weg zur Alkoholikerin zu sein, sondern weil ich zunahm, und aus diesem Grunde gestattete ich mir nur noch ein Glas Wein am Tag. Es war überraschend einfach gewesen, die Martinis aufzugeben. Dann hatte ich versucht, das Rauchen einzuschränken, aber das war schwer. Ich überprüfte den Fahrplan, den ich mir selbst gemacht hatte, und stellte fest – was ich eigentlich schon wußte –, daß ich für diesen Tag nur noch eine Zigarette hatte. Ich rauchte sie und überlegte, ob ich mogeln und noch eine rauchen sollte. Ich entschied mich dagegen. Ich mußte sehr schnell etwas anderes tun, damit mir keine Zeit blieb, an die zweite Zigarette zu denken.

Ich wünschte mir, daß ich ein kreativer Mensch wäre. Dann könnte ich etwas Sinnvolles herstellen, aber so konnte ich nichts tun, das man als sinnvoll hätte bezeichnen können. Ich konnte mich sogar nicht mehr zum ernsthaften Lesen zwingen. Aus Mangel an Begabung kam ich mir so nutzlos vor, und doch fühlte ich, daß ich keine unangemessene Existenz zu führen brauchte, wenn ich mich nur einmal dazu entschließen könnte, was ich mit mir selbst anfangen wollte. Ich hatte das Gefühl, daß meine Intelligenz zwei schielenden Augen glich, die durchaus in der Lage gewesen wären, genau und klar zu sehen, wenn sie sich nur einmal richtig einstellen ließen. Ich war immer noch bei dem Versuch, meine Welt sauber einzurichten, suchte immer noch nach einer Lebensform, bei der ich jeden Morgen mit Freude aufwachen konnte, statt mit Angst und Apathie. Allmählich glaubte ich, daß ich es nie schaffen würde, die Welt richtig zu sehen. Ich war nicht mehr jung, und mein Leben glich immer noch dem Wasser, das den Kanal hinabschießt.

„Ich fühle mich so schuldig", hatte ich einmal zu Sebastian gesagt. „Warum ist das so, wenn ich doch alles habe, was eine Frau sich wünschen kann?"

„Du meinst, daß du alles hast, was manche Frauen sich wünschen können", hatte Sebastian gesagt. „Aber was wünschst du dir, Vicky?"

Das war eine solche plötzliche Konfrontation, daß ich meinen Kopf beschämt hängen ließ und sagte, ich wisse es nicht.

„Es spielt auch keine Rolle", sagte ich. „Selbst wenn ich wüßte, was ich will, könnte ich es doch nicht tun. Die Kinder zehren alle Energie auf, die ich habe."

Wenn ich etwas Zeit für mich selber hatte, war ich gewöhnlich so erschöpft, daß ich nur noch in den nächsten Stuhl sank und an die Wand starrte.

„Ich bin fast dreißig", hatte ich im Jahre 1960 zu Sebastian gesagt, „und ich habe nichts geleistet, und jeder hält mich für dumm, frivol und oberflächlich, und sogar ich halte mich für dumm, frivol und oberflächlich, und doch weiß ich, daß da mehr ist, wenn ich es nur finden könnte."

„Cäsar hat nichts geleistet, bevor er vierzig war", sagte Sebastian. „Er war reich, sah gut aus und jeder hatte ihn als einen schwächlichen Gesellschaftslöwen abgeschrieben. Und doch, kurz nachdem er vierzig wurde, ging er nach Gallien, und zehn Jahre später hatte er die Welt erobert. Nicht schlecht für einen Mann, den jeder als dumm, frivol und oberflächlich abgeschrieben hatte."

Ich dachte daran, wie Sebastian das gesagt hatte. Ich konnte mich an die Umstände genauso deutlich erinnern, als wäre es gestern gewesen, und plötzlich rief ich laut in den stillen Raum hinein: „Oh, wie du mir fehlst, Sebastian!" Dann dachte ich, sagte es aber nicht: Und ich vermisse dich besonders an den Tagen, wenn hier zu Hause alles schiefgeht und wenn Kierkegaard mir sagt, daß das Leben qualvoll und absurd ist, wenn ich immer daran denken muß, wie ich bei allem versage, was ich anpacke . . .

Ich stand plötzlich auf. Selbstmitleid würde mir nichts nützen. Ich suchte Papier, etwas zum Schreiben und setzte mich mit Sebastians Brief, den er mir vor einigen Wochen geschickt hatte, an meinen Schreibtisch und versuchte zu antworten.

VI.

„Liebe Vicky: Die Lektüre Kierkegaards treibt jeden die Wände hoch. Laß die Philosophie mal für eine Weile liegen. Gibt sie Dir denn wirklich etwas? Du klingst viel zu deprimiert, um Dich richtig konzentrieren zu können auf all diese Hat-das-Leben-einen-Sinn-und-wenn-es-einen-hat-worin-zum-Teufel-besteht-er-Fragen, die einem alle nur auf die Nerven gehen können, wenn man selbst nicht ganz auf der Höhe ist.

Warum liest Du nicht einmal etwas Vernünftiges? Lies mal etwas Wildes und Blutiges und Brutales wie ‚Wuthering Heights' (ich frage mich, wie der Mythos je entstehen konnte, daß dies ein romantischer Roman ist); wenn Du aber glaubst, dieses vom Tod besessene Meisterwerk gibt Dir nicht das Gefühl, daß es wunderbar ist, am Leben zu sein und in der Mitte des zwanzigsten Jahrhunderts in Amerika überlebt zu haben, dann empfehle ich Dir statt dessen ein modernes Meisterstück, nämlich die ‚Four Quartets' von T. S. Eliot. Ja, das ist Poesie. Nein, ich habe keine Angst davor. Es ist in einer sehr einfachen, klaren Sprache geschrieben, die ein Kind verstehen könnte. Das besondere daran ist, daß Eliot von Dingen schreibt, die nur an der Peripherie des menschlichen Denkens existieren. Vielleicht würde das Deiner philosophischen Neugier entsprechen. Ich möchte sehr gern, daß Du es liest. Komme mir aber später nicht und erzähle mir, daß Du gekniffen hast und Dich statt dessen für Heathcliff entschieden hast.

Meine alte Ausgabe der ‚Four Quartets' findest Du im zweiten Gästezimmer in dem widerwärtigen Haus Deines Vaters, das vierte Buch von rechts auf dem obersten Regal. Dein Freund und Lehrer, *Sebastian*. PS: Cornelius' Angebot, Dir das Schachspielen beizubringen, betrachte ich mit schwerem Argwohn. Laß Dich nicht wieder von ihm in Besitz nehmen. Du bist nicht sein Spiegelbild in weiblicher Fassung (Gott sei Dank). Du bist Du. Vergiß das nie. S."

VII.

„Er kommt zurück", sagte mein Vater und spielte mit einem Astronautenbauer. „Du bist dran."

Das Schachbrett wandelte sich sofort in ein sinnloses Muster, das meinen Augen weh tat. Ich schaute weg. „Wann?"

„In zwei Wochen. Er wird im Carlyle wohnen. Warum änderst du nicht deinen Entschluß und gehst zu ihm, wenn er hier ist? Ich glaube nicht, daß er dich noch unglücklicher machen kann, als du es seit seiner Abreise sowieso gewesen bist."

„Daddy, ich hätte nie gedacht, daß ich den Tag erleben würde, an dem du mich drängen würdest, mit einem Mann ins Bett zu gehen, der nicht mit mir verheiratet ist." Ich schob meinen Turm heftig in seine Richtung.

„Dummer Zug", sagte mein Vater, und nahm ihn mit seinem Läufer weg. Ich vergaß immer, daß Läufer sich diagonal bewegen. „Nun, Vicky, du weißt, was ich von der ganzen Situation halte. Moral nutzt hier nicht viel. Es ist besser, du kriegst ihn aus dem Blut."

„Moral gibt es nicht nur aus Gründen der Nützlichkeit. Was machst du denn?"

„Ich gebe dir deinen Turm zurück. Du hast beim letzten Zug nicht nachgedacht. Versuch es noch einmal."

„Kommt gar nicht in Frage! Ich habe den Turm verloren und nehme ihn nicht zurück!"

Mein Vater seufzte und bewegte einen entfernten, anscheinend unbedeutenden Bauern an den Rand des Brettes. „Sag mir aber nicht, ich hätte dir nicht helfen wollen."

„Ich brauche deine Hilfe nicht. Meine Güte, wer braucht schon Feinde, wenn er dich zum Freund hat?"

„Aber Schätzchen –"

„Oh, hör auf, Daddy, und laß mich nachdenken. Du lenkst mich absichtlich vom Spiel ab."

VIII.

Ich wachte mit dem Gedanken auf, daß Scott in New York war. Ich kletterte aus dem Bett und lief zum Fenster. Als ich die Vorhänge aufzog, strahlte die Frühlingssonne von einem wolkenlosen Himmel ins Zimmer. Das Carlyle war fünf Minuten zu Fuß von meinem Apartment.

Ich zog mich sehr sorgfältig an für den Fall, daß er ohne anzurufen vorbeikommen könnte, so wie er es nach Kennedys Begräbnis getan hatte. Als die Kinder zur Schule gegangen waren, eilte ich hinunter in mein privates Apartment, um in der Nähe des Telefons zu sein.

Ich hatte mich schon entschlossen, an diesem Abend nicht mit ihm ins Bett zu gehen. Er mußte doch wissen, daß er nicht einfach mühelos in mein Leben zurückkommen konnte, aber natürlich würden wir zusammen essen und natürlich würde er dasein, nur Zentimeter von mir entfernt, und nichts, am allerwenigsten die letzten sechs Monate, würde sonst eine Rolle spielen. Ich dachte an das heimliche Weinen in meinem Zimmer, die erschöpfende Anstrengung, immer so zu tun, als sei ich glücklich mit den Kindern, die bemitleidende Kritik meiner Cousinen, Alicias schlecht verborgene Ablehnung, meine blödsinnigen Freunde, die wegen nichts anriefen und nicht begriffen, nicht einmal entfernt die Hölle begriffen, durch die ich ging; aber dann schob ich diese Gedanken beiseite. Ich würde Scott wiedersehen. Die Zukunft würde ganz anders verlaufen.

Ich hatte schon längst eingesehen, daß ich mich zuwenig flexibel verhalten hatte, als ich alle Verbindung während seines Europaaufenthalts mit ihm abbrach. Es war nur vernünftig, ihn gelegentlich zu sehen, um ihn daran zu erinnern, daß ich existierte. Es war kaum anzunehmen, daß die Frauen ihn in Ruhe ließen, daß seine Erinnerung an mich immer wach blieb. Und da er einmal eine Frau gefunden hatte, die ihn vollständig zufrieden stellte, gab es keinen Grund, warum er nicht auch eine andere finden sollte, besonders dann, wenn er der Meinung war, mir läge nichts mehr an ihm. Es war mir jetzt sehr klar: wenn ich jemals Scott heiraten wollte, dann mußte ich unsere Beziehung auf reduzierter Basis erhalten. Ich würde es immer noch ablehnen, in regelmäßigen Abständen nach London zu eilen, aber ich war bereit, immer dann im Carlyle zu wohnen, wenn er geschäftlich nach New York kam.

Ich wartete neben dem Telefon.

Der Tag schien endlos. Schließlich fiel mir ein, daß er wahrscheinlich zuviel im Büro zu tun hatte für Privatgespräche, und ich hielt es für unwahrscheinlich, daß ich vor dem Abend von ihm hören würde.

Ich ging nach oben in die Hauptwohnung, um nach den Kindern zu schauen, dann begann ich meine Wache neben dem Telefon in meinem Schlafzimmer. Es war Zeit zum Abendessen, aber ich konnte nichts essen. Ich wollte nicht einmal einen Martini. Ich sagte jedem, ich hätte Migräne. Stunde um Stunde wartete ich in meinem Zimmer, aber dann folgte eine durch nichts unterbrochene Nacht einem durch nichts unterbrochenen Tag und ich blieb allein.

Am nächsten Morgen rief ich das Carlyle an, aber er war schon auf dem Weg ins Büro.

„Möchten Sie eine Nachricht hinterlassen?“ sagte der Rezeptionist.

„Nein. Keine Nachricht.“

Ich rief die Bank in Willow und Wall Street an.

„Van Zale und Company“, leierte der Telefonist. „Guten Morgen, was kann ich für Sie tun?“

Nach einer langen Pause sagte ich: „Entschuldigung, falsch gewählt“, und hing auf. Ich zitterte. Ich sagte mir, daß ich ihm mehr Zeit lassen müßte, bevor ich ihm nachlief. Wenn das erst anfing, dann würde die Versöhnung viel leichter sein, als er es verdiente. Ich mußte eine würdige Zurückhaltung an den Tag legen, und keine atemlose Selbsterniedrigung, die er schließlich verabscheuen würde.

Ich nahm meine Wache am Telefon wieder auf.

Ich fragte mich, ob er seinen Anruf hinauszögerte, weil er Angst hatte, abgelehnt zu werden; aber nein, Männer wie Scott Sullivan konnten sich nur schwer vorstellen, daß man sie abweist, weil die Frauen, die sie wollten, immer voller Dankbarkeit selbst auf die flüchtigste ihrer Avancen eingingen. Ich dachte an die arme Judy, deren Platz im Bett ich auf dem Kreuzschiff eingenommen hatte. Wie erbarmungswürdig dankbar sie gewesen war, als er sie wahrgenommen hatte, wie erbarmungswürdig enttäuscht sie gewesen sein mußte, als sie merkte, daß sie sitzengelassen worden war! Ich betrachtete mich im Spiegel. Vielleicht war ich am Schluß nicht glücklicher dran als Judy. Und vielleicht lag am Ende Scott an mir nicht mehr als ihm an ihr gelegen hatte.

Stunden später konnte ich die Wahrheit nicht länger leugnen, die mir ins Gesicht starrte. Scott würde nicht anrufen. Die Wahrheit war, daß sich seit unserem Abschied im vergangenen November nichts geändert hatte – außer, daß er wahrscheinlich noch entschlossener war, mich aus seinem Leben zu streichen. Mein Vater hatte recht gehabt, als er mir sagte, ich hätte auf einen Verlierer gesetzt, und nun, da das Rennen zweifellos vorüber war, erkannte ich meinen Fehler nur allzu deutlich.

Ich bedeckte das Gesicht mit den Händen und fragte mich in dumpfem Unglück, wie ich je meine Verluste wieder hereinbringen und weitermachen sollte.

IX.

„So, wie geht's dem Kerl?“ fragte ich meinen Vater, als wir uns an das Schachbrett setzten, zum ersten Mal in zwei Wochen. „Er hat nicht angerufen.“

„Ja, er ließ keinen Zweifel daran, daß er seine Beziehung mit dir als beendet betrachtet. Es tut mir leid, aber ich war ziemlich erleichtert.“

„Da habe ich einen ganz schönen Narren aus mir selbst gemacht, nicht wahr? Aber wenigstens bin ich nicht so tief gesunken, daß ich ihn angerufen und um ein Treffen gebeten habe! Willst du mir nicht erzählen, wie ihr beide miteinander ausgekommen seid? Seid ihr wieder Busenfreunde, alles vergeben und vergessen?“

„So wollte er es, und ich sah keinen Grund, ihn zu entmutigen.“

„Wie widerlich! Gott sei Dank, daß er nichts von mir wissen will! Und wie ging's ihm? Es klingt so, als sei er wieder sein wahres Selbst nach dem zeitweiligen Rückfall letzten November!“

Mein Vater schenkte mir ein kleines, neutrales Lächeln. „Vielleicht. Aber eines hat sich geändert. Er trinkt.“

„Trinkt! Das glaube ich nicht! Aber geht es ihm gut? Verträgt er es?“

„Anscheinend. Ich habe bemerkt, daß er bei keiner Gelegenheit mehr als zwei Whisky getrunken hat, und ich habe ihn nie betrunken gesehen. Genau genommen glaube ich, daß der Alkohol zu ihm paßt – er war viel entspannter und viel unterhaltender.“

„Aha. Nun, offenbar hat er sein Leben jetzt wieder ganz unter Kontrolle nach seiner vorübergehenden Verrücktheit. Wie wunderbar. Ich beneide ihn. Kann ich bitte einen Martini haben?“

„Vicky“, sagte mein Vater, „ich glaube, die Zeit ist gekommen, wo du mehr unternehmen mußt, als Martinis zu trinken und mit mir Schach zu spielen. Warum willst du nicht –“

„Fang nicht an, mir Vorschriften zu machen, weil ich das nicht mehr akzeptiere!“

„– dich von deinem faulen Hintern erheben, ein neues

Interesse entwickeln, einen Beruf ergreifen, dich beschlafen lassen –"

„Daddy!" Ich war zutiefst schockiert.

„– komm aus dieser Mühle heraus, um Gottes willen – du hast sechs Monate der Hölle gehabt, glaub nicht, daß ich das nicht weiß, aber jetzt mußt du dich einfach zusammenreißen – nein, ich will dir nichts vorschreiben! Ich will aus dir überhaupt keinen anderen Menschen machen. Ich versuche nur, dir zu helfen, ein glücklicheres Leben zu führen. Jetzt hör mal zu. Ich habe ein paar Nachforschungen angestellt und herausgefunden, daß es in der New School einen guten Sommerkurs über Wirtschaftsfragen gibt –"

„Das kannst du vergessen."

„Okay, wie wäre es mit einem Kurs in Philosophie?"

„Wenn es nur ein Sommerkurs ist, dann weiß ich wahrscheinlich schon alles."

„Warum belegst du dann nicht einen vollen Collegekurs?"

„Daddy, das ist ein wunderschöner Traum, aber du machst dir gar keine Vorstellung davon, wie unmöglich es ist, ihn zu verwirklichen. Das ist eine Frage der geistigen Energie. Ich bezweifle, ob ich auch nur einen Sommerkurs fertigmachen würde. Wahrscheinlich würde ich nicht einmal ein Wochenendseminar schaffen. Ich bin zu alt, zu aufgerieben, zu niedergeschlagen. Ich bin fertig. Ich weiß jetzt, daß meine Chance für ein akademisches Leben gleich Null ist, warum sollte ich mich also auch noch unglücklich machen, indem ich Kurse belege, die mich nur daran erinnern, welche Art von Leben ich nicht geschafft habe?"

„Siehst du das nicht ein bißchen zu negativ?"

„Nein. Nur realistisch. Ich wäre besser beraten, einen Job anzunehmen, als den Versuch zu machen, ein akademisches Leben zu führen. Aber was für eine Art von Job würde ich wohl bekommen? Ich bin zu keiner Arbeit fähig, und selbst wenn ich es wäre, würde ich es dort auch nicht aushalten. Keiner, der nicht Mutter von fünf Kindern ist, kann je verstehen –"

„Aber du hast doch Hilfe für die Kinder! Du bist so gut dran! Was würdest du tun, wenn du eine von diesen Müttern wärest, die gar keine andere Wahl haben, als zu arbeiten, um ihre Familie durchzubringen?"

„Das könnte ich nicht. Ich denke oft daran, wie anders mein Leben aussähe, wenn ich arm gewesen wäre."

„Du hättest es irgendwie geschafft!"

„Wer kann das sagen? Ich weiß nur, daß ich nicht wie Lori bin, die einen Haushalt schmeißt, einen Mann hat, Kinder und Gott weiß, was sonst noch, mit der linken Hand schafft. Immer dann, wenn ich versuche, eine Superfrau zu sein, dann gehe ich kaputt."

„Vielleicht könnte ich dir einen kleinen Job in meiner Kunststiftung verschaffen, nichts sehr Anstrengendes, aber etwas, was dich ein bißchen von dir selbst ablenkt und mithilft, daß du nicht so deprimiert bist."

„Ja, ich glaube, ein harmloses, kleines Amt ist vielleicht besser als nichts, aber nicht im Augenblick, Daddy. Später. Ich kann nicht einfach Scott abschalten und unmittelbar darauf in ein befriedigendes neues Leben eintreten. Du mußt mir eine Chance geben, über all dies erst einmal hinwegzukommen. Du mußt mir mehr Zeit lassen . . ."

X.

Ich erhielt einen Brief von meinem Steuerberater mit Informationen über neue Aktien, die mein Makler für mich gekauft hatte. Ich beförderte den Brief in den Papierkorb. Dann, da ich nichts Besseres zu tun hatte, holte ich ihn wieder heraus und las ihn genauer durch. Mein Steuerberater kannte mich, seit ich ein kleines Kind war, und sein Ton war ziemlich überheblich. Das gefiel mir nicht. Und ich dachte: Diese verdammten Männer, die mich andauernd manipulieren, die glauben, sie seien der Liebe Gott, halten mich für einen Idioten. Ich werde es ihnen zeigen.

Ich las den Brief noch einmal. Dann ging ich aus, kaufte das „Wall Street Journal" und beschloß, einen Kurs über Börsenangelegenheiten zu belegen.

XI.

„Zeit gegenwärtig und Zeit vergangen
Beide vielleicht gegenwärtig in der Zeit Zukunft
Und Zeit Zukunft eingeschlossen in Zeit vergangen
Wenn alle Zeit ewig gegenwärtig ist
Bleibt alle Zeit nicht erlöst."

Ich dachte sofort an Scott, der so von der Zeit besessen war, die Vergangenheit bog, bis sie die Zukunft umgab.

Das Telefon klingelte.

„Hallo, mein Schatz, hat dir die erste Stunde gefallen. Wie war es denn? Wieviel Leute waren da?"

„Ich bin nicht hingegangen. Die Kinderschwester ist krank, Nora mußte unbedingt ihren freien Tag nehmen, und der Arzt sagt, daß Kristin die Windpocken hat. Daddy, kann ich dich zurückrufen?"

„Was hätte sein können ist eine Abstraktion
Bleibt ewig Möglichkeit
Allein in einer Welt der Spekulation.
Was hätte sein können und was war
deuten auf ein Ende, das immer gegenwärtig ist."

Die Tür ging auf.

„Mami, Samantha hat mich gehauen, und mein Arm ist wahrscheinlich dreimal gebrochen, und ich habe einen riesigen blauen Fleck auf den Beinen, und auf meinem Knie fließt Blut."

„Hm. Augenblick bitte."

„Mamiiiiiii!"

„Oh, sei bitte still, Ben! Meinst du den Kratzer, den ich ohne Vergrößerungsglas kaum sehen kann? Geh, lauf und entschuldige dich bei Samantha. Du mußt irgend etwas Schreckliches getan haben, wenn sie dich verprügeln wollte."

„Nun, ich habe zufällig aus Versehen auf ihrem besten Beatlesplakat gesessen . . ."

„Schritte hallen in der Erinnerung
den Weg entlang, den wir nie gingen
Zur Tür, die wir nie öffneten
In den Rosengarten . . ."

Ich hielt inne, las dann den Abschnitt noch einmal. Ich las ihn zum dritten und vierten Mal. Ich dachte an meine Jahre des Philosophiestudiums am College, und plötzlich hörte ich die Schritte in meiner Erinnerung den Flur hinunterhallen, den ich nicht beschritten hatte, in Richtung auf die Tür, die ich nie geöffnet hatte in meinen eigenen Rosengarten.

Ich las weiter. Diese einfachen, durchsichtigen Worte, die ihre komplexen Inhalte ausdrückten, schlichen sich leise in meinen Geist und quälten mich. Ich verstand, aber eigentlich verstand ich nicht. Dann fragte ich mich, ob ich überhaupt irgend etwas verstand. Oder war es einfach so, daß ich wohl verstand, aber keine Worte hatte, um dieses Verständnis auszudrücken, das sich mir aufdrängte? Schließlich war es mir egal, ob ich verstand oder nicht. Ich las einfach weiter, hielt nur inne, um manche Stellen auszukosten. „Die Rosen sahen aus wie Blumen, die betrachtet werden . . . Nur später kann man sich des Augenblicks im Rosengarten erinnern . . . Nur durch die Zeit ist die Zeit zu besiegen."

Ich hielt wieder inne. Ich hatte das erste von T. S. Eliots „Four Quartets" gelesen.

Ich schloß das Buch, setzte mich an meinen Schreibtisch und begann, einen Brief an Sebastian zu schreiben.

XII.

„Liebe Vicky: Mach Dir nichts daraus, daß Du den Kurs über den Börsenhandel hast fallenlassen. Sie hätten Dir wahrscheinlich auch nicht mehr gesagt, als Du Dir selber beibringen kannst. Mir gefällt die Vorstellung, daß Du Deinem Finanzberater ein Feuerchen unter dem Hintern anmachen willst. Bleib dabei, bring ihn richtig auf Trab.

Du fragst mich, ob Eliot meint, daß keine Chance jemals verloren ist? Ist es möglich, zurückzugehen, den Weg zu gehen, den man nie eingeschlagen hat, durch die Tür, die man nie in den Rosengarten hinaus geöffnet hat? Vielleicht. Einer der Kommentare meint, daß das, was Eliot im ‚Burnt Norton' ausdrückt, bedeutet, daß es Augenblicke gibt, in denen das, was gewesen ist und was hätte sein können, wirklich ist. Denk mal zwischen

Deinen Martinis darüber nach! Übrigens, ich schicke Dir mit Luftpost eine Ausgabe von Eliots Drama ‚Der Familientag', in dem es noch mehr Hinweise auf den Rosengarten gibt, einschließlich der Möglichkeit, tatsächlich durch diese Tür zu gehen, die nie geöffnet wurde . . . etc. etc. Ich bin froh, daß Dir Eliot gefällt. Ich halte es für meine moralische Pflicht (haha), Deine Bildung weit über das Niveau deines Vaters zu heben (keine große Sache, da sein Niveau das niedrigste ist, das ich mir vorstellen kann).

Mir geht es gut, danke. Ich habe ein Haus, das in einen Flügel deines väterlichen Hauses passen würde, und keine Angestellten außer einer Haushälterin (eine zahnlose Schreckschraube), die jeden Tag vorbeikommt. Ich habe angefangen, etwas zu forschen. Ich habe mich doch entschlossen, zu schreiben – wart's mal ab – und zwar eine Geschichte über das Investmentbankgeschäft. Das Thema hält mich doch mehr gefangen, als mir je klar war, aber ich verbleibe Dein glücklicher Exilant von der Plastikgesellschaft *S. Foxworth Esquire.* PS: Schöne Grüße an Postumus, und paß auf, daß er dir nicht über den Kopf wächst."

XIII.

„Und was nicht geschah ist so wahr wie was geschah
Oh, Liebste, und Du gingst durch die kleine Tür
Und ich eilte, Dir im Rosengarten zu begegnen . . ."

Das Telefon klingelte, ich legte meine schon ziemlich abgegriffene Ausgabe des „Familientages" zur Seite und hob den Hörer ab.

„Vicky?" sagte mein Vater. „Hör mal, ich habe grade mit Kingsley Donahue gesprochen, und er sagt mir, daß du nicht nur deinen Steuerberater gefeuert hast, sondern auch deinen Makler! Schatz, war das wirklich klug? Bist du dir darüber im klaren, was du machst? Kingsley ist wirklich verletzt!"

„Das ist aber schlimm", sagte ich, „aber er wird es überleben."

„Aber ich verstehe nicht, warum du das gemacht hast!"

„O Daddy, sie waren so konservativ, so langweilig, und ich meine, wenn man schon etwas Geld hat, sollte die Börse aufregend und interessant sein! Jake hat einen netten, aufstrebenden jungen Makler namens Jordan Salomon empfohlen, und ich habe mich entschlossen, ihm eine Chance zu geben."

„Jake! Wieso redest du mit ihm? Ich glaubte, er nähme es dir immer noch übel, daß du die Ehe seiner Tochter ruiniert hast!"

„Jetzt, da Elsa wieder geheiratet hat, liegt ihm daran nichts mehr, und übrigens ist seine neue Geliebte eine alte Schulfreundin von mir. Er war sehr nett, als ich ihn neulich auf einer ihrer Partys traf."

„Eine Party? Du gehst also wieder aus! Schatz, das freut mich sehr zu hören. Vielleicht begegnest du irgend jemand Neuem."

„Oh, ich treffe andauernd neue Leute", sagte ich. „Die Glücksritter, die Gigolos, die Liebhaber weiblichen Fleisches, die Seichten, die Langweiligen und die Geistlosen. Die ganze Welt ist voller neuer Leute, die sich alle umbringen, mit mir auszugehen. Das Leben ist phantastisch."

„Nun, Schatz, werde mal nicht zu zynisch –"

„Und fang du nicht an, Mist daherzureden. Gute Nacht, Daddy. Ich habe es nicht gerne, unterbrochen zu werden, wenn ich T. S. Eliot lese. Ich spreche ein anderes Mal mit dir."

XIV.

Ich wachte auf und wußte sofort, daß dies ein ganz besonderer Tag war. Edward John wäre fünf Jahre alt geworden. Ich beobachtete, wie die Sonne schräg durch die Vorhänge kam und stellte ihn mir ohne Schwierigkeiten vor, blond mit grauen Augen, wie ein kleiner Chorknabe, nicht grob und rowdyhaft, wie die wirklichen Kinder, diejenigen, die am Leben geblieben waren, sondern brav und süß, sanft und liebevoll. Ich stellte ihn mir lebhaft vor, wie er durch den Rosengarten auf mich zulief, mit ausgestreckten Armen, und plötzlich erschien es mir unerträglich, daß ich die Tür nicht öffnen, nicht in den Rosengarten laufen und ihn umarmen konnte.

Es klingelte neben meinem Bett. Ich griff nach dem Telefonhörer.

„Ich habe ein Gespräch für Mrs. Foxworth aus Cambridge, England."

„Oh! Ja – ja, am Apparat."
„Bitte sprechen Sie."
„Hallo, Vicky."
„Hallo." Ich saß steil im Bett. „Wie geht es dir?"
„Gut. Ich wollte dich nur mal anrufen."
„Ja . . . danke."
Es entstand eine peinliche Pause.
„Hast du jüngst Geld verdient?" sagte Sebastian schließlich.
„Das habe ich tatsächlich. Ich gebe es einer Wohltätigkeitsorganisation, die sich um Kriegswaisen aus Vietnam kümmert. Ich glaube, daß ich endlich eine Art von Wohltätigkeitsarbeit gefunden habe, die mir gefällt."
„Großartig. Der Markt entwickelt sich nach oben, nicht wahr, eine Art von Boom . . . Ich kriege das Wall-Street-Journal mit Luftpost."
„Oh, Sebastian, du klingst so, als hättest du Heimweh!"
„Nein, ich informiere mich nur gern, was vor sich geht. Was war dein großer Treffer an der Börse?"
„Ich habe auf einen Kunden von Jake gesetzt. Hast du schon mal was von einem jungen Mann namens Donald Shine gehört?"
„Sicher. Computer-Leasing. Meine Güte, du bist schon schlau, Vicky! Hast du noch mehr dumme Makler rausgeschmissen?"
Wir lachten. Allmählich war ich etwas entspannter.
„Wie geht's mit deinem Buch?"
„Okay, aber ich werde es erst mal eine Weile liegen lassen, weil Alfred mich für zwei Wochen besucht. Elsa ist nur noch süß und problemlos, seit sie wieder verheiratet ist. Was für ein Typ ist denn der neue Mann, hast du eine Ahnung? Der Mensch muß eine Art von Heiliger sein, daß er in diese Familie hineingeheiratet hat!"
„Nun, er ist Jude und wird deshalb nicht die Probleme haben, die du gehabt hast. Ich kenne ihn nicht, habe aber gehört, daß er reizend sein soll. Elsa selbst sieht jetzt phantastisch aus. Ich sah sie neulich bei Tiffany – ich trieb mich bescheiden hinten herum, bestellte ein paar Korrespondenzkarten, und sie spielte vorne die Königin und suchte Diamanten aus. Sie sah wie ein Filmstar aus.
„Mein Gott, ist das nicht komisch, wie die Dinge sich entwickeln."

„Merkwürdig, ja."

Wir waren still, und ich wußte, daß wir beide an Edward John dachten.

„Nun denn, vielen Dank für den Anruf, Sebastian –"

„Hast du den Rosengarten schon gefunden?"

„Noch nicht. Ich weiß, daß es ihn gibt, aber ich kann den Weg nicht finden. Ich glaube sogar, daß, selbst wenn ich den Weg finden würde, ich den Rosengarten nicht erkennen würde, weil ich immer noch keine klare Vorstellung davon habe, worin er besteht."

„Er wird aussehen wie ein Elefant. Schwer zu beschreiben, aber sofort erkennbar."

„Vielleicht."

„Gib nicht auf, Vicky. Mach nur weiter, überlebe diese Kinder, heize deinem Makler ein und sorge dafür, daß eine Menge vietnamesischer Waisen genug Reis zum Essen haben. Niemand könnte im Augenblick mehr von dir verlangen."

„Ja. Stimmt. Nun . . ."

„Okay, bis bald. Paß auf dich auf. Keine Sorge – ich werde dich nicht weiter mit transatlantischen Anrufen belästigen. Ich wollte nur heute mit dir sprechen, weil –"

„Ja", sagte ich, als er aufhörte zu reden. Meine Augen füllten sich mit Tränen. „Ich bin so froh, daß du angerufen hast. Ich danke dir. Wiedersehen."

„Wiedersehen."

Wir legten die Hörer auf, und ich stellte ihn mir vor, Tausende von Meilen weg, wie er sein Telefon anstarrte, wie ich das meine anstarrte. Am Ende schaffte ich es, nicht zu weinen, aber eine ganze Zeit lang blieb ich bewegungslos sitzen und dachte an Sebastian, dachte an Edward John, dachte mit unerträglicher Klarheit an eine Welt, die es hätte geben können.

XV.

„Meine liebe Vicky", sagte Jake Reischman auf der Cocktailparty, „darf ich dich meinem neuen Kunden, Donald Shine, vorstellen."

Ich sah einen großen, ausladenden jungen Mann mit langen,

dicken Koteletten und Haar, das sich tief über seinem Kragen lockte. Er trug ein rosa Hemd, eine passende rosa Blumenkrawatte und einen Anzug, der so aussah, als sei er gerade aus der Carnaby Street über den Atlantik gekommen.

„Hallo", sagte ich. „Ich gratuliere Ihnen zu der Übernahme von Syntax Data Processing!"

„Nun, vielen Dank! Ich hoffe, Sie haben gut daran verdient – Jake sagte mir, daß Sie auf mein Glück gesetzt haben!" Er schenkte mir einen warmen, festen, freundlichen Händedruck und ein offenes, gewinnendes Lächeln.

Ich konnte fast fühlen, wie seine Persönlichkeit mich umgab, um jedes Gramm an Bewunderung aus mir herauszuziehen und zum späteren Gebrauch zu lagern.

„Ich bin sehr neugierig darauf, was Ihre nächsten Unternehmungen sein werden", sagte ich. „Oder ist das ein Staatsgeheimnis?"

„Nun, inzwischen muß eigentlich jeder wissen, daß ich große Pläne habe", sagte Donald Shine und verbarg seine Arroganz hinter seinem überschäumenden Enthusiasmus, womit er das Unmögliche schaffte, nämlich bescheiden zu klingen. „Meiner Meinung nach müßte man die Finanzstruktur dieses Landes einmal gründlich durchrütteln, damit sie so richtig in das Zeitalter des Aquarius kommt –"

Ich versuchte, nicht allzu verblüfft auszusehen. Könnte dieser Mann die finanzielle Sensation des Jahres sein? Er kam mir eher vor wie irgendein Hippie, der über die Lottozahlen hinaus nicht besonders viel zu sagen hat, aber als ich ihn weiterhin ungläubig betrachtete, sah ich genau, warum die nüchterne, beständige, konservative Wall Street durch seinen Erfolg so betroffen und beleidigt war.

„. . . und ich werde abwarten müssen, welche Chancen sich ergeben", sagte er. „Sie, Jake ist ein großartiger Kerl, nicht wahr? Wie haben Sie ihn kennengelernt?"

„Er ist ein alter Freund meines Vaters."

„Wer ist Ihr Vater?"

„Cornelius Van Zale."

Donald Shine brach in Gelächter aus. „Im Ernst?"

„Sie kennen meinen Vater?"

„Aber ja. Er hat mich mal reinigen lassen. Ich wurde in

weniger als dreißig Sekunden gereinigt, gebügelt, gestärkt, verpackt und auf die Straße geworfen. Das habe ich nie vergessen", sagte Donald Shine und warf mir wieder sein gewinnendes Lächeln zu. „Und ich werde es auch nie vergessen."

Ich war verlegen. „Es tut mir leid, daß Sie keine freundlicheren Erinnerungen an meinen Vater haben", sagte ich. „Aber ganz gewiß wünscht sich mein Vater jetzt, daß er einen besseren Eindruck hinterlassen hätte."

„Das könnte sein!" Er lachte wieder und zuckte die Achseln. „Er ist nicht anders als eine Menge anderer Leute, mit denen ich zu tun gehabt habe. Trau niemand über dreißig, das ist mein Motto."

„Das ist offenbar das Stichwort für meinen Abtritt. Wenn Sie mich entschuldigen wollen –"

„Hallo, Sie, werden Sie doch nicht gleich böse, nur weil ich nicht zum Fanclub Ihres Vaters gehöre! Sind Sie wirklich über dreißig? Sie sehen so hinreißend aus, daß ich dachte, wir wären ganz, also, zeitgenössisch!"

„Vicky", sagte Jake, der zurückkam, um mich zu retten, „ich möchte dich einem anderen Freund vorstellen – entschuldigen Sie uns, Don . . ."

Ich entfloh dankbar durch die Menge.

„Was für ein erstaunlicher Mann!" sagte ich zu Jake. Ich war wie benommen, so, als hätte mich jemand hochgehoben und geschüttelt, bis mir die Zähne wackelten.

Jakes dünner, aristokratischer Mund kräuselte sich verächtlich, aber er sagte nur: „Meine Liebe, kauf weiter seine Aktien."

XVI.

„Es tut mir sehr leid, Jordan, aber das kann ich nicht. Ich dachte, ich könnte es, aber ich kann es nicht. Außerdem bin ich mir auch nicht sicher, ob es für eine Frau eine gute Sache ist, mit ihrem Makler ins Bett zu gehen."

„Liegt es daran, daß ich noch verheiratet bin? Meine Scheidung kommt sehr bald durch –"

„Das hat nichts mit deiner Scheidung zu tun."

„Liegt es vielleicht daran, daß ich jünger bin als du?"

„Nein, Jordan. Du bist sowieso nur zwei Jahre jünger. Hör auf zu reden, als wäre ich schon im Rentenalter."

„Vielleicht, weil –"

„Hör auf! Ich habe etwas dagegen, daß diese Unterhaltung den Stil eines Fernsehquiz bekommt!"

„Aber was ist dein Problem?"

„Ich bin frigide, natürlich. Und ist das nicht jeder?"

„Frigide! Warum hast du das nicht gleich gesagt? Hör mal, Vicky, ich kenne da wirklich eine phantastische Technik –"

„Tut mir leid, Marihuana rauche ich nicht. Ich habe gerade schon genug Probleme mit Zigaretten und Alkohol."

„Marihuana! Vicky, ich bin ein ehrbarer Makler! Was ich meinte ist, daß ich ein phantastisches Sexhandbuch habe –"

„Lieber Jordan, könntest du bitte verschwinden, bevor ich dich rauswerfe?"

„Du meinst, es geht dir nicht gut? Warum hast du das nicht gleich gesagt? Okay, ich rufe dich morgen an."

„Gib dir keine Mühe. Du verschwendest deine Zeit."

„Das kannst du so genau nicht wissen!"

„Ich weiß es", sagte ich. „Glaub mir, ich weiß es."

„Aber –"

„Gute Nacht, Jordan."

Ich wurde ihn los und knallte die Tür zu.

Dann ging ich ins Bett und dachte an Scott.

Ich hatte viel, viel gelernt seit November 1963 und war nun ganz geschickt darin, durch die Formen meines neuen Lebens ohne ihn zu gehen, aber der Gedanke daran, dieses Leben mit einem anderen Mann zu teilen, war mir noch immer unerträglich.

Es war mehr als drei Jahre her, seit ich ihn zuletzt gesehen hatte. Er kam drei- oder viermal im Jahr nach New York, aber ich sorgte immer dafür, daß ich während seiner Besuche nicht in der Stadt war, damit ich gar nicht so verrückt sein konnte, einem selbstzerstörerischen Impuls nachzugeben und ihm im Carlyle-Hotel zu Füßen zu fallen. Wenn ich nach meinen Zwangsferien in die Stadt zurückkam, pflegte ich mich immer höflich nach seinem Wohlergehen zu erkundigen, und mein Vater pflegte genauso höflich zu antworten, daß alles in schönster Ordnung sei. Ich hatte mich gewissenhaft dazu erzogen, von ihm wie von einem Toten zu denken, aber in jedem Frühjahr wußte ich, daß er lebte, und immer, wenn die Bäume Blätter trieben und wenn der New Yorker Himmel sich in jenes seltene, ursprüngliche Frühlingsblau wandelte, dann dachte ich an ihn und lebte Stunde um Stunde mit meinen Erinnerungen.

Es war jetzt wieder Frühling, Frühling 1967. Eric war siebzehn, kam gut voran in Choate, und trug nun eine Brille, die aus ihm eine jüngere, sehr ernsthafte Version von Sam machte. Paul lehnte es ab, seine Haare schneiden zu lassen, und war nun dem ausgedachten Nihilismus der Rolling Stones ergeben, während Samantha, mehr als je auf Jungens aus, mich um üppig gepolsterte Büstenhalter quälte und über ihrem Bett ein Poster von Mick Jagger hängen hatte. Kristin hatte andere Probleme. Sie war beständig am unteren Ende ihrer Klasse und weinte jeden Tag wegen der Schule. Benjamin setzte seine Karriere als Babymonster fort. Eines Tages erwischte ich ihn, wie er in einem Wandschrank Leim schnüffelte. Ich verhaute ihn so fest, daß er zwei Tage ruhig war.

Mein Vater riet mir entschieden, ich sollte den Kindern einen Vortrag über die Gefahren von Drogen halten, aber ich antwortete, daß ich ihnen zwar Ratschläge erteilen, aber niemals einen solchen Vortrag halten würde, weil er nur den negativen Effekt haben könnte, die ohnehin dünnen Kommunikationslinien zu durchtrennen. Während einer Familiendiskussion über die junge Generation sagte mir Rose, daß im Mittelwesten alles anders sei, daß dort keiner seinen Wehrpaß verbrenne und Marihuana rauchend herumstreune, während Lori verkündigte, sie habe volles Vertrauen, daß keines ihrer wunderbaren Kinder in Schwierigkeiten geraten würde. Sie implizierte, es sei ein Jammer, daß ich das offenbar von mir selbst nicht auch behaupten konnte. Alicia bemerkte schwach, daß wir in schrecklichen Zeiten lebten, und ich wußte, daß sie an Andrew dachte, der, nachdem er einen Turnus in Vietnam überlebt hatte, nun einen weiteren auf sich genommen hatte und wieder regelmäßig Briefe über den Krieg nach Hause schrieb.

Gras war über Kennedys Grab gewachsen, aber das Blut floß noch in Amerika, und die steigende Gewalttätigkeit schien selbst die Luft zu durchdringen, die wir atmeten.

„Was gibt's Neues?“ sagte ich, als ich an diesem klaren Frühlingsmorgen des Jahres 1967 am Frühstückstisch erschien.

„Nicht viel“, sagte Paul und sah kaum vom World-Journal-Tribune auf. „Nächste Woche gibt es eine Demonstration zur Unterstützung unserer Truppen in Vietnam – stell dir das vor. Die zählen schon wieder die Leiber. Es gibt einen neuen Massenmord, inspiriert von dem Kerl, der letztes Jahr in Chicago acht Krankenschwestern um die Ecke gebracht hat. Oh, und dann gibt's irgendwo noch einen Aufstand, und ein anderer Schwarzer hat wieder die totale Revolution ausgerufen. Mit anderen Worten, es ist der übliche tägliche Mist, nichts Neues.“

„Mein Gott“, sagte ich, „eines Tages werde ich aufwachen und glauben, daß Amerika verrückt geworden ist. Vielleicht war Sebastian gar nicht so dumm, als er nach England abgehauen ist!“

„England!“ schnaubte Samantha. „The Stones! Mick! Wow!“

„Oh, hör auf!“ sagte Paul. „Es ist wahnsinnig langweilig, in derselben Wohnung mit einer sexbesessenen Zwölfjährigen zu wohnen.“

„Das sagst du nur, weil du ein pickeliger Klumpen von einem Vierzehnjährigen bist und dich nicht traust, ein Mädchen einzuladen!“

„Paul – Samantha – bitte! Das kann ich beim Frühstück nicht ertragen, nicht, bevor ich meine erste Tasse Kaffee getrunken habe!“

Das Telefon klingelte.

„Ich geh dran!“ kreischte Samantha, die kürzlich eine Telefonrechnung von über dreihundert Dollar geschafft hatte, als sie mit einem Klassenkameraden telefonierte, der nach Kalifornien verzogen war.

„Wenn das Billy ist“, rief ich ihr nach, „dann paß nur auf, daß er kein R-Gespräch angemeldet hat!“ Billys Eltern waren diese Telefongespräche von Küste zu Küste eher aufgefallen als mir.

Es entstand eine Pause, ein gesegneter Moment des Friedens, als Paul den Sportteil schweigend las und ich meinen Kaffee trank. Kristin und Benjamin waren irgendwo in einer entlegenen Ecke des Hauses bei der Kinderschwester. Ich konnte Benjamin kreischen hören, achtete aber nicht darauf.

„Mama – für dich.“ Samantha klang böse.

„Okay.“ Ich erhob mich widerstrebend. „Wer ist es, hast du eine Ahnung?“

„Ich nehme an, es ist Onkel Sebastian. Die Vermittlung sagte, es sei ein Anruf aus England."

„Himmel!" In großer Überraschung rannte ich in mein Zimmer, um das Gespräch entgegenzunehmen. Sebastian rief nie an, außer an Edward Johns Geburtstag. Ich hoffte, daß es nichts Ernstes war.

„Hallo?" sprach ich besorgt in das Telefon. „Sebastian? Was für eine nette Überraschung! Ist alles in Ordnung?"

Schweigen, nur das Summen der transatlantischen Drähte.

„Hallo?" sagte ich. „Hallo, kannst du mich hören?" Ich fühlte mich plötzlich schwach. Mein Herz schlug auf einmal viel zu schnell.

„Bitte sprechen Sie, London", sagte die Vermittlung.

„Hallo?" sagte ich. „Hallo –"

„Hallo, Vicky", sagte Scott. „Häng bitte nicht auf. Ich muß mit dir reden."

DRITTES KAPITEL

I.

Ich hatte die genaue Färbung seiner Stimme vergessen, aber sobald er sprach, hatte ich das Gefühl, als hätte ich mich täglich an sie erinnert, seit wir uns zum letzten Mal getroffen hatten. Sein flacher, neutraler Ostküstenakzent war weder attraktiv noch bemerkenswert, aber Scott hatte eine Art, ohne Zögern zu sprechen, und das gab ihm den Anschein von Autorität, die es wiederum leicht machte, an seine Absicht zu glauben, immer das zu bekommen, was er wollte.

„Vicky?" Er klang knapp, selbstbewußt und kalt.

„Ja, ich bin da." Meine Haut kribbelte vor Hitze. Ich rieb mir die Augen, und als ich sie wieder öffnete, schien das Zimmer nicht länger verschwommen, sondern schmerzend klar, die hellen Farben glühten, und die weicheren Schatten verstärkten sich zu einem hellen Glanz.

„Hör zu, ich rufe an wegen deiner Mutter.“

Ich versuchte, mich darauf zu konzentrieren, was er sagte; das war aber schwer, weil ich nie gerne an meine Mutter dachte. Meine Mutter war vierundsiebzig Jahre alt und lebte in London. Ich korrespondierte nicht mit ihr, aber jede Weihnachten schickte ich ihr die Jahresfotos der Kinder, und jeden Januar schrieb sie zurück, wie froh sie darüber sei, ihr Fotoalbum ergänzen zu können.

„Vicky? Das ist eine furchtbare Verbindung! Hast du verstanden, was ich gesagt habe?“

„Wegen meiner Mutter, ja. Was ist passiert? Ist sie tot?“

„Sie hat einen Unfall gehabt. Sie liegt mit einer gebrochenen Hüfte im Krankenhaus.“

„Oh.“ Im Geiste lag ich wieder mit ihm im Bett. Ich konnte seine gespannten Brustmuskeln fühlen und das Geräusch seines Atems hören, während Welle um Welle aufgestauter Gefühle zwischen uns explodierte. Mir wurde wieder schwindlig.

„Ich habe sie herausgeholt aus einer Krankenstation à la Dickens in einem Alptraum von Kassenkrankenhaus und sie in die Londoner Klinik gebracht. Die Behörden haben mich informiert, verstehst du, nach dem Unfall, weil sie in ihrer Handtasche eine dieser Karten hatte, mit denen man für Notfälle eine Telefonnummer angibt, und aus irgendeinem Grund hatte sie die Nummer der Bank in der City aufgeschrieben. Sie scheint keine Freunde zu haben, und natürlich gibt's auch keine Verwandten hier. Sie ist auch sehr knapp bei Kasse. Die steigenden Preise haben offenbar ihrem festgesetzten Einkommen nicht gutgetan, und sie hat in irgendeinem Loch südlich der Themse gewohnt.“

Ich fühlte mich abrupt aus der Vergangenheit herausgeworfen. „Es tut mir leid“, sagte ich, „aber würdest du den letzten Satz bitte noch einmal wiederholen?“

Er wiederholte ihn und fügte hinzu: „Laß mich mit der Vermittlung reden – diese Verbindung ist unmöglich.“

„Nein, ich höre dich. Aber ich verstehe das nicht. Warum hat sie mich nicht um Geld gebeten?“

„Sie sagte, sie wollte dir nicht mehr zur Last fallen.“

„Oh, aber ich hätte es doch für meine moralische Pflicht gehalten –“

„Ja, sie sagte, daß sie wisse, wie du über sie denkst. Sieh mal, du kommst besser hierher und bringst das in Ordnung. Wie schnell kriegst du ein Flugzeug?"

„Oh, aber . . . ich glaube nicht, ich könnte . . . ich weise telegrafisch Geld an, natürlich, aber –"

„Vicky, ich sitze hier mit dieser pathetischen alten Dame, die nach dir verlangt. Ob es dir gefällt oder nicht, sie ist deine Mutter. Sie hat sich die ersten zehn Jahre deines Lebens um dich gekümmert, woraus ich schließe, daß du ihr etwas schuldest, ganz egal, was für unverzeihliche Fehler sie später begangen hat. Und bist du sicher, daß diese Fehler wirklich so unverzeihlich waren? Und nur aus Interesse, darf ich mal fragen, ob du so ganz aus freien Stücken angefangen hast, deine Mutter zu hassen? Oder wurde dir da von jemand anderem geholfen, jemand, den ich nicht zu nennen brauche?"

Ich konnte nicht sprechen, aber in mir drin schrie eine Stimme: nein, das kann nicht sein, das war nicht so, das hat er nicht getan, das könnte er nicht getan haben.

Ich kam mir vor wie auf der Folter. Wieder versuchte ich zu sprechen, aber es kamen keine Worte.

„Telegrafiere mir deine Ankunftszeit", sagte Scott, „und ich schicke einen Wagen nach Heathrow und buche für dich im Savoy. Wir brauchen uns nicht zu treffen, wenn du das für geschmacklos hältst."

„Geschmacklos?"

Es entstand eine Pause. Dann: „Es ist mir nicht völlig verborgen geblieben, was in New York vor sich geht", sagte Scott, „und ich höre aus mehr als einer Quelle, daß du ein neues romantisches Interesse an deinem Leben hast. Unter diesen Umständen verstehe ich völlig, wenn du nicht den Wunsch hast, an eine Vergangenheit erinnert zu werden, die du lieber vergessen würdest."

„Redest du von Jordan Salomon? Aber –"

„Es ist nicht wichtig. Alles, was zählt im Augenblick ist, daß du mir telegrafierst, wann es dir paßt, damit ich die notwendigen Arrangements treffen kann. Ich hoffe, von dir so bald wie möglich zu hören. Auf Wiedersehen."

„Scott –" sagte ich, aber er hatte aufgehängt. Ich saß da, zitternd vom Kopf bis zu den Füßen, den Hörer noch in der

Hand, und wisperte: „Scott . . . Scott . . . Scott . . .“, bis die Vermittlung sich einschaltete und fragte, ob das Gespräch unterbrochen worden sei.

Ich legte den Hörer auf, blieb aber auf der Bettkante sitzen. Ich wollte nicht an meine Mutter denken. In dieser Situation verbarg sich eine Art von apokalyptischer Wahrheit, aber das war schon in Ordnung, da ich vor langer Zeit gelernt hatte, dies in den Hintergrund meines Denkens zu schieben, damit ich mich nicht damit auseinandersetzen mußte. Indem ich sie wie immer mühelos aus meinen Gedanken drängte, war ich frei, ausschließlich an Scott zu denken.

Plötzlich bemerkte ich, daß das Licht ins Zimmer strömte, und als ich zum Fenster ging, stellte ich fest, daß ich vor lauter Erregung ganz steif war. Draußen wartete die Welt in herrlichem Sonnenschein, und plötzlich kam ich mir nicht mehr so vor, als sei ich am Rande des mittleren Alters. Meine Verzweiflung war verschwunden. Genau wie mein Gefühl der Nutzlosigkeit und der Verschwendung. Denn ich war sechsunddreißig Jahre alt, auf der Höhe des Lebens, und der einzige Mann, den ich wollte, hatte sich offenbar entschlossen, daß wir uns bald wieder von Angesicht zu Angesicht sehen sollten.

II.

Ich beschloß, meinem Vater nichts zu sagen. Da er glaubte, ich hätte mich von meiner Affäre mit Scott vollständig erholt, hatte ich nicht die Absicht, ihn zu enttäuschen. Obwohl er mich 1963 ermutigt hatte, die Beziehung fortzusetzen, als es so aussah, als sei ich das Opfer einer temporären Verwirrung, vermutete ich doch, daß er die gleiche Situation heute – 1967 – ganz anders sehen würde.

Es handelte sich auch jetzt nur noch um ein paar Monate, bis Scott für immer nach New York zurückgerufen würde. Ich konnte mir gut vorstellen, wie mein Vater nervös wurde, wie er sich halb umbrachte mit seinen machiavellistischen Machtspielereien und wie er Scott alle möglichen finsteren Motive unterstellen würde, wenn die Beziehung zwischen uns wiederbelebt wurde; aber ich konnte jetzt sehr klar sehen, daß ich weder von

Scott noch von meinem Vater ein rationales Verhalten erwarten konnte, sobald es um die Bank ging. Ganz offenkundig würde ich zwischen ihnen vermitteln müssen. Sie würden sich gegenseitig nie genügend trauen, um einen befriedigenden Waffenstillstand herzustellen, wenn ich nicht eine Lösung vorschlug, die ihren lächerlichen Machtkampf ein für allemal beenden würde.

Es fiel mir auf, und nicht zum ersten Mal, wie ungeheuer kindisch und dumm Männer sein können. Kein Wunder, daß diese von Männern regierte Welt in einem solchen Zustand war, wenn sie darauf bestanden, sich selber immer so in die Ecke zu treiben, daß sie nur mit einer Demonstration der Gewalttätigkeit wieder herauskommen konnten. Es schien mir erstaunlich, daß sie nie die Nutzlosigkeit von Aggressionen verstanden. Wenn die Frauen nicht wären, dann wären die Männer schon längst ausgestorben, ruiniert von ihrer eigenen Dummheit, aber Frauen waren natürlich auch dumm, wenn sie den Männern ihr nihilistisches Verhalten durchgehen ließen und ihr gewalttätiges Benehmen als unvermeidlich hinnahmen.

Ich hatte nicht die Absicht, diesen speziellen leidenschaftlichen Konflikt als unvermeidlich hinzunehmen. Während der letzten drei Jahre hatte ich versucht, nicht so oft an Scotts Zukunft zu denken, aber mit fortschreitender Zeit und als mir klar wurde, daß er eine typisch untadelige Rolle als Banker in London spielte, hatte ich es für möglich gehalten, daß er allmählich ein neues Verhältnis zu meinem Vater entwickelte, auf dessen Basis sie ihre engen Geschäftsbeziehungen aufrechterhalten konnten, auch wenn sie möglicherweise privat einander entfremdet bleiben würden. Ich glaubte nicht ernsthaft daran, daß mein Vater, da er Scott ja mochte, eindeutig destruktive Maßnahmen gegen ihn ergreifen würde. Ich glaubte auch nicht ernsthaft daran, daß Scott meinem Vater gefährlich werden würde, solange man ihn fair behandelte. Wenn ich irgendwie ihre private Entfremdung aus der Welt schaffen konnte, dann würde sich vielleicht auch ihre geschäftliche Beziehung wieder in Ordnung bringen lassen, da sie dann nicht mehr von Bitternis und von Verdacht getrübt werden würde. Sie brauchten nur eine Chance, zu einer normalen, rationalen Koexistenz zurückzufinden, ohne daß eine Seite das Gefühl hatte, betrogen zu werden. Ich wollte diese Möglichkeit schaffen. Diese beiden Männer würden sich versöhnen. Eine Versöhnung war genau das, was ich wollte, und die würde ich auch hinkriegen, denn dies war eine Situation, in der zur Abwechslung einmal ich die Kontrolle hatte.

Macht durchfloß mich wie ein Stimulans. Jetzt fühlte ich mich stark genug, die Welt zu erobern, und während ich über Sebastians Beschreibung des weichlichen Julius Cäsar lächelte, der der stärkste Mann im Staat geworden war, wählte ich Pan American Airways und buchte meinen Flug nach London.

III.

Ich kündigte meiner Familie an, daß ich eine unerwartete Einladung von einer alten Schulfreundin in Virginia erhalten hätte, ein paar Tage bei ihr zu verbringen. Die einzige Person, die ich ins Vertrauen zog, war die Kinderschwester. Sie mußte für den Notfall wissen, wo ich steckte, aber ich erklärte ihr, daß ich den Besuch in England geheimhielte, damit die Kinder sich keine Sorgen wegen ihrer Großmutter machten.

Ich packte sorgfältig, dachte an das möglicherweise kalte englische Frühjahr. Ich dachte auch daran, daß Scott Frauen mochte, die züchtig angezogen waren wie Tante Emily. Zusätzlich zu den Röcken und Pullovern nahm ich ein hochgeschlossenes Kleid mit. Dann zog ich den Kalender zu Rate, stellte fest, daß ich keine Zeit zu verlieren hatte, eilte zum nächsten Krankenhaus und besorgte einen neuen Vorrat an Pillen. Ich hatte die Pille aufgegeben, als Scott mich aufgegeben hatte, aber ich hatte sie dann für eine kurze Zeit wieder genommen, als es so aussah, als würde ich eine Affäre mit Jordan beginnen.

Ich fuhr zum Flughafen. Ich bestieg das Flugzeug. Ich startete auf die lange Reise, nach Osten in eine andere Welt. Wir schienen endlos über dem nebligen Seetief unten zu fliegen, aber nach dem langen Zwielicht kam die Dunkelheit, das Flugzeug begann seinen geplanten Abstieg, und schließlich streckten sich die Neonlichter Londons vor uns, so weit das Auge sehen konnte.

IV.

Sobald ich aus dem Zoll kam, wußte ich, er war in der Nähe. Ich starrte erregt auf die Menge, die über den Absperrungen hing, aber hinter dem Nebel unbekannter Gesichter fand ich kein Zeichen, daß er gekommen war, mich abzuholen.

Dann sah ich ihn. Ich war um die Menge herumgegangen und schaute gerade zurück durch die Halle, als er vom Bürgersteig aus durch die Tür kam. Er war dreißig Meter weg.

Er lächelte sein kleinstes, höfliches Lächeln und hob die Hand zum Gruß. Ich wollte auf ihn zugehen, aber nichts geschah. Ich stand einfach da, meinen Koffer in der Hand und war mir sofort ungeheuer bewußt, daß die Zeit nicht stillstand, sondern daß die Zeit sich endlich weiterbewegte nach einem unerträglichen Stillstand.

Ich vergaß meine klarsichtige Analyse der Zukunft, in der ich die Probleme aller Leute mit solch unvergleichlicher Tüchtigkeit lösen würde. Ich vergaß die Frustration der Gegenwart, an die ich mich durch meine früheren Fehler gekettet fühlte. Und ich vergaß den Schmerz der Vergangenheit völlig, als ich mich täglich gefragt hatte, wie ich alleine überleben sollte. In dem Moment, als ich ihn sah, konzentrierte sich mein Geist auf seine Gegenwart, mit solcher Intensität, daß jede seiner Bewegungen mir vorkam wie die Enthüllung einer verzaubernden Wahrheit, und jede Einzelheit seiner Erscheinung nahm eine verwirrende Bedeutung an.

Sein Haar war an den Seiten grauer und auch länger, der gängigen Männermode angepaßt. Vor der heutigen Begegnung hatte ich nie gemerkt, wie kurz er sein Haar früher trug. Auf den ersten Blick glaubte ich, er sei immer noch glattrasiert, aber eine Sekunde später sah ich, daß er nun dünne Koteletten trug. Er hatte etwas zugenommen, aber das stand ihm, denn er war immer zu dünn. Seine Augen waren ein helles Schwarz, wie polierter vulkanischer Fels. Sein Gang war schnell, aber sehr geschmeidig, sehr selbstsicher. Er trug einen tadellos geschnittenen dunklen Anzug mit einem diskret gestreiften weißblauen Hemd. Seine Krawatte war marineblaue Seide. Seine Schuhe glänzten. Seine Manschettenknöpfe waren aus Silber. Ich begehrte ihn so sehr, daß ich es kaum aushielt.

„Hallo", sagte er. „Wie geht es dir? Gute Reise gehabt? Okay, laß mich deinen Koffer nehmen. Das Auto steht draußen." Er bewegte sich mit dem Koffer in der Hand von mir weg.

Ich schaffte es gerade, hinter ihm herzustolpern. Ich atmete unregelmäßig und fühlte mich unerträglich heiß. Alles rationale Denken war unmöglich.

Draußen schwätzte ein Polizist, ein englischer Polizist mit Helm und ohne Pistole, freundlich mit dem Chauffeur eines milchweißen Rolls-Royce, aber als wir aus dem Gebäude kamen, wandte er sich uns zu, und der Chauffeur kam herbei, die Tür zu öffnen.

Scott stellte den Koffer aufs Pflaster. „Es tut mir leid, Wachtmeister, wir fahren gerade."

„In Ordnung, Sir, aber vielleicht würden Sie freundlicherweise Ihren Chauffeur anweisen, beim nächsten Mal den Parkplatz zu benutzen, bitte."

Mir fiel ein, daß ich nun eine Fremde war in einem Land, in dem selbst Drohungen in unergründliche Höflichkeit gekleidet werden. Ich sah mich etwas betäubt um, sah all die schlecht gebauten kleinen Autos mit ihren falsch angebrachten Steuerrädern, die schäbigen Leute mit Regenmänteln, den leichten Nieselregen, der aus einem fremden Neonhimmel fiel.

Ich begriff plötzlich, daß alle auf mich warteten, kroch in den Rolls und fiel auf das Polster. Scott saß auf dem Rücksitz neben mir. Wir unterhielten uns nicht, warteten nur, während der Chauffeur das Gepäck im Kofferraum verstaute und auf seinen Platz hinter dem Steuer zurückkam.

Das Auto fuhr an.

„Ich habe heute mit deiner Mutter telefoniert", sagte Scott ohne Mühe, während ich mir noch das Hirn darüber zerbrach, was ich sagen sollte. „Es geht ihr viel besser. Ich glaube nicht, daß sie noch lange in der Klinik bleiben muß. Meine Sekretärin erkundigt sich nach einem Heim für Rekonvaleszenten an der Südküste."

„Oh. Ja. Eine sehr gute Idee. Hab besten Dank." Das Auto fuhr auf den Tunnel zu, der aus dem Flughafen herausführt.

„Sie freut sich sehr darauf, dich zu sehen, natürlich."

„Ja. Oh, ja. Gut." Ich traute mich nicht, ihn anzusehen, weil ich Angst hatte, die Kontrolle über mich zu verlieren und etwas

Dummes zu tun, das ihn verärgern würde. Sein Mangel an Gefühl ließ klar erkennen, daß er von mir keine peinliche Darstellung von Leidenschaft wollte.

Wir fuhren schweigend weiter, aber schließlich sagte ich, weil selbst die albernste Frage diesem fürchterlichen Mangel an Unterhaltung vorzuziehen war: „Lebst du gerne in London?"

„Nicht sehr."

„Oh? Warum das denn?"

„Du bist dreitausend Meilen weit weg."

Bevor ich mich daran hindern konnte, sah ich ihn an, aber nicht ein Muskel in seinem Gesicht hatte sich bewegt. Und dann, sehr langsam, lächelte er.

„Mein Gott, Vicky", sagte er, „es ist so lange her."

„Oh, Gott, Scott . . . ich . . . Oh, Gott –"

„Es tut mir leid, was passiert ist. Ich nehme nicht an, daß du mir vergibst, aber –"

„Oh, doch, das tust du!" flammte ich auf. „Du drehst deinen Charme an und erwartest von mir, daß ich dir zu Füßen krieche, du Egoist, du Schuft, du –"

Er fing an zu lachen. „Ich habe mich doch nur entschuldigt, weiter nichts!"

„Ich werde dir sagen, was du mit deiner Entschuldigung machen kannst!" sagte ich, tat es aber nie. Ich hob mein Gesicht zu seinem empor, und er beugte sich hinüber, mich zu küssen, und im nächsten Augenblick war sein dichtes Haar unter meinen Fingern, seine Hände waren hart auf meinem Körper, und sein Mund war trocken, als meine Zunge an seinen Lippen vorbeiglitt.

Der Rolls-Royce fuhr erhaben in Richtung London.

V.

„Jetzt also, du Schuft, rück mal raus mit der Sprache. Warum hast du nicht angerufen?"

„Ich hatte dir nichts zu bieten. Was für ein Recht hätte ich gehabt, all die alten Wunden aufzureißen, wenn ich doch der Lösung der Probleme, die uns damals 1963 getrennt haben, keinen Schritt näher war?"

„Aber warst du nie versucht – “

„Versucht! Natürlich war ich versucht! Ich war sehr oft davor, dich anzurufen und dir dieselbe Sackgasse anzubieten, aber ich hatte immer das Gefühl, das könnte ich dir nicht antun. Ich liebte dich zu sehr. Dann sagte später dein Vater –“

„Wenn er gelogen hat, bringe ich ihn um. Das werde ich auch! Ich habe die Nase voll davon, daß er dich belügt und alles kaputtmacht!“

Scott lachte. „Dieses Mal können wir deinem Vater nicht die Schuld zuschieben. Andere Leute, nicht Cornelius, haben mir berichtet, daß du dir ein neues Leben geschaffen hast, daß du ein aktives Interesse an der Börse nimmst, daß du deine eigenen Aktien betreust, daß du zu Parties gehst, neue Freunde kennenlernst, sogar –“

„Nein“, sagte ich, „das Geschwätz, das du wegen Jordan gehört hast, kannst du vergessen.“

„Nun, da müssen notwendigerweise andere gewesen sein. Das begreife ich völlig.“

„Nein.“

„Nein?“

„Nein, ich hatte genug vom sinnlosen Sex, und ich wollte nur dich. Mein Gott, warum muß ich dir das erzählen? Ich muß verrückt sein. Das allerletzte, was dein Ego braucht, ist eine Frau, die beichtet, daß sie dreieinhalb Jahre allein geschlafen hat, weil sie dich nicht vergessen konnte.“

„Vicky . . . Sei nicht so hart zu dir selbst.“

„Was für eine Wahl habe ich denn? Es scheint im System zu liegen, daß ich es nicht fertigbringe, hart mit dir umzugehen. Um so blöder von mir.“

„Shhh.“ Er küßte mich wieder. „Es wird alles in Ordnung kommen, Vicky. Unsere Sackgasse wird in eine große Straße münden. Es ist jetzt nur noch eine Frage von Monaten, bis ich wieder in New York bin, und dann –“

„Das Savoy, Sir“, sagte der Chauffeur und öffnete die Tür.

Wir wechselten einen Kuß. Dann entließ Scott sowohl Auto wie Chauffeur und folgte mir ins Hotel.

VI.

„Okay“, sagte ich, „ich bin ehrlich mit dir gewesen – viel zu ehrlich – und jetzt möchte ich ein wenig Ehrlichkeit von dir. Erzähl mir alles über dein umwerfendes Privatleben während der letzten dreieinhalb Jahre.“

Scott lächelte. Wir lehnten gegen einen riesigen Berg von Kissen und tranken eine Flasche Sekt, die er in der Hausbar in meiner Suite gefunden hatte. Für Scott, der nach europäischer Zeit lebte, war es zwei Uhr früh, aber für mich war es erst neun Uhr abends. Ich fühlte mich wach, munter und euphorisch.

Ich schaute ihn an. Das Licht der Nachttischlampe strahlte weich auf das zerwühlte Bett, das Oberlaken, schlapp und zerknittert, wand sich über meine Füße, über seine Schenkel und wieder zurück über meinen Bauch. Meine Brüste zeigten einen delikaten Hauch von gemasertem Rosa, als hätten die kürzlichen, ungewohnten Ereignisse sie schockiert. Als ich das Laken hochzog, um ihre absurde Farbe zu bedecken, nahm ich Scott die kärgliche Bedeckung seiner Schenkel weg und wurde mir sofort seiner Länge bewußt, der Festigkeit seines Körpers und des Haarmusters auf seiner Brust, seinem Bauch und an seinen Lenden.

„Nun?“ sagte ich. „Willst du mir nicht erzählen, daß du eine ganze Kette von tollen Affären gehabt hast?“ Ich lächelte, um ihm zu zeigen, daß es mir gleich war, was er getan hatte, aber wir wußten beide, daß es mir nicht gleich war. Der vernünftige Teil meines Hirns wußte, daß er andere Frauen gehabt haben mußte, aber der irrationale Teil ließ mich Eifersucht und Verletzung spüren. Ich konnte den Gedanken nicht ertragen, daß er mit jemand anderem zusammen war. Aber genausowenig konnte ich den Gedanken ertragen, daß er lügen würde, um meine Gefühle zu schonen. „Ich will die Wahrheit wissen!“ sagte ich grimmig, und sah ihn nicht länger an. „Das habe ich verdient! Das schuldest du mir!“

„Gewiß.“ Er nahm meine Hand in seine und streichelte ihren Rücken sanft mit seinem Zeigefinger. „Ich war in keiner guten Verfassung, als ich nach England kam“, sagte er schließlich, „und ich glaubte, meine einzige Hoffnung sei die, zu versuchen, dich so bald wie möglich zu ersetzen. Ich hatte ein Verhältnis mit einer Bibliothekarin. Sie war nicht hübsch, aber sie war helle, und ich mochte sie. Es schien eine Art von Antwort zu sein. Wir haben sechs Wochen lang zusammengelebt. Dann hat sie mich verlassen."

Ich wartete auf eine Erklärung, aber als keine kam, sagte ich vorsichtig: „Hat sie jemand anderen gefunden?"

„Nein, sie fand es einfach unmöglich, mit mir zusammenzuleben. Ich . . . habe damals sehr viel getrunken." Er sah herunter auf das Glas Sekt in seiner Hand, und ich bemerkte zum ersten Mal, daß er kaum davon getrunken hatte. „Jedenfalls, das Problem habe ich gelöst, indem ich aus dem Apartment in ein Stadthaus umzog, in dem ich Angestellte haben mußte. Wenn ich dazu gezwungen war, sowohl zu Hause als auch im Büro einen bestimmten Standard des Benehmens aufrechtzuerhalten, dann fand ich es leichter, mein Trinken zu kontrollieren."

„Ich verstehe." Aus irgendeinem Grund wollte ich ihn wegen seiner Trinkerei nicht weiter fragen. „Und hat das nächste Mädchen länger gehalten?"

„Nächstes Mädchen? Oh, nach dem Unglück mit der Bibliothekarin wollte ich nicht riskieren, noch einmal mit jemandem zusammenzuleben. Ich versuchte wieder mein altes Spiel mit den Affären für eine Nacht, eine kurze Zeit jedenfalls, aber das klappte auch nicht. Ich hatte zu große Angst, daß mein altes Problem wieder auftauchen würde, und bald merkte ich, daß ich einer Frau nur dann gegenübertreten konnte, wenn ich zuviel getrunken hatte – auch ein Rezept für das Versagen, wie ich nur allzu schnell entdeckte. Nun, ich wußte, daß ich den Alkohol unter Kontrolle halten mußte. So sagte ich mir dann, was, zum Teufel, soll das mit den Frauen, warum all diese ganze Mühe, warum soll man Sex zur Entspannung benutzen, wenn das Ergebnis alles andere als entspannend ist?" Er lachte über sich selbst, mokierte sich über seine Situation, als sei er nur dabei, Absurditäten der Vergangenheit abzuschütteln. Seine Augen glänzten vor Schmerz. „Schließlich also", sagte er, indem er eine große Show daraus machte, sich von mir abzuwenden und sein Glas abzustellen, „siegte die Vernunft, der gesunde Menschenverstand triumphierte, und mein umwerfendes Privatleben kam zu einem unmöglichen Ende. Du denkst jetzt zweifellos, daß ich genau das bekommen habe, was ich verdiente, so wie ich dich in

New York behandelt habe. Das ist ganz zweifellos meine Meinung, und du kannst dich ihr gerne anschließen.“

Ich legte meine Hand über seine und hielt sie fest. Er machte das Licht aus, damit er seinen Gesichtsausdruck nicht länger verbergen mußte. Eine Zeitlang lagen wir in der beruhigenden Dunkelheit nebeneinander.

Schließlich sagte er: „Ich glaube, ich werde am Ende doch überleben. Ich wußte nicht, wie ich in diesen Jahren ohne dich fertig werden sollte. Ich habe oft gedacht, ich würde es nicht schaffen.“

Ich legte meine Finger weich auf seinen Mund. Dann küßte ich ihn. Später sagte ich: „Ich wäre nach London gekommen. Ich hätte alles getan. Wenn nur –“

„Nein“, sagte er. „Keine ‚wenn Nurs‘. Wenn du nach London gekommen wärst, um mit mir zu leben, dann hätte das einige Probleme gelöst, aber andere geschaffen – und diese anderen hätten das Leben genauso unerträglich machen können. Glaubst du nicht, daß ich jede Möglichkeit durchdacht habe? Glaubst du nicht, daß ich immer wieder auf einen Ausweg sann? Die einzige Lösung, die ich fand war die, in London irgendwie alleine zu überleben und um ein Wunder zu beten, das dich dazubringen würde, mich wieder sehen zu wollen, zur rechten Zeit.“ Er machte das Licht wieder an und trank mit Mühe seinen Sekt aus. „Es ist komisch“, sagte er, und schaute dabei in sein Glas, „aber ich mag Alkohol eigentlich nicht sehr. Ich trinke Scotch, weil ich da nie mehr als zwei Glas haben will – mir liegt nichts an dem Geschmack. Was ich wirklich gerne mag, ist Wodka. Das kann man mischen, und man merkt nie, daß man Alkohol trinkt . . . aber vielleicht hat das auch seine Nachteile. Ich bin in der Marine zwei- oder dreimal in Schwierigkeiten geraten, weil . . . aber diese Zeit spielt jetzt keine Rolle mehr, nachdem ich mein Trinken kontrollieren kann, warum soll man also daran denken? Reden wir von was anderem.“ Er lehnte sich mit einem Lächeln über mich und streichelte mit seinen Fingern langsam durch mein Haar. „Ich habe es gerne, wenn du das Haar lang trägst.“

„Fein. Alicia meint, ich sähe aus wie Hammel als Schaf verkleidet.“

„Alicia ist nur neidisch auf dich wie gewöhnlich!“

„Ja, aber es macht mir nichts mehr aus. Es ist mir scheißegal.“

„Wie kommen Cornelius und sie denn im Moment miteinander aus?“

„Das ist schwer zu sagen. Ich glaubte schon einmal, sie seien wieder kurz vor der Scheidung, aber jetzt glaube ich, daß sie sehr, sehr verheiratet sind. Ich bin zu dem zögernden Entschluß gekommen, daß sie auf ihre eigene Weise ein bemerkenswertes Paar sind, und daß ich über ihre Ehe nicht länger die Nase rümpfen, sondern sie statt dessen bewundern sollte. Bist du dir darüber im klaren, daß sie jetzt sechsunddreißig Jahre lang verheiratet sind? Das ist nicht so einfach, oder? Meine Güte! Wie, um Himmels willen, kann das nur sein, wenn man mit derselben Person sechsunddreißig Jahre lang verheiratet ist!“

„Wollen wir versuchen, das herauszufinden?“

Ich vergoß Champagner über das ganze Bett. „Ist das ein Antrag!“

„Was glaubst du denn? Was sonst? Eine Einladung zu einem wissenschaftlichen Experiment!“

„Oh, Scott . . . Liebster . . .“

Aller Schmerz war vergangen. Er fing an zu lachen, ich lachte mit ihm, und in einem Nebel freudiger Erleichterung fielen wir uns ungeschickt in die Arme.

VII.

„Bist du sicher, daß du mich heiraten willst?“ sagte ich ängstlich etwas später. „Ich weiß, daß du dich immer als für die Ehe ungeeignet betrachtet hast.“

„Ich weiß nur“, sagte Scott, „daß ich nicht für ein Leben ohne dich geschaffen bin. Solange wir zusammen sein können, ist es mir egal, ob ich verheiratet bin, ob ich in Sünde lebe oder in einem Zoo.“

„In diesem Fall wirst du sowohl die Ehe wie den Zoo haben! Oh, Scott, bist du sicher, daß dir die Kinder nichts ausmachen? Ich weiß, wie du denkst –“

„Reden wir nicht darüber, wie ich denke, und laß uns lieber darüber reden, wie du denkst. Ich weiß, wieviel dir die Kinder bedeuten. Ich weiß, du liebst eine beständige Beziehung mit einem Mann, auf den du dich verlassen kannst, und in deinen

Umständen ist es besser, wenn dieser Mann mit dir verheiratet und nicht nur dein Geliebter ist. Daran ist nichts Unvernünftiges. Man könnte sich kaum etwas Selbstverständlicheres vorstellen. Ich hoffe doch, du denkst nicht, daß ich gefühlsmäßig so unstabil bin, daß ich deine Haltung nicht verstehen, respektieren und mich auch auf sie einlassen kann."

„Nun, natürlich glaube ich nicht, daß du emotionell unstabil bist, aber –"

„Ich werde mir alle Mühe mit den Kindern geben, Vicky, das verspreche ich dir. Am Anfang wird das nicht so gut laufen, aber ich werde mich bemühen. Ich liebe dich, und ich werde alles tun, dich glücklich zu machen. Du brauchst dir über die Kinder keine Gedanken zu machen."

Meine Augen waren voller Tränen, denn diese Zusicherung war genau das, was ich hatte hören wollen. Ich flüsterte meinen Dank und küßte ihn leicht auf die Wange.

Wir schwiegen eine Zeitlang. Inzwischen war es sehr spät geworden, und ich fühlte mich schläfrig.

„Es ist klar", sagte Scott schließlich, „daß dein Vater davon nicht besonders begeistert sein wird."

Ich war plötzlich hellwach. Ich bemerkte zum ersten Mal, daß um das Deckenlicht herum eine ovale Stukkatur war, die ähnlichen Stukkaturen in den vier Ecken des Raumes entsprach.

„Dein Vater und ich kommen im Augenblick sehr gut miteinander aus", sagte Scott. „Ich glaube, es ist uns gelungen, all die Risse von 1963 zuzukleistern. Dennoch wird er unsere Ehe mit äußerster Skepsis betrachten. Das weißt du doch, nicht wahr? Ich hoffe, er wird dich nicht zu sehr aufregen."

„Das soll er nur einmal versuchen!" Ich betrachtete weiterhin die Decke. Das weiche Licht von der Nachttischlampe spiegelte sich in dem Glas des Leuchters.

„Du bist ihm soviel nähergekommen, oder?" sagte Scott. „Ich schloß das aus der Art, in der er über dich gesprochen hat."

„Oh, wir kommen miteinander aus. Es ist ganz einfach."

„Wenn er probieren sollte, dich gegen mich einzunehmen –"

„Scott, ich bin sechsunddreißig Jahre alt und mein eigener Herr. Kein Mann kann mir mehr sagen, wie ich mein Leben leben soll."

„Okay, in Ordnung. Ich dachte nur, ich sollte dich warnen –"

„Gut, du hast mich gewarnt. Jetzt hören wir auf damit. Es macht mich ärgerlich, wenn du und mein Vater finstere, unangenehme und destruktive Spiele miteinander treibt. Gott sei Dank wird das alles vorüber sein, wenn wir verheiratet sind! Ihr könnt kaum weitermachen mit eurem Schattenboxen, wenn ich fest zwischen euch stehe mit einem Ölzweig in der einen und einer weißen Fahne in der anderen Hand!"

Ich hörte ihn lachen. „Der Schiedsrichter im Ring?"

„Nun, warum nicht?" Ich hörte endlich auf, die Decke zu betrachten und wandte meinen Kopf ihm zu. „Es wird höchste Zeit, daß jemand versucht, euch Vernunft beizubringen!"

Er lächelte mich an. „Nun, sieh nicht so wütend aus! Ich bin zu einem Waffenstillstand gern bereit! Dein Vater wird das Problem sein!"

„Das überlaß mal mir", sagte ich. „Ich mache das schon."

VIII.

Später, viel später, öffnete ich meine Augen und fand ihn voll angezogen über mich gebeugt. In dem kleinen Flur, der das Wohnzimmer mit dem Schlafzimmer meiner Suite verband, brannte das Licht.

„Ich muß jetzt nach Hause, Vicky. Ich muß mich rasieren und umziehen, bevor ich ins Büro gehe. Ruf mich später an, wenn du deine Mutter gesehen hast, und wir verabreden irgend etwas für den Abend."

„Mmmmm . . ." nickte ich, noch benommen vom Schlaf.

Seine Lippen streiften meine. Ich war mir seines Schattens bewußt, wie er sich von mir entfernte, und einen Augenblick später ging das Licht im Flur aus.

„Viel Glück mit deiner Mutter."

„Hm."

„Ich liebe dich sehr."

Ganz weit weg schloß sich die Tür.

Ich schlief.

IX.

Mir träumte, ich sei wieder das Kind, das ich vor langer Zeit gewesen war, das Kind mit extra angefertigten Kleidern, dem englischen Kindermädchen, den Schränken voller Spielzeug, den sorgfältig ausgewählten Spielkameraden, dem gelegentlichen Leibwächter (das Lindbergh-Kidnapping hatte auf meine Mutter einen tiefen Eindruck gemacht) und dem Miniaturnerzmantel. Ich war sehr reich und sehr glücklich, obgleich mein Kinderfräulein ihr Bestes tat, daß ich nicht allzusehr verwöhnt wurde. Sie muß sich oft gedacht haben, daß sie in einer verlorenen Schlacht kämpfte.

Meine Mutter machte sich immer Gedanken darüber, daß Nanny zu streng mit mir sein könnte; in Wirklichkeit liebte ich aber meine genau geordneten Stunden mit Nanny, weil sie die Stunden mit meinen Eltern soviel aufregender und verworfener erscheinen ließen. Wenn ich permanent verwöhnt worden wäre, dann wäre ich zweifellos sehr unglücklich gewesen. Das war eine Lektion, an die ich mich hinsichtlich meiner eigenen Kinder erinnern würde, und von dem Augenblick an, als ich wußte, daß ich schwanger war, hatte ich mich entschlossen, ein englisches Kinderfräulein einzustellen, damit in meinem Haus wenigstens ein Mensch war, der sich weigern würde, meinen Kindern in jeder Laune nachzugeben. Ich dachte mir, daß der Reichtum ihnen später sowieso viel zuviele Gelegenheiten bieten würde, genau das zu bekommen, was sie wollten. Das wenigste, was ich für sie in ihrer Jugend tun konnte, war, zu versuchen, sie von dem bleiernen Einfluß eines großen Einkommens so lange wie möglich zu bewahren.

Ich lebte in einem Haus im spanischen Stil am Meer in Palm Beach, und meine Mutter wohnte bei mir. Sie war eine märchenhafte Fee, die in phantastischen Kleidern herumglitt und Zigaretten aus einer diamantenbesetzten Zigarettenspitze rauchte. Meine Mutter nannte mich „Darling", niemals „Vicky", und sie war so stolz auf mich, daß ich bei ihren chicen Partys, auf denen ich wegen meiner „süßen Antworten" berühmt wurde, regelmäßig ausgestellt wurde. (Es war das Zeitalter von Shirley Temple.) Nanny rettete mich irgendwie davor, eine zu aufgeblasene Vorstellung von meiner eigenen Bedeutung zu entwickeln, ich wuchs aber doch in dem Glauben auf, daß meine Mutter nur ihren Zauberstab hervorholen mußte, um alles Unglück von uns abzuhalten.

Dann kam Danny. Meine Mutter hatte ihn vor Jahren in Kalifornien getroffen, und eines Tages im Jahre 1940, als Danny auf Urlaub nach Florida kam, rief er an, um die Bekanntschaft zu erneuern.

Danny war groß und schlank, mit traurigen dunklen Augen und hervorragenden Manieren. Er sprach ohne ausländischen Akzent, aber einmal, als er mit seinem Vater telefonierte, sprach er fließend Italienisch.

„Solch eine hübsche Sprache!" seufzte meine Mutter, eine unheilbare Romantikerin. Sie war ganz hingerissen, daß sie Danny eingefangen hatte, der zehn Jahre jünger war als sie, und als er immer länger in Palm Beach blieb – offenbar brauchte er für seinen Lebensunterhalt nicht zu arbeiten –, war nicht mehr ich es, die das Hauptausstellungsstück bei Mutters chicen Partys war. Ich hatte nach Danny den zweiten Platz einzunehmen.

Dies gefiel mir überhaupt nicht, und meinem Vater auch nicht.

Der Krach über das Sorgerecht brach erneut aus. Diese Sorgerechtskräche machten mir immer Spaß. Sie gaben mir das Gefühl, wichtig zu sein, und es war immer sehr befriedigend zu wissen, daß meine Eltern sich ständig um das Privileg meiner Gesellschaft bekriegten. Ich betrachtete mich nie als das Produkt einer zerstörten Familie. Da die Familie zerstört war, noch bevor ich das Licht der Welt erblickt hatte, konnte ich mich auch nicht daran erinnern. Die Beziehung zwischen meinen Eltern war immer so schlecht gewesen, daß es mir nie einfiel, sie könnten sich eines Tages miteinander versöhnen. Für mich zählte nur, daß ich meine Eltern liebte und daß sie mich liebten. Es war mir egal, daß sie in verschiedenen Häusern wohnten. Es war mir sogar egal, daß sie sich haßten, obgleich ich gelegentlich dachte, es sei doch ein Jammer, daß die beiden Leute, die ich liebte, nicht wenigstens gute Freunde sein könnten. Da ich aber keine Erinnerung außer der hatte, daß sie unfreundlich miteinander umgingen, akzeptierte ich ihren Antagonismus als gegeben und als eine Tatsache, die mir letztendlich nicht wehtun konnte, da sie mich beide zu sehr liebten.

Während ich der bevorstehenden Schlacht um das Sorgerecht

gleichmütig entgegensah, überlegte ich mir, was ich vor dem Richter bei dem üblichen Gespräch über die Situation sagen sollte.

„Du brauchst dir keine Gedanken zu machen, Sugar", sagte Danny und gab mir eine neue Schachtel Pralinen. „Ich werde deine Mutter heiraten und deinen Vater in Apfelsinenblüten beerdigen. Er ist nur so sauer, weil er glaubt, ich sei ein mieser Italiener, der auf die Alimente deiner Mutter aus ist, aber ich besitze Geld, ich habe auch Aussichten, von denen er nichts weiß. Zum Teufel mit den Alimenten, daran liegt mir überhaupt nichts, das bedeutet mir nichts. Und sobald Viv und ich verheiratet sind, ist sie wieder respektabel, und die Forderung deines Vaters um das Sorgerecht fällt glatt ins Wasser, wart's nur ab. Dann kann dein Schuft von einem Vater meinetwegen in die hohle Hand scheißen."

Mit dieser Art von abschließender Bemerkung beging Danny einen tödlichen Fehler. Nach diesen schlecht gewählten Worten hörte ich auf, ihn als einen großzügigen Lieferanten von Bonbons zu sehen, dessen einziger Fehler war, daß er zuviel Aufmerksamkeit von meiner Mutter beanspruchte. Statt dessen betrachtete ich ihn als Feind meines Vaters. Nur meine Mutter durfte meinen Vater einen Schweinehund nennen. Das war ihr Privileg als seine frühere Frau. Aber sonst durfte mir gegenüber keiner ihn beschimpfen. Nie.

Ich beschloß, daß Danny gehen mußte. Ich hielt es für meine moralische Pflicht als eine weltkluge, intelligente Zehnjährige, meine arme Mutter vor einer Fehlheirat zu bewahren.

„Nun, ich werde es Ihnen geradeheraus sagen", behauptete ich vor dem Richter, als wir in seinem Zimmer miteinander sprachen, „ich habe mir noch nie Sorgen über die Freunde meiner Mutter gemacht, aber dieses Mal ist das anders. Ich glaube, er wird ihr das Herz brechen. Ich glaube, daß, wenn sie erst einmal verheiratet sind, er hinter anderen Damen herlaufen wird. Ich glaube –", ich setzte mein weltläufigstes Lächeln auf, „– ich glaube, er könnte sogar hinter mir her sein. Er schenkt mir andauernd Pralinen und liebkost mich, wenn Mama nicht zuschaut."

Ich erinnere mich, wie ich aus dem Raum schritt und überlegen dachte: Das wird ihm schaden. Der Richter würde Mutter sagen, daß eine Ehe mit Danny nicht in Frage komme, wenn sie das Sorgerecht für mich behalten wollte, und das wäre dann das Ende. Wenn ich darüber nachdachte, war ich stolz auf die Art, wie ich die Situation in den Griff bekommen hatte, indem ich die Tatsachen so geschickt ausgemalt hatte. Als Frau verliebte man sich irgendeinmal wahnsinnig in den Mann seiner Träume, ging mit ihm ins Bett, küßte ihn in einem Anfall von Leidenschaft auf den Mund und war sofort im siebten Himmel. Meine Mutter sagte, es sei so gut wie der Himmel. Ich konnte es kaum erwarten, die Gelegenheit zu haben, solche Verzückungen zu erleben, und verbrachte viel Zeit damit, mich nach dem Beginn der Pubertät zu sehnen.

„Aber wie konntest du dem Richter solche widerwärtigen Lügen auftischen?" schrie meine Mutter mich an, nachdem der Richter das Sorgerecht meinem Vater übertragen hatte. Ihre Wut stieß mich ab. Ich hatte Kummer erwartet, aber nicht Ärger. Er vernichtete meinen Triumph und ließ nur Angst zurück.

„Danny hat ein paar widerliche Sachen über Daddy gesagt!" schrie ich zurück. „Warum soll ich dann nicht ein paar widerliche Sachen über ihn sagen?"

„Aber du dummes, kleines Mädchen, begreifst du denn nicht, was du getan hast?" Meine Mutter brach mit einem Weinkrampf zusammen.

Die Tränen bestätigten mich. Ich hatte gewiß erwartet, daß sie bei der Aussicht, Danny zu verlieren, weinen würde, und so dachte ich mir, daß schließlich doch alles planmäßig verlaufe. „Mach dir keine Sorgen, Mami, am Ende wird alles in Ordnung kommen, und wenn Danny erst mal weg ist, dann werden wir in alle Ewigkeit glücklich miteinander leben –"

„Weg ist?" sagte meine Mutter. „Aber er wird nicht gehen! Ich werde nicht auf ihn verzichten!"

Und sie tat es nicht. Am Schluß war ich diejenige, die gehen mußte.

„Ich werde dich nicht aufgeben!" sagte meine Mutter bestimmt. „Ich werde Danny nicht aufgeben, und ich werde dich auch nicht aufgeben. Wir gehen wieder zurück zu dem Richter und sagen ihm, daß da ein Fehler gemacht wurde."

Weitere Sitzungen über das Sorgerecht folgten, aber die waren nicht mehr amüsant. Ich stellte fest, daß ich nichts essen konnte und daß es mir egal war, welche Kleider ich trug, wenn ich den Richter aufsuchen mußte. Schließlich brach ich zusammen und heulte vor ihm. Ich schämte mich so.

Der Richter sagte: „Das Kind ist offensichtlich geschädigt. Ich fürchte, dies kann so nicht weitergehen."

Meine Mutter hatte hysterische Anfälle und lag Stunden lang in einem verdunkelten Raum, bis ich glaubte, daß sie sterben würde und daß ich daran schuld wäre. Als ich schließlich mein Unglück nicht länger ertragen konnte, platzte ich in ihr Zimmer und schrie: „Ich will meinen Daddy! Er liebt mich, auch wenn du mich nicht liebst!" – Das war ziemlich blöde, weil es meine Mutter wieder hysterisch machte, mit dem Ergebnis, daß ich noch mehr Angst bekam als je zuvor.

„Aber Darling, ich liebe dich doch, ich liebe dich, aber du verstehst einfach nicht – ich kann Danny nicht aufgeben! Den Mann, den ich liebe . . . oh, mein Schatz, du weißt gar nicht, was das ist, du kannst dir gar nicht vorstellen, wie eine Frau sich fühlt, wenn sie auf fünfzig geht, du hast keine Ahnung von dem reinen Horror vor dem Altwerden und daß man weiß, daß die meisten Männer sich bald gar nicht mehr interessieren werden, und ich halte das nicht aus, ich habe eine tiefe Angst davor, am Ende alleine und ungeliebt zu sein –"

„Aber ich liebe dich, Mami!"

„Oh, Darling, du bist lieb, du bist süß, du bist das anbetungswürdigste kleine Mädchen in der Welt, aber –"

„Das hat alles mit den Tatsachen des Lebens zu tun, von denen du mir erzählt hast", sagte ich. „Allein das zählt für dich. Dir liegt an mir überhaupt nichts. Du willst mich gern an Daddy abschieben, weil du dann alle Zeit darauf verwenden kannst, die Tatsachen des Lebens mit Danny zu spielen."

„Vicky, nein! Mein Schatz – Darling – mein Gott, ich halte das nicht aus, ich kann nicht länger in zwei Teile gerissen werden, ich werde es tun, ich gebe ihn auf –"

„Vergiß es", sagte ich. „Gib dir keine Mühe. Vergiß es. Mir liegt nichts mehr daran. Ich werde bei Daddy leben, und ich will dich nie wiedersehen."

Ich bekam meinen Vater. Ich bekam aber auch ein riesiges, kaltes neues Haus in New York und zwei Stiefbrüder, die ich nicht ausstehen konnte, und eine Stiefmutter, die meine geliebte

Nanny rausschmiß, weil sie dachte, es sei für mich besser „neu anzufangen“, und die all meine Lieblingskleider der Wohlfahrt gab, weil sie ihrer Meinung nach „unpassend“ waren. Mein Vater liebte mich natürlich, aber da ich ihn in der Vergangenheit nur gelegentlich gesehen hatte, war mir nie klargeworden, wie schwer er arbeitete und wieviel Zeit er außer Haus verbrachte. In meinen Träumen von dem neuen Leben waren immer nur wir beide dagewesen: Mein Vater und ich. In der Wirklichkeit meines neuen Lebens gab es aber nur Alicia und mich. Sebastian und Andrew gingen bald weg in die Schule, und dann war ich tagein tagaus alleine mit meiner Stiefmutter in diesem hallenden Riesenhaus auf der Fifth Avenue.

Die Pubertät, nach der ich mich während meiner frühreifen, sonnendurchtränkten Jahre gesehnt hatte, trat an einem dunklen Morgen ein, als der Schnee fiel. Ich wollte sie nicht. Alicia hielt mir gewissenhaft Vorträge über Binden und darüber, wie sich die Jungens mir gegenüber jetzt verhalten würden, da ich langsam erwachsen wurde. Ich empfand das abstoßend. Sie teilte mir auch die wirklichen Tatsachen des Lebens mit, nicht die falschen, romantischen Vorstellungen, die ich von meiner Mutter übernommen hatte. Ich war angewidert. Ich dachte: Es war also alles schlimmer, viel, viel schlimmer, als ich mir das gedacht hatte. Meine Mutter hatte mich aufgeben wollen, um *das* zu tun. Es war nicht nur einfach küssen und knutschen. Es war *das*. Unglaublich. Widerwärtig. Obszön.

Und doch wußte ich die ganze Zeit über, daß meine Mutter mich nicht hatte aufgeben wollen. Ich wußte, daß sie mich liebte. Und ich wußte, daß die ganze Sache mein Fehler war. Ich hatte den Richter belogen, und jetzt wurde nicht nur ich dafür bestraft, sondern meine Mutter auch. Manchmal dachte ich, an dieser Schuld zu sterben. Manchmal dachte ich, daß ich mit dieser Scham nicht weiterleben könnte.

Aber dann kam Daddy zu meiner Rettung, der wunderbare Daddy, immer so gut mit Kindern, so freundlich und geduldig und besorgt, und natürlich begriff er bald, daß etwas nicht stimmte. Er wußte, daß ich unglücklich war.

„Erzähl mir alles, mein Schatz“, sagte er, und das tat ich. Ich erzählte ihm die ganze Geschichte, und er nickte und hörte zu und drückte mich an sich.

Und dann brachte er alles in Ordnung. Er sagte: „Schätzchen, es ist ganz verkehrt, daß du dir die Schuld an dem gibst, was passiert ist. Das war vom Anfang bis zum Ende die Schuld deiner Mutter. Wenn sie sich nicht mit einem Gangster wie Danny Diaconi herumgetrieben hätte, dann hättest du nie so handeln müssen, wie du es getan hast. Deine Mutter ist eine schlimme, prinzipienlose, unmoralische Frau, nicht dazu geeignet, ein unschuldiges Mädchen wie dich großzuziehen." Er fuhr fort mir zu sagen, wie unmoralisch meine Mutter war, daß sie mit einem Mann nach dem anderen geschlafen hatte, und während mein Vater sprach, fühlte ich mich besser, weil ich den Eindruck bekam, daß ich schließlich doch keine Schuld an all den Ereignissen trug, die mich nach New York gebracht hatten. Ich fing an zu glauben, daß meine Mutter wirklich kein Vorbild sein konnte, und daß mein Vater völlig recht hatte, immer noch um das Sorgerecht für mich zu kämpfen, selbst als ich widerrufen und den Richter gebeten hatte, bei meiner Mutter bleiben zu dürfen.

Damals kam mir alles so klar vor. Wenn ich meine Mutter haßte, dann brauchte ich mich nicht schuldig zu fühlen, und wenn ich sie für verdorben hielt, dann konnte ich meinem geliebten Daddy nie übelnehmen, daß er mich von ihr getrennt hatte.

„Ich will nie so werden wie sie!" schluchzte ich. „Nie!"

„Natürlich wirst du nie so werden wie sie, Liebling", sagte mein Vater. „Du wirst immer ein gutes Mädchen sein, und wenn du dich verliebst, dann wirst du heiraten und die perfekte Frau und Mutter und ewig glücklich sein. Das möchtest du doch, nicht wahr? Du wirst ein gutes Mädchen sein, und ich werde stolz auf dich sein können."

Und natürlich hatte er recht. Das war genau, was ich wollte, denn ich liebte meinen Daddy, meinen wunderbaren Daddy, der auf seinem weißen Pferd geritten kam, mich zu retten, als ich verzweifelt war. Und all die nächsten Jahre über tat ich alles, alles, nur um ihm zu zeigen, wie sehr er geliebt wurde. Denn wenn ich ihn nicht so sehr geliebt hätte, hätte ich vielleicht angefangen, wieder meine Mutter zu lieben, und wenn ich das tat, dann hätte ich nicht mehr glauben können, daß sie so böse war, wie man es mir gesagt hatte; und wenn ich einmal diese Art von Zweifel zuließ, dann könnte ich mich vielleicht auch fragen, ob es wirklich meine Mutter war, die so verdorben und prinzipienlos in diesen früheren Jahren gewesen ist. Aber diese schrecklichen Dilemmas konnten nie entstehen, weil ich den Fragen keinen Raum gab. Solange ich meinen Vater liebte und meine Mutter haßte, würde ich sicher sein, und aus diesem Grunde war jede Veränderung in meiner Haltung zu den Eltern buchstäblich undenkbar . . . undenkbar . . . *undenkbar* . . .

X.

„Undenkbar!“ rief ich aus und wachte erschrocken in meiner Suite im Savoy auf.

Es war erst fünf Uhr in New York, aber in England war der Tag schon recht fortgeschritten, und ich mußte aufstehen. Ich wußte, daß ich nichts frühstücken konnte, und deshalb bestellte ich mir nur Kaffee. Als ich dann angezogen war, rief ich die Klinik an, wo man mir sagte, daß ich Mrs. Diaconi jederzeit besuchen könne, da es ihr sehr viel besser ginge.

Ich blieb auf der Bettkante sitzen. Ich fühlte mich erschlagen, in einer vagen Furcht, und wäre für den Rest des Tages am liebsten in meinem Zimmer geblieben. Dann überraschte ich mich dabei, daß ich an Danny dachte. Er war bei einer Schießerei in einem der Kasinos seines Vaters in Las Vegas ums Leben gekommen. Ich konnte mir vorstellen, daß meine Mutter darüber sehr traurig gewesen war. Sie waren fünf Jahre lang verheiratet gewesen, aber natürlich wußte ich nichts über ihre Ehe, weil mein Vater sich immer geweigert hatte, mich sie besuchen zu lassen.

Ich verließ das Hotel überstürzt und nahm ein Taxi zu der Klinik.

London glitt an mir vorbei. Ich hatte einen schwachen Eindruck von grauem Himmel, grauen Gebäuden, grauen Leuten und grauen Tauben. In dieser abweisenden Landschaft waren die roten Busse ein willkommener Farbtupfer, aber die Stadt schien dennoch kalt und fremd; sie erinnerte mich an die letzten unglücklichen Jahre mit Sam. Ich fragte mich, wie Scott seine Jahre des Exils ausgehalten hatte, aber dann konnte ich nicht weiter daran denken. Ich konnte nur noch an meine Mutter denken.

„Können Sie bitte an einem Blumenladen halten?"

Gott sei Dank hatte ich an die Blumen gedacht. Man nahm ja immer Blumen mit ins Krankenhaus. Ich erinnerte mich daran, daß alle Welt mir nach Sams Tod Blumen ins Krankenhaus gebracht hatte, jeder außer Sebastian, der mir einen Band Gedichte gebracht hatte.

Wir kamen an der Klinik an. Ich fühlte mich jetzt sehr schlecht, gab deshalb dem Taxifahrer einfach einen Fünfpfundschein und rannte, ohne auf das Wechselgeld zu warten, hinein. Der Empfang dirigierte mich zum richtigen Stockwerk, aber ich mußte mich zwingen, den Hinweisen zu folgen.

„Oh, Mrs. Diaconi wird sich so freuen, Sie zu sehen . . . direkt von New York? Oh, sie wird begeistert sein! Kein so besonders schöner Tag heute, nicht wahr? Aber später am Tag soll die Sonne wieder scheinen . . ."

Die englischen Platitüden der Krankenschwester gingen über mich weg, ich hörte sie kaum. Wir schritten einen langen Korridor hinunter, und Sekunden später öffnete sie die Tür ganz hinten.

„Guten Morgen, Mrs. Diaconi! Nun haben wir eine wunderschöne Überraschung für Sie!"

Das Zimmer war hell und luftig, frisch gestrichen und makellos sauber. Scotts Sekretärin hatte für die passenden Blumen gesorgt, für Pralinen und Zeitschriften, und indem ich mich sehr zusammennahm, schaffte ich es, an all diesen Verzierungen der Krankheit vorbei auf die Inhaberin des Bettes zu schauen.

Ich hatte sie seit 1959 nicht mehr gesehen, seit ihrem letzten Besuch in New York, als Sebastian mir geholfen hatte, mit ihr zurechtzukommen. Ich erinnerte mich an eine Frau mit gefärbtem schwarzem Haar, einer Maske von Make-up und einem ekelerregendem Ausmaß an Geschwätz und affektiertem Verhalten. Ihre Parodie verschiedener Hollywood-Sexsymbole war mit fortschreitenden Jahren immer peinlicher geworden, und zu jener Zeit erschien sie grotesk. Ihre ganze Erscheinung hatte mich abgestoßen.

Voll darauf vorbereitet, wieder abgestoßen zu sein, sah ich sie an, aber nichts geschah. Denn ich war nicht mehr die gleiche

Frau, die ich vor acht Jahren in New York gewesen war – und sie auch nicht.

Eine alte Frau mit stumpfem, grauen Haar, einem faltigen Gesicht und einem weichen, formlosen Körper lag gegen die Kissen gelehnt im Bett. Nur ihre Augen waren unverändert, die blauen Augen, von denen ich nie zugeben wollte, daß Benjamin sie geerbt hatte. Sie sah mich an, und ihre Augen wurden weich vor Liebe.

„Vicky“, sagte sie, „wie sehr, sehr nett von dir, zu mir zu kommen.“

Und plötzlich hörte ich noch durch die Jahre hinweg die Stimme meines Vaters, und ich erinnerte mich mit schrecklicher Klarheit an die Szene am Kennedy-Airport, nachdem Scott nach Europa abgeflogen war. Ich dachte an die Beichte meines Vaters über sein desolates Privatleben. Ich erinnerte mich, wie ich zu ihm sagte: „Deswegen bist du über Leichen gegangen, um Steve Scott wegzunehmen“, und unmittelbar, bevor ich den Gedanken verdrängen konnte, hörte ich mich die Worte hinzufügen, die nie ausgesprochen wurden, ich hörte mich selbst sagen: „Und deswegen bist du über Leichen gegangen, um mich meiner Mutter wegzunehmen.“ Und dann erkannte ich genau, was er getan hat.

Er wußte, daß ich meine Mutter liebte. Er hatte Angst davor, ich könnte vielleicht zu ihr zurückgehen, wenn ich in seinem unglücklichen Haus in der Fifth Avenue unglücklich wäre. Deshalb hatte er die Wahrheit verzerrt, sie entstellt mit seinen Lügen, damit ich meine Mutter hassen und ihn mehr als je lieben sollte.

Ich schaute weiter diese Mutter an, die mich liebte und mich all die Jahre der Vernachlässigung über geliebt hatte, und schließlich – endlich – konnte ich sie so sehen, wie sie wirklich war: Kein Ungeheuer, keine obszöne Personifikation unaussprechlicher Laster, sondern nur eine dumme Frau, die Fehler gemacht hatte und für sie bezahlt hatte, einfach nur eine weitere Mutter, nicht so gut wie manche, aber besser als andere, nur ein weiteres Opfer meines Vaters.

XI.

Mein Vater war am Flughafen, als ich vier Tage später nach New York zurückkam, nach einem langen Wochenende mit Scott. Ich hatte meinem Vater telegrafiert und ihn gebeten, mich abzuholen. Später hatte er die Spitzenhotels in London angerufen, um mich zu finden, aber ich hatte seinen Anruf nicht angenommen, als er im Savoy anrief.

Als ich aus dem Zoll kam, sah ich ihn zerbrechlich und ängstlich hinter der Absperrung stehen. Wie üblich hatte er drei oder vier Satelliten um sich herum, aber ich nahm davon keine Notiz. Ich ging einfach auf ihn zu und sagte: „Ich will mit dir reden."

„Vicky, was hast du in London gemacht? Was ist passiert? Was ist los?"

Ich ging ohne Antwort an ihm vorbei, und er eilte aufgeregt hinter mir her. Vor dem Gebäude wartete sein neuester Cadillac, eine unerfreuliche Ingenieurleistung in mattem Creme.

„Vicky –" Er rang nach Luft. Er stolperte, als er neben mich auf den Rücksitz kroch, und als ich mich zu ihm umwandte, sah ich, daß seine Hände zitterten, während er seine Tablettenschachtel aufmachte. „Du mußt mir erzählen – bitte –"

Ich prüfte die Trennscheibe, die zwischen uns und dem Leibwächter war, aber sie war fest geschlossen, so daß eine Unterhaltung auf dem Vordersitz nicht mitgehört werden konnte. Mein Vater ließ alle seine Cadillacs so ausstatten, da er auf den Fahrten zur und von der Bank oft vertrauliche Gespräche mit seinen Assistenten führte.

„Meine Mutter war krank", sagte ich knapp. „Ich mußte nach London fliegen, um Arrangements für ihre Gesundung zu treffen. Ich habe auch Scott gesehen, aber darüber reden wir später. Jetzt möchte ich mit dir über meine Mutter sprechen. Ich werde sie für ständig nach New York zurückholen. Sie wird ein Apartment im Pierre beziehen, und du wirst dafür bezahlen."

„Ich?" sagte mein Vater, der nun schnaufte und nach Luft schnappte. Er sah aus wie Asche. „Ich verstehe das nicht."

„Oh, doch, du verstehst! Du hast mich meiner Mutter weggenommen und mein Hirn vergiftet!"

„Oh, aber – Vicky, du weißt doch sicher noch, wie die Dinge

standen? Deine Mutter verdiente es einfach nicht, ein wunderbares kleines Mädchen wie dich zu haben –"

„Du bist der einzige, der mich nicht verdient hat! Ich liebte meine Mutter, und sie liebte mich, aber du hast sie aus meinem Leben gelöscht – mein Gott, du hättest sie genausogut umbringen können!"

„Aber ich mußte doch zu deinem Wohl etwas unternehmen – all diese Männer, die Unmoral –"

„Oh, hör doch mit diesem ganzen Scheiß auf! Meine Mutter war eine Frau mit Sex, ohne zuviel Hirn, die sich selbst reingeritten hat. Natürlich hat sie Affären gehabt nach eurer Scheidung – sie war keine Nonne! Aber sie wollte immer wieder heiraten, und nach Jahren des Wartens, weil sie nicht wieder den gleichen Fehler machen wollte, den sie mit dir gemacht hatte, hat sie jemanden gefunden, von dem sie glaubte, daß er sie glücklich machen würde. Und dieser Jemand war Danny Diaconi. Okay, vielleicht war er ein Gangster. Aber vielleicht war er es auch nicht. Die Hotelkette der Diaconis war legal. Vielleicht war es schlicht einfach, ihn für einen Gangster zu halten, weil er Italiener war und sein Vater ein paar fragwürdige Geschäftsverbindungen hatte, aber was bedeutet ein Wort wie ‚Gangster' überhaupt? Wenn ich mir dich anschaue, dann bist du vielleicht eher ein Gangster als Danny Diaconi!"

„Aber, Vicky, du hast Danny doch gehaßt!"

„Ich war eifersüchtig auf ihn. Ich war ein verwirrtes, kleines Mädchen, eine Tatsache, die du ausgebeutet hast, um mich von meiner Mutter zu trennen und mich für dich selber zu behalten!"

„Aber ich habe ehrlich geglaubt, es sei in deinem besten Interesse –"

„Wie konntest du das? Wie konnte es gut für mich sein, einer solchen Gehirnwäsche ausgesetzt zu werden? Mir wurde schlecht, wenn immer der Name meiner Mutter erwähnt wurde! Du hast unendliches Leiden nicht nur über meine Mutter, sondern auch über mich gebracht!"

„Nun, ich . . . sieh mal, ich . . . Vicky, sei nicht böse, bitte verzeihe mir, ich konnte es einfach nicht ertragen, wenn . . . Hör zu, gib mir nur eine Chance, die Dinge wiedergutzumachen. Das Pierre, meinst du? Okay, ich werde das beste Apartment mieten, das sie haben."

„Da kannst du dich drauf verlassen, und das ist auch nur der Anfang. Jetzt hör mir mal genau zu. Ich möchte nicht, daß du, solange sie lebt, auch nur ein einziges weiteres Wort über meine Mutter sagst. Du wirst sie mit Anstand und Respekt behandeln. Du wirst sie wie ein menschliches Wesen behandeln. Verstanden? Okay, dann versteh auch dieses: Wenn du je noch einmal eine solche Sache anrichtest, dann sind wir fertig. Und das ist mein Ernst. Man muß dich in Zukunft daran hindern, immer wieder das Leben anderer Leute zu ruinieren, nur weil du deine eigenen, schmutzigen Ziele verfolgst. Du bist mein Vater, und trotz allem, was ich gerade gesagt habe, liebe ich dich immer noch – ich werde dich wahrscheinlich immer lieben, gleich, was du tust – aber es kommen Zeiten, wo man sich wehren muß, sogar gegen diejenigen, die man liebt, und diese Zeit ist nun gekommen, Vater. Hier ziehe ich die Grenze. Du stehst am Rand. Bleib da oder zieh dich zurück, und ich sehe keinen Grund, warum wir unsere friedliche Koexistenz nicht fortsetzen sollten. Wenn du aber nur einen Schritt über diese Linie tust, dann bist du für mich für immer erledigt. Ich habe dir verziehen, was du Scott angetan hast. Ich habe dir verziehen – gerade eben, was du mir angetan hast. Aber so kann ich nicht weitermachen, Vater. Ich bin keine Heilige, ich bin deine Tochter, dies ist die letzte Chance, die ich dir gebe, dich zu ändern."

Ich hielt inne. Es gab ein langes Schweigen.

„Nun, Vater?"

„Okay."

„Kapiert?"

„Kapiert."

Wir sahen uns an. Er schwitzte leicht und hatte einen krankhaften Ausdruck in seinen Augen.

„Hast du Schmerzen von dem Asthma?"

„Hm."

„Gibt es in diesem widerwärtigen Auto eine Bar? Ich gebe dir etwas Cognac."

Es gab aber keine Bar und keinen Cognac. Ich sah ihn wieder an und merkte, daß er seine rechte Hand auf den Sitz mitten zwischen uns gelegt hatte. Ich betrachtete diese Hand eine Zeitlang, dann hob ich sie auf und hielt sie. Seine Finger krümmten sich dankbar, liebevoll in meine.

Für den Rest der Fahrt sagten wir nichts, aber als wir an meinem Apartmentgebäude ankamen, lud ich ihn ein – nicht in die große Wohnung, sondern in mein privates Apartment, wo wir allein sein konnten.

„Du wolltest mir noch etwas sagen?“ flüsterte mein Vater voller Angst, während er mir über die Schwelle folgte.

„Ja“, sagte ich auf dem Weg zum Barschrank, wo ich ihm einen doppelten Cognac eingoß. „Ich will mit dir über Scott sprechen.“

VIERTES KAPITEL

I.

„Scott und ich werden heiraten“, sagte ich. „Wir werden nächste Woche in London in aller Stille getraut.“

Ich hatte so halb mit einem Zusammenbruch meines Vaters gerechnet, aber der trat natürlich nicht ein. Er zeigte auch keine Panik, verlor nicht die Nerven, trank den Cognac nicht in einem Schluck aus oder gab andere Zeichen der Schwäche von sich. Er ließ ganz im Gegenteil erkennen, daß er sich mit bemerkenswerter Schnelligkeit erholte. Meine Enthüllungen über meine Mutter waren wirklich ein Schock gewesen. Meine Ankündigung bezüglich Scott war eine Sache, vor der er schon 1963 Angst gehabt haben mußte, und als ich zusah, wie er einen kleinen Schluck aus seinem Glas nahm, um Zeit zu gewinnen, fragte ich mich, ob er sich seinen Teil eines Dialoges ins Gedächtnis zurückrief, den er im Innern schon vor langer Zeit geprobt hatte.

„Nun, was für eine Überraschung!“ sagte er. „Ich hatte immer geglaubt, Scott sei so sehr gegen die Ehe. Wie schön, daß ich mich getäuscht habe!“

Ich betrachtete ihn mit äußerstem Argwohn und sagte nichts. Mein Vater nahm einen neuen Anlauf. „Hast du einen Verlobungsring?“ fragte er arglos.

Ich zog den Handschuh aus und zeigte ihm die Diamanten.

„Sehr schön!" sagte mein Vater. „Ich gratuliere – du mußt dich sehr freuen und sehr aufgeregt sein . . . ein bißchen plötzlich, nicht wahr? Oder seid ihr heimlich schon seit einiger Zeit in Verbindung miteinander?"

Ich erklärte den Ablauf der Ereignisse.

Wir saßen auf der langen, weißen Couch, er an einem Ende, ich am anderen, mit beträchtlich viel Platz zwischen uns. Am Fenster schwammen meine neuesten beiden rosa Fische, in meiner Abwesenheit von Benjamin versorgt, träumerisch in ihrem Aquarium. Der Raum war kühl und schattig.

„Vater, ich weiß genau, was du denkst, aber –"

„Vicky, nenn mich bitte nicht Vater. Das ist so kalt. Wenn du mich nicht mehr Daddy nennen willst, dann kannst du mich Cornelius nennen."

„Ganz bestimmt nicht! Ich habe etwas dagegen, wenn Kinder ihre Eltern mit Vornamen anreden! Oh, Daddy, sei doch bitte vernünftig –"

„Bin ich hysterisch? Gebe ich unverständliche Proteste von mir? Habe ich dir nicht gerade aufrichtig gratuliert?"

Ich hatte den schrecklichen Verdacht, daß ich deklassiert und ausmanövriert wurde. „War das aufrichtig?" war alles, was ich sagen konnte.

„Natürlich. Jede Frau, die Scott Sullivan auf die Reise zum Altar schickt, hat die aufrichtigsten Glückwünsche verdient, die ich zu bieten habe."

„Du glaubst, er manipuliert mich, nicht wahr?" brach es aus mir heraus. „Du meinst, er hat alle möglichen anderen Motive!"

„Ich glaube nur einfach, daß er nicht zu dir paßt", sagte mein Vater schlicht, „aber was soll's? Es geht mich nichts an. Es geht um dein Leben." Er stand auf.

Das erwischte mich auf dem falschen Bein. „Du gehst?"

„Ich muß ins Büro. Wichtige Besprechungen. Aber ich möchte dich heute abend zum Essen einladen, damit du weißt, daß ich nicht die Absicht habe, unfreundlich zu sein oder den Versuch zu machen, dir in die Quere zu kommen."

„Oh", sagte ich, unsicher in meiner Überraschung. „Nun, vielen Dank . . . aber vielleicht nicht heute abend. Ich bin so müde – der Zeitunterschied –, wie wäre es mit morgen mittag?"

„Gern." Er schaute sich in meinem stillen Zimmer um, als

bewundere er seinen Frieden und seine Abgeschlossenheit. „Können wir hier essen? Es langweilt mich so, immer in teuren Restaurants zu essen – wenn du allerdings chic ausgehen willst, dann selbstverständlich gern –"

„Nein, davon hatte ich gerade genug in London. Dein Vorschlag eines zwanglosen Essens gefällt mir. Was möchtest du denn haben? Ich bestelle was aus dem Hamburger Heaven."

Mein Vater dachte sorgfältig nach. „Einen Hamburger, nicht ganz durch, mit allem außer Zwiebelringen. Pommes frites und ein großes Cola." Sein Gesicht hellte sich auf. „Das wird ein Genuß!"

Ich lächelte ihm zu, als ich aufstand. „Ich muß nach oben gehen und nachschauen, ob die Kinder schon aus der Schule zurück sind."

Draußen im Gang standen wir vor dem Aufzug.

„Ich will nur dein Glück, Vicky, glaub mir."

„Mach mir keine Angst, Daddy. Du hast dir bis jetzt solche Mühe gegeben . . ."

Wir umarmten uns mit einem Lachen, und obwohl ich versuchte, meine Skepsis nicht zu verlieren, mußte ich doch mit riesiger Erleichterung denken: es kommt alles in Ordnung, es wird sich schon alles richten, am Ende werde ich siegen.

II.

„Eine doppelte Portion Pommes frites!" sagte mein Vater glücklich. Er tunkte ein Kartoffelstück in seinen Plastikbecher mit Ketchup. „Köstlich! Danke dir sehr, mein Schatz."

„Freut mich. Und jetzt sagst du mir vielleicht den wahren Grund, warum du dieses private Essen haben wolltest."

Das Gesicht meines Vaters veränderte sich fast unmerklich, verlor jeden Ausdruck, so daß die feine Knochenstruktur seines Gesichtes klarer hervortrat. Seine schlanke Figur und sein extrem gutes Aussehen ließen ihn unwirklich jung erscheinen, wenn er den Rücken zum Licht wandte, und sein Haar, immer noch dicht, wenn nun auch von einer blassen, unbestimmbaren Farbe, verstärkte noch diese Illusion der Jugend. Seine Augen waren merkwürdig klar, leuchtend grau.

„Ich wollte noch ein bißchen mehr über deine guten Nachrichten reden, Vicky."

„Das dachte ich mir."

„Unglücklicherweise kann ich nicht so tun, als würde dies eine einfache Unterhaltung werden."

„Das überrascht mich nicht im geringsten."

„Ich hoffe, wir können dieses Thema vernünftig besprechen, ohne uns aufzuregen."

„Das hoffe ich auch."

Wir sahen uns einen Augenblick lang höflich an. Dann fing mein Vater an, mit seinem Hamburger herumzuspielen, arrangierte ein Salatblatt neu, schob eine Tomatenscheibe zurecht. „Was ich gestern sagte, stimmt schon", sagte er. „Heirate ihn nur. Ich werde keine Schwierigkeiten machen, und hinterher werde ich mir alle Mühe geben, ihn als meinen Schwiegersohn in die Familie aufzunehmen."

„Großartig. Danke."

„Ich möchte nur einen kleinen Vorschlag machen. Natürlich bist du nicht verpflichtet, darauf einzugehen."

„Natürlich."

Mein Vater seufzte, nahm ein Stück Hamburger, kaute darauf herum, schluckte es hinunter und goß sein Colaglas voll. Ich hatte grade zwei Pommes frites gegessen und wurde mir klar, daß ich nichts weiter würde essen können. Ich gab das Cola auf und ging an den Schrank, um mir einen Martini zu machen.

„Ich möchte an deine Reife und deinen gesunden Menschenverstand appellieren", sagte mein Vater.

„Wie attraktiv das klingt. Ich hoffe, daß meine Reife und mein Menschenverstand der Herausforderung gewachsen sind."

„Das hoffe ich auch. Vicky, überstürze diese Heirat nicht. Flieg nächsten Monat nach England und verbring den Sommer mit ihm, aber lebe dort als seine Geliebte, nicht als seine Frau."

Ich sagte nichts.

„Du hast gestern nichts davon gesagt, aber ich nehme an, daß du vorhast, den Sommer mit ihm zu verbringen, während die Kinder wie üblich in Bar Harbor sind."

„Ja. Ich dachte, ich sollte ihm die Möglichkeit geben, sich erst mal an eine Ehefrau zu gewöhnen, bevor er nach New York zurückkommt und sich an fünf Stiefkinder gewöhnen muß."

„Gut. Ja, das hatte ich mir so gedacht. Aber warum dann nicht im nächsten Jahr heiraten, wenn er für immer nach New York zurückgekommen ist? Sieh mal, Vicky, vergessen wir nur für einen Augenblick, daß dieser Mann Scott ist. Die Tatsache, daß er Scott ist, verwirrt die Sache nur. Ich würde dir den gleichen Rat geben, ganz egal, wen du heiraten willst. Du hast jetzt zwei Ehen hinter dir, und keine von ihnen war ein ausgesprochener Erfolg. Oder, um es ganz deutlich zu sagen, du hast mit zwei Männern gelebt, und jedesmal endete die Beziehung in Scherben. Du kannst dir jetzt keinen dritten Fehler leisten. Es wäre schlecht für dich und für die Kinder. Wenn du wieder heiratest, dann mußt du sicher sein, daß es klappen wird, und deswegen glaube ich, daß du ein Narr wärst, wenn du nicht eine Probeehe arrangiertest, bevor du auf dem dritten Gang zum Altar alles riskierst."

Ich trank meinen Martini und betrachtete meinen unberührten Hamburger. Sofort fing mein Vater wieder an zu reden.

„Ich habe nicht die Absicht, irgendwelche einschlägigen Beobachtungen über Scotts potentielle Fähigkeit – oder Unfähigkeit – zu machen, sich an ein verheiratetes Leben zu gewöhnen, aber ich will nur dieses sagen: soweit ich weiß, hat Scott es noch nie geschafft, mit jemandem zusammenzuleben. Glaubst du nicht, es wäre ihm gegenüber nur fair, mit ihm zusammenzuziehen, bevor du ihn vor dem Gesetz in eine Bindung bringst, in der er sich selber nicht zurechtfindet, wenn er auch den allerbesten Willen dazu hat? Das scheint mir einfach nur eine vernünftige, kluge Handlungsweise. Es scheint mir auch die freundlichste und rücksichtsvollste Art ihm gegenüber zu sein."

Er machte wieder eine Pause, aber ich konnte ihm immer noch nicht antworten. Ich drehte den Stiel meines Martiniglases zwischen Daumen und Zeigefinger hin und her.

„Leb diesen Sommer mit ihm in London", sagte mein Vater. „Verbring den Herbst in New York mit den Vorbereitungen für die Hochzeit. Dann heirate ihn im neuen Jahr –"

„– nachdem du ihn entlassen hast."

Mein Vater verzog das Gesicht. „Sei nicht blöde, Vicky. Ich werde überhaupt nichts tun, das dir nicht recht wäre. Jetzt nimm dich mal zusammen. Die Situation ist gerade schwierig genug, ohne daß du noch den Versuch machst, mich als den Schurken in diesem Stück zu besetzen.“

„Kannst du mir versprechen, daß du ihn nicht entlassen wirst, wenn er mein Mann ist?“

„Ja, selbstverständlich! Glaubst du nicht, daß mir daran liegt, ob wir noch miteinander reden oder nicht?“

„Ich möchte dein Versprechen hören.“

„In Ordnung. Ich verspreche, daß ich ihn nicht rauswerfen werde, sobald er dein Mann ist. Wie du weißt, kann ich ihn vor 1980 nicht entlassen, es sei denn, er mache sich eines groben beruflichen Fehlverhaltens schuldig, und sogar dann brauchte ich noch die Zustimmung aller Partner. So heirate ihn also vor dem ersten Januar, wenn du mir gegenüber soviel Bedenken hast.“

„Mach dir keinen Kummer, ich habe die feste Absicht, ihn vorher zu heiraten. Und was ist mit der Zukunft? Gehst du nächstes Jahr in Pension? Und wenn ja, was passiert dann?“

„Ich hatte befürchtet, daß du mich das fragen würdest“, sagte mein Vater. Er arrangierte das Salatblatt wieder neu auf seinem Teller. „Und jetzt, Vicky, müssen wir, fürchte ich, zu dem schwierigsten Teil dieses Gesprächs kommen, zu dem Teil, in dem ich dir etwas sagen muß, was du nicht hören willst. Die Wahrheit ist, daß, gleichgültig, ob du Scott heiratest oder nicht, ich mich entschlossen habe, daß er nie, unter keinen Umständen, die Kontrolle über die Bank erhalten wird.“

III.

Es entstand ein tödliches Schweigen. Dann war ich so voller Angst, daß ich den Rest meines Martinis austrank und aufstand, um mir einen zweiten zu machen.

„Nun, keine Panik“, sagte mein Vater. „Das ist nicht so katastrophal, wie du denkst. Du kannst Scott nicht mehr beurteilen, weil du ihn liebst, aber ich sehe ihn sehr deutlich, und ich habe mir alles zurechtgelegt – ja, stell den Martini hin. Du brauchst ihn nicht, und selbst wenn, dann solltest du ihn nicht trinken. Du solltest immer als erstes daran denken, die Finger vom Schnaps zu lassen, wenn du mitten in einer schwierigen Besprechung bist.“

„Halt die Klappe." Aber ich ließ den Martini stehen und setzte mich ihm wieder am Tisch gegenüber.

Mein Vater goß mir Coca-Cola nach. Dann sagte er: „Ich bleibe im Geschäft, bis ich die Zügel direkt an Eric übergeben kann. Mein Asthma ist nicht besser, aber es ist sicherlich auch nicht schlechter geworden. Ich glaube, ich kann das schaffen. Ich muß es schaffen. Keine Wahl. Ich würde keinem meiner anderen Partner die Sache zutrauen. Wenn Scott bleibt, dann würde er sie nach meinem Abgang in kürzester Zeit alle kaltstellen."

„Daddy –"

„Nein, laß mich ausreden. Ich werde gut zu Scott sein. Und ich werde freundlich zu ihm sein. Ich werde ihm nicht sofort sagen, daß er nicht das bekommt, was er will. Ich werde ihn über einen Zeitraum von Jahren die Wahrheit schmerzlos erkennen lassen. Ich werde meinen Abgang immer wieder verschieben. Ich werde mich weigern, mich auf einen festen Plan für die Zukunft einzulassen. Ich werde ihn vorsichtig enttäuschen, das verspreche ich, und er wird sich anpassen und überleben, das weiß ich. Scott ist sehr viel zäher, als du denkst."

„Nein", sagte ich. „Er ist viel verletzbarer, als du dir je vorstellen könntest."

„In mancher Hinsicht, vielleicht – auf manchen Gebieten seines privaten Lebens. Aber in seinem Berufsleben ist er fast undurchdringlich, und deswegen muß ich, wenn ich ihn in der Firma behalte – und das werde ich, wenn du das willst –, einige Vorsichtsmaßregeln ergreifen. Ich könnte ihn zum Beispiel nicht hier in New York einsetzen. Ich werde ihn nicht nach Europa zurückschicken, weil ich sicher bin, daß ihr das beide als Exil betrachten würdet, aber ich habe mir gedacht, er könnte eine Filiale in Kalifornien eröffnen. Wie gefällt dir die Vorstellung von ein paar Jahren in San Francisco? Es sind nur wenige Flugstunden, und du wärst immer noch in Amerika, immer noch in deinem eigenen Land. Sylvia würde sich sehr freuen, wenn ihr nach San Francisco zöget! Sie ist jetzt über achtzig, aber immer noch sehr aktiv –"

„Daddy, bitte . . . bitte . . ."

„Es tut mir leid. Ich wußte, daß dies dich aufbringen würde, aber es ist eine Frage der Optionen. Ich werde Scott nicht entlassen. Aber wenn ich ihn in der Firma behalte, dann zu meinen eigenen Bedingungen. Wenn er sie nicht akzeptieren kann, dann steht es ihm selbstverständlich frei, zu einer anderen Bank zu gehen."

„Er ist nicht frei. Er ist nie frei gewesen. Er ist in der Vergangenheit gefangen, und du weigerst dich, den Schlüssel herzugeben, der ihn frei machen könnte!"

„Ich fürchte, ich sehe die Situation nicht so dramatisch", sagte mein Vater höflich. „Ich vermute, daß die Wahrheit viel prosaischer ist. Scott hat diesen sehr verständlichen Ehrgeiz, die Bank zu bekommen. Er wird sie nicht bekommen, aber er hat eine erstklassige Laufbahn als Banker hinter sich, und er hat sicher jedem bewiesen, daß er ein weitaus besserer Mann ist, als es sein Vater je war – und das, wenn du meine Meinung hören willst, ist die Crux der Sache. Solange er das einmal bewiesen hat – und das hat er –, glaube ich, daß er am Ende feststellen wird, daß das Leben doch keine solche Enttäuschung ist. Besonders dann, wenn er dich hat, um ihn glücklich zu machen. Du spielst in seiner Anpassung wirklich eine sehr bedeutende Rolle. Du wirst die Leere füllen und ihm etwas Neues geben, für das zu leben es sich lohnt. Er wird in Ordnung kommen. Es wird alles glücklich enden, warte nur ab."

„Aber ich kann nicht verstehen, warum du ihm auf gar keinen Fall vertrauen willst! Du kannst doch davon ausgehen, daß du ihm nach unserer Ehe soweit trauen kannst, daß er nichts tun würde, was mich verletzt?"

„Warum sollte ich das? Ehemänner verletzen ihre Frauen mit schöner Regelmäßigkeit. Scotts Vater hat meine Schwester fast vernichtet. Scott könnte fähig sein, dich zu vernichten. Ich kann ihm nicht die Kontrolle über die Bank geben, nur weil er die bemerkenswerte Voraussicht hatte, dich zu heiraten und sich damit vor der Entlassung zu schützen."

Ich sprang auf die Füße. „Du Schuft!" schrie ich ihn an. „Wie kannst du so was unterstellen! Was fällt dir ein, alles zu verdrehen und alles zu beschmutzen –"

„Dieses Mal nicht, Vicky. Dieser Fluß ist schon verschmutzt. Ich analysiere nur das trübe Wasser. Vielen Dank für das Essen. Es tut mir leid, daß dies eine so schwierige Unterhaltung geworden ist. Und sorge bitte dafür, daß es mir nicht leid tut, dir das Kompliment gemacht zu haben, mich ohne Verschnörkelungen auszudrücken. Ich hoffe immer noch, du nimmst meinen früheren Rat an, auch wenn du es vorziehst, meine letzten Bemerkungen zu ignorieren."

Er ging in den Flur und öffnete die Eingangstür, bevor er zurückschaute. „Alles Gute, Vicky. Ruf mich später an, wenn du über meine Worte nachgedacht hast."

Die Vordertür schloß sich sanft.

Ich stand da und hörte auf seine ruhigen Schritte, die sich den Korridor hinunter entfernten, dann rieb ich mir die Augen, als wolle ich eine Vision auslöschen, die ich als unerträglich empfand. Ich hob den Hörer ab, um Scott anzurufen.

IV.

„Hallo!" sagte Scott. „Zufall – ich wollte dich auch gerade anrufen!"

„Wolltest du?"

„Ja, es sieht so aus, als wäre ich übernächste Woche in New York – irgend etwas ist heute passiert, und ich muß zu einer Besprechung zu Cornelius."

„Wunderbar!" Ich versuchte klar zu denken. „Das ist eine tolle Neuigkeit!"

„Wie geht es dir?"

„Nun, wenn du schon davon sprichst, ich fühle mich so, als hätte mir jemand über den Schädel geschlagen. Ist es nur meine Vorstellung oder wird man mit zunehmendemn Alter mit dem Zeitunterschied immer schlechter fertig?"

„Einen Augenblick lang hatte ich gedacht, du wärst im Nahkampf an deinen Vater geraten! Wie hat er unsere Neuigkeiten aufgefaßt?"

„Nicht schlecht. Eigentlich sehr gut. Deswegen wollte ich anrufen, aber wenn du jetzt herüberkommst, dann hebe ich mir die Einzelheiten bis dahin auf. Aber du mußt dir keine Sorgen machen, Darling. Er akzeptiert die Idee der Heirat, und er hat gezeigt, daß er nicht die Absicht hat, sich unfreundlich zu verhalten."

„Pragmatisch wie immer! Mein Gott, Cornelius ist ein schlauer Kerl!"

Pause.

„Vicky? Bist du noch da?“

„Ja“, sagte ich. „Oh, ja, ich bin hier. Darling, ich will dich nicht von der Arbeit abhalten. Ich ruf dich bald wieder an.“ Er sagte mir, daß er mich liebe und hing auf.

Ich blieb still neben dem Telefon sitzen.

V.

„Daddy, es tut mir leid, dich im Büro anzurufen, aber ich dachte mir, du würdest gerne wissen, daß ich mich entschlossen habe, deinen Rat mit der Probeehe zu akzeptieren und die Hochzeit bis zu meinem Geburtstag am Weihnachtsabend zu verschieben. Nachdem ich mit Sam nach Maryland und mit Sebastian nach Reno durchgebrannt bin, ist es vielleicht an der Zeit, daß wir eine normale Familienhochzeit in New York haben – keinen Zirkus, nichts Großartiges, einfach nur eine schlichte Familienangelegenheit mit all den Kindern.“

Mein Vater sagte nur: „Das freut mich. Ich bin sicher, du tust hier das Richtige. Danke, Vicky . . . Hast du es Scott gesagt?“

„Ich warte, bis er nach New York kommt.“

„Ich hoffe, er wird nicht böse sein und mir vorwerfen, daß ich dich beeinflusse.“

„Sei nicht lächerlich, Daddy, Scott weiß, daß ich meinen eigenen Kopf habe . . .“

VI.

Zwei Wochen später war ich mit Scott im Carlyle. Es war am frühen Abend. Sein Flugzeug war pünktlich angekommen. Ich hatte ihn am Flughafen abgeholt, und wir waren mit meinem Auto zum Hotel gefahren, nicht mit dem Kombi, den ich benutzte, um die Kinder herumzuchauffieren, sondern mit dem kleinen englischen Sportwagen, den ich so selten fahren konnte. Scott, der ein nervöser Beifahrer war, hatte die Fahrt bleich, aber heil überstanden.

„Möchtest du dich eine Weile ausruhen?“ sagte ich besorgt,

aber er erholte sich schnell und bat mich, in seine Suite hinaufzukommen.

Später, viel später, streckte er sich genüßlich neben mir auf dem Bett aus und erklärte mit einem neuen Anfall von Energie: „Gehen wir aus und trinken wir was zum Feiern!"

„Okay." Ich lag aufgestützt auf einem Ellbogen, rauchte träumerisch eine Zigarette und beobachtete, wie das Licht auf das Silber in seinen Koteletten fiel. Als er die Hände hinter seinem Kopf verschränkte, freuten sich meine Augen an den Linien seiner Schultern und seiner Rippen. Ich lehnte mich nach vorne und ließ meinen Zeigefinger leicht von seinem Mund bis zu seinem Nabel gleiten und von seinem Nabel zu den festen Muskeln seiner Schenkel.

„Wohin möchtest du gehen zum Feiern?" fragte ich.

„Laß uns noch ein paar Minuten darüber nachdenken", sagte er, lächelte mich mit heißen, schläfrigen schwarzen Augen an und zog mich dann zu einem Kuß an sich.

Zwischen meinen Fingern spürte ich, wie dick das Haar am Ansatz an seinem Nacken war, und ich wurde mir wieder der Rauheit auf seinen Wangen bewußt, die verriet, wieviel Zeit vergangen war, seit er sich am Morgen in London rasiert hatte. Wenn man seine Koteletten aus der Nähe betrachtete, dann waren sie nicht schmal und gepflegt, sondern rauh und dick, die Haare eine Mischung von schwarz und silber. Seine Zähne, vom Nikotin nicht gezeichnet, waren sehr weiß. Ich vergaß immer, wenn ich seinen Mund nicht genau betrachtete, daß sie nicht ganz eben waren; die Eckzähne standen ein wenig aus der Reihe. Sein Mund, der so sinnlich wirkte, wenn er entspannt war, war normalerweise hart und widerspenstig, seine volle Unterlippe wurde von dem unnachgiebigen Druck der dünnen Oberlippe im Zaum gehalten. Feine Falten markierten seine Augenwinkel und wiesen auf unbarmherzig unterdrückte frühere Leiden hin. Es war ein starkes Gesicht, aber kein glückliches.

Er fing an, mich zu lieben. Seine völlige Konzentration hätte unangenehm selbstorientiert wirken können, aber ich fand es immer hypnotisch aufregend, wenn ich mir auch nicht darüber im klaren war, warum ich so völlig in seinem Bann stand. Ein Teil seines Erfolges konnte man wohl seinem Aussehen zuschreiben, aber nicht alles. Es ist eine unglückliche Tatsache des Lebens, daß überwältigend attraktive Männer im Bett nicht notwendig bezaubernd sind. Vielleicht lag die Wahrheit eher in dem Umstand, daß ich bezaubert sein wollte und wußte, daß Scott es schaffen konnte, mich völlig zu entspannen. Bei ihm gab es keine Ungeschicklichkeit, die die Szene zu einer peinlichen Katastrophe reduzieren konnte. Seine weiche, gekonnte und anscheinend unzerstörliche Kompetenz, die manche Frau abgekühlt hätte, war genau, was ich brauchte, um über die Furcht hinwegzukommen, eine falsche Bewegung zu machen und die Begegnung durch meine eigene Unfähigkeit zu trüben. Ich vertraute in seine maschinenähnliche Kontrolle immer wieder und war nie enttäuscht. Und in der letzten Analyse war es doch nicht diese unpersönliche Kompetenz, die ich so erotisch fand. Es war die gewaltige Entspannung all seiner aufgestauten Emotionen, die Öffnung dieses geschlossenen, unergründlichen, unendlich mysteriösen Geistes.

„Los jetzt, Mr. Mystery-Man", sagte ich. „Laß uns gehen und etwas trinken."

„Warum bin ich so mysteriös?"

„Du bist so ganz anders. Wenn wir zwei Figuren wären in einem Science-fiction-Film, dann wärest du der Fremde von einem anderen Planeten in menschlicher Gestalt."

„Wenn wir Figuren in einem Science-fiction-Film wären, dann vermute ich stark, daß ich das einzige menschliche Wesen wäre und alle anderen wären Außerirdische in der Verkleidung von Robotern!"

Wir lachten, zogen uns an und machten uns langsam auf den Weg nach unten.

„Ich komme mir allmählich in dieser Stadt wie ein Tourist vor!" sagte Scott und hielt ein Taxi vor dem Hotel an. „Laß uns also so tun, als seien wir Touristen am Beekman Tower. Sehen wir uns den Sonnenuntergang hinter der Skyline von Manhattan an."

„Wunderbar, aber wir brauchen kein Taxi, oder? Warum nehmen wir nicht meinen Sportwagen?"

„Bitte! Ich will den Abend nicht damit anfangen, Cognac zu trinken, um mich wieder auf die Beine zu stellen!" sagte er. Wir lachten und krabbelten in das Taxi und küßten uns auf dem ganzen Weg quer durch die Stadt auf dem Hintersitz wie ein

Teenagerpärchen, während der Fahrer uns im Spiegel mit scheelen Augen betrachtete.

Hoch über der First Avenue in der Bar des Beekman Towers fanden wir einen Tisch am Fenster, der den Blick nach Westen über die glänzenden Türme von Manhattan freigab, die sich schon als Silhouetten gegen einen unmöglich karmesinroten Himmel abhoben.

„Die Dame nimmt einen Martini, mit Oliven", sagte Scott zu dem Kellner, „und ich nehme . . ." Er machte eine Pause, während sein Hirn durch die breiten Möglichkeiten der Wahl ging. Dann: „Geben Sie mir Wodka", sagte er, „mit Eis und Zitrone. Und bitte einen doppelten." Er bemerkte, wie ich ihn ansah und fügte lächelnd hinzu: „Ich brauche etwas zum Aufwachen! Es ist Mitternacht europäischer Zeit, und ich hatte einen anstrengenden Tag."

„Ich weiß nicht, wie du es schaffst, in so guter Verfassung zu sein. Dieser Flug nach Westen über den Atlantik ist ein richtiger Killer." Ich wollte gerade noch etwas sagen, als ich einen dunklen jungen Mann an einem Tisch in der Nähe sitzen sah. Er war mit einer attraktiven Brünetten zusammen, die früher in Hollywood gearbeitet hätte, die jetzt aber mit größerer Wahrscheinlichkeit ihren Lebensunterhalt in einem New Yorker Aufnahmestudio verdiente. „Du meine Güte!" rief ich überrascht aus. „Da sitzt Donald Shine."

Scott drehte sich in seinem Stuhl um, aber der junge Mann sah uns nicht. Er war zu sehr damit beschäftigt, seiner Gefährtin zuzuhören.

„Du hast mir nie gesagt, daß du Donald Shine kennst!"

„Nein? Ich habe ihn auf einer Party getroffen, die Jake etwa vor zwei Jahren gab. Das war gerade, nachdem Shine diese Datenfirma übernommen hatte."

Scott zog ein Gesicht. „Seit der Zeit hat er es sehr weit gebracht."

Das konnte man nicht leugnen. Donald Shine hatte gerade Stamford-Hartford Reliance übernommen, eine der größten und ältesten Versicherungsgesellschaften im Land, und danach hatte er angekündigt, daß seine Firma in Zukunft Shine and General heißen sollte, ein auf Finanzleistung spezialisiertes Konglomerat. Wall Street beobachtete ihn jetzt mit der ängstlichen Faszination eines Haufens ältlicher Kaninchen, die von einer jungen hungrigen Kobra in die Ecke gedrängt worden sind.

„Deinen Vater hat fast der Schlag getroffen, als Stam-Hart Reliance an Shine überging", sagte Scott, als der Kellner mit unseren Drinks kam. „Er hat sich eine geschlagene Stunde am Telefon darüber verbreitet, wie furchtbar es ist, daß ein Junge aus Brooklyn den mittelalterlichen weißen angelsächsischen Protestanten der Ivy-League Befehle gibt. Diese Geschichte war ihm willkommener Vorwand, über all die Übel zu tönen, die das Land plagen, und du weißt, wie dein Vater ist, wenn er über Kriegsdienstverweigerer, schwarze Anarchisten und minderjährige Drogenabhängige redet . . . Übrigens, da wir von deinem Vater reden, erzähl mir, wie er auf die Nachricht von unserer Verlobung reagiert hat. Ich war erleichtert zu hören, daß er nicht direkt ablehnend war."

„Ja . . . Du wirst es kaum glauben, aber er gab mir sogar einige vernünftige Ratschläge. Ich glaubte wenigstens, sie seien vernünftig. Ich hoffe, du glaubst das auch."

„Hat er dich gebeten, die Heirat zu verschieben?"

Ich war überrascht. „Ja, das hat er."

„Mein Gott, sag nicht, daß du ihm nachgegeben hast!"

„So würde ich das nicht ausdrücken", sagte ich. Ich fühlte, wie mein Gesicht heiß wurde. „Es hat mehrere Vorzüge, Weihnachten zu heiraten. Ich dachte –"

„Mit anderen Worten, der langen Rede kurzer Sinn, Cornelius hat dich soweit beeinflußt, daß du dein Versprechen mir gegenüber verschieben willst." Er schüttete seinen Wodka hinunter und winkte dem nächsten Kellner. „Noch einen doppelten Wodka."

„Das ist nicht wahr und unfair." Ich fühlte mich sehr aufgebracht. „Abgesehen von der Tatsache, daß ich gerne eine ruhige Familienhochzeit in New York hätte, wenn du richtig aus Europa zurückkommst, glaube ich auch, daß wir es uns selber schulden, eine richtige Affäre zu haben statt dieser unwirklichen Jet-set-Zwischenspiele! Ich möchte nichts mehr in der Welt als dich zu heiraten, aber ich möchte nicht, daß du mich später beschuldigst, ich hätte dich zur Ehe gedrängt, obwohl wir noch Fremde waren!"

„Fremde!"

„Ja, Fremde! Wir waren 1963 in New York eine Woche zusammen. Wir hatten ein langes Wochenende in London im Frühling, und jetzt würden wir noch ein paar Tage in New York haben. Nun, das ist wunderbar, das ist aufregend, das ist fantastisch, aber es ist so weit entfernt von dem normalen verheirateten Leben, daß es eine Kopulationspraxis auf einem anderen Planeten sein könnte! Mein Vater möchte, daß wir diesen Sommer in London zusammenleben und versuchen, eine Beziehung zu schaffen, die größere Ähnlichkeit mit der Ehe hat. Eine Probeehe kann nie genau das gleiche sein wie eine wirkliche Ehe, aber hinterher haben wir vielleicht doch eher eine Vorstellung davon als jetzt, wie unsere Ehe aussehen wird. Es tut mir leid, aber ich glaube, daß mein Vater recht hat. Das hat nichts mit Beeinflussung zu tun. Es ist meine eigene, unabhängige Entscheidung."

„Dein Vater setzt auf die Zeit. Er setzt darauf, daß du meiner überdrüssig wirst und die Verlobung löst – oder sie wenigstens bis ins neue Jahr verschiebst, wenn er die Möglichkeit hat, mich zu entlassen –"

„Oh, mir hängt dieser paranoide Argwohn zum Halse heraus, den ihr beiden Männer gegeneinander hegt! Scott, du kannst dich beruhigen. Daddy hat mir sein Wort gegeben, daß er dich nie rauswerfen wird, und ich glaube ihm. Er würde nie etwas tun, das mich ihm auf Dauer entfremden würde."

„Wenn es um die Bank geht", sagte Scott, „gibt es nichts, was Cornelius nicht tun würde. Okay, was hat er dir noch versprochen?"

Ich zeigte Unverständnis. „Was meinst du?"

„Du weißt, was ich meine! Wenn Cornelius dir versprochen hat, er würde mich nie entlassen, dann müßt ihr auch über meine Zukunft bei Van Zales gesprochen haben. Wann er in Pension geht und mich als seinen Nachfolger bestimmt?"

„Ich . . . Ich wollte ihn das nicht fragen –"

„Ach, hör auf, Vicky! Erspar mir diesen Unfug! Du hast ihn gefragt, und er hat es dir gesagt!"

„Nein, denn mir hat es gereicht zu wissen, daß er nicht die Absicht hat, dich zu entlassen."

„Du glaubst doch nicht im Ernst, daß ich dir das abnehme? Warum belügst du mich so? Auf wessen Seite bist du?"

Der Kellner erschien mit einem weiteren doppelten Wodka.

„Scott“, sagte ich, „wenn du die Ruhe verlierst und so mit mir redest, dann wirst du nur meine Ansicht bestärken, daß wir eine Probeehe führen sollten. Bitte – muß das sein, daß du so schnell und so viel trinkst? Du hast mir immer erzählt, daß dir diese Art des Trinkens nicht bekommt.“

Er ergriff sein Glas und trank wieder den Wodka glattweg aus.

Ich stand auf. „Ich möchte jetzt bitte gehen.“

Er sagte nichts. Er schaute auf sein leeres Glas hinunter mit einem überraschten schockierten Ausdruck, so als fände er sich in einer unangenehmen Situation ohne jede Erinnerung daran, wie sie entstanden war. Dann stellte er das Glas vorsichtig hin, legte seine Hände auf den Tisch, so, als wolle er sich festhalten und sagte mit einer Demut, die mich deshalb so bewegte, weil sie offensichtlich echt war: „Es tut mir leid. Verzeih mir. Das war sehr dumm von mir.“

Ich setzte mich hin, aber während des folgenden Schweigens merkte ich, daß meine Bewegung die Aufmerksamkeit von Donald Shine geweckt hatte. Ich sah nicht direkt zu ihm hin, aber aus den Augenwinkeln konnte ich sehen, wie er zu unserem Tisch herüberstarrte.

„Mir fällt nur ein Grund ein, warum du mir nicht erzählen willst, was dein Vater gesagt hat“, sagte Scott gleichmütig. „Er muß beschlossen haben, mich herauszuhalten. Er wird mich nicht entlassen – er wird mich in der Firma behalten, um die guten Beziehungen zu dir nicht zu stören, aber er wird dafür sorgen, daß ich irgendwohin abgeschoben werde, wo ich ihm nicht gefährlich werden kann. Was hat er vorgeschlagen? Wieder Europa? Nein, das würde ihm nicht gefallen, wenn du zum zweiten Mal nach Europa verschwändest – immer vorausgesetzt natürlich, daß er Pech hat und unsere Ehe nicht verhindern kann. Boston? Nein, zu nahe. Er würde nie ruhig schlafen können, wenn er wüßte, daß ich nur eine Flugstunde entfernt lebe. Wie ist es mit Kalifornien? Banking ist ein großes Geschäft an der Westküste, und er weiß, daß du immer begeistert von San Francisco warst –“

„Schau, wer hier ist!“

Wir zuckten beide zusammen, als der lange Schatten über unseren Tisch fiel.

Es war Donald Shine.

„Scott Sullivan! Wie geht es Ihnen? Toll, Sie wieder zu sehen! Kämpfen Sie immer noch gegen die Engländer, oder bleiben Sie jetzt hier?“ Er wandte sich mit seinem breitesten Lächeln mir zu, seine außerordentliche Überschwenglichkeit wand sich um mich, als könne er mich zwingen, ihn zu mögen. „Hallo, schöne Frau. Ich habe Ihren Namen vergessen, aber ich erinnere mich an Sie – einmal gesehen, nie vergessen! Sie sind Cornelius Van Zales Tochter.“

„Vicky Foxworth. Hallo, Mr. Shine.“

„Gratuliere, Don“, sagte Scott und lächelte ihm zu.

„Wozu? Oh, dieses blöde Versicherungsspektakel in Connecticut! Ja, die sammeln immer noch die Scherben auf, die ich hinterlassen habe, aber das ist ja alles Geschichte, und wer ist schon an der Vergangenheit interessiert? Wir sind jetzt die Generation, die dran ist! Sagen Sie mal, Scott, sind Sie lange in der Stadt? Können wir morgen nicht zu Mittag essen?“ Er wandte sich zu mir zu, und sein langes Haar hing ihm tief über die Ohren, als er mir eines seiner breitesten Lächeln schenkte. „Sie wissen das wahrscheinlich nicht“, sagte er, „aber ich habe eine Schwäche für diesen Typ hier. Er war es, der mir meine erste Chance gab, als ich noch ein Bursche in Jeans und Turnschuhen war.“ Er lachte bei dieser Erinnerung und wandte sich wieder an Scott. „Wie wäre es, Kumpel? Zwölf Uhr dreißig morgen im Twenty-One – sagen Sie schon ja!“

Scott sah einen langen Augenblick zu ihm hoch. Ich sah, wie seine Finger sich um das leere Wodkaglas preßten. Dann lachte er plötzlich auf und sagte sorglos: „Gern, warum nicht? Danke.“

„Toll! Bis dann!“ Shine machte eine Pause und zwinkerte mir zu. „Wiedersehen, Schöne.“

Er war weg, und überraschenderweise war auch unsere Spannung weg. Wir schauten uns an und versuchten, unser Amüsement zu unterdrücken. „Ist er nicht furchtbar!“ flüsterte ich.

„Sei doch kein Snob! Ich habe Donald Shine immer gemocht. Ich bewundere jeden, der hinter dem, was er will, mit solcher Ausschließlichkeit her ist wie er!“

„Ja, er ist schon hinter dem her, was er will – mit der Zurückhaltung eines Wolfsrudels und der Rücksicht eines Panzers im Manöver! Vielleicht werde ich in meinem hohen Alter konservativ, aber hier muß ich Daddy einmal recht geben – ich mag es nicht, wenn Donald Shine die Wall Street in einen Hippiespielplatz für die neue Generation verwandelt . . . Mein Gott, warum muß ich wieder von Daddy reden? Scott –"

„Beruhige dich. Du hast recht und ich war paranoid. Wenn du selbst ganz unabhängig glaubst, wir sollten noch eine Weile mit dem Heiraten warten, dann bin ich damit einverstanden."

„Bist du sicher? Meinst du das wirklich? Scott, du mußt dir keine Gedanken machen, ich bin sicher, am Ende wird alles gut sein."

„Selbstverständlich", sagte er beruhigend. „Natürlich." Seine Hand schloß sich über meine und hielt sie fest. „Es tut mir leid, daß ich mich eben so dumm benommen habe. Ich bin wahrscheinlich müder, als ich dachte."

„Laß uns zum Hotel zurückgehen."

Auf halbem Wege, als unser Taxi an einer Ampel hielt, sagte er einfach zu mir: „Hatte ich recht?"

„Womit?"

„Kalifornien."

Es entstand ein langes Schweigen. Da ich keinen Grund sah, nicht die Wahrheit zu sagen, weil wir uns in dem Glauben einig waren, meinen Vater letztendlich doch dazu zu bringen, seine Meinung zu ändern, sagte ich: „Ja. San Francisco."

Scotts Arm schloß sich beruhigend um meine Schultern. „Ich gehe jede Wette ein, daß er nicht daran glaubt, daß wir je heiraten werden! Es wird mir viel Spaß machen, ihm zu beweisen, daß er unrecht hatte!"

„Scott, ich werde dich morgen heiraten, wenn du das wirklich willst. Du mußt es nur sagen, das weißt du."

„Nein, wir warten bis Dezember, und dann soll er mal die Karten auf den Tisch legen. Er muß begreifen, daß er dieses Schachspiel nicht gewinnen wird."

„Darling, du glaubst doch, daß ich letztlich alles mit meinem Vater in Ordnung bringen kann? Du mußt mir das glauben!"

„Wenn du mich so anschaust, dann glaube ich dir alles!" sagte er gut gelaunt, was mir wieder ein Gefühl der Schwäche vor lauter Glück und Erleichterung gab, und im nächsten Augenblick küßte er mich sehr weich auf den Mund.

FÜNFTES KAPITEL

I.

„Liebe Vicky: Meine Mutter hat mir gesagt, daß Du bald nach London kommst. Siehst Du eine Chance, in Cambridge vorbeizukommen? Es ist weniger als zwei Stunden mit dem Zug von London, so daß Du es an einem Tag schaffen könntest. Ich zeig Dir die Stadt, und wir gehen essen. Ich verspreche, kein öffentliches Ärgernis zu erregen, Dich nicht zu vergewaltigen oder andere gesellschaftliche Fauxpas zu begehen. Wir können über Eliot reden, über Elvis und über die Ewigkeit. Gruß, *Sebastian*. PS: Es ist schon in Ordnung, ich weiß, daß Du bei Scott wohnen wirst."

II.

„Liebste Vicky, Neil hat mir während eines hoffnungslos langen extravaganten Ferngesprächs – mein Gott, wie diese Banker einfach das Geld zum Fenster hinausschmeißen! – erzählt, daß Du diesen Sommer nach London gehst, und ich dachte, ich schreibe Dir gleich, um Dich zum Essen einzuladen, damit wir Deine Verlobung feiern können. Ruf mich bitte unbedingt an, wenn Du ankommst, damit wir das festmachen können.

Also, ich bin jetzt über ein Jahr in London, und ich kann dir gar nicht sagen, was für eine höchst angenehme Veränderung das ist, im Vergleich zu dem Müllhaufen an der Hudsonmündung. Ich riskiere gern, wie einer von diesen trüben alten Langweilern zu klingen, die man auf Parties immer vermeiden will, aber ich muß doch sagen, New York ist nicht mehr, was es war – ‚Vor die Hunde gegangen, mein Lieber!', wie die angloindischen Obersten immer in den Agatha-Christie-Romanen zu sagen pflegen –, und da fällt mir ein, wenn du mir eine Flasche Wild Turkey Bourbon mitbringst, dann führ' ich dich aus und nehm' dich mit in ‚Die Mausefalle', das ist so eine Art von Theaterinstitution hier.

Ganz egal, ich bin so begeistert von dieser herrlichen zivilisierten Stadt (ob Du es glaubst oder nicht, die wissen nicht einmal, was das Wort ‚Überfall' bedeutet), daß ich mir überlege, ob ich nicht mein Haus in Greenwich Village verkaufen soll. Das Problem ist nur, daß ich mich von meiner Küche nicht trennen kann. Charles hält mich für verrückt, aber als Engländer ist er zu höflich, mir das auch zu sagen. Ich weiß, Du hast an dem Abend damals Charles nicht kennengelernt, als ich zu Eurem Tisch in den Four Seasons rüberkam und Scott so geärgert habe, daß er häßliche Bemerkungen über Homosexuelle machte, aber hast Du ihn später getroffen? Ganz offenbar zerfällt mein Gehirn vor Entsetzen bei dem Gedanken, daß ich nächstes Jahr sechzig werde! Jedenfalls, meine Liebe, genug des eitlen Geschwätzes – komm nach London und sei wie neu geboren in der großen kreativen Renaissance, die das Land überzieht! Ich freue mich darauf, Dich zu sehen. Alles Liebe, *Kevin.* PS: Es ist herrlich, wieder Romane zu schreiben, nachdem ich den Broadway Neil Simon hinterlassen habe! PPS: Du bringst natürlich Scott zum Essen mit. Ich bin kein nachtragender Mensch."

III.

„Liebe Vicky: Dieser Brief wird Dich überraschen, da wir nie so besonders gut miteinander befreundet waren, aber ich hoffe, daß Du ihn als ein Friedensangebot auffaßt. Ich schreibe Dir natürlich, um Dir anläßlich Deiner Verlobung alles Gute zu wünschen. Ich hoffe, daß Du und Scott sehr glücklich miteinander werdet. Obwohl Scott mein Halbbruder ist, kenne ich ihn nicht besonders gut, einmal weil er so viel älter ist als ich, dann aber auch, weil ich ihn kaum gesehen habe als Kind, und drittens war er – und ist er – eine Person, die man nicht so leicht kennenlernt. Sogar jetzt, nach seinen drei Jahren in London und seinen häufigen Besuchen in Mallingham, habe ich immer noch das Gefühl, daß er mir fremd ist, aber ich glaube, daß er ein wertvoller Mensch ist, der jetzt wirklich das Gefühl hat, jemanden haben zu müssen, der sein Leben mit ihm teilen kann. Wie geschickt von Dir, ihn davon zu überzeugen, doch sein Junggesellenleben aufzugeben! Und Du bist wirklich glücklich zu nennen – ich habe immer geglaubt, daß Scott einer der attraktivsten Männer ist, die ich je getroffen habe. Deine *Elfrida.* PS: Edred und George werden Dir auch schreiben, aber Du wirst Dich da wohl noch eine Weile gedulden müssen, da sie hoffnungslose Briefschreiber sind."

IV.

„Lieber Sebastian: Vielen Dank für Deinen Brief und für die Einladung – ich rufe Dich von London aus an. Herzlich, *Vicky.* PS: Elfrida Sullivan ist ganz entschieden keine Lesbierin."

V.

„Mama!"

„Verheiratet!"

„Schon wieder? Wirst du nicht ein bißchen zu alt für solche Sachen?"

„Bestimmt nicht, Paul! Sei nicht so grob! Es wird eine große Überraschung für euch alle sein, aber der Mann, der mich heiraten will, ist Scott."

„Scott!"

„Was für ein Scott?"

„Scott Sullivan? Aber warum?"

„Ich mag Scott nicht", sagte Benjamin. „Er schenkt mir nie etwas. Mami, warum heiratest du nicht Onkel Sebastian wieder? Onkel Sebastian bringt mir wirklich tolle Geschenke!"

„Scott hat sich nie im geringsten für irgendeinen von uns interessiert", sagte Eric, der von Chaote übers Wochenende nach Hause gekommen war. „Mama, ich will nicht unfreundlich scheinen, aber bist du dir wirklich sicher, was du da tust?"

„Warum mußt du immer Männer heiraten, die du schon jahrelang gekannt hast? Warum kannst du zur Abwechslung nicht einmal einen Fremden heiraten?"

„Das ist eine interessante Frage, Samantha. Ich halte es nicht für einen Zufall, daß ich immer Männer geheiratet habe, die ich seit langem kannte, weil diese Männer die einzigen sind, die an meinem Aussehen und an meinem Scheckbuch vorbei auf die Person schauen können, die ich wirklich bin. Ich glaube, wenn du älter wirst, wirst du verstehen –"

„Wann werdet ihr heiraten?"

„Nächste Weihnachten. Aber ich will den Sommer in London verbringen, um –"

„Willst du mit ihm zusammenleben?" sagte Samantha luchsäugig.

„Das ist irgendwie unmoralisch, nicht wahr?" sagte Paul. „Wenn du deinen Sommer mit Sex und Martinis verbringst, warum darf ich meinen Sommer nicht mit Marihuana verbringen?"

„Sex und Martinis sind nicht gegen das Gesetz; aber Marihuana."

„Aber das ist ein lächerliches Gesetz!"

„Das trifft auf eine Menge von Gesetzen zu", sagte ich. „Da kannst du jede Frau fragen. Aber darum geht es nicht. Es geht darum, daß wir die Gesetze beachten müssen, sonst landen wir in Schwierigkeiten. Wenn dir die Gesetze nicht gefallen, dann gib dir Mühe, sie zu ändern. Langweile doch die Leute nicht zu Tode, indem du immer über Ungerechtigkeit stöhnst. Denn schaut mal her, Kinder –"

„Mama, heißt das, daß du mit vorehelichem Sex einverstanden bist?"

„Ich glaube, daß man jedes sexuelle Verhältnis, ob in der Ehe oder vorher, mit großer Sorgfalt, mit Zuneigung, Liebe und Achtung voreinander angehen sollte. So etwas konsumiert man nicht aus simplen Lustgefühlen heraus wie einen Eisbecher. Jetzt –"

„Aber Mama –"

„Ruhe! Es reicht mir jetzt aber endgültig, wie ihr alle auf mir herumtrampelt! Jetzt laßt mich mal für einen Augenblick einen klaren Gedanken fassen! Gut. Vielen Dank. Was ich also sagen wollte, war –"

„Was ist vorehelicher Sex?" sagte Benjamin.

„Mami, ich verstehe nicht, warum du nach London fliegen mußt", sagte Kristin und fing an zu weinen.

„O Mami!" heulte Benjamin und versuchte wie üblich, lauter zu schluchzen als Kristin.

„Liebe Kristin, das ist genau, was ich euch erklären wollte, nur kriege ich ja keinen Satz zu Ende – *sei still Benjamin!* So ist es schon besser. Nun, Tatsache ist, daß Scott und ich vor der Eheschließung Weihnachten eine Menge Dinge zu besprechen haben. Außerdem müssen wir uns daran gewöhnen, viel Zeit gemeinsam zu verbringen, und das ist nicht immer so einfach, wie ihr euch das vorstellt –“

„So wirst du also wirklich mit ihm zusammenleben!“ sagte Samantha begeistert. „Das ist Spitze, Mama! Ich finde Scott traumhaft!“

„Du bist verrückt!“ sagte Paul voller Abscheu zu ihr. „Du bist sexbesessen! Du bist obszön!“

„Huh! Du bist einfach eifersüchtig, weil du nicht weißt, wie du konkurrieren sollst mit einem schlanken, dunkelhaarigen, hübschen, tollen, *älteren Mann!*“

„Und das ist auch noch so eine Sache“, sagte Paul. „Scott ist so chronisch alt! Ich gehe jede Wette ein, daß er noch nie was von den Rolling Stones gehört hat!“

„Glücklicher Scott“, sagte Eric und stand auf, um sich zu verdrücken.

„Mami, o Mami, wie sollen wir alle den Sommer ohne dich überleben? Vielleicht werden wir sterben!“ sagte Benjamin, und weil er von dieser Möglichkeit sehr fasziniert war, fügte er hinzu: „Dann wird es dir leid tun!“

„Hör nicht darauf, Mama“, sagte Eric. „Der kleine Quälgeist vergißt dich völlig, wenn er erst mal in Bar Harbor ist. Er ist so damit beschäftigt, sich von Großpapa total verwöhnen zu lassen, daß er nicht einmal deinen Namen erwähnt.“

„Du großer Schleicher!“ kreischte Benjamin.

„Mama, was für eine Art von Empfängnisverhütung wirst du anwenden?“

„Samantha, meine persönliche Hygiene geht dich überhaupt nichts an, aber soviel will ich sagen: Ich gehe auf siebenunddreißig zu, und ich versuche mein Leben als eine verantwortliche Frau zu leben, die ein gewisses Niveau im Leben für notwendig hält. Ich bin nicht immer auf diesem Niveau, ich bin keine Heilige, ich bin nicht vollkommen, aber ich versuche es. Weder du, noch sonst irgend jemand, hat das Recht, mich über mein Privatleben zu verhören, aber wenn ich mit Scott lebe und empfängsnisverhütende Mittel nehme, dann deshalb, weil ich mein Bestes versuche, verantwortlich zu leben und den Weg für eine glückliche, erfolgreiche Ehe zu bereiten und nicht, wie ich gerade gesagt habe, weil ich auf billige Befriedigung aus bin. Okay, noch weitere Fragen, oder kann ich Scott anrufen, um ihm zu sagen, wann er heute abend zum Essen kommen soll? Ich möchte, daß er euch alle sieht, bevor er morgen nach London zurückfliegt."

„Mama, nur noch eine Frage über vorehelichen Sex –"

„Mein Gott!" sagte Eric. „Zum ersten Mal in meinem Leben gebe ich Paul recht. Gibt es überhaupt etwas Langweiligeres als ein zwölfjähriges Mädchen in der vollen Hitze der Pubertät?"

„Da kannst du Gift drauf nehmen", sagte Samantha. „Die Konversation eines siebzehnjährigen Jungen, der nie eine Freundin gehabt hat, offenkundig keine will und all seine Zeit damit zubringt, sich mit einem Haufen von Pflanzen zu unterhalten! Was für eine Art von ausgeflipptem Typ bist du, um Gottes willen?"

„Was ist Pubertät?" fragte Benjamin.

„Mami", sagte Kristin, „wie oft am Tag wirst du uns von England aus anrufen?"

„Nun, mein Schatz, natürlich rufe ich so oft wie möglich an –"

„Ich gehe meine Pflanzen gießen."

„Ich glaube, er praktiziert seine Liebe mit Chrysanthemen", sagte Samantha zu Paul. „Verstehst du? Freud. ‚Mum' ist die Abkürzung für Chrysanthemum, und Mum ist auch ‚Mama' – auf Englisch –"

„Spinnst du? Wieso sollte Erich Mama in dieser Weise lieben wollen?"

„Mama versprichst du mir, uns jeden einzelnen Tag anzurufen?"

„Mama, was ist Pubertät?"

VI.

„Wie ist Scott mit den Kinder ausgekommen?" fragte mein Vater, nachdem Scott nach London zurückgeflogen war.

„Er war toll im Umgang mit ihnen – besonders mit Samantha

und Kristin. Ich glaube, er kann sich noch auf seine Erfahrungen mit Rose und Lori verlassen, als die klein waren. Er hat sich viel Mühe mit den Jungen gegeben, aber Eric ist noch zu scheu und Paul redet mit keinem über fünfundzwanzig. Benjamin war monströs wie üblich. Er war eifersüchtig, als Scott sich zu sehr um die Mädchen kümmerte."

„Sebastian war der einzige, der je mit Benjamin umgehen konnte."

Ich sagte nichts.

„Wirst du Sebastian in England treffen?"

„Vielleicht."

Es entstand eine weitere Pause.

„Ist es nicht komisch", sagte mein Vater schließlich vorsichtig, „ich hätte es nie für möglich gehalten, daß mal der Tag kommen würde, an dem ich das sagen würde, aber manchmal vermisse ich Sebastian direkt."

Ich antwortete nicht. Ich war zu sehr damit beschäftigt die Tage zu zählen, bis ich New York verließ, zu beschäftigt, mich nach Scott in London zu sehnen.

VII.

Scott wohnte in einem Stadthaus an der Grenze zwischen Knightsbridge und Belgravia, einem hohen, schmalen weißen Haus, das außer der Kellerwohnung drei Stockwerke hatte. In der Kellerwohnung lebten sein Chauffeur und seine Haushälterin. Das Eßzimmer und die Bibliothek lagen zu beiden Seiten des Eingangs auf dem Straßenniveau, aber darüber lag das schöne Wohnzimmer, in dem Scott die Parties gab, die er als Seniorpartner in seiner Position in London geben mußte. In New York hatte er als ein Einsiedler gelebt, lud Kunden nur in Restaurants ein, aber dort war ja seine Stellung auch der meines Vaters untergeordnet gewesen, der selbstverständlich die Pflicht, Kunden zu Hause einzuladen, auf sich nahm.

Ich fragte mich, wie gut Scott sich in dieses neue gesellschaftliche Leben hineingefunden hatte, das ihn doch sehr wenig angesprochen haben konnte. Ich wußte, daß er Abgeschiedenheit brauchte, um die Ausgeglichenheit zu bewahren, die seine anspruchsvolle Arbeit so oft untergraben haben mußte, aber jetzt waren seine Chancen, sich einmal abzuschließen, außerordentlich begrenzt. Ich überlegte, inwieweit er vom Alkohol abhängig geworden war, nur um seine Langeweile und seinen Abscheu ertragen zu können. Obwohl ich versuchte, es nicht zuzugeben, war ich beunruhigt über die doppelten Wodkas im Beekman Tower.

Scott hatte kein Interesse an Inneneinrichtungen, kein Interesse an Besitztümern wie Bildern und Antiquitäten und auch kein wirkliches Interesse an seinem Heim, solange es ihm nur ein Dach über dem Kopf gab und ein Minimum an Ärger. Er war der größte Nomade, den ich je kennengelernt hatte, und sein Haus, das von Fachleuten bemerkenswert unpersönlich eingerichtet worden war, spiegelte diese Indifferenz seiner Umgebung gegenüber wider. Im Gegensatz zu Sam, der im Hinblick auf seine Nationalität bis zum Punkt der Neurose sensitiv gewesen war, und im Gegensatz zu meinem Vater, der irrationalerweise fremdenfeindlich wurde, wann immer er die Vereinigten Staaten verließ, akzeptierte Scott seine Umgebung einfach nur, paßte sich ihr an und nahm das eine wie das andere ohne zu fragen hin. Das konnte er sicher deshalb tun, weil er so sehr in seinem eigenen Kopf lebte; er war viel weniger abhängig als andere Leute von der Gesellschaft, in der er lebte, aber diese merkwürdige nomadische Fähigkeit, ohne weiteres sich an einem fremden Platz ohne tiefere Beziehung zu ihm niederzulassen, kam mir nicht nur komisch, sondern auch unnatürlich vor.

Das Wort „Heim“ und all das, was es in sich trug, war für mich sehr wichtig. Ich konnte sagen: „Ich bin eine New Yorkerin“, und was ich damit wirklich sagte, war, daß New York meine Heimat war, ein Ort, an dem ich mich entspannen und diese geheimnisvolle innere Ruhe empfinden konnte, die aus der Zugehörigkeit zu einer bestimmten Kultur, einer bestimmten Gesellschaft und einer bestimmten Lebensart entspringt. Ich konnte natürlich für kürzere Zeit in anderen Ländern leben und sogar ein neues Leben dort genießen, aber wie lang ich auch immer von New York weg sein würde, es würde immer meine Heimat sein. Aber für Scott, den Nomaden, lag die Heimat in ihm selbst. Heimat war ein Zustand. „Ich bin ein New Yorker“, konnte er ohne zu zögern sagen, aber er besaß nicht diese zynische verzweifelte, leidenschaftliche Zuneigung, die ein wirklicher New Yorker für seine Stadt empfindet. New York war nur der Hintergrund seines Lebens, der Ort, an dem er leben und arbeiten mußte, und jetzt, wo er in London war, schien sich für ihn außer der Szenerie nichts geändert zu haben. Die Landschaft seines Geistes war für ihn wirklicher als jede Stadt, die um ihn herum existierte.

Ich hatte viele Stunden damit zugebracht, mir zu überlegen, wie ich erfolgreich mit jemanden leben konnte, der nicht nur ein Einzelgänger war, sondern der auch die Welt in einer Weise betrachtete, die mir fremd war, und am Morgen nach meiner Ankunft in London, als wir auf dem Balkon vor dem hinteren Garten zusammen Kaffee tranken, sagte ich vorsichtig zu ihm: „Scott, du mußt nicht glauben, daß du jeden Augenblick des Tages mit mir verbringen mußt, um mich ständig zu unterhalten. Ich weiß, daß du hier sehr viel arbeiten mußt, und ich weiß, daß du eine bestimmte Zeit auch für dich selbst brauchst, und ich möchte ganz bestimmt nicht, daß du dich änderst. Es liegt an mir, nicht an dir, diese potentiell schwierige Situation in den Griff zu bekommen. Ich will etwas unternehmen, damit sich nicht mein ganzes Leben darum dreht, auf die Anrufe zu warten, mit denen du mir sagst, daß du später aus dem Büro kommst. Deshalb habe ich beschlossen, ein kleines Leben für mich selber aufzubauen, so lange ich hier bin. Ich werde einen Kurs belegen."

„Einen Kurs?"

„Ja, jetzt, da ich nicht die ganzen Kinder wie einen Bienenschwarm um mich herum habe, kann ich schon etwas geistige Aktivität entwickeln. Ich habe mich über Sommerkurse lustig gemacht, aber wahrscheinlich nur, weil ich wußte, daß ich weder die Zeit noch die Energie für sie aufbringen würde. Jetzt habe ich aber die Zeit, und ich sollte auch die Energie haben, und deshalb werde ich es versuchen. Es ist höchste Zeit, daß ich mal feststelle, wie dumm und von Martinis geschädigt mein Gehirn wirklich ist."

„Okay", sagte Scott.

Ich wartete, aber sonst sagte er nichts. Ich fragte mich, ob er böse sei, möglicherweise einer dieser Männer, die etwas dagegen haben, wenn ihre Frauen außerhalb des Hauses etwas unternehmen; aber er schien ruhig und unberührt. Dann wurde mir klar, daß seine Reaktion genau deshalb so merkwürdig war: es berührte ihn nicht. Was ich mit meiner Zeit anfing, war ihm gleichgültig, so lange ich da war, wenn er mich brauchte.

Ich erinnerte mich daran, daß er nicht daran gewöhnt war, sein Leben mit jemanden zu teilen, und deshalb versuchte ich, mich nicht verletzt zu fühlen. „Nun, du könntest dich ruhig etwas mehr interessieren!“ protestierte ich mit einem Lächeln. „Ich werde mich für deine Arbeit interessieren, warum solltest du also kein Interesse an der meinen nehmen?“

„Oh, ich rede nie über meine Arbeit“, sagte Scott. „Wenn ich einmal aus dem Büro bin, dann liegt das hinter mir. Ich werde nie das Bedürfnis haben, dir zu erzählen, was ich den ganzen Tag getrieben habe, wenn ich aus dem Büro nach Hause komme.“

Ich war so verblüfft, daß ich nicht wußte, was ich sagen sollte. Weder Sam noch Sebastian hatten mich unterhalten mit den Einzelheiten von Aktienausgaben, Angeboten, Verschmelzungen und all den anderen aufregenden Dingen im Investment-Banking. Das war meinem Vater zugefallen, der mich an vielen Abenden während der letzten drei Jahre ins Vertrauen gezogen hatte, um mich über die Welt zu informieren, in der meine Männer einen so großen Teil ihres Lebens verbracht hatten. Aber Sebastian war voller amüsanter Anekdoten über die weltliche Seite des Bürolebens gewesen, und Sam hatte ohne Unterlaß über die Bedeutung der Leute geredet, die er beriet. Manchmal war ich interessiert gewesen, manchmal gelangweilt, aber es war mir immer klargewesen, daß sie irgendwie versuchten, wie begrenzt auch immer, diesen wichtigen Teil ihres Lebens, von dem ich ausgeschlossen war, mit mir zu teilen. Der Gedanke, daß Scott eine Existenz führen würde, zu der ich keinen Zugang hatte, kam ungefähr dem Gefühl gleich, wenn man an einem sonnigen Morgen die Vorhänge aufzieht und feststellt, daß das Fenster über Nacht zugemauert wurde.

„Ich weiß wahrscheinlich mehr über das Bankgeschäft, als du glaubst“, sagte ich schließlich zögernd. „Und es macht mir Spaß, die Börse zu verfolgen.“

„Großartig“, sagte Scott. „Diese Art von belanglosem Gerede wird sehr praktisch sein, wenn wir die verfluchten Essen geben müssen. Ich hoffe, daß du sie nicht als zu langweilig empfindest.“

Das Beste war, das Thema fallenzulassen. Ich nahm einen

Schluck Kaffee und schaute mich auf der Veranda um, während ich mich bemühte, ein anderes Thema zu finden. Es war kühl im Garten, wahrscheinlich nicht mehr als zwanzig Grad, aber der Mangel an Luftfeuchtigkeit war so angenehm, daß ich die New Yorker Hitze nicht vermißte. Riesige weiße Wolken ballten sich über dem Mittsommerhimmel, Rotkehlchen sangen ihre vergänglichen Lieder von der brüchigen Ziegelwand herunter, und auf der anderen Seite des weißen Tisches aus Gußeisen, an dem wir saßen, glühten die Miniaturrosen scharlachrot in ihren Töpfen. Es war ein Samstagmorgen.

„Ich habe mir nie viel aus London gemacht", sagte ich schließlich, „aber ich begreife die Anziehungskraft dieser getragenen, bequemen englischen Art zu leben. Kevin scheint hier sehr glücklich zu sein . . . Übrigens, Kevin möchte, daß wir mit ihm zu Abend essen. Ist das in Ordnung?"

Scott zuckte die Achseln. „Wenn er sich die Mühe macht, mich einzuladen, dann werde ich mir auch die Mühe machen, hinzugehen."

Das war nicht sehr ermutigend.

„Vielleicht soll ich ihn anrufen und vorschlagen, daß ich allein mit ihm esse."

„Das wäre wahrscheinlich besser, ja."

Ich begriff, daß dies der falsche Augenblick war, Sebastian zu erwähnen. Übergangslos fing ich an, von unseren Plänen für den Nachmittag zu sprechen, an denen wir meine Mutter besuchen wollten, die nun glücklich in einem luxuriösen Hotel an der Südküste untergebracht war, das sich auf Erholungsbedürftige spezialisierte. Ich wollte Ende August zusammen mit ihr nach New York zurückfahren.

„Meine Mutter hat dich richtig ins Herz geschlossen!" sagte ich lächelnd zu ihm. „Sie ist begeistert davon, daß wir den Sommer zusammen verbringen wollen . . . Scott, wir werden doch keine Schwierigkeiten haben, wenn wir so hier zusammen sind? Ich weiß, wir sind im sogenannten Swinging London, aber was werden all diese Pokergesichter von Geschäftsleuten aus der City und ihre untadelig gekleideten Frauen darüber sagen, daß wir ohne den Segen der Kirche von England zusammenleben?"

„Wesentlich ist, daß du nie versuchen darfst zu erklären, was du hier tust – erwähne es einfach nicht. Die Engländer akzeptieren alles von einem Paar, das Geschmack genug hat, sich wie Hermaphroditen zu benehmen."

Wir lachten.

„Und außerdem", sagte Scott, „werden wir nicht unsere ganze Zeit in London verbringen, umgeben von Geschäftsleuten und ihren Frauen. Ich möchte mit dir nach Mallingham fahren, um Elfrida zu besuchen. Du bist doch nie in Mallingham gewesen? Es ist ein interessanter Ort. Ich bin sicher, daß es dir gefällt."

Ich schwieg. Mallingham war genau der Ort, den ich nie aufsuchen wollte. In Mallingham war Steve Sullivan beerdigt, und dort gab es einen Gedenkstein, der an Scotts Bruder Tony erinnerte. Mallingham war für mich die Vergangenheit, die immer noch versuchte, Scott von der Zukunft zu trennen, die er verdiente. Mallingham faßte in einem Wort alles zusammen, was unser Glück bedrohte. Ich wollte es so weit weg von mir halten, wie nur möglich.

„Was ist so Besonderes an Mallingham?" fragte ich und versuchte, nicht zu ablehnend zu klingen.

„Die Zeit dort ist eine Zeit außerhalb der Sinne."

Es entstand eine Pause. Ich suchte nach einer Antwort. Ich hatte die plötzliche Vorstellung, wie unserer beider Sinne zwei Kreise bildeten, die sich berührten, aber nie überschnitten.

„Ich bin mir nicht ganz klar darüber, was du damit meinst", sagte ich. Er machte ein bedauerndes Gesicht, als hätte er einen gesellschaftlichen Fauxpas begangen, indem er eine Sprache gebrauchte, die ich nicht verstand.

„Ich meine einfach nur, es ist alles sehr alt dort und sehr friedlich."

„Oh, ich verstehe."

„Meine eigene Sicht von der Zeit außerhalb der Sinne ist eine Meerlandschaft. Ein dunkles Meer, das sich auf weißem Sand mit blauen Bergen im Hintergrund bricht. Mallingham ist ganz anders. Es liegt in einer flachen Marschlandschaft, ungefähr anderthalb Meilen von der Küste, und doch gibt es dort so etwas wie die Abwesenheit von Zeit. Ich habe es immer als einen Ort gesehen, an dem man vielleicht für einen kurzen Moment aus der Zeit völlig heraustreten und sich der Endlosigkeit bewußt werden kann, in der Zeit nicht existiert. Ich bin froh, daß mein Vater in Mallingham begraben liegt. Für ihn ist es eine richtige Heimat, in der er in Frieden ruhen kann. Eine richtige Heimat kann nicht innerhalb der Zeit existieren, weil die Zeit alles zerstört. Eine wahre Heimat kann nur jenseits der Zeit an Orten wie Mallingham existieren."

Ich war mir nie so deutlich bewußt gewesen, wie unbeweglich mein Geist war. Als ich vorsichtig versuchte, mich dem seinen anzunähern und ihn zu verstehen, da sah ich ganz deutlich, warum er mir immer so geheimnisvoll erschienen war. Seine Welt war nicht von Logik und Menschenverstand eingegrenzt wie die meine. Seine Welt öffnete sich in andere Welten, war begrenzt nur durch Zweifel seines Intellekts und seiner Vorstellungskraft.

Ich sagte langsam: „Du willst sagen, daß Mallingham für dich so etwas ist wie T. S. Eliots Rosengarten, ein magischer Ort, an dem alles ins Bild fällt, und . . . was hätte sein können und was war zusammenlebt und – Wirklichkeit ist." Die Anstrengung, solche Gedanken auszudrücken, die für mich so weit von der Normalität entfernt waren, machte mich schwach.

„Stimmt", sagte Scott nebenbei, der begabte Zweisprachler, der sich mühelos zwischen seinen beiden Sprachen hin und her bewegte. „Mallingham ist wie Burnt Norton." Dann war er plötzlich wieder da in meiner Welt, sprach meine Sprache. „Hör mal, du hast mir nie erzählt, daß du T. S. Eliot gelesen hast!"

„Oh, ich bin nicht so ein Spießer, wie du vielleicht glaubst!" antwortete ich mit Witz. Aber obwohl wir uns jetzt wieder entspannt fühlten, erzählte ich ihm doch nicht, wer mich mit Eliots „Four Quartets" bekannt gemacht hat.

Irgendwie schien es bequemer, Sebastians Namen nicht zu erwähnen . . .

VIII.

Es bestürzte mich, daß er so hart arbeitete, es überraschte mich jedoch nicht. Da ich aber sein spätes Nachhausekommen an den Abenden, die Erschöpfung und den Wunsch nach Alleinsein, um sich erholen zu können, erwartet hatte, beschwerte ich mich nicht und zwang ihn auch nicht zur Unterhaltung, sobald er von der Arbeit nach Hause kam. Statt dessen ließ ich ihm seine Ruhe in der Bibliothek, die sein Refugium war, der einzige Ort, den ich selten betrat. Dort pflegte er für sich allein zwei Drinks zu nehmen und eine halbe Stunde zu lesen. Für mich selber hätte ich mir gewünscht, wir hätten wenigstens einen Cocktail zusammen trinken können, aber Scott sagte nein, was ihm gefiel, wären zwei Drinks allein. Mir fielen die Zeitschriftenartikel über Alkoholismus ein, die ich regelmäßig las, um mich selbst in einer gesunden Furcht zu halten, und ich wurde sofort argwöhnisch und fing an, jeden Tag den Pegelstand der Schnapsflaschen zu kontrollieren. Aber im Gegensatz zu den Besserwissern, die darauf schworen, daß einsames Trinken der Anfang vom Ende war, schien Scott während dieser einsamen Sitzungen wirklich nie mehr als zwei Drinks zu sich zu nehmen. Schließlich nahm ich erleichtert an, daß er einfach nur deshalb allein trinken wollte, weil er allein sein wollte, und daß diese sonderbare Masche nichts Schlimmeres war, als sein Wunsch, allein zu lesen oder allein Musik zu hören.

So ungefähr um neun Uhr dreißig pflegten wir zusammen zu essen. Scott, den Essen nicht interessierte, schien offenkundig nie unter Hunger zu leiden, aber ich war am frühen Abend kurz vor dem Verhungern und arrangierte bald mit der Haushälterin, daß ich mir um sieben Uhr einen kleinen kalorienarmen Imbiß machen konnte. Nach dem Essen, zu dem Scott nie etwas trank, obwohl ich mich oft heimlich nach Wein sehnte, pflegten wir entweder im Wohnzimmer zu lesen oder Platten zu hören. Wir sahen nie fern, da Scott keinen Apparat hatte. Um ihm gegenüber fair zu sein, muß ich zugeben, daß er anbot, mir einen Fernseher zu mieten, aber ich beschloß, daß es mir nicht schaden würde, für ein paar Monate ohne Fernsehen auszukommen.

Um Mitternacht gingen wir ins Bett, und sehr oft blieb es dabei: ausziehen, ins Bett gehen und einschlafen. Dieses belanglose Ende des Tages störte mich am Anfang, aber da Scott am Wochenende meist nichts anderes tun wollte, als mich zu lieben, hörte ich bald auf, angesichts dieser ereignislosen Abende während der Woche Bedauern zu empfinden. Sehr bald fing ich zu meiner eigenen Überraschung an, dieses unerwartete Muster unseres Privatlebens mit seinen Extremen von Abstinenz und Exzessen zu schätzen. Die Abstinenz machte den Exzeß erregender und steigerte die elektrische Spannung, die immer zwischen uns da war, die dann aber zu einer fast unerträglichen Höhe am Ende der Woche anstieg.

„Vielleicht waren die Viktorianer, was Sex angeht, nicht so dumm, wie wir manchmal denken“, sagte ich einmal zu Scott. „Stell dir mal vor, wie aufregend Sex gewesen sein muß, wenn jeder ihn so lang aufschob, bis er fast den Verstand verlor!“

„Ehen wurden aufgeschoben“, sagte Scott, „aber nicht der Sex. Es ist ein Gerücht, daß die Viktorianer sich vor dem Sex scheuten. Die Wirklichkeit, das waren Prostituierte und Pornographie und die Angst vor Geschlechtskrankheiten.“

„Ja, aber . . .“ Ich seufzte. Scott gab mir oft das Gefühl, völlig unwissend zu sein. Er tat es nicht absichtlich. Er schöpfte automatisch aus seiner besseren Bildung, aber die Wirkung war dennoch niederdrückend. Einmal versuchte ich, über meinen Kurs zu reden – ich hatte einen allgemeinen Kurs an der Londoner Universität über Existentialismus in der modernen Literatur belegt –, aber Scotts Kenntnisse in der Literatur und in der Philosophie machten mir schnell klar, wie weitläufig die beiden Themen waren und wie wenig ich über sie wußte. Jedenfalls war ich entschlossen, mich nicht deprimieren zu lassen, wo ich doch allen Grund hatte, glücklich zu sein. Deshalb rief ich mir ins Gedächtnis zurück, wie langweilig das Leben mit Männern wie Sam gewesen war, dessen Lieblingsbeschäftigung darin bestanden hatte, Fernsehapparate auseinanderzunehmen, und wie glücklich ich jetzt dran war, mit einem Mann wie Scott zu leben, der mich dazu zwang, jeden Tag mein Hirn anzustrengen und zu benutzen.

„Ich begreife nicht, wie du diesen Mist lesen kannst, Vicky“, sagte Scott, als er mich wie üblich beim Frühstück mit meiner Nase im „Daily Express“ vorfand.

„Ich mag William Hickeys Spalte. Außerdem, Darling, ich brauche irgendeine leichte Entspannung, besonders beim Frühstück! Ich kann nicht vierundzwanzig Stunden am Tag auf einer Intellektuellenebene existieren!“

„Wahrscheinlich nicht“, sagte Scott, und öffnete die Times.

„Hier ist ein Bild von Elvis. Vielleicht hat er wieder einen von diesen fürchterlichen Filmen gedreht.“

„Wer?“

„Elvis Presley.“

„Oh."

Ich dachte schuldbewußt: ich muß Sebastian anrufen, wie schrecklich, daß ich noch nicht angerufen habe. Aber dann sah ich Scott an und dachte: später.

Wir waren immer noch nicht in Mallingham gewesen. Elfrida, die mit dem Abschluß des Sommerhalbjahres an ihrer Schule zu beschäftigt war, hatte vorgeschlagen, daß wir sie später besuchen sollten. Trotz unserer verschobenen Reise nach Norfolk waren unsere Wochenenden ausgefüllt gewesen, mit Segeln in Sussex, mit Spaziergängen in Surrey und Shakespeare-Aufführungen in Stratford-on-Avon. Sehr bald wurden wir auch während der Woche mehr beansprucht. Ich fing an, die Dinnerparties zu schätzen, die Scott so sehr langweilten, und dann fand ich ein paar neue Freunde und merkte, daß ich kurz davor war, mich in dieser fremden Stadt zu Hause zu fühlen, in der ich in der Vergangenheit so unglücklich gewesen war. Während ich allmählich zur Ruhe kam, experimentierte ich mit Miniröcken hinter geschlossener Schlafzimmertür, ließ meine Haare ein wenig länger wachsen und überlegte, wie weit ich mit meinem Augen-Make-up gehen könnte. Gott sei Dank ließ mich Scotts Wunsch, mich züchtig und konservativ anzuziehen, nur zu einem heimlichen Bewunderer der zeitgenössischen englischen Mode werden, aber auch hinter geschlossener Schlafzimmertür machte mir das ungeheuren Spaß.

Dann eines Tages im August, als ich heimlich den Saum meiner einfachen, altmodischen Röcke gekürzt hatte, dachte ich plötzlich: Ich kann diesen Anruf keine Sekunde länger aufschieben. Ich muß mit Sebastian reden, und ich muß seinen Namen vor Scott erwähnen.

„Stimmt was nicht?" fragte Scott, als wir uns nach dem Frühstück geliebt hatten und ernsthaft ans Aufstehen dachten. Es war Sonntagmorgen.

„Nein. Ich habe nur daran gedacht, ob es dir recht ist, wenn wir nächste Woche einen Tag nach Cambridge fahren. Sebastian hat mir vor langer Zeit eine Einladung zum Mittagessen geschickt, und ich kann einfach nicht den ganzen Sommer in England verbringen, ohne ihn einmal gesehen zu haben."

Es entstand ein Schweigen. Dann stand Scott ohne ein Wort auf und langte nach seinem Morgenrock.

„Scott, ich hätte nicht geglaubt, daß ich das sagen muß, aber es besteht keine Veranlassung für dich, dir Gedanken zu machen. Sebastian und ich sind nur gute Freunde. Ich weiß, daß das abgegriffen klingt, aber –"

„Nicht nur abgegriffen", sagte Scott. „Unvorstellbar."

„Aber Scott –"

„Vicky, glaubst du, du kannst mich auf den Arm nehmen? Du hast mit diesem Mann zusammengelebt, du hattest ein Kind von ihm, er war – und wahrscheinlich ist er das noch – von dir besessen. Glaub mir, Sebastian und du könnt nie einfach ‚gute Freunde' sein! Ihr wart viel zu tief ineinander verstrickt."

„Aber du verstehst nicht – "

„Ich verstehe nur zu gut! Du bleibst von ihm weg!"

„Aber du glaubst doch sicherlich nicht, daß er sich an mich heranmachen würde, wenn er weiß, daß ich mit jemand anderem verlobt bin!"

„Ob er sich benimmt wie ein Schuft oder wie ein Ritter in schimmernder Rüstung ist gleich. Es geht darum, daß er dich aufregen wird, indem er eine Vergangenheit zum Leben bringt, die man am besten vergißt."

„Du mußt mir ausgerechnet Reden halten über das Thema, wie man die Vergangenheit vergißt!"

Scotts Mund wurde hart. Für eine Sekunde lang sah ich gewalttätige Wut gefangen hinter den düsteren, stumpfen Knochen seines Gesichtes.

„Okay", sagte er, „wir wollen einmal sehen, ob ich das richtig kapiere."

Er erhob seine Stimme nie. Ganz im Gegenteil, seine Stimme hatte eine merkwürdig lieblose Qualität, als sei alles Gefühl unbarmherzig aus ihr herausgeschnitten, aber er brachte es immerhin doch fertig, einen ungeheuren Ärger zu demonstrieren. „Du willst mich heiraten. Wir leben jetzt in einer Art von Probeehe, und da das so ist, nehme ich an, daß ich die Rechte eines Probeehemannes habe. Ich gehe davon aus, daß ich ein Recht habe, dir zu sagen, daß du nichts mit einem Mann zu tun haben sollst, dessen einziges Ziel in seinem Leben ist, wieder mit dir ins Bett zu gehen."

„Aber was ist mit mir? Bin ich nur eine blöde Puppe, die keinen eigenen Verstand hat? Spielt es für dich denn überhaupt keine Rolle, was ich will? Ich will nicht wieder mit Sebastian ins Bett gehen! Alles, was ich will, ist –"

„Alles, was du willst, und das ist mir ziemlich klar, ist, dich wieder zu benehmen wie der letzte Idiot!"

„Also, Scott, wenn du je verheiratet gewesen wärest, dann würdest du wissen, daß die Ehe mehr bedeutet, als Befehle von sich zu geben und über Rechte zu sprechen, wann immer man sich in einer Situation befindet, die einem nicht paßt. Es gibt da Zeiten, in denen man seinem Partner vertrauen muß, Zeiten, in denen es Geben und Nehmen gibt –"

„Ja, aber um solche Zeiten handelt es sich jetzt nicht. Entschuldige mich."

Die Badezimmertür knallte zu. Ich gab mir eine Minute, um mich zu beruhigen, und dann ging ich in das andere Bad, um mich noch weiter zu beruhigen, indem ich lange badete. Als ich wieder herauskam, war Scott verschwunden. Ich zog mich schnell an und ging nach unten in die Bibliothek. Als keine Antwort auf mein Klopfen an die Tür kam, nahm ich an, daß niemand drin sei. Ich drehte mich um, aber irgendein Instinkt sagte mir, daß ich noch einmal nachsehen, noch einmal klopfen und die Tür aufmachen sollte.

Er stand am Fenster mit einem Glas in der Hand. Die viertelvolle Wodkaflasche stand unverkorkt auf dem Tisch.

„Oh!" sagte ich. Ich war so aufgebracht, daß ich nichts anderes sagen konnte. Ich stand blöde auf der Schwelle.

Er schaute sich um. „Ich wollte allein sein. Wenn du mich nicht allein lassen kannst, dann gehe ich."

„Sicher. Okay. Tut mir leid", sagte ich, ging zurück und schloß die Tür sehr sanft, so als hätte ich Angst davor, daß sie unter meinen Händen kaputtgehen könnte. Oben im Wohnzimmer sah ich mir das Telefon an, machte aber keinen Versuch, Sebastian anzurufen. Ich setzte mich nur einfach hin und wartete, obwohl ich nicht wußte, worauf ich wartete.

Zehn Minuten später ging er aus. Als ich die Haustür zuschnappen hörte, ging ich ans Fenster und sah ihm nach, wie er sehr schnell im Regen verschwand. In der Bibliothek fand ich die Wodkaflasche. Sie war leer.

Die Uhr auf dem Sims sagte mir, daß es elf Uhr am Morgen war.

IX.

Ich wartete den ganzen Tag darauf, daß er zurückkäme. Einoder zweimal weinte ich, dann aber kontrollierte ich meine Tränen und zwang mich dazu, ruhig zu bleiben. Ich konnte weder essen noch trinken. Ich wartete nur und wartete, sehnte mich nur nach der Gelegenheit, ihm zu sagen, daß ich Sebastian nicht sehen würde, nicht, wenn es ihn ärgerte, weil nichts wichtiger für mich war als sein Glaube, daß ich ihn so sehr liebte, daß nichts uns voneinander trennen konnte.

Es war nach elf in der Nacht, als er nach Hause kam. Ich saß oben in unserem Schlafzimmer vor dem Spiegel und kämmte meine Haare, aber als ich die Tür gehen hörte, sprang ich auf und lief auf den Treppenabsatz hinaus.

Ich glaubte, daß er vielleicht betrunken sei, daß er von einer Seite des Flurs auf die andere schwankte, daß er vielleicht sogar singen würde. Aber da hatte ich mich geirrt. Er sang nicht, er schwankte nicht. Als ich oben auf dem Treppenabsatz ankam, sah ich, daß er sich ganz zwanglos gegen die Eingangstür lehnte, und erst als ich seinen Namen rief und er hinaufschaute, bemerkte ich, wie weit er von normalem Verhalten entfernt war.

Seine Augen sahen aus wie große, schwarze Löcher. Sie erkannten mich, aber sie sahen mich nicht. Ganz allmählich hörte er auf, sich gegen die Tür zu lehnen, stellte sich gerade hin, aber er schwankte nicht und stolperte nicht. Wie üblich erschien seine Kontrolle über sich selbst untadelig, und mit Erleichterung dachte ich dann, daß er Probleme hatte, aber doch nüchtern war, und lief die Stufen hinunter, um ihn in meine Arme zu nehmen.

Ich kam nicht weiter als fünf Treppen nach unten. Dann blieb ich stehen. Es lag wohl daran, daß er so ruhig war. Seine extreme Bewegungslosigkeit brachte meine Kopfhaut zum Kitzeln, und dann fühlte ich auf einmal die Brutalität, die zwischen uns auf diese kurze Entfernung hin vibrierte, und ich wußte, daß seine untadelige Selbstbeherrschung eine Illusion war, eine Fassade, die bereits vor meinen Augen zusammenbrach.

Ich rief ihm zu: „Einen Augenblick – ich bin gleich da“, und meine Lippen waren so steif, daß ich kaum sprechen konnte. Ich raste zurück ins Schlafzimmer und hatte gerade noch Zeit, in meine Jeans zu steigen und einen Pullover anzuziehen, bevor er in das Zimmer platzte. Was mich am meisten erschreckte, war seine unglaubliche Geschwindigkeit. Dann begriff ich, daß ich Angst hatte, und deswegen hatte ich eine noch größere Angst als je zuvor. Ich versuchte diese Angst zu beherrschen, indem ich mir selber sagte, daß alles gutgehen würde, wußte aber, daß mein Instinkt auf der Treppe mich nicht betrogen hatte. Die Dinge würden überhaupt nicht in Ordnung kommen. Es würde alles sehr, sehr böse enden.

Er riß die Tür auf und setzte dann alle seine Kraft dahinter, sie wieder zuzuwerfen. Das Holz brach. Der Krach machte mich fast krank. Einen Augenblick lang beschäftigte er sich mit dem Schloß, aber die Tür mußte irgendwie in ihren Scharnieren runtergekommen sein, denn der Schlüssel ließ sich nicht mehr drehen. Voller Wut riß er den Schlüssel heraus und warf ihn quer durch das Zimmer auf den Schminktisch. Der Spiegel brach in Stücke. Der Boden war voller Glasstücke, und mein Herz hämmerte in meinen Lungen.

Ich versuchte, ruhig zu bleiben, versuchte, vernünftig zu sein. „Scott", sagte ich sanft, „es tut mir sehr leid –"

„Halt die Klappe!" schrie er mich an. „Halt die Klappe, du dumme Sau!"

Jetzt war mir klar, daß er total betrunken war. Daß das überhaupt kaum zu erkennen war, machte es nur um so schlimmer. Ich hatte mir vorgestellt, daß er ohne Alkohol ausgeflippt war, und ich hätte das auch noch sehr lange geglaubt, wenn er nicht gegen den Nachttisch gestolpert wäre und damit verraten hätte, daß er nicht mehr so ganz sicher auf seinen Beinen war. Dieser Zusammenstoß machte ihn böse. Er war so böse, daß irgend etwas im Wege stehen könnte, daß er die Lampe nahm, um sie hinzuschmeißen, sie fiel ihm aber aus der Hand auf den Boden, und als er anfing zu fluchen, hörte ich, wie in seiner Sprache die Konsonanten verwischt waren, und wußte, daß, obgleich er sich alle Mühe gab, die Zeichen der Trunkenheit zu verwischen, er nichts tun konnte gegen das Gift, daß sich in seinem Gehirn einnistete.

Ich sagte in der normalsten Stimme, deren ich mächtig war: „Ich gehe jetzt und mache dir einen Kaffee", und versuchte zugleich, an ihm vorbei an die Tür zu gelangen.

Er griff mein Handgelenk, drehte meinen Arm so kräftig hinter meinen Rücken, daß ich schrie, und stieß mich von sich. Ich schrie wieder, stolperte, fiel über das Bett.

„Scott –"

„Du hältst das Maul, oder ich bringe dich um."

Jetzt war mir klar, daß es sinnlos war, ruhig zu bleiben oder den Versuch zu machen, vernünftig zu reden. Er war jenseits aller Worte der Liebe und der Besänftigung. Ich konnte nichts mehr für ihn tun. Alles, was ich noch tun konnte, war, zu verschwinden – wenn ich konnte.

Er unternahm einen Schritt in Richtung Bett. Irgendwie schaffte ich es, mich von ihm zu entfernen und auf die andere Seite zu kommen, aber es war deshalb sehr schwierig, weil meine Glieder sich anfühlten, als seien sie aus Blei.

Er redete, aber erst einmal konnte ich ihn nicht verstehen, weil das Blut so wild in meinen Ohren tobte, und als er dann seine Stimme erhob und ich ihn verstand, da wünschte ich mir, daß meine Angst mich hätte taub werden lassen. Er sagte, es sei nicht an mir, ihm Befehle zu geben, weil er derjenige sei, der das Sagen habe. Er sei derjenige, der die Befehle ausgebe und der die Strafen verhänge. Er sagte, daß er jeden hasse, der ihm weh tue, aber das sei schon in Ordnung, das sei ganz richtig so, weil der Haß einen Mann am Leben erhielte. Es sei Liebe, die ihn tötete.

„Begreifst du, was ich sage?" schrie er mich an. „Warum antwortest du nicht? Kannst du nicht hören?"

„Ja, ich höre dich." Ich wäre gerne vom Bett gekrochen, hatte aber zu viel Angst, mich zu bewegen, für den Fall, daß jede Bewegung irgendeine unkontrollierbare Aktion in ihm auslöste. Deshalb blieb ich bewegungslos liegen und hörte ihm zu, wie er darüber sprach, daß die Liebe die Menschen kaputtmache, wie Frauen Männer kaputtmachten, wie Frauen bestraft werden müßten, wie sie unterdrückt werden müßten, wie sie niedergehalten werden müßten, wie sie –

Ich hielt mir die Ohren zu.

„Nein, du hörst mir jetzt zu!" Innerhalb von Sekunden lag er auf mir, drehte meine Hände weg. „Du hörst mir jetzt zu! Ich werde dir jetzt mal was beibringen – ich werde dir jetzt mal was beibringen, was du nie vergessen wirst, ich werde –"

Ich glaubte nicht, daß er überhaupt zu einem Geschlechtsverkehr fähig sei. Ich hatte nur Angst davor, daß er irgend etwas machen würde, wenn er herausfand, daß er jetzt impotent war.

Zu diesem Zeitpunkt rasten die Gedanken nicht mehr einfach durch mein Hirn in unausgesprochenen Bildern, ich gab statt dessen kurze, knappe Ausrufe von mir. Ich mußte ihn irgendwie ablenken. Wie, wußte ich nicht. Er merkte das sowieso nicht. Er begriff überhaupt nichts. Er sah mich kaum. Er sah nur noch Symbole. Er ertrank in seiner eigenen Dunkelheit, erstickte an seinem eigenen Blut.

Er fluchte wieder, während er mit seinen Kleidern kämpfte und feststellte, daß seine Hände ihm nicht mehr gehorchten. Sein Reißverschluß klemmte, funktioniert dann wieder, klemmte dann wieder.

Darf keine Panik zeigen. Darf keine Angst zeigen. Angst würde ihn nur noch anregen.

„Darling, du bist so sexy, wenn du so bist!“ sagte ich. „Aber wart mal – mach den Reißverschluß nicht kaputt. Sieh mal, ich bring' das für dich in Ordnung –“

Seine Hände entspannten sich ganz automatisch, sie ließen seinen Körper ungeschützt. Ich traf ihn so hart, wie ich überhaupt nur konnte, und dann rannte ich, rannte, aus der Tür raus, die Treppen runter, eine ganze Menge von Treppen, rannte, rannte, rannte, durch den Flur, rannte gegen die Tür, kämpfte mit dem Schloß. Und die ganze Zeit über rannte er hinter mir her und schrie, und rannte, rannte, rannte, mit seiner teuflisch unnatürlichen Geschwindigkeit, und dann war die Tür offen, die Nacht dunkel und kalt und naß, und ich lief, lief, lief die Straße hinunter auf nackten Füßen, bis ich plötzlich auf helle Lichter, große Gebäude und Leute traf. Ich war in Knightsbridge, und ein Taxi fuhr vorbei, und ich rief, es hielt, und ich fiel hinein.

„Wohin?“ sagte der Fahrer gelangweilt.

Ich flüsterte: „Irgendwohin. Fahren Sie einfach nur.“

Er fuhr. Wir fuhren dreimal um Hyde Park Corner, aber bevor wir die vierte Umkreisung begannen, wußte ich, wohin ich wollte.

Zehn Minuten später klingelte ich mit zittriger Hand an Kevins Haus in Chelsea.

X.

„Trink einen kleinen irischen Whisky, meine Liebe", sagte Kevin. „Nach dem ersten widerlichen Geschmack wirst du ihn schon mögen. Nein, sag nicht andauernd, wie spät es ist und wie leid es dir tut, mich zu belästigen, und was Charles wohl denken mag. Charles schläft, und es ist sehr unwahrscheinlich, daß er aufwacht. Mir ist es scheißegal, wie spät es ist, und ich lasse mich nur zu gern von schönen Frauen in ihrer Verzweiflung belästigen. In meinem Alter passiert einem so etwas Aufregendes sehr selten . . . Hat Scott dich rausgeworfen?"

„Ich bin davongelaufen", sagte ich und brach zusammen, mein ganzer Körper bebte vor Schluchzen, die Tränen liefen mir über die Wangen, der irische Whisky schwappte aus dem Glas.

Kevin sagte: „So ist es gut. Das ist sehr viel natürlicher." Ich fühlte, wie er den Arm um mich legte, als er mir das Glas aus der Hand nahm. Und dann seufzte er: „Ich hole dir einen Pullover und ein Paar Strümpfe. Dir ist sehr kalt."

Ich weinte weiter, aber als er zurückkam, hatte ich das Schluchzen unter Kontrolle und wischte mir die Tränen ab.

„So, da sind wir", sagte Kevin. „Zieh das an und leg dann die Decke um dich. Ich mache dir etwas Heißes zum Trinken."

Er verschwand wieder, und ich zog ungeschickt ein paar graue Socken über meine bloßen Füße. Es dauerte eine Weile, weil meine Finger so steif waren. Dann kämpfte ich mich in den dicken blauen Pullover und wickelte mich in die wollene Decke. Kevin erschien wieder mit einem dunklen süßen Tee.

Wir saßen eine Zeitlang auf der Couch. Allmählich wurde mir wärmer. Ich trank meinen Tee und betrachtete die typisch englische, verblichene Eleganz dieses wohnlichen Zimmers, in dem die Antiquitäten herumstanden, als wären sie schon vor Jahrzehnten dort gewachsen, die wahllos durcheinandergeworfene Sammlung von Büchern auf den Regalen neben dem Kamin, die zerstreuten Papiere auf dem Schreibtisch und die Waterford-Vase mit gelben Rosen auf dem Tisch.

„ ‚Und die Blumen sahen aus wie Blumen, die man anschaut' ", dachte ich und merkte dann, daß ich Eliots Worte laut ausgesprochen hatte.

„Fürchterlich, nicht wahr?" sagte Kevin. „Charles kauft sie

immer, aber irgendwie gibt ihr plastischer Glanz diesem Raum den Anschein völliger Unwirklichkeit . . . Fühlst du dich der Wirklichkeit wieder etwas näher, oder hast du immer noch das Gefühl, du quältest dich in einem Alptraum?"

„Es geht mir besser, aber –"

„– aber alles ist immer noch wie in einem Alptraum? Erzähl mir davon. Wenn man einen Alptraum mit jemandem teilt, dann kommt er wieder herunter auf Dimensionen, mit denen man leben kann. Und außerdem, da ich Scott nie leiden konnte, werde ich weder enttäuscht noch schockiert sein."

„Dies wird dich schockieren."

„Nur gut. Es ist wahnsinnig schwierig, mich zu schockieren. Das macht mein Leben so langweilig. Schockier mich."

Einige Minuten lang redete ich in unvollständigen Sätzen, und als ich schließlich abbrach, um Kevin anzusehen, sah ich, daß er tatsächlich geschockt war.

„Kevin –"

„Ja. Tut mir leid, wenn ich so nichtssagend aussehe. Ich habe gerade nachgedacht. Es ist dir natürlich klar, daß er ein Alkoholiker ist?"

„Aber Kevin, das ist ja grade das Komische! Das ist er nicht. Er hat sein Trinken völlig in der Hand!"

„Meine Liebe", sagte Kevin, „wenn das stimmt, warum bist du dann hier?"

„Aber das war doch nur ein einmaliger Vorfall!"

„Glaubst du wirklich, daß das bis jetzt noch nie passiert ist?"

Ich erinnerte mich, wie Scott mir von dem abrupten Ende seiner Affäre mit der Bibliothekarin erzählt hatte. Mir fiel ein, wie er sagte: „In der Navy hatte ich böse Schwierigkeiten." Ich hörte, wie er mir erzählte, daß er Zufallsaffären dann aufgegeben hatte, als er sie ohne Alkohol nicht mehr ertragen konnte.

Mir versagten die Worte.

„Du kannst dich darauf verlassen, daß dies nicht das erste Mal war", sagte Kevin, „du kannst dich darauf verlassen, daß es nicht das letzte Mal sein wird, wenn er sich nicht endgültig vom Alkohol lossagt. Ich bin, weiß Gott, ein kräftiger Trinker, aber ich mache wenigstens das Leben für mich und andere Leute nicht durch mein Trinken unerträglich. Gehst du wieder zurück zu ihm?"

„Aber ich muß doch!“ Ich fing wieder an zu weinen. „Ich werde ihm helfen – ihn retten –, alles hängt von mir ab!“

„Nein, Vicky. Alles hängt von ihm ab. Mein Gott, ich sage das nicht gerne, aber ich brauche noch einen Drink. Wie furchtbar! Du jagst mir einen großen Schrecken ein, indem du alle Symptome eines Erlöserkomplexes zeigst. Bilde dir nur das nicht ein, Vicky. Das ist eine Sackgasse.“

„Aber ich liebe ihn!“

„Ja, das kann man sehen. Was man nicht sehen kann, ist, warum. An diesen Erlöserkomplex kann ich wirklich nicht glauben. Du kommst mir nicht vor wie eine Masochistin, die sich in einen Mann nicht trotz seiner Fehler verliebt, sondern gerade deswegen.“ Kevin seufzte, goß noch etwas Mineralwasser in seinen irischen Whisky und setzte sich wieder neben mich auf die Couch. „Irgendwie erinnerst du mich an deinen Vater. Du findest die große Liebe deines Lebens, und er oder sie – denken wir an Scott und sagen, er – ist emotional total zugeknöpft und kann seine Gefühle nicht gut ausdrücken. Das macht allerdings nicht so viel aus, weil du diese sehr amerikanische Einstellung hast, daß alles irgendwie gerichtet werden kann. Du machst dich daran, alles zu richten, was kaputt ist – das ist natürlich eine Übung in Macht –, und dann machst du die erschütternde Erfahrung, daß du nicht der tüchtige Reparaturmensch bist, für den du dich gehalten hast. Ergebnis: unglücklich, enttäuscht, die große Leidenschaft auf Eis. Deprimiere ich dich? Nun, dann probiere mal eine alternative Theorie: Du empfindest keine Liebe für Scott, sondern Schuld. Du lebst unter dem Zwang, die Fehler deines Vaters wiedergutzumachen.“

„Oh, aber –“

„Nein? Dann vereinfachen wir die Theorie noch weiter und sagen, daß diese ganze Affäre nur eine große Show der Auflehnung gegen deinen Vater ist.“

„Kevin –“

„Ja, simple Wahrheiten sind schlimm, nicht wahr? Oder liege ich vielleicht völlig falsch?“

„Es könnte nicht falscher sein. Scott ist der einzige Mann, zu dem ich je ein wirkliches Verhältnis hatte.“

„Was für ein teuflischer Zufall. Und was für ein teuflisches Wort ‚wirkliche Beziehung‘ geworden ist! Das scheint heutzutage alles von einem schwachen Händedruck bis zu einem Orgasmus einzubeziehen, aber wir sprechen hier nicht von einem schwachen Händedruck, oder? Schade. Würden wir doch nur."

„Aber wir sprechen auch nicht von Orgasmus. Nun, Kevin, es ist egal, warum ich Scott liebe –"

„Okay, ich höre auf. Du willst zu ihm zurückgehen."

„Ja."

„Wenn er nüchtern ist."

„Ja."

„Und nur, wenn er schwört, daß er nie wieder trinkt."

„Ja."

„So sei es denn. Ich habe kein Recht, mich weiter einzumischen. Jetzt werde ich dir das Gästezimmer richten – du mußt völlig erschöpft sein."

Ich ließ ihn das Bett nicht machen. Ich kroch unter einen Haufen Wolldecken, lag noch lange zitternd wach, aber schließlich hörte das Zittern auf, meine Augen schlossen sich gegen das Morgenlicht, und irgendwie gelang es mir, zu ruhen.

IX.

„Es tut mir leid", sagte Kevin, „aber ich laß dich nicht allein in dieses Haus gehen. Jetzt hat er sicher das Stadium erreicht, in dem er mehr daran interessiert ist zu kotzen, als sich wie ein Psychopath zu benehmen, aber ich will kein Risiko eingehen. Ich komme mit."

Wir saßen allein in der Eßecke seiner altmodischen Küche. Charles, den ich irgendwie nie zu sehen bekam, war schon lange ins Büro gegangen, bevor ich endlich um zehn Uhr aufgestanden war. Ich war ruhig, konnte aber nichts essen.

„Noch einen Kaffee?" fragte Kevin.

„Danke."

Er griff nach der Kaffeekanne. Sein sehr fortgeschrittenes mittleres Alter hatte aus dem widerspenstigen Einzelgänger Kevin eher einen distinguierten Literaten gemacht. Sein Haar, wenngleich hinten lang, aber sehr gepflegt, war das reinste Weiß, und obwohl er viel dicker war als in jüngeren Tagen, so hatte er doch immer noch das Geschick, seine legere Kleidung elegant erscheinen zu lassen. Seine Sprache, die früher einmal eine merkwürdige Mischung von Ostküsteneliteschule und Broadway-Theater war, ging stark in Richtung BBC. Er trug eine Brille, nahm sie aber immer wieder ab, als fürchte er, sie mache ihn alt. Wenn er sprach, vollführte er vage Bewegungen mit ihr. Das unterstrich seine neue Distinktion.

„Wir nehmen ein Taxi", sagte er, als wir das Haus verließen. „Ich bin in diesem Land nur einmal mit dem Auto gefahren, und das war fürchterlich genug. Ich habe diesen unheilbaren Drang, auf der rechten Straßenseite zu fahren."

Ich konnte kaum lächeln. Ich konnte nur an Scott denken. Die Angst wühlte in meiner Magengrube.

Als wir zu dem Haus kamen, konnte ich kaum den Schlüssel ins Schloß kriegen, und Kevin mußte mir helfen, die Tür aufzumachen. Wir betraten den Flur. Die Haushälterin saugte oben Staub, und die Normalität des Lärms war eine ungeheure Erleichterung und gab mir den Mut, an die Tür der Bibliothek zu klopfen.

„Scott?"

Es kam keine Antwort. Wir sahen uns an.

„Mein Gott", sagte Kevin, „ist es denkbar, daß er heute morgen zur Arbeit gegangen ist?"

Scott kam aus der Bibliothek.

Er war frisch rasiert und tadellos gekleidet.

Als ich mir die ungeheure Anstrengung vorstellte, die es ihn gekostet haben mußte, kamen mir die Tränen. Er sah sehr krank aus. Seine Augen waren gerötet und sein Gesicht ohne alle Farbe. Er machte keine Anstrengung zu sprechen, stand nur da, schaute mich an, und die Sprachlosigkeit seines Schmerzes zog mich instinktiv zu ihm.

„Scott . . . Darling . . . wir dachten . . . wir haben uns gefragt . . ."

Er schluckte, konnte aber immer noch nicht sprechen. Ich wandte mich zu Kevin.

„Es ist jetzt alles in Ordnung", sagte ich. „Vielen Dank für alles."

Kevin sagte nur: „Ruf mich später an", und ging still. Die Eingangstür schloß sich hinter ihm.

Die ersten Worte, die Scott sprach, waren: „Verlaß mich

nicht. Bitte, verlaß mich nicht. Ich könnte es nicht ertragen. Ich könnte nicht weitermachen."

„Darling, ich verlasse dich nicht. Auf keinen Fall."

„Ich könnte ohne dich nicht leben, ich würde lieber sterben. Heute morgen wollte ich sterben, als ich begriff, was ich angerichtet habe. Ich verdiene es nicht, zu leben. Ich mache so furchtbare Sachen."

„Shhh." Ich nahm ihn in die Arme und streichelte sein Haar, als er sich an mich klammerte.

„Ich dachte, du kämst nicht zurück", sagte er. „Ich dachte, es sei alles vorbei. Ich habe sogar das Badewasser einlaufen lassen und das Rasiermesser genommen –"

„Komm und setz dich."

Wir gingen in die Bibliothek und setzten uns still auf die Couch. Weit entfernt, wie in einer anderen Welt, saugte die Haushälterin Staub.

„Scott", sagte ich, „du brauchst Hilfe. Würdest du bitte einen Arzt aufsuchen?"

Er nickte kräftig. „Ich besorge mir irgendwelche Tabletten. Die werden mir über die ersten Tage hinweghelfen. Ich werde nie wieder trinken, nie, das schwöre ich."

Ich küßte ihn und drückte ihn an mich. „Ich meinte nicht nur den Alkohol. Ich möchte, daß du dir helfen läßt, mit all der Gewalttätigkeit zu Rande zu kommen, die tief in dir steckt."

Er sah verwundert aus. „Wenn ich nicht trinke, dann habe ich keine gewalttätigen Gefühle."

„Scott, der Alkohol ist keine schöpferische Kraft. Er zaubert diese gewalttätigen Gefühle nicht aus dem blauen Himmel herbei. Die sind die ganze Zeit über da, aber du hältst sie unter Verschluß. Alles, was der Alkohol tut, ist, sie freizusetzen."

Er saß da und dachte darüber nach. Einmal legte er seine Hand an die Stirn, als schmerze sein Kopf ihn so sehr, daß er nicht denken konnte. Aber er klagte nicht einmal darüber, daß er sich krank fühle. Schließlich sagte er: „Nun, vielleicht. Ja, vielleicht. Aber Heilung finde ich nicht bei Psychiatern. Die finde ich bei mir. Sobald ich meinem Vater zurückgegeben habe, was ich ihm schulde, dann werde ich in Frieden mit mir leben, und dann wird alle Gewalt eine Sache der Vergangenheit sein."

Es entstand eine kleine Pause. Dann sagte ich: „Ich glaube,

dein Vater hätte schon längst gesagt, daß du ihm alles vergolten hast. Ich glaube, er würde wollen, daß du jetzt auf dich aufpaßt. Wenn du mit einem Arzt sprechen würdest –"

„Einen Psychiater meinst du."

„Ja, einen Psychiater. Ich halte dich nicht für verrückt –"

„Ich wette, daß du genau das meinst. Und nach der letzten Nacht kann ich dich auch nicht tadeln."

„Ich halte dich nicht für verrückt", sagte ich noch einmal, als habe er gar nicht gesprochen. „Ich glaube aber, daß du täglich mit zuviel Schmerz in dir lebst, und warum solltest du weiterhin leiden, wenn vielleicht, nur vielleicht, ein Arzt dir helfen könnte, die Qual zu lindern? Solltest du nicht wenigstens versuchen, Hilfe in Anspruch zu nehmen?"

„Nun, ich tue natürlich alles, was du willst", sagte er. „Alles. Wenn du möchtest, daß ich zu einem Psychiater gehe, dann gehe ich."

Es war mir nur allzu klar, daß er aus völlig falschen Gründen zustimmte, einen Arzt aufzusuchen. Ich atmete tief durch und versuchte noch einmal, zu ihm durchzudringen.

„Du mußt den Willen haben, geheilt zu werden, Scott", sagte ich. „Wenn du den nicht hast, dann kann dir ein Psychiater auch nicht helfen."

„Ich will nicht geheilt werden. Ich habe mein ganzes Leben nach dem Krieg mit dem Versuch verbracht, mich mit der einzigen Methode, die je Erfolg haben kann, selbst zu heilen."

Wir schienen uns immer weiter im Kreise zu drehen. Widerstrebend sah ich ein, daß ich nun keine Wahl mehr hatte, daß ich sehr direkt werden mußte.

„Eines mußt du verstehen", sagte ich unbewegt. „Wenn du diese Gewalttätigkeit nicht kontrollieren kannst, dann wirst du mich nicht halten. Ich hatte geglaubt, daß nichts uns trennen könnte, aber das war nur meine eigene Arroganz und die falsche Vorstellung, ich sei eine Art von Superfrau, die alles in Ordnung bringen könne, wenn sie sich nur Mühe gibt. Aber ich bin keine Superfrau – und ich bin auch keine Masochistin. Ich verabscheue Gewalttätigkeit, ich werde sie in meinem eigenen Leben nicht dulden. Das solltest du wissen. Vielleicht glaubst du mir dann, wenn ich sage, daß wenn die Ereignisse der letzten Nacht sich wiederholen –"

„Ich verspreche dir", sagte er, „ich schwöre dir, daß sich die letzte Nacht nie wiederholen wird."

„Ich weiß, daß du den Alkohol aufgeben willst. Was das angeht, habe ich volles Vertrauen in dich."

„Dann ist ja alles in Ordnung. Sonst brauchst du dir keine Sorgen zu machen."

Ich sagte nichts.

„Ich gehe natürlich auch zu einem Psychiater", sagte er nach einer Weile, „aber nicht hier. Ich warte, bis ich in New York bin. Ich glaube nicht, daß ein europäischer Psychiater meinen amerikanischen Hintergrund begreifen könnte."

Das konnte ich verstehen. Ich dachte an die Psychiater, die ich vor Jahren in London aufgesucht hatte, und wußte, wie fremd das alles gewesen war. Es war mir nicht gelungen, ihnen gegenüber meine Gefühle auszudrücken.

„In Ordnung", sagte ich. „Das verstehe ich. Warte, bis du nach Hause kommst."

Er küßte mich, und ich hielt ihn wieder fest an mich gedrückt und streichelte sein Haar. Wir schwiegen eine Zeitlang, aber schließlich sagte er mit leiser Stimme: „Und jetzt möchte ich etwas über Sebastian sagen."

Ich zog mich abrupt zurück.

„Nein", sagte ich, „Sebastians Name darf nie wieder zwischen uns fallen. Ich werde ihm schreiben und ihm sagen, daß ich ihn nicht besuchen kann."

„Aber das wäre der größte aller Fehler!" Scott klang völlig verzweifelt. „Es läßt sich nicht vermeiden, gelegentlich Sebastian zu erwähnen, und selbstverständlich mußt du ihn besuchen, während du hier bist – ja, das mußt du unbedingt! Ich bestehe darauf! Da gibt es überhaupt keine Frage! Die letzte Nacht werde ich mir nie verzeihen, aber es wird leichter sein, mit dem Gedanken daran zu leben, wenn ich weiß, daß ich dich doch nicht daran gehindert habe, jemanden zu sehen, der einen so wichtigen Platz in deinem Leben einnimmt. Ruf ihn bitte jetzt gleich an und einigt euch auf einen Tag."

Meine Augen füllten sich wieder mit Tränen, weil ich spürte, wie sehr er sich bemühte, zu mir durchzudringen. Ich spürte, wie sein Wille unbeholfen den meinen streifte, ich fühlte mich erinnert an die beiden Kreise, die sich ohne sich zu überschneiden trafen, wollte ihn da halten und beruhigen und ihn nicht wieder in seine Isoliertheit abgleiten lassen.

Ich konnte ihn nicht anschauen, nahm ihn aber in meine Arme und schließlich brachte ich sanft heraus: „In Ordnung. Danke. Ich werde ihn sofort anrufen."

XII.

„Hier ist mein Auto", sagte Sebastian. „Lach nicht."

Ich lachte. Es war ein Mini, knallrot mit winzigen Rädern und einem kleinen Kistchen als Karosserie.

„Wie paßt du da rein?"

„Der Riese aus dem Märchen würde reinpassen. Hör mal, du bist auf der falschen Seite – es sei denn, du willst fahren."

Wir krochen hinein, Sebastian faltete sich hinter dem Steuer zusammen, und der Wagen dröhnte mit wilder Geschwindigkeit durch die engen Straßen von Cambridge. Ich erblickte Reihen kleiner Häuschen, nahm grüne Bäume und entfernte Türme wahr.

„Oxford ist nicht schlecht", sagte Sebastian, „aber dies hier ist besser. Wir kommen jetzt nicht an den Hauptsehenswürdigkeiten vorbei, aber später führe ich dich herum, und dann kannst du die Hände zusammenschlagen und sagen ‚wie wunderbar', und all die Geräusche von dir geben, die von einem amerikanischen Touristen erwartet werden."

Sebastian war wie ein Engländer angezogen, trug ausgebeulte graue Flanellhosen, die ganz offensichtlich ein Überbleibsel aus einer längst vergangenen Epoche waren, eine schäbige Tweedjacke mit Lederflecken auf den Ellbogen und ein Sporthemd, das vielleicht einmal weiß gewesen war, sich nun aber zu einem milden Grau verfärbt hatte. Er wurde langsam kahl und gab sich keine Mühe, das zu verbergen. Er fuhr mit großem Geschick und fluchte pausenlos leise vor sich hin, wenn ein größerer Wagen ihm nicht genügend Raum ließ.

„Wie geht's in New York?" fragte er. „Ich höre, daß dieser Jüngling Donald Shine immer noch die Wall Street terrorisiert. Was ist sein nächstes Ziel? Hat da jemand eine Ahnung?"

„Das Gerücht geht um, daß er wieder eine Versicherungsgesellschaft im Visier hat, aber genau weiß das keiner." Ich war viel zu sehr damit beschäftigt, mir die Gegend anzusehen, als daß ich über Donald Shine hätte reden können. Vor uns lag eine weite Graslandschaft, die mich an typisch englische Dorfanlagen erinnerte, und Sekunden später sagte Sebastian, während er in einen Kreisverkehr einbog: „Das ist Midsummer Common, und hier an der Ecke ist mein Haus – das schwarze mit der weißen Tür."

Das Haus, eines in einer Reihe, war klein und viereckig mit einer angenehm symmetrischen Fassade. Da der kleine Vorgarten direkt an den Park stieß, mußten wir das Auto in der rückwärtigen Straße parken und das Haus durch den Hinterhof betreten.

Ich konnte mir nicht verkneifen zu fragen: „Was hält Alfred davon?" Elsa liebte große, moderne luxuriöse Häuser, und der Geschmack ihres neuen Gatten spiegelte ganz offensichtlich ihren eigenen wider. Sie hatten ein Anwesen in Westchester und ein Penthaus mit fünfzehn Zimmern in Manhattan.

„Alfred möchte, daß ich es Stein für Stein in die Staaten transportiere. Er möchte es als ein Spielhäuschen in seinem Garten haben."

Er führte mich in das gemütliche kleine Wohnzimmer, und während er die Drinks herrichtete, ging ich herum und sah mir seine Bilder an, seine Grafiken und seine Bücher. Wir sagten nichts, aber dieses Schweigen war angenehm. Ich hatte mich längst an Sebastians Schweigen gewöhnt.

„Wie geht's dem Buch?" fragte ich ihn, als er mir meinen Martini reichte.

„Nicht gut. Ich glaube, daß mein Stil zu einem Buch über Investment-Banking nicht paßt."

„Soll das heißen, daß du es aufgibst?"

„Wahrscheinlich."

„Und was fängst du statt dessen mit dir an?"

„Weiß nicht. Ich glaube, daß ich verrückt werde. Ich sehne mich nicht nur nach dem Bankgeschäft, sondern auch nach der Plastikgesellschaft. Dennoch –" Er schaute aus dem Fenster auf die ländliche Stille des Midsummer Common. „Es war eine große Rebellion. Jeder sollte wenigstens einmal im Leben die Chance haben, einfach aufzuhören und ins Blaue zu verschwinden, ungefähr so wie der Held in einem dieser frühen Cowboyfilme, der gerade seine Freundin an den Kerl verloren hat, der sein bester Freund war . . . Ich habe mich oft gefragt, was aus all diesen Cowboys von früher geworden ist. Sind sie alle unter einem entlegenen Kaktus an gebrochenem Herzen gestorben? Nein, wahrscheinlich nicht. Ich wette, daß sie alle wieder auf die Ranch gegangen sind, sich ihren Lebensunterhalt in der für sie einzig attraktiven Art verdient haben, daß sie wieder die Umgebung gesucht haben, die bei allem Widerwillen ihnen doch die Chance bot, sich selbst zu finden."

„Sagst du das im Ernst? Du willst wirklich hier weg? Aber ich dachte, du lebtest gerne in England!"

„Das stimmt. Aber ich passe doch nicht hierher, Vicky. Vielleicht bin ich auch einfach nur zu jung, mich in diese zivilisierte, intellektuelle Zuflucht als Frühpensionär zurückzuziehen. Oder vielleicht bin ich auch nur zu sehr Amerikaner. Als Ausländer ist man nicht unbedingt auf Rosen gebettet, selbst dann nicht, wenn man in einem Land lebt, in dem die Eingeborenen relativ freundlich sind."

Ich lächelte ihn an. „Du wirst sein wie eine Figur aus einem Roman von Orwell. Auf deinem Grabstein wird stehen: ‚Er lernte die Plastikgesellschaft lieben!'"

„Vielleicht." Sebastian sah trübe drein. Dann seufzte er und sagte schmunzelnd: „Henry James und T. S. Eliot kamen nach Europa und regten sich auf, weil es so dekadent war. Ich komme nach Europa und rege mich auf, weil es so gottverdammt langweilig ist. Ich sehne mich dahin zurück, wo was los ist. Die Ersatzerregung, die ich bei dem letzten Coup von Donald Shine verspürt habe, könnte man fast als obszön klassifizieren . . . Okay, gehen wir essen. Es gibt ein nettes Restaurant am Fluß . . ."

Wir tranken Weißwein und aßen Kräuteromeletts, saßen am Fenster des Restaurants im ersten Stock, der sich fast über das Wasser zu lehnen schien. Unter uns auf dem Fluß fuhren junge Touristen in flachen Kähnen vorbei, und in der Ferne über den Dächern und Giebeln erhoben sich die Türme des College in den Sommerhimmel.

„Sebastian", sagte ich aus einem Impuls heraus, „ich mache diesen Kurs über Existentialismus in der Literatur, und wenn ich auch nur ein Wort unter zehn verstehe, so finde ich ihn doch sehr faszinierend. Hast du jemals Sartres Trilogie ‚Die Wege der Freiheit' gelesen?"

„Mochte ‚Zeit der Reife' sehr, haßte ‚Der Aufschub' und habe den dritten Teil nie gelesen . . ."

Eine Zeitlang zankten wir uns glücklich über Sartre, aber als unsere Omeletts gegessen waren und die Kellnerin mit dem Kaffee kam, brachte Sebastian die Unterhaltung auf die Erde zurück, indem er mich nach den Kindern fragte. Ich sagte ihm, daß ich mir wegen Eric Sorgen machte, weil er sich nicht für Mädchen interessierte, und daß ich mir wegen Paul Sorgen machte, weil ich fürchtete, daß er heimlich Marihuana rauchte, und daß ich mir Sorgen machte wegen Samantha, da sie so verrückt nach Jungens war, und daß ich mir wegen Kristin Sorgen machte, weil sie so sehr im Schatten ihrer hübschen Schwester stand, und daß ich mir wegen Benjamin Sorgen machte, eben weil er Benjamin war. Sebastian lachte und meinte, es sei viel interessanter, Kinder zu haben, die Persönlichkeiten sind, statt wohlpräparierte Roboter, wie der Nachwuchs, den Andrew und Lori produziert hatten. Es war irgendwie sehr schön, mit Sebastian über meine Familie zu sprechen, weil er mir immer das Gefühl gab, daß ich doch keine so schlechte Mutter war und unter Umständen sogar recht gut.

Nach dem Essen wanderten wir nach draußen.

„Fahren wir runter zum College", sagte Sebastian und fuhr uns in seinem kleinen roten Auto hin zu den Wiesen an der Rückseite der großen Colleges. Wir spazierten entlang einer baumbestandenen Straße zum Fluß. Es war still, und die Wiesen waren voll Blumen. Auf der Clare Bridge blieben wir stehen, lehnten uns auf das Geländer, betrachteten die Trauerweiden und bewunderten den Widerschein der Sonne auf den bröckelnden Mauern des College.

„Sich vorzustellen, daß man in einer so wunderschönen Stadt aufs College geht!" sagte ich neidisch.

„Die kleinen Teufel halten das wahrscheinlich für selbstverständlich. Komm jetzt, ich zeige dir King's College Chapel. Das ist eine richtige Touristenfalle, aber du kannst unmöglich wegfahren, ohne sie gesehen zu haben."

Die Kapelle war überhaupt keine Kapelle, sondern eine ausgewachsene Kirche, und als wir näher kamen, bemerkte ich die herrliche Architektur, die sie zu Recht so berühmt gemacht hatte. Ich bewunderte noch den Aufschwung der Wände und die langen Fenster, dann versteinerte ich. „Mein Gott!“ sagte ich in tiefer Bewunderung.

„Was ist denn los?“

„Die Rosen! Sebastian sieh doch nur diese sinnlichen Steinrosen – oh, und da drüben gibt es noch mehr davon! Wie haben die Steinmetze es nur fertiggebracht, sie so zu schaffen? Sie sind herrlich!“

„Heute glauben die Engländer, daß sie vulgär sind“, sagte Sebastian. „Elfrida Sullivan nannte sie ‚einen typischen neureichen Exzeß der Tudorzeit‘.“

„Ich hätte ihr eine runtergehauen. Was hast du zu ihr gesagt?“

„Ich habe gesagt, daß mir ein neureicher Exzeß lieber sei als die Dekadenz des Ancien régime. Elfrida meinte, man brauche sich für keines von beiden zu entscheiden und redete dann über die Tempel des klassischen Griechenland.“

„Elfrida war schon immer so ein Mensch, der glaubt, er wisse alles.“ Ich betrachtete die großartig geschwungene Decke, und es kam mir so vor, als strebten die schmalen, sie tragenden Säulen aufwärts auf ein mystisches Ziel zu, das man nie in Worte fassen könnte. „Es ist wunderschön“, hörte ich mich selber flüstern. „Wunderschön.“

„Ja, nicht schlecht. Mein Gott, hier kommt wieder ein Bus mit Amerikanern! Der August in Cambridge ist wie ein exterritoriales Treffen der Vereinten Nationen. Setzen wir uns hinten auf die Wiese und tun so, als hätten wir schon immer hier gelebt.“

Wir fanden eine Bank mit Blick auf den sich weit erstreckenden Rasen, der vom Fluß bis an die Mauern des King's College reichte, und setzten uns eine Zeitlang in die Sonne. Es war sehr still, sehr friedlich.

„Ich verstehe nicht, wie du einen so schönen Ort verlassen kannst, Sebastian.“

„Verrückt, nicht wahr? Warum mußte ich als Banker geboren werden mit einem eingebauten Instinkt, nach New York zurückkehren zu wollen? Das ergibt überhaupt keinen Sinn.“

„Nun, ich bin sicher, du wirst ohne Schwierigkeiten einen guten Job in der Wall Street finden.“

„Es gibt nur einen Job, den ich annehmen würde."

Wir saßen weiter auf der Bank. Die Sonne schien weiter auf dieses ruhige Bild, aber mich fröstelte, als ich in meiner Handtasche nach einer Zigarette kramte.

„Aber das macht nichts", sagte Sebastian. „Das ist kein Problem, weil mich Cornelius schließlich zurückhaben will – und zu meinen Bedingungen. Von Mutter gedrängt, wird er seinen Stolz vergessen und gekrochen kommen. Und das wird die Gerechtigkeit sein, die Scott immer gesucht hat. Cornelius wird sein Lebenswerk nicht an Scott abtreten müssen, obwohl er ihn immer heimlich gemocht hat, sondern an mich, den er immer heimlich verabscheut hat. Mein Gott, was für eine Ironie! Ich werde buchstäblich den ganzen Weg bis zur Bank lachen."

„Und Scott?" sagte meine Stimme.

Sebastian schaute überrascht drein. „Was ist mit ihm? Cornelius hält es offenbar für unmöglich, Scott zu seinem Nachfolger zu machen – warum sonst hätte er Scott für so lange nach Europa abgeschoben? Wenn er Glück hat, kann Scott vielleicht seine Partnerschaft halten, aber weiter kommt er nicht. Er hat seine Pfeile verschossen. Und Cornelius hat allmählich begriffen. Ich nehme an, Cornelius wartet nur darauf, daß deine Affäre mit Scott zu Ende geht, und dann wird er ihn entlassen."

„Aber ich werde Scott heiraten, Sebastian. Wir haben nicht vor, ewig verlobt zu bleiben. Wir werden Weihnachten heiraten."

Es entstand eine Pause. Irgendwo läutete eine Glocke, und weit entfernt konnten wir das Lachen der Leute auf den Booten hören.

„Nun ja", sagte Sebastian schließlich. „Nun, wenn du das so willst, viel Glück. Ich habe dir immer gesagt, du solltest dir das holen, was du haben willst, Vicky. Ich habe dir immer gesagt, du sollst keine anderen Leute dein Leben an deiner Stelle bestimmen lassen. Und ich habe dir auch immer gesagt, daß, was immer geschieht, ich auf deiner Seite sein werde."

Ich konnte nicht sprechen. Es kam mir vor, als drehe jemand ein Messer in meinem Körper um, und in diesem einzigen Augenblick fühlte ich mich so verwirrt, wie zu der Zeit, als wir uns in der Oak Bar des Plaza entschlossen hatten, unsere Ehe zu beenden.

Eine Touristengruppe kam an uns vorbei, als wir da so auf der Bank saßen, und einer von ihnen, ein kleiner Junge mit hellen Haaren und blauen Augen, hüpfte mit einer Kette aus Gänseblümchen in der Hand vor den anderen her.

„Dasselbe Alter wie Edward John", sagte Sebastian und sprach damit aus, was wir beide dachten. „Komisch, wenn man so an Edward John denkt. Jetzt würde er als der letzte Terror herumrennen und uns beiden das Leben zur Hölle machen, aber ich denke eigentlich nie so an ihn. Ich denke immer, wie er ‚bitte' sagen würde, und ‚danke schön' und daß er dir am Muttertag Blumen schenken würde, und daß er in seiner Freizeit ‚Die Schatzinsel' lesen würde. Wie sentimental man an die Toten denkt! ‚Sie werden nicht alt werden, wie wir, die dem Altern überlassen sind . . .' Übrigens, ich habe immer geglaubt, diese Zeile stamme von Rupert Brooke, aber neulich habe ich herausgefunden, daß der Autor irgendein Mensch namens Binyon war. Ich wünschte, wir hätten Zeit, nach Rupert Brookes Grantchester hinauszufahren – das sind nur ein paar Meilen, aber wir sollten jetzt besser zum Bahnhof gehen. Du verpaßt sonst deinen Zug."

Wir gingen schweigend zum Auto zurück, und das Schweigen hielt den ganzen Weg zum Bahnhof an.

„Ich werde nicht parken und dich verabschieden", sagte Sebastian. „Diese Art von wohlerzogenem Masochismus gehört in alte englische Filme. Tschüs. Vielen Dank, daß du hier warst, und viel Glück."

„Sebastian –"

„Wir tun, was wir müssen. Und ich weiß das. Du brauchst mir nichts zu erklären."

„Ich möchte so gern –"

„Nein, tu's nicht. Keinen Sinn. Ruf mich an, wenn du mich brauchst. Jetzt mach, daß du hier herauskommst, bitte, bevor du deinen Zug verpaßt und alle Welt in London glaubt, daß ich dich entführt habe."

Ich kletterte aus dem Auto und stolperte in den Bahnhof. Inmitten all meiner Verwirrung war es mir ganz klar bewußt, daß Scott recht gehabt hatte, als er mich daran hindern wollte, Sebastian zu sehen. Er hatte vorausgesagt, daß mich dieses Treffen aufregen würde, und genau dies war nun auch eingetreten. Ich sagte mir selbst, daß ich Sebastian nicht hätte treffen sollen, daß ich nicht nach Cambridge hätte kommen sollen, daß ich mich nicht in eine solch unerträgliche Situation hätte bringen dürfen, aber als ich mich dann fragte, was denn nun genau diese Situation war, merkte ich, daß ich sie nicht definieren konnte.

Ich dachte an Edward John und weinte auf dem Weg zum Bahnsteig, und weinte weiter, solange ich auf den Zug wartete.

SECHSTES KAPITEL

I.

„Ich rufe an, um dir zu gratulieren, Vicky", sagte Jake Reischman. „Ich habe gehört, daß deine Verlobung nun offiziell ist."

Es war September. Die Kinder waren wieder in der Schule, und ich war wieder in New York, nachdem ich den Atlantik mit meiner Mutter auf der „Queen Elizabeth" überquert hatte. Scott sollte im Oktober geschäftlich nach New York kommen. Unsere Trennung war also nur kurz, aber ich hatte ihn trotzdem nur ungern allein gelassen. Andererseits mußten jetzt nach einem Sommer in London meine Kinder an erster Stelle stehen, und deshalb hatte ich mit großer Mühe der Versuchung widerstanden, in London zu bleiben.

„Aber Jake, wie nett, daß du anrufst . . ." Ich war in meinem Schlafzimmer und zog mich um, bevor ich meinen wöchentlichen Besuch bei meinem Vater machte, um Schach zu spielen und zu schwätzen. Neben dem Telefon auf dem Nachttisch stand mein bestes gerahmtes Foto von Scott, und während ich mit Jake sprach, erinnerte ich mich, wie die Brise an der See Scotts Haar durcheinandergebracht und wie er für dieses Bild gelächelt hatte. Das war, als wir an der Küste in Sussex segelten, und er hatte gerade mal wieder dem Alkohol abgeschworen. Voller Sympathie hatte ich auch nichts getrunken und freute mich, daß ich sofort abnahm und mich gesünder fühlte. Ich hatte tatsächlich gerade beschlossen, daß es überhaupt keinen Grund gab, warum ich jemals wieder Alkohol trinken sollte, aber kaum hatte ich mit meiner Mutter die „Queen Elizabeth“ betreten, schrie alles in mir nach einem Martini. Meine Mutter hatte mich während der Reise zur Verzweiflung getrieben, indem sie mit einem achtundsiebzig Jahre alten Witwer flirtete, von morgens bis abends mit ihm trank und pausenlos (wie alte Leute das so tun) über die sogenannte „gute alte Zeit“ sprach.

„Das ist wirklich sehr nett von dir, daß du anrufst, Jake“, wiederholte ich und versuchte, mich auf die Unterhaltung zu konzentrieren, während ich Scott betrachtete, der mich aus dem Bilderrahmen anlächelte.

Jake nannte Scott nicht einmal beim Namen. Er stellte auch keine Fragen über meine bevorstehende Heirat. Er sagte nur: „Ich möchte dich um einen Gefallen bitten. Wann siehst du deinen Vater?“

„Ich bin gerade auf dem Weg zu ihm.“

„Dann sag ihm bitte, daß wir uns unbedingt unterhalten müssen. Ich habe versucht, ihn anzurufen, kriege aber nur die jungen Leute, die die Drecksarbeit für ihn machen müssen, und obwohl ich ihm eine Nachricht hinterlassen habe, ruft er mich nicht zurück. Ich wäre wirklich sehr dankbar, wenn du mir helfen könntest.“

„Gern.“ Es ärgerte mich, daß ihm meine Verlobung nur als Vorwand diente, mich als Zwischenträger zu benutzen, aber da Jake mich gut behandelte, mir auch meine Rolle in Elsas fehlgeschlagener Ehe verziehen hatte und mich trotz seines Zerwürfnisses mit meinem Vater mochte, gab ich mir Mühe, meinen Ärger zu verbergen.

„Wie geht es dir, Jake?“ sagte ich höflich. „Wir haben uns lange nicht gesehen.“

„Leider geht es mir nicht gut, was auch einer der Gründe ist, warum ich so schnell wie möglich wegen dieser geschäftlichen Angelegenheit, die uns beide betrifft, mit deinem Vater sprechen muß. Mein Magengeschwür macht mir das Leben wieder schwer. Morgen gehe ich ins Mount-Sinai-Krankenhaus und lasse mich operieren.“

„Oh, es tut mir leid, das zu hören.“ Ich war betroffen, mein Ärger war vergessen. „Nun, ich wünsche dir viel Glück – und ich sorge dafür, daß Daddy dich heute abend anruft. Das verspreche ich dir."

„Schreib dir mal meine neue Nummer auf; die hat er nicht." Er gab mir schnell die Nummer und fügte dann mit jener farblosen Art, die autokratische Männer oft annehmen, wenn sie nicht so aussehen wollen, als gäben sie Befehle, hinzu: „Geh nicht darauf ein, wenn er sagt, er würde mich später anrufen, Vicky. Er soll ruhig anrufen, während du noch da bist, und wenn er ausweicht, dann sag ihm . . ." Er hielt für einen Augenblick inne, als wolle er seine Worte sorgfältig wählen. Dann: „Sag ihm, daß ich auf meine alten Tage sentimental geworden bin. Sag ihm, daß die Bar-Harbor-Brüderschaft mir mehr bedeutet als die neue Generation, die dieses dekadente, entsetzliche Jahrzehnt regiert."

Es fiel mir plötzlich ein, daß er vielleicht sehr krank sein könnte und daß er alle Streitigkeiten beilegen wolle, bevor er sich den Ärzten anvertraute.

„Mach dir keine Sorgen, Jake", sagte ich. „Ich gebe dir mein Wort darauf, daß er anrufen wird."

II.

„Ich muß dir mein neues Spielzeug zeigen!" sagte mein Vater voller Enthusiasmus. „Ein Tonbandgerät, das beim Klang der menschlichen Stimme anspringt – das wäre etwas für Sam gewesen! Ich lasse es in meinem Büro einbauen, damit ich jedes Gespräch ohne Schwierigkeiten aufzeichnen kann. Die Kunden merken nicht, daß sie aufgenommen werden! Ist das nicht schlau? Wenn ich da an die alten Zeiten denke, in denen Sam sich mit der alten Vox-Diktiermaschine und dem Dailygraph herumquälte –"

„Toll, Daddy. Hör mal –"

„– aber jetzt brauch' ich nur noch meiner Sekretärin zu sagen, daß sie immer für ein Band in der Maschine sorgen muß. Dann kann sogar ich vergessen, daß die Unterhaltung aufgenommen wird! Es gibt keine Knöpfe, an denen man drehen muß, keine Schalter zum Drücken, kein – entschuldige, habe ich dich unterbrochen?"

Ich erzählte ihm, was Jake mir gesagt hatte.

Wir waren in der Bibliothek im Apartment meines Vaters, und draußen ging die Sonne hinter den Bäumen des Central Park unter. Das neue Tonbandgerät stand auf dem Kaffeetisch neben einer Ausgabe des „Economist". Die Astronautenfiguren standen sich erwartungsvoll auf dem Tisch neben den Stahlregalen gegenüber; über ihnen, über dem Fernsehapparat, hing das neueste Bild, das mein Vater gekauft hatte, eine Ketchup-Flasche von Andy Warhol.

Mein Vater war über das Tonbandgerät gebeugt, aber als ich sprach, richtete er sich auf und betrachtete den Sonnenuntergang. Sein Gesicht war fast vor mir verborgen, und das Licht, das durch die Fenster hinter ihm hereinkam, machte es noch schwerer, seinen Gesichtsausdruck zu erkennen.

„Du wirst ihn doch anrufen, nicht wahr, Daddy?" sagte ich und legte Jakes Nummer neben das Telefon. „Bitte!"

Er hob den Zettel auf, aber ich wußte, daß er nicht die Zahlen sah, sondern den Tennisplatz in Bar Harbor und die vier Jungens, die dort vor langer Zeit unter wolkenlosem Sommerhimmel zusammen gespielt und gelacht hatten.

Ohne ein Wort nahm er den Hörer auf und begann zu wählen.

„Mr. Reischman, bitte. Hier spricht Cornelius Van Zale."

Er hatte hinter seinem Schreibtisch Platz genommen, und während er wartete, nahm er einen seiner Silberstifte und zeichnete ein Muster auf die Unterlage. Ich hatte gerade begriffen, daß die Serie von Rechtecken einen Tennisplatz bedeutete, als er zu sprechen begann.

„Jake? Vicky hat mir die Nachricht gegeben."

Es entstand ein langes Schweigen, während Jake sprach. Meine Hand spielte mit einem der Bauern herum, aber ich beobachtete die ganze Zeit über meinen Vater, und dann legte er langsam seinen Stift hin, drehte seinen Stuhl weg von mir zum Fenster hin.

Schließlich sagte er: „Ich verstehe. Ja. Danke." Und nach einem weiteren Schweigen: „Es tut mir leid, das zu hören. Du mußt mir sagen, ob ich irgend etwas tun kann." Und schließlich: „Ja, ich kümmere mich darum. Nochmals vielen Dank."

Er drehte langsam seinen Stuhl wieder zum Schreibtisch hin, dann legte er den Hörer auf. Seine Züge waren ernst und irgendwie rein, als gehörten sie zu einer Statue, deren gemeißelte Züge keinen Ausdruck zuließen. Seine schönen Augen waren ein klares, leeres Grau.

„Stirbt er?“ fragte ich.

„Ja. Die Chancen sind fünfzig zu fünfzig, daß er morgen auf dem Operationstisch stirbt. Wenn er überlebt, gibt man ihm ein Jahr. Krebs. Erst kürzlich sagte jemand, wie dünn er geworden sei.“

Ich dachte an den Onkel Jake, den ich so lange gekannt hatte, und fühlte, wie sich in meinem Hals ein Klumpen formte.

Eine Zeitlang sagten wir nichts. Mein Vater blieb an seinem Schreibtisch sitzen und betrachtete den Tennisplatz, den er auf die Unterlage gemalt hatte. Ich blieb in meinem Stuhl und betrachtete ihn. Schließlich sagte ich: „Daddy, was ist zwischen dir und Jake passiert?“

„Das spielt jetzt keine Rolle mehr.“

Die Minuten vergingen, und er bewegte sich immer noch nicht. Als ich mich selbst langsam erholte, wurde mir klar, daß er sich immer noch in einem Zustand des Schocks befand.

„Was war das für eine geschäftliche Angelegenheit, die er mit dir besprechen wollte?“

Mein Vater war weiß wie Kalk. Als er langsam seinen Stuhl wieder in Richtung auf das Fenster drehte, bemerkte ich, daß der Sonnenuntergang vorüber war und daß endlich die Dunkelheit über die Stadt fiel.

„Nichts“, sagte mein Vater. „Vicky, du mußt mich entschuldigen, aber wir müssen unser Spiel auf ein anderes Mal vertagen.“

„Selbstverständlich.“ Ich war bewegt, daß ihn die Nachricht von Jakes Krankheit so berührte, ging durchs Zimmer, beugte mich zu ihm und küßte ihn auf den Scheitel. „Soll ich bleiben, sollen wir einfach reden? Oder möchtest du lieber allein sein?“

„Ich muß allein sein“, sagte er. „Ich muß nachdenken.“

„In Ordnung. Gute Nacht denn, Daddy“, sagte ich, gab ihm noch einen Kuß und ließ ihn in dem dunkler werdenden Zimmer allein zurück.

III.

Jake überlebte seine Operation, durfte aber in den ersten drei Tagen, außer den Mitgliedern seiner unmittelbaren Familie, keine Besucher empfangen. Ich hörte, daß seine älteste Tochter Ruth, zweimal geschieden und jetzt in Europa lebend, nach New York flog und ihn zusammen mit Elsa besuchte, aber Jakes Sohn David, ausgeflippt in Kalifornien, nicht aufzutreiben war, und daß seine Exfrau Amy nicht aus Florida kam. Als das Besuchsverbot aufgehoben wurde, zögerte ich, ins Krankenhaus zu gehen, weil ich nicht gerne Elsa treffen wollte, aber nach einer Woche des Hinundherüberlegens kaufte ich dann einen Strauß Blumen und wagte mich in die Rezeption des Mount Sinai.

„Ist es möglich, Herrn Jacob Reischman ein paar Minuten lang zu besuchen“, fragte ich, nachdem man mich an die Stationsschwester verwiesen hatte.

Während des kurzen Schweigens, das folgte, bemerkte ich, daß sie blaue Augen hatte, feingefurcht in den Ecken, und weiches dunkles Haar unter ihrer Haube.

Dann sagte sie in einer freundlichen Stimme: „Es tut mir leid, aber ich habe sehr schlechte Nachrichten für Sie. Herr Reischman hat heute morgen einen Rückfall erlitten und ist vor einer halben Stunde verstorben. Sind Sie vielleicht ein Mitglied der Familie?“

Ich sagte: „Nein.“ Und dann: „Ja. In einer gewissen Weise. Entschuldigen Sie mich.“ Ich wandte mich um, ging schnell den Flur hinunter, an den Aufzügen vorbei und lief die Treppe zum Ausgang hinunter.

IV.

Alicia begrüßte mich im Flur zum Apartment meines Vaters. Wie gewöhnlich war sie korrekt angezogen, ihre Kleider waren hervorragend geschnitten, aber langweilig. Sie trug einen einfachen dunkelblauen Rock, eine Jacke und eine weiße Bluse und keinen Schmuck. Ein dunkelblauer Hut bedeckte teilweise ihr gefärbtes braunes Haar.

„Hallo, Liebes“, sagte sie. „Ich wollte gerade zum Essen

ausgehen. Mein Gott, du siehst so blaß aus! Ist irgend etwas passiert?“

„O Alicia!“ sagte ich, und die Worte stürzten nur so aus mir heraus. „Ich bin so traurig – ich komme eben aus dem Krankenhaus, und man hat mir gesagt, daß Jake heute morgen gestorben ist. Ich weiß nicht, warum ich so traurig bin, da ich ihn ja doch in letzter Zeit wenig gesehen habe, aber irgendwie schien er für die Vergangenheit zu stehen – für etwas, das jetzt für immer vergangen ist –“

Ich schwieg. Es war der Ausdruck in ihren Augen. Ihr Gesicht blieb unbewegt, ihre Züge festgehalten in der leidenschaftslosen Maske, die mich immer abgestoßen hatte, aber ihre Augen drückten Erinnerung aus, und da begriff ich, noch bevor sie sprach, daß sie ihn geliebt hatte.

V.

„Natürlich habe ich nie daran gedacht, deinen Vater zu verlassen“, sagte sie. „Ich habe ihn immer mehr als jeden anderen geliebt. Aber wir hatten unsere schwierigen Zeiten.“ Wir saßen am Fenster ihres Schlafzimmers auf dem unbequemen Sofa, an dem aus unerfindlichen Gründen Alicia schon seit vielen Jahren hing. Alicia rauchte eine Zigarette. Der Martinikrug vor uns auf dem Tisch war leer, aber unsere Gläser waren noch voll.

„. . . und jetzt verstehst du, was das für ein Durcheinander war“, sagte diese außerordentliche Frau, die ich nie wirklich gekannt hatte. „Es irritiert mich sehr, wenn Ehebruch heutzutage dargestellt wird, als sei das nicht mehr als ein unschuldiges Treffen zwischen Teenagern. Es ist gerade modern, ich weiß, Heuchelei zu verurteilen, aber ich kann nur sagen, daß wir in sehr unehrlichen Zeiten leben. Wir sind keine mechanischen Puppen, die darauf programmiert sind, ohne Gefühle und zu jeder Zeit zu kopulieren. So zu tun, als wäre das normal – wie die meisten jungen Leute das heute behaupten –, kommt mir nicht nur gefährlich, sondern erbarmungswürdig naiv vor. Wie ironisch, daß die chice Welt heute ‚cool‘ ist! Mit den Gefühlen anderer Leute herumzuspielen ist nicht ‚cool‘. Es bedeutet, daß man ein Feuer legt und sich selbst in die Flammen begibt.“

Es entstand eine Pause, als sie ihre Zigarette ausdrückte und ich ihr eine neue anbot.

„Nun, wir haben uns alle verbrannt", sagte sie, als die Zigarette brannte, „aber nach Sams Tod ging alles etwas besser. Cornelius gab Teresa auf, und ich hatte Jake bereits aufgegeben. Ich glaube, daß Teresa froh war, aber Jake . . . Er war nicht der Typ von Mann, der leicht aufgibt. Er kam wieder auf mich zu, nachdem Sebastian gehen mußte und mein Verhältnis zu Cornelius praktisch ruiniert war, aber selbstverständlich kam die Wiederaufnahme unserer Affäre überhaupt nicht in Frage, denn zu dem Zeitpunkt wußte ich, daß es Cornelius und mir gelingen konnte, unser früheres Glück wiederzugewinnen, ganz egal, wie weit wir uns voneinander entfernt hatten. Das haben wir nach Sams Tod bewiesen, und ich dachte, daß ich nur lange genug warten müßte, um es noch einmal zu beweisen."

„Und hast du es bewiesen?"

„Nein. Wir werden das jetzt auch nicht mehr schaffen. Ich habe umsonst gewartet . . . aber mißversteh mich jetzt bitte nicht! Wir stehen uns nicht sehr nahe, aber wir streiten uns nicht und wir mögen uns, und das ist mehr, als die meisten Paare nach sechsunddreißig Jahren Ehe von sich sagen können. Ich bin zufrieden. Ich habe meine Söhne und meine Enkelkinder, meine Gesundheit und mein Aussehen. Im großen und ganzen ist das Leben gut mit mir umgegangen. Nur an Tagen wie heute, wenn das Leben so ungeheuer reduziert erscheint, dann möchte ich weinen um die Vergangenheit und um das Leben, das hätte sein können."

„Alicia, ich wünschte, wir hätten früher miteinander gesprochen."

„Es gab nie etwas zu sagen. Unsere Leben waren wie zwei parallele Linien, die sich nie gekreuzt haben. Aber ich bin froh, daß ich mit dir über Jake gesprochen habe. Seit Jahren schon wollte ich mit irgend jemandem über ihn sprechen, aber es gab nie einen Menschen, dem ich es hätte sagen können." Sie schaute über ihre Schulter auf das schweigende Telefon. „Ich frage mich, ob ich deinen Vater anrufen soll. Nein, er soll die Nachricht von jemand anderem erhalten. Es ist besser so."

Nach einer Weile sagte ich: „Ich rufe ihn an", und wählte die Nummer der Bank in Willow und Wall Street.

VI.

Am zweiundzwanzigsten November, genau ein Monat, nachdem fünfzigtausend Antikriegsdemonstranten auf Washington marschiert waren, eroberten die Vereinigten Staaten den Hügel 875 in der Nähe von Tak To nach einer der blutigsten Schlachten des Vietnam-Krieges, und das Blut schien durch mein eigenes Wohnzimmer zu fließen, während ich die Nachrichten im Fernsehen sah. An diesem Abend schrieb ich Sebastian: „Diese sinnlose Vergeudung von Leben muß ein Ende haben. Irgend jemand muß damit Schluß machen.“ Aber niemand machte damit Schluß, und das Leben ging also weiter mit der täglichen Quote an Toten und Verwundeten, den täglichen Versprechungen von Präsident Johnson, seine Große Gesellschaft zu schaffen, den täglichen Erinnerungen an Trennung und Tod. Und wie der Trommelwirbel der Gewalt in einem ständigen Crescendo anstieg, war ich mir der Begleitmusik des Tages voll bewußt, war mir bewußt, wie die Songschreiber von unschuldigen Liebesliedern übergingen zu der Verherrlichung der zunehmend chicer werdenden Drogenszene.

„Bei dieser Art von Song hört für mich der Spaß auf“, sagte ich, nachdem ich mir einen bestimmten Hit von Anfang bis Ende hatte anhören müssen.

„*O Mama!*“

„Du kannst meinetwegen kreischen wie du willst, aber ich werde nicht so tun, als hielte ich das für phantastisch. Soll ich hier den Heuchler spielen?“

„Aber Mama, du verstehst ja auch überhaupt nichts –“

„Ich verstehe nur zu gut. Hier hört für mich der Spaß auf, und ich sage, daß dieser geistlose Rückzug in diese passive, drogenabhängige Innerlichkeit genauso krank ist wie die geistlose Eskalation der Gewalt hier und in Übersee. Mein Gott, manchmal frage ich mich, wie wir diese fürchterliche dekadente Epoche überleben sollen!“ rief ich leidenschaftlich aus und begriff dann mit einem Schock, daß ich Jakes Worte gebrauchte, mit denen er eine einmal geliebte Kultur ablehnte, die jetzt aus allen Fugen brach.

„Es tut mir leid“, sagte ich zu meinen Kinder, „ich möchte nicht total altmodisch klingen, aber betrachtet die Dinge doch einmal für einen Augenblick von meinem Standpunkt aus. Es ist schwer für jemanden wie mich, der sich an bessere Zeiten erinnert, untätig zuzusehen, wie das Land einen fürchterlichen Nervenzusammenbruch erleidet. Es ist nicht leicht, mit einem nationalen Trauma zu leben, ohne davon erschüttert zu werden, wenn all die alten, vertrauten Orientierungen von Brauch und Sitte vergessen werden, aber vielleicht sind diese Orientierungen doch noch da, vielleicht hat sich nur die Oberfläche der Dinge verändert, vielleicht sind die jungen Leute heute tatsächlich doch genauso, wie sie immer gewesen sind –"

„Worüber redet die denn?"

„Sie versucht uns mitzuteilen, daß unsere Generation nichts Ungewöhnliches ist. Was für eine Beleidigung! Jeder weiß, daß wir das einzigartige Produkt der H-Bombe und der nachindustriellen Gesellschaft sind – jeder weiß, daß es in der ganzen Geschichte der Menschheit noch nie eine Generation wie die unsere gegeben hat!"

„Mama weiß das alles – sie versucht, lieb zu uns zu sein! Behandle sie nicht so schlecht!"

„Ich behandle sie nicht schlecht! Ich sage nur, daß jemand in ihrem Alter nicht begreifen kann, wie einzigartig wir sind –"

„Redet nicht mit mir wie mit einer Senilen!" schrie ich. „Und hört auf, so gottverdammt arrogant zu sein! Ihr habt recht – diese Generation ist einzigartig! Es ist die erste, die so gefühllos ist, daß sie die guten Sitten für unwichtig hält!"

„Beruhige dich, Mama. Wir haben nichts dagegen, daß du alt bist. Wir mögen dich auch so . . ."

Als wir uns an diesem Abend zum Schachspielen setzten, sagte ich zu meinem Vater: „Diese Kinder bringen mich um den Verstand. Die ganze jüngere Generation bringt mich um den Verstand. Sobald ich irgend jemanden sehe, der unter fünfundzwanzig ist, habe ich Lust zu schreien."

„Ich kenne das Gefühl." Mein Vater schaute düster drein. „Ich habe heute zwei Angestellte entlassen, weil sie im Schreibpool Marihuana verkauft haben; aber als ich beim Mittagessen Harry Morton davon erzählte, meinte er nur, daß in den niederen Rängen in der Wall Street sehr viel Drogen genommen werden. Stell dir das vor! Ich war schockiert, aber Harry zuckte nur die Achseln und sagte, es sei ein Teil unserer Zeit . . ."

Harry Morton war der Präsident des Van Zale Manhattan Trusts, der Van-Zale-Handelsbank, und war fünfzehn Jahre jünger als mein Vater. Mein Vater hatte einmal versucht, eine Romanze zwischen uns zu stiften, aber ein Mann wie Harry Morton, zweimal geschieden, total mit seinem Job verheiratet und an nichts außer am Bankgeschäft interessiert, abgesehen von dem Düsentriebwerk seines neuen Privatflugzeugs, hatte mich nicht interessiert.

„Fällt dir nichts ein, womit du deinen Vater aufmuntern könntest?" fragte mich Harry, als wir uns Ende November bei einer der üblichen Dinnerparties meines Vaters trafen. „Er redet und tut so, als stünde das Ende der Welt kurz bevor!"

„Vielleicht hat er recht", sagte ich trocken, und ganz richtig traf zwei Tage später das erste Ergebnis einer Serie ein, das dazu geschaffen war, das Ende der Welt herbeizuführen, die mein Vater mehr als dreißig Jahre lang regiert hatte. Ein größerer Artikel auf der ersten Seite des Wall Street Journals enthüllte, daß Donald Shines berüchtigtes Konglomerat Shine & General nicht nur plante, eine weitere Versicherungsgesellschaft zu schlucken, sondern auch Harry Mortons Van Zale Manhattan Trust, einen lebenswichtigen Partner für die Investment-Bank meines Vaters.

VII.

„Aber ich verstehe das nicht", sagte Eric. Er und Paul waren inzwischen von Choate heimgekommen nach dem lärmenden Wochenende zu Hause, das mich mit solcher Antipathie der jüngeren Generation gegenüber erfüllt hatte, aber sobald der Artikel im Wall Street Journal erschienen war, hatte Eric mich von der Schule aus angerufen. „Wieso bedeutet das eine Bedrohung für Großvater? Ist denn nicht der Van Zale Manhattan Trust von Van Zale völlig getrennt?"

„Vor dem Gesetz ja, aber in der Praxis nicht. In der Praxis ist es so, als seien sie zusammen eine große Bank. Der Trust bietet die Bankleistung an, die Van Zale anbot, bevor das Glass-Steagall-Bankgesetz 1933 Handels- und Investment-Banken trennte. Die beiden Van-Zale-Banken sind die beiden Hälften einer früheren Einheit, und wenn eine untergeht, dann ist die andere in Schwierigkeiten."

„Aber Shine könnte doch nie Van Zale schlucken!" protestierte Eric voller Entsetzen. „Van Zale ist doch immer noch eine Partnerschaftssache und nicht eine Gesellschaft wie der Trust! Großvater muß doch die Macht haben, Shine für alle Zeiten von Willow und Wall Street fernzuhalten?"

„Wenn der Trust an Shine fällt, dann sind Van Zales Tage gezählt. Vielleicht schafft es dein Großvater, die Dinge zusammenzuhalten, bis er stirbt oder sich aus dem Geschäft zurückzieht, aber dann kommt Shine. Es wird Druck entstehen, eine Aktiengesellschaft zu gründen; die Partner werden ihre Anteile verkaufen, um in den neuen Aufsichtsrat zu kommen, und dann kann Shine seine eigene Figur als Präsident einsetzen. Damit kriegt er eine Investment-Bank, Handelsbank und eine Versicherungsgesellschaft, und Shine & General stellen dann einen Konzern dar, der sich auf eine Vielfalt von Finanzgeschäften spezialisiert, genau wie Shine es immer vorgehabt hat."

„Aber ganz sicher . . . ganz sicher wird Shine das doch nicht schaffen?"

„Nun, Großpapa schien überzeugt, den Kampf zu gewinnen, aber ich frage mich allmählich, ob er nicht nur so tut. Alle Welt scheint zu glauben, daß die Sache auf Messers Schneide steht . . ."

VIII.

„Eric hat angerufen", sagte ich zu meinem Vater, „er läßt dich herzlich grüßen und wünscht dir alles Gute für die bevorstehende Auseinandersetzung. Wie läuft's denn? Was willst du als nächstes tun?"

„Wir suchen eine Möglichkeit, wie wir Shine & Generals Aktien angreifen und damit seine Position schwächen können."

„Aber ist das Spielen auf Baisse heutzutage nicht ungesetzlich?"

Mein Vater grinste mich zynisch an. „Doch", sagte er.

Allmählich begriff ich etwas klarer, was passierte. Indem er sich deckte und Gelder durch eine Bank in New Jersey schleuste, hatte Donald Shine im Oktober eine neue Auflage seiner Übernahme der Stamford-Hartford-Reliance-Versicherungsgesellschaft gestartet. Shine & General hatten große Mengen von Aktien des Van Zale Manhattan Trusts gekauft. Ohne daß Donald Shine es wußte, hatte mein Vater von seinen Plänen erfahren; seine angeblich geheimen Käufe waren aufgefallen und registriert worden. Shine und seine Leute gaben noch ihrer Offerte den letzten Schliff – ein Angebot, von dem sie glaubten, daß es die Aktionäre der Bank nicht ablehnen könnten – und waren noch dabei, die nötigen Aktien aufzukaufen, als mein Vater Shine durch Harry Morton an das Licht des Tages zwang, indem er das Wall Street Journal informierte.

Shine wurde auf dem falschen Bein erwischt und gab eine mehrdeutige Erklärung ab, die nur noch für mehr Publicity sorgte. An dem Tag, als mein Vater mir zynisch bestätigte, daß auf Baisse spielen illegal war, begannen die Aktien von Shine & General zu fallen.

„Aber wie machst du das?“ fragte ich voller Verblüffung meinen Vater. „Das Gerücht von einer Übernahme bedeutet doch meistens, daß die Aktien hinaufgehen und nicht fallen!“

„Shine & General steht nicht so fest, wie die meisten Leute glauben. Seit Anfang September haben wir heimlich Nachforschungen angestellt und wir brauchten nicht lange, um herauszufinden, daß sie sich übernommen haben. Donald Shine ist sicher ein heller Junge, aber alle Informationen weisen darauf hin, daß er sich zu viel vorgenommen hat. Die Jugend“, sagte mein Vater mit einem Seufzer, „ist so ungeduldig.“

„Aber ich begreife noch immer nicht, wie du die Aktien nach unten drücken kannst!“

Mein Vater lachte. „Das ist eine Technik, die unter dem Namen ‚Mehrfachpeitsche‘ bekannt ist. Das ist nur ein neuer Ausdruck für die alte Übung, auf Baisse zu spielen, und die Behörden haben keine Chance, das aufzudecken.“

Zwei Tage später, beunruhigt durch die Publizität und durch seine fallenden Aktien, rief Shine Harry Morton an und bat um ein Zusammentreffen. Da mein Vater sich entsprechend dem Schein verhalten wollte, daß Van Zale und der Trust zwei unabhängige Einrichtungen waren, ging er nicht zu dem Treffen und hörte sich nur das Tonband der kurzen und feindseligen

Unterhaltung an. Morton sagte zu Shine, daß er schon ein Neuling sein müsse, wenn er glaubte, er könne einfach eine bedeutende Handelsbank übernehmen, aber Shine behauptete, er handle in guter Absicht und wolle nur die Dienstleistungen der Banken verbessern, indem er sie demokratischer mache.

Dann fand eine strategische Besprechung im Büro des Van Zale Manhattan Trust statt, an dem nicht nur mein Vater und der Aufsichtsrat des Trusts teilnahmen, sondern auch alle führenden Angestellten aller Banken, die ein Interesse daran hatten, Shine rauszuhalten.

„Denn schließlich", erklärte mir mein Vater, „wenn Shine es bei uns schafft, wer weiß, wer sein nächstes Opfer sein wird?"

Man diskutierte verschiedene Strategien, sogar den ungewöhnlichen Vorschlag, daß der Trust sich mit einer anderen Firma aus dem Bereich des Computer-Leasings zusammentun solle. Dann wäre nämlich die Situation entstanden, daß Shine die Bank nicht mehr an sich reißen konnte, ohne die Anti-Trust-Gesetze zu verletzen. Schließlich einigte man sich darauf, mit der Hilfe von Landesgesetzen eine Übernahme dieser Art zu verhindern. Inzwischen hatten sich die Aktien von Shine & General an der Börse gefangen, und Shine sammelte seine Kräfte zum Angriff.

An diesem Punkt lud mein Vater Shine zum Essen ein.

Shine nahm an und erhielt ein sehr einfaches Mahl (Steak, Kartoffeln, Salat, keinen Wein) im Speiseraum der Partner von Willow und Wall Street.

Mein Vater sprach von dem Schaden, der der Bank durch eine gegnerische Übernahme entstehen würde, wies darauf hin, daß das Spitzenmanagement sicherlich ausscheiden würde und sagte voraus, daß die wichtigsten Kunden mit Sicherheit nicht gehalten werden könnten. Shine protestierte dagegen, daß er eine feindselige Übernahme plane und wiederholte, daß er nur das Beste der Bank im Auge habe, daß er mehr auf die Aktionäre eingehen und daß er das Angebot für die Kunden erweitern wolle. Mein Vater deutete freundlich an, daß er ein unwissender junger Mann sei, dem er die Führung einer Bank nicht zutraue. Shine deutete an, es sei Zeit, daß die alte Garde sich zurückziehe, um neues Blut ins Geschäft zu bringen. Mein Vater sagte, er gäbe ihm eine letzte Chance, sich unbeschädigt aus dem Geschäft zurückzuziehen, bevor das junge Blut von einem Ende der Wall Street zum anderen verspritzt werde.

Aber Donald Shine lachte nur und sagte: „Das möchte ich mal sehen!“

Am selben Nachmittag erhielt er Anrufe von den führenden Investment-Banken einschließlich Reischman, in denen ihm mitgeteilt wurde, daß sie auf gar keinen Fall sich an irgendeiner Offerte von seiten Shine & General gegenüber dem Van Zale Manhattan Trust beteiligen würden. Zwei Tage später wurde Shine informiert, daß der Trust die beiden führenden Aktienhandelsgesellschaften verpflichtet hatte, nicht mit seiner Gesellschaft zusammenzuarbeiten.

Die Aktien von Shine & General fielen wieder. Sie waren jetzt herunter bis auf 120, ein totaler Niedergang, und Anfang Dezember fingen die Rechtsanwälte von Van Zale an, Gesetzesentwürfe auszuarbeiten, die vom Parlament in Albany verabschiedet werden sollten, um zu verhindern, daß Banken wie der Trust von Konglomeraten wie Shine & General übernommen werden konnten. In der Zwischenzeit hatte das Justizministerium in Washington Shine geschrieben und ihm mitgeteilt, daß wenngleich die Anti-Trust-Gesetze nicht verletzt wurden, dennoch die beabsichtigte Verschmelzung Fragen aufwarf, die sie am besten einmal mit ihm besprechen sollten.

Die Aktien von Shine & General gingen auf 115 herunter.

Als Shine nach Washington kam, stellte er fest, daß nicht nur die Mitglieder des Senatsausschusses für Banken, sondern auch die Mehrheit des Aufsichtsrats der Bundesbank auf das deutlichste gegen seine Pläne waren. Er merkte auch, daß man ihn für einen Freibeuter hielt, und als er schließlich begriff, daß sowohl das Big Business als auch die Regierung eindeutig gegen ihn standen, da wurde ihm klar, daß er aufgeben mußte.

Ein letztes Mal trafen sich Shine und seine Leute mit Harry Morton und dem Einsatzkommando des Van Zale Manhattan-Trusts. Shine sagte, er würde eine öffentliche Verzichtserklärung abgeben, und nachdem sich seine Gegenspieler in einer Ekstase der Erleichterung ausreichend gegenseitig die Hände geschüttelt hatten, rief Harry meinen Vater in der Willow und Wall Street an.

IX.

„Jetzt, nachdem alles vorbei ist", sagte Harry am nächsten Tag bei dem Empfang, den mein Vater gab, „kann ich zugeben, daß wir gerade noch davongekommen sind. Kein Mensch weiß, was passiert wäre, wenn wir nicht Zeit genug gehabt hätten, Shine & General genau unter die Lupe zu nehmen und sie zum Offenbarungseid zu zwingen, bevor sie ihren Angriff richtig gestartet hatten."

Ein Kellner füllte mein Glas. „Damit meinst du", sagte ich, als ich versuchte, mich in dem Lärm zu konzentrieren, den hundert Gäste in Feierstimmung produzierten, „daß du ungeheueres Glück gehabt hast, Shines Pläne zu kennen. Aber, Harry –", ich mußte lauter sprechen, weil eine Gruppe von Leuten hinter mir lauthals über einen Witz lachten, der etwas mit Shine zu tun hatte, „– Harry, wer hat dir den Tip gegeben? Hat einer von Shines eigenen Leuten ihn reingelegt?"

„Meine Güte, hat dir dein Vater das nicht erzählt? Jake hat uns den Tip gegeben, Vicky! Jake Reischman!"

Alle Geräusche verschwanden aus dem Raum. Ich war mir noch der Menge von Leuten um mich herum bewußt, aber sie waren jetzt nur noch Schatten, und ich war allein mit Harry Morton auf einer nackten, frostigen Bühne.

„Das kann doch nicht wahr sein", sagte ich.

Harry lachte. Er war groß, fast so groß wie Scott, und er hatte diese Sorte distinguierten Aussehens, das man so oft in Aufsichtsräten findet, wo eine eindrucksvolle Erscheinung viel zählt, weil sie weniger anziehendes Verhalten kaschiert. Er hatte dunkles Haar, an den richtigen Stellen silbrig, offene blaue Augen und bemerkenswert gute Zähne, die er immer dann zeigte, wenn er lächelte. Sie gaben ihm das Aussehen eines Raubtieres, einen Ausdruck, den auch sein Charme nie ganz verdecken konnte. Sebastian hatte ihn einmal als einen Barrakuda beschrieben.

„Nein, das stimmt, das schwöre ich dir!" Er lachte wieder. „Ironisch, nicht wahr? Jake hatte Shines ganzes Vertrauen, weil Shine zu ihm aufsah – er respektierte ihn als die Spitze des amerikanischen Judentums. Aber Jake haßte ihn natürlich. Jake war ein Snob, einer von der alten Schule. Du darfst nicht vergessen, daß damals, als die russischen Juden in Strömen nach New York kamen, um die Jahrhundertwende herum, es nicht etwa die Nichtjuden waren, die die Hände voller Entsetzen hoben – es waren die deutschen Juden."

Ich sah den Tennisplatz vor mir, den mein Vater auf seiner Schreibtischunterlage gezeichnet hatte, und in meiner Erinnerung hörte ich Jake auf seine Art von der Bar-Harbor-Bruderschaft reden. Ich versuchte zu sprechen, aber Harry steuerte mich schon in eine ruhigere Ecke des langen Wohnzimmers meines Vaters, und seine Stimme sprach schon so nebenbei zu mir: „So ist es besser – jetzt können wir wenigstens hören, was wir denken. Überrascht dich das wirklich so sehr mit Jake? Cornelius sagte mir, daß Jake dich als Boten benutzt hat."

„Ja, das hat er. Aber ich wußte nicht, was vor sich ging. Mein Vater hat mir nichts davon gesagt." Und eine Stimme in meinem Kopf sagte sofort: Warum? Aber eine andere Stimme antwortete ebenso schnell: Es spielt jetzt keine Rolle mehr, weil jetzt alles vorbei ist.

„Nun, ich nehme an, er hielt dies schlicht für eine Männersache", sagte Harry freundlich, „und nicht für etwas, über das du dir deinen hübschen Kopf hättest zerbrechen sollen. Nein, das wahre Geheimnis besteht nicht darin, wer uns den Tip gegeben hat. Die eigentliche Frage ist die, wer Donald Shine informiert hat."

Ich glotzte ihn an. „Was meinst du damit?"

„Nun, natürlich hat er auch einen Tip gekriegt!"

„Warum? Worüber? Wie?"

Harry sah nachsichtiger aus als je zuvor. „Meine Liebe, Shine muß Insiderinformationen über den Trust gehabt haben, um genau zu planen, wie er ihn am besten schlucken könnte, und alles deutet darauf hin, daß seine Insiderinformation wirklich ganz ausgezeichnet gewesen sein muß. Ich möchte niemanden im Aufsichtsrat verdächtigen, aber Shines Kenntnisse müssen aus dem Aufsichtsrat kommen, denn außerhalb des Aufsichtsrats kann ich mir niemanden vorstellen – außer deinem Vater natürlich und dem einen oder anderen Partner –, der in der Lage gewesen wäre, Shine die Information zu geben, die er brauchte."

„Noch etwas Sekt, Sir?" fragte ein Kellner.

Der Sekt sah aus wie blasses Gold. Ich sah, wie er in Harrys

Glas perlte, und hörte, wie Harry fortfuhr: „Es wird natürlich eine Untersuchung geben, und das beunruhigt mich wirklich. Genau wie dein Vater bin ich einer von diesen wohlmeinenden Menschen, die alles Unangenehme verabscheuen."

Ich wischte all diesen Unfug beiseite und sagte abrupt: „Wann, glaubst du denn, daß Shine zum ersten Mal auf die Idee gekommen ist, den Trust zu schlucken?"

„Ich vermute im letzten Frühjahr. Jake ist im September gestorben, und um die Zeit herum scheint Shine all die Informationen gehabt zu haben, die er brauchte, und damals formte er seinen Plan. Wenn wir davon ausgehen, daß er drei Monate brauchte, seine Ideen umzusetzen, dann bringt uns das bis in den Juni – vielleicht auch nur Mai."

„Das Wetter im Mai war wunderbar", sagte ich. „Ich weiß noch, wie Scott und ich den wunderschönsten Sonnenuntergang vom Beekman Tower aus betrachtet haben . . . aber nein, so genau weiß ich das auch nicht mehr, wirklich nicht, das ist einfach nur noch so eine Erinnerung." Ich trank den Sekt in meinem Glas aus und wandte mich ab. „Entschuldige mich bitte, Harry."

Ich ließ ihn stehen und ging um die Menge der Leute herum auf die Tür zu, aber die ganze Zeit über beobachtete ich meinen Vater, wie er unter dem Hauptlüster mit einer Gruppe seiner ältesten Freunde zusammenstand. Er sah mich, lächelte mir zu, und irgendwie lächelte ich zurück, weil ich nicht wollte, daß er begriff, daß etwas nicht stimmte. Niemand sollte das wissen. Ich wollte das selbst nicht wissen, und die Stimme in meinem Kopf sprach wieder zu mir, sagte mir, daß, wenn ich über Harrys Enthüllungen nicht nachdächte, sie irgendwie verschwinden würden.

Ich ging nach Hause und schmiedete ganz bestimmt und absichtlich weitere Pläne für meine Heirat am Weihnachtsabend.

X.

„Hallo, Honey, wie geht's dir da drüben?"

„Gar nicht schlecht, wie wunderbar, von dir zu hören! Ich komme gerade von einem wahnsinnig anstrengenden Bacchanal bei Daddy nach Hause zurück – alle Leute sind außer sich vor Erleichterung, und ich habe sie mit ihren Gallonen von Sekt sitzenlassen. Morgen werden sie alle noch mal fürchterlich auf Shine fluchen, wenn sie mit ihren Katern aufwachen!"

Scott lachte. „Da habe ich also eine gute Party verpaßt!"

„Nein, all diese irre Freude war ungeheuer langweilig, und außerdem . . . oh, ich habe einfach so die Schnauze voll von Donald Shine! Ich will überhaupt nicht mehr über ihn reden – er gehört schon nicht mehr zur Geschichte, jedenfalls was mich betrifft, und mich interessiert jetzt im Augenblick sowieso nur noch die Zukunft. Oh, Darling, ich kann es kaum noch erwarten, dich am Flughafen zu sehen! Ich habe extra den MG für dich zur Inspektion gebracht!"

„Das kannst du vergessen! Warum leihst du nicht einen Cadillac samt einem Chauffeur von deinem Vater, läßt ein Doppelbett und Jalousien im Rücksitz installieren? Übrigens, geht es deinem Vater gut? Die letzten paar Male, als ich angerufen habe, war er nicht im Büro. Ich nehme aber an, daß er mit Shines Attacke sehr beschäftigt war."

„Oh, mach dir keine Sorgen über Daddy! Ich habe ihn in der letzten Zeit auch nicht viel gesehen, aber es geht ihm gut, er ist ganz in Ordnung, über Daddy muß man sich überhaupt keine Gedanken machen."

„Honey, stimmt irgend etwas nicht? Du klingst ein wenig –"

„Nein, ich drehe nur einfach durch, weil es vor der Hochzeit so viel zu tun gibt, und dann habe ich auch diese neurotischen Träume –"

„Erotisch? Die habe ich auch! Ich könnte ohne die überhaupt nicht leben!"

„Nein, neurotisch – neurotisch wie in Psycho. Darling, laß dich bitte nicht von einem Bus überfahren oder bei einem Autounfall zerquetschen und auch nicht durch ein Flugzeugunglück umbringen, ich meine, paß bitte auf, nicht wahr, versprichst du mir das? Ich habe diese entsetzlichen Träume, daß wir uns nie wieder begegnen würden –"

„Ich hoffe, das ist kein Wunschdenken!"

„Oh, Scott – mein Liebster, wenn du nur wüßtest, wie ich dich liebe und daß mir an überhaupt nichts liegt als an der Zukunft – unserer Zukunft –"

„Dann beruhige dich. Dir fehlt nichts, du leidest nur an vorehelicher Nervosität. Ist das nicht sehr normal?“

„Ich, ich nehme an, das stimmt wohl. Bist du auch nervös?“

„Ja – wenn ich an diesen nervenaufreibenden kleinen Sportwagen denke! Kannst du ihn nicht irgend jemandem schenken? Dann könnten wir uns auf ein langes und glückliches Leben miteinander freuen!“

Ich mußte lachen. „Es geht mir jetzt viel besser, nachdem ich mit dir geredet habe.“

„Honey, mach dir überhaupt keine Sorgen. Ich habe nicht die Absicht, unter einen Bus zu kommen, glaub mir nur. Sei nur einfach am Flughafen und sieh, wie ich durch den Zoll komme. Ich werde da sein.“

„Ich weiß“, sagte ich. „Ich weiß es.“

„Alles wird in Ordnung kommen“, sagte er. „Alles wird wunderbar werden . . .“

XI.

„Mama“, sagte Eric, „kann ich einen Augenblick mit dir reden, bitte schön?“

Es war der Tag, bevor Scott nach New York zurückkommen sollte, und sowohl Eric als auch Paul waren für die Weihnachtsferien von der Schule nach Hause gekommen. Ich saß am Schreibtisch in meinem Schlafzimmer und rechnete die Löhne der Angestellten aus. Dinner sollte in einer halben Stunde serviert werden.

„Ja, selbstverständlich, Eric. Komm rein.“

Er setzte sich in den Stuhl neben dem Schreibtisch und betrachtete mich ernsthaft. Das war charakteristisch. Er war ein sehr ernsthafter junger Mann. Er war jetzt so groß wie Sam, aber schlanker und schlaksiger, und das blonde Haar, das ihn in seiner Kindheit mir ähnlich sehen ließ, war braun geworden. Seine Augen hinter der Brille waren düster, und als er verlegen schluckte, begriff ich zu meinem Erstaunen, daß er nervös war. Die Vorstellung, daß eines meiner Kinder mir gegenüber Nervosität empfinden könnte, war mir so neu, daß ich einen Moment brauchte, bevor ich ihn fragte, wo es denn fehle.

„Zwei meiner Lieblingspflanzen sind eingegangen", sagte er.

„Oh, Eric, was für ein Jammer! Und die Kinderschwester macht das doch normalerweise so gut, wenn du nicht da bist."

„Es ist nicht der Fehler der Schwester. Es ist die Luft. Ich glaube bestimmt, daß die Luftverschmutzung schlimmer wird, und gerade deshalb . . . ich meine ganz bestimmt, daß man mehr tun muß, um die Umwelt zu schützen. Also, ich habe mich entschlossen, wenn ich auf die Universität gehe –" Er hielt inne. Er sah sehr blaß aus, und als ich ihn beobachtete, wie er kämpfte, mir die Wahrheit zu sagen, die er nicht länger allein mit sich herumtragen konnte, da saß ich selbst nach vorne gebeugt auf der äußersten Stuhlkante.

„Wenn du zur Universität gehst –"

„Wenn ich auf die Universität gehe, dann möchte ich – muß ich als Hauptfach etwas Relevantes wählen. Mama, es tut mir leid, aber ich kann nicht weiter Verstecken spielen. Ich kann nicht Wirtschaftswissenschaften als Hauptfach nehmen. Ich kann kein Banker werden. Ich möchte mich mit den Problemen der Umwelt beschäftigen und dann einen Job in dieser Richtung finden."

Ich wußte, es war jetzt sehr wichtig, daß ich mich zusammennahm, aber es war sehr schwer, die Anstrengung zu leisten, die jetzt notwendig war. Außerdem war ich sehr traurig und sehr enttäuscht, gerade im Hinblick auf meinen Vater.

Dann wurde ich überrascht. Eric lehnte sich nach vorne und sagte mit Nachdruck: „Mama, versuch bitte, mich zu verstehen. Diese sogenannte Große Gesellschaft macht eine Wüste aus diesem Planeten, und diese Gesellschaft wird unterhalten mit Geld von Institutionen wie dem von Van Zale, und deshalb kann ich nicht Banker werden, auf gar keinen Fall. Ich weiß, daß ich Großvater gegenüber eine Verpflichtung habe, besonders weil ich auch weiß, daß Paul ganz offensichtlich mit der Bank überhaupt nichts zu tun haben will und es schwer vorstellbar ist, daß Benjamin irgend etwas anderes sein wird als ein permanenter Tunichtgut, aber ich kann meine Prinzipien nicht soweit im Stich lassen, für irgend etwas zu arbeiten, an das ich nicht glaube. Verstehst du nicht, wie falsch das wäre? Ich würde versuchen, jemand zu sein, der ich nicht bin, und nach einer Weile würde ich mit Sicherheit mich selbst und das, was ich tue, hassen und verachten, ich würde der Meinung sein, daß ich mein Leben vergeude ... Versuch bitte nicht, etwas aus mir zu machen, was ich nicht bin, Mama. Bitte – ich möchte ich selber sein! Laß mich das tun, was ich wirklich tun möchte!"

So war also am Schluß alles sehr klar, klarer als ich mir das je vorgestellt hatte, und ich fand selbstverständlich auch die Kraft, die ich brauchte, um über meine Traurigkeit hinwegzukommen, weil ich begriff, wie unwesentlich meine Enttäuschung war, wenn man sie ins Verhältnis setzte zu Erics Glück. Ich war fast soweit gewesen, den Fehler zu begehen, den mein Vater begangen hatte, als er versuchte, mich so zu formen, wie Emily war, aber ich war nicht mein Vater, und ich würde seine Fehler nicht wiederholen. Ich war ich selber, und als ich sprach, sprach ich mit meiner eigenen Stimme, nicht mit der meines Vaters. Ich sagte: „Selbstverständlich mußt du tun, was du wirklich tun willst, Eric. Und du kannst dich voll auf meine Unterstützung verlassen."

Er stolperte zu mir herüber und umarmte mich ungeschickt. Ich war gerührt, weil er normalerweise so zurückhaltend war, und plötzlich verstand ich, warum er immer so zurückhaltend gewesen war. Er hatte mit diesem Konflikt schon gelebt, seitdem er alt genug war zu begreifen, daß er der designierte Nachfolger seines Großvaters in der Bank war.

„Mama – Großvater –"

„Das ist in Ordnung, ich werde es ihm sagen. Aber vielleicht sage ich es ihm jetzt noch nicht. Ich muß da den richtigen Augenblick wählen."

Er umarmte mich wieder, und ich hörte, wie seine gedämpfte Stimme sprach: „Er würde es nicht verstehen, oder meinst du?"

„Nein", sagte ich, „wahrscheinlich nicht. Aber ich glaube, dein Vater hätte es verstanden. Er hat einen so großen Teil seines Lebens damit verbracht, etwas zu tun, wozu er wirklich keine Lust hatte."

Jetzt fühlte er sich weniger schuldig. Er sagte, er hätte seinen Vater gerne besser gekannt, und wir sprachen über Sam. Die Zeit verging. Meine Haushälterin schaute herein und kündigte an, daß das Abendessen fertig sei. Wir trafen den Rest der Familie im Eßzimmer. Aber an diesem Abend saß ich noch lange auf, nachdem alle Kinder zu Bett gegangen waren, und ich konnte mich nur fragen: Wie werde ich es meinem Vater sagen können? Wie kann ich je die Worte finden, um ihm das mitzuteilen?

Dann, kurz vor dem Morgen, fiel mir ein, daß Erics Entscheidung meine Stellung als Friedensstifterin stärken würde, wenn die Zeit kam, in der ich einen Waffenstillstand zwischen meinem Vater und Scott herstellen mußte. Wenn seine Enkel in der Zukunft der Bank keine Rolle spielen würden, dann würde mein Vater es vielleicht fertigbringen, auf Scott zurückzugreifen und einer großen Versöhnung mit seinem Adoptivsohn zustimmen.

Dies schien mir nicht nur eine vernünftige, sondern auch eine zutiefst zufriedenstellende Möglichkeit.

Ich fiel sofort in einem traumlosen Schlaf.

SIEBENTES KAPITEL

I.

Scott kam aus der Zollabfertigung, und ich lief auf ihn zu. Er trug einen Regenmantel und einen kleinen Koffer, aber er ließ beides fallen, um mich zu umarmen, und der vertraute Geschmack seines Mundes machte mich schwindlig vor Erleichterung, daß nichts uns hatte auseinanderhalten können. Blind vergrub ich meine Finger in sein Haar, drückte sein Gesicht gegen das meine und fühlte, wie seine Arme mich fester umfaßten und mich gegen seine Rippen drückten.

„Willkommen zu Hause!“ flüsterte ich schließlich.

„Siehst du?“ sagte er lachend. „Ich habe es geschafft!“

Ein Träger kümmerte sich bereits um den Rest seines Gepäcks, und vor der Flughalle wartete der Chauffeur mit dem neuesten Cadillac meines Vaters.

„Jalousien und Doppelbett?“

„Nur getönte Fensterscheiben!“

„Du hast mich also ernstgenommen mit dem Sportwagen?“

„Ich hatte auf einmal entsetzliche Angst, einen Unfall auf dem Weg zum Flughafen zu bauen.“

„Ach, du Arme!“ sagte er erstaunt und nahm zum ersten Mal meine neurotischen Ängste ernst. „Es tut mir leid, daß ich dich am Telefon ausgelacht habe.“

„Das macht nichts – jetzt, wo du hier bist, ist alles gleichgültig.“

Wir sanken in die Rücksitze des Cadillacs, und er zog mich in seine Arme.

Da eine große Wahrscheinlichkeit bestand, daß wir im neuen Jahr nach Kalifornien umziehen mußten, um die paranoide Furcht meines Vaters, neben Scott in New York arbeiten zu müssen, zu besänftigen, hatte ich mich nicht erst bemüht, für uns ein neues Heim in der City einzurichten, sondern hatte statt dessen mein Bestes getan, den vorhandenen Platz in meiner Wohnung meinem neuen Leben als Scotts Frau anzupassen. Ich glaubte nicht, daß unser Aufenthalt in Kalifornien sehr lang sein würde, aber ich hielt es für das beste, zunächst einmal die Spielchen meines Vaters mitzuspielen, auf daß er später um so bereitwilliger meinem Wunsch entgegenkäme, wenn ich ihn zwecks unserer Rückkehr nach New York unter Druck setzte. Es würde sowohl ermüdend als auch langweilig sein, mich in diese notwendigen diplomatischen Manöver zu verwickeln, aber ich glaubte alles in Angriff nehmen zu können, selbst die Paranoia meines Vaters, wenn ich erst einmal Scotts Frau und Scott nicht mehr durch den Atlantischen Ozean von mir getrennt war.

„Wie geht's den Kindern?“ fragte er.

„Prima . . .“ Mit pubertären Kindern im Haus hatte ich es für einen Fehler gehalten, ihm vor unserer Heirat das Schlafzimmer meiner Wohnung anzubieten, und Scott hatte sich damit einverstanden erklärt, die letzten Tage seines Junggesellenlebens in einer Suite im Carlyle zu verbringen. Ich hatte ihm meine Privatwohnung angeboten, aber Scott hatte die Annehmlichkeiten des Hotelservices vorgezogen.

„Und deinem Vater?“

„Oh, dem geht's gut. Darling, ich kann es gar nicht erwarten, dir all die Änderungen in der Wohnung zu zeigen – ich habe das Schlafzimmer vollkommen neu dekorieren lassen, und das Ankleidezimmer ist zu einer Klause für dich geworden . . .“ Ich verflocht meine Finger mit den seinen, während ich sprach; ich konnte es kaum glauben, daß er so nah war. Jeder Knochen in seiner Hand schien wichtig, und jede Bewegung seiner Finger schien von größter Bedeutung zu sein.

„Das klingt großartig!" sagte er lächelnd. „Ich kann es kaum erwarten, alles zu sehen!"

Ich fühlte mich wieder schwindlig vor Erleichterung, obwohl ich nicht genau wußte, weshalb. „Du bist so entspannt", sagte ich. „So ruhig. Ich glaube, ich habe erwartet, daß du so angespannt bist wie ich."

„Warum? Ich habe mit Europa abgeschlossen, du bist fast meine Frau und ich bin wieder in New York! Wenn es je einen Grund gegeben hat, entspannt zu sein, dann ist es jetzt!"

„Natürlich! Wie dumm ich mich doch betrage . . . Die letzten Monate waren einfach so gräßlich – die Maler sind wie die Wilden in der Wohnung rumgerast – Donald Shine stellte wie ein Wilder die Wall Street auf den Kopf –"

„Der arme Don!" sagte Scott genüßlich. „Die Ostküste hat ihm also endlich beigebracht, daß Chuzpe nicht unbedingt alles erobert – es muß eine bittere Pille für ihn gewesen sein! Ich nehme an, er wurde zu selbstbewußt, nachdem er sich Jakes Unterstützung bei der Übernahme der Gesellschaft sicher war."

Zuerst glaubte ich, ihn falsch verstanden zu haben. „Entschuldige – könntest du den letzten Satz wiederholen?"

Er sagte es noch einmal. Mein Herz begann, gegen meine Rippen zu klopfen.

„Aber Scott", sagte ich, „Jake hat Shine nicht unterstützt."

„Aber natürlich hat er das! Shine mußte sorgfältig in alle Angelegenheiten des Trusts eingeweiht werden, und Jake war offensichtlich der Weg zu den Informationen, die er brauchte. Jake kannte alle Mitglieder des Ausschusses, und es muß mindestens ein Mitglied gegeben haben, das er nicht zu seinen Zwecken hat biegen können. Da Jake nun tot ist, werden wir wohl nie erfahren, wer dieses Mitglied war, aber ich nehme an, daß man Harry Morton seine Hexenjagd und seine therapeutischen Reinigungsprozesse einräumen muß. Ich muß deinen Vater fragen, wie die Untersuchung läuft, obwohl ich es persönlich für eine Zeitverschwendung halte . . . He, was ist los? Warum siehst du mich so an? Stimmt etwas nicht?"

Ich sagte stockend: „So ungefähr alles. Jake war der Informant, er war auf unserer Seite. Deswegen haben wir gewonnen.

Er hat uns schon damals im September wissen lassen, daß Shine hinter dem Trust her war."

Die Stille, die nun entstand, wurde nur von dem leisen Motorengeräusch des Cadillacs gestört. Wir hatten den Flughafen hinter uns gelassen und näherten uns jetzt dem Van-Wyck-Highway. Der Himmel hinter den getönten Fensterscheiben war von einem verschwommenen Grau.

„Hat es dir niemand gesagt?" sagte ich. „Gar niemand?"

„Nein." Er zögerte, aber nur für einen Moment. Dann sagte er: „Aber so seltsam ist das gar nicht. Ich war drüben in London sehr abgeschnitten, und manche Dinge diskutiert man besser nicht am transatlantischen Telefon. Ich kann auch kaum glauben . . . Honey, bist du sicher, daß du alle Fakten richtig verstanden hast? Jake war so offensichtlich Shines Alliierter. Er hat deinen Vater seit Jahren gehaßt."

„Am Schluß, als er im Sterben lag, war all das unwichtig geworden."

„Aber trotzdem . . . Bist du sicher – ganz sicher –"

„Scott, du bist so lange weggewesen, du machst dir keine Vorstellung, wie stark die Konservativen der Wall Street sich gegen einen jungen, schlauen Manipulierer wie Shine aufgelehnt haben, der versuchte, sich in die Finanzgesellschaft hineinzudrängen! Jake hat seinem Charakter entsprechend gehandelt. Wie alle Mitglieder der alten Garde betrachtete er Shine mit Vorurteilen, Ärger und unübersehbarem Abscheu."

„Wenn Jake aber Shine nicht eingeweiht hat – wer war es dann?"

Ich schüttelte den Kopf und zuckte die Schultern. „Ich weiß nicht. Ich glaube, niemand weiß es. Ist Harry nicht deswegen mitten in diesem ‚postmortem' beim Trust?"

„Weiß Gott, was Harry im Sinn hat. Ich verstehe überhaupt nichts, und ich kann diese Geschichte über Jake noch immer nicht glauben. Woher hast du das alles?"

„Von Harry selbst."

„Hat er mit Jake persönlich gesprochen?"

„Nein."

„Na also! Die ganze Geschichte ist irgendein verrücktes Gerücht – du würdest dich wundern über die Gerüchte, die nach derlei Krisen immer umgehen. Ich möchte wissen, wo Harry diese Geschichte herhat. Ich hätte nicht gedacht, daß er für so was so anfällig ist.“

„Harry erfuhr es von meinem Vater.“

„Von deinem Vater?“

„Jake hat Daddy angerufen, bevor er starb.“

„Aber das ist unmöglich! Sie haben seit Jahren nicht mehr direkt miteinander gesprochen!“

„Ich war im Zimmer, als mein Vater den Anruf entgegennahm. Jake hat mich dazu benutzt, meinen Vater zu überzeugen, daß er mit ihm sprechen sollte. Es stimmt alles, Scott. Es ist kein Gerücht. Es ist alles wahr.“

Er starrte mich an. Er sagte nichts und wandte sich ab, um die häßlichen Vororte Long Islands durchs Fenster anzustarren.

„Obwohl ich im Zimmer war“, sagte ich, „konnte ich natürlich kein Wort von dem hören, was Jake am Telefon zu meinem Vater sagte, und er hat nichts verraten. Er war hinterher verstört, aber ich dachte, es sei wegen Jakes Krankheit. Ich habe damals nicht daran gedacht, daß sie über . . . na ja, es ist ja jetzt auch egal, was geht es mich schon an? Der Trust ist gerettet, Shine hat sich zurückgezogen, und damit hat sich's. Oh, Scott, laß uns bitte die ganze Sache vergessen! Können wir nicht über etwas anderes reden?“

„Natürlich.“ Er saß bewegungslos da und starrte noch immer aus dem Fenster. Sein Gesicht war ausdruckslos. Schließlich sagte er: „Ja. Entschuldige – erzähl mir mehr über die Kinder. Wie fand Paul sein erstes Semester auf Choate?“

Ich fing an, von Paul zu erzählen. Ich fragte mich, ob ich ihm über Erics Entschluß, nicht in die Bank zu gehen, berichten sollte, war aber schließlich das Thema Willow Street eins so satt, daß ich nichts sagte. Statt dessen sprach ich über meine Pläne für ein Weihnachten mit der ganzen Familie, und während ich meiner plaudernden Stimme zuhörte, sah ich die gezackten Türme Manhattans den stählernen Himmel jenseits des Betonbandes des Highways durchbohren.

Als wir seine Suite im Carlyle erreichten, wollte ich nichts weiter als ins Bett gehen und die Tür vor der Welt für ein paar kostbare Stunden verriegeln, aber Scott sagte nur: „Warum bestellst du uns nicht ein paar Getränke, während ich schnell dusche?“ und ließ mich im Wohnzimmer allein.

Ich wählte die Nummer des Zimmerkellners und bestellte sechs Cokes, einen Eiskübel und einen doppelten Martini. Dann saß ich einfach im Wohnzimmer und starrte die geschlossene Schlafzimmertür an. Einige Zeit verging, aber schließlich hörte ich das Telefon knacken, und ich wußte, daß Scott am anderen Anschluß im Schlafzimmer telefonierte.

Ich sagte mir, daß ich nicht zuhören würde. Aber ich tat es doch. Ich konnte mich nicht beherrschen. Eine Sekunde später drückte ich meine brennende Wange gegen das Holz der Schlafzimmertür und hörte Scott abrupt sagen: „Ist er da, bitte? Okay, könnten Sie ihn bitten, Scott Sullivan im Hotel Carlyle anzurufen? Danke.“ Ich hörte, wie er auflegte, und als er die Tür öffnete, stand ich bereits in einiger Entfernung beim Fenster.

Er hatte sich umgezogen, trug aber statt Freizeitkleidung einen anderen Anzug, ein frisches Hemd und eine Krawatte, und ich wollte ihn eben erstaunt fragen, weshalb er glaubte, so formell sein zu müssen, als der Ober mit den Drinks erschien.

Das Telefon klingelte, als Scott gerade ein Trinkgeld hervorzog.

„Soll ich das abnehmen?“ fragte ich, aber er griff bereits nach dem Hörer.

„Hallo?“ sagte er, aber es war offensichtlich nicht der Anruf, den er erwartete. Ich sah, wie er sich für einen Augenblick entspannte, aber dann war er plötzlich wieder angespannt und wandte sich von mir ab, als wollte er mich aus der Szene ausschließen. „Natürlich“, sagte er in die Muschel. „Ich komme sofort. Kein Problem. Wie geht es dir, Cornelius?“

Aber die Leitung war tot. Er schaute den Hörer in seiner Hand kurz an und zuckte die Schultern, bevor er sich zu mir umdrehte. „Das war dein Vater“, sagte er. „Irgendeine neue Krise. Er möchte mich sofort sehen.“

„Oh, aber –“ Mir stockte der Atem. Es war so seltsam. Meine Lungen schienen nicht mehr zu wissen, wie sie rhythmisch zu arbeiten hatten. Ich fragte mich, ob ich verspätet die asthmatische Schwäche meines Vaters entwickelte.

„Ja, er ist natürlich mal wieder unmöglich“, sagte Scott schnell, „aber was soll man machen, wenn man solche Despoten nicht verärgern will? Ich werde mich hüten, mit deinem Vater zu streiten, wenn er beschlossen hat, den großen Diktator zu spielen! Schau, Honey, ich habe keine Ahnung, wie lange das dauern wird. Warum gehst du also nicht einfach nach Hause, und ich komme so bald wie möglich zu dir?"

„Okay." Ich atmete wieder, aber jeder Atemzug schmerzte. Ich sank langsam auf die äußerste Kante der Couch nieder. „Geh nur voraus. Ich trinke nur noch meinen Martini."

„Natürlich." Er beugte sich zu mir herab, um mich zu küssen, seine Lippen streiften meine Stirn, und im nächsten Augenblick war er verschwunden.

Ich trank meinen Martini, aber die Enge in meiner Brust schien nicht besser zu werden. Es wurde mir eben klar, daß ich noch nie in meinem Leben eine solche Angst gehabt hatte, als das Telefon abermals klingelte.

Ich erschrak so, daß es einige Sekunden dauerte, bis ich den Mut hatte, den Hörer abzunehmen.

„Hallo?" flüsterte ich.

Eine männliche Stimme sagte vorsichtig: „Vicky?"

„Ja."

„Ah – hallo, meine Schöne – ich dachte doch, daß Sie es sind! Hier ist Donald Shine . . ."

II.

„He, ist Scott da?" sagte er. „Ich habe gerade mein Büro angerufen, und als ich hörte, daß er versucht hat, mich zu erreichen, merkte ich, daß ich nur zwei Häuserblocks vom Carlyle entfernt war, also entschied ich mich, einfach hinüberzukommen. Ich bin jetzt unten im Foyer. Darf ich hinaufkommen?"

In dem kurzen Augenblick, während er sprach, durchlebte ich ein ganzes Leben von Liebe, Haß, Wut und Trauer, als ich aber antwortete, war meine Stimme ausdruckslos.

„Sicher", sagte ich. „Warum auch nicht?" Dann legte ich auf und ging zur Tür, um auf ihn zu warten.

Er sah sehr smart aus in seinem gutgeschnittenen dunkelgrünen Anzug mit einem olivgrünen, gestreiften Hemd und einer farblich abgestimmten gemusterten Krawatte. Sein Haar, noch immer so hell und lose, als ob er es eben gewaschen hätte, war länger denn je und wellte sich attraktiv über seinen Ohren. Trotz des kürzlich erlittenen Rückschlages hatten seine braunen Augen nichts von ihrer Lebensfreude verloren, und sobald er das Zimmer betrat, sah ich, daß er auch nichts von seinem Überschwang eingebüßt hatte.

„Hallo", sagte er, während er über die Schwelle brauste, als ob er gerade das ganze Hotel gekauft habe. „Wo ist Scott?"

„Er ist nicht da. Aber ich wollte mit Ihnen sprechen."

„Aber nein!" sagte Donald Shine und drehte sich abrupt nach mir um.

Der Schmerz hatte meine Brust verlassen. Da ich nun die Wahrheit wußte, konnte mich die Furcht vor unerträglichen Wahrheiten nicht länger lähmen, und es war auf einmal leicht, gelassen zu sein, genauso leicht, wie mit meiner höflichsten Stimme: „Bitte nehmen Sie Platz, Mr. Shine!" zu sagen.

„Einen Moment! Wenn Sie hier über den Trust hetzen wollen, dann bleibe ich erst einmal aufrecht! Schauen Sie, was mich angeht, so ist der Trust zwei Meter tief unter der Erde, und selbst wenn dem nicht so wäre, würde ich die Sache nicht mit Ihnen besprechen, nachdem Sie mich dermaßen übers Ohr gehauen haben!"

„Ich hätte Sie übers Ohr gehauen? Was, zum Teufel, meinen Sie damit?"

„Nun, Sie waren es doch, oder? Sie haben sich des Bettgeflüsters schuldig gemacht, wie Doris Day zu Rock Hudson sagte, kurz bevor sie ihre Jungfräulichkeit verlor. Oder hat sie sie nicht verloren? Ich glaube, ich habe den Film nie gesehen."

„Wollen Sie damit sagen –"

„Ach, kommen Sie, Vicky! Seien Sie doch ehrlich! Scott vertraute Ihnen, dabei hätte er den Mund halten sollen – stimmt's? Und dann sind Sie geradewegs mit den schlechten Nachrichten zu Daddy gerannt, sobald Scott den Rücken gedreht hatte! Wie sonst hätte Cornelius Van Zale so lange im voraus etwas von meinen Plänen wissen sollen? Teufel, ich bin erstaunt, daß Scott noch etwas von Ihnen wissen will, aber ich nehme an, er glaubt, Sie wären ein Sicherheitsnetz – er hat einen schweren Sturz vom Trapez hinter sich, aber wenn er Sie heiratet, dann wird er eines Tages trotzdem noch Präsident der Van-Zale-Gesellschaft, wenn der Alte erst mal ins Gras beißt!"

„Aber –"

„Und, Gott verdamm' mich, warum sollte er Sie nicht heiraten? Sie sind so hübsch, daß selbst ich Ihnen nicht mehr böse sein kann! Scott ist ein Schwein, das noch mal Glück gehabt hat, das können Sie ihm ruhig ausrichten!" Er lächelte gutmütig und ging auf die Tür zu. „Nun, wenn Sie mich jetzt entschuldigen wollen –"

„Von mir hat mein Vater nichts erfahren", sagte ich. „Es war Jake Reischman."

Als er sich hastig umdrehte, sah ich, daß seine dunklen Augen grüngesprenkelt waren und daß sich seine Pupillen weiteten, während aller Ausdruck des Überschwangs sein Gesicht verließ. Er sagte: „Sie halten mich wohl zum besten."

„Nein. Er hat mir selbst gesagt, daß eine alte Freundschaft mehr bedeutet als neue Geschäftsverbindungen."

Eine lange Stille trat ein.

„Mensch, Scheiße", sagte Donald Shine schließlich. „Mensch, Scheiße." Er öffnete die Tür, aber dann überkam ihn der Wunsch, seiner Wut freien Lauf zu lassen, also schloß er die Tür wieder und sah mich an. „Wenn das stimmt", sagte er heftig, „dann ist dieser Liebhaber von Ihnen in Schwierigkeiten. Jake wußte alles. Er wußte, daß Scott mir letzten Mai vorschlug, daß mein nächstes Ziel der Trust sein sollte, und er wußte, daß Scott mir alle Informationen, die ich brauchte, zugetragen hat. Ich habe Jake nichts von der gesamten Angelegenheit verschwiegen."

„Vielen Dank", sagte ich. „Ich bin sicher, daß Scott genau das herausfinden wollte, als er Sie eben anrief. Leben Sie wohl, Mr. Shine."

„Und Ihrem Vater können Sie ausrichten –"

„Die Tür ist genau hinter Ihnen. Gehen Sie bitte."

„Zum Teufel mit Ihnen – ihr könnt mir alle den Buckel runterrutschen, ihr beschissenen Snobs!" schrie Donald Shine, als er aus meinem Leben ging. Dann schlug die Tür zu, und ich war allein mit all den Trümmern, die er hinterlassen hatte.

III.

Ich hastete nach unten, bestieg ein Taxi und sagte dem Fahrer, er solle mich in die Willow und Wall Street fahren. Der Augenblick der Ruhe war vorbei, und jetzt empfand ich wieder erstickende Furcht, die mich fast zur Panik trieb. Ich wußte nichts weiter, als daß ich so schnell wie möglich zu Scott gelangen mußte.

„Ja, Madam?" sagte der neue, junge Sicherheitsbeamte am Eingang der Bank. „Kann ich Ihnen behilflich sein?"

„Ich möchte Mr. Sullivan sehen – einer der Partner –, ein großer, dunkelhaariger Mann in den Vierzigern – er muß vor ungefähr einer halben Stunde hier eingetroffen sein."

„Oh, der ist schon wieder weggegangen, Madam. Er war nicht lange hier."

„Weggegangen? Er ist weggegangen, sagen Sie? Sind Sie sicher? Gut, dann möchte ich gern meinen Vater sehen – Mr. Van Zale."

„Mr. Van Zale ist auch weggegangen, Madam. Er ist kurz nach Mr. Sullivan in seinem Wagen abgefahren."

„Aha. Entschuldigen Sie, aber ich muß mich setzen. Ich fühle mich nicht wohl. Gibt es irgendwo einen Stuhl?"

Er führte mich hastig in die innere Eingangshalle, wo ich auf einen Stuhl niedersank, der bei den Säulen stand, die die große Halle umgaben. Aber bevor ich meiner Übelkeit Herr werden konnte, erhob sich einer der Partner von seinem Schreibtisch und eilte auf mich zu.

„Vicky! Geht es dir nicht gut?"

„Peter . . . Ja, ich fühle mich miserabel. Könnte ich einen Brandy haben? Vielleicht im Büro meines Vaters . . . Ich weiß, daß er für heute das Büro verlassen hat, aber wenn ich vielleicht eine Weile ruhig in seinem Zimmer sitzen könnte –"

„Selbstverständlich. Ich werde Sie selbst hinaufbegleiten. Soll ich einen Arzt rufen?"

Irgendwie fand ich die Worte, ihm zu sagen, daß das unnötig sei.

Wir gingen durch die große Halle, und ich starrte auf den Fußboden, so daß ich nicht all die Partner grüßen mußte, an deren Schreibtischen wir vorbeikamen. Das Büro meines Vaters ging von der hinteren Eingangshalle ab, und als ich es erreicht hatte, entledigte ich mich meines Begleiters, trank den Brandy, den er mir eingegossen hatte und ließ mich in den Sessel hinter dem Schreibtisch meines Vaters fallen. Mehrere Telefone standen auf dem Schreibtisch. Ich versuchte es zuerst mit dem schwarzen, und nach einer Weile konnte ich eine Verbindung herstellen.

Der Empfang im Carlyle sagte, daß Scott noch nicht zurückgekehrt sei, und obwohl ich fünf Minuten später abermals anrief, wurde das Telefon in seiner Suite noch immer nicht abgenommen. Dann wählte ich die Nummer des Apartments meines Vaters.

Er war gerade dort eingetroffen.

„Vicky?“ sagte er, als der Butler den Hörer an ihn weiterreichte.

„Ja.“ Ich konnte nichts weiter sagen.

„Wo bist du?“

„Willow und Wall.“

„Hast du mit Scott gesprochen?“

„Nein. Mit Donald Shine.“

Mein Vater sagte kurz: „Ich komme sofort. Bleib bitte, wo du bist. Ich werde so bald wie möglich dort sein.“

„Daddy –“

„Wieviel weißt du?“

„Alles. O Gott, alles –“

„Dann wirst du verstehen, daß ich keine Wahl hatte, als ihn zu –“

„Nein – nein, du hast ihn nicht gefeuert – bitte, bitte sag, daß du ihn nicht –“

„Es war nicht nur mein Entschluß, Vicky. Allein habe ich nicht die Macht, Scott vor Anfang nächsten Jahres zu entlassen, aber sobald alle Partner wußten, wie übel er sich benommen hatte, indem er nicht nur den Trust in Gefahr gebracht hat, sondern auch die ganze Firma in der Willow und Wall –“

„Daddy, das kannst du nicht machen. Das darfst du nicht. Du mußt ihn wieder einstellen. Alles war ein gräßlicher Fehler, er hätte sich überhaupt nie mit Shine eingelassen, wenn er nicht die irrtümliche Vorstellung gehabt hätte, du wolltest ihm alles wegnehmen –“

„Einen Moment, Vicky! Reg dich nicht auf. Die Situation ist

nicht so schlimm, wie du glaubst. Es war Scott natürlich klar, daß ich keine andere Wahl hatte, als ihn zu feuern – er war auf das Schlimmste vorbereitet, als er zu mir kam, er hatte sich sogar damit abgefunden. Es gab keine große, melodramatische Szene – ganz im Gegenteil! Wir hatten eine ruhige, verständige Besprechung, und ich habe ihm angeboten, alles in meiner Macht Stehende zu unternehmen, damit er eine gleichwertige Partnerschaft woanders bekommt. Ich habe ihm auch klargemacht, daß mir nach wie vor sehr daran liegt, mit ihm auf freundschaftlichem Fuße zu stehen, obwohl es mir unmöglich ist, ihn als Partner zu behalten. Alles wird in Ordnung kommen, Vicky. Die ganze Geschichte war eine Katastrophe, ich streite es nicht ab, aber wir werden darüber hinwegkommen. Bist du noch da? Hörst du mir zu? Wir werden darüber hinwegkommen, Vicky. Alles wird –“

Ich legte auf und wählte das Carlyle, bekam aber noch immer keine Antwort von Scotts Suite. Mir war klar, daß ich sofort dort hineilen mußte; als ich mich aber erhob, tanzten schwarze Punkte vor meinen Augen, und ich mußte mich wieder setzen. Ich goß mir noch einen Brandy ein, und während ich wie betäubt im Sessel meines Vaters saß, kristallisierte sich ein Gedanke aus der Masse von Eindrücken, die mich quälten, und diesen Gedanken wurde ich nun nicht mehr los: ich glaubte meinem Vater nicht. Ich glaubte ihm kein einziges Wort.

Ich starrte auf den Schreibtisch nieder. Auf einmal wurde mir klar, daß ich nach etwas suchte, obwohl ich nicht wußte, was das hätte sein können. Ein paar Briefe lagen unter einem gläsernen Briefbeschwerer, eine Fotografie von Alicia, eine Fotografie von mir, eine lederne Schreibtischgarnitur, zwei dünne Ordner und ein unerwartet großer silberner Zigarettenkasten. Mein Vater hielt nie Zigaretten für Gäste bereit, forderte nie dazu auf, in seiner Gegenwart zu rauchen. Ich hob den Deckel.

„O Gott“, sagte ich, und die Spulen des exquisiten kleinen Tonbandgerätes drehten sich automatisch beim Klang meiner Stimme.

Ich hatte das neueste Spielzeug meines Vaters entdeckt.

Ich fummelte eine Zeitlang ungeschickt damit herum, schließlich aber war das Tonband zurückgespult, und ich hatte herausgefunden, wie man es abspielte. Ich drückte auf den Knopf. Die Vorstellung begann.

Zwei Minuten lang lauschte ich dem einseitigen Telefongespräch zwischen meinem Vater und Harry Morton, aber einige Sekunden, nachdem es beendet war, hörte ich eine Frauenstimme über die Sprechanlage sagen: „Mr. Sullivan ist hier, Mr. Van Zale."

„Führen Sie ihn herein."

Eine weitere Pause. Die Tür öffnete sich. Scotts Stimme sagte freundlich: „Cornelius! Schön, dich zu sehen!"

Ich wartete und hielt den Atem an, aber alles blieb still, bis Scott schließlich abrupt sagte: „Nun, wenn du nicht reden und mir nicht die Hand schütteln willst, dann sollte ich vielleicht um eine Erklärung bitten."

Dann sprach mein Vater. Er sagte, leidenschaftslos wie ein Schachspieler, der ein schwieriges Spiel mit seinem äußersten Geschick beendet: „Erlaube mir, dir zunächst einen Drink zu machen . . ."

IV.

Ich lauschte, ein blinder Zeuge der Metzelei, während sich die kleinen Spulen in dem glänzenden Kästchen um und um drehten. Die Welt bestand nur aus der Oberfläche eines Schreibtisches und den Stimmen, die ich nach einer Weile nicht mehr erkannte, da sie mit den zwei Menschen, die ich liebte, nichts mehr zu tun hatten. Ich sagte mir, daß ich einer Konversation zwischen zwei Fremden zuhörte; ich sagte mir, daß ich Halluzinationen hatte, daß ich die Alpträume durchlebte, die mein Unterbewußtsein kontrollierten; ich sagte mir, daß ich eine fremde Person an einem fremden Ort sei und daß ich schließlich aus der Welt der Illusion wieder in die Welt der Wirklichkeit auftauchen würde.

Aber während ich mir diese frenetischen Lügen einredete, wußte ich, daß diese sich drehenden Spulen Wirklichkeit waren und daß ich daneben saß und zusah, wie sie all meine Träume unrettbar zermalmten.

„Du hast dein ganzes Leben vergeudet, Scott. Du bist schließlich genauso eine Pleite wie dein Vater geworden. Und die größte Ironie von allem ist, daß ich seit Jahren wollte, daß du die Bank bekommst. Obwohl du es nicht wußtest, hast du dich in der

Tat dafür aufgeopfert, mir genau das zu geben, was ich mir am meisten wünschte."

„Nein!" schrie ich. „Sag ihm das nicht! Sag ihm das niemals!"

Aber die Spulen drehten sich weiter, und ich hörte wieder die Stimme meines Vaters.

„Aber es genügte dir nicht, die Bank zu bekommen, nicht wahr? Du bist dermaßen geisteskrank, daß nichts dich befriedigte, als alles zu zerstören, was mir lieb ist; also fingst du an, mit meiner Tochter herumzuwurschteln und mich von den Menschen zu entfremden, die ich liebe."

„Nein!" schluchzte ich. „Nein, nein, nein!"

„Nein!" schrie Scott. „So war es nicht! Du bist es, der geisteskrank ist, indem du alles verdrehst und so tust, als liebe ich Vicky nicht –"

„Nun, Vicky kannst du jetzt vergessen! Die ist mit dir fertig. Sie hat es mir selbst gesagt. Sobald sie damals im September von Jake die Wahrheit erfuhr, sah sie sofort, wie du sie dazu benutztest, deine Zukunft sicherzustellen!"

„Das ist eine Lüge!"

„Ach, wirklich? Und ich sage dir, daß sie damals sofort mit dir brechen wollte, aber ich habe sie dazu überredet, noch solange weiterzumachen, bis ich Shine verarztet hatte. Sie wollte sich nicht darauf einlassen – sie hatte Angst vor dir. Sie hatte schon seit einiger Zeit Angst vor dir – ist dir entgangen, wie angespannt und nervös sie geworden ist? Sie wollte dich heute überhaupt nicht sehen, aber ich gab ihr mein Wort, daß ich sofort nach dir schicken würde, wenn du im Hotel eingetroffen wärest. Ich wollte es nicht riskieren, daß du ihr etwas antust."

„Aber ich würde Vicky nie etwas zuleide tun – niemals –"

„Mein Gott, bist du kaltblütig, so etwas zu sagen – und dabei bezichtigst du mich der Lüge! Du mußt kranker sein, als ich dachte!"

„Ich schwöre dir, *ich würde Vicky nie weh tun!*"

„Red' doch nicht solchen Quatsch. Du wolltest sie damals im August umbringen."

Ich dachte verschwommen: Kevin hat mich betrogen. Am Schluß hat er, wie Jake, gefunden, daß seine Loyalität der Verbindung gehört, die lange vor meiner Geburt geknüpft worden war.

„Sie hat mir alles darüber erzählt. Du hast versucht, sie zusammenzuschlagen. Du hast gedroht, sie umzubringen. Darüber ist sie nie hinweggekommen, darüber wird sie auch nie hinwegkommen, aber sie hatte zuviel Angst vor dir, um die Verlobung sofort aufzulösen. Erst als sie nach New York zurückkehrte und die ganze Wahrheit über deine Aktivitäten mit Shine erfuhr, wurde ihr klar, wie sehr sie ausgenutzt und mißbraucht worden war!"

„Du lügst mich an, du lügst mich an, genauso wie du mich damals über meinen Vater angelogen hast –"

„Du weißt, daß ich nicht lüge. Du weißt, daß dies die Wahrheit ist. Du kannst sie nur nicht ertragen, das ist alles. Du bist zu krank. Man sollte dich einsperren. Das mindeste, das ich tun kann, ist sicherzustellen, daß du nie wieder einen Job als Banker bekommst und meine Tochter nicht weiterhin terrorisierst. Ich werde dafür sorgen, daß die gesamte Wall Street weiß, wie du mich mit Donald Shine hintergangen hast, und ich habe bereits Sicherheitsbeamte engagiert, die Tag und Nacht über meine Familie wachen. Mach einen Schritt – einen einzigen –, um Vicky wiederzusehen, und ich werde dich wegen Körperverletzung ins Kittchen bringen, und sag ja nicht, daß ich das nicht kann, denn wir wissen beide verdammt genau, daß ich das sehr wohl kann. Mit dir ist es aus. Kapiert? Ich kenne dich nicht mehr, Vicky kennt dich nicht mehr, niemand möchte mehr mit dir etwas zu tun haben. Du hast versagt. Feierabend. Und jetzt mach, daß du rauskommst und geh irgendwohin, weit weg, und lebe mit diesen Wahrheiten – wenn du es kannst. Von jetzt an ist es mir gleichgültig, was aus dir wird, weil ich dich nie wieder sehen will. Es ist vorbei. Schluß. Ich habe nichts mehr zu sagen."

Ich stellte das Tonbandgerät ab und sagte laut: „Ich kann mir solche Bösartigkeit nicht mit anhören", aber während ich noch sprach, drehte ich das Gerät wieder an. „Ich kann nicht zuhören", sagte ich. „Ich kann nicht." Aber da war mein Vater, und er redete mit so giftiger Glaubhaftigkeit und verwüstete damit das Leben, das mir so kostbar war, und da war Scott, der Flüche brüllte, bis der Raum von seinen abgerissenen Sätzen widerhallte, und dann stürzten die Leibwächter meines Vaters ins Zimmer, und ich hörte, wie sie handgreiflich wurden und jemand, sicher nicht Scott, sondern jemand, der schwer krank war, drohte Gewalttätigkeit an, und mein Vater sagte: „Mache noch eine solche Drohung vor Zeugen und du wirst noch vor Sonnenuntergang in einer psychiatrischen Zelle des nächstliegenden Gefängnisses sitzen“, und als Scott dann wieder anfing, Obszönitäten zu brüllen, schaltete ich das Gerät ab. Aber diesmal drehte ich es nicht wieder an. Lange starrte ich die Spulen stumm an. Dann spulte ich das Band zurück, nahm es aus dem Apparat und steckte es in meine Handtasche. Meine Augen waren jetzt trocken und meine Hände zitterten nicht mehr.

Ich verließ das Zimmer, ging durch die gesamte Länge der großen Halle, ohne nach rechts oder links zu schauen, und als sich der Portier in der vorderen Eingangshalle erbot, mir ein Taxi zu rufen, sagte ich: „Ja. Danke, das wäre nett“, als ob ich auf dem Weg zu einer gesellschaftlichen Verabredung wäre.

Unterwegs hätte ich fast den Fahrer gebeten, bei einer Telefonzelle zu halten, aber es war sinnlos, das Carlyle erneut anzurufen. Scott ging offensichtlich nicht ans Telefon.

Beim Hotel bezahlte ich das Taxi und durchschritt das Foyer auf meinem Weg zu den Lifts. Mir war, als bewegte ich mich in einem Traum; die Welt war hell, aber weit entfernt, als ob ich durch das falsche Ende eines Teleskops blickte, und ich konnte nicht mehr hören, was die Menschen sagten.

Meine Hand war noch immer ruhig, als ich mit dem Schlüssel die Tür der Suite aufschloß. Ich trat ein. Natürlich war da ein Brief. Ich glaube, es ist immer so in solchen Fällen.

„Meine geliebte Vicky, glaube nichts von dem, was Dein Vater Dir erzählt. Ich hätte mich nicht mit Shine einlassen sollen, aber ich wußte, daß Dein Vater fest entschlossen war, mich um das, was von Rechts wegen mir gehörte, zu betrügen, und Shine war meine letzte Chance, den Seelenfrieden zu erlangen, den ich seit so langer Zeit suchte.

Ich weiß jetzt jedoch, daß es keine Gerechtigkeit und keinen Frieden gibt. Ich werde es nie wiedergutmachen, was ich meinem Vater angetan habe, genau wie ich es nie wiedergutmachen kann, daß ich Dich in dem Glauben ließ, ich könne Dir je das Glück schenken, das Du verdienst. Ich sehe jetzt ein, daß wir uns selbst betrogen haben, als wir dachten, wir könnten eine erfolgreiche Ehe führen. Ich bin Deiner nicht wert, tauge nicht zum Leben. Die Gewalttätigkeit läßt mich einfach nicht aus.

Ich habe es fertiggebracht, all die Jahre weiterzumachen, weil ich diese Gewalttätigkeit nach außen gekehrt habe. Indem ich sie in meine Ambition ableitete, konnte ich mit mir selber leben, aber da meine Ambitionen zertrümmert wurden, habe ich kein Ventil mehr für diese Gewalttätigkeit, also hat sie nirgends Platz als in meinem Inneren. Aber vielleicht ist dies, was ich immer gewollt habe. Sterben ist für einen Mann manchmal nicht das Schlimmste, was ihm passieren kann. Das schlimmste ist, mit den Konsequenzen von dem, was er getan oder nicht getan hat, zu leben.

Ich liebe Dich so sehr, daß ich nicht ganz glauben kann, daß Du mich nicht mehr liebst, aber wenn Du mich nicht mehr liebst, dann verzeih mir bitte all den Schmerz und die Trauer, die ich Dir bereitet habe, und glaube mir bitte, wenn ich sage, daß ich an Dich denke, wenn ich in die Dunkelheit eintauche und daß ich Dir danke für all die wunderbaren, sonnendurchfluteten Stunden, die wir miteinander geteilt haben. In ewiger Liebe, *Scott!*“

Ich ging ins Badezimmer und kniete beim blutroten Wasser nieder. Sein Körper war noch warm, aber er war tot. Für eine lange Zeit legte ich meine Wange an die seine, und während ich sein Haar streichelte, sah ich Kennedy in Dallas sterben und Jackies blutbeflecktes Kleid sowie die beschmutzte Erde von Vietnam und die brennenden Städte Amerikas – ich sah all diese unzusammenhängenden Bilder von Gewalttätigkeiten, und sie verschmolzen zu einem Bild und es wurde der Hintergrund unserer Affäre und dann schien es mir, daß Scott und ich nicht mehr das Zentrum der Bühne einnahmen, sondern uns in dem Blut auflösten, das aus den Kulissen strömte, um über uns zusammenzuschlagen; es war, als ob die Gewalt die Mitte der Bühne eingenommen hatte, um unser Leben zu beherrschen und zu zerstören.

Ich sagte laut: „Ich muß ihn an einen sehr friedlichen Ort bringen.“ Und ich sehnte mich plötzlich nach Frieden und nach einem Ende aller unerträglichen Leiden der Gewalttätigkeit. Mir war, als müsse ich weit weggehen, weit, weit weg; mir war, als müsse ich einen neuen Anfang machen, aber die Erfüllung dieser Sehnsucht schien so unerreichbar und beschwor eine andere Welt herauf, betrachtet durch das falsche Ende eines Teleskops –

und ich wußte nicht, wie ich je dort hingelangen sollte. Ich kniete einfach weiter neben dem blutigen Wasser, streichelte weiter sein dunkles Haar, bis ich schließlich sagte: „Ich muß jetzt etwas tun.“ Und dann ging ich ins Wohnzimmer zurück. Mir fiel ein, daß ich nicht gestört werden wollte, also hing ich das Schild *Bitte nicht stören* vor die Tür. Danach wußte ich nicht, was ich noch tun sollte, und setzte mich ganz einfach auf die Couch.

Einige Zeit lang blieb ich dort sitzen. Es begann dunkel zu werden. Ich fragte mich, ob ich die Polizei rufen sollte, aber ich wußte, daß ich mit niemandem würde sprechen können. Normalerweise hätte ich mich an meinen Vater gewandt, aber ich konnte mich natürlich nicht an meinen Vater wenden, jetzt nicht mehr.

Als es ganz dunkel war, schaltete ich das Licht an und ging auf die Badezimmertür zu, um wieder bei ihm zu sitzen, als ich aber die Tür erreichte, merkte ich, daß ich nicht imstande war, sie zu öffnen. Ich hörte meine Stimme sagen: „Scott ist tot.“ Und plötzlich erhaschte ich einen Blick von mir in dem langen Spiegel, eine Frau in einem blauen Mantel, eine Frau weit weg in irgendeiner privaten Hölle, wo niemand sie erreichen konnte, eine Frau ohne Zeitverbindung, gepfählt an die Vergangenheit, gelähmt von der Gegenwart, unfähig, die Zukunft zu erkennen.

„Scott ist tot“, sagte ich. „Tot.“ Dann fiel mir ein, daß tote Menschen beerdigt werden mußten, und ich war froh, daß ich mich daran erinnerte, weil mir sofort klar war, wo ich ihn hinbringen mußte. Ich fragte mich, wie ich den Leichnam nach England transportieren lassen könnte. Das würde wahrscheinlich sehr kompliziert sein. Ich beschloß, daß ich sofort Hilfe haben mußte, und als ich erst einmal diesen Entschluß gefaßt hatte, fühlte ich mich viel wohler, weil mir klar wurde, wie umsichtig ich mich benahm. Ich ging zum Telefon und ließ mich mit Sebastians kleinem Haus in Cambridge verbinden.

V.

Sebastian nahm bereits nach dem zweiten Klingelzeichen das Telefon ab.

„Oh, hallo“, sagte ich. „Ich bin's. Es tut mir leid, dich zu stören, aber Scott ist tot – er hat Selbstmord begangen –, und ich bin nicht sicher, was ich tun soll. Ich bin hier bei ihm, weiß aber nicht so recht, wie ich mit all den Formalitäten fertig werden soll, um ihn nach Mallingham zu bringen. Was glaubst du, soll ich als nächstes tun? Meinen Vater kann ich nicht fragen. Das verstehst du doch, nicht wahr, Sebastian? Meinen Vater kann ich nicht fragen."

„Warte."

Ich wartete gehorsam.

„Okay, wir wollen Schritt für Schritt vorgehen. Bist du sicher, daß er tot ist?"

„Ja, natürlich."

„Hast du die Polizei gerufen?"

„Nein, noch nicht."

„Wo bist du?"

„In Scotts Suite im Carlyle."

„Gut. Also, du tust jetzt folgendes: Nimm deine Handtasche und alles, was dir sonst noch gehört, lasse aber deinen Schlüssel zu der Suite auf der Kommode im Schlafzimmer. Verstanden? Okay, tu das, und komm dann wieder an den Apparat."

Ich tat, wie mir geheißen.

„Prima", sagte Sebastian, als ich zum Telefon zurückkehrte. „Jetzt verlasse das Hotel so gleichmütig wie möglich und geh zu Fuß nach Hause. Nimm kein Taxi. Das Ziel dieser Anweisungen ist, wie du sicher merkst, daß du keine Spur von dir im Carlyle hinterläßt. Wenn dir das gelingt, dann wird die Polizei mit ihren Nachforschungen wahrscheinlich in der Willow und Wall Street beginnen, und dann wird dein Vater alles in die Hand nehmen, bevor sie dich belästigen können."

„Ich verstehe. Ja."

„Wenn du nach Hause kommst, schau im Branchenverzeichnis unter *Sicherheit* nach und engagiere zwei Wächter, die du für die nächsten sechsunddreißig Stunden vor deiner Haustür postierst, um jedermann abzuwimmeln. Bestehe darauf, daß niemand deine Schwelle überschreitet außer deinen Kindern und deinen Angestellten. Ich werde dich sofort nach meiner Ankunft anrufen. Wenn ich den Morgenflug von London erwische, dann werde ich morgen nachmittag gegen vier Uhr bei dir sein. Hast du all das verstanden? Möchtest du, daß ich etwas wiederhole?"

„Nein, alles ist klar.“

„Noch etwas: ist irgendwo Blut?“

„O ja“, sagte ich erstaunt. „Er hat sich die Pulsadern durchschnitten. Das Badewasser ist ganz rot.“

Eine Pause trat ein, bevor Sebastian sagte: „Ja. Ich verstehe. Ja. Okay, bevor du die Suite verläßt, vergewissere dich, daß du kein Blut an deiner Kleidung hast. Wir wollen nicht, daß die Leute auf dich aufmerksam werden.“

„Es ist in Ordnung. Das Blut ist nur in der Badewanne.“

„Ja . . . so wird es wohl sein. Vicky, wenn du nach Hause kommst, würdest du bitte einen Arzt rufen und dich gegen Schock behandeln lassen?“

„Ich bin okay, Sebastian. Ich fühle mich jetzt viel besser, da ich nun weiß, was ich tun soll. Ich brauchte nur jemanden, der mir einen Rat gibt.“

„Hm. Aber rufe trotzdem einen Arzt, ja? Nur, um mir einen Gefallen zu tun?“

„Sicher. Wenn du willst.“

„Danke. Vergiß nicht, daß ich so bald wie möglich bei dir sein werde. Du mußt nur versuchen, es bis dahin durchzustehen.“

„Kein Problem. Mach dir keine Sorgen um mich“, sagte ich und brachte es nur eben noch fertig, den Hörer aufzulegen, bevor ich das Bewußtsein verlor.

VI.

Ich war nur für eine kurze Zeit ohnmächtig, als ich aber wieder zu mir kam, fühlte ich mich so schlecht, daß ich zunächst dachte, ich könne das Hotel nicht verlassen. Aber ich schaffte es. Ich folgte Sebastians Anweisungen und ging nach Hause, rief einen Arzt, engagierte zwei Sicherheitsbeamte und legte mich ins Bett. Ich sagte den Kindern, daß ich glaubte, Grippe zu bekommen, und erklärte die Anwesenheit der Beamten, indem ich vorgab, einen Drohbrief erhalten zu haben, in dem jemand angab, meinen Schmuck stehlen zu wollen. Das Telefon läutete wiederholt, aber ich bestand darauf, daß ich zu krank sei, um mit irgend jemandem zu sprechen.

Der Arzt verschrieb mir ein Beruhigungsmittel, aber ich

schlief nur kurz. Irgendwann in der Nacht erbrach ich mich, aber es machte mir nichts aus, denn ich fühlte mich hinterher besser. Ich trank etwas Wasser, konnte aber nichts essen.

Am nächsten Morgen klingelte das Telefon weiterhin in regelmäßigen Abständen, und einmal hörte ich laute Stimmen im Flur, als jemand versuchte, die Wohnung zu betreten, aber die Sicherheitsbeamten sorgten dafür, daß niemand mich störte

Die Polizei kam nie, dafür aber Briefe; einer nach dem anderen wurde unter die Haustür geschoben. Mein Vater diktierte immer alle Briefe, die dann von seinen Sekretärinnen getippt wurden, aber diese Briefe waren handgeschrieben. Er hatte eine kleine, saubere Handschrift und schrieb in geraden, regelmäßigen Zeilen. Nichts war durchgestrichen oder verbessert. Ich fragte mich, ob er wohl die ganze Nacht aufgeblieben war, um, was er sagen wollte, immer wieder neu zu entwerfen.

„Meine geliebte Vicky, nachdem ich Dich nach unserem Telefongespräch nicht in der Bank antraf, ging ich zum Carlyle, um zu sehen, ob Du bei Scott bist, aber niemand antwortete in seiner Suite. Ich ging dann nach Hause, aber ich machte mir solche Sorgen, als ich noch immer keinen von Euch erreichen konnte, daß ich ins Carlyle zurückkehrte und darauf bestand, daß der Manager die Tür der Suite für mich öffnete. Was ich dort vorfand, war ein ganz schrecklicher Schock für mich, und da Du Dich weigerst, mich zu sehen, kann ich nur annehmen, daß Du nicht nur weißt, was passiert ist, sondern daß Du mich auch zum Teil dafür verantwortlich machst. Schätzchen, das ist eine grauenhafte Tragödie, die ich auch nicht für einen Augenblick voraussah – Du darfst mich bitte nicht dafür verantwortlich machen. Ich verspreche Dir, daß ich alles erklären kann, wenn Du mir dazu eine Chance gibst. Mache Dir inzwischen bitte keine Sorgen wegen der Polizei oder der Untersuchung. Ich werde mich um alles kümmern, aber bitte erlaube, daß ich Dich sehe. In Liebe, Daddy."

„Meine liebste Vicky, da Du Dich noch immer weigerst, mich zu sehen, ist es vielleicht am besten, wenn ich Dir die Tatsachen so klar und unemotionell wie möglich auseinandersetze, damit Du Dir an dem, was sich wirklich zwischen Scott und mir zugetragen hat, ein Urteil bilden kannst, und nicht an dem, was sich Deiner Meinung nach zugetragen hat.

Wie Du weißt, war ich Scott sehr zugetan, und es war damals im November 1963 ein großer Schock für mich, als ich der Wahrheit ins Auge blicken mußte, die mir schon längst hätte klar sein sollen: daß die Zuneigung keineswegs gegenseitig war und daß er darauf aus war, die schwerste Rache für den Tod seines Vaters zu üben. Ich wußte dann, daß ich ihn entlassen mußte, aber Scott wußte das natürlich auch, weshalb er beschloß, mich ein für allemal während der vierjährigen Atempause, die er für sich in London herausgeschlagen hatte, auszumanövrieren.

Seine Pläne schlossen Dich ein, da es offensichtlich war, daß meine Hände bei seiner Rückkehr nach New York abermals gebunden sein würden, wenn er Dich richtig benutzte. Ich weiß, daß es der Unfall Deiner Mutter war, der zur Wiederaufnahme Eurer Affäre führte, aber Du kannst sicher sein, daß Scott auch ohne die Krankheit Deiner Mutter, dann eben mit anderen Mitteln, eine Aussöhnung herbeigeführt hätte. Ich gebe nicht vor, daß er völlig unaufrichtig war. Du bist eine charmante und attraktive Frau, und ich bin sicher, daß ihm Deine Gesellschaft ehrlich Freude machte. Als er sich aber einverstanden erklärte, Dich zu heiraten, war sein Hauptmotiv mit Sicherheit seine Ambition, die man nur noch als gefährliche Besessenheit beschreiben konnte.

Er dachte natürlich ursprünglich, daß er mich durch Dich nicht nur dazu zwingen könnte, ihn in der Firma zu behalten, sondern auch dazu, ihm schließlich die Kontrolle über die Bank zu übergeben. Ich brachte es jedoch fertig, ihm zu übermitteln (durch Dich – ich wußte natürlich, daß Du ihm sofort alles, was ich sagte, weitersagen würdest), daß ich mich entschlossen hatte, die Kontrolle der Bank nie an ihn weiterzureichen. Ich nahm an, wenn er das erst einmal wüßte, würde er Dich nicht mehr heiraten, aber Scott hatte sich bereits in den Kopf gesetzt, mich nicht nur von der Bank, sondern auch von Dir zu trennen; und als er an diesem Punkt angelangt war, entschloß er sich, Donald Shine für seine Pläne zu benutzen. Wenn diese hinterlistigen Pläne zum Ziel geführt hätten, dann hätte er am Schluß sowohl Dich als auch die Bank bekommen. Er hätte vielleicht eine Weile warten müssen, aber seine Zukunft als Präsident einer neuorganisierten Van-Zale-Firma innerhalb des Shine & General Konglomerats wäre garantiert gewesen.

Du warst an jenem Septemberabend bei mir, als Jake mir erzählte, was Shine vorhatte und wie Scott bis zum Kragen mit drinsteckte. Ich bezweifle, daß ich Dich daran erinnern muß, wie schockiert ich war und wie ich hinterher allein sein mußte, um mich von diesem furchtbaren Schlag zu erholen.

Ich beschloß, daß ich zunächst mit Shine reden mußte. Hätte ich Scott sofort hinausgeworfen (wozu ich auf Grund seines Betragens noch immer das Recht hatte – die anderen Partner hätten zweifellos hinter mir gestanden), dann hätte Shine gewußt, daß wir ihm auf der Spur sind. Also hielt ich Scott in Unwissenheit – und das bedeutete, daß ich auch Dich nicht einweihen durfte. Ich war sicher, daß Du nur eine unschuldige Schachfigur in Scotts Spiel warst, aber ich mußte auch die Möglichkeit ins Auge fassen, daß Du auf Scotts Seite standest und heimlich mit ihm gegen mich kämpftest. Eine Frau, die liebt, kann zu allem fähig sein, und ihr Urteilsvermögen kann in solchen Fällen sehr in die Irre geleitet werden.

Nachdem ich Shine losgeworden war, wußte ich, daß Scott bis zu unserer endgültigen Konfrontation nichts erfahren durfte – er hätte sonst zuviel Schaden anrichten können –, deshalb veranlaßte ich, daß Harry eine volle Untersuchung beim Trust einleitete und gab weiterhin vor, daß niemand wisse, wer uns an Shine verraten hatte. Ich muß Dir ehrlich gestehen, daß ich Angst vor Scott hatte. Er war offensichtlich geistig aus der Balance geraten – ich war entsetzt, als Kevin mir über den Vorfall in London im vergangenen August berichtete. Sei nicht böse auf Kevin, daß er es mir erzählt hat. Er war der aufrichtigen Überzeugung, er handle in Deinem besten Interesse, wenn er mich von der Situation informierte, und die Möglichkeit, daß Du einen solchen Mann heiraten würdest, besorgte ihn zutiefst. Ich wußte, daß ich Scotts Motiv für eine Ehe mit Dir zerstörte, als ich ihn hinauswarf, und Du kannst mich natürlich mit Recht anklagen, daß ich wieder einmal in Dein Privatleben eingegriffen habe, aber ich muß mich verteidigen, indem ich sage, daß ich ihn aus geschäftlichen Gründen ohnehin hätte hinauswerfen müssen und daß Du bestimmt besser ohne einen so gefährlichen, unzuverlässigen Mann daran bist, der Dich nur ausgenutzt hat.

Es ist mir jedoch klar, daß Du ihn sehr geliebt hast, und deswegen mußt Du mir glauben, wenn ich sage, daß ich für Dich tief betrübt bin und alles tun möchte, um Deine Trauer zu erleichtern. Du darfst nicht vergessen, daß auch ich, trotz allem, durch Scotts Tod einen großen Verlust erlitten habe. Er war doch mein Junge, wie ich es immer in Gedanken ausdrückte, und einer der schmerzhaftesten Aspekte der Elternschaft ist, daß man seine Kinder weiterhin liebt, ganz gleichgültig, was sie anstellen mögen, um einem weh zu tun.

Bitte laß mich zu Dir kommen, damit wir eine Chance haben, einander zu trösten. Ich verbleibe, wie immer, Dein liebender und hingebungsvoller Vater, C. P. V. Z."

„Liebe Vicky, endlich ist es mir klargeworden, weshalb Du meine Briefe nicht beantwortet hast, und nachdem ich eben die Bestätigung erhalten habe, daß das letzte Tonband aus dem Gerät in meinem Büro verschwunden ist, habe ich mich äußerst zögernd entschieden, daß ich in der Tat äußerst offen sein muß.

Zunächst einmal mußt Du verstehen, daß ich von dem, was Scott getan hat, tief verletzt war. Ich war auch verbittert und ärgerlich auf ihn, verbittert und ärgerlich genug, um auszuholen und Dinge zu sagen, die nie ausgesprochen werden sollten. Wenn Dich jemand schlägt, dann schlägst Du instinktiv zurück. Das ist wahrscheinlich keine sehr christliche Einstellung, aber ich wage zu sagen, es ist menschlich.

In Wahrheit konnte ich einfach nicht mit der Tatsache fertig werden, daß Scott mich so destruktiv zurückgewiesen hatte – obwohl ich mit dieser Zurückweisung jetzt leichter fertig werde, seit mir klargeworden ist, daß er nicht anders konnte. Er war zu krank. Sein Selbstmord beweist das. Vergiß nicht: geistig normale Menschen bringen sich nicht um. Sie nehmen sich das Leben, wenn ihr Geist verwirrt ist. Ich bin überzeugt, daß Scotts Geist schon seit langer Zeit verwirrt war. Jedenfalls hatte er bestimmt jegliche Verbindung mit der Wirklichkeit verloren. Soviel ist offensichtlich.

Ich konnte es nicht zulassen, daß Du einen solchen Mann heiratest. Du mußtest vor ihm beschützt werden. Ich hatte Angst, er könne Dich in einem Anfall von unkontrollierbarer Gewalttätigkeit töten, nachdem ich ihn hinausgeworfen hatte.

Deswegen mußte ich lügen und sicherstellen, daß er glaubte, Du wolltest nichts mehr von ihm wissen. Ich mußte ihn nicht nur aus meinem, sondern auch aus Deinem Leben ausschließen – ich mußte das, Vicky, das mußt Du verstehen. Ich habe es für Dich getan. Ich habe es getan, weil ich Dich liebe. Ich habe alles für Dich getan.

Ich muß Dich sehen, und wir müssen miteinander reden. Hör jetzt bitte auf, Dich vor mir zu verstecken, und laß uns einander Aug in Auge gegenübertreten. C. P. V. Z."

„Vicky, bitte! Ich kann es nicht ertragen, wie Du mich ausschließt. Du bedeutest mir mehr als irgend jemand sonst auf der Welt, und Du tust mir furchtbar weh. Du weißt inzwischen, daß, obwohl ich viele Freunde habe, es niemanden gibt, mit dem ich wirklich reden kann, außer Dir und Kevin, und es hat den Anschein, daß sich Kevin für immer in London niedergelassen hat. Ich sehe ihn jetzt fast nie. Natürlich liebe ich Alicia, aber wir haben nichts miteinander gemein, und Reden ist so schwierig. Außer Dir habe ich niemanden, außer den Enkeln, und sie sind wunderbar, aber die neue Generation ist heutzutage so seltsam, und es fehlen mir oft die richtigen Worte für sie. Deshalb müssen wir diese Tragödie hinter uns bringen und die Zukunft zusammen in Angriff nehmen. Schließlich schulden wir den Kindern, nicht länger einander entfremdet zu sein! Ich freue mich wirklich darauf, Eric in die Bank aufzunehmen – ich glaube, ich kann noch durchhalten, bis er fünfundzwanzig und damit fähig ist, auf seinen eigenen Füßen zu stehen. Ich bin sehr stolz auf Eric. Durch ihn wird alles für mich wieder eine Bedeutung haben, und Scotts schreckliche Zurückweisung wird aufgewogen werden. Alles wird am Schluß gut werden, das wirst Du schon sehen, und Du wirst einen anderen Mann finden, diesmal den Richtigen, und eines Tages wirst Du wieder glücklich sein, das schwöre ich Dir. Jetzt schreibe oder rufe mich bitte an, Schätzchen – ich werde bei Dir stehen, ich werde Dir helfen, diese Geschichte zu überwinden, ich werde alles, alles tun, um die Angelegenheit in Ordnung zu bringen. In Liebe jetzt und immer, *Daddy*."

„Vater, Eric wird nicht in die Bank eintreten. Er wird als Hauptfach Umweltschutz studieren, wenn er aufs College geht.

Dieser Entschluß ist endgültig und hat meine volle Unterstützung.

Meiner Meinung nach würde ein Treffen zwischen uns zu nichts Nützlichem führen. Du hast den Mann, den ich liebte, getötet. Was mehr kann man sagen? Vicky.“

VII.

Sebastian traf ein, verkündete lakonisch: „Das mach’ ich schon“, und ging an die Arbeit. Er sprach mit den Kindern und arrangierte mit der Schwester, daß sie mir nach Europa folgen sollten, damit wir nach der Beerdigung dort alle zusammen das Weihnachtsfest feiern könnten. Er buchte sogar eine Weihnachtskreuzfahrt für meine Mutter, auf daß sie in den Feiertagen nicht allein wäre. Er sprach mit der Polizei, den Ärzten, den Bürokraten. Er organisierte den Transport von Scotts Leichnam nach Mallingham. Er behielt die Sicherheitsbeamten bei, damit ich weiterhin abgeschieden leben konnte. Er verhandelte mit den Helfern meines Vaters, um sicherzustellen, daß die unvermeidliche Publicity auf ein Minimum beschränkt würde. Er sah meinen Vater, erzählte mir aber nicht, was gesagt worden war. Und schließlich begleitete er mich nach England.

Die englischen Sullivans waren am Flughafen, um uns abzuholen. Scotts Halbbrüder Edred und George, Scotts Halbschwester Elfrida. Ich hatte sie im vergangenen Sommer nicht gesehen. Als Scott meiner Abneigung, Mallingham zu besuchen, nachgab, hatte sich seine englische Familie, sehr verärgert, geweigert, uns in London zu besuchen, und meine Entfremdung von ihnen hatte angehalten. Aber sobald ich sie jetzt sah, wußte ich, daß alle Feindseligkeit beendet war. Ich mußte mir immer wieder ins Gedächtnis rufen, wie nah sie mit Scott verwandt waren. Sie schienen so ganz anders mit ihren englischen Stimmen und der englischen Kleidung und ihren englischen Manieren, aber sie waren gütig auf diese unterspielte Art, die so typisch englisch ist, und sagten, wie leid es ihnen täte und daß ich mir keine Sorgen machen sollte, denn die Beerdigung sei bereits völlig organisiert, und als ich um einen Martini bat, fragten sie, ob ich einen trockenen Martini-Cocktail oder puren Wermut meine, und dann fuhren sie mich zu einem Londoner Hotel, und dort gab es ein bequemes Bett und ich schlief.

Rose kam am nächsten Tag aus Velletria, Lori würde nicht zur Beerdigung kommen. Sie hatte eben erfahren, daß Andrews Flugzeug über Vietnam vermißt wurde, ihr ältester Sohn war wegen Drogen festgenommen worden, und ihr Psychiater hatte ihr von der langen Reise nach Europa abgeraten.

„Ich verstehe es einfach nicht", sagte Rose, als sie glaubte, ich könne nicht mithören. „Vickys Eric hat sich so gut entwickelt, und Loris Chuck ist aus der Schule ausgetreten, um LSD zu verkaufen. Wie konnte das nur geschehen? Was hat Lori falsch gemacht?"

„Vielleicht hat Vicky etwas richtig gemacht", sagte Sebastian. „Hast du dir das einmal überlegt?"

„Die Schwierigkeit mit Lori ist", sagte Elfrida, die Schuldirektorin, „daß sie ihre Kinder als bloße Figuren ansieht, die ihr Ego anschwellen lassen und die dazu da sind, ihr schönes Heim zu dekorieren. Ich traue nie einer Mutter, die pausenlos damit angibt, wie perfekt ihre Kinder sind. Das heißt für gewöhnlich, daß sie von nichts eine Ahnung hat."

„Vicky hat eine Menge Ahnung", sagte Sebastian. „Vicky hört zu, wenn die kleinen Ungeheuer mit ihr reden. Vicky kommuniziert", fügte er hinzu, als ob die Sache damit abgeschlossen sei. Aber sie mußten das für eine recht exzentrische Beurteilung gehalten haben, denn ich konnte zu der Zeit natürlich mit niemandem kommunizieren. Ich sprach kaum, aß kaum, war kaum fähig, die Luft zu atmen, die Scott nicht mehr atmete, aber als ich schließlich nach Mallingham kam, verstand ich die Zeit, die er als überirdisch beschrieben hatte. Und indem ich seine Welt durch seine Augen sah, war ich fähig, mich von meiner Trauer zu distanzieren und seinen Tod zu akzeptieren, wie er selbst ihn akzeptiert hatte: als ein Ende der Gewalttätigkeit und eine Auflösung der Zeitstruktur, die ihn gefangenhielt. Nichts zählte jetzt mehr, außer daß er Frieden mit seinem Vater gefunden hatte an einem Ort, wo der Seewind über die Sümpfe eines entlegenen, alten, schönen Landes summte; nichts zählte jetzt, außer daß ich ihn heimgeführt hatte.

Ich wurde mir wieder der Stimmen bewußt, manchmal redeten sie mit mir, manchmal redeten sie an mir vorbei, manchmal redeten sie in weiter Ferne, wenn sie dachten, ich könnte nichts hören.

„Vicky sieht aus, als ob sie gleich zusammenklappen würde."

„Wird sie die Beerdigung durchstehen können?"

„Vicky, Liebes, glaubst du nicht, du solltest dich hinlegen?"

„Vielleicht einen Arzt . . ."

„Vicky wird in Ordnung sein", sagte Sebastian.

Stimmen, Stimmen, Stimmen, die durch die Luft schwebten, und Menschen gingen vorbei wie Menschen in einem Traum, und ich blickte die ganze Zeit über den Rasen auf das Wasser des Sees oder lehnte mich aus dem Fenster meines Zimmers, um mein Gesicht von der Seebrise kühlen zu lassen, und ich dachte immer, wie perfekt, wie friedlich, wie recht Scott hatte, hierherkommen zu wollen.

„Nun, Vicky", sagte Elfrida munter zu mir, als sie mich am Morgen der Beerdigung im Garten antraf, „ich werde dominant sein, mich einmischen und dir meine Meinung sagen, weil ich wirklich glaube, daß jemand dir gewisse Dinge sagen sollte. Bitte glaube nicht, daß ich feindselig eingestellt bin, denn nichts könnte falscher sein. Meine Erfahrung als Schulleiterin hat mich gelehrt, daß geradezu grauenhafte Eltern erstaunlich nette Kinder produzieren können, ich bin also bestimmt nicht mehr wegen deines Vaters gegen dich voreingenommen – ich beurteile dich wie du bist und nach deinen eigenen Vorzügen . . .

Nun, du scheinst eine intelligente Frau mit einer einigermaßen angenehmen Persönlichkeit zu sein, es gibt also keinen Grund, weshalb du, wenn all dies vorbei ist, nicht eine lohnende und befriedigende Zukunft vor dir haben solltest. Aber du mußt dich zusammenreißen und anfangen, Pläne zu machen. Warum bleibst du nicht eine Zeitlang in England, weit weg von diesem gräßlichen New York? Sebastian sagt, du habest dich oft mit dem Gedanken getragen, ein Studium anzufangen. Darf ich deswegen vorschlagen, daß du aufhörst, nur mit dem Gedanken zu spielen? Jetzt ist es an der Zeit, daß du wirklich handelst! Damit hättest du nicht nur ein neues Interesse, sondern ein neues Leben, und mir scheint, daß du genau das brauchst, um dich von dieser Katastrophe zu erholen. Warum legst du nicht ein Examen an meiner alten Universität, Cambridge, ab? Sie nehmen dort auch ältere Studenten ohne Erfahrung außer einer annehmbaren

Intelligenz und dem starken Wunsch, zu lernen, und meine vormalige Dozentin ist noch dort – ich werde dich ihr vorstellen, und ich weiß, daß sie alles tun wird, um dir zu helfen. Auch Sebastian könnte dir eine große Hilfe sein – er kennt Cambridge gut genug, um dir bei der Einrichtung eines Hauses dort zur Seite zu stehen . . .

O ja, ich weiß, was du sagen wirst! Du wirst sagen: ‚Ich kann nicht, ich kann nicht, die Kinder brauchen mich!' Nun, Vicky, du mußt da realistisch sein. Deine Kinder wachsen heran, und wenn du dich nicht jetzt auf die Zukunft vorbereitest, dann wirst du eines Morgens aufwachen und feststellen, daß alle Vögel aus dem Nest geflogen sind und daß dein Leben völlig leer ist, weil du, nachdem du dein ganzes Leben deinen Kindern aufgeopfert hast, kein Eigenleben mehr hast, auf das du zurückgreifen kannst, wenn sie weg sind. Diese Symptome wiederholen sich andauernd unter den Müttern meiner Schüler, und glaube mir, solche Mütter sind sehr zu bedauern . . .

Versuche nicht, mit mir zu streiten. Eric und Paul werden natürlich ihre Erziehung in Amerika beenden, aber es gibt keinen Grund, weshalb Samantha und Kristin nicht ein Internat in England besuchen können – natürlich, ich werde sie selbst aufnehmen! Wir sind nicht so weit von Cambridge entfernt, außerdem wäre ein fröhliches Internat wie das meine eine schmerzlose Art, sie an ein neues Land zu gewöhnen und viele Freundinnen zu gewinnen. Was Benjamin angeht, so ist er genau im richtigen Alter für die Internatsvorschule – o ja! Sag nicht, er sei zu jung! Jungen werden hier immer jung ins Internat geschickt, wenn es finanziell möglich ist – die Eltern wissen, daß es besser für sie ist, als zu Hause verhätschelt zu werden. Die Engländer sind gefühlsduselig wegen ihrer Tiere, aber nicht wegen ihrer Kinder, und außerdem, nach allem, was ich über Benjamin höre, würde er sich im Internat pudelwohl fühlen . . .

Wenn alle Kinder also in der Schule sind, dann wirst du ziemlich allein sein, und obwohl ich verstehe, daß dir die Aussicht darauf gräßlich vorkommen muß, würde ich dir trotzdem vorschlagen . . . Vicky, was ist los? Warum lachst du? O Gott, Vicky, du wirst doch nicht einen hysterischen Anfall haben, oder?"

Ich nahm mich zusammen und versicherte ihr, daß dem nicht

so sei. Dann, als wollte ich ihr und mir beweisen, wie ruhig und rational ich sein konnte, schob ich alle Gedanken an die Kinder beiseite und stellte die Frage, zu der ich mich hatte aufraffen wollen, seit ich den Versuch meines Vaters gelesen hatte, die Rolle, die er bei Scotts Tod gespielt hatte, zu rechtfertigen.

„Elfrida“, sagte ich, „hast du noch deine Kopie von Tonys Brief?“

VIII.

Ich las den Brief zweimal, einmal schnell, einmal sehr langsam, und ich fragte mich hinterher, wie ich je die Details von Steves Tod als eine Reihe von vergangenen Vorfällen hatte abtun können, die mich nichts angingen. Ich fragte mich auch, weshalb ich Scott automatisch für neurotisch gehalten hatte, als er meinen Vater einen Mörder genannt hatte, und weshalb ich meinen Vater nicht näher gefragt hatte, als er sich so ausweichend auf Tonys Brief bezog.

Dann erinnerte ich mich meiner alten Einstellung zu meiner Mutter. Vielleicht hatte ich die Wahrheit im Unterbewußtsein immer gewußt. Vielleicht hatte ich einfach die vielgebrauchte Verteidigungsmaßnahme ergriffen und es damit weniger schmerzhaft gefunden, mich vor den Tatsachen zu verschließen, die ich nicht kennen wollte.

Ich überdachte diese Tatsachen. Ich überdachte sie mit dem ruhigen Gefühl von Abstand, das oft einer emotionellen Erschöpfung auf dem Fuß folgt. Ich überdachte sie lange.

Als Resultat der absichtlichen, kaltblütigen Manöver meines Vaters hatte sich Steve Sullivan 1939 betrunken und hatte sich auf einer leeren Landstraße zu Tode gefahren. Die Wahrheit dieser Angelegenheit war, daß mein Vater Steve genauso gewaltsam auf diesen trunkenen Autounfall hingesteuert hatte, wie er Scott auf das blutgetränkte Bad zutrieb – und in beiden Fällen hatte er darauf bestanden, daß seine unverantwortlichen Verbrechen gerechtfertigt gewesen wären.

Der Gedanke, daß solche Handlungsweisen unbestraft blieben, gefiel mir nicht. Das schien so gar nicht zu stimmen, obwohl ich nicht wußte, was ich hätte tun können. Ich zitterte und konnte nicht mehr richtig logisch denken, also beschloß ich, daß ich über meinen Vater nach der Beerdigung nachdenken müsse.

Ich ging nach unten zu den anderen, die alle darauf warteten, zur Kirche zu fahren, und bald hörte ich wieder die Gespräche um mich dröhnen – Stimmen, Stimmen, Stimmen, die alle über die Zukunft sprachen und über die Gegenwart und über die Vergangenheit, aber ich stand über all dem mit meiner Erinnerung an Scott, und als der Augenblick der Beerdigung näher kam, wurde ich mir wieder bewußt, daß ich seine Welt durch seine Augen sah und daß ich mich darauf zubewegte, ihn jenseits der Grenzen der Zeit zu treffen.

„‚Bei Bewußtsein zu sein'", sagte ich, „‚heißt nicht in der Jetztzeit zu sein.'"

„Das ist T. S. Eliot, nicht wahr?" sagte Rose. „Ein sehr überschätzter Dichter, finde ich."

Aber Sebastian nahm meine Hand in die seine, als wir uns zur Kirche aufmachten, und Sebastian zitierte aus den „Four Quartets": „‚Was wir den Anfang nennen, ist oft das Ende, und ein Ende zu machen heißt einen Anfang machen. Es ist das Ende, von dem wir beginnen . . .'"

IX.

Der Himmel war grau über dem viereckigen Turm der Mallingham-Kirche, und die Bäume hinter dem Friedhof waren kahl. Der Gottesdienst war kurz. Der Sarg wurde in die Grube versenkt, der Pfarrer schloß sein Buch, und der kalte Ostwind vom Meer zauste die Blumenkränze. Ich hatte viele Blumen bestellt, nicht nur für Scott, sondern auch für Steve und Tony, für Dinah und ihren Sohn Alan, alle entweder begraben unter dem Kirschbaum, den Dinah selbst gepflanzt hatte, oder durch eine Gedenktafel geehrt.

Ich trocknete meine Augen und starrte auf all die Blumen. Da waren Chrysanthemen, braune und gelbe. Ich schaute gern auf die Blumen, aber dann flüsterte Elfrida: „Vicky . . .", und ich wußte, daß es Zeit war, wegzugehen.

Aber Sebastian sagte: „Sie möchte gern einen Augenblick allein sein."

Sie gingen weg, und ich war allein.

Sofort sah ich wieder durch Scotts Augen, und genau wie er wurde ich mir der Zeit bewußt, die zu einer Kurve wurde, so daß die Vergangenheit und die Gegenwart in einem ununterbrochenen Kreis miteinander verschmolzen. Ich blickte über den Friedhof, und obwohl der Kirschbaum kahl war, sah ich ihn wie durch ein Wunder in voller Blüte vor mir. Ich blickte zum Kirchturm empor, und für eine einzige Sekunde koexistierten tausend Jahre in einem einzigen Akkord der Zeit.

Die Tränen trockneten auf meinen Wangen. Ich stand sehr still, aus Angst, den Zauber zu brechen, aber dann hörte ich das Geräusch des Friedhofstors in der Ferne, und ich wußte sofort, daß es mein Vater war.

Er kam langsam auf mich zu. Er trug Schwarz und sah sehr ordentlich und ruhig und alt aus.

„Du bist also gekommen", sagte ich, als er stehenblieb. „Sie sagten, du kämest nicht. Aber ich wußte, daß du kommen würdest."

Er atmete gleichmäßig, aber hörbar, wie oft nach einer schweren Asthmaattacke. „Ja", sagte er. „Ich mußte kommen." Er blickte an mir vorbei auf die Blumen, und plötzlich glänzten Tränen in seinen Augen. „Vicky", sagte er, „Vicky, bitte – verzeih mir und komm heim. Bitte, Vicky. Bitte."

Ich sah ihn an, und als ich mein eigenes Spiegelbild in seinen Augen sah, schaute ich eine Gerechtigkeit, die niemand von uns, nicht einmal Scott, sich je auch nur vorgestellt hatte. Ich sah jetzt auch, daß natürliche Gerechtigkeit furchtbar in ihrer gnadenlosen Reinheit war, viel furchtbarer als alle Gerechtigkeit der Menschen, und in diesem Augenblick wußte ich nicht nur, was ich zu tun hatte; ich wußte, daß ich keine andere Möglichkeit hatte. Es war, als sei ich ein Instrument, das von Mächten geführt wurde, die nur undeutlich verstanden werden konnten. Ich war höchstens ein Individuum, das durch die Umstände jeglicher freier Wahl beraubt worden war.

Ich sagte höflich zu meinem Vater: „Wir werden nicht wieder zusammentreffen."

Er fing an, nach Atem zu ringen. „Aber Vicky – o Gott, Vicky – Vicky, bitte – du mußt mich anhören –"

Ich sah seine Zukunft deutlich vor mir. Er würde allein

weiterleben, lange nachdem seine Freunde tot waren; er würde mit dem Wissen weiterleben, daß auch ich lebte, obwohl wir uns nie begegneten; er würde ein hohes Alter erreichen, denn seine Strafe würde nicht der Tod sein; er würde mit den Konsequenzen von dem, was er getan hatte, weiterleben müssen.

„Vicky, du mußt mir verzeihen, du mußt –"

Der Augenblick war gekommen. Es war Zeit, das Urteil auszusprechen, und ich hörte meinen Worten zu, die er selbst so oft gebraucht hatte, um andere Menschen auszulöschen:

„Es ist vorüber. Es ist vorbei. Ich habe nichts mehr zu sagen."

X.

Ich ließ ihn bei den Gräbern stehen und ging den Weg hinunter, und als die Kirchturmuhr schlug, hielt ich im Schatten des überdachten Friedhofstors inne.

Außer der schwarzen Limousine meines Vaters und Sebastians rotem Mini waren alle Wagen abgefahren, und ich dachte zunächst, ich sei allein in der kleinen Gasse. Dann sah ich Sebastian. Er war einige Meter weit entfernt und pflückte den Zweig einer Stechpalme von einem Busch in der Hecke.

Erst dann bemerkte ich die Zweige der wilden Rosen, und plötzlich sah ich die Hecke im Frühling genauso deutlich vor mir wie den Kirschbaum auf dem Friedhof – ich sah die ganze Gasse voller Blüten, Rosen über Rosen, Lichtflecke in einem dunklen, unbegreiflichen Universum, überwältigende Symbole eines Triumphes über die Zeit.

Ich rief Sebastians Namen. Er drehte sich um, lächelte und kam auf mich zu, und der Zweig der Stechpalme leuchtete in seiner Hand.

Die Kraft flutete in mich zurück. Ich streckte die Hand aus, drückte die Klinke der Tür und ging endlich durch die Tür, die ich nie geöffnet hatte, in den Rosengarten.